江戸狂歌壇史の研究

石川　了　著

汲古書院

江戸狂歌壇史の研究　目　次

序説　江戸狂歌の流行――天明末期までを中心に――……3
(一) 江戸狂歌の黎明…5　(二) 天明狂歌の胎動…9
(三) 天明三年の大流行…12　(四) 天明狂歌界の展開と寛政改革…18

第一章　天明狂歌をめぐる諸相……29

第一節　浜辺黒人による江戸狂歌の出版……31
(1)『栗能下風』…32　(2)『初笑不琢玉』…41　(3)『狂哥猿の腰かけ』…44

第二節　唐衣橘洲・四方赤良と三囲稲荷狂歌会……50
(1)『栗花集』の錯簡…50　(2)『栗花集』入集の面々…57　(3) 三囲稲荷狂歌会の性格…60

第三節　『狂歌若葉集』の編集刊行事情……64
(1)『狂歌若葉集』と『万載狂歌集』…64　(2) 四方赤良・朱楽菅江への配慮と協力者の周辺…66
(3)『栗花集』から見る『狂歌若葉集』…70　(4) 唐衣橘洲の意図と誤算…74

第四節　『狂歌師細見』の狂歌作者比定……78

第五節　連について——唐衣橘洲一派を中心に——……107
(1) 地域連と個人連…108　(2) 天明二、三年の唐衣橘洲一派…111　(3) 唐衣連（橘洲連）の成立…118
第六節　「天明狂歌」名義考……122
(1)「天明狂歌」の呼称——発生の背景——…122　(2) その後の「天明狂歌」と「天明調」・「天明風」…131
(3)「天明狂歌」の定着…138　(4)「天明狂歌」の範囲…141

第二章　江戸狂歌作者点描……147
第一節　大田南畝と山道高彦・吉野葛子夫妻……149
(1) 天明・寛政期…149　(2) 享和・文化期…154
第二節　『蜀山人自筆文書』——長崎出役前後の南畝から江戸の高彦へ——……159
第三節　大田南畝書簡十通……200
(1) 山道高彦宛七通——永年の親しき狂歌仲間へ——…203　(2) 竹垣柳塘宛三通——若き忘年の知友へ——…223
第四節　朱楽菅江……235
(1) 略伝と家系…235　(2) 安永期までの動向とその戯作等…237
(3) 天明期の狂歌活動…241　(4) 寛政期と終焉…244
第五節　小金厚丸と旭間婆行——狂歌資料から見る洒落本作者——……247
第六節　浅草庵の代々……252

(1) 天明狂歌作者浅草庵市人…252
(2) 二世浅草庵大垣守舎…254
ア 略伝および浅茅庵時代まで…255
イ 二世浅草庵時代…259
(3) 三世浅草庵黒川春村…261
ア 略伝および随日園本蔭時代まで…261
イ 三世浅草庵時代…266
ウ 春村における狂歌と浅草庵号…274
エ 狂歌論書『歌道手引種』について…276
(4) 四世浅草庵高橋広道…278
ア 黒川春村への入門以前…278
イ 黒川春村門人時代…280
ウ 四世浅草庵時代…286
第七節 黒川春村門人村田元成——天明狂歌作者加保茶元成の孫——……301
(1) 伝　記…301
(2) 三亭春馬としての戯作活動…304
(3) 狂歌作者としての活動…306
(4) 四世八文舎自笑と三玉堂の別号…311
第三章　江戸狂歌の周辺……317
第一節　江戸狂歌の地方伝播——天明期の尾張を中心に——……319
(1) 国付け作者の登場…319
(2) 尾張作者の素性と動向…323
(3) 埋もれている尾張作者…325
(4) その拠点と尾張酔竹連の基盤…332
第二節　入花制度の展開……337
(1) 発生基盤…337
(2) 寛政・享和期における動向…342

(3) 文化期狂歌会の多様化と全国化…347　(4) 投吟募集チラシに見る文政期の実態…351
第三節　狂歌本の読本摂取——文政・天保期における試み——……………………364
(1)『詠咏寄譚』について…364　(2) 撰者らのその後——『歌の友ふね』・『栄花の夢』のことなど——…374

第四章　江戸狂歌文化と尾張戯作界……………………383
第一節　尾張戯作者の背景——洒落本作者を中心に——……………………385
(1) 文政期までの尾張関連狂歌本…386　(2) 寛政・享和期の尾張戯作者…388
(3) 文化・文政期の尾張戯作者…396　(4) 尾張戯作者とその狂歌趣味…398
第二節　万巻堂菱屋久八の狂歌・戯作活動——若き日の本居内遠——……………………402
(1) 文化期——時曳速躬・後佩詩堂右馬耳風時代——…402　(2) 文政前期——木綿垣秋津時代——…408
(3) 文政後期から天保初期——榛園秋津時代——…412
第三節『繡像百人狂謌弄花集』の成立とその意義……………………422
(1) 書誌と諸本…422　(2) 本文構成と成立事情…429　(3) 特色と意義…433
第四節　花山亭笑馬の生涯——付、二酔亭佳雪——……………………446
(1) 略　伝…446
(2) 文政期における戯作活動…450
ア　洒落本『青楼玉語言』と『角鶏卵』…450　イ　人情本『津多加津羅』と『鯨舎気質鶴毛衣』…457

ウ　石橋庵増井および榛園秋津との交流——戯作・狂歌・啓蒙絵本——…460
(3) 天保期——本格化する狂歌活動——…470　(4) 弘化期以降の動静…476
第五節　小寺玉晁の狂歌活動と山月楼扇水丸……482
(1)『玉晁初哥集』と『狂歌玉水集』…483　(2) 刊本に見る玉晁の狂歌活動…486
(3) 山月楼扇水丸について…488　(4) 玉晁と水丸…494
第六節　尾張玧古連の活動……497
(1)『乞児奇伝』…497　(2)『骨董評判記』…503
第七節　雑賀重良氏旧蔵書に見る尾張と美濃の狂歌資料……508
付篇　資料翻刻……513
(1)『繡像百人狂謌弄花集』——尾張狂歌作者五九〇名七一三首——……515
(2)『草庵五百人一首』——黒川春村門人等二五〇名各一首——……609
(3)『諸家小伝録』小伝集の部——天保期狂歌作者八十一名——……664
初出一覧……705
あとがき……711
人名索引・書名索引……*1*

江戸狂歌壇史の研究

序説　江戸狂歌の流行

——天明末期までを中心に——

(一)　江戸狂歌の黎明

狂歌とは一口でいえば狂体の和歌のことであり、基本的には記録性の薄い「言い捨て」（詠み捨て）である。江戸天明狂歌作者の言を借りれば、朱楽菅江（あけらかんこう）によれば、俳諧が連歌の俳諧であるように狂歌は和歌の俳諧（『狂歌大躰』）ということになり、元木網（もとのもくあみ）によれば、伝統和歌的題材を詠むときは非伝統的用語・構想を用い、非伝統和歌的題材を詠むときは伝統的それを用いる（『狂歌はまのきさご』）のが狂歌である。もっとも、落書（らくしょ）の和歌形態である落首は、その意図からして近世では狂歌と一線を画す。平安朝最末期にはすでにその用語例が見られる狂歌が、中世末までの長い初期時代を経て近世において開花・流行し、それが近世前期・中期を中心とする上方狂歌と、中期・後期を中心とする江戸狂歌に二分されることは言をまたない。ここでは序説として、一大ブームを巻き起こして地方に伝播した江戸狂歌の爛熟期に当たる天明末期までを中心に、その生成・流行の実態を検証してみようと思う。

江戸狂歌本の嚆矢は、近世中期の明和七年に成立した写本の『明和十五番狂歌合』とされている。この作品は近時、その諸伝本調査およびそれらに記された内山賀邸（椿軒）と萩原宗固の判者二人の合点等の矛盾から、狂歌合などではなく当時江戸堂上派歌壇で盛んだった点取り和歌を真似た、狂歌会における点取り狂歌にすぎない[1]との根本的見直し論も発表され、今後改めて検討を要する課題となっているが、いずれにもせよ、江戸狂歌本の出発点であることに異論はなかろう。手順としてまず、近世前期における江戸の狂歌環境から述べてみると、著名な人物に石田未得と半井卜養がおりそれぞれの代表作に、『吾吟我集』（慶安二年成立、ただし出版地は京都）と『卜養狂歌（集）』（最古のものは寛文六年奥書。巻子本・写本・刊本）がある。しかしこの二人に代表される近世前期の江戸の狂歌は、菅竹浦氏著『近世狂歌史』にいう「関東産れの関西育ち」、換言すれば上方狂歌の早期江戸店ともいうべきものであった。天明狂歌作者の中には浜辺黒人のように、特に未得を江戸狂歌の祖とみなしていた者もいるにはいたが（後述『栗能下風』巻頭には、「江都狂歌先師石田未得翁」と銘うってその肖像画を掲げ、「二世石田未琢」「三世石田未陌」の各詠をも掲出する）、それは単なる地理的な視点であるにすぎず、天明狂歌壇のリーダー四方赤良（大田南畝）は、「狂歌には師もなく伝もなく、流儀もなくへちまもなし（中略）趣をしるにいたらば、暁月房・雄長老・貞徳・未得の迹をふまず」（『四方の留粕』所収「狂歌三体伝授跋」）と明確な答を出している。

上方とは異なる江戸独自の文化が形成された十八世紀（吉宗が八代将軍に就いて以後松平定信が老中首座となるまで）は、江戸文芸においても極めて注目すべき時期であった。特に後半の宝暦—明和—安永—天明と続く約四十年間を中心に、江戸では、談義本を初め川柳や黄表紙といった新しい文学ジャンルが誕生し、また洒落本・噺本・狂詩・狂文などでは、その後の流行の端緒ともいうべき作品が次々と登場している。[2] 江戸狂歌もこうした中から発生する。江戸狂歌発生の中心人物だった唐衣橘洲は、宝暦十二年二十歳頃より狂歌を詠む癖があった（後出）といっているから、この頃すでに江戸狂歌が起こりつつあったと思われる。つまり宝暦期の後半には、江戸狂歌誕生の土壌はほぼできあがり、ほとんど記録されないだけですでに小さな芽を出していたとみてよかろう。

続く明和期になると、前述の江戸狂歌本の嚆矢『明和十五番狂歌合』が同七年に成立する。その前後の様子を、写本で伝わったその①『明和十五番狂歌合』、同じく写本で伝わった南畝の随筆②『奴凧』（文化十五年四月自序）、文化十四年刊『繡像百人狂謌弄花集』（名古屋版）所載の③寛政九年仲夏付け唐衣橘洲の一文、以上三点によって検証してみる。

①の狂歌合は、歌人坂静山に和歌を学んだ幕臣内山賀邸の門人小島源之助（後の唐衣橘洲）が、江戸の自宅で四方赤人（後の赤良）、平秩東作、蒿末（後の元木網）、秀安（後の蛙面房懸水）、坡柳の参加を得て、三輪花信斎の絵を題にして行ったもので、賀邸と歌人萩原宗固（百華庵）が判をしている。南畝の識語に「いにし明和六年のころ、唐衣橘洲のもとにてはじめて狂歌の会興行しける次のとしの春」この狂歌合をしたとあるので、南畝の知る限りでは、少な

くとも橘洲宅での最初の狂歌会、または南畝が最初に参加した狂歌会は明和六年であり、①は翌明和七年春のものであることがわかる。この両年の事情をいま少し具体的に記したものが次の②である。

江戸にて狂歌の会といふものを始てせしは、[3]四ッ谷忍原横町に住める小島橘洲なり［割注　源之助と称す。田安府の小十人也］。其とき会せしもの、わづかに四五人なりき。大根太木［割注　山田屋半右衛門といへる町人。辻番請負なり。飯田町仲坂下に住す。松本氏、俳名鴈奴］、馬蹄［割注　後に飛塵の馬蹄と号す。咲山氏、田安府の士也］、大屋裏住［割注　金吹町の大家也。後、萩屋と号す］、東作［割注　四谷内藤宿の煙草屋なり。稲毛屋金右衛門といふ。へづゝ東作なり］、四方赤良等なり［割注　予はじめは赤人といひしが、後に赤良に改む］。其後大根太木、きり金を請とりに、市令の腰掛にありて、かたへに湖月抄をよむえせものありしを、尋ぬれば、大野屋喜三郎といへるものにて、京橋北紺屋町の湯屋なり。是もとの木あみ子也。此妻もまた狂歌をたしみて知恵の内子といへり。それより四方赤良を尋ね来り、太木、もくあみともないて橘洲をとひし也。橘洲の唐衣といへる号を付しは椿軒先生也。

①②を整理してみると、これらによる限りでは、明和六年の橘洲宅の会が江戸狂歌における最初の狂歌会で、そのメンバーは、太木、馬蹄、裏住、東作、赤良それに橘洲の六人だったことになる。それが、太木に誘われた木網・知恵内子夫婦も加わって八人となって初会後も橘洲宅に集い、さらに翌明和七年春の狂歌合までには、秀安と坡柳も加わって十人となったことになる。左の引用文は当の橘洲の言である③の一部であるが、②とはやや雰囲気が異なる。

（予）はたちばかりより戯哥の癖ありて、（中略、その狂詠を賀邸が）ほと〱賞し給へりしは、三十とせあまりのむかしなりけり。其ころは、友とする人はづかにふたり三人にて、月に花に予がもとにつどひて、莫逆の媒とし侍りしに、四方赤良は予が詩友にてありしが、きたりて、おほよそ狂歌は時の興によりてよむなるを、ことがましくつどひをなしてよむしれものこそをこなれ。我もいざしれもの、仲ま入せむと、大根ふときてふものをともなひ来り、太木また木網・知恵内子をいざなひ来れば、平秩東作・浜辺黒人など類をもてあつまるに、二とせばかり経て、朱楽菅江また入来る。（中略）かの人々より〳〵、予がもとあるは木網が庵につどひて、狂詠やうやくおこらんとす。

これによると、寛政九年（橘洲五十五歳）から三十年ばかり前の明和四年二十五歳頃に、橘洲は自分の狂歌を師の賀邸に賞賛され、その頃すでに二、三人の友と狂歌を詠んでいたというのである。明和四年という年次は、三十年という区切りのよい数字からして正確ではないかもしれないが、とにかく南畝がいう明和六年の狂歌会よりも前に、友数人との狂歌会がすでに行われていたのは確かであろう。そのメンバーは、①②で整理した六人から③にいう新参者を差し引いた、馬蹄と裏住それに橘洲の三人ということになる。この会を聞き知った南畝が、「我もいざしれもの、仲ま入せむ」といって太木とともに参加したのが事実であったろう。次いで南畝のいう明和六年の会までに東作が加わり[4]、翌年春の狂歌合までには木網・知恵内子夫婦の他すでに整理した秀安と坡柳も参加、③で東作と並記されている黒人もこれらの人々と相前後して加わり、結局狂歌合が行われた明和七年の内には、十一人になったものと思われる。そして二年後の明和九年（安永元年）頃に朱楽菅江も参加し、ようやく十二名の狂歌グループができあがるのである。この間に開催された狂歌会は、橘洲宅・木網宅ともに当然一度や二度ではなかったろうが、それを伝える資料はほとんど残っていない[5]。

以上が発生期から明和期までの十余年間における、江戸狂歌界の主たる動向であるが、この時点で十数年後の大流行を予想した者は、おそらく一人もいなかったであろう。なお、『明和十五番狂歌合』に参加した六名のうち、武士である橘洲と赤良はこのとき二十八歳と二十二歳で、町人の東作と木網は四十五歳と四十七歳[6]、双方の間には親子ほども歳が違う（秀安は三番町の医者深津氏で年齢未詳、坡柳は伝未詳）。また太木（年齢未詳）・裏住（このとき三十七歳）・木網夫妻（同四十七歳と二十六歳）は町人で、菅江（同三十一歳）は幕臣である。つまり彼ら狂歌グループは、身分老若男女を問わぬ趣味仲間であることに留意しておきたい。なお、橘洲自身の発言③が収まる『繍像百人狂謌弄花集』については本書第四章第三節でその意義を詳述するが、赤良は『奴凧』執筆時点ではその前年に刊行された同書の存在に気づいておらず、したがって③の橘洲一文も知らなかった可能性があることを付記しておく。(7)

(二)　天明狂歌の胎動

後に狂歌三大人といわれる橘洲・赤良・菅江の顔が揃う安永期になると、江戸市民の狂歌に対する関心は年ごとに高まる。年表風に主な関係事項をまとめてみよう。

・安永初年頃　朱楽菅江が狂歌グループに加わる（前述）。

・二年二月　酒上熟寝（さけのうえのじくね）（市谷左内坂の名主島田左内）が牛込原町の恵光寺書院にて宝合せの戯会を開き、(8)赤良や太木の他、早鞆和布刈（はやとものめかり）（塙保己一）・和気春画（わけのはるえ）（小松百亀）・文屋安雄（書肆富田屋新兵衛）など十六名ほどが、すべて狂名を以て参加、富田屋が版元となって『たから合の記』と題して刊。これを機に、江戸狂歌の一特色である滑稽な狂名が流行する（『奴凧』・『狂歌才蔵集』哀傷歌部の赤良詠）。

・三年二月　安土弦音・太木・赤良の三人が願主となり、下町の稲荷三十三社を巡拝して「稲荷三十三社巡拝御詠歌」（実は狂歌）を詠む。

・同年　赤良や熟寝ら狂歌仲間十余人が集まり、酒を下すこと滝の如しという会を開催（『四方のあか』所収「から誓文」）。

・同年　南畝、この年を境に、これより前は橘洲と交流繁く、本年以後は菅江との交流が頻繁となる（「大田南畝年譜」(9)）。

・五年八月　白鯉館木室卯雲（天明三年七十歳没）の家集『今日歌集（きょうかしゅう）』刊。噺本『鹿の子餅』（明和九年刊）や、狂歌入り玩具絵本『江戸二色（にしき）』（安永二年刊）の作で知られる幕臣卯雲は、一世代早い存在だったが、これを機に天明狂歌にも参加していった。

・六年　俳人大島蓼太が南畝宅を訪ね、「高き名のひゞきは四方にわき出て赤らくと子どもまでしる」の狂歌を持ってくる（『奴凧』等）。

・七年七月　太木が「十五番狂歌合」を主催し、赤良が判詞と奥書を記す（『四方のあか』所収「大根太木十五番狂歌合判詞奥書」）。

・八年一月　画家東牛斎吉田蘭香の写し絵の書き初め会に、橘洲・赤良・菅江・小松百亀・太木（雁奴）の五人が参加する（『四方の留粕』所収「春の遊びの記」）。

・同年八月　南畝、高田馬場の信濃屋にて十三夜から十七夜まで五夜連続の観月会を開き、橘洲・東作・黒人・菅江・木網・卯雲など延べ七十人が参加し、詩歌連俳を詠む（『月露草』）。

・九年九月　中村座の『忠臣名残蔵』に出演していた五世団十郎は、共演の初代尾上菊五郎がこの芝居を最後に帰京するため、毎日狂歌一首を披瀝する（日野龍夫氏編『五世市川団十郎集』〈ゆまに書房、昭和50年〉解説）。

以上極大ざっぱに掲げてみたまでであるが、こうした中にも目前に迫った天明狂歌に通じる諸要素が見い出せる。すなわち子どもまでが知るという赤良の名声は、江戸市民への狂歌熱の浸透を物語っているし、高田馬場の観月会は狂歌関係者ばかりではないにせよ、狂歌への関心の高さを示していよう。この二要素はそのまま狂歌人口の増加に直結し、それがやがて後述の「連」と呼ばれるいくつものグループ誕生となって現れる。その一つである堺丁連は、右の五世団十郎こと花道つらねを代表とする梨園グループである。狂歌人口が増えて連ができれば、日を決めて寄り集まる月次会が開かれるのもまた当然であろう。一方、宝合せや稲荷巡拝の御詠歌ならぬ狂歌奉納などといった戯れの会は、次の天明期になるとさらに多様化していく。天明三年の江戸狂歌大流行につながる諸要素としては、あとは狂歌の印刷出版の機を待つのみといっても過言ではない状況であるが、それも実は安永末期には確実にスタートしているので次に述べてみたい。

狂歌の印刷出版の始まりといっても、最初は手軽な一枚摺りの摺物で、『奴凧』が「大根太木は狂歌の歳旦摺物のはじめ也」と伝えるのみである。これとても歳旦という特別な場合だからこそ、詠み捨てであるはずの狂歌を故意に摺ったまでであろうが、それでは太木がいつ頃から行ったかといえば、詳しい年次は不明である。しかし、作る方も貰う方もかなりの狂歌嗜好があり、また作るとなれば相応の枚数を摺ったはずであること、さらには当の太木自身が安永八年五月頃に没していること(10)等から、その時期は安永中頃あたりと推定される。

次に書物としての出版であるが、注目すべきは書肆であり狂歌作者でもあった浜辺黒人である。黒人については『奴凧』に、

本芝二丁めに三河屋半兵衛といへる本屋、剃髪して歯を黒く染め、青き道服を着たり。色濃く肥りたる男也。狂名を浜辺の黒人とよぶ。人皆、歯まで黒人とあだ名せり。此人狂歌の点をして半紙にすりて出す。板料を取るを入花といへり［割注　今（石川注、『奴凧』は文化十五年四月自序）の狂歌の点料を入花といふのはじめ也］。

と見えている。本来板行料であるはずの入花が、後に選歌・添削料（点料とも）をも含む意味で用いられるようになるのは、寛政期以降に職業狂歌師が登場するようになってからだが、ともかくも書肆である黒人からすれば、事前配布の投吟募集チラシの作成はいうにおよばず、狂歌の板行も経費の目途さえつけばお手のもので、諸所の取次所も職業上の組織を使えば簡単に用意できたであろう。

右の入花制度（ただし黒人におけるこの時点での金額は不明）を利用しつつ、計画に遅れながらも刊行にこぎつけた江戸狂歌刊本が、黒人の編撰書三作、すなわち『初笑不琢玉（はつわらいみがかぬたま）』（歳旦狂歌集で書名は「狂歌不琢玉」とも。天明元年春跋刊）

と『栗能下風』（同二年十一月序刊）および『狂哥猿の腰かけ』（同三年八月序刊）である。三作いずれも、安永九年正月から天明三年春までの都合二十二回にわたる投吟募集のチラシの成果、またはそのチラシでの宣伝効果によるものである。詳細は本書第一章第一節で述べるが、いずれにもせよ、江戸狂歌の出版は狂歌作者にして書肆であった黒人によってまず行われたのである。(11)

もっとも黒人自身は別として、彼を中心とする芝連一派は芝の僧侶や品川方面の人々が多く、また幕臣狂歌作者たちとの交流も少なかったため、この三部の先駆的刊本もさして反響を呼ぶには至らなかった。しかし、とにかくも江戸狂歌が公刊された意義は極めて大きい。なぜならば、斬新で機知に富んだ天明狂歌がいかにもてはやされようが、詠み捨てや書き留めのままであったなら、その大流行など起こるはずがないからである。黒人はこれ以後の江戸狂歌出版界をリードすることはできなかったが、後述の蔦屋重三郎（以下「蔦重」と略称）はみごとにその役割を果たしていく。

㈢　天明三年の大流行

流行前夜として天明元年から述べてみると、この年は嵐の前の静けさか、前出『初笑不琢玉』の刊行以外になぜか表だった資料に乏しい。しかし翌二年になると、天明狂歌大流行を予感させる動きが目立ちはじめる。まず正月に丹青洞恭円（よしまる）編の『興歌めざし艸』が刊行されるが、この集については後述する。同じ正月の十四日と二十四日には元木網宅で狂歌会が開かれ、両日ともに赤良ら三十余人もの人々が参加している（『三春行楽記』）。このことは、木網を魁首とする落栗連の成立を思わせると同時に、木網がこの年は毎月「四」の日に月次会を開いていたことをうかがわせる。三月になると、内容未詳ながら「日ぐらし何くはぬ会」なる狂歌の集いがあり（「年歴」）(12)、四月二十日には向島三囲稲荷でも狂歌会が開催され、「詠指頭画狂哥并序」「三囲社頭奉納狂哥」「団扇合図并狂歌」の三作品（いずれも未刊、『栗花集』所収）が編まれた。三作品に延べ三十一人の狂歌作者名が出るこの三囲稲荷狂歌会と『栗花集』については、浜田義一郎氏によれば、唐衣橘洲の一派が参加者の七割を越えており、橘洲が門人の組織づくりを意図したもの[13]という。しかし私見とはいささか異なる点もあるので、本書第一章第二、三、五節の各節において、それぞれの節題論点に即してその再検討を試みる。七月四日、この日は赤良・菅江・野原雲輔（南畝の甥で、後の紀定丸）の三人が木網宅を訪れるはずで、木網はまた別途、物事明輔（後の馬場金埒）・鹿都部真顔・油杜氏煉方の三人にも声をかけていた（『游戯三昧』所収「七夕狂歌并序」）。結局手違いからか赤良ら三人は来なかったが、浜田氏はこれを、幕臣狂歌作者の巨頭と町人狂歌作者の才人を接近させようとした木網の演出とみる[14]。さらに十一月二十四日に赤良が執筆した「冬日逍遥亭詠夷歌序」（『四方のあか』所収）によれば、吉原京町の加保茶元成の逍遥亭のみならず、前述の木網の落栗庵や本町二丁目の腹唐秋人のきぬた庵などでも月次狂歌会が盛んだったという。十一月一日跋刊の、赤良の五世団十郎贔屓の著『市川贔屓江戸花海老』（狂名普栗釣方こと本屋清吉版）には、「日本大きに狂歌はやり、別て東都に上手多く」という文言とともに、江戸市中を二十余の地域・町名に分けた狂歌界の分布を示す一文がある。そうした各地域グループも当然のことながら月次の会を持っていたと考えてよかろう。天明二年の十一月といえば、加えて前述の『栗能下風』にも、同年十一月一日付け四方山人（赤良）の序文があった。天明狂歌開花の機はすっかり熟し、翌天明三年に堰を切ったような大流行となる。

この天明三年には一気に十二種[15]の狂歌本が刊行される。すなわち、

①唐衣橘洲編『狂歌若葉集』（正月刊、近江屋本十郎版）
②四方赤良編『万載狂歌集』（正月刊、須原屋伊八版）
③一風斎編『狂歌二葉艸』（正月刊、前川六左衛門版）

④四方赤良著『めでた百首夷歌』（正月序刊、狂名今福来留（いまふくきたる）こと今福屋勇助版）
⑤元木網著『狂歌はまのきさご』（三月刊、狂名蔦唐丸こと蔦重版）
⑥普栗釣方編『狂歌知足振（しったりぶり）』（四月序刊、釣方こと漫々堂本や奈良屋清吉版）
⑦四方赤良編『灯籠会集』（七月跋刊〈天明三年の七月であることは後述〉。版元不明）
⑧赤松金鶏著『（狂歌）網雑魚』[16]（七月跋刊、蔦重版）
⑨平秩東作編『狂歌師細見』（七月跋刊、紺畫堂〈用字からして蔦重こと耕書堂のもじりであろう〉[17]版）
⑩浜辺黒人編『狂哥猿の腰かけ』（八月序刊、三河屋[18]利兵衛・花屋久治郎版）
⑪元木網編『落栗庵狂歌月並摺』（十一月刊、伊沢八郎兵衛・上総屋利兵衛版）
⑫元木網編『落栗庵春興集』（菅竹浦氏『狂哥書目集成』によれば本年刊で[19]、上総屋利兵衛版）

の十二種で、さらに①②③⑥⑨⑩では合わせて十三作の狂歌関係書が近刊予告されている。狂歌刊本が天明元年一作、同二年二作（前出の『市川贔屓江戸花海老』はひとまず除く）の計わずか三作だったことと比較するまでもなく、爆発的な流行といってよい。

その端緒となったのが巨頭二人による①②の本格的天明狂歌撰集である。両書の編集過程については、すでに浜田義一郎氏に論があるので[20]、以下にその要点のみを記す。まず版元に請われた橘洲が、天明元年に赤良を除外して東作ら「心あひたる友」四人とともに密かに編集に着手し、翌二年四月初めに編纂を終えた。一方同じく書肆（『奴凧』によれば須原屋の番頭迂平）に求められながらも着手しなかった赤良は、二年四月の前述の三囲稲荷狂歌会のころに橘洲の計画を知り、菅江とともに急遽編纂にとりかかって、両書ともに三年正月に刊行された。結果は工夫のない党派的編集だった①を、幅広く機知的に編集した②が圧倒し、以後は赤良を中心とする四方連が江戸狂歌界の主導権を握ることになった。狂歌界盟主の座が橘洲から赤良に移ったという浜田氏の結論はその通りであるが、①の編集と刊行についての私見は本書第一章第三節で詳述する。

③以下についてはその特徴点を述べる。③は①②と肩を並べて同時期に出版されていることに加えて、編者の一風斎は、⑥では芝連に所属するものの⑨によれば自らを魁主とする一派を構え、③の序者三人のうちの覚蓮坊目隠（⑥では本丁連）と丹青洞恭円（⑥にはその狂名がない）はその配下に名を連ねる。残るもう一人の序者である大木戸黒牛は、⑨では浜辺黒人配下（⑥では芝連）にその名が出る。さらに③で一風斎校として予告される『狂歌花鳥風月』撰者の橘貞風も、⑨の一風斎配下にその名がある。③は紛れもない初期天明狂歌集の一書といってよい。同様のことが前年刊『興歌めざし艸』（前出）にも当てはまり、その編者は右の丹青洞恭円であった。両書ともに本来ならば注目されてしかるべきであるが、彼らは天明狂歌の流行が進むと同時に狂歌壇から離れた。両書とも扉に松永貞徳を据えるという狂歌観の相違もあったろうが、残されている今後の検討課題の一つである。

④は天明狂歌最初の個人集で、それに次ぐのが⑧である。⑤は最初の入門作法書で、これが刊行されたということは、サロン的集まりだった狂歌界が大流行に至る過程で明確に指導する側とされる側に分けられたことを意味していよう。⑥と⑨は天明狂歌作者名鑑で、⑥は連ごとに狂名を掲げるのみながら、冒頭の数寄屋連(21)と思われる五十九人以下、小石川連十九人、朱楽連三十二人、吉原連十六人、堺丁連二十四人、芝連四十八人、本町連六十四人、四方連六十四人の合計八連三百二十六人もの狂歌作者を掲載する。⑨は天明狂歌界を吉原細見に擬した作で、十六の狂歌グループとその傘下の狂歌作者を、吉原の妓楼と抱えの遊女に見立てる。両書のような所属連と狂名を記すだけの本を出版した版元の意図は、江戸狂歌の大流行を見据えた上での、狂名の付け方類例集であったに相違ない。その狂名の読みをまったく付記せず、それ故に江戸狂歌特有の狂名の滑稽味が伝わりにくい⑥の欠点を、平仮名中心の吉原細見に擬して補い提示したのが⑨であったろう。⑨には別途、さりげなく当時の狂歌界の情報が少なからず盛り込まれている。曰く「江戸中きやう哥がはやるのサ」、「江戸中はんぶんはにしのくぼ（石川注、元木網）の門人(22)だョ」、「中（ママ）なほり　牛

込（同、赤良）と四ツ谷（同、橘洲）のわけ合（①②の確執を指す）も菅江さんはもちろん、木網さんの取持でさつはりすみやした」等々である。また赤良の跋文には⑥の主眼とは少し次元の異なる、その杜撰さ（主として所属連に関してであろう）を指摘する文言もある。さらには見返し部分に「諸方会日附」として、「伯楽街角力会　四之日　会料百文」、「黒人角力会　七之日　入花四十八文」、「落栗庵定会　さんの日　飯料三十一文字めしを喰ねばいらず」、「（山道）高彦　十之日」、「（子子）孫彦　二の日」とあり、「落栗庵定会」の十二箇月兼題表をも掲げる。収録狂歌作者を含めて大変有益な資料であることは言をまたないが、何せ吉原細見のパロディであるため、これまで十分に活用されてきたとは言いがたい。よって本書第一章第四節でその掲載狂歌作者の比定を試みる。

同じく木網の右「落栗庵定会」については、⑪がまさにその産物である。後に定着する年頭狂歌会を始めたのも実は木網で、本年における伊勢屋（『奴凧』にみえる京橋の伊勢屋勝助か）での会がその最初であり（『もとのしづく』蜀山人序）、⑫がおそらくその成果であろう。黒人の「角力会」とは、参加狂歌作者を二分して東西の力士に見立て、判者を相撲の行司に擬した狂歌合のことである。毎回入花四十八文を取ってその都度摺物にするというのであろう。もっともこの角力会を最初に行ったのは、『狂歌角力草』（天明四年正月刊）によれば黒人ではなく普栗釣方である。釣方は三年四月の初回からその都度摺物にし、十回行ったところで一冊にまとめる予定だったが、途中の同年八月に没したため、宿屋飯盛らがその遺志を継いで十月に完了させ、『狂歌角力草』として刊行したのである。釣方は板行料としての入花を取らなかったようだが、黒人は企画ごとに取っていたらしく、⑩も入花によって刊行した本であることが、奥付の「毎月三題を出して諸名家の狂詠を集め、其が中よりゑらびいだして、このごとく月々に板行にいたし侍る事也。所々の取次所あれば、かはらずいだし給へかしと希ふのみ　黒人」（傍点石川）とある宣伝文によって明らかとなる。

特殊な催しの成果である残る⑦について補足する。吉原の盆行事に角町万字屋の玉菊を追善して、毎年七月の一箇月間行われる灯籠会がある。その折に狂歌仲間が集まり、狂歌を短冊にしたためて灯籠とした記念の集が⑦である。跋文では天明の七月十五日とするが、その天明の何年であるかが記されていない。この催しに参加している平秩東作は、天明元年六月二十日以前に伊豆旅行に出かけてその年九月頃に江戸に帰り、翌二年四月末からは上方旅行に出て天明三年三月末に江戸にもどり、その年八月七日には今度は蝦夷地に向かって旅立っている。(23)一方⑦にはまた、天明三年八月二十四日に没する普栗釣方の名があるので、二人ともに参加できる灯籠会は天明三年七月しかないと特定できる。都合四十六名が参加している。

さて以上の天明三年における諸相を総合してみると、大流行の仕掛人は結果的にではあるが、橘洲・赤良の両巨頭と多くの門人を抱える木網の計三人、それに浜辺黒人・今福来留・蔦唐丸・普栗釣方らの狂歌作者でもあった書肆たちといえそうである。

ひるがえって、ではこうした爆発的流行がなぜ生じたかを考えてみるに、その第一は軽妙洒脱な江戸狂歌が質的に江戸人の嗜好に合っていたこと、第二として江戸狂歌界には、すでに述べたように老若男女といった年齢・性別の差別がないこと、第三には武士と町人といった身分・職業上の差別もなく、特に当時の社交場であった吉原の関係者や、多くのファンを持つ歌舞伎関係者、さらにはマスコミである出版者に至るまで狂歌が浸透していること、第四はそうした狂歌熱の成熟、そして第五に狂歌本の出版機運があげられる。これらのうちで最も留意すべきは、その第三と第五と思われるので、次に補足しておく。

まず吉原関係者のグループ吉原連（『狂歌知足振』では十六名）であるが　その中心人物は加保茶元成と蔦唐丸である。前者は妓楼大文字屋の主人で、前述のように天明二年十一月の時点ですでに盛んに月次狂歌会を開いていた。また初め吉原大門口の本屋であった後者の蔦唐丸は、(24)安永三年に吉原細見を刊行した後、天明三年からはその板権を完全に掌握して独占出版する。この吉原細見に擬した『狂歌師細見』などは彼らグループにとって願ってもない企画であったろうし、同四年四月に没した大門喜和成（きわなり）（大門前の酒屋の息子）の追善集『いたみ諸白』（同年七月刊、蔦重版）は、まさに吉原連総動員といった様相を呈しており、その隆盛がうかがわれる。歌舞伎グループの堺丁連（『狂歌知足振』では二十四名）は五世市川団十郎を中心とする。彼については、前述のように安永九年の時点ですでに狂歌に通じており、純粋な狂歌本ではないものの赤良が贔屓して『市川贔屓江戸花海老』（天明二年十一月跋刊）を著していることをすでに述べたが、前出日野龍夫氏解説によれば、彼が狂名花道つらねを称したのも同書の頃からという。翌三年夏には、中村座で彼が忠臣蔵の大星由良之助を演じたことを慶賀して、これも純粋な狂歌本ではないが伯楽連が音頭を取って『皆三舛扮戯大星』（みなみますかぶきのおおぼし）（版元不明）を刊行している。狂歌をよくした書肆については、黒人・来留（この人物の狂歌活動はさほどでもない）・唐丸・釣方の四人がいることをすでに述べた。残る狂歌本の出版機運については、そもそも『狂歌若葉集』と『万載狂歌集』の刊行もともに書肆からの依頼がその出発点であった。狂歌をよくした本屋に限らず、書肆がいかに狂歌本を出版したがっていたかは、例えば天明三年春の赤良母六十賀会案内摺物(25)に、「来ル三月廿四日（中略）朝ッぱらより暮方まで狂歌大会仕候間、（中略）当日御出席の御方、狂歌狂文とりあつめ候はゞ、大方本屋がほしがり可申候」とあり、『狂歌師細見』にも「数十けんの本や、狂哥戯作をちよつと見ると、人先へとつて板行ニあらはす」とあることに明らかである。天明狂歌大流行を考えるとき、吉原と歌舞伎という二大享楽機関にまで狂歌が浸透していた一方で、書肆もまた狂歌本出版に躍起だった実状を見逃してはなるまい。

(四)　天明狂歌界の展開と寛政改革

天明三年の大流行以降主導権を握ったのは、四方連魁主の四方赤良とその朋友だった朱楽菅江であるが、菅江一派は赤良ほどに積極的ではなかった。そこで四方連はいうに及ばず天明狂歌界の中心となった赤良の編撰狂歌集について、次に述べてみたい。

天明四年正月に母六十賀会の成果『狂歌狂文老萊子』（四方山人漢文序、宿屋飯盛・鱠盛方跋、蔦重版）を刊行した赤良は、同じ四年の夏、前年暮れから着手していた『万載狂歌集』続編の編纂を終了し、翌五年正月に第二総合撰集『徳和歌後万載集』（山手白人等序、菅江跋、須原屋伊八版）として刊行する。前集に近刻と予告されていたこともあってか、「赤良のえらびに応ぜんとて、もてあつまれる草稿五くるまにあまり、かつ千箱にみてり」（菅江跋文）という状況であった。急増した新しい門人たちのために手をうたねばならなくなった赤良は、彼らのために題材を年末年始に限定した『狂歌新玉集』（赤良序、蔦重版）を翌六年正月に、また同年か前年頃に狂歌入り画像集『三十六人狂歌撰』（赤良序、丹丘画、赤良私家版にして年次不記載）を、さらには七年正月に歳旦集『狂歌千里同風』（四方山人序、蔦重版）を刊行する。そして同じ七年正月には第三総合撰集『狂歌才蔵集』（赤良序、蔦重版。内題「才和歌〈若とも〉集」）を自らの名を伏せて紀みじか等六人校訂という形で刊行するが、これにはすでに入集者の世代交代が色濃く表れていた。折からの寛政改革もあり、結局赤良は右の七年正月の二書を以て天明狂歌界と決別する。

以上の赤良編撰狂歌集の要点は、総合撰集の続刊と急増門人対策といってよい。前者については後述するとして、狂歌人口急増による狂歌の質の低下を嘆く赤良ですら無視できなくなった後者にあっては、墨印肖像画に各自の狂歌一首を添えた『三十六人狂歌撰』に特に注目したい。というのも、同書が狂歌絵本の一系統に属する新しい試み（後述。ただしその初作であるかどうかは微妙）であると同時に、赤良の私家版、つまり入集者の入銀によって造本されたと思われるからである。この入銀は換言すれば、すでに浜辺黒人が実施していた板行料としての入花に同じである。私家版とはいえ、赤良大先生が入花によって肖像画付きで狂歌を載せてくれるとなれば一体どういうことになるか、想像するにあまりある。四編まで出すという続刊予告は、このことがすでに予測されていたことを物語り、結局それが実行されなかったのは、希望者のあまりの多さと赤良自身がさすがにその過剰サービスに思い至ったからではあるまいか。同書は新人中心のわずか三十六人を収録するのみで従来さほど注目されなかったが、狂歌の爆発的流行という視点からすれば、急増門人対策の一環としてほかならぬ赤良自身が、私家版とはいえ入花制度を導入して作った新しい形態の狂歌本、という意味において注目すべき一書である。

第三集まで刊行された赤良の総合撰集で留意すべきは、国名を付記された狂歌作者の存在である。第一集では信州とある一人だけだったが（ちなみに『狂歌若葉集』では皆無）、第二集では美濃三人、尾張三人、上毛三人、下毛一人、播州一人、肥後一人の計十二人に増え、第三集ではその倍以上になって美濃一人、尾張三人、上毛十人、下毛三人、甲府七人、信濃一人、浪華一人の計二十六人となる。これらの人々に注目する理由は、彼らの多くが江戸勤番中に天明狂歌壇に参加した諸藩士とその関係者と思われるからである。本来江戸市民の文芸であった江戸狂歌が、寛政期以降全国に伝播した元をただせば、実に帰国した彼らがその担い手だったと考えられるのである。なお、この地方伝播については、尾張を例に本書第三章第一節で具体的分析を試みるとともに、この江戸狂歌文化の影響を強く受けている尾張戯作界についても、第四章各節で検討する。

ところで、天明三年の狂歌大流行はまた他ジャンルの文芸にもすぐさま浸透する。まず翌天明四年恋川春町作・画の黄表紙『万載集著微来歴』（蔦重版）が刊行される。これは『万載狂歌集』の完成を慶賀した作で、版元の蔦重はこれのみならず、この年正月に五種の狂歌歳旦黄表紙を刊行している。すなわち本町連を中心とする前編『大木の生限』（飯盛序）、伯楽連を中心とする後編『太の根』、四方連を中心とする『年始御礼帳』（赤良序）、赤松連を中心とする『早来恵方道』（節藁仲貫序、馬屋厩輔跋）、小石川連を中心とする『金平子供遊』（赤良序）がそれである。(26)

これら狂歌歳旦黄表紙は、見立て狂歌絵本の初作で数寄屋連を中心とする天明三年正月刊『絵本見立仮譬尽』(27)（竹杖為軽編、勝尾春政〈勝川春章と北尾重政の名を合成した架空名〉画、須原屋市兵衛・同善五郎版）に刺激されたものと思われるが、これを含めたいわゆる狂歌絵本には大きく三系統がある。その一が右の見立て狂歌絵本の類(28)で、『絵本見立仮譬尽』を例にあげれば、「女郎貝（買）」や「やつ貝（厄介）」等こじつけの貝三十六種の見立て絵に狂歌を添え、それに各狂文を加えたものである。同類の作に木網門下や数寄屋連・本町連を中心とする同年七月刊『狂文宝合記』（北尾政美等画、上総屋利兵衛等版）と、多彩な狂歌師たちによるこじつけ模様集の同四年六月跋刊『たなぐひあはせ』（山東京伝画、白鳳堂版）があり、両作ともに数箇月前に開催された各戯会の成果である。同五年正月刊『狂文棒歌撰』（鳴滝音人編、春川吉重画、須原屋茂兵衛版）は、橘洲ら一線級狂歌作者による「貧乏（棒）」等の棒を集めたもので、見立て絵ではないものの、見立ての狂文と狂歌入り挿絵を対にした構成である。狂歌絵本第二の系統は、狂歌作者名鑑の絵画化ともいうべき画像集で、各自の狂歌一首を添える。飯盛編・京伝画・蔦重板というスタッフで天明六年正月と翌七年に、『吾妻曲狂歌文庫』と『古今狂歌袋』がともに彩色摺りで刊行され、前者が五十人の狂歌作者を、後者が百人の狂歌作者をそれぞれ収録する。同五、六年頃刊の赤良編『三十六人狂歌撰』（前述）も墨印だがこれに属する。その三は狂歌入りの風俗・名所・歴史人物・生物等の絵本である。天明六年に蔦重から刊行された『絵本江戸爵』（朱楽館序、歌麿画）、『絵本吾妻抉』（橘洲序、重政画）、『絵本八十宇治川』（四方山人序、北尾紅翠斎画）の三作をかわきりに、同七年には『絵本詞の花』（飯盛序、歌麿画、蔦重版）と『絵本吾嬬鏡』（万象亭序、政美画、鶴屋喜右衛門版）が刊行され、同八年にはこの系統の最高傑作『画本虫撰』（飯盛編、歌麿画、蔦重版）が彩色摺で刊行される。

黄表紙と絵本以外では、天明五年に蔦重が出版した四種の作品が注目される。まず正月に狂歌双六が刊行された。赤良撰の彩色一枚摺『四方春興夷歌連中双六』[29]（筆綾丸こと歌麿画）がそれで、四方連を中心とする百二十九人の歳旦狂歌百三十一首を、百二十三コマの双六に仕立てたものである。秋には役者評判記に倣った狂歌作者評判記と狂歌作者十一人による狂詩集が刊行される。前者は八月に唐丸亭に集った菅江・橘洲・赤良の三人が、五日間で位付けをして『俳優風』（刊記はなく「天明五年辰の秋」開口）と題して刊行したものである。後者はその直後の八月十五日に某所で開催された観月会の成果で、寝惚先生（赤良）批点・伯楽（連）宿屋飯盛輯・本町（連）腹唐秋人校『十才子名月詩集』として出版された。十月になると噺の分野にも進出する。同月十四日深川油堀の土師掻安（はじのかきやす）別荘で百物語の噺ならぬ狂歌の会が唐丸主催で行われ、平秩東作編『狂歌百鬼夜狂』（刊記はなく天明五年冬四方山人序、橘洲跋）として出版された。

天明四年以降の狂歌界の概要は以上だが、ここでこれまで言及できなかった主な戯会をまとめておく。天明三年六月十五日酒上不埒（恋川春町）主催の「狂歌なよごしの祓」[30]（慶応義塾大学蔵写本）、同年十月雑司ヶ谷真乗院での赤松連「狂歌投やり花合せ」（『巴人集』『栗花集』）、五年五月木網主催の「向島団扇合せ」（『年暦』）、六年三月「山王社頭花合せ」（『年暦』）などがある。

以上のような天明狂歌界の展開をみてくると、いやが上にも目につくのが、蔦唐丸の狂名で狂歌活動もした蔦重の動向である。その活発な出版活動は、また同時に狂歌界の主導権を持つ四方連との親密さをも物語る。天明三年刊行の狂歌本十二種（前述）に関しては、そのうちの三種を板行して狂歌大流行の一翼を担ってはいるが、その頃まではどちらかといえば後発組で、それほど大きな役割は果たしていない。しかし、この年九月に吉原大門口から日本橋通油町に店を移し、翌四年正月に赤良母の賀集『狂歌狂文老莱子』を板行するあたりから様相は一変する。四年の狂歌関連黄表紙は六作ともすべて蔦重版であったし、五年の双六・評判記・狂詩・百物語に狂歌（作者）を絡めた新企画もすべて蔦重の出版、六年から八年にかけての狂歌絵本第二、三系統の諸作も、鶴屋版の『絵本吾嬬鏡』一作を除いて残る七作はいずれも蔦重版、さらには赤良編撰狂歌集についても、先約があった第一、二の総合撰集と私家版はやむを得ないとして、残る六、七両年の三作はこれまた蔦重版であった。天明期狂歌本で以上のほかに主な書を列挙すれば、菅江編の『故混馬鹿集』（天明五年正月刊。内題「狂言鶯蛙集」）、『鸚鵡盃』（同八年正月序刊）、『八重垣ゑにむすび』（同八年十月後序刊）の三作と、真顔編『狂歌数寄屋風呂』（序文によれば同八年刊）があるが、『八重垣ゑにむすび』以外はすべて蔦重版である。要するに天明四年から八年までの狂歌関係出版物は、そのほとんどを蔦重が独占しているのである。

狂歌をよくした書肆にはほかに浜辺黒人と今福来留、それに普栗釣方がいることを前述したが、では彼らと蔦重は一体どこが違うのだろうか。まず釣方は黄表紙評判記『菊寿草』（天明元年正月刊）や『市川贔屓江戸花海老』『狂歌知足振』等を出版し、狂歌の角力会をも創始した敏腕書肆だが、早く天明三年八月に没したから対象にならない。吉原細見の版権を掌握した蔦重からみれば、来留はやはり弱小書肆といわざるを得ないであろう。残る黒人は入花制度を真っ先に導入した目先のきく書肆だが、出版活動よりも狂歌作者としての活動に重きを置いていたと見てよかろう。となると、新興ながらも書肆として相応の実力を持ち、狂歌活動をする一方でそれ以上に出版活動を重視したのは、蔦重をおいて他にいない。蔦重は大門口時代は吉原連の代表格で、通油町に転居してからは近くの馬喰町伯楽連に活動の中心を移し、同連の実力者である宿屋飯盛とも親交を持つ。飯盛はまた四方連とも親密で赤良母賀会の世話人をするほどであったし、蔦重自身も、赤良とは天明元年の『菊寿草』で自店版の黄表紙を高く評価してもらった御礼の訪問（『丙子掌記』）以来親交があった。蔦重はかくして天明狂歌界の中心である四方連と深く係わっていくのである。新進気鋭の京伝や歌麿を登用するといった蔦重の手腕もさることながら、蔦重と四方連はいわば車の両輪で、特に天明三年後半以降は結果的にではあるが、まさにこの両者が狂歌の流行をリード・演出していったことになる。

以上述べてきた天明狂歌の一大ブームにも転機が訪れる。天明七年六月老中首座に就いた松平定信の寛政改革がそれで、就任翌月には早速文武奨励令が出された。才知に富んだ天明狂歌作者たちのうち、赤良や手柄岡持（朋誠堂喜三二）、酒上不埒（恋川春町）といった武士階級の人々は、これを機に次々と戯作・狂歌の筆を置く。これを従来、改革によって断筆を余儀なくされたと解してきたが、近時中野三敏氏により、そうではなくて文芸界からの引退を願う彼らが好機とばかりに改革を口実にしたとの説が出された。[31]誠に卓見で、首肯されるべき説と思われるので、これに従って狂歌流行の水面下を赤良を中心に次に探ってみる。

赤良の心中に狂歌・狂歌界に対して嫌気がさすとすれば、まず想定されるのは天明三年暮れから四年夏にかけての

『徳和歌後万載集』編纂期間であろう。前述のように車五台千箱というほどの草稿が集まったからである。四年正月刊の洒落本『通詩選』の序で、赤良が「このごろ狂歌は花見虱のごとく」といっているのはまさに右のことであろう。しかしこの段階では量の多さ（当然質は低下している）に呆れ果ててはいるものの、まださほど深刻とも思えない。ところが翌五年になると様子が変わり、この年秋の『俳優風』では、武士である橘洲・菅江・赤良の三人が町人の飯盛と真顔に狂歌を譲って隠居したいといっている。どうやら『徳和歌後万載集』を編集し終えた後、翌六年正月に出る急増門人対策の『狂歌新玉集』を編纂する過程で、駄作の山を前に嫌気がさしたものと思われる。早くもマンネリ化が芽生えたのか、四年から五年にかけては狂歌界の活気もいささか停滞したらしく、五年正月跋刊の洒落本『無駄酸（むださん）辛甘（しんかん）』本文中に、作者の千差万別が狂歌界に秋風が吹いている旨を記している。蔦重が五年に双六等四作の新企画を次々と板行したのは、あるいはこうした空気を敏感に感じ取り、それを打破するねらいだったかもしれない。自ら蒔いた種とはいえ、後に引くに引かれぬ赤良のこうした内憂とは裏腹に、蔦重はますます本腰を入れるようになり、狂歌に飽きる者も出現するかたわら、さらなる狂歌の大衆化も進んだことであろう。そうした折に寛政改革が始まったのである。赤良ら武士作者たちにとっては、まさに渡りに船であった。

　寛政改革と赤良ら武家狂歌作者との関係を以上のようにとらえると、天明狂歌流行の二重性に気づく。すなわち、寛政改革以前における天明狂歌の流行は、実は外側からみたものであり、内側からみたそれは、天明四年から五年にかけての頃にすでに終息に向かって動き出していたことになるのである。もっとも内側の動向とはいえ、一度動きだした流行のうねりがそうたやすく止まるはずもなく、外側からの要求に引っ張られる形で動き続け、寛政改革を経てようやく終息に向かう。江戸狂歌の爛熟期である天明狂歌は、この内側からの流行の終息とともに幕を閉じるが、外側からの流行は真顔・飯盛といった町人狂歌作者たちと書肆によって受け継がれ、選歌料・点料を含む入花制度による職業化ともあいまって全国に広がっていくのである。

以上のように江戸狂歌の流行を跡づけて振り返ってみると、ここに一つの大きな問題が残っていることにはたと気づかされる。それは爛熟期のこの江戸狂歌のことを、今や文学史用語として常識となっている「天明狂歌」と称することである。天明狂歌とはいつごろから、誰がどういう背景で唱えはじめ、いかなる経緯を経て定着に至ったのか、またその天明狂歌の範囲は、という問題である。これについては本書第一章第六節で具体的な検証を試みる。

注

（1）久保田啓一氏「所謂『明和十五番狂歌合』をめぐって——点取狂歌としての枠組——」（日下幸男氏編『中世近世和歌文芸論集』〈思文閣出版、平成20年〉所収）。

（2）十八世紀の江戸文化を多角的に論じた好著に、十二氏の論考を収めた中野三敏氏編『文学と美術の成熟』（『日本の近世』第十五巻、中央公論社、平成5年）がある。

（3）野崎左文氏は『狂歌の研究』（岩波講座日本文学、昭和6年7月）等で、この「四ツ谷」の語の前に「安永四年二月廿三日」とある本文を引用しているが、そうした伝本未見。

（4）『狂歌若葉集』に「なが月十三夜橘洲ぬしへ始めてまかりて、謡の題にて八島をよめる」（傍点石川）という詞書の東作の詠がある。東作は明和七年春の『明和十五番狂歌合』に参加しているのであるから、橘洲宅へ初めて出かけた十三夜観月会は明和六年または五年の長月であろう。なお、井上隆明氏『平秩東作の戯作的歳月』（角川書店、平成5年）では同六年のことと推定し、玉林晴朗氏『蜀山人の研究』（畝傍書房、昭和19年）では根拠を示さぬままに同八年とする。

（5）日本名著全集『狂文狂歌集』（同全集刊行会、昭和4年）所収『狂歌若葉集』の林若樹氏「解題」に、「紀束（きのつかぬ）の佩鱅堂雑集には、明和七年頃より毎月橘洲宅に狂歌会を開き、会するもの四五人云々といふ」とあるが、『佩鱅堂雑集』なる書、未見。

（6）小林ふみ子氏『天明狂歌研究』（汲古書院、平成21年）所収「落栗庵元木網の天明狂歌」では、木網は菅江や橘洲、赤良らと相前後するほぼ同世代であった可能性が高く、彼らより二十歳前後も年上とは思われないと指摘するが、ここではひとまず通説に従っておくこととする。

（7）③の一文は『奴凧』にも引用されてはいるが、それは赤良自身の手によるものではなく後年になってからの達磨屋五一による補筆であることが、新日本古典文学大系第八十四巻（岩波書店、平成5年）所収の中野三敏氏校注『奴凧』解題および脚注で指摘されている。

（8）この会の開催年について、南畝は『狂文宝合記』跋文では安永三年といい、『奴凧』や『狂歌才蔵集』では同二年と記しているが、ひとまず後者に従っておく。

（9）浜田義一郎氏等編『大田南畝全集』第二十巻（岩波書店、平成2年）所収。久保田啓一・宮崎修多の両氏作成、中野三敏氏校の労作である。

（10）右注（4）引用の井上氏著書安永八年条による。

（11）黒人による江戸狂歌出版以前にも、釈大我詠『夢庵戯哥集』（明和五年正月刊）や山辺馬鹿人詠『肖歌（やつしうた）』（同年夏序刊）、柳下泉末竜詠『狂歌柳の雫』（明和七年初秋刊）、前引の木室卯雲家集『今日歌集』（安永五年八月刊）等があり、後の天明狂歌にも通ずる要素があることを、右注（6）引用の小林氏著書所収「天明狂歌前史の一齣」が指摘している。しかしこれらの刊行当時においては、作者の狂歌に対する認識や、技巧を含む狂歌内容を後の天明狂歌と同レベルで論じるにはやはり無理があるので、ひとまずここでは除外しておく。

（12）東京都立中央図書館加賀文庫蔵「狂歌番付」七十枚のうちの二十六枚目（題名のない初心者用一枚摺）に掲載されている「諸連会合并年暦」を略称した。

（13）浜田義一郎氏「栗花集について」（「大妻女子大学文学部紀要」第十号、昭和53年3月）。

（14）『蜀山人集』（天理図書館善本叢書和書之部第四十巻、八木書店、昭和52年）の浜田義一郎氏「解題」。

（15）天明三年刊本としては、ほかに竹杖為軽（たけづえのすがる）編『絵本見立仮譬尽（かいづくし）』（狂歌入り）と狂歌連中の企画である『狂文宝合記』があるが、ともに見立て絵本なのでひとまず割愛しておく。

(16) 鈴木俊幸氏編『蔦重出版書目』（青裳堂書店、平成10年）に、内容的に天明三年では時期尚早との指摘があるが、跋文に「癸卯（石川注、天明三年）七月」とあることにひとまず従っておく。
(17) 三村竹清氏『本之話』（岡書院、昭和5年。後、『三村竹清集』第二巻〈青裳堂書店、昭和57年〉に再録）によれば、ある一本に南総館上総屋利兵衛版という式亭三馬の識語があるというが、そうした本未確認のため、ここではひとまず蔦重版と推測しておく。
(18) 黒人その人である「三河屋判兵衛」の誤刻であるが、黒人は正しくは「半兵衛」である。
(19) 右注（6）引用の小林氏論文では、所収歌に「とらの春」が詠み込まれていること等から、寛政六甲寅年の歳旦集と推定している。
(20) 浜田義一郎氏『江戸文芸攷』（岩波書店、昭和63年）所収「天明三狂歌集の成立に就いて」（初出、岩波書店「文学」第九巻七号、昭和16年7月）。
(21) 原本にはなくて野崎左文氏が私的に「スキヤ連」と補記した妥当性については、この時点における数寄屋連は全体として木網の落栗庵傘下にあったことを、右注（6）小林ふみ子氏著書所収「鹿都部真顔と数寄屋連」が指摘している。
(22) この江戸中半分は木網の門人という状況は、彼が妻の知恵内子とともに無報酬で指導したことと無縁ではなく、彼が作法書⑤を出版した最大の理由もここにあろう。
(23) 右注（4）引用の井上氏著書参照。
(24) 蔦重については、右注（16）引用の鈴木俊幸氏編著と同氏『蔦屋重三郎』（若草書房、平成10年）を参照していることをお断りしておく。
(25) 中野三敏氏「南畝耕読　その六」（『大田南畝全集』第十巻月報7、岩波書店、昭和61年12月）に、影印と翻刻が収まる。
(26) 浜田義一郎氏「狂歌歳旦黄表紙五種」（「大妻女子大学文学部紀要」第三号、昭和46年3月）参照。
(27) 延広真治氏等七氏編『江戸見立本の研究』（汲古書院、平成18年）にその注釈が収まる。
(28) 見立て絵本の研究については、中野三敏氏『戯作研究』（中央公論社、昭和56年）所収「見立絵本の系譜――「百化鳥」

七氏編『狂文宝合記の研究』（汲古書院、平成12年）や同氏編『江戸の文事』（ぺりかん社、平成12年）所収の松田高行氏等の余波――」（初出、九州大学「語文研究」第三十九号、昭和47年12月）がその先鞭といってよく、近時では延広真治氏等三氏「略註『たから合の記』」、さらには右注（27）引用書等が備わる。

（29）刊行年次の記載がないが、東作の狂歌に自分の年齢六十歳が詠みこまれているので、天明五年の刊行と思われる。

（30）年次の記載がないが、物事明輔が馬場金埒と改名した表記（天明三年七月刊『狂文宝合記』にも同様の表記が見える）があることと、天明三年八月に没する釣方の名があることを考え合わせれば、天明三年の六月十五日とみなしてよかろう。

（31）中野三敏氏『十八世紀の江戸文芸』（岩波書店、平成11年）所収「南畝における「転向」とは何か」（初出、学燈社「国文学　解釈と教材の研究」第二十七巻八号、昭和57年6月）。

第一章　天明狂歌をめぐる諸相

第一節　浜辺黒人による江戸狂歌の出版

天明狂歌大流行の契機となった唐衣橘洲編『狂歌若葉集』と四方赤良編『万載狂歌集』（ともに天明三年正月刊）以前に、浜辺黒人によって初めて天明狂歌が出版されていたことはすでによく知られている。写本で伝わった赤良の『奴凧』（文化十五年四月自序）に、

> 本芝二丁めに三河屋半兵衛といへる本屋、剃髪して歯を黒く染め、青き道服を着たり。色濃く肥りたる男也。狂名を浜辺の黒人とよぶ。人皆、歯まで黒人とあだ名せり。此人狂歌の点をして、半紙にすりて出す。板料を取るを入花といへり。［割注　今の狂歌の点料を入花といふのはじめ也。］[1]

とあるのがそれで、つまり黒人は狂歌に批点をした上で、書肆という生業を活用して板行料（入花）を取って一枚刷の摺物にしたのである。その理由を黒人は、当時の江戸狂歌が「一座一興のいひ捨にして、あとをとめざる事のほゐなきに」（後出の『栗能下風』における予告c）と述べている。当然狂歌の商品価値を意識した上でのことであったろうが、ともかくも「出版」を抜きにして天明狂歌の流行は語れない。本節では天明三年までの黒人編刊の三作、すなわち『栗能下風』を中心として、『初笑不琢玉（はつわらいみがかぬたま）』および『狂哥猿の腰かけ』（以下角書は適宜省略する）について、その江戸狂歌出版の実態を分析検討する。

(1)『栗能下風』

右の『奴凧』の記述を具体的に裏付ける資料が『栗能下風』で、黒人が自らの摺物を書物に仕立てたものである。以下、ソウル大学校中央図書館所蔵本(2)によつてその書誌の概略を示す。内題下に「浜辺黒人輯」とある大本一冊で、書名は原題簽と序題に「栗能下風」とあり、内題は「狂歌栗の下風」である。構成は「壬寅（天明二年）仲冬朔日四方山人」序（一丁。柱刻・丁付ともにナシ）、口絵を含む扉（一丁。この丁にのみ匡郭があり、柱刻は複線付白魚尾と丁付「一」）、本文（二十三丁。柱刻・丁付は最初の四丁にのみ「栗の下風　㊀（〜㊃）」）、「一文字白根」漢文跋(3)（一丁。柱刻・丁付ともにナシ）、奥付（半丁）から成る。一丁分の扉は、表に「江都狂歌先師石田未得翁」と題する座像とその狂歌一首、裏に二世石田未琢、三世石田未陌、黒人の狂歌各一首を収める。奥付には、刊記「本芝二丁め　三河屋利(ママ)兵衛／東叡山下竹町　花屋久治郎」とある他、予告として「続編栗の下風　未刻」「入安百首　近刻」「狂哥鶏聟(ママ)　黒人撰　未刻」「狂哥后撰夷回(ママ)集　黒人撰」「狂哥猿のこしかけ　同人（黒人）撰」の五部を広告し、合わせて口上「毎月三題を出して／諸名家の狂詠を集め夫が／中よりゑらびいだして／このごとく月々に板行に／いたし侍る事也所々の／取次所あればかはらず／いだし給へかしと／希ふのみ　黒人」を付記する。「このごとく」とあることからして、予告する諸書はこれから述べる本書と同様の方法で制作するつもりだったと思われる。もっとも刊行が確認できるのは『猿の腰かけ』（後述）のみで、あとは未刊であろう。また口上では「毎月三題を出して」というが、『栗能下風』の場合は毎月二題（後述）なので、その後一題分増やしたことになる。

二十三丁ある本文は、原則として一丁が摺物一回分（後述[7]のみ二丁で一回分）で、都合二十二回分に相当する。少し長くなるが、まず以下にその本文内容を整理する。□で囲った算用数字は摺物の回数順次、○で囲った算用数字はその回の題の順次、囲みのない算用数字は歌数をそれぞれ示す。各摺物の該当年月と落丁かとする記載は、原本にはない筆者の私見で後述する。また「●」は遅参分、「★」は予告をそれぞれ意味する。

1安永九年正月分（全28）

①「百性立春」8、②「職人初夢」5、③「寄畳恋」12、黒人3（三題各1）

2同年二月分（全29）

①「青楼初午」5、②「滝辺早蕨」9、③「無筆恋」12、黒人3（三題各1）

3同年三月分（全27）

①「里欵冬」6、②「奉公人見花」8、③「逢間違恋」5、黒人3（三題各1）

●「遅参」として「無筆恋」3、「寄畳恋」1、「滝辺早蕨」1

4同年四月分（全29）

①「禅寺新樹」8、②「寝起郭公」10、③「裏店二枕」8、黒人3（三題各1）

5同年五月分（全23）

①「厩ノ五月雨」6、②「隣ノ水鶏」7、③「寄汗恋」7、黒人3（三題各1）

★予告a「後会六月十五日まで　同二十六日開会　探題当座　芝昌嘉堂にて例之通」

6同年六月分（全27）

①「湖ノ蛍」6、②「狂言師ノ納涼」9、③「芸子忍恋」9、黒人3（三題各1）

★予告b「後会七月十五日迄ニ御詠出　同廿六日昌嘉堂ニて開　当日探り題当座如例」

7同年七月分（全37）

①「盆踊待夕」8、②「新宅秋風」9、③「見文恨恋」10（ここまでで一丁）
④「盆踊待夕」2、⑤「新宅秋風」1、黒人3（三題各1）
●「先回遅参」として「芸子忍恋」3、「湖蛍」1
★予告c「来丑ノ春新板狂哥栗の下風といふ集へ入銀をすゝむる辞」（後出）

8 同年八月分（全27）
①「雨中案山子」9、②「杣川ノ月」7、③「寝言ニ顕恋」8、黒人3（三題各1）

9 同年九月分（全28）
①「雁列山」8、②「浪人愛菊」8、③「老女契恋」7、黒人3（三題各1）
●「先会遅参」として「雨中案山子」1、「杣川月」1

10 同年十月分（全25）
①「禿倉（ホコラ）ノ時雨」7、②「浴室（ユドノ）ノ落葉」6、③「馬上ニ見初恋」8、黒人3（三題各1）
●「先会遅参」として「雁列レ山ニ」1
★予告d「来丑のとし歳旦御狂歌并春興せいぼ、共ニ十一月中ニ所々取次方まで御詠出可被下候。早春小冊ニいたし可申候。歌数多く御出し被成、撰之上彫刻料一首一分づゝ可被遣候」

11 同年十一月分（全23）
①「川船千鳥」6、②「雪中将棋」8、③「両方憎ム恋」6、黒人3（三題各1）

12 同年十二月分（全29）
①「庭中ノ早梅」8、②「馬士ノ歳暮」7、③「寄餅搗恋」11、黒人3（三題各1）

13 天明元年正月分（全29）

①「武家立春」8、②「夜梅留人」10、③「寄車恋」9、黒人1（三題を詠みこむ）

●「旧冬遅参」として「寄餅搗恋」1

（二回分落丁か）

14同年四月分（全27）

①「章台郭公（イロザトノ）」8、②「名所田植」5、③「寄川恋」8、黒人1（三題を詠みこむ）

●「先題遅参」として「老人見花」1、「漁村春雨」3、「寄山恋」1

15同年五月分（全29）

①「旅店夏草（ハタゴヤノ）」6、②「嫠婦蚊遣火（ゴケノ）」8、③「寄柱恋」7、黒人1（題は②）

●「遅参」として「章台時鳥（イロザトノ）」2、「名所田植」3、「寄川恋」2

16同年六月分（全29）

①「船遊忘夏」9、②「夏野迷子」9、③「寄戸恋」5、黒人3（三題各1）

●「先会遅参」として「旅籠やの夏草」1、「寡婦の蚊遣火」1、「寄柱恋」1

（二回分落丁か）

17同年九月分（全32）

①「橋辺紅葉」7、②「古戦場ノ秋」12、③「寄笛恋」7、黒人1（三題を詠みこむ）

●「先会遅参」として「山寺ノ月見」2、「道中聞雁」1、「寄筆恋」2

18同年十月分（全28）

①「農家ノ時雨」6、②「冬野ノ順礼」8、③「寄桶恋」8、黒人1（三題を詠みこむ）

●「遅参」として「山寺月見」1、「古戦場秋」2、「寄笛恋」2

19同年十一、十二月分（全26）

①「雪埋古墳」6、②「寒夜平産」5、③「寄釜恋」4

④「関所ノ寒月」4、⑤「芸者ノ歳暮」3、⑥「寄水恋」3、黒人1（六題を詠みこむ）

20天明二年正月分（全26）

①「社ノ松餝」7、②「大工聞鶯」7、③「寄飼鳥恋」7、黒人1（三題を詠みこむ）

●「先会遅参」として「雪埋古墳」1、「関所寒月」1、「芸者歳暮」2

21同年二月分（全29）

①「花街（イロザト）ノ鳳巾（イカ）」11、②「玄喚（ゲンクハン）有レ梅」8、③「寄料理恋」8、黒人ナシ

●「遅参」として「大工聞鶯」1、「寄飼鳥恋」1

（一回分落丁か）

22同年四、五、六月分と天明三年春の分（全26）

①「昼寝ノ郭公」3、②「墓夏草」4、③「寄猿恋」5、④「寄徳利恋」1

⑤「祇園会暑」2、⑥「鵜川風涼」4、⑦「寄魚恋」5

⑧「鷹匠看花」1、⑨「旅中帰雁」1、黒人ナシ

私見である各摺物の該当年月と落丁かとも思われる箇所から述べることにするが、このことはそのまま黒人による摺物作成の実態と、『栗能下風』の成立刊行時期を述べることになる。その参考となる予告c（7の二丁目ウ全体を使用している）全文（傍線石川）を左に記す。

ア
来丑ノ春新板狂哥栗の下風といふ集へ入銀をすゝむる辞

> 狂哥は本朝の俳優にして、天の鈿女のわざをぎにはじまり、万葉集はさら也、よゝの撰集にも誹諧歌とて入られたるをもつて、今の堂上にもつねに興じ翫ばせたまふ。京師浪花は緇素の中に宏才の弁士ありて、人をみちびき日々にきそひよむ人多しとぞ。わが東都なを未得卜養のあとをついで、これを詠ずる人すくなからず。されども一座一興のいひ捨にして、あとをとめざる事のほゐなきに、イことしの初春かりそめに題を出して、諸好士の歌をひろふに、月〳〵わづか百におよぶ。さるは都下の片隅に有て、あまねく人にしられざればなり。ウ頃日此道に先達せる四方の赤良、小嶋橘洲、あみのはそん針兼など、心をあはせて、猶此のちひろく世に行はんとす。されば江都の諸名家、年〳〵月〳〵によみをき給へる秀哥のうづもれあらんをさぐりもとめて、あまねく諸国のあぎとをとかんと、一集おもひたつ事あり。栗の下風と題するは、かの無心体とさだめたまひし栗の本の余流にくちすゝがんとなり。ねがはくは、諸君此志をあはれみて、よみをき給へる玉吟をおしまずエ来ルきく月のなかばまでに所々取次所へ給はらば、来陽梓行して初笑ひのたねを求ん事、俗諺にいふさいはいの門びらきにもならんかしと爾云。

本書の四方山人序が天明二年寅の十一月付だったことを念頭におけば、傍線部アの「来丑ノ春」は「来年丑年の天明元年（安永十年）春」の意味で、傍線部イの「かりそめに題を出し」た「ことし」は安永九年を指す。傍線部エの投吟期限「来ルきく月のなかば」も当然安永九年九月半ば（後述の慣例からすれば九月分の期限）で、「所々取次所」の語からは、投吟募集のチラシが事前に配布されていたことも窺える。つまり黒人は安永九年正月からチラシで集めた狂歌の摺物を出し始め、当初は同年九月分までをまとめて翌十年（天明元年）の春に「栗の下風」と題して出版する予定だったことがわかる。また傍線部ウから赤良、橘洲、網破損針兼（元木網の前号）に協力を依頼していたことも判明する。さらに予告a・bによれば、毎月十五日が投吟の締め切りで、二十六日に芝の昌嘉堂（黒人の堂号であろう）で当月分の披講の会を開き、当日は探り題による当座も行うのが慣例のようである。ところが傍線部イのごとく狂歌の集まりが悪く、「栗の下風」としての出版は大幅に遅延する。

以上のことと各摺物の題の季節を照合すると、[12]と[13]の間、[19]と[20]の間、それに[22]の中の三箇所で年が改まっていることに気づく。つまり[12]までが安永九年分で、[13]から[19]までが翌天明元年分、[20]と[21]はそれぞれ同二年の正月分と二月分、[22]は同二年夏の三箇月分（[22]の題①は四月の兼題、②は[15]の題①同様五月の兼題で、③④は上記両月披講当日の探題、⑤⑥は六月の兼題、⑦は同月披講探題であろう）と、翌三年春の分（⑧・⑨）を一緒にして一枚にまとめたものということになる。すなわち、『栗能下風』は安永九年正月分から天明三年春の分までの本文を持ち、刊行目前の同二年十一月に四方山人から序文をもらい、また一文字白根の跋文をも得て、翌同三年春に出版された（原本による限りでは同二年十一月序刊）と思われる。『割印帳』では天明二年七月以後十二月二十四日までの間に記載があって、「天明三正月」「板元売出し　花屋久次郎」と見えているが、実際の板元は黒人自身で花屋はその売捌元であろう。

落丁とおぼしき箇所については各直前直後の題および直後の遅参分の題を参照すれば、[13]と[14]の間の二箇月分（天明元年二、三月）、[16]と[17]の間の二箇月分（同年七、八月）、それに[21]と[22]の間の一箇月分（同二年三月）の都合三箇所五箇月分、原則でいう五丁分ということになる。当初、国立国会図書館蔵本によって考察を進めていた折は明らかな落丁と思っていたが、原装本であるソウル大学校中央図書館所蔵本を実見するに及んで新たな疑問が生じた。本文に限っては国会本とソウル大学校本に異同はなく、両本ともにまったく同じところが欠けているのである。その意味するところは、落丁ではなく狂歌が集まらず摺物が作成できなかったのではあるまいか。現時点では後者である可能性が高いと考えているが、落丁も完全には否定しきれず、ひとまず右一覧では落丁かと記した次第である。

各摺物の年月を確認した上で改めて本文を見直すと、毎月十五日が投吟の締め切りで二十六日に芝の自宅・昌嘉堂で当月分の披講の会を開き、その当日は探り題による当座も行うという慣例（以上前述）以外にも、黒人が設定していた基準が浮び上がってくる。すなわち一回一丁分の摺物は一箇月を対象とし、内容は投吟を促すチラシで募集した兼題二題（摺物各回の①②）と開会当日に行う探り題の当座一題（同③）の計三題、分量はその三題を詠んだ黒人の狂歌三首を含めて二十八首前後である。黒人の狂歌三首は各摺物末尾にまとめて付すのが原則（前掲の一覧では便宜上遅参と予告の前に記した）だが、回によっては歌数や内容が変化している。その著しい例は分量が二丁ある7と、複数月を対象とする19と22である。7は長文の予告cに半丁分を費やしたために、①②と同題の③④を余る半丁に追加掲載したのであろう。また二箇月分を対象とする19は投吟数又は秀歌が少なかったことによると思われる。残る天明二年夏と翌年春を対象とする最終回22は、一口で言えば『栗能下風』として天明三年春に出版するための駆け込み的措置と推測される。いささか補足すると、黒人は天明二年四月下旬に開催された向島の三囲稲荷狂歌会に参加しており、この狂歌会直後あたりから顕在化する唐衣橘洲と四方赤良の確執（本章第二、三節参照）、具体的には翌天明三年早々にも橘洲の『狂歌若葉集』と赤良の『万載狂歌集』が刊行されるであろうことを察知していたと思われる。両大家の編撰狂歌集が公刊されればどういうことになるか、書肆でもある黒人が予想できないはずがない。駆け込み的措置と述べた所以である。なお、このことは本節「(3)『狂哥猿の腰かけ』」において再度確認する。

ところで『奴凧』によれば前述のごとく、黒人は投吟に点をして半紙に刷って板行料を取ったことになっている。しかし『栗能下風』には批点の記載がほとんどなく、わずかに6の②③と7の③の各一首目計三首右肩に小さく「二丸」とあるのみである。また書型が大本（『割印帳』にも大本とある）であるから用紙は美濃紙であり、半紙よりもひとまわり大きい。『栗能下風』は各摺物そのものを束ねて一書にしたのではなく、各板木を使って美濃紙に刷り直したものとおぼしく、批点が皆無ではなく右三箇所にのみあることは、その際に行われた批点削除の遺漏と解せよう。入花については当然取っていたはずだが金額不明で、予告dに「彫刻料一首一分づゝ」とあるのは、『栗能下風』ではなく『初笑不琢玉』についてのことと考えられる（本節「(2)『初笑不琢玉』」参照）。

次に入集者の顔ぶれについて述べる。『栗能下風』の本文は黒人四十六首を除けば、百二十七人の狂歌五百六十七首を収める。入集した摺物の合計回数順に百二十七人を整理してみると（記載は狂歌作者名、入集合計歌数、その名が出

る摺物の回、の順。A～Dの意味は後述)、

22回1人　A橘貞風36　[1]～[22]
13回2人　C紀のたらんど28　[9]～[20]、[22]
　　　　　B隣海法師19　[1]～[4]、[6]～[11]、[14]～[16]
12回3人　C嚢庵鬼守25　[9]～[15]、[17]～[21]
　　　　　B空二22　[1]～[12]
　　　　　A丹青洞恭円16　[1]、[2]、[4]～[7]、[9]、[10]、[13]、[14]、[17]、[20]
11回2人　B沙光22　[3]、[5]～[14]
　　　　　B碧山15　[2]～[12]
10回1人　B南芝12　[1]～[9]、[16]
9回1人　B六俳園立路13　[2]～[7]、[9]、[11]、[12]
8回1人　B辻璠舎16　[2]、[4]、[6]～[11]
7回3人　C紀の保(安)丸15　[13]、[15]～[20]
　　　　　D春鶴10　[7]～[10]、[12]～[14]
　　　　　D此君斎芙山8　[1]、[2]、[6]、[8]～[10]、[21]
5回5人、4回5人、3回13人、2回24人、1回66人

ということになる。右七回以上の十四人に、五回以下ではあるが合計十首以上入集している三人、つまり

5回　C大木戸の黒牛17　[18]～[22]
5回　D石上古屋根継10　[3]、[4]、[15]、[16]、[20]

2回　C加部仲塗10　21、22

を加えた十七人がその主要人物とみてよい。全体としては参加が一回限り（歌数なら二首以下）の人物が過半数おり、全回数の七分の一にも達しない三回以下（同五首以下）の人物ならば全体の八割にもなる。特に著名な狂歌作者としては、15に「下谷」の「白鯉」として木室卯雲の詠一首が出ている程度で、黒人が協力を依頼したという赤良、橘洲、針金の詠はなく、跋者白根も18から20の三回に計四首入集するのみである。

主要人物十七人については、その名が出る摺物の回を見ると大きく四区分することができる。その一はほぼ一貫して参加しているA、つまり橘貞風と丹青洞恭円の二人で、黒人の側近ともいうべき最大の協力者である。特に全摺物にその名がある貞風は特筆すべき存在である。主要人物にはまた大別して先発組のBと後発組のCがいる。先発組である隣海法師以下の七人は、遅くても3の安永九年三月までには全員が参加しており、11から16つまり同年冬から翌天明元年夏までにはその名が消える。一方後発組の紀のたらんど以下の五人は、早くても先発組より半年遅い9の安永九年九月からの参加で、加部仲塗に至っては21の天明二年二月に初めてその名が出る。第四区分のDは前半後半又は中間にある程度の空白期間のある人物で、残る春鶴・此君斎芙山・石上古屋根継の三人がこれに該当するが、その事情は不明である。主要人物たちとその動向はおおよそ以上のごとくであったと思われる。

(2)　『初笑不琢玉』

さて、それでは黒人による最初の天明狂歌出版書が『栗能下風』かといえば、実はそうではない。その刊行が延び延びになっている間に、同人編の後続企画『初笑不琢玉』の出版が一足先に実現している。記述の順序が刊行順とは逆になったが次に述べることとする。

『初笑不琢玉』は刊本の所在が不明で、慶応義塾大学所蔵の写本一冊（他二書と合綴）と雑誌「みなおもしろ」所載の複製[4]があるのみである。十九丁ある本文の前後に、四方赤良の序と天明元年春付の橘洲の跋各一丁が備り、柱刻は「〇不琢玉　丁付（序、一〜二十）昌嘉堂[5]」とある。書名については原題簽不明で、右二本ともに「狂歌不琢玉」「初笑不琢玉」そのままの語はなく、橘洲の跋文中に「はつわらひみがゝぬ玉と題し」とあるので、ひとまず「初笑不琢玉」と表記しておく。刊記はないが、柱に「昌嘉堂」とあるので黒人自身が板元であろう。内容は年始と前年末の詠を集めた歳旦狂歌集である。その刊行時期については一般に天明二年とされるが、赤良の序文中に

ことししはすの廿日あまり空もかき出しの墨すり流す比、芝の浜辺の黒人なるもの、くらやみから丑の年（石川注、天明元年）の始のうた、ならびに何やら横にねのとし（同、安永九年）の暮の詠をあつめ、みがゝぬ玉と名づけてあら玉の春のとし玉にそなふ。

とあるので、文中の「ことししはす」は、歳旦狂歌集であることを踏まえれば「ねのとしの暮」、すなわち安永九年十二月、「丑の年の始のうた」は、来る天明元年丑年の年始歌とそれぞれ解釈すべきで、つまりは天明元年春刊の歳旦狂歌集と推定できる[6]。通説に従ってしまうと、右の子年と丑年の記載が矛盾して意味をなさなくなる。

この『初笑不琢玉』の刊行が天明元年春ということになると、『栗能下風』安永九年十月分の10に見える予告d、すなわち

来丑のとし歳旦御狂歌并春興せいぼ、共ニ十一月中ニ所々取次方まで御詠出可被下候。早春小冊ニいたし可申候。歌数多く御出し被成、撰之上彫刻料一首一分づゝ可被遣候。

は、予定書名こそ記されてはいないものの、まさにこの『初笑不琢玉』のための投吟募集とみなして間違いあるまい。『栗能下風』とは違って、この企画はほぼ予定通り運んだと思われる。もっとも入花が一首につき四分の一両とは随分高額でいささか理解に苦しむが[7]、この時期の入花資料はこれ以外になく事情不明である。

本文は黒人の八首（他に跋文末に一首ある）を除けば、二十六人の狂歌五十一首を収める。単純計算すれば、二十六人から合計十二両三分の入花が集まったことになる。また本文十九丁のうちの見開き一丁と半丁単位で二十八半丁に、丹青洞恭円を初め計十二人によるカット風の挿絵がある。(8) 入集者二十六人を歌数の多い順に列挙すれば（A〜Dは前出「(1)『栗能下風』」における記号）、

5首1人　C嚢庵鬼守
4首2人　Cきのたらんど　隣魚
3首3人　隣笛　桃境亭羽岡　A夷曲庵橘貞風
2首9人　B碧山　D春鶴　大狂僧自隠　B沙光　貞也　橘洲　B隣海法師　鬼崛採榴　四方赤良
1首11人　A丹青洞恭円　耳有君　D芙山　B璠舎　堀辺さむ人　紀やしなふ　巴竜　万作　物部の疎　B南芝　亀三

となる。二重傍線部十一人は前述の『栗能下風』主要人物で、傍線部七人はそれ以外の同書入集者、残る八人が同書に狂歌のない人物である。全体のほぼ七割を『栗能下風』入集者が占めているのは、『初笑不琢玉』が天明元年の歳旦という早い時期のものだからであろうが、注意すべきは残る八人の中に、無名作者に混じってそれぞれわずか二首のみであるが橘洲と赤良がいる――黒人の懇望によるものであろうが――ことである。歳旦といえば、早くに大根太木が狂歌の歳旦摺物を始めていたが、同じ歳旦でも今回は単なる一枚摺ではなく歳旦狂歌集という本である。橘洲と赤良が書物と認識していたことは、序跋まで送っていることに明らかである。『狂歌若葉集』と『万載狂歌集』の刊行より二年も前であることと合せて、本書は天明狂歌の出版を考える上で欠くことのできない一書となっている。

(3)『狂哥猿の腰かけ』

黒人編刊狂歌本の第三作目が『狂哥猿の腰かけ』半紙本一冊で、聖心女子大学図書館蔵本と九州大学文学部富田文庫蔵本以外に所在を知らない。十九丁ある本文の前に、天明三年八月十五夜に記すという四方山人赤等(ママ)の漢文序一丁（聖心女子大本欠）と、同年五月付の黒人自序二丁、それに黒人によると思われる「狂歌猿の腰掛解題」一丁を付す。原題簽（富田文庫本欠）には「狂哥猿の腰かけ　全」とあり、内題は「狂歌猿の腰掛巻上」となっている。本文が「春部」と「夏之部」から成るので、秋冬を巻下とする予定だったと思われるが未刊であろう。全二十三丁いずれも匡郭・柱刻がなく、丁付は漢文序にはなくて各丁裏のノド下方に、一、二（自序）、三（解題）、四～九、墨格、十一～十三（本文春部）、十四、墨格、十六～二十二尾（本文夏之部）とある。奥付には前引の『栗能下風』と同じものが貼付されているが、一箇所のみ、予告四作目の「狂哥后撰夷回集　黒人撰」に「未刻」の二文字が入木で追加されている。この左隣の予告五作目「狂哥猿のこしかけ　同人（黒人）撰」の刊行が実現したので、他の予告三作と同様にこの予告四作目にも「未刻」又は「近刻」の文字を明記しておかないと、既刊広告と誤解されるおそれがあったからである。

本文は黒人二十首を除けば、八十二人の狂歌百八十三首を収め、批点の記載はない。入集者八十二人を歌数別に整理してみる。なお、三首以上の二十人と二首以下でも下記◎印の七人は狂名を記し、◎印は『栗能下風』の主要人物、○印は同書主要人物以外の人物、△印は『初笑不琢玉』の入集者、▲印は上記先行二書に入集していない人物をそれぞれ意味し、A～Dは前出「(1)『栗能下風』」における記号である。

13首1人　◎△C紀のたらんど

12首1人　◎△C河原鬼守

10首1人　▲山手白人
9首1人　◎C加陪仲塗
7首1人　◎C大木戸黒牛
6首1人　○栗成笑（前号朱坂成笑）
5首3人　○滝本糸丸　▲重而の為成　△出来秋万作
4首3人　○覚蓮坊目隠　▲酒上不埒　▲福部持胤
3首8人　▲従一位公通卿　▲物事明輔　▲はまべの藻屑　○つくばねの岑依　▲山道高彦　▲あらがね土丸
　○一もじの白根　▲望月の秋よし
2首13人　内訳　◎△3人（A貞風、A丹青洞恭円、B隣海）、○4人、△2人、▲4人
1首49人　内訳　◎△1人（D芙山）、◎3人（B空二、C安丸、D根継）、○△2人、○6人、▲37人

全体としては先行書に入集していない人物が五十一人もおり、全体の六割を越える。それも右の白人、不埒、高彦らの他に、いちいち右に明示しなかったが、赤良、橘洲、卯雲、平秩東作（以上二首）、鹿津部真顔、算木有政、手がら岡持（以上一首）といった著名作者の名があるのは、すでに『狂歌若葉集』『万載狂歌集』が刊行されていることと関係があろう。また石田未得や豊蔵坊信海、永田貞因といった古人の詠をも含んでいるのは『万載狂歌集』の影響であろう。本書には『栗能下風』の主要人物十七人中の十一人（◎の合計）が入集するが、そのうちの七人は今回の入集歌数が二首以下できわめて少ない。また残る主要人物で今回入集していない六人中の四人は、『栗能下風』における先発組Bの沙光、南芝、立路、璠舎である。どうやら古参者が離れるといった世代交代にも似た事態、もしくは黒人の編撰意識に変化が起きているようである。三書すべてに入集する主要人物を見ても、黒人側近だったAの貞風と丹青洞恭円、それに先発組Bの隣海が本書では各二首であるのに対し、後発組Cのたらんどと鬼守は十首以上で一、

二位を占め、『初笑不琢玉』には入集しなかった最後発組Cの仲途と黒牛が、それぞれ九首と七首入集して四、五位に入っている。

ところで、本書は純然たる新作狂歌の集ではない。黒人は古人に加えて、実は『栗能下風』からもその一部を再選択している。具体的には6の②から一首（うとき）、16の①②から各一首（安丸、根継）、20の①から四首（たらんど、丹青洞恭円、釜主、黒牛）、21の②から三首（鬼守、酔霞、苅藻）、22の①②から各二首（飛則と黒牛、たらんどと黒牛）、同⑥から一首（臍垢）の計十五首がそれで、年次でいえば安永九年夏と天明元年夏、それに同二年の春夏から取りこんでいる。黒人が古人だけでなく『栗能下風』からも詠をとった背景には、この年正月刊の『万載狂歌集』が大反響を呼んだ、その影響があると思われる。すなわち『万載狂歌集』に近刻と予告されたその続編が、「もてあつまれる草稿五くるまにあまり、かつ千箱にみてり」（『徳和歌後万載集』跋）という人気であったため、黒人の方は思うにまかせぬ事態に陥って右の方法をとらざるをえなくなり、ついには本書原題簽に「全」と記したものの「巻下」は断念することになったと思われる。

ここで本書と年月が一部重なる『栗能下風』の22を改めて見てみると、天明二年夏の三箇月分と同三年春の分が一丁のうちに収っているのであるから、該当年月分は狂歌募集が行われたものの、それぞれに独立した摺物は板行されなかったことになる。となると空白期間である天明二年秋冬の分の独立した摺物があったとはまして考えにくく、おそらくは狂歌の募集すらしていなかったと思われる。ところが急遽『栗能下風』として天明三年春に刊行すべく、本来なら『猿の腰かけ』に入れるべき同年春分（事実⑧の題「鷹匠看花」は『猿の腰かけ』にもある）を追加して強引に一丁に仕立てたのが22であったろう。その春分に相当する⑧⑨が各一首しかなく、それも丁の末に付足しのように記されていることからもそう思われる。問題は天明二年夏頃から黒人の行動が鈍りはじめた理由と、なぜ一転して刊行する気になったかであるが、それはすでに「(1)『栗能下風』」で述べたように、『狂歌若葉集』『万載狂歌集』刊行の事前情報が耳に入ったからだと思われる。つまり両大家による狂歌集が刊行されるとなれば、狂歌作者黒人としては駆け込み的措置を取らざるを得なくなり、書肆三河屋半兵衛としては便乗出版を意図したに相違ない。

以上、江戸狂歌の出版を一口でたどれば、個人的な歳旦摺物、募集チラシによる摺物、歳旦狂歌集、チラシによる摺物の書物化への動き、本格的狂歌撰集、の順で発展してきた。右に見てきたように、この過程において黒人が月ごとに摺物を出し続けてきた、その情熱と意義は決して看過できない。最大の理由は、一座一興の詠み捨てを容認してきた赤良と橘洲を、その出版へと突き動かしたことにある。黒人の努力と熱意がなければ両大家が参加した歳旦狂歌集は生まれなかったであろうし、黒人が二人を取りこむことによって内的外的両面から狂歌出版の気運が高揚していったのである。『狂歌若葉集』『万載狂歌集』両集も編者の意図は別として、その出版自体はこうした延長線上にあるのであって、突然出現したのではない。その土台となったともいえる『栗能下風』は、入集者の多くがその後の狂歌壇を席捲する四方側と交流のない人々であった。そのために大流行直前である天明二年十一月付の赤良序があることばかりが目立ってしまい、一書としては従来さほど評価されてこなかった。しかし江戸狂歌出版の基盤を作った黒人の根幹作業の集積として捉え直した時、黒人ともどもその意義は十分に認識されてしかるべきであろう。

注

（1）黒人がどのような書物を出版していたかについて『割印帳』を検するに、明和五年九月二十七日割印の条に、朣風作『本朝画工譜』（一枚摺両面、宝暦七年正月）・同人作『増補本朝画工譜』（明和四年正月）・同人作『本朝画家印譜』（明和五年九月）・同人作『唐画名苑』（両面摺一枚、明和五年九月）、天明五年十二月二十五日割印の条に、浜辺黒人作『指頭年代記』（両面折本一枚摺、天明六年正月）、以上五作が「板元売出し・三河屋半兵衛」（五作とも単独）として記載されている。摺物中心の書肆だったようである。なお寛政二年五月に七十四歳で没した後の同八年八月六日不時割印の条にも、『琉球人行列付』(三枚継一枚、板元売出しは三河屋半兵衛と清水清兵衛の連名)が見えているが、この書については、「此度於土佐守様御番所、板行御免被為仰付候段被相届、帳面江留置候　以上」と付記されている。

(2) 平成九年度〜平成十一年度科学研究費補助金研究成果報告書「ソウル大学校中央図書館所蔵日本語古典籍目録」(研究代表者・松原孝俊氏、平成12年3月)に掲載されており、このことを久保田啓一氏からご教示いただき調査することができた。確認できた唯一の原装本である。国内では、国立国会図書館蔵本(宝暦七年緑竹園主人序の伏見屋善六板『吾吟我集』と合綴。原題簽と奥付を欠く)の一本以外に、『国書総目録』によれば福井県立図書館にも所蔵されていることになっているが、問い合せたところ所蔵していないとの回答だった。

(3) この跋文中に、黒人は東都の人で名を孟雅、字を子頌、斯波氏とあるが、宿屋飯盛編『万代狂歌集』(文化九年刊)巻六所収の平秩東作歌詞書に、「浜辺黒人はこれなみと名のりける頃よりむつまじき友」とあるので、黒人は初め斯波を「シバ」ではなく、浜辺の縁で「コレナミ」と読ませて称としていたようである。

(4) 同誌第四巻十号〜拾弐号、第五巻弐号、参号(大正9年1〜3、5、6月)の五回に分けて掲載されている。解説らしきものは十号末尾の彙報欄にあるが、所蔵者や書誌事項等についての記述はなく、書名を「狂歌不琢玉」と記して「頗る珍本なるを以て励めて原書の儘を伝へんと苦心したり」という。なお複製するに際して「十七」丁を洩したことに後で気づいたらしく、最後の参号にはこの一丁のみを載せる。

(5) この柱刻は複製のもので、慶大写本には「玉ノ一」〜「玉ノ廿一」の丁付のみがある。

(6) 本文を見ても、「としのくれによめる」と題する一首に「六十四翁黒人」とあるのは、安永九年に相当するし(黒人は寛政二年七十四歳没)、きのたらんどの新春を詠んだ一首には「ことしは閏年あれば」という詞書があって、閏五月のある天明元年と合致する。なお序中の「しはすの廿日あまり」は正確には十二月二十二日であることが、本文末尾の黒人詠の詞書に見えている。

(7) 摺物ではなく、本を作るための入花だから高額なのであろうが、参考までに二年後の天明三年『狂歌師細見』に見えている月次会の費用を記すと、「伯楽街角力会」は会料百文、「黒人角力会」は入花四十八文、「落栗庵定会」は飯料三十一文とある。

（8）　十二人の名前と画いた挿絵数を示せば、丹青洞6、亀三2、黒人2、碧山（松月）2、一之1、青峯1、玉芝1、呉竹1、沙光1、金仙1、王人1、四方赤良1。このうち波線を付した六人はその狂歌も入集する。

第二節　唐衣橘洲・四方赤良と三囲稲荷狂歌会

天明二年四月二十日に向島の三囲稲荷で開催された狂歌会（以下「三囲会」と略称する）は、その催された時期からして、翌年正月に刊行された唐衣橘洲の『狂歌若葉集』と四方赤良の『万載狂歌集』（以下両書は『若葉集』『万載集』と略称する）両書の編集事情とも関わってくる、まさに注目すべき会であった。この三囲会の内容については、赤良編『栗花集』によって知ることができ、すでに浜田義一郎氏によってその翻刻（三囲会以外の一部に省略がある）と、その意義づけもなされている。[1] すなわち浜田氏は、赤良を主催者の一人と認定されつつも、この催しは橘洲らを中心とするものと判断されたのである。

『江戸狂歌本選集』第二巻（東京堂出版、平成10年）において『栗花集』の翻刻と解題を担当する機会があって改めて検討を試みた結果、特に三囲会の性格については浜田氏稿とは別の考えを抱くに至った。右の選集解題では書誌的事項に限定する制約があって自説をほとんど展開することができなかったため、以下に具体的に私見を述べてみたい。

(1)　『栗花集』の錯簡

『栗花集』（半紙本二巻二冊。巻一は四方赤良自筆、巻二は所収作品の各作者自筆）の巻一によれば、三囲会の内容（成果）はA「詠指頭画狂哥并序（題「指頭画」）」、B「三囲社頭奉納狂哥（題「夏神祇」）」、C「団扇合図并狂哥」の三種である。

Aには冒頭に内山賀邸（椿軒）の序があり、次いで「指頭画」の題で二十三人の狂歌各一首が収められている。指先や爪に墨を付けて画く指頭画を得意とした、出府中の三井長年（豪商三井の一族で幕府の為替御用達を勤め、狂名を仙果亭嘉栗、浄瑠璃作者名を紀上太郎という）が京都に帰るのを送る催しである。賀邸の序には次のようにある。

（前略）こゝにことばの玉手箱、ふたりみたりいひあはせたるよものあからは、はぎのかさありて、はれに腫たるあしびきのやまひありとてあづからず、すこしなめげなることばの憚あれど、よるならでひるへづゝ、東作、月雪花をあけらかんこうとながめける風流のともがら、（中略）みめぐりの社のあたりに同じ小柴も見所のあるじまうけし、狂哥のむしろをしきて夏神祇といふ題もて人〳〵によませたり。又かの三つ井てふ人の指頭画をほむる歌よむ、たれかいひし筆のこと富喜（中略）、けふこの狂哥のかず〳〵を、こたみ京へなんのぼり給ふぬさにもとするが町（下略）

この文章からは、三囲会のうちのAだけでなく後述のBを含めて、その計画の中心人物が四方赤良（当日は病欠）[2]・平秩東作・朱楽菅江の三人だったと知られる。この三人と長年との関係は浜田氏稿に譲るとして、右序文による限り、AとBは赤良を中心とする四方側の主催であって、唐衣橘洲中心の企画ではないことをまず確認しておきたい。

ところで三囲会の記録を収める『栗花集』巻一は、静嘉堂文庫所蔵の赤良自筆旧蔵本の他に国立国会図書館蔵本がある。静嘉堂本を底本にした浜田氏稿では国会本にまったく言及されていないが、それもそのはず、国会本は静嘉堂本の透き写しで、「南畝／文庫」の蔵書印までを朱筆で写し取ったものである。浜田氏はこれを確認されたがゆえに国会本を無視されたに相違ない。しかし念のために両本を比較してみると、Aの一部の綴じ順が異なることに気づく。両本ともに丁付がないので実丁数を算用数字で示せば、4丁目表で賀邸の序が終わったあと、同丁裏から「指頭画」を題にした狂歌が7丁目表まで（同丁裏は白）に二十三首収まる。静嘉堂本を基準にしていえば、4・5・6・7と続いている丁が、国会本では4・6・5・7の順になっている。つまり静嘉堂本の5丁目と6丁目の二葉が、国会本では順序が入れ替わって逆順に綴じられているのである。一見取るに足らないように思えるこの相違が、Aにおいては極めて重要な意味を持つ。

両本の二十三首が収まる丁を、静嘉堂本を基準にして一丁単位（Ⅰのみは半丁）でブロック化したのが左図である。両本ともに作者名、その狂歌の順で記載され、それぞれが一行に配されている。冒頭の賀邸を例にいえば、「指頭画（題）賀邸」で一行、その賀邸の「狂歌1」が一行、つまり「作者名・その狂歌」の二行一セットの繰り返しである。全体構成を見るに、静嘉堂本のブロックがⅠ・Ⅱ・Ⅲ・Ⅳの順になっているのに対し、国会本はⅠ・Ⅲ・Ⅱ・Ⅳの順になっている。

静嘉堂本

Ⅰ

指頭画（題）賀邸
狂歌1
置来
狂歌2
へづゝ東作
狂歌3
ふるせの勝雄
狂歌4
十二栗圃」4ウ

国会本

Ⅰ

指頭画（題）賀邸
狂歌1
置来
狂歌2
へづゝ東作
狂歌3
ふるせ勝雄
狂歌4
十二栗圃

Ⅱ

狂歌5
もとの木あみ
狂歌6
以勢たらう
狂歌7
めうがのあらせ
狂歌8
秦　玖呂面
狂歌9」　5オ

ものごとの明輔
狂歌10
さんぎありまさ
狂歌11
一文字の白根
狂歌12
智恵のないし
狂歌13
四方の赤良」　5ウ

Ⅲ

狂歌14
あけら菅江
狂歌15
軽少なごん
狂歌16
藪の内のつばき
狂歌17
から衣橘洲
狂歌18

蛙面坊
狂歌19
野見直寝
狂歌20
ぬけうらの近道
狂歌21
草屋師鰺
狂歌22
はまべの黒人

Ⅲ

狂歌14
　あけら菅江
狂歌15
　軽少なごん
狂歌16
　藪の内のつばき
狂歌17
　から衣橘洲
狂歌18」6オ
　蛙面坊
狂歌19
　野見直寝
狂歌20
　ぬけうらの近道
狂歌21
　草屋師鯵
狂歌22
　はまべの黒人」6ウ

Ⅱ

狂歌5
　もとの木あみ
狂歌6
　以勢たらう
狂歌7
　めうがのあらせ
狂歌8
　秦　玖呂面
狂歌9
　ものごとの明輔
狂歌10
　さんぎありまさ
狂歌11
　一文字の白根
狂歌12
　智恵のないし
狂歌13
　四方の赤良

Ⅳ　狂歌23」７オ

Ⅳ　狂歌23

両本の綴じ順が異なることによって生じる第一の問題は、狂歌５・狂歌14・狂歌23の作者が両本で相違してしまうことである。静嘉堂本（国会本）の形で示せば、狂歌５の作者は十二栗圃（はまべの黒人）、狂歌14の作者は四方の赤良（十二栗圃）、狂歌23の作者ははまべの黒人（四方の赤良）ということになる。このうちで何よりも問題なのが、最重要人物とも目される末尾の入集者は、果たして黒人なのか赤良なのかという点である。連句にたとえれば、発句の位置には橘洲と赤良の師である賀邸、脇句の位置にはその息子の置来、そして第三句の位置には、長年と浄瑠璃の合作もある東作が座っているのであるから、賀邸の序文に従って常識的に考えれば、末尾の挙句の位置には赤良と推定したくなる。しかしそうなっているのは赤良自筆旧蔵本ではなく、それを透き写した国会本なのである。

国会本については、明治四十年四月十九日購求の同館印があるので、透き写された時期がこれ以前であること以外、書写者を含めて確かなことはほとんど分からない。ただし透き写し本だけに、装丁時における錯簡の可能性をなしとしない。一方静嘉堂本については、菱模様のいわゆる静嘉堂表紙が付された時であろうか、比較的現代に近い時期に改装補修された形跡が明瞭である。Ａの箇所ではないが、たとえば旧装丁の袋とじ折り目とは別の新しい折り目の丁があったり、そのせいで国会本には明瞭なノド側端の文字が見えなくなったり、その一部が裁断されてもいる。つまり赤良自筆旧蔵本とはいえ、静嘉堂本もまた改装補修時に錯簡が生じた可能性もあるのである。いずれにせよ、すでに述べたように両本ともに一切丁付がないため、一見した限りでは決定的な決め手がないのである。

そこで注目したいのが、静嘉堂本のＡの部分における虫損（国会本にはない）である。同本のノドに近い部分には、その最上部に虫損があって、各丁オウそれぞれ裏面から小紙片で補修が施されている。その虫損の形状を模写(3)したのが〈虫損一覧図〉で、上段が静嘉堂本順、それを国会本順に並べ替えてみたものが下段である（点線部分は虫穴にはなっ

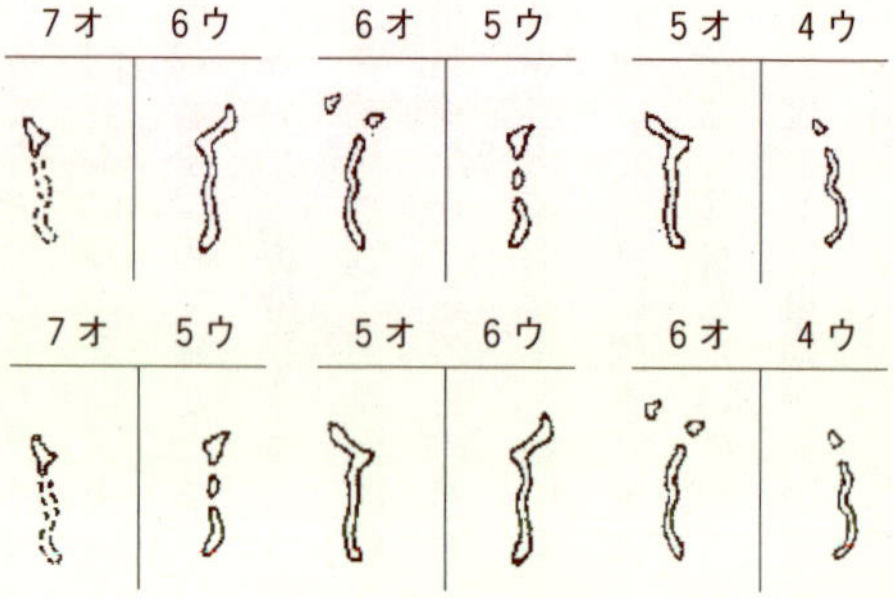

〈虫損一覧図〉

ておらず、虫が這った痕跡であることを示す）。

上下段どちらが丁移りの線（縦の実線）を中心に左右対称に近く、形状推移が自然であるかは一目瞭然であろう。錯簡は赤良自筆の静嘉堂本の方であり、国会本の順序が正しいと判明する。[4] したがって狂歌5「見えわたる橋場上野をゆびさきでおしゑの下にかく隅田川」は浜辺黒人、狂歌14「かくていまえもわすられぬ親指のすみかをさしてはやはしり書」は十二栗圃、狂歌23「あめつちをひとつの指とするが町よろづの物をうつしゑちご屋」は四方赤良と各詠者が決定できる。Aの末尾を締めくくったのは、やはり赤良だったということになる。

さて次にBであるが、Aの二十三人のうち、賀邸・置来の父子と蛙面坊・浜辺黒人・以勢たらう・めうがのあらせの六人は狂歌を寄せておらず、新たに鹿津部真顔と野原雲輔が加わっていて、総勢十九人が「夏神祇」の題で各一首を詠んでいる（ただし算木有政は名前だけで詠がなく、草屋師鯵の詠は初句だけで二句目以下が記されていない）。賀邸父子と以勢たらうの三人はCにもその名が見えないから、あるいは赤良同様、当日は三囲稲荷に行かずに詠のみ寄せたのかもしれない。

収まる狂歌の首尾五人ずつをあげれば、橘洲を冒頭にもとの木阿弥・智恵内子・あけら菅江・へづゝ東作と続き、末の方は十二栗圃・ぬけうらの近道・古せの勝雄・野原雲輔と続いて、最後尾はA同様やはり赤良で、「みめぐりに早苗とり居の乙女子がかさ木ぞ夏のしるし也ける」の狂歌で締めくくられている。

残るCはA・Bとはいささか趣が異なり、趣向を凝らした見立て団扇の画を題として狂歌を詠んだものである。初めに見立て団扇画が、その作者名とともに計三十三図まとめて示され、次いで二十五人の狂詠がその狂名とともにまとまって記されている。[5] Ａ・Ｂにはその名が見えない新たな参加者は、川井物梁・畠畦道・地口有武・本屋安うり・小鍋のみそうづ（この人物は画に×印があって狂詠もないが、ひとまず二十五人中に含めておく）の六人である。首尾が画・狂詠ともに算木有政（題「ぶら挑灯」）と一文字白根（題「なすび」）であることに加え、橘洲は十九番目の画に「琵琶」の題があるものの、右のみそうづ同様抹消されて狂詠もなく、赤良（題「反古ばり」）も狂詠でいえば二十五人中の十六番目に位置していることから、どうやらＣは、月次狂歌会でいう「当座余興」的なものであったようである。

(2)『栗花集』入集の面々

ところでＡ・Ｂ・Ｃ三種合計で三十一人（うち三種すべてに名が見えるのは十九人で、ともに抹消等のケースをも含む）の参加を得た三囲会は、ではどういう面々の会だったのであろうか。浜田氏稿では前述のように、主催者の一人が赤良であることを認めつつ、

三十一名から別格の賀邸父子と不明の人たちを除いてグループ別にわけるとつぎのようになる。

○唐衣橘洲・古瀬勝雄・十二栗圃・秦玖呂面・抜裏近道（橘洲系六名）。

○元の木網・智恵内子・物事明輔・算木有政・鹿津部真顔・草屋もろあじ・油杜氏煉方・河井物梁・畠野あぜ道・藪内椿・野見直寝（十一名。木網系。数寄屋連が多い）。

○四方赤良・朱楽菅江・軽少なごん・地口有武・野原雲輔（五名。みな幕臣）。

○浜辺黒人・一文字白根（二名）。

○平秩東作（ほかに不明四名）。

すなわち『狂歌若葉集』編撰者の系統が七〇％を越えて居り、この催しが橘洲ら中心のものであることを示して

いる。そして橘洲が門人の組織づくりを意図していることも窺える。

とまとめられた。となると橘洲は、赤良らが主催した会を利用して門人の組織化を図ったことになるが、すでに指摘されているように[6]、廉直な性格で知られる橘洲がそうした粗忽な行動をとるとは、いささか腑に落ちない。『若葉集』編撰者の系統が七割以上を占めるという点を中心に[7]、右の三十一人を再検討してみよう。

〈別表〉はその三十一人についてまとめたものである。最上段横列の通し番号に☆印を付した人物は、三種全てに参加した十九人、その下の段の「B新」「C新」はその催しになって初めてその名が見える人物という意味である。また右端の作品項目を説明しておくと、天明二年十一月跋刊『江戸花海老』の横欄では記載地域名称（○印はその名は見えるが地域名称不記載を意味する）、同三年四月序刊『狂歌知足振』の横欄は記載所属連の名称（ただし原本冒頭の無名グループはひとまずスキヤ連と見なした）、同三年七月跋刊『狂歌師細見』の横欄は記載所属グループの魁主名をそれぞれ掲げ、「若」「万」はともに同三年正月刊の『若葉集』と『万載集』をそれぞれ意味し、その横欄は各人のそれぞれの入集歌数を掲げた（ただし「序」は序者、「協」は協力者、「編」は編者の意で、7軽少納言のうちには軽少ならんの別号のものを、また25野原雲輔のうちには紀定丸の別号のものをそれぞれ含めた）。

			作者名	江戸花海老	狂歌知足振	狂歌師細見	若	万
1			賀邸			橘洲	57	
2			置来				序	
☆3			平秩東作	四ッ谷		万象亭	協	36
☆4			古瀬勝雄	四ッ谷	朱楽連	橘洲	協	3
☆5			十二栗圃	麹町	小石川連	橘洲	6	1
☆6			朱楽菅江	山の手	朱楽連	朱楽	24	協
☆7			軽少納言	○	本町連	四方	3	6

〈別表〉

番号	区分	狂名	居所	連	判者		
☆8	A	藪内　椿				6	1
☆9	A	唐衣橘洲	四ッ谷		橘洲	編	35
☆10	A	蛙面坊	四ッ谷			協	5
☆11	A	野見直寝	日本橋			1	
☆12	A	抜裏近道		朱楽連	橘洲	7	
☆13	A	草屋師鯵	○	スキヤ連	落栗・万象亭	12	3
☆14	A	浜辺黒人	芝	芝連	浜辺	11	9
☆15	A	元　木網	○	スキヤ連	落栗	協	27
16	A	以勢たらう					
17	A	めうがのあらせ					
☆18	A	秦　玖呂面	数寄屋河岸	スキヤ連	落栗	9	3
☆19	A	物事明輔	数寄屋河岸	スキヤ連	落栗	20	4
☆20	A	算木有政	数寄屋河岸	スキヤ連	落栗	16	3
☆21	A	一文字白根		本町連	四方	6	5
☆22	A	智恵内子	○	スキヤ連	落栗	31	9
☆23	A	四方赤良	山の手	四方連	四方	45	編
24	B新	鹿津部真顔	数寄屋河岸	スキヤ連	落栗・万象亭	12	3
25	B新	野原雲輔	山の手	四方連・本町連	四方	16	7
26	C新	川井物梁	○	スキヤ連	落栗		1
27	C新	畠　畦道	数寄屋河岸	スキヤ連	落栗	3	1
28	C新	地口有武	小川町	四方連	四方		3
29	C新	本屋安売					
30	C新	小鍋みそうづ	麻布	スキヤ連	落栗		2
31	C新	油杜氏煉方	数寄屋河岸	スキヤ連	落栗	4	1

この〈別表〉でもっとも顕著なことは、『狂歌知足振』に見える地域連としてのスキヤ連と、『狂歌師細見』の、木網の個人連である落栗連の人々が目立つことである。この両連はもともと重複する人物が多いのであるが、『狂歌師細見』でいえば、三十一人中の十一人、三種全てにその名がある十九人中では六人と、ともに三割前後が落栗連に属する。対して特に昵懇であった主催者三人側は、これも『狂歌師細見』でいえば、四方連五人と菅江・東作を合わせても三十一人中七人、橘洲グループに至っては、Aにしか参加していない賀邸父子を加えても、三十一人中の六人にすぎない。木網系が多くて主催者側が少ないのは、何か事情があるようにも思われるが不明である。ことによると『狂歌師細見』に「江戸中はんぶんはにしのくぼ（石川注、元木網の居所）の門人だョ」とある、その人数の多さ（しかもその中心は三井長年同様町人階級）が反映しているだけかもしれない。

(3)　三囲稲荷狂歌会の性格

浜田氏稿では、右の状況を『若葉集』入集者の傾向と重ね合わせておられるようである。具体的に詳述されていないので推測する以外にないが、その主たる理由を想像するに、

(ア)右に述べたように『狂歌師細見』によれば、三囲会参加者三十一人中で最も多いのはA・B・Cいずれも三割前後を占める落栗連に属する人々で、橘洲グループと主催者側はそれぞれ六人と七人でほぼ拮抗するものの、落栗連の魁首・木網は他ならぬ『若葉集』の編撰協力者であるし、橘洲と赤良の師である賀邸とその息子・置来も『若葉集』に関わっている。

(イ)『若葉集』所収歌は全四三七首で入集者数は全四十七人であるのに対し、『万載集』のそれは全七四八首全二三〇余人。つまり『若葉集』所収歌は『万載集』の六割弱、入集者数は同約二割強にしか相当しないにもかか

わらず、三囲会関係者数は〈別表〉の下二段を見るに、『若葉集』関係者が二十五人に対して『万載集』のそれは二十四人でわずかだが『万載集』を上回る。

(ウ)作者別編集で所収歌数・人数ともに少ない『若葉集』がA・B・C三種にわたって五人六首（後述）を取り込んでいるのに対し、部立編集でそれらがともに多い『万載集』はその巻十七にAの橘洲と赤良の二首しか収録していない。

の三点が中心のように推定される。こうした視点だけからすれば、三囲会はなるほど橘洲ら『若葉集』関係者を中心とする催しのようにも見受けられそうである。

しかし本書第一章第三節(3)で述べるように、橘洲は実は三囲会が開かれる以前に、すでに『若葉集』上下二冊の編集を一度完了させており、同会の後になってその成果を取り込むべく、同書下冊のみを再度編集し直している。いま要点のみ記せば、橘洲は同書の自序に、天明二年四月初めに編集を終えたので書名も「若葉集」と名づけたと述べ、同月中の刊行を目指していた。ところが板行準備もかなり進んだと思われる同月下旬の二十日になって三囲会が開かれ、その成果のうち、Aの物事明輔と算木有政の各一首、Bの明輔・古瀬勝雄・橘洲自身の各一首、それにCの智恵内子の一首、計五人の狂歌六首をその下冊に取り込もうとして、同冊のみ編集をやり直したため、「若葉」の季節に刊行することが不可能になってしまったのである。つまり三囲会は、橘洲が当初考えていた『若葉集』にとって予定外の出来事であったわけで、だからこそ急遽その成果を取り込もうとし、結局は刊行時期まで逸してしまったと考えられるのである。そうまでして収めようとした理由は判然としない。一憶測としては、ことによると橘洲には際物的色彩をも付加しようとするねらいがあったのかもしれない。ともかくもAの賀邸序に赤良ら三人の企画と明言されていることに加えて、少なくとも『若葉集』上冊は三囲会とは直接的には無縁である。

以上のような状況をも考慮した結果として、それでもなお三囲会は橘洲らを中心とする会で、門人の組織化の意図すら窺えると果たして言えるであろうか。

もっとも『若葉集』とは無関係に、橘洲らの会として同会が開催された可能性がないわけではない。しかしもしそうだとすれば、もともと橘洲寄りとされる賀邸のAの序にそのことが何がしかでも触れられているはずであろうし、主たる行事であったA・Bの末尾を赤良が飾っていることとも矛盾する。改めて〈別表〉の下二段を見返せば、歌数はともかくも『若葉集』と『万載集』の双方に入集している人物が同会参加者の大半を占めているのであり、賀邸父子を別格とすれば、『万載集』に見えない直寝や近道がいると同時に、『若葉集』に入っていない物梁・有武・安売・みそうづなども参加しているのである。つまりは赤良ら三人の呼びかけに当代それなりの関係者が応じたのが三囲会であり、そこに特筆すべき橘洲色はなかったと思われるのである。

四方赤良が名実ともに江戸狂歌界の第一人者であったことは言をまたない。その赤良研究の泰斗であられた浜田氏は橘洲に対し、『若葉集』編撰時に彼が赤良を仲間外れにしたことを常に重視されていたようで、三囲会の意義づけにおいても、浜田氏稿の中でそのことに言及されている。その浜田氏にあえて異を唱えるつもりなどさらにないが、橘洲側には橘洲側なりの言い分もあったろうから、それを是非聞いてみたいと考えている。仲間外れの一件にしても、橘洲側に立って検証してみると、赤良がその編撰計画を三囲会直後まで知らなかったとは思えない状況証拠もある。また橘洲グループについても、連の名鑑である『狂歌知足振』に橘洲の名が見えないのはたまたま漏れたのではなく、同じくその名がない東作と木室卯雲の二大家同様、個人連を持たない大家なのでどの傘下にも加えることができず、結果として除外せざるを得なかったと思われ、その後の『狂歌師細見』に見える橘洲グループなるものも、『若葉集』以外の天明狂歌本にその名が見えない、いわば『若葉集』固有の人物がその過半数を占め、それをことさらに橘洲の個人グループに仕立て上げたきらいがあって、天明三年当時の橘洲には、地域連としての四ッ谷連はあっても、赤良と悶着を起こすような個人連などなかったと考えている（本書第一章第五節参照）。以上はこうした立場からの私見であり、橘洲はそんな野心家だったのかと問い直してみたその報告である。

注

（1）浜田義一郎氏「栗花集について」（「大妻女子大学文学部紀要」第十号、昭和53年3月）。以下、浜田氏稿と呼ぶ。
（2）赤良がこの当時病気だったことは、『三春行楽記』の前書きにも、「壬寅（石川注、天明二年）初夏、瘍ヲ病ンデ息偃スルコト数日」（原、漢文）とある。
（3）静嘉堂文庫では透き写しが禁止されていて、上から虫損形状をなぞることができなかったため、正確を期したもののそのままには写し取ることができず、多少いびつにならざるを得なかったことをご了承願いたい。
（4）前掲『江戸狂歌本選集』第二巻における翻刻では、静嘉堂本を底本として国会本の順序で翻字しておいた。
（5）ただし三十三図のうち、ねりかた・つばき・橘洲の三人についてはその各団扇画に大きく×印が書きこまれており、該当する狂詠もない。また黒つら（玖呂面）・明輔・もろあじの三人は、画と狂詠のセットを二組、真顔は三組作っているので、狂詠の作者数は二十五人となる。なお紙子に見立てた第十四図には作者名がないが、狂詠と対応させれば真顔の作と判明する。
（6）渡辺好久児氏「狂歌作者唐衣橘洲――その実像を探る一考察――」（「明治大学日本文学」第二十一号、平成5年8月）。
（7）浜田氏稿の数字の根拠がわかりにくいので補足すると、橘洲系六人と木網系十一人を足した十七人を、三十一人から賀邸父子と東作と不明の四人の計七人を引いた二十四人で割った数字と思われる。

第三節　『狂歌若葉集』の編集刊行事情

(1)　『狂歌若葉集』と『万載狂歌集』

江戸天明狂歌の爆発的流行は、ともに天明三年正月の刊記を持つ唐衣橘洲編『狂歌若葉集』と四方赤良編『万載狂歌集』(以下『若葉集』『万載集』と略称する)の刊行に始まる。

『若葉集』は二巻二冊で各冊五十四丁の計一〇八丁、書形は半紙本と大本の二種がある。天明三年正月に四谷伊賀町の近江屋本十郎板として三都四書肆(他の三店は京・武村嘉兵衛、大坂・敦賀屋九兵衛、江戸日本橋通三丁目・前川六左衛門)から刊行された。もっとも『割印帳』では「天明三癸卯二月十八日不時割印」の項に、「天明三年二月(刊)、墨付百八丁・全二冊、から衣橘洲述、板元売出し・前川六左衛門」とある。前川は出版組織上の版元で、実際は江戸の売捌元であろう。上冊に「壬寅(石川注、天明二年)のとしはじめの夏　から衣橘洲」序と「置来」序(置来は師内山椿軒の息子の狂名だが、この序は『奴凧』所収「若葉集序」条によれば椿軒の作)各二丁がある。作者別の編集で上巻に二十二名四〇三首、下巻に四十七名四三七首の計六十九人(下巻の「をしへ人」を椿軒とみなせば六十八人)八四〇首を収める。橘洲序によれば平秩東作・元木網・蛙面坊懸水・古瀬勝雄の四人が、また置来序では実際には一首も入集していない二一天作を加えた五人が協力したという。刊記には「続若葉集　追刻」と予告する。

『万載集』は半紙本二冊で、上冊九巻四十九丁、下冊八巻五十一丁の計十七巻（ただし巻十三は錯簡により欠）一〇〇丁からなり、天明三年孟春に東叡山下池之端仲町の須原屋伊八板として三都三書肆（他の二店は京都・本家須原屋仕入店、大坂・柏原屋与左衛門）から刊行された。『割印帳』では「天明二年寅七月より」の項に、「天明三年（刊）、墨付百丁、朱楽菅江著、板元売出し・須原屋伊八」とある。赤良ではなく朱楽菅江著となっている詳細は不明であるが、『万載集』菅江序に「こゝに四方のあか良なん、行風があとをしたふとにはあらねど」云々と本書について説明しているので赤良の編撰であることは明らかで、強力な補助者として菅江がいたと解すべきであろう。上冊に「あめあきらかなる（中略）みつのとしはるのはじめ（下略）四方赤良」序と「天明みつのとしはるの日（下略）朱楽菅江」序各二丁、下冊に「時天明三年歳次癸卯　四方山人等（ママ）」漢文跋と「橘のやちまた（石川注、加藤千蔭）（下略）」跋各一丁がある。『千載和歌集』に倣った部立編集で、二三〇余人七四八首を収める。刊記に「徳和歌後万載集　近刻」「狂歌選　哥仙家集に比して三十六家の秀逸　嗣出」と予告する。

この両書に関しては、早く林若樹氏が競争的に刊行されたのであろう[1]といわれたが、この漠然とした説を一新したのが浜田義一郎氏の説[2]であった。その説かれるところの要点を整理すれば、次のようにまとめられよう。

①『若葉集』はその入集歌数において協力者と自派に偏り、特に赤良と菅江の歌数は妥当性を欠く。

②『若葉集』の編撰は四人の「心あひたる友」の協力を得て天明二年四月初めに終わったが、橘洲は明和以来の朋友である赤良をそこから疎外した。

③天明二年四月二十日開催の三囲稲荷狂歌会（以下「三囲会」と略称する）には『若葉集』編撰関係者が多く参加しており、橘洲が門人の組織作りを意図していたことがうかがわれると同時に、椿軒・置来父子も参加したとすれば、『若葉集』の編集完了を祝う意味があり、置来の序も同会で依頼された可能性がある。

④赤良は橘洲に疎外されたことを三囲会直後に知ったと思われ、対抗意識から同時刊行を目指して直ちに『万載

集』編撰に着手した。

⑤『若葉集』所収の橘洲の歌に、「赤良のぬしこの比ざれ哥にすさめがちなるに、おひの雲助のぬしの哥口をかんじて」の詞書を持つ「ざれ哥に秋の紅葉のあからよりはなも高雄のみねの雲助」の一首があるが、これは赤良を誹謗したものである。

⑥天明三年春の結果は、書名の機知や編集方法の巧みさ、入集者のバラエティとその歌数の妥当性、序跋者や板元の知名度等において『万載集』が『若葉集』を圧倒し、予告の『続若葉集』もついに未刊に終わった。

この浜田氏説はその後も趣旨が受け継がれ、(3)すでに定説となっているといってよい。しかしこうした従来の研究は主として赤良中心の論調であるため、改めて橘洲からの視点に立って検証してみる必要もあるように思われる。なお、この点については本書第一章第五節においても、天明期の狂歌連と一部関連づけて考察するが、ここでは『若葉集』編集刊行の視点に絞って私見を述べてみたい。

(2)　四方赤良・朱楽菅江への配慮と協力者の周辺

最初に浜田氏説①②に関連する私見から述べることとする。まず橘洲自身は、『若葉集』で赤良や菅江をどのように処遇しているであろうか。入集歌数別に全体の概略を示せば（一〇七首の橘洲はひとまず除き、「をしへ人」の一首は椿軒の詠とみなし、傍線部の四人は『若葉集』への協力者）、

五十首代　四人（平秩東作57、椿軒57、樋口氏52、元木網51）

四十首代　一人（四方赤良45）

三十首代　三人（渭明32、智恵内子31、古瀬勝雄30）

二十首代　三人（蛙面坊懸水24、朱楽菅江24、物事明輔20）
十 首 代　十人（ものごとのうとき19、出来秋の万作17、紀定丸16、算木有政16、古鉄の見多男13、草屋師鯵12、鹿都部真顔12、浜辺黒人11、五風11、馬蹄10）
一 桁 代　四十六人（うち二十二人は二首または一首）

となる。十人いる十首代を一つの目安とすれば、二十首以上の十一人が中心人物で、一桁代四十六人がその他大勢と大別できよう。橘洲を除いたこの入集歌数だけからいうと、赤良は元木網より下の第五位、菅江にいたっては古瀬勝雄や蛙面坊以下の第十位ということになって、明らかに失当といわざるを得ない。しかし後述の事情で協力者が優遇されていることを考慮すれば、赤良より歌数が多い残る二人のうち、椿軒は赤良と橘洲の師・内山賀邸である。またいま一人の樋口氏は伝未詳ながら京都の人らしく、『万載集』にも樋口関月として十七首（『万載集』第九位）も入集しており、赤良とも親しかったと思われる。つまりこの二人は赤良にとっても特別な人物と見てよく、となるとこれに次ぐ歌数の人物は、ただ一人の四十首代入集者赤良ということになる。赤良以下菅江までを見ても、協力者とその関係者（智恵内子は木網の妻）を除けば、伝未詳の渭明[4]がいるのみで、赤良・渭明・菅江の順となる。

では視点を変え、右の人々の入集位置はどうであろうか。『若葉集』各冊の首尾の人々を記せば、上冊は「坡柳（冒頭。9首）[5]・椿軒（57首）・朱楽菅江（24首）……樋口氏（52首）・渭明（32首）・出来秋万作（17首）・蛙面坊懸水（24首）・平秩東作（57首）・元木網（末尾・51首）」の順で、下冊は「四方赤良（冒頭。45首）・智恵内子（31首）・物事明輔（20首）……古瀬勝雄（30首）・唐衣橘洲（末尾。107首）」となる。四人の協力者と橘洲は常識的に両冊末尾にまとまり、樋口氏と渭明の二人はこれといった特別な位置に配されていない。対して赤良は橘洲と対峙する形で下冊冒頭に置かれ、菅江も椿軒に次いで上冊三番目の位置を占める。

まとめるならば、橘洲は協力者を歌数の上で優遇（このこと自体の是非は別次元の問題である）してはいるものの、全体としては赤良と菅江を決して冷遇などしておらず、相応に対処しているといわねばならない。確かに『万載集』への入集歌数序列、すなわち

赤良55・東作36・橘洲35・布留糸道（古人の池田正式）32・菅江31・木網27・（参考までに蛙面坊5・古瀬勝雄3）

と比較すれば、『若葉集』は一見妥当性を欠くように見うけられる。しかしそれは厚遇された協力者の歌数にこだわった見方であり、部立編集以上に入集位置の重要性が大きい作者別編集の特色に配慮していない見方といえるのではあるまいか。

さて次にその編撰協力者についてであるが、実際は橘洲の単独編集とする見方には賛同できない。前述四人の歌数や入集位置からして彼らが協力したであろうことは明かであるし、鹿津部真顔も「江戸四里四方戯作者の観音略縁記」（天明三年七月刊『狂文宝合記』所収）の中で、「平原屋東作といふ人（中略）、当国四ッ谷の大酒・橘のみさへ（石川注、橘洲の初号）と力を合せ、狂哥こん立の志をはげましけるに、大慈大悲の応護むなしからず、枯たる桜木に若葉集といふ詞の花咲出しかば」と記している。

では橘洲はなぜ四人もの協力者を必要としたのかといえば、江戸狂歌の先駆者といえども橘洲単独では様々な作者の詠を幅広く集めるのに自ずと限界があったからであろう。赤良ですら菅江という強力な補助者を必要としたことと同じである。当時はもちろん本格的な撰集もなく、狂歌はまだ「一座一興のいひ捨」（天明二年十一月序『栗能下風』所収の浜辺黒人の一文）という時代である。加えて筆まめで社交的な赤良と異なり、橘洲は同好の士と集い端正典雅な狂歌を楽しむ廉直な性格[6]である。つまるところ、橘洲にはどうしても協力者を必要とする事情があったのである。協力者四人が実力・知名度に格差があるにもかかわらずおしなべて厚遇されているのは、このことと決して無縁ではあるまい。

次にその顔ぶれがなぜ東作・木網・蛙面坊・古瀬勝雄（二一天作はひとまず除外する）なのかという問題であるが、

その前に天明二、三年頃の狂歌連についてふれておきたい。本書第一章第五節で詳述するように、連には町名等を冠する地域連と、それとは性格を異にする狂名や庵号等を付した個人連があり、この当時は木網（庵号落栗庵）を中心とする落栗連（個人連）、赤良中心の四方連（個人連）と菅江中心の朱楽連（個人連）を中核とする山の手連（地域連）、それに鹿津部真顔や算木有政を中心とする数寄屋連（地域連）が市中の三大勢力で、落栗連は町人中心の数寄屋連と重複が目立ち、山の手連は武士が中心であった。四人の協力者のうち、木網はいま述べたように落栗連の中心人物で、他の三人は橘洲を筆頭とする四ッ谷連（地域連）に属する（天明二年仲冬跋『江戸花海老』）。周知のことだがここで注意すべきは、橘洲・赤良の大先輩である東作が個人的には橘洲との仲以上に赤良と親しい[7]ことである。つまり東作が協力者に加わっているのは、橘洲の個人連である後の唐衣連（後述）の一員としてではなく、四ッ谷連の一人という地域の縁によるものである。秀安の前号で早く『明和十五番狂歌合』にも参加していた四ッ谷の医師・蛙面坊も同様で、四ッ谷という地縁はあるものの、『狂歌師細見』の橘洲グループ（後述）には東作ともどもその名がない。では四ッ谷に縁のない、西の久保に住む木網がなぜ加わっているかといえば、「江戸中はんぶんはにしのくぼ（石川注、木網の居所）の門人だョ」（『狂歌師細見』）という点に橘洲の意図があったと思われる。当然落栗連だけでなく数寄屋連ともつながってくる。地域の縁で加わった東作についても同様なことがいえ、東作を通じて四方連さらには山の手連と広がり、結局は三大勢力いずれにもつながっていく。

まとめておくと、橘洲は自分と同じ四ッ谷に住むという縁で東作・蛙面坊・古瀬勝雄（橘洲と同じ田安家の臣）に協力を求め、さらには木網にも協力を依頼して、結果的に三大勢力いずれもから材料を収拾できるようにしたのである。このことは橘洲単独では幅広く材料を集めようにも限界があったこと（前述）と軌を一にしていると同時に、浜田氏説②の赤良疎外問題とも関連してくる。つまり橘洲は赤良の四方連のような個人連を持たないだけに、大先輩の東作もいる地元四ッ谷仲間に協力を求めたまでで、その地元意識は『若葉集』の板元が四ッ谷の、それも弱小書肆の近江屋本十郎であることに顕著である。橘洲には赤良を疎外する意識などなく、単に地元中心だったにすぎない。

なお、赤良ではなくなぜ木網なのかについても、落栗・数寄屋の両連への広がりを念頭に置けば答えは明らかであろう。また特に浜田氏説の中核をなすその②の橘洲が赤良を疎外したという「心あひたる友」のことばも、そもそもからして橘洲自身の発言ではなく、椿軒代作という置来の序に

やまとながらも唐衣きつしうをはじめて、心あひたる友船のへづ、東作、あまのかるもとのもくあみ、久方のあめん坊、いそのかみふるせのかつを、二二天作の五人あつまり

とある。「友船の」に続く「へ」が、船の縁語でへさきを意味する「舳」と「平秩」の「へ」の掛詞であることに留意すれば、「心あひたる友船の」で区切ってそれが平秩東作以下五人全体に掛かるとの解釈には無理があろう。「やまとながらも」(唐衣きつしう)、「あまのかるも」(とのもくあみ)、「久方のあめ」(ん坊)、「いそのかみふる」(せのかつを)の四人にも付されている各狂名のみに掛かる修飾表現同様、「心あひたる友船のへ」(づ、東作)で東作一人に掛かると理解すべきであろう。

(3)　『栗花集』から見る『狂歌若葉集』

浜田氏説③④に関連する天明二年四月二十日に催された三囲会については、すでに本章第二節で私見をまとめた。赤良自筆本『栗花集』によれば、当日は「詠指頭画狂哥并序」・「三囲社頭奉納狂哥(題「夏神祇」)」・「団扇合図并狂哥」の三行事が催され、延べ参加者は三十一名(三行事すべてに参加したのは十七名。もっとも参加者が当日出席したとは限らない)を数える。出府中の三井長年(狂名仙果亭嘉栗、指頭画を嗜む)が京へ帰る餞別の意味があったこの会について、浜田義一郎氏は『若葉集』入集者の傾向を重ねておられるのか、橘洲系の人々を中心とする会とされたが、(8) 私見

では三囲会は赤良（当日病欠）・東作・菅江の三人によって計画された、四方側系およびそれに近い人々の催しと思われ、特筆すべき橘洲色は見あたらないと結論づけた。

この点に関しては天明期の狂歌連とも絡んでくる問題なので、本書第一章第五節で述べる橘洲一派の動向について、参考のためにその要点のみを先取りして記せば、

ア・天明二年の時点では橘洲に個人連はなく、それとは性格を異にする地域連としての四ッ谷連がある。

イ・同三年四月序刊『狂歌知足振』にその名が見えない著名人として、木室卯雲・東作・橘洲の三人があげられるが、この三人は当時、大家にして個人連を持たないことが共通する。

ウ・同年七月跋刊『狂歌師細見』に橘洲グループがあって当人を除き二十五人の名があがっているが、『若葉集』以外の天明狂歌本にその名が見えない人物がその過半数を占める。

エ・橘洲の個人連が成立するのは同五年七月刊『狂歌あまの川』からで、本人を除いて七十二名を数える。また「唐衣連」もしくは「橘洲連」の個人連の名が見えるのは、同年秋刊行の『俳優風』からである。

と、まとめることができる。特にウの『狂歌師細見』に見える橘洲グループは、『若葉集』からかき集めてことさらに作り上げた印象が強いのだが、その中で三囲会に参加した人物といえば、橘洲・椿軒・古瀬勝雄・抜裏近道・十二立圃の五人のみである(9)。これに地域連である四ッ谷連所属参加者の東作と蛙面坊懸水を加えても七人にしかならず、全参加者三十一名の五分一にも満たない。三囲会における橘洲色はやはり特筆するに当たらず、ましてや三囲会で橘洲が門人の組織作りを意図したとは思われないのである。もっとも椿軒・置来父子も参加したとすれば、浜田氏説③で指摘されている『若葉集』の編集完了を祝う意味合いと置来の序を依頼した可能性は時期的に矛盾しない。

次にこの会が絡む『若葉集』の編撰期間と『万載集』編撰について考えてみたい。『若葉集』の編撰開始時期については、橘洲と置来の序で協力者の筆頭にあげられ、鹿津部真顔も言及した平秩東作の動向が参考になる。東作は二

箇月ほどの伊豆旅行から天明元年九月頃に江戸にもどり、三囲会が済んだ翌二年四月末頃には伊勢大和路に出かけているから、協力したのは恐らくこの間の八箇月ほどで、となれば橘洲の編撰開始時期もこれを大きく遡ることはあるまい。問題は終了時期である。天明二年四月付の橘洲の序に、「えりあつめたるざれうた、やつもゝちあまり、折しも卯月のはじめなれば、いやしげる栗の若葉集と名づけて梓にちりばめ侍るも」とあるから、これによれば同年四月初めに編集が終了し、同月刊行を予定していたことが分かる。しかし実はその『若葉集』に三囲会での五人の狂歌六首が取り入れられている。すなわち智恵内子一首（『若葉集』の詞書「団扇合万葉躰」）・物事明輔二首（同「夏神祇」「題指頭画」）・算木有政一首（同「題指頭画」）・古瀬勝雄一首（同「卯月はつか本所みめぐり稲荷社頭会夏神祇といへることを」）・橘洲一首（同「三囲稲荷社頭会にて夏神祇といふ事を」）がそれである（最後の二人についてはすでに浜田氏が指摘されている）。この六首について原本を見るに、その入集位置は追加・訂正の行いやすい、丁の首尾や各人の項の首尾などに位置していない。また板下等の板面についても確認するに、その六首の各前後と比較して入木等の不自然さがない。さらに本文各丁の柱にはその丁に該当する作者名が仮名で刻されており、不用意な改竄は行えない。つまり板木を入木修正して六首を加えたとは思われないのである。五人がいずれも下冊に入集していることを考え合わせれば、少なくとも下冊に関しては四月二十日の三囲会以後に全体が再編集され、板下作りも最初からやり直されたと思われるのである。

一方『万載集』は、赤良自身が「万載集よりさきに唐衣橘洲若葉集を撰ぶ」（『奴凧』所収「天明調狂歌集の始」条）というごとく、橘洲に遅れて編撰が始まった。時間がなくて編集上いくつかの齟齬をきたしたほどに急いだらしいこと[10]と、巻十七「神祇歌」の部に三囲会の橘洲・赤良両人の詠が並んで入集していることから推せば、その開始は同会直後あたりからで、理由は『若葉集』に対抗するためとみてよかろう。となると気になるのが浜田氏説④にいう『若葉集』編撰の秘匿性、つまり三囲会まで橘洲らは『若葉集』のことを本当に隠し通せたのかという疑念である。筆頭協力者で元々赤良と親しい東作は、天明二年では一月五日以降四月一日までしばしば赤良と同席している（『三春行楽記』）ことが確認できるし、一月十四日・二十四日の木網の定例狂歌会には赤良は両日ともに出席している（同上）。『若葉集』の編集刊行企画は遅くても春のうちには赤良の耳に入っていたと思われ、四月二十日の三囲会まで知らなかったとは考えにくい。それどころか私見では秘密にする理由もないことから、当初より赤良も知っていた可能性すらあるように思われる。

ここで『栗花集』から離れ、浜田氏説⑤についてふれておく。詞書に「赤良のぬしこの比ざれ哥にすさめがちなるに、おひの雲助のぬしの哥口をかんじて」とある橘洲の一首「ざれ哥に秋の紅葉のあからよりはなも高雄のみねの雲助」は、公刊書に掲載されたとなれば、確かに「赤良のぬしこの比ざれ哥にすさめがち」は赤良への誹謗と解せなくもないが、それとは別に、「おひの雲助のぬしの哥口をかんじて」を素直に受け取って読み返せば、赤良が可愛がった甥の野原雲輔（後の紀定丸）の狂歌上達を賞賛した一首と解することもできる。またこの詞書のごとく、赤良にも狂歌に「すさめがち」な時期が実際にあった可能性も否定しきれない。大島蓼太が「高き名のひゞきは四方にわき出て赤ら〳〵と子供まで知る」の狂歌を持って赤良を訪ねた翌年の安永七年、赤良は詩に「三十ニシテ無為、夙志に違フ。羞ヅラクハ小技ヲ将テ謾ニ相聞ユルコトヲ」（『南畝集　四』所収「戊戌新歳作」。原、漢文）と詠む一方、その翌年の同八年には、高田馬場で狂歌仲間と五夜連続の盛大な観月会を催している。詞書の「この比」が安永七年前後を指すとすれば、甥の野原雲輔は十九歳前後で、二十歳にして菅江の洒落本『雑文穿袋（ざつもんせんてい）』に跋文を寄せて戯作界に登場する一、二年前ということになる。もしこの通りだとすれば赤良がこれを誹謗と受け取るはずがなく、素直に受け入れたに違いない。廉直な性格で知られる橘洲が旧知の友の誹謗中傷といった粗暴にして露骨なことをするだろうかと問い直してみた時、右の安永七年前後のことではないとしても、赤良自身に何か思い当たる節があった可能性はあるようにも思われる。

(4) 唐衣橘洲の意図と誤算

ところで、刊記に天明三年正月を掲げる『若葉集』はすでに記したように、『割印帳』では同年二月十八日不時割印として届出がなされ、刊行予定は同年二月と記載されている。『万載集』の届出が前年のうちに済んでいるのに対し、それに相当先行していたはずの『若葉集』の届出が、なぜこのように大幅に遅れたのであろうか。そもそも書名からして、その出版は初夏がふさわしいことはいうまでもない。事実天明二年四月付の橘洲自序には、「えりあつめたるざれうた、やつもゝちあまり、折しも卯月のはじめなれば、いやしげる栗のわか葉集と名づけて、梓にちりばめ侍るも」とあり、置来の序（年次等の記載なし）にも「此集の名の若葉のごとくにしげからん」とあって、素直に読めば天明二年四月刊行と錯覚しそうである。ではなぜこの予定が実現せずにずれ込んだのかといえば、答えは前述した下冊の再編集にあるように思われる。つまり刊行直前の四月下旬に開催された三囲会の成果を取り込むべく、急遽下冊の編集をやり直したためにその刊行時期を逸してしまったと思われるのである。「若葉」の語は置来の序にもあって、刊行がずれ込めば書名までも再考せねばならなくなる上に、もちろん置来の序文もそのままでは使えなくなる。また下冊再編と時をほぼ同じくして赤良も『万載集』の編撰を開始し、その情報は橘洲の耳にも入っていたに違いない。勅撰集の『千載集』と正月の三河万歳を利かせて新春刊行をもくろむ赤良と張りあえば、初夏を想定した書名一つとっても同じ正月刊行では結果は目に見えているし、かといって四月まで待てば、先に手がけたにもかかわらず赤良の後塵を拝することになる。橘洲は動くに動けぬ状況に陥ったと思われる。結局何の手も打てずに公刊となってしまったのは、そうした橘洲に業を煮やしつつ『万載集』の大反響を目の当たりにした板元近江屋が、弱小書肆だっただけに見切り発車したのであろう。『若葉集』下冊の再編集は、後に甚大な影響をもたらす橘洲最大の誤算だった。

それでは赤良はなぜ急遽『万載集』の編撰に着手したのであろうか。橘洲に協力的な師椿軒の「歳暮」と題する一首を、『万載集』巻六で「よみ人しらず」として扱うなどは、もしもこれが意図的であるならまさに感情的という他はない。このあたりの事情については、『万載集著微来歴』や狂歌歳旦黄表紙の『大木の生限』等四作、『吉原大通会』（以上天明四年刊）をはじめとして、やや後年の『鎌倉太平序』（同八年刊）といった狂歌壇にかかわる黄表紙も口を閉ざしている。とはいえ、両作の成立に関して確執はなかったとする園田豊氏説(11)には、これまで述べてきたことに鑑みても賛同できない。赤良が突如攻勢に出た理由を考えてみると、旧知の橘洲から事前相談がなかったからではなく、『若葉集』の出版計画自体は知っていたものの、その内容が赤良に不快感を抱かせる悪しざまな形で意図的に伝えられたからではなかろうか。赤良の不快感を具体的に憶測すれば、その一が出版計画を秘匿されたこと、その二が「心あひたる友」から疎外されたこと、その三が自らと菅江および四人の協力者に絡む収録歌数の不当な扱い、その四が右の誹謗中傷であろうか。いずれも橘洲からすれば唖然とする内容であったはずで、私見ではこれらほぼすべてが赤良の思い違い、誤解と考えている。もちろん赤良が勝手にそう受け取ったのではなく、そう思い込むような形で赤良に吹き込んだ人物がいたのではないかと推測している。それは誰かといえば、何としてでも『万載集』を出したかった板元の須原屋伊八の関係者、特に『奴凧』に見える番頭迂平の周辺あたりではなかろうか。赤良は『万載集』に続編を予告した手前、その『徳和歌後万載集』だけは須原屋から刊行したが、以後須原屋とは縁が切れていることからもその可能性があるように思われる。

先入観を吹き込まれて思い違いをしたその誤解こそが、『狂歌師細見』にいう「ぜんてへおこりはまちがひのすぢサ」「牛込（石川注、赤良）と四ッ谷（同、橘洲）のわけ合も、菅江さんはもちろん木網さんの取持でさつはりすみやした」の「まちがひのすぢ」「わけ合」の意味するところではなかったか。しかしこの認識の食い違いも天明三年夏頃には解消したようで、赤良の方から木網と菅江を伴って橘洲宅を訪ね、「から衣きつゝなれにし此やどにはる〳〵過て夏のお出合」（『巴人集』）と詠んで和解している。もっともこの時点で、江戸狂歌壇盟主の座がすでに橘洲から赤良に移っていたことは、浜田氏説⑥の指摘される通りである。

以上の私見を振り返ってみれば、橘洲の大誤算と赤良の鵜呑みによる思い違いが『若葉集』と『万載集』の編撰と刊行をも巻き込んで騒動を織りなしたとまとめることができよう。橘洲についていえば、彼が三囲会の成果を『若葉集』下冊に取り入れようとさえしなければ、『万載集』と比較される前に天明狂歌初の本格的撰集として単独に評価を得ていたはずである。『若葉集』はそもそもが『万載集』のような古人を交えた部立総合撰集を意図したものではなく、橘洲が考えるところの当代江戸狂歌の姿を四ッ谷という地域を基盤として公刊するのがねらいで、だからこそそれを訴えやすい作者別編集を採用しているのである。自派偏重との批判についても、そもそも当時の橘洲には自らを中心とする個人連がまだ成立していないのであるから、批判しようにもその論拠がない。橘洲の意図を考慮すれば、一〇七首という当人の入集歌数の多さはむしろ当然の成り行きで、意図と立場を異にする部立総合撰集と比較されること自体、橘洲にとっては不本意だったに相違ない。

注

（1）日本名著全集『狂文狂歌集』（同刊行会、昭和4年）所収『狂歌若葉集』の林若樹氏「解題」。

（2）浜田義一郎氏著『江戸文芸攷』（岩波書店、昭和63年）所収「天明三狂歌集の成立に就いて」（初出、岩波書店「文学」〈第九巻七号、昭和16年7月〉）の他、同氏の人物叢書『大田南畝』（吉川弘文館、昭和38年）や『大田南畝全集』第一巻（岩波書店、昭和60年）同氏「解説」など。

（3）一例をあげれば、宇田敏彦氏校註の現代教養文庫『万載狂歌集』（社会思想社、平成2年）の「解説」や、小林勇氏「安永・天明の江戸文壇」（岩波講座『日本文学史』第九巻所収、平成8年）など。

（4）『若葉集』入集歌は東海道の旅中の歌が多いが、上方の人物ではないようで、木網編『落栗庵月並摺』（天明三年十一月刊）に一首、菅江編『狂言鶯蛙集』（同五年正月刊）に三首、鳴滝音人編『狂文棒歌撰』（同年刊）にも一首見えている。

（5）わずか九首ながら上冊筆頭に置かれているこの坡柳は、早く『明和十五番狂歌合』に参加した六人のうちの一人であること以外不明な人物だが、橘洲とはよほど特別な関係にあったと想像される。

（6）橘洲の性格を含めたその実像については、渡辺好久児氏「狂歌作者唐衣橘洲――その実像を探る一考察――」（「明治大学日本文学」第二十一号、平成5年8月）に詳しい。

（7）東作の詳細については、井上隆明氏著『平秩東作の戯作的歳月』（角川書店、平成5年）を参照されたい。なお、東作が赤良のことを詠んだ「おほた子を声にてよめばだいた子よいづれにしてもなつかしき人」の一首はよく知られている。

（8）浜田義一郎氏「栗花集について」（「大妻女子大学文学部紀要」第十号、昭和53年3月）。

（9）右注（8）で浜田氏が橘洲系とされる人物としては、他に蛙面坊懸水と秦玖呂面がいるが、懸水は『狂歌知足振』『狂歌師細見』の両書に見えず、玖呂面は『狂歌知足振』ではスキヤ連に属し、『狂歌師細見』では落栗連である落栗屋杢蔵グループに属している。

（10）右注（3）宇田氏校註書「解題」参照。

（11）園田豊氏「『狂歌若葉集』と『万載狂歌集』の刊行をめぐって」（「江戸時代文学誌」第七号、平成2年12月）。

第四節　『狂歌師細見』の狂歌作者比定

天明狂歌が爆発的に流行するとすぐさま、その狂歌作者たちの名鑑として普栗釣方編『狂歌知足振』（天明三年四月序刊）と平秩東作編『狂歌師細見』（同年七月跋刊）の二書が出版され、狂名と所属連のみではあるがそのあらましが分かる。特に後者については、その跋文に「是ぞ正真高名の残りあらざる自慢のはな」「知足振つくさぬ落葉をちよつとかく」などとあって、前者以上に注目される。しかし狂名全体を掲載する前者と異なり、後者は『吉原細見』に擬しているため、多くは濁点もない仮名書きで、また狂名の一部分しか記されていない人物も多く、さらには架空の名前が混在している可能性もあって、とにかく人物の特定がしづらい。好資料であるにもかかわらず、名鑑として活用されることが少ない理由はここにある。両書の出版意図は、大流行に乗じた天明狂歌の一特色である滑稽な狂名の付け方類例集とみなしてよく、その読みを記さない前者の欠点を補ったものが、仮名書き中心の後者ともいえよう。

天明期に成立または刊行された江戸狂歌関係書は、赤良自筆『栗花集』所収の小作品や狂歌関連の絵本・黄表紙、狂文集などを加えれば、その数は優に六十を超える。この度それら所収の人名をほぼ調査し終えたので、『狂歌師細見』に収まる人々の比定を試みる。仮名書きが多いだけに各狂名の読み方、両名鑑の所属グループの相違、『吉原細見』の遊女に真似て付された入山形（今回は付記しない）による格付け等々、益するところも少なくないはずである。

凡例

一、『狂歌師細見』の底本は花咲一男氏編『天明期・吉原細見集』（近世風俗研究会、昭和52年）所収の複製本で、『新日本古典文学大系』第八十四巻（岩波書店、平成5年）にはその影印が収まり、慶応義塾大学図書館所蔵の野崎左文筆写本を底本とする翻刻が『江戸狂歌本選集』第十五巻（東京堂出版、平成19年）にある。

一、妓楼の主人に見立てられた狂歌連を【　】内に記し、抱えの遊女に擬された各作者は『狂歌知足振』と対比した。

一、掲出は『狂歌師細見』の掲載順序に従い、各人名の縦項目記載は『狂歌師細見』における人名、『狂歌知足振』におけるその狂名と所属連（同書冒頭の無記名連は、ひとまずスキヤ連とみなした）、の順である。

一、『狂歌師細見』の人名に便宜上通し番号を付し、重出者と異名同人には初出番号を□で囲って付した。

一、対比した『狂歌知足振』に見当たらない狂歌作者については、その狂名が確認できる作品名を、いわゆる天明五大集（これ以外は天明三年に近い作）を優先させて、（　）内に一例のみを狂名、所収作品名の順で示した。

一、『狂歌師細見』の狂歌作者が一人に特定できない場合は、可能性のある複数の対象者を並記した。

一、『狂歌師細見』の人名のうち、天明期の他書でその狂名が確認できない人物には［　］を付した。

一、狂名が確認できない上、もじり方や意味内容からして狂名とは思われない人名は、すべて比定対象外とした。

一、底本にある入山形（合印）をはじめとして、「よみ出し」「取廻し」「一かど」「げいしや」「やりて」等の格付けや職種表記はすべて省略したので、右の複製、影印、翻刻を参照されたい。

一、末尾に、『狂歌師細見』に見当たらない『狂歌知足振』の狂名を連ごとにまとめて掲げ、その狂名が確認できる作品名を（　）内に記し、確認できない狂名には［　］を付した。

節松葉やかん【『狂歌知足振』朱楽連の節松嫁々・朱楽菅江グループ】

1	ふし松・か丶しゆ・めいか	ふしまつの加加	朱楽連
2	みつかど・きんなん・いてう	銀杏満門	朱楽連
3	紺屋野・あさつて・もより	紺屋朝手	本丁連
4	たつき・やま中・よふこ	山中多都伎	朱楽連
5	おそ巻・千たね・田のも	遅蒔千種	朱楽連
6	大じの・さんみ	大事の三味	朱楽連
7	ねしめ（水際根〆『狂歌新玉集』）		
8	巻ふで・しかの・かしく	棹鹿の巻筆	芝連
9	かまなり・ちる〳〵（ママ）	珍々釜鳴	小石川連
10	仲ぬり・かへの	加陪中塗	朱楽連
11	耳ひこ・てすは	出諏訪耳彦	朱楽連
12	あをは・かもの（鴨青羽主『狂文宝合記』）		
13	あかすき・くろへ	黒部赤椙	朱楽連
14	茶やまち・すゑひろ	茶屋町末広	本丁連
15	あかまる・なへの	鍋の垢丸	朱楽連
16	くも野・たのし	雲楽斎	朱楽連
17	すきはら・まつき	すきはらのますき	朱楽連
18	した人・雲の（雲のした人『老莱子』）		

19　はまとら　浜虎坊鶏子　朱楽連
20　むさすみ　瓦のむさ墨　朱楽連
　　　　　　　箔形むさ墨　朱楽連
21　田人　頬干ノ田人　四方連
22　から人　塩屋のから人　朱楽連
23　やすつけ　櫛屋安告　朱楽連
24　家ぬし　大供家主　朱楽連
25　こりう　福林堂巨立　朱楽連
26　あつき　つらのあつき　スキヤ連
27　まつかは　松川芋面　本丁連
28　たつき　遠近立木　朱楽連
29　おそみち・うし込　牛込遅道　朱楽連
30　ば阿　婆阿上人　小石川連
31　つらき　朝起つらき　小石川連
32　ふかやふ　真竹深籔　小石川連
33　まちかひ　間違麁相　朱楽連
34　［くもあし］
35　あづさ　梓弓八中　朱楽連
36　たゞのみ（身分唯飲　『狂言鶯蛙集』）

37　あきら　片目ノあきら　四方連
38　はもり（柏木葉守『落栗庵春興集』）
（鳴羽盛『狂言鶯蛙集』）
39　おもかぢ　おもかぢ似足　四方連
40　ひとへぎ（生姜一片岐『狂言鶯蛙集』）
41　たちはな　橘貞風　本丁連
24　いゑぬし　大供家主　朱楽連
42　人まね　人まね小まね　四方連
43　［みつこ］
44　のりよし（おほふねの乗よし『狂歌若葉集』）
45　［すくおき］
46　ちりつか（塵塚山荘こと泥田房カ『狂文棒歌撰』）
47　［あをこ］
48　［うちひも］
49　こめん（御免舎『老莱子』）
50　［てん〳〵］
51　［よみ哥］
52　まつやてつ（松屋てつ女『万載狂歌集』）
53　［こう］

性根玉や墨右衛門【上方狂歌作者の一本亭芙蓉花[1]】

54　一もと・ふやう・松なみ（一本亭芙蓉花）

以下、比定対象外

大ゑびや七左衛門【『狂歌知足振』堺丁連の五世市川団十郎こと花道つらねグループ】

55　花道・つらね・みます　花道のつらね　堺丁連

56　つみ綿・こひいき・はまむら　御贔屓つみ綿　堺丁連

57　玉だれ・小がめ・いづみ　玉たれの小亀　四方連

58　桜田・つくり　桜田のつくり　堺丁連

59　かぶきの・たくみ（歌舞妓工『徳和歌後万載集』）

60　きくの・こはいろ　菊の声色　堺丁連

61　かさはや・ふり出（風早ふり出し『万載狂歌集』）

62　いきひと・小もん　通小紋息人　堺丁連

63　[すみよし]（つらねの住所住吉町の意カ）

64　[きはの]

65　[大ほし]（大星由良之助の意カ）

66　[あたり]（大当りの意カ）

67　[いり]（大入りの意カ）

巴あふぎや四方七【『狂歌知足振』四方連の四方赤良グループ】

68　さたまる　紀の定麿　四方連

68	のはら・くも介	野原雲輔	本丁連
69	けいせうならん・かとの	軽少ならん	本丁連
70	まつ風・みねの・ことの	峰の松風	四方連
71	白人・山の手・高名	山手白人	小石川連
72	一文字・しろね・くれは	一文字白根	本丁連
73	あら金・足引・かとの（あらがねの足引『絵本江戸爵』）		
74	高藪・さかの・うへの	坂上竹（ママ）藪	四方連
75	此この・まこ彦	子子孫彦	四方連
76	穴ぬし・へその	臍の穴主	朱楽連
77	よみ人・しれた	よみ人しれた	四方連
78	ふしの・まん丸	藤のまん丸	四方連
79	たかしま・すゝり	高島すゞり	四方連
80	あこなか	腮長馬貫	四方連
81	なへとり	播磨鍋鳥	四方連
82	たるの	樽のかゞみ	四方連
83	ありたけ	地口有武	四方連
84	たゝとり	二分只取	四方連
85	つまる	紀の津麿	四方連
86	人なり	只の人成	四方連

87　外なり　勘定外成　四方連
88　しまり　路治口志万里　四方連
39　おもかち　おもかぢ似足　四方連
89　たれん人　水花のたれ人　四方連
42　人まね・こまね　人まね小まね　四方連
90　ゆかり　紫のゆかり　四方連
91　はなけ　鼻毛永人　四方連
92　はたひろ・ふみの　文のはたひろ　四方連
93　きつね　大路小路のきつね　四方連
79　たかしま　高島すゞり　四方連
94　たき木　薪の高直　四方連
95　くきたけ　檜皮釘武　四方連
96　すゑもの　陶都久ね　本丁連
97　［よみかた］
98　きねやせん　きねやのせん旨　四方連
99　［なほ］

橘屋吉十郎【唐衣橘洲グループ】

100　玉椿・のきば・山路（内山椿軒『狂歌若葉集』）
101　ふるせ・かつを・亀吉　古瀬のかつ雄　朱楽連

102 でき秋・まんし・さくし（出来秋万作『狂歌若葉集』）
103 きてき・よつや・よみて（四谷紀廸『狂歌若葉集』）
104 はね道・大とろ・ぬかる（大泥のはね道『狂歌若葉集』）
105 みたほ・ふるき・ふるかね（古鉄の見多男『狂歌若葉集』）
106 ぬけ浦・ちか道・そきやう　抜裏近道　朱楽連
107 りつほ・十二　十二立圃　小石川連
108 くもみつ・むあん（雲水無庵『狂歌若葉集』）
109 たはた・もの成（田畑もの成『狂歌若葉集』）
110 あふみ・本十（本重『狂歌若葉集』）
111 黒つか・大小（黒柄の大せうひかる『狂歌若葉集』）
112 ある人・山の手（山手のある人『狂歌若葉集』）
113 風車（風車『狂歌若葉集』）
114 水車（水車『狂歌若葉集』）
115 五風（五風『狂歌若葉集』）
116 一楼（一楼『狂歌若葉集』）
117 一蛙（一蛙『狂歌若葉集』）
118 はてい（馬蹄『狂歌若葉集』）
30 きん江（錦江『狂歌若葉集』）
119 眉長（眉長『狂歌若葉集』）

120　うき木（浮木　『狂歌若葉集』）
121　ほはく（弾琴舎蒲荷　『狂歌若葉集』）
122　りきやう（里暁　『狂歌若葉集』）
123　馬にう（馬乳　『狂歌若葉集』）
124　［よつ］（四ッ谷の意カ）

一風屋斎兵衛【『狂歌知足振』芝連の一風斎隣海グループ】

125　蛙女・を丶井　大井蛙　本丁連
126　はり道・ぬひや　ぬひや針通　芝連
127　［ふた丸・なへの］
128　［みちん人・いなか］
129　かき野・へたまる（柿下手丸　『徳和歌後万載集』）
130　［まんまる・目の次］
131　よし丸・ゑのぐ（丹青洞恭円　『万載狂歌集』）
132　目かくし・かくれ　覚蓮坊目隠　本丁連
41　貞風・たち花　橘貞風　本丁連
133　にしを（つくしの西男　『興歌めざし艸』）
134　［たかむら］
135　なむし（南芝　『栗能下風』）
136　青のり　酒上青のり　芝連

137　ゐそく　芝為則斎　芝連
138　ゐつつ（井筒有水『落栗庵春興集』）（井筒本済『三十六人狂歌撰』）
139　ありとし（塩竈斎有年『興歌めざし艸』）
140　しはた（柴田風舐『興歌めざし艸』）
141　たへた　多下手道然　本丁連
142　［つる吉］
143　［うら］

恋川屋春介【『狂歌知足振』本丁連の恋川春町こと酒上不埒グループ】

144　町すみ・小川・みそき　小川町住　四方連
145　沢辺・ほたる　沢辺帆足　四方連
146　ふしわら・中ぬき　節原仲貫　四方連
147　ほなみ・にした　帆南西太　小石川連
148　酒のみ・おやふん　酒呑親文　四方連
149　まや輔・うまや　厩のまや輔　朱楽連
150　［もてる］
151　ものおと　物音響　四方連
152　みつつぐ　星屋光次　四方連
153　かねみつ　久寿根兼満　四方連

154　ひとりね　独寝欠　四方連
155　なんたら　何多良方士　小石川連
156　ことふき（万歳寿『夷歌連中双六』山手連）
157　千代の（千代榛名『夷歌連中双六』山手連）
（千代有員『狂言鶯蛙集』）
158　はまの・まさこ(ママ)の（浜のきさこカ『狂文棒歌撰』）
159　［ぬけた］
160　［まち］（春町の意カ）

つたや三十郎【『狂歌知足振』吉原連の蔦屋重三郎こと蔦唐丸グループ】

161　まつ風・くすは・うらみ（松かせのくす『狂文宝合記』）
162　元成・かほちや・すな村　加保茶元成　吉原連
163　高見・むね上・三つ扇　棟上ノ高見　吉原連
164　玉けし・相おう・内しよ　相応の内所　吉原連
165　垢じみ・ゑもん・つゝみ　垢じみの衣紋　吉原連
166　たはらの・小づち・だんこ　たはらの小槌　吉原連
167　明たな・はそん・ふさかる　明店はそんふさがる　スキヤ連
168　わけ里・こいの・ぶしも　恋の和気里　吉原連
169　さるまり・太夫・まんり　猿万里太夫　吉原連
170　［ちや屋んと・ふしみの］

171　ひとりね・つらき　独寝貫伎　吉原連
172　いわの・ふたみ　いわの二見　スキヤ連
173　ことの・ないき（琴の内儀『落栗庵狂歌月並摺』）
174　いそまの・道かど（五十間道角『いたみ諸白』）
175　山から　山雀久留見　吉原連
176　もゝとせ　山田もゝとせ　スキヤ連
177　千とせ（松千とせ『狂言鶯蛙集』）
178　うたゝね　手枕のうたゝね　スキヤ連
179　きはなり（大門喜和成『いたみ諸白』）
180　かたまる（夜食方丸『落栗庵狂歌月並摺』）
181　いけた　池田諸白　四方連
182　おほえの　覚の香垂　吉原連
183　あけやの　揚屋くら近　吉原連
184　ともゑ（川原の友江『落栗庵狂歌月並摺』）
185　うたまる　筆の綾丸　吉原連
186　［てる］

おき石屋むら治【『徳和歌後万載集』の置石村路グループ】

187　かね吉・いしべ・かぶと（石部金吉『万載狂歌集』）
188　はや秋・いつも・やしろ（いつも早秋『徳和歌後万載集』）

189　まんまる・もち月・てらす（望月まん丸『徳和歌後万載集』）
190　あや丸・しおち・青やま　しおちの綾丸　小石川連
191　［酒なり・卜(ママ)戸の・しら浪］
192　秋よし・望月・さえる　望月秋吉　小石川連
193　せき守・たつか（紀の関守カ『落栗庵狂歌月並摺』）
194　つるおと・ひきめ（弓玄比喜女カ『八重垣ゑにむすび』）
195　かけまと・あたる（掛的安多留『落栗庵狂歌月並摺』）
196　［きほふ］
197　［あだくち］
198　［まぐろ］
199　［すきみ］
200　［なを〳〵］
201　［ごふし］
202　いりふね（入船繁記『落栗庵春興集』）
203　［おひて］
204　［しも］

浜辺や九郎七【『狂歌知足振』芝連の浜辺黒人グループ】

205　黒うし・大きと・つるが　大木戸黒牛　芝連
206　鬼守・かはら・ふくろ（嚢庵河原鬼守『狂歌若葉集』）

207	つくばね・みねより・おつる	つくはねの峰依	芝連
208	いと丸・たきの・もとの	滝本糸丸	芝連
209	此きみ・ふさん	此君斎芙山	芝連
210	かるも・あまの	蜑苅藻	芝連
211	はま松・さゝんさ	浜松三三三	芝連
212	たらん人・こゝろ（紀たらんどカ『狂哥猿の腰かけ』）		
213	［やすまる・おく田］		
214	やまみづ・すめる	山水ノすめる	芝連
215	かすか野	春日の朝沖	芝連
216	山の井	山の井浅景	芝連
217	大よど	大淀の亘	芝連
218	たま川	玉川の秋きね	芝連
		玉川調布	本丁連
219	にしき木	錦木千束	芝連
220	もくつ	浜辺藻屑	芝連
221	うちわら	打藁の屑男	芝連
222	住の江	すみの江の岸陰	芝連
223	［しはの戸］		
224	はやの	はやの時なし	本丁連

225　成笑　赤坂成笑　芝連
226　ひなつる（ひなつる『栗能下風』）
227　にけみつ（逃水『栗能下風』）
228　くれ竹（くれ竹『栗能下風』）
229　あをしば（青芝『栗能下風』）
230　くろそめ（黒染こもん『万載狂歌集』）
231　富川（富川『栗能下風』）
232　しまの（嶋の笑猿『栗能下風』）
233　きりのは（桐葉の秋嗣『栗能下風』）
234　［しば］（芝連の意カ）

落栗屋杢蔵【『狂歌知足振』スキヤ連の落栗庵元木網・智恵内子グループⅠ】

235　山みち・たかき・ひくき　山道高彦　小石川連
236　吉野・くすこ・さとう　吉の丶葛子　小石川連
237　きた川・ほく治・せん治　北川ほくせん　スキヤ連
238　すかる・竹つゐ・つき治　竹杖為軽　スキヤ連
239　有まさ・さんき・めいさい　算木有政　スキヤ連
240　まかほ・すきや・きくじゆ　鹿津部真顔　スキヤ連
241　もろ鰺・くさや・ひもの　草屋師鰺　スキヤ連
242　金らち・あけ介・あらため　物事明輔　スキヤ連

243 はた野・くろき・いづみ　秦の玖呂面　スキヤ連
244 あぜ道・はたけ・おくしも　畠の畦道　スキヤ連
245 あぶらの・とうじ・ねり方　油杜氏煉方　スキヤ連
246 物やな・川井・つがも　河井物梁　スキヤ連
247 浦べの・ほし網・とあみ　浦辺干網　スキヤ連
248 ひるおき・あさね・さた治　朝寝昼起　スキヤ連
249 かりはし・たゝゆき　仮橋唯行　スキヤ連
250 さかもり・上かん　酒盛入道浄閑　本丁連
251 いその・わかめ　いその若女　スキヤ連
252 せう〳〵・なり安　酒茂少々成保　本丁連
253 れんき・あかし　連木朱　本丁連
254 みそうつ・こなべ　小鍋みそうづ　スキヤ連
255 いたや・つね〳〵　板屋常恒　スキヤ連
256 むせん　無銭法師　本丁連
257 川なり（糸瓜皮也『徳和歌後万載集』）
（天保川成『徳和歌後万載集』）
（真間川成『狂言鶯蛙集』）
258 花まる　奈良花丸　本丁連
259 はつゆき（吉原初雪『落栗庵狂歌月並摺』）

260　ひとひ（三里一日『落栗庵狂歌月並摺』）
261　ことなり（数寄の琴成『狂哥猿の腰かけ』）
（其答琴成『徳和歌後万載集』）
（酒上事成『狂言鶯蛙集』）
262　［ふるとら］
263　せう〳〵　猩々小僧　朱楽連
264　こちやう　その丶小蝶　スキヤ連
265　竹みつ　お大小竹光　スキヤ連
266　さぢさき　匕佐幾の廻　スキヤ連
267　つくね　摺竿つくね　スキヤ連
268　むなき　江戸前牟奈伎　本丁連
269　しんご（真悟房『狂言鶯蛙集』）
270　ふるみち（古道『鸚鵡盃』）
271　はやさき（室早咲『俳優風』朱楽連）
272　［ひげを］
273　すゝなり（笹裏鈴成『落栗庵春興集』）
274　あかゑ　赤じくの夏毛カ　本丁連
275　［きう］

岡持屋喜三二【『狂歌知足振』本丁連の朋誠堂喜三二こと手柄岡持グループ】

276 ［亀遊］（喜三二門人の女性戯作者(2)）
277 ［うきよ・よのすけ］（亀遊の天明三年正月刊黄表紙『嗚呼不儘世之助噺』）
278 なれかね・宇三太・かつぱ　味噌糀なれかね　スキヤ連
279 はやがき・ちくら　早書築良　本丁連
280 ものから・ふあんと　手柄岡持　本丁連
280 てからの　手柄岡持　本丁連
281 ［さとの・なまり］（喜三二の天明元年刊噺本『柳巷訛言』）
282 ［ひのもと］
283 ［いさほし］
284 ［ひら］

巴あふきや清吉【『狂歌知足振』四方連の奈良屋清吉こと普栗釣方グループ】

285 一ふし・千つゑ　一節千杖　スキヤ連
286 うら住・大やの　大屋裏住　本丁連
287 秋人・はらから　腹からの秋人　本丁連
288 頭野・ひかる　つむりの光　四方連
289 米人・さかつき　坂月米人　本丁連
290 いまふく　今福の来留　四方連
291 なから　大曾礼長良　四方連
292 めしもり　宿屋飯盛　四方連

293　もりかた　奈万須盛方　四方連
294　たひ人　多の旅人　四方連
295　さこね　大原ざこね　四方連
296　つら長（真頬面長カ　『狂文宝合記』。または306真面面長カ）
87　外なり　勘定外成　四方連
297　さかふね（問屋酒船　『徳和歌後万載集』）
298　玄くわう（ママ）　天地けんこんカ　スキヤ連
299　むねやな　やはり棟梁　四方連
300　てる〳〵（照々法師　『狂歌角力草』）
301　守人（長屋守人　『狂歌角力草』）
302　おと戸（面倒おとゞ　『狂歌角力草』）
303　まゝ成　生レのまゝ成　本丁連
304　［くり］

落栗や久兵衛【『狂歌知足振』スキヤ連の落栗庵元木網・智恵内子グループⅡ】

305　すゑ兼・うはらの（卯原季兼　『落栗庵狂歌月並摺』）
306　おも長・まつらの（真面面長カ　『狂言鶯蛙集』。または296真頬面長カ）
307　若け野・はやる（若気波屋留　『狂言鶯蛙集』）
308　岩井の・たか盛（磐井高盛　『狂文宝合記』）
309　いと道・三すち　三篇（ママ）糸道　芝連

310　大はら・あんこう　　大原あん公　　スキヤ連
311　［ちやつみ］
312　［はやまる］
313　へまむし（屁間虫与入堂『落栗庵狂歌月並摺』）
314　［よめぬ］
315　ものなり（秋野物成『落栗庵狂歌月並摺』）
（田畑ものなり『狂歌若葉集』）
316　［たゝなか］
317　こまる（葛餝蟹子丸『狂言鶯蛙集』）
318　くろよし（下染の黒吉『落栗庵狂歌月並摺』）
319　いゑつと（とさんのことカ『栗能下風』）
30　［きんてう（ママ）］（「て」は「こ」カ）
321　［玉ほこ］
322　［かよひち］
323　かねなり　　暁の鐘成　　小石川連
324　［みち行］
325　きよろり　　忍岡きよろり　　堺丁連
326　［めし］

万字屋万蔵【『狂歌知足振』スキヤ連の万象亭こと竹杖為軽グループ】

327　きし田・杜芳　言葉綾知　スキヤ連
328　［有象］（戯作者の太平有象）
329　［茶里丸・豊竹・折太］（浄瑠璃の豊竹折太夫）
330　［ともへ・万治］（戯作者の鞆江万治）
240　まかほ　鹿津部真顔　スキヤ連
331　すく網　あまのすく網　スキヤ連
240　かへゐ　鹿津部真顔　スキヤ連
332　しらかへ　白壁くらん戸　スキヤ連
241　くさやの　草屋師鯵　スキヤ連
333　こいの・たきの（鯉の滝昇　『老莱子』）
334　よろつ・わかつ（千差万別　『狂文宝合記』）
335　千しう・万せい（千秋万歳　『俳優風』　四方連）
336　［千くはく・万亀］（戯作者の二世天竺老人こと万亀）
337　おり介・まさのふ（身軽折輔　『徳和歌後万載集』）
338　をろち・まさよし（菱原の雄魯智　『狂文宝合記』）
339　［江口・顕象］（戯作者の江口顕象）
340　七ちん・万宝（七珍万宝　『狂歌才蔵集』）
341　のたる（青大蛇野足　『狂文宝合記』）
342　へたの（戯作者の蒂野横好か）　下手立好　芝連

第一章　天明狂歌をめぐる諸相　100
343　しほかぜ（山東汐風『俳優風』スキヤ連）
344　［そま人］（戯作者の南杣笑楚満人）
345　［ふなつき］
346　［みなうそ］
347　むさしの（武蔵腹広『落栗庵春興集』）
348　［ふた木］
349　［なかた］
350　てんさく（二一天作『狂歌若葉集』序）
351　おかへ（おかべの盛方『狂文宝合記』）
（岡部唐安『早来恵方道』）
352　わんはく（入道碗白『狂文宝合記』）
353　東さく（へつゝ東作『万載狂歌集』）
354　［貫口］
355　［きさ］
おち栗やちゑ【『狂歌知足振』スキヤ連の落栗庵元木網・智恵内子グループⅢ】
356　はり金・あみの・はそん　網のはそん針金　スキヤ連
357　白ぬし・とう友・小へひ　堂鞆白主　スキヤ連
358　たいら・さたん・こよみ　平のさたん　スキヤ連
359　大たば・ふゆな　大東冬名　スキヤ連

360　をさ丸（村のをさ丸『栗能下風』）
361　すゑ保・さんり・もくさ（平生三里季保『徳和歌後万載集』）
362　仲まさ・いも堀　芋堀仲まさ　本丁連
363　ゑん命・こそく（五足斎延命『狂文宝合記』）
364　秋かね・らちの　羅知秋兼　スキヤ連
365　ほまち・おのか（殿野保町カ『狂歌才蔵集』）
366　なつあき・かたい（蚊大分夏倦カ『狂言鶯蛙集』）
367　［さんはし・すへる］（泥道すべるカ『俳優風』四方連）
368　かつしか・つく〳〵　つく〳〵法師　本丁連
369　つはき　藪内つばき　本丁連
317　かにこま（葛餝蟹子丸『狂言鶯蛙集』）
46　おとんと　鳴滝音人　本丁連
370　ゆきなか　加里来の雪長　本丁連
224　ときなし　はやの時なし　本丁連
371　よし人（車屋義人『徳和歌後万載集』）
（和卦芳人『狂言鶯蛙集』）
372　たぬき　八畳陰多奴伎　本丁連
373　おとなし　草部音那志　スキヤ連
374　とうしやう（左礼は道性『落栗庵狂歌月並摺』）

[325] きよろり　忍岡きよろり　堺丁連
375 長ふみ（下手長文『狂歌新玉集』）
376 いやはや　空辞義弥早　本丁連
377 つらみ　蛙の面水　スキヤ連
378 たゝみ　五畳たゝみ　四方連
379 かちんと（飾磨歩人『狂文宝合記』）
（小幡歩行人『狂歌角力草』）
380 あつまる（皆友厚丸『落栗庵狂歌月並摺』）
[141] たへた　多下手道然　本丁連
381 ［よはなし］
382 しん外　ほうとう坊心外　スキヤ連
[266] さちさき　匕佐幾の廻　スキヤ連
383 ゑもり　傘の衛守　スキヤ連
384 ［みきね］
385 ひさもと（膝元さくる『徳和歌後万載集』）
386 ［くま］

どうけや百介

比定対象外

いろは屋短右衛門

　比定対象外
へどきやうかし【『狂歌師細見』中にみえる語で、江戸町河岸・江戸狂歌師のもじり(3)】
　比定対象外
うちわや定九郎（287腹からの秋人(4)）
　比定対象外
ざつしよや宇多
　比定対象外

※『狂歌師細見』の右各グループに見当たらない『狂歌知足振』の人々

スキヤ連

桜のはね炭（『万載狂歌集』）　［一トはけの霞］　［魚舟問丸］
［莫連法師］　［かすか屁ノのう陰法師］　［烏の陸起］
［身のぬれ行］　［天のかるも（芝連の蜑苅藻210カ）］　［天のくずも］
［野辺草丸］　北向さむき（『徳和歌後万載集』）　［山井浅陰（芝連の山の井浅景216カ）］
相場高安（『落栗庵春興集』）　［浅草卜橋］　［伊達升呑］
［天津点翁］

小石川連

堪忍成丈（『徳和歌後万載集』）　酒小売呑口（『狂歌角力草』）　粕久斎与旦坊（『徳和歌後万載集』）
江戸川知嘉久（『落栗庵狂歌月並摺』）　奥手にけ道（『老萊子』）　［荻野上凪］

朱楽連

常産阿馬（『徳和歌後万載集』）　［阿部のお茶丸］　［井門（ママ）の蛙子］

車井たぐる（『徳和歌後万載集』）

吉原連

［此うらの旦甫］　［大薬鑵鎌苅］　ゐい夫人（『江戸花海老』）

堺丁連

梅旭子（『万載狂歌集』）　気の野暮輔（『万載狂歌集』）　［木芽春風］

皆元有触（『老莱子』）　［何年墨斎］　志月庵素庭（『万載狂歌集』）

［木地淵魯喬］　渋川栗人（『徳和歌後万載集』）　松本燕斜（『万載狂歌集』）

権宗匠梅堂（『徳和歌後万載集』）　逸そゐい（『徳和歌後万載集』）　出茂吉成（『徳和歌後万載集』）

根からの芋助（『太の根』）　［紀の有武］　［露月庵卜子］

［虎風奈物哉］　［とてつも内侍］　［きざな面付］

芝連

飯くらの羽岡（『初笑不琢玉』）　古屋の根継（『栗能下風』）　［小船江陽］

［大井英路］　［女奈里］　坂上とび則（『絵本見立仮譬尽』）

品川親羅（『栗能下風』）　［茶碗愚意呑］　月夜釜主（『万載狂歌集』）

松風耳有（『栗能下風』）　［古硯斎法黒］　［捨路斎黙翁］

［一葉斎梧風］　［常談井下流］　［蕨早則］

あらかねの土丸（『狂哥猿の腰かけ』）　底倉のこう門（『絵本見立仮譬尽』）　芝のうんこ（『絵本見立仮譬尽』）

［柳楊枝長房］
富士鷹なす（『万載狂歌集』）
大屁股臭（『徳和歌後万載集』）
鳥の空音（『徳和歌後万載集』）
今出の赤下手（『徳和歌後万載集』）
［かりがねの村鳥］

本丁連

大原久知位（『万載狂歌集』）
根可来不器用（『徳和歌後万載集』）
［喰津貧楽］
［酒上あた丶丸］
望月志良夫（『狂言鶯蛙集』）
梅の花笠（『江戸花海老』）
渡海里の花也（『徳和歌後万載集』）
素布子待（『狂言鶯蛙集』）
［道具屋金成］
［福加久の加々若］
紙屋丸彦（『狂言鶯蛙集』）
記のつかぬ（『万載狂歌集』）
酒大増長機嫌（『狂言鶯蛙集』）
鈍奈法師（『徳和歌後万載集』）
志水燕（『万載狂歌集』）
［医道眼一嫁々］
［立臼のおきね］
すが丶きの仲住（『狂文宝合記』）
［山手こけ丸］
大の鈍金無（『狂歌角力草』）
［自多楽文持］
［真菰きずみ］
浅草馬道（『夷歌連中双六』）
［関本住丸］
［質草少々］
麦藁笛也（『老莱子』）
鑿釿言墨金（『徳和歌後万載集』）
細長の影法師（『夷歌連中双六』）
しらがの年寄（『老莱子』）
［一筆行成］

四方連

［喜多上人］
川辺鵞（『蜀山人判取帳』）
千里亭白駒（『徳和歌後万載集』）
［とき津風］
［御膝元成］
余茶福有（『年始御礼帳』）
鷹羽番（『徳和歌後万載集』）
大石小石のみかげ（『徳和歌後万載集』）
一富士二鷹（『徳和歌後万載集』）
板木下手成（『狂歌角力草』）
書出田丸（『徳和歌後万載集』）
内匠のはしら（『老莱子』）
玉だれの三すじ（『老莱子』）
蔵内金益（『灯籠会集』）
別荘星屋（『狂文宝合記』）

注

（1）芙蓉花を「性根玉や墨右衛門」に見立てた背景には、芙蓉花が浅草観音に絵馬を奉納したことが関係しているようで、大田南畝の『俗耳鼓吹』に関連記事がある。

（2）この亀遊は狂歌作者としては知名度が低いが、『狂歌師細見』末尾の「戯作者之部」にその名が出ている。となれば277はその著作のパロディと見てよかろう。「戯作者之部」には同様な人物として、278宇三太・328太平有象・330鞆江万治・333鯉滝昇・334千差万別・335千秋万歳・336千鶴万亀・339江口顕象・340七珍万宝・342蒂野横好の名も見えており、46の可能性がある「泥田坊」の名もある。

（3）岩波文庫本『嬉遊笑覧』(二)（平成16年）所収の巻之三「狂歌」の条に、左記の記述がある。

『狂歌師細見』といふ草子あり。すべて、吉原の細見に擬して作れり。（中略）末に、江戸町がしと云べき処に、「へど狂歌（石川注、嬉遊笑覧の原本「歌」に濁点）師」と有て、「団扇屋定九郎」と出たるは、腹殻の秋人にて、後に書家と成て高名なる中井敬義なり。其年の夏、うちはに、「定くろう御ざるにやみのよ市兵衛一人で行はあぶな勘平」と云狂歌を書て、人に多く贈れる故のざれ事なれど、いはゆる楽や落にて、人多く知らず。

（4）右注（3）参照。

第五節　連について——唐衣橘洲一派を中心に——

明和期に唐衣橘洲を中心とする数人のグループから始まった江戸狂歌は、天明三年春に至って江戸市中にその爆発的流行を見る。いわゆる天明狂歌がこれで、本書序説㈢でもその流行にふれた。そもそも江戸狂歌の詠み手に関しては、発生初期から身分・年齢・性別等を問わないサロン的性格があった。しかしこの特性も、天明に至るまでの狂歌熱の高揚につれて、指導する側とされる側が生じて変質し、ここに様々な狂歌グループ（連）が誕生することになる。いうまでもなく各連は本来敵対するものなどではなく、相互に親密な交流があった。ところが『狂歌若葉集』と『万載狂歌集』の二書（以下書名は適宜略称する）が刊行された結果（厳密にいえば、本書第一章第二、三節で述べた両書刊行のいきさつをも含む）、天明狂歌壇に主導権のようなものが生まれて、それを赤良一派が完全に掌握、橘洲一派は逼塞状態に陥るという、まさに対立的構図ができあがったとされる。以後狂歌壇の盟主として君臨する赤良一派及びそれに近しい連の人々はひとまず置くとして、赤良同様当時の狂歌壇の重鎮であった橘洲を中心とする一派は、表向きこれといった活動がなく隅に追いやられているような感があるが、果たしてその実情はどうだったのであろうか。天明三年の狂歌作者名鑑である『狂歌知足振』と『狂歌師細見』の対比についてはすでに本章前節で行ったので、ここでは天明期の橘洲一派について、その実体と動向を具体的に検証してみたい。

(1)　地域連と個人連

天明三年より前の狂歌グループについてまず取り上げるべきは、寛政九年仲夏という後年の執筆ながら、橘洲の回想文（『狂謌弄花集』所収）に見える安永期を指すとおぼしき左の一節である。

赤良もとより高名の俊傑にしてその徒を東（石川注、牛込中御徒町）にひらき、菅江は北（同、市谷二十騎町）におこり、木網南（同、京橋北紺屋町）にそばだち、予もまたゆくりなく西（同、四ッ谷忍原横町）によりて、ともに狂詠の旗上せしより（下略）

東西南北の方角はもちろん厳密な意味ではなく、概略としてかく見立てたまでであるが、方角すなわち地域を基準に四区分していることに留意しておきたい。

天明に入ると、書肆にして狂歌作者としても芝地域の中心的存在であった浜辺黒人が江戸狂歌の出版を企画するという特筆事項があるものの、全体として同元年はなぜか資料に乏しい。しかし翌二年になるとグループの活動がかなり明瞭になる。前年四月に剃髪隠居して芝西久保土器町の落栗庵に転居した元木網は、この天明二年は四の日に狂歌会を開いていたようで、一月十四日と二十四日にはともに赤良を含め三十余人（ただし各参加個人名は未詳）が会している（『三春行楽記』）。また四月二十日には向島の三囲稲荷に平秩東作や朱楽菅江ら三十人ほどが集まり、帰京する三井長年（豪商三井の一族）の描く指頭画を狂歌に詠み、「夏神祇」の題で狂歌を奉納、さらに見立て団扇画を題に狂歌を詠んでいる（『栗花集』）。そして十一月二十四日付けの「冬日逍遥亭詠夷歌序」（『四方のあか』所収）では、この時すでに「（吉原）京町何がし屋のあるじ（石川注、加保茶元成を指す）」の「（同、吉原）五町のうらなる逍遥亭」の他、「かはらけまち（中略）もとのもくあみが落栗庵」「本町二丁目の（中略）はらからの秋人がよききぬた庵」などで「月次の会たへずとなんありける」といい、ここでもまた地名とともにその活動が紹介されている。

天明二年の狂歌作者たちといえば、赤良の五世市川団十郎贔屓の著『江戸花海老』（同年仲冬朔旦跋、本屋清吉刊）に、これまた地域別に多くの人々が列挙されている。これまで具体的な作者名があてられたことがないので、少し長くなるが補足しつつ次に引用する（地域の囲みと作者名の傍線及び括弧内は石川補記）。

此比師鯵（草屋師鯵）がことばをきけば、日本大きに狂歌はやり（中略）、なかんづくもとの木あみ此道に執心ふかく、ちゑのないしこれをたすけて、狂詠四方に盛んなり。先山の手にはあから、菅江、その流をくむ人々には、松風（峰松風）、竹藪（坂上竹藪）、よみ人しれた、雲楽斎、馬貫（腮長馬貫）、まん丸（藤のまん丸）、紀定丸、四ッ谷に橘洲、へづゝ入道（平秩東作）、かつほ（古瀬勝雄）、まん作（出来秋万作）、あめん房（蛙面坊懸水）、麹町に栗圃（十二栗圃）、麻布にみさうづ（小鍋みそうづ）、芝は名におふ浜辺黒人、隣海法師、丹青洞（丹青洞恭円）、品川に大木戸黒牛あれば、目黒に好田の清好あり、築地の海地に卜養がやしきの跡の卜川（北川卜仙）、つくばね（筑波根峰依）、洲崎の升屋に一気行なり（未確認）、深川にかきのぬけ殼（未確認）、本所に無銭、蟹子丸、日本橋には酒盛入道（酒盛入道常閑）、鬼守（嚢庵河原鬼守）、むき躬（未確認）、あたりに匂ふ三十一文字（未確認）、一ッ盃のみの直寝の類、本町に腹からの商人、大屋裏住、住吉町には三升が名をつけたりし風早のふり出し、薬研堀にはきねやのせん旨、柳ばしにはおも梶似足、神田に今富久（今福来留）、貸本人和流、板木ほり安、さくらのはね炭、はやがき（早書築良）、つく〳〵法師、浅草に末広（茶屋町末広）、朝手（紺屋朝手）、藪のいと成（未確認）、蔵前に小川町に地口有武、子の子の孫彦、ふし原の中貫、沢辺帆足の連、下谷に名高き卯雲先生、素庭（志月庵素庭）、梅の花笠、吉原にゐい夫人、橋場の庵に婆阿上人、わけて此道すきやがし、算木有政、物事明すけ、秦黒つら、しかつ部真顔、油のとうじねり方、あぜ道（畠野畦道）、昼おき（朝寝昼起）、もちつとこつちへよりかけい、川井物梁、酒茂成保（酒茂少々成保）、はてなき大連、其外大井のむさとした、白人（山手白人）のしらぬ玉だれの小亀は、いづれやんごとなき、軽少ならぬ（軽少ならん）方多し。されば十代の作者恋川はる町も酒の上のふらちと名のり、喜三二も手がらの岡もちとなりて、狂歌をよんで見たい記をあらはし、森羅万象も竹つゑ為軽の翁と改て、猶此道にわけいらん事を思ふ。（中略）幸なるかな市川三升も自ら花道のつらねと名のり、（中略）その門に遊ぶせんじやは通小紋のいき人と称し、その声をまなぶ誰やらも、菊の声色など、つきたるよし、四方の評判とり〴〵なり。

この文章をいま少し検討してみると、注目すべきは落栗連の別称もある元木網・智恵内子夫婦を別格に扱っていることである。その理由は後述する『狂歌師細見』に「江戸中はんぶんはにしのくぼの門人だョ」とある如く、地域を越えて多くの門人を抱えていたからに相違なく、木網の庵号にちなむ落栗連という連名も地域を反映していない個人ゆかりのものである。落栗連に次いで紹介される山の手連も、「その流をくむ人々」として雲楽斎や紀定丸といった小川町の住人（『江戸方角分』による）を含む地域連であるが、「山の手にはあから、菅江」と併記されているように、赤良一派（四方連）と菅江一派（朱楽連）という個人に根ざす二つのグループがその中核をなす。以下、江戸市中各地ごとに狂歌作者を掲げたあと、この山の手連と同じ最多の九人を列挙する数寄屋河岸一派（数寄屋連）は、「はてなき大連」とあってこれまた一大地域グループとわかる。この他に、地名・地域を冠しない、というよりも地域では括れない各戯作者の存在と、三升らの梨園グループの紹介に筆が及ぶ。特に後者については、別に堺町連という地域にちなむ名称もあるのだが、その町名を用いていないのは、右の書が梨園全体ではなく住吉町に住む団十郎贔屓の書だからであろう。

右の赤良の一文についてまとめるならば、天明二年における江戸狂歌のグループは基本的には地域中心ながら、地域にこだわらない①個人グループの落栗連と、四方連及び朱楽連の両個人連を中核とする②地域グループの山の手連、それに③地域名そのままを名乗る数寄屋連がその三大勢力で、狂歌好きな各戯作者については地域で括りがたいこともあって、赤良は別扱いしていると解釈できよう。また逐一明示はしなかったが、その土地柄からして②の山の手連は幕臣等の武士が中心で、③の数寄屋連には町人が多く、①の落栗連は数寄屋連等の町人グループとの重複が目立つ。念のために橘洲を中心とする地域グループ（四ッ谷連）の面々を確認しておくと、右の一文には平秩東作、古瀬勝雄、出来秋万作、蛙面坊懸水の計四人の名があがっている。しかしここでは特に、東作と懸水は『狂歌師細見』の橘洲グループにはその名がないことと、橘洲・赤良と同じ内山椿軒（賀邸）門下の東作が実際には橘洲よりも赤良と親しかったことに留意しておきたい。

(2)　天明二、三年の唐衣橘洲一派

『若葉集』の編撰は右のような状況下で行われたことをまず認識した上で、以下に『若葉集』を含む天明三年の狂歌資料を分析してみたい。なお関連事項との兼ね合いから、本章第二、三節と一部内容が重なる部分があることをお断りしておく。

『若葉集』のひとまずの編集終了時期は、それを述べる天明二年首夏付け橘洲自序中に「卯月のはじめ」と明示されている。しかし同年四月二十日に開催された向島三囲稲荷狂歌会での詠の一部が『若葉集』にとられている。すなわち橘洲自身の一首に加えて、物事明輔二首、智恵内子・算木有政・古瀬勝雄各一首の計五人六首（すべて『若葉集』下冊所収）が入集しているので、同狂歌会以後に少なくとも下冊には手が加えられていることになる。また同自序によれば、編集に平秩東作・元木網・蛙面坊懸水・古瀬勝雄の四人（『若葉集』置来序では二一天作を加えた五人）が協力したという。四ッ谷連の前述四人のうちの出来秋万作を除く三人に、主流三派の一つである落栗連を束ねる木網が協力したことになる。

では八四〇首を収める当の『若葉集』入集者六十八人（「をしへ人」は椿軒とみなした）は、果たしてどのように分析できるであろうか。すでに本書第一章第三節⑵に掲載した内容であるが、論証上の必要性から今一度ここに掲げる。一〇七首の橘洲を除き、歌数別にその概要を改めて示せば左の通りである（傍線を付した人物は協力者）。

A
五十首代　四人（平秩東作57・椿軒57・樋口氏52・元木網51）
四十首代　一人（四方赤良45）
三十首代　三人（涓明32・智恵内子31・古瀬勝雄30）
二十首代　三人（蛙面坊懸水24・朱楽菅江24・物事明輔20）

B　十首代　十人（ものごとのうとき19・出来秋の万作17・紀定丸16・算木有政16・古鉄の見多男13・草屋師鯵12・鹿津部真顔12・浜辺黒人11・五風11・馬蹄10）

C　一桁代　四十六人（うち約半分の二十二人は二首または一首）

人数配分が大きくA・B・Cに三分されていることは明らかで、ABの合計二十一人という人数は、橘洲を除く六十七人全体のほぼ三分の一に相当する。また歌数からみると、A四二三首、B一三七首、C二八〇首で、ABの合計五六〇首という数は全歌数八四〇首のちょうど三分の二、橘洲分の一〇七首を除けば四分の三をこえる。つまり約三分の一の人数であるABが、歌数の四分の三以上を占めているわけで、橘洲を除く主要人物はこのABの人々とみて間違いない。ところがこのAB二十一人のうちで『狂歌師細見』の橘洲グループにその名がある人物（賀邸はひとまず除く）は、古瀬勝雄・出来秋万作・古鉄見多男・五風・馬蹄の五人のみで、特に見多男に至っては『若葉集』以外の天明狂歌関係書にまったくその名が見当たらない。これにあえて、『若葉集』では入集歌数の少ないCに属しかつ、三囲稲荷狂歌会のメンバー（本書第一章第二節⑵参照）だった抜裏近道（同会七首入集）と十二栗圃（同会六首入集）の二人を加えても、その勢力はわずか七人ほどにしかならない。つまり地域グループの四ッ谷連は存在しても、赤良・菅江の四方連・朱楽連といった、個人中心の唐衣連と呼べるようなものは、『若葉集』の時点ではなかったと思われるのである。このことについては後で再度ふれることにする。明和以来の狂歌界の中心人物だった橘洲ではあったが、外交性・社交性に富む赤良と違って、同好者と端正典雅な狂歌を静かに楽しむ彼に、赤良が対抗意識を持つような勢力があったとはやはり思われないし、また作ろうにもできなかったであろう。前述の三大勢力が支配している江戸狂歌壇にあっては、派閥意識というようなものではなく橘洲が考える江戸狂歌の姿を、協力者数名と置来の序にいう「心あひたる友」だった東作の助力を得て示したかったのが『若葉集』だったと考えられる。

さて大流行となった天明三年には、大小種々合わせて一気に十数部の狂歌関係書が刊行されたが、その中に連やグループを明記した最初の狂歌作者名鑑が含まれている。『狂歌知足振』と『狂歌師細見』がそれで、いずれも従来稀覯本であったが、近時の新日本古典文学大系第八十四巻に中野三敏氏によって付録として収録された。

『知足振』には刊年の記載がなく、酒上不埒によるふり尽くしの序文に続いて、「この序文、過し弥生の十九日、日ぐらしの里狂歌会の節、布袋堂の前にてひらひ候」ととぼける、版元普栗釣方（本屋清吉）の「卯のとし卯月のはじめ」付けの一文を付す。日暮里狂歌会のことは『巴人集』の天明三年春と思われる箇所に、「酒上不埒日暮里大会」として三首収められているので、右一文の年月は同年四月と特定できて刊行もこの頃と思われ、編者釣方に依頼された不埒が事実上の作者であろう。内容は連ごとに狂名のみを列挙したもので、

（スキヤ連）	五十九人	堺丁連	二十四人
小石川連	十九人	芝連	四十八人
朱楽連	三十二人	本丁連	六十四人
吉原連	十六人	四方連	六十四人

の八連（地域連六、個人連二）総勢三二六人を収める（ただし「スキヤ連」の名のみ原本にはないが、慶応義塾大学蔵野崎左

文氏写本に補筆されているのを採用した）。

『狂歌師細見』もまた刊記がないが、前述新日本古典文学大系の中野氏解説や、四方山人をもじった四万山人の跋文に、「此ふみ月にあら玉の春のはじめの知足振、つくさぬ落葉をちよつとかく」とあることから、天明三年七月頃の成立刊行であろう。作者は「作者頭取」に擬せられている平秩東作、版元「紺畫堂」は耕書堂（蔦屋重三郎）のもじりとするのが一般的な理解だが異説もある。[1] 本書は装丁・内容すべてが『吉原細見』のもじりで、二十の狂歌グループとその傘下の狂歌作者を、吉原の妓楼と抱えの遊女等に見立てる。四万山人跋文中に「是ぞ正真高名の残りあらざる自慢のはな」とあることや、同跋文前述引用部分からもわかる如く、先行の『知足振』に不備があることをうかがわせるだけに注目されるのであるが、これまで十分に活用されてきたとはいいがたい。その理由は、狂名全体ではなくその一部分しか記さない人物が少なくなく、それもほとんどが仮名書であるために狂名の意味がとりにくくて特定に困難がともない、さらには架空の狂名や人名以外も混在している可能性があるからである。とはいえ一応の比定を試みた結果、ほぼ確認できた各グループの配下の人数（各代表者を含む）を次に示す（※印は『知足振』の連との関係）。

朱楽菅江	四十七人	※朱楽連中心で小石川・四方・本丁・スキヤの各連が混じる。
花道つらね	八人	※堺丁連中心で四方連が混じる。
四方赤良	三十五人	※四方連中心で本丁・朱楽・小石川の各連が混じる。
唐衣橘洲	二十六人	※『若葉集』入集者中心。
一風斎隣海	十五人	※芝・本丁の両連中心。
酒上不埒	十五人	※四方連中心で小石川・本丁・朱楽の各連が混じる。
蔦唐丸	二十五人	※吉原連中心でスキヤ・四方の両連が混じる。
置石村治	九人	※小石川連二人。

浜辺黒人　二十九人　※芝連中心で本丁連が混じる。
元木網Ⅰ　四十人　※スキヤ連中心で本丁・小石川の両連が混じる。
手柄岡持　四人　※戯作者に本丁連とスキヤ連各一人。
普栗釣方　二十一人　※四方連中心で本丁・スキヤの両連が混じる。
元木網Ⅱ　十五人　※顕著な傾向なし。
竹杖為軽　二十七人　※戯作者とスキヤ連中心
元木網Ⅲ　三十七人　※スキヤ連と本丁連中心。

全十五グループ（木網一派をまとめれば十三で、すべて個人一派）で、単純計算で合計三五〇人を超える。残る「性根玉や墨右衛門」（上方狂歌作者の一本亭芙蓉花）と「うちわや定九郎」（腹唐秋人）を含む五グループは比定対象外としてひとまず省く。

両書に見える人々のごく大ざっぱな関係を、『狂歌師細見』からではなく、逆に『知足振』の各連を中心にまとめれば、朱楽連は菅江一派中心、吉原連は蔦唐丸一派中心、堺丁連は花道つらね一派中心、四方連は赤良一派の他に酒上不埒一派と普栗釣方一派の多くが所属し、スキヤ連には木網一派が多いだけでなく竹杖為軽一派も少なくない。また本丁連は木網一派と隣海一派、芝連は浜辺黒人一派と隣海一派がそれぞれ多く、小石川連は赤良・菅江・不埒といった赤良及びそれに近い各派と木網一派等の寄り合いの傾向にある。要するに『狂歌師細見』では、為軽と喜三二の戯作者二派と、置石村治と橘洲の二派が特異な存在ということになる。

さて本題の橘洲一派だが、まず連単位形式の『知足振』にはこれがない。一派がないどころか、三村竹清氏が「東作・橘洲・卯雲などの大家を何として洩らせしかを疑ふ」（大妻女子大学蔵同氏筆写本識語）という如く、橘洲個人の名すらない。また竹清氏指摘の三人はまさに洩れている三大家といってよい。たまたまこの三人を書き忘れたなどとは到底思われないから、何か三人に共通する理由があるに相違ない。東作は早く『明和十五番狂歌合』にも参加している江戸狂歌壇最古参の一人であり、木室卯雲は天明狂歌以前からの狂歌作者で、早く安永五年に家集『今日歌集』を刊行した元老格的存在であり、赤良も前出『江戸花海老』で「下谷に名高き卯雲先生」と特別扱いしている。この二人を仮にどこかの連に加えるとすれば四方連であろうが、赤良の傘下とするにはその存在が大きすぎる上に、年齢的にも大先輩（東作は二十三歳上、卯雲は三十五歳上）である。加えてこの二人は自派グループというようなものを持たない。残る橘洲は赤良の六歳年長ながら、江戸狂歌発生時における中心人物でその存在は今さら云々するまでもない。となると、橘洲もまた唐衣連として掲出できるような自派グループがなかったとしか考えられない。

では『狂歌師細見』の橘洲一派はどう解釈すべきであろう。同派を示す橘洲こと「橘屋吉十郎」が、『吉原細見』天明三年版に見える妓楼「あふみや善十郎」のパロディであることは、暖簾の図柄が共通するだけでなく、『若葉集』の版元が「近江屋本十郎」であることに明らかである。また「吉十」は橘洲の読み「きつじう」（『江戸花海老』・『俳優風』袋）を利かせる。記載されている面々は橘洲を除いて全部で二十五人に特定できる。『若葉集』の入集歌数を冠して括弧内に狂歌作者名を付記すれば、

57玉椿・のきば・山路（内山椿軒）
[30]ふるせ・かつを・亀吉（古瀬勝雄）
[17]でき秋・まんし・さくし（出来秋万作）
[9]きてき・よつや・よみて（四谷紀廸）
[4]はね道・大とろ・ぬかる（大泥のはね道）
13みたほ・ふるき・ふるかね（古鉄の見多男）
[7]ぬけ浦・ちか道・そきやう（抜裏近道）

[6]りつほ・十二（十二立圃）
5くもみつ・むあん（雲水無庵）
2たはた・もの成（田畑もの成）
9あふみ・本十（本重）
1黒つか・大小（黒柄の大せうひかる）
3ある人・山の手（山手ある人）
[2]風車（風車）

1水車（水車）
11五風（五風）
7一楼（一楼）
1一蛙（一蛙）
10はてい（馬蹄）
7きん江（錦江）

1眉長（眉長）
1うき木（浮木）
7ほはく（弾琴舎蒲萡）
1りきやう（里暁）
3馬にう（馬乳）

ということになる。これらの内、椿軒こと賀邸を別格として除くとすれば、歌数を□で囲った勝雄・万作・紀廸・はね道・近道・立圃・風車・五風・馬蹄・錦江の十人以外の十四人は、『若葉集』以外の天明期狂歌集に一首もその詠が見当たらない。もちろん『江戸花海老』や『知足振』にもその名すらない。つまりこの十四人は『若葉集』固有の人々であり、天明狂歌壇とはきわめて疎遠という他はなく、江戸狂歌における橘洲一派などと呼ぶにはほど遠い。となると検討すべきは歌数を□で囲った十人ということになるが、まず風車は入集歌数がわずか二首であるから、主要人物から外して問題あるまい。次に三囲稲荷狂歌会に参加した勝雄・近道・立圃の三人（右二十五人中では参加はこの三名のみ）だけが『知足振』にもその名が見え、立圃が小石川連、勝雄と近道が朱楽連に属している。つまり三人とも、少なくともこの時点では橘洲一辺倒ではなかったようで、特に近道・立圃は『若葉集』への入集歌数がCランクであることがそれを物語り、勝雄は東作同様この時は四ッ谷住ということで編撰に協力したことが推測される。同入集歌数でいえば、はね道もまた四首と最下位に近い。いま一人錦江は、実はこの名前では『若葉集』固有の一人に数えなければならないのだが、『蜀山人判取帳』によれば牛込原町の婆阿その人である。婆阿ならば『知足振』小石川連の一人で、『狂歌師細見』菅江一派に重出している。このように見てくるならば、名実ともにあえて橘洲一派といえそうな人物はまたもや四人そこその少人数となり、『狂歌師細見』の橘洲一派なるものが、グループとして掲出せんがために、ことさらに『若葉集』から面々をかき集めてきた印象を受けるのである。

以上、狂歌作者名鑑二書と前述の三囲稲荷狂歌会および『若葉集』の分析を総合すると、やはり唐衣連または橘洲連と呼べるような橘洲の個人一派は天明二、三年頃にはまだ存在せず、あったのは四ッ谷連という地域連だけだったと思われる。

(3)　唐衣連（橘洲連）の成立

すでに本書第一章第三節(4)で述べたように、「ぜんてへおこりはまちがひのすぢサ」（『狂歌師細見』）という『若葉集』と『万載集』に関する橘洲と赤良の確執も、「牛込（石川注、赤良）と四ッ谷（同、橘洲）のわけ合も、菅江さんはもちろん木網さんの取持でさつはりすみやした。これからみんな会へも一所に出てあそぶのサ」（同）とあるように和解に向かう。『巴人集』によればそれは天明三年夏頃のことだったようで、赤良が木網と菅江同道で橘洲宅を訪ね、「から衣きつゝなれにし此やどにはる〴〵過て夏のお出合」と詠んでいる。

和解以後天明五年春までの橘洲の狂歌活動を追ってみると、『若葉集』に予告していた続編を含めてその編撰狂歌集はなく、以下の諸書に入集するにとどまる。すなわち四方赤良編『灯籠会集』（天明三年七月成・刊[2]）、浜辺黒人編『狂哥猿の腰かけ』（同年八月序・刊）、元木網編『落栗庵狂歌月並摺』（同年十一月刊）、赤良編『蜀山人判取帳』（同年頃成）、木網編『春興抄』（天明四年正月刊）普栗釣方等編『狂歌角力草』（同刊）、武士八十氏等編『閏月歳旦』（同年閏正月成・刊）、鳴滝音人編『狂文棒歌撰』（天明五年正月刊）、赤良編『徳和歌後万載集』（同刊）、朱楽菅江編『狂言鶯蛙集』（同刊）、赤良編の一枚摺『夷歌連中双六』（同年春刊[3]）などにその名が見える。このうちの『猿の腰かけ』と『落栗庵狂歌月並摺』には、『狂歌師細見』橘洲グループの前述十人中の五、六人が入集、『蜀山人判取帳』には古瀬勝雄・馬蹄・

婆阿（錦江）の三人が入る。

ところで、右の『夷歌連中双六』は刊行された天明五年春における赤良に近い人々のグループを知るに好資料で、十四の地域を中心とするグループ一二九人による一三二首を掲出する。橘洲の狂歌は「上（がり）」の齣に赤良ら九人の内の一人として掲出されているが、十四の地域グループ中に四ッ谷グループはない。しかし、この天明五年という年は橘洲にとって記念すべき年となる。古瀬勝雄と飛塵馬蹄の編になる『狂歌あまの川』（内題「狂哥天河」）が七月に蔦屋重三郎から刊行されるからである。中本一冊わずか九丁の小冊で、七十二人七十二首と巻末に橘洲の三首を掲げる書だが、同年月付けの勝雄の序文を見るに、

（前略）ことし文月七日、短冊竹のよそ人をまじへず、星にもかさぬ唐衣、うらなくかたらふ人々、先生のもとにつどひて、七夕を題にてよめるを一冊となし、狂歌天河と題し、彦星の牛角文字、すぐに同志のものにつたへんと、これを飛塵馬蹄とはかり、先生の懸題をまたず梓すでになりて、これがはじめにかくいふなるべし。

とある。「よそ人をまじへず」「うらなくかたらふ」に象徴される如く、ここに名実ともに橘洲の個人一派が確立されたと見るべきであろう。もともと『江戸花海老』の四ッ谷連にその名があった編者の勝雄は、二年前の『知足振』では朱楽連の一員とされていたが、『若葉集』の協力者となって以来、地域としてだけでなく個人的にも急速に橘洲寄りとなっていったと思われる。もう一人の編者である馬蹄は橘洲と同じ田安家の臣で、橘洲宅での狂歌会最古参の一人でもあった。『江戸花海老』にこそその名がないものの、かつてと変わらぬ親交を保ち続けてそのまま橘洲の個人一派に加わっていったのであろう。また七十二人の中で『狂歌師細見』の前述十人と重なるのは、編者の右二人と『若葉集』Cランクの紀廸・大泥のはね道・抜裏近道の三人のみで、他はすべて新顔である。右十人の半分は、やはり橘洲一派とは呼べない人々だったことになる。なお、七十二人の中に国名が注記されている作者が十二名いる。うち「甲府」とある二人以外の十名にはすべて「尾陽」とある。列記すれば豊年雪丸・本荒小萩・酒井久女留・流石田

舎・池中嶋・野崎寄波・神谷川住・呼継浜近・橘軒近・山中住の十人である。後に橘洲が、雪丸を筆頭に六名の指導者を掲げて「尾陽はすべて予が門葉のみ」（『狂謌弄花集』所収の寛政九年五月付けの一文）と豪語する尾張酔竹連の誕生も、その原点はこのあたりまで遡ることができよう。

江戸狂歌最初の評判記『俳優風』が蔦屋から刊行されたのもこの年の秋[4]である。橘洲・菅江・赤良の三大人が判者（すなわち編者）で、目録にそれぞれ「唐衣橘洲連」「丸の、字菅江連」「巴扇の四方連」と明示される。評判対象の各狂歌作者にも、「四方」「朱楽」「スキヤ」「ハマベ」の連表記にまじって「唐衣」、挿絵中には「橘洲連」と付記され、橘洲の個人一派であることが初めて名実ともに明記される。三大人のうちでも筆頭に橘洲を置いていることなどは、その個人連誕生を慶賀する感すらある。とり上げられた人数は、四方連の八十四人には及ばないが、菅江連と同じ三十一人で数寄屋連二十六人より多い（他は四ッ谷連六人、浜辺連四人、連名ナシ三人で総計一八五人）。橘洲連の顔ぶれは紀廼とはね道が入っていないが、三十一人中の水角奈志・黒顔末吉・若松曳成・看板釘抜を除く二十七人が『狂歌あまの川』入集者である。一層世代交替の様相を呈していく中で、前述の尾張の人々がさらに増えているのが特徴的である。

これ以後橘洲は平秩東作編『狂歌百鬼夜狂』（天明五年冬序・刊）に跋を送っている（この戯会そのものには参加していない）ほか、赤良編『下里巴人巻』（同年成。九月十九日会の内）、赤良編『三十六人狂歌撰』（同年刊カ）、赤良編『狂歌新玉集』[5]（天明六年正月刊）、宿屋飯盛編『吾妻曲狂歌文庫』（同刊）、蔦唐丸編『絵本吾妻抉』（同刊）、赤良編『狂歌千里同風』（天明七年正月序・刊）、赤良編『狂歌才蔵集』（同年正月刊カ）、朱楽菅江撰の三囲稲荷奉納額『奉納狂歌三十六首』[6]（同年二月成）、飯盛編『古今狂歌袋』（同年刊）、飯盛編『画本虫撰』（天明八年正月刊）、鹿津部真顔編『狂歌すきや風呂』（同年春刊）といった諸作に入集していくのだが、折しも寛政改革が始まり、江戸狂歌界は狂歌四天王を中心とする町人主導の寛政期へと移っていくのである。

注

（1）式亭三馬旧蔵『狂歌師細見』の三馬識語に、「これは鹿都部真顔大人、（中略）万象亭・滄洲楼（石川注、物事明輔）・平原屋（同、東作）三大人とはかりて戯作し給へるよし。板元は上総屋利兵衛也」（三村竹清氏『本之話』〈岡書院、昭和5年。後『三村竹清集』第二巻、青裳堂書店、昭和57年に再録〉）というが、この三馬旧蔵本未確認。また赤良の『巴人集』天明三年秋から暮れにかけての箇所には、「此道すきやがしにて狂歌師細見とかいへるふみつくりしことなど思ひ出て」とあって、数寄屋連による合作を示唆する。

（2）本書は吉原お盆行事の灯籠会に便乗した戯会の成果で、その成立時期については井上隆明氏著『平秩東作の戯作的歳月』（角川書店、平成5年）の天明三年の条参照。

（3）この双六には「四方春興」の角書があるので、春刊であることは認められるが刊年がない。しかし東作の入集歌に自分の年齢六十歳が詠みこまれているので　天明五年春刊とみてよかろう。

（4）開口末の表記による。巻末の近刊予告前には、「天明五年八月七日蔦唐丸亭にて、朱楽菅江・唐衣橘洲・四方赤良立合之上位附定之、同八日より子十二日迄五日の内に細評稿を脱し早」とある。

（5）本作には赤坂連・小石川連・赤松連・小河町連・番町連・市買連・山手（惣）連・染井連・本町連・両国連・深川連・数寄屋連・飯田連・伯楽連の十四連が明示されているが、四ッ谷連や唐衣連・橘洲連はなく、橘洲は巻末追加の部の前に、当代著名作者の一人として一首入集している。

（6）千阪廉斎写『江戸一斑』所収。

第六節　「天明狂歌」名義考

現在我々が当たり前のように使用している「天明狂歌」の語は、一体誰がいつ頃から言い始めたのかと中野三敏氏から質問されたのは、平成十二年六月に東京大学本郷キャンパスで日本近世文学会春季大会が開催され、小林ふみ子氏の「落栗庵元木網の天明狂歌」と題する研究発表が終わった後の休憩時間だったと思う。脳裏では即座に、幕末の天明老人内匠か近代の野崎左文あたりだろうと予想は立ててみたものの即答できず、今後の検討課題としたのであった。思えば大きな命題とはたと気づいた。その後何かにつけて留意していたところ、幸いにもいくつかの好資料にも恵まれたので私見をまとめて報告する。ちなみに前もってお断りすれば、結論としては稚拙な憶測とはまったく異なるところに辿り着いた。なお本節に限り、明治から現代に及ぶ通史的記述の観点から、すべての敬称省略をお許し願っておく。

(1)　「天明狂歌」の呼称——発生の背景——

現在称するところの天明狂歌を一言でいえば、上方狂歌に対する江戸狂歌のうちで、最盛期にしてかつ質的にも最も充実していた天明年間のそれを指していよう。つまりは時期と歌風の問題ということになる。だとすれば、原則的には天明期より前にその呼称があるはずもなく、もっと時代が下って天明期を回顧する時期になってからの、またはそれに代わる新しい歌風が生まれてからの用語と思われ、管見の限りでは、文化期以前に天明狂歌またはそれに類する用例を見いだし得ない。またすでに指摘があるように、天明期に活躍した狂歌作者の大半はこの文化期までに死没しており、著名な存命作者としては四方赤良、鹿都部真顔、宿屋飯盛を含めてわずか五、六名にすぎない。(1) そこで天明期の作者たちが、主として時期をどこまで遡って回顧しているかについて、次に例示して確認しておきたい（【　】内は傍線部からの逆算によるその上限。また以下、引用の傍線と囲み及び括弧内は石川）。

ア、朱楽菅江撰『八重垣ゑにむすび』（天明8・10序・刊）「この五とせ六とせがほど、（中略）人〳〵俳諧体の和歌を詠ず」（自序）→【天明二、三年】

イ、元木網撰『新古今狂歌集』（寛政6・6序・刊）「（狂歌に木網が）たはぶれしは、過にし天明のはじめの年葉月の頃になんありける。それより人〳〵、月〳〵に柴の戸ぼそをたゝき日〳〵に草の庵にうちつどひけり」（自序）→【天明初年】

ウ、鹿都部真顔撰『四方の巴流』（寛政7・1刊）「鳥がなくあづまぶりは、わづかにはたとせばかりこのかた、わがともがらよりもてはやして」（四方山人「狂歌堂に判者をゆづること葉」）→【安永三年】

エ、尋幽亭桃吉撰『二妙集』（寛政7・4序・刊）「はたとせあまりの往昔（中略）、其頃はいまだ戯歌の友がき、五月闇の星よりもまれ〳〵なりしが、いまや武蔵野の草葉のごと生しげりて」（橘洲序）→【安永三年】

オ、尚左堂俊満撰『狂歌左鞆絵』（享和2・6序・刊）「安永のころ牛込の大人、たはれ歌の名に用られしこそ、此道中興開山には有けれ」（自序）→【安永の頃】

カ、金鶏編『狂歌五百題集』（文化8・秋刊）「行風、貞柳の古方家をとらず、おほく天明このかたの後世家をあつめたり」（芍薬亭長根序）→【天明初年】

キ、宿屋飯盛撰『狂歌画像作者部類』（文化8・秋刊）では、本文上段への収録者を「古人之部」「現在作者之部」

「安永天明頃之部」の順に分けて記載する。↓【安永・天明期】

ク、六樹園飯盛撰『万代狂歌集』（文化9・秋刊）

a、「むかし万載集に入りたる人〴〵も、今はのこりすくなくやなりたまふらん。ひとり六樹園のうしのみさかりに、すくやかにおはしまして、此集をえらみたまふ事をことぶきいはひて」（収録最終の三陀羅法師歌詞書）

↓【天明三年】

b、「翁がわかゝりし頃の友だちのうたこそをかしけれ。（中略。本書を）続万載集とやよびけんと思ひつるを、続の字などかうむらせんは、（中略）かしこき撰集の名にかよひて、はゞかるべきこゝちすなり」（塵外楼清澄跋）↓【天明頃】

ケ、便々館湖鯉鮒撰『狂歌浜荻集』（文化9・秋刊）「新撰万代狂歌集　六樹園飯盛大人撰　全四冊　此集、明和安永の頃より今に至る迄、名高き狂哥の作者達は更也、和哥の家の人々の戯れによみ出されしをも、すべてもらさずこと〴〵くあげたるなり」（巻末の「衆星閣蔵板目録」）↓【明和・安永頃】

コ、四方真顔撰『俳諧歌兄弟百首』（文化12・1序・刊）「俳諧歌十千類題　同（四方歌垣先生）輯　全十冊　天明以来の諸名歌の秀逸一万首を撰み、四季恋雑類題に分ち」（巻末の「北林堂蔵板書目」）↓【天明初年】

以上を大まかにまとめるならば、個人の事情を述べたに過ぎないものも含むのであるが、①天明三年以降（ア・クa・コ）、②天明初年以降（イ・カ・クb・コ）、③安永三年以降（ウ・エ）、④安永初年以降（オ・キ）、⑤明和初年以降（ケ）に区分できる。①はいうまでもなく四方赤良の『万載狂歌集』と唐衣橘洲の『狂歌若葉集』の刊行年を念頭に置いたもので、②はそれを天明期に敷衍したものである。③の安永三年の根拠はいささか不明で、この年ならば二月の酒上熟寝を会主とする牛込恵光寺での宝合わせ会（『狂文宝合記』跋文）が思い出されるし、「はたとせばかり（あまり）」の表現からこの年前後の頃とするならば、右の宝合わせ会開催は一説に安永二年（『奴凧』）ともいうし、木室卯雲の家集『今日歌集』（同5刊）が念頭にあるのかもしれない。それとも飯盛撰『文化新撰狂歌百人一首』（文化6・9刊）にいう「狂歌の道、未得・卜養が後は世にたえて、唱る者もなかりけるに、橘洲のぬし、安永の比和哥の会のありしに、席上の人々をそゝのかして、戯れたる題出して狂哥よませたるがはじめなり」を指すのであろうか。[2] ④は③を敷衍したものと思われるが、後の資料ながら司馬の屋嘉門編『狂歌ひゝな草』（書外題、文政10序・刊、大妻女子大学蔵）には、「安永頃関東狂歌中興家元系図」を付す。⑤はその背景に、江戸狂歌本の嚆矢『明和十五番狂歌合』（写本。明和7成、後年になって文化8・閏2・19付の蜀山人序が添えられる）の存在がすでに知られていたことをうかがわせる。後で述べる菅原長根撰『新狂歌觴』初編（天保8・春序・刊）でも、自序に「大江戸の狂歌は、明和の頃より天保の今にいたりて七十年」とある。

文化期といえば、前述のように天明期の作者の大半が死没していたことに加え、真顔が「たはれ歌よむおほむね」で俳諧歌に転向しはじめ、これに対して文化六年、飯盛が「狂歌のおこり」で狂歌と俳諧歌は異なることを主張、蜀山人（四方赤良）も飯盛撰の右クの賛で、「滑稽ニシテ以テ教へ、落書ニ堕ラザル者ハ、古ノ狂歌也。金玉ヲ祗（しきね）ニシテ、本歌ニ類スル者ハ、今ノ狂歌也」（原、漢文）と明言した時期でもある。つまり作者層の変化だけでなく、天明期に隆盛を迎えた江戸狂歌の歌風もまた、すでに分裂していたのが文化期であった。にもかかわらず、まだ「天明狂歌」の語が見当たらないことに留意しておきたい。

次に文政・天保期を見てみよう。この時期は「天明狂歌」の用語が現れるための助走期間に相当する。

A、蜀山人『奴凧』（文政4成）[3]「天明調狂歌集の始」（目録）

B、六樹園飯盛・芍薬亭長根等撰『天明調文政調狂歌怜野集』（文政10刊）は未見の書であるが、「宝古堂古書目録」（「日本古書通信」69の3、平成16・3）によれば、内容は「天明調」と「文政調」に分けて編撰したものという。

C、麦雲舎波文撰『狂哥苔清水』（天保3刊）の内題「天明古調狂哥苔清水」（刊本未見。東北大学狩野文庫蔵稿本による）。

D、菅原長根撰『新狂歌觴』初編（天保8・春序・刊）「大江戸の狂歌は、明和の頃より天保の今にいたりて七十年、（中略。その）数十年の間、風調（しらべ）かはらざる事あたはず、人々好む所ひとしからず。されど凡を論（あげつら）へば、天明ぶり、文政ぶり、今様の三体（みつのすがた）なるべし」（自序）

E、檜園梅明撰『狂歌美都のしらべ』（天保14・12序・刊）

a、「狂歌の体、やう〳〵さま〴〵なるなかに、おほかたは三体とぞなりにたる。そは天明のしらべ、文政のしらべ、天保のしらべになむ。（中略）わが友檜園のあるじは（中略）こゝらの哥をつどへて、かの三つの体をわかちて、かゝるしふさちをぞつくりいでられたる」（千柳亭綾彦序）

b、本文は「天明調之部」「文政調之部」「天保調之部」から成る。

右のうち、Aの「天明調狂歌集」の語は、目録にあって本文中には出てこない。蜀山人自身がこの時期にこの語を使用したとは考えにくく、目録そのものはもっと後年になって別人が作成添付したのではあるまいか。とはいえ文政期に入って天明期再認識の気運が生まれたことは確かなようで、文政元年には蜀山人生前最後の狂歌集刊本『蜀山百首』が出版され、平秩東作編『狂歌百鬼夜狂』（天明5刊、蔦屋重三郎板）の補刻板も文政三年五月に刊行されている。その補刻板に追加されている二代目耕書堂主人の跋文によれば、「此百鬼夜狂はいにし天明五ッの歳、梓にえりて世にひろくせしを、はるかにはたとせあまりをへて、文化みつのとしのやよひ、すくゆうしのわざはひにかゝりて、えりたる板のなからをうしなひぬ。さるをせちにもとむる人のさかんなるにより、こたび其たらざるをおぎなひ」出版したという。

こうした気運の中、文政も後半それも末期近くになってようやく、新興の「文政調」に対する用語として「天明調」なる語が現れたとみなすことができよう。これが天保期に入り、さらに新々興ともいうべき「天保調」の登場とも相俟って、「天明古調」、「天明ぶり」、「天明のしらべ」なども呼ばれるようになったと思われる。

次に弘化・嘉永期以降幕末までを例示する。

F、塵外老人昇月堂桂三千丈撰『天明古調狂歌かつらの花』（嘉永1・4刊、大妻女子大学蔵）

a、「天明の頃は殊更すぐれ人余多いできて、一際耳を驚かす。（中略）さらば一ばん、世の中へ天明風を大名題に引おこさんと」（弘化4・6自序）

b、「弘化三とせといへる午の夏の頃より、昇月堂老人にちなみ催主と成侍りて、天明風狂歌再興をおもひ立しに」（扉歌十首の詞書）

c、「天明風狂歌再興月次聚会之図」（口絵）

d、「（昇月堂なる）わが師は、三寸の朱金を取て、五十年の狂歌をおこす。（中略）蛍雪の功積りて、終に天明狂歌再興の大将分とは成給ひぬ」（弘化4・6、月下園桂影住跋）

G、昇月堂老人評『天明風狂哥月次』（嘉永2～4刊、この間の17会分所見。大妻女子大学浜田文庫蔵）原外題の一部は「天明古調狂歌桂月次」「天明風月次狂歌」とも。

H、江境庵北雄撰『むつきのあそび』（内題「連名披露狂歌合」。嘉永4・3開巻・刊。会主・江の字連）「天明のふり〱、毬打世の流行におくれぬとて、（中略）手まり唄に算ふる一ッの綴文となし」（何の舎あるしうら枝序）。なおこの会には昇月堂の他、後出の多久山人と天明老人も参加している。

I、多久山人撰『古調狂歌合』（書外題。嘉永期以降刊。東北大学狩野文庫蔵）内題は「古調狂歌合」「天明古調狂歌合」。

J、長者園撰『天明ぶり狂歌月並』（嘉永期以降刊、和合連。大妻女子大学蔵）

K、天明老人尽語楼内匠撰『狂歌百物語』初編（竜斎画、嘉永6・冬跋・刊）「（お化を）天明風と文政風俗、何でも

かでもよみ取見取」（「槌」印序）

L、天明老人尽語楼撰『狂歌四季人物』（広重画、安政2・春序・刊）「（本書は）はくや町なる天明調の棟梁尽語楼大人のすみかねにてなれるものなり」（六朶園序）

M、尽語楼天明入道内匠撰『狂歌文茂智登理』[4]（広重画、安政4・春序・刊）「尽語楼大人は（中略）今亦復古の志しを励まし、とかくむかしを思ひ出に、つぶりの光る箔屋町天明狂哥の看板に、偽のなき長寿の老人」（六朶園序）

N、長者園萩雄稿本『狂文紫鹿のこ』（安政5成、大妻女子大学蔵）

a、「こたび天明調の口ひらきなし、社中つどひて月ごとに開巻をせめて」（安政4・6「狂歌萩のまかき序」）

b、「いまや天明のひなぶり哥さかりに行はれて、ひなびたるすき人ばかりにもあらず、いや高き大宮人も雪月花てふにはめでさせ」（安政5・5「酔泥坊寝たる手鑑」序」）

O、千代春枝稿本『天明風狂歌出方題集』（安政5成、ソウル大学校蔵）

a、「天明風狂哥、春枝再発起して不老園（紀若丸）、池月堂（昇月堂の前号）此三たりにて、時折会合して狂れし事をたのしみけるに、類をもつて集るにて、此道を好める人十余人程も、時〳〵の題を出しければ、是をよみて不老園楽評せし程に、おしきかな不老園、此頃古人となりけり。しかれども思ひたちし風流のつと、此なりに捨る事おしくおもひ、是より、池月堂は本歌も学びし人なれば、池月堂楽評にして、追〳〵此道を好む友出きたり、たのしむ事いとおもしろし」

b、「此頃より昇月堂楽評にて追〳〵に連中集り、七人の催主にて初て天明風狂哥ちらしを催ふしける、左之通り」として、摺物のチラシを貼付する。そのチラシに「天明狂歌　月次兼題　昇月堂老人楽評（中略）玉詠取集所浅草金竜山二十軒茶亭つたや　絵（桂連の宝船の絵で、帆に七福神ならぬ七人の催主名を記す）」とある。

c、「桂連中七人の催主にて、狂哥月並うた数二百も集りける時、催主の内二人斗り、無拠世わ致し兼不参のもの有しを、楽評昇月堂力をおとして」、春枝に「未さつき」（弘化四年五月）付で手紙を送る。

ｄ、「其後追〳〵に狂哥連集り、至極繁昌となりけるにつけて、天明風狂哥弘メを心願して、狂哥桂の花ひらきと名づけ、ちらしを春枝ニ而出来（下略）」として、チラシを添付する。そのチラシに「狂哥桂の花　製本ひらき　題兼新樹　昇月堂老人席評」とある。

ｅ、「桂の花ひらきの席にて」と題する別の箇所に、「嘉永元年申きさらぎ八日」との注記がある。

ｆ、「桂花ひらきの後、天明風狂哥流行となり、あちこちの好める人、催しあり。其ちらしに、天明今様双調狂哥月並角力　安閑亭喜楽撰（下略）」

Ｐ、不朽山人撰『冨士山百景狂哥集』（万延1・4序・刊）「近来、和哥は本居狂哥は真顔といへり。去ながら真顔の狂哥はまじめにして、今時俳諧哥といふ是なり。正真の狂哥は蜀山人はじめて読出して、諸人の耳を驚せり。是を天明風といふ。爰に麹町山王辺に大寝坊不朽山人といふものあり。よく天明風の寝言をいへり」（真入亭冨士江自序）

Ｑ、葎窓貞雅撰『御蔵前八幡境内弁財天奉額』（元治1・仲夏刊）の本文は、「狂歌　天明文政調」「発句」「都々一」からなる。

Ｒ、喜田川守貞『守貞漫稿』（慶応3・5序）「天明ぶりの狂歌、四方赤良等の狂歌を云ふ。世人皆知る所なり」（巻十八「雑服付雑事」）

狂歌書刊本に「天明狂歌」の語が見える最初は、管見ではＦｄの『天明古調狂歌かつらの花』の弘化四年六月付跋文である。本書は半紙本一冊、見返しに「昇月堂老人撰／緑斎重麻呂画」「天明古調狂歌桂の花　全」「東都書林　学古堂寿梓」、刊記は「嘉永元戊申年初夏吉辰／本所中之郷竹町　昇月堂蔵板／製本発行書林　江戸浅草並木町　雁金屋治兵衛」とある。奥付に本書の二編と昇月堂の『狂哥袋　初編』『如意授録　初集』を近刻と予告するが、いずれも未刊であろう。Ｆｂによれば、弘化三年夏頃から昇月堂が催主となってこの復興が企てられたことになっており、続いて同様の企画Ｇも刊行に至っているが、そのあたりの事情については、Ｏの千代春枝稿本『天明風狂歌出方題集』が参考になる。

Ｏａの春枝、不老園、池月堂の三名で始めたというくだりは、右の弘化三年夏頃の実態と思われ、中でも中心的だったのは池月堂よりも、むしろ春枝だったことを窺わせる。Ｏｄの「狂哥桂の花　製本ひらき」チラシ作成からもそう思われる。また注目すべきは、「桂の花ひらき」が開巻披講されたＯｅの嘉永元年二月八日の後（実際にはＦが刊行された同年四月後であろうが）、これが契機となってＯｆにいう天明風狂歌流行の気運が生まれたことである。この流行に乗り遅れまいとするＨの記述もこれを裏付ける。したがって刊行年次を特定しなかったＩとＪもまた、当然それ以後の出版とみてよかろう。なお、右の池月堂こと昇月堂と千代春枝についてはともに伝未詳であるが、稿本Ｏによれば、右に引用こそしなかったが池月堂は初め池月堂直雄といい、嘉永四年頃の九月十三日に七十余歳没、春枝は初め松翁、後に松翁軒春枝とも号し、安政元年五十二歳だった。

ついでに他の編撰狂歌作者についてもふれておく。Ｈの江境庵北雄は通称を君塚藤兵衛、弥生庵三世の雛群のことで、東都大坂町で茶亭を営み、慶応三年二月八日五十五歳没（『狂歌人名辞書』）。Ｉの多久山人は別に稲穂庵とも号した沢山人沢山と同一人物で、蜀山人の手跡を学び、慶応三年十月十六日六十七歳没（同辞書）。Ｉの本文中には「多久山人別号良温居士」ともあり、稿本Ｏによれば押上に住している。ＪとＮの長者園萩雄は通称を石川李之丞、越後水原の代官だった幕臣で、明治六年九月二十日九十歳没（同辞書）。蜀山人の門人だった。[5] ＫＬＭの天明老人については後述するとして、Ｐの不朽山人とＱの葎窓貞雅は未詳である。

さて、桂連が天明復古提唱とともに使用した「天明狂歌」の語は、残念ながら定着することがなかったようで、管見では他に天明老人のＭ一例が確認できたのみである。これに類する用語としては、弘化期になって新たに「天明風」（もっとも「風」はブリと読ませたかもしれない）の呼称が生まれ、それまでの「天明調」はＦＧＩによれば、Ｃに前例がある「天明古調」または単に「古調」と略称されていたことも確認できる。天明期の狂歌が再び注目されはじめた文政期以降をおしなべていいえば、天保期まではおおむね「天明調」と称されていたと理解してよく、弘化期以降になるとそれに代わって新たに「天明風」の呼称が主流となったといえるだろう。

幕末における天明復古といえば、早くから天明老人こと尽語楼内匠が知られていた。(6)前号を下手内匠といい、通称を本田甚五郎という大工の棟梁で、小槌側判者として江戸日本橋箔屋町に住み、「狂歌指南所」の看板を掲げて活業としたという。文化期から六樹園飯盛の五側系作者として活動歴があり、(7)『文化新撰狂歌百人一首』（文化6・9刊。前出）や『狂歌画像作者部類』（同8・9刊。前出）、『狂歌新撰花鳥風月』（文政7・9刊）といった飯盛撰著にその肖像が見え、Mには法体姿の像が載る他、その編撰狂歌集に『江都花日千両』（日本橋之部・廓中之部・劇場之部の三編三冊、広重等画、安政1刊）、『狂歌江都名所図会』（十六編十四冊、広重等画、安政3・5序・刊）、『狂歌四季遊』初編春之部（広重画、安政5・3序・刊）などがある。彼はまた匠亭三七とも号し、式亭三馬の古い門人であったことも指摘されている。(8)彼が天明復古で著名なのは右の事情に加え、著名な初代一立斎広重がその門人で、(9)彼の狂歌本挿絵の多くを手掛けていたことも一因であろう。天明元年生まれだったことを利用したと思われるその天明老人の号を含め、とかく目立ったからであろうが、すでに述べたように彼は桂連が巻き起こした天明復古のブームに巧みに乗ったまでで、桂連同様に復古を大成することなく文久元年五月十四日に八十一歳で没した。

(2)　その後の「天明狂歌」と「天明調」・「天明風」

それでは江戸期における主流語だった「天明調」と「天明風」、および小さな芽を出したにすぎない「天明狂歌」の各呼称は近代に入るとどうなっていくのであろう。まず明治・大正期における「天明狂歌」の使用者（以下、研究文献は初出時ではなく主として単行本を中心とする）を見るに、この呼称を用いているのは次の四氏（以下敬称略）である。

1、武島羽衣「天明の狂歌」（「帝国文学」第四巻十号、明治31・10）「これ実に天明狂歌壇の先駆者としてかくれなき唐衣橘洲にぞありける」

2、鶴見吐香『蜀山人』（裳華書房、明治31）「（『狂謌弄花集』所収の寛政九年付橘洲の一文は）所謂天明狂歌の小歴史と云ふべし」

3、蟹の屋老人「最古の天明狂歌集」（狂歌雑誌「みなおもしろ」第二巻七号、大正6・10）「『初笑不琢玉』と題する狂歌集を見るに（中略。これが）天明調狂歌集最初の出版物となすを得べし」

4、永井荷風「狂歌を論ず」（『江戸芸術論』〈春陽堂、大正9〉所収）「天明六年北尾政演が描ける狂歌五十人一首は天明狂歌の粋を抜きたるもの其の板画と相俟って狂歌絵本中の冠たるものなり」

近代では明治三十年代になって「天明狂歌」の語が使用され始めたようであるが、著名な右3の蟹の屋こと野崎左文ですらまだ天明調狂歌集とも記している。明治・大正期で最も多用されているのはこの「天明調」の語である。

・鶯亭金升『狂歌の栞』（『風雅文庫』第三編、博文館、明治35。宝山人詠「てめい調狂歌集」を収む）「金升の居る数寄屋河岸は四方真顔銭屋金埒なんど、云ふ判者が居た所で、（中略）其処へ宿を定めてから数寄屋雅史など、名乗るに付ては、天明調の名歌の一首位は詠ねばならぬ次第であるが」

・菅髑髏『文芸叢書狂歌梗概』（金港堂、明治35）「其の主権の江戸に移ると同時に、狂歌は従来の風体を一変して、所謂「天明調」なるものを創成し、以て貞柳一派によりて馴致せられたる、「浪花風」を圧倒」

・藤岡作太郎『国文学史講話』（開成館、明治41）「歓楽場裡の消息はさながら青本に現はれ、洒落本に写されしが、ほかにまた適切にこれを髣髴したりしは、天明調の狂歌なり」

・幸田露伴『狂歌』（『新群書類従』第十巻、国書刊行会、明治41）「此等皆京阪の狂歌と系統を異にせる江戸狂歌の高潮たる所謂天明調の代表たるべきものなり」（「例言」）

・野崎左文『狂歌一夕話』（非売品、大正4）「天明年間には捲土重来の勢ひを以て文芸界に雄飛し終に天明調狂歌の名を擅まゝにするに至つた」

・塚本哲三『古今夷曲集・万載狂歌集・徳和歌後万載集』（有朋堂文庫、大正4）「万載狂歌集と徳和歌後万載集とは何れも四方赤良即ち蜀山人の撰する所にして、（中略）共に所謂天明調の代表的詠作を萃めたるもの、江戸狂歌の粋は挙げてこの内にあり」（「緒言」）

・野崎左文「狂歌書類解題（七）」（狂歌雑誌「可良毛裳」第十四号、大正8・9）「（『狂歌若葉集』所載の内山椿軒の狂歌）五十六首中天明調の手本ともすべきよろしき歌多し」

・樋口二葉『手拭合』解説（「稀書解説」第二編、稀書複製会、大正11）「安永の頃よりは内山椿軒門下の太田南畝（ママ）（四方赤良）、唐衣橘洲、朱楽菅江らの才人輩出し、所謂天明調を映じ出し、狂歌の風格こゝに一変せり」

・関根正直『小説史稿』（金港堂、明治23）「天明風の狂歌を唱へて、海内を風靡し、四方赤良と狂名せり」（「四方山人」）

・四世絵馬屋額輔『狂歌奥都城図志』（稿本。明治24・8序）「橘洲、菅江と共に天明風の狂歌を唱へて」（「蜀山翁墓」）

・中学社編『狂歌博士』（博報堂書店、明治39）「内匠は頻に天明風（ルビ「てんめいぶり」）狂歌の復古を唱へたれども（中略）卑俗にして高雅なるものは一もなかりき」（「下手内匠」）

・関根正直「狂歌志略附狂文」（国民文庫『狂歌狂文集』、同刊行会、大正1）「橘洲赤良の両雄（中略）東西に嘯き立ちしは、天明の頃なりけん。されば当時の詠を天明振と称して、狂歌の黄金時代とはするなり」（なお同『史話

などの例が確認できる。「天明風」は「風」の読みの問題もあるので「天明ぶり」と一緒にして例示すると、

俗談』〈誠文堂書店、大正10〉所収「狂歌史談」および同『からすかご』〈六合館、昭和2〉所収「狂歌の源流と盛衰」はこの文章と大同小異）

・三田村鳶魚「弥次喜多の大阪見物」（『鳶魚随筆』、春陽堂、大正14）「江戸では狂歌が刷新された。あの天明ぶりといわれる風体が創始されている」

などとある。近代の「天明風」は用例数こそ少ないものの「天明調」の語よりも早い頃から使用されており、明治三十年代半ばからは、逆に「天明調」の語が主流となる。総じて明治・大正期は全体として、江戸期の延長にすぎないといってよいであろう。

下って昭和二十年までを見てみると、大正期までとは重複しない新たな、次の5～11の七氏が「天明狂歌」の呼称を使用し始める。

5、藤井乙男編『蜀山家集』（『歌謡俳書選集』第十巻、文献書院、昭和2）

a、「（寛政九年の橘洲の一文は）宝暦明和頃の江戸狂歌の濫觴から筆を起して、天明寛政の黄金時代に説き及ぼした小天明狂歌史とも言ふべきもの」（「狂歌小史」）

b、「（椿軒こと）賀邸門は実に天明狂歌の揺籃とも言ふべく、幾多の駿足を輩出」（「蜀山人評伝」）

6、三村竹清「天明狂歌の発端」（『日本及日本人』第一六七号、昭和4・1）「万葉の戯歌が天明狂歌の祖なるが如く、後の狂歌師共は言つてゐるが、（中略。ここまでの）記事は天明狂歌の発端で、書くべき事はこれからである」

7、林若樹校訂『狂文狂歌集』（『日本名著全集』第十九巻、同刊行会、昭和4）「解題」

a、「明和安永より天明に至つて（中略。狂歌も）所謂天明調の盛況を呈するに至つた」

b、「実に天明狂歌の源は赤良、橘洲、菅江等の師たる内山椿軒先生に迄遡らねばならぬ」

c、「天明調狂歌の心髄を知らんとせば若葉、万載、後万載、才蔵の四集を読めば足りる」

8、木村仙秀「吾妻曲狂歌文庫」（「浮世絵芸術」第四巻一号、昭和10・1）「天明狂歌壇の盛時を語るものは、刊書だけでも仲々に数多い」

9、菅竹浦『近世狂歌史』（中西書房、昭和11）

a、「（大奈権厚紀こと大屋裏住）は天明狂歌壇の先駆者には相違なきも、橘洲や赤良や東作などの徒と同格には見られない、謂ゆる惑星的人物であった」（第三篇第二章）

b、「天明狂歌の発祥」（同篇第四章）

c、「赤良、橘洲、菅江らによつて一時代を画した狂歌は、世に之れを天明調といひ、（中略）後年、狂歌を論ずる者は是等の人々によりて造られたる天明前後の歌風を以て、天明調と称し、狂歌の粋としてゐる」（同篇第七章）

d、「（鳴滝音人は）天明狂歌界古参者の一人」（同）

e、「天明調の全盛期は実に天明元年から寛政享和を経て、文政の首め頃まで凡そ四十年間である」（同篇第十章）

10、浜田義一郎『蜀山人』（青梧堂、昭和17）

a、「（大田南畝が）文壇人として活動したのは四方赤良時代の僅々十五年に過ぎず、この間に狂歌の中心的存在として天明狂歌の盛行時代を樹立」（「前書き」）

b、「天明狂歌の発生」（「三　四方赤良時代（上）」）

11、玉林晴朗『蜀山人の研究』（畝傍書房、昭和19）

a、「天明調狂歌と四方赤良」（第十一章）

b、「南畝は天明狂歌の統領として、直接其の隆盛を促進させた代表者となつた」（同）

さすがに昭和になると、右各諸氏の芳名は馴染み深い。特に7 9 11は「天明調」の語を併用してはいるものの、7は今もって名解題といってよく、通史研究書の9は現在も最高水準を保っていてこれを越える書がなく、蜀山人研究としての11も不動の意義がある。しかしそうはいっても大正期までを脱却したわけではなく、この期もまだ次のように「天明調」の語が主流を占めている。

・狩野快庵『狂歌人名辞書』（文行堂・広田書店、昭和3）「安永年間橘洲、菅江と共に天明調狂歌を主唱し、其名大に著はる」（「赤良」）

・野崎左文校訂『万載狂歌集』（岩波文庫、昭和5）「是れが即ち天明調の狂歌の起りで、（中略）天明調の代表的撰集といへば先づ赤良の撰んだ『万載集』」（「例言」）

・野崎左文『狂歌の研究』（『岩波講座　日本文学』。昭和6）

a、「後に謂ふ天明ぶりの狂歌は椿軒を生みの親として、早くも明和六七年に呱々の声を揚げたものとすべきである」

b、「此天明調狂歌の全盛期は、実に天明元年から寛政、享和を経て文化の初めまでの二十四五年間」

・野崎左文「狂歌狂文研究」（新潮社『日本文学講座』第九巻、昭和6）「（寛政年間に至るまでの）此の狂歌を世人は天明調と称へて貞柳一派の浪花ぶり狂歌と区別する事となつた」

・木村仙秀『江戸二色』解説（「稀書解説」第七編上。稀書複製会、昭和7）「（卯雲家集『今日歌集』の出版は）本書の刊行より四年後の安永四年（ママ）なれど、天明調の狂歌書としては初期に属するものなり。（中略）所謂天明振りの気風に乏しと雖も、間々時事の諷刺をも含み」

・森銑三「大田南畝とその洒落本」（「国語と国文学」第十巻一号、昭和8・1）「（安永9年刊の）『粋町甲閨』の成つた頃には、いはゆる天明調の狂歌が将に大いに興隆しようとしてゐた」
・木村仙秀『絵本見立仮譬尽』解説（『稀書解説』第八編。稀書複製会、昭和9）「天明調狂歌の萌芽は、すでに宝暦の中頃より起こり（中略。本書の狂詠は）天明振りの真骨頂を見る能はずと雖も（中略）流石に隆盛期の作品として愛賞すべき」
・野崎左文「狂歌史」（改造社『日本文学講座』第六巻、昭和9）
a、「（天明期に連なる江戸狂歌は）浪花ぶりの狂歌が有りの儘東漸したのではなく、全く関東に於て創始された一種の姿で、後世之を天明調と名づくるに至つた」
b、「天明調の全盛を極めたのは僅に三十余年間で、文化の始めには橘洲を始めとして多くの大家は既に物故し、赤良の蜀山人のみ存命であつた」
・菅竹浦『狂哥書目集成』（星野書店、昭和11）「天明調狂歌の発祥を成せる江戸最初の会合に由て作られた貴重な資料である」（『明和十五番狂歌合』注記）
・藤村作編『日本文学大辞典』（新潮社、昭和11）「（江戸狂歌は）天明・寛政年間には流行の頂点に達し、世人は天明調狂歌と名づけてこれを称揚した」（野崎左文執筆「狂歌」の項）
・三田村鳶魚「滑稽本概説」（評釈江戸文学叢書『滑稽本名作集』、大日本雄弁会講談社、昭和11）「（上方ふう）を一転したのが天明ぶりであります」
・高野辰之『江戸文学史』下巻（『日本文学全史』第九巻、東京堂、昭和13）「（天明期の）狂歌は江戸に於て沖天の勢を呈した。（中略）これが所謂天明調で、大田蜀山人以下教養のあるものが詠出（中略）、天明寛政は実に狂歌の最盛期であつた」

以上のように見てくると、明治以降昭和二十年までは、「天明狂歌」使用者は少数ながら常にいて微増してはいるが、この語が市民権を得たとはとても言い難い状態であったことがわかる。この命題に関して当初憶測した野崎左文などは、確かにこの語の使用者の一人ではあるものの、さしずめ「天明調」愛用者の最たる研究者だったことになる。

(3)「天明狂歌」の定着

昭和二十一年以降については紙数の都合もあるので、ひとまず同三十年代半ばあたりで区切ることとする。戦後のこの期になってようやく「天明狂歌」の語の定着を見る。主だった研究書等におけるその用例は次の通りであるが、一変してもはやこの語のオンパレードといってよく、それまでの基調用語だった「天明調」はすっかり影を潜める。

12、小池藤五郎「川柳・狂歌」（河出書房『日本文学講座』第四巻、昭和26）

a、「風来山人（平賀源内）、木室卯雲、大奈権厚紀（大屋裏住）等を過渡期の作者として、天明狂歌の世界は開けて行った」

b、「天明調の狂歌の花は、絢爛、前後に比較する物が無いほどに咲き出たのである」

13、石川淳『夷斎清言』（新潮社、昭和29）

a、「宿屋飯盛は四方赤良系の狂歌師として天明狂歌の運動に一役買ってゐる」（「遊民」）

b、「（四民区別のない狂名世界が培ったものは）文学の毒である。天明狂歌の精神上の効果はここにあった。やがて（中略）狂名は意味をうしなひ、毒またおとろへて、天明狂歌の精神はほろびてゐる」（同）

c、「天明狂歌師中の最年長である大屋裏住」（「狂歌百鬼夜狂」）

d、「天明狂歌はその発祥に於て青春の運動であり、老朽の徒はかへってこれに参加しないといふ事情があった」（同）

e、「天明狂歌は後世の大学校の文学講座から締め出されたやうには、当時の公衆から孤立してはゐなかった」（同）

14、浜田義一郎「川柳・狂歌」（麻生磯次・守随憲治編『日本文学研究入門』、東京大学出版会、昭和31）「（野崎左文には）「狂歌一夕話」（中略）その他があり、天明狂歌の鑑賞で教えられるところが多い」

15、浜田義一郎「川柳と狂歌」（久松潜一編『日本文学史』近世、至文堂、昭和31）

a、「（内山賀邸の）門人に後年の唐衣橘洲、四方赤良、朱楽菅江、平秩東作等がゐて、天明狂歌の巨頭は皆この門に集ってゐたのである」

b、「天明狂歌はその時代の最も新しいジェネレーションを代表してゐた」

c、「天明狂歌も一度び大衆の手に移るや、忽ち低落する」

d、「（宿屋飯盛の）歌風は典型的な天明調といってよい」

16、浜田義一郎「江戸狂歌」（麻生磯次・小池藤五郎編『日本古典鑑賞講座』第二十三巻、角川書店、昭和33）「（大衆参加は無軌道な氾濫を招くが）天明狂歌はその点に自由であっただけに、無統制に陥る危険が大きく」（「いわゆる天明ぶり」）

17、杉本長重・浜田義一郎『川柳狂歌集』（『日本古典文学大系』第五十七巻、岩波書店、昭和33）

a、「橘洲ら天明狂歌を創始した人々は現に流行している浪花狂歌を否定し」（狂歌集の部の浜田「解説」）

b、「天明二年四月、三囲稲荷団扇会に名を連ねる（人々が）天明江戸狂歌の重要メンバーである」（同）

c、「寛政に入ると天明狂歌に対する反省が起り、古典和歌へ歩み寄る気運となったので」（同）

d、「天明狂歌の技巧」（同）

e、「狂名に工夫を凝らすことは天明狂歌の最初からの習慣で」（同）

18、石川淳「蜀山雑記」（右『日本古典文学大系』第五十七巻「月報」、昭和33・12）

a、「（『蜀山百首』では）此一帖吾家狂歌髄脳とうたって、かういふ本があらはれたのを見ると、天明狂歌の運動つひに終焉といふ感がふかい」

b、「天明狂歌の性質から見て、そのながれに個人の家集が出るやうになっては、運動全体の脈があがった」

19、浜田義一郎『川柳・狂歌』（『岩波講座日本文学史』第九巻、昭和34）

a、「しかし寛政に入るとにわかに天明狂歌に対する批判と反省が起こり」（「六　天明狂歌の性格」）

b、「（寛政改革を経て）歌風もまた著しく変化し、天明狂歌江戸狂歌と新風を誇っていたが、転じて昔ながらの俳諧歌に近づこうとし」（「七　寛政改革と狂歌」）

c、「天明狂歌の意義は従来の狂歌を離れ、新しい文芸美を創造した点にあった」（同）

20、吉田精一・浜田義一郎『川柳集　狂歌集』（『古典日本文学全集』第三十三巻、筑摩書房、昭和36）

a、「江戸狂歌（天明狂歌とも呼ぶ）の震源地は言って見れば唐衣橘洲の四谷の家である」（狂歌集の部の浜田「解説」）

b、「武士も町人も無差別に入りまじったところに、庶民的だがどこかコツンとしたところのある天明狂歌の特色が生まれたのである」（同）

c、「真顔は（中略）堂上和歌に接近して俳諧歌を主張するためには、天明狂歌の歯切れのよさを落首風だと非難（中略）いっぽう宿屋飯盛は（中略）真顔に挑戦して天明狂歌復興を唱えた。（中略）それとても天明狂歌の反復以外の何ものでもなく、狂歌はとうに発生時の存在意義を失っていたのである」（同）

「天明狂歌」の語に市民権が与えられるに至った最大の功労者は、作家では石川淳、研究者では浜田義一郎であることは右によって明白である。戦後の江戸狂歌研究に関しては、石川淳が永井荷風の跡を継ぎ、浜田が野崎左文と菅竹浦を継承した形となり、この二人が戦後におけるこの分野の中心的存在だったことが大きな要因であろう。

それにしても、特に浜田の天明時代に対する傾倒には並々ならぬものがある。戦後すぐに天明社なる出版社を興し、その名も『天明叢書』の第一冊目として出版したのが、義弟に当たる吉田精一の『日本近代詩鑑賞　明治篇』（昭和21）であった。[10] また『天明文学――資料と研究』（東京堂出版、昭和54）は氏の古稀記念編著であり、その自序に「天明文学というのは稍々耳なれない感もあるが、江戸中期におこった江戸市民の文学が一応の頂点に達したのが天明年中であり、またすでに天明調・天明ぶり等の成語もあることだから、謂れなき呼称ではない」というが、この天明文学の語も実はこれが初出ではなく、二十年以上も前の前引15に「（四方赤良は）狂歌・洒落本・黄表紙等各方面に活躍し、天明文学の盟主の観があった」と見えている。

(4)「天明狂歌」の範囲

「天明狂歌」と呼ぶその時期的範囲について、最盛期の天明年間を以て狭義とすることには現在も異議はなかろうが、広義ではどうであろう。江戸時代人について、前述ア〜コの形式にならって例示してみると、次のサ〜ソの五例が目にとまった。

サ、喜多村筠庭『嬉遊笑覧』（文政13・10序・成）「安永・天明の頃に至りて、江戸に狂歌はやり出。その初め、橘洲などにや。次で漢江（ママ）・赤良、ならび興る」（巻三「詩歌」）→【安永・天明期】

シ、山田桂翁『宝暦現来集』（天保2・成）「狂歌は、安永年中より専ら流行となる」（巻二）→【安永初年】

ス（前出D）、菅原長根撰『新狂歌觿』初編（天保8・春序・刊）「大江戸の狂歌は、明和の頃より天保の今にいたりて七十年」（自序）→【明和期】

セ、斎藤月岑『武江年表』（嘉永2序・刊）「天明中、狂歌殊に行はれたり」（「天明年間記事」）→【天明期】
ソ、『蜀山人自筆文書』（文久3跋・成）「（貼交ぜの中に）天明・寛政・文化の年間、さかんにざれ哥読たる大人達の俗性、あるは宿所などまでしるし置たるを見れば、をのれが席上に莚をならべたる人々もあまたありて、（中略）又ざれ哥仲間に逢ひ見る事と思へば」（長者園跋）→【天明期〜文化期】

おおよそ文化期までのア〜コと大差ないが、物故者との関連からかソの長者園が文久三年の時点で下限を文化期に設定していることが注目される。つまり江戸期全体をまとめれば、「天明狂歌」の時期的範囲は狭義では天明年間、広義では明和期から文化期までと理解されていたと思われる。

では近代以降の研究者たちはどうであろうか。まず上限であるが、藤井乙男は前引例5において、江戸狂歌の発生と展開を述べた唐衣橘洲の寛政九年五月付の一文を元に、その濫觴を宝暦明和頃とみなされ、木村仙秀も『絵本見立仮譬尽』解説（「稀書解説」第八編、稀書複製会、昭和9）で、「天明調狂歌の萌芽は、すでに宝暦の中頃より起こり」とされる。確かに風来山人こと平賀源内やその友人だった木室卯雲などが宝暦期に江戸狂歌を詠んでいる。しかしそれは個人的な営為であって、この期には後の天明狂歌に連なる江戸狂歌の集はない。宝暦期はやはり過渡期と認定すべきで、「天明狂歌」の広義の上限は、江戸狂歌の嚆矢『明和十五番狂歌合』の成立を敷衍した明和期からとするのが妥当であろう。

それでは下限はどうであろう。近代以降の主な諸説を次に列挙してみる。

Ⅰ・発生を明和期と認定するものの、下限は天明期まで（浜田義一郎『川柳狂歌集』昭和33）
Ⅱ・寛政年間まで（野崎左文「狂歌狂文研究」昭和6、同『日本文学大辞典』昭和11）
Ⅲ・文化の初めまで（同『狂歌の研究』昭和6、同「狂歌史」昭和9）
Ⅳ・文政の初め頃まで（同『狂歌一夕話』大正4、菅竹浦『近世狂歌史』昭和11）

Ｖ・『蜀山百首』が文政元年正月に刊行される前（石川淳「蜀山雑記」昭和33・12）

浜田説のⅠは、後に「天明狂歌は、文字どおり天明末年をもって終ったと言ってよい」（「狂歌」〈全国大学国語国文学会編・三省堂『講座日本文学』第八巻、昭和44〉）と明言されているように、その発生期は認定されても、そもそもの狭義と広義を区別されることがなく、その根拠も前引の17ｃや19ｂに明白である。Ⅱの説は隆盛期を天明期のみならず寛政期にまで拡大する解釈に基づく。Ⅲの説は歌風に関して真顔と雅望の間に見解の相違が現れる直前あたりを基準にしているようで、寛政と文化に挟まる享和期に、江戸で初めて狂歌の会を開いた橘洲が没していることも踏まえていよう。文化期までには大半の天明作者が没していることを前述したが、その末期あたりを意識しつつ蜀山人の生前最後の狂歌集刊本が文政元年の『蜀山百首』であることに基づいたのがⅣの説である。Ｖはやや漠然とした感があるが、この『蜀山百首』をキーワードとする前引18ａｂの解釈に基づく。石川淳のいう範囲は結論的にはⅣとほぼ同じであろう。

寛政期における江戸狂歌の解釈については現在、天明期とはすでに質を異にするとの浜田主張が首肯されていると思われるが、その浜田説のⅠは天明狂歌の発生期として明和まで遡っている。あえて狭義とは異なる下限をも設定するとすれば、一体どこまで下ればよいのだろうか。当の江戸人たちの発言をも含めて留意点を列挙すれば、

①文化期にはすでに歌風が変質しているものの、この期までは天明調、天明風といった表現すら見当たらない。（前述）

②文政期も後半それも末期近くになってようやく、天明調に対する新興の歌風を指す文政調の語が現れる。（前述）

③主な天明狂歌作者の物故をも意識してか、蜀山人門人の長者園萩雄は下限を文化期とする（前引例のソ）。

④四方赤良こと蜀山人とその編著『万載狂歌集』を、天明期の代表的作者および編著とする（前引例のオ・クａ・

P・Rの他、枚挙に暇がない）。

⑤文政元年刊の蜀山人生前最後の狂歌集『蜀山百首』は、その自筆版下の筆跡に重点を置いて出版された側面を持ってはいるものの、収まる狂歌は文化期以降の詠が少なくない（I説出典による）。

ということになろう。特に④を踏まえて⑤の内容を考える時、Ⅱ説とⅢ説は妥当性を欠くと言わざるを得ない。ではⅣ説が妥当かといえば、これは②を包含していない。結論として、蜀山人が文政六年四月六日に七十五歳で没する、その年を下限としたい。この年ならば②の直前に相当し、①から⑤のいずれとも矛盾せずにすべてを包含するからである。文政六年という結論のみにこだわればあまりに安直な感がしないでもないが、短絡的に蜀山人の没年に結びつけているのではなく、江戸人の認識をも踏まえて総合的合理的に考えた、その結果であることを強調しておきたい。「天明狂歌」の時期的広義は、明和期から文政六年までとすべきであろう。

以上が、江戸期約百年と明治以降約百年の計二百年にわたる雑駁な調査報告である。

注

（1）菅竹浦『近世狂歌史』（中西書房、昭和11）第三篇第十章「名ある作家の物故表」参照。

（2）飯盛のいう「安永の比」の会とは、野崎左文「狂歌狂文研究」（新潮社『日本文学講座』第九巻、昭和6）などが引用する『奴凧』の「江戸にて狂歌の会を始めてせしは安永四年二月二十三日、四谷忍原横丁に住める小島橘洲なり」とある会を指すと思われる。もっとも『大田南畝全集』第十巻（岩波書店、昭和61）所収本をはじめとして傍点部の記載がある『奴凧』の伝本未見。

（3）『大田南畝全集』第十巻と『新日本古典文学大系』第八十四巻（岩波書店、平成5）の中野三敏解説による。

（4）本書の序文を省いた刊年不明の改題本に『狂歌百人一首』がある。

（5）貼交ぜ巻子本『蜀山人自筆文書』を翻刻紹介（「大妻女子大学文学部紀要」第二十一号、平成元・3。本書第二章第二節参照）した折、その跋文執筆者の自署が癖字で判読できず、「八十翁　□□園」と空欄にしたが、ここにいう稿本Nを見るに及んで蜀山人門人の「長者園」と判読できた。その跋文中に「をのれが師なる杏花園大田蜀山翁」とある。なお長者園の八十歳は文久三年であるので、この場を借りて同巻子本の成立を嘉永・安政の交から文久三年と訂正しておくとともに、右の本書第二章第二節はこの訂正を踏まえて記述した。

（6）右注（1）引用書第三篇第十章「天明調狂歌の復活を謀りし人」参照。

（7）赤良の『万載狂歌集』（天明3刊）や『狂文狂歌老莱子』（同4刊）に見える内匠半四良（はしら）、また飯盛の『絵本天の川』（寛政2刊）に出る尽語軒は、本文後述の生没年からして別人であろう。

（8）棚橋正博『式亭三馬』（ぺりかん社、平成6）参照。

（9）四世絵馬屋額輔輯『狂歌人物誌』（中村鶴吉編輯『江戸文学類従』〈同刊行会、昭和4年〉、『江戸狂歌本選集』第十五巻〈東京堂出版、平成19〉所収）による。

（10）江本裕・石川了編「濱田義一郎先生年譜」（「大妻国文」第十八号、昭和62・3）参照。

第二章　江戸狂歌作者点描

第一節　大田南畝と山道高彦・吉野葛子夫妻

享和三年の大田南畝の日記『細推物理』を見るに、この頃南畝と最も親しかったのは、馬蘭亭とも号した狂歌作者の山道高彦である。本名を山口弘隆（後出）という高彦は、『蜀山人判取帳』の紙背に記された南畝の注記によれば、山口彦三郎という小石川牛天神下（右日記三月三日条によれは同天神の宮西側）に住む田安家の臣である。この日記には全百四十日分の記述があるが、その内両者が顔を合わせた日数は四十六日、単純計算すれば実に三日に一度の割合で会っている。高彦についてはまとまった報告もなされていないようなので、以下両者の接点を中心に、そのあらましを辿ってみる。

(1)　天明・寛政期

まず留意すべきは、南畝が編んだ天明狂歌集第一作目の『万載狂歌集』である。この集は天明二年四月二十日に行われた三囲稲荷狂歌会[1]直後から編集に入り、翌年正月に刊行されたのであるが、これに高彦夫妻は入集しておらず、むろん同狂歌会にも参加していない。このことはすなわち、天明二年中までは両者にこれというべき交流がなかったことを物語る。ところが翌天明三年になると、それまでまったく見出せなかった高彦の名が諸書に散見される。四月序・刊『狂歌知足振』では、妻の吉野葛子とともに地域グループである小石川連の筆頭にあげられ、七月跋・刊『狂歌師細見』（本書第一章第四節参照）によれば、落栗庵元木網連の一員として夫婦ともどもその傘下に入っている。それのみならず、『狂歌師細見』の「諸方会日附」のなかに「高彦　十之日」とあって、高彦がこの年は毎月十の日に定例狂歌会を開いていたことも判明する。

高彦夫妻は『狂歌師細見』からも推測されるように、木網門下として天明狂歌壇に参入したと思われる。馬蘭亭編『狂風大人墨叢』(2)所収の堪忍成丈と木網妻の知恵内子の一文によって、葛子の師が知恵内子で狂名も彼女が付けたと知られることからもそう思われる。高彦の刊本初出は浜辺黒人編『狂哥猿の腰かけ』（天明三年八月赤良漢文序・刊。自序によれば同年五月編集終了）で、

社頭さくら　　山道高彦

もろ〳〵の目にも清しと宮ざくら此八重垣は花にいぶして

船中時鳥　　山道高彦

ほと、ぎすやみにつぶての玉嶋にうちかたらはん声松ら舟

辻番夕立　　山道高彦

ゐんさきをかるも他生のゐんさきに雨は通れどゆふだちの空

の三首が入集するが、これは黒人の月毎の投吟募集に応じた結果である。元木網編撰書への次の登場は『落栗庵狂歌月並摺』（同年十一月刊）で、夫妻揃って各一首、

魂祭　　吉野の葛子

なき人のありしむかしのくりごとを今も念珠の玉まつり哉

寄花火恋　　山道高彦

むすぶべきえんの綱火の折をえて逢は雨夜のほし下りかも

とみえており（高彦の詠は後出『徳和歌後万載集』巻九に再録）、同『春興抄』（同四年正月刊。巻末に十二箇月にわたる落栗連の兼題・探題一覧を付す）にも、高彦が二首、葛子が三首それぞれ入集する。

南畝と高彦の相識は、南畝が右の木網の天明二年、三年各一月の狂歌会に出席している（『三春行楽記』『奴凧』）ことから、それらの席上ではなかったかと想像するが確証はない。交流が確認できる最初は、天明三年二月の高彦狂歌会への南畝参加で、南畝の『巴人集』の右年月と思われる箇所に、「蛙叩レ戸　牛天神下、山道高彦会」として南畝の詠二首が見えている（蛙が二月の季語であることは、『狂歌師細見』に例示されている落栗連「年中月次兼題」中の二月兼題にも、「寄蛙恋」とある）。これを初めとして、この天明三年は両者の交流が一気に活発化する。列挙すれば、三月の南畝母六十の賀宴に関連して夫妻も祝賀の狂文・狂歌を送る（『狂文狂歌老莱子』[3]。高彦は狂文一篇と狂歌一首、葛子は狂歌一首）、四月十日と思われる高彦狂歌会への南畝参加（『巴人集』。題「鰹走レ地」）、四月二十五日に柳橋河内屋半次郎方で開催された宝合せの戯会に両者同席（『狂文宝合記』[4]。出品物は南畝は朱楽菅江と連名で「子宝の序」と「むだつどひなぞらへ系図」、高彦は「為朝さすまたの矢の根」、葛子は「業平迷ひ子の太鼓」）、四月から十月にかけて行われた角力合せの狂歌会に南畝と夫妻ともども参加（その成果が翌年正月刊の赤良判『狂歌角力草』で、高彦が八首、葛子が一首入集）、七月の吉原三河屋での灯籠会に両者参加（『灯籠会集』[5]。葛子は入集せず）、八月に蝦夷へ旅立つ平秩東作を上野にて南畝・高彦・臍穴主の三人で見送る（『歌戯帳』[6]）、九月の神田明神祭に隅田中汲宅で同席（『栗花集』。葛子は入集せず）、冬（十一月か）に高彦宅での髪置きの祝いに南畝出席（『巴人集』）などを数え上げることができる。毎月のように会って急速に親密な間柄となっていった様子がうかがえよう。

翌天明四年になると、高彦の小石川連を中心とする狂歌歳旦黄表紙『金平子供遊』[7]（歌麿門人千代女画）が、南畝の序を付して正月に蔦屋重三郎から刊行される。これなどは南畝ぬきでは日の目を見なかったに相違ない。同書にはまた「山道高彦会毎月十七日兼題」があって、高彦会の年間計画を知ることができる。すなわち「正月　梅／閏月　柳

／二月　苗代／三月　花／四月　時鳥／五月　蛍／六月　納涼／七月　萩／八月　月／九月　菊／十月　時雨／十一月　千鳥／十二月　雪」とある。さらにその序文からは、南畝も木網に誘われてその会に参加していることがわかる。この年はまた、雲楽斎を勧進元とする月ごとの狂歌角力合せがあり、その折のチラシ(8)によれば南畝は行司、高彦は清水燕十や紀定麿ら世話役六名の一人として名を連ねる。そのチラシには、

去年さつきの比より霜月にいたるまで、四方先生の行司にて山の手下町引わかれ、たはれ哥のすまひありしためし（石川注、天明三年刊『狂歌角力草』を指す）にならひ、ことし辰の春より門前になす市谷のほとりにおいて言葉の花角力をなさばやと思ひ立ぬ。

とあって、十二箇月の各兼題とともに「毎月十六日興行」「市ヶ谷佐内坂上河内屋久兵衛方／雲楽山人」と宣伝する。

さらにその翌年の同五年では、正月十九日の南畝宅狂歌会初会に高彦が出席し、当座として「美人倦珠簾」の題で「あいきやうもこぼるゝ露の玉すだれまきあげてみすはぎのしろきを」の一首を詠んでいる他、「七月十五日より新吉原伏見町扇巴屋灯籠狂哥」にも夫妻の名があり（狂歌は欠）、九月十九日会では、高彦が菊を題に一首詠んでいる（『下里巴人巻』）。

高彦夫妻は『万載狂歌集』にこそ縁がなかったものの、天明五年正月刊の南畝第二総合撰集『徳和歌後万載集』には八首（葛子は二首）入集している。また同年秋刊（「口上」末の記載による）の狂歌評判記『俳優風』（唐衣橘洲・朱楽菅江・四方赤良の三人評〈編〉）では、高彦は敵役の上上吉に位付けされ、その細評では狂名の下に「四方（連）」と明示されるまでに南畝一派にとけこんだ（その名がない葛子については後述）。そしてこの頃刊行の南畝私家版『三十六人狂歌撰』には、高彦の肖像画（ただし夜着にくるまっていて後頭部しか見えない）とその狂歌一首が収まる。なお、高彦の像は宿屋飯盛編・京伝画『吾妻曲狂歌文庫』（同六年正月刊）にも後ろ姿が描かれ、葛子の像はその続編に相当する『古今狂歌袋』（同七年刊）にある。高彦の詠は翌天明六年正月刊の南畝編『狂歌新玉集』に三首（葛子一首）、同七年

正月刊の南畝第三総合撰集『狂歌才蔵集』には十二首、同じ年正月序・刊の四方連歳旦集『狂歌千里同風』にも三首といったように、毎回入集している。天明期における南畝と高彦の交流は以上の他に、年次は特定できないのだが、天明年間と思われる南畝の狂文「角田川に三船をうかぶる記」（『四方の留粕』下巻所収）によれば、この時の船上にて蔦屋重三郎の主催で南畝を判者に据え、南畝周辺の狂歌作者十六名による納涼の狂詩狂歌会（各八名ずつに分かれる）が行われており、高彦は狂歌会の方に、頭光や蔦屋こと蔦唐丸、酒月米人らとともに参加している。(9)

妻の吉野葛子は、これまで併記してきたように夫高彦とよく行動を共にしているが、天明六年正月の『狂歌新玉集』（前出）に入集した後の同七年正月の『狂歌才蔵集』（前出）巻八に、虎風母なる人物による次の関連歌が見える。(10)

山道高彦のめのきみ芳野葛子、身まかり給ふとき、て　　虎風母

よしのてふ姿はあはれ葛のこのはかりもよほどたらぬ一しやう

詠者と高彦夫妻との関係は未詳ながら、葛子は天明五、六年の交に女盛りで没したものと思われる。後の享和三年六月八日に、南畝は高彦の妻やその息子の嫁、孫らと舟で涼をとっている（『細推物理』）が、この妻は後妻ということになる。

天明七年六月に松平定信が老中首座に就いて寛政改革が始まり、南畝には個人的な事情もあったのだが、結果的にはこれを機に狂歌・戯作界と絶縁し、高彦も狂歌界とはすっかり疎遠となる。しかし両者の交流はその後も続き、寛政期では例えば九年正月六日に南畝が年礼に高彦宅を訪れ（『会計私記』）、十一年の南畝の和文の月次会には、少なからぬ狂歌作者たちに混じって高彦も参加している（『ひともと草』）。なお、その内の「灯籠」と題する一文の作者を「馬蘭亭弘隆」とするので、これが高彦の本名であろう。南畝は逼塞状態ともいえそうな状況下にあっても、ごく親しい内輪の狂歌作者たちとは交流を保っていたとみてよい。

(2) 享和・文化期

親交は享和期に入ってからも同様に続き、南畝の大坂銅座出役中（大坂滞在は元年三月十一日から二年三月二十一日）でも、留守宅を預かる弟の島崎金次郎宛書簡（書簡番号は『大田南畝全集』第十九巻〈岩波書店、平成元年〉所収の書簡番号）に高彦のことが見えている。例えば享和元年六月七日付書簡番号8では、心斎橋筋で売られている青貝細工や机・硯石・小道具などの出来栄えがよく、「数寄なるもの、高彦などに見せ申度候」とあり、同年六月二十三日付書簡番号10には、「一、山道高彦より書状到来、手前勝手之書き物頼み参候。追て返書遣し可申候」とあって、気のおけない間柄が続いていることをうかがわせる。

同三年については、初めにふれた南畝の日記『細推物理』によって両者の交流がきわめて親密であることがわかる。この年、高彦はすでに狂歌活動を再開しており、毎月二十五日に自宅で狂歌会を催している。南畝はその狂歌会に毎回のように出席し、また南畝宅での毎月十九日の書会には高彦もしばしば出かけている。この書会の日は南畝が身請して妾としたお賤（もとは吉原松葉屋の新造三保崎）の命日で、六月の祥月命日の会は息を引き取った静養先の浄栄寺で行われた[11]。なお二月五日条に「馬蘭亭より人来けり。けふは初午なれば俗客あり、くるしからずば来れといふ。行てみれば、挿花を学ぶ少年来りつどへり」とあり、七月一日条の和泉橋に住む八重川勾当宅での酒席でも「馬蘭亭・名和氏来りて挿花あり」とあって、高彦は挿花に通じていて人にも教えていたことが知られる。高彦と挿花については、早く『栗花集』所収の「狂歌投やり花合図并狂歌[12]」（天明四年十月成）の主催者として馬屋厩輔および節藁仲貫とともにその名を列ねる。流派は池の坊流だったようで、南畝の歌稿『をみなへし』の文化四年秋頃と思われる箇所に、「馬蘭亭、池の端にて池の坊流の花の会ありけるに鴨と芹を贈る」の詞書で「しのばずの池の坊なる会席に岸の根芹をちよとつまんかも」の一首が収まる。なお、高彦の亭号馬蘭亭とは観賞用植物の紺菊のことで、高彦のこの挿花趣味にちなむ命名かと思われ、また実際に自宅庭先にもそれを植えていた（後述）。

文化に入ると、元年から二年にかけて南畝は長崎奉行所に出役（長崎滞在は元年九月十日から二年十月十日）する。南畝の留守中およびその前後における両者の交流は、本章第二、三節で紹介する『蜀山人自筆文書』（南畝が長崎等から江戸の高彦に書き送った書簡や紙片を中心に一巻に仕立てたもの）と高彦宛南畝書簡に、具体的かつ如実に表れている。詳細は右両節に譲るが、長崎往路の苦難や公私にわたる滞在生活の様子を高彦に伝えるとともに、留守中は高彦に毎月の十九日会（前述）を任せていたことや、その折の狂歌は高彦が長崎に送って南畝が批点した上で高彦に返送していたことなどが知られる。

江戸に帰った南畝は、その三年後の年末年始に玉川の治水巡視（文化五年十二月十六日から六年四月三日まで）に赴く。この時も南畝は巡視先からであろうか、大晦日府中の市の図と、越年して六十一歳の新春を迎えた是政村里正の河辺五郎右衛門宅庭前の図を高彦に送っている。両図とも南畝の『調布日記』文化五年十二月二十九日（大晦日）条の絵画化ともいうべきもので、河辺五郎右衛門とその庭については『向岡閑話』第六条に、またこの時の元旦詩は『玉川余波』文化六年のところに引かれている。図版を含む詳細は本章第二節の『蜀山人自筆文書』における紙片HとOを参照されたい。

南畝は高彦との天明三年以来の親交について、『をみなへし』の中の文化四年に相当すると思われる箇所に、

五月五日、馬蘭亭にて

此庭の馬蘭のはにもにたる哉あやめのねざし長き出会は

の一首を収めている。玉川巡視に出る前年に二十年来の交流を詠んだもので、やはりその庭前に馬蘭を植えていたことが知られる。

高彦の死没は諸書いずれも文化十三年九月十日と伝えるが、その出所は高彦の狂歌碑のようである。四世絵馬屋額輔の稿本『石ふみ集』(13)に、「山道高彦　上見れば及ばぬ事のおほ空におつきさまさへかさをめさるゝ」と刻された狂歌碑を模写した上で、「山道高彦の碑は関口目白台新長谷寺境内に建り。根深川石にて高サ四尺余也。裏に文化十三年丙子九月十日終、孝子松蔭建之とあり」と説明されているが、菩提寺と享年にはふれていない。南畝はその死について、管見の限りでは何も語っていない。ただその追福会（どういう折の追福会かは不明）のチラシを草していることをロバート・キャンベル氏のご教示によって知るばかりである。今は『大田南畝全集』第十八巻「序跋等拾遺」に収録されているので、そこから左に引用する。

巴蘭亭追福会

書　画　詩　歌　連俳　生花　盆石

来三月十日、浅草並木巴屋山左衛門方に於て、朝四ッ時より晴雨をゐらばず、諸君の光駕を乞ふ。去るものは日々にうとく、生ずる者は日々に親し。巴蘭亭山道高彦社中の求によりて、三十余年の旧知己蜀山人しるす。

催主　風琴亭松陰
補助　巴蘭亭社中

このチラシにも「生花」とあり、その催主は狂歌碑を建てた高彦の息子と知られる。馬蘭亭をあえて、南畝の別号巴人亭にちなみ巴蘭亭（この表記は右以外に未見）と記したところに南畝の哀惜の情がうかがえるが、それにしても哀悼詩歌等が一切見当たらないのはいささか腑に落ちない。『大田南畝全集』第十六巻所収の『一話一言』補遺参考篇二「四方真顔の長歌」条に引かれている「山道ぬし高彦也につきてあやまちをわび参らす長歌」（末尾にも謝罪の狂歌二首を付す）からは、その「あやまち」の具体的な内容や時期は不明ながら、真顔の何か粗忽な行為・言動が原因で高彦に迷惑がかかり、それが南畝をも巻き込んでいるような気配を感じさせる。いずれにもせよ、高彦最晩年になって何か特別な事情が生じていたのではあるまいか。その南畝も、高彦没後七年目の文政六年に七十五歳でこの世を去る。

注

（1）向島でのこの狂歌会については、浜田義一郎氏「栗花集について」（「大妻女子大学文学部紀要」第十号、昭和53年3月）および本書第一章第二節参照。

（2）馬蘭亭宛の書簡を巻子本に仕立てたもの。巻頭に山東京伝の序があり、巻末に九月二十九日付京伝書簡を収める。「集古」己巳第四号～庚午第四号（昭和4年9月～同5年8月）に翻刻がある。その成立（編集時期）については、水野稔氏著『山東京伝年譜稿』（ぺりかん社、平成3年）では文化年中のこととされる。なお、四方歌垣真顔が南畝の狂文を集めた『四方の留粕』（文政二年刊）上巻に、「馬蘭亭旧友尺牘帖後序」と題する一文があるが、南畝の跋文を高彦が無視するとも思えないから『狂風大人墨叢』とは別本であろう。

（3）日野龍夫氏編『五世市川団十郎集』（ゆまに書房、昭和50年）参照。

（4）延広真治氏等七氏編『『狂文宝合記』の研究』（汲古書院、平成12年）参照。

（5）浜田義一郎氏編『天明文学――資料と研究』（東京堂出版、昭和54年）所収の鈴木重三氏「『灯籠会集』」参照。

（6）井上隆明氏著『平秩東作の戯作的歳月』（角川書店、平成5年）天明三年条参照。

（7）浜田義一郎氏「狂歌歳旦黄表紙五種」（「大妻女子大学文学部紀要」第三号、昭和46年3月）参照。

（8）その図版が渋井清氏「浮世絵入門」（太陽浮世絵シリーズ『歌麿』〈平凡社、昭和50年〉）に掲載されていることを、小林ふみ子氏『天明狂歌研究』（汲古書院、平成21年）所収「狂歌角力の発達」が紹介している。

（9）右注（8）所引の小林氏著所収「酒月米人小伝」参照。なおその開催時期は、米人の活動状況と南畝が天明七年に狂歌・戯作界と絶縁していることを考え合わせれば、同六年前後の夏である可能性が高かろう。

（10）『蜀山人自筆文書』の紙片R（本章第二節参照）に見える虎風母也のことと思われ、「池ノ端、蓬莱屋久米蔵隠居」とある。

（11）賤およびその墓についての報告に、長澤和彦氏「賤の墓」（『大田南畝全集』第十九巻月報9〈岩波書店、昭和62年4月〉）

がある。

(12) 右注（1）所引の浜田氏稿参照。

(13) 所見本は、その稿本を借り受けて明治三十四年に透写した西尾市岩瀬文庫蔵本。

第二節　『蜀山人自筆文書』
――長崎出役前後の南畝から江戸の高彦へ――

ここに紹介する大妻女子大学所蔵『蜀山人自筆文書』は、幅二十九・二糎、長さ約十一・三米の巻子本一巻で、右書名は所蔵者が仮に付した登録書名である（原本には書名を示す記載がない）。まず全体の構成を次に図式化してみる。

A	[1] —
B	[2] — [3]
C	[4] —
D	[5] [6] —
E	[7] —
F	[8]
G	[9] [10] —
H	[11] —
I	[12] —
J	[13] —
K	[14] —
L	[15] —
M	[16] —
N	[17] —
O	[18] —
P	[19] —
Q	[20] —
R	[21] [22] —
S	[23] [24] [25] — [26] [27] —
T	[28] [29] [30]

説明を加えると、この巻子本には[1]から[30]まで全部で三十枚の紙片が貼り付けられており、□―□は二枚の紙片が間隔をあけて離して貼ってあることを意味し、□□は二枚が隙間をあけずに貼り合わされていることを表す。また傍線は内容別を意味し、AからTまで二十の内容から成っていることを表す。したがって、たとえば[1]はその一枚で一つの内容、[2]と[3]は間隔をあけて貼ってあるが内容上は二枚一続きのもの、[4]は[3]と間隔をあけずに貼り合わせてあるが[3]とは別内容で[4]一枚のみで一つの内容、といった意味である。

AからTまでのうち、蜀山人大田南畝の自筆であるのはBからSまでの十八内容（ただしH・O・R・Sには他人の筆がまじる）で、Aはこの巻子本の序文、Tは跋文に相当する。Aから判明するこの巻子本の成立経緯は、

（一）南畝は長崎でのことなどを中心に、親密な狂歌門人の馬蘭亭こと山道高彦に書き送っていた。

（二）それら南畝自筆の紙片を、縁あって馬蘭亭から永田玩古（Aの筆者）が譲り受けた。

（三）永田玩古は狂歌好きの人々に請われるままに、それらの多くを譲った。

（四）手持ちが少なくなった永田玩古は残りを集めて一巻に仕立て、自らも序文Aを記しまた跋文Tを長者園に依頼してそれぞれを首尾に配した。

ということになる。このことからはまた、BからS（2から27）の二十六枚の紙片が、すべて南畝から馬蘭亭に書き送られたものであったこともわかる（ただしRのみは、後でふれるように少々事情が異なる）。

南畝と馬蘭亭の交流についてはすでに述べた本章前節と、本章次節(1)に紹介する山道高彦宛南畝書簡をも参照することにより、両者の親密なる間柄がさらに具体的となろう。

さてこの巻子本の成立時期であるが、これについては跋文に当たるTが参考となる。Tの筆者「八十翁長者園」とは、南畝の狂歌門人だった長者園萩雄である。その略伝等はTの解説箇所でふれるが、明治六年に九十歳で没している長者園の八十歳は文久三年であるから、ひとまずこれを以て本巻子本の成立とみなしておく。

では、BからSの南畝自筆の紙片はそれぞれいつごろのものであろうか。詳しくは各内容ごとの解説でふれることとし、その結果のみを年代順に整理すると次のようになる。

L　文化元年一月から二月

Q　同　元年八月から同二年十一月

B　同　元年九月十一日
C　同　元年九月小尽
S　同　元年十一月から十二月
D　同　元年十二月六日
M　同　元年暮から同二年一月
K　同　二年一月十六日
F　同　二年二月二十五日
G　同　二年八月二十四日
O　同　五年大晦日
H　同　六年元旦
E　同　六年暮
N　同　六年暮
J　同　七年十一月
I　同　九年七夕
R　不明（ただし同二年閏八月以後）
P　不明

全十八内容のうち、年次の判明する十六内容は南畝五十六歳から六十四歳の文化元年から同九年のもので、その半数以上の九内容（Q～G）が長崎出役中にかかわるものということになる。長崎関係が多いことについては、珍しさもあって永田玩古自身が意図的に手元に残しておいたことによるものであろう。また大半が文化期のものであることから、年次不明の二点についてもおそらくこの期のものと思われる。となると、馬蘭亭は文化十三年九月に没しているので、玩古への譲渡がその生前であるならば、同九年のものが含まれていることからもわかる如く、その最晩年近くであったと推定される。

永田玩古はせっかく一巻に表装しておきながら、その実、内容をよく理解していなかったらしい。第一に全体の構成図からもわかるように、紙片の貼り方が内容と合致していない。Sなども、後述するように本来なら26 27が23の前にくるべきものであることは、Qを参照すればすぐわかったはずである。またB～Sの内容に年代の早い順に番号を付せば（番号を○で囲ってあるものは長崎関係のもの）、

B	C	D	E	F	G	H	I	J	K	L	M	N	O	P	Q	R	S
③	④	⑥	13	⑨	⑩	12	16	15	⑧	1	⑦	14	11	18	②	17	⑤

となって、配慮の跡は認められない。もっとも年代順という点については、南畝自身か南畝をよほどよく知っている人物以外では無理であろう。しかし、長崎関係をまとめるだけならば読めばできたであろうに、それすらほとんどなされていない。むしろ、年次どころか長崎関係以外は内容もよく検討せぬままに、全体が長崎に関連するものであるが如くに思いこんでいる（またはみせかけている）ような感がある。いずれにもせよ永田玩古なる人物は、南畝については有名人であること以外多くは知らなかったものと思われる。

凡　例

一、紙片ごとではなく、内容ごとに一まとめとした。
一、（　）内に各紙片の大きさを縦×横、単位糎で示した。
一、各内容ごとに、その翻字の後に解説を付した。ただし、本章次節で紹介する書簡（B～D、F、G、K、L）については、ここでの翻字を省略し、簡潔な解説のみを付記するにとどめた。
一、翻刻の漢字は原則として常用漢字を用い、平仮名・片仮名は原文通りとした。
一、難読箇所は□でかこみ、誤記と思われる部分には、その右側に（ママ）と付した。
一、濁点・句読点を私に施した。
一、改行は紙面の都合もあり、必ずしも原文通りではない。
一、『南畝集』の詩に付した番号数字は、すべて『大田南畝全集』（岩波書店刊）におけるそれである。
一、私注はすべて〔　〕を付してその中に記した。
一、参考図版として、本節末尾にE、H～J、M～Rの各写真と、Tの跋者署名部分の写真を掲げた。
一、QとRの写真については、紙幅の都合で逆順に掲載した。

A（1二三・○×三一・二）

玩古〔朱印〕

狂哥といふものに、世に名高う聞えたる杏花園四方のあからぬし、名を南畝・覃といひ、又、四方山人などよばれける。あるとき、狂詩を作りて長崎人におくられけるを、かしこに来れる清人の見よろこびて、かの国にもて行しが、かしこにもいたくめでゝ、かへしなど送りおこしけるが、四方山人を見あやまりて、蜀山人と書おこせたりとぞ。さるををかしき事におもひて、のちハミづから蜀山人とあらためられけるとなん。又、寛政のころ、おほやけ事によりて長崎へ旅立らけるとき（ママ）、をしへ子馬蘭亭といへるもの、いとしたしくせられけるにより、ひなの長崎のめづらかなる、またかの瓊浦のけしき・有さま、旅のやどりのつれ〴〵に有し事ども、書おくられし文ども多くつどへおきたるを、ゆかり有て〔コノ後一行空欄〕おのれがもとに送られぬれば、今ハおのれが家に伝へたり。されバ此ミち好む人々のもとより、せちにこハるゝにいなミがたくて、一ひら二枚わけあたへし程に、残すくなく成ゆけバ、かくてハつひにちりうせなんもなげかしく、かつハ老行すゑの寝覚の友にもなれかしとて、こたび残あつめて一巻とハなしおくになん。

ながき日にミれどもあかずくれ竹の
　よにめづらしきことのはぞこれ

印〔朱の方印。印文「永田／氏蔵／書記」〕

関防印と文末印から、この一文の筆者は永田玩古なる人物であることがわかるが、その素姓については未詳である。玩古が南畝について多くは知らなかったらしいことを前述したが、文中にみえる蜀山人の号の由来も誤伝で、正しくは大坂銅座出役中（寛政十三年改元して享和元年三月十一日から翌年三月二十一日まで滞在）の享和元年六月七日付山内尚助宛書簡（新百家説林『蜀山人全集』第二巻「尺牘」所収、以下同書所収のものは「尺」を冠する）に、「人間に落候事を恐れ、銅の異名を蜀山居士と申候間、客中唱和等に（蜀山人の号を）相用ひ申候」とある。また文化元年から翌二年にかけての長崎出役を、文中で「寛政のころ」といっているのは、右の銅座出役と混同しているのであろうか。

B（2一九・二×二七・八、3二〇・五×二九・一）

〔本章次節の書簡2参照。ここでは翻字省略〕

文化元年（南畝五十六歳）九月十一日付の、長崎からの馬蘭亭宛南畝書簡。

C（4二〇・五×三〇・六）

〔本章次節の書簡3参照。ここでは翻字省略〕

文化元年九月小尽（二十九日）付の、長崎からの馬蘭亭宛南畝書簡。

D（5二一・五×二八・九、6二一・五×二九・八）

〔本章次節の書簡4参照。ここでは翻字省略〕

文化元年十二月六日付の、長崎からの馬蘭亭宛南畝書簡。

E（7一五・八×三八・七）

歳　暮　雑　詠

慧日山東古寺隣　　雪残台榭已三旬

府中帰立孤松下　　即是田園剌草臣

年過六十不能休　斂履往来城市頭
旧雪未除新雪積　誰知暗水此中流
年々粢餅夜春声　傭作移来杵臼軽
相約比隣因熱釜　童鴻減竈是何情
三十二年編卒伍　還移計府十三春
毀誉成敗看相代　官迹依然一庶人
千郭千山遶小園　二男二女戯諸孫
欲知六十余年楽　万巻蔵書一酒樽

南畝覃

本節末尾の写真E参照。この五篇の詩は文化六年（南畝六十一歳）の『南畝集』十七にみえているので、同年暮のものである。同書三二九〇番「又雪十二月十三日」、三二九二番「即事」、三二九三番「歳著書懐」、三二九四番（其二）、三二九五番（其三）の順序が入れ替わり、ここでは三二九二番、三二九〇番、三二九五番、三二九三番、三二九四番の順になっている。また三二九三番については、二句目の「十余春」と四句目の「官跡」が、ここでは「十三春」「官迹」（以上、傍点石川）となっている。順序が入れ替わっている理由については、谷川英則氏から以下の御教示を得た。三二九〇番と三二九二番を入れ替えたのは、前者に南畝の愚痴めいた本音が出すぎているのに対し、後者は前者よりも上品で、連作を揮毫して人に与えるとなれば、頭に出して風趣を盛り上げるにふさわしい。三二九五番を中央に持ってきたのは、これが賃餅の風景をリアルに写した、南畝得意の狂詩風の趣があるからと思われる。続く四番目に置かれた三二九三番は出来損ないの感がある作で、五篇揃えるために文字も直して無理に入れたとも思われ、最後に据えられた三二九四番は知足の心境を詠じた唯一の作で結びにふさわしい。

F

（[8]二一・七×三〇・三）

〔本章次節の書簡6参照。ここでは翻字省略〕

文化二年（南畝五十七歳）二月二十五日付の、長崎からの馬蘭亭宛南畝書簡。

G

（[9]二一・五×二八・七、[10]二一・五×三〇・〇）

〔本章次節の書簡7参照。ここでは翻字省略〕

文化二年八月二十四日付の、長崎からの馬蘭亭宛南畝書簡。

H

（[11]二六・二×三九・九）

本節末尾の写真H参照。右端に「客舎主人河辺五郎右衛門、小田原北条臣下河辺伊賀守ト云もの、孫也。座敷十二畳半、廻り縁、庭広し」、中央に「向岡」、その左下に「垣根ノ外、玉川ノ河原也」とあり、左端の漢詩は

華甲重回己巳春　留連半月玉河浜　三竿影静迎元日　五畝田閑遠世塵
遣却玄夷滄水使　疑為太古葛天民　忽逢盤上椒花発　眷恋児孫憶所親
元日寓是改村　南畝計史

とある。向岡、玉川などとあるから、六十歳の文化五年十二月十六日に出発して翌年四月三日に帰宅した玉川巡視の折のものと思われ、『玉川余波』をみるに、文化六年のところに右の詩が「元日寓是政村」の題で出ている。河辺五郎右衛門については『向岡閑話』第六条に詳しく、是政村の里正であり、南畝はこの家で越年している。この家の庭について、『調布日記』文化五年十二月二十九日（大晦日）条に、

朝とく起て庭にあゆむ。庭ひろくつくりなして、松あり、梅あり、柳あり。石をたて枯木をすえて、心ありげにつくりなしたり。垣をへだてゝ遠く望めば、玉川のむかふにつらなれる山みゆ。河原近くて、水音もきこゆるばかりなり。

とあり、このHの絵はまさにこれを絵画化したものである。もっとも文章は南畝自筆であるが、絵筆は南畝ではないと思われる。文化四年大晦日府中の市を描く後出Oの解説参照。

I　⑫（二三・八×三五・二）

わが山がにうつろひける比、
ふミつきなぬかといふ七文字を
上にをきて、七夕まつりの
うたをよめる　　　覃
ふるくよりきゝわたりつる天河ほしのあふ瀬やこよひなるらん
みちのくの十符の菅ごも七ふをもなぬかのけふのほしにかさまし
つきかげもほのめく空にあり〳〵とふたつのほしのかげやミゆらん
きなれつる天の羽衣いく秋か七夕つめのみけしなるらん

ながめやるほしをこそまてさゝがにのいとなミたてし軒のたかどの
ぬしやたれすミこしやどの松かげにほし合の夜をたちあかすらん
かぞいろのなには津をだにつゞけねどみどり子もかく梶の葉のつゆ

壬申七夕

本節末尾の写真Ｉ参照。成立時期は「壬申七夕」とあるので、南畝六十四歳の文化九年の七夕である。「わが山がにうつろひける比」とあるのは、この直前の七月五日に、鶯谷すなわち金杉の遷喬楼から駿河台の緇林楼に転居した（『筆まかせ』第三十三冊）ことを指す。七首の詠はいずれも『放歌集』（『大田南畝全集』所収本）同年の「七夕祭のうたよむとて、ふみつきなぬかといふ七字を上によめる」の条にみえているが、四首の語句に異同がある。三首目の「かげやミゆらん」が「かげやあふらん」、四首目の「きなれつる」「みけしなるなん」がそれぞれ「きならせし」「みへしなるらん」、六首目の「すミこしやどの」「ほし合の夜を」がそれぞれ「もとみし庭の」「ほし合の夜や」、七首目の「なには津をだにつゞけねど」「みどり子もかく」がそれぞれ「なにいつをだにつゞけぬと」「みどり子もなく」（以上、傍点石川）となっている。『放歌集』の伝本は転写本と思われる関西大学所蔵『蜀山家集』巻四の一本のみで、『大田南畝全集』もこれを底本としているのであるが、全集解題子が指摘されている如く、この転写本には誤写や脱落が多い。右の異同も七首目を例にとってみると、この歌は手習いの最初に用いられる「難波津に咲くや此の花」の和歌と、七夕では願いをこめた詩歌を梶の葉に書くことをふまえているのであるから、関西大本ではまったく意味が通じない。異同のある他の三首においても、表現上関西大本の方が拙く思われる。

J（13一四・九×三一・七）

市川錦升

たれも見よから高麗や日本にいさくさのなき江戸の座がしら

同　　三　升

明王の利剣の光あらハれて江戸市川に今は成田屋

岩　井　杜　若

面影をちらりとミてもわすられぬ君ハさんやの三日月おせん

御臥床御慰ニ入御覧申候。フキヤ町ハ、一ニ狂言、二ニ団十郎大あたりと申事ニ御坐候。

本節末尾の写真J参照。錦升（五世松本幸四郎）、三升（七世市川団十郎）、杜若（五世岩井半四郎）の三人が「フキヤ町」、すなわち市村座に同座し、かつ錦升が座頭で、かつ杜若が三日月おせんを演じたのは、南畝六十二歳の文化七年十一月の顔見せ『四天王櫓礎』である（座頭については、赤間亮氏に芝居番付で確認していただいた）。また錦升を詠んだ一首の中に「いさくさのなき」とあるのは、市村座は平穏ながら他座にもめごとがあったことを思わせ、『大田南畝全集』第十六巻所収の『一話一言』補遺参考篇三・系統C巻五十五「小田原町と中村歌右衛門」の条をみるに、この年中村座の顔見せに際し、上方役者の中村歌右衛門を座頭とすることに江戸贔屓の魚河岸連が反対し、一悶着が起きている。右の紙片は、病気で顔見せも見られぬ馬蘭亭に対し、市村座の様子を南畝が一筆知らせたものと思われる。

K ⑭一七・三×二四・三）

〔本章次節の書簡5参照。ここでは翻字省略〕

文化二年正月十六日付の、長崎からの馬蘭亭宛南畝書簡。

L　（⑮一九・三×二三・八）

〔本章次節の書簡1参照。ここでは翻字省略〕

文化元年一月または二月のころ、鶯谷の遷喬楼から出した馬蘭亭宛南畝書簡。

M　（⑯一七・六×二四・九）

長崎にありけるとしのくれに

かへるべき月日ハまでどさすが又くれ行年のをしまれぞする

ことわざのしげきうき世も草枕たびねのとしのくれぞしづけき

としのはじめに

朝霞ふか江の浦による船のほの見えそめつ春の日のかげ

烽火山にのぼりて

春日野にあらねど高き山の名の飛火もたえてうごきなき御代

月の夜、庭の梅の花をミて

梅がえに月の光しさしそへばいづれを玉の浦とさだめむ

旅のやどりをうつさんとせし庭に、

梅花の咲のこりたるを見て

たが袖にうつりもゆくか草まくらかよひなれたる庭の梅が、

杏　花　園

本節末尾の写真M参照。一、二首目は詞書から文化元年暮のこととわかり、そうなれば三首目の「としのはじめ」は同二年正月ということになろう。四首目にいう烽火山に登ったのは同年正月七日のことで、「尺」所収同年正月十二日付の、長崎からの息子定吉宛書簡に、

正月之内は少々閑暇にて（中略）、七日は、秋葉山より山越に蒙茸たる草むらを攀上り、烽火山へ上り申候。至て高山にて、めぐりの山々ひく、見へ、海上に五島天草島々見へ申候。長崎之町は眼下に見下し申候。

と記しており、『南畝集』十五の二六二六番にもこの時のことを詠んでいる。五首目は後述するとして、六首目詞書の「旅のやどりをうつさん」とは、長崎での宿所を岩原官舎から本蓮寺塔頭大乗院へ移すことを指す。すなわち、それまでの岩原官舎が目付遠山金四郎景普（長崎入港中のレザノフ一行に対する幕府の訓令を持って下向してきた）の宿舎となるため、南畝は他へ移らねばならなくなり（「尺」所収同年正月十二日付島崎金次郎宛書簡）、正月十七日に大乗院へ入り（「尺」所収同年正月二十三日付定吉宛書簡）、遠山が帰ったあとの三月二十八日に再び岩原官舎へもどった（『南畝集』十五の二六六〇番）。したがってこの六首目は、同年正月十七日真近の詠ということになる。となると、五首目は烽火山に登った正月七日以後、この時までの詠と思われる。五首目と六首目に庭の梅花のことがみえているが、岩原官舎には確かに梅の木があって、文化元年の『南畝集』十四の二六一三番「崎陽歳暮」に、「客舎梅花開且落　紛々散作簿書塵」の詩句がある。なおこのMの紙片は、内容上も時期的にも重なる本巻子本前出のK（本章次節の書簡5）に同封された可能性がある。

N ⑰一五・八×三〇・一）

歳　昏

衣食住もち酒あぶら炭薪何不足なきとしのくれ哉

年の尾のしるしをミせて大まぐろ大ぶりにこそくれてゆくらめ
今さらに何かおしまん神武より二千年来くれてゆくとし
くひ初の米より本卦がへりまで百石余をやくひつぶしけん

本節末尾の写真N参照。初めの三首が『あやめ草』文化六年（南畝六十一歳）の「としのくれに」の条にみえているし、四首目にも「本卦がへり」とあるから、同年暮のものであろう。二首目の「大まぐろ」と「大ぶり」は、『あやめ草』では「大まくり」「大小」（以上、傍点石川）となっている。同書も伝存するのは関西大本『蜀山家集』巻二のみで、ここでも関西大本では意味が通じない。

O（18二二・一×三三・四）

本節末尾の写真O参照。中央上部から左端にかけて、「大晦日府中の市の図」「〇商人　ざる屋事の外多し　魚屋　附りひもの　をでん　な附り　ひば売　□（ムシ）差櫛　足袋売　古着屋　手ぬぐひや　古道具屋　くしのたぐひ　ごぼう・にんじん　下駄・雪駄　ぢうばこ。大晦日此市へ酒（酒はよし）の肴買ニやりしに肴なし。雉子・山鳥斗也。たまごもなし。不自由是ニてしるべし」とあり、囲み表記は右端から、ざるや、見世物（看板には「黒ン坊」）、魚売、酒肴（箱看板には「をでん・かん酒」）、土地のきをひ、なうり、附り　ひばも有り　とある。大晦日における府中の市の図であるから、前出Hで述べた玉川巡視の折の文化五年大晦日（二十九日）である。『調布日記』同日条にはHに引用した部分に続いて、

府中の駅に人をつかはして酒肴をもとむ。けふは府中に市ありといふ。故（フル）さと人の文の来れるもうれし。府中にゆきし人かえりて、今日の市は男女ともに大きなる草籠を背負て、野菜やうのものかひて籠にいるゝ也。たがひに籠を負ひたれば大路も狭し。江戸より見せものなど持来りて賑はしといふ。まこと酒はよろしけれど肴はなし。雉子山鳥の類のみにて鶏卵もなし。

とあり、H同様Oもまた右日記の絵画化といってよい。Hでふれた如く、ここも文章は南畝の筆だが絵はそうではあるまい。両者の絵が同一人の手になるものであろうことは一見しても推測されるし、大晦日と翌日の元旦という日付から考えてもまず間違いあるまい。ところが、Oの「大晦日此市へ酒の肴買ニやりしに肴なし」（酒はよし）の文言や『調布日記』の記述によると、南畝は府中の市に他人を行かせて自分自身は出かけていないようである。となるとOの市の図が書けるはずがなく、したがって同一人の絵筆になるHもまた南畝ではないということになる。南畝が描いた絵は珍しく、柴田光彦氏が「『蜀山人園繞（ママ）名蹟』より二題」（『大田南畝全集』第九巻月報10、岩波書店、昭和62年6月）で写真とともに紹介された、吉原松葉屋の三保崎（後の妾お賤）の後姿の絵は貴重である。これとH・Oを比較してみると、あまりに力量が違う。三保崎を描く筆は決して上手とはいえないのに対し、市の図の人々の表情などは実に生き生きとしている。ではH・Oの二図は誰が描いたのかといえば不明である。ただ南畝は同じ正月の六日に、旧知でもある写生画に巧みな五琉という人物を関戸村に訪ねている（『調布日記』の同日条及び「小山田の関の記」）ので、あるいはこの人物の絵かとも思われるが、五琉が年末年始に南畝の客舎を訪れている確証はない。

P（⑲一九・五×二三・七）

本節末尾の写真P参照。右端に(ア)「昌周ハ、坂昌周なるべし。天永とあるハ、安永九年庚子を戯に古くなしたるなるべし」、中央左寄りに(イ)「天永元庚寅、二辛卯、三壬辰、永久元癸巳」、左端に(ウ)「庚子」「弘仁十一、天慶三、長保二、康平三、保安元、治承四、仁治元、正安二、延文五南朝正平十五、応永二十七、文明十二、天文九、慶長五、万治三、享保五、安永九」とある。右上部は何かの拓本らしく、

　　昌周

今□〔宵カ〕天永

□当〔曾カ〕千年
□□乃月
天永庚子仲秋
□〔嘉カ〕秋書

の如くにみえる。この拓本の一、二行目の昌周と天永の説明が紙片右端記述の(ア)、二、五行目が確かに天永ならばという仮定上の説明が、中央左寄り記述(イ)の天永四年間の干支記載、ところが天永年間に庚子の年がないので、ならばと庚子の年を列挙してみたのが左端記述の(ウ)、ということであろうか。南畝のいう坂昌周ならば、安永期前後に編著がある連歌師である。いずれにもせよ、南畝自身もこの拓本のことはよくわからなかったらしい。このPの成立時期を探る手係りは、以上の如くほとんどない。ただ、すでに述べたようにこの巻子本は文化期のものを表装したと思われるので、そこから推して気になるのが雲茶会である。南畝らの会員が書画器物を持ち寄るこの会については、宇田敏彦氏の編になる浜田義一郎氏遺稿「江戸文人の歳月――蜀山人大田南畝における(四)――」(「大妻国文」第十九号、昭和63年3月)にまとめられているのでここでは詳述しないが、文化八年四月二日が初会で、二度目は五月二日、六月は流会、七月は不明、八月は七日に開かれ、四月分と五月分については『一話一言』巻三十四に出品目録がある。この拓本などは同会と何か関係がありそうだが、右の出品目録には見当たらない。また南畝編『流観百図』などにも器物に関するものが多く収録されているが、国会本の正続、大妻女子大本の三巻、いずれにもやはり見当たらない。

Q（20二五・〇×三八・二）

維鵲集に連ば、これ鳩これに居り、これ鷟方きにうつれば、馬蘭これに生ず。そのうつりゆく月日星、三度飛脚の文のた

よりに、ひとくとつぐる月次の兼題

馬蘭亭執事
鶯谷にしるす

八月十九日　旅泊月　九月、　赤城祭　十月、　恵比寿講　十一月、　顔見せ雪　十二月十日　寄餅祝
丑
正月十九日　鶯谷梅　二月、　社頭糸桜　三月、　昼帰雁　四月、　寄郭公恋　五月、　上水蛍
六月、甘露門ニて　寄琴懐旧　七月、　廓中灯籠　八月、　紙砧　閏月、　恋重荷　九月、　菊合
十月、　新酒来　十一月、　袴着祝

本節末尾の写真Q参照。八月に閏月がある丑年は文化二年であるから、この月次の兼題は同元年八月から翌年十一月までのものである。この期間は南畝が長崎出役のために江戸を離れていた時期と一致する。すなわち、南畝は同元年七月二十五日に江戸を出立（『細推物理』）、翌年十一月十九日に帰宅（『小春紀行』）しているから、ちょうどその留守中ということになる。もっとも内容はそうであっても、前書きを含めて紛れもない南畝の筆跡によるこの紙片の執筆は、「鶯谷にしるす」とあるので長崎出役中ではない。「うつりゆく月日星、三度飛脚の文のたよりに」の文言からして、鶯谷の自宅で長崎滞在中を回想しつつ「ひとく」（鶯の鳴き音の「人来」）のころ、おそらくは文化三年新春ごろに、後述の如く留守中の会を守った馬蘭亭に頼まれて改めて出役中の兼題を一枚にまとめたものと思われる。

月ごとの会日がすべて十九日になっているのは、これが書会と呼ばれる南畝宅での会だからである。『放歌集』文化元年の条をみるに、「月ごとの十九日に物かきて人にあたふるは、晴雲妙閑信女の忌日なればなり。ことし水無月十九日、例の甘露門にまどゐして」とある。寛政五年六月十九日に没した妾お賤の命日にちなむ会であり、祥月命日の六月十九日は特に甘露門（お賤の菩提寺である浄栄寺のことで、『江戸方角分』によれば雪山と号する詩人）で行われた。もっとも没して時を経たこのころになると、六月は別としても「是は下町其外、旧知己之縁を繋置候のみ」（「尺」所収文化元年十一月二十三日付定吉宛書簡）というのが実状であったらしい。この書会については従来、右の通り南畝が「物かきて人にあたふる」会とされてきたが、このＱの紙片によって、このころ以降は南畝狂歌会の意味もあったことがうかがわれる。長崎出役留守中の書会は当然誰かに託さねばならないのであるが、それをまかされたのが馬蘭亭である。紙片中に「馬蘭亭執事」とあるのはこれを意味し、また本巻子本前出のＤ（本章次節の書簡4）でも「毎月会日も御世話にて取つゞき」と礼を述べている。兼題は逐一南畝に報告されていたようで、長崎到着翌日に出した本巻子本前出のＢ（本章次節の書簡2）に、早くも「後便十九日題まち入候」とある。文化元年の八月会は本巻子本前出のＣ（本章次節の書簡3）によれば、馬蘭亭が病気のため息子の風琴亭松蔭(ママ)がその名代を務め、その折の狂歌は長崎まで送られている。同年十月会までは馬蘭亭が批点したらしく、同年十二月六日付の本巻子本前出のＤ（本章次節の書簡4）に「兼題等一覧、慰旅情候。御点之歌など面白御ざ候」とある。長崎と江戸の間は通常二十三日で手紙が届いており、それを考えると十一月会の分は十二月六日の時点ではまだ南畝に届いていない。その十一月会分から南畝が批点したと思われる経緯を以下に述べる。まず「尺」所収文化二年一月二十三日付定吉宛書簡に「定会狂歌点之儀、承知之旨馬蘭亭へよく〳〵被仰可被下候」とあって、事情は不明ながらもとにかく南畝が批点することになったことがわかる。その後馬蘭亭から文化元年の分が南畝に送られたらしく、「尺」所収文化二年二月二十五日付定吉宛書簡に「正月十九日大会之由、夷曲去年分も此度点いたし、馬蘭亭え遣し候」とある。さらに同じ日付の本巻子本前出のＦ（本章次節の書簡6）に「旧臘二度、当春一度之兼題、黒点さし上候」（以上、傍点石川）とあって、文化元年分とは十一月会と十二月会の二会分であることがわかり、加えて正月会の分（長崎へ送られたのが去年分と同便か後便かは不明）にも点を施し、計三会分をまとめて書簡6とともに馬蘭亭へ送ったことが知られる。なおこの書簡6には、右の記述に続いて「甚取込中ニ点検の事故、間違も可有之、景物もヘルヘトワン歟、猩々緋歟、やすくて袂時計」とある。文化二年六月会はこの年がお賤の十三回忌に当たるので、南畝も香奠等に気を遣って「尺」所収文化二年五月二十七日付島崎金次郎宛書簡で、

当六月十九日は、浄栄寺にて十三年忌いたし候由、三月中より書翰到来、是は私方より、壱封之内へ香奠百疋包遣候間、別段香奠には及申まじく候。本念寺（石川注、大田家の菩提寺）へは、相応に米銀にても被遣可被下候。浄栄寺へは、時計遣し可申候。手紙は別に遣し不申、宜敷頼入候。

と指示したが、この手紙では六月十九日に間にあわなかったらしい（「尺」所収同年七月十七日付金次郎宛書簡）。当日のことについて、馬蘭亭には本巻子本前出のG（本章次節の書簡7）で「六月十九日、例年よりも賑々敷御ざ候よし、殊に御追悼之一曲、不堪落涙候」と記し、南畝自身はひとり長崎にて、「六月十九日値亡妾阿賤十三年忌日有感」と題する詩（『南畝集』十五、二六九六番）を詠んでいる。

R　(21)二〇・四×二七・〇、(22)二〇・四×二六・九）

矢立綿純　　讃州家中、渡辺六郎左衛門

算木有正　　元すきや丁二丁目、三河や細井長助

天地玄黄　　本所地割棟梁、同所清水亀五郎

大木戸早牛（ママ）

花江戸住
一冨士二鷹　馬喰町、後、向嶋住、駿河屋甚助
笹葉鈴成　松前志摩守次男、文キヤウ
七面堂儘世
書出田丸　牛込御門内、吉田次郎右衛門
銭糖（ママ）金埒　数寄やがし、大坂屋甚助
へづゝ東作　四ッ谷新宿、いなげや金右衛門
飛塵馬蹄　四ッ谷、田安吟味役上野山六郎左衛門
一節千杖窪俊満　馬食町がし、尚左堂
石部金吉　紀州公御次男
豊年雪丸　日出近、尾州市橋助右衛門
酒上不埒　小石川冨坂下、松平阿波守内〔ヤブレ〕居、倉橋寿平
四方真顔　鹿津辺、数寄屋がし、大屋北川嘉兵衛
峯松風　牛込逢坂、榊原ヲヨリ
白川夜船　元一橋
大目（ママ）王丸　小川町、高力修理用人、小沢武右衛門
［く］らべの行澄　筋道外、酒問屋、小嶋屋源左衛門
遊女岩越　廓中、岡本や内
園故（ママ）蝶　芳春園、尾州外山やしき、津田四郎左衛門

手柄岡持　下谷、佐竹留守居、喜三次平沢平角

加保茶元成　廓中京町、大文字屋市兵衛

余丹坊酩酊　水府画師、池田凉泯

吉野葛子　高彦妻

秋風女房　元成妻

宮地かけ冨　冨田又五郎

河井物梁　肴町弓師、勘次郎

一文字白根　元町与力、池田日下作左衛門

白銀砂子　麻布将監橋、質屋女隠居

浅川和たる

大空豊はる　目白、小十人組頭

呉竹世暮気　牛込かゞやしき、田安御徒頭大塚弥惣

古瀬勝雄　四谷イガ丁、添番、松本亀三郎

紀廸　四ッ谷仲殿丁、医師

蛙面坊懸水　火之番丁、いしや、深津彦安

二歩只取　牛込御徒、鈴木文左衛門

談洲楼焉馬　ノミテウナゴン純金、本所相生町、大工棟梁

虎風母也　地ノ端、蓬莱屋久米蔵隠居

沢辺アヤ子　役者、芳沢崎之助、後、菖蒲

恒子
竹杖すがる　森嶋、万象亭、筑地、桂川甫周弟
浅黄裏成　下谷三枚橋、本阿弥十郎右衛門
珍々釜成　小石川諏訪丁、小十人、葉山文左衛門
子丶孫彦　小川町広小路、佐久間用人、村岡孫右衛門
栗成笑　赤坂、御徒目付与力八木岡（ヲカ）政吉
鱠盛方　馬喰町、秩父屋
四方赤良　巴人亭、杏花園、南畝先生、元御徒、支配勘定、太（ママ）田直次郎
狙人公　酒井雅楽公弟、後、堺順門跡、等覚院文全屠竜子トモ云
藪都ばき
節松嫁々　菅江室
酒盛上閑　日本橋通一町目、不流音隠居
根来不器用　尾州医師、竹田三益、内弟子
海老船守　日本橋上州屋七兵衛
正卿　尾州御家来、磯谷角左衛門
貸本古喜　日本橋三丁目、八百屋裏、三郎竹や
百とせ　宗匠浮亀庵女雪中庵、牛込、巻阿
山東京伝　京橋、京屋伝兵衛（ママ）
東（ママ）来三和　本所横網、伊豆屋源蔵

紀束　小石川諏訪町、いせ屋清左衛門、後、伝通院前住
足曳山丸　四ッ谷見付外、越後屋兵左衛門
赤松日出成　筋道、槇や、増田屋、後、画師ニ成
使々（ママ）館湖鯉鮒　牛込山伏町、小暮組、大久保八郎左衛門
素扇法師　下谷車坂、上野医師
高利刈主　一ッ目御旅所、茶屋
菊賀三昧　小日向、少芸ミノ（ママ）、御家人平井直右衛門娘
腮垣兼　杉並組与力、金子久右衛門
沢辺帆足　讃州、信沢重次郎
紀定丸　太田（ママ）直次郎甥、清水勘定吉見儀助
俵舟積　小網町、高浜屋三左衛門
馬屋厩輔　讃洲（ママ）家中、山口隼人
市仲住　下谷和泉橋外、御殿医師
一舛夢輔　牛込、元御徒、元御徒支配勘定築山権兵衛
大屋裏住　萩屋、金吹町、はりま屋大屋白子や孫左衛門
白鯉館卯雲　本所相生町、和田忠次郎
銀杏満門　山伏町、廿キ丁与力久保九郎太郎
鳴滝音人　銀座手代、常〔以下、欠〕
冨緒川　小川町、両御番、本間忠左衛門、隠居

一筋道成　牛込御門内、寄合、沼谷寛次郎
蓬萊帰橋　松平右京大夫(ママ)内
三輪杉門　元糀町、柴屋弟、当時、高井戸百姓
春山文　小石川伝通院前、御先手与力、冨嶋庄三郎
百足子金　山伏丁、杉並与力、金子文右衛門
東海道早文　瀬戸物町、飛脚屋嶋屋番頭、嶋屋佐右衛門
光好　両御番、（ママ）弟
節藁仲貫　讃州家中、吉田庫兵衛
くさや師鯵　元すきや丁二丁め、細井八郎次、有正弟
玖呂面　畑ノ、京橋弥左衛門町、豊田屋茂兵衛
早牛(ママ)改古調
春夏秋冬　四ッ谷新宿、宗匠
普栗釣方　小伝馬丁三丁め、本屋清吉
かぶきたくみ　狂言作者、中村重助
笑竹友竹　四谷坂町、御坊主、山本久雪
物毎秋輔
土師搔安　深川ウミガハ、榎本次右衛門
小川町住　讃洲(ママ)家中、後、浪人、大高仁助
真竹深藪　小石川市兵衛がし、飯尾用人、太田政右衛門

畦ミち　　畑ノ、京橋弥左衛門町、艾屋伝右衛門

本節末尾の写真R①・R②参照。この二枚の紙片には全部で百人の名があがっている。その面々は天明から化政期のころに活躍した狂歌作者で、早く天明三年に没した白鯉館木室卯雲や普粟釣方もいれば、文政十二年まで生きた四方真顔の名もある。執筆時期については紀定丸のところに「勘定」とあるので、彼が支配勘定となった文化二年閏八月（浜田義一郎氏『江戸文芸攷』所収「紀定丸の役職年譜」）以後の成立であることは間違いない。この紙片で最も問題となるのは、その筆者である。本巻子本のAの記述から推せば、南畝が馬蘭亭に書き与えたことになっており、事実南畝の筆らしき部分も散見されるのではあるが、自分自身である四方赤良の項と甥の紀定丸の項の姓「大田」を、「太田」と書き誤っているから、別人の筆が入っていることは明らかである（赤良の項の「太」は「大」と「、」がいささか不自然に離れており、後人による加筆の可能性もあるが、定丸のそれは明瞭に筆が続いて「太」である）。また永田玩古がこのままの形で譲り受けたものならば、所々の余白に狂歌師名の筆跡とは異なる筆が入っていることからして、当然馬蘭亭の筆もどこかに入っていると思われる。しかし彼ならばすでに書簡のやりとりをしているのであるから、間違っても「太田」などと書くはずがない。加えてママを付した箇所をみるに大木戸早（正しくは黒）牛、銭糖金埒（正しくは屋）、大目王丸（正しくは玉）、京屋伝兵衛（正しくは蔵）、使々館瑚鮑鮒（正しくは便）などとあって、およそ狂歌作者の筆らしからぬ誤記がある。また意味不明箇所もある。これらを考えあわせてみると、右のR紙片には南畝、馬蘭亭、それに狂歌界に明るくない人物の、少なくとも都合三人の筆が入っていると思われ、筆跡からも数人の手を見て取ることができそうである。記述内容については『江戸方角分』などと比較してみると、細部においては種々相違がある。狂歌界に暗い人が加わっている上に、「讃洲」などの如く筆が滑ったり走りすぎたりしているので、信憑性においては他の資料をも参照する必要があろう。

S（23二三・四×三〇・一、24二二・六×三一・四、25二二・六×三一・四、26二一・〇×三〇・七、27二一・〇×三〇・六）

〔この五枚の紙片の翻字に限って事前に付記しておくと、兼題と歌は墨筆で南畝以外の一人の手になり、それ以外はすべて南畝による朱筆である（ただし二箇所のみ墨筆が使われているが、その場合は墨筆であることを付記した）。歌頭右脇の「長」「平」は、翻字に際してそれぞれ長点と平点の代わりに付した記号である。また※印は南畝の批評の文言がある場合の位置を示し、その内容はその歌の左隣に二字下げで記した。〕

寄餅祝

君が代は貧乏人のしはす餅つくとい※ふミのなきぞめでたき

　※此うた面白けれど、一、二の句少々憚あり。雄長老百詠に也足軒の御点有之。君が代〔顔ノ誤〕ハ千代に一たび洗ふべしよごれ〳〵て苔のむすまで、と云哥に、此君ハたれをさゝれたるにや尤有憚、と書て点なし。

長※和らけきゑミハ寒の水餅のおはぐろにほふ国ぞめでたき

　※黒歯国にや

平万民もながくそばをやのし餅のつきぬ恵の千代を重ねん

五長御代なれや小金花咲陸奥の山吹色にミゆるあわ餅

長目出度さハつくとも尽ぬ節餅のねばりもつよきあし原の国

平寒餅をつきぬためしやいつまでもかびのミへざる御代ぞめでたき

長※味ハひもかハらぬ御代や餅の名のじざいに人のくらすめでたき（ママ）

　※海道筋西国にてハぜんざいもちと云

平ふミのばす足の長さをきミが代※にくらべてやミん鶴の子の餅

※此哥少々有憚

七長 ひつはつてミれども御代のうごきなきすわりを祝ふ越が屋の餅

平 君が代は五日の風のしよふなる十日の雨に餅ぞめでたき

平 幾千代も臼をへんたら着（ママ）餅をつけどもつきぬ君がよハひハ

五長 から大和其両国に名も高くいくよもちゐのあぢもかハらじ

五長 もちをつくたびに千年万年をへるハめでたき松のきね臼

五長 宝蔵も段〳〵ふえて武具馬具をもちについたる御代ぞめでたき

平 諸白髪しらげいとハぬ賀の餅のよねのよハひに搗べりハなし

平 長崎からきたこハめしをもちにしてます〳〵あしのつよくとぞ思ふ

平 千年をへんたらことて着（ママ）もちを若松のやく□（ヤブレ）すりにする

五長 みちのくのこがねハしらずもち搗に白がねの花のさくや今朝

平 どこまでものびる餅こそめでたけれつくともつきぬ君が代のため

平 塵はしらずつくともつきじ琥珀もち千代ふる松を臼杵にして

平 粟餅のきミが御代こそめでたけれ万歳拍子のよく揃ふゆへ

五長 餅搗の薪もまつのふたつ割千代へんたらこ千代へんたらこ

五長 杵の音よりも枕を高くしてねることやすき御代ぞめでたき

平 指をりてひとつも歳をとし徳の千代若餅の音とき丶ぬる

平 五日吹風に十日の雨の餅うまく揃ひし御代ぞめでたき

平 ゆたかさハもろこし餅のはてまでもつきしたがひて耳やたつらん

平　恵みある大福餅のあたゝかに腹のふくれといふぞめでたき

※1五　長　幼子の春しり顔ハ※2ちん餅のもちや搗日と※3[な]りて嬉しき

※1孫を思ひ出る。依之五点

※2〔ミセケチで「に」と改む〕

※3〔ミセケチで「を」と改む〕

平　上下も丸く作る餝り餅茶呑咄もねれる[め]でたさ

十五　長　めでたしといへばこちらもめでたしと合せかゞみの餅もつやよき

平　皆子餅駒直(ママ)の通に行合ハほんにミちある御代の印歟

平　恵みのミ身に引かけてねのこ餅みつがひとつも供へまつらで

平　三河屋の家の祝ひに市紅餅よろこびの升御代ぞ嬉しき

平　幾代餅いくつも腹に治りてひもぢいめせぬ御代ぞめでたき

平　古年のおハり米をぞ※餅にしてつき納たる御代ぞめでたき

※〔ミセケチで「も」と改む〕

平　行人はミな両国のはしかけて幾代の餅のミせも賑ハふ

平　正月の栄耀にあらぬ餅の皮かハひて破れるわれもめでたき

五　長　君が代ハ千代に八千代の椿餅いく代もちゐのつけどつきせず

七　長　餝りたる具足ハひつに崩したる備へハ腹に納れる御代

平　こねとりのすべりころんでしり餅の〔ヤブレ〕ひつ〔ヤブレ〕ぬ暮の賑ひ

五　長　鬟髭も□(ヤブレ)くかとミへていそがしくとり粉まひ※□(ヤブレ)祝ふ餅搗

※〔ミセケチで「よ」と改む〕

[平]春ごとにこれをもちゐのますかゞみ上下揃ふ御代ぞめでたき

[平]祝言の杵よ臼よと居なじミてミなこもちにぞなれるめでたさ

[平]もち古す具足開きに餝餅もちにつきたる代ぞゆたか也※

※〔ミセケチで「なる」と改む〕

[平]真宝の外にも餝る鏡餅曇らぬ御代に配るものとて

[平]若まつの枝をならさす賀餅を心幼くねるや君が代

五[長]武士の昔ハ敵にかちん餅つくともつきじ君が石だ※か

※〔「だか」を墨筆で「高」と改む〕

[平]ゐて強き春ハ栄耀な君が代のかゞみもちゐのかハもむかるゝ

[平]国民をなでゝたまなきまつりごと餅ゐのかゞみめぶく君が代

[平]君が代はもろこし舟も長崎につき入餅やふか[す]こハめし

五[長]黄金札付てはなせる鶴見もち江戸へ羽を□(ヤブレ)す太平の御代

[平]山王の□(ヤブレ)の上□(ヤブレ)の鹿子餅鹿子ちらしの□□(ヤブレ)る髪置

[平]我運もひらくかゞみの嘉例とて世にたることをしるこ餅哉

※[平]杵ときねあたるかちんの米相場なを上下のうるほひにけり

※下ハいかゞ

[平]幾千代も猶めでたさよ持運ぶみにつくかねの色の粟餅

五[長]いつまでもかハらぬものハよろづ代のかめの中なる寒の水餅

平鶴ののしハかく別粉を多くもちて千とせのへたの餅搗
※平有あまる黄金を餅につく人ハふかすとやいハんふかとやいハん
　※さめとハいはず
平御鏡になるてふ餅のおひたちハいづれ田からのうちよりぞ出る
平つきせじな千代のすハりによろづ代を重ねて祝ふ御代の餅搗
平真四角に切口上の君が代ハ千代に八千代の椿もちかな
平餅搗に御酒ハ呑とも君が代ハ太平楽のまき舌も出ず
平もちを搗音ハとん／＼とならせども風ハならさぬ御代ぞめでたさ（ママ）
長幾千代をへんひにそだつ米ながら祝の餅となれるめでたさ
長よい事ハ餅につくともつきすまし千代のためしを〔ヤブレ〕すり出し
平こハめしは江戸へまだ来ぬ長崎へ祝ふて餅をつくぞおかしき
平大平の餅ゐハ粟ときみが代のもろこし迄もつき□（ヤブレ）らしたり
平祝言の皆子餅とて三夫婦の夜ハてうちんでつくぞ月出る
　人食餅ヽ食ヽ　餅不食人　右録心学譜　蜀山人
七
平顔ミせを初日二日とゆき〔ヤブレ〕跡をつけぬ弐番目
長降雪の寒さも空に入替り役者は汗をながす※かほミせ
　※道ゆき〔墨筆〕
平三角な雪ハ尽ても興つきぬ顔ミせは是非（ぜひ）みねバ置れず

平 □□（ヤブレ）にハ〔ヤブレ〕白衣しハ〔ヤブレ〕け〔ヤブレ〕顔ミせのゆき
平 手ひら雪しやん／＼し[や]んとした竹も腰をかゞめてうつや顔ミせ
七 長 かねもとハ沢山ありや白がねの世界さだめの雪の顔ミせ
平 顔ミせのほらしの雪を引舟も土間も一ツに積る大入
平 来てミれバ枯木も花の堺丁灰より積る雪の顔ミせ
十 長 催して夜からふりの見物に山ほど積るゆきの顔ミせ
平 ゐろう降る堺丁に[も]顔ミせハ笹瀬をはねる雪のつミ物
平 見とれてハ雪も寒□（ヤブレ）もしをれたり鰒にまさりてあたる顔ミせ
平 あとをミぬ事こそい※とへ顔ミせのまくにもたらぬ雪の小便

※惜らく□[心]（ムシ）あまりてことばたらず

七 長 若女子の袖ふりはへてかよふミせけさ顔ミせのあけ六ツの花
十五 長 南けのなき時分とておもしろく□□（ヤブレ）にふる顔ミせのゆき
平 顔ミせに京の一条二ヶ町[ふ]りつむ[雪]ハ銀世界[と]て
平 かほミせにいぶしをかざる銀せかいふりかさねたる雪のつミ物
平 顔ミせハ手をうちニかむ碁□□（ヤブレ）かなまづ二番めハ金の白うち
平 狂言の山とて雪の銀世界何りう[と]なく積る顔ミせ
七 長 やう／＼と六ツの花道かきわけて足を踏込顔ミせのゆき
十五 長 顔ミせのかほ白／＼とむらさきのゆきもまじれる暮の明がた
平 かほミせの雪の舞台も別世界ふるもやめるも人のわざおぎ

[長]〔ヤブレ〕大入のつかも真白に六法の※〔ヤブレ〕雪のかほミせ

　※万貫のしろがねの〔ヤブレ〕地なるべし

[平]つミものも雪の顔ミせさし起て行かた白く降わたぼうし

[平]顔ミせの人の行来もしばらくと足跡厭ふ雪の朝あけ

[平]周の世の其春風やふきや丁白きをはなと雪のつミ物

[平]こたつにハあらぬやぐらも寒さにハあたるこそ※よし雪の顔ミせ

　※〔ミセケチで「き」と改む〕

七[長]積物も雪の世界の顔ミせハ灰をふき※や丁堺丁銀

　※書損歟

[平]顔ミせに積れる六ツの花道ハおしくみ形や三角のゆき

[平]ミや神楽雪の顔ミせおもしろや今を日の出の若女がた

七[長]一物の梅の難波の顔ミせハ雪もほどよき笹瀬連中

五[長]雪にいとふいぬのあし跡それよりもうき顔ミせの馬の足跡

五[長]顔ミせの雪をつまんでへいせずと〔ヤブレ〕やまかたとつんで詠めぬ

[平]〔ヤブレ〕りも下り役者のし〔ヤブレ〕の〔ヤブレ〕金けふの顔ミせ

[平]めづらしく都の雪の三角にふりつけ□（ヤブレ）よき花の顔見せ

[平]見とれてハ寒さ忘るゝ顔ミせの雪ハ四角と三角の花

　甲乙如品定　　蜀山人

前半の「寄餅祝」(23～25)は六十八首、後半の雪の顔見せを詠んだもの(26と27)は三十四首、合計一〇二首である。Qの兼題と照合させると、文化元年十一月十九日会の兼題が「顔見せ雪」、同十二月会が「寄餅祝」であることから、右の紙片はこの両月の会のものであることがわかり、永田玩古がそれに気づかずに順序を逆にして表装したことも知られる。すでにQの解説でふれたように、南畝は留守中のこの会を預かる馬蘭亭から会当日の狂歌を送ってもらい、十一月会の分から長崎で批点して送り返している。右の五枚の紙片は、文化二年二月に馬蘭亭に送った本巻子本前出のF（本章次節の書簡6）に、「旧臘二度、当春一度之兼題、黒点さし上候」とあるその一部で、同書簡とともに送られたものだったのである。紙片中には詠者の名がまったくないが、このころの十九日会への参加者は『細推物理』の月ごとの同日条や、長崎からの書簡に目を通せば、おおよその見当はつくであろう（もっとも誰がどの詠者かはわからない）。それにしても南畝の批点とは珍しく、狂歌活動再開後の南畝がどのように狂歌をとらえていたかを、批点という具体的な行為を通して知ることのできる貴重な資料である。なお、紙片中に虫損や破損が散見されるが、いずれも表装以前のものである。

T（[28]一七・〇×三九・九、[29]一七・〇×四七・二、[30]一七・〇×四一・四）

此ふミや、をのれにミせまほしくと、こゝろ深き翁のもとよりもたせ越されたれば、紐ときてミれば、思ひきや、をのれが師なる杏花園太田(ママ)蜀山翁の筆なり。馬蘭亭のもとへ消そこなしたるひと巻にて、先生、いぬる寛政の頃、公務によりて、崎陽にひとゝ世の交代をなしぬ。そが折から、懇を結びたる馬蘭亭主人へ、長崎の風土、あるハ旅中の雑和(ママ)・たわれ画など、こまやかにしたゝめ、月ごとに送りたる消息のくさ〴〵なりき。此馬蘭亭の主人ハ、小石川牛天神のほとりに菴を構へ、たわれ名、山道の高彦と呼び、をのれなど旧交の友なり。かゝる先生と馬蘭亭の因ありし事は、をのれ壮年の折なれば、たゞの中の睦ミたるのみとこゝろへおりぬ。さるを、此ふみ読終りてミれば、あらゆる内外の事までを、ミやびたる筆もて、ひとゝ世の音信深かりき。去ルを、故ありて此家の蔵となりたるハ、序文をもて知るのみ。されバ、この道好める人の見たらんにハ、宝刀利剣の神宝より此ひと巻をめでする事ハ、卞和が璞を楚王に献たるに似たり。その壁、(ママ)終に天下にのこり、秦漢魏晋の時までも、こを伝国のおしでと称へ、異朝代々皇の御くらひふむの宝とせり。此巻ハ、夷曲のたわれたる品なれども、蜀山翁のたまの光り今にかゞやきて、狂歌師の懐に入らバ三種の神器、唐人までもその名かんばしからん事ハ、世に知る所に(ママ)にて、そが中にも、天明・寛政・文化の年簡、(ママ)さかんにざれ哥読たる大人達の俗性、(ママ)あるハ宿所などまでしるし置たるを見れば、をのれが席上に莚をならべたる人々もあまたありて、六十七そじの星霜を経て、又ざれ哥仲間に逢ひ見る事と思へば、ひとしほ目に正月もさせ、はた春雨のつれ〴〵に翁をしとふのこゝちせり。しかし長生すれバ恥多しなどいへど、命ながけりやめぐり逢ふといふ世のこと業を思ひめぐらし、一首のざれ哥そへて、名残をしくも此巻返し送りぬ。

命毛の長ければこそ年を経て
　めぐりあふたの筆の軸物

八十翁　長者園

跋者の「長者園」の署名が癖字で当初判読できず（本節末尾の写真T参照）難渋したが、同人の稿本『狂文紫鹿のこ』を偶目するに及んでようやく解読できた。その伝を、四世絵馬屋額輔編『狂歌奥都城図志』（所見本は明治二十四年八月額輔自序稿本の転写本で西尾市岩瀬文庫蔵）から要約する。

萩雄は姓を石井（石川注、井は川の誤記）、通称を李之助（同、李は李の誤記）という旧幕府の士で、狂歌を嗜み長者園と号して南畝に学ぶ。壮年のころに住居していた四ッ谷の家を火事の類焼で失い、弘化の末年ころに越後国水原郡代官元締として当地へ出役、多くの門人を指導した。嘉永七年に江戸に帰り根岸の御行の松のほとりに住し、安政二年十月の大地震で家を失うも家族全員が助かり、その後、湯島切通し（俗にいう猿飴横町）に転居、この地で狂歌の本郷連を組織してその棟梁となった。明治六年九月二十日に湯島の家で病没、享年九十歳、四ッ谷南寺町の法花宗法恩寺に葬られた。遺言により法号はなく、雅号を代用して長者園萩雄居士という。

これに従えばすでに述べたように、萩雄の八十歳は文久三年に当たり、これが本巻子本の成立時期ということになる。もっともTで自ら記しているように、天明四年生まれの萩雄は当時はまだ壮年（文化元年当時二十一歳）だったこともあり、南畝と馬蘭亭の親交はおろか、南畝自身のことについても詳しくは知らなかったようで、それほど近くに永くいた門人でもなかったらしい。南畝の姓を「太田」と記しているし、長崎出役を「寛政の頃」といっていることからもそう思われる。

いずれにもせよ、南畝と馬蘭亭の間にはその長崎出役中に月ごとの定期便があったに相違なく、玩古が請われるままに譲渡したものを含めて、それらが今後現われることを期待したい。

写真E

歳暮雑詠

慧日山東古寺傍雪残
景棚己三旬府中鍋五衍
杜六印茎田圃刈華臣
年玉二十六誰休御鎮針来
塀帝派旧雪赤徐新雪
頼誰知暗水出中流
年々筆餅枚春寺繍
圷稼来杵的軒五釣北牌
因鞏筌重詠減竈吾賴得
三十二年編辛抽遣筋計府
十三年勤卷其賦看々戎官
建堀花一唐人
千郭于山連小園三男二
歳歳話狂旅失六十餘
年堂苦達孤筆二酒楮
百祿筆

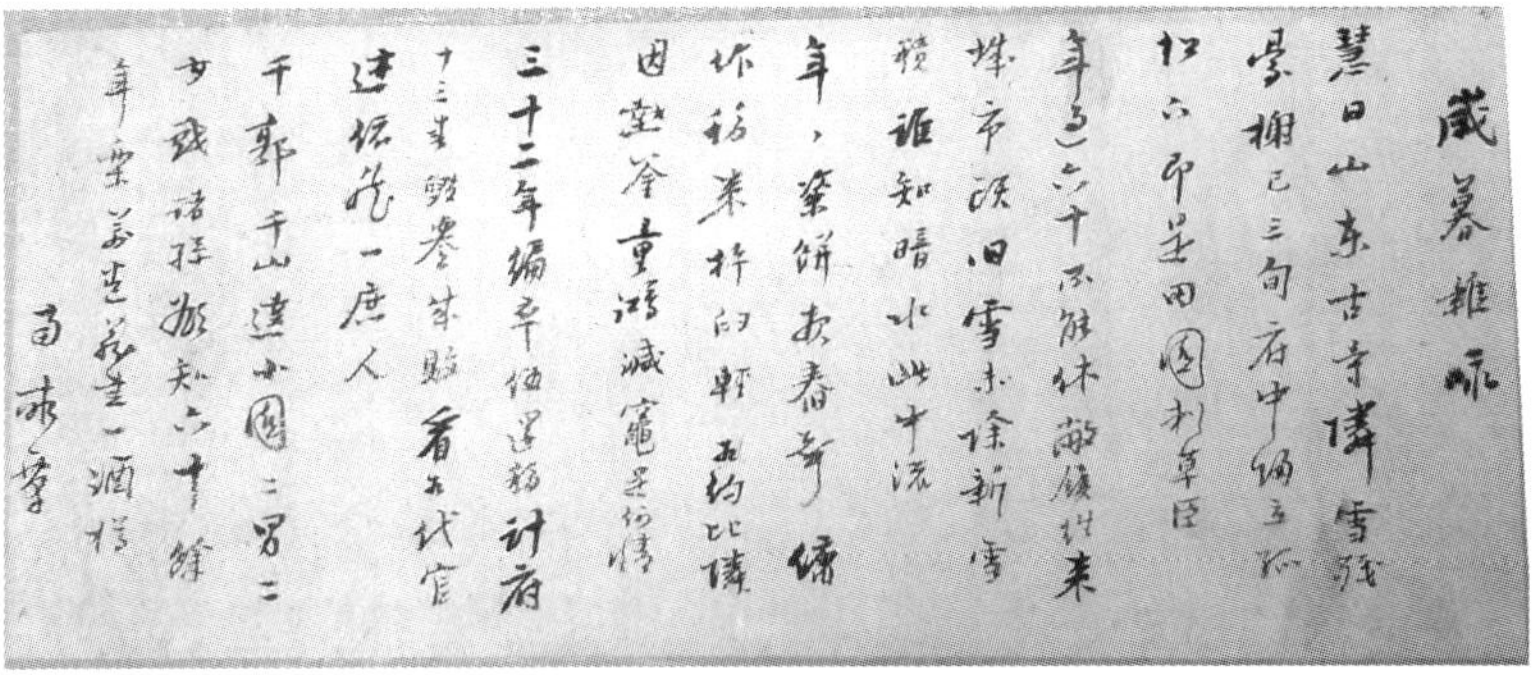

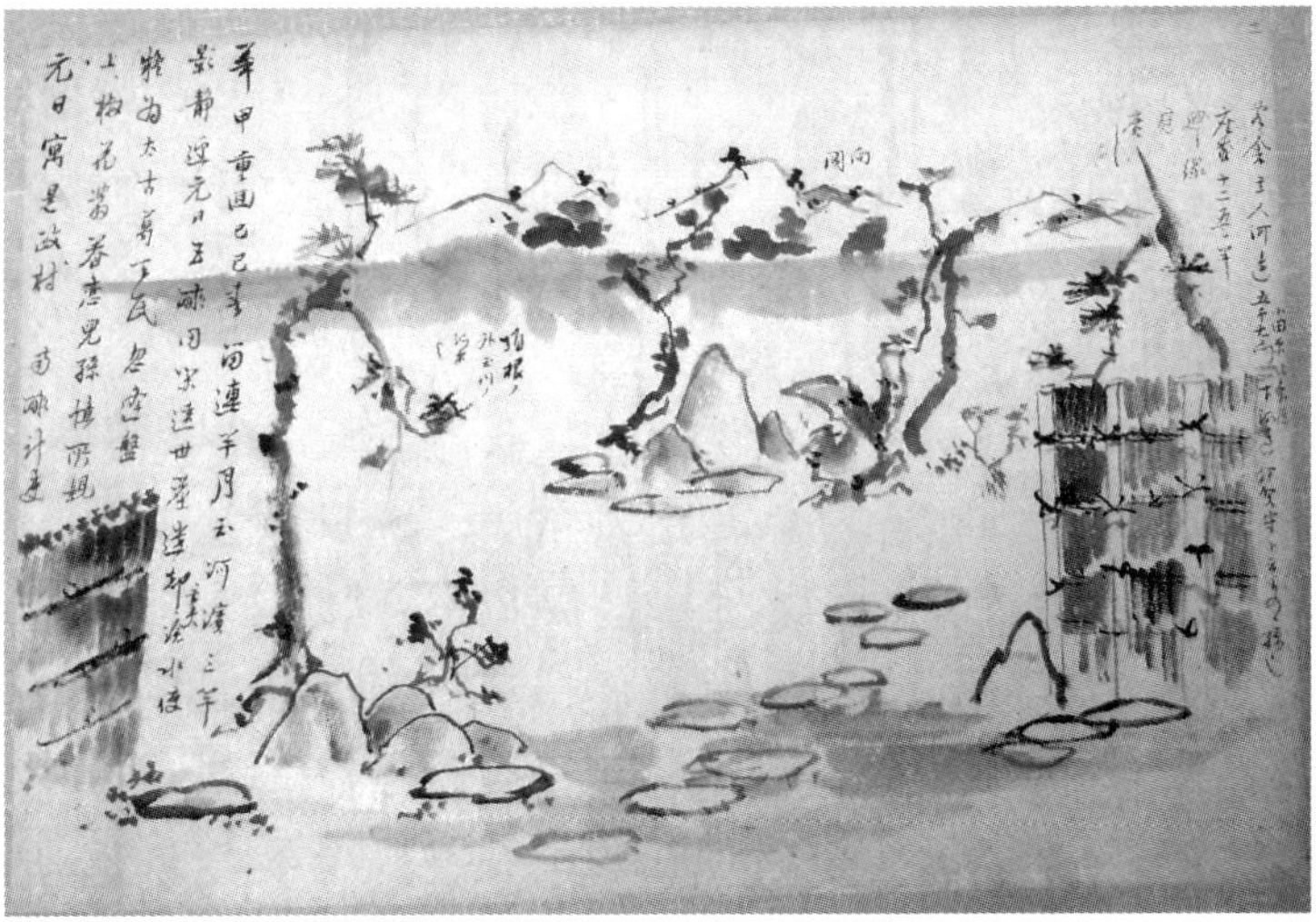

写真H

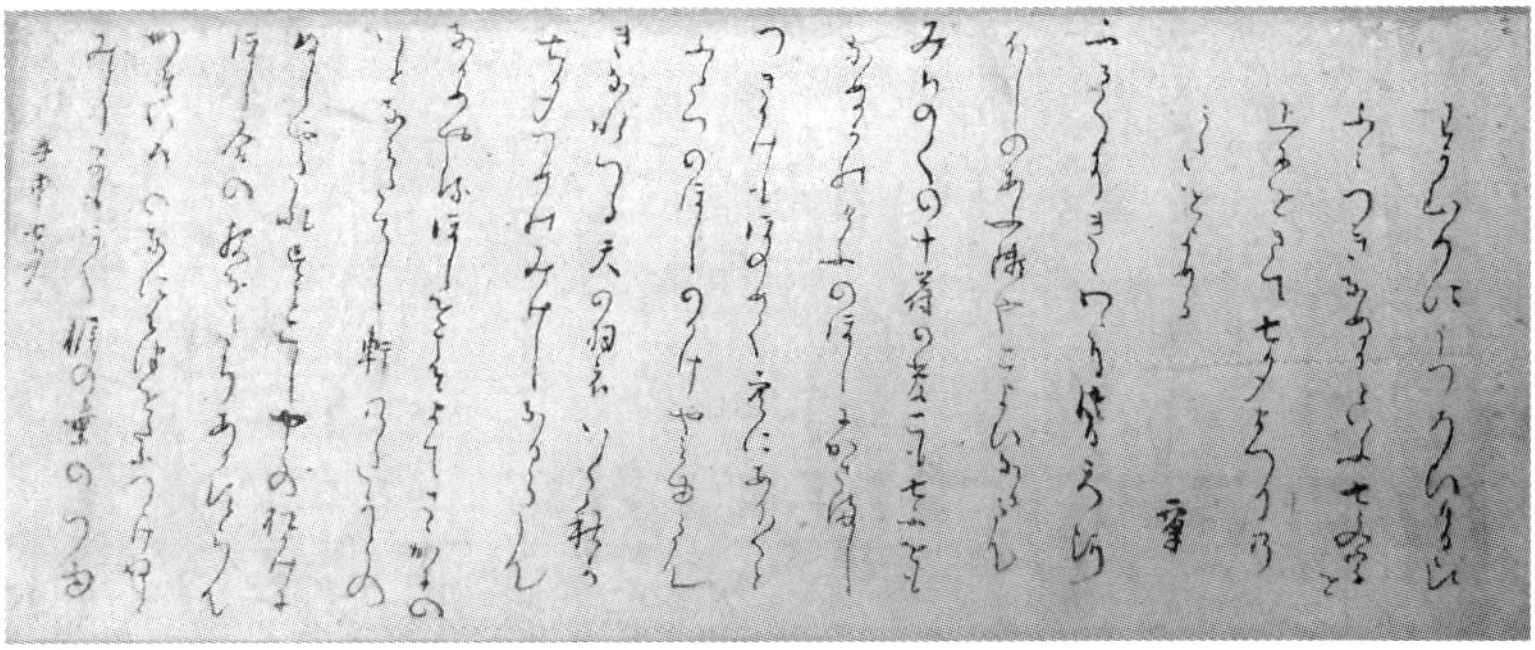

写真I

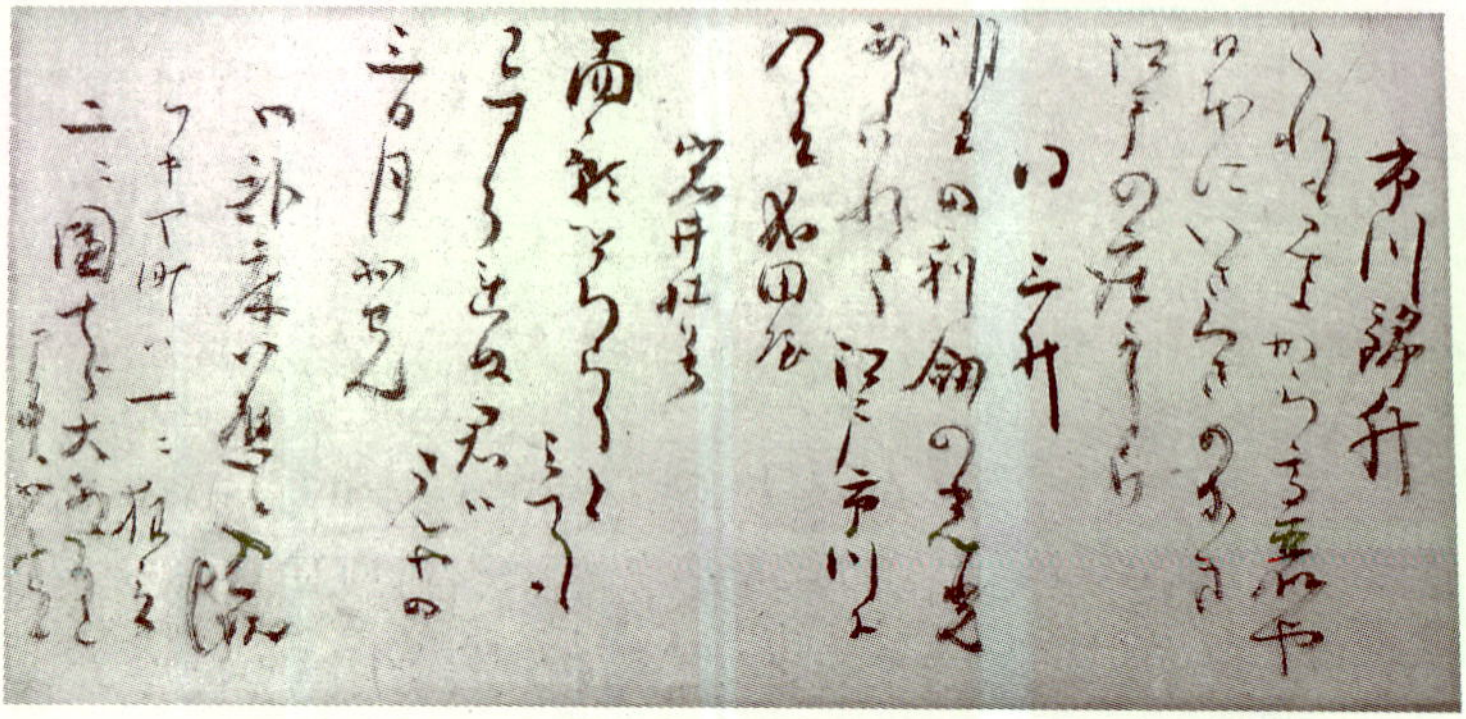

写真J

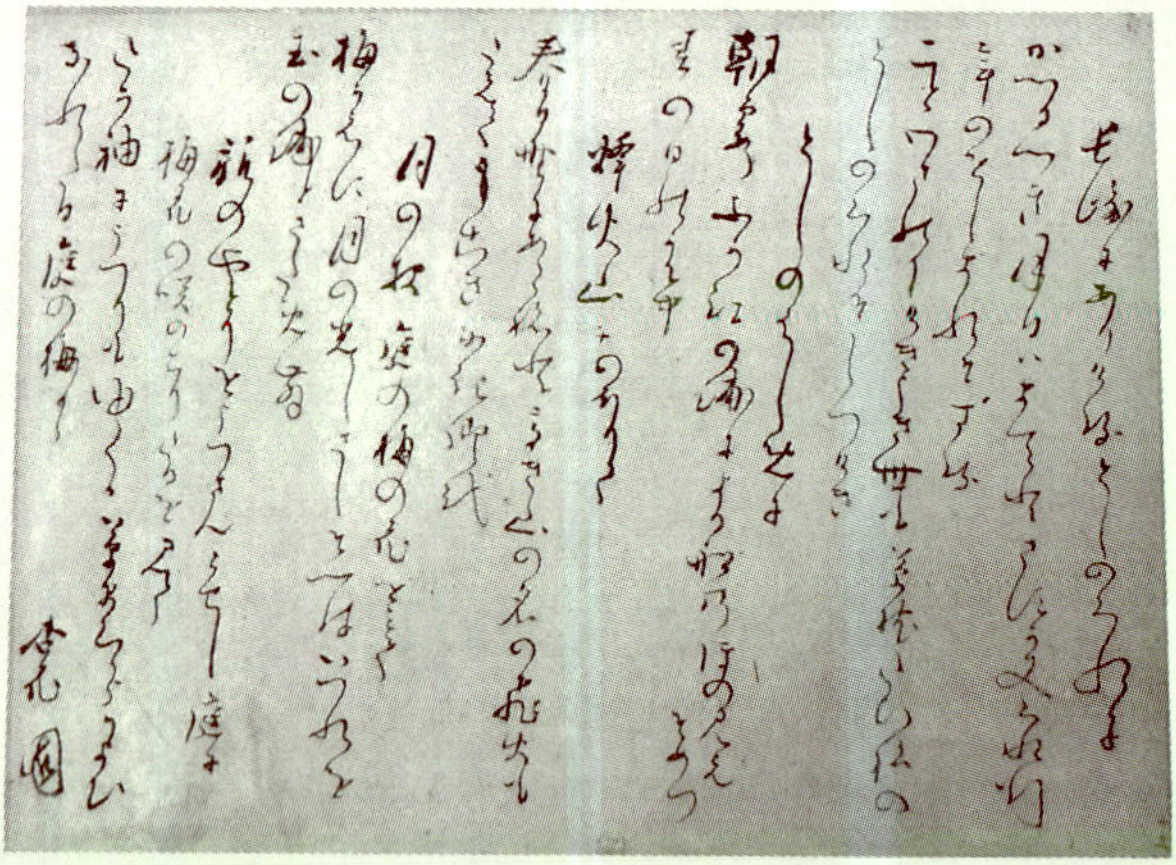

写真M

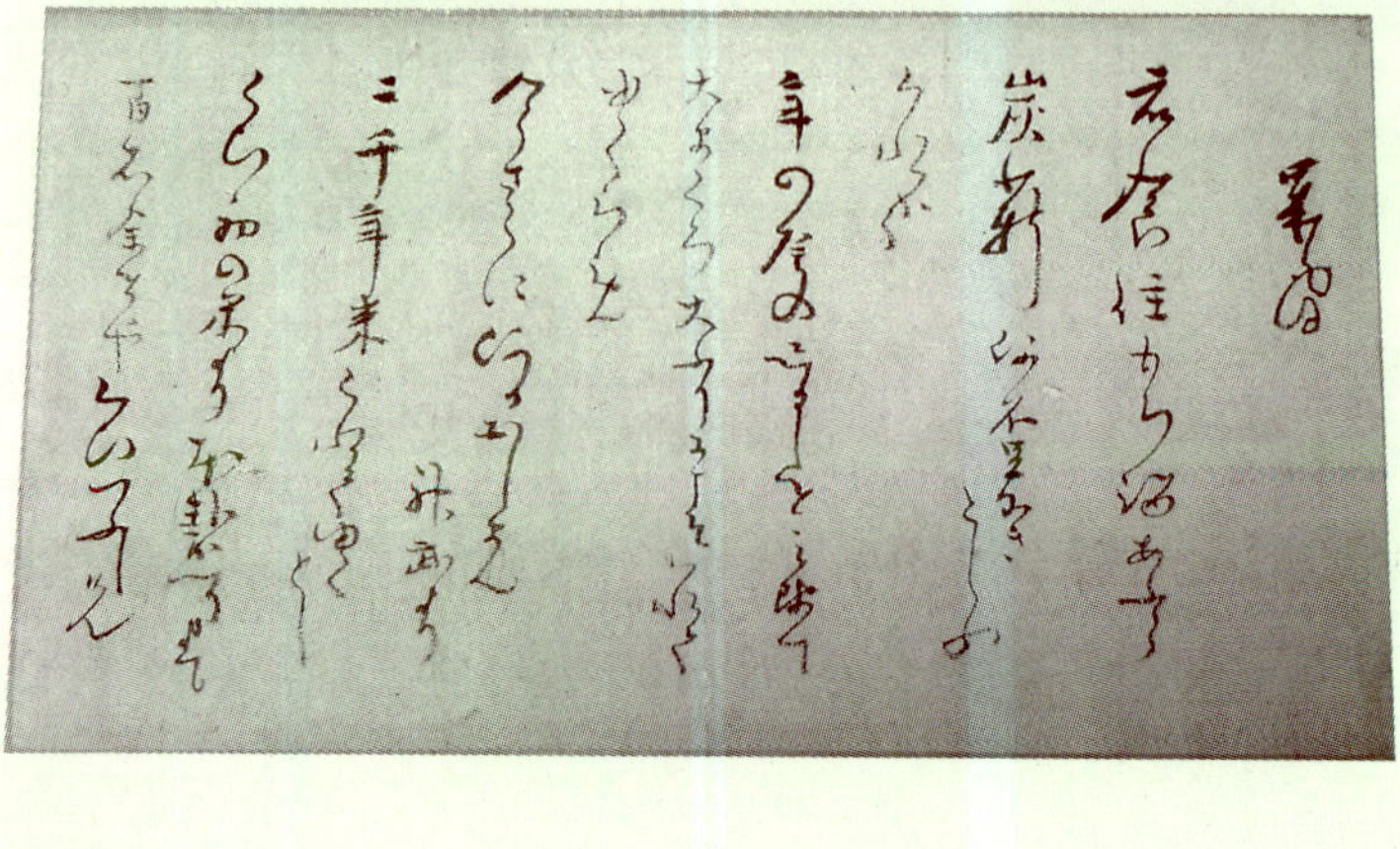

写真N

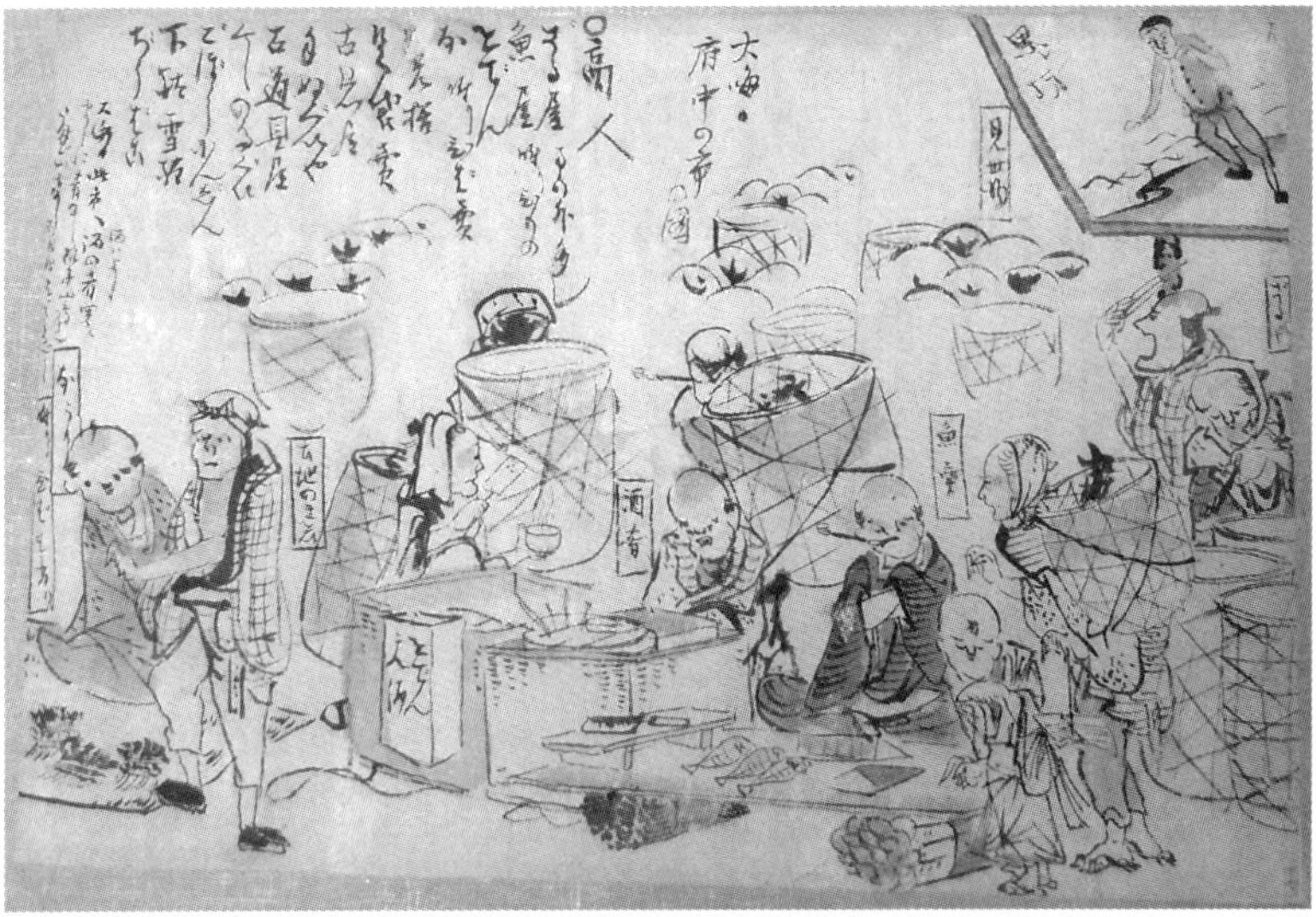

写真O

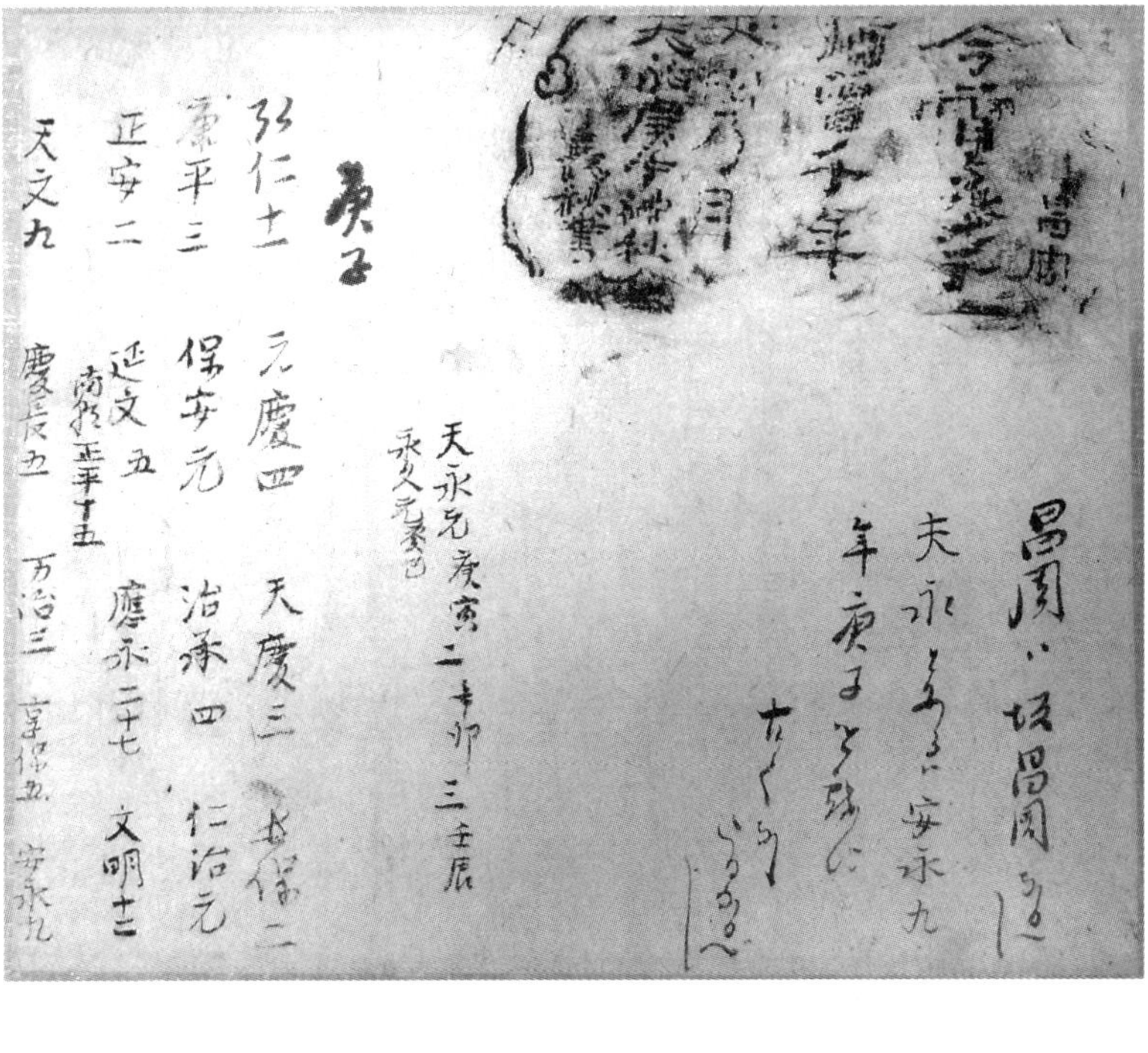
天永元庚寅　二辛卯　三壬辰
庚子
弘仁十一　元慶四　天慶三
康平三　保安元　治承四　仁治元
正安二　延文五　應永二十七　文明十二
天文九　慶長五　万治三　安永九

写真P

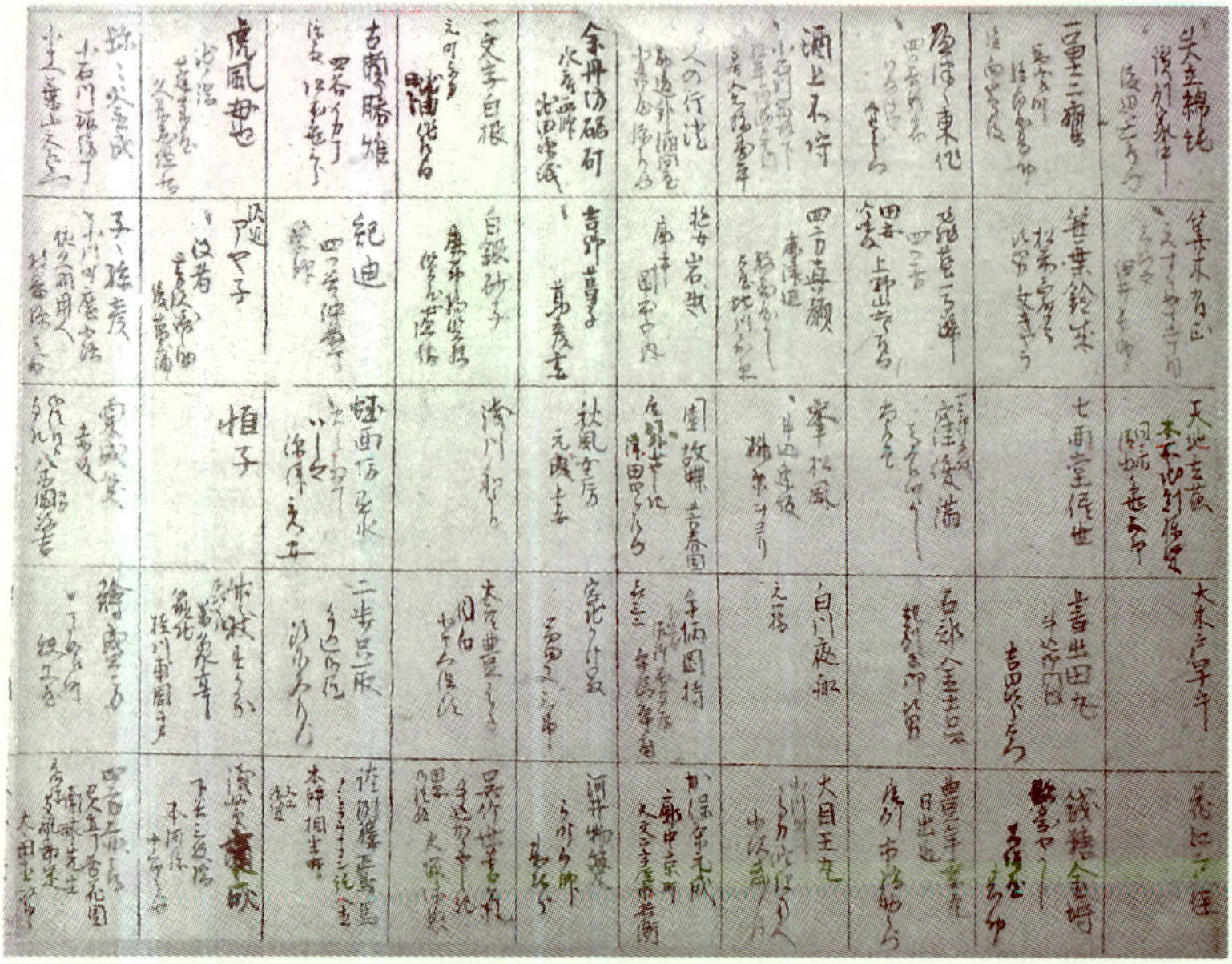

写真R①

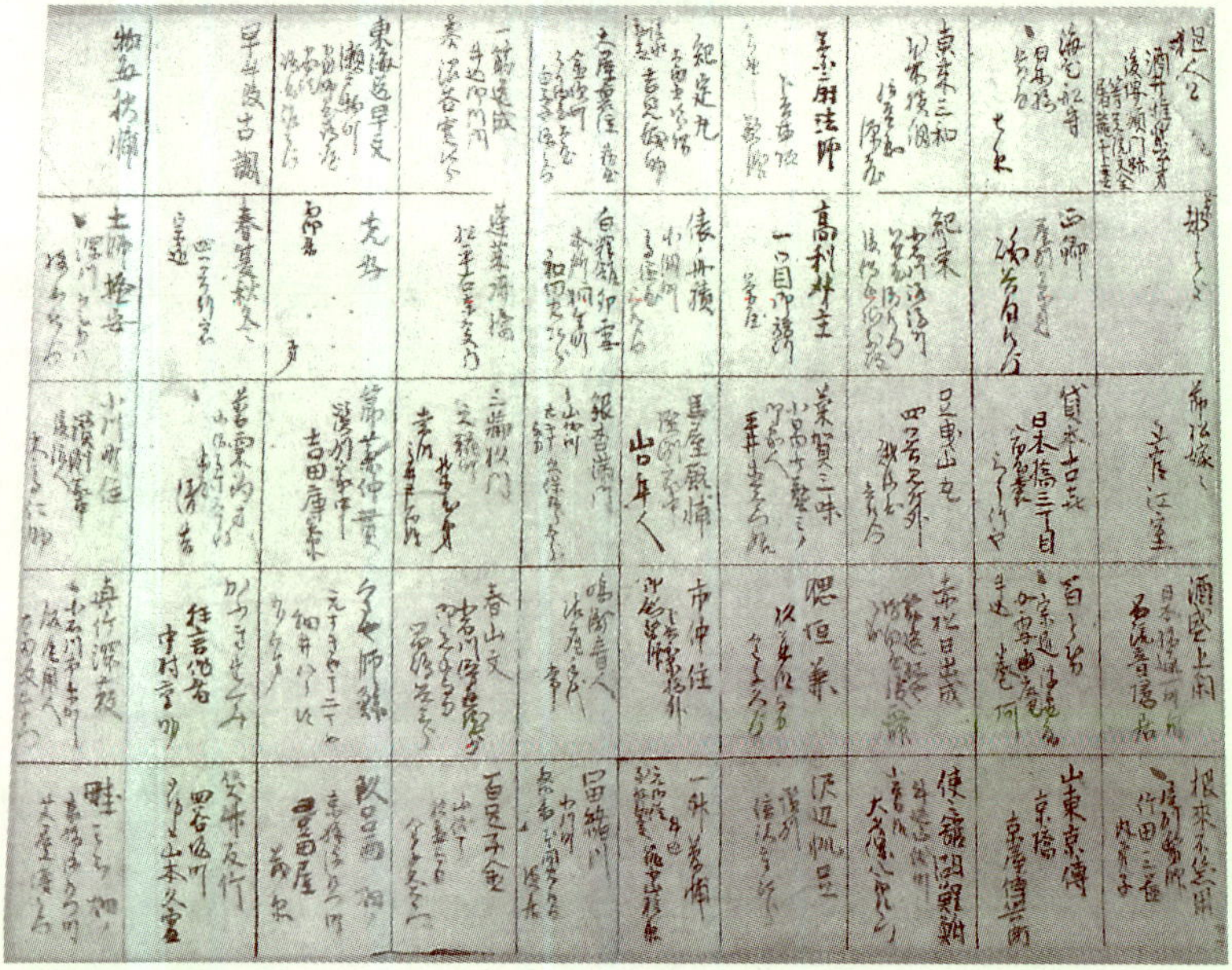

写真R②

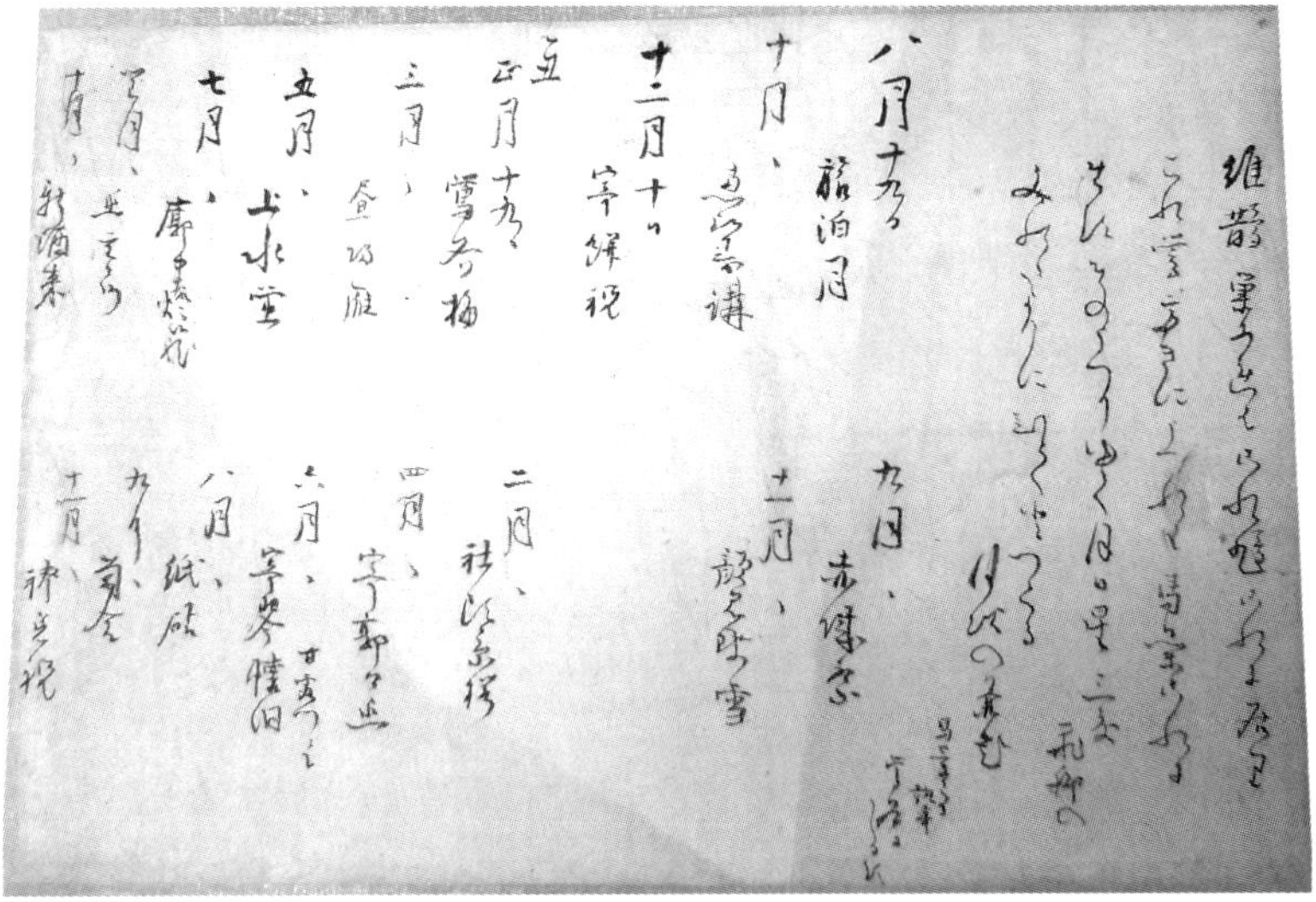

写真Q

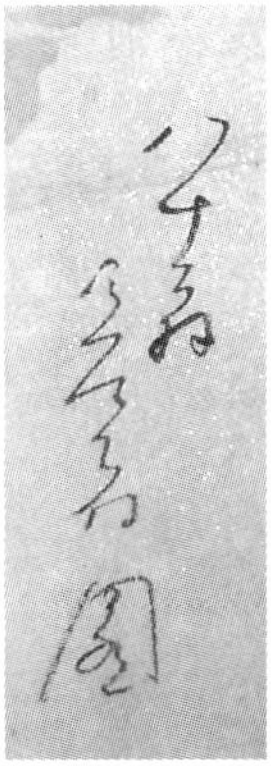

写真T

第三節　大田南畝書簡十通

江戸文芸界の才人であり、当代きっての文人でもあった大田南畝の書簡は、早く明治の『蜀山人全集』（新百家説林）第二巻（吉川弘文館、明治40年）に、「尺牘」と題して家族宛のものがまとめられ、その後、昭和初期の『日本芸林叢書』第五巻（六合館、昭和3年）に、「杏柳伝語」として竹垣柳塘宛十九通が集められたほかは、種々の雑誌に細々と発表されてきたにすぎなかったが、近時、浜田義一郎氏によって、未紹介書簡多数を含む二一三通――それも「尺牘」所収のものを除いて――もの書簡が集成された。すなわち、「大妻女子大学文学部紀要」第六、七、十一、十三号（昭和49、50、54、56年の各3月）の「蜀山人大田南畝書簡（上・中・下・続）」と、「大妻国文」第十五号（昭和59年3月）の「江戸文学雑記帳（その三）」中に収められた「蜀山人大田南畝書簡（続々）」（これのみ浜田氏『江戸文芸攷』〈岩波書店、昭和63年〉に再録）がそれである。その後、粕谷宏紀・田中善信の両氏によって、「文学」第五十五巻七号（昭和62年7月）誌上に、新出の竹垣柳塘宛南畝書簡十一通（日本大学総合図書館所蔵）が紹介された。南畝書簡はまた、大妻女子大学図書館にも所蔵されている。同館の永田玩古編『蜀山人自筆文書』なる巻子本一巻は、南畝が主に長崎から後述の馬蘭亭に書き送った紙片を貼り交ぜたもので、この中に馬蘭亭宛南畝書簡が七通含まれている。後掲の1から7の書簡がそれである。馬蘭亭には貼り交ぜ来簡集『狂風大人墨叢』一巻の編著があるが、そのなかに南畝書簡はなく、馬蘭亭宛南畝書簡はこの七通以外に知られていない。同館は別途、柳塘宛南畝書簡三通も所蔵するので、ここに都合十通の南畝書簡を紹介する。

馬蘭亭は、天明六年の『吾妻曲狂歌文庫』にその肖像がみえている狂歌作者・山道高彦のことで、通称山口彦三郎、小石川牛込天神下に住む田安家の臣である。享和三年、南畝五十五歳の日記『細推物理』をみるに、この年、南畝との往来がもっとも頻繁なのは、この馬蘭亭だった。文化十三年九月十日に没したが、享年は不明である。南畝と馬蘭亭との交流についてはすでに本章第一節でふれ、右巻子本所収の書簡以外の紙片についても本章第二節で述べた。合わせて参看されたい。

竹垣柳塘宛三通のうちの二通が8と9の書簡で、「文学」に紹介されたものと出所を同じくする。柳塘は通称庄蔵、名を直清といい、天保三年に五十八歳で没した。南畝より二十六歳も年下である。前述『細推物理』に顔を出しているから、柳塘二十九歳の享和三年には、すでに南畝との交流があったことになる。柳塘の父竹垣三右衛門直温は、常陸、下野の名代官として誉高く、文化十一年に七十七歳で没した。南畝は柳塘に依頼され、その碑文を記している（『七々集』所収）。柳塘宛の残る一通は、雑誌「集古」に紹介ずみの原書簡で、9の書簡の後に「T21」として掲出したものがそれである。浜田氏は集成の際にこの原書簡の所在が不明だったため、「集古」からそのまま転載された（「T21」はその集成「中」での記号と番号）のであるが、後に同館の所蔵となって照合してみると、一部に誤読もあるので、三度目ではあるがここ掲載することにした。

各書簡を解説するに当っては一々明示しなかったが、浜田義一郎氏「江戸文人の歳月」（「大妻女子大学文学部紀要」第十五号、昭和58年3月）を多く参照していることをお断りしておく。また書簡判読については、田中善信氏による懇切な御指導を賜った。それでもなお誤謬があるとすれば、いうまでもなく原稿作成者石川の責任である。

凡　例

一、T21を除いて、各書簡とも翻刻の後に執筆年次を中心にした解説を記し、その後に書簡本文の注記を付した。
一、翻刻の漢字は原則として常用漢字を用い、平仮名・片仮名は原文通りとした。
一、難読箇所は□でかこみ、誤記には（ママ）をその右側に付した。
一、濁点・句読点を私に施した。
一、行替えは原則本文に従わずに追い込みとし、文意による改行も行った。
一、追而書は全文二字下げにした。
一、原書簡の端裏に記されている宛名と差出人名（南畝）について、切断添付されている1・5・T21はその各添付位置に、また切断されていない8・9は各冒頭に、それぞれ〈　〉を付して記した。
一、書入れはその書簡末尾に、※を付して箇条書にした。
一、一度注記した人物・事項については、再出以降＊を付した。
一、解説文および注記において、『南畝集』の詩はすべて『大田南畝全集』第三～五巻（岩波書店、昭和61、62年）の通し番号を漢数字で用い、「尺牘」と浜田氏集成は、「尺」および「上」「中」「続」などと略記し、たとえば「尺牘」所収九月十九日付書簡は、「尺」9・19付、と略記した。
一、大きさは縦×横（複数紙片の場合は合算）、単位は糎で示し、1・5・T21の各書簡は切断添付部分を含んでいる。
一、本節末尾に写真をまとめて掲載したが、紙幅の関係で一部順序が入れ替っている。

(1)　山道高彦宛七通――永年の親しき狂歌仲間へ――

1　文化元年一月または二月（一九・三×一二三・八）

〈馬蘭亭主人　用事　杏園〉
別荘より申上候。尤甚無人故、何も無御座候。から酒少し斗有之候。
今日ハ悴を宿へ遣し、私、早朝より一人参り居候。もし御ひまニ候ハヾ、雪を御覧ながら、御出被成まじくや。眺望ハ至而よろしく候。琴成[1]位ハ、閑暇ニ候ハヾ、御同伴可被成候。当時（絵）（石川注、刀二本の絵）の客ハ、私方内々故、禁じ申候[2]。尤昼之内斗居り申候。早々以上

【解説・注】この書簡1は、鶯谷の家つまり遷喬楼にて、それも入居前に記されたものである。『細推物理』末に付された文化二年の一文に、次のようにある。

此とし（石川注、享和三年）のしはす甲子の日、長谷部氏の家かはんと約せしが、廿二日にその約定りて、その後より豚児（石川注、悴定吉）をして守らしむ。ことし（石川注、このとしの意で享和三年冬を指す）より春にいたるまで、雪あまたたびふりて、ゆきゝのみちもくるしきを、まだ春ならぬ鶯谷にゆきつもどりつ、別荘を得し心地にて、おり〳〵ゆきてみるもめづらしかりき。あくるとしの二月廿七日に、家のうちのもの、うつりすみしより、垣ゆひ家根ふきあらためなどして、いとかしがまし。

この一文により、書簡中の「今日ハ悴を宿へ遣し」、「雪を御覧ながら」、「別荘より申上候」、「尤甚無人故」といった表現はすべて説明できる。となれば、この書簡は享和三年十二月二十二日から翌文化元年（享和四年二月十一日改元）

二月二十七日の間に記されたことになる。さらに「眺望ハ至而よろしく候」という表現は二四二〇番詩にいう、春それも入居前に新居西隣が樅の大木二本を伐採したために富士が見えるようになったことを踏まえる。となれば右期間はさらに限定されて、南畝五十六歳の文化元年一月か二月いずれかである（「御ひまニ候ハヾ」「閑暇ニ候ハヾ」などともあるから、やはり年末年始のころなどではあるまい）。遷喬楼の場所は、鶯谷でも現在の谷中の鶯谷ではなく、小石川金杉水道町の慧日山金剛寺の東隣（二四二五番詩）で、土地は寺の所有（二四四九番詩）だった。『巴人集』享和四年の項によれば、牛込仲御徒町木戸ギワ菅沼又太夫隣の旧宅を売って購入したものであり、残金は年賦だったらしく、弟島崎金次郎の尽力で蔵宿から借り、この年十一月二十三日に払い終えた（「尺」12・28付）。

（1）『細推物理』にしばしばその名がみえ、南畝および馬蘭亭と懇意だったことがわかるが、伝未詳。三村竹清氏によれば其笘琴成という（前出『日本芸林叢書』第五巻所収『細推物理』頭注）。

（2）「鶯谷十詠」と題する二四四九番詩の中で、自分は御徒から支配勘定に昇ったが、未だに土地を賜らないままに八年御徒町に住み、文化元年春に新居を得た、といっている。また同じ詩に、土地を賜ってから家を建てるか、幕臣の土地を借りればよいのに、寺の土地では他日賜地取替えもできない、という他人の嘲りを詠みこんでいる。侍客が来るとかく腹を探られたり噂を立てられるので、それを嫌って禁じているのであろう。

2　文化元年九月十一日（一九・二と二〇・五×四六・九）

馬蘭亭主人　　　　杏花園

幸便をもて申上候。秋冷愈御万福と奉恐喜候。八月望日、浪花着(1)。旧友はせ集り候上(2)、公私とも所用しげく、三日の間夢中ニて過、十八日出立、廿一日室津乗船、風順よろしく、海上無難、小倉着仕候。旅泊月見申度存候処、廿日過ニ成、雨等ニて、有明月も見不申、遺憾奉存候。後便十九日題まち入候。十九日朝ハ須磨の浦ニて、残月を見ながら、須磨寺一覧いたし候キ。

　はひわたるすまと明石の中空にしばしやすらへ有明の月

と申すて候。此月ばかりハ千金と、生涯之大慶御ざ候。明石浦もさびしく、源氏巻も思ひ出られ候。かほる、(3)日々夷曲雑談、慰旅情候。冬ニ成、帰候ハヾ、(4)委細御聞可被成候。室津発後、加室（カムロ）といふ所ニて、雨ニふりこめられ、一日滞留中、(5)しやれ本落丁二葉めりやす一曲。御慰ニ入御覧候。乗船中ハ船をあがる事禁故、退屈いたし候。

一、島田事、何分御頼申上候。浪花ニて、旧友ニ話し候へば、皆々嘆息いたし候。加島屋魯隠(6)発句、

　瓜の期を西瓜のたねにちぎりかな

是ハ面白く伝誦いたし候。左伝之瓜期ニよく取合候。

一、瀬川路考、相生獅子名残英と申候名題ニて、石橋大あたりニ候。(7)私此度之行を賀して、内々菓子など贈り、右之祝詞申くれ候様、ひたすら頼候ニ付、内々申遣候。御他見ハ知己斗。

　　牡丹ハ花の贔屓なるものなり

　　菊ハ花の秀逸なるものなり

　深見草さかりときくの英ハ春と秋との相生の獅子

俊満も四日市より参居候間、(8)牡丹と菊を画がゝせ遣候。俊満ハ金毘羅参詣、押付帰り可申候。是も浪花へひろめ遣し申候。

　加室泊中のむだ書

　御たいくつ

いつまで草のいつまでも、なミ間にまぎれ物思ふ、たとひふられて雨ふるとても、風と天気のはれをまつ、あゝなんとしやう、たがひのもやひうちとけて、浦べハとかぬ御乗船、茶ハさりながら、かハる色なき樽の底、やがてのもぞ

へかへろぞへ
おしき筆とめ候　かしき
船中かしき一人有之候。結句千金々々。
然所、八月廿七日、廿八日、廿九日大風雨、卅日大風、沖之船上を下へと成候ニ付、奉行殿も室積上陸、私も上り、たすかり申候。かほるニ追而御聞可被成候。以上
※九月十一日長崎より。
※九月一日乗船、三日小倉上陸、十日長崎着仕候。猶方便申上候。

【解説・注】この書簡2は、長崎奉行所赴任（滞在一年一箇月）の往路の模様を、長崎に着いた翌日に記したもので、したがって文化元年の書簡である。本節書簡1の解説でも一部引用した『細推物理』末文によると、文化元年六月十八日に赴任の命が下り、七月二十五日江戸出立、東海道、京、大坂を経て室津から船に乗り、九月十日に長崎に到着した（宿舎は岩原官舎）。これまでに知られている長崎から江戸への第一信は、「尺」9・19付の島崎金次郎宛であったが、本書簡はそれより八日早く、すでに紹介されている長崎からの全書簡中でも最も早い。文面には全く記されていないが、本書簡執筆時、南畝は病床にあった。発病は八月二十九日の室積の地で、大坂から小倉までの日記『革令紀行』同日条に、「今夕あまのやどりに浴せしより、風の心地にて熱つよく、物をもめさず」とあり、結局十月十八日になって漸く平癒して出勤したことが、二五六九番詩にみえている。詳しくは後出の本節書簡4の注（1）参照。

（1）大坂での宿は道修町三丁目の町会所（『革令紀行』）。この宿舎については、多治比郁夫氏の「蜀山人の一資料」（「大阪府立図書館紀要」第五号、昭和44年3月）及び「道修町三丁目の宿舎」（『大田南畝全集』第八巻月報3〈岩波書店、昭和61年4月〉）に詳しい。

（2）南畝はこれより以前に大坂銅座詰として、享和元年三月十一日から翌年の三月二十一日まで大坂に駐在、知友もできていた。今回は三泊四日の滞留であるが、到着した八月十五日の夜は馬田青洋と観月、詩を作り（二四九九番詩）、また十六日夜、十七日夜も観月の宴を催し、十七日夜は馬田の他に佐伯重甫も参加した（二五二二番詩）。馬田は号して青洋（天洋とも）、名を昌調、字を国端、別に光昇（光升とも）の称があり、銅座時代の南畝の宿舎・南本町五丁目の近隣に住む医者。佐伯は名を重甫、蕪坊と号して狂歌を好んだ婦人科医であり、別に青々園、茶臼山人とも称し、天王寺村一心寺前に住す。やはり銅座時代に知り合った上田秋成も今回南畝を訪ねた一人で、今回の旅宿の様を『胆大小心録』に、「旅館は幕をはらせ、台ちやうちん二基、おめみへ以上の格とぞ」と記し、『文反古』にはこの時の南畝を送る詠二首が収められている。本書簡の後文にみえる注（6）の魯隠も大坂旧友の一人。なおこの四人は、翌文化二年に南畝が江戸へ帰る際にも上方で会っている（長崎赴任帰路の紀行文『小春紀行』十一月二日、五日条）。

（3）狂歌作者の蘭奢亭薫（香保留とも）。別号を奇南楼とも称した飯田町の煙草屋三河屋弥平次。この時、南畝より二十歳下の三十六歳で、江戸から長崎まで同道した。

（4）実際には、薫はこの年の九月二十二日に長崎を離れて帰国した。旅中身辺の世話を受けた南畝は、「尺」9・20付に次のように記している。

（九月）廿二日飯田町三河や弥平次かほる急に帰府（中略）、此度かほる不思議の因縁にて、長之道中船中旅宿中長崎迄、毎晩〳〵背中をもみ、足のうら迄もみ申候。如此やさしきもの古今無之候。此度かほるに別れ候は、手足を取られ候よりもかなしく、富士野すそ野より鬼王団三郎を返し候も、此様な事かと存候。扨々深切重宝は難尽筆紙候。

（5）島田順蔵の娘お香のことであろう。島田順蔵には娘が二人あり、この二人については、浜田義一郎氏が「江戸文学雑記帳」のその二、その三（「大妻国文」第十三、十五号。後ともに同氏『江戸文芸攷』〈岩波書店、昭和63年〉に再録）でふれている。それによると、妹美瑛子は南畝の詩文、和文の門人で、享和元年七月一日に二十二歳の若さで没し、翌々年南畝は玉泉寺にその碑を建てている。姉お香は三味線がうまく、享和三年には馬蘭亭らと共に頻繁に同席（『細推物理』）、のち南畝の身辺の世話をするようになった（本節後出の書簡3の注（6）参照）。お香は南畝書簡によく登場し、和歌や狂歌も詠んでいるようである。なお本書簡の後文に、魯隠の発句は「左伝之瓜期ニよく取合候」とあるので「皆々嘆息」とは、西国での任を終えたら江戸でお香が待つ南畝の境遇を、これから任地に向かう今から大坂の旧友が羨んだというのであろう。

(6)『小春紀行』十一月二日条に、「山形魯隠」とある以外は伝未詳。銅座詰時代における魯隠との交流は、二〇五七番詩や二一一四番詩（題のみ）にみえている。

(7)三世瀬川菊之丞。通称仙女路考。享和二年九月江戸市村座『信田妻名残狐別』にて、金毘羅参詣に出向く名残りとして葛葉を演じて江戸を離れ、文面にみえる『相生獅子名残英』のあと、九月九日から大坂中村のしほ座の蘆屋道満の芝居で狐を演じて帰東（伊原敏郎氏『歌舞伎年表』第五巻〈岩波書店、昭和35年〉）。

(8)窪俊満。通称易兵衛（安兵衛とも）、別号を尚左堂といい、浮世絵を北尾重政に学んでよくした。また狂名を一節千杖といい、伯楽側の判者であった。『狂歌觿』によれば、小伝馬町二丁目河岸に住す。南畝より八歳下で、この年四十八歳。従来、俊満は薫とともに江戸から同道して、八月二十一日に室津にて、金毘羅参詣のため一行と別れたとされる。しかし本節書簡4の注（8）でふれるように、桑名には南畝より四、五日早く着いており、本書簡からはまた四日市大坂間も別行動であったことが察せられる。南畝はこの年長崎にて、「尚左堂二覧浦図」と題する詩（二五六七番）を詠んでいるから、別行動中に俊満は伊勢の二見浦へ行ったものと思われる。

(9)長崎奉行肥田豊後守頼常。非番の一年を過して、再び長崎へ赴くのである。ただし南畝とは別船。

3　文化元年九月小尽（二十九日）（二〇・五×三〇・六）

尚々、御家内様へよろしく奉頼候。毎々遠方日月斗かハり不申候。以上

八月廿一日出之御状、九月廿七日ニ相達、拝見仕候。冷気相増候。八月八日比より別而御不快強御ざ候由、嘸々御難義奉存候。乍去、此節ハ御全快と奉察候。御持病之事、随分御保護可被成候。一向存不申、其後之書状にも不申上候キ。夫故、八月十九日会も御出席無之、御令子様御名代、諸子来会之夷曲拝見いたし候。此節ハ御全快、例之御検見

時分と奉察候。当九月十九日、赤城祭[3]などいかゞ。
一、八月十五日浪花着、明月晴申候。十六夜、十七夜晴申候。廿一日室津乗船、九月三日上陸、九州路、漸九月十日長崎着。扨々長旅ニ御ざ候。出立之事[4]、夢のやうニて、忘れ申候。室積ニて、四十年来之大風雨、廿七日、廿八日、廿九日、卅日、漸小舟ニて上陸、命をひろひ申候。委細、かほるニ*御聞可被成候。日比船遊山之むくひニて、からきめに逢申候。沖ニてハ、よほど怪我も有之、奉行船*も八十貫目の碇八つ、椰子の縄常ニ不用縄之由ニて、下ゲ候へども、きゝ不申候よし、後ニ承り、肝を冷し申候。九州の松の木、尽く根よりぬけ、家も潰れ申候。
一、斧七給金[5]、留守宅へ被遣候由、何かと御苦労千万奉存候。当人も、定而困り候事奉存候。何分御寛宥可被成候。かくし妻[6]有之候而ハ、智恵も何もくらミ申候。
一、島田事*、何と御世話、難有奉存候。先々穏成様子ニて、和哥など此間会も出来、面白奉存候。此地、異船入津一件[7]ニて大取込、成瀬公も同役も引止られ[8]、いまだ交代済不申候。夫ニ不時ニ御用状出候、便嵩高をおそれ、細書上申候。猶、跡より上可申候。早々已上　九月小尽

杏花園書

馬蘭亭主人

猶々、毎々御世話ながら、お香[9]へ一封奉願上候。以上
※日々、めづらしき唐本など見申候。唐人共ニも、日本南畝先生不二山詩など、扇面ニ認メくれ申候[10]。甚めづらしきものニ候。
※御医者三人[11]、唐医胡兆新[12]との問答面白御ざ候。唐人大敗軍ニて候。程赤城など文盲故、私文章下書を書やり候而、書せ申候。夫も句をきらぬと、よミ候事出来不申候。大笑〳〵。

【解説・注】この書簡3も長崎からのもので、九月小尽（二十九日）とあるから文化元年のものである（同じく長崎滞在

中の同二年九月は三十日まである大の月）。本節書簡2の内容と重なる部分もあるが、長崎に到着して十九日目の書簡だけに、江戸表の様子や長崎でのことにもふれている。もっともこの時もまだ病床にあった。

（1）南畝宅で毎月十九日に開かれている書会（『細推物理』等）。寛政五年（南畝四十五歳）六月十九日に、三十歳くらいで没した妾お賤（もと吉原松葉屋の新造三保崎）の供養のため、忌日に来会者に書を贈り、狂歌などを詠んだ催しであり、六月の祥月合口の時は浄栄寺で行われる（浜田義一郎氏『大田南畝』〈人物叢書新装版、吉川弘文館、昭和61年〉）。

（2）三村竹清氏は、狂名を琴風（石川注、正しくは風琴）亭松蔭とされる（前出『日本芸林叢書』第五巻所収『細推物理』頭注）。

（3）牛込の鎮守である赤城明神社の祭礼で、毎年九月十九日に行われた（『江戸名所図会』巻四）。

（4）送別の宴が日本橋浮世小路の料亭百川で開かれ（二四七五番詩）、出発当日は、「七月廿五日将辞家即事」と題する詩（二四七六番）を詠んでいる。なお餞別というほどのものではないが、もらって有難かったものについて、「尺」9・20付に、「旅中第一の重宝定丸小鍋、道中重宝本町幸作呉候尻輪に御座候。是にて三百里余の駕籠の中、尻痛まず、さて／＼重宝なるもの有之ものにて感心致奴」とある。定丸は姉の息子、吉見儀助こと狂歌作者の紀定丸。

（5）斧七の「斧」の字、判読できないので（写真参照）、「尺」9・20付と「尺」9・29付にみえる同一人物とおぼしき「斧七」の字を流用した。

（6）本節書簡2の注（5）でふれた島田お香のことではないか。浜田氏は、文化五年冬の三二二四番詩に「籃轝夜帰寒月底小妻温酒勧調羹」とあることや、同年十二月の玉川巡視出発のころ、「玉川にゆかんとせし頃、すみける人によみてつかはしける」の詞書で「さら／＼にむかしの人はさし置てまづ手づくりのいもぞ恋しき」（『玉川余波』）と詠んでいることから、このころ、南畝には身辺の世話をする女性がいて、それをお香とされる（前出「江戸文学雑記帳」その二、右注（1）の同氏『大田南畝』）。「かくし妻」がお香だとすれば、享和三年の親しさの結果、文化元年七月の江戸出立までの間に、こういう関係になったものとおぼしく、数年間この状態が続いたことになる。もっとも、親交ある馬蘭亭への書簡であるからこそ、馬蘭亭も熟知のお香に熱を上げていることを、かく戯れて記したまでかもしれない。

（7）ロシア皇帝特使レザノフ率いる軍艦が、南畝到着四日前の九月六日にやってきていた。主たる目的は通商であったが、幕府はそれを拒否し、ロシア船は翌年三月十九日に出港した。

（8）現在赴任中の長崎奉行成瀬因幡守正定と村田某が、今回下向したいま一人の奉行肥田豊後守および南畝と交代し、南畝は非番または任期終了となるはずであった。結局、翌年のロシア船一件落着後、因州公は三月二十七日に、村田もそのころ長崎を離れた（「尺」3・尽日付）。

（9）本節書簡2の注（5）および本書簡の注（6）でふれた島田お香。

（10）南畝作不二山詩を揮毫した唐人とは、江戸でも能書家として知られる程赤城（本書簡書入れでは文盲と侮っている）。南畝は、小川文庵宛「上」9・27付（浜田氏記号番号A9）でこの一件を依頼し、「上」10・1付（浜田氏記号番号A10）で文庵にその礼を記している。二五三一番詩等によれば、文庵は旅中よりの南畝の病状を診た医師。文庵については、次注（11）および本節書簡4の注（1）参照。

（11）『金曾木』に、南畝の長崎赴任時「唐医胡兆新長崎にめされて来しかば、江戸より官医小川文庵、吉田長達、千賀道栄など、胡兆新に逢ひて医業の事をとふべきむねをうけ給はりて同行」とある三人。三人の長崎滞在は、千賀が十二月十日まで、小川と吉田が同月二十六日までであった（「尺」12・26付）。

（12）唐人の名医で、能書家でもあった。病臥の折、診察を受けるようすすめられたが、「婦人は格別、官吏之身として異国之薬可服事には有之まじく、相断申候」（「尺」11・17付）と堅い一方、息子定吉に対しては、孫のお豊出産後乳の出ないお冬について、「（文庵を通じて）此度参り居候唐医胡兆新え相談いたさせ候処、別紙之通薬方書付くれ申候。めづらしきもの故、胡兆新直筆之まゝ進上いたし候間、御蔵し置可被成候」（「尺」10・16付）と記している。南畝とは種々交渉があった末、文化二年春帰国した（「尺」2・15付）。

4　文化元年十二月六日（二一・五×五八・七）

霜月五日之御状、同廿九日来、拝見仕候。先以、甚寒御座候へども、弥御凌被成、御快復恭喜之至奉存候。私義、健ニ罷在候間、御案じ被下まじく候。香保留*も帰郷之由、是ニ近状御聞可被下候。九州路寒熱之節ハ、香ほる深切ニ世話いたしくれ申候。家内へ無益ニ案じさせ候事と存候而、秘し置候処、いづ方よりかもれ候間、却而案じ可申、此間委細申遣候(1)。九月より十月中旬迄、引籠罷在候。乍去、気分ハ平気ニて御ざ候キ。御医者従行故(2)、日々見舞、附子、人参入之薬、無拠百余服もたべ申候。是も宿ニ居候ハヾ、中々たべ不申候。旅中と申、御医者之深切故、漸々断、此節ハ食事すゝミ過候而、困り申候。酒ハ禁ぜられ候間、少々づゝ相用ひ、扨々不面白事ニ候。日々閙敷、其間少しの透ニハ、書画又は奇書等一覧、消日月候。久々絃歌をきかず、油くさき匂ひを嗅ず、禅僧之如く相成候。奴僕なども供之外禁足、在宿いたし候。却而用心ハよろしく御ざ候。

一、毎月会日(3)も御世話ニて、取つゞき候由、兼題等一覧、慰旅情候。御点之歌など面白御ざ候。南北呉越も有之候由、尤之事ニ候。南ハ才ニ富ミ、北ハ財ニ富ミ可申。南北両国の橋下、万八の軍勢ニて、一ト軍見申度事ニ候。まことや吉田(4)などいかゞいたし候哉。

一、三戯場、入替り二葉、忝奉存候。旧年之事存出候(5)。如隔世覚申候。

一、東海堂(6)病気之事、蕪坊(7)よりも申来候ニ付、見舞状遣候。近比いかゞニ候哉。飯盛(8)も伊勢路ニて行違ひ、逢不申候。大病之由、是又いかゞ。

一、島田*事、段々御世話奉存候。近来、和哥差越候処、大分上り候様ニ覚申候。定而御点削も被下候哉奉存候。何分宜奉頼申候。先穏なる方と存候。

一、常州騒動(9)之事、追々承候。讃州高松ニて、親之敵討有之(10)、金毘羅利生之事、実説等承り申候。定而小石川藩ニて、御聞候哉。

一、当年ハめづらしき年ニて、十二年前、奥州へ参候ヲロシヤ船参り(11)、いまだ御下知無之滞留、船も湊へ引付テ、八十一人之内、十九人斗ハ上陸いたし、荷揚いたし候。検使として、私も両度迄罷越、倚子によりかゝり居候而、終日罷在候。彼使之者レサノツトにも対面、通事等ニて、対話いたし候。色々奇器等見申候。例之秘し候事故、悴方迄、右人物図等其外、内々写遣申候。極内々、御内覧可被成候。此方絵師ニ、極彩色ニした丶めさせ、人物、船之図等巻物いたし、一巻ニいたし候。帰府之節、可入御覧候。唐船[12]も、当年分十艘、夏冬迄ニ済候而、来年分五艘とも、当時都合七艘参り、市中大繁昌、満悦ニ御ざ候。是又此間出役いたし、珍物共見申候。近年ニ無之事と、皆々申候。全く、先生御出被成候けんとく宜候など、しら〴〵しくはむき言葉を申機嫌ニ御座候。

一、高橋氏御出会[13]之由、右取込ニて、着後文通もいたし不申、宜々奉頼申候。七夕船中之事[14]など、夢のやうに覚申候。

一、御会日[15]いかゞ。嘸々色々面白き事共、可有之と奉存候。去年之尺八之三夜切之事[16]、節分之夜御屛風書ちらし候事[17]など、歳暮ニ存出候。霜月末より、此地梅花さかりなるを見申候。一体暖気ニ候へども、一夜之内ニ極寒ニ変じ、気候不斉候。

一、サフランの事被仰下、承知いたし候。承合□申上候テリヤアカハ、いかゞに候哉。是なれバ、当時有合候。万々後便ニ申上候。乍末、御家内様へよろしく奉頼申候。何かせハしく、短日ニて困申候。荒物や之番頭（トウ）歟、寄合位之勝手役と申候景色ニ御ざ候。いづれも早く珍客之舟追返し、交代済、静ニいたし度候。猶来陽と、早々以上

十二月六日　　蜀山

馬蘭亭主人

※テリヤアカ、一斤ニて廿匁位買置申候。半斤、思召なレバ上可申候。

【解説・注】文面からして、この書簡4も文化元年長崎からのものである。

（1）「尺」11・17付の鯉村（息子定吉）宛書簡がこれに相当し、

芝氏にて拙者病気之事御聞の由、無益之遥想と存候而、是迄不申遣候き。実は小倉上陸より寒熱強く、佐賀辺にては甚敷候故、（飯田町かほる事）三河屋大きに驚き、幸三官医従行いたし候間、小川文庵を迎来診脈候処、一時之感冒にては無之、至而

六ケ舗申し、九月十日長崎輿疾に而直に臥床に入、漸く九月末に快候得共、腹中和し不申候処、村上氏浪花知己会所役人伝にて腰を暖め快なり、十月十八日出勤、只今は全快候得共、過酒を禁ぜられ却而養生には宜候。かほるをも口を止め置候間、発覚いたすまじく候。（中略、文庵へは）先日薬礼五百疋遣し申候。

とある。

（2）本節書簡3の注（11）の三医。具体的には、その中の小川文庵のこと。
（3）本節書簡3の注（1）でふれた、南畝宅での書会。
（4）『細推物理』の毎月十九日を検索するに、歌妓吉田屋おますのことであろう。正月十九日条に記された「（おますは）むかし伯楽社中に狂歌よみける人真似小まねといひしもの、わすれがたみ」という事情もあって、南畝はこの歌妓を大いに贔屓した。同書六月二十二日条をみるに、柳橋に母と共に住す。母娘ともに本節書簡6に再出。
（5）『細推物理』十月三十日条に、

けふは戯場顔見せの前夜なり。堺町中戸楼につとはんとて、柳長・柳枝・医生某と、もに飲む。歌妓はよし田屋おます・富本豊島・おかね等也。東海堂早文も夜ふけて来れり。酉の刻より鶏鳴迄、酒をくむ事一斗五升となん。

とあり、大尽舞の歌にならって作った歌が付してある。
（6）狂歌作者、東海堂早文。荷造早文とも。瀬戸物町の飛脚屋嶋屋治兵衛。「尺」11・16付によると、この年九月中旬から大病で、翌年の「尺」1・12付に、「東海堂早文、十一月廿七日没故之由、可惜事に候」とあるから、本書簡執筆時にはすでに没しており、南畝はそれを知らずに書いている。
（7）本節書簡2の注（2）でふれた佐伯重甫。
（8）石川雅望こと宿屋飯盛、通称五郎兵衛。雅望は五十二歳のこの年四月九日、江戸郊外の成子村から京坂旅行に出発したが、途中発病して近江の日野宿で三箇月間療養した後、先を諦めて帰国の途につき、八月二十二日に帰着した（粕谷宏紀氏『石川雅望研究』〈角川書店、昭和60年〉）。その時の紀行文『草まくら』によると、帰郷途中の雅望は、八月五日に桑名で偶然にも窪俊満と出会い、翌日桑名を発っている。一方南畝は、「尺」11・6付に、「石川五郎兵衛事病気如何。桑名え泊り候節承候得ば、四五日前此駅に宿、病後労甚く候様に申、行違ひ致し帰宅」とある。南畝の桑名着は、八月の九日十日あたりだったのであろう。

(9) 百姓一揆の牛久騒動。文化元年十月、常陸河内郡に助郷村を増そうとした牛久宿役人らに対し、反対する約六千人の農民が女化原に結集、牛久宿の問屋を襲って強訴した（鈴木光夫氏『牛久町史』〈牛久町教育委員会、昭和56年〉等）。

(10) 高松藩家中に奉公していた高畠安蔵が、元高松藩士江崎三蔵を父の敵として、文化元年十月二十六日に金毘羅街道松ケ端で討果した（平出鏗二郎氏『敵討』〈歳月社、昭和50年。後に中公文庫、平成2年〉）。なお異説がある。

(11) 寛政五年七月、幕府は松前でロシア船の長崎入港許可証を手交し（その写しが「尺」中にある）、足かけ十二年後の今回の入港となったのであるが、この書簡にみえるロシア人の記事は、「尺」11・22付と「尺」11・23付によってたどることができる。十九人ばかりが上陸したのは十一月十七日のことで、場所は梅ケ崎だった。また南畝が梅ケ崎荷上げの検使として立合ったのは、同月十八日と二十一日の両日で、レザノフ（レサノット）に会ったのは、その十八日である。「尺」11・23付の方に、

　使節レサノット逢申候。通詞名村多吉郎大田直次郎さまと申候へば、使節も大田直次郎と申てうなづぎ、右の手を出し此方の右の手を握り申候。是初見の礼也。夫より部屋へ通り椅子によりかゝり、此方手附山田吉左衛門と同く椅子により居候ば、通詞を以て対談、幸太夫事（石川注、大黒屋幸太夫のこと）よく覚へ居候。

とあり、続いて

　夫より仮屋中を見廻り奇物を見申候。善画者有之、絵を見せ申候。書をも一冊見申候。南アメリカ国嶋々図、人物、草木、鳥獣、船等の図有之、所々心覚に書ぬき申候。

とあるから、息子定吉に密かに送った写しも十八日のものだった。さらに同書簡末尾には、「扨々好奇者は必奇事に逢ふ事と、生涯之大幸大愉快之至にて」とあって、この十一月十八日という日が、長崎滞在中でも特筆すべき一日だったことを思わせる。

(12) ロシア船一件で多忙なところへ、さらに唐船が入港したのである。文面からすると、一年十艘の決まりなのに、本年はこ

の書簡を記した十二月六日までに、来年分五艘を加えた十五艘がやってきて、現在も七艘が入港中のようである。七艘のうちの三艘については、右注（11）でふれた二書簡によって、二艘は十一月二十一日、もう一艘は翌々日の二十三日に入港したことがわかる。「尺」12・4付によると、この七艘で五六〇人余の唐人がやってきたという。なおこのうちの一艘は、十二月十六日までに破船し、計六艘になっている（「尺」12・16付）。唐船についても「出役」といっており、十一月二十五日と十二月二日の二回、荷役として立合っている（「尺」12・4付）。これらの船はいわゆる冬船で、四月までにすべて帰航した（「尺」5・2付）。

（13）「御出会」の会とは、本節書簡3の注（1）でふれた十九日の書会。高橋氏は『細推物理』六月五日、十九日条の、本郷に住む高橋茂貫八三郎であろう。幕臣と思われる。

（14）この年の七夕のことは、二四七二番から二四七四番の詩に詠まれている。二四七二番詩によると、馬蘭亭と連れ立って隅田川に舟を浮かべ、偶然にも高橋梁山、高橋茂貢、近藤正斎も舟を浮べているのに出あい、酒三升を飲んだ。高橋梁山は通称三平、名を重賢といい、勘定所の小吏より松前奉行の所属となり、佐渡奉行、長崎奉行等を歴任して越前守となった。高橋茂貫は右注（13）参照、近藤正斎は本節書簡7の注（3）参照。

（15）毎月二十五日が馬蘭亭の狂歌会日であること、『細推物理』にみえており、南畝も参加している。

（16）享和三年十二月二十五日の馬蘭亭納会でのこと。『細推物理』によれば、この日の席に仙台の田竜なる者が来て尺八を吹いた。南畝は「年もはやいつしかたけの一ふしの三よ切ほどになりにけるかな」と詠み、「ことし師走小尽なれば、今夜をのぞきて、明日よりは三夜ぎりなるべし」と付記している。

（17）享和三年一月十四日の節分のことか。『細推物理』に、屏風一件のことは記されていないが、「今日節分、馬蘭亭見レ迎、楊柳橋歌鬟阿益、弾二三弦一」とある。なお『南畝集』にも屏風一件の詩はない。

5　文化二年正月十六日（一七・三×二四・三）

〈馬蘭亭主人　　杏花園〉

二白、香子*事、毎々御世話忝奉存候。かほる子*へもよろしく頼上候。取込、いづ方へも書状遣し不申候。以上
改歳之慶賀、不可有尽期、申納候。愈御安泰御重歳被成、目出度奉存候。私義、無異加年仕候。当年ハ、年始之奔走ハ無之候へども、官府其外へ年始状之裏白ニ而、殆労憊仕候間、御心易キ御方へは、乍略義、如此ニ候。早春定て舟行など、面白キ御趣向も可有之、此方ハ池魚籠鳥のごとく、扨々面白もなんとも無之、早春ハ早引ニて、近県見めぐり[1]候へども、（絵）[2]ニてハ、一向さえ不申候。弁天なしの毘沙門斗連立[3]、一向なる事ニ候。少も早く帰府仕度奉存候。又々此節、東使下向[4]ニて、住居之府舎を明渡し候積ニて、寺院へ引移申候[5]。海上眺望ハ宜候[6]へども、手狭ニて困り、其上、又々俗吏交代手間取可申、何か俗事紛々冗々、大取込、猶永日可申上候。匆々欣春　正月十六日

【解説・注】「東使下向」、「寺院へ引移」などの文言（注参照）から、この書簡5も長崎からのもので、となれば、長崎到着翌年の文化二年の正月十六日付書簡ということになる。五十七歳のこの年、一年余の長崎勤務を終え、十月十日に出立、十一月十九日に金杉の遷喬楼に帰着する（『小春紀行』）。

（1）「尺」1・12付に、

正月之内は少々閑暇にて、出勤直に引取候間、四日に近所聖堂、神明、唐寺等参詣、六日には舟行、飽之浦と申候所より山をこへ、大村領の内福田浦之巌洞を見に参申候。（中略）七日は秋葉山より山越に蒙茸たる草むらを攀上り、烽火山へ上り（中略）夫より山を下り七面山へ参り、別当高岳院にて酒食を開き、薄暮帰酔いたし候。（中略）八日には諏訪社、松森天神、妙見社など〻巡行いたし、山水遊覧は無残所飽満いたし候（下略）

とある。四、六、七日のことは、二六一七番から二六二七番の詩に詠まれている。

（2）描かれているのは、鞘の付いた御用鑓であろうか。それならば、半ば公的で仰々しいことを意味しているらしく、「尺」7・5付にも「（石川注、江戸は）舟行定てにぎやかに可有之候。（石川注、長崎では）此節湊浚有之、折々は右見分として御用船に乗出し候へども、御用幟に鎗にては一向不面白」とある。

（3）きれいどころも連れずにむくつけき男ばかりが連れだって、の意。
（4）目付遠山金四郎景晋（この息子が天保革改時の刺青奉行）が、レザノフ一行に対する幕府の訓令を持って下向してくるのである。この年一月六日に江戸を発った遠山は、二月晦日に到着（「尺」3・1付）、三月六、七、九日の三日間にわたって、立山役所にレザノフ使節を呼び出し（「尺」3・9付）、ここに一件落着、ロシア船出港を見届けたあと、三月二十五日に長崎を発った（「尺」3・尽日付）。南畝はこの遠山とは知己であった（「尺」1・12付）。
（5）岩原官舎が遠山の宿舎となるため、南畝は他へ移らねばならなくなり（「尺」1・12付）、正月十七日に岩原郷本蓮寺内の塔頭大乗院へ入る（「尺」1・23付）。本書簡はその前日のものということになる。なお大乗院はかなりの貧院で（「尺」1・23付）、南畝はここで約七十日生活した後、三月二十八日に再び岩原官舎に戻る（二六六〇番詩等）。遠山のお蔭で、その官舎が見違えるように立派になっていたことが、「尺」3・尽日付にみえている。
（6）下見に行った南畝は、「至て高みにて、海上五島、琉黄島（ママ）辺迄見はらし、唐船ヲロシヤ船目下に見候事、御旗曼荼羅も入可申と独笑いたし候」と記している（「尺」1・12付）。

6　文化二年二月二十五日（二一・七×三〇・三）

二白、駅使之往来、書状かさ高ニなり候を嫌候故、早々申上候。以上
正月四日出之御状、二月十日に来、同廿六日出之御状、二月廿一日来。三旬ほどニて審近状、両地平安大慶仕候。
一、旧臘二度、当春一度之兼題、黒点さし上候。甚取込中ニ点検の事故、間違も可有之、景物もヘルヘトワン歟、猩々緋歟、やすくて袂時計といふ所へ、愚詠一、二首上申候。御一笑可被下候。此節大取込、御察し可被下候。其中(1)へ、色々八百万之願等出候而、帳面等くりかへし候。滔々タル欲海、扨々あきはて申候。手前勝手之名文、名弁、蘇秦張儀が月代をそりて、革羽織きたるが如し。(2)かゝる中にも亦風雅人もあり、世ハさまぐ〵。
一、当正月十九日、初会之節(3)ハ大入之由、ことに思召寄美酒、一樽御投恵被下、其上、真名の価等迄御心配被下候よ

し、(4)勝手役人嶋崎(5)より申越、甚恐入申候。何を申も遠方故、御礼も一月ほど過ギ申候。万々帰府之節、御礼可申上候。御すり物難有、皆々悦目申候。

一、島田事*、去冬ハ少々積気之所、段々快気、当正月十七日、両高橋(6)舟行之節も御同伴被下候由、難有奉存候。夷曲等出来候よし、何分宜奉頼申候。病中、段々御深切被成候由、よろしく御礼申上くれ候様申候。

一、歌妓の花に嵐とやらん(7)、はげしく、吉田*なども俄ニ師匠株取立のよし、扨々殺風景なる事、当夏の涼舟なども、定て淋しく可有之哉。吉田母なども嘸々困り候事と奉存候。御序ニよろしく奉頼申候。三戯場、春来むつかしく候よし、いづれ八木沢山故と奉存候。万々後便可申上候。以上

二月廿五日　今日も御会(8)と存候。御羨敷奉存候。　蜀山

馬蘭亭主人

二白、もはや小倉あたりまで東使下向*之風聞、当月中着と相見え申候。又々麻上下ニて発足、所々出役、正月を二度する如し。御察可被下候。以上

【解説・注】「もはや小倉あたりまで東使下向」などとあるので、この書簡6も文化二年の長崎からのもの。ただし二月二十五日付なので、宿舎で記したとすれば、岩原官舎ではなく大乗院。

(1) 目付遠山が、この二日前の二十三日には小倉まで来ており（「尺」2・26付）、その受入れ準備に多忙なのである。

(2) 唐人の口八丁の商売ぶりは、姿形を変えれば、そのまま歳の市の職人のようだ、の意。

(3) 本節書簡3の注（1）の書会の初会。

(4) 「尺」2・26付に、「正月十九日初会、大入之由（中略）高彦、半樽並に肴払代壱分二朱参候由、此度書中礼申遣候」とある。右にいう「此度」の書がすなわち本書簡である。

（5）弟の嶋崎金次郎。定吉夫婦とともに留守宅を守る。
（6）本節書簡4の注（14）の高橋二人であろう。
（7）書面の後文に、吉田屋の歌妓おますが俄に師匠株を取ったとか、夏の涼み舟が淋しくなるなどとあるから、文化元年から二年にかけてのころに、何か歌妓を取締る動きがあったらしく（『御触書天保集成』等には見当らない）、「尺」2・26付に「芸者騒動一件並連歌のむだにて、江戸の事思ひやられ候」とあり、『巷街贅説』文化元年の「流行連歌」の条にも、「地面とらる、芸者騒動／御法度はまげのゆはひの色好み」とある。
（8）本節書簡4の注（15）でふれた、馬蘭亭の狂歌会。

7　文化二年八月二十四日（二一・五×五八・七）

七月廿五日出之御状、八月廿日飛来。其已前ニも御状到来之処、唐紅毛入船(1)と暑サニ取まぎれ、いづ方へも御ぶさた申上候。当年ハ都下も暑気強御ざ候由、弥御揃被成、御万福奉恭喜候。僕は無相替、在勤仕候。此方ハ承及候ほどのあつさニハ無之、浪花位の事ニ候。十五夜前ハ大雨ふり候而、此節ハ涼敷罷成候。十五夜のうた、

月ミるも心つくしのうみはてぬ今宵の空の雨ふらばふれ

とうめき候而、暮比より戸を引、蚊屋へ入、雨をきゝながら臥候処、四つ時比より晴れ候よし、一向白川夜船ニて、不風雅第一と自賛いたし候。

一、七夕舟行(2)、近藤(3)など御同行、お香も参候よし、大悦ニ御ざ候。悴(4)も大ニ遊山いたし候とて、宜御礼申上候。乍去、近藤氏婦人をつれ舟行いたし候故、海へにが汐入、旱魃もいたし候哉と、驚入申候。此地などニてハ、近藤氏を大キニ恐れ罷在候。其比血気盛(5)ニて、けしからぬやかましき事のよし、申立候。

一、高八一条(6)も段々出勤之由、大慶いたし候。もし御出会候ハヾ、宜奉頼申候。甚遠方ニて案じ候処、先々大慶之事ニ候。

一、灯籠御哥ども感吟、扨々田舎ものニ罷成、郭中之事などハ、夢の如く覚申候。此間[7]、唐人と筆談飲酒、聯句などいたし、大楽いたし候節、十姉妹と我書とかへ候[8]事はなし候へば、唐人共感心いたし候。扨々文雅ニて、人物和らか成ものニ候。

一、六月十九日[9]、例年よりも賑々敷御ざ候よし、殊ニ御追悼之一曲、不堪落涙候。一年余も絃歌之興無之、欲海中ニ浮沈いたし候。一刻も早く帰郷いたし度候処、又々交代一月斗も延候やうなる噂有之候。蕎麦ならば湯をかけて喰ふべき所、大食の跡へ汁粉餅をしゐられ候心もち、御察し可被下候。乍去、私事甚丈夫ニて、当年ハ一日も風も引不申、酒も相応にたべ、食も進ミ申候。眼鏡などハ止メ候而、細字など書キ、歯も一本もとれ不申、少々かたきものもたべ申候。是全く精進潔斎のしるしと奉存候。

一、唐本もあまりめづらしきもの無之、書画ハ少々めづらしきもの得申候。此地入津之もの、何かめつたにうれしがり候へども、第一ニ時計きらいニて、一つも買不申、袂時計、ヘルヘトワン、呉羅ふくれん、羅沙、トロナン、てぐす、かんらん、茶、香、テリアカ、サフラン等、見るもうるさく候へども、無拠たのまれ候ハ求メ申候。何一つでも役ニたつものハ無之、大事の銅をとられ候ニハ、時々気をへらし申候。縦、薬種が無之とて、百年も二百年も生ルものハなく、子供だましの飴ン棒の類、砂糖がないとて、酒のないほど不自由ニも無之とハ、少々手前勝手、御一笑可被下候。但、此様なはなしハ、当所のものへハ沙汰なし〳〵。

一、交代名前しれ候[10]より、かへり風たち候而、何もかも手ニつき不申、日夜東望、あつたら月日を早くたち候やうニ覚申候。もはや一年詰之旅ニハ、こり〳〵いたし申候。是より鶯谷の逸民となりて、夕の日に子孫を愛し、絃歌の声に心をやり、一酔いたし度、此外ニ何も願も望もへちまも入不申候。老境ニ入候しるしと、御一笑可被下候。

早々以上

葉月廿四日　　杏花園

馬蘭亭大人

二白、末ながら、御家内様へよろしく頼上候。かほる、*久々文通不致候。よろしく頼上たいまつり申候。已上

【解説・注】この書簡7は文面からして、長崎から帰国するめどもどうにかつきはじめたころのもので、すなわち文化二年のものである。

（1）「尺」6・16付に「夏船又々入津の沙汰にて」とあり、「尺」7・17付には「夏船唐船四艘参り大取込、紅毛はいまだ参不申候」とある。本節書簡4の注（12）でふれた冬船六艘が去った後、今年も又々夏船が来港したのである。紅毛船は『瓊浦又綴』に、「七月廿日朝四時頃、紅毛船入津。（中略）紅毛人四十四人と云。今一船来るべき所、咬嚠肥（石川注、ジャガタラ）の洋にて破船せしとぞ」とある。唐船、紅毛船は、少なくとも閏八月半ばまではこの五艘であった（「尺」閏8・16付）。なお唐船は同月下旬ごろから帰航しはじめている（『瓊浦又綴』）。

（2）参考までに、去年文化元年の七夕舟行の様子は、本節書簡4の注（14）である。

（3）近藤正斎、名は守重、通称重蔵。南畝と同じ寛政六年の学問吟味に合格し、長崎出役の他、蝦夷地へ赴くこと五回、文化五年には書物奉行となった。南畝より二十二歳下で、この年三十五歳。南畝は長崎出役に際し、経験者の正斎から『浪華航路記』なるガイドブックを借りて携行していた（『革令紀行』八月二十七日条）。

（4）大田定吉鰹村。この年二十六歳。

（5）長崎奉行手付として、二十五歳（寛政七年）で出役した。

（6）未詳。

（7）『瓊浦又綴』によると、八月十六日、唐館内の張秋琴の部屋、萍寄楼でのことである。文政三年刊『杏園詩集』の序跋（序は秋琴、跋は銭位吉）はこのころ執筆されたもので、位吉もこの時同席している。

（8）『細推物理』十二月十九日条によると、

去年（石川注、享和二年）師走廿日あまり二日の夜（中略）北里に遊びて岡本楼に宴す。朝妻といへるうかれめは（中

略）今は此屋のおもて座敷にありて、名だゝるうかれめなり。予が書るものひめ置しを、あるもの来りて、十姉妹といふ小鳥とかへしといふ。（石川注、去年の）その夜、予が来れるを見て、その事をかたりいでたりしかば、予嘆じて曰、むかし王羲之が書を鵞とかへしよりは、十姉妹の名、艶にしてまされり。

と、去年その場で言ったことを今年享和三年になって思い出し、十姉妹と題するめりやすを作った、という。同日条には、そのめりやすが付記されており、またその付節もすっかりでき上り、すでに人に歌われている由が記されている。

（9）本節書簡3の注（1）でふれた書会であるが、今年のこの日はお賤の十三回忌祥月命日である。長崎にいる南畝は、ひとり「六月十九日値亡妾阿賤十三年忌日有感」と題する詩（二六九六番）を詠んでいる。また「尺」7・17付によると、長崎から送る香奠について、「年々平年には弐朱遣し候。近年は大連に成候間、二分遣候」とあるが、それでも「寺之損金物」といっている。

（10）日付が同じ「尺」8・24付では、「此方交代は（中略）いまだ相知れ不申」と記している。おそらくこの日のうちに、交代役人名がわかったのであろう。

(2)　竹垣柳塘宛三通——若き忘年の知友へ——

8　文化四年（推定）三月十一日（二十一日）（一五・九×五二・五）

〈絵(1)〉　廿一日　〈絵(2)〉

巡礼拝見、宿酲中とかく貴報延引、恐入奉存候。如仰、升美眼中爽利、百川ニも百倍歟(3)。昨日、美人の図賛ニ、

　此やうな娘ハ江戸に百川のおそよ升屋のおいちなるべし

と書捨候。十三日之事、正斎*、墨水の花見申度よし、下モ勘へ誘引のよし、何とぞ御出可被成候。正斎説、彼美携候手段御出来申まじく哉と申候へども、当時戯場最中故、中々外出ハむつかしく(4)、もし戯場休等ニて、寂寥たる時なれ

ば可宜候、と此道之達入被申候。其上、歌妓の類ニあらざれば、(5) いづれニも染賃等難物なるべく、高意如何々々。以上

弥生十一日

二白、何ハともあれ、墨水の花ハ見申度候。早々、滑稽太平記捜索之処、于今見え不申、出次第、早々上可申候。

已上

【解説・注】この書簡8の手掛りは、「中」8・13付（浜田氏記号番号T21、本節末尾に書簡T21として一部訂正再々録）と、「中」8・14付（浜田氏記号番号T22）にみえる、升屋お市である。この二通の書簡は、ともに文化九年の柳塘宛のもので、そこに記されたお市についての内容をまとめると、次のようになる。すなわち、「一昨夜」（文化九年八月十一日夜）、南畝は「室町馬島ニて」「めづらしき者ニ逢」った。それが升屋お市で、以前にも増して美しくなっており、「ゆる〳〵昔遊雪夜之事など」を語り合ったが、その美しさに「あまりニ感心うたも出来不申、むかし升屋の壁へ書しうた、書遣候」、と柳塘に伝えているのである。浜田氏は書簡「続」における訂正解説で、このお市が『をみなへし』にみえていることを追記されている。すなわち、同書文化四年春の部分に

春の雪ふるあした、すみだ川のほとりにすめる亀屋菊屋の何某と吹屋町升楼にてよめる

世の中の人には雪とすみだ川春風寒く吹屋町がし

升楼のいらつめ市といふがこふにまかせてその壁にかく

むかし人はかくいちはやきみやびをなんしけると書し伊勢物語

とある。この記述により、右書簡にいう「書遣候」ところの「むかし升屋の壁へ書しうた」が、「むかし人は」の歌

であることが知られ、この歌が「春の雪ふる」日に詠まれていることから、右書簡にいう「ゆる〳〵昔遊雪夜之事など」を語り合ったのは、実はこの『をみなへし』に記された文化四年春のことを指すとわかる。お市についてはまた、『放歌巣』文化九年中のところに、

　　室町高（ママ）島周見といへるくすしのもとに、

　　久しく見ざりし升屋のお市にあひて

　市女笠きつれし中にましますやあまねくみつる人の目にたつ

　　そのゝちいなばの国のかみのもとにめされ

　　しときゝて

　立わかれいなばの山の松のいろますやときけばいちごさかへん

とある。一首目の歌は、詞書に「室町高（石川注、馬の誤記カ）島」とあるので、書簡「続」所収の右二書簡と同じ日のお市を詠んだ歌であることがわかる。すなわち、南畝は「久しく見ざりし」お市に会って、その当座は右書簡の如く「あまりニ感心うたも出来」なかったが、後刻「市女笠」の歌を詠んだのである。また二首目の歌からは、お市は後に因州公に召されたことが知られる。

　さて本書簡8であるが、お市の美しさに驚いている文面からして、執筆の三月十一日はおそらくお市に初めて会って間もないころと推察される。前述の如く文化九年時の南畝にとって、お市は「めづらしき者」「久しく見ざりし」者であったが、会ったその場で、五年前の文化四年春の「遊雪夜之事」を話題にしている。それほどまでに南畝の印象に残った理由は、確かに一つはお市のその美貌であったろう。しかし文化四年春が印象的であった理由は他にもある。それはこの年春の特異な気象である。『一話一言』巻二十四「花候」条によると、この年の春は例年になく強い余寒が続いた後、三月七日ごろから一転して急に暖かくなり、九日十日の好天下では桜は一重も八重も一時に開花す

るという春だった。たとえば前年の飛鳥山の桜は、三月三日にすでに散りはじめているが（二八八六番詩）、本書簡では、十一日付で花見を計画しているのである。初対面時のお市の美しさと特異な春が重なり、南畝にとっては、お市といえばまず文化四年春の「遊雪夜之事」が想起されるのであろう。なお本書簡は、執筆日と差出し日に十日のずれがあるが、理由は不明である。

（1）竹垣の絵、すなおち竹垣庄蔵柳塘。
（2）杏の花の絵、すなわち杏花園大田南畝。
（3）本節書簡3の注（4）でふれた料亭。具体的にはそこの女性（歌妓ではない）おそよ。本書簡の狂歌参照。
（4）升星のある吹屋（葺屋）町は歌舞伎の市村座があるところで、中村座のある堺町とともに、俗に二丁町と呼ばれた芝居町である。したがって、歌舞伎上演期間中は多忙となる。高級料亭升屋（望汰瀾）は狂歌作者の祝阿弥のことで、お市はその娘（前出『大田南畝』）。
（5）「中」8・14付（T22）にも、「升逸ハ歌妓仲間へ落候体ニてハ無御坐、ヤハリ奥様風ニて、無眉歯黒、別而増神彩候」とある。

9　（年次不明）九月十二日（一八・三×四二・四）

〈竹垣庄蔵様　御報　大田直次郎〉

先刻ハ御手簡之処、引ヶ遅く、不能即答候。今朝ハ（絵）(1)の間違ニて、ソンゴの台上申候。筆籠ハ不用之品、安キ御事候間、則さし上候。ソンゴ之台ハ日用之品故、可相成候ハヾ、暫相用申度奉存候間、御返し可被下候。二器拝領之処、これハ家蔵ニ多く御ざ候間、御心安サ之儘、返璧仕候。早々已上

九月十二日

【解説・注】「上」及び「文学」誌上の柳塘宛書簡四十九通をみるに、南畝は宛名を三種類に書き分けていることに気づく。文化七年以前の「竹垣庄蔵」、同五年以後の「柳塘」、そして父の代官職を継いだ同十一年五月以降の改まったいい方のもの、以上の三種である。また南畝自身は、文化七年までは「大田直次郎」、同年はまた「蜀山」を併用し、これ以後は一部、杏園、杏花園、覃などともあるが、ほとんどが「蜀山（人）」である。してみると、本書簡は「竹垣庄蔵」宛で差出人「大田直次郎」であるから、おそらく文化七年ごろより前のものであろう。一方、文中にみえる「ソンゴ」なることばが、『一話一言』巻十六（原巻の巻二十四）「ヲンコ」の条（文化四年三、四月ごろの記述）に、「蝦夷松（蝦夷檜とも）といふものを夷言にソンゴといふ也」と出てくる。「ソンゴ」が、一般には知られていない聞きなれぬことばであるのに、それを柳塘も知っていた（知らないなら書簡に使えない）ことを考え合わせると、本書簡は、南畝五十九歳の文化四年前後から同七年ごろまでのものと思われる。

（1）炊いた飯を入れるお櫃の絵、すなわち食事の支度、給仕などをする女性を意味しているのであろう。同居している息子定吉の妻お冬か。年次いかんによっては、島田お香の可能性もある。本節書簡3の注（6）参照。

T21　文化九年八月十三日（一五・七×三三・四）

尚々、明日ハ詩会ニて在宿、もし御気ニ向候ハヾ、御立より可被成候。少々ハ麁肴も御座候。
如貴諭秋冷、酒之世界ニ相成候。一話御書付ニ合せ、一二之巻上申候。御庭前芳宜花盛之由、何卒拝見仕度奉存候。
秋の七草もいまだ参り不申候。月前ハ座敷多く、何卒月後ニ参上可仕候。普請奥之方、さて〳〵手間取、困入候。文
庫ハ漸瓦を上候。昨夜ハ、天民其外来、大酔いたし候。早々以上
八月十三日
二白、一昨夜、めづらしきものニ逢候。室町馬島ニて、先之升屋お市来り候処、甚雲上之けしきニ相成候而、一

段美ニ相見え申候。おふさ、小中など、同席ニ候へども、中々たちならびてハ、花のかたハらの深山木と相見候キ。小笠原之加古川本蔵なども来り候キ。

〈柳塘大兄　御報　蜀山人〉

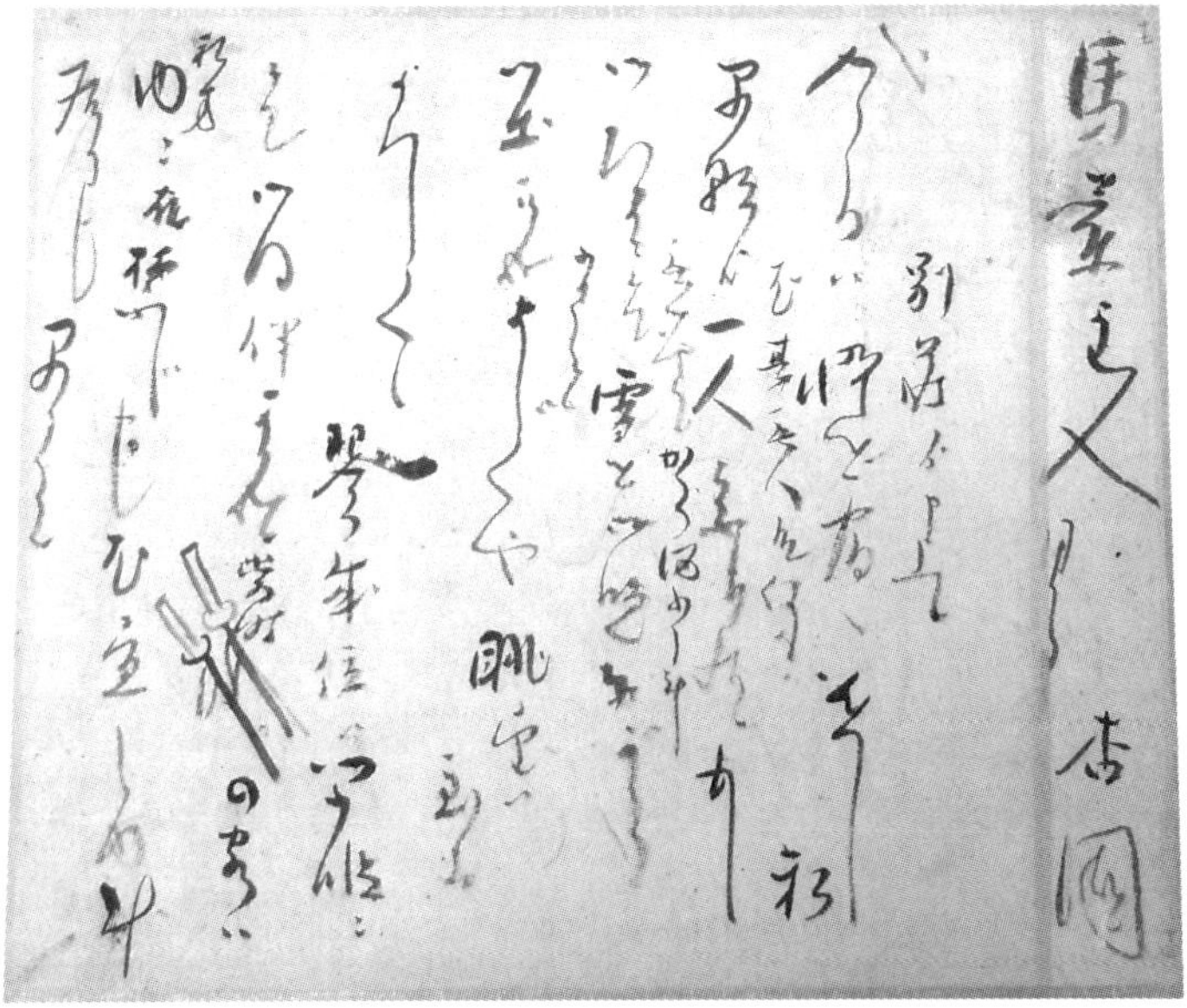

1　文化元年１月または２月

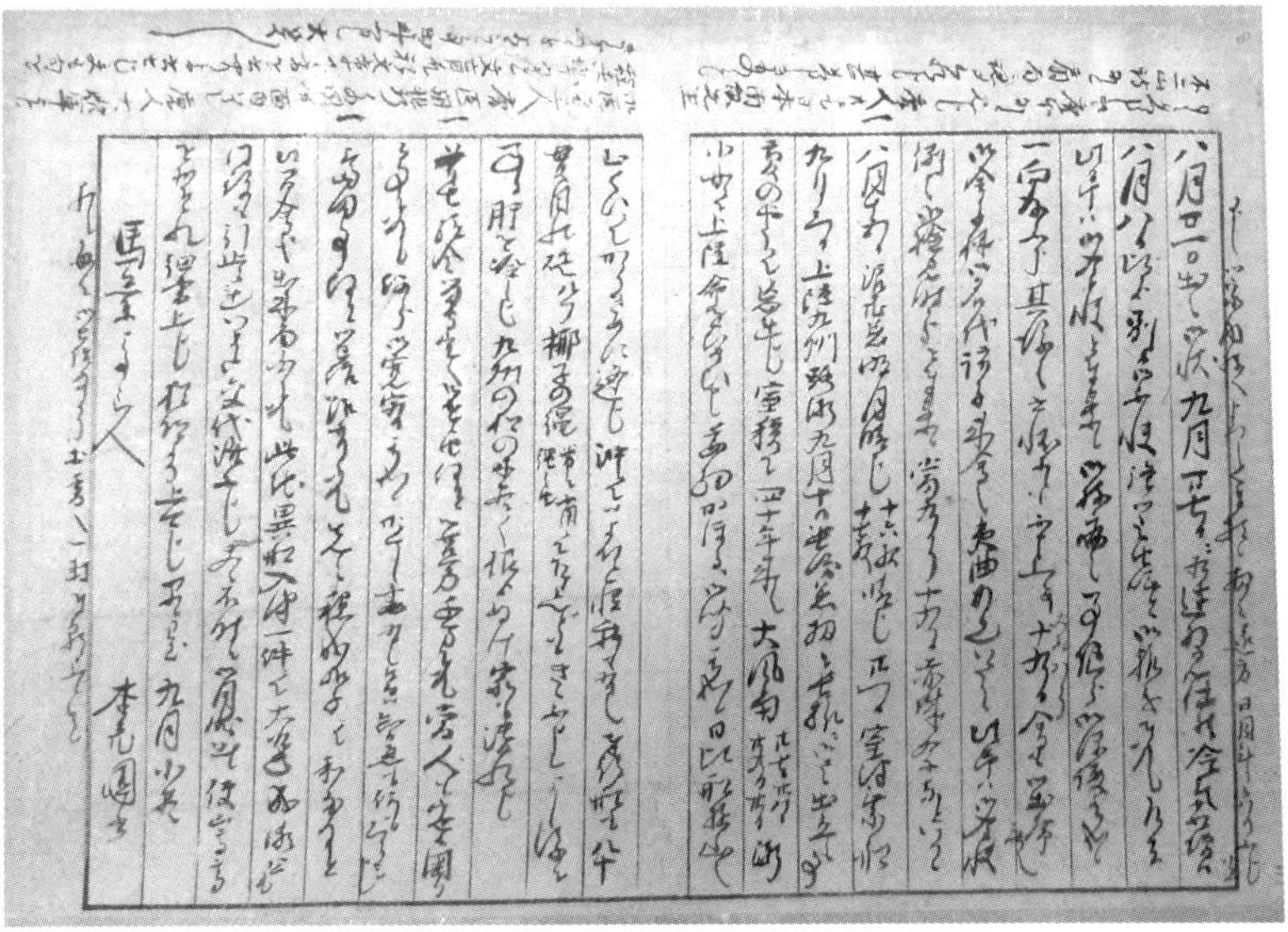

3　文化元年９月小尽（29日）

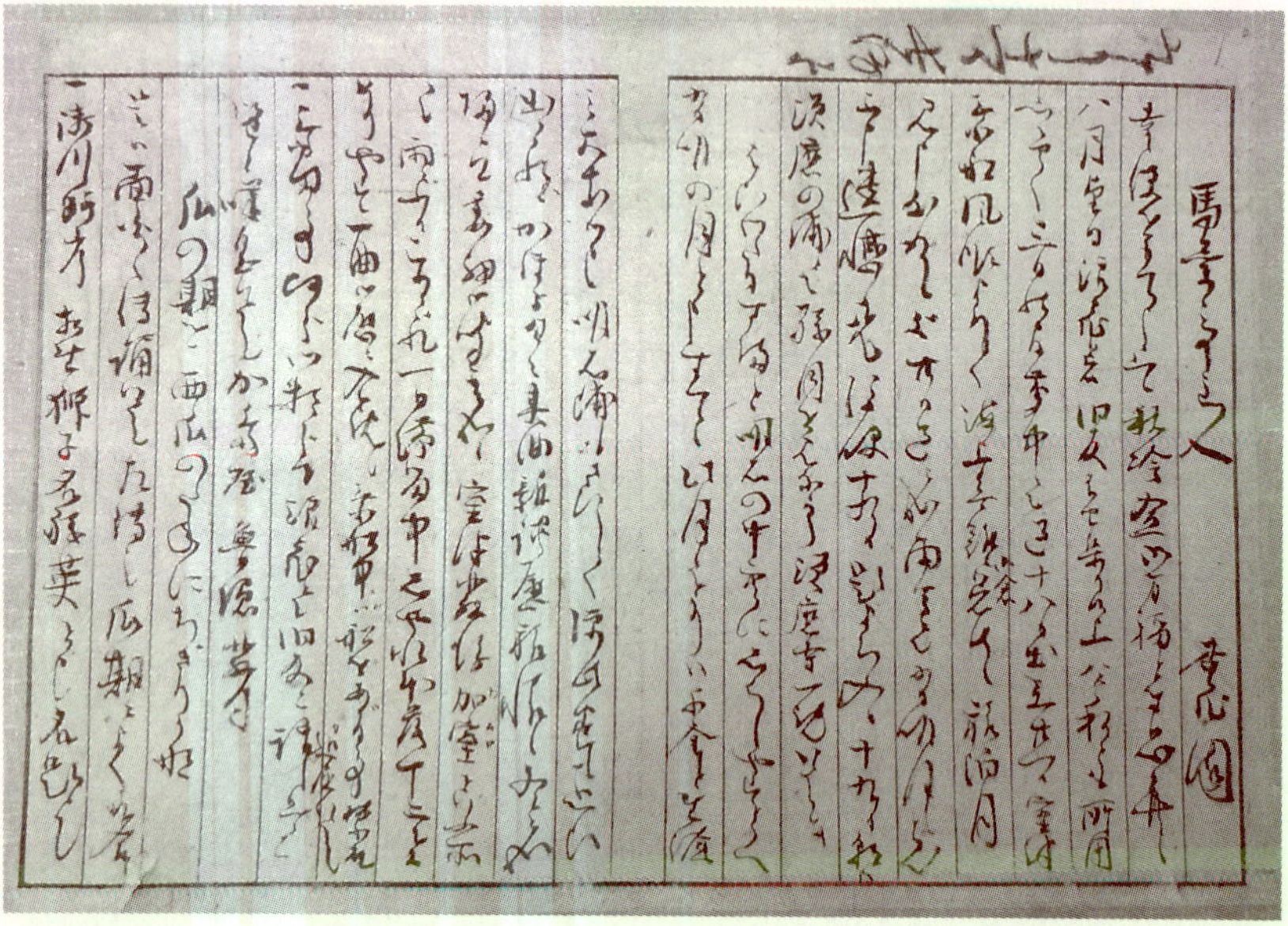

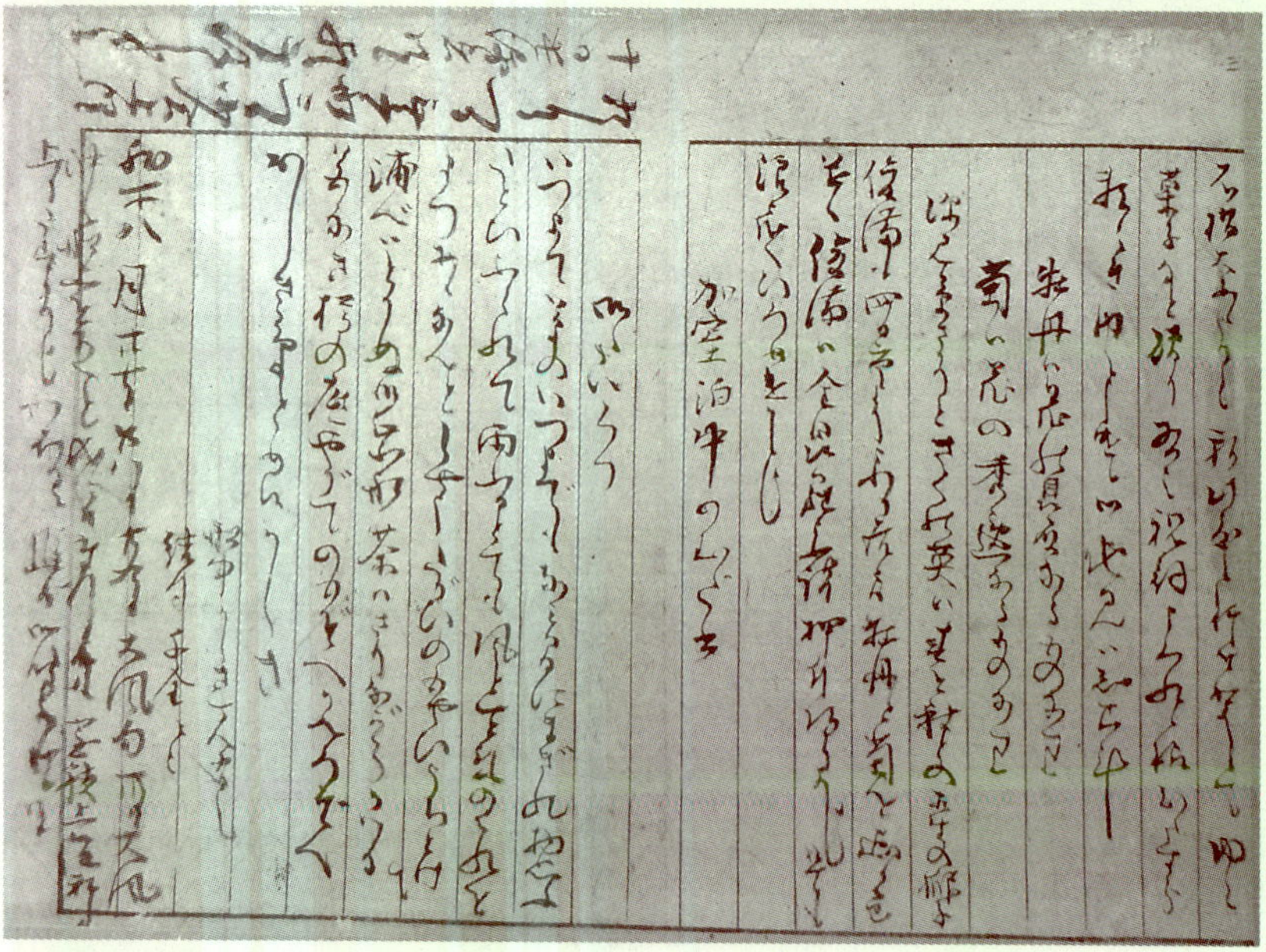

2　文化元年９月11日

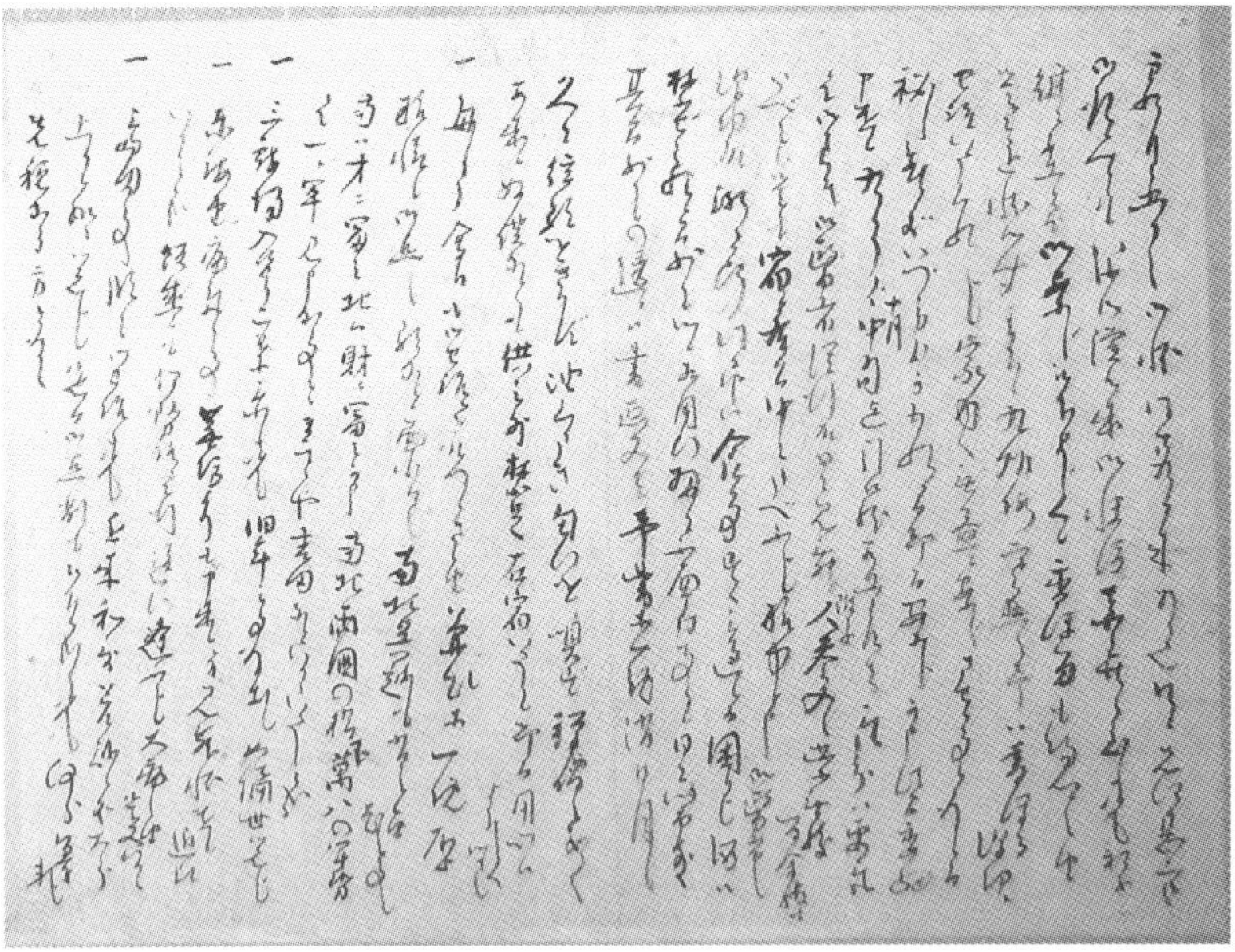

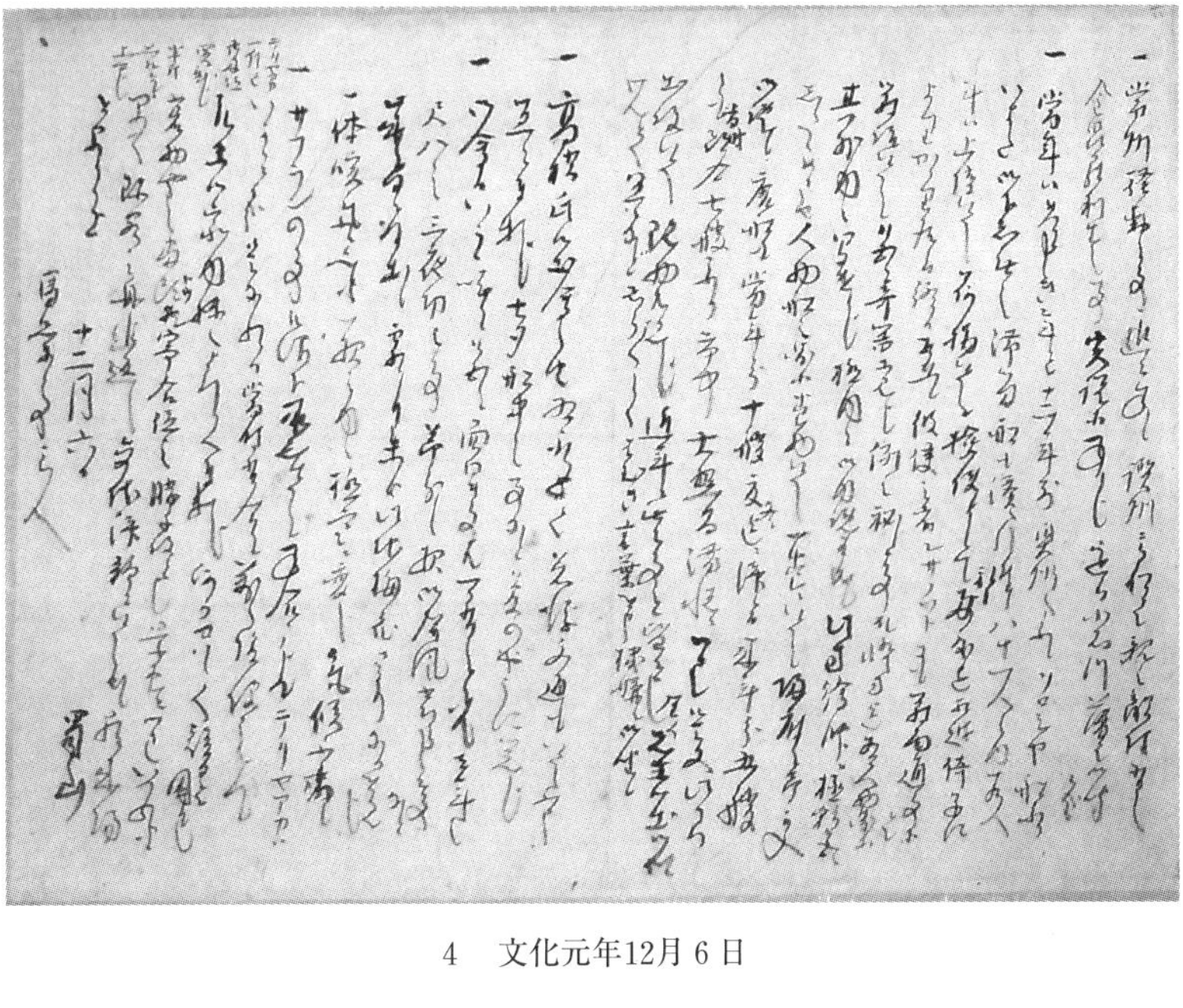

4　文化元年12月 6 日

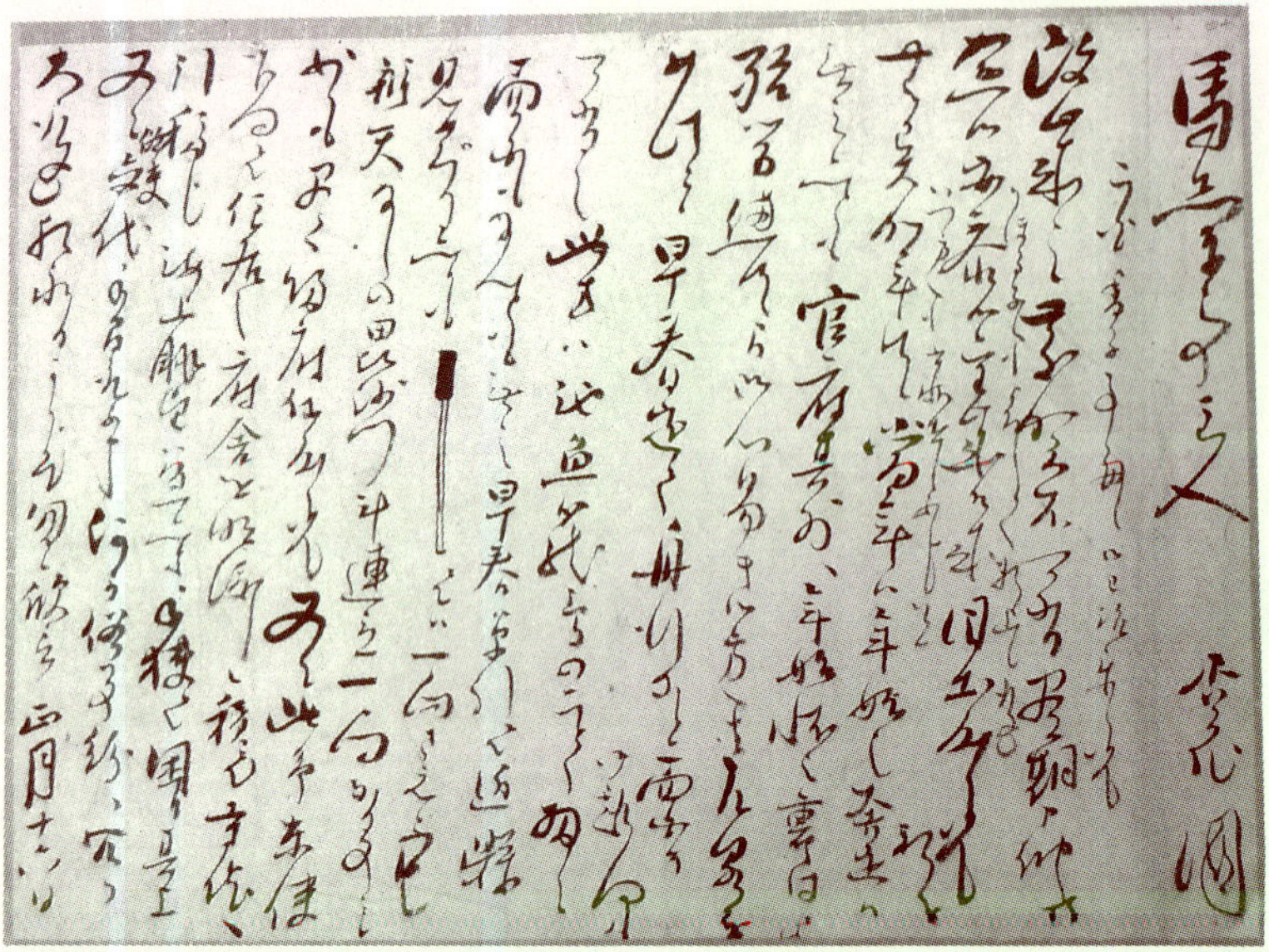

5　文化２年正月16日

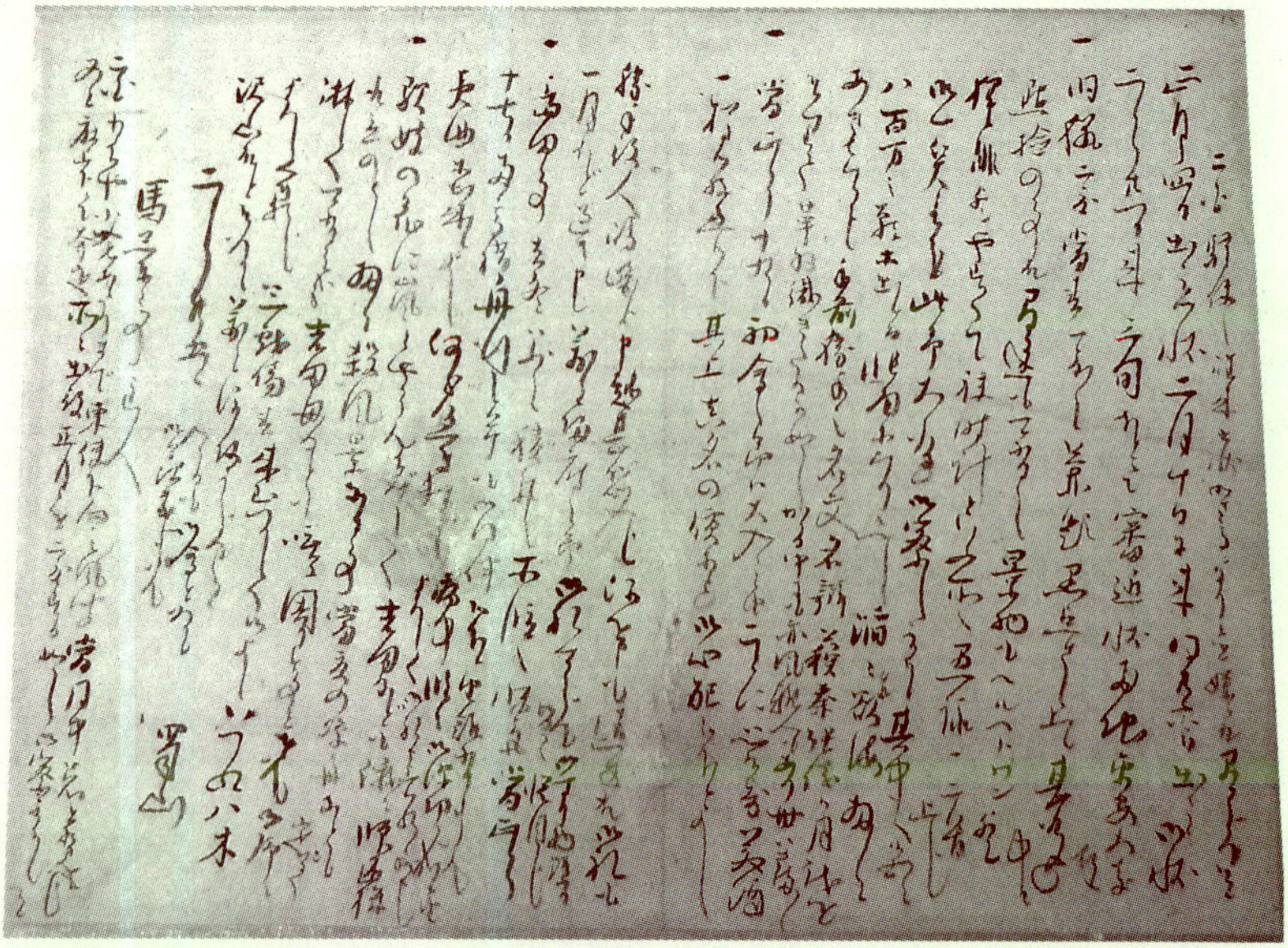

6　文化２年２月25日

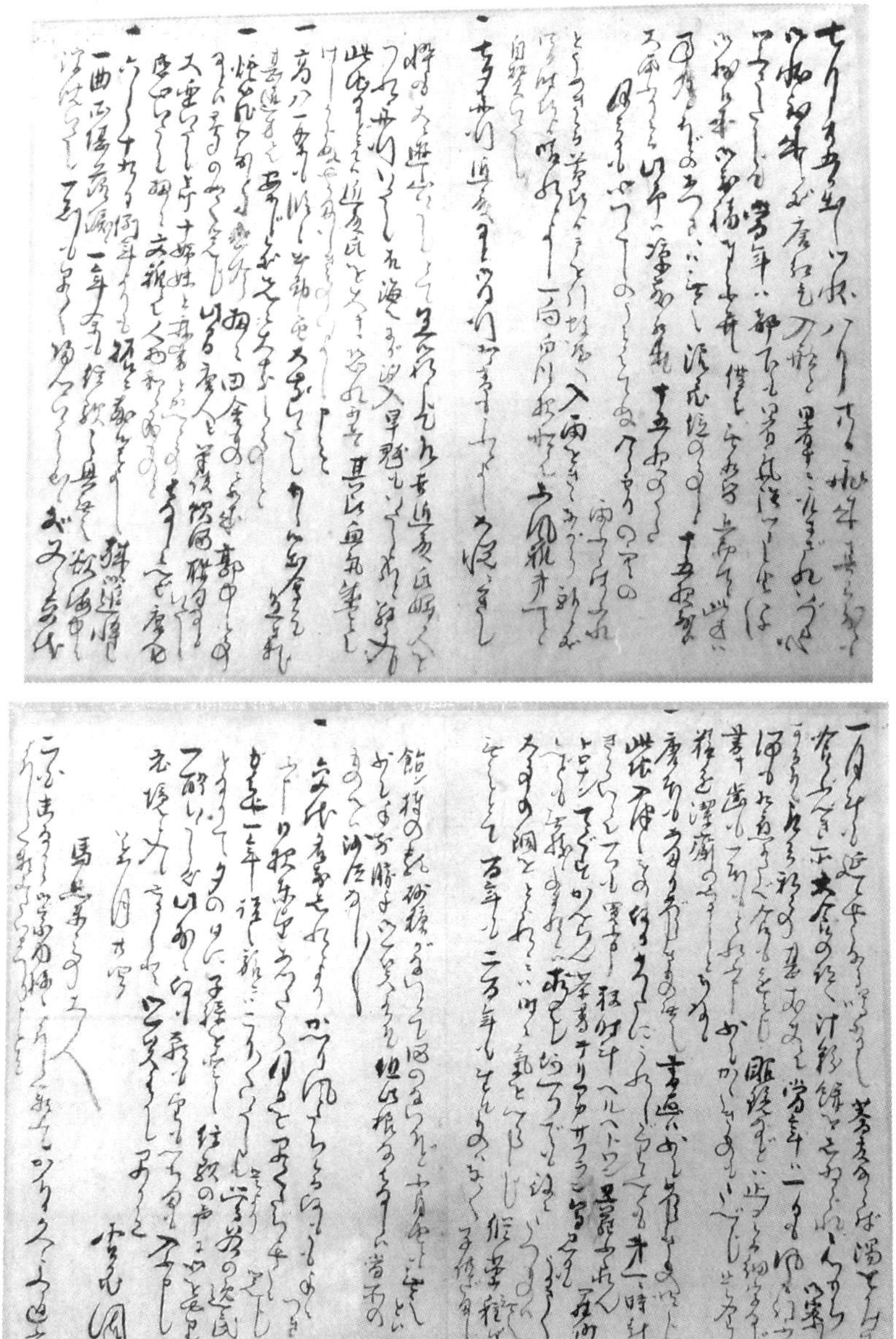

7　文化2年8月24日

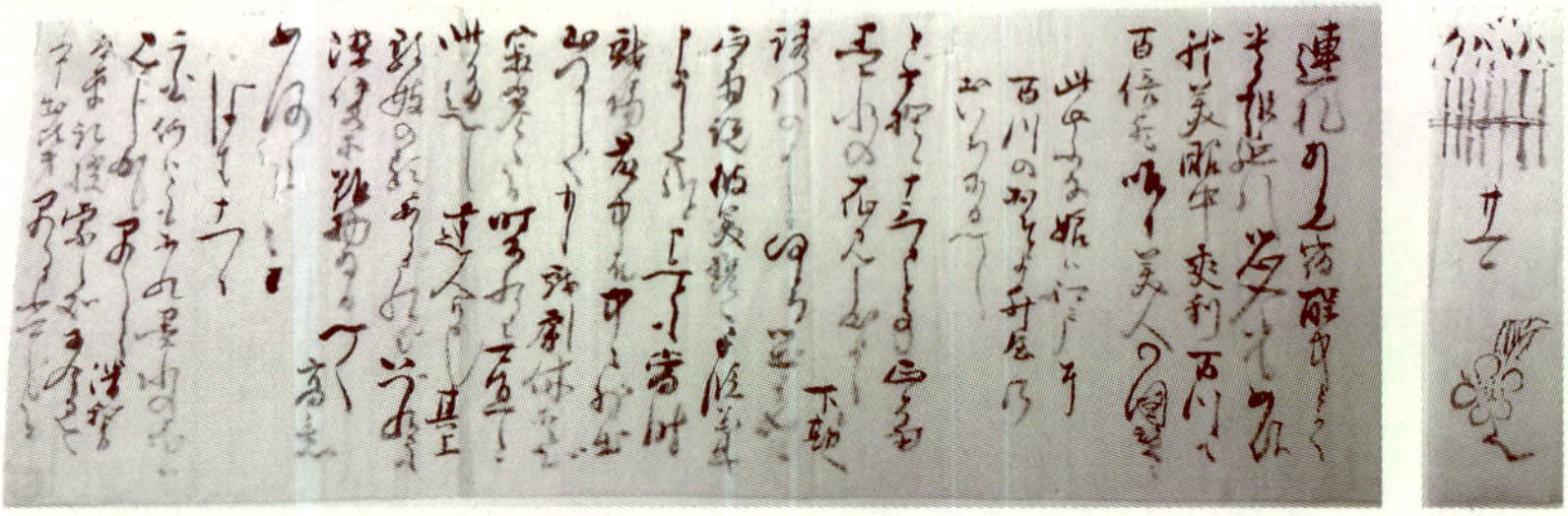

8　文化４年（推定）３月11日（21日）

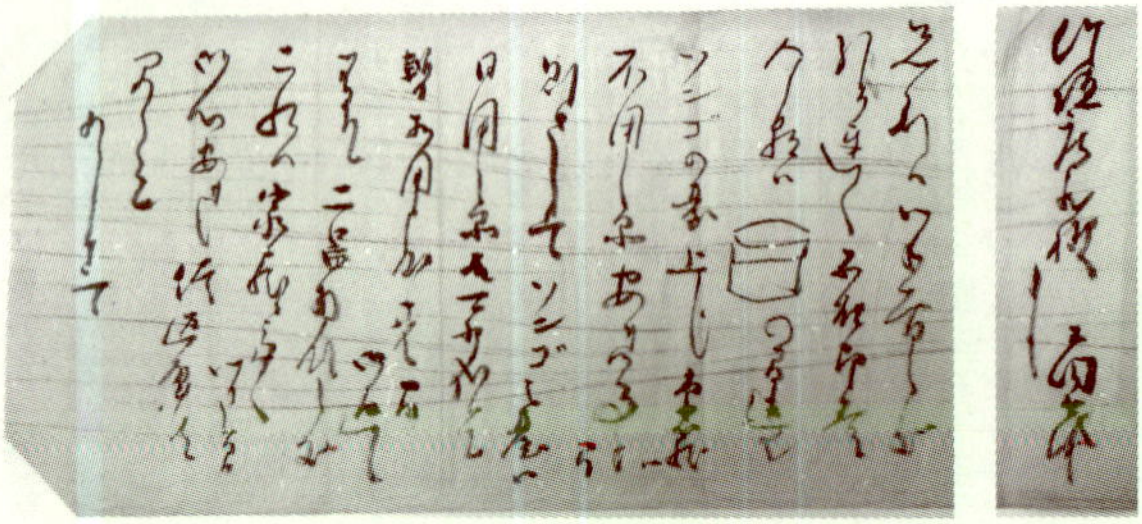

9　（年次不明）９月12日

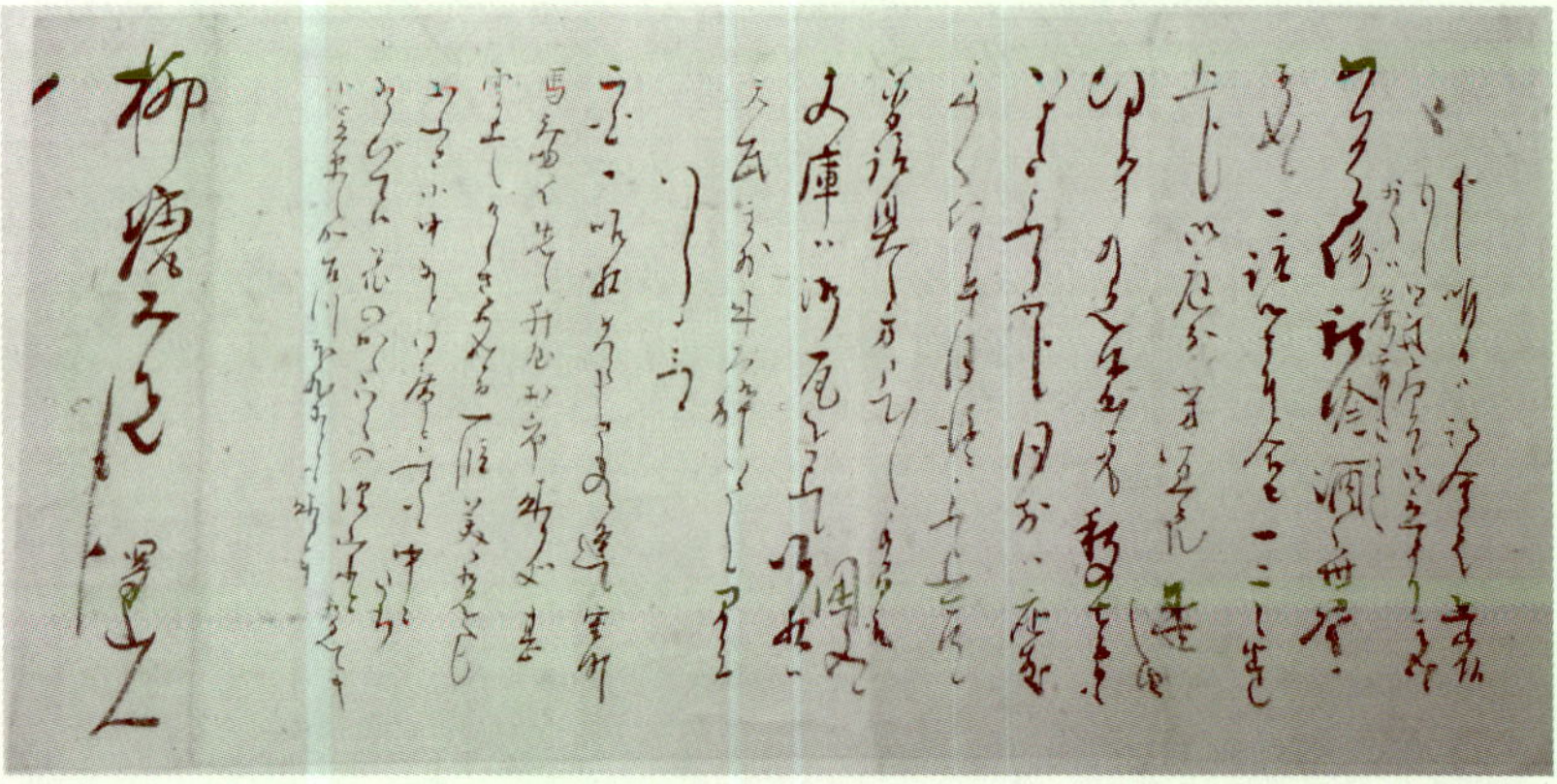

T21　文化９年８月13日

第四節　朱楽菅江

(1)　略伝と家系

朱楽菅江は五歳下の唐衣橘洲、十一歳下の四方赤良とともに狂歌三大人と称され、武士と町人が一体となった江戸市民の新文芸形成にたずさわった。特に赤良こと大田南畝との親交は言をまたない。その南畝の『七々集』所収「朱楽菅江狂歌草稿序」（以下、「草稿序」と略称）は菅江の略伝を伝える好資料なので、少し長いが次に引用する。なお原文引用時の括弧内は、特に断らない限り石川の注記である。

姓は山崎名は景基ときこえしが、のちに景貫とあらたむ。字を道父といひ、郷助と称す。城西（西の丸）につかへて先鋒騎士（御先手与力）たり。市谷加賀のみたちのあと二十騎町といふ所にすめり。和歌をよくし、誹諧をこのみ、前句附といふものをたしむ。その比の誹名を貫立といひしが、人みな心やすくなれて貫公〳〵とよびて、つゐにその名となれり。これにあけらといふ文字をかうぶらしめしは、安永の比わがやどりにまどゐせし夜、行灯はりたる紙にたはぶれて、われのみひとりあけら菅江、とかきしをはじめとす。中比菅江二家の姓をはゞかりて、漢江とかきかへしが、あづまの比叡の山の宮（日光輪王寺宮六代公遵親王）のきかせ給ひて、もとよりたはれたる名なれば菅江といふとも何かくるしからんとの給ひしより、又もとの名にあらためしとぞ。そのゝち朱楽館と称し、豆腐をすけるによりて淮南堂とよび、不忍の池のほとりにうつろひて芬陀利華庵ともいひき。

右文中にいう景基を景貫と改めた時期、南畝が「あけら菅江」と名付けた「安永の比」、菅江を一時漢江と書き換えた「中比」、そして不忍の池の畔に転居（隠居であろう）して芬陀利華庵と称した時期については、それぞれ後述する。

その生没年月日については、当初は牛島、今は向島三囲稲荷境内にある彼の辞世狂歌碑を実見したところ、その裏面に左記のように刻まれていた。

先生姓山崎、諱景貫、字道甫、朱楽菅江其号也
生于元文戊午十月廿四日、終于寛政戊午十二
月十二日、葬于青山青原寺

この三行が裏面の全文である。諸書にみえる六十一歳という享年を没年からの逆算ではなく、元文三年十月二十四日という誕生年月日から直接知り得たことは収穫であった。なお、この辞世狂歌碑は大きさ約一・五米ほどで、表面には「朱楽菅江／執着の心や／娑婆にのこるらむ／よし野の桜／さらしなの月」と刻まれている。

家系については、浜田義一郎氏が「朱楽菅江覚書」（『江戸文芸攷』〈岩波書店、昭和63年〉所収。初出「大妻国文」第三号、昭和47年3月。以下「覚書」と略称）に紹介された、父の墓石に彫られた菅江の漢文に詳しい。それによれば父は山崎幸左衛門、諱を尚伸という江戸の人で、享保年中に祖父景尚に代わって御先手与力となった。槍法を家に受けて剣とともに諸生の師となる一方、書にも巧みで寛保年中（菅江五、六歳前後）に秘書写手となった後、数年病んで致仕し、寛政五年（菅江五十六歳）五月廿六日に八十七歳で没した。先妻との間に一女があって、西郷氏に嫁いだ。先妻没後に後妻を娶って三男一女をもうけたが、長男と一女が先に没し、次男が景貫こと菅江、三男を忠恒といった。末尾に「不肖景貫敬撰、男景福建」とあるというから、この時菅江はすでに隠居の身であったろう。一人息子の景福は狂名

を雛人影と称し、菅江弟の忠恒も塩屋辛人の狂名で狂歌活動をしているが、特に著名なのは菅江の妻で、名前の「まつ」をも掛けた節松嫁々の狂名は広く知られている（後出）。

(2) 安永期までの動向とその戯作等

名古屋版の『狂謌弄花集』巻頭に転用された、寛政九年仲夏付の橘洲の一文（括弧内は石川補記）に、

予（橘洲）額髪のころより和歌を賀邸先生にまなび、（中略、明和七年に行われた『明和十五番狂歌合』の頃から）二とせはかり経て、朱楽菅江また入来る。これまた賀邸の門にして和哥は予が兄なり。和歌のちからもて狂詠おのづから秀たり。

とある。橘洲が賀邸に入門した時期を仮に十四、五歳の宝暦六、七年と仮定しても、菅江はこの時以前にすでに賀邸門下だったことになる。推定するに、菅江十四、五歳の宝暦一、二年前後の頃の入門であろう。ちなみに南畝が賀邸に入門したのは、宝暦十三年十五歳の時だった。江戸六歌仙の一人に数えられた内山賀邸は名を淳時、別号を椿軒といい、市谷の加賀屋敷（藩邸名ではなく地名）に住んだので賀邸と号した（浜田義一郎氏『大田南畝』吉川弘文館、昭和61年）というから、菅江の住む二十騎町とは目と鼻の先である。橘洲の一文からはまた、橘洲や赤良を中心とするごく初期の江戸狂歌界への菅江参加も、安永元年（明和九年）三十五歳頃とわかる。

南畝が菅江を知ったのも明和期で、「草稿序」では前引箇所に続けて、

われ（南畝）十六七のとし明和の比、椿軒先生の筵にありて、その師静山先生遠忌のうたに、古寺秋鐘（後述『奴凧』では「古寺鐘」）といふ題にて、古寺の秋のわかれはさらぬだにかなしき秋をかねひゞくなり（同書、初二句「なく鹿の園のわかれは」）、と菅江のよみしを、先生（末句を）鐘ひゞく声（同書「鐘ひゞく有り」）と直させ給ひしと

き、はじめて景基ある事をしりき。

とある。玉林晴朗氏『蜀山人の研究』（畝傍書房、昭和19年）によれば、明和一、二年に相当する十六、七歳というのは南畝の記憶違いで、坂静山二十三回忌法要が行われたのは萱江三十二歳の明和六年九月二十六日のことという。「草稿序」と同趣の一文が南畝の未刊随筆『奴凧』にもあるが、そこでは萱江について「内山先生に学びて本歌をよみし人也」、「（静山法要の）其時はじめて萱江の歌よみなることをしれり」といっている。南畝はまた安永五年頃の「与山士訓」（『蜀山文稿』所収）の中でも、「道甫（萱江）之和歌」「之輿（橘洲）之俳調（狂歌）」などとその長所を記しているし、酒月米人なども「朱楽氏和歌に心をゆだね、狂歌にとりても秀逸」（『観難誌』）といっている。橘洲や南畝等の当代人がいずれも萱江を和歌の人として評価していることは留意すべきで、後年の八島五岳作『百家琦行伝』（天保六年刊）では、未確認情報ながら「景貫歌集あり」と伝えている。

なお『奴凧』には、萱江は「はじめの名を景基といひしが、家基公の御諱を避けて景貫と改む」ともある。十代将軍家治の長子竹千代君は明和三年に元服して家基と称して西の丸に住んだから、同じ西の丸の御先手与力だった萱江の改名は同年二十九歳の時であろう。

さて、前述のように安永初年三十五歳頃に狂歌界にも加わった萱江だが、その後もすぐには彼の文学作品はあらわれず、滑稽な狂名流行の契機ともなった宝合せの戯会（その成果に『たから合の記』があり、開催は『奴凧』では安永二年、『狂文宝合記』跋文では安永三年二月という）にも参加していない。南畝との関係ではその日記的漢詩集『南畝集』につけば、安永三年十月二十二日に「山道甫」らと一緒に詩経を読んだという内容の詩があり、これが初出である。翌四年からの同書にはその名が散見され、すっかり親しくなったことがうかがえる。ただし両者の交流は主として詩文仲間としてのそれであったらしく、四年春に南畝の漢学の師松崎観海に陪席して山内穆亭宅で分韻したという内容の詩などその好例である。もっとも萱江が観海門下だった確証はなく、後には「漢江詩集あり」（『百家琦行伝』）とも伝えられているが、実際のところは「覚書」の指摘のように、菅江は漢詩が和歌ほど得意ではなかったらしく、南畝の誘いに応じたまでだったのかもしれない。

安永四年はまた、南畝が生涯で最も貧困に苦しんだ年でもあり、見るに見かねた穆亭と菅江が観海門下や賀邸門人に呼びかけたらしく、金銭援助をしている。南畝も「与山士訓」（前掲とは別文。『蜀山文稿』所収）の中で、「敢謝諸(これ)足下（穆亭を指す）及道甫、幸転致同好及諸弟子」と記している。急激に親しくなっていった要因の一つであったろう。

こうした状況から判断するに、「草稿序」にいうあけらを冠した「安永の比」とは、この安永四年以後とみて間違いあるまい。後述するように同六年九月にはすでに朱楽館を称しているから、その時期は安永五年三十九歳前後の頃ということになる。

菅江の出版活動は洒落本から始まった。新宿を題材とする安永六年九月朱楽館主人自序の『売花新駅』（新甲堂刊）がそれで、南畝の『甲駅新話』（同四年秋新甲館刊。題材新宿）と『世説新語茶』（同五年〈推定〉新甲堂刊。題材岡場所四箇所）に刺激されて述作刊行された。続いて翌々年の安永八年にも『雑文穿袋(ざつもんせんてい)』と『大抵御覧』の洒落本二書を出している。前者は朱楽館主人の自叙が自筆の板下であり、いわゆる「菅江の丸の、字」の筆癖がすでに顕著である。また十七丁表から三十七丁裏までの二十一丁分は、その板下の南畝筆であることが指摘されており（『中村幸彦著述集』第十四巻〈中央公論社、昭和58年〉所収「大東急記念文庫蔵洒落本の書入」）、跋者の野原雲輔は後に紀定丸ともいった南畝の甥である。後者には南畝の序があり、「四国の去多彦」名の跋文の板下はまた菅江自筆である。この年は他にも、洒落本とも滑稽本ともつかない『七拳図式』を朱楽館公(ママ)と四方赤良の共著として出版しており、また南畝の別号かともいう山手の馬鹿人作の洒落本『深川新話』には朱楽館主人の名で序を書いている。菅江にとっては南畝との交流をベースに、一躍その文名が知れわたる一年となったわけで、時に四十二歳だった。

ところで「草稿序」に従えば、朱楽菅江と称する以前から貫立の俳号で俳諧活動をしているはずだが、このことについての調査・研究報告があることを知らない。ただ雑俳前句附である初代川柳評の『川傍柳』については、千葉治氏校訂『初代川柳選句集』(上)（岩波文庫、昭和35年）にも収まっていて著名である。菅江が住む二十騎町東隣の牛込御納戸町蓬莱連の句集で、全五編の刊行は初編安永九年八月、二編天明元年（安永十年）五月、三編同年八月、四編同二年八月、五編同三年六月である。全編に菅江の序と吉田蘭香画く柳の口絵があり、三編にはさらに四方赤良の和文序（菅江は漢文序）が備わる。初編に二十句、二編に十六句、三編に十三句、すべて「菅江」の名で句が見えるが、四、五編にはない。「覚書」では蓬莱連に参加したというより、名声ゆえに担ぎ出されたとされる。

それでは、やがて爆発的流行を迎えようとする江戸狂歌壇における名声はどうだったのであろうか。『狂謌弄花集』に転用された橘洲の一文には、前引部分に続けて、

> かの人々（菅江を含む安永前期頃の狂歌作者達を指す）より〳〵て、予（橘洲）がもとあるは木網（落栗庵元木網）が庵につどひて、狂詠やうやくおこらんとす。赤良もとより高名の俊傑にしてその徒を東にひらき、菅江は北におこり、木網南にそばだち、予もまたゆくりなく西によりて、ともに狂詠の旗揚（下略）

とある。時期が明言されてはいないものの、少なくとも安永期の内に相応の力量を示していたことは想像に難くない。しかし、これは江戸狂歌壇内部におけるいわば水面下のことであって、江戸狂歌を出版へとリードした浜辺黒人の初期出版物には広告・予告を含めて、赤良・木網・橘洲の名はあっても菅江の名は出てこない（本書第一章第一節参照）。その狂歌や狂文が収録されている管見の初作は、南畝が安永八年八月に高田馬場で開催し、のべ七十人が参加して詩歌連俳を詠んだ五夜連続観月会の記録『月露草』（ただし未刊本）である。その他の具体的な狂歌活動については、多くは続く天明期を待たねばならないのであるが、その理由は判然としない。

(3)　天明期の狂歌活動

こうして迎えた天明期は江戸狂歌の爛熟期、いわゆる天明狂歌全盛時代で、菅江の出版活動も右の『川傍柳』以外は狂歌・狂文が専らとなっていく。狂歌の作としては天明二年四月二十日に赤良（当日は病欠）や平秩東作らと一緒に主催した、三井長年帰京関連の三囲稲荷狂歌会三企画（写本『栗花集』所収）に各一首ずつ見えているのが早い（本書第一章第二節(2)参照）。以下左記に、同八年までの狂歌刊本に限ってその入集状況を列挙する（ただし21のみは例外で刊本ではなく写本）。なお、Ａは菅江入集歌数、ａは漢江入集歌数、Ｆはついでなので節松嫁々入集歌数を意味し、いずれも狂名仮名書の場合をも含んでいる。

1　『狂歌若葉集』（三年正月刊。橘洲編。Ａ24首）
2　『万載狂歌集』（同年正月刊。四方赤良編。Ａ30首）
3　『絵本見立仮譬尽』（同年正月刊。竹杖為軽編。Ａ1首）
4　『狂文宝合記』（同年七月刊。元木網等編。狂文Ａ1〈赤良と合作〉）
5　『灯籠会集』（［同年］七月跋刊。赤良編。Ａ1首）
6　『狂歌すまひ草』（四年正月刊。普栗釣方等編。菅江跋。Ａ1首）
7　『狂歌狂文老莱子』（同年正月刊。赤良編。狂文Ａ1、狂歌Ａ1首、Ｆ1首）
8　『閏月歳旦』（同年閏正月漢江跋刊。武士八十氏等編。ａ1首、Ｆ1首）
9　『いたみ諸白』（同年七月漢江序刊。編者未詳。ａ1首）
10　『狂言鶯蛙集』（同年十二月漢江等序刊。漢江編。ａ24首、Ｆ23首）

11『徳和歌後万載集』（五年正月刊。赤良編。同四年四月漢江跋。ａ20首、Ｆ9首）
12『狂文棒哥撰』（同年正月刊。鳴滝音人編。同年正月赤良菅江合作序。ａ1首、Ｆ1首）
13『四方春興夷歌連中双六』（［同五年春］序刊。赤良編。ａ1首）
14『三十六人狂歌撰』（［同年］刊。赤良編。Ａ1首）
15『天明睦月』（六年正月刊。菅江編。朱楽館蔵板。Ａ11首、Ｆ1首）
16『吾妻曲狂歌文庫』（同年正月刊。宿屋飯盛編。Ａ1首）
17『絵本江戸爵』（同年正月刊。蔦唐丸編。朱楽館主人序）
18『狂歌花のさかへ』（七年正月［菅江］序刊。菅江編。Ａ3首、Ｆ3首）
19『狂歌才蔵集』（同年正月巻末刊。赤良編。Ａ8首）
20『狂歌千里同風』（同年正月序刊。赤良編。Ａ1首）
21［三囲奉納狂歌額］（同年二月奉納。菅江撰。Ａ1首）
22『古今狂歌袋』（［同年］刊。飯盛編。Ａ2首）
23『画本虫撰』（八年正月刊。飯盛編。Ａ1首）
24『鸚鵡盃』（同年正月［菅江］序刊。菅江編。Ａ2首、Ｆ1首）
25『狂歌数寄屋風呂』（［同年正月］刊。鹿都部真顔編。ａ1首）
26『狂歌松のことの葉』（［同年春］刊。菅江編。Ａ4首）
27『八重垣ゑにむすび』（同年十月跋刊。菅江編。菅江序。Ａ1首、Ｆ1首）

以上が管見に入った。1と2は周知のように一大狂歌ブームを巻き起こす契機となった作だが、その間にあったとされる、橘洲と赤良の確執等の事情についてはここでは詳述しない。ただ本節がらみでいえば、2の編撰者は事実上は赤良とされているが、『割印帳』では「朱楽菅江著」と記録されていて赤良の名はない。また菅江は元木網とともに両者確執後の仲裁・取り持ち役となっており、後述の『狂歌師細見』に「中なほり（ママ）　牛込（赤良）と四ッ谷（橘洲）のわけ合も、菅江さんはもちろん木網さんの取持でさつはりすみやした。これからみんな会へも一所に出てあそぶのサ」とある。菅江の編撰集は2を除いても、10・15・18・21・24・26・27の七作を数える。「草稿序」にいう一時漢江と改めた「中比」は、8から13を見れば、元の菅江に復した時を含めて四十七歳の天明四年及びその翌年の二年間といってよい（25は旧作利用ということになる）。右には掲げなかった名鑑類を見てみると、菅江夫妻を魁首とする狂歌グループは、天明三年四月序刊『狂歌知足振』に「朱楽連」として、両人を含めて三十二人を数える。また吉原細見に擬した同年七月跋刊の『狂歌師細見』では、例の「菅江の丸の、字」（12の序文では「の」字下に横線を引き花押様に意匠化されている）を暖簾に染め抜いた「節松葉やかん」の部に、抱えの遊女に見立てた四十五名ほど狂名が列挙されている。さらに同五年秋刊『狂歌評判俳優風』では、赤良の四方連八十四人には及ばないものの、橘洲（唐衣）連と同じ三十一人を数える。

なお15や18、27の序から、その頃下部組織的なものに山の井連や八重垣連があったらしく、27では節松嫁々に「山の井連」とある。この一派を嫁々が束ねていたのかもしれない。

この期の南畝作との関連でいえば、他にも『めでた百首夷歌』（天明三年刊）に序を送り、狂詩集『通詩選笑知』（同年刊）に「戯言」を記して、和文の注も担当している。こうした戯作以外では、天明二年三月二十一日に、日野資枝の和歌の門人となっている（大田南畝全集本『一話一言』巻五）ことが注目される。さらに小林勇氏「天明風浅見」（「国語国文」第五十五巻九号、昭和61年9月）では、菅江の狂歌論の書『狂歌大躰』をもとに、冷泉為村、為泰といった冷泉家にも入門していた可能性を示唆する。こちらは今のところ確証がないが、もしそうだとすれば渡辺好久児氏「朱楽菅江小論」（明治大学大学院「文学研究論集」第六号、平成9年2月）に整理されているように、二条、冷泉両派の歌学を真摯に学ぼうとする歌人としての菅江をそこに見る。なお右の『狂歌大躰』は周知のように初期は写本で流布していた。寛政三年の写しが早いもののようだが、架蔵のものは本文は大同小異ながら奥書に「天明丁未（七年）猛夏／朱楽菅江／印印／倉部行澄足下」とあり、松平定信が老中首座に就いて寛政改革が始まる二箇月前の写本である。『狂歌大躰』に示されている考えは寛政改革以前からのものであり、軽々に転向などと絡ませてはなるまい。なお、菅江のこの狂歌論書については近時、牧野悟資氏が「朱楽菅江一門考――『狂歌大体』を中心に――」（首都大学「都大論究」第四十七号、平成22年6月）において、詳細に検討されていることを付記しておく。

(4)　寛政期と終焉

南畝が天明末年に自ら狂歌・戯作界と絶縁した後も、菅江は狂歌活動を続けている。寛政元年春（推定）刊『狂歌松のことの葉』（菅江四首）同年七月刊『狂歌いそのしらべ』（菅江、嫁々各一首）、同三年四月序刊『狂歌めし合』（同八首と五首）、同十年序刊のものと十一年序刊のものを合綴した仮題『春興帖』（十年同三首と一首、十一年同各一首）などがそうである。こうした状況の中で、「草稿序」にあるように不忍の池の畔に隠居して芬弥利華庵と称する。この号の最も早い使用例は、管見では大妻女子大学所蔵浜田文庫本『狂歌大躰』奥書に、「寛政三辛亥年春三月／芬弥利花庵菅江」とあるので、ひとまず寛政二、三年の交とみなしておく。時に菅江五十三、四歳である。剃髪も相前後した頃と思われるが、橘洲はその折に「菅江の落髪せしをほぎて」の詞書で、「うら山しきみはかしらの雪解して心の花のときを得ぬらん」（『酔竹集』下巻「雑部」）と詠んでいる。

寛政期では他に、この時期の彩色歳旦狂歌集の動きとも関わる同七年刊『みどりの色』口絵の菅江画く鏡餅図が珍しい（小林ふみ子氏「《翻刻》寛政七年朱楽連歳旦『みとりの色』――北斎伝の一資料――」〈「浮世絵芸術」第一三四号、平成12

年1月〉)。もっとも菅江は早く安永八年一月四日に、絵師吉田蘭香こと東牛斎の写し絵の書き初めにも参加していた(『四方の留粕』所収「春の遊びの記」)から、それなりの絵心があった。最晩年に烏亭焉馬の咄の会の咄本『喜美談語』(寛政八年刊)と『詞葉の花』(同九年刊)にその作が見えるのも珍しく思われるが、これとても突然ではなく、天明六年四月十二日の焉馬の第一回「咄の会」に参加していた(延広真治氏『落語はいかにして形成されたか』平凡社、昭和61年)こととつながっている。

寛政十年十二月十二日、菅江は還暦で没して青山の青原寺に葬られた。寺は現在、中野区上高田一丁目に移っているが、今も墓石が同寺に現存する(ただし「覚書」に紹介された菅江父の墓は発見できなかった)。節松嫁々が没した時に建てられたもので、正面に「運光院恭安道父居士／寥照院孤月貞参大姉」とあり、右側面に「寛政十戊午年十二月十二日／俗名　山崎郷助景貫／号　道父」、左側面に「小宮山常右衛門昌俊娘／山崎郷助景貫妻」とある。

翌年刊の一周忌追善集『古寿恵のゆき』(寛政十一年十二月十二日序、奎運堂西田文右衛門板)は二世淮南堂こと倉部行澄の輯で、ゆかりの人々や門弟たちの追善詠二四七首と、墨印半丁の菅江座像(籬菊丸画)、淡彩摺見開きの辞世狂歌碑を含む牛島図(不染居北斎画)、墨印半丁の淮南堂草庵図(赤松亭秀成画)の三図を収める。所収の芦錐館長雄詠の詞書に、「此霜月十日の夜、雨いとうふりぬれば、一夜二夜我草庵に遊びたまひて、短冊などしたゝめたまひける中に、辞世のうたとて、一刻もはやく死こそ目出たけれながく孫子をくらひつぶさで、となんかいつけたまひて、日数わづかたゝぬ翌月みまかりたまふ」の逸事を伝える。同じく呉羽鳥綾羽詠の詞書には「牛島の辺に、うしの世に残せる言葉をえりて碑立ける」とあって、最初に引用した辞世狂歌碑がこの時に建てられ、その後現在地に移されたものと分かる。無二の親友だった南畝の菅江辞世に和した詠と、遺族三人の詠(詞書なし)を引いておく。

道父居士のけぶりにのぞみて　　　覃

しら雪のふることのみぞしのばるゝともにみし花ともにみし月

この目にも泪はつきじ玉鉾の道しる父のなきわかれより

孤子籬　人影

附添て行ことさへもならざればわれは泪にむせかへるなり

不肖弟塩屋辛人

います時つかへまつらぬ怠りも跡のまつりとなりてかなしき

未亡人節松嫁々

なお追善集としては、同じ年ながら右の書よりも先に『花のかたみ』（寛政十一年三月橘洲序、竜隠庵蔵板）が出ており、そのあたりのことは小池藤五郎氏「朱楽菅江・節松嫁々夫妻の追善集と鴨鞭蔭」（「日本歴史」第一六三号、昭和37年1月）に詳しい。また十三回忌追善集に『たむけぐさ』（二世朱楽館編・蔵板、文化七年十一月通油町松茂堂上梓）があり、巻頭に、遺篋より見出したいまわの時の詠という「とりつめし今はの時にくらぶればありしうき世の中ぞくるしき」の一首を添えた菅江座像と、赤良および元木網の追善詠各一首を配する。菅江の剃髪像は右の追善集三種の口絵が、有髪姿は南畝の『三十六人狂歌撰』（前引14）のものがそれぞれ写実的である。

最後に、大田南畝全集本「草稿序」欄外に、菅江の狂歌の中でも世に賞賛された詠三首が付記されているので引いておく。

あし原やけさはきりんもまかり出ておのが角ぐむ春にあへかし

いつまでもさておわかいと人々にほめそやさるゝ年ぞくやしき

わが命直にはよしやかへずとも河豚にしかへばさもあらばあれ

第五節　小金厚丸と旭間婆行

――狂歌資料から見る洒落本作者――

寛政から享和にかけて刊行された洒落本の作者に、狂歌作者でもあった神田庵厚丸こと小金厚丸がいる。いまその洒落本関係作を中央公論社刊『洒落本大成』（以下、『大成』と略称する）から列挙すれば、次の八作である。

①寛政末期刊　『せいろう夜のせかい闇明月(みそかのつき)』（『大成』第十八巻〈昭和58年〉所収）
②寛政十二年刊　『青楼夜話鄽数可佳妓(みせすがき)』（『大成』同巻所収）
③享和元年刊　『東都気娼廓胆競(くるわのきもくらべ)』（『大成』第二十巻〈昭和58年〉所収）
④享和元年刊カ　『仕懸幕莫仇手本(あだでほん)』（『大成』第二十二巻〈昭和59年〉所収）
⑤享和元年刊カ　『仇手本後編通神蔵(つうじんぐら)』（『大成』同巻所収）
⑥享和年間刊　『岡女八目佳妓窺(かきのぞき)』（『大成』同巻所収）
⑦享和末期　『肝競後編仇姿見(あわせかがみ)』（写本で③の後編。『大成』補巻〈昭和63年〉所収）
⑧刊年不明　『北廓故実内所図会』

これらのうち、②は成三楼鳳雨の著作で、厚丸が口絵を画き校合したものである。また、⑧はすでに尾崎久弥氏等先学が指摘されている如く、安永九年の南陀加紫蘭作『古今青楼噺之画有多(はなしのようだ)』（『大成』第九巻〈昭和55年〉所収）の改題改竄本であり、この⑧の板木の一部は、さらに後述の山旭亭間葉行(まばゆき)の②に流用されている（『大成』所収『古今青楼噺之画有多』の浜田啓介氏解題参照）。

その山旭亭間葉行（旭真波行（まばゆき）とも）の洒落本関係作は、

⑨寛政年間刊　『孔雀そめき』（『大成』第十九巻〈昭和58年〉所収）

⑩寛政年間刊　『手管見通五臓眼（ござうめがね）』（『大成』同巻所収）

⑪刊年不明　『金の和良路』

の三作で、⑪は寛政二、三年ごろの廓通交・廓集交の両人撰『面美多通身（おもいたつみ）』（『大成』第十五巻〈昭和57年〉所収）の改題本である（尾崎久弥氏『江戸軟文学考異』〈中西書房、昭和3年〉所収「疑問の絵本と洒落本」）。

ところで、尾崎氏はこの厚丸と間葉行を異名同人かとされる。同氏の右論文や、「洒落本改題本の新記録」「洒落本雑記」（ともに『江戸軟文学考異』所収。同氏没後に同氏著中村幸彦氏編『近世庶民文学論考』〈中央公論社、昭和48年〉に再録）で指摘されているおもな根拠をあげてみると、

（一）厚丸①④⑤に間葉行の序または跋があり、間葉行の⑩に厚丸の序がある。

（二）特に厚丸の④における間葉行の序には、作者自身の序のような口調がある。

（三）厚丸は③の巻末で、「千早ふるかん田の八町堀のひんかしらん水のほとり浜荻楼上におゐて　小金あつ丸しるす」（⑥の自序にも同文がある）といい、間葉行も⑩の自序に「藍水北居山旭亭演」と記している（「藍水」は神田藍染川のこと）。

（四）『古今青楼噺之画有多』に関連して、前述の⑧⑨の如き関係がある。

などである。この説について『洒落本大系』第八巻（六合館、昭和5年）所収①の解題では、間葉行は厚丸の仮号と考えられるといい、『大成』所収①の中野三敏氏解題などでは、その可能性の高いことを認めつつも、断定するにはなお二、三の資料を必要としようと述べて慎重である。

厚丸の略伝については、狩野快庵氏『狂歌人名辞書』（横尾文行堂・広田書店、昭和3年）に見えており（ただし典拠不

記載)、『大成』所収③の中野三敏氏解題と『大成』所収⑦の水野稔氏解題がともに引用する旧蔵者式亭三馬の識語からもうかがい知ることができるのであるが、ここでは従来ほとんど注目されなかった資料を二、三あげておく。その一は、明治の狂歌作者四世絵馬屋額輔が実見して書きとめた、厚丸の狂歌碑である。『石ふみ集』(西尾市岩瀬文庫蔵)に模写されており、正面に「月花とうかれいでたる夜あるきもけさとちらるゝゆきのあしがき　神田菴　田翁厚麿」とあって、裏側には、

おきな姓ハ藤原にて武藤氏也。名は忠司あざなをあつ丸といふ。江戸神田鍋町の人なり。はやく家産を滅ひて花鳥のいろねに心うかれて、ひたすら国々を遍めぐらふこと二十余年なり。一たび元杢網につきててにをはをまなび、また六樹園知己と称して、たえずこれとゆきかよふ。笹廼屋とよび落穂庵と称す。このほか藤樹園六史園など、別号さま〴〵おほかり。としいそぢのころほひ、豊島郡に庵を結び不断庵と名のる。国字詩に一家をなして、ミづから国字詩俳堂ととなふ。やまひをうれへて日暮里に家をうつし、夏ハかしらをそり冬ハ有髪となり、神田隠居また田翁とよぶ。狂歌に遊ぶこと五十年あまり、遊歴の国々四十五箇国に及ぶとなん。

文政十二年己丑初冬　　　　六樹園主人　石川雅望識

とある。後述のように厚丸は文政十二年十月十日に没し、右の狂歌がその辞世であることから、この狂歌碑は没後すぐに建てられたものと思われる。六樹園との親交もまた注目すべきで、ちなみに六樹園撰『狂歌画像作者部類』(文化八年刊)には、肖像画は載っていないが「小金厚丸」として、「厚丸別号笹廼屋、俗称武藤吉兵衛、東都神田ノ住、賈人」の略伝と、「まめやかに心いらるゝわがそでのなみだも今はあられとぞなる」の一首が見えている。なお、右の狂歌碑について、額輔は「日暮里修性院、俚俗花見寺庭中に建り。堅石にて高サ五尺位」と注記しているが、同院(現、西日暮里三丁目)には現存していない。資料のその二は、これも額輔が写している墓碑の図で、『狂歌奥都城図志』(西尾市岩瀬文庫蔵)に見えている。正面に「浄誉厚丸寿仙信士」、この戒名の右と左にそれぞれ「文政十二己丑年」

「十月十日」とあり、墓碑右側面には「辞世」として前述「月花と」の詠が記されている。額輔の付記するところによれば、墓所は浅草の西福寺（現、蔵前四丁目）であるが、墓碑の場所がわからず、記載は友人の山口豊山子の図によったという。これまた同寺には現存していない。なお、山口豊山も明治期に熱心に掃苔活動をした人物で、分野別に筆録した稿本『夢跡集』（国立国会図書館蔵）はよく知られている。その三は石塚豊芥子の『戯作者撰集』記載のもので、「小金厚丸」として、「神田鍋町伊勢屋吉兵衛ト云紙問屋なり。[吉]ノ印なり。東側ニ而近江屋新兵衛ト云蠟燭問屋の南隣ナリ。今ハ二軒共なし」とある。簡略だが誠に具体的である。

さて一方の間葉行については、短い記述ではあるがこれまた『戯作者撰集』に「山旭亭」として見えているのに気づいた。「文化三丙寅　羞明（マバユキ）ト云。俗性藤代屋太兵衛、神田鍋町住居。家主ニ而骨董鋪ナリ。今ハナシ」とある。厚丸と間葉行は、同じ神田鍋町に住む別人だったのである。

間葉行については、他にこれといった資料を見つけることができなかったが、改めて厚丸の狂歌活動を追ってみたところ、三部の狂歌本に二人そろって入集しているのをみかけた（むろん他にもまだあるだろう）。一つは桑楊庵光撰『狂歌太郎殿犬百首』（寛政五年刊）で、故兼あつ丸として一首、旭真婆行として四首入集している。その二も同年同人撰のもので、『狂歌上段集』に故兼厚丸として一首、小金厚丸として八首、旭間婆行として四首見えている。その三は浅草庵市人撰『狂歌柳の糸』（同九年刊）で、武蔵葛飾の項に、

見ればみな長者となりぬ巳のとしのしりくめ縄をはるの日のあし　　神田菴厚丸

また同じく武蔵の項に、

あまの戸をひらいてかざすはつ日がさ不二はにほんの立えぼしにて　　穂並連　穂並菴真婆行

の各一首が入集している。間葉行が前述の①の跋や⑩の自跋でも「穂並菴」と称しているのは、自らが頭目となっている狂歌の連にちなむものだったのである。間葉行も厚丸同様、狂歌がその活動において大きな位置を占めていたと

思われる。

なお、棚橋正博氏もこの両人の別人なることを調査されており、後に「寛政・享和期の洒落本作家像」（「季刊　江戸文学」創刊号、平成元年11月）と題して詳細に報告されていることを付記しておく。

第六節　浅草庵の代々

浅草庵とは天明狂歌作者の浅草（庵）市人を初代として、大垣守舎（もりや）（二世）、黒川春村（三世）、高橋広道（四世）を経て、明治の岡野伊平（五世）まで続く庵号である。それがこれほど明確に継承されている例は特異といってよい。ちなみにいわゆる狂歌三大人を見てみる。まず唐衣橘洲に二世はいない。巴人亭とも称した四方赤良こと蜀山人にも二世赤良はおらず、四方姓は鹿都部真顔を経て酒月米人（四方滝水）に、巴人亭は頭光を経て右の市人がその三世を継承、蜀山人の号は文宝亭文宝を経て三世までである。朱楽（館）菅江も淮南堂と芬陀利華庵の別号に分かれ、朱楽館と芬陀利華庵が各二世まで、淮南堂が三世までである。さらに天明期最大の門人を擁していた落栗庵元木網も三世までである。付言しておくと、その三世木網が本章第七節で述べる村田元成である。これらと比較しても浅草庵継承の特異性が知られよう。なお五世浅草庵についてはその時代背景も異なるので、立項せずに付言する程度にとどめる。

(1)　天明狂歌作者浅草庵市人

初代浅草庵である浅草市人は天明狂歌作者の一人で、その略伝については、黒川春村の手になる未刊の浅草庵系譜書『壺すみれ』(1)（後出）に、「大垣氏、通称久右衛門、法名隆山。号浅草庵、又都響園、巴人亭、墨用廬、壺々山人。浅草ノ人。文政三年辰十二月廿八日没、年六十六。浅草大松寺」とあり、逆算して宝暦五年の出生である。別号としては他に、十二月庵（同書享和三年六月条）、墨用廬東岸（後出『狂歌若緑岩代松』）がある。前述の巴人亭の号を頭光（つむりのひかる）から譲られていることからして、初期のころは光の伯楽側に属していたと思われるが、寛政八年四月の光死没後に独立して壺側（浅草庵の社中をいう）を立てて魁首となり、翌九年の歳旦狂歌集『柳の糸』で浅草庵を名乗るに至る。没年月日と享年は春村の『草庵五百人一首』（後出）における記載も同じだが、こちらには琵琶を抱えるその座像とともに、「野も山もあつめてきつる梅が、をいかでいれけんまどの春風」の一首を掲出する。多少まとまった伝記が、四世絵馬屋額輔稿本『狂歌奥都城図志』（明治二十四年自序。西尾市岩瀬文庫蔵）に見えているので、次に引用する。

初代浅草庵壺市人は、姓大垣氏にして通称を伊勢屋久右衛門といふ。浅草田原町通り角東仲町に住し、質物を業とす。性狂歌を嗜みて、壺側の棟梁たり。蜀山人を無二の友とし、其他当時斯道の名流と交り名声海内に鳴る。社中高名の門弟、挙て数へがたし。常に平曲を弄びて、琵琶を弾ずるに最も妙手なりしといふ。巴人亭、壺々陳人等の別号あり。後年庵を墨田川の下流に移し、こゝに世をのがれて墨用と号す。また後に都響園と呼ぶ。この号は文化十五年の春、皇都冷泉家より市人に自詠の狂歌を進ずべきよし、執事旦（ママ）上主膳をもて仰ごとありければ、四季恋雑の狂詠三十六首を短冊にしたゝめ詠進せしに、冷泉少将殿いたく感ぜさせ給ひその賞として、額面書流の家柄なる今城中将定成朝臣に都響園といへる額面の染筆を乞はせ給ひ、はる〴〵市人に贈りたまはりしといふ。こは皇都にまで名のひゞきしといふ意にて、斯道に名高きことを是を見ても知るべし。ひとゝせ

孝行のこゝろを天も水にせずさけとくまする養老の滝

といへる自詠を石にゑりて、美濃の養老寺にいとなみ建り。また文化九年、社中の人々ちからをあはせて、師のよめる

ほとゝぎすなかぬもうれしまつうちは世のうき聞ぬ耳とこそなれ

といふ歌を石にゑりて、浅草観世音の境内に建り。今尚現存せり。文政三辰年十二月廿九（ママ）日、享年七十有余（ママ）にて

没す。浅草松清町（旧本町）禅宗大松寺に葬る。法号を「隆山居士」といふ。

なお他に、明治期の東都掃墓会幹事だった山口豊山の稿本『夢跡集』（成立は推定明治前期。国立国会図書館蔵）に、晩年に甲州の某寺に入って剃髪し、名を隆山と改めた逸事が紹介されている。

さて、市人と天明狂歌壇との関わりは、天明三年の爆発的流行翌年の暮れ頃、それも四方赤良を介してのことだったようで、市人追善集『あさくさぐ〳〵』（後出）の蜀山人序に、「天明四のとし、浅草市にたつの冬、はじめて浅草庵にたちよりしより、としごとの市に此庵にいこはざる事なし」とある。つまり天明四年辰年冬、それも浅草市が立つ十二月に初めて大田南畝と面識ができたことになる。市人の天明狂歌界への入り口は四方側からだったとみてよかろう。そうだとすれば、南畝は同七年に狂歌界と絶縁するのであるから、前述の伯楽側への移籍は同八、九年（寛政元年）頃と思われる。刊本にその狂歌が見えるのは三十三歳の天明七年が最初で、赤良編『千里同風』（歳旦狂歌集）と同編『狂歌才蔵集』、それに宿屋飯盛編・北尾政演画『古今狂歌袋』（狂歌絵本。座像に「じやうはりの鏡が池のあつ氷うつしてみたき傾城のうそ」の一首を添える）、飯盛編・喜多川歌麿画『絵本詞の花』（狂歌絵本）の四書がそれである。やはり赤良の四方側刊本または赤良と親しかった飯盛の編著から狂歌壇に登場したのである。翌同八年刊の朱楽菅江編『鸚鵡盃』（歳旦狂歌集）および飯盛編・歌麿画『画本虫撰』（狂歌絵本）への入集を経て、その活動はおおよそ文政初年頃まで続く。いま二世浅草庵守舎が入門したとおぼしき寛政後半期の代表的編撰作をあげれば、『柳の糸』（寛政九年。前出）、『男踏歌』（歳旦狂歌集。同十年）、『東遊』（北斎狂歌絵本。同十一年。『絵入狂歌みやこのてぶり』はこの改題本）、『東都名所一覧』（北斎狂歌絵本。同十二年）などがある。

(2)　二世浅草庵大垣守舎

ア　略伝および浅茅庵時代まで

浅草庵二世の大垣守舎については、これまた『壺すみれ』に「深沢氏、後改大垣。通称新兵衛。上野国山田郡大間々ノ人。初号浅茅庵、後継浅草庵号。来住浅草。一号都響園。天保元年庚寅四月四日没、年五十四。浅草大松寺」とあり、逆算すれば安永六年の出生（市人より二十二歳年少）である。別号としては他に、都鳥園（後出『狂歌百将図伝』）とも称した。また『草庵五百人一首』には冠姿の座像と、「なにひとつなしもはたさで年のはてしはすのはてとなりにけるかな」の一首を載せる。『壺すみれ』からは他にも、二十七歳の享和三年六月に「浅」号（具体的には浅茅庵の号を指す）の使用が許され、文化二年六月二十五日に浅草並木町の料理茶屋巴屋山左衛門座敷にて判者披露、二世浅草庵としての月次会は市人三回忌翌年の文政六年正月から始まり、その二世襲名披露（題「都春」）は同年三月十日に右の巴屋にて行われたことも判明する。襲名時守舎四十七歳である。なお略伝事項としては、狩野快庵氏『狂歌人名辞書』（横尾文行堂・広田書店、昭和3年）発刊後新たに、江戸へ出て六蔵亭と号したとの指摘[2]がある。

守舎の活動歴が確認できる最初は、市人編の北斎狂歌絵本『東遊』（寛政十一年春。前出）である。同書の特色は狂歌の配列が作者の国別順になっていることで、上野大間々から始まり、最後に「執事」等の関係者の詠をまとめて掲載する。その関係者の部に「執毫」として、「さく花の雪には下戸もくむ酒の酔さめ寒き春の夕かぜ　六蔵亭守舎」と見えており、刊記の「筆工　六蔵亭」も同人である。その担当役柄と上野大間々の部に入集していないことを考えれば、この時すでに市人門人として江戸にいたと思われる。この寛政十一年時、守舎は二十三歳である。

ここで『狂歌あきの野ら』なる書に注目したい。同書は元はといえば文化七年五月に没する萩の屋こと大屋裏住の編撰だが、後に合歓堂が手を加えて同十年に刊行されている。その刊本に六蔵亭守家の一首がある。守舎は守家が正しく将軍家の諱を憚ったまでとの指摘[3]に従うならば、守家の号が先ということになる。そこで遡ってみると、寛政八年三月自序刊の桑楊庵頭光編『狂歌晴天闘歌集』に雨守家なる上毛作者がいる。この人物は翌九年三月石川雅望序の刊本『巴人亭主人追善夷曲集』（前年四月十二日に四十三歳で没した頭光の追善集で書名は書外題による。聖心女子大学図書館蔵）にも、上毛大間々の国付けで入集する。ところが、市人編の同じ寛政九年の歳旦狂歌集『柳の糸』（前出。『東遊』と同じ編集形式）では、上毛大間々の部ではなくて関係者の部に、これまた「執毫」として入集している。この間の経緯を考えてみるに、雨守家と称する人物が上毛と江戸に二人いたとも考えにくく、結局は守舎の前号が雨守家である可能性が極めて高いことになる。もしそうだとすれば、守舎が江戸に出たのは二十歳の寛政八年中と思われ、初めは頭光に従ったものの光が没したため、改めて市人に師事し直したことも考えられる。

では、寛政十一年以前または同八年中に江戸に出た守舎はいつまで東都にいたのか。市人撰『狂歌萩古枝』（享和二年に相当する頭光七回忌追善集）を見るに、六蔵亭守舎の名で詠二首が入集するものの、巻末の「集中諸国作者」一覧に当たると、江戸の部ではなく上野大間々の部にその名がある。つまり守舎はこの時すでに帰国しており、そうなると結局最初の江戸滞在期間は長くても五年半ほどという計算になる。次の出府は、後述するように二世浅草庵を襲名するための文政六年三月で、この間概略二十年ほどは郷里にいる。もちろん一時的な出府・帰国は当然あったろう。以下、二度目の出府までの動向を順次具体的に述べる。まず浅茅庵の号を許された享和三年（前述）以降の守舎入集資料で年次が特定できる刊本を列挙すると、

(ア)六樹園雅望・千秋庵三陀羅法師・市人の江戸三大人合評『ほとゝぎす塚』（催主二世桑楊庵干則。文化五年に相当する頭光十三回忌追善集。九州大学文学部富田文庫蔵）
(イ)六樹園編『狂歌評判記』（同八年春自序）
(ウ)同編『狂歌画像作者部類』（同八年九月）
(エ)時雨庵萱根編『狂歌若緑岩代松』（市人序、蹄斎北馬画。同九年正月）

（オ）浅茅庵守舎編『狂歌六々藻』[4]（市人序、北馬画。同十二年正月）がある。（ア）では六蔵亭守舎の旧号で入集していてそこに大間々の国付けがあり、評判記（イ）では、「恋之部」に「上上吉　浅茅庵守舎　上州大間々」とある。（ウ）では「（浅茅庵）守舎、別号六蔵亭。深沢氏、字新兵衛。上毛大間々住」との注記があるが、この時点ではまだ大垣姓を称していないことに留意しておきたい。（エ）の編者萱根は守舎と一緒に壺側の判者となった、下野宇都宮の通称中里東吾（『壺すみれ』）のことで、市人の序によればこの一帖は萱根が郷里宇都宮で編んだという。市人の似顔絵風の座像も掲載するこの書は下野と上野の壺側社中の集であるため、浅茅庵守舎を初め入集者全員に国付けがない。なお刊記における二人の「発行哥林」の内、「浅草田原町　日野屋茂右衛門」は壺側執事役だった入船湊のことであり、文政五年閏正月二十四日に没した（『壺すみれ』）。いま一人の「浅草東仲町　大垣徳太郎」は入集者の一人である壺星楼繁門で、（ウ）に「（福）繁門、別号壺星楼、一号夏安林。大垣氏、字徳太郎。東都浅草ノ住。市人ノ男」と見え、（エ）の見返しに「哥林　夏安林梓」と記されているその人である。その素性は中野三敏氏編『諸家人名江戸方角分』（近世風俗研究会、昭和52年）に、「（東仲町田原町角の市人と）同居　伊勢屋徳太郎」と出ている。もっとも徳太郎こと繁門は実子ではなく、実は市人弟の万歳亭逢義の男であり、文化十四年八月九日に三十歳の若さで没している（『壺すみれ』）。（オ）は上野大間々千載連の詠を浅茅庵当人が一巻に編んだもので、選ばれた三十六名を半丁に一名ずつ配し、その像とともに各自詠一首を付す。その三十六番目に、「をば捨し隣の人にくますべき水にはあらじ養老の滝　浅茅庵」とあり、煎茶を嗜むその座像は刊行時三十九歳の守舎である。なお文化期頃の守舎の活動といえば、本来ならば菅竹浦氏『狂哥書目集成』（星野書店、昭和11年）に掲出されている、いずれも市人編の『耳目集』（文化三年）・『古今狂歌集』（同六年）・『狂歌三愛集』（文化年間）の他、市人等編『狂歌紫のゆかり』（文政元年）、遡って市人編『狂歌伊勢の海』（寛政年中）や知己の千種庵霜解編『狂歌幕の内』（享和二年）などの六部の書は必見であるが、残念ながらその所在がことごとく不明である（本節末尾の【補注】参照）。

参考までに国付けがない資料の代表的なものもあげておくと、市人編・豊国画『俳優相貌鏡』（文化元年万春堂）と、葛飾北斎摺物集の『春興五十三駄之内』(5)（文化元年春）および同『狂歌師像集』(6)がある。歌舞伎資料でもある前者は、名を記さない役者似顔絵三十三図に狂歌一首を添えたもので、浅茅庵守舎の名で一首見えている。後者の摺物集二種の内の五十三駄は、三河の浅倉庵三笑を中心とする擣衣連の企画にして二世桑楊庵干則と市人の撰である。その「鞠子」宿の一枚に、「鶯のすり餌の鉢やとろ、汁おなじ色なる若葉青のり　浅茅庵守舎」とある。残る画像集は当時の壺側社中の中堅どころを中心に、一人ずつ自詠一首とともに絵札風にした摺物集である。北斎描く浅茅庵像には、「梅さくらばかりが人のめにつくは花だといへる青柳の糸」の一首を添える。

以上、享和二年にはすでに帰郷していた守舎の動向を、雑駁な調査に頼りつつ文化期末あたりまで概観してきた。右の国付けのない代表的三例や前述の『狂歌若緑岩代松』、『狂歌六々藻』などは国元ではなく短期出府中の成果だったかもしれないが、この間の生活基盤がおおむね郷里にあったことは認められるであろう。なお補記すれば、湖鯉鮒輯『狂歌類題後杓子栗』中之巻（文政三年）に六蔵亭守舎の一首があるが、類題集という性格を考えれば旧詠が採られたまでであろう。また文化末期における烏亭焉馬月並会の成果『狂歌棟上集』正続に六蔵亭なる者がいるが、これは守舎のことではなくて焉馬門下の六蔵亭宝馬である。

続く文政期の守舎で注目すべきは、同三年の二書と同六年という節目の年である。三年の二書とは守舎著の『清話抄』（二巻二冊。浅草庵〈市人〉序。同年夏刊。浅茅庵蔵板、弘所三都四店〈末尾は浅草新寺町の和泉屋庄次郎〉）と、この年に没する市人の追善集『あさくさ〳〵』である。二書のうちの前者については市人がその序中で、東都ではやる狂歌について学ぶ手がかりすら持たない山里の者のために、「狂歌の作」を稲作の「とこ」から「みのりする秋までのしわざ」に喩えて述べているので、初学を対象とした狂歌手引き書であることは明らかである。右の山里とは守舎の故郷上野や隣国の下野を匂わせた表現と思われるが、特に上毛は天明狂歌作者の畑金鶏の故郷ということもあってか、早くから狂歌への関心が高かった(7)。『清話抄』については、従来三世浅草庵春村の著作とされる『歌道手引種』との関連を春村を論じるところで述べるので、ここでは詳述しないこととする。いま一書の市人追善集はその弟の万歳亭逢義（前出）の編で、蜀山人の序と、松桜庵高人（『壺すみれ』によれば、守舎と一緒に判者となっている）の序、それに正学坊明風の跋を付す。大晦日前々日の没ゆえ、実際の板行は翌同四年だろうが、上毛大間々の浅茅庵守舎として、「あすとはむあさてとはんも眺るにてけふはむなしきみあとをぞとふ」と見えている。

右の二書以外で同三年から同五年までの資料としては、いずれも大妻女子大学図書館蔵の

a市人編『あさけの霜』（文政三年十一月万歳亭逢義序。催主二世真砂庵道守。『壺すみれ』にも見える二世桑楊庵干則一周忌追善集）

b浅茅庵編『狂歌蓬の露』（同四年六月開巻。催主上毛桐生青柳総連。壺瓶楼万丸追善集）

c浅茅庵編『狂歌七題集』（同四年十月開巻。催主上野大間々壺弓廬有竹）

d浅桐庵一村・太桃白記・浅黄堂染人合評『納会狂歌合　兼題　氷』（同四年十一月開巻。催主四季花道、差副万歳総連。浅桐庵については、後述の「二世浅草庵時代」資料Aに関する補足説明参照）

e浅茅庵編『連名披露狂歌合』（壺泉楼竜海序。同五年春〈序中に「うまのとしの春」とある〉。催主上野桐生五百機連）

の五点がある。これらの内ではaとdに大間々の国付けで入集しており、残るb・c・eは郷里での編撰である。結局守舎は文政に入っても国元生活を続けていたことになる。

イ　二世浅草庵時代

文政六年が守舎のいま一つの節目とは、もちろんこの年から二世浅草庵時代が始まるからである。『壺すみれ』には市人が没した翌年の同四年条に、「是歳、浅門、老若二分す」とある。浅草庵の名跡相続に絡むものであろうこと

は想像に難くないが詳細は不明で、同六年に二世を襲名した四十七歳の守舎が老若どちらに属するのかも判然としない。ともかくも天保元年（文政十三年）四月に五十四歳で没するまでの守舎関連資料を以下に列挙する。なお、原本の所在が確認しづらいものに限り、その現所蔵者名を記載する（以下同じ）。

A浅黄堂染人編『鷽』（文政六年二月開巻。催主上野桐生万歳連。東北大学附属図書館狩野文庫蔵）

B浅草庵守舎・浅紅園勝海編『狂歌隅田川名所図会　東岸之部』（「浅草庵のあるじ　大垣守舎」自序。同六年八月刻。春翠園蔵板）

C浅草庵大垣守舎編『狂歌続伊勢海』初編（「文政七とせのむつき　浅草庵」自序。早稲田大学中央図書館蔵）

D浅草庵（守舎）編『狂歌千歳友』（「文政七とせのはづき　浅草庵大垣守舎」自序。同七年八月刊。出羽米沢浅翠庵蔵板）

E浅草庵大垣守舎・二世千種庵口網諸持編『狂歌武蔵野百首』（浅草庵自序、諸持自跋。同七年十月開巻。浅草庵蔵板）

F浅草庵（守舎）・茅花園編『狂歌こぞのしをり』（「文政八とせといふ年はづき　茅花園太桃白記」自序。催主は茅樹園丈枝・茅右園盛枝。前年九月十二日没の上毛桃の花枝追善集）

G浅草庵（守舎）等五人編『狂歌吉原形四季細見』(8)（同八年冬刻。花笠連蔵板）

H浅草庵大垣守舎編『狂歌続伊勢海』二編（同八年刊。早稲田大学中央図書館蔵）

I同編『狂歌続伊勢海』三編（同九年刊。同館蔵）

J西来居（未仏）・松樹園（藤丸）編『狂歌百将図伝』（国直画。同九年刊）

K浅草庵守舎編『狂歌坂東太郎』（旧蔵者による同十年三月開巻との書込がある）

L浅草庵（守舎）等編『狂歌花鳥四帖』（同十年十一月開巻。春翠園蔵板）

M浅草庵（守舎）等九人編『三才月百首』（浅草庵自序。同十二年四月行成。春友亭蔵板）

N浅草庵（守舎）・湖濤園・臥竜園編『狂歌真木柱』（「文政十二年の冬　千種庵（諸持）」序。同十二年十一月開巻。春

友亭蔵板）

の十四書がある（ただし、黒川春村が随日園本蔭として入集する後出の⑭⑮は刊年未詳のためひとまず省いた）。補足説明をすると、Aはその末尾に添付された浅茅庵名の摺物によれば、故市人が早くに許した染人の浅号「浅黄堂」を改めて披露した桐生の書で、その巻末には同所浅桐庵（前出dにおける評者の一人）での当座（同六年三月。浅草庵〈守舎〉撰）を付す。つまり守舎は江戸で浅草庵二世の正式襲名披露をする直前まで国元にいたようで、これが継続的な国元在住を示す最後の資料である。同じ月に江戸に移住して二世を継承した守舎は、Bにおいて初めて大垣姓を名乗る。襲名五箇月後のことである。以後FとJを除き、主として同九年のIまで約三年間ほどは、編者または序者として「浅草庵大垣守舎」と明記し、以後は姓のみ省いた浅草庵守舎が定着する。市人には元々家督を譲るべき実子がいなかったのか、弟万歳亭逢義の男である壺星楼繁門を迎えて同居したものの、その繁門も文化十四年に三十歳で没している（前述）。思うに、守舎は浅草庵の庵号だけでなく市人の大垣家をも継いだのではあるまいか。少なくとも大垣一族の一員として迎えられたことは、墓所が市人と同じ浅草大松寺であることからも首肯されよう。

守舎についてはなお浅茅庵期の国元資料二、三が、篠木弘明氏『上毛古書解題』（歴史図書社、昭和54年）や同氏『俳山亭文庫書目解説』（私家版、平成3年）に見えているが、一見の機会を得ないままでいる。

(3)　三世浅草庵黒川春村

ア　略伝および随日園本蔭時代まで

幕末の著名な蔵書家[9]にして国学者だった春村については、早く清宮秀堅氏『古学小伝』（玉山堂、明治19年）によれば、狩谷棭斎に古学を学び、清水浜臣や天保の四大家（香川景樹、平田篤胤、伴信友、橘守部）没後は、「内藤広前ト都下ニ二人ノ物シリナリ」と評された。また春村が狂歌界の三世浅草庵だったことも早くから知られており、同書においても「初ハ浅草庵守舎ト云俳諧歌師ノアトヲツギテ俳諧歌ヲヨマレケルガ、幾程ナク其コトヲ止メテ和歌ノミヨマレケリ。年タケテハソレハタ要ナキコトナリトテ、ハカ〴〵シクモ読出ラレズ、専ラ国学ノ道ヲツトメラレ」たと伝える。しかし国学者春村の出発点ともいえる狂歌活動の調査研究は、国学者としてのそれと比較してあまりにも立ち後れており、その基礎的調査すらなされていない[10]。

改めてその略伝から記す。自らの編著である『草庵五百人一首』には、「江戸浅草人。通称治平。初曰本蔭、後継浅草庵号。一号随日園、又都草園、壺々亭、葵園、薄斎」とあり、冠姿で端座する像とともに、「この国のものなりながらふじのねのなかばはくものうへにありけり」の一首を載せる。また『壺すみれ』によれば出生は寛政十一年六月九日（守舎より二十二歳年少）で、他に『狂歌奥都城図志』（前出）に見えるところをまとめれば、幼名勘吉通称を別に次郎左衛門、後に主水と改めて芳蘭の別号もあり、慶応二年十二月二十六日享年六十八歳で病没、浅草新堀端の永見寺に葬られ、法号を「東風院道秀芳蘭禅士」という。居住地等については柴田久恵氏の報告[11]に詳しく、初め浅草田原町に住んで陶器商を家業としたが、二十八歳の文政九年に業を弟に譲って同町三丁目に別家、そこから嘉永四年十一月に本所小泉町に転居、さらに本所大徳院前に居を移した（時期不明）後、慶応二年夏に病臥したという。

春村の狂歌活動については、浅草庵号を継ぐ前のいわば前期活動期と、後期の三世浅草庵期に大きく二分できる。まず前期における活動から述べるが、第一に注目されるのが、春村は守舎に師事する以前に、実は文化末年前後にすでに市人門人だったことである。詳細は複数の異名同人問題が絡むので後述するとして、先に前期活動期における左記の十五種の刊本すべてに、「随日園本蔭」[12]の狂名で入集していることから述べる。なお、この期における春村は主として守舎編撰資料に入集しているため、文政期守舎のそれ（前出のA〜N）と多く重複するが、掲出記号を変えてあえて再掲することをお断りしておく。

①浅草庵守舎・浅紅園勝海編『狂歌隅田川名所図会　東岸之部』　文政六年八月刊（前出B）

「浅草庵のあるじ　大垣守舎」自序。春翠園蔵板。

②浅草庵守舎編『狂歌続伊勢海』初編　文政七年正月序（前出C）

「文政七とせのむつき　浅草庵」自序。早稲田大学中央図書館蔵。

③浅草庵守舎編『狂歌千歳友』　文政七年八月刊（前出D）

「文政七とせのはづき　浅草庵大垣守舎」自序。出羽米沢・浅翠庵蔵板。

④浅草庵守舎・千種庵口網諸持編『狂歌武蔵野百首』　文政七年十月開巻（前出E）

浅草庵自序、諸持自跋。浅草庵蔵板。

⑤浅草庵守舎・茅花園編『狂歌こぞのしをり』　文政八年八月序（前出F）

「文政八とせといふ年はづき　茅花園のあるし太桃白記」自序。催主は茅樹園丈枝・茅右園盛枝。前年九月十二日没の上毛人・桃の花枝追善集。

⑥浅草庵守舎等五人編『狂歌吉原形四季細見』　文政八年冬刻（前出G）

八島貞岡（岳亭）画。花笠連蔵板。

⑦浅草庵守舎編『狂歌続伊勢海』二編　文政八年刊（前出H）

早稲田大学中央図書館蔵。

⑧浅草庵守舎編『狂歌続伊勢海』三編　文政九年刊（前出I）

早稲田大学中央図書館蔵。

⑨浅草庵守舎編『狂歌坂東太郎』　文政十年三月開巻（前出K）

開巻年月は旧蔵者の書込みによる。刈谷市立図書館村上文庫蔵。

⑩浅草庵守舎等九人編『三才月百首』　文政十二年四月行成（前出M）

浅草庵自序。春友亭蔵板。

⑪浅草庵守舎・湖濤園・臥竜園編『狂歌真木柱』　文政十二年十一月開巻（前出N）

「文政十二年の冬　千種庵（諸持）」序。春友亭蔵板。

⑫千種庵諸持編『狂歌六帖題苑第一帖』　刊年未詳

諸持が④の跋文でこの度二世千種庵を継いだと述べているので、④と同じ頃の刊か。大妻女子大学図書館蔵。

⑬浅庭庵竜海・浅哲庵秋住編『狂歌花の錦』　刊年未詳

内題「上野高瀬鳳来山奉納／四季花」。浅草庵（守舎）序。浅草庵（守舎）撰の当座「浅草庵老師待請」を含む。催主は上野高瀬・稲城連。無窮会平沼文庫蔵。

⑭浅草庵（守舎）編『新草狂歌集』上　刊年未詳

所見二本とも、外題・内題ともに「上」と付記されている一冊本。「下」は未刊か。

⑮浅草庵（守舎）・文車庵編『狂歌東都見立八景』　刊年未詳

泉涌成・北渓画。

他にも確認漏れが少なくなかろうが、一見して気づくように⑫と⑬以外はすべて、師である守舎の編撰書である。いささか補足しておくと、①は守舎が郷里の上野国大間々から江戸に出て最初に編んだ狂歌集と思われ、江戸で二世浅草庵の襲名披露を行った文政六年三月を過ぎること五箇月後のものである。春村の詠は隅田川や木母寺、梅若塚等を題に計十六首が入集している。時に春村二十五歳で、守舎が二世浅草庵となった後、もちろん初代浅草庵の市人から続く縁もあったろうが、真っ先に二世の門下となった一人と思われる。

いま一つ注目しておきたいのが、守舎の二世浅草庵としての月並会成果である②・⑦・⑧の『狂歌続伊勢海』全三編である。初編である②の守舎序に、「師（市人）のいせの海にならひて、月なみのすりまきをあはせて、とぢぶみになさむとす。さるはまづことしを初編、くるとしを二編となして」云々とあり、その計画を実行したものがこれである。各編とも末尾近くにそれぞれ本蔭撰の当座があって、春村もまた精力的に参加していたことが窺える。春村が判者となった時期は特定できないが、この当座担当は春村が早くも頭角を現していたことを物語っていよう。

ところで、随日園本蔭とは別に「随日園勝良（かつら）」なる東都の狂歌作者がおり、以下の六部の狂歌刊本すなわち、浅茅庵（守舎）編(a)『狂歌七題集』（前出c。文政四年十月開巻。催主は上野大間々・壺弓盧有竹）、万歳逢義編(b)『あさくさぐ〵』（文政四年冬蜀山人序、同年極月松桜高人序、正学坊明風跋。市人の一周忌追善集）、浅茅庵編(c)『連名披露狂歌合』（前出e。壺泉楼竜海序〈序中に「うまのとしの春」とあるから、文政五年春であろう〉。催主は上野桐生・五百機連）、浅黄堂染人編(d)『鸎』（前出A。同六年二月開巻。催主は上野桐生・万歳連）、それに②と六樹園・浅草庵守舎等六人撰(e)『狂歌新撰花鳥風月集』（六樹園自序、守舎自跋。壺月堂市住輯。北斎画く随日園勝良ら三十六人の狂歌作者肖像を収む。同七年九月刻。東北大学附属図書館狩野文庫蔵）の計六書にその名が見え、以後は見当たらなくなる（②のみに二人の随日園が並出することは後述する）。さらに紛らわしいことに、「正木勝良」なる人物が以下の五部の刊本すなわち、市人判(f)『あさけの霜』（前出a。文政三年霜月万歳亭逢義序。催主は真砂庵。桑楊庵干則の一周忌追善集）、浅草庵（市人）編(g)『狂歌浅草集』（書名は書題簽による。「大間々　浅茅庵」も入集）、浅茅庵編(h)『狂歌蓬の露』（前出b。同四年六月開巻。正木勝良判の当座をも含む。催主は上毛桐生・青柳総連。桐生の壺瓶楼万丸追福集。早稲田大学文学研究科図書室蔵）、万歳逢義編(i)『あさくさぐ〵』（前出）、燕栗園千穎編(j)『新玉帖』（同十二年刊）[13]の五書に入集しているのを偶目した。[14]そこで随日園勝良と正木勝良の双方が入集する(b)(i)の市人一周忌追善『あさくさぐ〵』を改めて検討してみると、国別編集となっている同書においては、すでに文化末年前後には市人門弟となっている春村こと随日園本蔭は見当たらず、正木勝良は「出羽米沢」の部にその名があり、随日園勝良と正木桂長清こと末広庵長清はともに「東都」の部に入集している。つまり正木勝良、随日園勝良、正木桂清長の三人はいずれも別人ということになる。ならば随日園勝良が随日園本蔭である可能性は高く、①が文政六年八月刊であることをも考慮に入れれば、春村は市人門人となってからの文政六、七年の交に、それまでの随日園勝良から随日園本蔭と改称したと考えるのが自然であろう。こう考えれば、翌七年睦月序の②に二人の随日園が入集していることへの説明もつく。また『あさくさ〳〵』における追善狂歌「今よりは歌よむこともかたをかやあはれまなびの親なしにして　随日園勝良」も、「かたを」(片緒)や「まなびの親なし」の語句から、市人に師事すること短くして師と死別した春村の詠とも理解できよう。この随日園勝良が本蔭に先行する春村の初号だとすれば、この追善歌が管見版本中の春村初出歌で、その座像もすでに(e)に見えていることになる。なお、春村は三世浅草庵襲名後に「本蔭」の狂名を上野国津久田の壺瓶楼池田守瓶に譲っている(『草庵五百人一首』)。

イ　三世浅草庵時代

守舎が没した翌年の天保二年二月二十日、春村は勧進役としてその追福会を開催し、一箇月後の三月二十日に浅草庵三世の襲名披露(題「吉野」)を壺側恒例の浅草並木町の巴屋で行っている(『壺すみれ』)。時に春村三十三歳で、守舎が二世襲名時四十七歳だったことを思えばずいぶん若い。

さて、次に三世浅草庵期における春村であるが、その編撰韻文集の刊本は、左の(ア)から(フ)までの二十八点である。

(ア)狂歌遅速五十題(内題)　狂歌　半紙本・一冊　天保元年十月刊　都草園蔵板
浅草庵黒河春村編。「天保とあらたまれるはじめの年　千種庵のあるじ勝田諸持」序。大妻女子大学図書館蔵。

(イ)芳雲狂歌集(内題)　狂歌　半紙本・一冊　天保二年三月序刊　蔵板者名不記載

浅草庵春村編。「天保二年弥生廿日　黒河春村」序。歌題「吉野」。

(ウ)名所狂歌集　狂歌　半紙本・二巻二冊　天保四年正月以前刊　浅草庵蔵板

浅草庵春村編。浅草庵序。各巻冒頭に集中作者一覧を付す。また巻二の巻末に付載された天保四年正月付け「浅草庵蔵板書目」には、「草庵五百人一首　美濃本三冊　近刻」「遅早（ママ）五十題　一冊　出来」「怜野狂歌集　二冊　出来」「名所狂歌集　二冊　出来」「草庵狂歌集　二冊　近刻」（これのみ未見）とある。なお、刊行年次と蔵板者名はこの「浅草庵蔵板書目」による。九州大学文学部富田文庫蔵。

(エ)怜野狂歌集　狂歌　半紙本・二巻二冊　天保四年正月以前刊　浅草庵蔵板

所見二本とも上巻（春・夏の部）のみで下巻未見。浅草庵春村編。上巻にある「目録」によれば、未見の下巻は、秋十八題と冬八題から成る。なお、刊行年次と蔵板者名は(ウ)の「浅草庵蔵板書目」による。

(オ)草庵五百人一首(15)　狂歌　大本・三巻三冊　天保四年十二月凡例刊　浅草庵蔵板

黒河春村編。「天保癸巳冬十一月　錦園天野好之」漢文序、千種庵のふた世のあるじ口網諸持和文序。「天保四年十二月　黒河春村」凡例。各巻冒頭に計二五〇名の略伝を掲げ、本文は半丁単位で一名の肖像画とその詠一首を掲載する。墨印肖像画の画者名不記載。なお、蔵板者名は(ウ)の「浅草庵蔵板書目」による。

(カ)三十六番狂歌合　狂歌　大本・一冊　天保五年春刊　池廼屋蔵板

黒川春村編。千種庵勝田諸持判。天保四年二月十二日興行。「天保四年二月　黒川春村」序、「天保四とせの春　千種庵諸持」の後書き。右序によれば、近江日野の池廼屋こと外池真澄と相談して同国小椙百枝に筆をとらせたという。参加者は左右各十八名（左方には、春村と妻の綾刀自も参加）で、題は「閑居の鶯」と「旅宿花」で各十八番。末尾に「天保五年二月　黒川春村」序の愛竜（伴蒿蹊弟で真澄の師）と真澄の和歌を付す。大妻女子大学図書館蔵。

(キ)柳巷名物誌　　狂歌　大本・一冊　　天保五年五月刻　　浅草三世蔵板

浅草庵春村編。村田本成輯。「天保の五とせといふ年さつき、そこのあたり程遠からぬ草の庵に春村」序。当座は柿園本成撰。淡彩刷り挿絵は加保茶宗園文楼（文楼ひと演）画。版下は川佐広好、彫工は朝倉楼雄。吉原の名物や調度、風物や風俗等の詠を収む。

(ク)春秋聯語集　　狂歌　半紙本・一冊　　天保五年十一月刻　　蔵板者名不記載

浅草庵春村・千種庵諸持・燕栗庵千穎編。榊園土雄・千束庵章雄輯。東北大学附属図書館狩野文庫蔵。

(ケ)紅叢紫籔　　狂歌　半紙本・一冊　　天保六年七月刻　　蔵板者名不記載

黒河春村（左方）・村田元成（右方）編。春村添詞。勝田諸持序。文楼浅茅生輯。当座は勝田諸持撰。彩色刷り挿絵は鈴木其一画。版下は川佐広好、彫工は江川道守。花を題とする。

(コ)倣古追詠　上巻　　狂歌　半紙本・一冊　　天保六年七月序刊　　蔵板者名不記載

所見二本とも上巻のみ（下巻未刊か）。黒川春村編。「天保六年七月　黒河春村」序。画者不明の淡彩刷り人物像を収む。人物像入りの『集外（三十六）歌仙』を元に、その半数を採り上げて編んだもの。大妻女子大学図書館蔵。

(サ)着到十首　　和歌　半紙本・四巻四冊　　天保七年刊　　蔵板者名不記載

黒河春村編。春夏秋冬の四巻。春の当座は池田市万侶（三世桑楊庵）・向後河鳥・河合岑雄の各撰、夏の当座は高橋広道・桜井光枝の各撰、秋の当座は新井守村・佐分網造・日下菊村の各撰、冬の当座は村田元成・土屋正臣の各撰。なお、刊年は各原題簽に刻されている。

(シ)羽族類題　　和歌　大本・一冊　　天保八年二月刻　　浅綾庵（外池真澄）蔵板

黒河春村・浅綾庵外池真澄編。「天保八年正月　黒河春村」序、浅綾庵のあるじ外池真澄跋。当座は加藤蔭直撰。鳥を題とする。架蔵。

(ス)江戸名所図会　前編　　狂歌　半紙本・一冊　　天保八年四月刻　　千束庵蔵板

内題「江戸名所前編」。後編未刊か。浅草庵春村・花の屋光枝・千種庵諸持編。淡彩刷り口絵は二世柳川重信画。大妻女子大学図書館蔵。

(セ)奉額普光集（内題）　狂歌　半紙本・一冊　　天保九年九月刻　　下総印西松崎邑、呆下亭蔵板

尾題「俳諧歌普光集」、添付の甲乙録題「普光集」。浅草庵春村・華笑百合満・千束庵章雄編。墨印挿絵は国直画。甲乙録によれば催主・呆下亭知永。架蔵。

(ソ)淡海名寄　初編　　狂歌　半紙本・一冊　　天保九年九月刻　　近江日野、浅稲庵蔵板

黒河春村編。「かくいふは、このうたえらべる大江戸の浅草人、草の屋の春村、天保九年九月九日、きくのさかづきとりかはすけふのしるしに、酔人めかしてしどけなきことゞもをかくなん」序。この序によれば、近江国の西田正芳輯。淡彩刷り挿絵は相覧画。彫工は朝倉伊八。大妻女子大学図書館蔵。後編（第二編相当）は天保十二年十一月刻。

(タ)狂歌百才子伝　　狂歌　半紙本・一冊　　天保九年冬以前刊(16)　　千蓋庵・千束庵梓

内題「百才子伝」。春夏之部は浅草庵春村編で当座は在江戸の槐床幸世撰、秋冬之部は檜園梅明編、恋雑之部は千種庵諸持編で千蓋庵出府待受会は千蓋庵松雄撰。冒頭に才子三十六人のやや詳しい伝を付す。墨印挿絵は雪鷲画。大妻女子大学図書館蔵。

(チ)摭葉大成　　韻文集　半紙本・五巻一冊　　天保十年春序刊　　千束庵蔵板

巻一「和歌」・巻二「雑体」黒河春村編、巻三「狂歌」桑楊市万侶編、巻四「詩」無絃編、巻五「俳諧」雪中庵対山編。「てんほうのと、せといふ春　さいたま人黒沢翁満」序。また巻四「詩」本文前に「天保戊戌

四月　無絃」漢文序を付す。

(ツ)二藍源氏　　狂歌　半紙本・一冊　　天保十二年八月刻　　千束庵蔵板

内題には「前編」と付記されているが、原題簽には「完」とある。浅草庵春村・千束庵章雄編。当座は柏陰社広善撰。墨印挿絵は画者名不記載。各題は『源氏物語』の各巻名を明示した上で、そのゆかりの題を掲げる。九州大学文学部富田文庫蔵。

(テ)淡海名寄　後編（内題）　狂歌　半紙本・一冊　　天保十二年十一月刻　　近江日野、浅稲庵蔵板

黒河春村編。「天保辛丑仲冬之日　小林元儁」漢文序。この序によれば、近江日野の外池真澄輯。淡彩刷り挿絵は隣春画。彫工は朝倉伊八。巻末に「前編追詠」として、真澄の詠八十三首他を追記する。架蔵。

(ト)鳴月集　　狂歌　半紙本・一冊　　天保十三年四月序刊　　大間々、浅鍾庵美雅集冊

浅草庵春村編。「天保十三年四月　黒河春村」序。この序によれば、本書は当地出身の二世浅草庵守舎十三回忌追善集。当座は浅白庵照庭・浅橘庵正芳・浅紫園広道・壺亭窓守村の各撰。同年四月一日大間々、豊田亭開巻、集冊持は同地浅鍾庵美雅（序にいう近江から当地へ旅移りして久しい「岡島よしまさ」であろう）、催主は同地六蔵亭祐村。大妻女子大学図書館蔵。

(ナ)歳時記図会　初編上　狂歌　半紙本・一冊　　弘化三年正月刻　　三玉堂蔵板[17]

内題「歳時記図会春之部上」。千種庵諸持・六朶園二葉・花屋光枝撰の部と、浅草庵春村・文字楼元成・燕栗園千寿撰の部から成る。当座は六帖園正雄・六橋園渡の各撰。「弘化三年むつきついたち（中略）つばき園の春村」序。考証は八文舎自笑。淡彩刷り口絵は玉蘭斎貞秀画、採筆は春翠園百枝。大妻女子大学図書館蔵。

(ニ)花月遊吟　　狂歌　半紙本・一冊　　年次不明　　蔵板者名不記載

浅草庵春村・浅裏庵広好編。当座は渚梅園船盛撰。墨印挿絵は画者名不記載。大妻女子大学図書館蔵。

(ヌ)五葉狂歌集　　狂歌　半紙本・一冊　　年次不明　　蔵板者名不記載

浅草庵春村・青雲亭光海・千数庵好材・青松園磐村編。黒河春村序。

(ネ)彩霞集　　和歌　半紙本・四巻四冊　　年次不明　　蔵板者名不記載

黒河春村編。春夏秋冬の各巻から成る。

(ノ)三玉秋晛　　和歌　半紙本・三巻三冊　　年次不明　　蔵板者名不記載

黒河春村編。上巻は題「秋風」で長嶋松守撰の当座、中巻は題「秋野」で村田元成撰の当座、下巻は題「秋恋」で前二巻の追加と大江章雄撰の当座から成る。架蔵。

(ハ)新柳風姿　　和歌　半紙本・四巻四冊　　年次不明　　蔵板者名不記載

黒河春村編。春夏秋冬の各巻から成る。春の当座は津田琴繁・春湖法師の各撰、夏の当座は勝田福寿・富永世の各撰、秋の当座は宮下道守・大江章雄・日下菊村の各撰、冬の当座は池田本蔭・川佐広好の各撰。夏の巻一冊は茶梅亭文庫蔵。

(ヒ)草蘆集　　和歌　半紙本・四巻四冊　　年次不明　　蔵板者名不記載

黒河春村編。春夏秋冬の各巻から成るが、夏冬の巻二冊未見。

(フ)波奈加多美　　和歌　半紙本・四巻四冊　　年次不明　　蔵板者名不記載

黒河春村編。春夏秋冬の各巻から成る。

右の春村編撰韻文刊本について、若干の補足説明をしておきたい。(ア)は浅草庵三世を襲名する以前のものだが、諸持の序中で、守舎が編集完成前に没したために春村がその遺志を継いだという。浅草庵蔵板とはせず、あえて都草園蔵板となっているのはこのためであろう。(イ)は春村序中に、「春村、浅草庵の跡つぐこと、なりにたれば、そのよし、をちこちにきこえんとて、かう歌合はものしつれ」といい、所収歌はすべて吉野を題とする。すなわち、天保二年三月二十日に浅草並木町の巴屋で行った、浅草庵三世襲名披露会の成果がこれである。末尾に収まるその詠は、「山もせにさくやさくらの色ふかみよし野は雲もたちばなからん　春村」である。

ところで、春村と同じ随日園を称する随日園勝良なる東都作者がいることを前述したが、この人物の初出は文政四年の市人一周忌追善集『あさくさ〴〵』のようなので、ここで改めて春村と市人の接点を探ってみると、(オ)『草庵五百人一首』の錦園天野好之（漢学者で三谷尭民とも称した）の序中に、「黒川春村江戸浅草里賈人也。少好二和歌一、兼善二狂歌一、嘗学二於浅草庵市人一。業已成、譲二貸於其弟一。留二連於風月一、逍二遥於煙霞一。其師逝、高足守舎又没。於レ是社咸推二春邨一為二主盟一。乃浅草庵三伝者也」（傍点石川）と記されている。やはり春村は守舎への入門以前に、検証資料に乏しい文化末年前後の市人にも師事していたのである。市人死没の文政三年時春村二十二歳、右追善集に入集する随日園勝良が春村である可能性はますます高まる。

大間々での守舎十三回忌追善集(ト)『鳴月集』に関連しては、その打ち合わせもあったのか春村が前年に当地に赴いた時、後に養子となる黒川真頼(18)が春村に入門している。春村の手になる未刊の壺側系譜書『壺すみれ』についても一言ふれておく。これには浅草三世黒河春村の名で天保八年二月付の序文があるので、本文の同年三月条以降の記述は追加記載と思われ、系図に春村の後継者として広道とあるのもこの時点での事実と相違する（後述）。また些細なことだが、春村の姓は黒河か黒川かについても述べておくと、正しくは河だが真頼に太政官から御用御召があった時に川と書き誤って以来、川を書くようになった(19)という。春村自身は管見の狂歌資料による限りでは、(カ)『三十六番狂歌合』と(コ)『倣古追詠』に川が使用されている以外はすべて河である。他者の編撰書への春村参加については、きりがないので一点のみをあげておく。壺高窓守村編『狂歌高友集』（天保五年六月刻。上野高瀬壺高窓蔵板）は春村序によれば、前年九月八日に春村が上野高瀬の守村に招かれた時の記念集で、批点を依頼されて江戸に持ち帰ったが、他事繁多と物憂さから失念していたものという。口絵にはまだ三十台半ばの若々しい春村座像がある。

以上の他、(カ)・(シ)・(ソ)・(テ)・(ト)などからして、春村の勢力は西では近江が拠点だったようで、特に同国日野の池廼屋こと浅綾庵外池真澄は、その中心人物だったと思われる。また国学者らしい春村の考証癖は、狂歌分野でも(コ)や(ソ)(テ)・(ナ)に表れている。(コ)は画像入りの『集外（三十六）歌仙』を元に、その半数をとり上げて編んだもので、東常縁から木下長嘯子まで十八名の像に漢文の略伝を付すとともに、各題とも、その題に関わる十八名の内の一名の和歌一首をまず記し、次いで同題で詠んだ面々の狂歌を掲げる。巻末には各題の選外狂歌をまとめて掲出した後、その十八名に対する面々の狂歌賛を付す。前後編から成る(ソ)(テ)は近江の地名を題にしたもので、画中に『日本書紀』や『元亨釈書』等から関連箇所を引用する他、各題においてもまず各冒頭に、『万葉集』や勅撰集等からゆかりの和歌一首を配置する。(ナ)も類似の趣向で、「四方拝」「雑煮」等の各題冒頭に八文舎自笑によるその題に関する考証を付す。なお(ナ)によって、春村は弘化期に入っても狂歌活動をしており、別途「つばき園」とも号していたことが確認できる。

ところで右の諸書の内には、天保六年の江戸旅行中に春村に入門し、弘化三年秋に浅草庵四世を継いだと思われる尾張熱田の笠亭仙果こと高橋広道の入集書もある(ケ)・(サ)・(ソ)・(チ)・(ツ)・(ト)・(ハ)・(フ)。この四世浅草庵については本節で後述するので、ここでは新知見のみを記しておく。(ソ)『淡海名寄』初編の一本が無窮会神習文庫に所蔵されているが、それに添付されている甲乙録に「尾張熱田　壺菫園広道」とある。また新出資料の(ト)『鳴月集』には、「熱田広道」として入集するだけでなく、当座として「夏夜夢　浅紫園広道撰」の部がある。その当座末尾歌が熱田の広道詠であることからして、「浅紫園」は「壺菫園」とともに仙果の新たな別号と判明する。なお、守舎十三回忌追善の(ト)で当座を担当しているということは、催されたその時に仙果も大間々にいたことになるが、事実その通りで、仙果が天保十三年三月に四度目の江戸旅行をした折の紀行文『おもひのまゝの日記補遺』[20]に、四世襲名の下相談をも兼ねて桐生や大間々に出かけたことが見えている。

話題を春村にもどし、他編者狂歌本への送序活動と春村肖像画等について偶目したものを列挙しておくと、上毛の浅葎庵永世編(A)『上野歌枕』（大本一冊。玉川大学図書館蔵）に「天保のいつとせといふとしさつき（中略）春村」序、同国壺高窓守邨編(B)『狂歌高友集』（半紙本一冊。春村座像を掲載）に「天保五年六月　浅草庵」序、桜井光枝編(C)『春葉集』（半紙本二巻二冊。春村座像を掲載）に「天保六年三月　黒河春村」序、千種庵勝田諸持編(D)『豊穂集』（半紙本一冊。天保六年五月当座。自序中に桜井光枝輯という。春村座像を掲載）、文字楼元成・遊女浅茅生編(E)『柳花集』（半紙本一冊。天保八年三月刻。高橋広道も入集。大妻女子大学図書館蔵）に「天保七年九月　薄斎春村」序、千束庵章雄編(F)『四方の海』（半紙本一冊。天保十一年六月刻。千蓋庵・千宝庵梓。略画風春村像を掲載。大妻女子大学図書館蔵）に浅草庵翁当座がある。また高橋章則氏『江戸の転勤族』（平凡社選書、平成19年）によれば、『興歌喚友集』（陸奥桑折、愚鈍庵一徳の改号披露集のチラシに「天保十一年三月　薄斎春村」の一文があるといい、二世立川焉馬編の初代焉馬十三回忌追善集『春駒』（天保六年夏序刊。九州大学文学部富田文庫蔵）には、「はなちらし雪をふみけつ春駒も世のはかなさをしらせがほなる浅草庵」の一首がある。

ウ　春村における狂歌と浅草庵号

一部年代未詳のものもあるが、黒川春村は天保十三年四十四歳で三世浅草庵としての狂歌活動にひとまず終止符を打った。特に狩谷棭斎没後の同十年前後から国学への傾倒が強まり、従来その方面で注目されてきただけに、狂歌活動については等閑視いや無視されてきたといってもよい。だが春村と、その師にして生涯を通して狂歌師だった守舎の浅草庵期間を比較してみると、春村は天保二年から下限を同十三年までに限定しても足かけ十二年間であるのに対し、守舎は文政六年から没する天保元年まで同八年間で、春村の三分の二でしかない。また春村の狂歌活動開始を文政元年と仮定した場合、同じ下限まで足かけ二十五年の永きに亘る。これが無視されてよいはずがなく、国学研究の余技だったはずもない。加えてその出発段階は師の師である市人に従うところから始まっていた。ここから何が想起されるかといえば、国学への傾倒に勝るとも劣らない狂歌に対する強い思い入れである。春村の狂歌活動でまず押さえるべきはこの点であろう。

そしていま一つ重視すべきことは、右のさらに根底にある和歌への情熱である。和歌狂歌いずれにもせよ肝要なことは詠み手の深い心であることを、自らの襲名披露の狂歌集自序でも述べているが、その心が浅ければ善し悪し種々ある桜花もひとし並みに麗しく見えるばかりだというのが春村の考え方である。前述の(ア)から(フ)では便宜上狂歌集と和歌集に分けてみたが、実際には区分したところで大した意味はない。春村は心の深さという同じ目線で両者を見つめているからであり、春村の和歌と狂歌が区分し難いのも実は当然だったのである。

具体的な編撰書についていえば、(オ)の『草庵五百人一首』では入集者二五〇名全員に略伝を付していることの他、凡例の内の一条には肖像画に関連して、「衣冠法衣同服のたぐひ、あるは器財調度やうの物は、新古の製にかゝはらず模写しつれば、猶僻事もまじらひたるべし。そは識者のをしへをまちてふたゝび改正すべき事、匠のこゝろまうけなりかし」とある。まさに考証学にも長けた春村の基本姿勢そのものである。また東常縁以下の人々の像と略伝を提示しつつ彼らの詠を利用する(コ)『倣古追詠』や、地名ゆかりの歌を万葉集等から引用した上で各自が同じ地名を題に詠む(ソ)(テ)の『淡海名寄』などは、単なる趣向の域を出たものといわねばならない。(チ)の『摭葉大成』も見落としてはならない一書で、狂歌の部があるにもかかわらず、春村自身は和歌と雑体の編者となっているところにその内実が垣間見られる。

春村は自らの後継者として、後述の高橋広道を選んだ。その理由の一に、広道もまた和歌主義者で春村と同じ発想の持ち主だったことがあげられよう。それだけでなく、後に『類聚三代格』（弘化二年板）の校訂者に名を連ねる国学の力量や、柳亭種彦ばりの考証癖(21)もまた春村の目にとまっていたに相違ない。いずれにしても春村自詠の刊本和歌集などはないとはいえ、春村の核に和歌があったことは確かで、世間もまた歌人と見ていた一面があることは、蜂屋重次郎光世が見聞によって東都歌人の詠を集めた『大江戸倭歌集』（安政七年跋刊）にその詠が散見されることに明らかである。

要するに春村にとっての狂歌活動は、国学の下とかその前段階といった異次元的なものではなく、同質領域内における方向性の問題と解するべきであろう。

浅草庵の号を譲った後々までも春村が広道を評価していたことは、自らの『碩鼠漫筆』や『名字指南』に序文を書かせていることに明瞭であるし、書物に関わる交流は当然として、安政大地震の折などは互いに訪問して安否を確認している（広道『なゐの日並』）親密さからも窺える。また春村が信州須坂藩主堀内蔵頭直格の花廼屋に親しく出入りしていた驥尾に付き、広道までがその家来になった（小寺玉晁『人物図会』）とも伝えられる。こうした交流をも視野に入れて改めて浅草庵の代々を眺め直してみると、春村を挟んでそれ以前の市人と守舎、それ以後の広道と伊平（後述）の間では、その性格が大きく異なることに気づく。前者二人は狂歌浅草庵、後者二人は国学浅草庵と呼べるだろう。そしてその双方の性格を兼ね備えていたのが春村である。五代いる浅草庵代々の中でもその三世は、右両面の受け渡しをしたのではなく、その一元化に成功、また証明した存在であることを強調しておきたい。

エ　狂歌論書『歌道手引種』について

春村の最後として、従来三世浅草庵春村著とされる『歌道手引種』について述べておく。この書は守舎のところで書名のみ示した『清話抄』（半紙本二巻二冊。以下、元本と略称）の改題本『歌諧帒』（半紙本三巻三冊。以下、改題本甲と略称）を、さらに『歌道手引種』と改題（半紙本三巻三冊。以下、改題本乙と略称）したものである。ノートルダム清心女子大学附属図書館所蔵黒川文庫本と架蔵の元本は見返しに記載がなく、「浅草庵」序、内題「清話抄巻之上（下）」、尾題「清話抄巻之上畢（下畢）」、柱題「清話抄」、丁付は序「一」～「四」、本文巻上「壱」～「四十三」、同巻下「四十四」～「八十五尾」、その最終丁ウには「浅茅庵蔵板」とあり、序文を含む全丁に匡郭がある。奥付には「清話抄後編　嗣出」の予告と、文政三年夏・三都四店発行の刊記がある。改題本甲（国立国図書館蔵本）は元本二冊を三冊に改編（巻中の丁付は「廿七」～「六十」）した上で、元本にあった巻上内題のみを「歌諧帒」と入木訂正し（他の内題と尾題はすべて削除して空行）、柱題もすべて削除して奥付もない。しかしこの段階では、まだ最終丁ウの「浅茅庵蔵板」が残っている。さらに改題された改題本乙(1)（射和文庫蔵本。巻中〈丁付「廿七」～「六十」相当〉欠の二冊）では、初めて見返しが付されて「浅草庵大人輯／歌道手引種／江都　向陽楼（野村新兵衛）蔵」とあるものの、内題と尾題は皆無（すべて空行）で、最終丁ウの蔵板者名も削除した上に、匡郭も序文丁のみ削除、奥付は弘化四年正月・江都六店発行の刊記のみとなる。改題本乙(2)（大妻女子大学図書館蔵本）はその刊記を年次記載なしで三都十店列挙に改めたもので、その板木が京都に移ったものが改題本乙(3)（国立国会図書館蔵本。巻中の丁付は「三十二」～「六十」。巻下末に板元の蔵板目録一丁を付す）で、見返しを飾り枠付きで「浅草庵輯／歌道手引草（ママ）／謙々舎蔵板（朱印「横田／蔵板」）」と改め、奥付も皇都書肆・俵屋清兵衛（横田謙々斎）に改めている。つまり改題本乙(1)から浅茅庵の名が消えたために、見返しや序者の「浅草庵（大人）」が特定できなくなり、天保期の浅草庵こと春村の著と誤認されてきたのであろう。浅茅庵蔵板で文政三年夏（市人没の半年前）刊の元本以下すべてに備わる「浅草庵」序によれば、東都流行の狂歌を学ぶ手掛かりすらないと嘆く山里の者の求めに応じ、浅草庵が諸書から集めておいたこの一巻を与えたという。求めたという山里の人物が蔵板者でもある上野国大間々の浅茅庵守舎で、その求めに応じた浅草庵がその師である市人と解釈して間違いなく、改題本乙(1)見返しの「浅草庵大人輯」もこれを裏付ける。『歌道手引種』の編著者については、正確には「市人輯・守舎編」とすべきであって、『清話抄』および『歌諧帒』を含めて、春村は一切関与していない。

(4)　四世浅草庵高橋広道

ア　黒川春村への入門以前

高橋広道とは、後に二世柳亭種彦を称する尾張熱田出身の戯作者・笠亭仙果のことである。その詳細は、拙稿「初代笠亭仙果年譜稿」一～三、補遺上・下（「大妻女子大学文学部紀要」第十一、十二、十四～十六号、昭和54、57～59年各3月。以下「年譜稿」と略称する）を参看願うとして、ここではその狂歌活動について述べる。

仙果の和歌の素養は、郷里の熱田における少年期から培われた。十二歳の文化十二年夏から、冷泉為泰卿門下の神官磯部右近政春に和歌を学んだ（『よしなし言』五編所収「自伝歌」）のがその始まりで、十八歳の文政四年六月からは、親友の佐藤友直らと月番の歌合を始める（『題作文稿』）までになっている。さらにこの一両年後までには、国学者鈴本朖の門人（後年、本居大平、内遠にも入門）(22)となり、同六年九月十二日と翌年九月十三日には、朖が熱田中瀬町の仙果宅で歌会を開いている（『離屋詠草』十八、十九）。さらに二度目の京都旅行中の同十一年九月二十一日、都で高松中納言公祐の歌道の門に入っている（『へだてぬ中の日記』）。

仙果はこうして歌の世界に入っていったのであるが、では狂歌に関心を寄せはじめたのはいつごろかといえば、確かなところでは公祐門下となった右の文政十一年二十五歳の時である。この年七十歳の橘庵芦辺田鶴丸と狂歌の合作をしており（細野要斎『感興漫筆』明治十年六月十二日条）、これが管見で最も早い狂歌活動である。田鶴丸といえば仙果と同郷で、化政期尾張狂歌壇の長老であった。仙果は右の京都旅行でも都の田鶴丸偶居を訪ねていることから、この時点ですでに親しい間柄だったのであろう。仙果の狂歌への関心は、一まず文政十年前後からとみておく。

狂歌への関心の高まりは、文政十三年（天保元年）秋に述作刊行した、ぬけ参りの流行に乗じた滑稽本『同行百人一宿大土佐草』が異種百人一首的内容でもあることに顕著であるが、この時期で最も注目すべきは、同年刊の『俳諧謌千竈の郷』である。表紙（図Ⅰ）に、「橘庵老師判」「文政庚寅（十三年）初冬朔／於酔雪楼上披講　待請会主熱田惣連」とあって、京から帰郷する田鶴丸[23]を、熱田を中心とする名古屋などの狂歌作者連中が待ち請け、名古屋前津の酔雪楼[24]で披講した狂歌本である。半紙本わずか六丁の小冊子であるこの本に注目するのは、第一に仙果が入集する狂歌刊本の最初と思われるからであるが、いま一つ、この狂歌本制作の中心人物が仙果ではなかったかと考えるからである。判者田鶴丸を除く入集者は総勢七十七人、入集歌数の最高は三首で十人いる。その十人中の四人が熱田人で、その中の一人が仙果である。仙果が得た批点は、最高位の三十一点に次ぐ二十六点であり、加えて森高雅門人としての絵筆を活かして淡彩摺りの口絵（図Ⅱ）までものしているのである。事実上の企画責任者は仙果であったろう。『同行百人一宿大土佐草』の内容を考えあわせるならば、二十七歳の文政十三年は狂歌作者仙果の始動の年と位置付けることができよう。

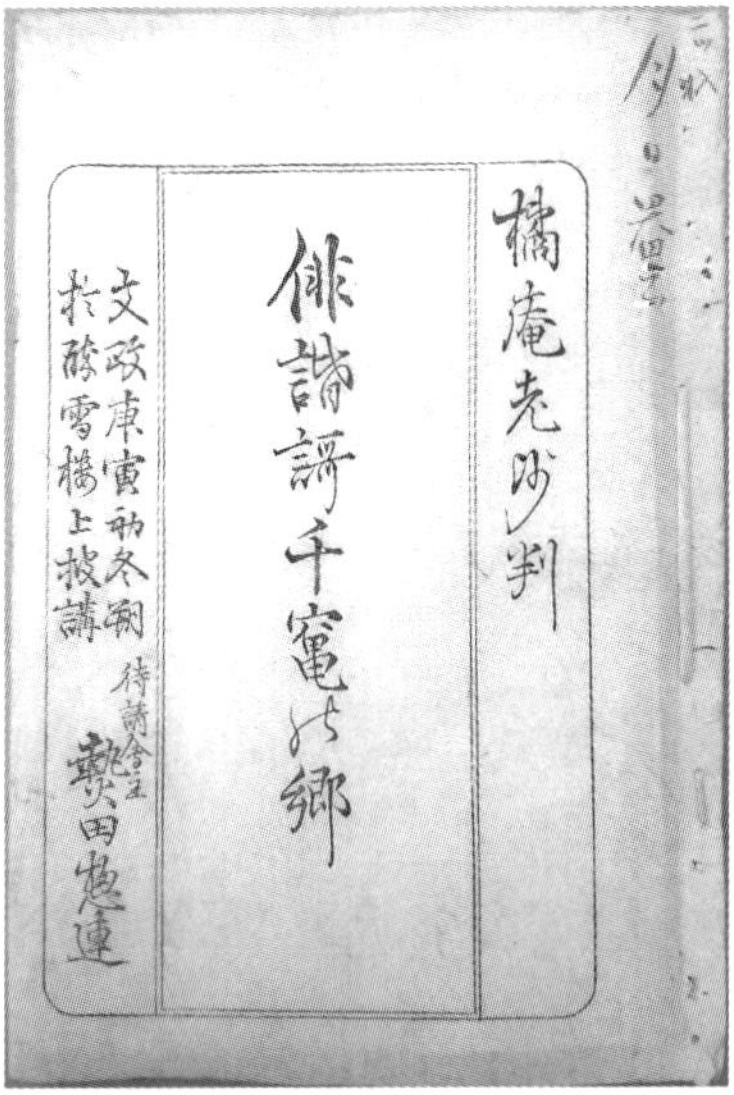

図Ⅰ　『俳諧謌千竈の郷』（表紙）（架蔵）

翌天保二年春刊行の橘庵編『春興立花集』にも仙果は入集する。田鶴丸が大坂の菊の屋から卯杖を贈られたことを機に編まれたものらしく、批点などはなくて、三都及び尾張を中心に甲府、北陸、伊予松山、南都などの狂歌作者の詠が連なり、田鶴丸の交友の広さを物語る狂歌本である。仙果は狂歌一首の他、「和歌追加」の部にも高橋仙果として一首みえている。本書で二度その名が出るのは、五側の狂歌作者として知られる名古屋の竜の屋と仙果の二人のみ

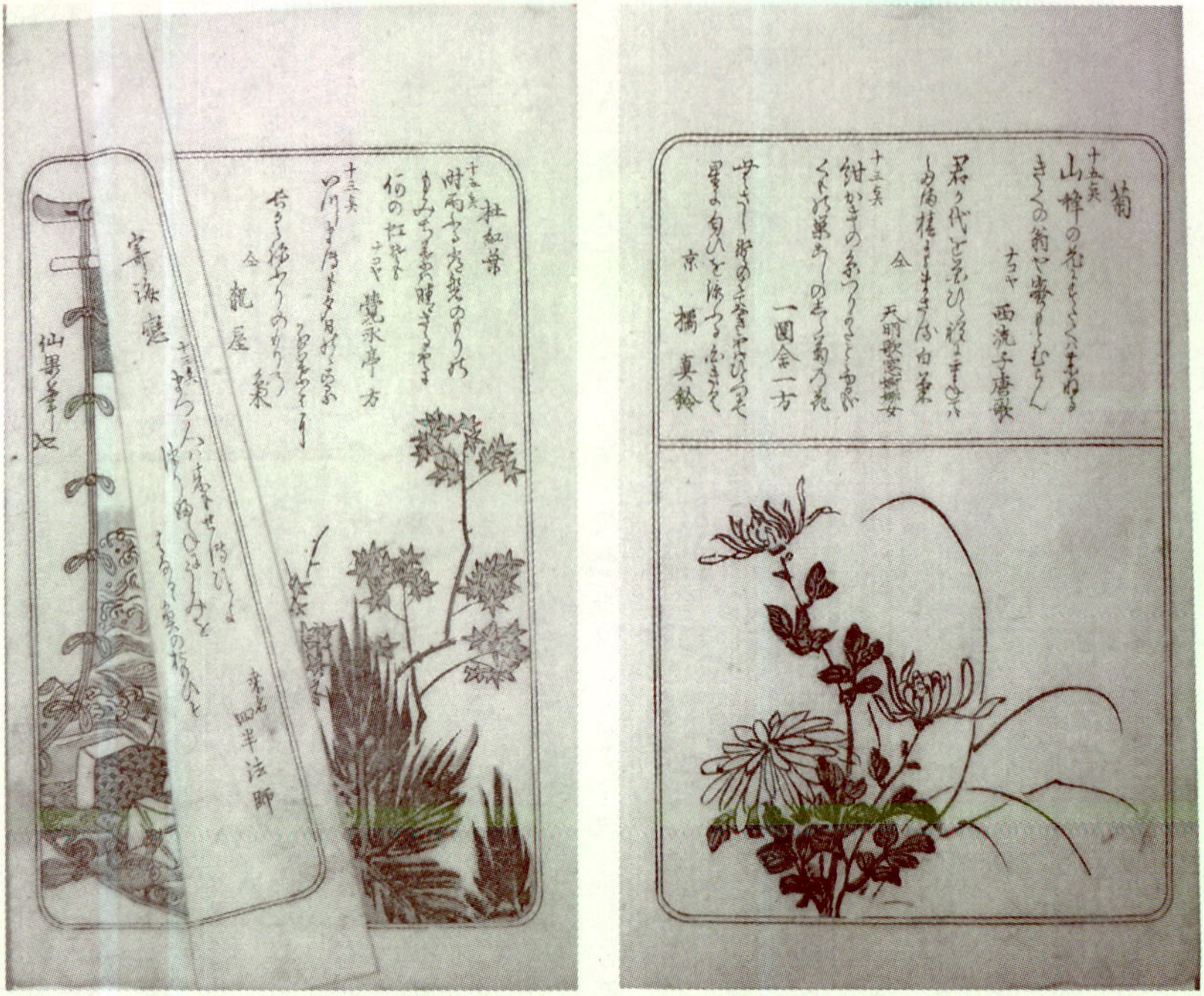

図Ⅱ　『俳諧詞千竈の郷』（左：1オ　右：見返し）（架蔵）

である。同郷の後輩仙果に対しては、田鶴丸にもやはり一種特別の思いがあったのであろう。なお本書では、大人披露をした人物に「詞宗」の語が付されていて、この時期の狂歌作者研究の参考になるが、仙果にはない。

以上のようにみてくると、仙果は最初、田鶴丸の門人であったようにも思われてくる。しかし、天保四年に記された各分野の師名を詠みこむ「自伝歌」に、田鶴丸の名のみならず狂歌に関する記述がないことからすると、師弟といった形の上での関係ではなく、仙果は地元の長老と慕い、田鶴丸は文才を秘めた郷里の青年に目をかけた、といったものであったろう。とにかくも、田鶴丸なくして狂歌作者仙果は誕生しなかったことはまちがいない。

イ　黒川春村門人時代

ところで、右『春興立花集』巻頭の詠は、江戸の三世浅草庵春村のもので、仙果と春村が同一狂歌本に入集するのはこれが最初であろう。両者相識となる御膳立てをしたのは、はからずも田鶴丸だったことになるのだが、では春村への入門時期はいつであろうか。「年譜稿」では、天保四年四月から同八年二月までの間としたが、現在では、三十二歳の天保六年三月頃から七月にかけて滞在した、二度目の江戸旅行時と考えている。その理由は、浅草側狂歌本への最初の入集が、天保六年七月刊『紅葉紫籙』（春村・村田元成編）であると思われることに加えて、『よしなし言』にみえる狂歌関係の記述が、その六編中の天保六年後半から翌七年にかけての部分に、それも集中的に見うけられるからである。

数ある江戸の狂歌連のうちで、仙果が特に春村率いる浅草側を選択したのは、春村が人も知る国学者だったことも一因であろうが、それ以上に、浅草側の狂歌そのものに特色があり、それがまた仙果の歌に対する考え方と合致していたからと思われる。右『よしなし言』六編中の記載を抄出して説明にかえておこう。

○和歌といひては、よまれざるものいと〳〵おほし。狂歌にてはいはれざる事なし。しかうして詞はひなびたらず……

○今浅草側などにていふ狂歌は、狂歌にあらず誠に歌なり。たゞ情にはづるゝ事をもいとはぬをもて、狂歌といふべし。

○予は和歌者流也。されど壺側流の狂歌は、いと〳〵よき和歌の入口とこそおもへ、今の和歌とも狂歌ともしれぬ風を好みてよむ人の、心はげにしりがたけれども、入さへすればこれほどよきはなし。

○或人曰、今喚（よぶ）狂歌のまつたくの和歌同然のものを、しひて狂歌ととなふるは、底の心につたなき事あり。それは今和歌といはゞ、和歌にはすぐれし先生おほく、和歌よまんもの必浅草庵、花のや（東盧光枝）等の点をこはじ。されば狂歌といひとほさでは、金のとれぬ故也べし、といへり。これも悪口にちかし。

○（狂歌師の名として）実名と同じさまなる名をつくるは、いとまぎらはし。やがて実名をよべるは咎（トガ）なし。（中略）

春村、諸持、千穎など実名ならばよし、狂名ならばあしかりぬべし。

さて、春村門人となって以後、四世浅草庵を襲名する四十三歳の弘化三年秋頃までの関係狂歌本について、次に列記する（番号を○で囲ったものは、「年譜稿」以降に知り得たものである）。

(1)天保六年七月刊『紅叢紫籙』一冊（左方撰者春村、右方撰者村田元成）に、「熱田仙果」として一首入集（ただし右方）。

②天保六年頃刊『章台余興』一冊（勝田請待、中島光海撰）に、「熱田仙果」として二首入集。

(3)天保七年刊『着到十首』四巻四冊（春村撰）に、「広道」として二十二首、また桜井光枝と村田元成の各当座に各一首入集。「高橋広道撰」の当座あり。

④天保八年三月刊『柳花集』一冊（文字楼元成、遊女浅茅生撰）に、「尾張熱田広道」「熱田在江戸広道」「熱田広道」として各一首、また河合岑雄の当座に「熱田広道」として一首入集。

⑤天保八年秋頃刊『当芸能褒鯉』一冊（便々居琵琶彦撰）に、「熱田仙果」として一首入集。また南生舎の号で表紙絵を画く。

(6)天保九年九月刊『淡海名寄』初編一冊（春村撰、近江日野浅稲庵蔵板）に、「熱田広道」として五首入集。また本書無窮会神習文庫本添付の甲乙録に「尾張熱田　壺菫園広道」とある。

⑦天保十年春序（刊）『擁葉大成』一冊（春村撰、千東庵蔵板）の和歌の部に、「熱田広道」として一首入集。

(8)天保十一年四月に自詠集『遊女百首』一冊をまとめる。巻末に六月二十九日付の春村の一文を付す。

(9)天保十二年八月刊『二藍源氏』前編（春村、千東庵章雄撰。千東庵蔵板）に、「熱田広道」として二首入集。

(10)天保十三年四月序（刊）『鳴月集』一冊（二世浅草庵守舎十三回忌追善集。春村撰、集冊持・上野大間々浅鐘庵美雅、催主・同六蔵亭祐村）に、「熱田広道」として一首、また浅稲庵正芳の当座に一首入集。浅紫園広道の当座を収む。

⑾天保十三年八月に自詠集『擣衣百首』一冊をまとめる。

⑿天保十三年九月に『江戸の丑寅歌合』の判者となって披講するか。

⒀年次未詳刊『新柳風姿』四巻四冊（春村撰）に、「広道」として十三首入集（ただし、拈桂録には所付を熱田とする）。

⒁年次未詳刊『波奈加多美』四巻四冊（春村撰）に、「広道」として五首入集。


これらのうち、自詠集である⑻と⑾、それに名古屋板の⑤を除けば、他はすべて浅草側の狂歌本である。②は年次の記載がないが、「仙果」の号を使用しているので、天保六年から七年にかけてのものであろう（⑤は尾張での活動であって例外である）。⑶は入集歌数が多いことと、巻二にわずか四首を撰んだのみだが、「当座ひのと　高稿広道撰」の部があることが注意を引く。この天保七年四月に、仙果は三度目の江戸旅行に出かけている（滞在期間不明）ので、そのことと関係があろう。④に「熱田在江戸」として入集しているのも、この時の詠であろう。⑤は海老蔵（七代目市川白猿）が、天保八年六月から九月にかけて名古屋若宮の芝居に出た時の祝いの集である[25]（『尾張芝居雀』）。⑹と⑽ではすでに春村の三世浅草庵時代のところでふれたように、「壺菫園」「浅紫園」の新号が珍しく、他書にこの号を見かけない。また⑩で当座撰者を担当して大間々まで出かけていることは、当地訪問が仙果の四世浅草庵襲名に必要なことだったからであろう。⑫は後述するとして、⑬は所付を記さず「広道」とのみあることからすると、⑶と同じ頃の刊かとも思われる。⒁も同様であるが、両作とも、仙果が江戸へ居を移す弘化三年二月以前のものである。

ところで、⑫は狂歌本として上木（出版）されたかどうか不明であるが、近時、茶梅亭文庫所蔵の、その一枚摺チラシの披見を許された。四世浅草庵襲名以前の具体的活動として注目すべきものであるので、少し詳しく述べてみたい。その内容は、初めに

江戸の丑寅歌合　八月晦日取重　九月十五日披講

左方　仏　栄　雪　浅草地名名物よみ合せ　御随意他の名所御無用

撰者　桜井光枝
右方　遊　里　月　吉原地名名物よみ合せ 御随意他の名所御無用
撰者　村田元成
十点上左右くじ もてつがひを定め　熱田　高橋広道判

とあって、次に

おのれ大江戸にものするかぎりは、大かた師の家にあかしくらし、はた元成はことにしたしき友にしあれば、所用どもゝ多くて、しば〳〵かの里にゆきかひするにつけておもふに、この都はいづこも〳〵にぎはしくとみさかえて、たふとくめでたき最上なるなかにも、浅草は観音ぼさちのふるくよりおはします霊地にて、昔のしのばるゝ事すくなからず。また吉原は今やうのみに早くうつりゆくめるあたりながら、いにしへよりつたはりたることのあとどもおほく、じつにこの二所こそ、よろづゆかしくをかしき勝地とはいふべけれ。かくおもふにつけて、同じくはこゝによしある歌どもさはにあつめまほしく、ともだちにかたらひ、かゝる一会をなん物し侍る。扨拙き判の詞など加へんは、あまりにもさしすぐしたるわざながら、何も物まなびのためなればと師のいはるゝにまかせ、なめしさもわすれてなん。すべて師のうしろみ物せらるれば、そのかたにおぼしゆるして、このみちにあそぶひとたちの、かぎりもれずよみおこせたまへかし。　会主　広　道

とある。歌数制限や入花については「一題二首詠不及人花／再考之分上木呈上」とあり、取集所は江戸の「浅草庵」「千束庵」、それに名古屋の「滝の屋」、補助は「諸国江戸浅門連衆」「川佐広好／河合岑雄」「桜井桂子／文楼浅茅生」「田中津知久／村瀬清根」となっている。

このチラシの年次については、天保十三年の五度目の江戸旅行記『おもひのまゝの日記補遺』をみるに、三月八日に熱田を発つに際して、「浅草庵へかへすべき本」などとともに、「丑とら歌合、竜往のあつらへの詠草」を馬荷で送っ[26]

ているから、同年のものとみてよかろう。左右の撰者の光枝と元成は、(3)でもわかる如く、江戸表で交流があった狂歌作者である。元成は本章第七節で詳述する村田元成のことで、光枝は国学面にも造詣があり、和歌集『鸚鵡言』（天保五年刊）や『大日本地名便覧』（同九年刊）校訂などの業績がある。江戸表での取集所の一人である千束庵は(9)の撰者章雄で、大江氏で八詠楼とも号した（天保四年章雄編『名所狂歌集』巻二）。名古屋取集所の滝の屋は⑤の撰者琵琶彦のことで、その略伝は『名古屋市史』人物編第二（名古屋市役所、昭和9年）にみえるが、春村の『狂歌百才子伝』によると、玉水連（一名天狗連）を結び、六樹園雅望から「四緒」の二字を贈られ四緒琵琶彦とも号したという。補助の面々では、広好は武蔵忍の藩士で、江戸下谷三絃堀に住し、光枝や章雄、元成などとは特に親交厚かった（『狂歌百才子伝』）。岑雄もまた江戸の人で、壺仙楼とも号した（『名所狂歌集』巻二）。桜井桂子については不明だが（恐らく光枝の関係者であろう）、文楼浅茅生は吉原の遊女である（天保六年勝田諸持編『豊穂集』）。残る津知久と清根は、それぞれ尾張熱田と名古屋の狂歌作者である（『紅叢紫籙』）。

以上のことを確認した上で、このチラシからわかることをまとめてみると、まず第一に、三十九歳の天保十三年の時点で、仙果はすでに浅草側の判者となっていたことが知られる。会主としての文中に「何も物まなびのためなれば、と師のいはるゝにまかせ」て「拙き判の詞など加へ」るとあること、また「不及入花」といっていることからすると、判者になって間がない頃なのであろう。ともあれ、狂歌師として一まず一人立したことになる。二番目に、この歌合は関係者の顔ぶれからして、補助に諸国浅門連衆と掲げるものの、事実上江戸と尾張のみを対象としているであろうことが推定される。地方の新米判者では、こうならざるを得なかったのであろう。第三に、同じ文中に「ことにしたしき友」とあって、村田元成と親交があったことがわかる。詳細は本章第七節に譲るとして、元成は『おもひのまゝの日記補遺』四月六日条には、「江戸浅草山川町八左衛門店源兵衛」とあり、戯作面では三亭春馬、二世一九などと称した。仙果が合巻『店三絃緒連弾（みせざみせんちよいとつれびき）』（天保九年刊）を春馬と合作していることについて、両者のつながりがどこにあるのか気にかかっていたが、⑴⑶などの狂歌活動を通じて交流が生まれ、その結果として合作が行われたのであろう。春馬が弘化年間前後の頃に三玉堂なる貸本屋を開業した折の引札（「本道楽」第二十一巻四号「贔屓札集」、昭和11年8月、所収）にも、著作堂馬琴らとともに仙果の名がみえる。第四は、同じく会主としての文に「おのれ大江戸にものするかぎりは、大かた師の家にあかしくらし」とあって、江戸表では主に春村宅に寄居していたことがわかる。春村門下となった天保六年の江戸旅行では、本屋の仙鶴堂鶴屋喜右衛門の世話を受けているが（同七年二月三十日付仙果宛柳亭種彦書簡〈佐藤悟氏「柳亭種彦書簡集」。長谷川強氏編『近世文学俯瞰』汲古書院、平成9年、所収〉）、翌七年の三回目の江戸旅行では、前回同様鶴屋に世話を依頼したものの、前回仙果が病気になって心配させられたことと、今年は取込み中であることを理由に、鶴屋が断っている（同書簡）。となると、仙果が春村宅に寄居することになったのは、この三度目の江戸旅行からと思われ、このチラシの五度目の江戸旅行では、桐生、足利方面へ足をのばした時以外、確かに春村宅に身を寄せている（『おもひのまゝの日記補遺』）。

管見の仙果資料は後述の経済事情もあってか、決して多くはないが、その狂歌活動は恐らく、この春村門下時代が最も積極的であったろう。そして前述の如き仙果の狂歌観をもってすれば、地元を除き、浅草側以外の狂歌連とはほとんど交流を持たなかったと推測される。

ウ　四世浅草庵時代

仙果の家は屋号を橘屋という質屋で、一時期までは栄えていたが、十六、七歳から二十余歳に及んで家産の十分の九を失い、判者となって一両年後の弘化元年四十一歳頃にはついに破産する（『よしなし言』十二編所収「自叙伝」等）。原因は父親が家産に無関心で、かつ俳諧を好んで諸国を遊歴したためであった（『感興漫筆』明治二年十一月前後の頃の条）。

弘化三年二月、仙果はついに熱田を離れ、新生活を求めて江戸へ旅立つ。三月八日到着以来、江戸表ではやはり春村を頼りとし、同年四月十九日付平出順益宛書簡中には、「今以浅草庵中に寓住仕候次第、不都合だらけに御座候」とある。江戸では何を生業として暮らすつもりだったかといえば、同人宛同年八月十三日付書簡に、「とても狂歌判者弟子筋の人は如山如海なれども、糊口にはおもひかね心配仕候。猶又いやながら戯作は出精と奉存候」（順益宛書簡はともに、平出鏗二郎氏『鏗痴集』〈私家版、大正2年〉所収）とあって、戯作者としてではなく、狂歌師として身を立てようとしていたことがわかる。故郷を離れるに当たってすでに予定されていたのであろうが、この年秋、仙果は四世浅草庵を襲名してついに浅草側の魁首となり、浅草庵広遺としての活動を開始する。仙果が撰者となっている狂歌本を次に列記する（番号を○で囲った意味は前出「黒川春村門人時代」に同じ）。

(1)弘化四年正月刊『交友集』一冊。「浅草庵四世　高橋広道撰」。絵入り（画工名不記）。

②弘化四年（四月か）刊『重色目（歌）集』（外題「かさねのいろめ集」）巻二、一冊。「高橋広道撰」。見返しに「丁未月次第二会拈桂録計六首定科位」を付す。

(3)弘化四年六月刊同右書巻四、一冊。「高橋広道撰」。浅草庵蔵版。見返しに「丁未月次第四会拈桂録」を付す。

(4)弘化四年七月刊同右書巻五、一冊。「高橋広道撰」。浅草庵蔵版。見返しに「丁未月次第五会拈桂録」を付す。

(5)弘化四年八月刊同右書巻六、一冊。撰者名不記載(27)。浅草庵蔵版。見返しに「丁未月次第六会拈桂録計六首定科位」を付す。

⑥嘉永五年秋刊『月次古今職人尽』初会（外題「古今職人尽　上」）一冊。「浅草庵広道撰」。燕栗園千寿序。見返しに「子秋月次古今職人尽初会」とある甲乙録を付す。口絵（淡彩摺）武陵、芳玉女画。

⑦嘉永五年頃刊『歳時記』下巻一冊。左方撰者一閑斎諸持、六朶園二葉、花の屋蛙麿。右方撰者浅草庵広道、落栗庵木網（村田元成）、燕栗園千寿。千寿序。

まず(1)は、時期的にみて浅草庵となったごく初期のうちの一作である。撰者を除き（以下同様）六十九名が入集する。所付が一切記されていないが、後述のように江戸の人ばかりではない。入集歌の点は十五点を最高とし、十三点、十二点、十点、八点の五種である。入歌数では、二十二首の幹育、十五首の喜丸、十四首の喜足などが目立ち、前出の元成や名古屋の琵琶彦なども入集している。最多の幹有はすでにその名を知られている常陸江戸崎の緑樹園元有である（『狂歌作者評判記吉書始』）。②から⑸は四巻四冊分しか管見に入らなかったが、未見の巻の刊行月を推測すれば、巻一が三月、巻三が五月ということになろう。点数の種類は⑴に同じである。管見分の入集者数をまとめてみると（丸括弧内は各見返し拈桂録による数）、巻二は五十一人（六十二人）、巻四は二十四人（三十四人）、巻五は十九人（二十一人）、巻六は二十一人（同数）、四巻四冊合計一一六人（一三八人）となる。この合計から重出分を引くと六十八人（八十三人）となり、一会分平均十七人（二十一人）、重出分を考慮しない総合計でも平均二十九人（三十六、七人）にしかならない。むろん上木の基準に達しない人もいるであろうから、実際はこれより多少は多いであろう。しかし、この程度では、実収入はさして当てにはなるまい。仮に、後述⑥のチラシを基準にして、一まず六首一組（②⑸の拈桂録に「計六首」とある）百五十文とし、一会四十人が投吟したとして、一会の入花総額は六貫文、一箇月で処理するとして一日二百文である。この金額からチラシの作成料と諸国への配送料、また高点集の上木費用とその配達費を差引かねばならないことを考えると、こういう企画をいくつも持たない限り（熱田から上京して間もない時期では無理であろう）、仙果が「糊口にはおもひかね心配」するのももっともである。ちなみに、土木業の手伝い人足の日当が、嘉永期前後の頃で二百八十文の定めである（小野武雄氏編『江戸物価事典』〈展望社、昭和54年〉）。入集者の人数は少ないものの、それを地域別に見てみると、やはり浅草側頭目になっただけあって広範になる。上毛二十人、奥州十六人、江戸十二人、武蔵十一人、尾張六人などが多い方で、他に下総、常陸、近江、難波、出羽、和泉、伊勢、駿河、遠江、飛驒などの人々が入集している。上毛が最も多いのは、天保十三年の江戸旅行時にこの地方まで出向いているし、浅草庵襲名直前にも、同国大間々の千載連に改号披露の相談に出かけている（『よしなし言』十二編）ので、知人も多かったのであろう。なお一々明示はしないが、これら諸国の人々の中には(1)にも入集している者が少なくない。

次の⑥については、これまた茶梅亭文庫にそのチラシが所蔵されているので、それと対比させながら述べてみたい。まず年次であるが、刊本には見返しに「子秋月次」とあってこれが唯一の手がかりだが、チラシには匡郭外に「嘉永五年」と刻されていて、同年秋のものであることがわかる。書名はチラシには、「印（石川注、浅草側の印）月次土佐絵浮世画古今職人尽　毎月十五日上切廿五日開巻」とあるが、刊本の表紙（図Ⅲ）中央の原題簽には「古今職人尽　上」、内題には「月次古今職人尽初会」とある。つまりチラシには「毎月」云々の語句があり、刊本には「上」とか「初会」とあって一見理解に苦しむのだが、これはチラシに示されている八、九、十月の三箇月分の兼題と余興によって説明がつく。すなわち、

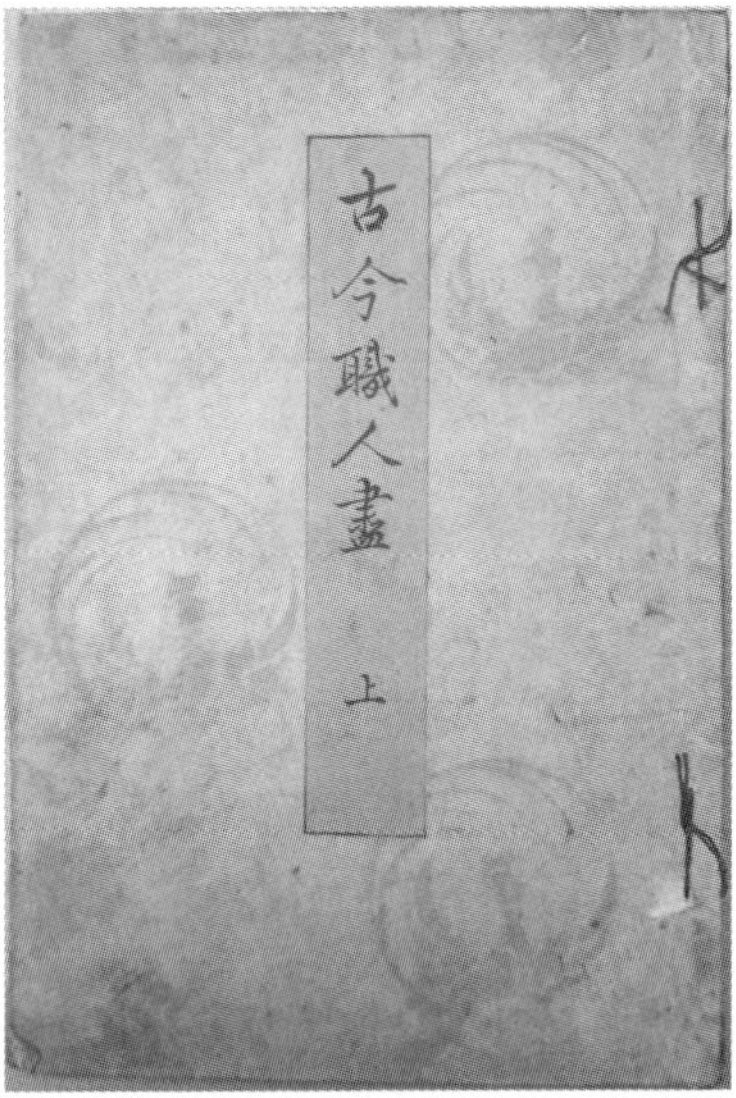

図Ⅲ　『古今職人尽』（表紙）（大妻女子大学蔵）

八月　兼題　霞早苗　梅照射　春駒夕顔　藤扇　暮春泉
　　　余興　寄花恋　花柳園大人撰三首詠限不及入花十点上景品再考上木

九月　兼題　草花枯野　霧網代　秋夕水鳥　擣衣神楽　紅葉埋火
　　　余興　寄月述懐　六朶園大人撰右におなじ

十月　兼題　春恋都　夏恋旅　秋恋山家　冬恋田家　遊女神祇
　　　余興　寄雪祝　東雲亭大人撰右におなじ

とあって、刊本の内容は八月分に全く同じである。つまり、

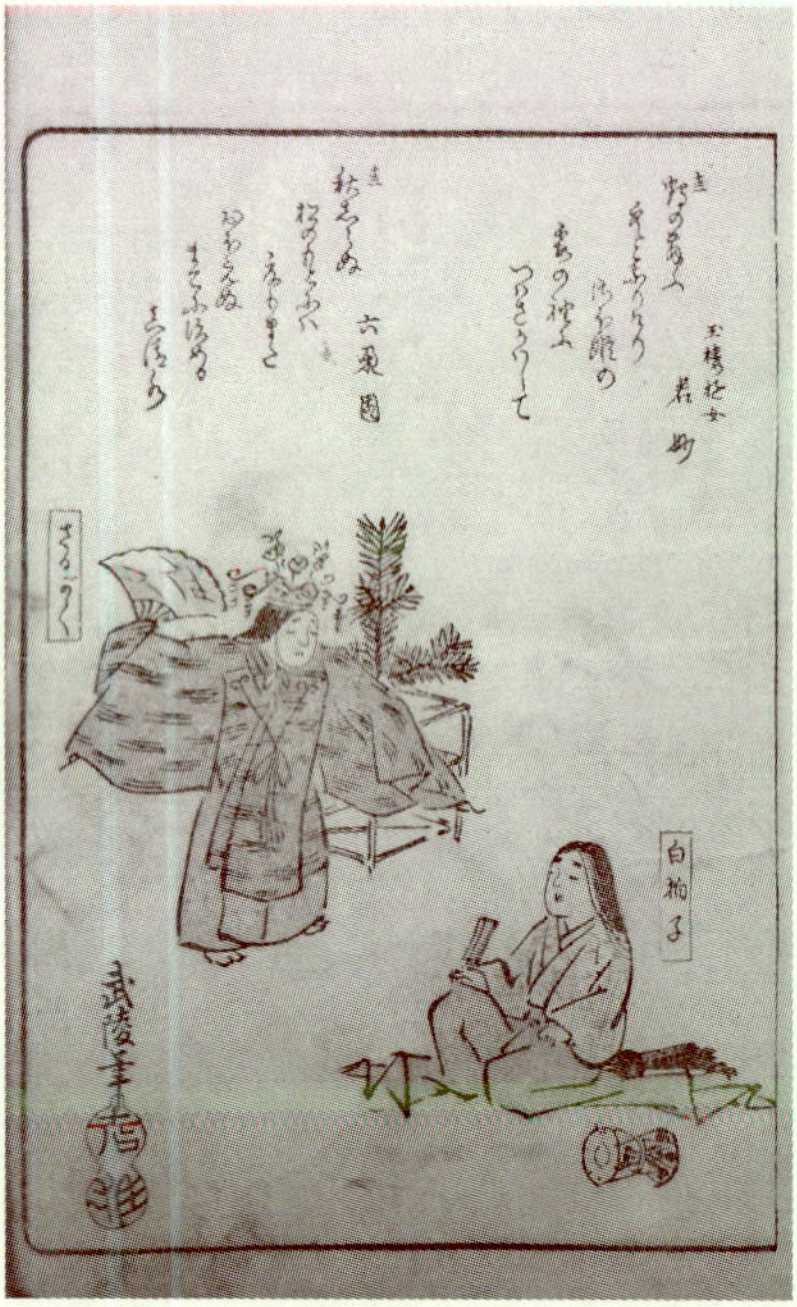

図Ⅳ①『古今職人尽』(２オ)(大妻女子大学蔵)

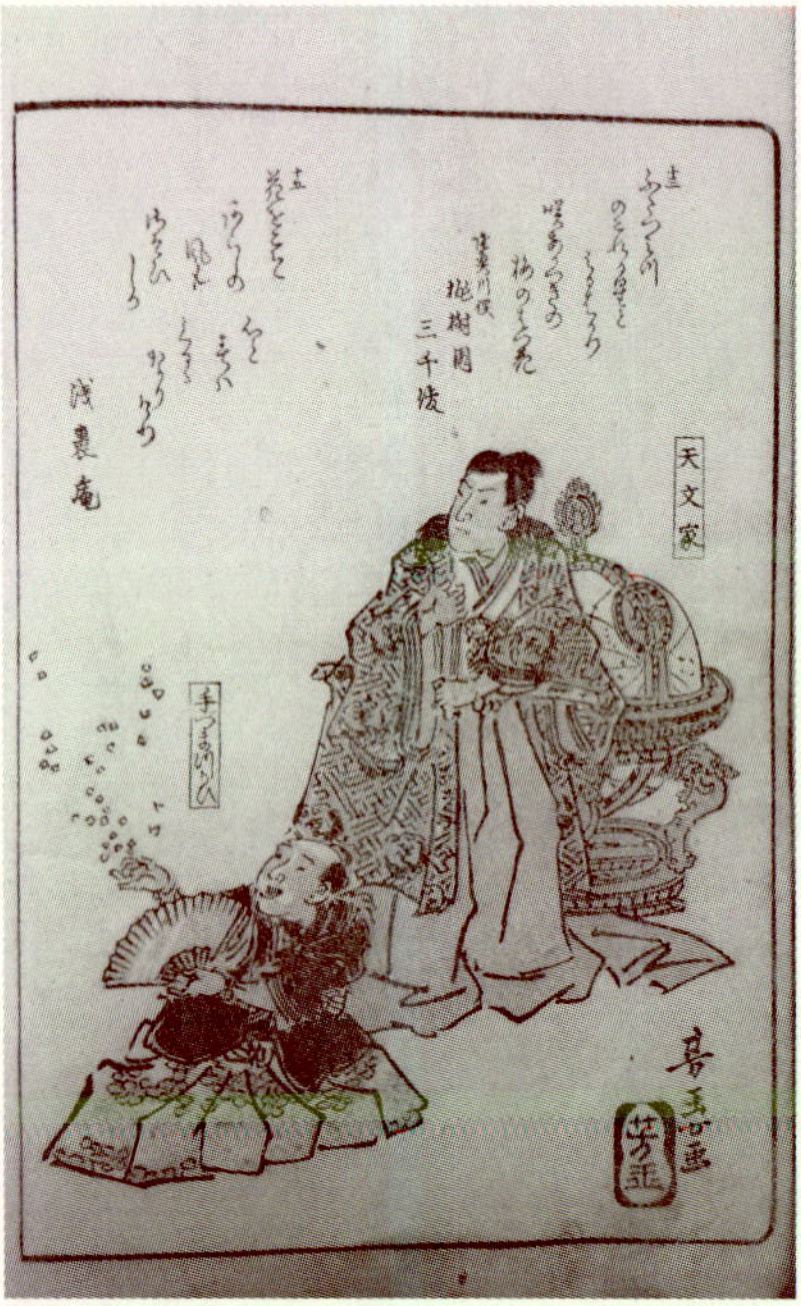

図Ⅳ②『古今職人尽』(２ウ)(大妻女子大学蔵)

本としては八月分を「上」(初会)とし、その後の予定は九月分を「中」(第二会)、十月分を「下」(第三会)とするつもりだったことがわかる。もっとも、第二、三会分が刊行されたかどうかは未詳である。チラシの書名部分にある「土佐絵／浮世画」については、チラシの別項目に「画人 隣春先生／国芳先生」とあって、土佐絵を福嶋隣春[28]、浮世絵を歌川国芳が描くことになっている。刊本では一丁目ウから五丁目オまでの淡彩摺り口絵がこれに相当し、一ウ、二オ(図Ⅳ①)、三ウ、四オが土佐絵、二ウ(図Ⅳ②)、三オ、四ウ、五オが浮世絵であるが、前者を武陵こと国学者の山崎知雄、後者を国芳門人の芳玉女が担当している。明らかに格下げであるが、費用上の都合であったろう。刊本の見返しの甲乙録では、「会礎　浅門総連」「催主　旭園輝雄」とあるが、チラシでは会礎が輝雄個人となっていて、浅門の各連は「補助」の項に詳しく列記されている。輝雄については後述するとして、ちらしの「補助」には具体的な連が二十三あがっている。最も多いのは上野で、千載連以下六連、次いで陸奥の東壺連以下五連、下野の鹿沼連以下三連、他に甲斐市川連、武蔵川崎連、下総桜井連、近江日野連、信濃長岡連、出羽二井宿連などがみえる。浅草庵を継いであしかけ七年になることもあって多彩であり、入集者の地域もこれに連動して広範である。以下チラシの記載を中心に述べてみると、上木規定等については、「右八点上々木、十三点上画上、且／玉詠之趣に随ひ古今職人に／見立、画像薄彩色、表紙付／精巧之集冊、同送り呈上。四首／計点甲乙録、開巻後返草と／一緒ニ配達、聊延引無之候」とある。製本についてはほぼこの通りに実行されているが、見返しの甲乙録は四首ではなく三首合計である。入花については、「八首一組　弐百孔」「かへ哥一首　二十四孔」「五十首詠　金弐朱」とある。入集者九十九人（甲乙録も同数）が二百文払ったとすると、総額十九貫八百文、一箇月で処理するとして一日六百六十文の計算になり、弘化四年次の二百文に比べればかなりの増収となっている。浅草庵広道の名もそれなりに広まったということであろうか。右の入花が高いか安いかは、嘉永七年の檜園梅明撰『狂歌昼夜行事集』のチラシに、「十首一組　三百孔」「かへ哥一首　三十二文ヅヽ」とあることに比較すれば、気持ち割安感がある。「玉詠集所」としては、「江戸諸国　大人方御庵中」とある以外に、「両国　文会堂／浅草馬道　崑玉堂／本銀町二丁目　東海堂／浅草中代地　永昌堂」とみえる。文会堂は書肆山田佐助で、刊本の序を記した燕栗園千寿その人であり（『狂歌人名辞書』）、東海堂は名古屋の永楽屋東四郎の江戸店永楽屋丈助である。

　ところで、このチラシの枠外に次の一文が刻されている。すなわち、

　　右は暫休会ニ御座候処、此度野拙世話ニ而月並再興仕候。付而は番附製本等万事取急ギ相仕立候。已上仕此上延会破急等之不風流ハ決而無御座候間、諸君無見合御役吟奉希候　　輝雄拝

とあって、この月次の計画は前々から予定されていたのに休会が続き、今回会主の旭園輝雄のてこ入れでようやく開催にこぎつけたものであることが知られる。嘉永元年から同五年までの仙果の戯作活動をみてみると、元年合巻三作

五編、二年同五作十一編、三年同十一作二十編、四年同十作十七編、五年同十五作二十八編で、嘉永三年から急増していることがわかる。つまり嘉永に入ってからは、笠亭仙果として人にも知られている戯作に生計を求めていたらしく、収入の安定しない狂歌活動は後廻しにしていたようである。嘉永元年夏からは熱田から連れて来た長女との二人生活も始まり（「自叙伝」）、経済的にも次第に切迫してきたのであろう。月次再興に尽力した旭園輝雄（のちに二世星の屋を称した人物か）は、弘化三年刊『狂歌作者評判記吉書始』の「若衆形并ニ子役之部」ではその他大勢的な扱いをうけ、「お手柄も薄いやうにはござり升れど、御出精のほどあらはれ、いづれにおろかはなく」などと評されているから、それほど狂歌歴のある人物ではなかろう。しかしこの嘉永五年頃は、後述⑦にもかかわっていて狂歌活動にかなり熱心だったようである。燕栗庵千寿は本書の序文で、仙果のことには一切ふれずに、「今の世の人々のいとなむ万のわざをよみ出ぬることのはをあつめ、職人尽哥合と名づけられたるは、我友旭園主人のものずきなりとか」と記し、まるで輝雄の狂歌本のように扱っている。仙果にしてみれば当然おもしろくなかったであろうが、逆にいえば、経済的事情があったにせよ、チラシにも刊本にも右のように書かれて文句が言えないほど、仙果は自分の月次活動の手を抜いていたのであろう。

次に⑦であるが、至清堂の序文に、

歳時記図会は落栗庵の主思ひおこされて、つき〴〵に巻数おほくし出べきの本意なりしを、その二編をも事はたさではやく木に就れしは、いと残りをしき事になむ。さるをこたび旭園のあるじとりまかなひて摺巻とせらるゝにつきては、さだめの如くさし図をも、考証をも加へらるべきを、かゝることは思ひたゝれしぬしの、かねて心におきておかれたるすぢ有べければ、後の人のおしはかりにしいてんは、なか〳〵にその志をそこなふこともあらんかとて、みなはぶきて題のみをぞかうものせられたる。

とある。すなわち、本書は春村や三世落栗庵（春馬）らが撰者となっている弘化三年の『歳時記図会』初編上の後編に相当し、これまた旭園輝雄の世話によるものであることがわかる。表紙（図Ⅴ）に付された原題簽に「歳時記　下巻」（内題も同じ）とあるのは、如上の意味だったのであり、したがって「下巻」とあってもこれでひとまず完本である。序文が付されていることもその証となろう。年次の記載がないが、序文にいう三世落栗庵の死は嘉永四年十二月十八日（四世絵馬屋額輔稿本『狂歌奥都城図志』所収加保茶浦成墓図）のことであり、その当人が仙果及び前述燕栗園千寿と一緒に右之方の撰者になっている（図Ⅵ）のであるから、本書の成立はひとまず嘉永五年頃とみてよさそうである。左之方の撰者三人について述べておくと、諸持は二世千種庵勝田諸持で、前述した天保六年頃の『章台余興』撰者の一人である。六朶園二葉のことは前述の四世絵馬屋稿本に詳しいが、『新狂歌觿』初編（天保八年刊）にも、五側の判者として「東都芝浦宇田川町　常磐樹二葉」とみえている。花の屋蛙麿の伝も右稿本にみえている。すなわち古書籍商として知られる達摩屋五一のことであり、岩本活東子の養父[29]である。本書について最後に付記すると、輝雄の尽力はかなりのものだったらしく、巻末に、撰者六人の詠に続いて、特別に二行書きで一首みえている。

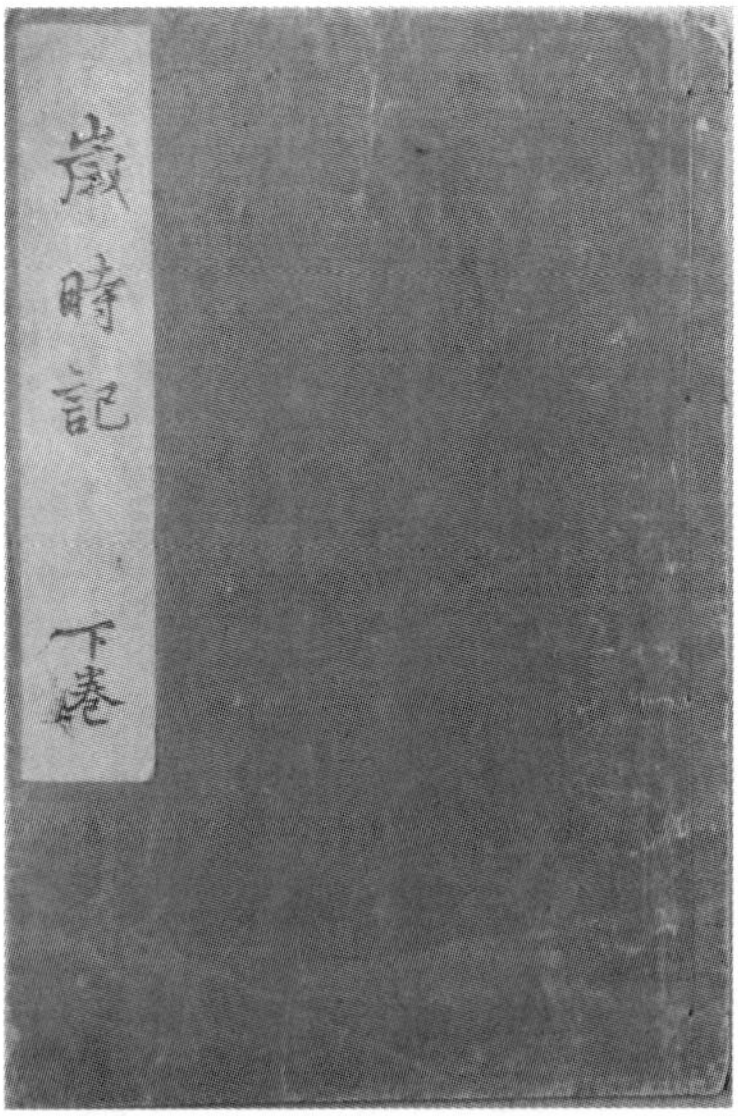

図Ⅴ　『歳時記　下巻』（表紙）（架蔵）

浅草庵広道として仙果が撰者となっている狂歌本については、それなりに調査努力したつもりであるが、以上の如くきわめて少ない。恐らく、活発な月次活動と呼ぶにはほど遠い状態が没する明治元年まで続いたと推測される。理由はやはり経済的な事情が第一だったと思われるが、一方では、生活のためとはいえ戯作活動に時間を費せば、その分学問はできなくなり、そうなれば、前述の如き狂歌観に立った活動に対しても気力は衰えていったことであろう。

では狂歌活動をまったくやめてしまったのかといえばそ

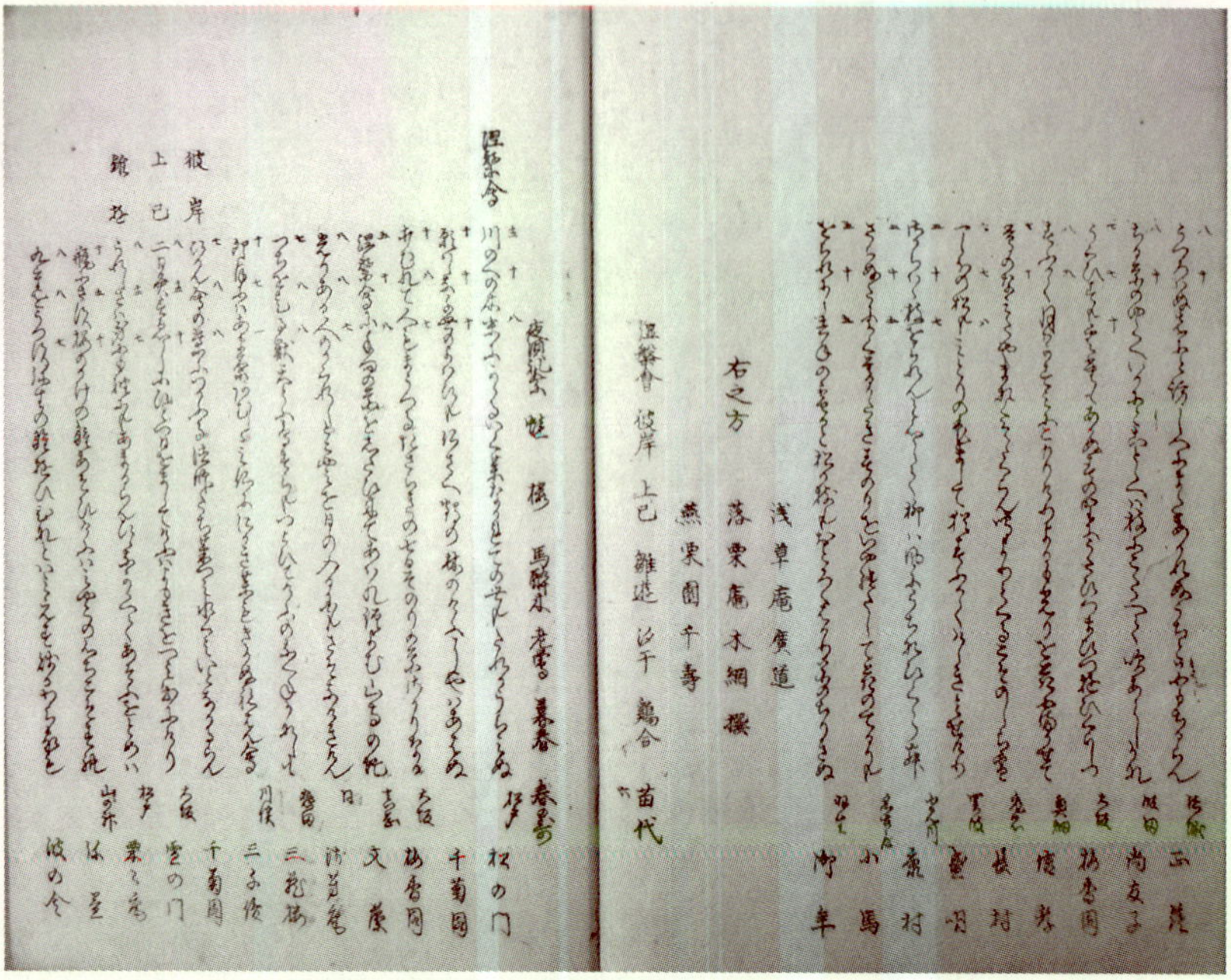

図Ⅵ　『歳時記　下巻』（左：7オ　右：6ウ）（架蔵）

うではなく、右は自らが撰者となる月次的方面の活動に限ってのことであったろう。例えば、梅廼門梅明等撰『狂歌茶器財画像集』（安政二年刊）や百樹園撰『狂歌三河名所図会』（同五年刊）などには入集しているし、仮名垣魯文の改号記念集『名聞面赤本』（嘉永二年刊）や講釈師の二世伊東燕凌追善集『花火売』（安政二年成）、栃木の通用亭徳成米寿賀集『都賀のやまつ』[30]（同三年刊）などにもその詠はみえている。また、親しい春馬撰『月次狂歌双面』上巻（嘉永二年刊）の「鶴泉楼若子」口絵には、浅草庵の名で一首見えているし、縁浅くなかった六朶園二葉撰・旭園輝雄催主の『月次狂歌花鳥むすび初会』（刊年不明。架蔵）には、浅草庵広道として序を送っている。さらに自作の合巻『女水滸伝』十三編下帙から十五編下帙（嘉永三年～安政二年刊）にかけては、口絵等に笠亭、倉鼠、合一堂などの別号で狂歌を載せているし、異種百人一首的なものなら、『和漢忠孝百人一首』（嘉永六年刊）やその改竄本『和漢忠孝八十人一首』

（刊年不明）、同『和漢英雄百人一首』（万延元年刊）などを述作刊行している。結局、自らの月次活動には気乗りがしなくなったとはいえ、四世浅草庵でもある戯作者としては諸書に顔をみせているのである。このことは、他の資料からもうかがうことができる。嘉永六年の『江戸すなご細撰記』をみるに、「著述屋」の項にはその名があっても、「狂哥屋」の項には名前がない。この時以後も四世浅草庵として特別な活動をしたわけではないのだが、安政頃の一枚摺『十目視所十指々所花王競十種咲分』初輯では、「筆頭十才子」の項に「戯作　笠亭仙果」、「狂歌十大人」の項に「堀田原浅草庵広道」とある。慶応元年の『流行一覧歳盛記』でも、狂言戯作者の部のみならず狂歌の部に、「浅草（あさくさあん）」とみえている。

異郷の地江戸で生きる仙果にとっては、結果的に、狂歌活動を通じて持つに至った人脈が、少なからず役立ったことであろう。春村や春馬の例をいま少しあげるならば、春村の『碩鼠漫筆』や『名字指南』に序を記していること（前者安政六年、後者文久元年。前述）は、仙果の国学の素養の一端を世に示すことにもなったであろうし、合巻作では安政元年から述作刊行した『御贄美少年始（おとしだま）』（十編より）は、春馬の九編のあとを受け継いだものである。また文久二年からの『明鴉墨画廼裲襠（あけがらすみえのうちかけ）』（四編より）、『花封莟玉章（はなのふうじめつぼみのたまずさ）』（六編より）、『童謡（わらべうた）妙々車』（十四編より）などは、いずれも二代目三亭春馬[31]の作を引き継いだもので、これとても先代との縁あればこそであったろう。仙果の狂歌活動は、その元をさらにただせば、すでに述べた如く和歌、国学へと遡る。その生涯はこうしたラインで結ばれていることを見逃してはなるまい。明治元年二月九日享年六十五歳で没し、本所中の郷の東盛（桃青）寺に葬られた。

浅草庵五世の岡野伊平については別段の資料も知らないので、以下に前出の稿本『狂歌奥都城図志』の記載と、それに手を加えて公刊された「狂歌人物誌」（『江戸文学類従』〈同刊行会、昭和4年〉所収。なお『江戸狂歌本選集』第十五巻〈東京堂出版、平成19年〉に新翻刻所収）の記述を合わせて以下にまとめておく。伊平は東都の人で、出生は文政八年（広道より二十一歳年下）、早くから文学を好んで天保八年十三歳の時に三世浅草庵春村に入門し、綾村と号して狂歌を詠むかたわら国学を学ぶ。師の没するに及んで井上文雄の門に入って和歌を学び、また詩文をよくした。明治六年に開化新聞を発刊した後に開新社を興し、また風雅新誌を発刊する。明治十二年夏に黒川真頼の推挙によって浅草庵を継いでその五世となる一方、蓬室の号で俳句活動も行った。著書に字音仮名格、冠字考、女子文例等がある。明治十九年六月六日六十二歳没、谷中天王寺共同墓地に神葬をもって葬られた。なお、一説に五世襲名は明治十三年夏のことで、木挽町の真陽亭で行われたその披露狂歌会の出席者は百人にあまり、当時すでに廃れていた甲乙録（番付）まで発行されたという[32]。

注

（1）ここでの引用は一般の活字本ではなく、春村の自筆稿本を蟹廼屋主人（野崎左文）が自ら謄写した上、活字本にはない遺漏を蟹廼屋自身が補筆した慶応義塾大学三田情報センター蔵本を使用する。

（2）佐藤雲外氏「行余漫筆（一）」（「上毛及上毛人」第一七七号、昭和7年1月）。

（3）黒川真道氏「会員談叢（五）」（「集古会誌」壬子四号、大正2年9月）。

（4）壺側の証である「浅」の字が付く浅茅庵の号を許されて五年も経ているのにあえて旧号を使用しているのは、短期間とは思われるものの旧師だった頭光に対する守舎の配慮ではなかろうか。

（5）永田生慈氏『葛飾北斎　五十三次』（岩崎美術社、平成6年）による。この名称が、『壺すみれ』に「文化元年甲子春、東海道駅次五十三番ノ摺物成」と見えている摺物シリーズの正式名称であろうか。

（6）図録『大北斎展』（朝日新聞社、平成5年）による。この図録には八十一枚（人）伝わっている内の、守舎を含む七十枚が掲載される。なお『壺すみれ』の「文化二年乙丑春、百人一首摺物成」とは、これを指すのかもしれない。

（7）本書第三章第一節で述べるように、上野は下野および尾張と並んで早くから天明狂歌の強い影響を受けている。野崎左文氏が「上毛の狂歌師（上・下）」（「みなおもしろ」第八巻五、六号、大正12年8月、同13年1月）を草している理由もここにある。

（8）影印と翻刻が小林ふみ子氏『絵入吉原狂歌本三種』（太平文庫四十九。太平書屋、平成14年）に収まる。

（9）春村・養子真頼・真道の三代にわたって収集された蔵書書目は、近年になって柴田光彦氏『黒川文庫目録』（『日本書誌学大系』八十六。青裳堂書店、平成12、13年）として、その本文と索引が公刊されている。

（10）菅竹浦氏「国学者と狂歌の逸話」（「江戸文化」第五巻二号、昭和6年2月）に取り上げられてはいるが、略伝と代表的な編撰狂歌集八種の名目を掲げるにとどまり、同氏『近世狂歌史』（中西書房、昭和11年）においても詳述がない。なお国学分野での先行研究としては、玉林晴朗氏「黒川春村と其の著述」（「書物展望」第九巻十二号、昭和14年12月。後に伝記学会編『国学者研究』〈北海出版社、昭和18年〉に再録）と、柴田久恵氏「黒川春村」（昭和女子大学光葉会「学苑」第三〇三号、昭和40年3月）が国学者としての全体像を論じ、各論的なものには、森銑三氏「塵袋と山田清安神谷三園並に黒川春村」（「書誌」第二年一号、大正15年11月。後「塵袋を中心として」と改題して『森銑三著作集』第十二巻〈中央公論社、昭和46年〉に再録）や、浦野都志子氏「『遊仙窟』と黒河春村」（古典研究会「汲古」第五十号、平成18年12月）等がある。

（11）右注（10）所引の柴田久恵氏稿参照。

（12）拙稿「三世浅草庵としての黒川春村」（隔月刊「文学」第八巻三号、平成19年3月）では、『草庵五百人一首』に「初曰本蔭」とあるのを「初、日本蔭」と誤解し、「ひのもとかげ」と振仮名まで付けてしまったが訂正しておく。正しくは「初曰、本蔭」である。

（13）刊年は『江戸狂歌本選集』第十二巻所収本の延広真治氏解題による。なお『新玉帖』における正木勝良の国付けは「陸奥仙台」となっている。

（14）さらに遡れば、寛政期の『狂歌部領使』（同四年頭光序）に入集し、『狂歌晴天闘歌集』（同八年同人序）の催主ともなっている人物に「正木桂長清」がいるが、活動時期が早すぎるのでこれが春村であるはずがない。なお小林ふみ子氏のご教示によれば、桂長清は伯楽連、後に浅草連の主要人物の一人として富士見連を率い、末広庵とも称したという。

（15）『狂哥書目集成』では本作画者を北馬とするが、原本にそうした記載はない。なお、この春村編『草庵五百人一首』は壺側狂歌作者に関するきわめて有益な資料なので、各肖像画を含む全文を拙稿「三世浅草庵黒川春村の門人たち——解題・翻刻『草庵五百人一首』付、人名索引——」（「大妻女子大学紀要——文系——」第四十号、平成20年3月）に紹介し、本書「付篇　資料翻刻」(2)に再録した。

(16) 中野真作氏のご教示による。茶梅亭文庫所蔵の『狂歌百才子伝』は原装本で、その原見返しには旧蔵者による「天保九戊冬／飯山亭食翁」との識語がある。同氏によれば、この旧蔵者は石原氏、阿波徳島の狂名を飯山亭喰主と称する狂歌作者で、その子孫から箱入りで入手した狂歌本の内の一書であるという。なお、この狂歌作者は天保三年刊『狂歌阿淡百人一首』にもその名が見えている。

(17) この蔵板者は撰者の一人である文字楼（村田）元成こと戯作者の三亭春馬のことで、考証担当の八文舎自笑その人である。なお本章第七節参照。同書続編は、旭園輝雄編『歳時記　下巻』（半紙本一冊。至清堂序。刊年不明だが、右之方撰者の一人に四世浅草庵広道がいる。架蔵）である。

(18) 甲斐知恵子・石田淑子の両氏執筆「黒川真頼」（昭和女子大学近代文学研究室編『近代文学研究叢書』第八巻、昭和33年）によれば、上野桐生の金子吉右衛門の男で入門時十三歳。春村の遺志に従って師が没した慶応二年に三十八歳で黒川家を継いだ。

(19) 右注（10）所引の柴田久恵氏稿参照。

(20) 翻刻が「集古」壬申第一号〜五号・癸酉第一・三・四号（昭和7年1〜5月、同8年1、3、4月）にある。

(21) 水谷不倒氏「種彦系の考証家　小寺玉晁」（「早稲田文学」第二次二十八号、明治41年3月）参照。

(22) 大平との具体的な交流については資料が乏しいが、没後三箇月の天保四年十二月十三日に催されたその追善会では、哀傷の和歌一首を詠んでいる（『秋哀傷亡父追善会』）。また内遠とは、文政期に彼が秋津と称した頃から交流があるが、主に戯作や茶番などにおいてであった（本書第四章第二節参照）。

(23) 二箇月前の文政十三年八月刊『狂歌五十川』には「京橋庵」とあるので、京都からの帰郷であろう。

(24) 『金鱗九十九之塵』巻六十四によれば、前津小林村の不二見の里にあった横井也有の別荘半掃庵（知雨亭）が、後年名古屋の商家の手に渡り、酔雪楼と名を改めて貸座敷になったという。文人等の交流の場としてよく利用された。

(25) 小寺玉晁の『尾張芝居雀』によれば、この時の祝いの書籍としては他に『寿海老』と『娘評判記』（ともに仙果の作）、『成田屋系図』、『比登鯉恵美』の四作があるという。なお噺本『寿海老』については、石田元季氏「成田屋評判寿海老――名古屋に於ける七代目団十郎――」（「紙魚」第二冊、大正15年11月。後に同氏『劇・近世文学論考』〈至文堂、昭和48年〉所収）に詳しく、同書にはその翻刻も備わる。

(26) 千束庵章雄撰『四方の海』（天保十一年刊）によれば、尾張衣浦の狂歌作者で僧侶。

(27) この年五月頃に、仙果は熱田に残してきた長女を迎えるために一度帰郷している（「自叙伝」）ので、ことによると別人が撰にあたった可能性があるが、とりあえずここでは仙果撰としておく。

(28) 『書画薈粋』二編（安政六年刊）に、「書家。名隣春、字吉人、号雨之屋、浅草寺地内福嶋左平。江戸ノ人。浅草花川戸ニ生ル。幼ヨリ画ヲ好ミ、古土佐風ヲシタヒシガ、近年又変ジテ又平ノ画風ヲ愛シテ、コレヲ画クニ筆力ノ妙ナル事、世ニ知ル所ナリ。中ンヅク能ノ画ヲヨクス。又和歌ヲモヨクス」云々とある。

(29) 達摩屋父子の手になる『燕石十種』の第六輯に、文久三年仲春付で仙果が序を記しているのは、仙果が本好きであったことのみならず、狂歌を通じての交流も背後にあったからであろう。

(30) 本書の刊行は安政三年三月だが、栃木の徳成の米寿は前年で、仙果の入集は、地元の通天園橋住撰の「当座」の部である。この頃、恐らく栃木まで足を運んだのであろう。

(31) 鈴木俊幸氏『蔦屋重三郎』（若草書房、平成10年）所収「蔦屋重三郎代々年譜」によれば、四代目蔦屋重三郎その人である。また弘化三年の『狂歌作者評判記吉書始』の「狂歌作者之部」にも、「二代目三亭春馬」の名がある。初代は三亭春馬の号を譲ったあと、二世一九を称している。

(32) 野崎左文氏「明治年代の狂詩と狂歌（下）」（「新旧時代」第一年三号、大正14年4月）参照。

【補注】この未見本六部についてはその後、左の四部の所在と内容が確認できた。

・市人編『狂歌伊勢の海』（寛政年間刊）

所見は初編のみ。半紙本二巻二冊、蔦屋重三郎刊。法政大学附属図書館蔵（小林ふみ子氏ご教示）。

原題簽「狂歌伊勢海」（かろうじてこう読める）。宿屋飯盛五老序。同書五編までを広告するが、五編のみ「近刻」と予告。

※守舎らしき人物は、雨守家で五首、六蔵亭で十五首、六蔵亭守舎で一首、いずれも国付けなしで入集する。本文で述べた推論に基づけば一まずは、江戸表では初め雨守家、次いで将軍家を憚ったのであろうか六蔵亭なる別号を用い、結局六蔵亭守舎と称したと考えておく。ずいぶん短期間での変更だったと推測する。それにしても本書の刊行時期を特定できないことが残念であるが、享和二年の『狂歌萩古枝』で六蔵亭守舎を称している（本文前述）ことからすれば、寛政期の刊行といってもその最末期から享和にかけての頃という可能性がある。

・霜解編『狂歌幕の内』（享和二年正月序刊）

半紙本二巻二冊、若林清兵衛・山中要助刊（調査漏れだったがその後、大妻女子大学図書館新収）。

原題簽「狂歌満玖能宇智」。「享和ふたつのとしむつき　千種庵霜解」自序。蹄斎北馬画。中野真作氏のご教示によれば、同氏「狂歌本目録（二）」（関西大学第一中・高校「研修」第二十五号、昭54年5月）に報告がある。

※守舎らしき人物は、六蔵亭（国付けなし）で一首入集する。

・市人編『古今狂歌集』（文化六年春刊）

大本二巻二冊、柏葉亭蔵板、若林清兵衛・山中要助刊。法政大学附属図書館蔵（小林ふみ子氏ご教示）。

原題簽「古今狂歌集」、内題「戯言夷歌集」。

※守舎は、浅茅庵守舎（国付けなし）で二首入集する。

・市人編『狂歌三愛集』（文化年間刊）

半紙本一冊、無刊記本。茶梅亭文庫蔵（中野真作氏ご教示）。

原題簽剥落。浅草庵（市人）自序。北斎画。

※守舎は、「大間々浅茅庵守舎」で二首、国付けなしで二首入集する。

第七節　黒川春村門人村田元成
――天明狂歌作者加保茶元成の孫――

(1) 伝記

井原西鶴亡き後の浮世草子界を席捲した京都の書肆・八文字屋八左衛門の代々については、すでに長谷川強氏による精査が備わる[1]。代作者に江島其磧を擁して役者評判記といわゆる八文字屋本を確立・定着せしめたのが、創業二代目の八左衛門、筆名でいう初代八文字自笑である。後世定着する「八文舎自笑」の表記は三代目自笑（創業四代目八左衛門の弟）からで[2]、この人物の時に書肆八文字屋は没落する。しかし評判記の世界では、作者名としての「八文舎自笑」と、板元名としての「八文字屋八左衛門」はその後も評判記のブランド名として生き続ける。仮託された作者の多くが素性不明である中、江戸の花笠文京は天保五年から同十年春に帰東するまでの在坂中に「八文舎自笑」名で、また帰東後は「百文舎外笑」の別号で役者評判記を執筆している[3]。厳密にいえば上方で称した自笑は四世であるが、文京自身は「浪華に在ては三世八文舎自笑といひし百文舎外笑」（弘化三年以降刊『役者三十六家選』自序）と明記する。

かくして上方の一大名跡を江戸人が受け継ぐ足掛かりができ、これを実現して四世（正確には五世）八文舎自笑を称したのが、これまでまとまった報告がない狂歌作者にして戯作者でもあった村田元成こと三亭春馬である。

まず野崎左文氏が伝えるところの略伝[4]を次に記す（引用は句読点を改め、傍線は石川）。

俗名[a]勘助、[b]何人の子であるか詳かでないが、江戸出生の人。壮年、新吉原江戸町一丁目の妓楼大文字屋市兵衛の養子となり、狂歌の名を文字楼加保茶浦成と呼び、[c]後養家先代の狂名を継いで二世加保茶元成と改め、次で浅草庵三世春村の門に入つて俳諧歌を詠じ、[d]又式亭三馬に随つて戯号を三亭春馬と呼び「多気競」の中本を著したが、故あつて養家を離別せられ、浅草山谷に移転して[e]船宿を業として居た。其初め五返舎半九より九返舎一八の号を授かり、又花笠文京が往年浪花に居た頃三世八文舎自笑たりし縁故に依り、文京に乞うて四世八文舎自笑の号を嗣ぎ、更に又二世十返舎一九と改め草双紙を著した。一九の二代目は下野花輪の人糸井鳳輔が正当で、春馬は正しく三世である（中略）。嘉永三四年頃没したと聞いたのみで其の法号墓所を知らぬ。【補】一書に[f]通称磯田源兵衛、後大文字屋に養はれて村田市兵衛の名を襲ぐ。元成・春馬・自笑・一九等の号を嗣いだ上に、晩年には[g]落栗庵二世元木網と名乗つて狂歌の判者となつた事もある。（中略）嘉永四年十二月十八日没す。[h]享年未詳。浅草今[i]戸慶養寺に葬る。[j]法名大用機信居士。

右以外に、春馬はまた江戸節を江戸半太夫に学んだことが忍頂寺努氏によって指摘されている[5]。ついでに大文字屋村田市兵衛の代々についても、『村田金山家系』に基づく三田村鳶魚氏の紹介を要約しておく[6]。初代大文字屋市兵衛は伊勢神戸の農家の出で、宝暦二年流行の「かぼちゃ節」をはやらせた当人である。安永九年十一月没、『名人忌辰録』には同元年十一月六日享年六十余歳没という。その養女の入婿（岡本長兵衛の次男）が二代目市兵衛で、天明狂歌に知られる加保茶元成の狂名はこの人に始まる。文政十一年六月十二日七十五歳没。南瓜宗園と称した三代目市兵衛は二代目市兵衛のこれまた養女の入婿（金山卜斎の次男）で、画を酒井抱一に学び野呂摩人形遣いの名手だった。弘化三年九月六日七十歳没。四代目市兵衛が三亭春馬である。里正だった内海某の息子で、三代目市兵衛の長女むらの婿養子として大文字屋を継いだ。没年不明ながら、四十八歳没という。また、むらの妹里勢は結婚せぬまま山口姓を継ぎ、山口屋勘次は三世市兵衛の季子である。

春馬の略伝については不明な点が少なくない。傍線部aの勘助の文字から推すに、一時的にせよ春馬も「四代記」にいう山口姓だった可能性をなしとしない。傍線部bの出自は「四代記」に内海某の息子という他、明治期の四世絵馬屋額輔稿本『狂歌奥都城図志』[7]には「新吉原玉屋弥八の男也。初名金次郎」とあり、明治三十九年大久保葩雪凡例の『増補続青本年表』（『新群書類従』第七書目所収）では、文政元年の条に「別号を文尚堂虎園、（中略）三浦若海の男」という。いずれが正しいか不明だが、少なくとも三浦氏ではあるまい。[8] 傍線部cの「二世」加保茶元成というのは誤植で、魯文稿本では正しく「三世」となっており、狩野快庵氏『狂歌人名辞書』（文行堂・広田書店、昭和3年）の記述を整理すれば、詳しくは養家先々代、先代と続いた三世加保茶元成である。初代加保茶元成（二代目市兵衛）との関係については春馬当時からすでに混乱していたらしく、三世浅草庵春村の『狂歌百才子伝』に見える「村田本成」小伝でも、「天明の頃世に名、大に鳴りし元成は此本成が曾祖父なり」と誤っている（正しくは祖父）。なお春村同書には春馬の別号等も記されており、「姓は藤原、一名蔓麿、号加保茶園・花街楼・柿園・三亭」とある。傍線部dの式亭三馬との師弟関係は、棚橋正博氏も疑問視されているように[9]鵜呑みにできない。三馬が没する文政五年時、春馬は後述する享年からして十二歳前後だからである。となれば三亭春馬の戯号も三馬とは関係あるまい。傍線部eの離縁後の家業は、石塚豊芥子の『戯作者撰集』では質商売といい、後述のように貸本屋もやっている。種々変えたのであろう。なお『図志』によれば船宿の屋号をも「八文字屋（ママ）」と称し、花押には八文舎の字を円形にして用いたという。傍線部fの「磯田源兵衛」は『狂歌人名辞書』等諸書「磯部源兵衛」（傍点はともに石川）とするが、どちらが正しいか不明である。なお春馬と親しかった戯作者にして四世浅草庵の笠亭仙果は、天保十三年の『おもひのまゝの日記補遺』四月六日条に、その住所と俗称を「江戸浅草山川町八左衛門店源兵衛」と記している。山川町は吉原内ではなく山谷堀に面して今戸橋に近い町名であるから、この時すでに大文字屋を離別していたことになる。傍線部gの落栗庵二世は後述のように正しくは三世で、自らもそう記している。没年月日は前引左文氏が伝える通りで、『図志』に模写されている墓石にも、「大用玄機信士／嘉永四亥年十二月十八日」とある。傍線部hの享年については、春馬の十返舎一九名の合巻『御贄美少年始』九編の後を、その没後三年目の安政元年に書き継いだ仙果の同十編自序に、「故十返舎一九は（中略）不惑そこらで今戸の土と化（なら）れ（中略）仙果は此人と無二の朋友なれど（中略）年兄（としうへ）で早一九より三歳生延（いきのび）其作の嗣録（かきつぎ）するも長寿（ながいき）恥る赤面」とあるのが参考になる。つまり春馬の享年は「四代記」の四十八歳よりも若く、少し年輩に見積もっても四十一歳前後と推定される。逆算すれば文化八年前後の生出で、同元年生出の仙果の方が七歳前後年長である。傍線部 i・j の墓所・法号等については、これも『図志』に詳しい。「浅草今戸橋詰禅宗雲亀山慶養寺塔中潮江院」と墓所が厳密に記され、墓石三段目と水受けに「冨士屋」とある墓石全体の精密な模写もある。またその小伝においては最晩年にも触れ、右の冨士屋は馬道にあった春馬縁故の料理店で、春馬はこの家で没したので冨士屋の菩提寺である潮江院に葬られたといい、法号は「大用玄機信士」（墓石記載も同じ）、同寺過去帳には「八文字屋（ママ）源兵衛」とあるという。野崎左文氏が伝える法号は誤記か誤植であろう[10]。なお「四代記」によれば四代目市兵衛には古銭収集癖があり、文化十一年に大村成富との共著『宋朝対泉譜』を刊行したというが、年代が合わない。二代目か三代目の市兵衛とすべきだろう。

(2)　三亭春馬としての戯作活動

次に村田元成の三亭春馬としての文筆活動を見てみよう。五返舎半九が授けたという九返舎一八の号の管見初出は、初代一九の天保二年正月刊『続々膝栗毛』初編で、その挿絵に九返舎一八名の狂歌の賛がある。弱冠二十一歳前後のことである。翌同三年正月七日に五世瀬川菊之丞が三十一歳の若さで没し、贔屓の「結綿連」頭取だった琴通舎英賀が追善集『瀬川ぼうし』（見返しには「瀬川五代家譜」とある。香蝶楼国貞・一勇斎国芳等画）を同年九月に編集刊行する。

この中に「三亭春馬」として狂歌を寄せていることがすでに高橋啓之氏によって指摘されているが[11]、いま一首「文字楼加保茶浦成」の詠もある。このことは春馬の演劇趣味を物語るとともに、この時すでに妓楼大文字屋の入り婿になっていたことをも意味する。同じ年の正月には為永春水の人情本『春色梅児誉美』後編も出版されているが、その跋文を記している九返舎主人も、すでに指摘されていることながら春馬である[12]。

翌天保四年正月刊の合巻『尾形鱗生伝』（二世北尾重政画）が春馬最初の著作のようで、自序に「九返舎改三亭春馬」と明記する。戯作者としては以後合巻を中心に人情本や滑稽本を述作し、戯作者のステータスともいうべき『新吉原細見』の序文執筆も天保八年に果たし、同九年春には前出笠亭仙果と合巻『店三絃緒連弾』（歌川貞秀画）を合作刊行している。実際の二世十返舎一九（糸井武・十字亭三九）が仙石騒動で天保七年頃に江戸を出奔した後[13]、春馬も初代一九の寡婦に乞うて二世一九を襲名したというのは弘化元年のことらしく[14]、後述のように同年十一月にはすでに一九を公称し、翌同二年正月刊の合巻『浅草土産』初編（二世歌川豊国画）自序で「春馬改十返舎一九」と明記する。元年は春馬三十四歳前後である。この時期は二世一九が二人いることになって紛らわしいが、かつて花井一九作とされた滑稽本『奥羽一覧道中膝栗毛』（初編嘉永元年刊）などは、初編草稿表紙に「源兵衛事十返舎一九作」とあって、すでに山口剛氏によって春馬作と訂正されている[15]。また三田村鳶魚氏紹介の未刊考証随筆『花柳古鑑』[16]なども、この一九を称した時期の春馬の述作である。

春馬の執筆活動で興味を引かれるのは、若くして前述『瀬川ぼうし』に入集したその演劇趣味を活かした作である。人形浄瑠璃芝居の場面と歌舞伎の舞台を交互に取り込んだ合巻『夜討曾我人形製』（歌川国貞画、前編天保五年刊、後編同八年刊）が代表的なものであるが、最も注目すべきは劇書の『正説楽屋通』である。刊年や板元が不明であるが、後述のように弘化元年冬以降の刊行である。中本二冊で、原題簽書名には「新板」の角書があり、書名下方には「初編」とある。「いつも陽気ナ正月堂」なる人物の序に、本書は「三玉堂の主人、普く芝居天狗・楽屋仙人会合（まじわり）し一巻」

という。芝居天狗と楽屋仙人は情報提供者の架空名と思われ、作者は三玉堂なる人物と推定されるが、この三玉堂は後述のように春馬の別号である。内容は妹背山道具流れや葛の葉早変わり、児雷也の仕掛けなどの他、大道具・小道具などの舞台道具を絵入りで解説・説明したものである。情報提供者の存在が推測される所以もここにある。それにしても春馬の芝居好きを彷彿とさせる一書である。戯作者春馬の八文舎自笑継承にはこうした背景があり、その演劇趣味は自身の編撰狂歌集にも受け継がれていく。なお『正説楽屋通』と同類の書に、三亭春馬聞書『御狂言楽屋本説』（梅蝶楼国貞・一英斎芳艶画）がある。中本四冊の紅英堂蔦屋吉蔵板で、初編二冊は安政五年七月の改印、同六年初春の春馬序があり、二編二冊は同六年五月の改印、春馬の序を付す。すでに服部幸雄氏の解題を付した影印・翻刻も公刊されているが(17)、これは『正説楽屋通』の改題増補本である。具体的には元板一冊目を二編上、同二冊目を初編上としてそれぞれ増補し、別途初編下と二編下を新作したものである。没後七、八年も経た改題増補本の春馬は、明らかに二世三亭春馬こと四代目蔦屋重三郎である(18)。

(3)　狂歌作者としての活動

ここで春馬の狂歌活動を整理してみる。三世浅草庵春村の編撰狂歌集刊本（狂歌論書は除く）は現在までの調査で二十余点あり、所在不明等や刊否未詳を除く左記の十二点に春馬は入集している（年号を省いたが不明以外は全て天保）。

〔天保年次〕	〔書名〕	〔入集狂名〕
①四年正月以前(19)	名所狂歌集（巻一・二所見）	浦成
②同	怜野狂歌集（上巻所見）	浦成
③四年十二月凡例	草庵五百人一首	村田元成

④五年春	三十六番狂歌合	村田元成
⑤同年五月	柳巷名物誌	当座柿園本成（ママ）撰
⑥六年七月	紅叢紫籙	右方村田元成撰
⑦同年七月序	倣古追詠（上巻所見）	元成
⑧七年	着到十首	当座村田元成撰
⑨八年二月	羽族類題	元成
⑩不明[20]	狂歌百才子伝	文字楼本成（ママ）
⑪不明	三玉秋晲	当座村田元成撰
⑫不明	新柳風姿	元成

黒川春村は天保二年三月二十日に三世浅草庵襲名披露を行っている（『壺すみれ』）。その名披露目集である『芳雲狂歌集』（天保二年三月序刊）に春馬は入集していない。最初の入集である①では天明風の狂名（加保茶）浦成、それが③で春村流である実名風の村田元成と改まっていることに加え、前述の天保三年九月刊『瀬川ぼうし』に浦成ともあったことを考え合わせれば、入門は天保三、四年の交と思われる。⑤は奥付に「村田本成輯」とあると同時に、「四代記」の南瓜宗園を示す「加保茶宗園筆印」（印文「文楼」）ともある。すなわち板下は春馬養父の手になる。⑥は奥付に「（鈴木）其一戯図之」「春村添詞」「文楼浅茅生輯」とあって、左方は春村の撰である。浅茅生が春馬養父と同じ文楼を号していることに疑念がわくが、それもそのはずで文楼は個人の号ではない。浅茅生は後出A『柳花集』の序跋によれば春馬抱えの遊女で、⑥の勝田諸持の序文ではその妓楼大文字屋を指して文字楼と呼んでいる。⑩で春馬自身も称した文字楼は、③の巻一目録小伝に浅茅生を「同楼（江戸吉原京町文楼）遊女」と記す如く、屋号「大文字屋」の別号である。文字楼は文楼とも表記して、恐らくはどちらも「もじろう」と読ませるのではなかろうか。

春馬は部分的な撰者経験（⑤⑥⑧⑪）を経た後、天保九年頃から後述の弘化二年あたりまで八年ほども狂歌活動が低調のようである。天保十年に初編が出る人情本『多気競』等の戯作活動に力を注いでいたのか、大文字屋離別に絡んで経済的な問題が生じたのか、そのあたりのことについてははっきりしない。

次に春馬の編撰狂歌集刊本であるが、次のAからIまでの九点が確認できた。

A天保八年三月　柳花集　半紙本一冊

文字楼元成・遊女浅茅生撰。河合峰雄撰の当座を付す。天保七年九月薄斎春村序、柿園元成自跋。口絵村片相覧・鈴木其一画。板元不記載。

B弘化三年正月　歳時記図会　初編上（春之部）　半紙本一冊

千種庵諸持・六朶園二葉・花屋光枝撰の部と、浅草庵春村・文字楼元成・燕栗園千寿撰の部、それに六帖園正雄撰の当座・六橋園渡撰の当座から成る。弘化三年睦月一日椿園春村序。八文舎自笑考証。口絵玉蘭亭貞秀画。三玉堂蔵板。

C弘化三年夏序　狂歌作者評判記吉書始　横本一冊

上下巻と附録から成る。八文舎自笑評、至清堂捨魚・燕栗園千寿・花廼屋蛙麿撰。同三人撰の附録には浅濃庵撰の当座を付す。弘化三年夏一文舎微笑序、江戸四世八文舎自笑開口。挿絵画者不記載。板元三玉堂。

D嘉永元年七月　狂歌千鳥跡　半紙本二巻二冊

原題簽に「千鳥跡　春（夏）之部」とある二冊のみ所見。前順編（序文による）。三世落栗庵木網撰。栗本輯。弘化五年睦月落栗庵三世木網序。三玉堂蔵板。

E嘉永元年十月画　仮名書狂歌短冊　半紙本一冊

江戸四世八文舎自笑編（序文による）、同自序。六橋園等二十二人撰。旭園輝雄の当座を付す。梅渓・梅圃画。

成立年次は梅渓画に「戊申初冬写」とあることによる。板元不記載。

F嘉永二年三月　月次狂歌双面　上巻　中本一冊

原題簽「狂歌双面　上巻」。落栗庵木網撰、嘉永二年三月元木網自序。一陽斎豊国画。板元三玉堂。

G嘉永五年二月　月次狂歌双面　下巻　中本一冊

原題簽「狂歌双面　下巻」。落栗庵木網撰。嘉永五年二月寿界山人序。六朶園（二葉）・花柳園（清樹）補成、旭園輝雄取重。画者・板元不記載。

H嘉永五年三月　狂歌雲錦集　半紙本一冊

原題簽「雲錦集」。落栗庵木網撰。河合有無撰の当座を付す。市川の渡辺春詮製本補成、花街連後見、糸永輝雄取重。

I嘉永五年以降　歳時記　下巻　半紙本一冊

左之方一閑斎諸持・六朶園二葉・花の屋蛙麿撰、右之方浅草庵広道・落栗庵木網・燕栗庵千寿撰。至清堂（捨魚）序。板元不記載。

天保八年のAでは自跋に自らを「をぢなき身」、つまり未熟者というが、あながち謙遜の意味だけではあるまい。この時二十七歳前後という若さがかく言わせている面もあったろう。Bは春村も撰者の一人なので前掲①〜⑫のリストに加えるべきだが、春村序と続編であるIの至清堂序に本書は春馬の企画というのでここに収めた。奥に「考証八文舎自笑／画図　玉蘭亭貞秀／採筆　春翠園百枝」とあって、「弘化三年午正月彫成」とある下方に「三玉／堂蔵」の朱印が刻されている。「四方拝」「屠蘇」「万歳」「子日」等の各歌題を逐一考証し、その後に高点順に狂歌を列記している点に特色がある。春村の序によれば、考証だけでなく歌題を取り込んだ口絵の趣向も春馬自身によるという。国学者でもあった春村の影響であろうが、前述の『花柳古鑑』などはこうした考証癖の成果である。BはIとも関連づけて、またCは八文舎を称した時期や三玉堂の別号をもからめて、それぞれ後述する。

Dはその編者等について、序中に「わか垣内なる前順ひじりは、仏の道はさるものにて、此まなびの道、はたなべてならねば、初学びのたよりにもがなとて、此集つくらんことをおもひおこして、歌をばおのれにえらばせたるなりけり」とある。門人という前順はCの実悪之部に見える文因楼前順で、「追々御出世をまちます」と評されている。奥付に「栗本輯」とある栗本は人名ではなく、和歌の柿の本に対する狂歌の謂いで撰者の春馬自身のことと思われ、その下には例の「三玉／堂蔵」の朱印が刻されている。短冊や色紙の書き方、「点あへのやう」などの説明と手本が付記されているところに啓蒙の意図が見える。色紙や短冊の型を用いる形式はまたHにも踏襲されている。

ところで、春馬が落栗庵を称したのは管見ではこのDが最初である。しかし従来いわれている二世ではなく、「三世」と明記されている。『狂歌人名辞書』では春馬である元成が「二世落栗庵と号せり」といい、紀伊和歌山の紀毒也が「天保三年落栗庵正当三世を継ぎ文台を授かる」という一方、同辞書附録「二代以上継続せる狂歌師及戯作者人名録」では、二世が紀毒也で三世が磯部元成となっている。毒也の天保三年継承に先だって春馬が落栗庵を称することは、年齢及び狂歌の活動歴から見ても無理といわざるをえず、附録にいう春馬を三世とするのが正しかろう。D刊行の嘉永元年といえば春馬三十八歳前後で、天保三年は二十二歳前後に相当する。

Eは『仮名手本忠臣蔵』を題材にした狂歌集で、撞木町における大石内蔵助の戯書なるものを、その所蔵者名まで記して模刻する念の入れようである。また撰者二十二人には、遊女二人を除く二十人全員に「○文舎○笑」という一時的な仮名が付けられており、燕栗園千寿は狂文舎其笑、花廼屋蛙麿は春文舎蛙笑といった如くである。Cの序者である一文舎微笑などは、逆に本書によってIの一閑斎諸持（Bの千種庵諸持）と知られる。すべて八文舎自笑を念頭に置いた綽号であることはいうまでもない。春馬の詠は八文舎と落栗庵の号で各一首見えている。板元不明ながら三玉堂蔵板であろう。演劇趣味はまたFにも反映されており、その書名の「双面」とは戯場と遊里、役者と遊女を指し、これを題材とする。板元は「三玉堂梓」とあって例の朱印はない。芝居好きな元妓楼の主人ならではの企画といえよう。Gは三年ほど間を置いたFの続編で、春馬没後二箇月そこその刊行である。板元不明ながら三玉堂であろうか。

Iは原題簽内題ともに「歳時記　下巻」となっているが、Bの続編に相当する。至清堂の序に、「歳時記図会は落栗庵の主思ひおこされて、つき〳〵に巻数おほくし出べきの本意なりしを、その二編をも事はたさではやく木に就れしは、いと残りをしき事になむ。さるをこたび旭園（輝雄）のあるじ、とりまかなひて摺巻とせらるゝ」とある（挿絵については春馬の志を損なうことを恐れて省いたとある）。したがって年次記載がないが春馬没後の刊行で、狂歌の遺作としては最後の刊行である。右之方撰者として春馬と並ぶ浅草庵広道は笠亭仙果のことで、AとFにも入集している。なお菅竹浦氏『狂哥書目集成』（星野書店、昭和11年）では、このB（但し四冊本という）とIとは別に、後編を前編の改作という『狂歌歳時記図会』なる二冊本を弘化三年の条に掲出するが、そうした本は未見である。

(4)　四世八文舎自笑と三玉堂の別号

春馬の編撰狂歌集の中で最も注目すべきものが、Cの『狂歌作者評判記吉書始』（以下『吉書始』と略称する）である。江戸狂歌の評判記としては、橘洲等判『俳優風』（天明五年刊）・六樹園判『忠臣蔵当振舞』（享和三年刊）・同判『評判筆果報』（文化五年刊）・同判『狂歌評判記』（文化八年刊）・同判『狂歌評判記』（文政五年）に続く第六作目である。一文舎の序文に「八文舎主人こゝに一つの趣向ありて、当世だて者の狂詠を集め、みたりの判者を三つの櫓に准へ、立役実悪女形和実荒事道外まで、思ひ〳〵の風躰を撰せ」たという。名寄せでは、冒頭の「三評惣作者目録」で三都ならぬ歌舞伎の三丁町を撰者三人の住所に見立て、評判される狂歌作者一人ひとりには和書の見立てを付す。惣巻頭の柏唫社広善には「みがきあげたることばの玉はひかる　源氏物語」といった如くで、和書の中には『雅言集覧』も見えている。口絵がまた凝っていて、春馬を誇張してかぼちゃ節を踊るかぼちゃ顔の男に画く。

本書に関しては事前配布の募集チラシと、結果としての番付が残っている（ともに大妻女子大学蔵）。詳細は別稿を期すとして、「狂歌作者評判記」と題するチラシには、歳時記図会が盛況だったお礼として、作者評判記を完成させるべく久しぶりでその納会を開くと述べた後、「（作者評判記の）集冊之儀はおこがましくは候へ共、今般縁合御座候而八文字屋家名相続仕、四代目自笑と別号いたし候ニ付、名に縁が有てよからうとの思召付より、御ひゐき様の御進メに任せ、□(ムシ)調法成私評之詞を加へ」とあって、末に「文字楼一号八文舎自笑」と記す。集所の内に「浅草山谷堀三玉堂」とある以外に、校合者の内に百文舎外笑、補助者の内にも花笠の名がある。花笠文京も先代八文舎自笑として協力したのであろう。投吟締切りは十二月十日、同二十日開巻とあるので、『吉書始』刊行前年の弘化二年冬頃のチラシである。なお『吉書始』所収の板元三玉堂の一文によれば、このチラシは寛政年間（正確には同三年九月）の市村座『竹春吉原雀』の見立てであるという。チラシと同題の番付も芝居番付の見立てで、「巳六月廿八日開」とあるので、弘化二年前半期の成果一覧ということになる。「板元／浅草山川町／八文字屋／正」とある「正」の一字に、見立てであるということの寓意が看取できる。取重として三玉堂、執事として百文舎外笑の名が見える。なおチラシに久しぶりというのは、この番付以降同年後半は休会がちだったことをうかがわせる。

ところで、「柳橋大のし」と題する春馬が貸本屋を始めた時の贔屓札[21]（年次不明）には、著作堂馬琴や山東京山等の当時の著名戯作者たちが賛辞を寄せている。その中で春馬は自らを「浅草山谷堀山川街　春馬改八文字舎(ママ)自笑舗三玉堂　八文字屋源兵衛」と記している。三玉堂は春馬本人のことだったのである。また所収の為永春水の一文に「詠と歌、本屋と作者の二道を継ぬは損者」とあるのは、狂歌と歌謡、板元と戯作者を兼ねていることを指し、同墨川亭雪麿狂歌の詞書に「こたび都の八文字屋の名を東都のものとし」とあるのは、江戸で八文舎を称したのは春馬が最初であることを意味する。なお蔵書印として、「八文字屋／蔵書之印」なる長方印があることはすでに報告されているが[22]、英国ヴィクトリア&アルバート美術館蔵『草庵五百人一首』（前引③）にも同じ印があるとの一報を、小林ふみ子氏から得た。使用者が三亭春馬である可能性を付記しておきたい。

三玉堂の報状としては他にも、「天保十五年仲冬粉商の応需　京山老人しるす／浅草山谷堀山川町調合所　十返舎舗三玉堂」という年次が特定できる伏稟「御頬のくすり　菊慈童露香水」もある。[23] 三玉堂の名が弘化になってから現れることからすると、春馬は天保十五年つまり弘化元年冬頃に一九を称するとともに三玉堂とも号し、それと相前後して明けた同二年春・夏の頃にはすでに八文舎自笑を継承していたと思われる。前出の『正説楽屋通』の刊行も弘化元年冬以降であろう。

演劇趣味と同時に狂歌との縁が深い形で四世八文舎自笑を称した春馬だったが、狂名としてはあまり使用していない。管見では前出Eと撰者不明の弘化三年序刊『狂歌作者細見』[24]に「八文舎」と見える程度で、三十八歳前後になった嘉永元年のDEを境に、以後は専ら落栗庵木網の号を用いる。一方役者評判記の方では、管見では安政六年あたりまで自笑の名が確認できるものの、それらの自笑と春馬との関係は未詳である。

最後に春馬後の八文舎自笑の名跡に付言しておく。鈴亭二世谷峨の劇書『俳優見立五十三次』（序題「五十三次遠目鏡」）前編の序文末は「嘉永五壬子年歳／八文舎／自笑[印]」となっており、その印文に「三世再／称五世」とある。花笠文京は春馬没後再び八文舎自笑を継ぎ、その五世を称していたのである。没後すぐであることからして、おそらくは生前に約束があったものと思われる。

注

（1）『浮世草子の研究――八文字屋本を中心とする――』（桜楓社、昭和44年）所収「八文字屋の代々」、及び『浮世草子新考』（汲古書院、平成3年）所収「八文字屋の末路」。

（2）八文字屋を「八文舎」と表記する例は、八文字屋の当事者以外をも対象にするならばこれよりも早く、右注（1）引用書前者所収「浮世草子・八文字屋本名義考」によれば、享保頃まで遡るかもしれないという。
（3）木越俊介氏「〝代作屋大作〟花笠文京の執筆活動について」（『近世文芸』第六十九号、平成11年1月）。
（4）「『名聞面赤本』の投吟者」（『東京新誌』第一巻四号、大正15年12月。後『私の見た明治文壇』〈春陽堂、昭和2年〉所収「稗史年代記の一部」）。文京門人だった仮名垣魯文の稿本『稗史年代記』（現、静嘉堂文庫蔵）の二世十返舎一九に関する記述の文体を改めたもので、新たに左文氏の【補】を加える。
（5）『清元研究』（春陽堂、昭和5年）。
（6）「加保茶四代記」（『日本及日本人』第六六一号、大正4年8月。後『三田村鳶魚全集』第十七巻〈中央公論社、昭和51年〉所収）。以下、「四代記」と略称する。
（7）西尾市岩瀬文庫蔵。以下『図志』と略称する。
（8）春馬門人の三世十返舎一九（三浦姓で実際には四世）稿本『十返舎随筆』の安政七年付け詞林外史序によれば、この三浦一九は名は実卿、字墨慎、俗称太郎左衛門、父は若海と別号して年久しく京橋に住む代々の骨董商だったといい、三浦実卿は師の春馬没後百日目に一九の号を嗣いだという。春馬をこの三浦一九と誤認したと思われる。
（9）『式亭三馬』（ぺりかん社、平成6年）所収「戯号・門人・戯友」。なお棚橋氏は同書「『早替り胸のからくり』」の中で、再刻後印本の『教訓むねのからくり』の序者「京橋市隠三代目一九」を春馬とされている（同書人名索引による）ようだが、京橋市隠とあるので春馬の弟子の三浦一九である。
（10）額輔の記載が正しいであろうことは、額輔がその稿本『掃墓余談』（西尾市岩瀬文庫蔵）に実地踏査の記録を残していることからも首肯されよう。
（11）「琴通舎英賀の周辺」（日本大学「語文」第八十一輯、平成3年12月）。
（12）日本古典文学大系『春色梅児誉美』（岩波書店、昭和37年）の中村幸彦氏注。
（13）本田康雄氏「二世十返舎一九の漂泊——盛田家文書について——」（『国文学研究資料館紀要』第十二号、昭和61年年3月）。

（14）日本名著全集『膝栗毛其他　上』（同刊行会、昭和2年）の山口剛氏「解説」。後『山口剛著作集』第四巻（中央公論社、昭和47年）に「膝栗毛其他について」と題して再録。

（15）右注（14）に同じ。

（16）『未刊随筆百種』第二十巻所収（米山堂、昭和4年。中央公論社版では第十巻〈昭和52年〉所収）。

（17）国立劇場芸能調査室編『御狂言楽屋本説』（歌舞伎の文献2。同調査室、昭和42年）。

（18）鈴木俊幸氏も『蔦屋重三郎』（若草書房、平成10年）所収「蔦屋重三郎代々年譜」で四代目蔦屋重三郎の作とする。

（19）『名所狂歌集』奥付の浅草庵蔵板書目（末尾に「天保四年正月」とある）に、『遅速五十題』『怜野狂歌集』『名所狂歌集』の三作を「出来」と広告していることによる。なお「近刻」と予告されているものに、『草庵五百人一首』と『草庵狂歌集』の二書があるが、後者については刊行されたか未詳。

（20）刊年不明といっても、天保九年冬以前の刊。本章第六節の注（16）参照。

（21）香雪翁蔵贔屓札の特集号である「本道楽」第二十一巻四号（昭和11年8月）所収。

（22）『八文字屋本全集』第十巻（汲古書院、平成7年）所収『開分二女桜』、および同十九巻（同、平成11年）所収『十二小町曦裳』の各解題参照。

（23）「本道楽」第二十二巻六号・第二十三巻一号、昭和12年4月・5月）所収。

（24）影印と翻刻が小林ふみ子氏『絵入吉原狂歌本三種』（太平文庫四十九。太平書屋、平成14年）に収まる。

第三章　江戸狂歌の周辺

第一節　江戸狂歌の地方伝播
――天明期の尾張を中心に――

(1)　国付け作者の登場

江戸の市民文芸であった江戸狂歌は天明期にその最高潮を迎え、単に江戸市中にとどまらず地方にまで伝播して行くことになる。そこで天明狂歌集の中に散見される国付け狂歌作者に注目してみたい。

天明期に純粋な狂歌集として江戸表で出版された諸作（写本や狂文、名鑑、一般的な狂歌絵本等はひとまず除く）を、国付けのある地方作者を併記しつつ列挙したものが次の一覧Aである（併記のない集は、国付け作者がいないことを意味し、傍線は列挙諸作中における、国付け地方作者としての初出を意味する。［　］は推定）。

一覧A

天明元年（安永十年）

ア・初笑不琢玉（浜辺黒人編、春跋刊）

同二年

イ・興歌めざし艸（丹青洞恭円編、正月刊）

ウ・栗能下風（浜辺黒人編、十一月序刊）

摂大坂1人

同三年

エ・狂歌若葉集（唐衣橘洲編、正月刊）

オ・万載狂歌集（四方赤良編、正月刊）

和州郡山1人（古人）・信州1人

カ・狂歌二葉艸（一風斎編、正月刊。ただし本年二月跋）

紀州名高浦1人

キ・めでた百首夷歌（四方赤良詠、元旦序刊）

ク・狂哥猿の腰かけ（浜辺黒人編、五月序刊）

ケ・網雑魚（奇々羅金鶏詠、七月跋刊）

コ・灯籠会集（四方赤良編、［本年七月］刊）

サ・落栗庵狂歌月並摺（元木網編、十一月刊）

同四年

シ・春興抄（元木網編、正月刊）

ス・狂歌すまひ草（普栗釣方・宿屋飯盛・鱠盛方・頭光編、正月刊）

セ・狂歌続二葉艸（一風斎編、正月序刊）

ソ・閏月歳旦（武士八十氏・夕霧籬編、正月序刊）

タ・いたみ諸白（朱楽菅江編カ、七月刊）

チ・狂言鶯蛙集（朱楽菅江編、十二月序刊）

同五年

ツ・徳和歌後万載集（四方赤良編、正月刊）

尾張3人（其風1首・楚泉1首・傘衛守1首）

美濃神戸3人・上毛2人・下毛栃木1人・肥後1人・播州三日月1人

テ・狂歌あまの川（飛塵馬蹄・古瀬勝雄編、七月刊）

尾陽10人（豊年雪丸1首・本荒小萩1首・酒井久女留1首・流石田舎1首・池中嶋1首・野崎寄波1首・神谷川住1首・呼継浜近1首・橘軒近1首・山中住1首）

甲府2人

ト・狂歌百鬼夜狂（平秩東作編、冬序刊）

ナ・三十六人狂歌撰（四方赤良編、［本年］刊）

同六年

ニ・狂歌新玉集（四方赤良編、正月刊）

尾陽（名古屋を含む）3人（市買連として和歌茂少々読安3首・同三方長のし2首・芦辺田鶴丸1首）

下毛（佐野と栃木）2人・伊勢津1人・上毛高崎1人

ヌ・天明睦月（朱楽菅江編、正月刊）

ネ・吾妻曲狂歌文庫（宿屋飯盛編、正月刊）

ノ・狂歌太郎冠者（一風斎編、正月序刊）

紀州名高1人

同七年

ハ・狂歌才蔵集（四方赤良編、正月刊）
上毛（高崎を含む）9人・甲府7人・下毛（栃木を含む）5人
尾州（名古屋を含む）3人（芦辺田鶴丸1首・豊年雪丸1首・三方長のし1首）
信州更科1人・美濃大垣1人・浪華1人
ヒ・狂歌千里同風（四方赤良編、正月序刊）
下毛15人・上毛9人
尾陽8人（扇折風3首・三方長熨斗2首・良村安世2首・和歌茂少々読安1首・網引方1首・柏二葉1首・鍋煮津丸1首・八島かち時1首）
浪花2人・甲府2人
フ・狂歌花のさかへ（朱楽菅江編、正月序刊）
ヘ・古今狂歌袋（宿屋飯盛編、［本年］刊）
同八年
ホ・鸚鵡盃（朱楽菅江編、正月序刊）
下毛15人・上毛（桐生を含む）5人・濃州平嶋2人・武州川越2人・紀州新宮1人・総州夷隅1人・駿府1人
マ・狂歌数寄屋風呂（鹿都部真顔編、［本年正月］刊）
ミ・狂歌松のことの葉（朱楽菅江編、［本年春］刊）
尾州1人（呉服安岐1首）
ム・八重垣ゑにむすび（朱楽菅江編、十月跋刊）

以上の刊本狂歌集三十三種を通覧するに、まず国付け作者が登場する時期については、ツの赤良第二総合撰集『徳和歌後万載集』からとみなしてよい。同書は空前の大ヒットとなったオの『万載狂歌集』（赤良の第一総合撰集）にその続編として予告されたため、「赤良がえらびに応ぜんとて、もてあつまれる草稿五くるまにあまり、かつ千箱にみてり」（オの菅江跋）という状況となり、ついには予定の翌天明四年正月刊行が不可能となって、さらに一年を要することになった。こうした背景の一端が国付け地方作者という形で表面化したのである。そして最も強く影響を受けた地方は、国付け作者という視点から見る限り、尾張と上毛と下毛の三国がその中心だったといってよい。中でも尾張の人々の反応は素早く、かつ最も積極的である。他の二国よりも遥かに江戸から遠い尾張が、なぜ機敏にしかも強く反応したのか、またその様相はどのようなものだったのか、次にその作者たちの検討を通して具体的に考えてみたい。

(2)　尾張作者の素性と動向

一覧Aの傍線の作者各略伝について、不明者が多いのであるがまとめてみる。天明五年のツ『徳和歌後万載集』の三人のうちでは、傘衛守の素性が最も明瞭である。服部徳次郎氏の調査(1)に詳しく、それによれば尾張藩士金森桂五（通称市之進）のことで、白鳥の材木奉行や御納戸役を歴任し、安永七年には父桂裏に従って江戸に赴いた経験を持つ。文化九年一月二十四日に六十五歳で没している（細野要斎の『諸家雑談』によれば自害という）から、天明五年は四十歳ということになる。名古屋の暁台門下の俳人で、師の死（寛政四年）後は同門の士朗に従った。となると残る二人のうちの其風（『狂謌弄花集』によれば永日庵真菅とも）も、安永九年二月に暁台門に入った俳人其風のことであろうが(2)、伝未詳である。残る楚泉は号からして俳人か上方狂歌作者と思われるが、全く不明である。

次に同年のテ『狂歌あまの川』（本書の性格については後述する）の十人については豊年雪丸を除き、本荒小萩が秋錦亭とも号した（『狂謌弄花集』）こと以外一切不明である。雪丸は『名古屋市史』人物編第二（名古屋市役所、昭和9年）や富田新之助氏の報告[3]によれば、通称を市橋助右衛門といい、安永二年に初めて尾張藩に仕えて勘定方並手代となり、勘定元締役や記録所書役等を歴任した。天明の初めに藩を辞して江戸に出た後、寛政中頃に名古屋本重町筋東（枕町）にもどり、狂歌の判者として当時城下第一と称されたという。月花庵、松月庵の別号の他、積素亭とも称し（『狂歌初日集』）、また滝本流の書に巧みだった。文政四年十二月十四日没、享年は不明である。

翌六年のニ『狂歌新玉集』（赤良を中心とする四方側の歳旦集）の三人の中では、芦辺田鶴丸が後世最も著名で、すでに森銑三氏や市橋鐸氏の論[4]が備わる。それらによれば、名古屋呉服町の有松絞りの染物屋で、通称を近江屋伝兵衛、初号を春秋亭可蘭、また鶴雛人といい、後に三蔵楼とも称した。文化末年に橘洲の息子の小島蕉園から橘の一字を授かって橘庵とも号した。四国から明石に渡る途中で遭難し、天保六年十月六日に七十七歳で没しているので、天明六年は二十八歳である。和歌茂少々読安は尾張掃苔録ともいうべき『芳躅集』の俳諧歌の部に、「和歌少々読安之墓」として見えており、「文政十一戊子四月廿八日（没）　箕形善左衛門源政遠」とある。尾張藩士だった（『藩士名寄』）。残る三方長のしは伝未詳ながら、読安とともに「市買（市谷）連」として入集していることに注意しておきたい。

翌七年のヒ『狂歌千里同風』（四方側の第二歳旦集）八人中の傍線六人の中では、扇折風の名が知られている。富田新之助氏の報告[5]によれば、尾張藩納戸役を勤めて後に長囲炉裏御番という隠居役に転じたという。本姓天野氏、通称を梅之助といい、後に分九郎を襲名して天野家の八代目を継いだ。別号として要季丸、旭松亭、百合亭、居炉斎と称した。寛政元年春に江戸麹町の官舎に赤良、橘洲、菅江、木網、大屋裏住らを招き、帰雁の題で狂歌会を催して摺物にしたという。また安永八年の赤良五夜連続観月会の成果『月露草』が今日伝わるのも、折風が赤良から借りて寛政六年正月に写本を作らせた、その一本のみが現存するからである。後年の文化元年には石川雅望（宿屋飯盛）から「扇折風六十賀」（『游戯三昧』所収）の一文を贈られ、最晩年の同九年春には、その雅望の世話で蜀山人（赤良）より巴の一字を譲られて一巴亭を称した。翌十年十二月二十六日に六十九歳で没しているから、天明七年は二十六歳である。残る五人については知るところがない(6)。

最後の翌八年のミ『狂歌松のことの葉』（菅江を中心とする朱楽連の歳旦集）の呉服安岐も、その伝未詳である。

以上、一覧Aの尾張作者二十八人中の傍線二十三人（残る五人は重出）のうち、いくらかでも素性の分かる人物はその四分の一ほどしかいない。しかし傾向として藩士が目立つことと、暁台門下の俳人が天明狂歌に反応していることに留意しておきたい。

(3)　埋もれている尾張作者

ところで、右の尾張作者二十三人について、一覧Aでは地方作者であることを明確にするために、国付けがあるケースのみを取り上げたのであるが、その結果を基に改めて天明期の諸書を見直すと、二十三人の中の十六人は国付けなしで純粋な狂歌集刊本を含む他書にもその名が散見される（他書に見当たらない七人はツの其風・楚泉、テの野崎寄波・神谷川住・呼継浜近、ヒの八島かち時、ミの呉服安岐）。

便宜上ツの傘衛守のみを先に述べると、彼は早くウ『栗能下風』の天明二年二月分の「玄喚(ケンクハン)有レ梅」「寄料理恋」のところに各一首（後者では「ゑもり」と仮名書）が見えている。次いでカ『狂歌二葉艸』（同三年正月刊。ただし同年二月跋）の秋部と恋部に計三首入集（居所を江戸市中「白銀」とする）、そして狂歌作者名鑑の『狂歌知足振』（同三年四月序刊）のスキヤ連(7)にその名が出、同『狂歌師細見』（同三年七月跋刊）では、「おち栗やちゑ」（元木網・智恵内子夫妻グループ）のところに「ゑもり」と出ている。この四書以外に衛守の名が見えないのは、恐らくは狂歌が俳人としての余技だったからであろう。十六人中の他の十五人は、他書にその名があってもすべて天明五年以後なので、改めて書物ごとにまとめたのが次の一覧Bである（アルファベットは追加書物で、波線はこの結果初出が早まったことを示し、二重傍線の五人は十五人以外の人物で後述）。

一覧B

天明五年

ツ・徳和歌後万載集（正月刊）

テ豊年雪丸1首・ニ和歌茂少々読安3首・ニ三方長熨斗3首・ヒ扇折風1首・ヒ良村安世1首・園蝴蝶1首・土師掻安1首

a・四方春興夷歌連中双六（赤良編、［正月］刊）

「市」（市谷連）として、ニ三方長のし1首・ヒ扇折風1首・ヒ良村安世1首・ヒ鍋煮津丸1首・園蝴蝶1首、「川」（深川連）として土師掻安1首

b・狂歌評判俳優風（菅江・橘洲・赤良編、秋開口刊）

「唐衣」側として、テ酒井久女留・テ池中嶋・テ橘軒近・テ山中住・水角奈志、「四方」側として土師掻安

c・天明狂歌合（赤良判、十月安世宅催、詠者十六人、写）

ヒ扇折風4首・ヒ良村安世5首・ヒ網引方5首・園蝴蝶5首

ト・狂歌百鬼夜狂歌（冬序刊）

土師掻安8首

d・下里巴人巻（赤良編、本年成、写）

七月会に紀安丸首（歌欠）・園蝴蝶1首、八月会にヒ扇折風1首・ヒ良村安世1首・園蝴蝶1首、九月会にテ酒井久女類1首・テ流石田舎1首・テ池中嶋1首・テ橘軒近1首・テ山中住1首・ヒ扇折風1首・ヒ

良村安世1首、十月会にヒ良村安世1首・ヒ網引方1首・園蝴蝶1首、十一月会にヒ扇折風1首・ヒ良村安世1首・ヒ網引方1首・園蝴蝶1首

ナ・三十六人狂歌撰（［本年］刊）

園蝴蝶1首

同六年

e・絵本吾妻袂（橘洲序、正月刊）

テ豊年雪丸3首・テ本あらの小萩2首

f・絵本八十宇治川（赤良序、正月刊）

土師掻安1首

ニ・狂歌新玉集（正月刊）

市買連として、ヒ扇折風3首・ヒ良村安世3首・ヒ網引方1首・ヒ柏二葉2首・ヒ鍋煮津丸1首、山手総連として園蝴蝶2首、深川連として土師掻安3首

ネ・吾妻曲狂歌文庫（宿屋飯盛編、正月刊）

テ豊年雪丸1首・土師掻安1首

g・絵本江戸爵（菅江序、正月序刊）

テ豊年雪丸1首

ノ・狂歌太郎冠者（正月序刊）

紀ノ安丸5首

同七年

h・絵本詞の花（飯盛序、正月序刊）
　ニ芦辺田鶴丸1・紀安丸1首・土師掻安2首
ハ・狂歌才蔵集（正月刊）
　ニ和歌茂少々読安1首・ヒ扇折風2首・ヒ良村安世2首・ヒ網引方1首・半掃庵也有1首・園胡蝶4首・
　土師掻安3首
ヒ・狂歌千里同風（正月序刊）
　紀安丸1首・園胡蝶2首・土師掻安2首
i・三囲奉納狂歌額（菅江撰、二月奉納、写）
　土師掻安1首
へ・古今狂歌袋（宿屋飯盛編、［本年］刊）
　テ豊年雪丸1首・半掃庵也有1首・土師掻安1首
同八年
j・画本虫撰（飯盛序、正月刊）
　土師掻安1首
ホ・鸚鵡盃（正月序刊）
　深川連として土師掻安3首

この一覧Bに先の一覧Aを重ね合わせる（便宜上二重傍線の人物も加える）と、天明五年以後の、すなわち同三年のAオ『万載狂歌集』の大ヒットに尾張作者がどのように反応していったか、その動向が鮮明となる。

天明五年から順次見ていく。正月に出たAツ『徳和歌後万載集』に入った尾張作者は、実は国付けのあるAツの其風・楚泉・衛守の三人だけではなかった。これにＢツの雪丸・読安・長熨斗・折風・安世・蝴蝶・掻安の七人を加えた十八人十四首を数える。後に尾張で中心的存在となる雪丸と折風の刊本初登場も本書だった。また彼らのうちの長熨斗・折風・安世・蝴蝶の四人と、国付けでは二年後のＡヒにその名が出る煮津丸の五人は、そろって市谷連に属していることが、筆綾丸こと歌麿画くＢａの狂歌双六によって分かる。ともに赤良の編であるから、刊行準備中の天明四年中には彼らも赤良人気にあやかっていったと思われる。天明五年も七月になると、後述するように橘洲一派の事実上の旗揚げともなるＡテの『狂歌あまの川』が刊行され、雪丸と新顔らしい九人の計十人がこれに入集する。そしてこのうちの久女留・中嶋・軒近・中住の四人と、Ｂｂ二重傍線の角奈志（『狂謌弄花集』によれば尾張作者）の五人が、狂歌作者の評判記であるＢｂ『狂歌評判俳優風』で「唐衣」側と明記される。一方先の人々はやはり赤良寄りで、特に安世は同年十月に赤良を判者に招いて自邸でＢｃ『天明狂歌合』を催し、この会には安世は当然として別途、折風・蝴蝶、それにＡの国付けでは二年後に出てくるＡヒ引方の三人が参加している。赤良も安世に対しては年次不明ながら、「百番月歌合序」（［天明八年春］刊『四方のあか』所収）を贈っており、「尾張のみくにのすき人ら、もゝちの歌をよみたるに、良村安世ひとりしても、もゝちの歌をよみあはせしは、かの良峰安世朝臣の水車よりよくまはりたる口車」などと記している。ともかくもこの頃、尾張作者の中にも赤良寄りと橘洲寄りの二つのグループがあったようだが、当時の各連や側がそうだったように互いに対立するようなものではなく、赤良の同年七月から十一月の月並会の成果であるＢｄ『下里巴人巻』に、橘洲寄りの久女類・田舎・中嶋・軒近・中住らも参加している。

翌六年正月、赤良は急増した門人対策として歳旦集Ａニ『狂歌新玉集』を刊行するが、これも国付けのあるＡニの読安・長熨斗・田鶴丸の三人だけではなく、Ｂニ折風・安世・引方・煮津丸と、国付けのＡでは翌年に出てくるＡヒ二葉の五人が加わって計八人十七首が収まる。所属連不記載の田鶴丸以外は七人すべてが市谷連となっており、これに前年のＢａ双六の中で重複しない蝴蝶を加えれば、合計八人が市谷連所属ということになる。なお田鶴丸は本書が刊本初登場である。本年からいわゆる狂歌絵本が出版されはじめるが、雪丸の入集が目立ち、それも橘洲序のＢｅ『絵本吾嬬袂』には、この種としては多い三首が入る。また前年の画像狂歌集『三十六人狂歌撰』と同系統の豪華本、Ｂネ『吾妻曲狂歌文庫』（北尾政演こと山東京伝画）にも雪丸は入っている。

翌七年正月の赤良第三総合撰集Ａハ『狂歌才蔵集』も、国付けのあるＡハの田鶴丸・雪丸・長熨斗だけでなく、Ｂハでは読安・折風・安世・引方・胡蝶・搔安、それに二重傍線のかの横井也有が加わって計十人十七首が入集する。也有が本書と、前年の『吾妻曲狂歌文庫』の続編ともいえるＢへ『古今狂歌袋』に入集しているのは、『鶉衣』前編が赤良の世話で本年刊行されることと関係があろう。赤良編の最後の狂歌集となる第二歳旦集Ａヒ『狂歌千里同風』では、国付けのあるＡヒの折風・長熨斗・安世・読安・引方・一葉・煮津丸・かち時の八人に、Ｂヒ二重傍線の安丸・胡蝶・搔安が加わり、計十一人十七首が入集する。

翌八年は前年六月に松平定信が老中主座となって寛政改革が始まり、これを機に赤良が狂歌界と絶縁したため、目立った動きがない。

以上から尾張作者の参入過程のみをまとめれば、その実態は決して一覧Ａのような状況ではなかったことが分かる。すなわち天明五年にはほぼ参入しつくしており、六年に田鶴丸と一葉が、七年にかち時と故人の也有（天明三年六月没）が、そして八年に安岐が加わったことになり、同五年に集中していたことが知られる。

ここで二重傍線の残る紀安丸（保丸・安麿）・園蝴蝶（胡蝶）・土師搔安の三人と、一覧ＡＢにも登場しない紀まゝ成[8]（儘成）に触れておく。若き日の本居内遠が右馬耳風（二世）の狂名で編んだ狂歌集に、古今の尾張関係者のみを収める『狂謌弄花集』（文化十四年刊。私家版）がある。[9]これに右四人ともに見えている。安丸は同書画者の一人である松寿園有文のことで、別号を白観堂また葎庵といい、初名「安丸」とある。ならば『芳躅集』に「紀有文之墓」として出ている寺沢九左衛門のことで、文化十四年八月十三日に没している（享年不明）。尾張藩士だった（『藩士名寄』）。蝴蝶は文化期成立の『蜀山人自筆文書』の中の狂歌作者一覧に、「園故蝶　芳春園、尾州外山やしき、津田四郎左衛門」とあり、尾張藩士と分かる。掻安は『狂謌弄花集』の菊泉亭里童のところに、「後江戸住、土師掻安」とある。天明五年十月十四日に催された著名な百物語狂歌会の会場、江戸深川椀倉河岸の別荘の主はこの掻安で、『狂歌百鬼夜狂』（一覧ＡＢのト）がその成果である。右の狂歌作者一覧に「土師掻安　深川ウミガワ、榎本次右衛門」（『江戸方角分』では治右衛門）とあり、『藩士名寄』には見えないから町人であろう。天明八年五月に七十余歳で没したという（『狂歌人名辞書』）。前号の里童では、明和三年春の暁台編『太郎集』（三ツ物集）や、暁台が同年八月に筆を執った熱田神宮奉納額（『松濤棹筆』巻七による）などにその名が出る。傘衛守や其風同様、掻安もまた暁台門下の俳人だったのである。暁台の門人がなぜ天明狂歌に参加していったのかは判然としないが、暁台自身が尾張藩士であったことや、安永四年に江戸の蓼太の許に滞在し、天明二年春も江戸にいたことなどが関係しているのかもしれない。四人のうちの残るまゝ成は『蜀山人判取帳』に、「きのまゝなり」の注として赤良自身が「高部久右衛門、住洲崎」と記している。[10] 身分等は不明である。

　天明期におけるこの四人の動向について、天明四年まで（同五年以後は一覧Ｂの結果に同じ）を以下にまとめてみる。最も早くから活動しているのは安丸で、Ａウ『栗能下風』の天明元年正月分から翌年の正月分の間に、七回にわたって計十五首が見えている。衛守よりさらに一年早いことになる。同三年では同じ黒人編のク『狂哥猿の腰かけ』に一首見え、当代一流の作者が集った戯会成果の『狂文宝合』（万象亭編、七月刊）には、「志奈玉」なる珍品家宝の狂文が収まる。また吉原を舞台にした小冊のＡコ『灯籠会集』と、十一月の雑司ヶ谷お会式当日の、赤良と親しい人々の小会成果『狂歌投やり花合』（赤良編『栗花集』所収、写）にも各一首が入る。翌四年では正月刊の赤良母六十賀集『狂文老莱子』に一首、珍しい狂歌歳旦黄表紙の『後編栗の本太の根』（伯楽側中心）と『金平子供遊』（小石川連中心）にも、それぞれ一首と三首入集する。また木網編のＡシ『春興集』に三首、大がかりな角力合のＡス『狂歌すまひ草』に一首、大門喜和成の追悼集であるAタ『いたみ諸白』に三首が見える。翌五年以後も活動が続き、尾張天明狂歌作者の草分け的存在といってよい。赤良の四方側寄りの入集が目立つ。

蝴蝶は天明三年の名鑑『狂歌知足振』のスキヤ連に、「そのゝ小蝶」とあるのが管見初出で、同年の『狂歌師細見』では「落栗屋杢蔵」（木網グループ）のところに出る。名鑑に載るほどなのに、なぜか天明四年までは詠が見当たらず、むしろ同五年以後に四方連の一員としての活動が目立つ。

搔安は右二人より遅れて天明四年が管見初出で、狂歌歳旦黄表紙の『前編栗の本大木の生限』（本町連中心）と前出の『後編栗の本太の根』に各一首、Aスの『狂歌すまひ草』に六首、Aタの『いたみ諸白』に一首、菅江を頭目とする朱楽連の最初の集であるAチ『狂言鶯蛙集』に二首が見える。彼の本領は一覧Bにもはっきり出ていて、尾張天明狂歌作者のまさに雄である。住所にちなんで深川連に属しているが、赤良や菅江と極めて近かった。

残るまゝ成は、五世団十郎が代々を含めて初めて『仮名手本忠臣蔵』の大星由良之助を演じた、その慶賀の作『皆三舛扮戯大星』（［天明三年夏］刊）に一首見えるのが初出で、翌四年に安丸と搔安も入った、前出の『後編栗の本太の根』とAス『狂歌すまひ草』にそれぞれ一首と五首、そしてAチ『狂言鶯蛙集』に一首入集して以後、全くその活動が見当たらない。あるいは没したのかもしれない。

尾張天明狂歌作者は、右四人に衛守を加えた五人がいわば先発組で、其風と楚泉を含む雪丸以下の前述の人々は、国付け表記とは無関係にその実際は後発組だったことになる。

(4)　その拠点と尾張酔竹連の基盤

ところで、先発組の安丸・蝴蝶・衛守、後発組の雪丸・読安・折風の六人はすべて尾張藩士だった。このうちの蝴蝶・読安・折風と、素性のはっきりしない長熨斗・安世・引方・煮津丸・二葉を加えた八人は市谷連に属する（一覧ＡＢの二とＢのａ参照。なお蝴蝶だけは山手総連にも属する）。掻安と田鶴丸を町人ということで別にすると、尾張作者の主要人物を中心とする右十一人のうち、なぜ八人までが市谷連なのかといえば、尾張藩の江戸藩邸があったからである。その上屋敷は市谷御門外（現、外堀を挟んで市谷駅西側の自衛隊市谷駐屯地付近）、中屋敷は四谷御門麹町（現、四谷駅南側の麹町六丁目及び上智大学付近）、下屋敷は大久保外山（現、学習院女子大南側で、新宿区戸山二丁目戸山ハイツ付近）にあった。特に藩主が住む上屋敷には、定詰藩士だけでなく江戸勤番侍やその関係者も多かったに違いない。ここからは赤良の住む牛込中御徒町（現、神楽坂西方の新宿区中町）まで徒歩十五分もあれば充分で、橘洲の住む四谷忍原横町（現、地下鉄四谷三丁目駅付近及びその南側）へも同二十分ほどである。連の名がなぜ市谷なのかを考えた時、この江戸藩邸上屋敷こそがその象徴であったからだと気づく。この上屋敷が尾張狂歌作者たちの、天明狂歌享受の取り入れ口であったに相違ない。してみれば市谷連の素性不明人物も大方は尾張藩士かその関係者とおぼしく、そうだとしたら彼らに付される国付け表記の意味は、江戸勤番を終えて帰国中ということであったろう。考えてみれば、何の手づるもなくていきなり尾張から投吟できるはずもなく、江戸ですでに知己になっているか、誰かの紹介が必要だったはずである。たとえば写本『酔竹集』（天理図書館蔵）には、橘洲と雪丸が連名で篠玉涌（名古屋旧家の町人）を「雅会御連中」に紹介する、天明七年正月付け請状が書写されているが、そこには「宗旨之儀ハ古今夷曲集ニ而、暁月坊末流ニ絶無御座候。御法度之落首体ニ而ハ無御座候」などとあって、実に厳格である。江戸での活動経験を持つ尾張作者たちは、江戸表であろうと国元であろうと、天明狂歌の流布に欠かせない大切な役割を担っていたのである。こうした意味からすれば、市谷上屋敷はまさに尾張作者たちの原点であり、最大のよりどころだったといえよう。なおついでに右の玉涌に触れておくと、彼には天明六年からの家集『玉はゝき』がある（『狂歌僻目利（ひがめきき）』）というが、管見の天明期狂歌資料中に玉涌の名は見当たらない。

いま一つここで述べておきたいのは、橘洲一派の成立と尾張作者との関わりについてである。一覧Aのテ『狂歌あまの川』（天明五年七月刊）は、古瀬勝雄の序に「ことし文月七日、短冊竹のよそ人をまじへず、星にもかさぬ唐衣、うらなくかたらふ人々、先生のもとにつどひて、七夕を題にてよめるを一冊となし」とあって、七十二人の詠各一首を収める。当然彼らは親橘洲派であるはずで、この中に尾張作者も雪丸ら十人いることは前述した。開口部分に同年秋とある一覧Bのb『狂歌評判俳優風』は、橘洲一派を明示する「橘洲連」（「唐衣連」とも）の語の初出で、橘洲・菅江・赤良の狂歌三大人が立ち合って位付けをして、脱稿したのは八月十二日だったと本文末に見えている。橘洲にとっては右七夕会の一ヶ月後のことである。四方連八十四人に対して朱楽連・橘洲連ともに三十一人は妥当な線で、橘洲連のうちの二十七人が『狂歌あまの川』入集者である。一書全体の傾向として新顔を取り立てる方向だったらしく、橘洲としても『狂歌若葉集』以来の親派だった紀廸・大泥はね道を取り上げておらず（右七夕会には参加している）、尾張作者ではその後も活動する雪丸の名が見えない。橘州が自派として評判記に取り上げた尾張作者五人（一覧Bb参照）は、翌六年以後は橘洲自身が狂歌集を出していないせいもあってか、これといった活動を見せない。ところが『狂謌弄花集』冒頭の寛政九年五月付けの橘洲の一文（本来は玉涌所蔵の雅帖『弄花集』の序で、それの転載）に、「尾陽はすべて予が門葉のみにして、他の指揮をうけざるは、まさに雪丸・田鶴丸・玉涌・金成・桃吉・有文の諸秀才、よく衆をいざなふ故なるべし」とある。雪丸以下はいわゆる尾張酔竹連（酔竹は橘洲の別号）の重鎮たちであるが、その尾張酔竹連の源流を天明期にまで遡った時、事実上は雪丸一人だったことが分かる。田鶴丸は未だその兆しを見せていないし、玉涌は前述のごとくで、金成（玉涌息子）・桃吉（尾張藩士）は姿さえ現してない。有文こと安丸は折風ほどではないにしろ赤良寄りであるが、活動時期が早くて長いため、末尾にその名があがったのであろう。「予が門葉のみ」の一言は、折風や安世からすればいささか誇張に聞こえようが、橘洲一派となる玉涌個人の雅帖の序ならば責められまい。雪丸・桃吉・安丸が尾張藩士だったことを考えれば、尾張酔竹連の成立と展開にも市谷藩邸が少なからず寄与していたと思われる。

以上、江戸狂歌の地方伝播を天明期の尾張を例として述べてみた。江戸の文化はもちろん江戸で誕生、成長するのだが、それは江戸のみにとどまらず、遅かれ早かれ地方にも伝播する。その好例が江戸戯作趣味にあふれた天明狂歌で、特に尾張の場合、これが様々な方面での基盤になっていると筆者は考えている。独自の文学観と文体を持つ也有の『鶉衣』が広まったのも、狂文の第一人者でもあった赤良の目に留まって江戸で出版されたからこそであって、これが地元尾張や上方だったらどうであったろう。化政期を中心として寛政半ばから天保にかけての、洒落本を中心とする名古屋戯作の作者層にも狂歌壇的背景があったし[11]（藩士だった石井足穂などはその典型）、曲亭馬琴と田鶴丸の交流もまたよく知られている。さらには前述の若き本居内遠も書肆万巻堂の主として狂歌・戯作に遊び、田鶴丸の狂歌門下で後に二世柳亭種彦となる笠亭仙果の江戸転居も、その目的は狂歌判者として身を立てることだった。出版界においても、かの東壁堂永楽屋東四郎（その狂名を文屋古文という）が提携した江戸書肆は、前掲一覧ＡＢの過半を出版した蔦唐丸こと蔦屋重三郎であった[12]。江戸と尾張を結んだ天明狂歌の意義は単に狂歌にとどまらないことを、改めて認識する必要があろう。

注

（1）『暮雨巷暁台の門人』（愛知学院国語研究会、昭和47年）第一章「7　桂五」）。
（2）伊藤東吉氏『暁台の研究』（清水孝之・野田千平両氏編、藤園堂書店、昭和51年）所収「暁台年譜」参照。
（3）「尾張狂歌人墓㈠豊年雪丸」（『掃苔』第八巻六号、昭和14年6月）。
（4）森銑三氏「芦辺田鶴丸」（『森銑三著作集』第四巻、中央公論社、昭和46年）、市橋鐸氏「芦辺の田鶴丸・同補遺」（同氏『東海郷土文化史考』、愛知県郷土資料刊行会、同50年）。

（5）「尾張狂歌人墓㈢一巴亭の号を継いだ扇折風」（『掃苔』第八巻十号、昭和14年10月）。

（6）五人のうちの柏二葉については、橘洲の息子の小島蕉園も二葉を称している（『江戸方角分』）ので、あるいは同人かとも思うが確証がない。

（7）刊本にこの連の名は欠けているが、野崎左文氏によってスキヤ連と書きこまれて以来、そうみなされてきた。しかし小林ふみ子氏「鹿都部真顔と数寄屋連」（「国語と国文学」第七十六巻八号、平成11年8月。のち同氏『天明狂歌研究』〈汲古書院、平成21年〉所収）によって、その実際は落栗庵一門と一体化していることが指摘されている。

（8）キノママナリとも読めそうな生儘成なる作者が『狂言鶯蛙集』『徳和歌後万載集』等に見えるが、『狂歌知足振』（天明三年）の本丁連に「生レのまゝ成」、『金平子供遊』（同四年）に「うまれのままなり」の振り仮名があるので別人であろう。

（9）尾張文人たちの狂歌活動を知るに有益なので、「大妻女子大学紀要――文系――」第二十八、九号（平成8、9年各3月）に翻刻紹介し、本書「付篇　資料翻刻」(1)に再録した。なお本書第四章第三節はその解説に相当する。

（10）同書には姓名等の注記はないものの三方長熨斗の名も見えている。二人とも赤良寄りだったことを示していよう。

（11）本書第四章第一節参照。

（12）鈴木俊幸氏『蔦屋重三郎』（若草書房、平成11年）参照。

第二節　入花制度の展開

(1)　発生基盤

入花とは本来は純粋な板行料を指し、四方赤良こと蜀山人大田南畝の未刊随筆『奴凧』〈文化十五年〈改元して文政元年〉四月自序〉「入花の始并木網・黒人、人物評」条によれば、狂歌でこの制度を導入したのは書肆でもあった浜辺黒人に始まり、後にはこれに批点料である点料や選歌料をも含めて入花と称したという。黒人がこの制度によって安永九年正月から月毎の摺り物を作成し、それを本に仕立てたことは、すでに本書第一章第一節で論述した。『栗能下風』や『狂哥猿の腰かけ』がその成果であり、『栗能下風』中の予告により、入花はまた入銀とも呼ばれ、これによって作られたのが天明元年春跋刊の歳旦狂歌集『初笑不琢玉』であった。狂歌の基本は、「一座一興のいひ捨てにして、あとをとめざる事」（『栗能下風』安永九年七月分に見える予告）にあったわけであるから、この当時以前の江戸狂歌界に入花制度などあるはずもなかった。ましてや初期の江戸狂歌壇が、教える側と教えられる側の区別もない、まさにサロン的な場であったことを思えばなおさらである。

ところが、喜田有順の随筆『親子草』巻二の十二にいう「狂歌は古より有レ之候得共、名を面白く付候は安永九子年比よりの事にて」とある時期を経て、天明三年に江戸狂歌が大流行すると、それぞれのグループ〈連〉による各月次会と様々な狂歌会が行われるようになる。入花制度は、後々にはこの二要素と大きく関わりながら発展して行く。

まず月次会についてはそれを具体的に示す好資料が『狂歌師細見』（同年七月跋刊）[1]である。その見返しにある「諸方会日附」の中に、「黒人角力会　七之日　入花四十八文」とみえていて、これが入花の額を明記したものとしては最も早い。なおまた同じ箇所に、「伯楽街角力会（頭光の会）　四之日　会料百文」「落栗庵（元木網）定会　さんの日［割注　飯料三十一文字めしを喰ねばいらず］」「（山道）高彦　十之日」「（子子）孫彦　二之日」などともある。この当時入花はまだ珍しい方で、なにがしかの会費に相当する金額を支払うことの方が多かったと思われる。

黒人はまた、入花を取って板行するためのいくつかの取次所を市中に持っており、天明三年五月黒人自序『猿の腰かけ』巻末には、「毎月三題を出して諸名家の狂詠を集め、其が中よりゑらびいだして、このごとく月々に板行にいたし侍る事也。所々の取次所あれば、かはらずいだし給へかしと希ふのみ　黒人」と広告する。本屋である黒人からすれば板行などお手のもので、取次所も職業上の組織を使えば簡単に持つことができたのであろう。入花をはじめるべき人がはじめたといえるだろう。もっとも黒人による入花は、後代になって横行する選歌料を含んだものではなく、純粋に出版費を分担してもらうためだけのものであり、指導料として要求したものではないことは、菅竹浦氏『近世狂歌史』（中西書房、昭和11年）で指摘されている通りであろう。とはいえ、趣味的遊戯的分野から職業的分野へと一歩踏み出す契機を作り出したことは、江戸狂歌史上特筆すべきことであった。

次に様々な狂歌会についてであるが、断片的な記載なら赤良の『巴人集』などにも散見されるが、ここではまとまった狂歌会開催記録の摺物二点を紹介しておく。

いずれも「狂歌番付」の名で東京都立中央図書館加賀文庫に所蔵されている、七十枚の台紙に整理された一枚摺のうちにある（「狂歌番付」の名で目録に登録されているが、一部番付ではないものも含んでおり、ここで用いる後出の一枚を加えた三枚なども番付ではない）。その第十三枚目、四方側系の山陽の撰になる摺物（左枠外に「文化十一甲戌歳再板　東都芝将

監橋　山陽堂撰　朝茶亭蔵板」と刻されている）に、「大江都ニテ狂歌会之濫觴明和五子年ヨリ当戌年迄四十七年ニナル」とある。明和五年がどういう会を指すのか不明だが、あるいは同七年の『明和十五番狂歌合』の誤伝かもしれない。またその第二十六枚目の、同年序同人撰の摺物（左枠外に「売弘所　東都　中橋広小路西宮弥兵衛」とある）には、「諸連会合并年暦」（以下、「年暦」と略称する）なる年表があり、その最初に「山の手宝合せ　明和のはじめ」と記されている（これに続く条からは天明期のものになっている）。明和初年の山の手の宝合せは知られていないが、ことによると『奴凧』にみえている安永の酒上熟寝の会を誤ったものであろうか。いずれにもせよ、この二枚の摺物の撰者芝廼屋山陽は、『狂哥書目集成』によれば寛政十年と文化十二年に、それぞれ『狂歌年代記』とその第二輯を刊行している（いずれも現在所在不明）ので、右の記述もそれなりに根拠があってのことのようにも思われる[2]。

天明期に催された種々の狂歌会を、ここでは著名な事跡という意味で「年暦」から引いて列挙しておく。

日ぐらし何くはぬ会	天明二寅	三月
狂文宝合	同　三卯	四月
一日千首詠	同	七月
中の町灯籠合セ	同	同
東作物産会	同　五巳	三月
杢網向島団扇合	同	五月
芝居合	同	八月
百物語	同	十月
山王社頭花合	同　六午	三月
焉馬向嶋咄会	同	四月

才蔵集撰集会　　　　同　十一月

右の中には純粋な狂歌会にあらざるものも含まれているが、そのメンバーの中に狂歌作者たちが少なからずいたであろうことは想像に難くない。狂歌ブームの中での狂歌会を赤良は過去と比較し、「遠慮会釈のむかし人すくなく、会しづかによりあひしをもかげをしたふ」（天明五年刊『徳和歌後万載集』序）と述懐しているが、それでも天明期ごろまでの狂歌会は、まだ後代のような物欲や短絡的名誉欲がなく、『嬉遊笑覧』などにも

安永・天明頃の狂歌の発会などは、未だ行儀正しくして出席の者は左右に別れ、たとへば左の側に書画人居れば右の側に狂歌師控へて、望み人は好みの画人にかいて貰ひ、すぐ向ふ側に坐したる狂歌師何某に賛を乞ふ事となれり

とある如く、居ずまいを正したものであったらしい。もっとも狂歌の会といっても、『明和十五番狂歌合』がそうであったように、概して狂歌合の体であったことが少なくなかったようである。狂歌に和歌の歌合の様式を取入れるきっかけとなったのが、普栗釣方が天明三年四月から十月まで七回にわたって主催し、没後の同四年正月に刊行された『狂歌角力草』であることは、すでに粕谷宏紀氏『石川雅望研究』（角川書店、昭和60年）に明示されている。狂歌を東西の組に分けて行司が一番ごとに勝敗を付けるこの様式は、すぐに評判になったようで、その一年後に赤良も、前述の述懐と同文中に「都下の歌角力またさかりなり」と記している。この様式は後代の様々な狂歌会においても、入花の普及とともに、種々趣向がこらされつつ近代にまで流れこんでいく(3)。

天明期の初めごろにはすでに月次会に入花制度ができていたものの、特殊な存在であったことを前述したが、点料についてもまた同様であったらしい。野崎左文氏『狂歌一夕話』（私家版、大正4年。のち同氏『私の見た明治文壇』〈春陽堂、昭和2年。のち平凡社の東洋文庫として平成19年復刊〉所収）に、次の如き一挿話が紹介されている。

天明何年かの歳の暮に元の木網の許へ、懐紙に金一歩を添へて狂歌の添削を乞ひに来た人があつたのを、後にて

気が付き其金を返す序に、木網の送った手紙は

いにしへの何求といへる者歌あつむる頃、板の料として銭を添へて贈りける人ありしを返すとて「俳諧のてんやものならさもあらん銭とは和歌のうらみなりけり」と詠て包紙にかいつけて返し侍りしと聞けば、我もこがね返すとて

千金の春をとなりに置くゆゑにけふの一歩はまづ返すなり

といふのでしたが、頼んだ人も之を詫びて、今度は狂歌二首の添削を乞ふとて

かへされし一歩しじうの金言によみ歌ばかり二しゆぞ送れる

と返歌したとの事です。

単純に狂歌二首で二朱の点料ととれば、一首につき一朱（金一両の十六分の一、銭なら二百五十文）[4]ということになる。しかしこれほどの返歌を詠める者が点を乞うというのも妙な話であり、また当時無料で指導に専念した元木網を引きあいに出していることからしても、この話の細部については推して知るべしであるが、それはそれとして、こうした話が伝わっていること自体、俳諧の世界などではとうに行われていた点料が、人口急増の狂歌界においても見え隠れしはじめたことのあらわれであろう。

確かに江戸市中の狂歌人口は爆発的に増えた。野崎左文氏の調べでは、『狂歌師細見』には十二の連、合計三百九十四人と戯作者三十二人、画工十四人の名があり、『狂歌知足振』では七つの連三百二十五人があげられ、これらの人々は公家と大名を除く外はあらゆる階級に行きわたっているという[5]。天明三年でこれであるから、同末年ごろにはさらに増えていたに相違ない。この一大ブームはまた、同時に質の低い大量の駄作群という現実をもたらし、そうした折も折、天明七年六月に松平定信が老中となり、文武奨励・綱紀粛正を目指すいわゆる寛政改革が始まった。才智に富んだ天明狂歌作者のうち、赤良や手柄岡持（朋誠堂喜三二）、酒上不埒（恋川春町）といった武士階級の人々は、

結果的に次々と筆を置くこととなり、ここに江戸狂歌の黄金時代は終わる。

(2)　寛政・享和期における動向

武士と町人共有のサロン的場でもあった天明狂歌壇から赤良たちが抜けたあとも、橘洲や菅江ら一部の武士たちは残った。しかし武士であるがゆえにかつてのような活動ができるはずもなく、おのずとこの共有のバランスは崩れ、町人たちにその主導権が生じることとなった。これを担ったのが鹿都部真顔、宿屋飯盛、銭屋金埒、頭光といった、いわゆる狂歌四天王と呼ばれる町人狂歌作者たちである。天明期に続く寛政・享和期あたりまでをながめてみよう。

寛政期の状況を知る資料としてよく引かれるものに、文化十四年刊『狂謌弄花集』に転用された寛政九年仲夏付の橘洲の一文や、同三年自序の酒月米人自筆本『観難誌』の一文などがあるが、三世浅草庵黒川春村の『壺すみれ』の記述がわかりやすいので次に引用する。

寛政のはじめ頃にやとものむれふたつに分れて、南のかたは真顔（号狂歌堂北川嘉兵衛）・金埒（号銭屋）・米人（号狂歌房四方滝水）・江戸住（号万亀亭）などひとまとゐとなりて、執事は物梁（号河井又長秋堂）なり。北のかたは市人（号浅草庵大垣久右衛門）・笛成（号樵歌亭扇屋小兵衛）・霜解（号千種庵山中要助）・干則（号真砂庵能岡友八）・一葉（号千穐庵三陀羅法師）などひとむれにて、光翁（号桑楊庵岸宇右衛門）に随従して、執筆は俊満（窪氏号尚左堂）・長清（号末広庵）なり。これぞわが浅草のやゝきざすべきはじめなりける。ある人いふ、南北の月次の歌会、かたみにいどみあひておこたりなしといへども、光翁のかた、にぎはゝしきこと十倍せりといへり。このころ赤良・飯盛のふたりは、おほやけにつゝしむことありて潜居せり。

寛政三年十月に江戸払いとなった飯盛のことにふれているから、同初年から四、五年あたりまでのことを指しているのであろう。狂歌四天王の残る三人のうち、光は同八年四月十二日に四人の中では最も早く没してしまい、橘洲の例の一文によれば、あと二人は「金埒は其業（銭両替商）によりて詠を専らとせず（多忙だったのであろう）、真顔ひとり四方歌垣となのりて、今東都に跋扈し威霊盛んなり」とあって、栄えていた光の没後の寛政九年時点では、江戸狂歌壇は真顔にすっかり席捲されていたことがわかる。

寛政改革を機に、こうした町人が狂歌壇の主導権を持てば、すでに入花の発生で職業化への第一歩を踏み出していた狂歌界は、さらに歩を進めて、狂歌で生計を立てる職業狂歌師の誕生へと進んでいく。その第一号が真顔で、『近世物之本江戸作者部類』の「恋川好（スキ）町」（真顔の戯号）の項に、

> 天明中、二冊物・三冊物の作ありといへども、もとより得たるところにあらざれば、はやく戯作をやめて狂歌を専門にしかば、竟に一家をなして第一の判者たり。批点百首の料、銀壱両と定めて、狂歌をもて渡世にしたるは、此老一人也。

とある。このことは、前述の寛政期狂歌壇の状況に照らしても首肯できよう。批点百首で銀一両（銀四匁三分のこと）ならば、一首につきわずか三文弱の点料ということになる。糊口のためにはかなりの数をこなさねばならなかったであろうが、逆にいえばそれだけ点を乞う者が多かったことにもなる。

では真顔が職業狂歌師となった時期はといえば、おそらく、寛政八年に四方赤良より四方姓を譲られ、名実ともに四方側の主宰者となった[6]ころからであろう。これ以前ならば、潔癖なところもあった趣味人の天明期のリーダー赤良が、四方姓を職業狂歌師などに譲るはずもなかろう。真顔は『嬉遊笑覧』などにまで記されている如く、尊大にして利に敏なところがあり、四方姓を譲りうけたことの背景にもこれが少なからず働いていたと思われる。四方姓を継いだ真顔は、江戸市中を席捲した後、自派勢力の全国への拡大を狙うのであるが、それはまた、職業狂歌師として生きていくための必然でもあった。

こうした真顔の動向は、結果的に入花に点料選歌料を含ませて普及させる大きな原動力になったと思われる。まず

第一に、職業狂歌師ということ自体に、こうした意味あいが内包されていることがあげられる。またそれまで江戸市中にほぼ限定されていた江戸狂歌界は、真顔によって寛政後期あたりから享和を経て文化に至り、全国規模にまで拡大され、ここに江戸と地方とを結びつける手だての必要性が生じる。その延長線上に、中央狂歌壇の狂歌師が撰者となって行われる、後述の入花による懸賞募集的な狂歌合や、月次会の高点歌集の板行等が誕生するのである。同様の方式はまた、当然のことながら各地方内においても行われるようになる。そうした背景には、物欲や短絡的名誉欲も働いているのであるが、これはまたそのまま真顔にも当てはまるところであろう。

それでは真顔がいつごろから入花を取って右の如きことを始めたかといえば、後述のように文化初年あたりにはすでに相当行っていたと思われる。また「年暦」をみるに、「歌垣（真顔）月並集目録」なる項目もあって、その第一作目に「茅花集」（右側に「享和三」、左側に「亥年」とある）が据えられている。[7] さらには次に述べる如く享和三年次には、狂歌界の各連だけでなく、書肆までが入花制度を導入して本作りを行っている。

本屋が導入したものとは、享和三年正月刊行の狂歌本『楚古良宇知』（別名「江戸名所狂歌集」、梓並門の撰・跋、玉樹野夫序、美辰画）二冊のことで、[8] 国立国会図書館本の一冊目巻末に、左の如き広告があるとの鈴木俊幸氏の御教示を得た。

近刻出版　狂歌一集 誹諧一集　手鑑まさご集

是は宗匠にて高点の発句狂哥并画、御清書の儘廿五枚を一集となし、刻、至て吟味仕摺出し申候間、もよりの板元へ御出し可被成候。但シ御加入の衆中へ一集ヅヽ、銘々進上仕候。此角内（後述の説明参照）へ一吟にても十吟ニても加入仕候。

入花　細物　壱匁二分
　　　角内　四匁

そこらうち分　弐匁三分

細物

説明すると、右にいう「もよりの板元」とは、『楚古良宇知』の板元である江戸橋四日市の石渡佐助、山下町の大和屋久兵衛、芝神明町の和泉屋新八、糀町平川二丁目蛤店の角丸屋甚助、市兵衛町の伊勢屋吉兵衛の五軒を指す。入花壱匁二分（八十文）という「細物」は広告左端に例示されており、枠の寸法は縦十五・六粍、横一・六粍（一吟記入用であろう）。また四匁（二百六十七文弱）の入花という「角内」とは、この広告全体を囲っている縦十七・六粍、横十三・〇粍の枠内をいい、この『楚古良宇知』自体の入花単価は、弐匁三分（百五十三文強）だったというのである。この広告は俳諧・狂歌・絵画いずれの分野でも、すでに入花による板行が行われていたことを物語っていよう。ちなみに、この広告の角内（半丁分）四匁を利用して二十五丁の一集を作れば、銀二百匁（金三両一歩二朱弱）の入花が必要となる。

次に、寛政から享和にかけての狂歌会等の動きを、例によって「年暦」から掲出する。

酔竹園角力会　寛政元酉　正月
黒人七十賀会　同　三月
大井千尋、山陽堂ト改。是ヨリ後、世上ニテ亭号始ル　寛政四子　正月
狂歌堂芳町扇合　同　三月
山東京伝画　同　四月
□（ムシ）嶋住吉一日百首詠　同　六月

狂歌堂都講初テ出来　同　六寅　三月
□門ヨリ真顔へ四方姓ヲ贈ラル并ニ四方連判者始テ免許　寛政八辰　正月
萩の屋六十一賀　同　九巳　正月
高輪石橋灯籠合　同　七月
森羅亭、万象卜改　同　十二月
山陽堂家紋合　同十二申壬　四月
尚左堂千百番歌合　同　八月
秋長堂呉服物合　同　十月
蜀山先生浪花旅行　享和元酉年

これが四方側を中心とした、江戸市中における主要なものであろう。では、前述した浅草側の『壺すみれ』の記述はどうであろうか。先に引用した部分をみると、南の方が四方側、北の方はほぼ浅草側の人々であることがわかる。『壺すみれ』ではこれに続いて、以下浅草側の動向を中心に天保十二年まで記されているのであるが、①「寛政元年蜀山翁月次会之題摺并寛政三年飯盛合評之題摺等予蔵レ之」、②「是歳（寛政八年）長清が企にて市人・笛成・干則三評の月次会たつ」、③「是歳（同九年）真顔・市人・裏住三評の月次たつ。長清が企なり。たゞしこの頃は合評なくて、おの〳〵題をばわかてるなり文化の始に合評はじむ」などの記述に注意を引かれる。つまり①からは、寛政三年の時点で、宿屋飯盛に合評制の狂歌会がすでにあったことがわかり、その五年後の②は、合評制が月次会にも入ってきたどころではなく、合評制による月次会ができあがっていたことを示している。そして③によれば、これらの合評制とは、判者それぞれが別に題を立て合同で行われる様式であるらしいことがわかり、さらに、同じ題で判者が合評するようになるのは、文化の初めであるというのである。

狂歌会における右のような合評制の成立と推移もまた、入花制度の普及に一役買っていると思われる。一人の判者よりも複数の判者で会を持てば、それだけ参加者が増すのは当然であろうし、同一題を複数判者で合評すれば、そこに生ずる判者間のアンバランスがかえって人々の興味と関心を引くことにつながるからである。すでに真顔のところで述べたことを考えあわせれば、純粋に板行料の分担という意味で天明初めごろには誕生していた入花も、寛政享和と時代が下るにつれて、狂歌界の拡大や狂歌会の多様化とともに普及はして行くものの、次第に卑俗化の色彩を濃くしていくのである。そして次の化政期において、それが一気に吹き出すことになる。

(3)　文化期狂歌会の多様化と全国化

文化期と文政期の狂歌会は、一口でいえば真顔と飯盛の確執期である。ふりかえってみると、寛政に入って寛政改革の意向とともに天明期への反省も加わり、狂歌界は和歌の一つの体である俳諧歌的方向に進み、これを最も強くおし進めたのが真顔であった。彼は和歌の一体ならば狂歌も品高くあるべきだと主張し（ただし滑稽味は薄くなる）、文化十一年の『類題俳諧歌集』以来、書名にまで「俳諧歌」の語を付した。これに対し、寛政三年に江戸払いとなった飯盛は、文化五年には狂歌の著述を再開して江戸狂歌壇に復帰し、すかさず「今の世には狂哥をさして俳諧歌とおぼえたる人あり」（文化六年刊『文化新撰狂歌百人一首』序）と攻撃して、同時に、狂歌は俗語を用い、雅語で詠むのが俳諧歌と主張した。以後両者は、真顔の四方側と飯盛の五側という形で対峙しつつ活動を展開し、江戸はいうに及ばず地方に至るまで、全国的規模での狂歌隆盛期を築くのである。(10)

まず文化期であるが、文化三年刊『狂歌觴後編諸連判者之部』の目次の最後に、式亭三馬発起として四方真顔大人校

閲・森羅亭大人輯『狂歌千首部類』全三冊の出版予告が掲載されている。そこに
　此節諸国江ちらしヲ差出し申候。玉詠何首にても不苦候。短冊に御したゝめ、入花御添被下もよりの集所まで御出し可被下候。委細はちらしを御覧被遊可被下候。早〳〵出板仕度奉希候。
とある。入花を取って狂歌本を出すというのであるが、ここで注目したいのは、その手段としてチラシを諸国に配っていることである。『楚古良宇知』の広告よりはさらに有効な方法であるが、この種のチラシは当時は大量に摺ったにちがいないものの、現在にまで伝存しているものはきわめて少ない。その理由は、後でふれる狂歌合などの場合でいうと、出詠した後の一枚摺の番付や摺本ができてしまえば、ほとんど無用のしろものとなってしまうからである。また右の広告ではこれを諸国に配ったといっているが、ここに前述した中央と地方との接点をみることができる。

こうした広告に気をつけていると、文化十三年刊『俳諧歌躪』初編巻末には、その三、四の巻を予告して「草稿あつまり次第早速開板売出し申候」とあり、『狂歌千首部類』の広告中にも、『狂歌躪』の四方側と浅草側の判者の部を予告して、「草稿取集め延引にて出版遅滞仕候」などとみえている。どうやら『狂歌躪』（初編は享和三年刊）や『俳諧歌躪』、『新狂歌躪』（初編天保八年刊）などの類は、いずれもチラシを諸国に配って出詠を乞い、入花を取って作成されたものらしい。こうした場合の入花には、地方からの出詠者たちが抱いている名誉欲をくすぐるところがあったにちがいない。

加賀文庫の「狂歌番付」の中には、数少ないチラシの一枚が含まれている。二十三枚目の花月雪の題で出詠を乞うものがそれで、「江都数奇屋河岸狂歌堂（真顔）庵中」を集所として、寿室諸実以下十八名が催主、鶯垣真葛が執事、当座判者としては帯川館真金、万亀亭江戸住ら江戸の人四人と、大坂および九州博多各一名の計六人の名があがっている。またすこぶる多い異郷都講の人々の他、兼題摺持、補助、校合などの役割もみえている。年代を示す記述がないが、当座判者の一人万亀亭は文化二年六月に没している（『狂歌人名辞書』）ので、おそらく文化初年あたりのもので

あろう。管見のうちでは最も早いチラシであるので、少し長くなるが説明記述を全文引いておく。

一、花月雪三題之内ニ而点数多キ御歌を以一首之点〆致、例之通甲乙付出し申候。
一、御歌ニ点数印し候仕□ハ、一首之合点五百点以上、老師十二点以上、其外判者方十三点以上は悉く彫加申候。
一、前々之催しと違ひ、此度ハ右ニ申候通最初ニ板行出来居候間、開巻より同時ニ摺本配り出し申候。
一、入花は花月雪一首づゝ一組三首にて銀四匁五分、御替歌は一首一匁づゝニ御座候間、御詠草ニ御添被遣可被下候。寄歌之分幾千首ニ而も不残開板いたし候故、雑費も多分相かゝり候間、入花添申さゞる分は加入致がたく候。此段御賢察可被下候。遠国便リなどにて入花跡よりと申義、兎角間違がちにて、毎度摺本出来ニ障リ候ニ付、此度より右様之御掛合を御用捨可被下候。以上

催主

「老師十二点」などとあるので、真顔がこれに加わっていたことは明らかで、「前々之催しと違ひ」とか、入花の後払いは「兎角間違がちにて、毎度摺本出来ニ障リ候」などの表現からは、この時点で真顔にこの種の催しに関する相当のキャリアがあることを思わせる。また「遠国便リなどにて入花跡よりと申義」は困るといっているのは、その背後に狂歌界の全国への拡大化が存在していることを物語っている。三首一組で銀四匁五分は、一首あたり百文（替歌六十七文弱）ということになり、『楚古良宇知』広告細物の場合より二十文高い。両者の年代が近いことを考えると、八十文が板行料で、二十文が撰歌に関する手数料ということになろうか。

次にこの文化期における、江戸市中の狂歌の会に目を移してみよう。また例によって「年暦」の記述であるが、この一枚摺は文化十一年版なので、同年までの記述しかない。

亀戸連歌堂再建　文化元子年
楊柳亭江戸八十評　同　三寅年
千秋庵一世一度会　同　五辰十一月

米人滝水卜改　　　　　　　　同　六巳年正月
四方連九十一評　　　　　　　同　九申年
狂歌所栗の本部座人之御許状京都より出ル
　　　　　　　　　　　　　　同　十酉年
俳諧歌集　出版　　　　　　　同十一戌正月
俳諧歌觿　同　　　　　　　　同年(11)
同十千類題集　同　　　　　　同年

四方連九十一評などは、前述した合評制の極端な例であろう。もちろん、寛政期の合評制で行ったのではただの大集団というだけであるから、おそらくは文化初めに始まった方の様式であろう。ちなみに、文化六年の五側の『四十八評狂歌合』（六樹園序、会主玉光舎占正、九州大学富田文庫蔵）をみると、花鳥風月の四題（それぞれに「四季」の語を冠してある）を「一題十二評」で行っており、合計すれば四十八評となる（実際の判者数は地方判者を含む四十六人で、二人だけは二題に判をしている）。九十一評というのも、これと同じ数え方であろう。「年暦」を掲げる摺物にはまた、四方側の狂歌会における「会席披講之図」が記されているので図版掲載しておく。

文化期の狂歌会の様子をもっと具体的に描いたものとしては、真顔の『四方戯歌名尽』（文化六年山陽堂序、辰斎画）における挿絵があり、さらに時代が下ったものでは、玉淵子の『狂歌常鎮集』（安政六年序）挿絵などがあるが、いずれも左の「会席披講之図」とはかなり異なる。なお『四方戯歌名尽』には、他に年初の折らしき「摺物交易図」と題する挿絵があって、当時は狂歌の披講が始まる前の一時に、参会者が持ちよる趣向を凝らした摺物の交換が行われていたことを、鈴木重三氏が指摘されている。(12)

文化期の真顔と飯盛の不仲は、『戯作者小伝』が伝えるところの、蜀山人が文化十四年の中村座顔見世『花雪和合太平記』見物に事よせて仲直りさせたことにより、表面上はおさまったものの、その実は対立が続いていた。しかし地方狂歌師たちは、四方側であろうと五側であろうとおかまいなしであった。一例をあげれば、名古屋の後佩詩堂耳風（後の本居内遠）などは、橘洲派の尾張酔竹連の一員であるが、飯盛の『狂歌画像作者部類』（文化八年）に入る一方、真顔の『俳諧歌伊勢作句楽』（文政元年）などにも入集している。(13)

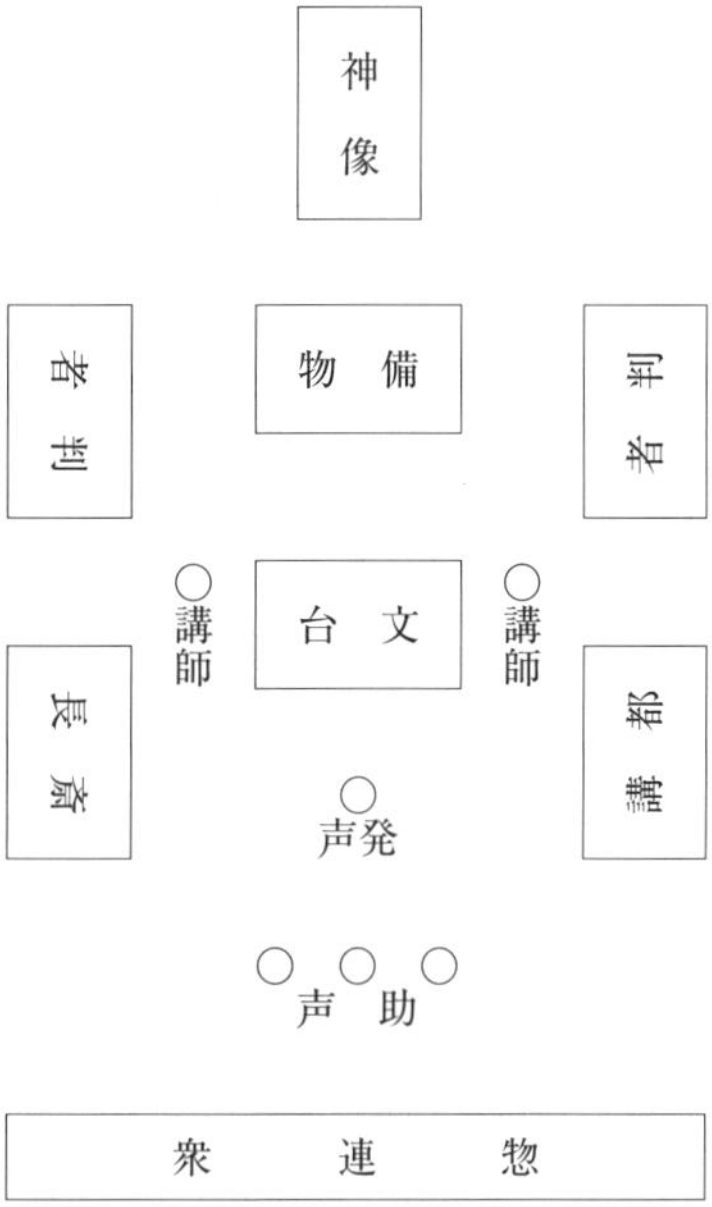

「会席披講之図」

(4)　投吟募集チラシに見る文政期の実態

さて次の文政期であるが、この期については、狂歌の会に際して事前に配られた投吟募集チラシが、幸いにも五十枚ほど伝存している。その大半は栃木市倭町在住の稲葉誠太郎氏の御所蔵で、この資料群はすでに丸山一彦氏が、「狂歌合にみる地方と中央の交流——文政期の資料を通して——」（「文学」第四十六巻八号、昭和53年8月）の中で十二分に活用されている。文政期の狂歌合の実態を明らかにされたこの論文は、江戸狂歌研究における大きな財産というべきものであるが、通史的な観点から入花そのものを眺めようという論点の相違もあって、逐一の報告はなされていない。今回丸山氏の御紹介で稲葉氏より披見を許されたので、ここに使わせていただくことにした。文政期の狂歌合がどのように催されていたかについては、右論文につきているのでそれを参照していただくこととし、次にその資料と入花の記述を、㈠入花を要するもの（年次の明らかなものに限定した）と、㈡入花不要のもの（年次を特定できぬものも加えた）とに大別し、さらにそれぞれを、A月次関係とB特殊な催し関係とに分けてみていくことにする。

㈠入花を要するもの

A月次関係のもの

①狂歌合相撲立一会（文政元年五月）
六樹園他五名相評　入花二首一組百文（一首五十文）、替歌一首五十文

②森羅亭月次俳諧歌愛敬百首兼題（同八年）
四方歌垣判　入花三首一組百文（一首三十三文強）、替歌これに準ずる

③文政九戌年狂歌力競大相撲英雄集（同九年）
撰者各月芍薬亭大人他二名　入花五首一組百五十文（一首三十文）、十首二組二百五十文、十五首三組三百五十文、二十首四組金壱朱、二十五首五組五百文

④文政九丙戌年月次狂歌手鑑雅文集（同九年）
便々館撰　入花四首一組百三十二文（一首三十三文）、替歌一首三十二文、十首詠二百六十四文、二十首詠四百五十文

⑤丙戌月次堀川後度狂歌集（同九年）

六樹園撰　入花四首一組百三十二文（一首三十三文）、替歌一首三十二文、十首詠三百文、三十首詠白雪一片

⑥文政丙戌月並彩色狂歌画賛集（同九年）

鈍々亭撰　入花二首一組百文（一首五十文）、替歌一首三十二文、十首詠二百五十文

⑦文政九戌年月次狂歌大和めぐり（同九年）

淮南堂大人・四半法師大人撰　入花三首一組百文（一首三十三文強）、替歌一首二十四文、十首詠二百文

⑧(イ)狂歌人物志納会大相撲（同十年）

西来居大人等四人兼題　入花四首一組百五十文（一首三十七文強）、替歌一首三十二文、十首詠三百文

(ロ)天明ぶり一会角觝（同十年）

六樹園等三人撰　入花(イ)に同じ

(ハ)文政ぶり一会相撲（同十年）

芍薬亭等四人撰　入花(イ)に同じ

⑨蝶遊園月並狂歌秋夜覚（同十年）

紀長丸等四人副評　入花四首一組百三十二文（一首三十三文）、十首詠二百五十文

⑩葛飾月並狂歌明題集（同十年）

文々舎撰　入花三首一組百二十四文（一首四十一文強）、替歌一首三十二文、十首詠三百文、二十首詠五百文、五十首詠白雪一片

⑪文政十丁亥年月並狂歌両岸図抄（同十年）

臥竜園翁撰　入花五首詠百六十四文（一首三十三文弱）、十首詠三百文、三十首詠白雪一片

⑫丁亥月並狂歌六帖題苑第一帖（同十年）
千種庵撰　入花四首一組百三十二文（一首三十三文）、替歌これに準ずる、十首詠二百五十文

⑬丁亥月次狂歌合（同十年）
撰者各月とも浅月堂他一名　入花三首一紙百文（一首三十三文強）、替敬二十四文、十首詠二百文、三十首詠金一朱

⑭丁亥狂歌月次雅雑集（同十年）
京都万栄亭撰　入花四首一組百文（一首二十五文）、替歌二十四文、十首詠二百文、二十首詠三百五十文

⑮亥年月次狂歌画像太平記（同十年）
淮南堂撰　入花四首一組百三十二文（一首三十三文）、替歌一首三十二文、十首詠二百五十文、二十首詠金壱朱、五十首詠白雪一片

⑯文政十亥年瀑布下月次俳諧歌実百首兼題（同十年）
撰者名欠　入花五首一組百五十文（一首三十文）、替歌一首三十文、十首詠弐百五十文

⑰文政十一戊子年黄鳥亭月次俳諧歌川童百首三編兼題（同十一年）
四方歌垣老先生判　入花五首一組百六十四文（一首三十三文弱）、替歌これに準ずる

⑱文政十一戊子年下月亭月次俳諧歌亥武百首兼題（同十一年）
撰者名欠　入花五首一組百六十四文（一首三十三文弱）、替歌これに準ずる

B特殊な催し関係

⑲三囲稲荷奉納額面一会歌合相撲立（同九年秋）
六樹園・四方歌垣等五人撰　入花三首一組百五十文（一首五十文）、替歌三十二文、十五首詠金一朱、四十

首詠白雪一片

⑳山水密画狂歌千首部類（同十一年正月）

芍薬亭等六人判　入花三首一組百五十文（一首五十文）、替歌三十二文、十首三百五拾文、十五首四百五十

文、三十首白雪一片

㈡入花不要のもの

A月次関係のもの

⑧㈡芍薬亭月次納会（同十年）

三首一組

㉑戯咲歌杓子栗納会（文政期）

戯咲歌園湖鯉鮒立評　二首一組

㉒月並納会（文政期）

臥竜園翁立評　三首一組

B特殊な催し関係

㉓千秋庵三陀羅翁十三回忌追福古銭鑑狂歌合（文政九年）

千錦亭百綾・千柳亭唐丸撰　三首一組

㉔四方垣内判者披露俳諧歌合一会相撲立（同十年二月）

四方歌垣師翁等五人撰　二首限り

㉕上京帰路待請狂歌一会大相撲（文政期）

梅農屋大人判　三首一組

㉖五側七宝連判者披露（文政期）
　福録亭深谷大人判（ママ）　三首一組
㉗戯咲歌楢葉集（文政期）
　六樹園・六帖園撰
㉘判者披露狂歌合大角觝（文政期）
　下毛栃木花山人大人判　三百一組
㉙景山亭雫余子追悼（文政期）
　六樹園翁撰
㉚三囲稲荷奉納額面披露（文政期）
　宝市亭大人・春秋庵大人立評　三首一組

これらのうち、①は実物未見であるが尾形仂氏「月並俳諧の実態」（同氏『俳句と俳諧』〈角川書店、昭和56年〉所収）に記されているところによった。(14)②は富田文庫蔵の万象亭撰『俳諧歌南北百首』の中に綴じこんである。この二点以外は、以下においても特に断らないかぎり、すべて稲葉氏御所蔵である。

まず入花の対象となる出詠歌数の基準であるが、有料の場合はＡＢを問わず三首から五首を一組とするのが多く、無料の場合は、これもＡＢを問わずであるが、三首一組が中心でかつ限度である。無料であるが故の規制である。一首あたりの金額は、Ａの月次の場合、高くて①の五十文、普通三十三文がその基準のようであるが、⑥の如く彩色が施されると二十文近くも高く五十文となっている。一方Ｂの特殊な催しの場合は、Ａの高い金額であった五十文がその基準だったらしく、右の⑲⑳以外にも、掲出はしなかったが、文政期の「狂歌一会大角觝」（撰者左右それぞれ苑圃亭麟馬、琴樹園二喜等各九人）、「歌合肖像作者一覧一会大角觝」（弥生庵雛丸・戯咲歌園湖鯉鮒立評）、「狂歌一会大角觝」（撰者芍薬亭・

西来居等六人）、「極彩色奉書摺肖像百人一首一会大相撲」（撰者六樹園・西来居等六人）などのチラシでは、いずれも一首五十文である。奉書紙を用い彩色を施すという最後のものなどは、五十文でも大サービスといったところであろう。こうした一首あたりの金額は、多く出詠すればするほど割引されて安くなるのは、右のいずれにも共通する。語句等の一部を入替えると思われる替歌の料金については、右の一首あたりの値段とほとんど変らず、安くなっても気は心程度である。ただし⑥⑲⑳といった一首あたり五十文の高い入花の場合は、三十二文と割引率が高い。この替歌料三十二文は入花の一首あたりの標準三十三文に近いから、⑥などでは、さしずめ差額の十七、八文が彩色手数料ということになろう。入花を取らない㈡の場合では、かわりに替歌そのものを認めていない。では入花不要の場合とは、どんな折であろう。Aの月次関係では、⑧の㈡㉑㉒いずれも納会である。Bの特殊な催しでは、㉔㉖㉘㉚のような披露会、㉓㉙の追善会などである。浅岡修一氏が紹介されている、文政十二年六月に没した真顔の追善狂歌集『追福香花集』の募集チラシにおいても、「不及入花」とあるという。[15] こうした折のものは必ず入花を取らなかったとは断言できないが（⑧の(イ)の例もある）、取らないことが一般的であったと思われる。

ところで前述したように、享和三年の『楚古良宇知』広告にみえていた細物の入花は一首八十文、文化初年あたりの花月雪狂歌の入花は三首一組一首百文（板行料八十文、撰歌手数料二十文）、替歌六十七文弱であった。これを文政期の結果と比較してみると、文政元年の①が一首五十文、標準的には一首三十三文であるから、文化年間のうちに、入花は撰歌料込みで半額料金となり、文政期のうちにはさらに安くなって三十三文標準となったことになる。また替歌の割引率は文化年間のうちに逆に低くなって割高となった。このことは、文化期から文政期になって、出詠者数が大幅に増加——それも前述したように全国的規模で——し、それにつれて替歌をいく首も付けてくる者も増えて、手間がかかるようになったからであろう。三首一組ということには変化がないが、花月雪狂歌の折の、今回から「入花添申さゞる分は加入致がたく候」という姿勢は文政期にはすっかり定着し、前述のチラシ中にも散見する。例えば月並の方では⑤に「入料そへ給はざる御哥断申候」とあり、特殊な催しに入るチラシ「狂歌山水寄観画像」(福廼屋大人・鈍々亭等四人判、文政期)では、「入花不添之分初より請取不申候」と強硬である。なおすでに引用した『奴凧』の中には、「今の狂歌の点料を入花という」云々の記述があった。同書は序文の年次と本文の内容から、文政元年四月から同五年までの間に書かれたことが推測される。となると、右の「今」とはこの期間中に基づく表記で、この間にはすでに点料を入花とも呼ぶようになっていたというのである。点料とは一口にいえば指導料のことであるから、右期間中では、点料といえば板行料を含む指導料を指すようになっていたことになる。

ここで、すでに丸山氏がふれておられることばかりであるが、地方の状況について、少し記しておきたい。㉓は、仙台のもので、千柳亭唐丸は三陀羅法師より初号一葉を譲られた仙台千秋連の中心人物であって、その名はこの期の狂歌本に頻出する。また㉘の栃木の花山人とは稲葉誠太郎氏の御先祖で、蘭方の奇薬ウルユスなど手広く商いをしていた小間物問屋であり、五側の判者である。さらに入花一首五十文のところで引いた「歌合肖像作者一覧一会大角觝」は、江戸琵琶連の一員で武蔵国出身の湖月園清秋が帰国するに際し狂歌本刊行を思いたち、それを聞いた仲間が当人を催主として開いたもので、五人の楽評者が十三点以上の高点者に景品を出している。紫縮緬大服紗や桐唐机などの他、石川雅望六樹園の『雅言集覧』までが景品となっており、入花が一首五十文と高いのはこの景品との関連もあろう。この催しなどは今でいう懸賞募集的な面すらのぞかせている。

文政期のチラシは丸山氏が稲葉氏御所蔵の四十三枚(嘉永二年十月の一枚を含む)を紹介しておられる他、稲葉家には別に前記⑧と「臥竜園月次三十六歌撰増補画像集」のチラシがあり、尾形氏は上方の一本亭社中の「狂歌相撲合」のチラシをも御所蔵のよし、前掲書にみえている。また東北大学狩野文庫蔵『千函真珠』第十一冊目と十二冊目にも、それぞれチラシ各一枚が綴じこまれている。前者は「顔見世狂歌集」とあり、千柳亭一葉こと唐丸が撰者となっているので仙台のものである。「八点以上出板正本製摺本并三首点〆顔見せ面番付呈上仕候。御紋所御詠藻へ御認御投吟可被下候」というのがこの催しの特色であろう。後者は梅農屋鶴寿が撰者となっているチラシで、六十三の兼題の他は、「入花五首一組百六十四孔」「かへうた右ニ准ズ」とのみ記されている。これらに前記①②と浅岡氏論文中の一枚を加えると、文政期（嘉永の一枚を含む）の、おそくとも次の天保初期あたりまでのチラシは、五十一枚の所在を確認することができる。

文政期における江戸市中の月次会日を、『遊里三景狂歌よみ人名寄細見記』（文政改元夏六月本町庵三馬序）からあげておこう。

臥竜園梅麿	六日	（鶴立）亭々	十二日
六樹園飯盛	十二日	鈍々亭和樽	十五日
（淮南堂）眉住	十六日	則次	十六日
芍薬亭長根	十七日	（琴通舎）英賀	廿日
川越高波	廿日	員俊	廿三日

さて、文政十二年六月六日に真顔が七十七歳で没し、翌天保元年（文政十三年十二月十日改元）閏三月二十四日に七十八歳で飯盛が没すると、力のある指導者を失った江戸の狂歌界はにわかに凋落するが、各連の判者たちはこれといった指導力を発揮できないままに従来の活動だけは続け、一方地方の狂歌人口は一向に衰えることを知らなかった。こうした状況は、狂歌の会の催しだけは文政期以上に頻繁化させた。したがってチラシの類は幕末に至るまでの間に無数のものが作られ、全国に配られたはずなのであるが、現在ほとんど全くその所在が知られていない。そこでここでは、わずかに知りえたチラシ数点を報告するにとどめたい。

[1]月次正写花翼集（天保六年）(16)

撰者便々館琵琶麿　入花　六首一組二百文（一首三十三文強）、替歌三十二文

[2]続歓娯集一会狂歌合相撲立兼題（同十一年）[17]

都鶯郁夫捨魚撰　入花　六首一組銀三匁（一首六十七文弱）、十二首金壱朱、三十首白雪一片、百首銀二十匁

[3]嘉永七寅春月次狂歌昼夜行事集（嘉永七年）

檜園梅明撰　入花十首三百文（一首二十文）、替歌三十二文

[4]年賀狂歌合（安政元年）

八十八翁通用亭徳成ら三人合撰　一題二首四首かぎり

右のうち[1]は『千函真珠』第十一冊目のうちにあり、[2]は尾形氏前述書によるもので未見。[3]は架蔵、[4]は渡辺達也氏「新考証歌麿と栃木について」（「栃木史新会報」十二号、昭和56年9月）の巻頭にその写真が掲載されている。月次関係の[1]から[3]はともに江戸のもので、文政期に比較して一組の歌数が増えていることが共通する。また[1]は雲峯先生・中川大峯・葵岡渓栖の三人を絵師として掲げており、[3]も画工として一勇斎国芳・一立斎広重・歌川国友の三人の名を記してある。摺本の絵師の名も前もって公表しておき、人気を集めようというのであろう。[4]は栃木の特殊な催しの中に入るので、[1]から[3]に比してやはり出詠歌数が少なく、かつその数に制限がある。入花については月次の[2]がかなり高いが、理由は不明とせざるをえない。特殊なものである[4]はやはり「不及入式」とあり、「替名かへ哥堅く加入不仕候」ともある。次々に改号する者、または別号をいくつも使う者が増え、事務上不都合なことが少なくなかったのであろう。

以上江戸狂歌史の一側面を、入花とこれに関係の深い狂歌の会の変遷などにふれつつ述べてきたが、ここで入花の金額を他のジャンルの場合と比較しておきたい。

まず俳諧ならば、天保期以降の月並俳諧ということになろう。月並俳諧の実態については、狂歌と異なり研究が進んでいて、前述の尾形氏の論（末尾にこの分野の研究文献解説を付す）や中野沙恵氏「月並句会の実態――江戸時代末期の

大衆俳諧——」（東京教育大学「国文学漢文学論叢」第二十輯、昭和50年3月）、今栄蔵氏「幕末江戸月並俳諧資料——投句募集ちらし張込帖所見——」（「中央大学文学部紀要」文学科三十九号、昭和52年3月）などによれば、天保から幕末にかけての入花は三句吐一組二十四文が標準であるという。一句につき八文である。狂歌の三十三文に比してかなり安いが、尾形氏はこれを「さすがに狂歌の方が格が上らしく」と説明される。しかしそれだけではあるまい。参加人口が多ければそれだけでなにがしかは安くなろうし、そもそも狂歌は三十一文字で俳諧よりはるかに字数が多い。ということは、板に刻む手間もかかるし、同一スペースに入る吟数も狂歌の方が少ない。つまり狂歌は現実問題として俳諧よりも割高な一面を内包しているともみることができよう。

次に咄本と比べてみよう。本居家に入る前の本居内遠は、名古屋の書肆万巻堂の主人で戯作趣味もある人であったが、文政二年に自店より噺本『落噺恵方棚』を刊行している。その巻末に同書二編を予告して、

右御望之御方様加入仕候はなしは、題何によらず思召次第、御壱人分入料銀弐匁御そへ被下、万巻堂へ御出し可被下候。撰出候分出板すり本壱部ヅヽ呈上仕候。

と述べている。一話銀二匁（百三十三文強）であるから、狂歌の標準入花ならほぼ四首分に相当し、年代の近い文政元年の入花でも五十文であるから、それでも三首分弱の費用である。韻文と散文のちがいもあろうし、狂歌なら一行ですむものが、同書初編をみても最も短い一話で六行ある。それに初編は十八話で一冊である。狂歌本は十八首で一冊というわけにもいかない。つまり咄本の方が経済効率が悪く、その分一人（一話）あたりの単価が高いのであろう。

注

（1）花咲一男氏編『天明期・吉原細見集』（近世風俗研究会、昭和52年）所収の複製による。その成立時期については、天明四年五月赤良自序の『巴人集』天明三年暮あたりに、「くるとしのはじめのたはれうたあつめて草紙となし侍らんとて、此

道のすきやがしにて狂歌師細見といへるふみつくりし事など思ひ出侍りて」とあり、また『狂歌師細見』跋文に天明三年正月刊行の「万載（狂歌）集」の文字があるので、刊年はないものの天明三年中の成立刊行と考えられる（宇田敏彦氏御教示）。

(2) 一枚摺第二十六枚目における自序には、『狂歌年代記』（初輯のことであろう）について、「さきにあらはす所の狂哥年題（ママ）記、頗初まなびのもてあそび草となりしが、祝融のために烏有となりぬるをあかず思ひて」とある。なおこの摺物は、後出の注(10)の浅岡修一氏論文に引かれている「初心者用ちらし」と同じものであろう。また山陽は『椎の実筆』にみえる、文政十年の宿屋飯盛と鹿都部真顔に対する宗匠号授与一件の首謀者の一人（関根正直氏『随筆雑話からすかご』〈六合館、昭和2年〉）とみられているが、事の真偽は定かではない。

(3) 万年堂亀成氏「狂歌会の色々」（「みなおもしろ」第一巻十二号、大正6年3月）に、その具体例が紹介されている。

(4) 金銀銭の換算は、本節では一律に金一両は銀六十匁にして銭四千文とする。入花の金額の変化をわかりやすくするためである。

(5) 野崎左文氏「狂歌の研究」（岩波講座『日本文学』昭和6年7月）。

(6) この時期については、他に寛政七年説、同六年説があること、粕谷宏紀氏が『石川雅望研究』の寛政八年のところで整理されている。

(7) この月次集版本には、跋文末に「文化改元歳在（享和四年二月十一日改元）甲子季春開彫」とあるので、「享和三亥年」とは月次が毎月行われた年をいうのであろう。地方狂歌師の詠も散見される。

(8) 本屋の入花制度利用とはいささか性格を異にするが、本屋が読者に投詠を乞う前例は、すでに天明期にある。同八年の狂歌絵本『画本虫撰』巻末広告に、鳥獣魚を主題とする続編について「御望の方は右の題にて懇の狂歌御出詠被下、板元へ御届可被下候　以上」とあり、また『狂歌部領使』を予告して「諸君の高吟をゑらみ四季を分つ」とある。入花を取ったかどうかは不明であるが、仮にいくらか支出させたとしても、黒人の場合と同様、出版費の一部負担の意味あいであったろう。

(9) この時の様子を絵にしたものが、本文後述の『四方戯歌名尽』にみえている。

(10) 四方側と五側の具体的な全国分布状況については、浅岡修一氏「化政期の地方狂歌界——真顔と信濃の結びつきを中心にして――」（「近世文芸」第三十六号、昭和57年5月）に詳しい。

（11）『俳諧歌觽』の刊行は文化十三年正月であるので、後補による誤りか。それとも文化十一年版が実際に刊行されていたか。最後の『俳諧歌十千類題集』については寡聞にして知らない。

（12）鈴木重三氏「江戸狂歌摺物の解釈と鑑賞」（同氏『絵本と浮世絵』〈美術出版社、昭和54年〉所収）。

（13）本書第四章第二節参照。

（14）年次については「寅五月」と尾形氏は記されている。ならば、文化三年、文政元年、天保元年のいずれかの寅年であろうが、文化三年は六樹園が狂歌界に復帰する以前であるし、天保元年ならば、五月よりも前の同年閏三月に六樹園は没している。文政元年五月とみなして間違いあるまい。

（15）右注（10）の浅岡氏論文。

（16）閏七月がみえているので、これを撰者の活躍時期と照合すれば、この年で間違いなかろう。

（17）同じ撰者の『狂歌続歓娯集』がこの年刊行されていることによる。

〔付記〕投吟募集用チラシについては、丸山一彦氏のお世話により稲葉誠太郎氏ご所蔵のものを閲覧することができたことをまず感謝申し上げ、両氏に深く御礼申し上げます。また鈴木俊幸氏の誠に貴重な御教示と、種々御指導いただいた宇田敏彦氏に心より御礼申し上げます。

第三節　狂歌本の読本摂取
――文政・天保期における試み――

寛政後半から漸次盛期に入る半紙本型の江戸読本は、文化期にその最盛期を迎え、山東京伝や曲亭馬琴らの多くの作者が仇討物を主流とした作品を述作刊行した。続く文政期も初年に出版部数が落ちこむものの、次第に旧に復してその末年まで盛期は続いた。一方この文化文政期はまた、寛政末期以後の江戸狂歌界を席捲していた四方真顔と、文化五年に狂歌界に復帰した六樹園雅望の確執期でもあった。両者が張りあうことにより、江戸市中はいうに及ばず諸国に様々な狂歌連ができて種々の狂歌会が開かれ、さらには地方の狂歌師も入花によって参加できる狂歌本が盛んに刊行された。このことは勢い狂歌会や狂歌本の兼題・趣向に新奇を求めることとなり、ここに狂歌本が読本を摂取する土壌が生まれる。

その顕著な例としての『詠咏寄譚』をはじめとして、そうした動向の若干を報告したい。

(1)　『詠咏寄譚』について

『詠咏寄譚』は半紙本四巻四冊、外題には「狂歌絵入よみ本」と小文字で冠し、内題は「狂歌詠咏寄譚」となっている。巻一見返と内題脇署名によれば、催主本街連、撰者は萩の屋鳥兼・梅の屋鶴子・千代の屋松古の三人（それぞれの略伝等は後述）、挿絵はすべて岳亭春信（「松枝」「六橋」の印記あり）こと八島定岡である。刊行年次については、巻一見返しに「文政四巳春発梓」とあるが、これは後述の如く序文の年次の「文政四年三月」に引きずられたものらしく、巻四末の刊記に「文政五歳盛夏」と明示されている。版元は角丸屋甚助と伊勢屋忠右衛門の東都二書肆で、刊記前の広告に、本書後編（本書には初編ともあるので二編に相当する）を「続出」と予告するが、刊否未詳、おそらくは未刊に終わったと思われる。

撰者の一人の萩の屋による漢文序（「八声」「鳥兼」の印記あり）と春の屋成丈の和文序(1)によると、萩の屋は「自家連月ノ詠歌宿題ニ欲スルコトレ出サント二新奇ヲ一有レドモレ年、未ダレ果サ。今歳モ亦至リ二千頌題之期一ニ、而命意未ダレ着カ。依リテレ案ニ。苦患スルコト半日、偶、社友松鶴伴ヒ二画工岳亭ヲ一来」たった。題詠の談に及び、「松鶴ぬしのいへらく、今世の中にもてはやせる絵入よみ本とかいふ物に倣ひて、月雪の眺はさらなり、花紅葉のめでたき姿ををとこをみなになぞらへて、それが名にかうぶらしめ、四季にあらゆることぐさをもて、せうせちぶみの一五一十すべて〳〵仇討物語の冊子に倣はゞいかならん」と提案、萩の屋は「獲テ二我心ヲ一、拍チテレ掌ヲ応ジレ之ニ（中略）遂ニ充ツ二一年十有二月之題ヲ一」。そしてすぐに連の人々らに「此よしうながし聞えつ」という。

二、三付言すると、提案者の松鶴については本書中に「千代田庵松鶴」として入集していることから、撰者の一人千代の屋松古との関係が連想され、本街連の一人であると思われる以外は、その略伝等不明である。また萩の屋は十二箇月分の兼題ができたというが、本書の「兼題目録」を見るに三月から十一月までであって(2)、正月二月十二月の三箇月分がない。年始と年末はおそらく別に定型的な兼題があったと思われるが、二月が欠けているのは、多分に本書の兼題決定時期と関係があろう。というのも、兼題が三月から始まっていることに加えて、萩の屋が「今歳」も「頌題之期」になったと記している序文が文政四年三月のものだからである。ついでに本書の文政四年春刊行の否なることにもふれておくと、二月の兼題が間にあわずに三月のそれから始まる本書をこの年春中に刊行することは、諸国から狂詠を募集して三人が撰をし、その上で挿絵等を含めた編集、そして造本という手間を考えると、仮に巻一のみかしらと考えざるをえない。
を先に刊行するとしてもまず不可能で、前述巻一見返の「文政四巳春発梓」の記載は、やはり序文の年次に基づくさ

梗概は左の如くである。

親同士が親友であった雪雄と桂子は幼くして許婚となった。桂子は十五才にして疱瘡を病み醜くなったが、和歌糸竹の道に優れた孝心深い娘に成長、三才年上の雪雄は長ずるにつれて美男となる。双方の親は桂子十七才の時に両人を結婚させようとしたが雪雄が固辞、桂子は他家にも嫁がず両親に孝を尽くす（以上「発端」）。墨水の辺に住む雪雄は二十三、四才の春に友人と豊島郡飛鳥山の花見に出かけ、そこで風に飛ばされてきた短冊の縁により十七、八才になる富家の美人の娘花子と知りあい双方一目惚れとなるが、俄雨のために心を残して別れる（以上「飛鳥の花見」）。春も過ぎて六月の半ば、居所もわからぬ花子を思う雪雄の恋の重荷もようやく軽くなり、別荘の庭の木陰の床机で暑さを凌いでいると、花子の使いの娘が手紙を届けてきた。急ぎ返書を認めた雪雄に娘は花子のいる別荘の場所を教え、月の美しい今宵庭の方から忍んで来るよう言い残し返書を持帰る（以上「雪雄が閑亭」）。花子は飛鳥山で墨田の辺に住むと語った雪雄の一言をたよりに、母に病と偽って自らも墨水の別荘に移り雪雄の居所を探し出したのであった。縁側で待っていた花子は雪雄の返書を月に透して見るが男文字のため所々が読めず、使いの今宵忍んで来るとの一言を聞いて部屋の内にて待つ。夜更けて来た雪雄が蛍にかこつけて手を打つと、枝折戸が開きすぐに庭内へ案内された（以上「花児が別寮」）。

未完に終わっており、この後の話は刊行されなかったと思われる後編で完結させる予定だったらしいが、それについては後でふれることにする。

本書は構成が少々複雑なので、まずそれを表にしておく。上段が読本風散文関係（便宜上、口絵と中扉絵をも含む）で、下段が狂歌関係である。分量配分がわかるように丁数を付記しておいたが、散文部分・狂歌部分ともに半丁が十

一行から成る。狂歌部分は一首を詠者名こみで一行に配した列記形式で、各兼題はその最初の歌上部匡郭外に、「……をよめる」式で明示されている。また三人の撰者の批点は点数式で、撰者以外の詠すべてに付されている。

第一冊目（二十六丁）

漢文序（一丁半） 文政四年三月萩の屋 和文序（一丁半） 春の屋成丈 口絵（三丁） 「節婦桂子」「桂子が夫雪雄」「雪雄が恋婦花子」「花子が弟桜之助」「嫉妬紅葉子」「紅葉子が家の食客風作」の六図。 目録（半丁） 「飛鳥の花見」「雪雄が閑亭」「花子が別寮」「楓子が家居」「社頭の秋夜」「閨外の朝霜」「寒庭の仇撃」「桂子が婚姻」の八章。	
	兼題目録（一丁） 九月の十二題以外は、三月から十一月まで各月十一題。
中扉絵（半丁）	
	口絵之部（七丁）
発端（三丁） 見開きの挿絵「飛鳥山花見の図」一図あり。	
（巻之一）	「飛鳥山の花見の上」（八丁）

	三月の兼題すべて[3]の詠を収む。見開きの挿絵「雪雄友人を相語て茶店に花をみる」の一図あり。
第二冊目（二十三丁半）	
（巻之二）	「飛鳥山の花見の下」（十一丁）四月の兼題の六題目まで[4]の詠を収む。見開きの挿絵「花子桜狩す」と同「雪雄花子はじめて会す」の計二図あり。
「飛鳥の花見」（五丁半）目録の第一章。文章中の一部分に花子像と風に舞う短冊の計二カットあり。	
	（右の続き）（七丁）四月兼題の残り五題[5]の詠を収む。見開きの挿絵「花子雪雄別る」の一図あり。
第三冊目（二十丁半）	
（巻之三）	「雪雄が閑亭」（十三丁）五月の兼題八題目まで[6]の詠を収む。見開きの挿絵「雪雄庭前に暑をさく」と同「花児がもとより艶簡をおくる」の計二図あり。
「雪雄が閑亭」（二丁）目録の第二章	
	（右の続き）（五丁半）五月兼題の残り三題[7]の詠を収む。見開きの挿絵「雪雄返し

	のふみ認む」の一図あり。
第四冊目（十九丁半） （巻之四）	「花子が別寮の下（ママ）」（十一丁） 六月の兼題五題目まで[8]の詠を収む。見開きの挿絵「花児月下に文をよんで雪雄が来るを待」の図と、半丁分の雪雄像及び半丁分の故大屋裏住の狂歌模刻図あり。
「花児が別寮」（二丁） 目録の第三章	
	（右の続き）（六丁半） 六月兼題の六から八題目まで[9]の詠を収む。雪雄花子二人のみを描く見開きの挿絵一図あり

右の構成表を基にとりあえず大まかに把握しておくと、読本風散文の一章ごとに、その前後にその章題関係の狂歌を配している。逆にいうと、一章題の狂歌の中間に（いま少し厳密にいえば三分の二あたりに）ストーリーの展開を示す関係散文がはめこまれていることになる。散文と狂歌の分量比は、発端以後に限れば散文が合計十一丁半に対して狂歌が同五十二丁（いずれも挿絵類を除く）あり、狂歌の方が五倍近くも多い。また挿絵は発端の一図と「飛花の花見」の二カットを除けば狂歌部分にあって、口絵・中扉絵を含めてすべての図中余白に数首の狂歌が付されているのは、一般の狂歌本の挿絵と同じ手法である。要するに、本書は外題に「狂歌絵入よみ本」と冠されてはいるものの、やはり狂歌本としての色彩が濃いということになるのであるが、その中には以下の如く様々な絵入り読本的要素が盛りこまれている。

二つの序文は取り立てていう必要もないのであるが、漢文体の序文を冒頭に置いてあるのは読本を意識してのことに相違ない。続く口絵は、主要登場人物六人の肖像画を半丁に一人ずつ配した淡彩摺で、これまた読本の模倣である。ストーリーを前提とする登場人物がいること自体が読本摂取の最大の特色なのであるが、それらの人々の名は、すでに引用した和文序の一節に説明されている如く、狂歌の花鳥風月の世界によって付されている。桂子、雪雄、花子、桜之助、紅葉子、風作みなそうである。

口絵の次にある「目録」は本書の骨格に相当する。読本風のストーリーも大きくはこの八つの章題に沿って展開し、狂歌もまたこれらの章題ごとにまとめられている。そしてその章題ごとにまとめられる狂歌は、さらに「目録」の次にある「兼題目録」が示す九箇月分計百題の兼題に従って詠まれるのであり、この兼題の移行がそのままストーリーの細部の展開をおのずと表わしているのである。(10) 第二冊目以下の狂歌の間に挟まれた読本風散文三箇所は、それぞれの前後に配された関係狂歌の兼題をつなぎ合わせた趣の文章で（もっとも実際には仇討小説としての荒筋を先に想定し、そこから兼題を立てたのであろうが）、狂歌の主なるに対してその従なる感はやはりいなめない。

「発端」の前に置かれている「口絵之部」は、口絵に描かれた六人に対する狂歌賛で（ただし桜之助・紅葉子・風作の三人は口絵と順序が異なる）、人物関係をわかりやすくするために口絵に記された説明語句を（　）内に付記しながら列挙すると、「箏を弾て節義を守る桂子（節婦）の讃」三十三首、「花に遊びて花子を識る雪雄（桂子が夫）の讃」十七首、「桜に暮て雪雄を想ふ花子（雪雄が恋婦）の讃」二十四首、「楓を恋て花子を譏る風作（紅葉子が家の食客）の讃」二十首、「神に祈て花子を殺す楓子（嫉妬）の讃」三十三首、「仇を撃て恨を清むる桜之助（花子が弟）の讃」十八首ということになる。兼題中には賛に相当する題がないことからして、月ごとの兼題狂歌の中から右の説明語句に合うものを選んだのであろう。

かくして「発端」に入り、以下前述の方法で話が展開していくのであるが、巻一末には

小説ぶみにならひておなじ心（兼題「茶店に憩」のこと）を　梅の屋○散積し花の雪茶もさしくべる次のまきにや

解るなるべし

萩の屋がよめる（兼題は「夏の日のいとあつきに」）　〇暑き日をさけんとならば開元(ママ)のつぎのまきをもよみえてしるけし

の詠があり、巻二末にも

とあって、これまた読本の巻移りの常套表現を狂歌に取りこんでいる。

以上の他に、本書が半紙本四冊であることも読本を念頭に置いてのことであろうし、そもそも書名の「詠咏寄譚」からして読本的である。また原題簽が実に読本風で、縦十五糎横十一糎の方簽にして、朱で縁取られた桜花模様の飾り枠があり、その内側縦十一糎横七糎の四方内に陰刻で書名等が刻されている。これが浅葱色表紙の中央上方に貼付されており、この四巻四冊を手に取った限りでは誰しも読本と思うほどの凝りようなのである。

ここで未刊に終わったと思われる後編について述べておきたい。前述の口絵と賛の記述、及び六月の残る三題から十一月までの計五十九の兼題を基に、後編五章分の梗概を復元すればおおよそ次の如くであろう（章ごとの区別は明確にすることが不可能なので、月ごとの兼題別に記す）。

後朝になって雪雄は花子の別荘から帰宅するが、その隣家では主君に供をして他国にいる夫の留守を妻の紅葉子が守っている。秋になり月を見るにつけ紅葉子は寂しい思いをする（以上六月兼題の残り）。紅葉子宅の食客で田舎者の風作は紅葉子を恋するが、当人は雪雄に思いを寄せ千束の文を送るものの却ってその情を雪雄に恐れられる。風作は一計を案じて雪雄と花子の仲を紅葉子に告げる（以上七月兼題）。紅葉子は嫉妬して花子を憎み、神社に丑の時参りをして花子を呪う（以上八月兼題）。やがて冬になるが花子は久しく病床にあり、弟の桜之助は姉のために寺に参詣する。雪雄は足しげく花子のもとへ通う（以上九月兼題）。雪雄が帰ったあと紅葉子が忍びこみ花子を殺害する。一方浅草観音に通夜していた桜之助は夢のお告げにより早朝に急ぎ帰宅する（以上十月兼題）。帰宅した桜之助は鬼の如き姿の紅葉子を見つけて姉の仇を討つ。雪雄は仏門に入ろうとするが、許婚桂子の貞節を知った桜之助に説得されて結婚、桂子の両親は隠居して二人は子孫繁栄めでたき春を迎える（以上十一月兼題）。

前編が巻頭の諸形式を整えた上で約四箇月分の兼題を四巻四冊に配分しているから、後編には残る約五箇月分の兼題を充てるのは妥当というべきで、これにせいぜい跋文を加えれば済む。後編もやはり四巻四冊に仕立てる予定だったろう。また全体的なストーリー上の趣向としては、浅草観音の利生譚が目につくくらいで他は通俗的なものばかりであるから、仇討小説の種本詮索など無用であろう。それよりも問題とすべきは、なぜ後編が未刊に終わったかである。「狂歌絵入よみ本」と銘打った仇討物の着想も、仇討の前提となる事件にすらふれない前編で終わってしまっては、まったく意味がないのである。後編が出なかった点にこそ本作の問題点があると思われるので次に述べてみる。

その最大の理由は、ストーリー性を取り入れようとしたために、狂歌募集から造本に至るまでの編集・構成が複雑になり、普通の狂歌本に比してはるかに手間がかかっている点であろう。当初の目的を達成するためには、本来ならば兼題を決める段階からすでに綿密な構想計画を立てておかねばならない。ところが本作の場合は、序文からもうかがえるように切羽詰まった上での着想・出発である。これでは前編からすでに歪みが出て当然で、それが後編へとつながる巻四に集中的に現われている。狂歌部分に「花子が別寮の下」とあるが、その「上」など存在しない。これなどは構成の複雑さに惑わされた編集ミスであろう。巻三までは巻末がその月最後の兼題となっているのに、巻四では六月兼題の途中で終わっている。これは計画が密でなかったことを示していよう。挿絵でも巻四は他と異なる。見開き図とすべきところの半丁分を使って、故大屋裏住の狂歌「冬恋　戸ぼそから忍ぶとひとはしら雪にいつかぬれあふ椽の花莞莚」を模刻、また最後の見開き図は雪雄と花子の二人を描くが人物以外はすべて余白、他の読本風挿絵のような背景描写がない。これなどは手間がかかりすぎることに帰因した手抜きである（もっとも模刻は鳥兼の師と思われる初代萩の屋の詠であり、内容も結果的に本作の筋と離れてはいない）。

後編が出なかった二番目の理由としては、これも計画が徹底していなかったことによるのであろうが、ストーリーに合致しない狂歌がある点である。「口絵之部」での六人に対する狂歌賛から一、二例をあげると、

ひと目見し花に心のひかされて暮るもをしき入相の鐘（「雪雄の讃」）

さく花の雪を見かけて短冊を枝にむすぶの神に誓つ（「花子の讃」）

などの詠がある。前者に「入相の鐘」とあるが、ストーリー上は俄雨のために二人は心ならずも別れるのであり、「暮るもをしき」と夕暮まで一緒にいたのではない。後者では雪雄を意識して短冊を付けたことになるが、筋の上では付けた短冊が飛ばされたことによって初めて二人は知り合うのである。狂歌を詠む場合の修辞上の範囲内といってしまえばそれまでであるが、ストーリー性が付与されている本作においてはやはり違和感を覚えざるをえない。

いま一つ理由として考えられることは、本作の出版費用についてである。本書第三章第二節において狂歌の入花について考えてみたが、化政期は入花による狂歌本出版が盛んになる時期であった。兼題によって諸国から狂詠を集めた本作もまた、入花による出版とみて間違いあるまい。前述の如く分量的に狂歌部分が散文部分の五倍近くになっているのはこのためである。となると、読本風の題簽に口絵や挿絵、それに少ないとはいっても十一丁半ある散文に相当する費用はどこから出るのか。当然入花でまかなっているはずであるが、文政期の入花は一首あたり三十二、三文から五十文で、むやみに高くすれば却って投詠数が減る。結局撰者三人にとって本書は割高なものになったに相違なく、投詠者もその読本的な分だけ自詠が入集せず不満が残ったであろう。

以上のように考えてくると、本作後編は出版されなかったというよりも、むしろ出版できなかったというべきで、その兆候はすでに前編に見えていたのである。改めて前編を見直せば、巻三からすでになくなっている巻移りの読本的表現も、後編へと読者の期待をつながねばならぬ巻四にも付記されていないのである。

結局本作は、絵入り読本の体裁や文章を取り入れ、かつ兼題によってもストーリーを展開させるという珍しい様式

を狂歌本に採用し、それには一応の成果を収めたものの、筋と矛盾した詠があったり、手間がかかった上に割高な本となったり、また入首制限的な事情もあって、ついに仇討物としては後編が出せぬままに中途半端に終わった、と結論付けることができよう。

(2)　撰者らのその後――『歌の友ふね』・『栄花の夢』のことなど――

それでは『詠咏寄譚』の撰者三人は、今回の試みをその後どう受け継いだのであろうか。

萩の屋鳥兼（伝未詳）には、『狂歌書目集成』によれば他に『狂歌怪談百首』（文政五年刊）と『狂歌浜荻集』（天保年間刊）の編著があるが、いずれもその所在を知らない。しかし前者については『詠咏寄譚』第二冊目見返に、「小本一冊」「尾上梅幸序文」「岳亭春信画図」「本街連著」「近日売出し候」として左の広告文が載っている。

此書は深川扇橋のほとりにて萩の屋の知れる人の別寮に遊び、妖怪の題百数を出し置、鬮を以て順を定め、一人一題づゝをとりて奥庭なる古塚の前にいたり、妖物のうた一首を詠、鳴子を相図にかはる〴〵一夜に百首の哥を詠たり。其間、すべておそろしく又をかしき事ありしを、其儘に書つゞりて、百首の哥もともに上木して、女童のもて遊びとなせる一小冊なり。（傍線、石川）

原本未見のために断定はできないが、傍線部から推して、「百首の哥」とともに「おそろしく又をかしき事」を綴った文章が入っているように思われる。

梅の屋鶴子は後に回すとして、千代の屋松古はこれも伝未詳であるが、刊年未詳の天理図書館蔵『歌の友ふね』（三巻一冊）上巻の撰者曾根松古と同一人物であろう。同書上巻は半紙本一冊全三十丁、挿絵は岳亭定岡の筆ですべて淡彩摺（余白に数首の狂歌を収める）、内容は狂歌紀行文ともいうべきものにして、さほど読本風でもない散文交じりのものである。序文はなくていきなり散文で本文が始まる。

あざれ歌世におこなはれて大江戸はさらなり、いづこのはての人とてもこのみちをまなばざるはまれなり。ことし文月なかば、これにあそびたまふとほつ国の人〳〵おほく東都にあつまりたまひにければ、いでや此きみたちをつどへ、浅草川に船をうかべてのこるあつさをしのがばや

ということになって、日本橋川の江戸橋に集合、午の刻ばかりに船宿吉田屋から屋形船七、八艘を連ねて出発する。以下日本橋川を下って湊橋手前で左折北上し、崩橋、永久橋をくぐって三俣で浅草川（隅田川）に出、これを遡って新大橋を過ぎ両国橋まで至る。描写法は江戸橋を例にとると、まず散文で「江戸ばしはゆきかう人もしげく、見るにさへ目もおよばざるこゝちして、いさましうおぼゆる」と説明して、次にこの説明に沿った狂歌を五首列記している。以下船の進行に合わせて、同じ方法で橋、家居や塚や稲荷などの両岸の景色様子、行き交う船の様、船中の有様、天候などについて、散文での説明と関係狂歌の列挙を繰り返していくのである。兼題は特に明示されてはおらず、説明の散文中に含ませてある。以上がしいてあげる本書の特色ということになろう。また批点も点数ではなく、所々の詠に長点としての「〇」印が付されているのみである。いずれも狂歌本の持つ視覚的に目障りな点を配慮したものであろう。同書中巻（撰者名はなくて、淡彩摺挿絵は国貞画。全二十一丁）は両国橋から始まって適宜抽出すれば、言問の辺、柳橋、吾妻橋、花川戸、山谷堀、三囲の森、今戸の里、長命寺、真崎、宮戸川などを採りあげ、下巻（雪の屋高根撰、淡彩摺挿絵は国貞風。全十九丁）は首尾のみを記せば、白髭明神社から始まり、綾瀬の三才橋のところで遅参者と合流して船を漕ぎもどしている。描写法は上中巻同様である。

ところで、大妻女子大学所蔵の同書中巻には見返（綴じ穴の痕跡からすると元は扉か）があって、そこには「梅農屋鶴子撰」「五渡亭国貞画」「催主　本町連蔵板」とあり、上巻とは撰者・画工が異なる。鶴子の略伝は、文政十年芍薬亭序の『狂歌人物誌』に「本町側の魁首なり。いまだ壮年にしてひろく群書の要を会得し、よく狂歌の旨をあきらむ。

家は東神田元岩井町にあり」と見えており、三世浅草庵春村の『壷すみれ』によれば、文政四年に判者披露をしている。(11)ということは、『歌の友ふね』の成立は文政四年以後、六月に船遊びが行われていることを考えれば、同年六月以降ということになる。下限は上巻が岳亭の画であることから、彼が大坂へ移る同十年三月（『馬琴日記』同年月十三日条に「画工岳亭来ル。予、対面。近日上京のよし」とある）以前であろう。

となると、文政四年三月の兼題で始まる前述『詠咏寄譚』の構想を、松古と鶴子二人とも『歌の友ふね』時点ではすでに知っていたことになり、それが念頭にあったはずである。散文摂取のし方が極めて簡略にはなっているが、それは『詠咏寄譚』が内包していた前述の諸難点への反省によるものであり、だからこそ散文を摂取しやすい紀行文に利用しているのであろう。なお『歌の友ふね』について『狂歌書目集成』では、撰者名を上巻により、画工名を中巻によって掲出し、安政年中刊行とするが、上述の如く認めがたい。

『歌の友ふね』は狂歌本の散文摂取とはいっても、平板すぎて特に云々するほどの作でないことは明らかである。しかし、『詠咏寄譚』の時の反省が背後にあることと、次に述べるように、大坂へ移った岳亭がこの作品のスタイルを踏襲して読本色の濃い狂歌本を作っていること、この二つの意味において同書は無視できない作となっている。

さて、『詠咏寄譚』と『歌の友ふね』双方に画工として参画し、自身も狂歌作者だった岳亭春信による狂歌本の読本摂取に論点を移す。春信また丘山とも号した岳亭の略伝は、『近世物之本江戸作者部類』や『戯作者考補遺』などに見えているが、文政期の狂歌資料では、例えば同五年の『狂歌水滸伝』（五側の狂歌本にして岳亭自身の画）には

画人岳亭初め春信といひ、後定岡と改む。東都霞が関の産にて、青山にひとゝなる。今、日本橋阪本市中に閑居す。よく天文に通ず。又心たかし。一たびは義によつて死地に就く伝出一書。一たびは孝によつて雷下に伏す同上（以下略）

などとある。江戸表では合巻を述作、文政十年に大坂へ移ってからは読本作者となっており、こうした戯作者として

の活動については、すでに横山邦治氏がまとめられている。[12] 絵師としては多く狂歌本の挿絵を手がけており、狂歌師としては六樹園の五側及び水魚連（五側と芍薬亭長根の菅原連の連合体で、大坂にも浪花水魚連がある）に属し、五岳連の魁首であった。

『栄花の夢』はそうした狂歌師岳亭が大坂で刊行した書の一つで、半紙本二冊にして一冊目（全四十六丁半）の本文共紙表紙に「栄花の夢」「会主　五岳連」とある。その見返しには撰者として月廼屋（丸雄）と神歌堂（岳亭の別号）の名を掲げ（撰者については後で再述する）、さらに岳亭による四箇条の凡例の如き文章（以下「凡例」と記す）を付す。続いて一丁分の「天保四年癸巳春　美濃国今尾里人　水谷常清[13]」の序文があり、その次から本文が始まる。内題は「狂歌栄花の夢」、挿絵はすべて岳亭の筆で見開き図が九図、半丁図が八図ある。全て墨印の狂歌本風の絵で、口絵に相当する最初の半丁図を除き、他の図にはすべて余白に狂歌を付す。散文を取り入れているのはこの一冊目だけで、ストーリーもこれで完結している。二冊目（全五十五丁）は五部構成の合計二百三十五の兼題による平歌集で、純粋に狂歌のみを列記したものである。こちらの方の挿絵は半丁図ばかり九図で、すべて岳亭筆にして墨印、狂歌入りである。また批点は二冊ともに点数式である。

次に一冊目の梗概を記す。

浪花の漁師五荘兵衛は年ごろ狂歌を詠じ、遠国にも多くの知人がいる。ある年の春、五荘兵衛が家でうたた寝をしていると、友人の月廼屋丸雄らがやってきて五荘兵衛を起こし、四方の歌人たちが難波の名所見物に来ているので今日は船で海の眺めを楽しもうと誘う。五荘兵衛らは早速五岳丸に乗って穏やかな春の海へと船出する。途中で鳴門に住む山辺秋人の提案によって南下し、日暮れて鳴門に到着、阿波の狂歌師たちも乗船する。その夜嵐となり、五岳丸は見知らぬ海へ流されて翌日とある土地に流れ着く。そこは女ばかりが住む女護島で、四季の花鳥が一様に咲き囀り、病もなく、金銀錦をいたる所に使った楽園であった。一行は宮城に案内されて女帝と会う。

女帝は、この国には男がいないから春半ばの東からの神風によって懐胎するが、生まれるのはみな女ばかりなので男女和合によって男子をもうけたいという。男女の組みあわせ方法は、各女にふさわしい兼題を女帝が出し、男たちがそれを狂歌に詠み、女帝が歌の撰をして男を決め、五荘兵衛がその詠を読み上げて発表するというものだった。次々に組みあわせが決まり、女帝の娘月照姫の相手は「寄月恋」で入撰した米花庵金守に決まって国を譲り受けることとなり、五荘兵衛は不死という薬酒によって若返ったので女帝の相手と決まる。ある日五荘兵衛は女帝と楼に登って四方の景色を眺めていたが、眠気がしてまどろんでしまう。呼び起こす声に目覚めると、そこは浪花の自分の家にして目前には丸雄らがおり、すべて夢だったことを知る。

一読して、馬琴の『夢想兵衛胡蝶物語』等と同じ異国巡りの構想にして荘周の夢の世界とわかり、五荘兵衛はすなわち五岳こと岳亭と知れる。また男女の組みあわせをする場面は、まさに狂歌会の披講そのものである。描写法は『歌の友ふね』と同じなので再述しないが、ただ兼題のみは説明散文中に含ませるだけでなく、二冊目にすべて明らかにされている。つまり、二冊目の兼題はあらかじめ想定されたストーリーに沿って立てられているのであり、そうした兼題歌の中から筋の展開にふさわしい歌を選んで一冊目の関係箇所に配し、残った歌のみを集めたものが二冊目ということになる。描写法が同じであることに加えて、全体を紀行文形式としていること、諸国の狂歌師が集まってきていることが発端となっていること、船で出かけることなどが『歌の友ふね』と共通する。本書が『歌の友ふね』を下敷にしていることはほぼ間違いあるまい。

ではこの作品の特色はどこにあるのかといえば、第一に現実の紀行ではなく、結果的ではあるが架空の世界へ出かけていることである。これによって小説性が付加され、さらにいえば、全体を夢としていることも架空性を強める働きをしていよう。その第二は説明文に相当する散文の文体である。『歌の友ふね』の場合は単なる和文といってよく、少なくとも読本的な文体ではなかった。それに比して本書では、一冊目末に「文章は戯作者のものすなるよみ本といへるものにならひて俗にしたたむ」と明記してある。特に女護島に着いてからは、ここを唐土風に描いていることもあって、漢字や熟語つまり漢語が多く、それに意味読みのルビをふっているのが目立つ。その三はストーリー重視の姿勢である。凡例中に「諸君の玉詠、文章（一冊目のこと）の中に入るといらざると有。御歌の趣向によりて、高点にても平歌（二冊目のこと）のうちに入」れたものもあるとか、「文章の中にまじりし歌に、高点にて後へしたゝめ、下点にて前にかきたる有。そは文章の都合によりて前後の差別あることなり」などとあるのは、これを物語っている。『栄花の夢』は、結局この三点によって小説的・読本的色彩を強めているのであり、その意味において『歌の友ふね』とは各段の違いを見せている。なお、本書には『詠咏寄譚』撰者の一人だった江戸の梅の屋鶴子も詠を寄せていることを付記しておきたい。

ここで『栄花の夢』の撰者について補足する。神歌堂は前述したように岳亭の別号で、本書の会主である五岳連の頭目である。いま一人の月廼屋丸雄は、その詠に所付がないことから大坂の人とみてよく、『狂歌人名辞書』にも「別号桂園、姓前田氏、通称綿屋熊次郎、名は祥方、大坂島之内の人、天保頃」とある。[14] 丸雄の像は本書一冊目の最初と最後、すなわち五荘兵衛の居宅を描いた挿絵に出てくるが、その衣服に芍薬亭の菅原連であることを示す印（芍薬の花）が付いている。ということは、本書は会主が五岳連であっても、その基盤は浪花水魚連ということになる。これを明示する記述は書中のどこにもないが、五側の岳亭と菅原連の月廼屋が撰者となっているのであるから、浪花水魚連の活動の一つとみなしてさしつかえあるまい。

以上、これまで述べてきたことをまとめてみる。狂歌本が散文の読本要素を摂取することは、文政期という時代の要求でもあることを初めに述べたが、管見の限りではその初作は文政五年の『詠咏寄譚』であった。装丁から構成に至るまで絵入り読本摂取の種々の試みがなされ、一まず当初の目的を果している。しかし拙速の感はいなめず、①「筋にそぐわない詠が入集」していたり、②「構成の複雑さ故の手間」がかかったり、題簽や口絵・読本的文章を加えたため、③「割高」にしてかつ④「入集制限」も起きたことであろう。結局仇討物に仕立てる計画は、仇討の前提となる事件にさえ筆が及ばぬままに失敗に終わった。

こうしたことの反省に立って、右の撰者三人のうちの鶴子と松古は、散文と狂歌を合体させやすい現実のⓐ「紀行文」にこれを採用、『歌の友ふね』を編集刊行した。その結果、同書は新たにⓑ「視覚的に目障りな兼題や点数式批点を明示せずにすむ工夫」を施す一方、少なくとも『詠咏寄譚』の①から③の障害を取り除くことに成功した。しかしその分、狂歌本の散文摂取とはいっても⑤「極めて平板」な作となってしまった。なお、撰者三人の残る一人である鳥兼もまた、『狂歌怪談百首』で散文摂取を試みている可能性がある。

右の『詠咏寄譚』と『歌の友ふね』に画工として参画した岳亭も、大坂へ移ったあと、天保四年に『栄花の夢』を編集刊行した。まず『歌の友ふね』同様にⓐを採用して『詠咏寄譚』の少なくとも②と③を取り除く一方、利点のⓑも取りこんだ（もっとも批点は点数式を採用しているが、これは投詠者の心理を考えたのであろう）。その上で、新たに架空の世界を描くことによって小説性を付与すること、散文は読本風文章にすること、ストーリー性を重視すること、この三点を取り入れて⑤の解消を図り、その結果生ずる恐れのある①④は二冊目の平歌集に入れて解消した。

結局狂歌本の読本（散文）摂取は、『栄花の夢』が最も合理的で、かつ現実的である。岳亭がこうした狂歌本を編むことができたのは、一つには前二書が本街連という一つ組織で行ったのに対し、岳亭は五側と菅原連の連合体である浪花水魚連を基盤としたために、必然的に合理的かつ現実的に対処せざるをえなかったことが功を奏したと思われる。岳亭が相応の成果を得たいま一つの要因に、大坂における岳亭の読本作者としての活動がある。詳しくは前出横山氏の論考に就くとして、文政十年に江戸から移住したあと天保期末にわたって読本を述作した岳亭は、『栄花の夢』と同じ天保四年には巷談物の代表作『淀屋形金鶏新語』を刊行している。『栄花の夢』の持つ小説性・読本性が、こうした読本活動を基盤としているのは当然であるが、岳亭が絵師として常に狂歌本の読本（散文）摂取の場に係わっていたことも忘れてはなるまい。狂歌本の挿絵を画くという一見従属的な行為も、『栄花の夢』成立には大きく寄与しているといわなければならない。

注

（1）六樹園撰『新撰狂歌五十人一首』（文政二年六月刊）によると、東都鎌倉河岸に住む狂歌師朝寝成丈のことで、俗称を豊島屋という。『詠咏寄譚』第四冊目見返しには、その編著『楚漢狂歌合』（六樹園序、芍薬亭抜）の詳しい広告がある。なお、文政五年の『狂歌水滸伝』にも左の略伝がある。

　江城の東鎌倉河岸の住、田村氏也。本町側の魁首たり。性梅を好む。庭中梅樹多く、壁中には梅のかけ物、また梅花を挿す。梳事に梅花の油をもちひ、食するに梅漬梅の種類をこのむ。人に贈るに、梅の鉢植甘露梅のたぐひを以す。春は杉田梅屋敷はさら也、外梅樹多きところにあそぶ。蜀山翁に槑花園の号を贈られしとか。

（2）兼題目録では、たとえば三月を単に「三」とのみ記し、「月」の文字をすべて省いてあるが、これは仇討物に沿って立てられている各月の兼題が、歳時記的にその月と合致しないことを配慮した措置であろう。

（3）「春の目のいとうら丶かなるに」「飛鳥山」「花見の男女にぎはし」「花盛」「吸筒」「生酔」「弁当」「うたひまひありくたはれ男」「食物あきなふ店」「雪雄友だちかたらひこ丶に花を見る」「茶店に憩」の十一題。

（4）「花子腰元うちつれさくらがりす」「みな〳〵さくらに短冊をつくる」「春風」「花子が短ざく雪をが前にとぶ」「雪雄哥よみそへて短冊を花子がもとへ返す」「花子雪雄互に心あり」の六題。

（5）「はてはひとつ床机によりそひておも白し」「俄雨」「うろたゆる花見もろ人」「花子雪雄心をのこして別る」「夏の日のいとあつきに」の五題。

（6）「青葉茂りし木のもと」「涼台」「団扇」「雪をしばしあつさをしのぐ」「外の方より人くるもの有見もなれぬめのわらは」「花子がもとよりなまめきたるふみをおくる」「汗玉のごとし」「雪雄へんじかいした丶む」の八題。

（7）「夏月夜」「泉水」「花子えんがはにこしうちかけてあそぶ」の三題。

（8）「こしもと雪雄がへんじのふみもてきぬ」「花子月にすかして文見る」「庭の枝折戸」「飛かふ蛍」「夜ふけて雪雄しのびきたりぬ」の五題。

（9）「初逢恋」「鶏の声」「別恋」の三題。

（10）右注（3）～（9）参照。

（11）鶴子の略伝としては他にも、文政五年の『狂歌水滸伝』に左のようにある。

東都神田の住、諸田氏、名昇一、俗に龍之助とよぶ。一日書を見れば十日廃す。詩をよくし、和哥もよくつゞるといへども、共にこれをつとめず、只戯哥を好て詠ず。本町街の判者たり。業は僕にまかせてみづからせず。武きをよろこび、棒をつかふに妙手あり。

（12）「岳亭丘山の読本について――江戸から上方への移住をめぐって――」（横山邦治氏『読本の研究』〈風間書房、昭和49年〉第三章第一節その二）。

（13）三世浅草庵等撰『狂歌百才子伝』（文政から天保にかけてのころ刊）に、

美濃国養老山下、今尾の里の蒼生なり。故に養老亭と号、はじめ菊水といひ今、常清と改む。通称直次郎。其性文雅風流にて、園中五株の梅を栽て五梅園主人と号し、五柳先生の趣をしたひ、かたはら書をよくして董其昌の風をしたふ。画は南宗の筆意を学びて拙からず。詩を賦し和歌を詠じ狂歌をもよくす。寛祐篤実にして約をたがふる事なく、産業を家弟にゆだねてまことの逸民也。

とある。作中に出てくる「ミノ今尾養老亭菊水」その人ということになる。

（14）月廼屋丸雄については、右注（11）の『狂歌水滸伝』にも左の略伝がある。

前田氏なり。難波の住。業は問丸にして諸国へ運送す。旅行を好み、又風流にあそぶ。五先生の門人なり。気根気憶（ママ）尤つよく、閑室に在て書を読て七昼夜いねざりしとぞ。

第四章　江戸狂歌文化と尾張戯作界

第一節　尾張戯作者の背景
――洒落本作者を中心に――

名古屋戯作界には、大きく分けて二度の隆盛期があった。一つは宝暦から安永にかけてのころで、指峰亭稚笑や横井也有らのグループと、花秦具庵（はなはだぐあん）のグループがその作者たちである。いま一つの時期は、化政期を中心とする寛政半ばごろから天保にかけてのころで、椒芽田楽と、それよりやや後輩格の石橋庵増井がその代表的な作者である。両時期に共通する特色は、版本ではなく写本物がその著作活動の中心だったことであるが、後者の時期においては、折しも盛期を迎えた地元の貸本屋・大惣とのかかわりが新たな特色として加わる。著作活動の成果である作品が、多く大惣本となっただけでなく、大惣二代目の当主自身が戯作の筆を執っているからである。

化政期を中心とした名古屋戯作界について考える時、この大惣を無視できないのは当然で長友千代治氏は、大惣は増井や田楽らの戯作者たちを盛り立てて大惣文壇を主宰していた、とさえいわれる(1)。

では、大惣を軸とはせずに化政期名古屋戯作界をとらえることはできないのであろうか。それを尾張酔竹連一派を中心とする尾張狂歌壇に求めてみたい。というのも、二度目の隆盛期が尾張での天明狂歌摂取の時期と重なるからである。比較的多く残っている洒落本を資料として、それにかかわる戯作者たちが尾張狂歌壇とどうつながっているかを検討してみたい。なお、中央公論社刊『洒落本大成』（全三十巻、昭和53年～同63年）は『大成』と略記することをお断りしておく。

(1)　文政期までの尾張関連狂歌本

最初に、管見に入った文政期までの代表的な尾張狂歌本を列挙する。ただし年次不明なものが多い月次本はそのほとんどを除外し、逆に尾張本ではなくても、尾張狂歌壇を考える上で重要なものはここに加えた。

①初土産集（序題）　一冊
「寛政六のとしとらの尾の永き日　楓呼継（かえでのよびつぎ）」序、哥之斎・葎庵安麿画、寛政六年春・永楽屋東四郎刊。

②狂歌扇画合(2)　一冊
「寛政六のとしきさらぎ　五葉舎主人」序、刊。

③狂歌蓬ケ島　二冊
田鶴丸撰、石川雅望序、享和二年初春刊。三蔵楼蔵版、製本書林・永楽屋東四郎刊。

④桜天神御社　奉納春興夷曲歌　短冊懸聯合　一冊
享和二年二月ごろ刊(3)

⑤狂歌初日集　二冊
序題「狂歌相撲初日集」。田鶴丸撰、ひわりこの飯盛序、「享和二年秋はつる日需によりて　吾友軒米人」序、永楽屋東四郎刊。

⑥狂歌鱅後編　酔竹側判者之部　一冊
式亭三馬輯、文化三年正月・蔦屋重三郎等刊。

⑦桜天神　奉納狂歌扇絵合　一冊

「題寄謡曲四季雑」「尾陽　酔竹連」。文化五年二月ごろ刊。[4]

⑧扇懸浮世合　一冊

西郊田楽編、「辰（文化五年）[5]仲春末日　西郊田楽」自序。小寺玉晁転写本による。

⑨とこよもの　一冊

唐衣橘洲七回忌追善集。尋幽亭編、尋幽亭及び蓬洲橘実吉序、文化五年・江戸酔竹側刊。

⑩月光亭夷歌集　一冊

月光亭墨僊編、「文化六巳春　月光亭墨僊」自序、文化六年季春・松屋善兵衛等刊。

⑪かのえうまのとし　春の言くさ　一冊

「尾張酔竹連」。文化七年刊。

⑫樽ひろひ（序題）　一冊

「文化八年といふ名月のあけの日　一巴亭のあるじ扇折風」序、月光亭（墨僊）画、刊。

⑬狂謌弄花集　一冊

田鶴丸撰、月光亭墨僊等画、文化十四年七月・菱屋久八刊。

⑭狂歌黄金鳥　一冊

不断庵玉湧撰、「文化丁丑（十四年）のとし　不断庵玉湧」自序、画狂人墨僊画、刊。

⑮春言艸　一冊

北亭歌政銅板画、文化年間刊。

⑯西行上人追善詩歌　一冊

田鶴丸編、文政三年二月十五日法要。小寺玉晁転写本による。

⑰橘庵月並戯笑歌集　　　一冊
橘庵田鶴丸撰、月光亭墨僊画并刻、文政前期刊。
⑱俳諧訶千竈の郷　　　一冊
橘庵老師判、笠亭仙果画、文政十三年十月披講、待請会主熱田惣連刊。
以上十八点を狂歌の基礎資料として、以下これらについてはその番号で示す形式で進めていく。

(2)　寛政・享和期の尾張戯作者

まず取り上げねばならぬのが石橋庵増井と椒芽田楽であるが、そのうちの増井については、これを省略しようと思う。なぜならば、増井は①から⑱までのうち、尾張文人大名鑑とも呼ぶべき⑬に一首みえるだけで、狂歌壇的活動というほどのことをほとんどしていないからである。鈴木勝忠氏が「尾張天明狂歌の興隆と狂俳の接点――沂水斎舞雩（根唐素人）のこと――」（岐阜大学「国語国文学」第十七号、昭和60年3月）で紹介された沂水斎の如く、狂俳に遊んでいたのであろう。(6)後述の『志津保具双紙』序文に、増井は「はやくより狂誹の劣勝りをことはれる大人」だったとあり、後年になって、柳句集『誹風妻楊枝』（文政七年刊）や冠句集『撰集楽』（天保八年刊）を刊行していることからもそう思われる。

椒芽田楽は石田元季氏「尾張の戯作者椒芽田楽」（「紙魚」第一冊、大正15年10月。のち同氏『劇・近世文学論考』〈至文堂、昭和48年〉所収）によると、実名を神谷剛甫という医者で、名古屋西郊牧野村に住んだので西郊田楽とも称し、また木下山人の別号もあった。曲亭馬琴の『滝沢家訪問往来人名簿』（以下『人名簿』と略称する）では、住所を「名古屋正方寺町」と記すので、牧野村から移ったのであろう。

田楽の戯作第一作目は戯文『春秋洒子伝』（『京都大学蔵大惣本稀書集成』第十四巻〈臨川書店、平成8年〉所収。写本二巻一冊）で、奥に「寛政五年癸丑九月吉辰」とあり、江戸の唐来三和と馬琴の序文を付す。[7] 名古屋戯作界二度目の隆盛は、事実上この作品から始まるといってもよい。田楽にはその後二作の洒落本がある。寛政十二年四月序『軽世界四十八手』（『大成』第十八巻所収。写本一冊）と同十三年春序『新織儛意鈔』（『大成』第二十巻所収。稿本一冊）である。前者は有雅亭光（後述）、満寿井豹恵（すなわち増井）、由賀翁斎（後述）、於仁茂十七、川東京伝との合作で、田楽は木下山人の号で「ひねつた手」を担当、「忍び手」「ひねつた手」の両挿絵と本書序文も田楽の手になる。後者の作は自画の口絵があり、増井の序文を付す。巻末に田楽の著作八部を「出来」として広告するが、その八作中の二部が右『春秋洒子伝』『新織儛意鈔』で、残る所在不明本六部のうちの『田舎獅子』については、白水郎こと吉沢義則氏「尾張名古屋方言で書かれた洒落本と中本とを紹介して」（『書物礼讃』第三冊、大正15年1月）によると、増井と有雅亭光の序文があり、奥に「于時寛政十三辛酉之春　椒芽田楽揮毫」の記述と、「曲亭馬琴門人椒芽田楽」の印があるという。他作者の洒落本で田楽の序文や賛などがあるものは、山西東山の寛政八年三月序『天岩戸』（『大成』第十六巻所収。写本一冊）の序文と口絵・奥絵、翁斎の寛政十二年春序『囲多好髭』（『大成』第十八巻所収。稿本一冊）の口絵と賛、同じく翁斎の同十三年春画『備語手多美』（『大成』第二十巻所収。写本一冊）の序文と口絵、料理蝶斎の同十二年春序『女楽巻』（『大成』第十八巻所収。稿本一冊）の序文、彙斎こと増井の享和三年夏序『指南車』（『大成』第二十二巻所収。稿本一冊）の題詩、以上が田楽の手になる。

現存資料から見た田楽の洒落本活動は、寛政五年から同十三年までの九年間に、単著が二作、合作が一作、田楽の序文等がある他作者の作が五作あることになる。

右のような戯作活動をしている田楽は、狂歌の方面では寛政六年の①②にその詠が見え、⑬にも一首出ている。①②に入集参加していることの意義を考える上でも、ここで尾張狂歌壇の天明狂歌摂取について一言ふれておくと、⑬

に転用された寛政九年仲夏付の唐衣橘洲の一文に、「中に尾陽はすべて予が門葉のみにして、他の指揮をうけざるは、まさに雪丸、田鶴丸、玉涌、金成、桃吉、有文の諸秀才、よく衆をいざなふ故なるべし」とある。豊年雪丸や芦辺田鶴丸らが橘洲門人として天明狂歌を尾張に広めたというのであるが、そうした人々が独詠集ではなくて仲間の詠を一書にまとめ、それも出版にまで及んだものは、管見の限りでは寛政六年の①が最初である。また②はそうした仲間内関係者の余興ともいうべきものである。(8) こうした①②に田楽が参加していることは、この時期田楽が狂歌壇的活動を相当活発に行っていたであろうことを思わせる。現に、下った文化五年の⑧は田楽自身が編集した狂歌本であり、橘洲の一文に見える松寿園紀有文（⑬によれば葎庵、安丸ともいい、①の口絵や⑬の肖像画十五図をも画く）などの詠も入っている。ついでに言えば、①のいま一人の画工の哥之斎益甫は、翁斎の『囲多好髷』巻末広告に、「出来」として「希有言茶理不調（きょうげんちゃりふちょう）哥之斎画 椒芽田楽作 全三冊」とあって、田楽とは懇意であったろう。

名古屋関係の洒落本等作者で狂歌壇に通じている人物といえば、二亭石井垂穂（「垂穂」の読みは、石田元季氏が翻刻された田鶴丸編『北亭夷曲集』（「紙魚」第十二冊、昭和2年9月）の垂穂序に「タリホ」とある）をあげないわけにはいかない。也有の『鶉衣』の続編と拾遺を編集したことで知られ、洒落本『損者三友』（寛政十年七月跋、『大成』補巻所収。稿本一冊）の作がある。狂名を初め芦之屋丸家、のち同導堂福洲などと称した。天保五年に熱田の旗屋宮谷に橘洲三十三回忌の碑を建てたりした彼の狂歌壇活動については、石田元季氏の「石井垂穂著述書目解題略」（「典籍之研究」第四号、大正15年1月）、同氏「唐衣橘洲と尾張の酔竹派」（「紙魚」第八冊、昭和2年5月）、同氏「垂穂石井八郎次源孝政（上）」（同第二十八冊、昭和4年4月）、富田新之助氏「尾張狂歌人墓(二)石井垂穂の墓標及び無空々碑」（「掃苔」第八巻七号、昭和14年7月）に詳しい。尾張藩士として江戸勤番二十年に及ぶ（『石井垂穂日記』）ため、尾張狂歌本への入集は③⑨⑬⑮とさほど多くはない。垂穂の場合は狂歌作者として名が通っているので、逆に戯作活動の方が珍しがられる。かなり後輩の笠亭仙果や小寺玉晁、平出順益らとも交流があり、天保六年秋に江戸から帰る仙果を迎えて作られた噺本

『東海道中滑稽譚』の「川崎の次」「吉原」の二題は垂穂の作、また玉晁や順益らが書いた一から十までの文字尽しの戯文（『八顛愚冥迷奇談』二編）に「七十一翁倶舎倶舎老人」として序文を記したのも垂穂である。

寛政末期の『囲多好髷』や、『軽世界四十八手』の「不味（ふあじ）な手」「真（しん）の手」、及び『千客万奇』（『大成』第二十巻所収）、『備語手多美（びんごだたみ）』の作者翁斎は爰于翁斎、由賀翁斎、翁斎芳香などともいい、『人名簿』に尾州「宮宿熱田材木町　多丸屋治兵衛殿　乎幾那（沖名）斎芳香」とあるその人である。狂歌本関係では、すでに浜田啓介氏「『羇旅漫録』の旅における狂歌壇的背景について」（「文学」第三十六巻三号、昭和43年3月。のち同氏『近世小説・営為と様式に関する私見』〈京都大学学術出版会、平成5年〉所収）が指摘する如く、六樹園の『狂歌画像作者部類』（文化八年九月刊。以下『部類』と略称する）に「堀河芳香　芳香別号翁斎、俗称玉留屋治兵衛、尾州アツ田ノ人」とあって、化政期では⑥⑦⑨⑬⑮～⑰に入集する。⑬では別に沖名斎鳥億なる者もいるが同じ人かもしれない。また①の堀川人也、③の堀川潮満はその前号かもしれない。もっとも天保二年春刊の田鶴丸等撰『春興立花集』に、熱田の人として「詞宗酔花亭芳香」とある人物が入集しているから、翁斎は狂歌分野では酔花亭とも号してまた大人となったことがわかる。ならば⑱の酔花亭も翁斎である。となると、『大成』第二十六巻解題でその時間差を危惧された文化十五年の波廼真釣作『傾城仙家壺』の序者沖奈三階も、服部仁氏が「憶測・雑感・洒落本の周辺」（『大成』補巻付録）でいわれる如く翁斎とみてよかろう。むしろ気になるのは、服部氏稿で紹介されている、同氏所蔵の名古屋物人情本稿本『錦丘早蕨集』（天保十一年春序）の作者蘭園余紫香である。服部氏は翁斎のこととされるが、四十年前に洒落本を書いた人物の作としては書名にぎこちなさが残るし、翁斎は天保二年ごろ以降の狂歌本にその名が見えなくなる。別人である可能性もあるように思う。ついでに記しておくと、松風亭如琴作の寛政十二年春序・刊の『大磯新話風俗通』（『大成』第十九巻所収）挿絵に「おきな斎（花押）」とあるが、芳香と同一人かどうか不明である（⑬に松風亭なる人物がいることはいる）。また田鶴丸が天保六年十月に明石で没した時、明石長林寺での追善の場で翁斎朝保なる狂歌作者が手向の詠を捧げているが（『金鱗九十九之塵』巻九十）、田鶴丸の月次本（『狂歌寄浪』第二冊目の内。文政後期）に、「アツタ芳香」「アカシ朝保」と同時入集しているので別人である。さらに、滑稽本『三宝荒神』『倭邯鄲』（ともに文政十三年刊）の校者として「浪花　翁斎蛭（昼）成」なる人物もいるが、これは両作の序者で実作者と思われる案山子こと好華堂野亭の別号であろう。翁斎芳香は、『備語手多美』の跋者がその「狂歌門人」と称している如く、かなりの狂歌活動を行っていると思われる。

翁斎芳香は以上の外に、大惣本の写本『地口いろの吹寄』（文政期カ）の「似口乱題」の部と、増井の「似口春の座鋪」の部にもその名が出ている。これは増井の影響とみてよかろう。なお、『千客万奇』の東京都立中央図書館加賀文庫本には、「尾州宮／印多丸屋／材木町」の円形黒印があり、また同文庫の『備語手多美』には「玉留屋」の長方形黒印があって、ともに翁斎本人の旧蔵本と思われる（『大成』第二十巻両作解題）。

次に寛政十二年春序『女楽巻』（稿本一冊）の作者料理蝶斎であるが、初めに別号を整理しておく。『通妓洒見穿（つぎしゃみせん）』（成立年次後述。『大成』補巻所収）の口絵に「てふさい画」とあって、摺鉢風の印があるので、摺鉢からの連想からこの「てふさい」は料理蝶斎のことと思われ、ならば『野圃の玉子』（『大成』第二十三巻所収）の口絵と、挿絵の画狂人も同じ印があるから蝶斎ということになり、同書他の挿絵を画く「庖丁蒐」も料理の連想で蝶斎その人であろう（以上『大成』補巻『通妓洒見穿』解題）。一方、『通妓洒見穿』の序者は「有雅亭あみだの光」と称しているから、『軽世界四十八手』の合作者「有雅亭」および「ひかる」はすべて同一人で、『人名簿』の名古屋「あみだノ光　板屋半右衛門」であり、さらに『艶道秘巻』（『大成』第二十八巻所収）解題によれば、『囲多好髷』の巻末広告で「有雅亭作」とする『馬鹿三人』は原本に当たると紀有兼の作で、要するに「有雅亭」「ひかる」「紀有兼」はすべて「有雅亭あみだの光」こと板屋半右衛門ということになる（以上『大成』第十八巻『軽世界四十八手』解題）。ところが後述のように、寛政から文化にかけて名古屋に有雅亭超歳坊なる狂歌作者がいることに気づいた。つまり「てふさい」は超歳でもあるわけで、以上述べてきた人々はすべて同一人ということになる。

では有雅亭の活動を追ってみよう。まず寛政十二年の『囲多好髷』巻末広告に近刻として見える『桜栄里』（有雅亭光作）、『忠臣鑒之裏』（料理蝶斎作）、『馬鹿三人』（有雅亭作。これには近刻の文字なし）の三作は、すべて有雅亭の作ということになる。同年の『女楽巻』及び『軽世界四十八手』の挿絵八図のうち、「切れる手」（有雅亭作）と「端子な手」（ひかる作）も同人の作、また『軽世界四十八手』の「切れる手」「見抜れた手」「不味な手」「端子な手」「易ひ手」「真の手」の六図も摺鉢の印があるので有雅亭の絵筆ということになる。『軽世界四十八手』においてはさらに、奥付に「珍らしき新作、追々出来仕候間御覧可被下候」「書肆蔦舎梓」とあって、その下に蝶の印がある。恐らくは『軽世界四十八手』が有雅亭の手によって編集されたことを示しているのであろう。(9) 翌寛政十三年には、前出の白水郎氏稿によって、田楽の『田舎獅子』に増井とともに序を記していることが判明している。南瓜蔓人作の『通妓洒見穿』では「てふさい」の号で口絵を画き、有雅亭あみだの光の名で序文を記しているが、その序文の年次の「酉」がいつであるかについては、文化元年春跋の模釈舎作『駅客娼せん』（『大成』第二十三巻所収）に「一寸改在雅亭」の名でめりやすを書いていることにからめて後述する。翌文化二年の増井作『南浜野圃の玉子』では、口絵と挿絵の一図に摺鉢印があって有雅亭の絵とわかり（挿絵の方には同時に画狂人とも署名している）、そして残る挿絵三図のうちの一図に「庖丁蒐」と署名しているのも有雅亭と推定される。彼にはまた、『二ッ折』なる洒落本の作と、『画本美図鏡』なる作があったことが、後述の文化二年春序『徒談語』によって判明する。すなわち、『徒談語』巻末広告に「画本美図鏡　蝶斎画」「二ッ折　有雅亭著」とある。(10) いずれも『徒談語』と同じ文化二年ごろの作であろう。両作のうち、『二ッ折』には増井の序文があったらしく、増井の序跋を集めた『志津保具双紙』（天保二年五月付の三五楼月丸の序文がある。所見本はその玉晁転写本）にそれが収められている。それによると熱田伝馬町を扱った洒落本で、確かに「あり雅大人が筆をふるひし妙作」とある。『画本美図鏡』がどのような作なのかは不明だが、有雅亭に相当の絵心があったことは間違いなく、『野圃の玉子』の挿絵一図を「蝶斎門人菊斎」が画いていることがそれを物語っていよう。

有雅亭の狂歌活動はまず①に「超歳坊」として見えているから、尾張酔竹連の早くからの一人といってよい。以後、江戸の狂歌本にも顔を出す。すなわち頭光の『晴天闘歌集』(寛改八年)、浅草庵市人の『狂歌柳の糸』(同九年)などがそうで、地元でも③⑤〜⑦⑨⑬⑮に、超歳坊、有雅亭超歳坊、在雅亭超歳坊として入集している。また『国書総目録』によると、文化年間に有雅亭らの詠を集めた『蓬島八景』が刊行されているようであるが、後述の理由で文化元年ごろまでの成立であろう。③⑬⑮では所付が「熱田」とあって、名古屋の人ではなく熱田人であったことがわかる。文政期に入ると狂歌本にその名が見えなくなるが、そのあたりについては後でふれる。

ところで、『駅客娼せん』のめりやすにある「一寸改在雅亭」とはどういう意味であろうか。一般的にいえば、「一寸」という前号を「在雅亭」に改めたということであろうが、ここはそうではなくて、「有雅亭」を「在雅亭」と変更したことを「一寸改」めたと洒落ているのであろう。またこの『駅客娼せん』は二冊本で、『大成』第二十三巻底本一冊目見返しに「丑文化二」と墨書されているから、その解題のいう如く、本書跋文の「子春」は文化元年春とみてよかろう。つまり「有」を「在」に変えたのは文化元年春ごろということになる。さて、そこで年次が特定できなかった『通妓洒見穿』にもどってみると、序文の「酉」は顔ぶれからして『大成』補巻の解題がいう如く、享和元年か文化十年のいずれかに相違ない。ところが序者名は「有雅亭あみだの光」である。『通妓洒見穿』の酉は享和元年とみなしてよいと思う。

以上見てきたように、有雅亭は戯作活動をする一方で、特に早い時期においては狂歌活動においてもまた熱心で、文化期になってもほぼ変らず狂歌壇にとどまっていたようである。

ここで有雅亭に関する右以外の管見事項をまとめておくと、地口関係で増井撰の奉納地口集『頭陀袋』(享和三年)の評者となり、同じく増井の『似口鸚鵡がえし』(文政五年刊)には丁斎、在雅亭の名が見えている。丁斎の名はこれまた増井の『誹風妻楊枝』(文政七年刊)にもあり、とにかく増井との関係が目立つ。狂歌界から離れていった裏には、こうした増井との交流があるようで、『志津保具双紙』の中に有雅亭母の六十の賀を祝う一文があるのも、また納得がいく。増井関係以外では、『大成』第二十八巻の『艶道秘巻』解題によって噺本『噺之顔見世』の合作者の一人になっていることを知るのみである。

以上、戯作活動の時期が比較的早い人物について述べてきたが、以下には大小取りまぜて、いずれも洒落本と縁浅からぬ人々を検討する。

まずは右で年次を享和元年と特定した、『通妓洒見穿』の作者南瓜蔓人である。蔓人（鶴人）は緑陰軒とも号した、貸本屋胡月堂大惣二代目当主その人である（『名古屋叢書』第十四巻〈昭和36年〉所収『浮雀遊戯嶋（うかれすずめゆうきしま）』解説等）。洒落本作としては『通妓洒見穿』のみであるが、序跋等の活動は六人合作の寛政十二年『軽世界四十八手』にすでに序を記しており、文化期の模釈舎作『駅客娼せん』と梧鳳舎潤嶺作『浮雀遊戯嶋』（『大成』第二十三巻所収）には跋文を書いている。また『徒談語』巻末広告の中に、「苦界中年代記鶴人著　壱枚摺」と見え、洒落本外では前出増井の地口集『頭陀袋』に序を記している。田楽や増井を初めとして名古屋戯作界では知られた存在のはずだが、狂歌本の方では⑬にすらまったくその名が出てこない（⑬に「湖月堂可唫（ママ）　又云箕隠」と見えるのは蔓人ではなく、早く上方狂歌によく顔を出す先代大惣である）。蔓人に狂歌活動歴がないのは不思議という外はないが、あるいは増井同様狂俳系なのかもしれない。

同じ『通妓洒見穿』の巻末に版元めかして「書林車廓堂中舎」とあるのは、文化二年の増井著『野圃の玉子』の跋文を盲いている「戯作土師（はじ）丸中舎」と同一人物である（『大成』第二十三巻の『野圃の玉子』解題）。『野圃の玉子』の凡例で増井は「仮ニ戯作ノ土師丸トイウ社友ヲヤトヒ出シテ」といい、土師丸も増井を「先生」と呼んでいるが、土師丸に戯作の著があるかどうか不明である。しかし狂歌活動は古く、①に御能土師丸として見え、②③⑤～⑦⑨⑩⑬に桃の屋土師丸として入集している。

享和三年の増井著『指南車』に序文を盲いている華林堂紫旦は、文化二年の増井の著『野圃の玉子』の挿絵にもその名が見え、文化四年のこれまた増井著の『南駅夜光珠』（『大成』第二十四巻所収）にも画と賛を書いている。自作の著がないのかといえばそうではなく、熱田の色町を扱った『徒談語』はこの人の作である。題詩と後序を増井が書き、文化二年春の序文は田楽である。また柳下亭（後述）の画と賛があり、挿絵のうちの一図には「花林堂門人古求画」とある。巻末には後編『昨夜宮解』を広告する。増井の『似口鸚鵡がへし』と『誹風妻楊枝』にも「花林堂」と見えており（ただし前者には「ナニハ花林堂」とある）、増井系の人物とみなしてよい。狂歌活動は後発組であるが活発で、文化五年の⑦〜⑨と同七年の⑪には「花林堂望岳」で入集、⑬には「花林堂望岳初さを丸又紫旦」として見えている。

(3)　文化・文政期の尾張戯作者

次は文化元年春の『駅客娼せん』の作者模釈舎であるが、この『駅客娼せん』は完成度の高い作品である上に、狂歌壇とのかかわりも密なので、この作に関係する人物はここにまとめて記すことにする。作者模釈舎については実名はわからぬものの、原雅子氏「写本読本『掃竒草』について」（『読本研究』第二輯上套、昭和63年6月）によって、文化二年四月までに温冷舎漁径と改号していること、漁径の名で『掃竒草』と文化二年四月序の洒落本『極蕩三閣巻』を著していることが明らかになった（改号は両洒落本成立の間ということになる）。また前掲長友氏稿によって、模釈舎は十露盤里鶏、邦畿千里景、里佳、暁告八声舎とも称し、早く寛政十三年に『養子鉢木』の作があることも知られる。筆者には新たな知見がないが、⑬には温冷舎漁径で一首出ている。「録于垂楊柳下」という『駅客娼せん』序者の「道楽上人」は、柳下亭嵐翠のことで、『人名簿』に名古屋「広小路柳薬師別当　号柳下亭嵐酔　正伝寺和尚」とある。嵐翠が道楽上人とも号したことは、享和三年の自作『耶婦連衣』（田楽自筆跋文を付す）巻末に、「二月十八日於楊柳医王宝閣道楽上人戯作」とある（市橋鐸氏「名古屋叢書続未刊書目解説　下」〈文化財叢書第六十八号、昭和51年3月〉）ことで明らかである。嵐翠ならば『任価仏発估（ぜにしだいほとけのせりうり）』の戯作があり（同氏「なごやの本」〈同叢書第二十九号、昭和37年2月〉）、お茶の『自弁茶略』なる刊本もある。また増井作『野圃の玉子』の題詩、花林堂作『徒談語』の画と賛、田楽作の読本『復讐梨園』（文政二年刊）の題詩二種なども手がけている。狂歌の方では『部類』の「紀志丸　志丸別号道楽斎、尾陽ノ人」、⑬に「道楽斎志丸」とあるのが嵐翠であろう。『駅客娼せん』にもどって跋文を書いている春雪堂古馬耳風（「古」は「右」の誤記であろう）と、故人になったというその兄の金成兄弟は狂歌作者、その後の跋文の「とふ台の元くら」には洒落本の作がある（後述）。春雪堂は父・方十園篠野玉涌（しののたまわく）から玉涌の号を譲りうけて不断庵玉湧と称し、それまでの佩詩堂右馬耳風の号を後の本居内遠こと万巻堂早躬（本書第四章第二節参照）に譲った狂歌作者であり、『人名簿』に見える名古屋伝馬町の美濃新助、『芳躅集』にいう花井知克のことである。①④～⑦⑨～⑭にその名がある。金成は豆永金成で豆長兼成ともいい、後に後方十園と称し、不断庵玉湧の兄であり、文化元年四月十四日に四十五歳で没した。①③～⑥⑬にその名が出る。「とふ台の元くら」は⑬にその名が出る灯台元暗で、『徒談語』巻末広告に「長門姪楼　元暗作」とある。その跋文は増井の手になり、『志津保具双紙』に「長門因楼　跋」として入っている。熱田の色町を扱うもののようである。『駅客娼せん』についてはあと一人、天理図書館本の口絵に出る「旭甫」が気になるが、文政七年春序の噺本『新作噺土産』（刊本）の口絵にもその名がある。あるいはこの噺本の作者旭文亭のことかとも思うが未詳である。

『駅客娼せん』を離れて、次は『南町大平記』の作者五葉舎についてであるが、狂歌作者の五葉舎無沙汰乗打のことであろう。狂歌活動歴は古く、①～⑦と⑬～⑯にその名がある。また『部類』には、「無沙汰乗打　乗打一名得舟、別号五葉舎、梅本氏、尾陽ノ人」とある。『芳躅集』にも出ており、「春日井郡大森村ノ人　梅本孫左衛門」とあって、天保六年九月十七日没、同郡小幡村浄土院に葬られた。成立を示す序の「ひつじの初はる」を、『大成』第二十七巻の解題では文化八年か文政六年のいずれかといわれるが、狂歌の活動歴からすれば、寛政六年からの長い活動をもうやめようとする文政の成立ではあるまい。文化八年とみるべきであろう。なお、富田新之助氏に「尾張狂歌人墓(六)五葉舎乗打之墓」(「掃苔」第十巻三号、昭和16年3月)がある。

最後に、『南浜野圃の玉子』天理図書館本(『大成』第二十三巻底本)にある書入れをした「ヒロキ」「弘器」についてふれておく。これも狂歌作者で、⑬の平弘器こと竜の屋弘器のことである。文政十年の『狂歌人物誌』によれば、文化十二年に五側の判者となっている。尾張藩寄合御医師で、柴田竜渓また承慶、不櫃(「匱」とも)堂ともいい、狂名を玉淵子、海城、平丈我堂などとも号した。名古屋初の柳句集『さくらだひ』(文政六年刊)を編んだ水魚洞もこの人である。幕末に至るまで広汎な狂歌活動をした人であるから、書入れ中の「つら水は実に大いきすき」「コノハジマルハイキモセむクセニヤリガヲハとふでやへ」などの文言は、作者増井、序者つら水、跋者土師丸みな旧知ゆえのことに相違ない。

以上の外に、刊本の洒落本『甲駅妓談角鶏卵』(文政三年春)、『青楼快談玉野語言』(同五年春)の作者花山亭笑馬と二酔亭佳雪も活発な狂歌活動を行っているが、この二人については本書第四章第四節を参照されたい。

(4)　尾張戯作者とその狂歌趣味

これまで寛政・享和・化政期における尾張洒落本関係者二十名近くを検討してきたが、その結果、その多くが狂歌活動も盛んに行っていることが判明した。翁斎しかり、有雅亭しかり、花林堂、五葉舎、笑馬、佳雪しかり、田楽もまたこれに準じよう。序跋挿絵等でかかわっている者なら、土師丸に金成・耳風兄弟、そして竜の屋弘器。こうした人々の中でも有雅亭や土師丸、金成・耳風兄弟の如き尾張狂歌壇の先発組もいれば、花林堂、笑馬、佳雪などはその後発組である。⑬にその名が出る人物を加えるならば、その数はさらに増すことになる。一方、作品に視点を移せば、『駅客娼せん』などは狂歌作者がかかわっているのみならず、登場人物に田鶴丸と連れだったことを語らせるなど、比較的その傾向が強いように思う（『損者三友』は例外である）。

ただ少々不審に思うのは、増井はよいにしても、蔓人や元暗、潤嶺といった洒落本の著作を持つ人々（潤嶺には、前述『浮雀遊戯嶋』の他にも『蓬莱新話』なる作があること、前出白水郎氏稿に見えている）と、『野圃の玉子』の序者つら水が、尾張狂歌本にほとんどその名が見えないにもかかわらず、文化二年の一九作『東海道中膝栗毛』五編上の挿絵中に、田楽の狂歌の賛と彙斎（増井）の詩の賛とともに、四人そろって狂歌の賛を寄せていることである。『東海道中膝栗毛』に見える尾張人の賛は、五編上の楳古（発句）と右の六人、同編下の花林堂紫旦と右馬耳風、同編追加の在雅亭ひかるのみである。となると、右四人のみは狂歌作者としてはほとんど実績がないにもかかわらず、そろって狂歌を寄せていて、やはり違和感を覚えるのである。狂歌などは戯作者の教養といってしまえばそれまでであるが、この場合は、まずは田楽又は増井の引き立てによるものと解しておくことにする。(11)

いずれにもせよ、名古屋の洒落本周辺の人々と狂歌壇との結びつきは注目すべきであり、この傾向はまたなにも洒落本に限らず、こうした時期における名古屋戯作界全般における一特徴でもあろうかと思う。たとえば、本居家に入る前の本居内遠（前出）などは、秋津などと号して戯作に遊ぶ一方、尾張酔竹連の中心人物の一人となって⑬を編集刊行しているし、文政末から天保にかけて狂詩、滑稽本、人情本、合巻といった戯作を熱田で執筆した後の四世浅草庵高橋広道こと笠亭仙果なども、⑱からわかるごとく田鶴丸と狂歌を通してであり、彼が居を江戸に移した理由も、本来は狂歌判者となるためであった（本書第二章第六節(4)参照）。さらには、戯作者とは呼べぬまでも雑学者として知られる小寺玉晁もまた、尾張酔竹連の一員として活動している（本書第四章第五節参照）。戯作界と狂歌壇とのつながりは、名古屋が一地方都市であるだけに三都以上に密接なものがあると筆者は考えている。

注

（1）長友千代治氏「名古屋戯作者の再検討（一）貸本屋大惣の文壇」（『愛知県立大学創立二十周年記念論集』昭和51年4月。のち同氏『近世の読書』〈青裳堂書店、昭和62年〉所収）。なお同氏には近時、大惣代々の基礎資料を紹介した「〈翻刻〉『貸本書肆大惣江口家家内年鑑』」（名古屋郷土文化会「郷土文化」第六十四巻二号、平成22年2月）も備わる。

（2）桑山好之の『金鱗九十九之塵』巻八十七（『名古屋叢書』第八巻〈名古屋市教育委員会、昭和38年〉所収）と照合すれば、尾張酔竹連系の人々が寛政六年二月二十五日に、万松寺末寺の霊岳院こと桜天神に奉納した狂歌を集めたものであることがわかる。

（3）『猿猴庵日記』（『名古屋叢書』第十七巻〈昭和37年〉所収）享和二年二月条に、「十日頃より桜町天満宮（石川注、桜天神のこと）にて、狂歌短冊掛合あり。いろ〳〵趣向、亦善をつくせり」とある。

（4）『猿猴庵日記』（『日本庶民生活史料集成』第九巻〈三一書房、昭和44年〉所収）文化五年二月条に、「桜天神の書院にて、狂歌連中、扇絵合せをなす。各謡曲の題にして、四季雑の歌を添て見立細工、至て花美也。委敷は板行の図有、爰に略す」とある。

（5）「辰」は田楽の活動期間からして、寛政八年、文化五年、文政三年のいずれかである。作中に、父・篠野玉涌から「玉涌」の号を譲られた息子・不断庵玉湧の詠があるが、父玉涌は寛政九年序『狂歌柳の糸』に「篠野玉涌」として入集していて、この時まだ玉涌の号を譲っておらず、その後、『芳躅集』（『名古屋叢書』第二十五巻〈昭和39年〉所収）によれば、寛政十一年七月十六日に没している。故に寛政八年の辰ではない。また作中には「有文」こと松寿園紀有文の詠もあるが、有文はこれも『芳躅集』によれば、文化十四年八月十三日に没している。故に文政三年の辰でもなく、結局文化五年ということになる。

（6）鈴木氏は、沂水斎は寛政八年ごろから狂歌を捨てたとされるが、彼は②③⑤⑥⑧⑨に入集しており、文化五年ごろまでは狂歌活動を行っている。

（7）浜田啓介氏「寛政享和期の曲亭馬琴に関する諸問題」（「国語と国文学」第五十五巻十一号、昭和53年11月）によれば、田楽から序文を請われた三和が、春の巻序をまだ文筆修業中の馬琴に書かせ、自らは秋の巻序のみを執筆したと解されるという。

（8）右注（2）参照。

（9）右注（1）引用の長友氏論文前者では、その可能性を認めつつも、蔓人の「序」左肩印が増井のものであることから、印の使用は企画編集者の大惣にゆだねられていたのではないかとされる。確かに『南浜指南車』などにも印の錯誤があるが、この場合は何かの理由で増井が代作してやった可能性もあろうか。

（10）全部で八部の書が広告されており、残る六部については「極蕩三閣巻　温冷舎作　完」、「清洲妄言巻　彙斎作　上下」、「南浜野圃玉子　満寿井作　完」、「苦界中年代記　鶴人著　壱枚摺」、「長門娃楼　元暗作」、「作物志　彙斎作」とある。このうちの『清洲妄言巻』については、本文後述の『志津保具双紙』にその序文が入っており、それによれば清須の花街を扱う洒落本。

（11）この時期の田楽と増井の力関係は判然としないが、文政期になって戯作者の多くが増井の狂俳書に顔を出すのは、狂俳の流行によるものだけではなく、文政半ばごろには田楽が没したと推定される（文政二年まで生存確認）ことにも起因しよう。

第二節　万巻堂菱屋久八の狂歌・戯作活動
――若き日の本居内遠――

『名古屋市史』人物編第二（名古屋市役所、昭和9年）において、本居内遠の略伝は左の如くに記されている。

本居内遠、初名は高国、又孝国、幼字を鎌次郎といひ、後久次郎と称し、更に安次郎、又、弥四郎と改む。別号は木綿垣、後、榛園と号す。名古屋本町の書林、万巻堂菱屋久八郎浜田氏の子にして、寛政四年二月廿三日を以て生る。弱冠俳諧の発句を学び、長じて又狂歌を嗜み頗る之を善くし、名を秋津と呼ぶ。年十五、清水忠美の奨めに依りて、始めて本居宣長の著書を読み、是より植松有信、鈴木朖、市岡猛彦等に従ひて、国書を学び、文政三年歳二十九にして始めて本居大平の門に入る。天保二年清須の神官斎藤某の子分として、大平の養子となり、其女藤子に配す。

以下続けて、主として国学を中心とする業績が記されているのであるが、ここではそれらの国学活動を論じようというのではない。天保二年に大平家に入る以前、すなわち書肆・万巻堂菱屋久八（久八は久八郎とも）時代を中心とするその狂歌・戯作趣味、特に「長じて又狂歌を嗜み頗る之を善し」た活動について具体的に検証してみたい。

(1)　文化期――時曳速躬・後佩詩堂右馬耳風時代――

寛政四年に生まれた内遠の天保二年までを扱うとなれば、その中心は当然文化期と文政期ということになる。文化期から見ていこう。

内遠自筆の『後藤垣内内遠年譜稿』（以下『年譜』と略称する）を見るに、名古屋本町一丁目に出生した寛政四年から十二歳の享和三年までは、文学活動に関する記述がまったくなく、十三歳の文化元年（享和四年改元）の項になって、初めて「俳諧の発句などす。江戸小説物追々出」すとある（江戸小説云々は名古屋板戯作の刊行をいうのであろう）。同三年十五歳の項には「発句集」、同四年の項には「詩帖」「戯歌集」とあるが、これらの作についてはいずれもその内容を明らかにしえない。ただ「戯歌集」とあることからして、十六歳の文化四年には狂歌を詠んでいたことがわかり、詳しくは同年冬からであることが、自筆の『木綿垣狂歌集』の跋文体の一文に記されている（後述）。翌文化五年刊行の狂歌本には、早くもその詠一首が見える。唐衣橘洲七回忌追善集『とこよもの』(1)がそれで、「橘洲先生七回忌に秋懐旧といふをよめる」との題で「雁がねのわたるにつけてとし月のかへらぬ昔猶ぞ恋しき　時曳速躬」と見えている（内遠がかく号したことについては後出）。この追善集は享和二年に六十歳で没した酔竹連の魁首唐衣橘洲の七回忌というのであるから、刊記はないが文化五年のものということになり、入集の面々からして江戸酔竹連の刊行と推定できる。尋幽亭(2)の序文があり、六樹園雅望と便々館湖鯉鮒に依頼された蓬洲こと橘実吉描く橘洲肖像画を付す。後述する『狂謌弄花集』に見える寛政九年仲夏付の橘洲の一文に、「尾陽はすべて予が門葉のみ」とあるように、尾張の狂歌壇は酔竹派の勢力が強く、文化三年正月刊行の式亭三馬輯『狂歌觿後編酔竹側判者之部』にも、当時の尾張酔竹連の判者九人の名が見えている。それら九人の人々について、『狂謌弄花集』における記載内容をも加えて列挙すれば、松月庵豊年雪麿(3)（別号月花庵）、故方十園篠野玉涌(4)、佩詩堂右馬耳風(5)（玉涌男、後に二世玉湧、別号不断庵、蛸池国天）、豆永金成(6)（豆長兼成とも。玉涌男にして耳風兄、大江知方、初号悠々館、後に後方十園）、条風亭乙雪松丸（別号太夫館）、白観堂紀有文(7)（初号紀安麿、別号松寿園、葎庵、画名春甫）、桃原亭園丸、沂水斎舞雩、それに三蔵楼芦辺田鶴丸(8)（初号春秋亭可蘭、又鶴雛人、別号橘庵）の九名で、犬山に住む松丸以外はすべて名古屋の人である。内遠は後に後佩詩堂右馬耳風と改号している（後述）ので、右のうちの不断庵二世玉湧の門下であったと思われる。二世玉湧こと花井知克のことは、『年譜』の文化四年の項にも「花井知克の居合といふ事を習ふ」と見えていて、狂歌活動を始めた時期と一致する。

尾張酔竹連の一人として狂歌界に登場した内遠は、同連が文化七年（庚午）に刊行した『かのえうまのとし春のむくげ』（表紙に「尾張酔竹連」とある）にも、万巻堂速躬の名で「春の夜の梅の雫にかげやどる月さへにほふまどのつれぐ〳〵」の一首が入集している。

翌文化八年二十歳の時、内遠は二代目の佩詩堂右馬耳風を嗣いだと思われる。『鯛亭春興帖』（表紙に「文化八季辛未正月上梓」「竹の屋（真直）輯」とあり、八町園天具知序、三駄軒三駄と釘穴舎競の挿絵を付す）に、「速躬改佩詩堂耳風」として一首見えているからである。

ところで、右の狂歌集には六樹園石川雅望の題詞が付されている。また六樹園判、同年春自序の『狂歌評判記』を見るに、鯛亭（鰭雄）と天具知は冬之部に、三駄は恋の部にそれぞれ大上上吉、上上吉（吉最終画白ヌキ）、上上吉の位付があり、いずれも岐阜の人と記されている。つまり、『鯛亭春興帖』は岐阜の狂歌本で、それも六樹園を頭とする五側系の狂歌集であることがわかる。となると、内遠も尾張酔竹連一派であると同時に五側にも近かったことになる。現に右の『狂歌評判記』雑之部に

　上上吉（吉最終画白ヌキ）　尾州万巻堂速躬

　　恋　わすれじの行末迄とちぎるなり儀同三司の母にかくして

頭取新古今の哥にすがりて帥どのゝ母君をさへとり出られし殊勝〳〵（下略）

とある。また同じく文化八年の九月に刊行された六樹園撰『狂歌画像作者部類』にも、その肖像画とともに時曳速躬の名で一首見えており、そこには「速躬、別号万巻堂亦称新々亭。浜田氏、字久次郎、尾州名古屋ノ人。書肆」とあ

る。一見するとこれは内遠の父のことのようにも思われるが、父の狂名は万巻堂旧巴であり（後述）、右掲載の肖像画の若々しいことからすれば、やはり内遠のことと思われ、それならば、この時すでに万巻堂菱屋の店を嗣いでいたことになろう。右二書ともに耳風ではなく速躬となっているのは、六樹園が江戸にいるために最新情報が間にあわなかったからであろう。

　では、六樹園と内遠との接点はどのようにして生じたのであろうか。そもそも六樹園と尾張狂歌壇の人々との交流は、文化元年の六樹園の関西旅行がその実質上のはじまりである。粕谷宏紀氏の労作『石川雅望研究』（角川書店、昭和60年）によって六樹園の全貌が明らかとなったが、この旅の紀行文『草まくら』についても同書に詳しい。六樹園を尾張で待ち受けていたのは、田鶴丸、雪丸、園丸をはじめ、前述『春のむくげ』に見えていた旭松堂（扇）折風、北亭墨仙（歌政）、文屋古文（永楽屋東四郎）、五道堂呂文（後日橘洲三十三年忌の碑を建てた芦丸家、すなわち同導堂福洲こと石井八郎右衛門垂穂）[9]といった尾張酔竹連の人々、さらには江戸表で知己となっていた国学者鈴木朖などであった。この時の内遠はまだ十三歳で六樹園とは何の接触もなかったであろうが、尾張酔竹連の面々と六樹園との交流は、後になってその一員となった内遠にも少なからず影響を与えたに相違ない。以後六樹園と尾張との関係が深まっていったことは、文化六年の『文化新撰狂歌百人一首』に続く五側の肖像画入り作者名鑑の第二作目である前記『狂歌画像作者部類』の刊記に、「東武　角丸屋甚助／尾張　永楽屋東四郎梓」とある一事からも首肯されるであろう。

　こうした中で内遠も六樹園との接触をもつことになるのであるが、その時期については明確にできない。管見では、六樹園等八人評『十題雪の歌』（執事塵外楼清澄等四人、会主玉光舎占正、九州大学文学部富田文庫蔵。以下「富田文庫」とのみ記す）に、「尾（州）万巻堂速躬」として一首見えているのが最も早い。この号からして文化七年以前であることは確かであろうが、父旧巴が使っていた万巻堂を称していること、つまり菱屋を嗣いでからのものであるらしいこと、前述の文化六年『文化新撰狂歌百人一首』に内遠を指し示す狂名が見えないことなどからすると、おそらく文化六、七年のもので、六樹園との接触もまたこの頃からであったろう。

文化も十年代に入ると、内遠の狂歌活動はさらに発展し、また尾張狂歌壇における地位も確たるものになっていく。文化十一年の鳥趾堂行業撰『狂歌月波集』（東北大学狩野文庫蔵『千函真珠』[10]第二冊目所収）や、同十三年の元旦亭音高及び波羅密庵空躰撰『狂歌月並』[11]（『千函真珠』第六冊目所収）は、ともに伊勢桑名の狂歌集であるが、いずれにも后（又は後）佩詩堂耳風として入集しており、この頃にはすでに桑名狂歌壇との交流もあったことがわかる。[12]一方名古屋においては、有文、園丸、不断庵二世玉湧等尾張酔竹連の判になる文化十三年の『三光集』[13]（『千函真珠』第一冊目所収）に、後佩詩堂耳風として二十五首もの詠が入集しており、その発展ぶりがうかがわれるのである。

こうした中で、二十六歳の文化十四年に注目すべき二部の狂歌本が刊行される。その一は同年七月に刊行された『狂詞弄花集』である。詳細は本書第四章第三節を参照願うとして、本書は織田信長にはじまる総勢六百名余の尾張関係者の肖像画入りの狂歌集で、橘庵芦辺田鶴丸撰、後佩詩堂右馬耳風輯、校者に月花庵（雪丸）と同導堂福洲（石井垂穂）、画人としては松寿園有文、月光亭墨僊、不断庵二世大江玉湧の三名が名を連ねている。巻頭には、故方十園玉涌所蔵の『弄花集』（『狂詞弄花集』とは別本）なる雅帖の序を転用する。具体的には寛政九年仲夏付の唐衣橘洲の一文を転載し、同時にそのいわれを記す現所蔵者積素亭（豊年雪丸の別号）の一文をも付して序文としている。また巻末には本年七月付の、編集後記ともいうべき内容の内遠の一文が収められている。刊記は「文化十四丁丑歳七月　書林尾州名古屋本町三丁目万巻堂菱屋久八」となっていて、内遠自らが版元である。本文の最後に「後佩詩堂右馬耳風（初名時曳速躬書林万巻堂）」として墨仙描く肖像画と、「りんきせぬうたのためしにたつた山何のほむらにもゆるもみぢぞ」の他六首を載せる。また此道蘇丸、千糸亭房成、不断庵大江玉湧の三人の肖像画は内遠の筆になる。親族も「万巻堂旧巴耳風父」「八尋殿女耳風妻」の二人が見えている。[14]本書の編集刊行は当時の内遠にとって特筆事項であったらしく、『年譜』にも文化十三年の項に「弄花集撰輯成七月ヨリ彫刻」、同十四年の項に「春弄花集出来」と記されている。なお、本書には『狂歌花月集』『狂歌千竈集』『狂歌若菜集』『狂歌崑崙集』の四部の広告（いずれも撰者名を記さず、それぞれ全二冊）がある。刊行に至ったかどうかは未詳であるが、この頃の本屋としての内遠が種々の狂歌本刊行を企てていたことは確かであろう。

文化十四年でいま一つ注目すべき狂歌集は、『狂歌黄金鳥』(15)である。不断庵二世玉湧、松寿園有文、月花庵雪丸の三人の撰で、蕭夜軒輿恒執筆、雪花園月光と一陽斎鬼影が催主、執事清音館調、「文化丁丑（十四）のとし　不断庵玉湧」序で、画狂人墨僊の口絵を収める。これに内遠は「校合後佩詩堂耳風」として、「てふ〳〵のわけ入木ゝの花曇羽袖のほしも見えずなりけり」の一首が入集している。撰者の面々からもわかる如く、本書は尾張酔竹連の企画であり、内遠はその校者になっているのである。前記『狂謌弄花集』とを合わせ見れば、内遠は尾張狂歌壇の中心人物の一人にまでなったわけで、この文化十四年という年は、内遠の狂歌活動全体から見ても、特に大きな意味を持つ一年であったと言わなければならない。

『年譜』によれば、内遠はこの翌年の文政元年（文化十五年改元）八月に秋津と改号するので、ここで管見に入った後佩詩堂耳風時代の、すなわち文化八年以後この時までの他の資料をまとめて報告しておく。まず年代の明らかなものとしては、瓢箪園一寸法師（国付「在尾〈州〉」）と六樹園飯盛の撰『狂歌小柴集』（『千函真珠』第四冊目所収。見返しに「同（文化）甲戌〈十一年〉」と朱書）に一首見え、また四方歌垣撰『俳諧歌伊勢作句楽』（文政元年七月七日自序、催主常葉台真蔭）にも一首「目に泪口には袖のおほはれて逢へば恨の出所もなし　名古屋後佩詩堂耳風」と見えている。催主の真蔭は桑名の人で、真顔の自序からも本書が桑名の狂歌本であることがわかる。内遠は後に真顔とも交流を持ち、四方側にも近づくのであるが、ここでは桑名狂歌壇との交流の結果として真顔撰の本書に入集しているまでであろう。

文政元年はまた橘洲の十七回忌に当たり、後述の『木綿垣狂歌集』によれば、「同（酔竹翁）十七回の法の会を社中のいとなみし時、我はおもき病にてふしゐければ」とあって、「なき人をしのぶ涙に身もうかばおもき枕もあがらざらめや」と詠んでいる。社中とは当然尾張酔竹連のことであろう。同書にはまた十三回忌（文化十一年）に際しての詠も見えているが、この時も法要を営んだか否かは記されていない。年次の不明なものでは、江戸の西来居未仏（前号瓢簞園一寸法師）、桑名の波羅密庵空躰、名古屋の不断庵二世玉湧の三人の立評になる『狂歌ゆかりの色』（雪花園月丸改春廼屋千垣と一陽斎鬼影の楽評、催主清音館調。名古屋板。『千函真珠』第六冊目所収）に一首、桑楊庵（干則）と浅草庵（市人）の評の摺物（架蔵）に一首、「春興」と題する摺物に一首、不断庵二世玉湧評の摺物に八首、松寿園有文評の摺物に二首、桃源亭園丸評の摺物に五首（以上、架蔵以外はすべて富田文庫蔵『竜屋叢書』所収）、江戸の浅草庵市人、濃州高田の月見庵買石、桃源亭園丸の三人の評になる摺物に二首、江戸の桑楊庵干則、仙台の浅竜庵細道、不断庵二世玉湧の三人の評になる摺物に二首、さらに「夏花」「秋鳥」「恋」を題とする摺物（以上いずれも『千函真珠』第四冊目所収）には、判者として各一首見えている。内遠が判者となった時期については判然としないが、前述の『狂謌弄花集』や『狂歌黄金鳥』が刊行された文化十四年よりも前であろうことは想像に難くない。

(2) 文政前期——木綿垣秋津時代——

文政元年二十七歳の八月に秋津と改号した内遠は、『年譜』によれば二十九歳の同三年正月より木綿垣の別号をも併用するようになり、同八年三十四歳からは榛園秋津の号に統一し[16]、天保二年には本居家に入って国学を専らとするようになる。狂歌活動のみならず、新たに戯作、戯文等の活動をも開始するこの文政期中心の時期については、これを二分することができる。秋津、木綿垣時代の文政元年から同七年までの七年間と、榛園秋津時代の文政八年から本居家に入る天保二年までの七年間である。前者を文政前期、後者を文政後期と呼ぶことにする。以下、それぞれ狂歌活動とそれ以外の活動とに分けて述べていくことにする。

まず文政前期における狂歌活動関係であるが、これに関して注目すべき第一は文政三年の江戸行である。『年譜』の同年の項に「閏四月九日江戸におもむく。廿日着、八月廿二日江戸をたち、鶴が岡八幡宮、江の嶋にまうで、遠江の秋葉山などにも廻りて九月十六日帰国。江戸にて清水浜臣、小山田与清、岸本由豆流、静廬、馬琴、三馬、一九、京山、真顔、石川雅望などにも逢たり」とある。これら国学者、戯作者、狂歌作者に会っていることは、換言すれば当時の内遠の学問や文芸嗜好を物語っていることにもなるのであるが、特に真顔に関しては、『木綿垣狂歌集』の「雑之部・中」に「江戸に有し比、狂歌堂（真顔）より八月十五夜にまねかれて　月の夜にすゝきをいけてみに来よと人のまねきはうれしかりけり」などともあって、彼の撰集に内遠が入集する契機ともなっている。事実真顔撰になる本年の『俳諧歌相撲長』（文政二年七月自序）と『俳諧歌貴賤百首』（巻末に「文政二己巳年撰」とあり）に、「名古屋耳風改秋津」として各三首入集している。また富田新之助氏が諸狂歌本から抄出した『狂歌』四（富田文庫蔵）によれば、文政六年の四方側番付に「八七点　木綿垣秋津」とあり、刊年未詳の真顔撰『俳諧歌双児百首』（文政二年冬から三年にかけてのころの刊行か）にも「笛　ふく音の次第に近く聞ゆるはこちくといへる笛にやあるらん　尾ナゴヤ秋津」他五首が入集しているという。後述する真顔の追善集数種にも入集していることを考えれば、江戸表で真顔の知己を得たことは、その後の内遠の狂歌活動に少なからず影響を及ぼしたものと思われる。

注目すべき狂歌活動の第二は、狂歌を詠みはじめた文化四年冬から文政二年暮までの詠を抄出した『木綿垣狂歌集』の編集である。千六百首を越える本篇に続いて跋文体の一文があり、その後に落首や歌屑といった補遺篇の如きもの百二十余首を収める。成立時期は跋文体の一文に、「ことし文政といふ年の卯二とせといふ年のくれ」とあって明らかであるが、書名に木綿垣とあることからすると、編集が完了したのは文政三年になってからのことであろう。跋文体の一文からは、この時までの内遠の狂歌の詠みぶりがうかがい知られるので、少し長くなるが全文を左に引用する。

此集は文化といふ年の卯四とせといふとし、おのが十六歳なりし冬の比よりふとたはれうたをよみそめて、ことし文政といふ年の卯二とせといふ年のくれまで、とをまり二とせあまりのほどによみ出たる歌ども、おほかたこゝかしこの詠艸などより写し出て、またおのがたま〳〵物にしるし置たりし反古のうらなどに見えたるもあるを、かいやりすてんはもとよりながら、つね〴〵のすさびのその数やいかばかりならむと、ふとはかりみしついでにかつ〴〵書しるしつる也。そのすべての数は一万ばかりやありけむ。そは千首よみといふことを十日のうちになしつること一度ありき。またふたゝび千首よまんとてくはだてしを、後のたびは物にまぎれて四百あまりよみてやみたりき。百首よみといへることをなしたること十三度、数よみとて一夜に数をかぎらずよみけること二度、此二度あはせて百七十首ばかりやあらむ。五十首三十首よみけることはいくたびありけむ、おぼえず。その外はつねのほど会のをりなどあまたなることもなし。猶そのをりかぎりにておぼえざるうたも有べし。さるはかなしごとはいかによれ、捨も置べきわざなるを、かくかいつけ置ぬることよと、ひそかにもみん人のわらひぬべけれど、われは人にわらはれじとて、つれなし顔にわがよみたるうたを、いかにありけむしらずといはむ人をよしとはおもはねば、わが本性のまに〳〵かくなし置つる也けり。

千首よみ等の行為や文末の「よしとはおもはねば」云々といった部分からは、二十代の内遠の狂歌に対する強い熱意がうかがわれる。

文政前期における他の狂歌活動について、管見のものをまとめておく。田鶴丸の『橘庵月並戯笑歌集』（月光亭墨僊画并彫刻。富田文庫蔵）に、秋津の号で「春雪　梢にもたもちかねてはあわ雪のはな見てくらす春もすくなし」等三首入集している。本書には年代を示す記述がないが、右の詠が『木綿垣狂歌集』に見えていることと秋津の号から、文政一、二年のものとわかる。田鶴丸はまた、同三年二月十五日に熱田の長福寺で西行上人六百三十一年忌追善の詩歌連俳の会を催しているが、内遠もこれに参加して五首詠んでいる[17]。同五年になると、下毛宇都宮の下野庵宮住母七十の賀集『古連茂姫松』（同四年十月亀田鵬斎序、芍薬亭長根序、帛川と宮住の跋、文晁等同五年暮春画。富田文庫裁）に、名古屋十七名のうちの一人として、「七曲の玉とぞ祝ふ此すゐはち世もいのちのありとほしにて　木綿垣秋津」と見えている。また四方側系の江戸の人五車亭亀山と美濃笠松の遷喬亭氷解の合撰になる『狂謌養老集』（文政七年二月五車亭序、養老滝樗斎跋、梅僊堂画、同年正月十五日梅僊堂開巻、東風窓蔵板。富田文庫蔵）には、「長生の薬袋をぬはゞやな老をやしなふたきのしらいと　名古屋木綿垣秋津」とある。年代未詳ながら木綿垣時代のものとしては、他に竹意庵、東雲庵、竜廼屋、西来居の四人の撰になる名古屋板『狂歌三楽集』（催主六撰園歌盛、『千函真珠』第五冊目所収）にも、「花　降つみし雪消の水の根にしみて春は桜と咲や出けん　木綿垣秋津」の一首が見えている。

文政前期の狂歌以外の活動としては、噺本『落噺恵方棚』撰述刊行と、柳句集『誹風佐久良だひ』への送序があげられる。

『落噺恵方棚』（「落噺」は題簽角書）は内題下に「小野秋津撰」とあって、「卯のはつ春　耳風改小野秋津」序、「風流画工玉僊」こと後の森高雅描く見開きの口絵一図と、題詞としての狂歌一首「山わらひ蛙もはらをかゝゆるやはなしに花をさかすはるの日　小野秋津」を巻頭に付す。また右口絵には、胡椒亭丸呑、東銭軒鶴寿、竜ノ屋弘器、玉流園沢丸の狂歌各一首が見えている。版元は「本町三丁目　万巻堂梓」とあり、内遠自らの刊行であることがわかる。さらに広告として、

恵方棚二篇　落噺初午詣　卯正月廿八日集切

右御望之御方様加入仕候はなしは、題何によらず思召次第、御壱人分入料銀弐匁御そへ被下、万巻堂へ御出し可被下候。撰出候分出板すり本壱部ヅヽ、呈上仕候。　撰者　秋津

とあるが、この二篇は未刊に終わったようである。内容は桑名の倉積こと一返舎半分[18]の作五話、平安亭七辻[19]の作三話、玉流園沢丸[20]の作一話、東銭軒鶴寿[21]の作一話、「作者しらず」とある作二話、里桃[22]の作一話、それに自らの作六話から成る。序の「卯のはつ春」は、『年譜』の文政元年（寅）の項に「冬　咄木恵方棚出来」とあるので、同二年の卯を

指すものと思われる。このことは、「菊五郎」と題する内遠の咄が、小寺玉晁の『尾張芝居雀』に見えている文政元年七月の名古屋での芝居を材としていることからも首肯されよう。本作は内遠の戯作第一作目で、結局は内容を知りうる唯一の戯作なのであるが、この時点での内遠の戯作趣味を知る上で、また前述の広告の一文からもうかがわれる本屋としての内遠の方向性を知る上でも、注目すべきものである。

右の一書以後、内遠が好んで行ったことの一に、戯文活動と他作者の編著への送序活動があり、その最初が『誹風佐久良だひ』初編序である。本書は水魚洞の撰になる名古屋の柳句集で、巻末に文政六年十一月の水魚洞の跋文があり、凡例末に「文政癸未九月」「桜鯛創立呉竹連蔵板」「発兌　昭華堂」とある。「ゆふ垣のあるじ秋津」名で記された内遠の序によれば、水魚洞とは呉竹連の頭で、前記『落噺恵方棚』にも見えていた狂歌作者竜の屋弘器（柴田承慶）その人である。文政十年春芍薬亭序の『狂歌人物誌』の「平弘器」の項によれば、竜の屋は文化十二年に五側の狂歌判者となり、一時その門弟は百人以上もいたという。この柳句集については同項にも「名古屋にて川柳の俳風を唱へて其集を桜鯛といふ」とあり、名古屋の絵師高力種信の『猿猴庵日記』文政七年正月二十三日条にも、

> 去年冬より、桑名町柴田承慶雅名を水魚洞江戸柳樽風の誹諧をはじめ、社中の句を撰集して外題を桜鯛と号し、書林へ出す。殊の外流行し、其巻ひらきを福泉寺にて有之。玄関には、桜鯛開巻と書たるちやうちんを出、草り預りも出る。是、名陽にて江戸誹諧の初。

とあって、続けて「当春に至り、石橋庵も是を始む[23]」とも付記されている。

(3)　文政後期から天保初期——榛園秋津時代——

次に文政後期であるが、狂歌活動の面では文政十二年六月六日に没した狂歌堂四方真顔追善集への入集が注目され

る。同年の『四方歌垣翁追善集』（内題「俳諧歌場老師追福三題集」、尾題「俳諧歌三題集」、六樹園序、真顔の肖像画と辞世を付す）は、森羅亭万象大宗匠撰の「花」、弥生庵雛丸宗匠撰の「月」、稚長堂物梁宗匠撰の「雪」の三部からなるが、「花」と「雪」の部に各一首見えている。また同年の名古屋板の同追善集『俳諧歌玉比古集』（内題「四方歌垣翁追善玉比古集」）でも、菊廼屋真恵美と秋廼屋颯々撰「秋夕」、稚垣真和と牧廼屋鬼影撰「冬暁」、橘庵田鶴磨と磐井垣真歌撰「夢」のうち、「冬暁」に一首入集している。さらに、一周忌追善集の森羅亭と弥生庵撰『追福香花集』(24)（内題「俳諧歌追福香花集」、尾題「追福俳諧歌香花集」、「花王田俳諧歌場において森羅亭」序）にも、兼題の蓮を題に「西の空へ蓮の実の如飛さりてみたまをしたふ露は涙か　名古屋秋津」とある。真顔との交流は、前述の如く文政二年に江戸表で対面して以来のものであったが、管見以上に両者は親密であったと思われる。

また榛園新宅披露会の『夏之歌』（書外題「狂歌岩が根集」、富田文庫蔵）は、この頃の内遠の交友を知る上で注目すべきものである。「文政十二年丑八月十七日於酔雪楼開巻」とあって、榛園大人の立評、楽評者に相津園真楹、花山亭笑馬、星橋楼長雄、稲廼屋長秋、鶴楼春香の五人が名を連ねている。会主は蜀錦堂亜紅と弄扇館秋近の二人である。いずれも名古屋の人で、亜紅以外は、のちに内遠を称したその国学の教子名簿に各名前が見え(25)、亜紅については三河屋弥吉なる人物であることを、後述の成駒屋芝翫に送った刷物に小寺玉晁が注記している。本文中には竜廼屋、連城亭玉晁などの詠も見え、巻末には特に「榛園うしの新宅をほぎて」と題する、橘庵田鶴丸と江戸の千種庵諸持の詠各一首が付されている。秋津の詠は「文まなぶ窓しもおのがひかりぞと蛍やたかくおもひあからむ　榛園」とある。同じ意味において、自筆稿本『狂歌鶴尽し』（巻二、三、五のみ存）も参考となる。年次の記載がないが、巻末に「榛園納判」とあるので、この期のものと推定できる。玉淵子、前水魚洞、不櫃堂道人（いずれも竜の屋の別号である）、橘庵、亜紅、玉晁、長秋、それに花山亭笑馬と親交があった二酔亭佳雪などの名が見えている。

内遠の右狂歌本二種に、御大格の田鶴丸がその詠を寄せていることからも推定できる如く、この期の内遠の狂歌活動でいま一つ注目すべきは、田鶴丸とのこれまで以上の交流である。この田鶴丸が関係している狂歌本に内遠の詠が入集しているものを左に列挙する。

①芍薬亭以下橘庵まで二十一人評『饗応二十一評相撲立』（富田文庫蔵）
　兼題「花」。表紙には「橘庵東遊饗応」ともあって、縁庵松俊、与鳳亭枝成、静舎真国の三人の補助、愉佚斎石綱の差添、新泉園鷺丸が催主。巻末に「戊（ママ）六月」（文政九年）付の鷺丸の附言がある。また六樹園と四方歌垣の各判の当座の部を収む。「名古屋秋津」として一首入集。

②橘庵田鶴丸撰『文政九年丙戌十月俳諧歌五日角觝立』（『千函真珠』第十二冊目所収）
　「ナゴヤ榛園」として一首入集。

③江戸の千種庵と京の橘庵撰『狂哥美人菱花集』
　外題「菱花集」、尾題「美人菱花集」。天保二年秋曳尾序、同六月刻成、京・玉兎園蔵板、大坂・千里亭梓。青洋画。「名古ヤ榛園秋津」として一首入集。

④橘庵田鶴丸撰『園廼八千種』（富田文庫蔵）
　「ナゴヤ榛園秋津」として一首入集。この号からして本書は当期のものであることがわかる。口絵・藤原可為画。

⑤橘庵田鶴丸・榛園秋津撰『からにしき』
　撰者として巻末に一首見えている。挿絵紫川筆。

⑥『狂歌寄浪』第二冊目所収の田鶴丸判の摺物
　「ナゴヤ榛園」として五首入集。

⑦同第三冊目所収の橘庵判の摺物

「ナゴヤ秋津」又は「ナゴヤ榛園」として三首入集。

⑧橘庵田鶴丸撰『金鈴集』（外題「戯咲譚金鈴集」、『千函真珠』第七冊目所収）

「ナゴヤ秋津」として四首入集。

これらのうち⑧のみは必ずしも文政後期のものとはかぎらないが、とりあえずここに掲出した。右の如き交流は、この文政後期が内遠三十歳台後半という円熟期であることにも帰因していようが、一方の田鶴丸にも要因があったと思われる。たとえば前記文化十四年七月の『狂譚弄花集』跋文に、「橘庵のうしにこれをえらびてたまへとねぎつるに、かのうしちかきころは此道（狂歌の道）のすさびをものうくし給えば」とあることからすれば、一度は気が乗らなくなった狂歌活動を文政半ばごろには再び活発に展開しはじめたと推察されるのである。田鶴丸が京へ出た後も交流が続いたことは、⑧からも首肯できるが、笠亭仙果の『へだてぬ中の日記』文政十一年八月六日条にも、京都旅行に来ていた仙果が御幸町三条上ルにいる田鶴丸をたずねて内遠の手紙を渡したことが記されている。(26)

文政後期における狂歌活動としては、他に三点ほどあるのでまとめておく。『俳諧哥橋の木の香』（『狂歌寄浪』第五冊目のうち）は三河の杉園千善と望月庵嘯の撰で、巻末に文政九年十月とあって睦園真住以下九名を催主とし、大江千穎の序を付す。本文末に「豊橋をほきて人々の哥よめるに」と題する森羅亭の詠を収めるので、四方側の系統であろう。「尾張名古屋榛園秋津」として一首見えている。江戸琵琶連の湖濤園芦元（三代目湖鯉鮒）撰『月濤抄秋之部』（相賢画、文政十二年九月自序、四ツ谷庵月良跋、内題「戯咲歌月濤抄」、富田文庫蔵）にも、七夕と虫を題に「名古屋榛園」として各一首入集している。『興歌二荒風体拾遺』（内題「拾遺二荒風体」、富田文庫蔵）は、日光山水運の長で芍薬側判者の鳳鳴閣思文の撰、芍薬亭閲、大芦運を催主とするものであるが、「秋草花」の題（この一題のみ芍薬亭の撰とある）で「名古屋榛園」として一首見える。本書は芍薬亭の序文に天保七年冬とあるが、「凡例」に「集中秋の草花の一題はさきつとし催せる題詠にて」とあるので、恐らくは文政後期の詠であろう。

なお、天保二年以前の成立と思われる『狂歌人名録』[27]（西来居未仏撰、柳川重信画）を見るに、桃唐歌（別号秋守）の伝に「榛園秋津に随て狂哥を詠す」、夕風秋近の伝に「狂哥は榛園に学びて秋津連の羽翼たり」とあり、両人肖像画にはともにトンボの目印が付されている。このことから、内遠はトンボを目印とした秋津連なるグループを持っていたことと、門人には「秋」の一字を与えていたらしいことがわかる。またその名称からして秋津時代（文政元年以後）に結成したことは確かで、秋津自身がトンボを目印として使った例としては、前述の文政二年初春序『落噺恵方棚』に見えているものが早い。

文政後期においては、狂歌活動も右の如くそれなりの風格が備わるに至っているが、その狂歌活動以上に注目すべきは戯文や送序活動である。管見のものを左に列挙する。

①文政八年六月上旬より名古屋大須山門内芝居小屋前にて力持の興行があり、それに際して「五大力」なる戯文を記す。

②同九年四月刊の二酔亭佳雪作、花山亭笑馬閲の人情本『鶴毛衣』[28]前編に同年春付の序文を送る。

③同年十一月十日より大須山門外において駱駝の見世物があり、それに際して狂歌一首、漢詩と戯文各一編を記す。

④同十年四月二十八日より閏六月二十八日まで名古屋若宮にて中村芝翫の芝居があり、その折の摺物に戯文一編と、地元狂歌作者十七人とともに狂歌一首が載る。

⑤同年茶番の会を開く。

⑥同十一年冬の東雲庵一雄狂歌会に参加して連々呼の遊びをする。

⑦二酔亭佳雪と花山亭笑馬合作の人情本『貞操妓談蔦葛』後編に「榛園のあるじ秋津」として序を送る。

⑧名古屋島田村の地蔵寺に花山亭笑馬と合作した額（「榛園秋津」として狂文と狂歌が見える）を奉納する。

⑨「見初る恋」の戯文（長歌体）を記す。
⑩『讃科画図蕙斎麁画』二編（永楽屋板）に「榛園秋津」として序を送る。
⑪『渓斎浮世画譜』（永楽屋板）に「榛園のあるじ秋津」として序を送る。
⑫渓斎英泉画『絵本忠臣蔵』（刷付表紙柳川重信画、永楽屋板）に「秋津」として序を送る。
⑬渓斎英泉画『絵本東名所』（表紙重信画、版元不明）に「榛園のあるじ秋津」として序を記し、狂歌一首を収む。
⑭二酔亭（佳雪）図工、玉斎（笑馬）清画『名古屋於妃』（玉野屋新右衛門板）に「秋津」として狂歌二首を収む。
⑮佳雪図工、笑馬清画『絵本婦人遊』（見返し題と序題「画本新雛形」、表紙重信画、永楽屋板）に「榛園秋津」として序を送る。
⑯佳雪図工、玉斎画『義経勲功録』（表紙佳雪画、版元不明）に「榛園秋津」として序を記す。
⑰佳雪図工、笑馬清画『子どもあそび』（原題簽「画本〔ヤブレ〕」、版元不明）に「榛園秋津」として序を記す。

右のうち①から⑥は年代の明らかなもので、⑦以下は年次を特定できぬものであるが、後述の如く、いずれも文政後期と推定される。

①③④はいずれも名古屋での見世物、芝居に際してのもので、①④は『名古屋叢書』第十七巻（昭和37年）所収の玉晁『見世物雑志』巻二に見えている。管見ではこの種の活動は右三点のみであるが、恐らくは他にも活発に行なっていたであろう。②は、内遠と花山亭笑馬及び二酔亭佳雪との関係を示す資料のうちで年代が明らかなものとしては最も早いものである。⑤は笠亭仙果の『よしなし言』二編に見えている。仙果の他、二代目雪丸、笑馬等二十人ばかりが集まった。同書によればまた「このころ笑馬子かたにて婦人づくし」「竜の屋にても化物尽し黄金づくし」などの茶番が行われたというから、内遠も参加したことであろう。⑥は玉晁の国立国会図書館本『連城亭随筆』第六十四冊目に見えている。笑馬が「狐の哥の会でクワイ〳〵の会」、内遠は「ダイ〳〵(橙)の台」、玉晁は「橙(ダイダイ)の台(ダイ)の代(ダイ)はダイ

（八百屋で言う三の符帳）」と続けている。⑦は、初編が文政六年十月序であるので、その後編は同八年前後の頃ということになろうか。⑧は玉晁の『狂戯文集』に見えている。笑馬は楊弓女等六人の婦人を六歌仙の六人に見立てた図を描いたというが、現在名古屋市天白区島田にある同寺には伝存していない。榛園秋津の号により文政後期のことである。⑨は『見世物雑志』巻二の序文として使われており、玉晁はこれが榛園大人の作なることを末尾に付記している。同書巻一が文政十一年四月序、巻三が同十二年二月序、巻四が天保四年春序であることからすれば、文政後期のものと見てよかろう。長歌の体ではあるが内容は戯文である。⑩から⑰は、⑫⑭が「秋津」とある以外全て榛園秋津とあるから、文政後期のものである。また⑫から⑰が全て名古屋板と思われる婦女子向けの啓蒙絵本であることを思うと、⑫⑭も恐らく同じ時期のものと考えられる。これらの他に、『年譜』の文政八年の項に「堀川桜桂灯盛始」、同十二年の項に「長門牛戯作」のことが見えるが、伝存未詳である。

文政前期と比較するに、以上の如く同後期では戯文、送序活動が活発になるのであり、中でも花山亭笑馬及び二酔亭佳雪との親密さは注目に値する。なお、この期においては、三十七歳の文政十一年二月十日に、万巻堂菱屋の店を売却したことが『年譜』に見えていることを付記しておく。

以上の如き内遠の狂歌、戯文活動をまとめるならば、十代後半から二十代前半にかけての文化期は狂歌練成期ともいうべき時期で、同十四年はこの期のまさに頂点であった。三十歳台前半に当たる文政前期は、狂歌作者としての完成期といってよく、それなりの交流も備わる一方、新たに戯作や戯文に筆を執りはじめる。これが狂歌活動以上に活発かつ多彩になるのが文政後期である。特に花山亭笑馬と二酔亭佳雪との交流は誠に親密といえるであろう。

内遠は天明狂歌の流れをくむ尾張酔竹連の長老雪丸や田鶴丸の後を担うだけの素質を持ち、かつそうなるべき立場にあったのであるが、結局は国学者としての道を選択した。

内遠が抜けた尾張狂歌壇では、内遠と同時代の竜の屋がひき続き顕著な活動を見せ、笑馬も戯作者から狂歌作者へと転向するが、かつての盛況を取りもどすことはできなかった。もっとも笑馬が抜けた尾張戯作界には、新たに笠亭仙果が登場してその後を継いだ。この意味においては、内遠の戯作、戯文趣味は笑馬を介して仙果にひきつがれたともいえるであろう。

注

（1）大妻女子大学浜田文庫蔵本原題簽による。なお、慶応義塾大学所蔵『橘洲先生七回忌追善集』（書外題）は本書の巻末落丁本である。

（2）享和二年刊『狂歌蓬ケ島』に見える東都尋幽亭桃吉のことであろう。

（3）富田新之助氏「尾張狂歌人墓㈠豊年雪丸」（「掃苔」第八巻六号、昭和14年6月）によれば、市橋助左衛門なる尾張藩士で、文政四年十二月十四日没、白川町瑞宝寺に葬り、翌年十一月には田鶴丸らが熱田神光寺でその追善法要を営んでいる。

（4）『芳躅集』（『名古屋叢書』第二十五巻〈名古屋市教育委員会、昭和39年〉所収）によれば、花井知周、通称唐木屋市右衛門、寛政十一年七月十六日没、久宝寺に葬る。

（5）花井知克、文政八年九月八日没、葬久宝寺（『芳躅集』）。

（6）文化元年四月十四日四十五歳没、葬久宝寺（『芳躅集』）。

（7）寺沢九左衛門、文化十四年八月十三日没、葬妙泉寺（『芳躅集』）。

（8）富田新之助氏「狂歌人　橘庵田鶴丸の墓碑発見」（「掃苔」第四巻十二号、昭和10年12月）では天保四年七月十二日六十七歳没とするが、通説の同六年十月三日七十七歳没が正しかろう（天保二年春刊『春興立花集』に「七十三叟」とあり、同六年は七十七歳になる）。

（9）垂穂の略伝は『名古屋市史』人物編第二や富田新之助氏「尾張狂歌人墓㈡石井垂穂の墓標及び無空々々碑」（「掃苔」第八巻七号、昭和14年7月）に詳しい。なお、橘洲三十三年忌碑の文面は『芳躅集』に見えている。

(10) 名古屋の狂歌作者、香窓こと竜の屋弘器の旧蔵書で、彼が関与したと思われる狂歌摺物等をほぼ年代順に十五冊にまとめたもの。この『狂歌月波集』には年次の記載がないが、見返しに「同（文化）甲戌（十一）年鳥趾堂月次」と朱書されている。なお、入集者中には山東京伝、京山の名も見える。

(11) 「閏八月」の部があるので文化十三年のものである。

(12) この頃の尾張と桑名の各狂歌壇の交流は、本文後述『三光集』『俳諧歌伊勢作句楽』『狂歌ゆかりの花』などによっても確認できる。

(13) 書名は内題のみで、それも上から黒口型に重ね摺となっているが、「三光集」と判読できる。また年次については上巻柱に「戌」とあり、後に秋津と改号する（本文後述）までの後佩詩堂時代の戌は文化十三年のみであることによる。

(14) 父旧巴は『年譜』によれば、文政七年正月二十九日没、葬住吉町福恩寺。妻殿女はこれも『年譜』によれば、河合平兵衛なる者の娘で、文化九年三月に嫁ぎ、文政六年四月十五日に離縁されている。

(15) 藤園堂伊藤健氏御所蔵本をお見せいただいた。

(16) 『年譜』には文政五年の項に「号を榛園とつく」とあって、同八年の項にも「今年廃木綿垣榛園ト改ム」とあるが、管見の限りではこの間に榛園と号した例を知らない。

(17) この時の詩歌連俳の作は小寺玉晁『続学舎叢書』十二に見えている。

(18) 前述の桑名の『狂歌月波集』などに入集している狂歌作者。

(19) 『狂謌弄花集』に「平安亭、九重七辻、初名竹光新見」とある名古屋の狂歌作者。

(20) 『狂謌弄花集』に「玉流園、黄金沢山、初号文言舎田丸」とある五側の狂歌作者で、文政二年六月刊、六樹園撰『新撰狂歌五十人一首』には「尾州名護屋本町人、森田氏」とある。

(21)(22) 未詳。雑俳関係の人か。

(23) 石橋庵増井のものは文政七年序『誹風妻楊枝』。

(24) 粕谷宏紀氏御所蔵本をお見せいただいた。

(25)『国学者伝記集成』所収のものによれば、入門時期を「年月不詳（蓋し天保十四年より弘化四年までの間なるべし）」とある部分に、真楹は大久保久兵衛、笑馬は堀田勝四郎高一、長雄は長尾治右衛門重喬、長秋は増田勘左衛門、春香は神垣保太郎、秋近は伊藤貞元と見えている。もっとも同集成における右の年次推定にはいささか疑問の余地がある（本書第四章第四節(4)参照）。

(26)森銑三氏「笠亭仙果のへだてぬ中の日記」（「ビブリア」第十五号、昭和34年10月。後『森銑三著作集』第十巻〈中央公論社、昭和46年〉所収）で指摘されている。

(27)成立時期は、玉晁の『改訂歳月録』によれば撰者未仏が天保二年四月十六日に没していることによる。

(28)長澤孝三氏より長澤規矩也氏旧蔵本をお見せいただいた。

〔付記〕浜田家の菩提寺である真宗大谷派の福恩寺（現、名古屋市中区千代田二丁目、当時は住吉町――現、栄三丁目――にあった）の過去帳について補足しておく。享和三年よりの過去帳が残っており、①「文化四丁卯年十月廿九日　清寿　福井町本屋久八妻」、②「文化八辛未年　二月廿四日　貞応　本町三丁目本屋久八母」、③「文政七甲申年　正月廿九日　釈玄和　福井町本屋久八父」の三人が記載されていた。『年譜』と照合すると、①は三十七歳で病死した内遠の母かね女、②は内遠の祖母（ただし『年譜』では同年十二月廿日没とする）、③は内遠の父と推定できる。『年譜』からは他に、寛政五年八月二十六日に兄久米吉が五歳で病没したこと、寛政十年十二月十六日生まれの中の妹塩女が享和三年八月十二日に六歳で没したこと、同六年六月二十六日生まれの妹清女が文政三年十一月八日に高柳治兵衛に嫁したこと、同年十二月二十五日生まれの下の妹信女が文政八年四月十日に清須の山田長左衛門に嫁したことなどがわかる。つまり内遠は五人兄妹の第二子で、妻殿女との間には子供がなく（『年譜』にまったく出てこない）、従って内遠が本居家に入ったことで浜田家は絶えたことになる。内遠の国学者としての素質はいうまでもないとしても、こうした環境が、十二歳年下で二十八歳の藤子と結婚する背景にあることは無視できないであろう。

第三節　『繡像百人狂謌弄花集』の成立とその意義

ここにいう「繡像／百人」の角書を冠する『狂謌弄花集』とは、『狂歌弄花集』とか単に『弄花集』、また『狂歌百人一首』などとも仮称されている、後佩詩堂右馬耳風輯・橘庵芦辺田鶴丸撰の肖像画入り狂歌集のことで、一般に文化十四年七月刊行の名古屋万巻堂菱屋久八板が初板とされている。およそ江戸狂歌に関心を抱く研究者ならだれでも知っている本だが、その理由は、江戸狂歌の発生と展開に関する唐衣橘洲の一文が付されている（後述するが実は先行別本からの流用）という、その一事につきている。そしてこの一文がまた四方赤良の随筆『奴凧』広本系本文にも、嘉永四年という赤良没後のことではあったが、美織屋主人文成こと待賈堂達磨屋五一によって『弄花集』に出ているとして新たに追記・転載されたため[1]、さらに多くの人が本書に目をとめることとなったのである。

ところが、これほど著名な一文が載るこの狂歌本そのものについては、文化末期という後年の出版物であることに加えて、名古屋という地方板でもあるためか、従来正面から言及されたことがほとんどない。その正式な書名すら定かでないのが現状である。改めて本書について調査し、いささかの考察を加えてみようとする所以である。なお本作については図版を含めたその翻刻を、本書「付篇　資料翻刻」(1)に掲載しておいたので参照されたい。

(1)　書誌と諸本

翻刻に際して用いた底本は、大妻女子大学所蔵の無刊記板である。そこでまずその底本の書誌を次に記す。

無刊記板（大妻女子大学本）

書型　大本（縦二十五・八糎、横十八・二糎）一冊。
表紙　水色布目地原表紙の左肩に子持ち枠の原題簽。角書「□□／□人」（□は破損）に続き「狂謌弄花集　全」。
序文　三丁（丁付「序一」～「序三」）。末に「寛政九／丁巳　仲夏　唐衣橘洲」とある一文を掲げた後に、「右（橘洲の一文を指す）ハ故方十園玉涌所蔵の弄花集といへる雅帖の／序なり。こは此集の序に用ふべきことにハあらねど、／今吾妻ぶりのときめく世にしあなれば、その／はじめをしらせんためにしるしつけてよと、／耳風がもとめによて書之　積素亭」。
本文　五十四丁（丁付「一」～「五十四」）。
匡郭　縦十九・九糎、横十四・九糎。
柱刻　上魚尾（上下副線付き）に続いて「弄花集　（丁付）」（ただし序文は丁付のみ）。
輯者　「輯者　後佩詩堂右馬耳風［割注］初名時曳速躬／書林　万巻堂」（「五十四」ウ）。
撰者　「撰者　橘菴芦辺田鶴丸」（「五十四」オ）。
校者　「校者　月花菴」（「五十二」ウ）。
「校者　同導堂福洲、初名芦之屋丸家」（「五十二」ウ）。
画者(2)　「画人　松寿園有文［割注］別号白観堂、又、葎菴／初名安丸」（「五十二」オ）。
「画人　月光亭墨僊［割注］初名歌政、牧氏／別号北亭、酔墨山人」（「五十三」オ）。
「画人　不断菴大江玉湧［割注］初号佩詩堂耳風／別号蛸池、国天」（「五十三」ウ）。

刊記　ナシ。

備考　本文の後に文化十四年文月付の右馬耳風の跋文一丁補写（後述）。また奥付箇所にある文政板刊記補写（ただし後述の広告を欠く）。

右の大妻本と同板の無刊記板に、刈谷市立図書館村上文庫本、天理図書館本、藤園堂文庫本ａがあるが、村上文庫本と天理本には原題簽が残っている。その前者によれば、大妻本の破損箇所である角書部分が「繡像／百人」と判明する（後者の原題簽は「繡」の一字のみ判読不能）。本書には序題や内題等がないため、この原題簽に刻された書名が唯一の書名である。

次に諸本であるが、右の無刊記板以外を整理すると、左のＡ～Ｄの四種類に分けられる（主要項目のみを記す）。

Ａ文化板（東北大学狩野文庫本、名古屋市鶴舞中央図書館本）

書名　原題簽未見。

序文　無刊記板に同じ。

本文　無刊記板と同板だが、一部に入木による異同がある。

柱刻　無刊記板に同じ。

跋文　一丁（柱刻は本文と同じで、丁付「五十五」）。末に「文化といふ年のとをまりよとせといふとしのふミ月／右馬耳風がまをす」。

刊記　奥付（広告と刊記から成る）に「文化十四丁丑歳七月／書林（書肆名上方）／尾州名古屋本町三丁目／万巻堂菱屋久八」。

広告　刊記の右側に二段で「狂歌花月集　全二冊」「狂歌千竈集　全二冊」（以上、上段）「狂歌若菜集　全二冊」「狂歌崑崙集　全二冊」（以上、下段）。

B文政板（慶応義塾大学本、大阪市立大学森文庫本a、名古屋市博物館本、藤園堂文庫本b）

書名　原題簽未見。
序文　無刊記板に同じ。
本文　文化板に同じ。
柱刻　無刊記板に同じ。
跋文　文化板に同じ。
刊記　奥付（広告と刊記から成る）に「文政三庚辰孟春発行／尾張書林（四書肆名にかかる）／菱屋久八／井沢屋和助／白木屋平助／美濃屋市兵衛」。
広告　文化板に同じ。

C無刊年板（大阪市立大学森文庫本b、九州大学文学部富田文庫本）

書名　原題簽未見。
序文　無刊記板に同じ。
本文　文化板に同じ。
柱刻　無刊記板に同じ。
跋文　文化板に同じ。
刊記　飾り枠を持つ奥付に「皇都／書林／三条富小路北／升屋勘兵衛（続いて印文「順／慶」の印あり）」。
広告　ナシ。

備考　升屋勘兵衛は弘簡堂須磨勘兵衛（井上隆明氏『改訂増補近世書林板元総覧』〈青裳堂書店、平成10年〉）。富田文庫本の刊記は「弘簡堂蔵板／皇都書林／冨小路通三条／須磨勘兵衛」となっているが、両本の先後関係未考。

D改題無刊記板（東北大学狩野文庫本、上田市立図書館花月文庫本）
書名　両本ともに原題簽があって、「画像狂歌百首　全」。
序文　ナシ。
本文　文化板に同じ。
柱刻　丁付のみを残し、他はすべて削除。
跋文　文化板に同じ。ただし丁付を含めて柱刻削除。
刊記　ナシ。
広告　ナシ。
備考　明治摺りと思われるが、花月文庫本に旧蔵者による明治十五年の識語があるのでこれ以前の刊。

以上をまとめれば、まず無刊記板とAの文化板の相違は、形式上は跋文および奥付の有無ということになる。そしてAの奥付のうちの、広告はそのままにして刊記のみを改めたのがBの文政板、そのBの奥付全体を改めたのがCの無刊年板、さらにそのCから橘洲の一文を含む序文と奥付を削除し、柱刻を削って「画像狂歌百首」と改題したのがDということになる。

なお菅竹浦氏『狂哥書目集成』（星野書店、昭和11年）では、文化板の板元を万巻堂菱屋久八ではなく美濃屋市兵衛とするが、そうした本は確認していない。万巻堂は本文最後に入集している輯者の後佩詩堂右馬耳風その人で、橘洲の一文の転載を序者の積素亭に依頼した耳風であり、跋者でもある。後述する無刊記板の性格をも考え合わせると、文化板の板元を美濃屋とする説は極めて疑わしく、おそらくは文政板と混同したものと思われる。

　諸本についてはいま一つ問題が残っている。それは無刊記板とそれ以外の板との先後関係である。文政板以下は文化板と同板で本文に異同がないので、残る手順として、無刊記板と文化板の両本文を子細に比較してみると、両者これまた同板ながら三十箇所以上の異同があることに気づく。顕著な例のみを丁付と人名で表示して左に列挙する。

【無刊記板】	【文化板】
一オ・織田右大臣「ことそをしけれ」	「ことそをしかる」
一ウ・東雲菴一丸の画者名ナシ	「国天写」
三オ・金銀斎嘯山の氏名ナシ	「辻氏」
八オ・永言斎季来「雪や花見や」	「月や花見や」
十二ウ・「錺屋清狂」	「鑪屋清狂」
十五ウ・可幸「鶯のさえつり」	「鶯のさへつり」
十九オ・老多久楽「玉涌父」	「故玉涌父」
二十一オ・真柴亭八重垣が入集	六条園七葉梶丸が入集
二十四オ・紀好輔の題「同（蓮）」	「蛍」
三十一オ・万十菴茶陶が入集	三津女が入集
同　　・蕭夜軒興恒「そらたきに」	「そらたきや」
三十四オ・東陽房圃暁「くそくれハ」	「こそくれハ」
三十五ウ・袋房丸の題「鳥指納涼」	「納涼」

四十三ウ・黄鳥菴春風の題「同（霜）」　「題しらす」
四十六オ・元祢「蚊屋にのこして」　「蚊屋にねさせて」
四十九オ・蘇丸「青柳の髪」　「夕月のかけ」
四十九ウ・月丸「椛菊の」　「樺菊の」

これらのうちには、両者いずれが先でいずれが改められたのか判断できないものも少なくない。しかし一オの例は係助詞「ぞ」の結びということで無刊記板ではなく文化板の本文が正しい。また二十四オの場合は、歌が「たはこの火一切出し不申とことはるあたり飛ほたるかな」であるから、文化板の題「蛍」はふさわしくても無刊記板の蓮とい う題は明らかにそぐわない。さらに四十九オの例は歌の五句目に異同が生じていて、四句目までが「青柳のみとりの髪へおのつからくしかたにさす」であるから、「夕月のかけ」と続くなら狂歌になるものの、無刊記板の「青柳の髪」では意味をなさない。つまりこれらをもとに判断すれば、無刊記板の誤り等を訂正したのが文化板ということになって、その逆は到底考えられない。無刊記板にはない文化板の跋文についても、改めてその柱刻を見てみると、他の丁に比して形式は同じながら「弄花集」の三文字の線が細く、別途仕立てられた一丁と見てほぼ間違いあるまい。無刊記板が初板で、その本文に手を入れ新たに跋文を加えたのが文化板である。そうと分かれば、無刊記板の本文を持つ大妻本の補写は、旧蔵者がこれが初板と気づかないままに文政板を見て、跋文落丁でかつ原奥付もなくなっていると思いこみ、刊記ともども写し加えたものと推定される。(3) 一般に無刊記板は後印本であることが多いといわれる中にあって、かつて藤園堂文庫主伊藤圭太氏（先代伊藤健氏ご子息）が、摺りから見て本作無刊記板が後印本とは思えないと語ってくれたことがあるが、正にその通りだったのである。

では本作無刊記板は、いつ頃どういう性格の本として板行されたのであろうか。いま一度輯者の後佩詩堂右馬耳風こと書林万巻堂に注目してみると、彼は本居大平の婿養子となって本居家を継いだ、後の本居内遠その人である。(4) 彼には幸いにも自編自筆の『後藤垣内内遠年譜稿』があって、これに本書のことが記されている。すなわち文化十三年（二十五歳）の条に「弄花集撰輯成。七月ヨリ彫刻」とあり、翌十四年の条に「春、弄花集出来」と見える。文化板の刊記は同十四年七月であったから、右の後者の記述によれば、実際にはそれよりも五箇月前後も早く刊本ができあがっていたことになる。これこそがAの文化板に先行する無刊記板に相違ない。また年譜稿前者の記述からは、原本には輯者以外に撰者と校者が記されているものの、実際の編集はほとんど万巻堂菱屋久八一人が行ったらしいこと（後述）、書肆だけあってその板行にも関わっているようであること、この二点が想像される。となると無刊記板は、自ら編集して自ら板行に関わった、刊記を持たない初板本ということになる。これすなわち私家板である。当人が万巻堂という書肆であるため気づきにくいが、無刊記板は書肆という職業を離れた、万巻堂個人のそれも自信の私家板と考えられる。年譜稿に見える狂歌本の書名は、彼が狂歌を詠み始めた文化四年の条に「戯哥集」と見える他は、右二箇所の「弄花集」以外にない。この特筆のされ方も、また無刊記の初板本という特性も、このように考えれば納得できる。そしておそらくは関係者に好評だったため、改めて手を加えて自店の商品としたのが文化板であったと思われる。前述の文化板美濃屋市兵衛板元説は、こうした経緯からも誤認といわざるを得ない。

なお右年譜稿文政十一年（三十七歳）の条に、「二月十日書店ヲ売。同十九日退去」とあるから、これ以後の万巻堂菱屋は輯者耳風こと後の内遠とは別人である。

(2)　本文構成と成立事情

本書は後述のようにすべて古今の尾州人の詠のみを収めるが、まず以下に五十四丁の本文構成をまとめる。「五十一」オを除く各半丁は、それぞれ三分の一ほどの頭書と残る三分の二ほどの主本文から成る。主本文は半丁に一人ずつ肖像画とその狂歌一首を掲載し、「五十一」オのみは半丁全体を三段に分けて狂歌のみ各段六首の計十八首を載せる。右三段組半丁を便宜上頭書とみなすと主本文の分量は五十三丁半で、橘五園香美から輯者後佩詩堂右馬耳風まで一〇七人一〇七首が各肖像画とともに掲載されていることになる（「五十一」ウから「五十四」ウまでの三丁半の主本文は、校者二人、撰者、画者三人、輯者の計七人を掲載）。頭書については、①「一」オから「六」ウまでの六丁は、半丁に三人ずつ肖像画とその狂歌一首を収め、織田右大臣（信長）から無住大円国師までの計三十六人三十六首（頭書で肖像を描くのはここまで）、②「七」オから「四十五」オまでの三十八丁半は、半丁につき四人から六人の狂歌各一首を収め、玄御方から勧善堂竹村永世までの計四四七人四四七首、③「四十五」ウから「五十四」ウまでの九丁半は、前述「五十一」オの十八首を含めてすべて主本文と重複する人物ばかりで、半丁につき二、三人前後の狂歌計六首を基本として、勇々館大江深淵から輯者耳風までの計二十七人一二三首を収録する。①②③を合計した頭書全体では、五一〇人六〇六首（重複分の③を除けば四八三人四八三首）、主本文を加えた本文全体では、六一七人七一三首（重複分の③を除けば五九〇人五九〇首）が掲載されていることになる。

入集歌数の多い上位をあげれば、清音館竜之調二十三首、胡椒亭丸呑十二首、古刀菴忠長彦十首の三人が二桁にのぼる。輯者耳風のよき協力者でもあったろうか。絵師別の肖像画数もあげておくと、月光亭墨僊が主本文の三十八人と頭書三十六人全員を描いて最多、次いで不断菴大江玉湧が蛸池と国天の別号をも用いて十九人（文化板以下では東雲菴一丸の像に「国天写」と入木されて二十人）、松寿園有文が十五人、のちの森高雅こと玉僊が十一人、以上四人が二桁の像を描いており、「画人」と明記された三人が上位を占める。

なお頭書を持つ画像狂歌集という本書の形式は、明らかに文化八年九月刊の六樹園撰『狂歌画像作者部類』を意識したものである。後述のように各狂歌作者には一様に略伝を付すべく、また頭書では故人と存命を区別すべく編集したかったと輯者が述べているのは、そのようになっている右に倣いたかったからに他ならない。

本作の成立事情については輯者耳風の跋文に詳しいが、無刊記板にはこれがなく、したがって本書「付篇　資料翻刻」(1)では紹介しないので、少し長いがここに全文を引用（傍線は石川）する。

おのれとし比、をはりのくぬちのたはれうたよまん人を、つばらにつどへたる書、つくりてんと思ひて、こたび人〲にはかりて、さらに人の国なる人をまじへず、我くぬちのかぎり歌をつどへつ。橘庵のうしに、これえらびてたまへとねぎつるに、かのうし、ちかきころハ此道のすさびをもものうくし給へバ、いなびたまひつるを、よのつねの歌の判こそハさもあらめ、こハ、なべてのよしあしをさだむるにハあらで、人〲より歌おほくかいつけて給ハりける中より、すがた画の上にものすべきをえり出て給ハるほどのことなれバ、などいひこしらへて、しひてこたびの撰者とハさだめつ。されどかの人〲の中にも、かなたより一首をさだめてたまひつるもあるなり。つき〲のついでハ、こととくとゝのひぬるを先になして、歌のよしあしにハよらず。その名などハ、くハしうもかゝまほしけれど、あらはなるをいとひ給ふ人もあれば、ひとしからず。そあるすみところハ、かつ〲もしるせり。しるしつけざるハ、名古屋のうちぞかし。さて、かしら書といふかたハ、いにしへよりこれかれきこえたる人〲の歌ども、三十六人のすがたゑをはじめて、ふるきをさきになして出せり。こハ、ふるきすりまき、詠艸のたぐひ、なにがしのうた袋、くれがしが家の集などよりうつし出し、またハ、人のつたへに聞おきし歌をもかきあつめ、そのつぎにハ、すがた絵にもれたる今の人〲も、およぶかぎりハ歌をこひ、それにもことゆかぬかたハ、つねに聞おけるうたをもさかしらにかいつけて、同じさまにうしのさだめによりて出せり。その中には、うたぬしの本意にハそむきたるも有べけれど、もらさんもくちをしければ、かくハしないたり。されどおのがたづね得ぬくま〲、名のミを聞て、よミうたのさだかにもきこえぬ人〲などもあれバ、ともにもれたるも多かるべし。はた、すぎにし人今の人のけぢめをもたつべくはじめハ思ひけれど、さハ、ちかきわたりこそたづねもしつべけれ、へだゝりし所〲おぼつかなきが多かれバ、おほかたにとしごろのついでをもて、今の人までをひとつらにならべ出しつ。なほおもふことゞもあれど、かたらひたる人〴〵のかたへより、とく〳〵といそがし給ふがわりなさに、心ゆかぬふしをも、ミづからおもひのとめて侍るなり。そハ、ミち〳〵しき書にもあらざめれバ、人〴〵見ゆるしたまへとぞ。

文化といふ年のとをまりよとせといふとしのふミ月

右馬耳風　がまをす

この跋文の要点を整理すれば、次のようになる。すなわち一、本書は尾州人の狂歌のみを集めたものである。二、主本文については、ア、肖像画に付す狂歌はこの頃狂歌活動から離れていた橘庵（田鶴丸）に強いて頼み選んでもらった。イ、入集の順序は歌の善し悪しではなく整理がついたものから収めた。ウ、入集者の本名等については詳述したかったが事情のある者もいるので一様ではない。エ、入集者には所付を簡略に記しこれがないのは名古屋を意味する。三、頭書については、ア、冒頭には古くから著名な人物三十六人の歌を時代順に肖像画とともに収めた。イ、続いて肖像画にもれた当代人の歌も同様に橘庵に選定してもらって掲出した。ウ、右当代人は故人と存命に区別したかったが困難なので分けずにおおよその年代順に一続きとした。

傍線部に着目していささか補足すると、主本文の人々については、「人〴〵より歌おほくかいつけて給ハりける中より」とか、「かなたより一首をさだめてたまひつるもあるなり」、「つき〴〵のついで」（月次会をいうのであろう）などとあるから、全員存命中とみてよかろう。頭書の人物に関する本名等と所付の方法は、原本につくに、主本文のそれと同様のようである。「こたび人〴〵にはかりて」という人々は、当然撰者および校者と画者がその中心であろうが、刊行について「かたらひたる人〴〵のかたへより、とく〳〵といそがし給ふ」とあるのは、文面からして少なくとも橘庵ではなさそうで、校者等の人々というよりもむしろその他の主本文の面々、おそらくは前述の入集歌数の多い連中あたりであろう。なお、名古屋人の手になるとおぼしき諸狂歌本抜粋集『狂歌僻目利（ひがめきき）』（文化末成立の写本一冊。

京都大学附属図書館蔵）を見るに、本書を指す「弄花集」とともに「弄花集下書」なる本からも抜粋されている。橘庵に撰を請う必要上、こうした下書を用意したものと思われる。ついでに付記すれば、文化板と文政板の本書広告に見える四作はいずれも原本を確認できないが、右抜粋集には「若菜集　文化十二」として五十首が引かれている。その詠者の大半が本書と重なるので、『狂歌若菜集』のことと見て間違いあるまい。

次に寛政九年仲夏付の橘洲の一文を含む序文にもふれておくと、序者積素亭はこの一文について、「右ハ故方十園玉涌所蔵の弄花集といへる雅帖の序なり。こは此集（『狂謌弄花集』を指す）の序に用ふべきことにハあらねど」と記している。また右橘洲の文中には、「こたび玉涌翁、此冊子を人に託して四方の諸君の詠をこひ、弄花集と題して序を予にもとむ。もとよりいなむべきにもあらねバ」とある。つまり本書『狂謌弄花集』における橘洲の一文は、元は寛政九年五月成立の方十園玉涌編『弄花集』（おそらくは刊本ではなく諸家の肉筆集であろう。伝存未詳）の序文で、それを「今吾妻ぶりのときめく世にしあなれば、そのはじめをしらせん」という輯者耳風の求めに従い、積素亭が新たに写し与えたものであることが分かる。積素亭は『狂歌初日集』（享和二年秋序。後出）に「積素亭雪丸」と見えており、すなわち後述する本書校者の月花菴雪丸の別号と分かる。文面からして、雅帖『弄花集』は文化十四年当時は彼の所蔵となっていたようである。なお四方赤良の『奴凧』広本系本文には、「こは（中略）弄花集といへる書に載せたれど」として引用されている。雅帖が肉筆集と推定されることや方十園玉涌が名古屋の人であることから推測するに、達磨屋五一が見たのは雅帖ではなく板本の方であろう。

(3)　特色と意義

次に本書がいかなる意味を持つ狂歌本かを考えてみたい。まず輯者耳風自身にとっては自信の私家板で、年譜稿にも特筆されていることを前述したが、これを換言すれば、のちの国学者本居内遠として誇れる唯一の狂歌本だったといってよい。しかも私家板を自店の商品にするという狂歌本としては特異な経緯を持つことに加え、都合五種類もの板それも京都板と改題本までがあることは、江戸表の著名狂歌作者の編著ならばいざ知らず、名古屋という地方板としては極めて珍しく特筆に値する。

また内容的に見れば、尾州人の狂歌のみを集めたといっても当代狂歌作者たちだけでなく、全国的に知られる古今様々な分野の人の詠をも探し集めて、本書を単なる尾張狂歌本に終わらせていない点に特色がある。具体的にいえば、武将の信長・秀吉・勝家を初めとして、近世初期歌人の木下長嘯子、『塩尻』の天野信景、俳人の越人・也有・暁台・士朗、国学漢学の鈴木朖（叔清）、書林の永楽屋東四郎（東壁堂古文）といった人々などがそうである。五種類もの板を重ねている理由の一つはここにあろう。

右の戦国武将にはじまる著名尾州人の詠をも収めていることを縦軸の特色とすれば、横軸に相当する尾張ゆかりの当代人についての特色はどうであろう。ひとことで言えば、狂歌作者を網羅とまではいわないまでも、相当広範な領域から丹念に集めている。したがって当時各分野で知られた人物であっても、本書にその名がなければさほど狂歌に関心がなかったとみてよい。確かに跋文には、「おのがたづね得ぬくま〴〵、名のミを聞て、よミうたのさだかにもきこえぬ人〴〵などもあれバ、ともにもれたるも多かるべし」とはあるものの、それなりの狂歌歴がある人物がさほどもれているとも思われない。逆に入集していれば、狂歌にそれほど名声がなくても一応の活動歴が推測される。特に名古屋戯作者については、椒芽亭西郊田楽や石橋菴増井などを初めとして、洒落本等に名声があっても狂歌作者としてはさほど知られていない人々が相当数入集しており、この点からも注目される。(5)

視点を変えて、では雅帖『弄花集』の編者である方十園玉涌や本書末尾に集められた関係者七人は、当時の尾張狂歌壇でどういう位置を占め、どういう関係にあったのであろうか。改題無刊記板以外に備わる橘洲の一文には、(甲)

「尾陽はすへて予か門葉のみにして、他の指揮をうけさるハ、まさに雪丸、田鶴丸、玉涌、金成、桃吉、有文の諸秀才、よく衆をいざなふ故なるべし」とあって、これが寛政九年五月の時点である。これに、その九年後の(乙)文化三年刊『狂歌鱐後編酔竹側判者之部』に見える記述を交えて以下に整理してみる。なお、この(乙)に見える尾張判者九人についてはすでに一度まとめたので[6]、ここでは『狂謌弄花集』関係者七人の視点から改めてまとめ直して見る。雅帖編者の方十園玉涌はいうまでもなく(甲)の玉涌（(甲)に見えるのは後述する息子の玉湧ではない）で、(乙)に「方十園篠野玉涌」（(乙)の目次によれば故人）とある。『名古屋叢書』第二十五巻（名古屋市教育委員会、昭和39年）所収『芳躅集』には「篠野玉涌之墓」として記載があり、それによれば本名を花井知周、通称を唐木屋市右衛門といい、寛政十一年七月十六日に没して久宝寺に葬られた。(甲)(乙)双方に見える撰者の橘庵芦辺田鶴丸は著名なので省略するとして、校者の月花菴は(甲)の雪丸のことで、(乙)には「松月庵豊年雪麿」として出ており、前述のごとく本書序者の積素亭である。これまた『芳躅集』に「月花庵雪麿之墓」として記述があり、それによれば通称を市橋助左衛門といい、文政四年十二月十四日に没して瑞宝寺に葬られた[7]。いま一人の校者である同導堂福州は(甲)(乙)いずれにも見当たらないが、洒落本でも知られる実力者、かの石井垂穂である[8]。画者月光亭墨僊は歌麿と北斎に学んだ牧墨僊で[9]、絵師ながら狂歌本『月光亭夷曲集』（文化六年刊）の編著もある。同じく画者の不断菴大江玉湧は本書に「初号佩詩堂耳風」とあるから、(乙)の「佩詩堂右馬耳風　方十園玉涌男」と同一人物であり、雅帖『弄花集』編者の息子ということになる。『芳躅集』では「馬耳風之墓」として記載があり、それによれば本名を花井知克、文政八年九月八日に没して父と同じ久宝寺に葬られた。なお、輯者の後佩詩堂右馬耳風は号からしてこの門人と思われ、事実本書中のその肖像画はこの後佩詩堂が描いている。なお父の方十園篠野玉涌にはもう一人息子がおり、(乙)に「方十園豆永金成　父篠野玉涌の印を用来る。初号悠々館、大江知方」と見える。つまり(甲)の金成のことで、『芳躅集』に「豆永兼成之墓」として記載され、それによれば宝暦十年十一月十七日生、文化元年四月十四日没で、同じく久宝寺に葬られた。本書では「方十園篠野玉涌」に「玉湧父」と注記があり、「後方十園豆長兼成」には「同（玉湧）兄」と付記されているから、画者の不断菴大江玉湧が弟で、本書板行時には兄の兼（金）成もすでに没していたことが分かる。いま一人の画者である松寿園有文は(甲)に見える有文で、(乙)には「白観堂紀有文　初号紀安麿、画名春甫」と出ている。『芳躅集』には「紀有文之墓」として記載があり、それによれば通称を寺沢九左衛門といい、文化十四年八月十三日に没して妙泉寺に葬られた。残る輯者の後佩詩堂右馬耳風は(甲)(乙)いずれにもその名が見えず、文化十四年の時点ではまだ二十六歳の新進気鋭ということになる。なお橘洲一文中の残る桃吉は、名古屋板『狂歌蓬ケ島』（田鶴丸撰、享和二年刊）に見える東都尋幽亭桃吉で、橘洲七回忌追善集『とこよもの』（文化五年刊）の序者である。本書には「尋幽亭新玉載名」と見え、『江戸方角分』によれば市谷と牛込の境、川田ケ窪に住む源平とも称した尾張藩士石川林七郎である。

　まとめるならば、寛政九年五月に橘洲が尾張の中心人物として掲げた六人のうち、文化十四年の時点で故人となっていた雅帖の編者篠野玉涌と息子の金成、それに尾張を離れた尋幽亭桃吉の三人はやむなく除外され、筆頭の雪丸と田鶴丸がそれぞれ校者と撰者、雪丸はさらに序文をも書き、春甫の画名を持つ有文が画者となった。また地元の戯作界と絵画界の実力者にしてともに狂歌に実績のある石井垂穂と牧墨僊がさらに校者と画者に加わり、亡き玉涌・金成父子の代わりともいうべく、金成の弟にして輯者の師である不断菴大江玉湧も画者に加わった。そして輯者には発案者で書肆でもあった新進気鋭の後佩詩堂ことのちの本居内遠が座り、編集板行実務を一手に引き受けた。以上が関係者七人の概要で、これ以上望むべくもない陣容であることが分かる。なお狩野快庵氏『狂歌人名辞書』[10]（文行堂・広田書店、昭和3年）の「玉涌」と初代・二代の「耳風」の項には誤認や混乱を招く記述があり、これに従うと本書の陣容が理解できなくなる。

　陣容だけでなく、本書はまた書物としても尾張狂歌本中の出色といってよい。それを証するために改めて参考用として、文化期までの代表的な尾張狂歌刊本を列記する。

『初土産集』（序題）　寛政六年春刊　永楽屋東四郎板
小本一冊（口絵五丁を含め本文十二丁半）。編者不明（ただし巻末詠者は篠野玉涌）。序者楓呼継。画者哥之斎益甫・葎菴安麿。彫工気楽亭（植松）有信。
『狂歌扇画合』（書外題）　寛政六年二月序　板元不明
半紙本一冊（本文五丁半）。編者不明。序者五葉舎主人（乗打）。画者不明。名古屋桜天神社での会の産物か。
『狂歌願の糸』（序題）　寛政十二年秋序　板元不明
半紙本一冊（本文十四丁）。田鶴丸撰。序者酔竹の老（橘洲）。画者月光亭哥政。七夕狂歌集で、永楽屋東四郎蔵板目録に右書名で出ている。
『狂歌蓬ケ島』　享和二年初春刊　三蔵楼蔵板・製本書林永楽屋東四郎
半紙本二冊（本文三十七丁半）。三蔵楼田鶴丸撰。序者石川まさもち。春興狂歌集。
『狂歌初日集』　享和二年秋序　永楽屋東四郎板
半紙本二冊（本文五十六丁半）。田鶴丸撰。序者ひわりこの飯盛・吾友軒米人。狂歌の角力合せの高点集。
『春言艸』　文化元年以前刊　板元不明
中本一冊（本文十三丁）。田鶴丸撰。挿絵（銅板画）の画者・制作者北亭歌政。前述の文化元年四月没方十園金成が入集しているのでこの年以前の刊。
『桜天神奉納狂歌扇絵合』　文化五年成　板元不明
半紙本一冊（本文八丁半）。摺付表紙に「尾陽　酔竹連」「題寄謡曲四季雑」とある。『猿猴庵日記』同年二月条に「桜天神の書院にて狂歌連中、扇絵合せをなす。各謡曲の題にして、四季雑の歌を添て、見立細工至て花美也。委敷は板行の図有、爰に略す」と見える。

『月光亭夷歌集』（仮題）　文化六年三月刊　風月堂孫助・松屋善兵衛板

半紙本一冊（本文六丁）。墨僊撰・序・画。

『狂歌名古屋於飛』　文化六年刊　板元不明

本書未見。『狂哥書目集成』によれば、半紙本一冊、月花庵（雪丸）撰、墨僊画、名古屋板という。

『かのえうまのとし　春の言くさ』　文化七年刊　板元不明

半紙本一冊（本文十丁）。摺付表紙に、書名とともに「尾陽　酔竹連」とある。

『樽ひろひ』（序題）　文化八年八月序　板元不明

小本一冊（本文十五丁）。扇折風編。序者一巴亭のあるし扇折風。画者月光亭墨僊。狂歌絵本の一種で、半丁ごとに月の狂歌一首と絵を添える。

『狂歌黄金鳥』　文化十四年序　板元不明

小型半紙本一冊（口絵を含め本文十七丁）。不断庵玉湧・松寿園有文・月花菴雪丸撰。校者後佩詩堂耳風。序者不断庵玉湧。口絵画者画狂人墨僊。春興狂歌集。

これらと本書を比較するに、本書の書型は当時の尾張狂歌刊本にない、おそらく唯一と思われる大本である。また半丁の主本文に一人ずつを配するスタイルは、同じく半丁単位のいわば狂歌絵本である『樽ひろひ』に通じるが、大本と小本とでは迫力において比較にならない。概して分量が少ない尾張狂歌刊本にあって、一冊本で本文が五十四丁という本書の分量はやはり大部というべく、主本文の総勢が一〇七人という人数も目立つ。これに匹敵する作品をあえてあげるとすれば、二冊本の『狂歌蓬ケ島』と『狂歌初日集』であろうが、前者は尾張狂歌本といっても尾州狂歌人は最後の七丁半ほどしかなく、後者は尾州人を中心とはするものの、角力合せの高点集のため重出者が目立つ。撰者や校者等の関係者の賑やかさと質では、本書と同年の『狂歌黄金鳥』があげられようが、狂歌本としての規模はやはり比較にならない。要するに本書ほど堂々とした尾張狂歌刊本は、名実ともに他にない。

そしてこれに花を添えているのが、巻頭の橘洲の文章である。当時は著名な「狂歌会の始」の一条を収める赤良の『奴凧』もいまだ成立していないから、江戸狂歌の展開、特にその発生期に関わる文章はこの橘洲の一文以外になく、極めて異彩を放つものであったに違いない。これを序文代わりに用いた輯者の見識と才覚はさすがで、本書を手にした尾張狂歌人の驚きの表情が目に浮かぶようである。なおこの一文については、よく知られている割に検討が加えられていない。筆者が他の資料とつけあわせた結果では、橘洲宅での江戸狂歌最初の会は赤良のいう明和六年ではなく、それ以前に馬蹄と大家裏住が橘洲宅で行っていた時期がある。(11)

本書は古今を問わず、それも他国へ移った尾州人までも収録しようというのであるから、自ずと限界があったであろうが、それでも極めて簡略に付された素性から、一族血縁関係や意外な尾張関係者の存在に気づく。

すなわち血縁関係では篠野玉涌の一族が最も目立ち、同先祖とおぼしき「不断菴是誰」（「花井氏」とある）、同父「老多久楽」、同娘「千賀浦女」（「茄子亜紀成妻」とも）、同息子「後方十園豆永兼成」（前出）、兼成弟「不断菴大江玉湧」（前出）、兼成妻「浜まさ子」、兼成息子「現金舎後豆永金就」の多きを数える。(12) 他では田鶴丸の妻「角内子」、同娘「梅女」、同息子の「浜塩風」と「芦辺真鶴」、板行当時の耳風（つまり輯者）の父である「万巻堂旧巴」と輯者妻「八尋殿女」、有文の妻「木もと女」などが入集しており、上方狂歌の作者として著名な秋園斎米都の妻「ひさ女」の名も見える。

特に注目すべきは尾張関係者で、菊泉亭里童に「後江戸住。土師掻安」、平秩東作に「平嶋人。後江戸住」、大景菴山辺初風に「住江戸市谷。俗称永石初太郎」、豊年舎出来秋に「江戸市谷住」、西来居未仏に「別号狂哥斎。初名瓢箪園、一寸法師。江戸市谷住」とそれぞれ付記されている。土師掻安は天明狂歌壇古参の一人で『江戸方角分』に榎本治右衛門（『藩士名寄』にその名がないから藩士ではあるまい）と見え、江戸深川油堀の別荘で天明五年十月に百物語狂歌会を催したことでも知られる。掻安が尾張関係者で里童なる別号があることは本書によって初めて知る。となれば天明三年七月に名古屋で編まれた、赤松亭可童三回忌追善の狂歌集（名古屋市蓬左文庫蔵『続学舎叢書』十二所収）に見える里童はこの土師掻安で、この頃までは名古屋にいたことになる。百物語狂歌会の成果『狂歌百鬼夜狂』の編者である著名な平秩東作は、江戸生まれの江戸育ちで直接には尾張と関係ないが、父が尾州海西郡平嶋村（現在の海部郡弥富町）の出身（井上隆明氏『平秩東作の戯作的歳月』〈角川書店、平成5年〉）だった縁で本書に入集しており、輯者はすでにそのことを知っていたことになる。右二人だけが住所を「江戸」とのみ記されているのは、すでに故人でこれ以上詳しく記す必要がないからであろう。残る三人が「市谷」と特定されているのは、市谷御門外に尾張藩上屋敷があったことと無縁でない。西来居未仏は小寺玉晁の『改訂歳月録』によれば、尾張藩御坊主の毛受善喜で天保二年四月十六日に江戸表で没している。残る山辺初風と豊年舎出来秋は本書肖像画から武士と知られるので、尾張藩士とみて間違いあるまい。もっともこの三人の活動時期は、前述二人よりもさらに後のことである。

本書に「江戸」と明示されているのは右の五人のみであるが、本書を一読して改めて爛熟期の天明狂歌関係書を見ると、彼ら以外にも国名などの所付なしの尾張狂歌作者がいることに気づく。すでに本書第三章第一節で述べたことと一部論点等が重複するが、あえてここに要点を再述すると、まず天明狂歌大流行の契機となった、同三年正月刊の橘洲撰『狂歌若葉集』と赤良撰『万載狂歌集』の両総合撰集にはさすがに見当たらない。しかし同じ年の春刊『落栗庵春興集』(13)に見える芦麿家、三方長熨斗、紀安丸はいずれも本書に出ていて、芦麿家と紀安丸はそれぞれ校者同導堂こと石井垂穂と画者有文の前号、三方長熨斗は一万斎三宝長熨斗と見える。特に安丸は、同年三月の赤良母六十賀会の成果『老莱子』と同四月の宝合せの成果『狂文宝合記』、翌四年の狂歌歳旦黄表紙五種のうちの『太の根』（伯楽連中心）と『金平子供遊』（小石川連中心）にもその名がある。彼は本書肖像画から武士と分かるので、藩士として江戸勤番中に参加したのであろう。天明三年の文献にはいま一人、四月序『狂歌知足振』のスキヤ連とおぼしき部に「その、小蝶」が出ている。『江戸方角分』によれば津田四郎左衛門といい、前出の尋幽亭と同じ河田久保に住むから尾張藩士であろう。となれば、本書および後述の『徳和歌後万載集』と『狂歌才蔵集』に入集している園胡蝶のことであろう。前述の土師掻安が右黄表紙五種のうちの『大木の生限』（本町連中心）と『太の根』に初出であるから、この四人は彼よりも早く天明狂歌壇に参加していたことになる。

　赤良の第二総合撰集である同五年正月刊『徳和歌後万載集』になると、長熨斗（三首）に加えて新たに和哥茂少々読安（三首）と扇折風（一首）がいることに気づく。折風は本書に見える旭松堂扇折風一巴亭で、同じこの年春刊の一枚摺り『四方春興夷歌連中双六』(14)にも、長熨斗とともに市谷を意味する「市」の項に見える(15)。読安はその狂名のまま本書に出ている。姓氏等については『芳躅集』に「和歌少々読安之墓」として記載されており、それによれば文政十一年四月二十八日没の箕形善左衛門源政遠で、名古屋大光院に葬られた。おそらくは尾張藩士であろう。なお『徳和歌後万載集』には右の他に、「尾張」と注記された楚泉、其風、傘衛守の三人も入集している。本書と照合するに、其風は「永日菴真菅其風」とあり、衛守は「金森桂五」の実名とともに見えているが、楚泉は見当たらない。別号で掲出されているのかもしれない。同じ天明五年の秋に刊行された狂歌評判記『俳優風』（刊行時期は開口による）には、橘洲一派を明示しない『狂歌知足振』や『狂歌師細見』（ともに同三年刊）と異なり、人物名下に「四方」「朱楽」「スキヤ」「ハマヘ」などとともに「唐衣」の注記がある。その橘洲一派の総勢三十一人を本書と照合するに、まずは水角奈志だけが尾張関係者と分かる（他派では四方側の掻安一人のみ）。

　ところでこの天明五、六年頃から、国名などの所付のある狂歌本が増えてくる。そこで視点を変えて、尾張の国名が注記されている人々にも注目し、併せて橘洲一文に見える尾張の筆頭三人を視野に入れつつ、後に橘洲が豪語する尾張酔竹連の江戸基盤について考えてみる。古瀬勝雄と飛塵馬蹄は橘洲一派の中心人物で、二人とも勿論『俳優風』三十一人の中に入っている。この二人の撰になる天明五年七月刊『狂歌あまの川』を見ると、橘洲を除く全入集者七十二人中の十人に「尾陽」と付記されている。すなわち豊年雪丸、本荒小萩、酒井久女留、流石田舎、池中嶋、野崎寄波、神谷川住、呼継浜近、橘軒近、山中住の十人である。これらの内の傍線を付した四人が、実は『俳優風』三十一人の中に含まれている。つまり三十一人中の、水角奈志を加えた五人が尾州人だったことになる。天明五年という時期と天明狂歌唯一の評判記であることを考えれば、評判される人々はほぼすべて江戸人であっても不思議ではない。最大の四方側が八十四人中に掻安一人であることと比較しても、三十一人中に尾州人五人はやはり目立つ。また『狂歌あまの川』は勝雄の序文によれば、この年の七夕によそ人を交えず裏なく語らう人々が橘洲先生のもとに集った成果であるという。つまり角奈志に雪丸ら十人を加えた十一人は明確に橘洲一派とみなすことができ、後の尾張酔竹連の江戸基盤はこの頃できあがったとみてよい。なお雪丸の管見初出はこれで、右十人のうちで本書にその名が見えるのは、雪丸の他では「秋錦亭本荒小萩」と「椎本住　初、楓呼継」の二人だけである。他の七人は別号になっている可能性があろう。

橘洲一文にいう田鶴丸と篠野玉涌については、前者は天明六年正月刊の赤良撰『狂歌新玉集』に「尾陽城下」と付記されて見えるのが江戸狂歌壇での管見初出である。(16) 後者は前出『狂歌僻目利』に、その家集『玉箒集』は天明六年よりとあり、また写本『酔竹集』(天理図書館蔵)には江戸とおぼしき雅会連中宛の、橘洲と雪丸連名になる天明七年正月付け玉涌紹介状が書写されているから、江戸狂歌壇との交流もこの頃から始まったと思われる。

前出『狂歌新玉集』に見える新たな尾張狂歌作者は右の田鶴丸しかおらず、赤良の第三総合撰集である翌七年刊『狂歌才蔵集』にも新しい人物は見当たらない。しかし同年刊の赤良撰歳旦狂歌集『狂歌千里同風』には、「尾陽」として新たに網引方、良村安世、柏二葉、鍋煮津丸、八島かち時の五人が加わる。本書には引方と安世それに「八嶋新田」の住所を付す勝時の三人が見え、二葉と煮津丸は見当たらない。

以上の江戸天明狂歌壇における尾張関係者の動向をまとめれば、次のようになろう。すなわち天明三年大流行の直前直後には、芦麿家、三方長熨斗、紀安丸、園小（胡）蝶の四人がすでに江戸表で狂歌活動をしており、この年七月過ぎには土師掻安も尾張から江戸に移った。翌四年中には和哥茂少々読安と扇折風も活動を開始し、尾張からは楚泉、其風、傘衛守の三人も四方赤良に狂詠を送った。さらに同五年前半には水角奈志の他、豊年雪丸ら十人が唐衣橘洲の傘下にいることが確認でき、この頃に後の尾張酔竹連の江戸基盤ができあがったと思われる。そして翌六年正月には芦辺田鶴丸も江戸狂歌壇に登場、篠野玉涌もこの年には江戸狂歌を詠み始め、翌天明七年にはさらに網引方ら五人が江戸狂歌壇に登場した。

精査すればまだ他にも尾張関係者がいるかもしれないが、すでにお断りしたように本書第三章第一節との重複を恐れずにまとめ直せば、天明狂歌壇における尾州人の活動は概略右のように把握できるであろう。

寛政以降時代が下がるにつれて、江戸表の狂歌本に尾張狂歌人は国名を付記されつつさらにその数を増していく。筆者は天明期を含めて、その担い手の多くは江戸勤番の藩士だったと考えている。一般的にいえば、彼らは江戸勤番が済めば帰国せねばならない。だからこそ江戸にいる間は活動にも資料収集にも熱心で、その成果はすべて帰国の際に持ち帰っていたに違いない。一例をあげれば、安永八年の五夜連続観月会の珍本『月露草』を、扇折風が赤良から借りて寛政六年に写し、それが後に小寺玉晁の蔵書となっている（早稲田大学本）のはこうした経緯の証であろう。橘洲が豪語する尾張酔竹連の発展は、橘洲との師弟関係を別途論ずる必要があるとしても、一つにはこうした藩士たちの有形無形の江戸土産がその基底にある。したがって尾張狂歌人とその活動を調査することは、単に尾張にとどまらず必然的に江戸狂歌壇と密接に関わってくる。橘洲の貴重な一文を広く世に示した本書などは、江戸天明狂歌壇の水面下をも垣間みることができる、まさにその典型的資料といえるだろう。

注

(1) 新日本古典文学大系第八十四巻（岩波書店、平成5年）所収『奴凧』の中野三敏氏「底本解題」。

(2) 本書画者という意味で「画人」とあるのはこの三人だけだが、本文中の各像から拾えば、「自画」を含めて麴水園竜旦、玉僊、清音館竜之調、勇々館大江深淵、二水楼二水、玉鳳、後佩詩堂耳風、（沼田）月斎（歌政）等も絵筆を執っている。

(3) 大妻本奥付には文政板と同じ刊記のみが補写されていて広告がない。このような奥付を持つ刊本があるかどうか不明。

(4) 本書第四章第二節参照。

(5) 本書第四章第一節参照。

(6) 本書第四章第二節(1)参照。

(7) 詳しくは『名古屋市史』人物編第二（名古屋市役所、昭和9年）「豊年雪丸」および富田新之助氏「尾張狂歌人墓(一)豊年雪丸」（「掃苔」第八巻六号、昭和14年6月）参照。

(8) 詳しくは『名古屋市史』人物編第二「石井垂穂」および富田新之助氏「尾張狂歌人墓(二)石井垂穂の墓標及び無空々々碑」（「掃苔」第八巻七号、昭和14年7月）参照。

(9) 詳しくは『名古屋市史』人物編第一（昭和9年）「牧墨僊」および富田新之助氏「尾張狂歌人墓(五)月光亭墨僊」（「掃苔」第九巻一号、昭和15年1月）参照。

(10) 本書に関する重要事項なので、再度この三人の関係を整理しておく。寛政十一年に没した「篠野玉涌」の息子が蛸池および国天の別号を持つ「不断庵玉湧」で、本書では父玉「涌」と息子玉「湧」に書き分けられている。また姓は狩野氏のいう加藤氏ではなく花井氏である。右馬耳風の号はこの「不断庵玉湧」の初号で、これを受け継いで二代目右馬耳風と称したのが前号を時曳早躬と称していた書林万巻堂（姓浜田氏）だが、二代目耳風は狩野氏のいう初代の息子ではなく初代の門人で、二代目耳風の父は「万巻堂旧巴」である。

(11) 本書序説(一)参照。

(12) この花井家つまり唐木屋市右衛門一族は、慶長十五年に清須から名古屋本町に移住して以来の旧家で、兼成がその七代目に当たる（『名古屋市史』地理編〈大正5年〉一〇二頁参照）。

(13) 刊行時期を天明三年春とするのは、これが天明期春興集で、かつ天明三年寅年を詠みこんだ「門毎に竹のはやしをかさらせて千里もおなしとらのはる哉」等の詠があることによる。

(14) 刊行時期を天明五年春とするのは、書名角書に「春興」とあることと、平秩東作の入集歌に自分の年齢六十歳が詠みこまれていることによる。

(15) 折風については富田新之助氏「尾張狂歌人墓㈢一巴亭の号を継いだ扇折風」（「掃苔」第八巻十号、昭和14年10月）参照。長熨斗は姓氏未詳ながら市谷に住むならやはり尾張藩士であろう。

(16) もっとも田鶴丸の活動は尾張ではこれよりも早く、土師掻安のところでふれた天明三年七月の赤松亭可童三回忌追善の集は、田鶴丸の前号春秋亭可蘭の入集位置等からして彼の編であろう。なお田鶴丸が橘洲門下となったのは寛政初年とされる（市橋鐸氏「芦辺の田鶴丸、同補遺」〈同氏『東海郷土文化史考』愛知県郷土資料刊行会、昭和50年〉所収）。

第四節　花山亭笑馬の生涯――付、二酔亭佳雪――

洒落本及び人情本の著作で知られる名古屋の戯作者花山亭笑馬については、合作者二酔亭佳雪との関係をも含めた伝記上の問題もさることながら、その著作活動についても、天明四年出版といわれる第一作目『甲駅妓談角鶏卵』（以下角書はどの書名でも再出時より省略する）から文政五年刊とされる『青楼玉語言』に至るまでの、三十七年間という空白期間の謎、小説史上にほとんど登場しなくなった文政末期以降の動向など、不明な点が数多い。以下、笑馬についての調査報告を行うとともに、合作者の二酔亭佳雪についても考察を加えてみたい。

(1)　略　伝

まずその略伝であるが、笑馬についての当時の資料を次に記す。

①小寺玉晁『名府墓所一覧』

狂　堀田笑馬墓

号花山亭画名玉斎称勝四郎安政元年寅二条様御門人ト成江戸表江罷越翌卯年十一月帰路之節信州太田駅ニテ饂飩鉢持ナガラ頓死（石川注、狂は狂歌作者の意）

②同『連城亭随筆』拾七編巻之三（早稲田大学中央図書館本第三冊目）

堀田玉斎
元御蔵方手代ニテ勝四郎ト云少々不筋ノ事ニテ身ヲ退狂哥ヲ好大人ト成花山亭笑馬ト号後東京ニ下リ木
曾路ニテ病死

③笠亭仙果「庭さくらのまき（天保十年二月廿一日）」（『笠亭仙果文集』所収）における仙果自筆の書入れ
花山亭尾張名児屋御蔵役所のもとしめ也このほとは隠居なりしか俗称堀田勝四郎戯名笑馬狂歌戯作浮世
絵をもてあそひ一箇の社長たり石神道と云所にすみし人なり後みの、くに大田（ママ）駅にて没せしとき、つ

右の資料をまとめると以下のようになろう。すなわち、花山亭笑馬は俗称を堀田勝四郎という狂歌作者で（①②③）、戯作もなし（③）、玉斎の画号で浮世絵もよくした（①③）。身分は尾張藩御蔵方手代の筆頭格で（②③）、名古屋は石神道（正しくは石神堂）に居住（③）していたが、不筋のことがあって天保十年二月にはすでに隠居しており（②③）、安政元年に二条様の門人となって江戸へ下った後、翌安政二年十一月に名古屋へ帰る中山道の太田駅にて不慮の死を遂げた（①②③）。

これに若干補足しておく。まず玉晁、仙果ともに、笑馬を戯作者というよりはむしろ狂歌作者とみなしているが、これは後述するように、笑馬の文学活動の中心が狂歌活動であったことによるものである。笑馬の俗称は右の通りであるが、その撰になる後述の『植櫨考』に「花山亭高一」とあることから、正式には堀田勝四郎高一であることがわかる。玉斎という画号については、笑馬が玉僊こと森高雅の浮世絵の門人であったことによると思われるが、これについても後述する。尾張藩御蔵方手代という職については、元和五年に初めて蔵奉行が置かれた時に四人の手代がおり、後六名になったという[1]。また江戸表では八丁堀及び築地の蔵屋敷に蔵奉行を置いていたが、享保十一年七月にこれを廃して国元の蔵奉行をして交代在勤させたという[2]。笑馬の江戸表での活動はこれと無関係ではあるまい。住所については右の石神堂の他に、小田切春江の『名区小景』初編（弘化四年五月刊）巻中人名録には「咲馬　オソヘチ（御添地）　花

山亭」とあり（笑馬が咲馬となっていることについては後述する）、名古屋著名人の所付ともいうべき『金鱗九十九之塵』[3]巻五十八には「阿波様屋鋪　夷曲歌　花山亭笑馬」とある（これは屋敷名ではなく町筋の名である）。『名古屋市史』地理編と明治二年版尾府全図（同市史所収）を比較参照するに、南北に走る東の車道筋と西の水道先筋に挟まれ、東西に走る石神堂筋とそのすぐ南の阿波様屋鋪（東西の端は右の南北に走る二筋）とに囲まれた一角に、笑馬は住んでいたらしい。御添地は水道先筋の西側に接し、右の一角の南西に位置するから、天保から弘化にかけてのころにここへ転居したものと思われる。いずれも現在の名古屋市東区葵二丁目の一部に該当する。安政元年に入門した二条様とは歌道の二条家であろう。『補増諸家知譜拙記』と『公卿補任』とを合わせみれば、弘化四年に薨じた藤原斉信の次の代に当たる藤原斉敬（文政八年非参議従三位、明治元年前左大臣従一位）がその師であろう。

以上の他で知り得たこととして、笑馬が国学を学んでいたことにふれておく。本居大平の教子名簿に「（尾張国名古屋）堀田勝四郎高一」とある。大平は天保四年九月十一日に没しているから、それ以前の入門であろう。また後に藩校明倫堂の国学教授になった植松茂岳の門人でもあったらしいことが、植松茂氏によって指摘されている[4]。すなわち茂岳の『天保四年巳歳暮謝儀』に「金弐朱　堀田勝四郎」とあって、植松氏は「七十余人が金子、あるいはそれに加えて色々な物を謝礼として茂岳に贈っているので、この人々の大部分をこの当時の茂岳の門人と見なして良いのではないかと思われる」と述べておられる。笑馬はさらに、大平の娘婿となって本居家を継いだ本居内遠にも学んでいる。『国学者伝記集成』所収門人録の天保十四年より弘化四年までの入門と思われる部分に、「同（尾張名古屋）堀田勝四郎高一」とある。もっとも後述の如く入門の時期については、多少の疑問が残る。

笑馬の略伝については以上の如くであるが、笑馬が安政二年十一月の何日に没したのか、その享年や菩提寺などはどうなのかということについては、結局不明のままである。おおよその推定年齢は後述してみるが、確たる資料は発見できなかった。小寺玉晁は筆まめで、後述の如く実際に笑馬と面識があった。しかしその玉晁ですら、前述の『名府墓所一覧』に「堀田笑馬墓」と記しつつも、ついに菩提寺についてはふれていない。江戸へ出る前の笠亭仙果などは、これも後にふれるが特に親交があったのに、享年すら記していない。旅の途中における笑馬の急死がこうしたことの遠因になっているのであろうが、没した中山道の太田村という場所が早く元和元年よりの尾張藩領であり、天明二年からは陣屋ができてその翌年からは同藩代官が常駐していた所でもあることを[5]考えると、久しぶりに故郷へ帰る際の不慮の死とはいえ、他に何か事情があったようにも思われる。

ところで、笑馬の戯作には合作者として二酔亭（二水亭、酔亭とも）佳雪なる人物がしばしば名を連ねている。尾崎久弥氏「洒落本改題本の新記録」[6]（以下「尾崎氏論文」と記す）では笑馬とは別人であろうとされ、『洒落本大系』（以下『大系』と略称する）第六巻（林平書店、昭和5年）所収『角鶏卵』解題（山口剛氏閲、高木好次氏記）では、両者が洒落本の他文政期に一、二の人情本を合作していることなどから、同一人物ではあるまいかとの疑を抱かしめると述べている。さらに『洒落本大成』（以下『大成』と略称する）巻十二巻（中央公論社、昭和56年）所収の水野稔氏による同作解題でも、同一人とすることを妥当な推論とされる。しかし、両人は尾崎氏の推定の如く全くの別人である。小寺玉晁は後述する文政十年四月の中村芝翫の芝居（名古屋若宮での興行）に際して出された摺物を、『狂戯文集』と『尾張芝居雀』[7]に再録しているが、そこにみえている佳雪の名のところに、前者には「花山亭方居候」、後者には「江戸者」と注記しているのである。また前述の本居内遠門人録の笑馬と同じ部分には、「同（尾張名古屋）笹文助佳雪」とある。佳雪は笹文助なる江戸者で、名古屋では笑馬方の居候だったのである。佳雪も笑馬同様に戯作のみならず浮世絵をよくし、狂歌活動もしていることは後で具体的に述べる。玉晁はまた『連城亭随筆』の国立国会図書館本第十冊目に、「天保六乙未年春御蔵役所より申来写」として江戸表の風説などを記しているが、その末に「二月十日　花山亭大哥（石川注、大哥は兄貴分、年長者の意）　佳雪更諸居」とある。佳雪は天保六年二月ごろに諸居と改号したものと思われる。なお、化政期の名古屋には二水楼二水なる狂歌作者がいるが、佳雪とは別人である。田鶴丸撰、後佩詩堂右馬耳風輯、文化十四年七月刊『狂譌弄花集』をみるに、二水楼は「初名、片絮台曲流、又、角南読足、見田氏」とある。

(2) 文政期における戯作活動

ア　洒落本『青楼玉語言』と『角鶏卵』

さて、笑馬の文学活動であるが、花山亭笑馬の名で刊行された初作は、洒落本『青楼玉語言』中本一冊（版元不明、以下『玉語言』と略称する）である。花山亭笑馬編、玉斎笑馬自序、自序と本文との間に「述意」と見開きの口絵一図（絵師不明）を収める。次にその述意（傍線石川）を記す。

述　意

○A 嚮に二酔亭佳雪と共に角鶏卵てふ甲駅の洒落をあらわせしに幸なるかな世に行れてより契情買の美味を覚へ今亦北里玉やの世界一編を著され共元来短才愚蒙風流客ならねとも四孔の力さへなく只未筆の横好お先真闇笑はゞ哂へ笑はるゝが本意所謂戯作の気違ひか予ながら気か知れす
○B 此書に㊤を用ゆるの意は則予か目印を世に弘めんが為にしてあまねく大人達の御贔屓をねがふのみ
○C 予過つる夏の頃まで東都新橋近き辺に仮住居せしかど故ありて今また行程百里を歩て西の田舎に来ツ種をとる糸瓜ならねどもぶら〳〵として当時一所不住江戸ツ子の口真似すれとも片言不通尤多かるへし見赦し給へかし

午の春　　　　　　　　　　　　　　花山亭笑馬敬白

この述意に最初に注目したのは尾崎氏論文である。尾崎氏は傍線部Aをもとに、一、笑馬には佳雪との合作である「角鶏卵」なる甲駅、つまり新宿を扱った洒落本の前著があること、二、それが月亭可笑編、花山道人閲、甲辰の春花山道人序の『角鶏卯』であること、三、花山道人がすなわち笑馬の前号であること、四、述意の「午の春」は文政五年であるから『角鶏卯』の甲辰はそれ以前の甲辰で天明四年であること、五、傍線部Cの「過つる夏の頃まで」とは文政四年の夏までと推定され、「行程百里」の「西の田舎」とは名古屋を意味すること、六、つまり天明四年から文政四年夏まで笑馬は江戸にいて、『玉語言』刊行時には名古屋に帰っていること、以上六点を指摘された上で、新たにこの『玉語言』が名古屋の戯作者彙斎こと石橋庵増井の未刊洒落本『南駅夜光珠』（尾崎氏は文化二年成とするが、原本には文化四年二月の序があるのみ。以下『夜光珠』と略称する）とほとんど同一作であることをも指摘された。尾崎氏のこれらの指摘は、『角鶏卯』と『玉語言』の二作にわたっているので、まず『玉語言』について述べ、『角鶏卯』および両作との関係は後でふれることとする。

『玉語言』に関しては、午の春の確認と『夜光珠』との関係が問題となる。尾崎氏は午の春を通説通り文政五年として扱っておられるが、他に年代を示すものがないのであるから、文政五年とは特定できないはずで、『大系』第十二巻所収の解題では一回り早めて文化七年刊かとする。いずれを是とするかを考えるに当たって参考になるのは、述意の傍線部Bである。それによれば、「玉」の玉印（号「玉斎」の玉の字を意匠化したもの。後掲の図Ⅲb）を自分の目印として世に弘めようというのであるから、この玉印を刊行書などにおいて公に使いはじめたのはおそらく本作からであろう。自序がこの玉印尽しともなっていることや、書名の「玉」の字にも使っている（ただし内題と尾題）ことなど、その意欲の表れである。そこで笑馬が玉印を使っている例を調べてみると、左のものが管見に入った。

①文化十三年春刊、石橋庵増井著『津島土産後編 滑稽祇園守』挿絵に「蚊遣りせぬ女あるしのひと間かな　玉斎画賛(玉)」

②二酔亭佳雪、花山亭笑馬合作『貞操妓談津多加津羅』初編の序文末に「未陽月　花山亭笑馬(玉)」

③玉晴堂芝誘作『美談菊の露』序文末に「天保二卯春　花山亭笑馬戯題(玉)」

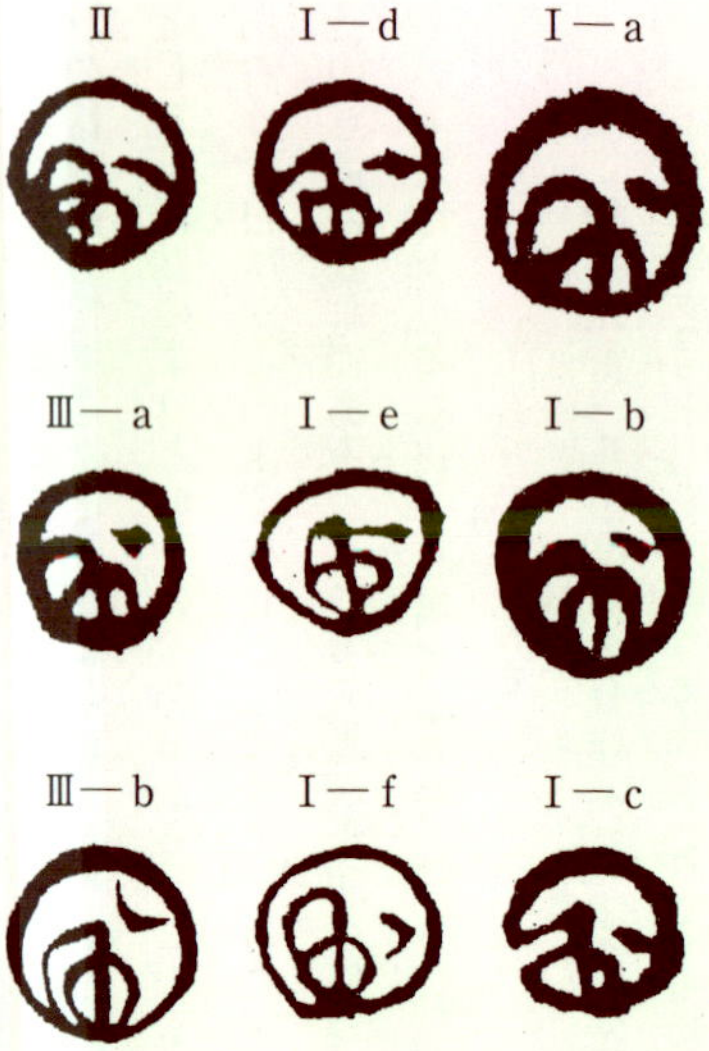

④天保三年正月刊、石橋庵増井著『滑稽駅路梅』序文末に
「天保二卯春　花山亭笑馬(玉)」

⑤二酔亭図工、玉斎清画、玉斎笑馬序『名古屋於妃』に描かれた提灯に「(玉)花」

⑥花山亭笑馬撰、笠亭仙果閲『笠亭主人待受一会東海道中滑稽譚』の序文末に「天保六とせ未の初秋出向ひの惣連中にかはりて
花山亭笑馬識(玉)」

⑦花山亭咲馬撰『誹諧歌玉光集』の序文末に「嘉永二とせといふとしのきさらきの日　花山亭高一識(玉)」

これらのうち⑤のみは年代を示すものが何もないが、後述するように文政元年以後天保二年以前の成立と推定できる。笑馬が使用した玉印は図Ⅲaと図Ⅲbの二種類で、①のみが図Ⅲa、その他はすべて『玉語言』に使われている図Ⅲbと全く同じである。ということは、①の文化十三年から③④の天保二年までの間に、図Ⅲaをよりデザイン化した図Ⅲbの玉印ができあがり、かつそれが笑馬の目印となったということになる。この間の午は文政五年以外になく、つまり『玉語言』述意の「午の春」は文政五年春を指していることになる。ついでながら、②の『津多加津羅』序文の「未陽月」も同様にみていけば文政六年十月と特定することができ、⑤の『名古屋於妃』は上限が下って文政五年から天保二年の間の成立ということになる。なお③については、中村幸彦氏と藤園堂伊藤健氏の御教示によりここに加えることができた。

ところで、笑馬の玉印は名古屋の絵師森玉僊こと森高雅の玉印（図Ⅰa〜f）と酷似する。玉僊の具体例をあげるならば、図Ⅰaは十返舎一九作、文化十二年秋刊『秋葉山鳳莱寺一九之記行』の口絵、図Ⅰbは①の口絵、図Ⅰcからeは

前引の文化十四年七月刊『狂謌弄花集』の挿絵、図Ⅰfは小野秋津撰、文政二年初春序『落噺恵方棚』[8]の口絵にみえているものである。笑馬の図Ⅲaの玉印は図Ⅰbとdに、図Ⅲbの玉印は図Ⅰaとfに筆の運びが実によく似ている。また①の挿絵の中には玉鳳なる人物の描く玉印もあって、それが図Ⅱである。これらの類似が何に帰因するものであるかといえば、笑馬や玉鳳が玉僊の門人であったからに他ならない。玉僊の伝は『名古屋市史』人物編第一にみえているので詳述しないが、四十四歳の天保五年に玉僊は土佐光孚の門に入り、その披露の書画会を同年九月朔日二日の両日にわたって前津の酔雪楼で開いている[9]。その折に版行された番付[10]を見るに、執事には小寺玉晁や笠亭仙果といった門人をはじめ、号に玉の字が付く門人たちがずらりと名を連ねていて、「堀田笑馬」の名もまたみえているのである。玉鳳はすでに没したのか見当たらないが、玉僊の高弟であったという[11]。笑馬の画号玉斎は玉僊門下であることを意味していたのであり、玉印の類似は師弟であるが故の結果と考えられるのである。

『玉語言』についての今一つの問題点、石橋庵増井の『夜光珠』との関係に論点を移す。尾崎氏論文は、増井作が名古屋熱田の神戸遊廓を扱っているのに対し笑馬作は吉原に材を借りているものの、人物の言葉、趣向、時には文句の末までも同一であることを指摘された上で、両作の前後関係については不明とする。その理由は、先輩格の笑馬の作、それも文政五年春の述意を持つ刊本の『玉語言』と、後輩格の増井の作、それも文化四年二月序の未刊稿本とがほぼ同一作だからである。つまり先輩の刊本と、その刊行より十五年も前の序を持つ後輩の稿本とがほとんど同じということになるからである。文政五年当時、増井にはすでにいくつかの稿本と刊行書があったとはいえ、その文学活動は寛政期後半から始まったと思われる[12]から、天明四年刊行の『角鶏卵』という洒落本作があるとされる笑馬からみれば、増井は当然後輩格に相当することになる。この認識に立てば、両作の関係はなるほど理解に苦しむ現象であるが、後述するように実はその逆であって、笑馬の方が後輩で、しかも両者にはそれなりの交流があったと思われる。となれば問題は単純で、増井の稿本を十五年後の文政五年に、後輩である笑馬が吉原物に改作刊行したにすぎず、それもまだ存命中の増井の、おそらくは承知の上のことであったろう。両作がほぼ同一作であったことは、小寺玉晁などもまた知っていたようで、玉晁の『戯作者考』には彙斎（増井の別号）の項にその著作の一として「玉のこけん」とあり、笑馬の項にも「玉の語言」とある。

なお、『玉語言』の刊年を『大系』第十二巻所収の解題では文化七年刊かとすると前述したが、その要点は以下の如くである。すなわち、本文中に「嵐冠十郎が山口の高慢に浅尾為十郎が九太夫の心底」とあるが、この為十郎は文化元年四月に七十歳で没する実悪が上手であった初代為十郎を指しており（その子の二代目為十郎も文化三年七月に二十八歳で没）、それならば文政五年の午では新につき易い洒落本の引用としては年代が離れすぎるから、一回り早い午の文化七年刊か、というものであった。ではこの箇所の『夜光珠』本文はどうなっているかといえば、「中山一蝶が山口が高慢と浅尾国五郎が九太夫の心底」とある。すなわち『玉語言』は、上方役者の中山新九郎一蝶（文政十年没）を、同じく敵役を得意とした江戸役者の初代嵐冠十郎（弘化三年没）に置き換え、寛政九年の『仮名手本忠臣蔵』九太夫役で当たりを取った浅尾国五郎の姓のみをいかして、為十郎の名をはめこんだにすぎない。文化七年説には従えない。

『玉語言』に先行する洒落本『角鶏卵』（小本一冊、版元不明）は月亭可笑編、花山道人閲、巻頭に甲辰の春の花山道人の序文と見開きの口絵一図があり、巻末には後編『菖蒲談語』の近刊を予告する（未刊であろう）。また『大成』第十二巻所収の水野稔氏『角鶏卵』解題によれば、文政期刊『傾城買談三部集』中本三巻三冊の下巻として同一板木によって再刊されているという（上巻は文政四年刊『青楼胸の吹矢』、中巻は寛政二年刊『洞房妓談繁千話』）。花山道人が笑馬の前号に当たることは前述の尾崎氏指摘通りで、月亭可笑は二酔亭佳雪の前号である。

問題なのは序の「甲辰の春」である。この表記そのものに誤りがないと仮定すれば、文政五年の『玉語言』以前の甲辰は、これも尾崎氏の指摘の如く四十年近くも昔の天明四年と考えざるを得ない。しかし前引『玉語言』述意の傍線部Aを素直に読めば、遡ってもせいぜい四、五年前と解されそうなものであって、とてもそんな昔とは思われない。また天明四年を仮りに笑馬二十歳としても、没する安政二年は九十一歳、それも前年九十歳で江戸に下り、翌年に険しい中山道を通って名古屋へ帰ろうとしたことになって、これまた俄かには信じがたい。

この矛盾を解く手がかりとして、本文中に天明期の作とは思われない記述があることを向井信夫氏より御教示いただいた。「居続の契約」で粂之助が「かさね扇のめりやす」を唄っていることと、「其二」での金さんの言葉に「川滝きどりてくつとやらかした」云々とあるのがそれである。川滝から先に述べると、これは役者の二代目沢村四郎五郎の屋号を指していると思われる。二代目四郎五郎を役者評判記でみていくと、寛政五年正月刊『役者当振舞』江戸之巻に「荻野東蔵」の名で初めて登場し、同九年正月刊『役者渡初』では「沢村東蔵」と改姓していて、「荻野から沢村に改めた堺ばし」とある。文化六年正月刊『役者大学』では新たに二代目沢村四郎五郎を襲名したことが知られ、文政三年正月刊『役者開帳』によればさらに沢村東十郎と改名したことがわかる[13]。天保三年に没した[14]が享年は未詳である。この役者は荻野時代は不明であるものの、沢村東蔵時代はすでに川滝屋を名乗っている。寛政十一年正月刊『俳優細見記』に「川滝屋東蔵」とあり、享和三年正月刊『戯場訓蒙図彙』などにも「遮莫国　沢村東蔵　家名カハタキヤ」とみえている（「遮莫」はその俳号）。二代目四郎五郎を称してからも同じ屋号を用いていたことは、文化十五年の『芝居細見三階松』、文政七年の『俳優觽』などによっても確認できる。役柄は右の諸書を見れば、一貫して実悪、敵役を演じていることがわかり、『三階松』では上上吉（最終画白ヌキ）の位付で給金は「価七百両」とあり、『役者開帳』では同じ位付で実悪巻頭となっている。『角鶏卵』では、色男の粂之助が金さんと共謀してお梅から金を騙し取る時の、粂之助に対する金さんの演技を後に金さん自らが「川滝きどり」と自慢する。この表現に見合うそれなりに知られた実悪の役者「川滝」を探してみると、管見の範囲では天明初年前後まで遡っても、初代沢村四郎五郎を含めて該当者がいない。「川滝きどり」という表現は天明期では意味をなさず、文化末期以降主として文政期の表現といえるだろう。今ひとつの粂之助が唄う「かさね扇のめりやす」については、「かさね扇」なる歌謡が当時の流行俗謡集の『浮れ草』（文政五年閏正月序）にみえている。すなわち「重扇はよい辻占よ、弐人しつぽり抱柏、こちや命でもなんのその」云々とあって、この抱柏の重ね扇とは、化政期の江戸歌舞伎を代表する美男役者、三代目尾上菊五郎の定紋である。菊五郎といえば、初代も同じ定紋でかつ著名な役者であったが、前述の二代目沢村四郎五郎とは時代がずれるので、ここはやはり三代目の菊五郎であろう。(15) 女郎に惚れられる色男粂之介は、まさに三代目の舞台姿と一致しよう。なお、右の俗謡がめりやすであったかどうかは不明であるが、文政八年刊行の三代目菊五郎作、国貞画『流行歌川船合奏』には、杵屋佐吉按譜として自作のめりやす「松の庵」が掲載されている。

それでは右二人の役者を当てこんでいる『角鶏卵』は、一体いつごろの刊行であろうか。結論を先に言えば、文政三年と推定する。序文には「甲辰」とあるが、一般に干支で表記する場合、十干にはまま誤りが見うけられるので、この場合の「甲」は疑わしくあっても、身近な十二支の「辰」はおそらくその通りだったのではあるまいか。それならば二人の役者の活動からみて、寛政八年、文化五年、文政三年のいずれかの辰年であろう。このうちの文政三年ならば、文政五年『王語言』の二年前ということになって、前述の述意傍線部A全体の解釈に全く無理がなくなるのである。さらにこの年であれば、二人の役者のまさに全盛期の内でもある。残る二つの辰年では、やはり無理があるといわざるを得ない。また文政三年が庚申であることから思うに、甲辰の音読（表記上は庚(カウ)と甲(カフ)で相違するが）による誤記ではあるまいか。庚を甲と書き誤ったが故に、文政五年からみてかろうじて手が届きそうな天明四年が特定されてしまい、そのために混乱が生じたものと思う。中野三敏氏からうかがった、内容からみて『角鶏卵』が天明期の洒落本とは思われない、との氏の感想は当を得たものであり、水野氏もまた、前述の解題で「天明と文政とでは年次が隔り過ぎる疑問が残るが」と危惧を付記されていた。

さて『角鶏卵』と『玉語言』の刊年が定まったとなると、『玉語言』述意の前引傍線部Cに関する尾崎氏の見解も一部修正を要する。つまり、笑馬が江戸にいたのは天明四年から文政四年夏ごろまでではなく、江戸滞在は文政三年春から、それも『角鶏卵』出版の過程を考慮すれば、おそらく前年の文政二年にはすでに江戸へ来ていたであろう。(16)また玉印の所で引用した、笑馬の画賛のある文化十三年春刊『滑稽祇園守』は、版元が名古屋の松屋善兵衛であるから、笑馬はこのころまでは名古屋にいたと思われ、その後文政二年までの間に江戸へ出たと考えられる。さらに傍線部Cには、江戸表では新橋の近くに住んだとあるが、文政三年刊『分間江戸大絵図』を見るに、新橋の東南、浜御殿の堀向いに「尾張殿」と記された屋敷がある。これが尾張藩の築地の蔵屋敷である。笑馬は御蔵方手代としての公務で江戸に来たと思われ、その折に年上の二酔亭佳雪と知己になって『角鶏卵』を刊行、翌文政四年夏ごろ伴って帰郷したと考えられる。

イ　人情本『津多加津羅』と『鯨舎気質鶴毛衣』

文政期の笑馬は、『角鶏卵』と『玉語言』の洒落本二作に続き、小説では人情本に筆をとっている。『津多加津羅』初編と『鶴毛衣』がそれである。

『津多加津羅』初編については、名古屋市蓬左文庫尾崎コレクション所蔵本（中本）、向井信夫氏所蔵本（中本および後述一本）、国会図書館本（半紙本）を披見した。中本の二部は同一本である。とりあえず中本から述べていくことにする。二巻二冊で、作者は二酔亭佳雪と花山亭笑馬の合作である。画工不明、内題「貞操妓談津多かつら　初編」。上巻は「未陽月　花山亭笑馬(玉)」序、口絵、「品目」と続き、本文の「一回目」から「三回目」までと、挿絵二丁を収める。下巻は本文の「其二」と「其三」から成り（挿絵なし）、巻末に「（本文続きの）草稿出来あれど丁数に限りあれば先筆をとめ侍りぬ」とあって、佳雪と笑馬連名で敬白と記す。笑馬の序の「未陽月」が文政六年十月であることは玉印のところですでに述べた。またその序文中に「二酔亭佳雪のあみたる物かたりなるを、予も倶に合作して」とあることから、本書は佳雪原作とでも呼ぶべきものであることがわかる。国会本は半紙本ではあるが、中本と同一板木を使用している合綴一冊本である。ただし、中本でいう上巻末の「三回目」と下巻初めの「其二」の間に、「四回目」から「六回目」までの本文及び挿絵二丁が入っている。「品目」には中本、半紙本ともに第六回まであることと、加わっている「四回目」の第一丁目に下巻の内題があることから、中本の方がこの部分を欠いていることになる(17)。また中本に欠けている挿絵の中に「全本二冊英泉画」とあって本書の画工が判明する。なお、国会本の表紙には原題簽があり、そこに「貞操妓談津多加津羅初編中」とあるので、別に三巻三冊本（書型は云々できない）もあったと思われる。ところで本書については、従来初編のみとされてきているが、小寺玉晁の『戯作者考』の笑馬の項に「蔦かづら二編マテ二酔亭佳雪合作英泉」とあり、現に向井信夫氏が右の中本二冊とは別に、その上巻の中本一冊を所蔵しておられる。題簽は剥落してないが、内題に「貞操妓談蔦葛後編」、佳雪と笑馬の合作とあり、見返しには英泉画図とみえている。口絵二丁を挟んだ「榛園のあるし秋津」の序と、佳雪と笑馬連名で敬白とある「伏禀」に続き、本文の「第一章」と「第二章」及び挿絵二丁を収める。序者の榛園秋津については後述するとして、「伏禀」に「前編蔦葛幸に行れて、今又後篇を著すといへとも、実は其趣向余りて満尾にいたらす、されとも三編を出して長咄の悪名を請んよりはと、終に文面を縮て三冊につゝめ畢ぬ」とあるので、この後編は三巻三冊であったかと思われる。刊年は不明であるが、初編が文政六年であるから、その後数年の内であろう。初編後編ともに版元も未詳であるが、名古屋の秋津の名が後編にあることからすれば、おそらく両編ともに名古屋の本屋が関与しているであろう。

『鶴毛衣』は『訂改日本小説書目年表』によれば文政十一年刊六冊とあり、『国書総目録』では文政九年刊六冊、所蔵者の長澤規矩也氏本は四巻五冊と掲げる。一見再版と初版のように見うけられるが、実は本作には前編と後編があって、右はそれを混同したものである。前編に当たる長澤規矩也氏旧蔵本を長澤孝三氏よりお見せいただいた。半紙本四巻五冊の揃本で、題簽と内題ともに「鯨舎気質鶴毛衣」。二酔亭佳雪作、花山亭笑馬閲とあり、第三、五冊目の挿絵中に、それぞれ「保之画」「森川保之画、文政九年丙戌孟春調之」とある。刊記を見るに、文政九年戌初夏の刊行で、書肆は浪華の河内屋茂兵衛、皇都の伏見屋半三郎と山城屋佐兵衛、尾陽の玉屋新右衛門、それに東武の大坂屋茂吉、計五軒である。「戌の春　榛園秋津」序で、口絵に続き佳雪の狂歌一首「珍らしき筋はことしもあら玉の春の仕着せの鶴の毛衣」があり、「戌のとし初春　二酔亭佳雪」跋。巻末に「渓斎英泉画鶴の毛衣後篇近日出板」と予告する。半紙本ではあるが中本の板木を使用している。後編は完本未見で、尾崎コレクション所蔵の端本三冊のみ披見し得た。中本の板木を使用した半紙本で、題簽には「鯨舎気質鶴毛衣」とあり、内題（第一・三冊目は欠）と尾題（第二冊目は欠）は「鶴毛衣後篇」となっている。第一冊目は内題がなく尾題の下に「中之巻終」と見え、本文末には「耳ちかう鶴なく宵やはつしくれ　二酔亭」の発句を掲載する。第二冊目は内題下に「下之巻」とあって尾題がなく、第三冊目は内題がなく尾題下に「下之巻終」とあり、刊記を付す。その刊記によれば文政十一年子初春の出版で、書肆は前編と同じである。尾崎本三冊は、後編三巻六冊の内の中之巻後半の一冊と下之巻二冊と考えられ、上之巻二冊と中之巻前半の一冊を欠いたものと思われる。前述の本作を六冊とするのは、この後編に依拠したものであろう。画工名を記さぬ挿絵があるが、玉晁は『戯作者考』で英泉と記しているし、前編巻末の予告でも同じく英泉である。

笑馬の小説は後述する天保期の噺本を除けば以上がすべてで、いずれも文政期の刊行ということになるが、これをふりかえると、洒落本人情本ともに笑馬の創作と呼べるものは一作もないことがわかる。『角鶏卵』は佳雪との合作といっても、序文によれば可笑（佳雪）編は可笑作に等しく、笑馬は文字通り閲したにすぎないし、『玉語言』は増井の稿本を改作刊行したものであった。『津多加津羅』も合作とはいえ、自ら序文に佳雪が編んだものと記しているし、『鶴毛衣』は秋津が序文で「例の佳雪が漫作なり」と記す通り、佳雪作、笑馬閲と明記されている。二酔亭佳雪は笑馬以上に文才があったのではあるまいか。

ウ　石橋庵増井および榛園秋津との交流――戯作・狂歌・啓蒙絵本――

では文政期の笑馬は、他にどのような活動をしていたのであろうか。

その第一に注目すべきは、すでに少しふれた石橋庵増井（真酔とも）に関係した活動である。笑馬が刊本に顔を出す初作は、管見によれば前述の文化十三年春刊『滑稽祇園守』における画賛ということになるが、その作者は時に四十三歳の増井であった。文政に入っても増井との関係は見うけられ、前述『玉語言』以外にも尾崎氏によって指摘されている。その一は尾崎氏論文で報告されているところの、真酔撰『似口早指南鸚鵡返』（小本一冊、内題「似ロ鸚鵡がへし　初編」、文政五年午春自序、名古屋の美濃屋清七板）における口絵中の賛である。すなわち、華渓の筆になる色刷りの口絵に「口まねをまた口まねやあふむ鳥　笑馬」とみえている。その二は文政七年自序の真酔編『誹風妻楊枝』初編（美人庵文来と怊然亭蘇友の蔵板）に、花山亭として四句、また玉斎として四句入集していることである。[18] さらに文政期ではないが、天保三年正月刊行の増井作『滑稽駅路梅』（中本三冊、発行書林は京の山城屋佐兵衛と名古屋の松屋善兵衛、玉屋新右衛門、本屋忠三郎）には、すでにふれた如く天保二年春の笑馬の序文があった。このようにみてくると、文化末から文政を経て天保の初めに至るまで、笑馬は増井と何らかの関係を保ちつつ活動していたと思われる。ここで笑馬の年齢を推測してみると、刊本に初めて顔を出した文化十三年を、仮りに増井と同じ四十三歳とするならば、第一作目『角鶏卵』刊行の文政三年は四十七歳で、安政二年八十二歳没ということになる。しかしこれでは文学活動の面でも、没する際の事情においてもいささかそぐわない。おそらく享年は六十歳前後であろう。そう仮定すれば、二十五歳前後で『角鶏卵』を出し、文化十三年は二十一歳前後ということになる。これに文政五年の『玉語言』出版事情と、その時点で増井にはすでに文学上の業績が種々あったことを思いあわせれば、確たる証拠を明示することはできないものの、増井が笑馬の先輩格であることはほぼ認められるであろう。笑馬は戯作活動において二酔亭佳雪に寄りかかりつつも、まずは増井系とでもいうべき形で江戸文芸の世界へ入っていったといえそうである。なお右の推測でいけば、絵の師である玉僊よりは五歳前後年下ということになる。

文政期の笑馬について注目すべき第二点は榛園秋津との交流である。秋津とはすでに述べた笑馬と佳雪の国学の師で、後の本居内遠その人である。秋津の狂歌活動及びその戯作趣味については本書第四章第二節でまとめた都合上、ここでの引用資料や記述の一部にそことの重複があることをあらかじめお断りしておく。寛政四年に名古屋の書肆万巻堂菱屋久八（久八郎とも）の子として生まれた秋津は、二十九歳の文政三年に本居大平の国学の門に入る一方、文化文政期においては尾張酔竹連一派の一人として広範な狂歌活動を展開する。文化期では時曳（又は万巻堂）速躬、後佩詩堂右馬耳風の狂歌名を用い、文政元年からは小野秋津、同三年からは木綿垣秋津と称し、同八年よりはそれらを廃して新たに榛園秋津と号した。判者となったのは耳風時代のようで、後トンボを目印とする秋津連を組織するが、天保二年三月に大平の養子となってその娘藤子と結婚するや、国学を専らとして狂歌戯作活動から遠のき、養父没するに及んで紀州藩の禄を継ぎ、安政二年十月江戸赤坂邸にて六十四歳で没した。

笑馬とこの秋津との交流は、石橋庵増井とのそれよりもやや遅れて文政八、九年ごろから始まる。前述の『蔦葛』後編と文政九年初夏刊行の『鶴毛衣』（前編）に、榛園秋津として序を記しているのがその早いものである。後者はその序に同年春の記述があって明らかであるが、前者については年代の記載がないものの、初編が文政六年であることと、同八年から名乗った榛園秋津の号を使っていることからすれば、『鶴毛衣』と相前後するころのものであろう。次いで文政十年になると、二つの事例をあげることができる。『尾張芝居雀』や『見世物雑志』巻二によれば、この年四月二十八日から閏六月二十八日まで、名古屋若宮にて中村芝翫の芝居が興行され、この時ある人が芝翫に摺物を送ったといい、それが右二書などに転載されている。「成駒屋芝翫に送る言葉」と題するもので、榛園の戯文と、秋津を中心とする当時の地元狂歌作者十八人の詠から成り、その中に笑馬と佳雪も顔を出している。笑馬の詠は「菅沼が萩の一巻うばい行く芸の花こそあきなかりけり」、佳雪は「定紋の祇園守や祇園会の山なす人のめづる中村」と詠んでおり、ここでの玉晁書入れが佳雪を知るに有益であったことは前述した。このころの両者には、すでに狂歌を介したつきあいがあったかと思われる。これが本年の交流の一で、いま一つは、笠亭仙果の随筆『よしなし言』二編（本年執筆）にみえている茶番の会である。それによれば本年十一日（月不記、正月か）に秋津方で茶番の会が開かれ、仙果や二代目雪丸等二十人ばかり集まったが、「そのうち堀田笑馬は上手の分」であったという。また「このころ笑馬子かたにて婦人づくし」、「竜の屋にても化物尽し黄金づくし」(19)などの茶番が行われたという。笑馬は実生活においても秋津や仙果と交流していたのである。翌文政十一年になると、笑馬は狂歌の会で秋津と同席し、そこへ小寺玉晁も顔を出している。玉晁の『連城亭随筆』国立国会図書館本第六十四冊目によれば、「戊子（文政十一年）冬東雲庵一雄屋敷此時七軒町割出し東側高千石石川伊折大人方の哥の会にまねかれて予も出会せしに才人達のいろ〱咄の序に物毎に弐句はつゞけど三句つゞきていへるはすくなく抔云て酩酊のうへにて」として、「狐の哥の会でクワイ〱の会　花山亭笑馬」、秋津は「ダイ〱（橙）の台（ダイ）」、玉晁も「（秋津のものに）八百屋の府（ママ）調に云ダイ三ノ数ヲ云を加へ、橙（ダイ〱）の台（ダイ）の代（ダイ）はダイ」と続けている。

この場には、他に前出の竜の屋弘器などの顔もまたみえている。右の如き遊びとしては、文化期の大坂で流行した連々呼なる先例があり、『連々呼式』という小冊まで刊行されているとは、中野三敏氏の御教示である。

秋津とのこうした親交は、笑馬の狂歌活動と啓蒙絵本に最も顕著に現れる。まず狂歌活動を先に述べ、その後で啓蒙絵本について具体的に報告する。

刊本の狂歌集に笑馬の名が見出されるのは、年次がはっきりするものに限れば、管見では翌文政十二年からである。榛園新宅披露会の『夏之歌』（半紙本一冊、榛園判、補写の扉題「岩か根集」、会主は蜀錦堂亜紅と弄扇館秋近、口絵があるが絵師不明、九州大学文学部富田文庫〈以下、富田文庫と略称〉蔵）は、扉に「文政十二年丑八月十七日於酔雪楼開巻」とあって、榛園の立評で、楽評者として相津園真楹、花山亭笑馬、星橘楼長雄、稲廼屋長秋、鶴楼春香の五人の名が連ねてある。笑馬の詠は「けふたさに鼻うちおほふたをや女は末つむ花や蚊火にたくらむ」以下三首が入集している。また巻末には、「榛園うしの新宅をほきて」と題して、江戸の千種庵諸持と地元の大家橘庵田鶴丸の詠各一首がみえているが、後述する如く笑馬はこの両者の撰集にも顔を出すようになる。狂歌活動における笑馬と秋津の交流はここに決定的だが、この年はまた江戸表の狂歌本にも笑馬の詠が出てくる。湖濤園芦元撰『月濤抄秋之部』（半紙本一冊、内題「戯咲歌月濤抄」、本年九月自序、四ツ谷庵月良跋、相覧画）に「こかれたるむねのけふりよあめとなりてしのふにつらき月おほへかし　名古屋花山亭笑馬」、その他計四首が入集する。またこの文政十二年六月六日に没した鹿都部真顔追善の『四方歌垣翁追善集』（半紙本一冊、内題「俳諧歌場老師追福三題集」、尾題「俳諧歌三題集」、六樹園主人序、内容は二世森羅亭万象撰〈兼題花〉、弥生庵雛丸撰〈兼題月〉、穐長堂物梁撰〈兼題雪〉から成る）にも、「花　独くれてあるじとたのむ桜蔭心の花の宿とさだめて　同（名古屋）笑馬」の一首がある。江戸の狂歌本に笑馬が登場するようになった背景はしかとはわからないが、右の二書ともに秋津の詠もみえていることから、おそらくは秋津を介してのことと思われる。翌文政十三年（十二月十日天保元年と改元）笑馬はまた江戸へ出ていた。戯咲歌園百兄・四谷庵月良・濤樹園影枝・湖川楼堰撰『濤花集』（半紙本一冊、扉題「戯咲歌濤花集」、内題「初代三代湖鯉鮒追福濤花集」、戯咲歌園自序、文政十三年八月四ツ谷庵自序、濤樹園自跋、同年閏三月湖川楼自跋、土佐相覧画、富田文庫蔵）の「松間桜　さく花の雲井の曲やうたふらん松ふく風の琴のしらへに」の詠に「在江戸花山亭笑馬」とあるからである。本書は内題にもある如く、初代と三代目の湖鯉鮒の追善集で、前年十二月に三代目が没したのを機に企画された。巻末には「文政十三寅年閏三月十八日両国柳橋於河内屋開巻同八月行成」とあり、四ツ谷庵と湖川楼の発起で、松濤斎調意と濤鳴庵沢利が催主である。ここにいう三代目とは、湖川楼の跋に「湖濤園芦元改　三代目濤園湖鯉鮒」とある。ならば笑馬は、すでに前年九月自序のその撰集『月濤抄秋之部』に入集していた。そのわずか三箇月後の死である。閏三月の会にはおそらく笑馬も参加したことであろう。もっともこの時の江戸滞在は短期だったようで、後述する天保二年の狂歌本ではまた住所を名古屋とするので、一年足らずで帰郷したことになる。となると、菅竹浦氏『狂哥書目集成』（星野書店、昭和11年）に文政年間刊とある梅屋鶴子（本町側の魁首）撰『狂歌一代男』（半紙本一冊、一勇斎国芳画、神田二代の劇神仙序、本町連裁板）も、所収の「花見　山〳〵の霞をかへて七日みんおやてふ雨にそたつさくらを」の詠に「在江戸笑馬」とあるから、これもこの時期の刊行であろう。同様に、名古屋から江戸に移住した五側の判者西来居未仏撰『新撰狂歌百人一首』（半紙本一冊、花月堂百雄・西郊園毛種・西山居初風輯、柳川重信画）にも、「在江戸花山亭笑馬」として「柳　あをやきの風にまかせぬ一えたは蜘にえにしの糸や結ひし」の他一首があるので、これも同じころのものと思われる。[20]

笑馬が入集する狂歌本としては右の他に、年次が特定できないものの文政から天保にかけてのころと思われる左の七点がある。

①『園廼八千種』（半紙本一冊、書名は書き外題による。彩色口絵藤原可為画、富田文庫蔵）
②『からにしき』（半紙本一冊、紫川画、国立国会図書館蔵『狂歌寄浪』第一冊目のうち）
③無書名本（半紙本一冊、右に同じ書第二冊目のうち）
④『狂歌貫珠集』
⑤『狂歌人名録』（半紙本二編合一冊、柳川重信画、東京大学総合図書館蔵）
⑥『続真木柱集』（半紙本一冊、内題「狂歌真木柱」、国文学研究資料館蔵）
⑦『鶯蛙狂歌集』前編（半紙本三巻一冊、彩色口絵玉鱗、玉渓、国芳等画、東北大学狩野文庫蔵『千函真珠』第十四冊目のうち）

①②③は、いずれにも榛園秋津又は榛園の詠があるので、文政八年から天保二年までのものである。①と③は橘庵田鶴丸の撰で、①には「春のくさ〳〵　香をとめてうれしき袖の鐺さきに梅を折られし心ちしてけり　（ナコヤ）蒼(ママ)山亭笑馬」の一首、③には「（花）　世の外にすめと桜の咲頃はちりといふ苦を又まうけたり　々（ナゴヤ）笑馬」の一首

がある。②は田鶴丸と秋津の撰で、「くたかけのかしらとも見るもみち葉のちりしく庭や是もあし跡　花山亭笑馬」とみえている。この時期に名古屋で狂歌活動をすれば、田鶴丸との関係が生じないはずがなく、笑馬もまた例外ではなかったのである。④は原本未見であるが、富田新之助氏による抄録集『狂歌』二一（富田文庫蔵）によれば至清堂の月並で、一冊本、琴樹園二喜輯、柳川重信画、「虫　ふり出した雨をわふるか笠松の下草になくみの虫の声　々（ナゴヤ）花山亭笑馬」とあるという。至清堂は五側の至清堂捨魚のことであろう。富田氏は本書に出ている西来居未仏の詠も記しているので、④は未仏没する天保二年以前の成立であろう。⑤も未仏撰であるから、同年以前の成立で、花月堂百雄・西遊子千巻・西山居初風の輯、瓢箪連（魁主は未仏）の蔵板である。その後編に「盆踊　かたひらも井筒かすりにをとめ子はふりわけ髪の揃ふ盆の夜　ナゴヤ花山亭笑馬」その他二首みえている。⑥⑦は、田鶴丸の詠を収めているので、その没する天保六年[21]以前のものということになる。⑥では芍薬亭長根・千種庵請持の撰の部に、「夏の歌」の題で前述文政十二年『夏之歌』引用と同じ詠一首が「同（名古屋）花山亭」として出ている。⑦もこの千種庵の撰で、春友亭蔵板である。「早春　わか水にうつろふ空の色まてもけさはかすみてぬるみ初けり　同（名古屋）花山亭」の他一首がみえているが、本書にはまた佳雪の詠も一首入集している。佳雪の狂歌は他に、榛園編の未刊本『狂歌鶴尽し』巻三に「酔亭かせつ」として三首、千種庵の刊本『高低題林』に「二水（ママ）亭佳雪」として一首みえている。前者は巻末に「尾張の国をはなれて紀の国にうつるとて」と題する榛園の詠があり、『後藤垣内内遠年譜稿』によればそれが天保元年十一月のことであるので、その成立も同じころであろう。後者については佳雪の名であるから、諸居と改号する天保六年（前述）以前の成立ということになる。

次に、同じく秋津との縁から生まれたと思われる、文政から天保にかけて集中して作られた笑馬の啓蒙絵本について述べてみたい。ここにいう笑馬の絵本とは、絵が笑馬の筆になっているものだけでなく、その狂歌がみえているだけの絵本も含む。以下にそれらを列挙するが、記号の㋑から㋸はそれぞれ、㋑書名の根拠、㋺別書名、㋩書型と巻冊数、㊁丁数、㊅柱刻、㊇彩色の有無、㊈絵師等、㋠序跋、㋷版元、㋦同類絵本の広告、㋸内容、を意味する。

①『名古屋於妃』（西尾市岩瀬文庫蔵）

㋑原題簽、㋺ナシ、㋩半紙本一冊、㊁全六丁、㊅柱「那」、㊇無彩色、㊈二酔亭図工・玉斎清画、㋠玉斎笑馬序、㋷版元玉華堂（名古屋玉野屋新右衛門）、㋦ナシ、㋸当地の高名な神社仏閣の光景を描き、地元狂歌作者の秋津・亜紅・鬼影・小野女の詠を付す。

②『絵本婦人遊』（架蔵）

㋑刷付け表紙、㋺見返し題「画本新雛形」、㋩小本一冊、㊁全十丁、㊅柱「新」、㊇彩色、㊈表紙柳川重信画、他は佳雪図工・笑馬清画、㋠榛園秋津序、㋷版元永楽屋東四郎、㋦ナシ、㋸歌かるた以下羽根つきまで十の遊びを描き、地元狂歌作者の糸長・真鎮・鬼影の詠を付す。

③『義経勲功録』（尾崎コレクション蔵）

㋑刷付け表紙、㋺ナシ、㋩中本一冊、㊁全十二丁、㊅柱ナシ、㊇無彩色、㊈表紙佳雪画、その他は王斎画・佳雪図工、㋠榛園秋津序、㋷版元不明、㋦ナシ、㋸義経の一代記。

④『子どもあそび』（尾崎コレクション蔵）

㋑序題、㋺原題簽「画本〔ヤブレ〕」、㋩小本一冊、㊁全十丁、㊅柱「子」、㊇彩色、㊈佳雪図工・笑馬清画、㋠榛園秋津序、㋷版元不明、㋦ナシ、㋸双六以下十の遊びを描く。

⑤『絵本東名所』（尾崎コレクション蔵）

㋑刷付け表紙、㋺見返し題「画本東名所」、㋩小本一冊、㊁全十丁、㊅柱「江」、㊇無彩色、㊈表紙柳川重信画、その他は渓斎英泉画、㋠榛園のあるじ秋津序、㋷版元不明、㋦ナシ、㋸梅屋敷以下十の名所を描き、地元狂歌作者の榛園・方昌園玉依・花鳥庵風月・蜀錦堂亜紅・雀楼春香・花山亭笑馬（「高なわ　まち出し月高なはのうたひ女にむかひの雲のかゝるさへうし」）の詠を付す。

⑥仮題『狐の嫁入』（西尾市岩瀬文庫蔵）

㋑①と合綴本で表紙を欠いているので内容による、㋺不明、㋩半紙本一冊、㋥本文全六丁、㋭柱「狐」、㋬無彩色、㋣玉斎画、㋠ナシ、㋷版元不明、㋦ナシ、㋸狐の世界の嫁取り話。

⑦『敵討乗掛馬』（向井信夫氏蔵）

㋑刷付け表紙、㋺ナシ、㋩中本一冊、㋥全十二丁、㋭柱ナシ、㋬無彩色、㋣佳雪作、笑馬画（表紙も笑馬で玉斎画）、㋠花山亭笑馬序、㋷版元名古屋美濃屋伊六、㋦絵本十部を広告する、㋸伊賀越の敵討。

⑧『金時一代記』（舞鶴市立西図書館蔵）(22)

㋑原題簽、㋺序文中に「公時一代記」、㋩半紙本一冊、㋥全六丁、㋭柱「金」、㋬彩色、㋣佳雪画、㋠二酔亭佳雪序、㋷江戸和泉屋市兵衛と名古屋永楽屋東四郎連名の広告を付す、㋦ナシ、㋸坂田公時の一代記で、巻末に「金時も酒てん童子をのみ仰しさか田の名をやとゝろかし剱　笑馬」とある。

⑨『絵本義経記』（大妻女子大学図書館蔵）

㋑書題簽と序文中、㋺ナシ、㋩半紙本一冊、㋥全六丁、㋭柱「義」、㋬無彩色、㋣笑馬画、㋠花山主人序、㋷序中に「玉華堂」（名古屋玉野屋新右衛門）、㋦ナシ、㋸義経の一代記。なお、昭和十八年十月の同館（現名古屋市鶴舞中央図書館）『郷土出版文化展覧会陳列書目録』（以下『陳列書目』と略称する）に「花山亭笑馬画　永楽屋東四郎刊　一冊」とある。

⑩『絵本賢女伝』（市立名古屋図書館旧蔵）

『陳列書目』に「花山亭笑馬著　玉斎画　美濃屋伊六刊　一冊」とある。

⑪『絵本南木記』（若山善三郎氏旧蔵）

『陳列書目』に「二酔亭図工　玉斎清画　美濃屋伊六刊　二巻二冊」とある。

以上のものが目にとまったが、いずれにも年代を示す記載がない。そこですでに述べた、a秋津は文政元年よりこの号を使用している、b榛園秋津と称したのは同八年からである。c秋津は天保二年に本居大平の娘婿となって以後、国学を専らとして戯作や狂歌から遠のいた、d二酔亭佳雪は天保六年に諸居と改号している、の以上四点を基準としたい。右の諸作は後述の求板の問題がからんでいるのでここで刊年を云々することはできないが、その成立時期は推定できるであろう。まず①は、aとcにより文政元年から天保二年までの間の成立ということになり、この上限が文政五年まで下ることは笑馬の玉印のところでふれた。②③④⑤は、bとcにより文政八年から天保二年までの間の成立、⑦⑧⑩は、dによって天保六年が成立下限ということになる。他は実見できないものもあって成立時期を推定する手掛りすらないが、総じて笑馬の絵本には、榛園秋津か二酔亭佳雪の名がみうけられるものが多く、その成立はおそらく文政後半から天保前半にかけてのころといえるであろう。なお、⑨については大妻女子大学が最近その一本を入手して実見したが、秋津と佳雪の名もなければ、㊄印もない。大妻本の板元は、序中に「玉華堂の需に応じて」とあるので、玉華堂こと名古屋の玉野屋新右衛門である。

ここで、右の絵本の版元について述べてみたい。②の架蔵本は彩色の永楽屋版であるが、尾崎コレクション所蔵本は無彩色の名古屋晴月堂卯兵衛板である。また玉野屋新右衛門板の二冊本もあるという[23]。岸雅裕氏の調査[24]によれば、晴月堂の出版活動は弘化二年のものが最も早いもので、玉野屋のそれは文政七年である。となると、老舗の永楽屋板がおそらくは元版で、晴月堂板は永楽屋または玉野屋いずれかよりの求板本ということになろう。版元不明の③は、舞鶴市立西図書館蔵『頼光千丈嶽』[25]（中本一冊十一丁無彩色本、柱ナシ、外帒佳雪画、「榛園のあるじ」序）巻末の美濃屋伊六と同文次郎の広告にみえる「同（絵本）義経勲功記」と同一作ならば、版元もこの両人であろう。伊六は寛政十年、文次郎は文政五年にそれぞれ出版物がある。同じく版元不明の④は、②の晴月堂板の方の広告に「子供遊」なる書名があるので、両者同本ならば④の版元も晴月堂であろう。⑤も版元不明だが、尾崎コレクション本以外に、永楽屋板の名古屋市鶴舞中央図書館本（書き外題「絵本狂歌集」）があり、また②の晴月堂板広告にも「東名所」の書名があるので、この⑤が晴月堂板ならば永楽屋からの求板本であろう。仮題でこれまた版元不明の⑥は、『陳列書目』に「絵本狐の嫁入　玉斎画　永楽屋東四郎刊　一冊」とある。⑨は永楽屋板というが、美濃屋伊六板である⑦の広告にも「同（絵本）義経記」とあるので、永楽屋から美濃屋が求板した可能性がある。なお、⑨の玉野屋板と美濃屋板との関係は何ともいえない。

笑馬の啓蒙絵本について知り得たことは以上であるが、②の晴月堂板広告には他に、「太閤記」・「二嶋武勇伝」・「花の栄」・「勇士鑑」・「奥州軍記」・「忠臣蔵」の書名がみえる。また美濃屋伊六板の⑦と『頼光千丈嶽』の広告には、「絵本福神遊」（両本の広告）、「絵本四季の遊び」（同上）、「福鼠嫁入咄」（同上）、「絵本武徳太閤記」（同上）、「絵本伊賀越敵対」（⑦の広告にのみ）、「絵本目出度候」（同上）、「絵本武田の功」（『頼光千丈嶽』の広告にのみ）、「絵本竹馬の友」（同上）、「絵本旅つくし」（同上）といった書名があがっている。これらの中には、前掲①～⑪の十一部の絵本も含めて異書名同一本もあろうし、またそれらとは別な笑馬関係絵本が含まれている可能性もある。なお②の晴月堂板広告にある「忠臣蔵」は、おそらく尾崎コレクション所蔵の『絵本忠臣蔵』（小本一冊十丁彩色本、柱「ちうしんくら」、刷付け表紙重信画、他は渓斎英泉画、秋津序、永楽屋板）の求板本を指しているのであろう。

文化末期から絵師森玉僊門下の増井系人物として登場した笑馬は、以上述べてきたように文政後半になって当時すでに活発な狂歌活動をしていた榛園秋津との交流を持ち、それによって自らもまた狂歌作者としての道を歩みはじめた。それまでこれといった狂歌活動をしていなかったであろうことは、文化期の名古屋狂歌集、たとえば『かのえうまのとし　春のむくけ』（文化七年）、前述の『狂謌弄花集』（同十四年七月。この輯者と版元は秋津その人）、『狂歌黄金鳥』（同年）、『春言艸』（文化年間）などに全くその名が、もしくはそれらしき人物が見当たらないことからも察せられる。

この秋津との親密さは両人が別途二人だけの活動も行っていることに顕著で、玉晁の『狂戯文集』に、「島田村地蔵寺内額奉納[26]（婦人を六歌仙の六人に立見し図也○楊弓女○芸者○御殿女中○若後家○傾城太夫○惣嫁等の見立也花山亭笑馬か筆なり）」として、額面に記された榛園秋津の戯文と狂歌一首が書写されている。榛園秋津とあるから、前述の如く文政八年から天保二年の間のことである。よほど親しい間柄だったのであろう。こうした親交の上に啓蒙絵本活動が展開されたことは言うまでもない。

なお啓蒙絵本類からは、笑馬のみならず佳雪にも絵心があったことがわかる。すなわち佳雪は、①②③④⑧⑪に絵師として関わっており、後述の如く狂歌本の挿絵も描いている。また戯作者としても⑦の著作以外に、『増補枯樹花』（中本一冊十丁本、見返しに「かきかへかれきのはな」、巻末に「渓斎英泉画」「佳雪戯作」、版元不明）なる作も刊行している。こうして笑馬と佳雪の絵を見てくると、前述の『角鶏卵』口絵や秋津新宅披露会の『夏之歌』の口絵（特に最後の女性像）なども、両人又はいずれかの筆になるもののようにも思われる。

(3)　天 保 期——本格化する狂歌活動——

年代が特定できないことに起因して、一部天保期にまで踏み込んでしまったが、ここでそれらを除く、笑馬のその天保期における活動をまとめることにする。

まず狂歌活動から述べる。天保二年では二部の名古屋狂歌本に各一首ずつ入集している。一つは三世便々館こと滝廼屋琵琶彦と竜の屋の撰になる『狂寄詞玉水』半紙本一冊で、扉に「催主　玉水連」とあり、出詠作者の一覧には「天保二年辛卯暮春於城南于」、甲乙一覧には「二見原酔雪楼上開巻」とある。便々館の序文によれば、自分が京へ上った帰りの待請けの会であるという。「時雨　稲荷山紅葉のことはしくれしてふりし鳥居の色も出けり　同（名古屋）花山亭」とみえている。いま一つは田鶴丸撰『春興立花集』半紙本一冊である。藤原可為と青洋の彩色口絵があり、巻末に「天保二辛卯年春日」とある。「春のくさ〳〵　春風に氷はとけて柳藻のみな底にさへなひきそめけり　（ナゴヤ）花山亭笑馬」とあり、同題の酔亭佳雪の詠もみえている。なお本書にはすでに大人となっている者には「詞宗」の語が付せられているが、笑馬にはない。翌天保三年では、『俳諧歌新武射志風流』と『狂歌草野集』にその詠がみえる。前者は寿室諸実の撰で、初編十巻十冊（「みつのえたつのとし（天保三）さんくわちしんの日　梅園樵叟」序）、二編八巻五冊（「北静庵」序）の計半紙本十五冊を披見した。撰者の諸実は初編序によれば、初代森羅亭万象の門人で、書名も文化二年の狂歌堂真顔と師の撰『狂歌武蔵風流』の継承である。初編に「名古屋花山亭笑馬」として十三首、二編に十一首入集しているが、二編の初出時には「酒廼屋笑馬」とある。笑馬がこの号を使用しているのを他にみない。(27) 後者については江戸檜垣連の長である檜園梅明（春友亭）の撰で、冬之巻以外の半紙本六冊を披見した。所見本刊年等を記さぬが、『狂哥書目集成』により本年として扱う。青洋等の描く彩色の挿絵がある。「名古屋花山亭」として七首、また佳雪の詠も二首が入集する。笑馬は菅江側判者の淮南堂眉住とも結びつきがあったらしく、天保四年の追善集『墨田川余波』（半紙本一冊、彩色口絵広重等画、巻末に「于時天保四癸巳年五月廿日於両国大のし楼開巻」とある。富田文庫蔵）の不尽亭撰の部に「隅田川こと葉の花もちりはてゝ春さへ水になかれ行らん　ナゴヤ花山亭笑馬」とみえている。この年六月の芍薬亭撰『狂歌恋百首』（半紙本一冊、彩色絵入り、同三年秋自序、菅原連蔵、粟花園輯）には、また二水（ママ）亭佳雪の詠一首があり、翌天保五年春の面堂安久楽（真顔門で二葉連判者）撰『狂歌三友集』（半紙本一冊、彩色絵入り、都曲園の挿絵に「甲午（天保五年）春日」とある。富田文庫蔵）にも佳雪の詠一首がみえている。この年笑馬の方は『狂歌言葉のやちまた』に一首入集している。半紙本二巻一冊で、撰者武隈庵双樹とは前述『狂歌貫珠集』の輯者琴樹園二喜のことであり、芍薬側判者である。天保五年春の芍薬亭の序文があり、巻末には「維時天保五甲午初秋　武隈連蔵」とあって、「狐　野狐は鼠衣になりなから世を捨つなにかゝりけるかな　名古屋花山亭」とみえている。翌天保六年では、『新選賀会狂歌にほひの淵』に入集したかと思われる。同書は未見ながら、右の題の摺物（富田文庫蔵）によれば、その中の天保五年十一月の竜の屋の一文により、竜の屋が自分の香窓の号を井沢環に譲った折のもので、その賀会の歌を香窓環撰の右書名として、「未（天保六年）正月晦集二月望於水晶洞中披講」と計画されていたことがわかる。環の旧交の一人としてそこに名を連ねている笑馬も入集しているに相違ない。

ところで、寿庵広貞と竹意庵の撰になる名古屋本の『俳諧歌十哲集』は半紙本二巻二冊で、彩色の挿絵に森高雅のみならず天保六年二月ころに諸居と改号する佳雪の名があることから、当天保六年以前のものと思われるのであるが、その二巻いずれにも「花山亭笑馬選」の部がある。また「十哲集判者褒詞」の中に、笑馬のものは十五点・十点・七点・加点が、それぞれ連城璧・十種瑠璃・七彩・玉であることがみえている。つまり笑馬は天保六年以前にすでに狂歌判者となっていたことになる。その時期の詳細についてはいま一つ確証を欠くが、活動ぶりからみておそらくは天保に入ってからのことであったろう。

さて天保七年においては、鳳鳴閣思文撰、芍薬亭閲『興歌二荒風体拾遺』（内題「拾遺二荒風体」）に一首みえている。絵入り半紙本一冊で、「天保七年冬芍薬亭」序、「軸弼　山水総連」「催主　大芦連」とある。思文は芍薬側判者で日光山水連の長であるが、笑馬はこの思文との結びつきはなかったようで、凡例によれば本書中ただ一題「秋草花」のみ先年芍薬亭が撰をした題詠であり、そこに「手折たる萩のめと木に占とはん行さきわかぬ花のえた道　同（名古屋）花山亭笑馬」とみえている。続く天保八、九年は寡分にして笑馬の狂歌活動を見出すことができない。『興歌二荒風体拾遺』における事情を加えれば、天保七年より三年間狂歌活動をしていないことになるが、これについては後述する。

天保十年になると、笑馬は月次の会を開いていることが確認できる。略伝の折にふれた『笠亭仙果文集』所収の「庭さくらのまき（天保十年二月廿一日）」がそれである。笑馬の実生活の一端も知ることができる興味深い文章であるが、九丁分という長さのため、次にそのあらましのみを記す。この日は笑馬の月次会の日であったが、仙果は所用で不参加のつもりであった。しかし近くまで来たので笑馬宅の糸桜を見ようと立寄ってみると、皆々他所の花見に出かけて欠席、いたのは主の笑馬と息子の小馬、それに佗住の翁（仙果自筆頭注によれば国学者富永南陔）のみであった。笑馬は妻に庭での花見の準備をさせ、宴も進んだ日暮れ時になって、はるき主、ひろよし主、東河園の君、百杯楼の主などが集まり、互いに狂歌を詠みあった。夜もふけたころに笑馬宅を出た仙果は、誘われてひろよし主と百杯楼の家に寄り、丑二つばかりのころ帰宅した。以上の文章中に笑馬方居候のはずの佳雪がみえないのが疑問であるが、これについては後述する。翌天保十一年、白鶴翁等の撰『俳諧歌再発集』に二首入集する。半紙本一冊で広重筆の彩色絵入りである。巻末には「天保十一子年九月十八日　緑庵蔵板」とある。笑馬の詠は月下亭大人撰の部に、「秋月　邪魔をなす雲よりも猶さやかなる月のぬる夜のさはり也けり　同（名古屋）花山亭」、また生花斎大人撰の部に一首みえている。月下亭は四方側判者の砧音高、生花斎は照道のことであろうし、緑庵はこれも四方側判者の緑庵松俊である。

天保期における笑馬の狂歌活動は以上の他に、天保年間の刊行と思われる六点、すなわち、①『狂歌力競花角力』、②『花鳥百首』、③『狂歌二十題画像集』、④『俳諧歌眺兄集』、⑤『浪速水魚連珠集』、⑥『狂歌類題弄花集』にその名が出ている。このうち①②③は、前述の香窓環の詠があるので、天保五年以後の天保年間である。①は同名の名古屋物の摺物（富田文庫蔵）において、便々居寿彦を行司とする部に花山亭という名のみであるが、息子の小馬とともにみえている。小馬の名はまた竜の屋を行司とする部にも出ている。②は彩色絵入りの半紙本一冊で、すでに縁があった寿室諸実撰の部に、「雨中梅　梅か香の雨に流れてゆく野辺に鶯菜もや生出ぬらむ　名古屋笑馬」他一首があり、森睟亭馬伎撰の部にも一首入っている。③は半紙本上巻一冊（内題「画像集春之部」、富田文庫蔵）のみ披見した。名古屋物で、寿庵と赤の御膳の撰、森高雅描く肖像画（笑馬の像はない）が付されている。「柳　川きしの柳のえたのかけみれは水の底なる玉藻なりけり　花山亭」他一首を収む。④は半紙本一冊（富田文庫蔵）、森羅亭万象撰で、自序がある。⑤は半紙本二巻一「残雪　春霞匂ふ梅はら山の名に解残るゆきも花にまかへり　名古屋笑馬」他一首が入集している。

冊（富田文庫蔵）で、花笑林描く彩色の口絵がある。神歌堂大人以下九人の撰。笑馬の詠は神歌堂と神竜園の撰の部に、「待花　花に仇な風のたよりも待れけり咲は告こすちきりして後　ナゴヤ笑馬」の一首、他に大江堂と言葉庵の撰の部にも一首みえている。神歌堂は絵師として知られる岳亭定岡その人で、大江堂は大坂の梅臣であろう。他の二人は知るところがない。⑥は中本二巻二冊で、内題「類題狂歌集」、孔順描く彩色の口絵がある。鶴廼屋梅好撰、和歌山の泥田坊太記の序を付す。梅好は大坂の人で五側の判者である。下巻に「恋山　恋の山わけのほらましこよといふことはの花をしをりにはして　名古屋咲馬」他三首と、小馬の詠一首が入集している。ここに笑馬が咲馬となっているところをみると、笑馬の名が出てくる年次が確かな最後のものは、玉印のところで引いた『東海道中滑稽譚』天保六年初秋付の序文ということになるのだが、このことについては後でいま一度ふれることにする。

次に、天保期における狂歌以外の活動についてまとめておく。まず、これも玉印のところで引用した玉晴堂の人情本『美談菊の露』と増井の滑稽本『滑稽駅路梅』には、ともに天保二年春付の笑馬序文があった[28]。一方、生前の入門と仮定するなら同四年九月以前に本居大平の国学の門に入り、同年にはすでに植松茂岳の門人ともなっていた。また翌同五年九月に開かれた森高雅の書画会では、執事の一人として参加していた。以上はいずれもすでに述べた事項であるが、ついでに噺本『東海道中滑稽譚』についても補足しておく。本書は中本一冊で、花山亭笑馬撰、笠亭仙果閲とあり、渓斎英泉描く口絵の賛に「ひととせ朋友にわかるゝとき　高縄に別れの酒をのみ過て日もやつ山にかゝりけるかな　笑馬」とある。「天保六とせ未の初秋出向ひの惣連中にかはりて　花山亭笑馬」序、笠亭仙果跋、笑馬の肩書には「江戸風調戯作者」ともみえている。笑馬の序にもある如く、本書は二度目の江戸行から帰郷する仙果を名古屋の仲間が待請けて作ったもので、笑馬の賛にいう高輪でのひととせの別れとは、天保三年の仙果最初の江戸行における江戸表での別れを指しているようで、そうなると笑馬はその時江戸に出ていたことになる。巻末に近刊予告されているその二編は、おそらく未刊であろう。本書を最初に紹介されたのは石田元季氏[29]で、石井垂穂も筆をとっていることを指摘されたが、他にも「仮名川」を担当している花園小馬は笑馬の息子であるし、「小田原追加」と「其二笘根追加」の万楽亭諸居は二酔亭佳雪に他ならない。本書を『陳列書目』では三輪（美濃屋）伊六板二巻二冊とするが、藤園堂伊藤健氏所蔵本は同じく二冊本ながら巻末には江戸の文渓堂丁子屋平兵衛の広告を付す。なお仙果の『よしなし言』六編によれば、右の披講を同年十月八日に垂穂の別荘梅屋敷で開いている。

天保期の笑馬はまた、『植櫨考』なる樹木についての書を著している。本書は大本の写本一冊で、花山亭高一撰述、玩竹斎満至補訂、艸々庵南陔校正とあり、「天保甲辰（十五年）建子之月初一甲子　艸々庵南陔」序、同人の跋を付す。南陔が国学者であることは前述したが、満至については知るところがない。笑馬になぜこのような作があるのかも未詳である。他に、前掲尾崎氏論文に、「中本型六丁の読販風の『深川二上り新内』といふのも、笑馬撰とあって、存在する」とある。『国書総目録』によれば笑馬画で天保年間の成立、尾崎久弥氏蔵ということになっているが、尾崎コレクション中には所蔵されていない。

以上が管見に入った天保期における笑馬の活動のすべてである。啓蒙絵本の制作活動に一特色はあるものの、その文学活動の中心は年ごとに発展していく狂歌活動にあり、他は文政期の余波ともいうべきことがらであった。

ところで、天保十年二月の「庭さくらのまき」の時点で、笑馬は不筋のことがあってすでに御蔵方手代を退職していたと前述したが、それはいつごろのことで、笑馬の文学活動にはどのように反映しているのであろうか。年ごとに発展してきた笑馬の狂歌活動をみてくると、前述の天保七年から九年までの三年間の空白はいやが上にも目につく。おそらくはこの期間中に何か不都合な事態が生じて退職したと思われ、となると、天保六年まで使用していた笑馬を咲馬と改めたのもこれが契機だった可能性がある。ことによると、漢字の意味からして「笑」の文字など使用できないゆゆしき事態だったのかもしれない。

(4)　弘化期以降の動静

続く弘化期以降になると、管見のかぎりでは笑馬は目立った活動をしなくなる。何か理由があるのであろうが、不明とせざるをえない。順次述べていこう。弘化四年五月、名古屋の小田切春江描く地誌絵本『名区小景』初編（中本二冊）が刊行された。尾張千歳園の蔵板で、同年春の深田香実（藩主斉朝の侍読）の序を付す。瀬戸を題に、「国々へ船つみせんとすへものに人のなみよる瀬戸の竈元　咲馬」とあり、巻中人名録がその住所を御添地とすることは前述した。息子の小馬もこのころはすでに一人前の狂歌作者になっていたらしく、本書にも一首みえている。

天保期に本居大平と植松茂岳に国学を学んだ笑馬は、さらに弘化期になると親しかった秋津こと本居内遠の門にも入るわけであるが、ここでその時期について少し疑問を提しておきたい。前述の折は、『国学者伝記集成』所収の門人録によって、天保十四年から弘化四年までの間の入門と記したが、それと同じ所に佳雪の名もみえている。すでに述べたように佳雪は天保六年二月には諸居と改号しているのであるから、この期間ならば諸居の名で出ていなくてはならない。内遠の門人録には年月不詳の部分があり、それが天保十四年と弘化五年の間に挟まっているので、『国学者伝記集成』は右の如くに推定しているまでである。となると、佳雪の名を根拠に、天保六年以前の入門者もここに混入されている可能性が出てくる。そう考えて門人録を見直すと、内遠が名古屋の人であったにもかかわらず、最初の入門者があった天保四年から同十四年までの部分には尾張の人物はほんの数名しかおらず、右の期間になって集中的に増え、弘化五年以後はまた急激に少なくなっている。その集中的に出てくる尾州人をよく見れば、文政期の狂歌本に散見される人々の名が多く目につく。どうも『国学者伝記集成』の推定のようには解しにくく、何か別の意図か都合で集められていたものが右の期間中に挟みこまれたように思われるのであるが、いかがであろう。

嘉永に入ると、管見では唯一の笑馬の撰になる狂歌本、『誹諧歌玉光集』（富田文庫蔵）が刊行される。中本一冊で、彩色の口絵を付す。花山亭咲馬選とあり、「嘉永二とせといふとしのきさらきの日　花山亭高一」の序がある。入集しているのはすべて尾張の人のようで、巻末の追加混題の前には、特別に竜（の）屋と笹屋（千代彦）の詠が加えられている。また花園とある詠者は、『東海道中滑稽譚』にもこの号がみえる息子の小馬である。ここで少し気になるのは佳雪こと諸居の名が見当たらぬことである。佳雪は前述天保十年の「庭さくらのまき」のところでも出てこず不審を抱いたが、狂歌活動もしていた佳雪のこと、普通ならば当然ここに入集しているはずであろう。管見によれば佳雪が顔を出す最後のものは、諸居と改号した天保六年七月の『東海道中滑稽譚』における小咄であった。前述の如く、佳雪には笑馬以上の文才があったと思われ、ならばおそらく笑馬よりも経験豊かな年長者であったろう。これを考えあわせると、天保七年以後おそくとも嘉永二年までの間に佳雪は没したのではあるまいか。可能性からいえば、天保十年の時点ですでに没していたことも考えられるが、もしそうであるならば、笑馬の退職時期と相前後するころということになって、天保七年から三年間笑馬が狂歌活動をしていないことの新たな要因ともなりうるであろうし、ひいては前述の内遠門人録の問題ともからんでくる。

安政期になると、前述のように元年に二条家藤原斉敬の歌道の門入となって江戸へ下る。翌同二年正月、まだ江戸滞在中に『誹諧歌一人一首』（富田文庫蔵）が刊行され、そこに一首入集する。半紙本一冊で、檜園梅明等六人の撰、一梅斎芳春描く彩色の肖像画（笑馬の像はない）入りで、本年二月の燕栗園千寿の序があり、巻末に「安政二年乙卯正月刻成　製本所　文会堂」とある。「雁　鳴わたる雁の羽風の身にしみて夜寒になりぬ霜やおくらん　同（尾）ナゴヤ花山亭笑馬」とみえているが、咲馬ではなく笑馬とあるから、おそらく旧詠の再録であろう。前年にわざわざ歌道の門に入っていることからもそう思われる。管見の内では、刊行書に笑馬の狂歌がみえるのはこれが最後である。この年十一月、帰郷する太田駅にて笑馬は没するのであるが、その一箇月前の十月四日に、親しかった本居内遠が江戸赤坂邸において六十四歳の生涯を閉じている。

寛政から文化文政期にかけての名古屋には、戯作家としては石橋庵増井の他、曲亭馬琴門下の椒芽田楽などがすでに活発な活動を展開しており、狂歌作者としては田鶴丸以外にも同じく尾張酔竹連一派の豊年雪丸、石井垂穂といった人々がすでに確たる地位を築いていた。また天保期以降になると、後に二世柳亭穂彦を称した戯作者笠亭仙果や、江戸の石塚豊芥子にも匹敵する好事家の小寺玉晁などが顕著な活躍をみせる。この両時期の狭間にあって、もっとも注目すべき人物の一人は狂歌作者としての秋津である。書肆でもあり、戯作趣味のみならず国学の才も兼ね備えた彼は、やがて本居家に入って国学一筋に生きるのであるが、ここにいま一人花山亭笑馬を、この狭間の注目すべき人物として加えねばならない。文学史的にみれば、笑馬は戯作分野では、文政期における増井系作者としてその活動を仙果に橋渡しし、狂歌分野においては天保二年を機に後退していった秋津のそれを継承したとみなすことができるであろう。笑馬が江戸後期名古屋文学史上に果した役割は十分認識されてしかるべきであろう。

注

(1)『名古屋市史』政治編第二（名古屋市役所、大正4年）による。
(2)右注（1）に同じ。
(3)『名古屋叢書』第六巻〜第八巻（名古屋市教育委員会、昭和34年〜同38年）所収。
(4)『植松茂岳　第一部』（愛知県郷土資料刊行会、昭和57年）。
(5)『美濃加茂市史』通史編（美濃加茂市、昭和55年）による。
(6)『江戸軟文学考異』（中西書房、昭和3年）所収。のち同氏『近世庶民文学論考』（中央公論社、昭和48年）に再録。
(7)『名古屋叢書』第十七巻（名古屋市教育委員会、昭和37年）所収。なお同巻所収の玉晁編『見世物雑志』にも同じ刷物の写しがある。

(8) 序文には「卯のはつ春」とだけあって、文政二(卯)年とは特定できぬが、所収の「菊五郎」と題する名古屋の芝居咄が、『尾張芝居雀』をみると文政元(寅)年七月の芝居を指していることがわかる。文政二年でよいであろう。

(9) この時の様子は、『名古屋叢書』第二十三巻(名古屋市教育委員会、昭和39年)所収の朝岡宇朝『袂草』巻十三に詳しい。

(10) 『江戸時代図誌』第十六巻(筑摩書房、昭和51年)六三頁にその写真が掲載されている。

(11) 『名古屋市史』学芸編(名古屋市役所、大正4年)三四〇頁に、その門人として「玉鳳(文化頃の人、姓氏不明、高雅の高足なり)」とある。

(12) 増井については、尾崎久弥氏の「増井山人著作考」(『江戸軟文学考異』所収)や「(方言小説家としての)石橋庵真酔」(『近世庶民文学論考』所収)に詳しい。安永三年生まれ、弘化三年七十三歳没。増井の名が明記されている初作は寛政八年序の『廓の池好』であるが、これが増井の作であるという確証はないという(『大系』第八巻及び『大成』第十六巻の各解題参照)。

(13) もっとも、伊原敏郎氏『歌舞伎年表』第六巻(岩波書店、昭和36年)の文政四年十一月市村座再興顔見世『何種亀顔触』の項をみるに、この時再び四郎五郎に復名している。

(14) 国立劇場芸能調査室編『歌舞伎俳優名跡便覧[第一次修訂版]』(昭47年10月)による。

(15) 国立劇場芸能調査室編『俳優世々の接木』〈歌舞伎の文献・8〉、昭和55年3月)によれば、初代三代ともに同じ紋で、初代は天明三年六十七歳没、三代目は文化十二年に襲名して嘉永二年六十六歳で没。

(16) 刊記では大坂・河内屋太助、江戸・鶴屋金助、それに松屋の三軒連名になっているが、巻頭の一九の序文により松花堂こと松屋が版元とわかる。

(17) 尾崎コレクションの旧蔵者尾崎久弥氏は、「今中本」(今中宏氏所蔵本のことか)と比較してすでにこのことに気づいておられ、そのことを識語として書き残されている。ただし尾崎本を落丁本とはとらずに「此本第二冊目は尾崎本、今中本全く異趣な別物也」と記している。なお今中本の書型についてはふれていない。

(18) 『名古屋叢書』第十四巻(名古屋市教育委員会、昭和36年)所収。その解題で尾崎氏が指摘されているのであるが、尾崎氏は花山亭と玉斎を別人とされている。なお『猿猴庵日記』(『日本都市生活史料集成』第四巻〈学習研究社、昭和51年〉所収)

の文政七年正月二十三日条によれば、名古屋における柳樽風俳諧は文政六年冬より水魚洞柴田竜渓によって始められ、それを「桜鯛」（正確には『誹風佐久良だひ』）と題して出版したところ大流行し、次いで石橋庵もこれを始めたという。

(19)　右注（18）に記した柴田竜渓その人で、狂歌をよくし、文化十二年五側の判者となり、一時その門弟は百人以上いたと『狂歌人物誌』（文政十年序）にみえている。なお、近時の高橋章則氏「狂歌が結ぶ「知」と地域――名古屋・仙台――」（『書物・出版と社会変容』第六号、平成21年3月）が竜の屋に言及している。

(20)　『狂哥書目集成』では本書を文政十年刊とし、略画があるとするが、所見の東北大学狩野文庫本は年次の記載がなく、絵は精緻な肖像画である。両者別本であろうか。また富田文庫には、昭和十五年に堀井三石氏が所蔵本から抜き書きした『新撰狂歌百人一首尾参農勢集』なる一書があるが、それによるとこの末仏撰『新撰狂歌百人一首』は天保三年四月板とあり、しかも笑馬の詠は「在江戸」の二首以外に、住所を名古屋とした別の二首が加わっている。末仏は玉晁の『改訂歳月録』によれば天保二年四月十六日に没しているので、堀井本にもまた疑問が残る。なお国立国会図書館蔵『文政歌集』（書名は書き外題による）は本書狩野文庫本の落丁本である。

(21)　田鶴丸の没年については、通説天保六年十月三日七十七歳没とするが、富田新之助氏が「狂歌人　橘庵田鶴丸の墓碑発見」（「掃苔」第四巻十二号、昭和10年12月）において、天保四年七月十二日六十七歳没説を出された。森銑三氏はこれを疑問とされる（『森銑三著作集』第四巻〈中央公論社、昭和46年〉所収「芦辺田鶴丸」）。天保二年春刊の『春興立花集』に、「七十三叟橘庵田鶴麿」として三首入集している一事をとっても、富田氏の報告には従えない。なお近時、服部仁氏「『狂歌木廼花日記草稿――解説と翻刻――』（同朋大学「同朋文化」第一号、平成18年3月）に、京都鹿ヶ谷の安楽寺に田鶴丸墓が現存することが報告されている。詳細は別稿を予定されているようなので、それに期待したい。

(22)　原本未見。国文学研究資料館のマイクロフィルムによる。

(23)　石田元季氏「東海道中滑稽譚に就いて」（「紙魚」第十七冊、昭和3年2月。のち同氏『劇・近世文学論考』〈至文堂、昭和48年〉所収）。

(24)　「江戸時代尾州書林書肆別出版書目集覧」㈠㈡（「名古屋市博物館研究紀要」第五、六号、昭和57、58年の各3月）。以下、

尾張書肆の営業開始時期についてはこれによる。

(25) 原本未見。国文学研究資料館のマイクロフィルムによる。巻末に落丁があるようである。

(26) 地蔵寺は現在も名古屋市天白区島田にあるが、この額は残っていない。

(27) おそらく誤りであろう。なお「酒廼屋」を称する人物には、『春興立花集』等に入集する「酒の屋真榲」(『夏之歌』楽評者の一人「相津園真榲」か)がいる。

(28) 『美談菊の露』の序文で、笑馬は自らを「式亭故翁の流れをくむ」といっているが、これは笑馬という号に馬の字がついていることに加え、同時期に『滑稽駅路梅』という滑稽本の序を記した縁を戯れたまでで、実際に三馬との交流又はその門弟であったとは思われない。

(29) 右注(23)に同じ。

〔付記〕　花山亭笑馬の調査、及び本稿を成すに当たり、特に向井信夫氏からは種々の有益な御教示をいただきました。また岡本勝氏、品川隆重氏、藤園堂伊藤健氏、長澤孝三氏、中野三敏氏、中村幸彦氏、安田文吉氏、九州大学文学部国文学研究室にも大変お世話になりました。ここに御礼申上げます。

第五節　小寺玉晁の狂歌活動と山月楼扇水丸

寛政・享和期の尾張における江戸狂歌は、唐衣橘洲一派の尾張酔竹連の雪丸、田鶴丸、玉涌、金成、桃吉、有文らの指導によって活性化し（『繡像百人狂歌弄花集』所収寛政九年五月付け橘洲の一文）、次の化政期になると、新たに後佩詩堂右馬耳風（別号榛園秋津〈後の国学者本居内遠〉）や竜の屋、花山亭笑馬などが登場、後に四世浅草庵を称する若き戯作者笠亭仙果も彼らと活動を共にした(1)。

ここで取り上げる小寺玉晁は、内遠の国学の門人にして笑馬とも交流があり、特に仙果や蔵書家として著名な平出順益とは親交があった(2)。玉晁の略伝はすでに『名古屋市史』人物編第二（名古屋市役所、昭和9年）にまとめられており、それによると、姓は小寺、名は広路、玉晁と号するほか、古楽園、連城亭、続学舎などとも称した。寛政十二年五月十八日に小寺広政の庶出の子として生まれ、尾張藩士大道寺家などに仕え、明治十一年九月二十六日に享年七十九歳で没、安浄寺に葬られた。諸芸に通じ、また驚くべき健筆家で、古今の事蹟を記録し、かつ文芸、風俗、地理等にわたって著述すること夥しい。尾張藩の藩校明倫堂の教授であった漢学者細野要斎も、事実上玉晁編ともいうべき『乞児奇伝』(3)に序文を寄せ、その中で、

（玉晁は）画をかく事がお上手、其外今や昔のはなしやうわさを、見たり聞たりした事のこらず、月卿雲客大小名より、士農工商社家（ネギ）や坊主や、歌舞伎（しばい）物真似、何から何迄、屁（ヘヒ）を放た事をも、御吟味なさつて、書て集て、蔵（モッ）てござつて、何を問ても、知らない事ない御方

と記している。またかの水谷不倒氏も「種彦系の考証家　小寺玉晁」（「早稲田文学」第二次二十八号、明治41年4月）の中で、「若し玉晁をして江戸若しくは大阪にあらしめたならば、一鳳、豊芥、老樗軒等の人々の上にあったことは疑を容れぬ」と評している。

玉晁は当人の嗜好や交友からみても、また活動時期から考えても狂歌活動をしなかったはずがないのであるが、現在までその報告は全くといってよいほどなされていない。市川登紀子氏の「尾張城下の一文人――化政、幕末、明治を生きた小寺玉晁の場合――（正・続）」（名古屋郷土文化会「郷土文化」第三十二巻一、二号、昭和52年10月、同53年1月）は、玉晁の多方面にわたる活動を総合的にとらえた好論文であるが、ここにおいてもまた、その具体的な狂歌活動についてはほとんどふれられていない。ここでは、埋れたままになっている玉晁の狂歌活動の調査報告を行い、彼もまた化政期尾張狂歌壇の一員であったことを具体的に跡付けるとともに、山月楼扇水丸なる狂歌作者との交流に注目してみたい。

(1)『玉晁初哥集』と『狂歌玉水集』

早稲田大学中央図書館に、玉晁自筆稿本『初哥集』一冊が所蔵されている。書名からは和歌集のようにも想像されるが、内容はまさに玉晁の狂歌詠草である。半紙本全十四丁の小冊であるが、自詠二百十九首と唐衣橘洲および扇水丸の詠各一首、合計二百二十一首を収める。巻頭に左の序文を付す。

水丸君と同じくたわれ哥の道を榛園大人に少し学びたれど、元より浅学無才にして、三拾字壱文字ならべしのみなり。或夜、水丸君と一夜百首を詠ぜんと、酉の刻より亥の半刻比迄に、ふたりともに全くなしたる事などあれど、みな反古となし、更に覚なし。今爰にしるせしは、未熟のうへの未熟のせつなれば、打捨んとせしより又に見んも一興ならんと、書とゞめ置も、ァ、はつかしう。

戊子月を観る日　　玉晁しるす

月影にて

「戊子月を観る日」は文政十一年八月なので、この時までに、玉晁は一夜百首詠みなど、(4)狂歌にかなり熱心であったことがわかる。また作中に「吾妻のかたへ下りける時」云々の詞書を持つ詠があって、これが文政十年であることから（国立国会図書館本『連城亭随筆』第四十九冊目に「予初て丁亥年東都へ下り」とある）、少なくとも右序文の前年には、すでに狂歌活動を行っていたことを知る。その師は、序文中に「たわれ哥の道を榛園大人に少し学び」とあるから、若き日の本居内遠である。内遠は三十四歳の文政八年から榛園とも号しているので、玉晁は遅くとも文政八年ごろには内遠の狂歌門人となり、同十年にはすでに狂歌活動を行っていたことになる。すなわち、玉晁の狂歌活動は文政九年二十七歳前後の歳から始まったと考えられ、それもかなり熱心だったということになる。なお、本書は書名からして、少なくとも独詠集としては玉晁最初の集だったと思われる。

このころの、玉晁の他の狂歌活動については多く不明なのであるが、『狂歌玉水集』（大妻女子大学蔵）によって、その一端が判明する。半紙本全十七丁の写本一冊で、「小寺姓玉晁文庫」「玉晁」の二種類の蔵書印があり、玉晁自身の旧蔵本であったことがわかる。扇水丸の序文、本文、玉晁の跋文から成り、本文には十六図の彩色を施した挿絵（最初と最後はそれぞれ水丸〈図版Ⅰ〉と玉晁〈図版Ⅱ〉の肖像画）を収める。挿絵と跋文は玉晁の自筆であるが、序文と本文は別人の筆、ただし一人の筆で、あるいは水丸の手かもしれない。水丸の序文を次に記す。

たはれ哥のたはごとに、連城亭のあるじと、おのれ水丸がよみ置たる種々の哥を書あつめけるに、連城、さへ有筆をもて是に画をまじへ、玉水集と名付て一冊にものしける。こは、玉あきらが玉の言の葉のあきらかにめざましきも、水丸が水くさきあじはひもなき事までも、観世水のくる〳〵巻に、たゝむ扇も此道の末広こそはうれしきことになん有けらしと、文政なる十あまり壱つのとしふみ月のなかば、あふぎの水丸しるす。

玉晁の跋文は左の如くである。

方円の器に随ふ水丸大人(ぬし)と、琢ざれば光のなき玉あきらが袖日記を結び合せて、此小冊となる。元より博覧の眼にふれる為にはあらず、玉くしげ二人がたのしみとするのみにして、誠(ほんの)猿の人真似とやら、三十字一もじを幷べたるを是耳(に)うつしてと、グット卑下して紙の仕舞にことわりを恥と、もにかくものは、ヤハリたまあきら。

子の文月のなかば

この序跋から判明することは、この一冊が前述『初哥集』一箇月前の、文政十一年七月に成立したこと、内容は水丸と玉晁両者の詠（跋文に「袖日記」とあるから、玉晁の場合は狂歌日記の如きものがあったのであろう）を一つにまとめたものであること、書名は両者の名の一字ずつを彩ったものであること、などであるが、何よりも注目すべきは、「二人がたのしみ」などの表現からも推量される両者の親交である。水丸のことは、『初哥集』にも一緒に一夜百首詠み

図版Ⅰ　水丸像（大妻本『狂歌玉水集』）

図版Ⅱ　玉晁像（大妻本『狂歌玉水集』）

を行ったことがみえており、この時期の玉晃の狂歌活動を考える上で不可欠な人物である。その伝記などについては後述するとして、『狂歌玉水集』においては、二人の肖像画が最も興味を引く。図版Ⅰの水丸の像を見るに、左袖に瓢箪二つを図案化した、後述の西来居未仏を魁首とする瓢箪連の印がある。図版Ⅱの玉晃のそれはトンボで、これは榛園秋津を頭目とする秋津連の印である。また玉晃が扇をくわえて顔がそのうしろに隠れるように描かれているのは、山月楼こと扇水丸を前面に押し立て、自分はその背後に控えていることを意味している。このことはそのまま、所収歌数が水丸七十九首に対して玉晃五十四首という歌数にも表れているし、さらには、水丸が堂々としているのに対し、玉晃が畏って腰を屈めた姿に描かれていることにも通じる。玉晃がなぜこれほどまでに遜っているのかを考える時、二人の詠を一書にまとめた都合から単に相手に配慮しただけとはとても思われない。勿論それもあったであろうが、実は後述する如く、水丸の方が狂歌に関していくらか先輩格で、かつ両者には家柄において大きな相違があったのである。

なおその後の調査で、国立国会図書館所蔵の写本『画本玉水集』が、筆跡、挿絵を含めて大妻本と同じもの（ただし語句に一部相違がある）とわかったが、現時点では、大妻本をもとに体裁を整えたのが国会本と考えている。(5)

(2)　刊本に見る玉晃の狂歌活動

文政十一年の右二書はいずれも筆写本であったが、翌文政十二年玉晃三十歳になると、版本にもその名がみえるようになる。『岩が根集』（九州大学文学部富田文庫蔵）がそれである。半紙本全十三丁の一冊本で、榛園秋津の立評、相津園真楹・花山亭笑馬・星橘楼長雄・稲廼屋長秋・霍楼春香の五人の楽評である。扉の記述によれば、この年八月十七日に酔雪楼（名古屋前津にある旧横井也有別荘）で開巻された、秋津の新宅披露会の詠を集めたもので、蜀錦堂亜紅と弄扇館秋近の二人が会主となっている。入集の面々はいずれも秋津の門人または交流のあった人々ばかりで、巻末には江戸の千種庵諸持と地元名古屋の御大である橘庵田鶴丸が、「榛園うしの新宅をほぎて」と題して各一首を寄せている。口絵が二丁半あり、画者名は記されていないが、画風は花山亭笑馬のそれに似ている。水丸と玉晁ともに各一首入集しており、

うつりかはる人の心をぬぎかふる衣よりうすく花のおもはん　山月楼水丸

上下とその名へだてどゐぼし魚沓手鳥をもともにまつらむ　連城亭玉晁

とある。

文政十二年で管見に入ったのは右の書のみであるが、翌々年の天保二年春までに成立または刊行された二部の書にも、玉晁の名は見ることができる。その一は『狂歌鶴尽し』（国立国会図書館蔵）で、秋津の自筆本にして秋津自身の判である。その巻三に水丸、玉晁ともに三首ずつ入集しており、玉晁の詠は、

汐のさすころから鳴てかた尾浪芦辺にいさむ和哥の浦鶴

松が枝に身ぶるひなして毛衣の露ふりかくる千代の友鶴

和哥の浦空より落し鶴の羽を土産にせんとつゝむ千代紙

の三首である。榛園秋津は、天保二年三月二日に本居大平の婿養子となり（『国学者伝記集成』）、これを機に狂歌や戯作の活動を廃止するから、本書はこれ以前の成立ということになる。

いま一つの狂歌本は版本『狂歌人名録』前・後編（東京大学総合図書館蔵）で、西来居未仏撰にして柳川重信描く入集者の肖像画が口絵として付されている（ただし玉晁の像はない）。瓢箪連の蔵版で、江戸で刊行されたものである。これに「ナゴヤ連城亭玉晁」として、

神路山すゞなすゞしろ摘人のはらひたまふや手のひらの土

今も猶声の剣をふりたてゝ草薙むらにきゞすなくなり
朝寝すなと親のいさめのみにしみて聞ぞうれしき山時鳥
みじか夜はねなまし物をほとゝぎす情をしらば一声はなけ

の四首が入集し、水丸の詠も九首みえている。未仏は宿屋飯盛の五側の判者で、尾張藩資料の『仮名分名寄』（名古屋市蓬左文庫蔵）によれば、本名を毛受善喜といい、尾張藩表坊主組頭格の御用部屋坊主で、九石二人分の扶持を得ていた。初め瓢箪園一寸法師と号し、のち尾藩を辞して江戸へ出、『尾張墓所集覧』（名古屋市博物館蔵）によれば、天保二年四月十六日に没している。したがって、本書もまたこれ以前の成立、おそらくは文政末から天保初年にかけてのころの刊行であろう。なお、中野三敏氏編『諸家人名江戸方角分』（近世風俗研究会、昭和52年）によれば、未仏存命中の江戸居住地を市ヶ谷とする。おそらくは尾張藩を辞する前の、尾張藩上屋敷時代に基づく記述であろう。

未仏の江戸版の狂歌本に玉晁が入集しているのは、後述の如く水丸との縁がその背後にあると思われるが、このことはまた、玉晁の狂歌活動が単に地元尾張にとどまらず、江戸表にまで拡大されたことを物語る。ところが、この直後の天保二年三十二歳ごろを境に、玉晁は狂歌活動を廃止したらしく、少なくとも管見の版本の狂歌本には、尾張・江戸を問わずその名が見えなくなる。いささか腑に落ちない現象であるが、後でふれるように、玉晁にとってはもはや狂歌に対する熱意を失わざるを得ない事情があったと考えられる。

(3)　山月楼扇水丸について

玉晁の狂歌活動に関連して無視できない水丸について、従来知られていることといえば、狩野快庵氏『狂歌人名辞書』（文行堂・広田書店、昭和3年）に「扇水磨、別号山月楼、姓中村、尾張名古屋の人、西来居社中」とある、ただこれのみである。扇水麿として掲出されていることからして、典拠はおそらく西来居未仏撰『狂歌人名録』（前出）であろう。図版Ⅲがそこに描かれている肖像画である。右上部に記された略伝には、

扇　水　麿

中村氏、尾陽名古屋の人。別号山月楼と称す。有楽流の茶道、及び池の坊の挿花をよくす。また観世左衛門の門に入て、乱舞を学びて其秘曲を極む。総角の頃より今に至りて、これを捨てずといふ。常に扇を愛し、又観世流の乱舞を好める故に、扇の水麿と名づく。西来居の門に在て狂哥を詠ず。

とある。観世左衛門は『名古屋市史』風俗編（名古屋市役所、大正4年）にみえる、能役者の初代木下正三郎のことで、尾張藩最初のお抱え能役者として文政十一年に勤仕し、天保四年七十四歳で没した。水丸が西来居未仏門であることは、肖像画の刀の鞘に、前出『狂歌玉水集』肖像画と同様の瓢箪印（ただし瓢箪二つを図案化したものではなく一つ）があることからもわかる。もっとも、『初哥集』の玉晁序文に「水丸君と同じくたわれ哥の道を榛園大人に少し学び」とあったから、初めは玉晁同様榛園秋津の門人であったが、『狂歌玉水集』成立の文政十一年七月までには未仏門に移ったことになる。玉晁が水丸とともに未仏撰の江戸版狂歌本『狂歌人名録』に入集しているのは、一つに未仏が尾州人であった（ことによると玉晁と未仏は相識であったかもしれない）ことにもよるのであろうが、やはり水丸を介してこその縁だったと思われる。なお、水丸にはまた狂流斎なる別号もあることが、同じく未仏撰の『新撰狂歌百人一首』にみえている。(7)

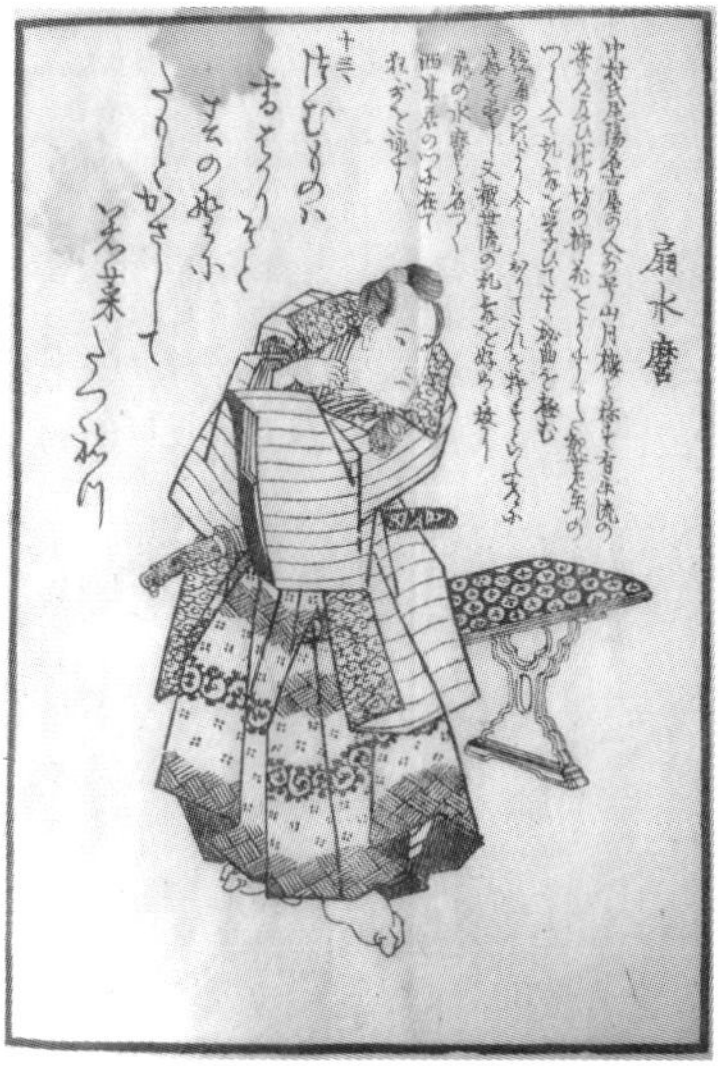

図版Ⅲ　水麿像
（東大総合図書館本『狂歌人名録』）

水丸の俗称等については、国会本『連城亭随筆』九十四冊目に、

山月楼扇水丸大人は中村元教君（石川注、右側に「後、親信」と注記がある）の舎弟にて、名は元堅、俗に一学。常に観世流乱舞を好て、木下正三郎の門人に而、皆伝の一人也。夫故、扇水丸とは観世流の観世浪の水丸也。

とあって、本名を中村元堅といい、兄の中村元教のちの中村親信（父の名を嗣いだのであろう）の弟であることがわかる。没年月日、法名、墓所については、これも玉晁稿本『歳月録』（早稲田大学中央図書館蔵）の八月の項に、

天保二年卯（八月）十四日　　法持寺

起兵道顕居士　中村又蔵親信二男同姓一学元堅

とあって、狂歌作者としては大人披露をしたことも付記されている。父親の中村又蔵親信は前出の『墓所集覧』によれば、名を元堅といい、安政四年十二月二十日に九十歳の長寿で没し、白鳥山法持寺に葬られて法名を忠山義孝居士、さらに同書水丸の項によれば、隠居後は嘉又と号し、元堅は元矩ともいった。代々の菩提寺と思われる曹洞宗の白鳥山法持寺は、現在も名古屋市熱田区白鳥にあるが、中村家過去帳や水丸の墓はなく（後述する二代目の墓石のみ現存する）、子孫との縁も絶えている。

さて、この中村家といえば尾張藩家中の内でも名家であり、『墓所集覧』でも「尾張重臣」の部に入っているほどである。その代々は、①『塩尻拾遺』巻十六（『名古屋叢書』第十八巻所収）、②『金鱗九十九之塵』巻十一（同叢書第六巻所収）、③『藩士名寄』（名古屋市蓬左文庫蔵）などにみえている。前出の④『歳月録』、⑤『墓所集覧』の記述をも含めて、次に整理してみる。

初代・中村弥右衛門

元親。中国地方の勇士であった父対馬守某とともに、文明年中に尾州に移り、愛知郡中村郷に住す。幼少のころより今川左馬介氏豊に仕えて名古屋にあり、織田信秀が享禄五年二月十一日に今川を攻めた折に戦死と

いう。（①）

二代・中村又三（三千石）

初代弥右衛門元親の男、対馬守元勝。広井村東光寺の僧となって忠禅と称したが、壮年になって還俗。初め織田信雄に仕え、のち豊臣秀次、松平薩摩守忠吉にも仕え、さらに尾州初代藩主徳川義直に仕えて三千石を賜り、広井村に住す。（①②）

この元勝の墓石のみ法持寺に現存し、「前中将対馬守〔数文字分判読不能〕元勝　籌岩良勝居士　慶長十五庚戌〔歳〕霜月十〔三〕日」と刻まれている。

三代・中村又蔵

元悦。慶長十九年の大坂の役に十三歳で出陣、寛永十六年二月六日三十七歳で没、法名梅叟勝春。（②）

四代・中村又蔵（三千五百石、寄合）

三代又蔵元悦の男、勝親。また内蔵助とも。貞享四年三月に隠居して夕雲。正徳三年四月三日八十四歳で没。（②③）

五代・中村又蔵（二千石、御番頭）

四代又蔵勝親の養子で勝時、また左七。もと山下佐左衛門の男にして勝親の甥。享保三年四月四日没。（②③）

六代・中村又蔵（二千石、御城代）

五代又蔵勝時の惣領、一学。また弥四郎とも。隠居して融堅。明和七年八月二十日没。（②③）

七代・中村又蔵（二千石、大寄合）

六代又蔵一学の男、一学。宝暦十一年三月に六代が隠居して家督相続。明和九年八月十日没。（③）

八代・中村弥四郎（千五百石、普請組寄合）

七代又蔵一学の男。明和九年十月に亡父の家督相続。安永八年七月二十日没。③

九代・中村又蔵（千石、大御番頭格）

八代弥四郎の弟、一学。また清次郎とも。安永八年八月に亡兄の家督相続。文政四年十二月隠居。没年月日未詳。③

十代・中村又蔵（石高不明、御番頭）

九代又蔵一学の三男、親信。また元堅、元矩、勝三郎、隠居して嘉又とも。文政四年九月に長兄弥四郎及び次兄清次郎病死につき惣領となる。同年十二月に父隠居して家督相続。安政四年十二月二十日九十歳で没、法名忠山義孝居士。③④⑤

水丸は右十代目の中村又蔵親信の次男である。十代目の惣領、すなわち水丸の兄については、これも『歳月録』に記載があり、中村又蔵として、明治二年十二月十四日没、法名忠肝道義居士とみえている。その名を元教、また親信とも称したことはすでにふれたが、これが中村家十一代目ということになる。水丸の享年は不明だが、水丸没する天保二年時に十代目の父は六十四歳ということになるので、父三十歳の時の出生と仮定すれば、その享年は三十五歳、おそらく三十代半ば前後といったところであろうか。この天保二年時、玉晁は三十二歳である。

水丸の狂歌活動は玉晁のそれよりもかなり活発なので、これまで述べてきたことも含めて以下に管見のものを年表の形でまとめておく。

文政十一年

正月　四方真顔編『四方廼巴流』に一首入集。

七月　玉晁編『狂歌玉水集』に七十九首入集。序を記し、肖像画を収む。またこの時までに、秋津連から瓢箪

　　連に移る。

八月　玉晁詠草『初哥集』に一首引用される。

文政十二年

二月　湖濤園芦元撰『三玉集』（内題「戯咲歌三玉葉」）に四首入集。

八月　榛園大人立評『岩が根集』に一首入集。

九月　湖濤園撰『月濤抄秋之部』（内題「戯咲歌月濤抄」）に二首入集。

十月『狂歌水滸画像集』（刊年月は『狂哥書目集成』による）の、塵外楼清澄と楽聖庵撰の部に二首入集。

天保元年

八月　戯咲歌園百兄ら四人撰『濤花集』（扉題「戯咲歌濤花集」、内題「初代三代湖鯉鮒追福濤花集」）に一首入集。

是年以前　西来居未仏撰『狂歌三十六人首（ママ）』（末尾に六樹園〈この年閏三月二十四日没〉撰「西来居新宅開会莚狂寄合」
　　を付す。『狂歌寄浪』第四冊目の円）に一首入集。

天保二年

三月　西来居・塵外楼撰『春のなごり』（内題「六樹園一周忌追福」）に、狂流斎の号で一首入集。

同月　榛園秋津、本居大平の婿養子となり、のち水丸もその国学の門人となる。門人録に「尾張名古屋　中村
　　一学　水丸」とある。

四月　十六日に西来居未仏没。

八月　十四日に水丸没。

是年以前　榛園判『狂歌鶴尽し』巻三に三首入集。
　　西来居撰『狂歌人名録』に九首入集。肖像画を収む。

橘庵田鶴丸撰『園廼八千種』に「山川楼(ママ)水丸」として一首入集。
宝堂袖丸撰『彩色英雄作者部類』に五首入集。

天保三年
正月　芍薬亭撰『狂歌花街百首』に、狂流斎の号で一首入集。
四月　西来居撰『新撰狂歌百人一首』に十首入集。

(4)　玉晁と水丸

水丸のことがいくらかなりとも明らかになったところで両者を比較してみると、狂歌活動においては、江戸狂歌壇との交流からみて水丸の方がいくらか先輩格である。何よりも文政十一年正月の時点で、すでに四方側の豪華本『四方廼巴流』に入集しているからである。これ以前にそれなりの活動期間があったに相違ない。おそらくは秋津連に加わったのも玉晁より早かったであろう。また『濤花集』からもわかる如く、湖鯉鮒の琵琶連とも通じており、さらには未仏を通じてであろうが、六樹園雅望・塵外楼清澄父子ともつながっている。

こうした水丸の狂歌活動にその家柄を考えあわせてみると、前述『狂歌玉水集』における両者肖像画の落差の謎が氷解する。玉晁が遜っているのもそのはずで、水丸が元二千石の尾張藩御城代の家筋で、かつ右の狂歌活動をしているのに対し、かけ出しの玉晁は一藩士の大道寺家（もっともこれも名家ではあるが）に仕えたにすぎないからである。いかにも殿様風で堂々とした水丸の像と、扇の後に腰を低くしている玉晁のそれとの間には、こうした事情があったのである。

玉晁は水丸ほど活発ではないにしろ、また遅ればせながら江戸狂歌壇にも顔をのぞかせた。ところがその直後の天保二年ごろを境に狂歌活動を廃止する。その理由をここで考えてみるに、その一つは師秋津が狂歌界から離れたことである。前述の如く、秋津は天保二年三月に紀州和歌山の本居大平の婿養子となって国学に専念する。玉晁にしてみれば狂歌の師を失ったわけである。その二は、水丸を通じて活動を発展させる足がかりとした西来居未仏が、この年四月十六日に没したことである。そして第三には、高い家柄でありながら狂歌を通じて親しく交わった、その水丸までが同じ年の八月十四日に没したことがあげられよう。この三つのできごとが天保二年に集中したため、玉晁は狂歌活動を断念したと思われる。玉晁にこれを克服するだけの情熱がなかったといってしまえばそれまでであるが、仙果のように狂歌作者として身を立てようとしていたわけでもない玉晁の場合、たて続けにおきたこの三つのできごとは、やはり身に応えたという他はない。

以上、管見に入ったわずかな資料を基に、玉晁もまた文政期尾張狂歌壇の一員としての活動を、細々ながらも行っていたことを述べてきた。狂歌活動をしていないはずがない玉晁のそれが、従来具体的に報告されなかったのは、狂歌作者としての足跡が決して多くはないことに加えて、早くに少なくとも表向きはその活動をやめたことによるものであったといえるだろう。

注

（1）　内遠、笑馬、仙果の狂歌活動については、本書第四章第二節、同第四節、第二章第六節⑷参照。

（2）　拙稿「天保四、五年の平出順益――翻刻・解題『癸巳日疏』――」（『大妻国文』第十六号、昭和60年3月）に紹介した天保四年一月十九日条には、仙果、笹の屋新七、玉晁、伴兵左衛門、それに順益自身を加えて、「莫逆ノ友」であると記されている。

（3）　本書第四章第六節⑴参照。

（4）　一定時間内に数多く詠むことは狂歌習作期における一方法だったらしく、榛園秋津も『木綿垣狂歌集』の中で、文化四年から文政二年までの十二年の間に、十日間での千首詠みを二回、一日百首詠みを十三回、数を限らぬ一夜詠みを二回行ったと記している。

（5）一、二の根拠をあげておく。両本ともに水丸肖像画には「山月楼水丸」とあるのに、序者名が大妻本が「あふぎの水丸」となっているのに対し、国会本では「山月楼の水丸」とあって像の名前と序者名を呼応させる配慮がうかがえる。また両本ともに、絵の余白に水丸と玉晁の詠各一首が記された半丁図が計三図あるが、その各記載順序や記載スペースの配分に、大妻本は不統一であるが、国会本の方にはこれまた統一しようとした意図的配慮が看取できる。なお、大妻本が玉晁旧蔵本なので、国会本は水丸旧蔵本かとも思われるが、蔵書印等それを明らかにする痕跡はない。

（6）このころの尾張の狂歌作者の実名については、『国学者伝記集成』所収の内遠門人録が好資料で、狂名まで付記されていることから、多くの狂歌作者が後にその国学の門人となっていることがわかる。ただし、『国学者伝記集成』の編者が、入門年月不詳の部分を「蓋し天保十四年より弘化四年までの内なるべし」と注記しているのは疑問で、右期間以前に没している人物名がみえており、水丸もその一人である（本文後述）。

（7）この狂歌本、管見の東北大学附属図書館狩野文庫本には欠丁があるらしく、水丸別号の記述も刊年の記載もないが、富田文庫蔵堀井三石氏抄出本によると、未仏没後の天保三年四月の刊行にして、「名古屋扇水丸　別号狂流斎、山月楼」とあるといい、所収歌数も狩野文庫本より五首多い十首となっている。なお、『狂哥書目集成』では、これを文政十一年の刊行にして略画を収むとするが、狩野文庫本の絵は略画などではないから、おそらく別本であろう。

第六節　尾張耽古連の活動

江戸で山崎美成や曲亭馬琴らが耽奇会なる好古趣味の会を開いていたころにやや遅れて、天保期の尾張名古屋にも、耽古連という同類の組織があり、八人の会員たちは自らを八天狗と称していた。彼らはしばしば寄り集まり、またそれぞれの分野において名を残した。しかし、彼らが共同で作品を書くということや、自らを語ることは決して多くなかったようで、『乞児奇伝』なる戯文や『八顛愚冥迷奇談』中に収まる戯れ評判記『骨董評判記』などは、その実態を示す数少ない好資料である。八天狗のなかには狂歌趣味の人物もおり、また背後には、後に江戸へ出て四世浅草庵を継承する高橋広道こと笠亭仙果（初め「菓」）も控えていた。

(1)『乞児奇伝』

京都大学附属図書館所蔵の『乞児奇伝』（写本の半紙本一冊。以下、京大本と略称）は奇人伝の一種ともいえ、名古屋における同種の作としては、阿小三・おどり婆々・街頭卜者ら十三名を扱う堀田六林の『蓬左狂者伝』（写本。安永七年成）が先例としてある。これにならって、尾張城下の阿蕭（おしよう）・兵太（ひようた）・阿銀（おぎん）・都志摩（つしま）・泥望八（でこはち）・庚申亀（こうしんかめ）・甚右衛門（じんゑもん）・瞽者（めくら）という八人の街頭彷徨者の伝賛及び肖像画を記したものが本作である。収録された八人については、後述の序②に「文政のはじめより。天保の今に至るまて。府下に名を得し乞児奇ども」といい、具体的には序①に、

　扨も此八人は名は乞食にて、それ〳〵に身分・行状、僉違へり。お蕭は野狐の付たる也。阿吟は物に狂ふ也。亀は愚にして正直なり。兵太は痴中に頗才あり。津島・泥望八・盲者の三人は、其身分乞食なれ共俳優也。唯甚右衛門一人のみ、真に乞食と云へくして、実に憐むへきもの歟。

とある。採りあげた人数の「八」は、言うまでもなく八天狗にちなむ。書名は序③の序題に「乞児奇伝序」の振り仮名がある上、その序中に「彼本居の古事記伝。今又こゝに乞児奇伝」とあるので、宣長著名作の書名にあやかった命名とみて間違いあるまい。

　肖像画の画者は序③に「画工玉晃」とみえ、好事家として著名な小寺玉晃である。また伝賛の作者は序②に、「我友亀寿なる者。西国順礼と身をやつし。ではない名をやつし。其伝をくはへて。みしかき一冊となる」という。亀寿とは後述のように、医家にして蔵書家の平出順益の別号である。この二人については、藩校の明倫堂教授細野要斎も『渉猟雑抄』巻二十一に、嘉永五年二月二十一日付で「右乞児奇伝一冊、小寺玉晃画図平出順益伝賛をつく」と記している。しかしながら森高雅こと森玉僊門下だった玉晃の画はよいにしても、順益がこうした人物たちの伝を調べて書いたとすることはいささか腑に落ちない。西国順礼と名をやつした順益の序③には、確かに「（画工玉晃が）吾を傭ふて伝をかゝしむ」とあるが、お蕭ら八人については、玉晃の『人物図会』に全員の伝及び画が記されており、その伝は『乞児奇伝』のものより幾分詳しい。また右の『渉猟雑抄』には「玉晃諸家に需めて序跋甚多し」ともあることから推すに、おそらくは玉晃が伝を調べて姿も写し、順益はそれを伝賛の文章に仕立てたまでであって、下準備はほぼすべて玉晃一人の手になるものと思われる。

　京大本の書誌を以下に記す。大きさ：縦二十三・三糎、横十六・八糎、題簽：書き題簽（子持ち枠。縦十五・八糎、横三・六糎）に「乞児奇伝」（表紙左肩）、表紙：鳶色無地、墨付：二十八丁半（序文三篇計六丁・肖像画入り本文計八丁・跋文六篇計十四丁半）、遊紙：三丁半（巻末）、印記：「大惣かし本」（題簽）・「長嶋町通六丁目／書林大惣」（一丁表）・

「水野正信／図書之印」（同上）、貼紙：「め五百四拾九全」（表紙）。

序三篇の各末には、

①天保四年癸巳霜月下旬／夏のころまでは　断峰山人識（書き印「(草履の絵)」・同「仙／菓」）

②天保五年甲午三月下旬／物貰の目からは檀那山人識（書き印「(銭の絵に右回りに）そしれ与」）

③天保三年みづのえたつ。八月／晦日は彼岸之中日。橘　町　裏永／国寺門前におゐてしるす。／西国順礼（書き印「五宝／舎」・同「くだし／やいま／しやう」）

とある。また跋六篇は八天狗にあやかった「八」尽くしの文章で、各末に

①八坊主誌（書き印「(図)」・同「(図)」）

②かなをつけては八ニよむ。八太郎かやせひぢはりてやかましい中でやつとしるす（書き印「さるが／ひと／まね」・同「八／尽」）

③天保五甲。亥の年からくると八ッ目にあたる午の年。八ッを二ッに割し四月二八十六日。／金鏞八丁程。西に昕にかゝやくを見て御そんしの／駄々良大八（書き印「うのま／ねする／からす」・同「(図)」）

④駄々良の書し日より。八日目に当つて。狸の陰嚢八畳敷の席上にて。人並ならぬ百文の口。八十八文ぬけ作の。八文心の愚僕。軸の潤八寸。毛の長さ八分の筆を採て。八声の鶏のなくころ可伝爾／人の曽知りの／八九升誌

⑤先輩の著し頃より。八月あまりも過て承諾。八十日も屈困して。八月八日の八ッ八分頃迄に。八らかした処が読で見ると。／八々八郎誌

⑥八る風の名古屋人　八ちぼうず（書き判）

とある。これらの序跋からは、本作の成立時期がうかがい知れる。序②と跋③にいう天保五年の三月と四月（跋⑤の八箇月遅れは信を置けない）が最も遅く、序③の同三年八月が最も早い。したがってこの間に次々と序跋が追加され、

おそらくは同五年中に成立したと推測される。

右の序者三人と跋者六人の計九人については、一読した限りでは多くは誰のことだか不明だが、幸いにも前引の『渉猟雑抄』にこの九序跋者全員の実名が記されている。以下、『乞児奇伝』に出てくる順に記せば次の如くである。

序①の断峰山人　熱田宿住、高橋氏、称弥太郎、名広道、別号笠亭仙菓
序②の檀那山人　小寺広路、称九右衛門、住東村、別号続学舎・珍文舘・連城亭・宝玉晃
序③の西国順礼　平出氏、称順益、別号古今堂・泥江亀寿
跋①⑥の八坊主　亀寿
跋②の八太郎　仙菓
跋③の駄々良大八　玉晃
跋④の八九升　横井時定主ノ臣、坂（「伴」とも）兵左衛門、名康道、別号玉廼屋未学
跋⑤の八々八郎　大道寺直寅主ノ臣、水野三右衛門、名正信、別号酔讃亭

序跋を記していた人物は、右の都合五人であった。このうち、小寺玉晃・平出順益・水野三右衛門の三人は耽古連の一員で、それぞれ雑学家・蔵書家・写本マニアとしてその名を知られている。また戯作者笠亭仙菓は後に江戸に移住して耽古連の代議士的存在となるが、特に順益・玉晃とは親交があった。なお仙菓の序①に「天保四年癸巳霜月下旬／夏のころまでは　断峰山人識」とあるのは、天保四年夏頃までは暖飽、すなわち豊かな生活をしていたという意味もこめられており、暗に仙菓の破産を匂わせている。しかし、実際の破産は弘化元年頃と考えられるので、天保四年夏頃とは、広い家屋敷を他人に貸し自らは簡素な古宅を借りた頃を指すのであろう。仙菓の伝記については、静嘉堂文庫蔵の自筆稿本『よしなし言』十二編に自叙伝があり参考となる。残る跋④の八九升こと玉廼屋未学のみは多くを知らない。

『乞児奇伝』が京都大学に蔵せられるまでの経路は印記から察するに、耽古連の一人である八々八郎こと水野三右衛門正信の旧蔵本が名古屋の貸本屋大惣に入り、さらにそれが京都大学へ入ったものと思われる。

京大本『乞児奇伝』の成立は天保五年と推定したが、それ以後にも序跋の追加等手が加えられている。嘉永五年二月二十一日付の記事だった前引『渉猟雑抄』では、収録八奇人の伝が京大本のそれより部分的に詳しくなっているし、序跋者についても前述の五人による計九序跋に追加がある。

新たな序は

うん瘂　濃州御嶽、願興寺現住、雲阿別号、後住尊寿院、権僧正名円竜

銅羅和尚　後加藤氏、称常徳

の二篇で、跋としては

九八園　玉晁

七八之奥主　大熊氏、称善兵衛、後亭斎、名重完、別号銀杏園・竜巣・守株、俳名兎農、狂名真弓

五六呑舛　外浪氏、称長三郎

一乗亭教道　九十軒町

の四篇が追加されている。九八園こと玉晁を除くこの新たな五人のうち、序者のうん瘂こと雲阿は、別号を天竺花老人といって画にその名を知られ、耽古連の一人だった。雲阿の父は藩医の柴田承渓で、雲阿兄はこれまた藩医の柴田竜渓こと承慶、狂名を竜屋弘器という著名な狂歌作者だが、この竜渓の第四子が、右序者の銅羅和尚こと加藤常徳である。また前出の平出順益は竜渓の娘婿に当たる。常徳にしてみれば雲阿は叔父、順益とは義兄弟の間柄である。跋者の大熊兎農は井上士郎に学んだ俳人であるが、残る二人の跋者については知るところがない。

ところで、『渉猟雑抄』の作者細野要斎も実は序文を依頼されていた。序を乞われた要斎が趣向成らずしてその代

りに草した一文が、「時に癸丑（嘉永五年）三月四日也」との付記とともに、その随筆『感興漫筆』巻十二に記されている。

題小寺玉晁乞児奇伝

これ〳〵皆さん聞てもくんねい、おらが隣の其又隣の、檀那山には、画をかく事がお上手、其外今や昔のはなしやうわさを、見たり聞たりした事のこらず、月卿雲客大小名より、士農工商社家（ネギ）や坊主や、歌舞伎（しばい）物真似、何から何迄、屁（ヘ）を放（ヒ）た事をも、御吟味なさつて、書て集て、蔵（モツ）てござつて、何を問ても、知らない事ない、御方でござます所が、もはや世間のありふれごとは、面白ないとて、町や小路を、ぶら〳〵ありきて、むさい乞児（コジキ）の、顔や貌（カタチ）を、とく〳〵ながめて、八人（ヤタリ）のありさま、目に見るやうに御うつしなんして、奇妙奇態に出来たる其時、西国あたりに、順礼国手と、いふ人ありて、檀那山とは、竹馬の親友（オナジミ）、これもやつぱり、ものよみすけべい、和漢の書物を、すてきにあつめて、博識宏才、家業はもとより、今での扁倉、西国向では、評判よろしく、あそこやこゝへと、ひきつりひつぱり、明暮せわしい、先生（オヤダマ）なれども、このたび檀那の、たのみとあるから、八人（ヤタリ）の乞児に、家伝の薬を、ちよこ〳〵もられて、乞児の御脉が、達者になりしを、看る方々が、これは奇妙と、手を打ちながらも、序やら跋やら、思ひ〳〵の、趣向を出して、おもしろおかしく、おかきなされた本尊さんだと、きくよりわしにも、ぢつくりおまかせ玉へと、いへば合点、手ばやくとり出し、其時檀那の、いわしやる事には、そもじもなんなと、ごたくをかけと、ありますけれど、こいつは一ばん、あやまり証文、おいらは何（ナン）にも、いけねいもんだぞ、ゆるさせ玉へと、逃んとしたれど、それもあんまり、ひきやうなこんだと、はら帯しめかけ、それよりチヨツコリ、ちよんがれなんども、出かけて見たれど、ならはぬ経ゆへ、ねごとのあまりで、さつぱりつまらぬ、おもずへなれど、これでゆるして、おいてたもれと、ちよんがれ〳〵。

樗蒲九礼識

肖像画を含む『乞児奇伝』の翻刻については、かつてこの京大本を底本として、『野田教授退官記念日本文学新見――研究と資料――』（笠間書院、昭和51年）に紹介したし、近時では『京都大学蔵大惣本稀書集成』第十四巻（山本卓氏翻刻・解題。臨川書店、平成8年）にも収まるので参看されたい。

また別本として、国立国会図書館に「キツジキデン」の読みで一本、さらに早稲田大学中央図書館蔵玉晁叢書中の『八顛愚冥迷奇談』第二冊目の中にも、跋のみであるが収録されている。それぞれ序者、跋者に異同がある。さらに仙菓に至っては、『よしなし言』十一編（弘化二年春より執筆）中の「先年かき試みし狂文を、反古しらべのついでにこゝにうつす」とある箇所に、「古今園戯作乞児奇伝の後序二篇これも草稿のまゝにてやみぬ」として跋文二篇が転写されているが、そのうちの一篇は、これまた右いずれにも収録されていない。

なお、本稿における『渉猟雑抄』と『人物図会』は名古屋市鶴舞中央図書館所蔵の名古屋市史資料本を使用、『感興漫筆』は『名古屋叢書』第十九～二十二巻（名古屋市教育委員会、昭和35～37年）所収の翻刻を利用したことをお断りしておく。

(2)　『骨董評判記』

耽古連には『乞児奇伝』のような戯文趣味以外に好古癖があって、その一例として延宝八年版の一枚摺り「よし原ひやうばん」の模刻があることを、その写真図版とともに信多純一氏が紹介されている。同氏「師宣追效――延宝三年江戸四座役者付考――」（「文学」第四十九巻十二号、昭和56年12月）がそれで、日本大学図書館（現・日本大学総合学術情報センター）所蔵という。匡郭右外側に「原図森川氏所蔵」、同左外側に「天保九年戊戌九月摸刻配進于江湖好古君子百枚限滅版」とそれぞれ刻されている。またこの模刻図右上角には摺られた貼紙一枚があり、そこには「○よし原ひやうばん摸図／尾張耽古社中蔵版」の記載とともに、「尾張国／耽古社／八天狗」の角印があるという。

さて、その耽古社八天狗については、小寺玉晁自筆の戯文『八顚愚冥迷奇談』（全三冊）が参考になる。同書は天保九から同十二年までの耽古会における戯文を中心にまとめたもので、同会の開催は少なくとも、九年に三回（九月十六日、十月二日、同十六日）、十年に一回（一月九日）、十二年に一回（初春初回）が確認できる。その第二冊目は一から十の数尽しの戯文集で、巻頭に「七十一翁　倶舎倶舎老人」の序を付す。同冊奥書によれば、倶舎倶舎老人とは石井垂穂の別号であるから、その七十一歳は没する前年の天保十年である。二尽しの文章中に、「毎月二度の耽古の会合」とあるので、これが同会開催の原則だったようである。この奥書にはまた、「天狗八人トイヘルハ」としてその略伝が記されているので、次に引用する（ただし、古今堂亀寿と長春館についてはそれぞれ、その半丁前の二尽しと一尽しの作者記載の方が詳しいのでそれを引用）。

蒼竜園（松井武兵衛）　松井氏。屋敷ハ長者町下、横三ッ蔵西北角東向。当時大御番組ナリ。名武真、俗武兵衛。可惜天保十二丑八月十一日瘧ヲ病デ死。年齢（ママ）　才。葬大光院、鉄額道二禅定門。

竜風園平器（永坂周二）　竜廼屋大人ノ門ニ入テ狂哥ヲ詠ズ。永坂氏。上畠丁伏見丁ヨリ西より四軒目南側ニ住ス。名ハ徳彰、俗周二ト云。外科医師。

竜眼木園千瑲（小川新兵衛）　初栄樹ト称ス。氏小川、家名松尾屋。名（ママ）。俗新兵衛、初仁三郎ト号ス。鶴重町筋七間町呉服丁ノ間、中程南側ニ住ス。常有職ヲ好デ書籍ヲ集メ、又画ヲ学デ森高雅ノ門人ナリ。

古今堂亀寿（平出順益）　医師、平出氏。納屋橋ヨリ少シ下、西側ニ住ス。名延齢、俗順益。別号古今堂亀寿。字修甫。

無間堂雲阿（雲阿上人）　濃州御嶽、願興寺和尚也。生所ハ御医師柴田承渓子ノ男ナリ。後尊寿院（ママ）　代。後長春館（中西竜雄）　中西氏（ママ）。長嶋町壱丁目東側ニ住ス。名（ママ）、俗竜雄ト云医師ナリ。別号ヲ長春館、又坦斎、俳名ヲ知風ト云。

酔讃堂謌雅（水野正信）　水野氏。大道寺直寅君ノ臣ニテ、屋敷内ニ住ス。名正信、俗三右衛門、幼名万太郎、又三四郎。

とあり、「右七人ニ余（玉晃）ヲ加へテ八天狗連ニテ、常々漆膠の書友ナリ」と記されている。ここで留意しておきたいことは、八人の中に笠亭仙果の名がないことである。八天狗については『名古屋市史』人物編第二（名古屋市役所、昭和9年）「小寺玉晃」の項によれば、初め玉晃・平出・永坂・小川・仙果の五人が相会し、仙果が江戸に出た後、右の残る四人が加わって八天狗耽古連中と称したという。しかし仙果の江戸転居は弘化三年二月のことで、前引の模刻図が作られた天保九年時点ではまだ熱田にいる。耽古連の成立については、『八顛愚冥迷奇談』三冊の成立をも考え合わせると、この天保九年あたりがその活動の初期であろう。となると、仙果は当初から耽古連には加わらなかったことになるが、その理由は不明である。あるいは破産へと向かいつつあったその経済状態が許さなかったのかもしれない。

ところで、『八顛愚冥迷奇談』第一冊目所収の『骨董評判記』（作者名不記載）は、「江戸気之部」で古今堂亀寿を、「伊勢之部」で蒼竜園を評判するだけのわずか五丁の小作品である。刊記相当箇所に「天保九年／卯四月／ゑづ一まい八文じや　ちとやすいが／百てに八十目古板」とあって、評判記の代名詞ともなっている八文字屋をもじった戯れ評判記である。

亀寿は蔵書家の平出順益（『近古小説解題』で知られる平出鏗二郎氏の祖父）で、「巻頭　極上上吉㊞今古園（ママ）」として、

頭取骨董耽古社中の巻頭。西は筑紫の太宰府天神。東は南部おそれ山の画図まで持れし今古園。亀寿丈でござり

升。[上町]是サ頭取、とんだ仁を巻頭にして、蔵書第一の一桂堂はどこに置のだ。[武士]張物や古書の外に、自分著述の随筆百巻、連城亭をさし置て、ゐこひゐきする馬鹿頭取、ひつこまねへと存じ寄るぞよ。[狂哥連]骨董耽古の惣座頭、古株といひ御家といひ、竜屋大人が巻頭とは、紙屑買に見せても知れる。頭取、これはどふするのじゃ。

と始まる。一桂堂とは竜凰園平器こと外科医の永坂周二の別号、連城亭はもちろん玉晁、竜屋大人は狂歌師として知られる前述の竜屋弘器こと藩医柴田竜渓のことである。竜凰園平器だけでなく、竜眼木園千瑲も竜屋弘器の狂歌門人である（玉晁『人物図会』）。また「骨董耽古」とあるので、玉晁のいう「（八天狗は）常々漆膠の書友」とは、書物を中心とする骨董趣味仲間とも換言できよう。評判冒頭のこの詰め開きは、頭取の「耽古会八人の御かたは、珍書・古板・骨董渉猟、博学風流どれも／＼まさりおとりはムりませぬが、今般少ゝ蒼竜園と引はりもの、わけ合ムりまする故、拠なく此所へ亀寿丈を出しました。甲乙の義ではムりませぬ」という釈明でようやく軌道に乗る。今般の「蒼竜園と引はりもの」という訳合は後述するとして、続いて「[頭取]当時名府大ぜいの骨董家の中、わけて此人（亀寿）は天保二年より今日迄、一日も怠りなく骨董書林をあさらるゝ故、大ぶんに溜り升た」とある。のちに平出文庫で著名となるこの順益は、拙稿「天保四、五年の平出順益——翻刻・解題『癸巳日疏』——」（「大妻国文」第十六号、昭和60年3月）でふれたごとく、正確には二世順益で文政十二年に初世順益の養子となっているから、本格的に集書活動を始めた天保二年は、平出家に入った翌々年二十三歳の時ということになる。評判は進んで、

[僕男]それだから供先でも、本屋とよせ屋の門を通る度に、又寄るのか／＼と思つて、びく／＼する。別して寒い時分、腹の減た時などはあやまる。[書林]おいらが仲間で顔を知らぬ物はなひ。気にさへ入れば、直段にかまはずさつ／＼と買るゝは、此商売の福の神。遉に江戸気の大立者。[ヨセヤ]外のお衆のやうに、ャレ七十匁にせいの八十匁にせいのと、目方をねぎらるゝやうな事はないから、どこでもうけがよふムり升。

などとあるのも当然だったろう。評判は結局、頭取の「江戸一流の骨董家は、当時此人にとゞめ升た」と型どおりに

落ち着き、最後に「大ぜい早く張貫文庫の出来が見たい〳〵」で終わる。平出文庫は当初、「張貫文庫」と命名されていたことが知られる。

蒼竜園こと松井武兵衛の活動は、従来いま一つ判然としなかったが、この評判記によってその一端が判明する。「巻軸　至上上吝㊞蒼竜園」として、冒頭に

> 頭取此所より惣巻軸蒼竜園丈でムり升。大勢イョゥ伊勢屋の親方、待て居た〳〵。頭取昨年の夏、一枚摺流行の節、著作いたされたいろ〳〵見立番附の大当り、かんしん〳〵。見巧者中にも風流選は、丸で江戸を似せられまして、伊勢屋の作とは見へませなんだ。古今の大手がら。

とある。好評だったらしい「風流選」とは、金栄堂蔵版の一枚摺「金府繁栄風流選」（名古屋市蓬左文庫蔵『鶏肋集』に添付されており、『江戸時代図誌』第十六巻〈筑摩書房、昭和51年〉四十六ページに写真が掲載されている）のことであろう。「文雅遊客」として「博識　離屋老翁」「筆勢　森高雅」等六十四名、「芸能長者」として「皇国　（植松）茂岳大人」「興哥　竜屋大人」「戯作　厚田仙果」等六十四名、「名誉名品　名家名物」として「書林　永楽屋」「貸本　㊞天惣」等百十四軒（件）、それに十四の神社仏閣等を掲げる。刊年と作者名が刻されていないが、右の評判により、天保八年夏（風流選に同年六月六日に没する離屋鈴木朖の名が見えるから四、五月ころか）に刊行され、作者は蒼竜園だったことがわかる。他にも頭取の発言に、「平生途中にても、むせうに人の内をのぞきこんで、衝立あるひはかべなどに張付て有画図を、無理取りしてめくり取る仕打、にくひ事〳〵」とある。蒼竜園は、どうやら相当なそれも強引な摺物マニアだったようで、その評判部立を「伊勢の部」（川柳で伊勢屋といえば吝嗇家の意）とし、位付を「極上上吉」ならぬ「至上上吝」と戯れているのも滑稽である。なお、江戸気之部で亀寿を巻頭に据えた訳合とは、この伊勢之部で珍品に絡んで蒼竜園が策略を企て亀寿が出し抜かれる（最終的にはそれを見破る）被害にあったことを指す。すなわち、珍品がらみで両人に争奪騒動があったため、江戸と伊勢の両部で平等に顔を立てる必要があったというのであろう。

第七節　雑賀重良氏旧蔵書に見る尾張と美濃の狂歌資料

『尾三歌書年表』（日本歌書年表編輯所、昭和48年）をはじめとして、歌書の収集・調査で知られる雑賀重良氏の旧蔵書は、現所蔵者の名古屋市蓬左文庫によって平成十年八月に、五四〇ページにも及ぶその目録が公刊されている。その中の狂歌資料は約三〇〇タイトル、うち約一八〇タイトルが江戸時代に刊行または書写されたもので、そのうちの約一四〇タイトルが冊子形態、残りが一枚摺である。近世中期以降の江戸狂歌系が中心で、それ以前の上方狂歌系は稀覯書を含むものの点数自体はさほど多くない。明治期以後のものにも珍書が多いが、ここでは江戸時代資料に限定し、特に尾張と美濃の狂歌資料を中心にふれてみたい。

まずは大坂の鯛屋貞柳によって広まった上方狂歌系。省斎可童編『狂歌集』（仮題一冊、宝暦十一年跋刊）は原書名の記載を欠くが、実は名古屋の永日庵其律（貞柳十三回忌追善『狂歌秋の花』の編者で知られている）の百箇日追善集『時雨の月』である。其律門人だった編者可童の宝暦十一年正月二十六日付の跋に、「ことし正月末の六日、先師の百ヶ日に諸士の追悼を書集め、しぐれの月と名を付て追善をいとなむものならし」とある。また諸説ある其律の没年月日についても、其律の師である名古屋の秋園斎米都の序に、「永日庵兀斎其律、予に若きこと十二。十八九の時、予に狂哥を問ふ。（中略）惜哉、ことし（宝暦十年）かんな月中の七日病床に終る。よはひ四十にひとつをあまし」とあることに明らかである。本書は従来、其律追善集としての書名のみが知られていて、かの市橋鐸氏でさえその所在が分からぬと残念がられた本であり、内容はまったく紹介されたことがない。

貞柳の高弟だった前出の米都も詠を寄せている明和七年の『歳旦』（一冊、刊本）もまた稀覯本である。美濃神戸の人々の歳旦狂歌集で、かような本があること自体、今までまったく知られていなかった。名古屋不二見原の烏川を中心とするグループ「慮竹斎連」の『狂歌集』（仮題一帖、寛政二年三月名古屋永楽屋刊）も同様である。寛政二年といえば、江戸表ではすでに爛熟期の江戸狂歌、つまり天明狂歌が大流行しており、尾張の人々もすでにこれに参加している。あるいは本書あたりが尾張での上方系狂歌集の最後かもしれない。

前述の『歳旦』にも入集している月声斎米鳥の編『狂歌教鳥』（一冊、明和七年五月刊）も伝本稀で、虫損が目立つが原装にして原題簽があり、京・丸屋善六と尾張・風月孫助の相板である。米都門人の編者米鳥のことも、本書によって濃州神戸小叡山下の田代喜左衛門と判明する。『時雨の月』の「美濃関部」にみえる三休斎白掬が編んだ『狂歌気之薬』（一冊、米都閲、明和七年三月刊）は近時、西島孜哉氏等編『近世上方狂歌叢書』第二十四号（近世上方狂歌研究会、平成9年1月）に翻刻されたが、これも伝存本が少なく、刊記を持つ初板の京・岡吉兵衛板は、大妻女子大学蔵本と西島氏未見のこの雑賀氏旧蔵本だけのようである。『歳旦』を含むこの三部の書は、美濃における上方系狂歌壇を知る上で必要不可欠な資料であろう。

近世中期の尾張といえば、螻丸の狂名を持つ横井也有がおり、彼の未刊の狂歌集『ぎやうぎやうし』も、五十丁本と三十五丁本の二部が所蔵されている。三十五丁本は冒頭に石井孝政（垂穂）の一文も写されているので、従来から知られている孝政書写系統の本である。しかし五十丁本には孝政の一文がなく、表紙には朱筆で「冨上原ノ／螻丸／自筆」と記された付箋（筆写不明）がある。また「平出氏／書室記」の蔵書印があることから、幕末名古屋の著名な蔵書家平出順益を筆頭に、順良・鏗二郎の三代にわたる平出文庫の旧蔵書であったことを知る。検討を要する一本であろう。雑賀氏旧蔵資料ではないがついでにいえば、順益自筆の読書記録『代睡漫抄』十五冊も名古屋市蓬左文庫に所蔵されており、塩村耕氏「『代睡漫抄』引用書目要覧」（「東海近世」第四号、平成3年9月）にその細目が備わる。

次に天明狂歌を頂点とする江戸狂歌系。その先駆者だった江戸の酔竹庵唐衣橘洲は、寛政九年五月の時点で「尾陽はすべて予が門葉のみにして、他の指揮をうけざるは、まさに（豊年）雪丸・（芦辺）田鶴丸・（篠野）玉涌・（豆永）金成・（薗生）桃吉・（紀）有文の諸秀才、よく衆をいざなふ故なるべし」（後述『狂謌弄花集』）といっている。尾張では橘洲没（享和二年七月）後のおよそ文化末年あたりまで、おおむねこの態勢が続く。この間の尾張狂歌本を雑賀氏旧蔵書から抜き出してみると、田鶴丸・金成・雪丸編『狂歌ねがひのいと』（一帖、寛政十二年秋酔竹老序、橘洲賛、月光亭哥政画。淡彩摺。板元名はないが永楽屋東四郎の蔵板目録に本書名がある。稀覯本）、『狂歌蓬が嶌』（二冊、石川雅望〈五老〉序、酔竹庵橘洲賛、享和二年正月三蔵楼〈田鶴丸〉蔵板、永楽屋東四郎製本）、『狂謌弄花集』（一冊、刊本。詳細後述）がある。

文化に続く文政期以降を含め、尾張狂歌本は概して現存本が少ない中にあって、例外かつ特筆すべきは右の『狂謌弄花集』である。頭書形式を採用しつつ、主本文としては半丁に一人一首をその像とともに掲げたもので、織田信長以下当代人にいたるまで、様々な分野のすべて尾張の人ばかり総勢六一七人（うち重出二十七人）七一三首を収める。田鶴丸撰、月花庵（雪丸）校、有文・月光亭墨僊（哥政）・玉湧（玉涌の息子）等画、序文代わりに寛政九年五月付の橘洲の一文（一部前引）を積素亭（雪丸）が付す。堂々たるメンバーで、橘洲の一文は後に四方赤良（大田南畝）の未刊随筆『奴凧』に美織屋主人（達磨屋五一）によって追加され、江戸狂歌の起こりを記した文章として著名となる。輯者は玉涌息子玉湧の門人だったとおぼしき新進気鋭の後佩詩堂右馬耳風（後、榛園秋津とも）、すなわち名古屋書肆万巻堂菱屋久八で、後に国学の本居家に入る本居内遠その人である。本書は初め輯者の私家板として文化十四年春に出版されて以後、同年七月修訂自店板（新たに同年月付の輯者跋を付す。以下同じ）、文政三年美濃屋市兵衛等尾張書林四店板、京都須磨勘兵衛無刊年板、改題無刊記本『画像狂歌百首』（明治摺、橘洲の一文欠）の計五種の多きを数える。雑賀氏旧蔵書の中に、文化修訂自店板および改題無刊記本を除く三種があるのはさすがである。

ついでに文政期以降の雑賀氏旧蔵尾張狂歌本の主なものをあげておくと、洒落本や人情本等の戯作でも知られる尾張藩士玉斎花山亭咲馬（笑馬とも）の編・画『那古野於媚』（一冊、自序、文政期に刊行された玉華堂板の後印松屋平兵衛板）、同編『誹諧歌玉光集』（一冊、嘉永二年二月自序、板元不明）の他、便々館琵琶彦・便々居琵琶人撰『裂帛一声』（一冊、嘉永六年九月藤原季知卿〈芸亭主人〉序、森高雅等画。琵琶連蔵板か）、柴田玉淵子老師（竜屋・弘器・海城とも）編『狂歌常鎮集』（角書「繡像」。一冊、自序、安政二年鵜巣老人序、斑文子画。那古野常鎮連蔵板か。編者の像あり）、赤の御膳判『狂歌はつみどり』前・後編（合一冊、嘉永・安政頃刊。〆側蔵板）などがある。右の竜屋は国学者鈴木朖の姉リトの夫で、官医の柴田竜渓その人であり、この竜渓の娘の夫が前引の蔵書家順益という間柄である。竜屋は文化十二年に江戸の六樹園石川雅望の五側判者となっており（文政十年刊『狂歌人物誌』）、尾張藩奥坊主で後に江戸市ケ谷藩邸へ出た同時期の西来居未仏（前号、瓢箪園・一寸法師。目録番号五一四三『秋のしをり』はその追善集で像がある）などと同様、その狂歌活動はすこぶる活発である。

以上は江戸狂歌系の刊本であるが、次はその写本についてである。特色はその大半を占める五十余点が、星橋楼長雄（物成長丸・千歳楼霞吸とも。尾張海西郡大宝新田の地主長尾治右衛門）の狂歌詠草類という点にあり、一次資料がこれほどまとまっているのは珍しい。文政期のものが主で、六樹園・田鶴丸・秋津・竜屋・未仏・竹意庵為麿などの批評や、彼らとの関連が注目される。また添削を受けるためには「詠草認めやう、ひとひら（半丁の意）に二首づゝ御したゝめがよし」（目録番号五〇八六『狂歌』）といった当時の慣例や、「江戸の点、出版物故常よりちと点が高く（辛いの意）御座候。御堪忍可彼下候」（同五〇八九『狂哥詠艸』）といった事情も窺われる他、入花（添削料）が記されている場合も多い。なお目録番号五〇九九の刊本『狂歌集』に長雄の像がある。長雄関連以外では、純然たる狂歌とはいえないまでも、熱田出身の戯作者笠亭仙果（高橋広道、狂歌では四世浅草庵）の『擣衣百首』（一冊、天保十三年八月八、九日詠）が他所にその伝本を聞かない。

最後に狂歌会等の一枚摺。題や投吟期限、入花などを記した事前配布の投吟募集用「チラシ」は、済んでしまえば無用となるため伝存稀で、単独では雑賀氏も所蔵していない。しかし目録番号五〇二六『春のすさひ二器合』・同五〇四〇『六樹園一周忌追福』・同五一〇三『文政七ッ申のとし　狂歌集』・同五一〇五『月花庵大人判』の各本の中に、四方真顔・六樹園撰『列僊列女画像集』（文政七年刊）や、未仏等撰の六樹園一周忌追福『春のなごり』（天保二年刊）などの事前配布チラシ計六枚が収まる。事後のものとしては、所定の得点合計順に得点と狂名を東西に分けて（分けない場合もある）一覧表にした「甲乙録」と、それに大関以下の相撲の位を冠した「番付」の二種がある。雑賀氏旧蔵一枚摺資料はほとんど江戸狂歌系のこの事後のもので、追善・賀会・待受といった伝記資料的なものが目立つ。裏面の隅に小さく「作州川崎／思々堂之々大人」などと書き付けられているものも目につくが、これは配布先を示すメモで、一般には表の印刷面のどこかにその名が出ているはずである。

以上、あらあら記してみた。歌書に造詣深かった雑賀重良氏の旧蔵書がまとまって、それも由緒ある名古屋市蓬左文庫に収まったことを喜びたい。

付篇　資料翻刻

(1)『繡像百人狂謌弄花集』

——尾張狂歌作者五九〇名七一三首——

【解題】底本は大妻女子大学図書館所蔵無刊記版（文化十四年春出来の輯者私家版）、大本（縦二十五・八糎、横十八・二糎）一冊。実質的な編者である輯者は名古屋書肆の後佩詩堂右馬耳風で、後の本居内遠その人である（内遠の狂歌・戯作趣味については本書第四章第二節参照）。橘庵芦辺田鶴丸撰、月花庵（松月庵豊年雪丸こと積素亭）と同導堂福洲（石井垂穂）の校。巻末に「画人」として、松寿園有文（紀安丸こと紀有文）・月光亭墨僊（喜多川歌政こと牧墨僊）・二世不断庵大江玉湧（初代佩詩堂耳風こと蛸池国天）の三名を掲げるが、本文に就いてみると他にも、冒頭の橘五園源香美（原本には敬意の「清画」とある）をはじめとして、麹水園竜旦・玉僊（森高雅）・清音館竜之調・勇々館大江深淵・二水楼二水・玉鳳・佩詩堂耳風・月斎（二世歌政こと沼田月斎）・玉渓・有谷・後佩詩堂耳風が絵筆を執っている。全五十七丁（序文三丁〈「序一」～「序三」〉、本文五十四丁〈「一」～「五十四」〉）で、本文のみに柱刻（序文は丁付のみ）があり、各丁とも黒上魚尾（上下副線付）に続いて、「弄花集　丁付」となっている。

本作が著名なのは、積素亭の序文に引用されている『弄花集』なる雅帖（右玉湧父の故玉涌旧蔵、当時積素亭所蔵）の序文、すなわち江戸狂歌の起こりを述べた寛政九年仲夏付け唐衣橘洲序文ゆえである。しかし本作はそれだけでなく、織田信長以下当代までの尾張関係者のみの狂歌を集めた、それも輯者渾身の注目すべき作品である。一書としての具体的な内容等については、従来ほとんど無視されてきたといって過言ではない。所収肖像画を含めて全文を紹介する所以である。解説としては本書第四章第三節にそれを意図してまとめたので、詳細はそれに就かれたい。

翻刻と図版掲載を許された底本所蔵者の大妻女子大学図書館に感謝します。

凡例

一、原題簽は底本と同じ無刊記版の刈谷市立図書館村上文庫蔵本を翻字によって掲げた。
一、原本本文は三段組みの「五十一」オを除き、各半丁がその三分の一ほどの上段（主として六人六首を掲載）と、残る三分の二ほどの下段（一人の肖像画とその詠一首を掲載）に二分されているので、翻刻は半丁単位で上段・下段の順とし、下段の翻字部分を四角で囲った。
一、肖像画は翻刻では【像】と表記し、像の図版は半丁単位でそのすべてを、四角で囲った翻刻箇所付近下部に、丁付を付して掲載した。
一、狂歌の題（詞書）は［　］で括り、誤字・誤刻等には（ママ）と注記した。
一、清濁は原本通りで漢字は通行字体を原則としたが、序文と作者略伝にのみ私に句読点等を施した。
一、原本の丁移りは、下段の翻字末尾に「(丁付)オ」「(丁付)ウ」の表記で示した。
一、原本上段末尾は次の半丁上段へと続くので、必要に応じて前者末尾に▼、後者冒頭に▲をそれぞれ注記した。
一、翻刻の後に無刊記版と文化十四年七月版の校異を掲げたが、無刊記版にない輯者跋文は本書第四章第三節⑵に全文を引用してあるので参照されたい。

繡像百人 狂謌弄花集 全

（原題簽）

泯江はしめは觴をうかふる斗なるも、楚に入て底なし。予、額髪のころより和歌を賀邸先生にまなひ、はたちはかりより戯哥の癖ありて、しかも貞柳・卜養か風を庶幾せす。たゝに暁月の高古なる、幽斎の温雅なる、未得か俊逸、白玉翁の清爽なるすかたをしたひ、ことにつけつゝ口あみをになひ出し侍りし中に、臨期変約恋といふことを、

　今更に雲の下帯ひきしめて月のさはりの空ことそうき

とよみて先生にみせ侍りしに、この歌流俗のものにあらす、深く狂詠のおもむきを得たりと（序一オ）、ほと〳〵賞し給へりしは、三十とせあまりのむかしなりけり。其ころは友とする人はつかにふたり三人にて、月に花に予かもとにつとひて莫逆の媒とし侍りしに、四方赤良は予か詩友にてありしか、きたりて、おほよそ狂歌は時の興によりてこそよむなるを、ことかましくつとひをなしてよむしれものこそをこなれ、我もいさしれものゝ仲ま入せむとて、大根ふときてふものをともなひ来り、太木また木網・智恵内子をいさなひ来れは、平秩東作・浜辺黒人なと類をもてあつまるに、二とせ（序一ウ）はかり経て朱楽菅江また入来る。これまた賀邸の門にして、和哥は予か兄なり。和歌のちからもて狂詠おのつから秀たり。かの人々より〳〵予かもと、あるは木網か庵につとひて、狂詠やうやくおこらんとす。赤良もとより高名の俊傑にしてその徒を東にひらき、菅江は北におこり、木網南にそはたち、予もまたゆくりなく西によりてともに狂詠の旗上せしより、真顔・飯盛・金埒・光か輩ついておこり、これを世に狂哥の四天王と称せしも、飯盛はことありて詠をとゝめ、光ははやく（序二オ）黄泉の客となり、金埒は其業によりて詠を専とせす。真顔ひとり四方哥垣と名のりて、今東都に跋扈し威霊のさかむなる、まことに草鞋大王なり。また一己の豪傑ならすや。是につぎて名たゝるもの浅草に市人、玉池に三陀羅をはしめて枚挙するにいとまあらす。ついて尾陽・上毛・駿相・奥羽・

総房・常越より其外の国々のすき人、日をおひ月を越てさかむ也。かく世にひろこれるは実に赤良・菅江かいさほしにして、予は只陳渉か旗あけのみなり。されとまた（序二ウ）臭を追ふの徒すくなからさる中に、尾陽はすへて予か門葉のみにして他の指揮をうけさるは、まさに雪丸・田鶴丸・玉涌・金成・桃吉・有文の諸秀才、よく衆をいさなふ故なるへし。この比東都の諸大人の余国の歌を評するにも、尾陽を甲とし上毛・駿河これにつくと聞侍るに、予鼻うこめくはかりなるは、けに我をおこす輩といふへし。こたひ玉涌翁、此冊子を人に託して四方の諸君の詠をこひ、弄花集と題して序を予にもとむ。もとよりいなむへきにもあらねは、案文の（序三オ）つたなきをかへりみす、筆を酔竹庵にとるなるへし。

寛政九
丁巳仲夏　　唐衣橘洲

右は故方十園玉涌所蔵の弄花集といへる雅帖の序なり。こは此集の序に用ふへきことにはあらねと、今吾妻ふりのときめく世にしあなれは、そのはしめをしらせんためにしるしつけてよと耳風かもとめによて書之。積素亭（序三ウ）

織田右大臣【像】
なれあかぬなしみの中のうはくちを人にすはせんことそをしけれ（ママ）

［心正しからぬ僧を見て］豊臣太閤【像】
上人は霞の衣雹の珠数あまりはれせぬ空念仏かな

柴田修理亮勝家【像】
小敵よよわき敵とて油断すなあなとる故におちをこそとれ

橘五園源香美　初号、竹逸園千広　【像】清画
きて見れは花の香高くにほふなり桜かさねの衣手の森（一オ）

木下長嘯子　【像】
みな人のこしをれうたをよみ置てあたら桜を杖にこそつけ

都筑菜種　【像】
煩脳（ママ）のあかすきおとす水そこの神の御つけのくし田川かも

長　斎　【像】
にんにくのつれなくのこるにほひよりあさつきはかりよきものはなし

東雲庵一丸　初号、五月庵千万多　【像】
夏なしと思ふ葉かけの涼しさはこれやときはの松の下庵（一ウ）

萩野千秋　【像】
いかにせんうき年月をふる袴君はきもせてまちよわり候

真野時綱　津島神主　【像】
いくとせか福はうちへとまねけとも鬼とつれてや外へいにけん

天野信景　法名、信阿弥陀仏　【像】
艸もなく木もなきのへに吹風は何にあたりておとをなすへき

一オ

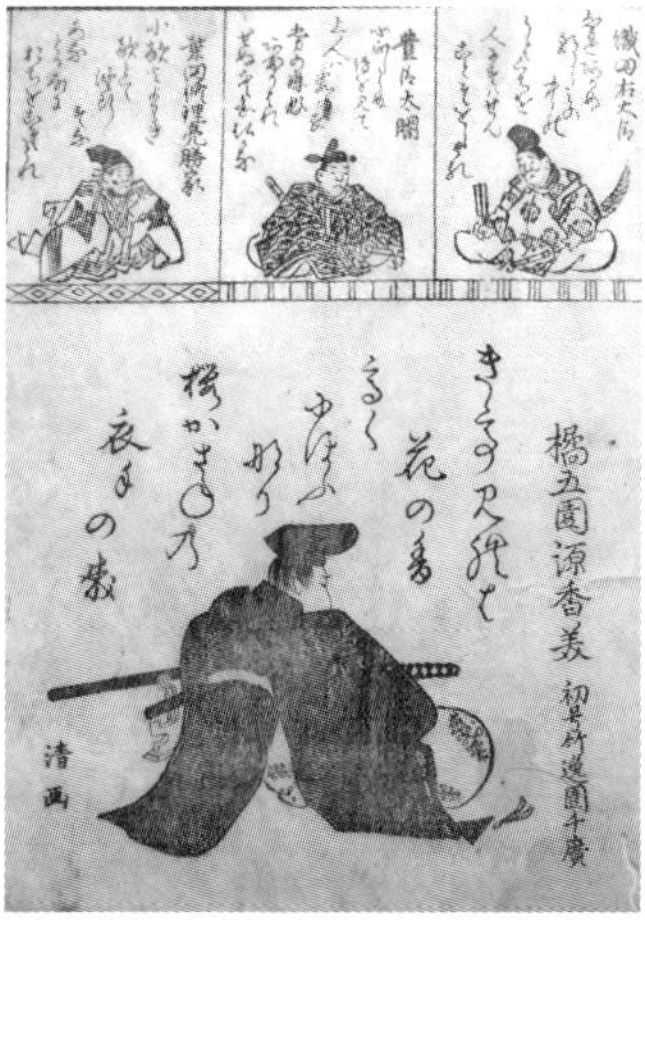

一ウ

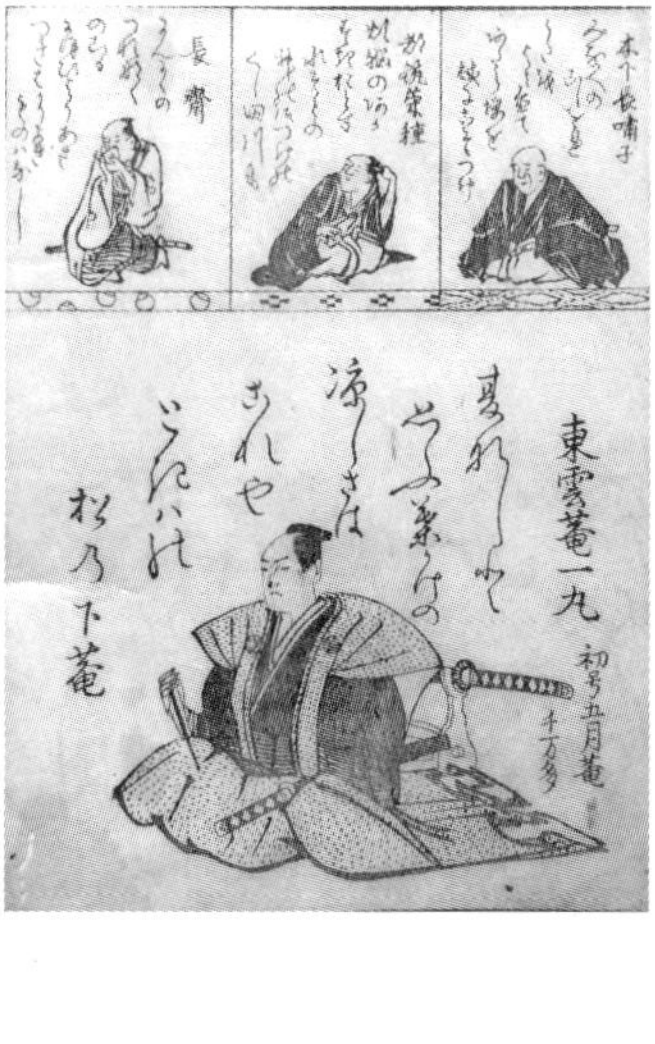

竜吟亭竜雄　初名、夜道久良喜　【像】墨僊
春風にあらそはぬのも一器量柳の枝のさるものそかし（二オ）

河辺友久　【像】
伊勢道もこまれよとては遠からし艸臥し身のゆけはこそあれ
［六十六のとしの春］川船子秋楽　加藤氏　【像】
むそちむつ下からもまたむそちむつ中からよみし年も有しに
不断庵是誰　花井氏　【像】
弓張の月の宵の間むつの緒にかよふしらへや松風の琴

一片舎栗町　住犬山、紐長父　【像】蛸池画
よわいそと見こんて出しむら角力おもひのほかに手をとりにけり（二ウ）

堀　竹養　【像】
なまこをは海の鼠と名にたてと汐より外にひくものはなし
金銀斎嘯山　【像】
短冊にませて手むけん質の札星にはかせる衣なけれは
秋園斎米都　鈴木氏　【像】
化ものを退治せんとのかけものに出てうれしき古寺の月

二オ

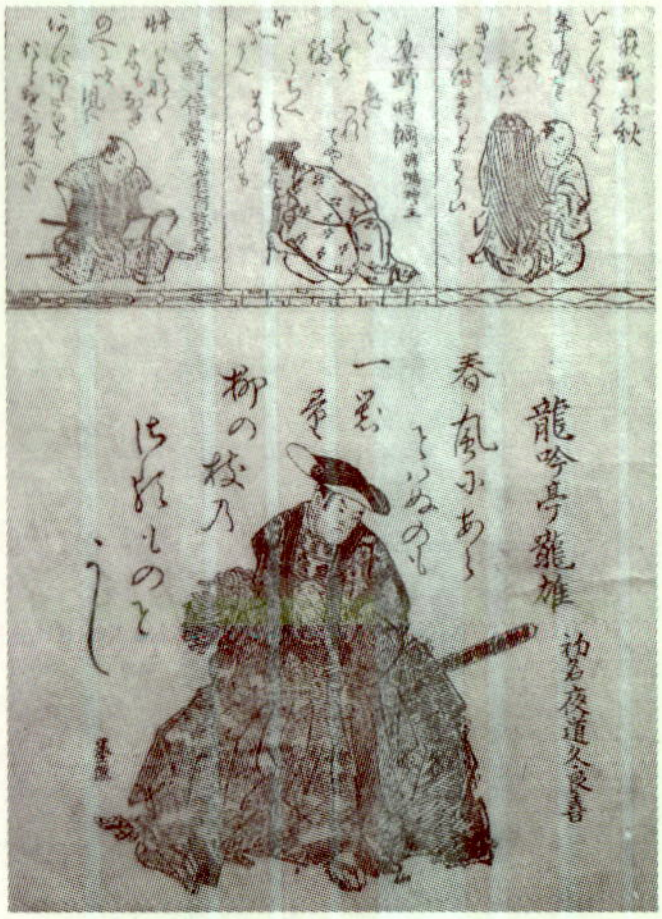

二ウ

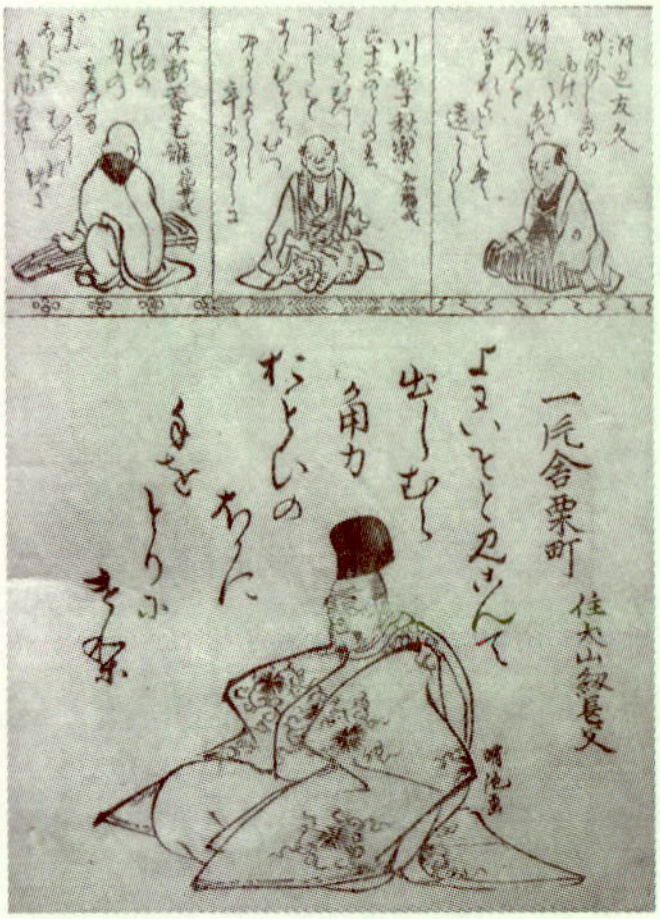

鶴園轟九（ママ） 初名、蒼蠅亭多可留 【像】墨僊
山風に落ていみしき鹿のねは螺鈿の軸のかひよとそなく（三オ）

［六祖の賛に］永日庵其律 兀斉（ママ）廉卿 【像】
からうすに心のしらけさとり得てほさつも足の下にこそ見れ

一酌斎桂裏 金森氏 【像】
跡先につはなの穂をはぬきもつたしらはの娘見てそつとしつ

五条坊 【像】
五丈には四丈七尺たらねとも三尺坊の御名のたかさよ

雅流園香窓弘器 柴田氏 【像】墨僊
富士ほとの扇もかもなみつうみのほたるのかきりふせてとるへく（三ウ）

蹄忍比丘 八事山 【像】
あともなき雲にあらそふ心こそ中〳〵月のさはり成けれ

半掃庵蝮丸 横井氏、也有 【像】
世のことをきかし〳〵とせし耳も遠うなれとはいのらさりしを

［袋の口より布袋の出かゝりたる賛］籔下太郎庵 【像】
諺のつねにかはりし画そらこと袋のくちはさいはひの門

三オ

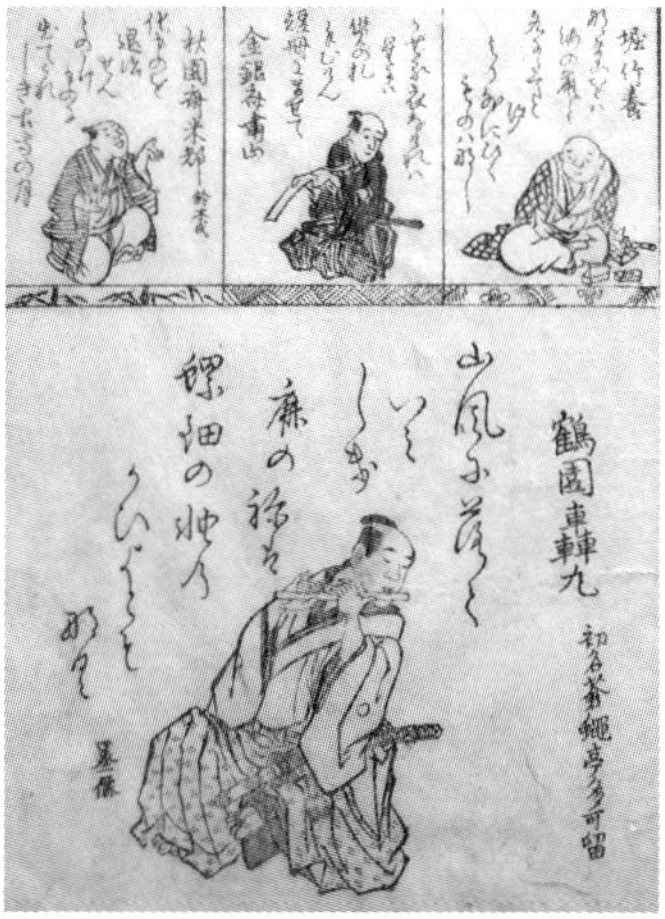

三ウ

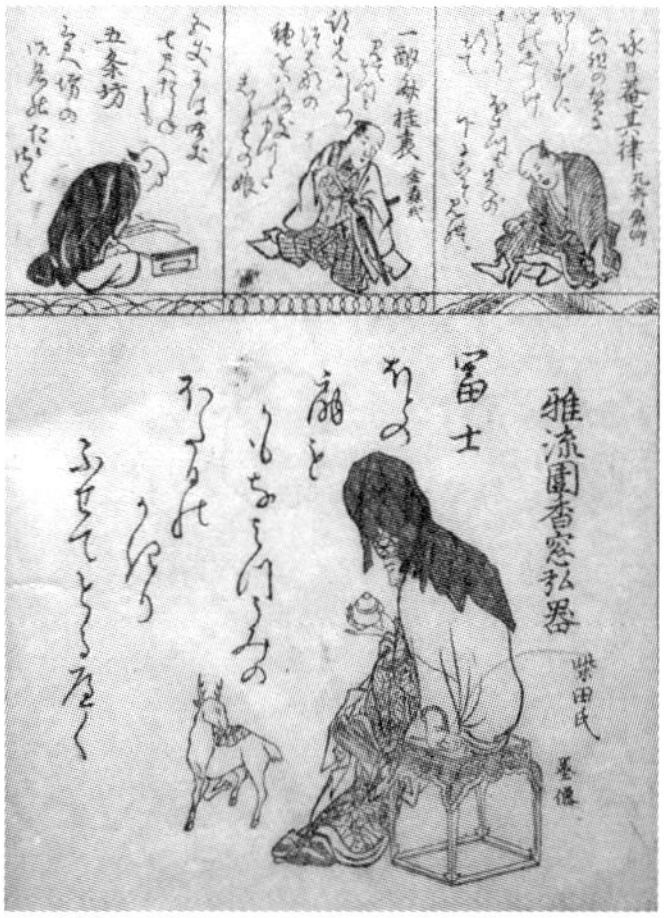

鬼畜斎一口【像】墨僊
子をもちし後の心にくらふれはむかしは親をおもはさりけり（四オ）

湖月堂可唫　又云、箕隠【像】
隠居して身はひまなれとす（ママ）かくに出てはたらくは心なりけり

楓左房馬六【像】
猫は寝て居てもうきよはすむものを鼠はねすになとくらすらん

文煥堂琴詩【像】
名にしあふ月のこよひはあふみよりならよりまさるさらしなの月

朋来庵酒亀丸　又号対松館、住一宮村、酒井氏【像】墨僊
おのか妻人をこふとてなかせをるあの畜生のさを鹿の声（四ウ）

［布袋川わたりの賛］味息斎紀六林　蝙蝠庵、堀田氏【像】
川こしの肩さへかりぬ心から福も袋にあまる成へし

鳥　三【像】
禅宗の如意と出たるさわらひに無別法なる画賛無差別

内藤東甫【像】
うちに酒ありてはたらぬものそかしなくてたるをは樽としるへし

四オ

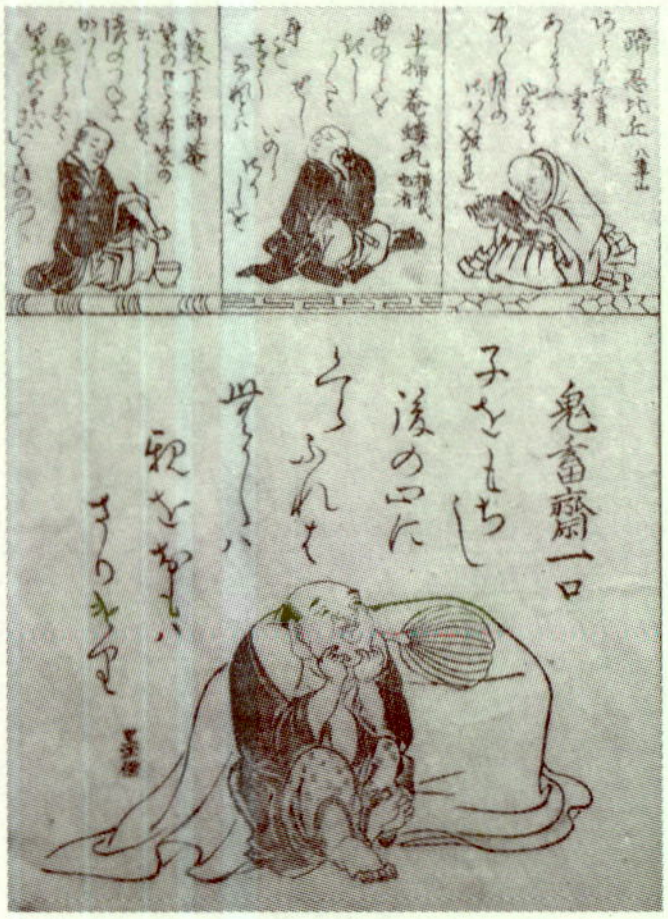

四ウ

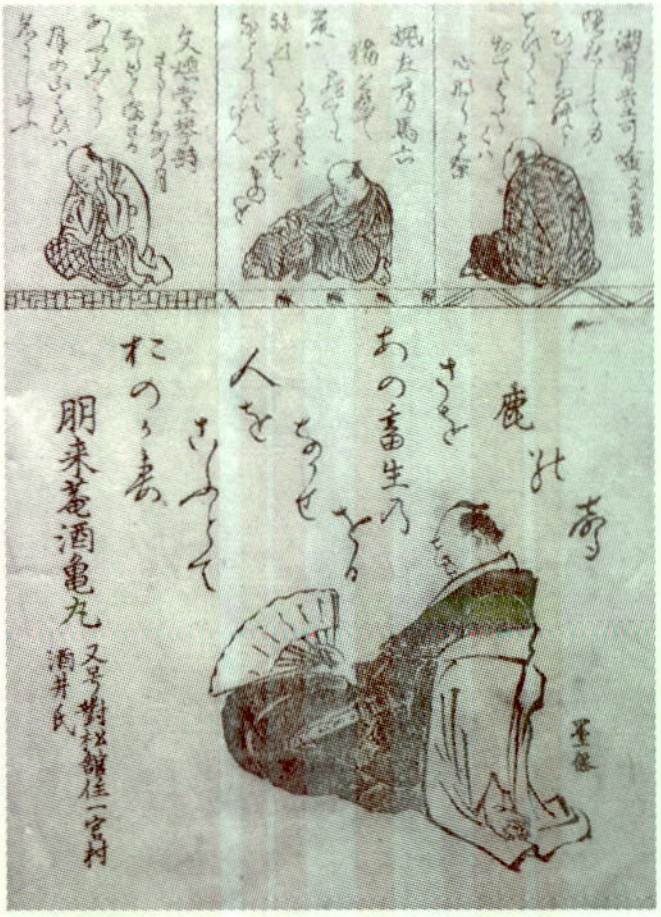

双蝶園麻中雄　実名、源朝臣為竜　【像】哥政画
今ころはよそに枕やかはすらむわかつらいほとうれしからして
（五オ）

赤松亭可童　省斎、小川氏　【像】
物いは丶白太夫とやめされなん雪をいた丶く神かきの松

［三味線の賛］般若台雲臥　【像】
ひき見れは心の外にこまもなし撥かなるかよいとかなるかよ

笑楽庵倍二　【像】
老か筆もはるはわかやく文字の躰ふとく大きな帳のうは書

方金園玉清　初号、松響堂澄成　【像】蛸池作
秋は月冬はちとりに夜をこめて寝る間すくなき須磨の関守（五ウ）

操楽斎耳長　三友窓　【像】
す丶しくも花火の紅葉流るめり秋もたつたと思ふ川はた

一穴庵寸斎　吉村氏　【像】
うらめしや外へこ丶ろをはこふ茶のやくせし手まへいかにたつらむ

其　文　【像】
元三の大師の御鬮ふるとしのうちに取得た立春大吉

五オ

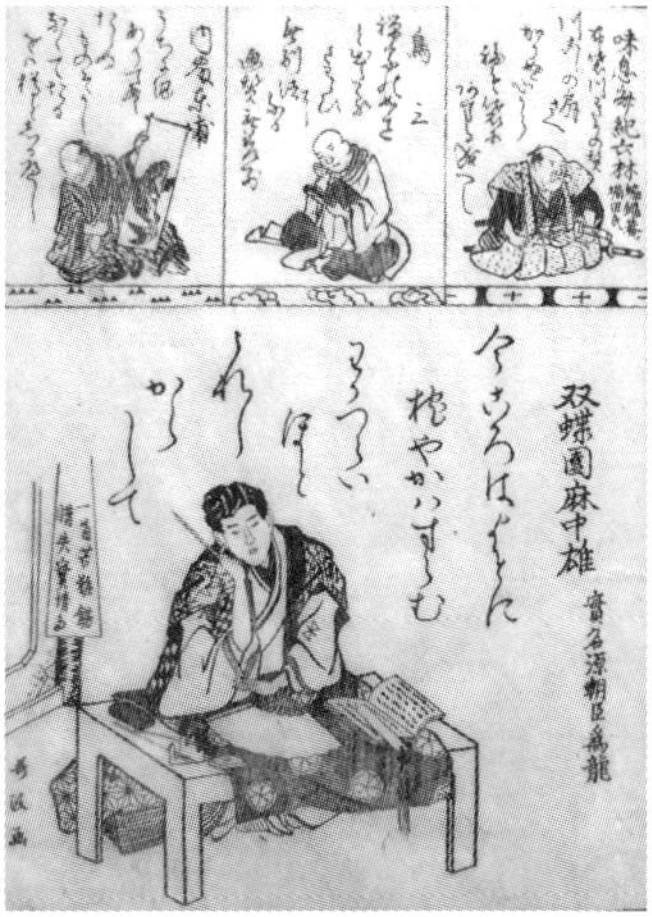

五ウ

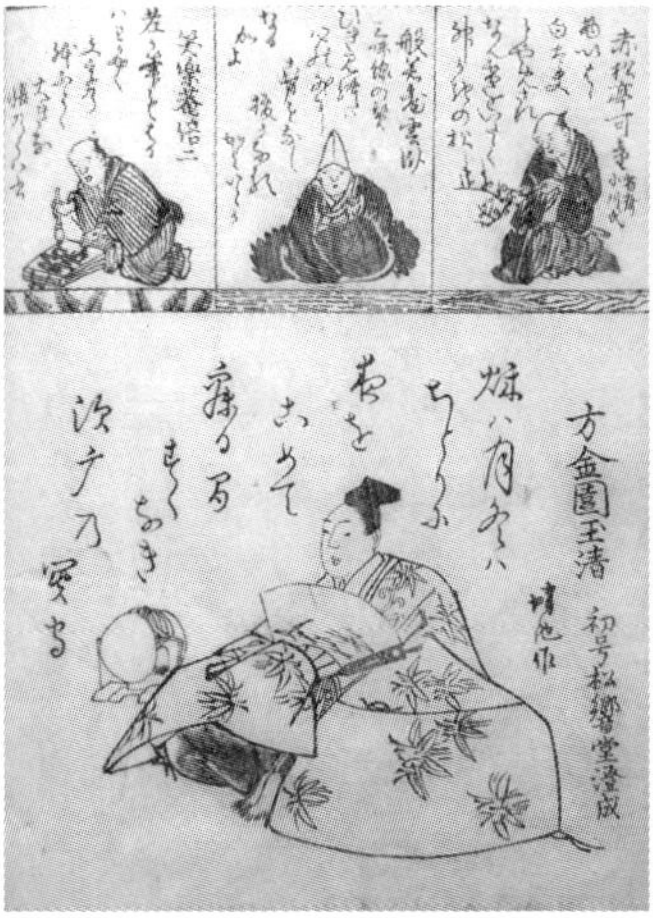

古刀庵忠長彦　俗称、竹屋彦兵衛、研師　【像】墨僊
春なからしはし雪もやとり木のむつの花さへにほふ梅か枝（六オ）

指峰堂稺笑　書林【像】
家ことに松たてんとてうつ杭は是としのせのみをつくしかも

盧竹斎烏川【像】
年をへて人のかゝ見となる後家も落かゝるをやくもるといふらん

無住大円国師　梶原氏【像】右（石川注、上段各像）墨僊
遁世の遁は時代に書かへむむかしはのかる今はむさほる

蟠竜軒緑松雄【像】蛸池
いつかまた袖のなみたはひむろ守とけぬにくたく我こゝろかな（六ウ）

［梅のかけろくに香箪笥給りける時のうた］玄御方
白とあかあらそふ梅の花軍まけてにほひをとられこそすれ

［六十三歳春］権僧正妙橋　尊寿院
六十三といふはかりにや法華経のもしもかすみてけさはみゆらん

［元禄十五年総見寺天竜和尚碧巌録の講談をきゝて］野村宗二
きけはきゝきくほとかたき石臼の目にも見られぬ法の道かな

六オ

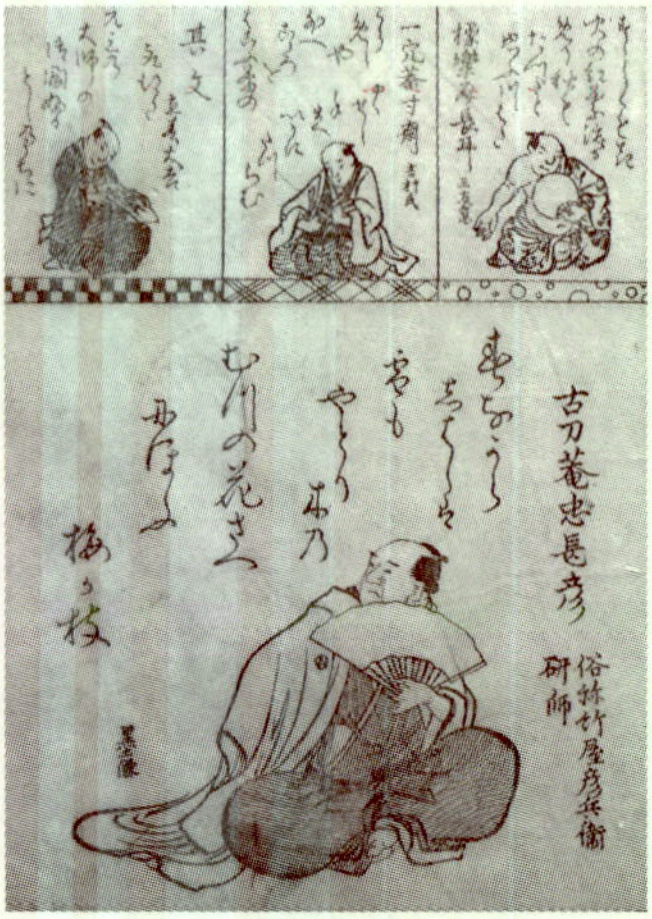

六ウ

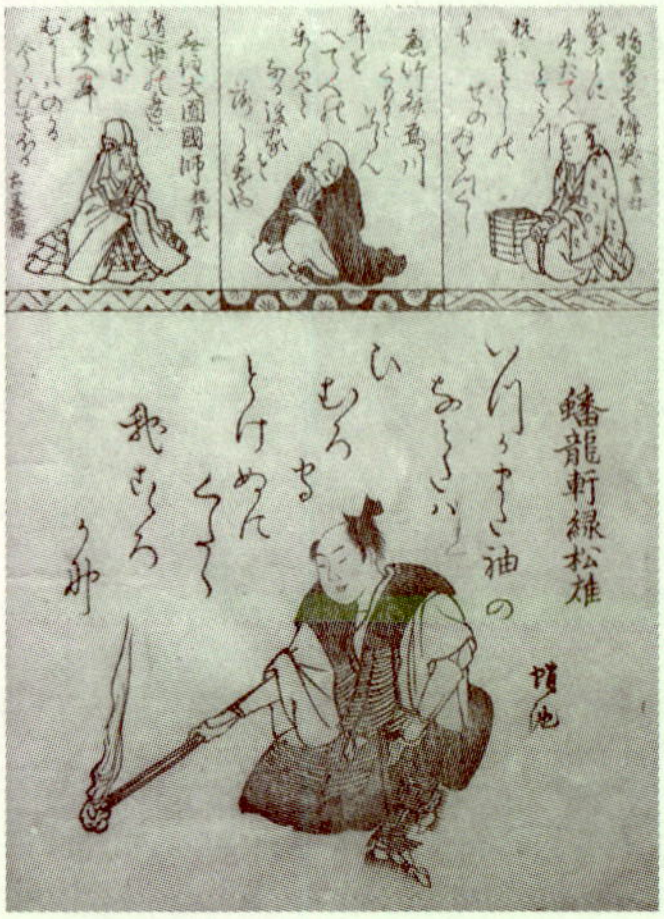

［宝永四年十月四日大地震ゆりし時］高木　某
神の旅道中つけの古扇かなめやぬけてかくはゆるらん
［寄鮓桶恋］負山子越人▼

僊流園桃種人　亀丸息　【像】有文写
此いろにこす物なしとみるうちに棹をとられしわたし場の藤（七オ）

▲すし桶は野良なるらしおされても同しやうなる足か三本
［酒の肴に黒はせといふ物出しを紙につゝみ持かへるとて］
岡田野水　備前屋
うれしさを袖にはあらて黒はせを紙につゝみてかへりこそすれ
［題しらす］僧　忍渓
親もなし子もなし我はつまもなし苦なし楽なし又やともなし
［秋楽より雪をまろめて餅のことくなし箱にいれこせし時］
美濃守政常　鍛治（ママ）
ふりし日に化そこなひし雪女まことのすかたあらはせよかし
［題しらす］至遊館南喬　知多
夜道にはちからかましや影法師ものこそいはねつれは有朋

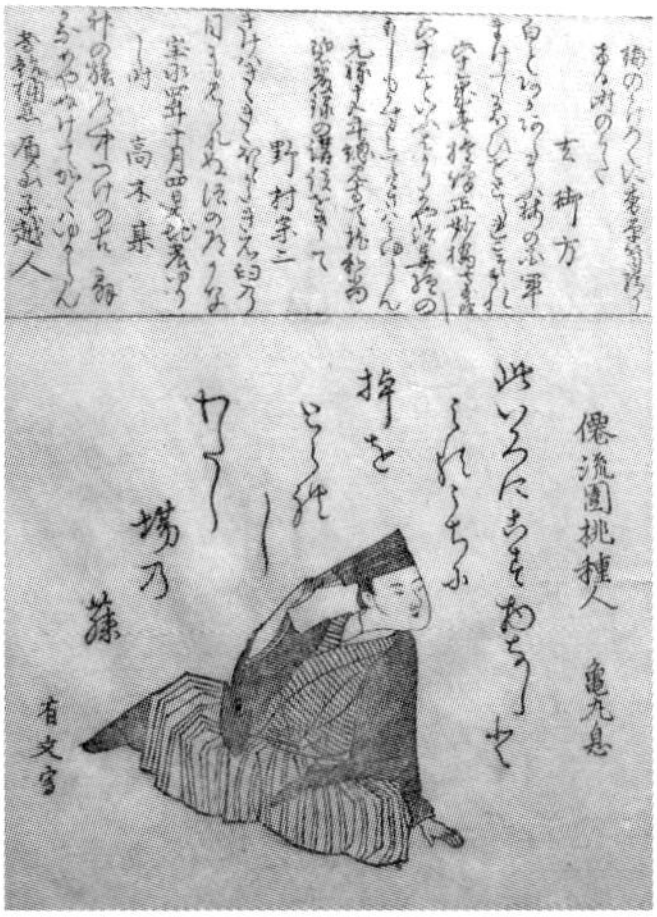
七オ

藪　中道　【像】蛸池写
忠言にあらてさいはひ郭公一声耳にさからはす聞（七ウ）

［同］（石川注、「題しらす」）明　璘
居なからに名所やしれる井のうちのかはつもうたをよむとしきけは

［立春］井筒屋竹甫
明てけさあまねく山のかすめるは雑煮たく火のけふり成らん

［延享二年乙丑春］全　伍
延享もふたつ角文字我も人もきのとかなるやうしの初春

［歳暮］永言斎季来
しらさりし雪や花見や降雪のつもれは年のくれとなるもの

［伊勢にまうてし時かの国のはかきといふ物を見て］土岐利重
さたまれる言のはかきのかみ風やいせの国よりほかはつかはす

千鶴庵雛人　【像】墨僊
おく露を剝とつて行狼藉は風に尾花のよるのしら浪（八オ）

［元日］其　梅
下戸ならぬおのころ嶋の屠蘇そよきかすの子をうむ天のふとはし

［法然上人賛］其　考

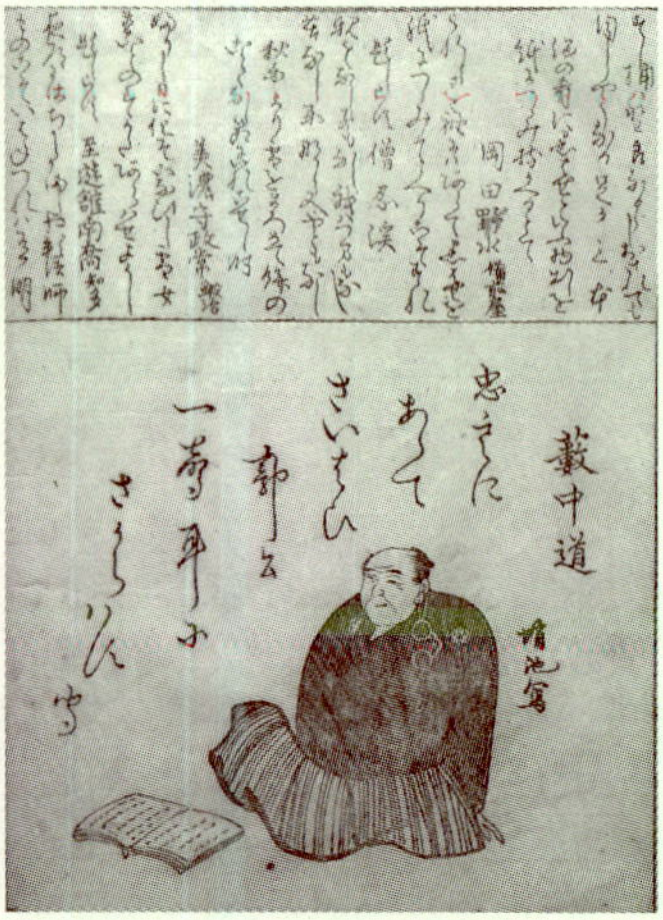
七ウ

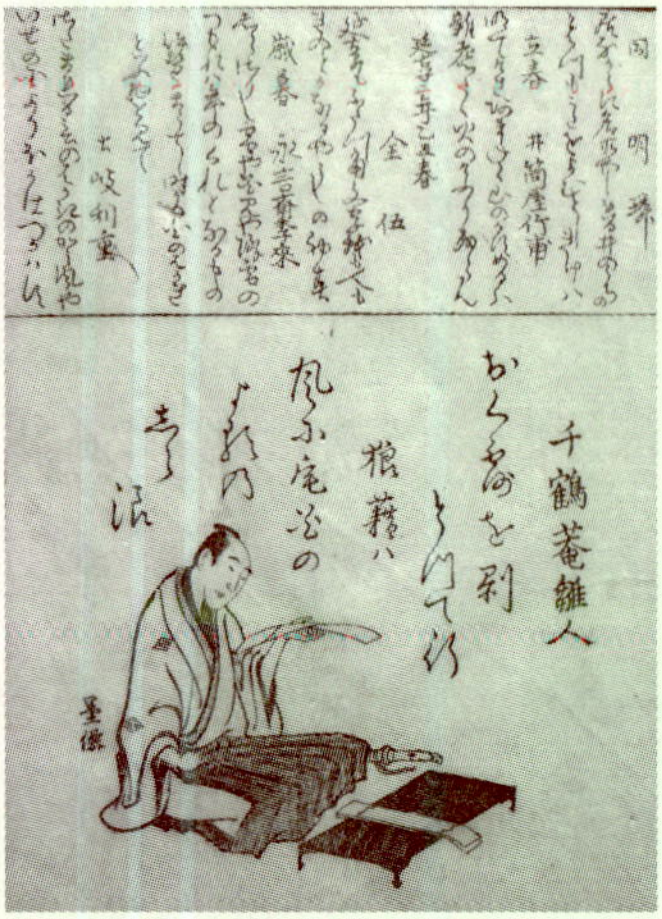
八オ

法然のつふりは槌に似たはつよみななまいたに釘かき丶つ丶

〔元日〕無筆斎緩布

あたらしい顔こそみゆれ黒ぬしもむかへは白きか丶見もちかな

〔時鳥〕藤原長見

あかつきにのこれる月はみしか夜のそらもねたらぬほと丶きす哉

〔同〕浅野暁格

ほと丶きす客のある夜は鳴やらておもはぬ我をうそつきにしつ

〔山〕竹 夜 坊

絵筆にもおよはぬ富士のなかめ哉やま丶ゆつくる雪の顔はせ

真帆追風　住内海　【像】墨僊

いつはりのなき世なりせはいかにせんにくしといひし君かことの葉（八ウ）

〔初秋〕童楽斎鳥兆

秋きぬとひつくりしたる枕にもこのころなれし萩の上風

〔雲雀〕丶六斎阿交

雲をこふるおもひにやせて世の人のたとへとなるを鳴ひはりかも

〔廿五歳春〕古二斎丁二

元日にすわる雑煮のあとはまたにしふ五さいをいはふ此はる

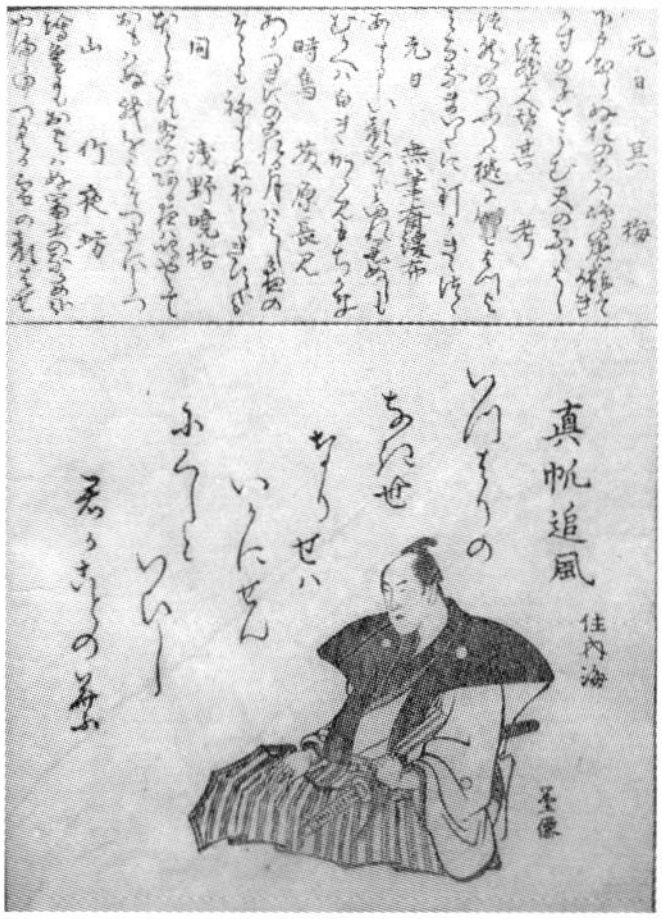

八ウ

［早蕨］沖名斎鳥億
里人にやかれても又こりもせすことしも手をはのへのさわらひ
［春雨］麁東斎司丁
はる雨はよしつねよりもさひしくてふるおとさへもしつかなりけり
［時鳥］索落斎南笑
ほと〻きすやう〳〵ないた一声をまちつかれたる気付にそする

麹水園竜旦【像】自画
山〳〵に霞の棚をかけたるは人のこゝろのおき所なり（九オ）

［書］可索斎鳥連
物いはすわらはぬふみにむかひ居てみれはみぬ世の人そ友なる
［年徳棚］桴月堂一橋
正直のかうへのうへにとしとくのかみやとります恵方たな哉
［山］暮雨巷久村暁台
あらしふく雲のまよひにたちくれてわけいるみちもふたむらの山
［四十七歳にて京にありし比こゝちそこなひてしぬへくおほえし時］風折左京有丈　又、東湖
有丈のいろはの仮名字四十七みのなるはては京ておはるか
［初春］笏香園帒路

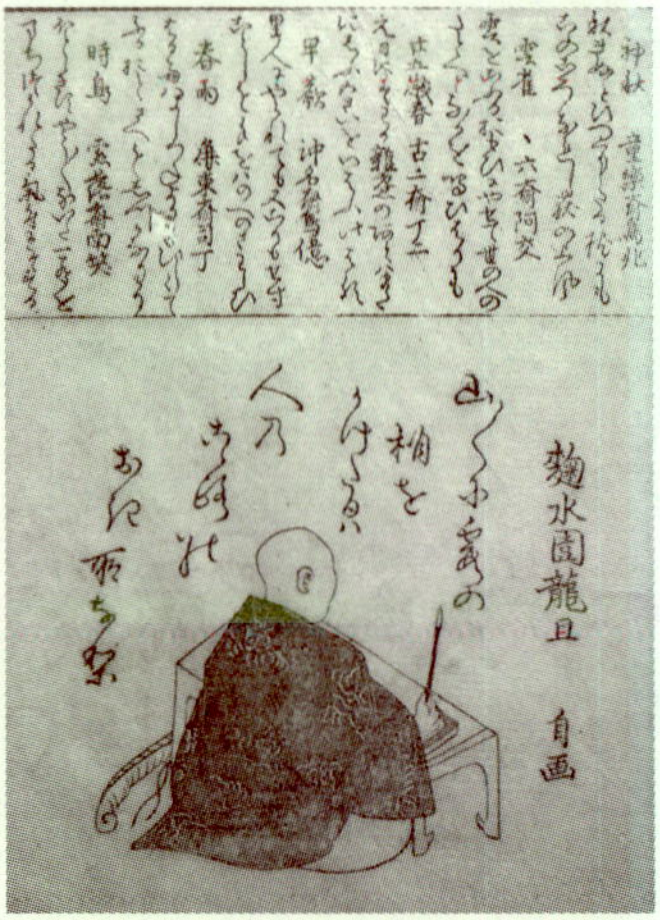

九オ

うめかゝを鬢にとめつゝ老か身はむかふかゝ見のもちに若やく

［花］稲　士▼

雪花園三十日月丸　森居氏　【像】蛸池造

こゝはかり日はてらねとも出かはりのいとま乞する声そくもれる

（九ウ）

▲花よりも団子といへと弁当も入あひのかねもわすれてそみる

［藤］詩仙舎中太

賤の女かすみかなからも春ことに玉たれふかく見ゆる藤たな

［由縁斎へ年始状つかはす奥に］又玄斎御風

御無事にて御越年始のおよろこひ貴翁にむかつてまをし候

［鶯］貞斎春魯　後岐阜住

宵までのたけき心のかけこひもけさうくひすの歌にやはらく

［風吹ける夜火のもときつかはしく見まはるとて］桴　雪

風ふけはおきつ火のもとみにまはる夜半には気味がさてわるいなり

［ある方の杜丹(ママ)を見て］田中杜石　儀庵▼

胡椒亭丸呑　【像】蛸池製

とりいれてくれぬ恨のなみた川いかたにくたすほとの錦木（十オ）

九ウ

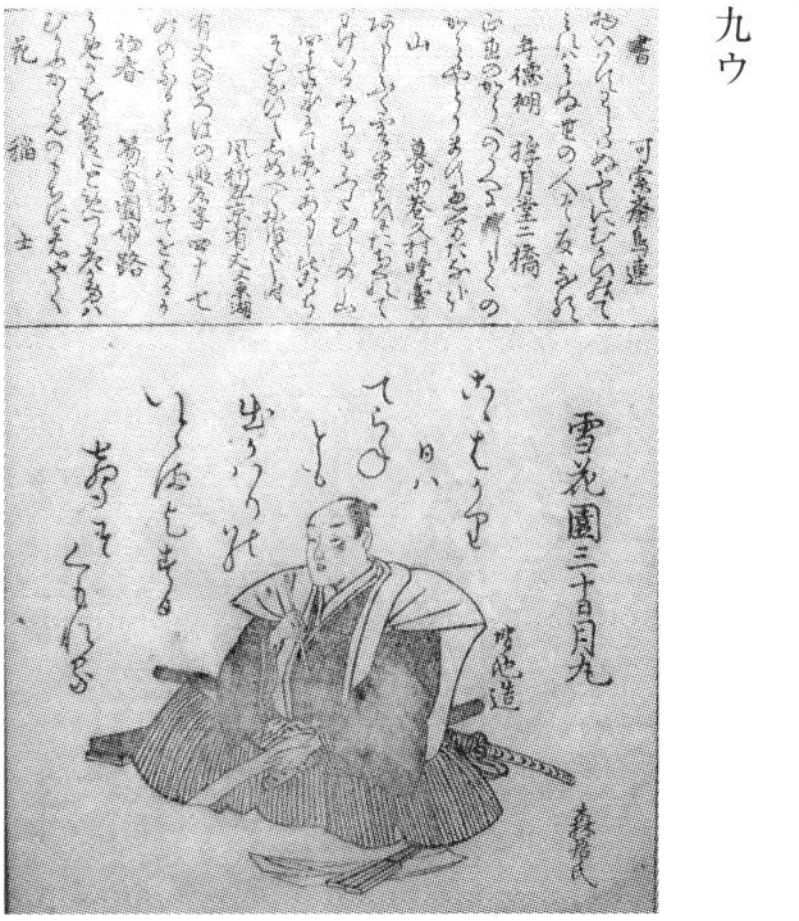

十オ

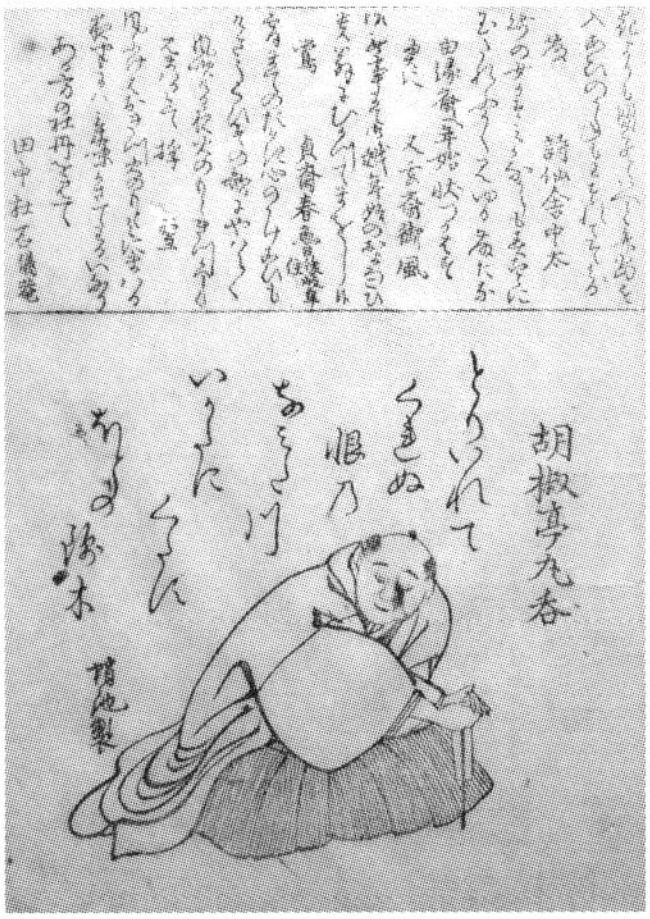

▲ねの高い花をは園にうゑあつめなかむる人そ富貴艸なる
［元日］狸　士
雑煮よりまつ水さしにいもかしらいさ大ふくの朝茶いは丶ん
［雪中梅］大口素琴
梅か枝にふれる雪さへ香に匂ふけさは目はなの正月そかし
［老人］蝸　牛
眉の霜ひたひの波をうちこえて頭に雪をすゑのまつ山
［立秋］一陽斎柳生
宵まてのあつさのかちを取かへて一葉のふねにけさはす丶しや
［也有老人へ大根の沢庵漬といふ物をおくるとて］尓　遷
奈良漬におとらぬあちとおもへとも▼

金輪斎今谷豆成　麩万隠者、住玉屋町　【像】有文画
百日のてりほと長うおほえしは花にゆふへの一時の雨（十ウ）

▲かすかなけれはいか丶あるらむ
［月］楽　山　知多住
ひかりをは花とも見れはいも団子月のかつらの実とやくはまし
［盆の上に火縄のありしを見て］服部玄水
盆ならはをとり子にてものすへきに三月めいたひなは何事

十ウ

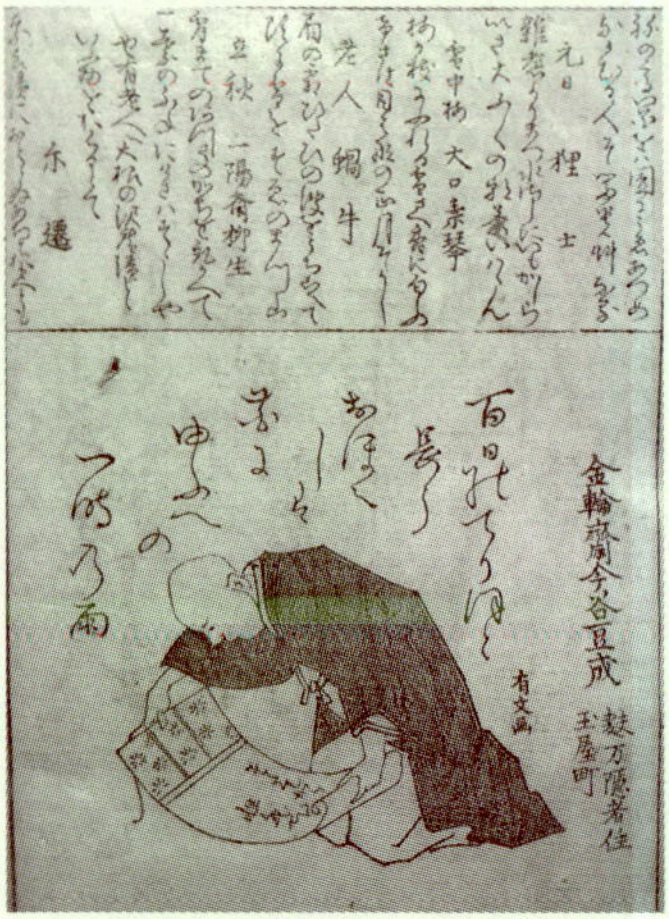

［神祇］櫟木園市橋問泰
もみ手してきねかぬかつく御社はこれ田の神といはてしるしも
［無月］後藤方庸
かくはかり雲をへたて、いたつらにこよひの月の名のみふけゆく
［湯豆腐を多くくひて］朝　平
さとりよりなむおみたうふなんせんも本来くふにめんほくもなや

珠弄堂環丸々　俗称、瀬戸治部九郎　【像】有文画
はさみをもいれしとおもふ松か枝を月かすかしてのほる涼しさ
（十一オ）

［十五夜］宣　千
二千里の外もこよひの献立は三五夜中の新月の芋
［花］岡田左竹
花さかり人のこゝろのうかつくはこれもさくらの咎にそ有ける
［秋の花といへる集の執筆をして］樗園子左笠
追善のこかねはなさくことのはをこまさら筆にかきそわひぬる
［八十八賀をいはひてほとなくみまかりし人をいたみて］竹山洒石
よねのまもり書て身まかり給ひけりこれぞまことのほさつ成らん
［雑煮］朧月庵二泉

十一オ

雑煮にもちりかゝるをや花かつをにほひよしの、椀にもるらん

玉流園黄金沢丸　初号、文言舎田丸　【像】有文画
鳥の目の銭のひかりはひくれてもちうをとはする旅の竹駕籠
（十一ウ）

［旅行の時］　節分庵本多伯馬
かゝ見山くもりてみせぬ名月の空をうらむな天下一めん

［上巳］　ひさ女　米都妻
桃の節句もゝのさかつき数そへはもゝさえつりやもゝちとりあし

［帰雁］　左　十
くらきよりくらき夜道をかへる雁はるかに花の火をともす比

［杜丹（ママ）］　五老峰岱青
とり〳〵によろひたてたる杜丹（ママ）哉一二の木戸やあくる短夜

［歳暮］　爰居亭石久　犬山住
いそかしの年のくれやといまそしるむかしはよそにきゝしまかなひ

［寺杜鵑］　淇　流
本来の空に声あるほとゝきす禅寺とみて一句かけた歟

十一ウ

寿亭緑亀雄　住山口、俗名、山田亀三郎　【像】墨僊
風の香も軒つたひせり咲花の雪にもうつむこしのやまさと（十二オ）

［永楽屋何かしかもとにてもの書ける時］　錺屋清狂
名にしあひてなかくたのしむおもしろさ書に画にふける時もこそあれ
［落葉］　潜竜幅小鹿無孔笛
赤簱の十万余騎とみしもけふおちていくたの森の紅葉々
［卯花］　春秋園竹葉
築山のつくしのゑとり雨に落てもとのしら地とみゆる卯花
［水仙］　僧　許水
冬ことに菰はまとへと水仙の花は貴人の上座とそきく
［暮春］　綿屋蘭渚
もう夏へうちこすはかり俳諧の月花の座もあそひくらして
［待子規］　花井小蔦
ほとヽきすまつやつんほの早合点▼

針道学女　友乗妻　【像】玉僊(玉)
来る年も〳〵さくうめの花古くさしともおもはさりれり（十二ウ）

▲なかぬ先から小首かたけて

十二オ

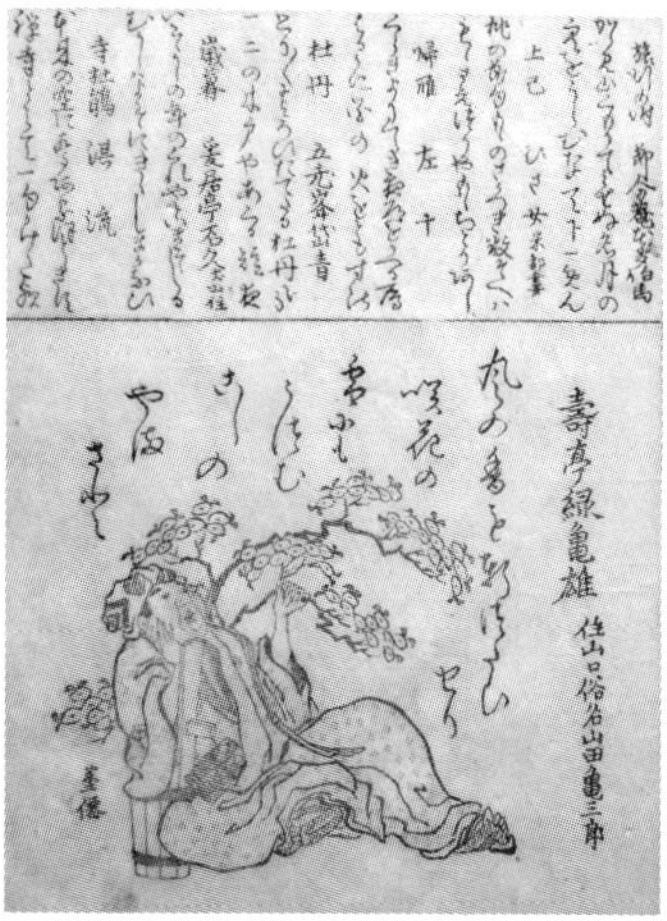

十二ウ

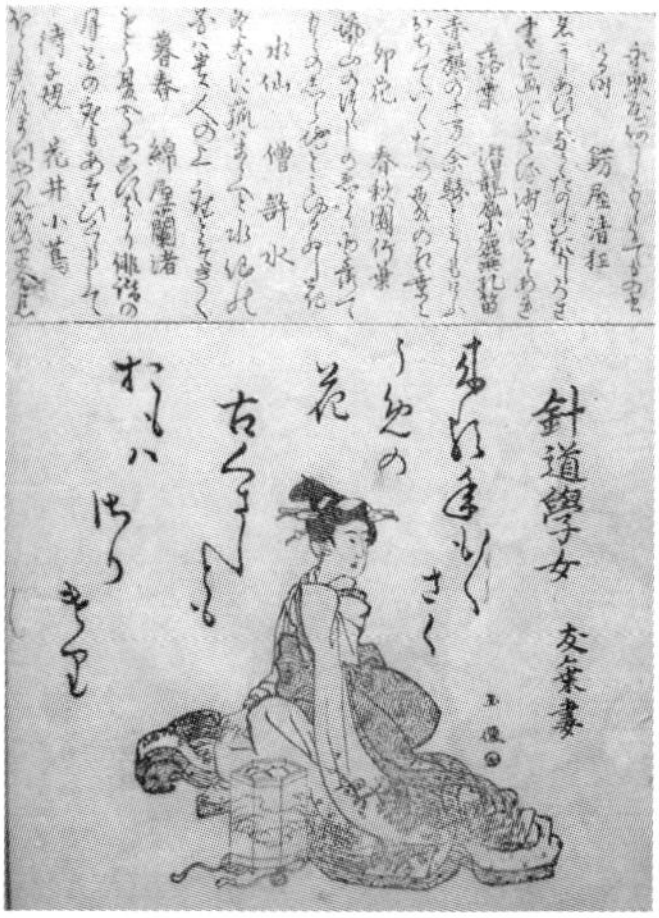

［花］清　藤

春なれや霞のまくに花むしろこのたのしみにしくものそなき

［題しらす］専　寿

富士川のみなもとにすむ水鳥や平家の武士をおひやかしけん

［恋］志　孝

しのふ身のこゝに有ともしら川のせきはらひさへならぬつらさよ

［虫］片帆舎川柳

艸とゝもにかりこめられて轡むしうまやのすみにねをのみそなく

［題しらす］野村不誰

松の木の巣は何の巣となかむれはすたつた跡はからす也けり

［鳳巾］叢々亭義行　不誰息

禅法のいかなるか是落る所▼

> 呂喬斎宇田種風彦　【像】　蛸池
>
> ほとゝきすわたらはなけとこちからも一声かけた橋の曙（十三オ）

▲庭の柏樹に引かけてけり

［大師粥］僧　万愚　知多住

自他宗にさめぬ止観のあちはひをあつきの粥にしる大師講

［后月］大橋喬二

十三オ

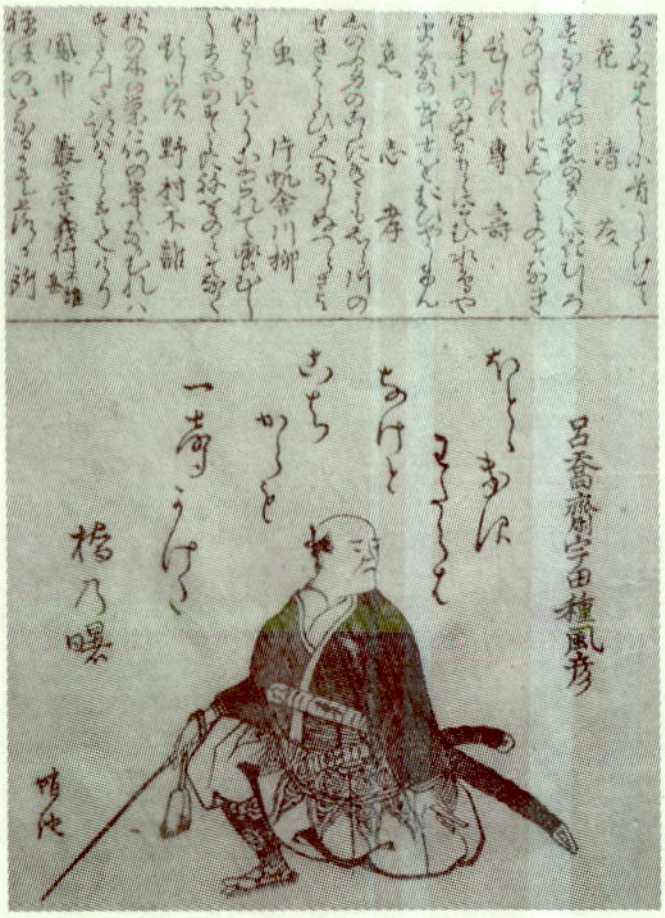

いもは先かつら男はのちの月ふたつちかひのあまのはらから

［同］可　紅

豆ぬすむ身をかくすへき山畑にあまりくまなき後の月かけ

［立秋］竹渓堂芝岌風　初、万言斉（ママ）可興

汗になりしかたひらの襟ひいやりとこのあかつきに秋はきにけり

［恋］荘周庵如蝶

寝つおきつかふりふるまてまねをするふたり寝る夜はゆるせ影法師

［大師講］姫　柳　如蝶妻

顔に年よらはよれ〱粥くひて▼

清音館竜之調　伶人、日比野氏、実名、源正栄。別号、紘多楼　【像】自画

浪にうく月のかゝ見にいせ嶋のひけそる海老もみゆるさやけさ

（十三ウ）

▲おなかのしわをのす大師講

［貞柳十三回忌に翁の時鳥のうたをおもひて］松夕庵有琴

十三年さそよみための歌やあらんきゝたけれともゆくことはいや

［六歌仙を画くとて］埜　十

うつすともえこそおよはねうた人の数むつかしきすかたかたちは

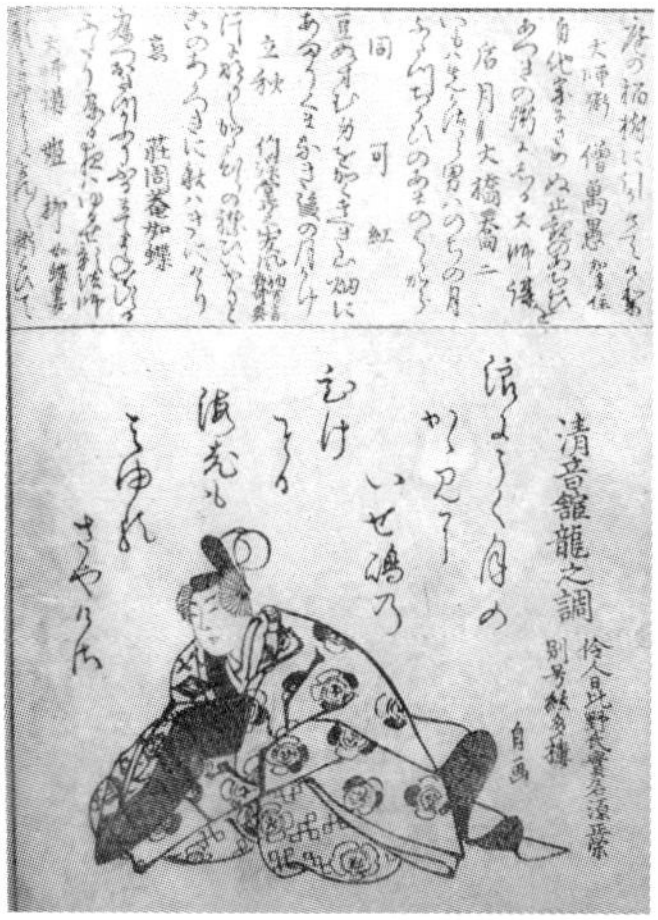

十三ウ

〔十六夜〕　満陽堂大扇
二千里の旅のやつれか面かけのすこしやつれたいさよひの月
〔歳暮〕　以　桂
くれそめてかねやはらひにつきにけんのこるは耳に寺〳〵の鐘
〔立秋風〕　筠葉斎青鸞
岩のやうにかたまりてたつ雲の峰▼

栗廼屋印籠紐長　住犬山、祠官　【像】　蛸池作
薬水のめやいきとしいけた酒すくれは人のいたみとそなる（十四オ）

▲くたけてとふや秋のはつ風
〔三夕賛〕　其兆庵五朧　犬山住
たそかれに三人よれは歌はけに文珠もしりに敷しまの道
〔年内立春〕　免陸庵米陋　同
かけ乞のおとは聞つゝ大年の関のこなたに春は来にけり
〔萍〕　楽庵羊我　同
まかなくにと小町かよみし萍をみる船人のいろの黒ぬし
〔松間絵馬〕　仕　候
松の間にみえたる絵馬は千代かけて色かへしとの恋の願か
〔遊女納涼〕　秀　孤

十四オ

川辺さしてす丶みにきたるうかれ女もともになかれのゆくへさためす

［祭角力］素　桃

豊年に祭すまひのはたか麦▼

和楽園春光　初号、山霞亭三重業。住犬山、祠官　【像】

墨僊

わかれ路の涙へたてし不破関あれなりにしてあはぬこ丶ろか

（十四ウ）

▲ふとしはかりはしろい百姓

［鮎］路　羊

孝行に母のこ丶ろをくみてしる小あゆはよめのさとへ家つと

［社頭鳥］可　用

正直のめくみに鳥もあふ坂やそらねもなくてあけの玉垣

［祭角力］季　谷

むら〳〵にいはう祭の花角力名のりは豊の秋津しまかも

［儒者恋］楽　斎　善

聖賢の道かなきれて恋のみちいろの初学の床にいる門

［小川屋可童を師とたのみて］一　鼎　犬山住

名に高き小川の情ふか丶れとこと葉のはしをかけてたのまん

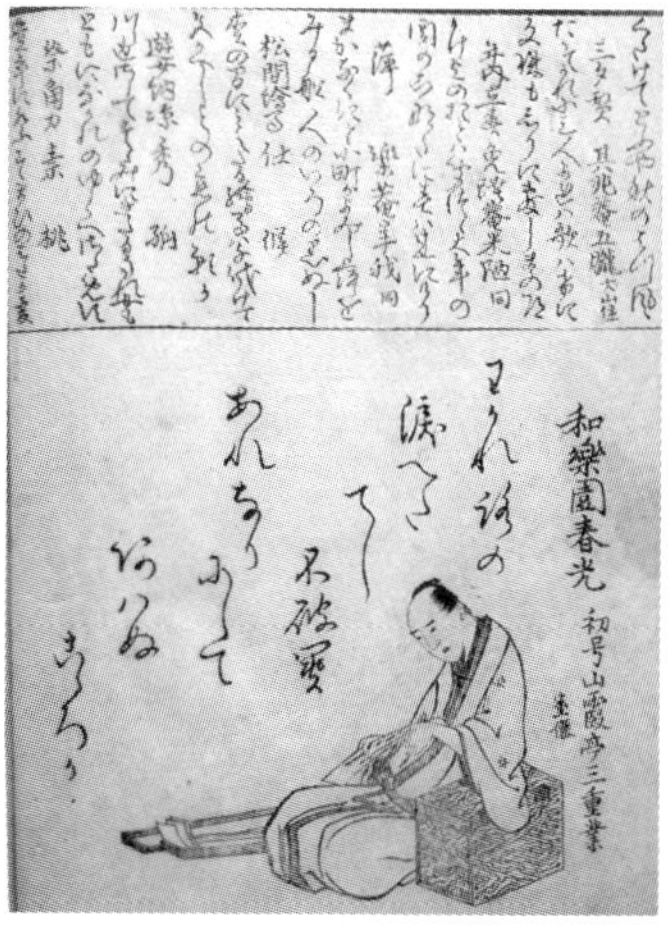

十四ウ

[題しらす]　紫筍亭右節　同▼

一陽斉(ママ)奥馬鬼影　前山氏、号、市楼　【像】墨僊

竹の根の鞭に成ともしらねはやあれてほり出す野へのはな駒

(十五オ)

▲またあつい中から秋のたつた山夜半にはきみのよい風そふく

[籔鶯]　可　幸

医者よりも籔にすむてふ鶯のさえつりきくも気のくすり也

[恋]　里　水

くとけとも落ぬに恋はますいかのうはの空なるこゝろうらめし

[元日]　漆園斎蝶吾

さるほとに鳥啼かねも告そめて霞や天にみつの明ほの

[同]　可　泉

けさはまた心もわかくそみかくた鈴かけいさむ春こまのおと

[藤下遊人]　芦　暁

藤なみの庭のなかめも長き日にいかりおろして遊ふ友綱

[六歌仙の題のうち康秀を▼

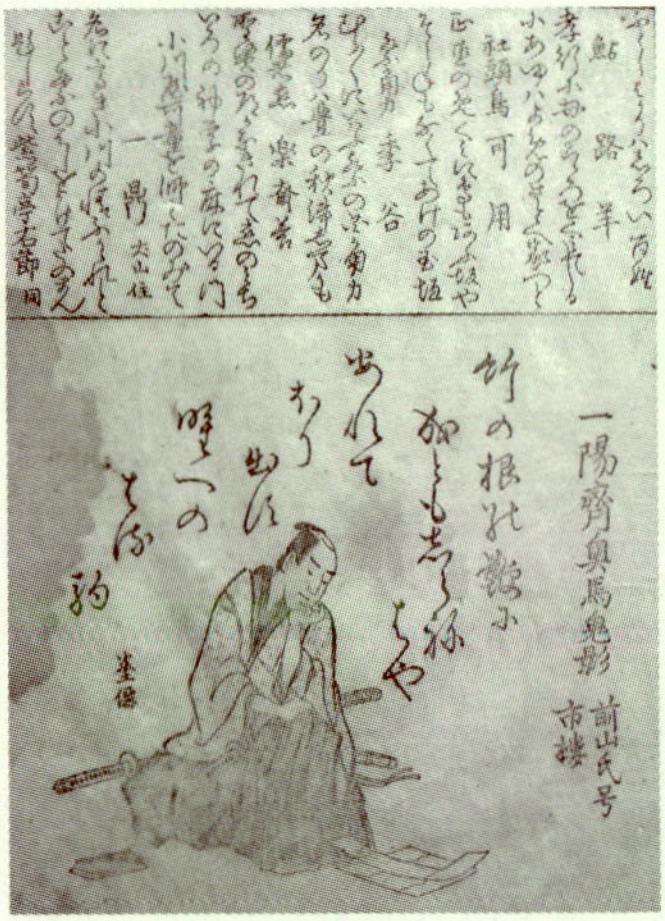

十五オ

折柳亭薬研鍔丸　薬店　【像】蛸池
欄干にねふりかゝりて川そひの柳も見るや夢の浮はし（十五ウ）

▲さくりて］　素　白
うたのさまやすらかなりしやす秀はむへ此上もあらしといふらん
［杜鵑］　幽竹斎蔵甲
果報をはねてまつよりもうれしきはほとゝきすきく朝起の徳
［社頭梅］　骨　伯
正直のかうへをさけし参詣のぬすまぬ袖にやとる梅か香
［鳳巾］　僧　素外
三輪の山のとかに春のいかのほりありたけのはすをた巻の糸
［寄畳恋］　里　洲
床入もまた水あけのあけ畳君にあふみのおもてはつかし
［社頭］　暁　之
雨風もはらひきよめて御社にてるとうろうの月のほりもの

千歳亭其儘忠興　【像】墨僊
仏をもつくる雪には一ねんのほつきとをれし鬼松の枝（十六オ）

［恋］　文　樵

十五ウ

十六オ

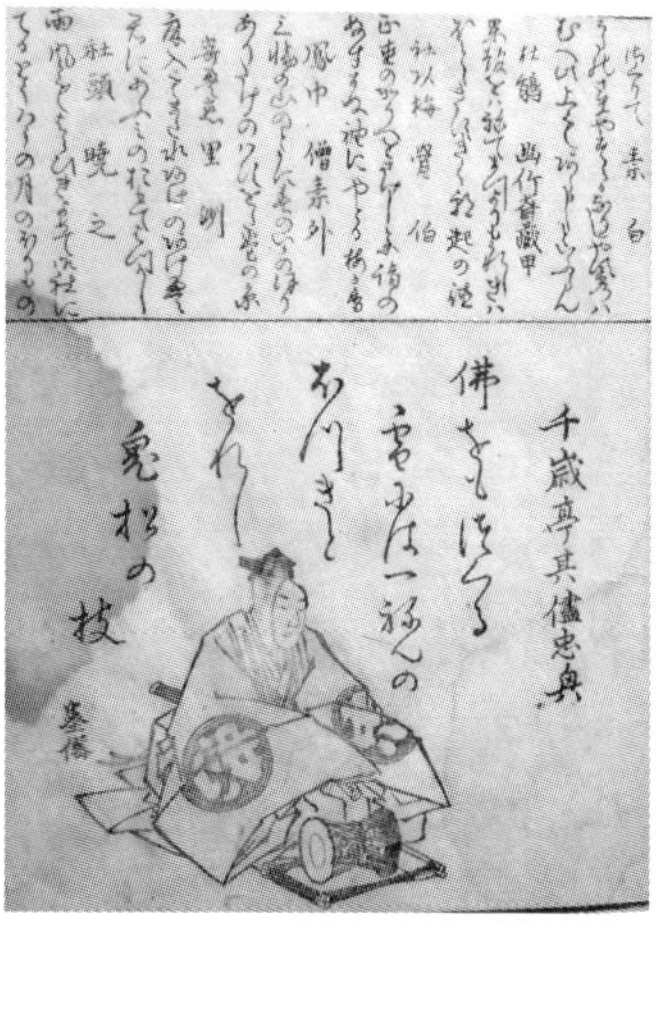

さままゐるのふみに行燈かゝくれはりんきかむしの火をけしにくる

［社頭月］柳　酉

有明の月のてらせる浜宮は鳥の羽風にきえぬとうろう

［時雨］茄子亜紀成　初、鵃陀

気ちかひのやうなることよ初しくれいつはりもなくまことてもなし

［藤］露　南

入船のみなとゝまりてみる人や藤なみよする春のなかめに

［待恋］烏　雪

こよひあふと便ありまの筆なれやまつには閨を出たり入たり

［苗代］烏　橋

苗代は碁石ならねと一面にすみ〳〵までもめをもちてゐる

本街堂石川亭　【像】玉僊写

のり合の耳をそろへて郭公なく音にかたくよとの川舟（十六ウ）

［七夕］南　明

ゆつくりといかりおろしてわたし守星のわかれにふな出いそくな

［同］東斎八雛　初、也景

仲人もいらぬあふせの天の川かけむかひにて契りそめしか

［待子規］菊泉亭里童　後江戸住、土師掻安

十六ウ

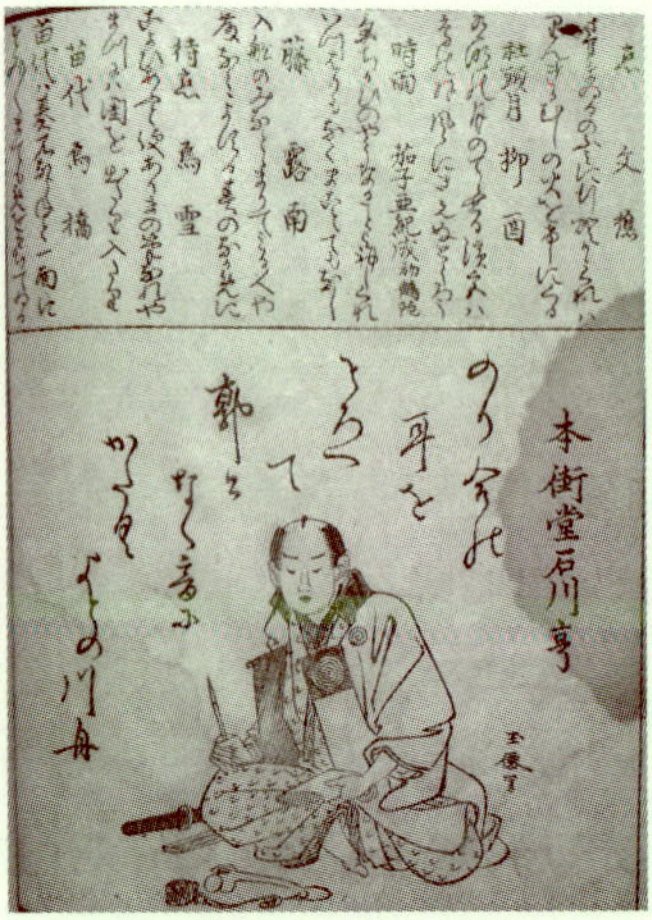

ほと丶きす一声ないてくれむつのかねからかそへあかす短夜

〔十三夜〕烏　月

いのちこそ物たねなれと先いはふちとせの秋のまめの名月

〔初春〕烏　夕

みとり子のむつきそめて花鳥のはつねうれしき産たちの声

〔立春〕可　栗

目にはかり正月てなし心からほ丶ゑむ花の春は来にけり

蓮貫院釈道　【像】蛸池画

つめに火をともす心のあさましや一寸さきをやみとしらすて

（十七オ）

〔小川屋可童をに初めてあひて〕橘　千樹

石川やせみの小川屋来能けれは名をたつねつ丶諸方よりとふ

〔可童三回忌に寄謡懐旧といふことを〕茶　和　一ノ宮住

なき人のかた見とゝへは松風にみとせかわかぬ袖のむらさめ

〔七夕鳥〕簾綾館蒲洲　鳴海住

それかとてみれはまことかうそも琴ひいて手むけんほし合のそら

〔上巳〕百川斎学海　同

目にしほひ口にあまかつはふ子さへひなまつりとて立てよろこふ

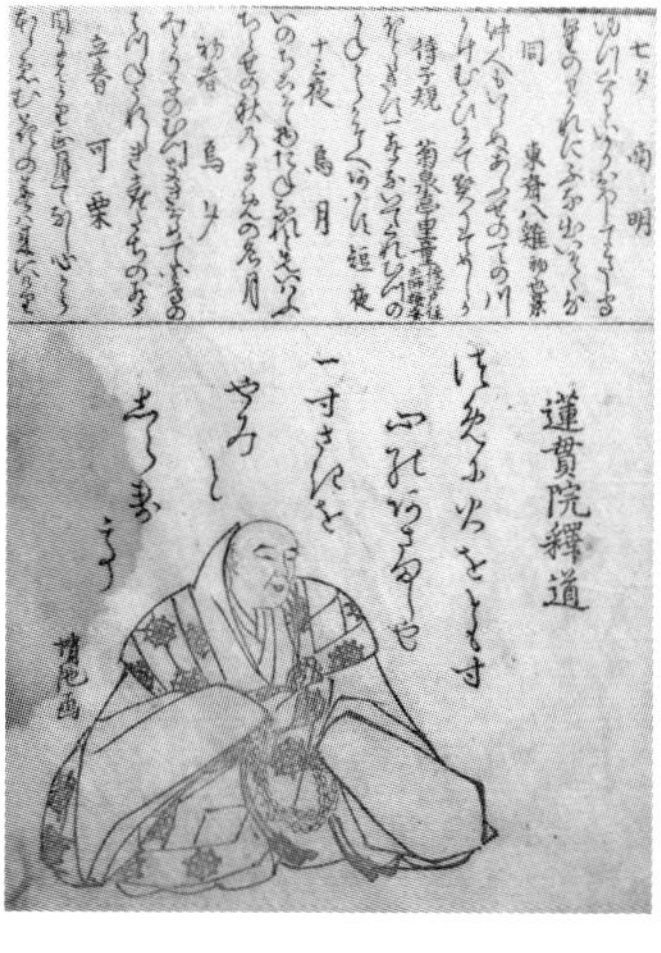

十七オ

［山月］　伝芳窩酔霞　同
けふをはれと影をうつして鴫照やあはせか丶見の山の名月
［曲水］　白鴎亭谷丸　同▼

勇々館大江深淵　初号、玉照堂艸望、又、音丸　【像】自画
甲ほしに出たる亀もぬれにけりうらなひかたきしくれそらには
（十七ウ）

▲盃のまきゐの亀もおのつからなかれにうかむ曲水の宴
［七夕］　周竹舎綾丸
たなはたのまれにあふむのひとよさはさそな恋しと同し口まね
［雛］　東窓舎露友
ひなの日は座敷ものへの匂ひかなも丶に柳にさてくさのもち
［桃］　遍竹斎友之
源平のいろをあらそふ花さかり日本一の谷あひの桃
［山月］　素竹斎俊丸
咲そろふ花の春よりよしの山もなかの月のたつた一りん
［曲水］　不捨亭徳丸
曲水のなかれにうかむあふむ盃くみてこ丶ろも同し口まね
［同］　暁貞館巴交▼

十七ウ

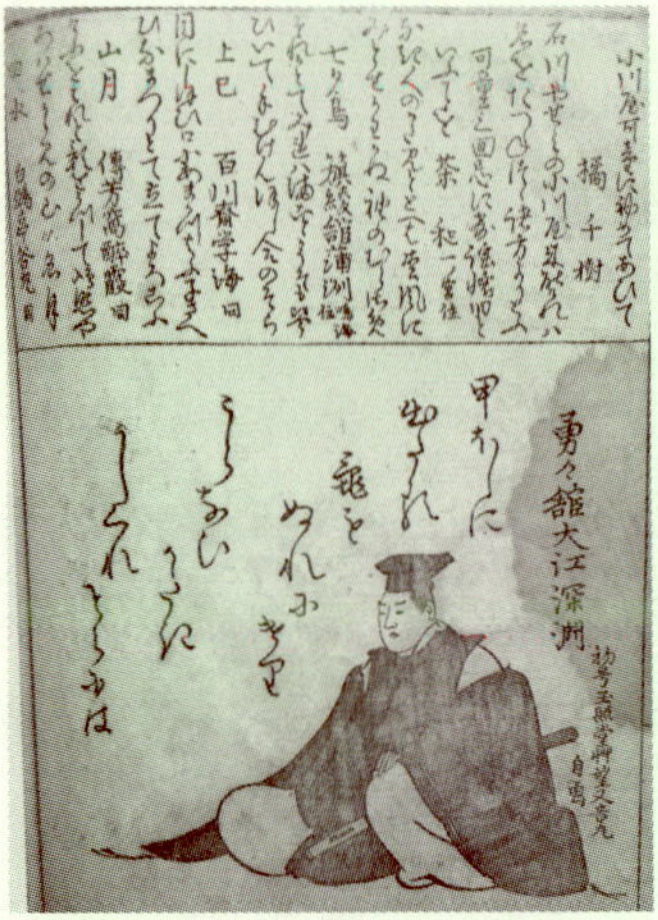

葵翠庵坂井中墻　別号、李松軒　【像】蛸池作
一もとの小萩を手折る袖の上に月のたはしる那須の野の露（十八オ）

▲川下に盃はもうをさまりてまた三日月のかけそなかるゝ
［題しらす］　津金胤臣
茶は茶くわし酒はさかなに酌女出ましきものは猫子とも婆々
［裸参詣］足　立　氏
足とめて雪うちはらふ袖もなしはたかまゐりの冬の夕くれ
［七十賀］　馮里楼坂下住人　中雄父
七ふしをこめし箒にときはなるまつのちとせをかきやあつめん
［恋］　菜花園利根裏成　同（石川注、「中雄」）兄
打とくる深きこゝろの底紅はさしもいろよきちきりなりけり
［同］　網　引方
忍ふ夜は相図のかねと一時に胸の動機もうち出しけり
［同］　良村安世▼

秋日登元禰　【像】玉僊写㊄
三日月の眉落てより女郎花さくのゝうつらふけるなりけり（十八ウ）

▲うき人を雀の千声くとけともおつる返事の一声もにし

十八オ

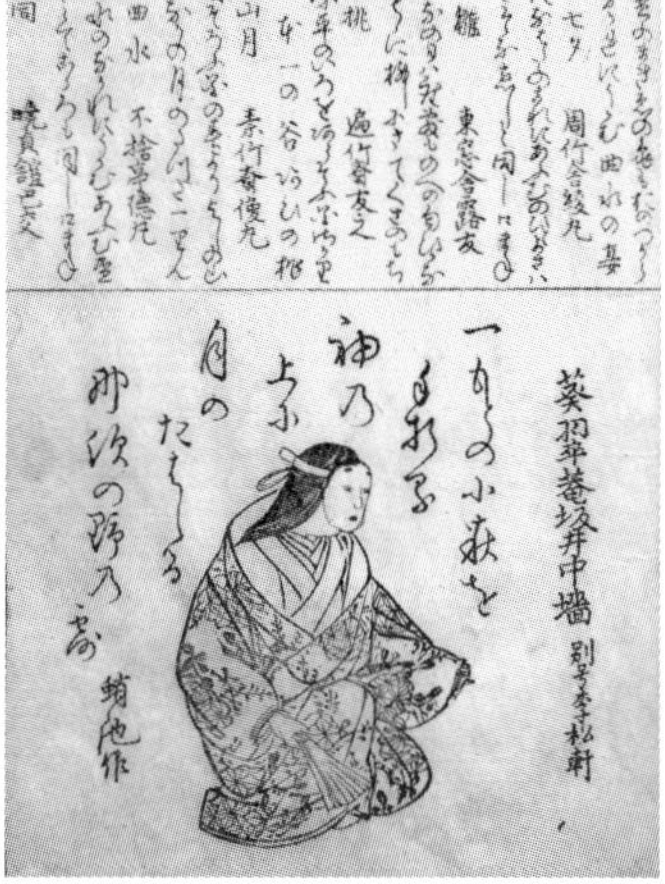

十八ウ

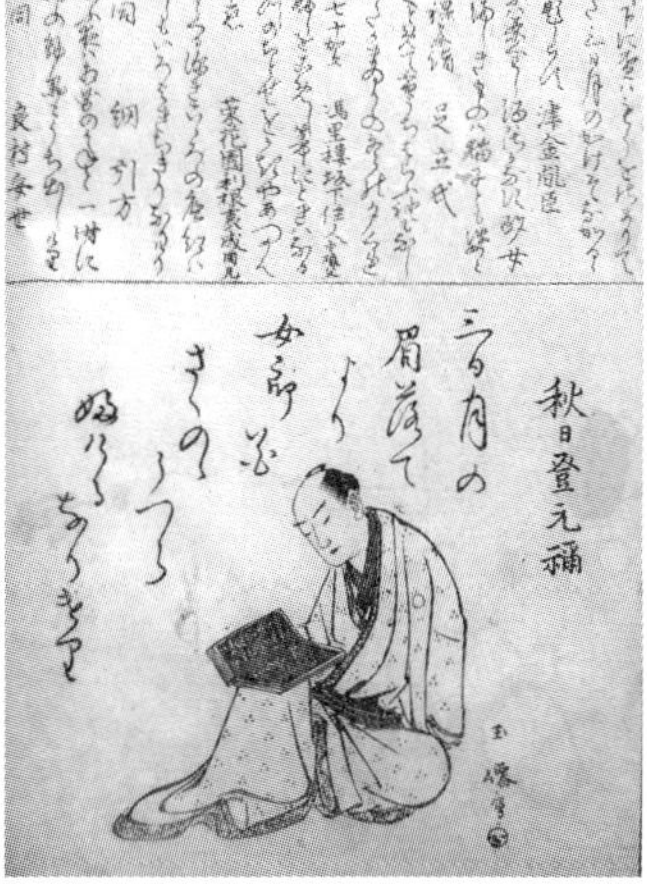

〔変恋〕　小川多之寿
おもひきや起請のちしほ引かへてまつかなうそとかはるへしとは
〔無常〕　大小栗方
から〳〵と見し金性の人たにもきえて位牌の箔とこそなれ
〔午歳のくれに〕　八嶋勝時　八嶋新田
光陰のやたけこゝろにむちくれてうまとしの尾のかけはらはゝや
〔母の忌日に雪ふりけれは〕　橘　一枝
おもかけをつくりて見はや雪仏きえし昔にまたこりもせて
〔落花〕　老多久楽　玉涌父
千金と見えし桜も咲ちりてもとねにかへる市中の花

五眠亭斛高成　松田氏、住一宮村　【像】墨僊
手道具のなきわひしさもひとかゝり寝所すゝし夏の夜の月（十九オ）

〔寄儒者恋〕　平秩東作　平嶋人、後江戸住
あつめつる蛍にこかれ雪にきえおもひにしみの家となるふみ
〔春月〕　麻　直成
花を見し目のくたひれを休めよとかすみに覆ふはるのよの月
〔恋〕　石籠六女
なとてかく涙のふちにしつむ身そふかきおもひのぬしにひかれて

十九オ

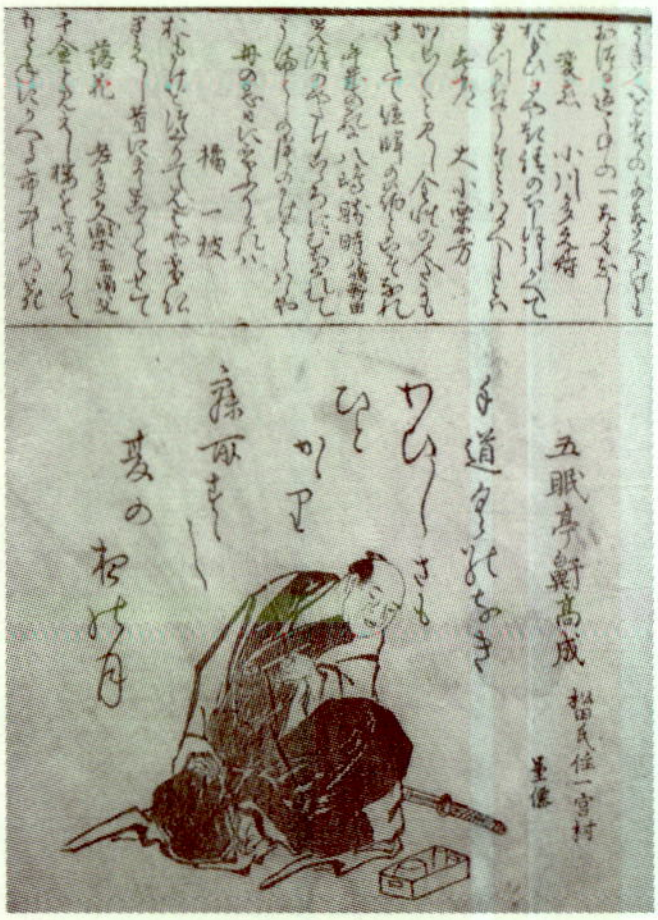

［七夕］ 巌 松胤
恋のふちより浅からんわたか（ママ）せにほしも飛こめあまの川なみ

［霜］ 隣 蓼輔
人の手にあたる的場の艸鹿も霜かあたれはまけてこそゐれ

［蛍］ 一升事樽
夏むしは小尻てひかるものゆゑにさひけのみえぬ夏のゆふくれ

二水楼二水　初名、片架台曲流、又、角南読足、見田氏
【像】自画
おほ空をおのかにほひにかすませて月にあやなき春の夜の梅
（十九ウ）

［恋］ 鹿子結女
人もわれも同しおもひはあり明とうしろ見すれはうしろむくかけ

［鶯］ 紀 若女　椎本住妻
鶯のそたちも山のふところ子ねん〱春のころ〱になく

［夕立］ 自分館発興
東西とわけてふれるや真宗のにしをたてたるゆふたちの雨

［待恋］ 方十園篠埜玉涌　玉湧父
かならすとちきりてこよひあひおいのまつは久しき物にそ有ける

十九ウ

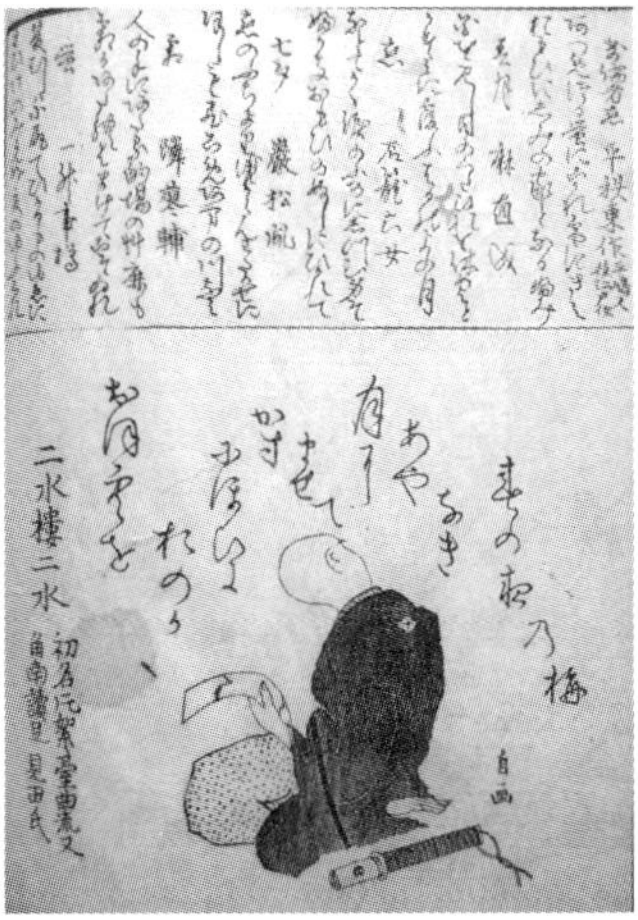

〔初鰹〕後方十園豆長兼成　同（石川注、「玉湧」）兄
はつものとねも高砂のまつの魚万民これを賞翫そする
〔松〕野田畦丸　初、衣手森住
からかさのやうに梢はひろかれと雪にしほまぬみねの老松

繁重楼猛虎丸　【像】墨僊
姑は孫うめと嫁をなつるよりたゝく情はふかき粥杖　（二十オ）

〔恋〕独吟斎
おもひのみつもりて胸のしやく時計あはすは何を玉のをにせん
〔寄山恋〕歌蔵庵曲児
胸のけふり富士ともみほの浦風になひかぬ恋をするかかなしき
〔桜貝〕芦間蟹丸　初、東花
たつ浪の花のちりてや水底にありけるものか此さくら貝
〔古寺雪〕吉田真禰久　犬山住
鳴鐘のおとはさとれと三井寺の雪にかへらう道とてはなし
〔七夕〕夏山茂躬
行水のなかれはたえぬ天の川ちきりももとの月日てはなし
〔寄関恋〕余程道則　津嶋住
我恋は人目の関をぬけ道かいのちひろひにあふそうれしき

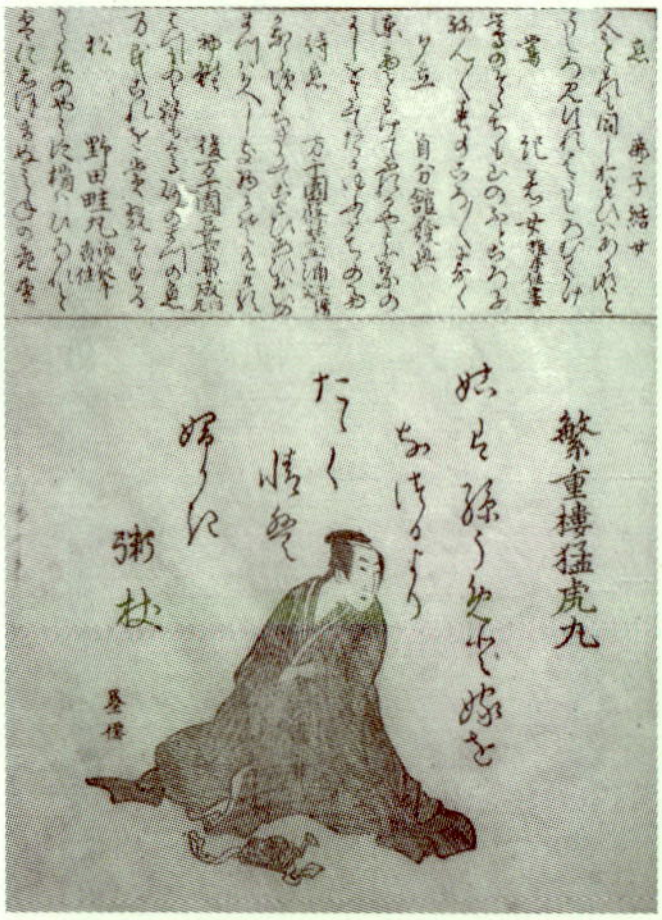

二十オ

酔菊庵升人　住熱田　【像】墨僊

風さそふ時雨に笠やとられけむぬれたやうなる月そもれ出る

（二十ウ）

〔時鳥〕霞　雀

たれ駕籠のたれにもらして時鳥前とうしろのかたにきいたり

〔露〕風月庵白髭長児

露は質のしろ物ならて艸のはにおくもありまたなかるゝも有

〔初冬〕真坂時成　熱田住

長月もなこりの露の玉手箱あけては霜の白髪をやみん

〔霞〕開栗庵知一坊

大仏のかねもおほろに聞わかてはるはかすみに遠き耳塚

〔炭竈〕桂　伴俊

夕けふり立居に賤も縄たすき身に引かくる炭やきの業

〔初鰹〕真柴亭八重垣　犬山住

朝市にねも高くたつゑほし魚頭にのつてくる相場商ひ

二十ウ

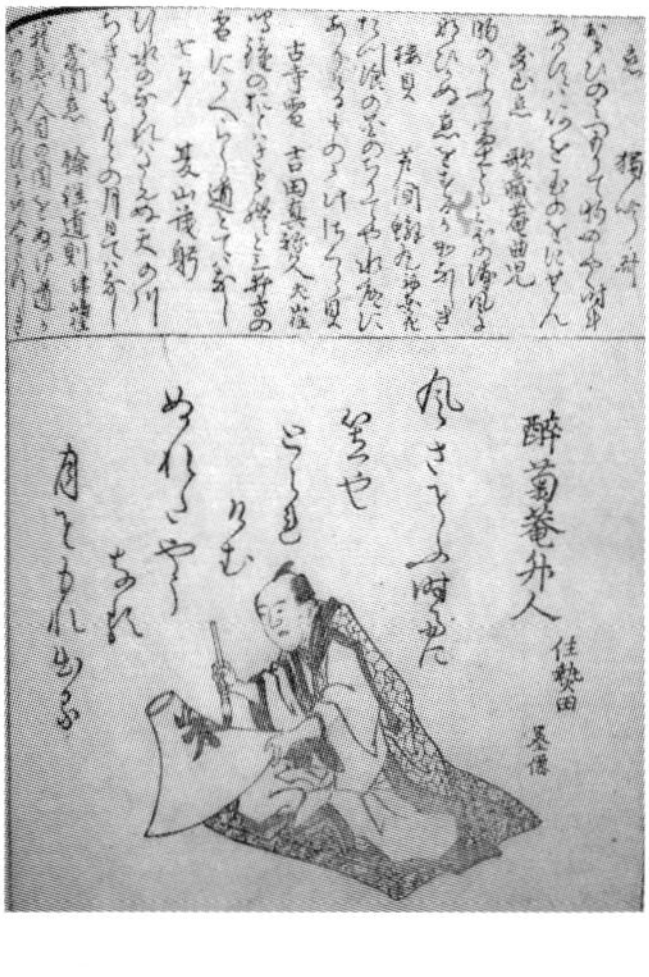

陶亭広人　住瀬戸、陶工春興、俗称、加藤甚七郎【像】

墨僊

いせさくら花の雲津の白たへにからすの森も鷺とあらそふ

（二十一オ）

［不邪婬戒］馬内子

山まゆのいとしとおもふ君よりは外の色にはそましとそ思ふ

［山家鶏］可　添

世中をしらぬ深山の住居にも時めくものはくたかけのこゑ

［七夕別］五大嶇朋信

彦星のいそけと遅き引つなにうしやわかれをつくる鳥かね

［萩］艸花好成　熱田住

秋風の手をたのみつゝ袖垣のやふれをぬはんいと萩の花

［残雪］葎　侘住

ひとくともなき谷の戸をとつる雪こやうくひすのるすにのこせる

［山家］陽楼滝丸

馳走ふりする塩鯛の眼のはたも引こんてゐるやまの下庵

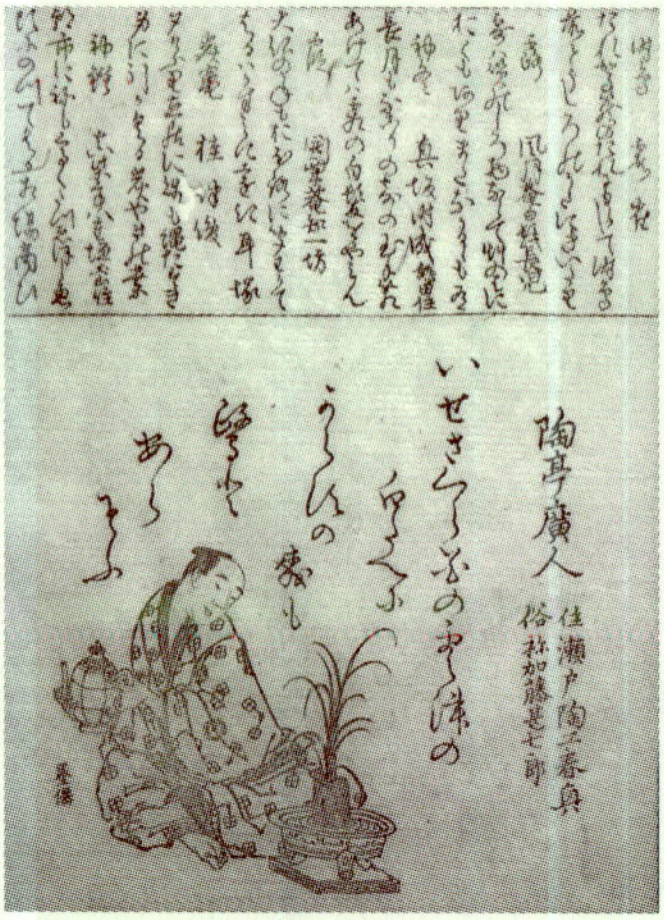

二十一オ

五涼軒綾丸　【像】玉鳳

手弱女かとり得し顔に紅葉して春よりわらふ茸狩の山　（二十一ウ）

［七夕］古井中守

一とせのこらへふくろや縫つらん星にかすなるけふのいろいと

［水鳥］朝起常成

人の身の薬となりて味鴨のおのかいのちをおとすはかなさ

［花便］洗卓斎貫成

山家より花の咲しとつけの櫛はをひくことき人のたよりに

［恋］桜木業好

あんしたる心も今ははなれ貝あひてふたりか床そわりなき

［若菜］春　田造

またよにもけのこる雪のかすか野にしかともわかぬわかなたつねん

［筝］賓導堂轡音成

鶯も音をはる籔のたけの子は皮のつき日に星の斑もあり

清晴亭湖暁　【像】蛸池

善悪は生たつ松のきゝにして鬼の名もありけさかけもあり　（二十二オ）

二十一ウ

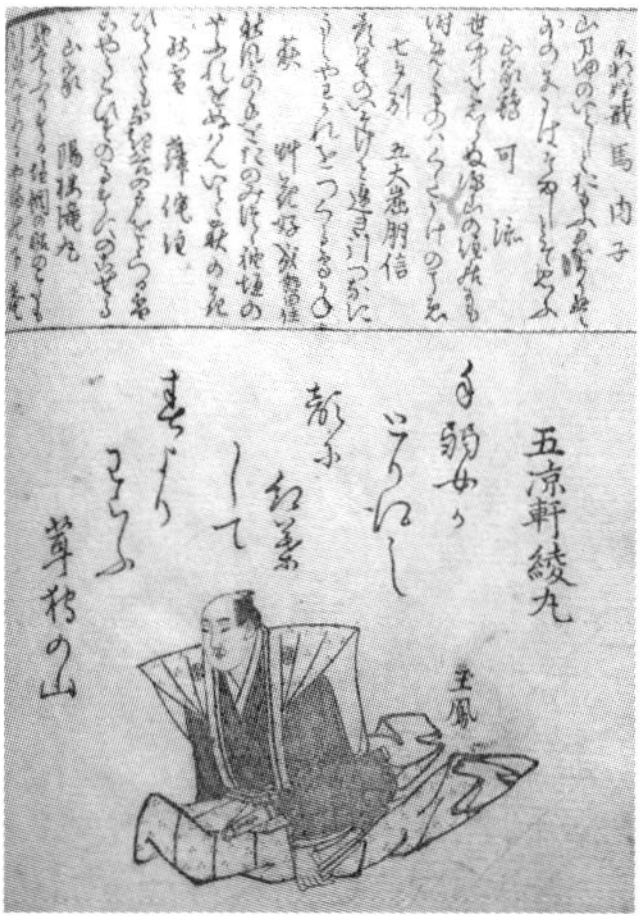

二十二オ

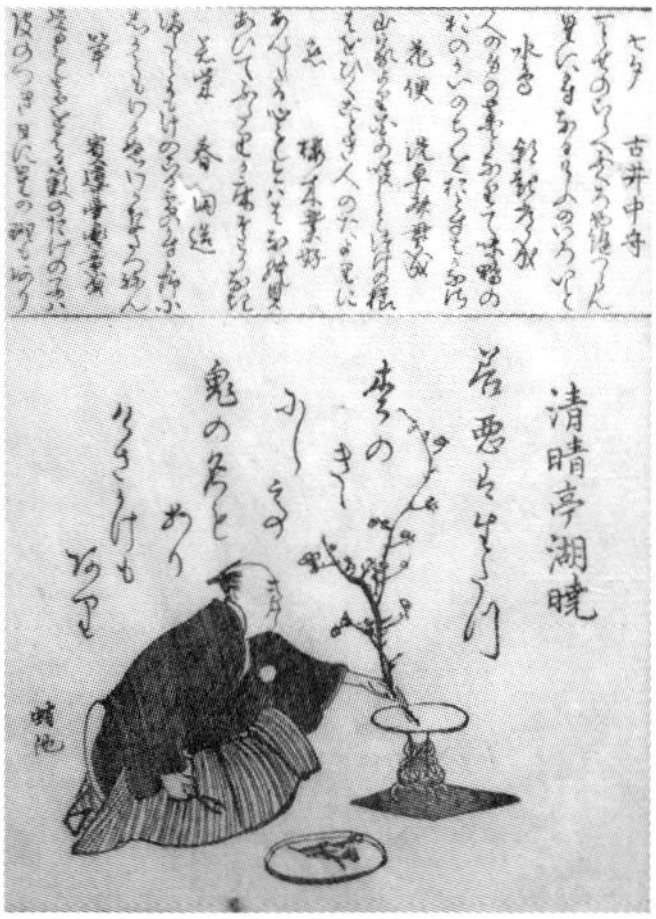

［松］　塩水清女　哥成妻
塩風の手にこなれたる枝ふりは舞子か浜の松のとりなり
［夏月］　以座屋雞老
むらくものくまてはらひて月の弓なかれてすゝしなつのうら風
［梅］　巨燵（ママ）山守　有松住、初名、千代住
くる春のみやけに花のはつものを山からさとへくはる梅かく（ママ）
［信濃遊行の時］　枇杷園士朗　井上氏
甲斐かねを出てこし路に入川のちくまにものをおもひけるかな
［泉］　袙屋月町
名所のいつみはこゝといはし水弓矢八まんいつはりはなし
［子日］　稲穂鈴成　北潟
朝鷹のことくつかんて小松引千代のためしをちから艸にて

見小庵福入人　田中氏、医者　【像】墨僊
野分せしあしたの庭の女郎花壁おちにきと人にかたるな（二十二ウ）

［別恋］　千代松年
きぬ〳〵のかねにわかれのつらさよりけさはめにつく君かおもかけ
［春月］　知竹斎一通
千金の春の夜ことのみせつきに月も霞のうす化粧して

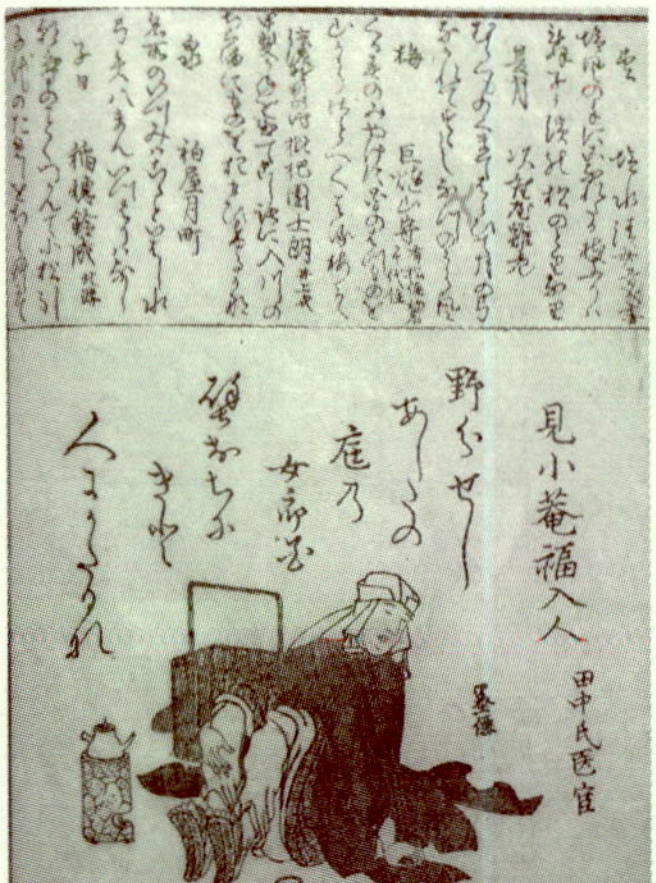

二十二ウ

［花］　腰障子美濃紙
さかりそとけさはよめたり枝折してふみのあけ行花のしら雲
［森藤］　玉　守　犬山住
よしつねのは、その森も春くれは松のときはにか、る藤なみ
［照射］　大籔庵虎丸　同（石川注、「犬山住」）、初名、池良成
さを鹿の脊山の照射とひ〳〵にさし毛のことくのこるあかつき
［月］　薄庵伏屋月盛
てる月の影には秋のよもきふにつれてすくさまあさまてもみん

一円舎一方　熱田住　【像】墨僊
みるからに老をやしなふ山桜酒とくませよ花の滝津瀬　（二十三オ）

［春駒］　楊弓喜理人　犬山住
夢に見てさへよきものを春くれは富士のすそのに遊ふ春駒
［梅］　浦　浪女　同
一枝をたをらは指を切へしと心中たてしなにはつの梅
［鶯］　蓬　嶋人　熱田
うくひすは花のちふさを見つけてやもう鳴いたす山のふところ
［水鳥］　旭松堂扇折風　一巴亭
水鳥はうきねに夢やむすふらん鷹をみぬのを仕合せにして

二十三オ

〔山家〕浪　静丸
鍋釜もよそにはつれし山住はありしむかしににるものもなし
〔蓮〕櫟　尺長
極楽はこゝそはちすの花さかり只蚊のせめもわするはかりに

琅玕亭呉竹根春　【像】墨僊
をくら山見れはあれたるふもと寺今一たひの建立もかな（二十三ウ）

〔同〕（石川注、「蓮」）紀　好輔　初名、雛人
たはこの火一切出し不中とことはるあたり飛ほたるかな
〔菊〕箕手はかる
いつまても老せぬ菊の薬酒もりあけて見る匕咲の花
〔紅葉〕弦掛一升　初、谷月橋
むかしより紅葉の錦とり〳〵と筆をもそめて名にたつ田川
〔題しらす〕片糸従頼
春霞たちし屛風のうらかたや雀の声にあくるしのゝめ
〔早蕨〕滝　白玉
年〳〵に根はますかけのさわらひやにきりて見せぬ山の手の筋
〔梅〕虎　魚狩
雑煮椀あくれは春の花かつをもりきてうれし窓の梅か香

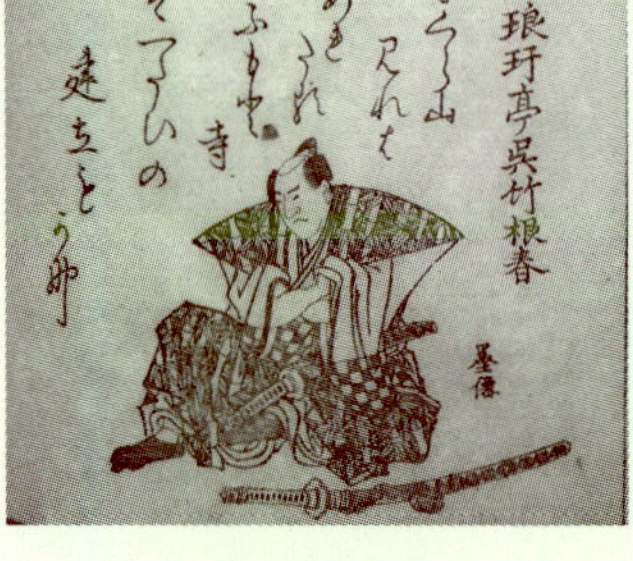

二十三ウ

後一巴亭要季丸　初号、百合亭、天野氏　【像】有文画
やかて咲花まちかねて桜木の炭に枝折をむすふ門松（二十四オ）

［寄鴨恋］　水角奈志
かくおもふをたれいはふちの鴨の足みしかやそこへふみもとゝかす

［逢不遇恋］　一万斎三宝長熨斗
我恋はあうむかへしのあうてのちいちしにかはる君かことの葉

［鹿］　伽羅鳰人　初、九足斎於丸
角ふりてつまこふ鹿は紅葉ゝをふみつけてなく水くきの岡

［題しらす］　丸屋墨湖
やみの夜に白酒うりの声きけはうまれた時のちゝそ恋しき

［歳暮］　皃水亭磨風
かけ乞につめられまいとおもへとも御手にととへは金銀はなし

［七夕］　艸　庵住
恋わひて石とやならん七夕のさこそまつらめ星のさよ姫

鎧堂平性津鶴　俗称、御武具屋惣左衛門　【像】有文画
手をとりし竹も弓ほとたわむまてつるまきのほる朝顔のはな（二十四ウ）

二十四オ

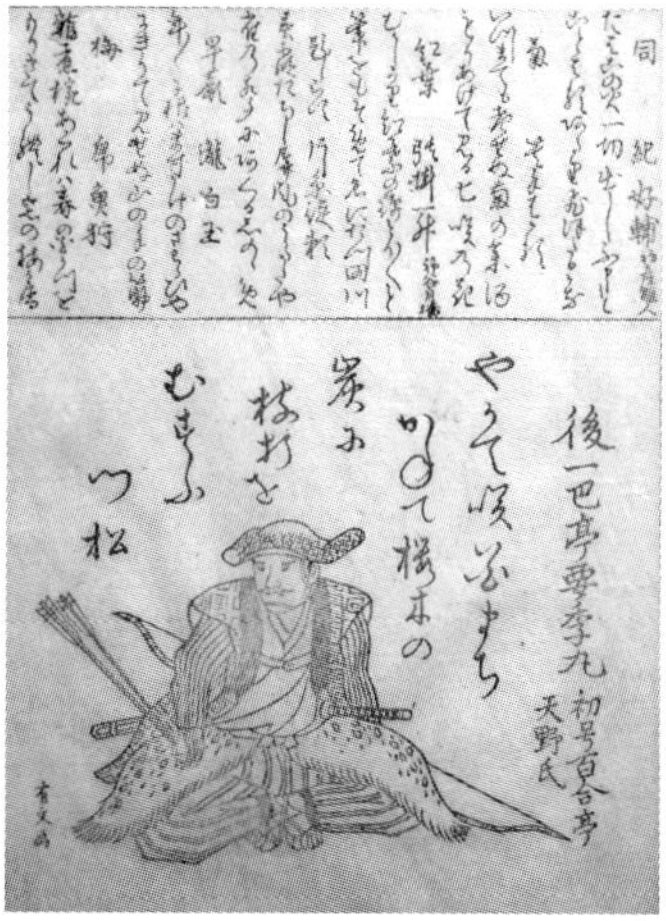

二十四ウ

［汐干］　松風亭有年
目薬の貝の玉をもひろはゝや汐もそこひとなりし海つら
［鶴］　冬野雪満
風をいたみ岩うつ波にぬらさしとまくりあけたる鶴の毛衣
［遅日］　十　足　斎
むちくれて早きさらきの初午はよほとはるひののひて候
［秋夕］　速斎中丸　犬山住
たそかれの花をなかめし夕顔もひよんなる秋となりひさこ也
［雛］　酒家蔵人　同
青麦のほをはらむ此賤か家にはたか小僧もまつる雛棚
［寄湖恋］　紀　儘好
いひよらんしほなき海と知なからあふみの名をはたのみにやせん

銚子亭久波倍　【像】有文画
葉をたれて門の柳と見るまてに軒にいつもとふくあやめ艸
（二十五オ）

［五月雨］　海士網曳
日はけふもおるすとなりてかけ膳のいつあかるとも見えぬさみたれ
［恋］　在雅亭起歳（ママ）坊　熱田

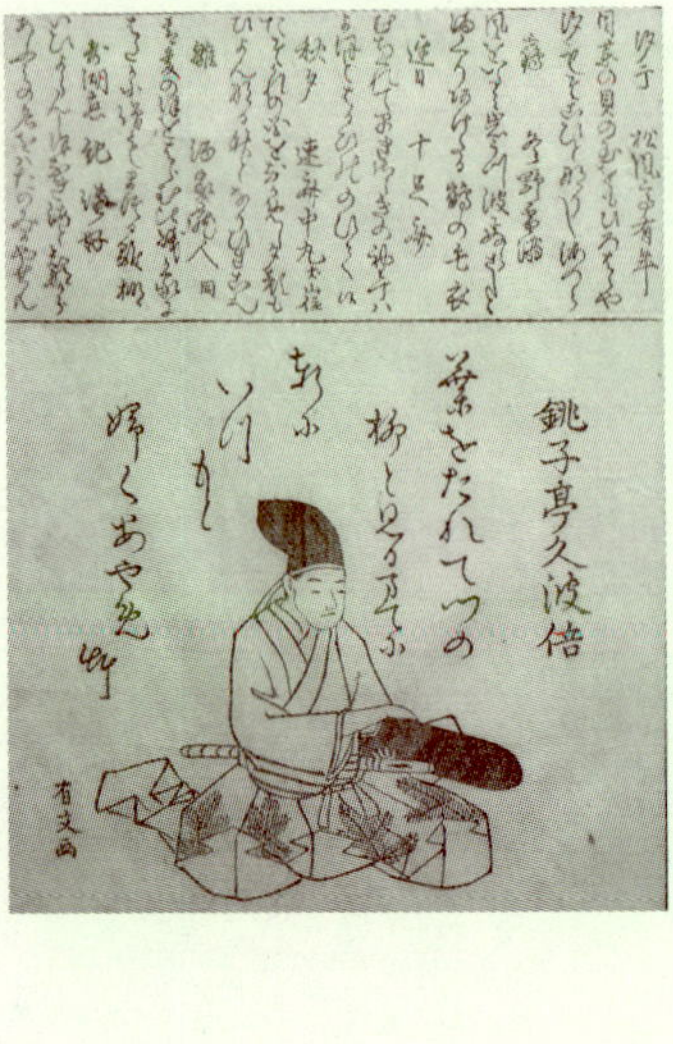
二十五オ

ひさかしら抱て寝る夜そうかりけるとにかく妹かうけぬ談合

［花］芦辺庵汐満　同

さくら狩うるさきものは女房とはなについたる入相のかね

［旅］盃　数好　同

つり棹のいとの長旅する時はかゝらぬうきを見るはかり也

［蛍］砂原春風

こかすてふ火ふたを切て飛かふは鉄炮垣にすたく蛍か

［恋］呉羽安伎

しらはさへ君は見せすて竹みつのみをうらみたる恋そくるしき

楚山亭玉駄　【像】玉鳳

あれみよと駕籠つる人におこされて富士みる夢をさます富士の根

（二十五ウ）

［富士］植松有信

是は〳〵とはかり花のよしのより富士の山にはことのはもなし

［題しらす］傘　衛衛　金森桂五

不二の山まくらして寝はすそに物うちかけておけ田子のうら波

［時雨］暮雨巷桜田臥央

水底を出れは岸にしくれしてかつきかへたる海士のひち笠

二十五ウ

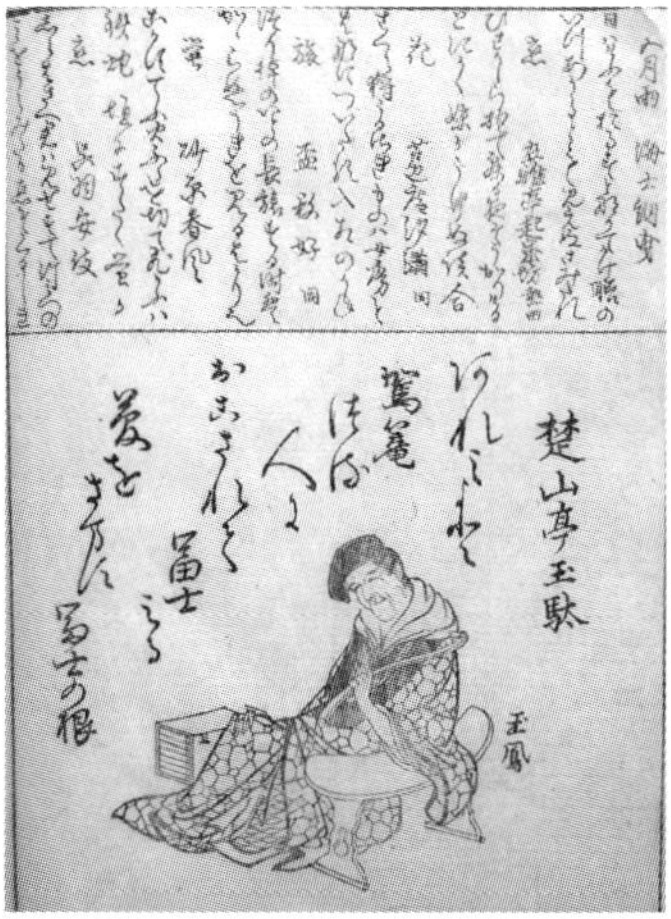

［題しらず］詠人不知　或云、羅城
わくらはにとふ人あらはすま袋米一はいをもてなしにせん
［夕立］青箪舎都真
鬼の手も出しさうなる黒雲や東寺あたりの夕たちの空
［汐干］岸亻斎荷菖
こつそりと浪は何所へか引こして沖にもけふは汐の出かはり

芳流斎妹脊名歌好　【像】有文画
嬉しいとはつかしいとの脊くらへにおもひのたけもかたりかねたり（二十六オ）

［鶯多］秦　士鉉
うくひすのぬふてふ笠のいと長く先よりもくるあとよりもくる
［耳風かもとへまかりける道にて杖をわすれ置て］鈴木叔清
つく杖をわするゝほとの心にてころはぬ先とおもひけるかな
［酒のむ友のもとへ］松田棣園
から衣ひもゆふくれのしきせ酒おしかけてこよかへす〲も
［藤に鳳巾のかゝりたるに］田々舎帋伍
咲藤は蛸の足にも似たるゆゑ縁にひかれていかもかゝれり
［立春］東向庵旭景長

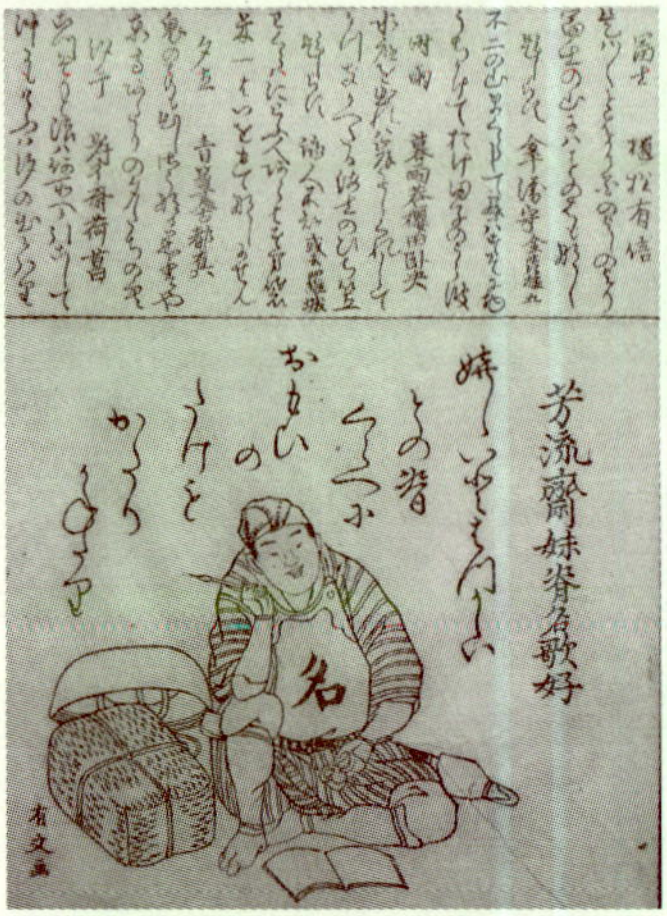

二十六オ

明てけさ舌つゝみうつとその酒▼

竹籬庵紀賤丸　【像】有文画
敷ものゝ名による床の近江路や月をたゝみし志賀の浦浪（二十六ウ）

▲たつふとうけてほんとにほへり

〔雪中訪友〕　十字廬曾洛
はつ雪にこはねたかとて戸たゝけはいつかるすなる庵にそ有ける

〔霞〕　椒芽亭西郊田楽
明てけさはつ日のかけを見あけ皺横にすちひくはつ霞かな

〔箒の画に〕　古笠庵簑行
はらふへき所はなしといふちりをはらはんための箒也けり

〔時鳥〕　芦原国輔
星崎のやみをめあてに鳴声もちとりにかけてゆくほとゝきす

〔春雁〕　尋幽亭新玉載名
花の雲くもゐの雁はいかに見ん六位すくせの浅黄桜を

〔夏富士〕　園　胡蝶
時しらぬとはいはれまし雪消して▼

二十六ウ

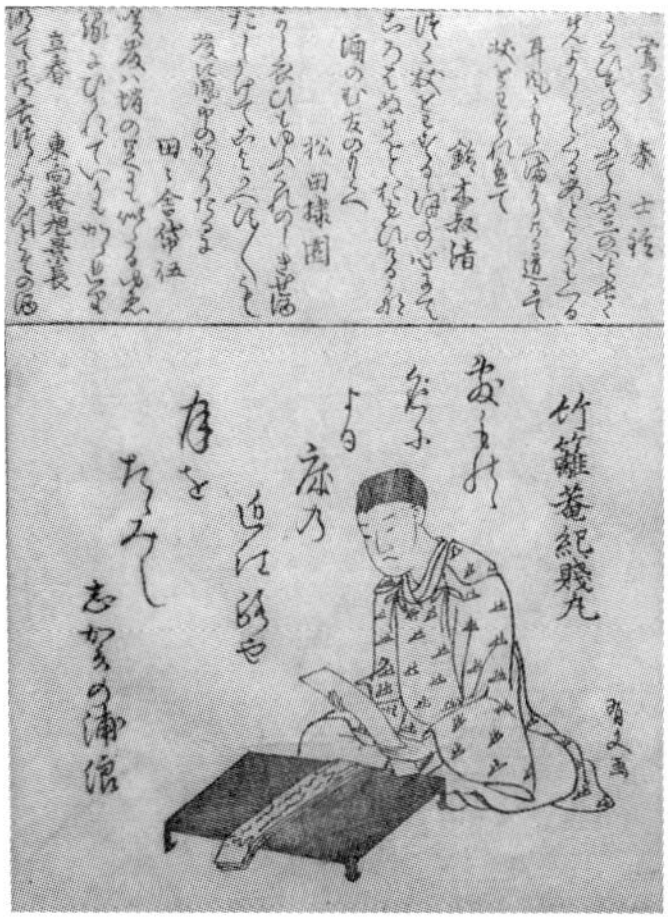

此道蘇丸　【像】耳風
ふりあけし腕のやうなる男松にきりこふしの枝ふりもあり
（二十七オ）

▲山のすかたも夏やせの富士
［露］筆　軸成
萩のはのねかへりすれは吹風に露もころけるむさしのゝ原
［五月雨］丸久友披戸つ
ふりくらす空は日和もしけ米のぬかほしひとつ出ぬ五月雨
［埋火］諸手耳持
さくら炭たく埋火の灰けふり雪と見えつゝくもと見えつゝ
［卯花］礼楽堂文数
卯花の雪はほとけもつくらねと後光とみゆる垣の蜘の囲
［題しらす］偃蓋亭常盤種松
うへみれはおよはぬことゝあきらめて笠をなきせそ手習の筆
［夏艸］野田　蛙
九十九夜かよひし道もふさかりぬ▼

二十七オ

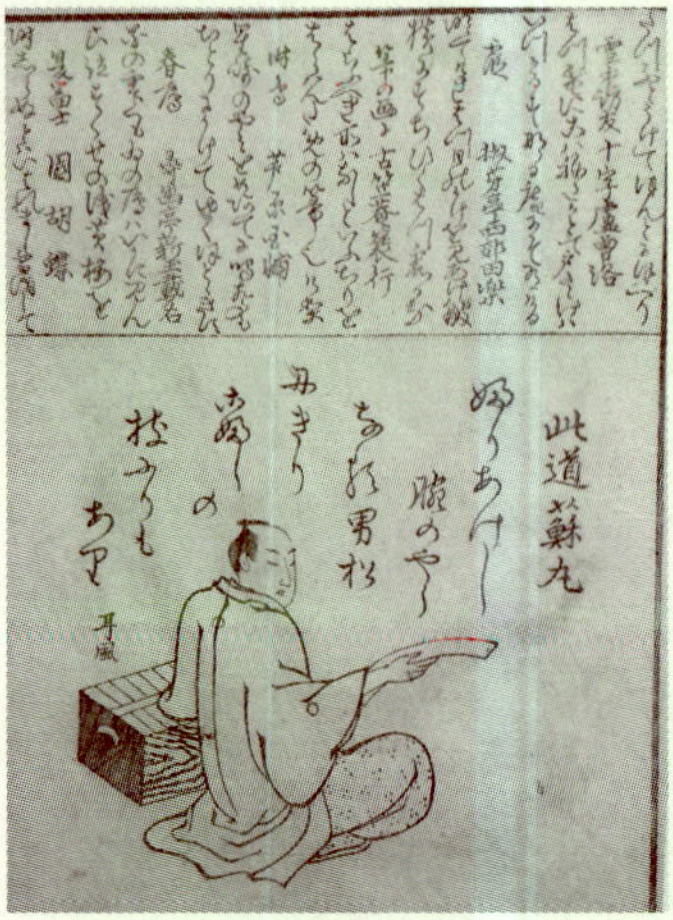

無尽楼米屋益盛　犬山煉屋町住、俗称、三井屋佐兵衛
【像】墨僊
あかるさに月と見なしてうかれ出し烏もめたつ庭の卯花（二十七ウ）

▲小町はつれの夏の深艸
［古戦場早蕨］扇得利安
忠度か右のかひなとみゆるかなちくさかりけるあとの早蕨
［雛］九々庵紀堂
上は下をあはれみ給ふすかたとてこゝろは綿の内裡雛さま
［蛍］千賀浦女　玉涌女、亜紀成妻
飛蛍女ならねと氏なうてひかりを出す玉のこしから
［花］桃の屋土師丸
のとかにて花のおもても笑尉みれは春日のさくら也けり
［夕顔］秋錦亭本荒小萩
わひたれと賤か住居の明くれは朝茶の煮花ゆふ顔の花
［俳優瀬川路考へおくる］鶴亭巣籠▼

二十七ウ

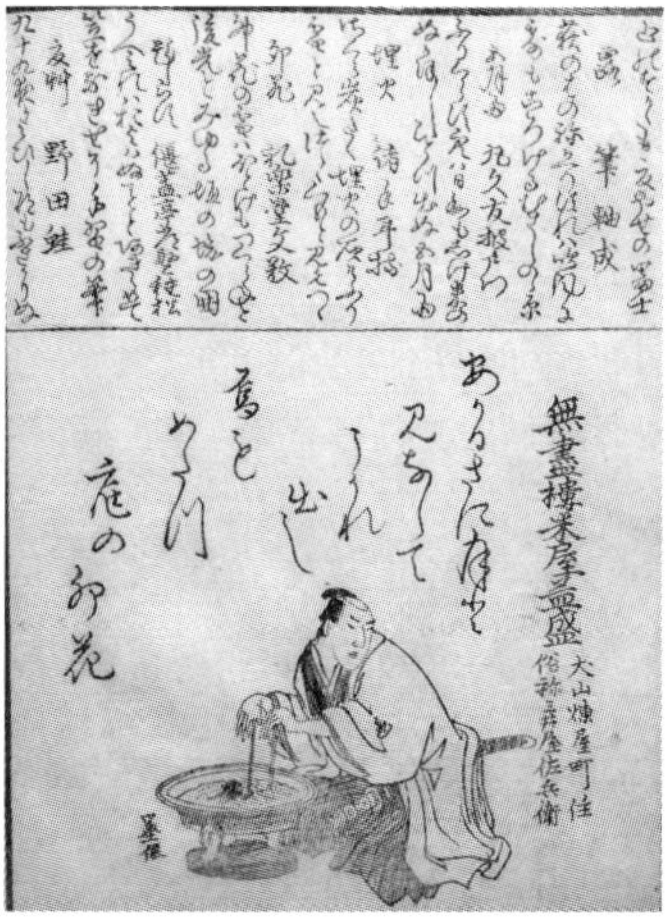

三五屋玉兎影住　犬山煉屋町住、俗称、和泉屋利平　【像】
墨僊
大方は月ともめてしこれそ此つもりし雪にはの卯花（二十八オ）
▲くらゐ付次第に高くのほり鯉たきつ瀬川や芸のみなかみ
［初鰹］四辻真隅
賞翫は梅さくらより松の魚常世かのちも鉢につくりて
［七福神の画を見て］林　旭堂
福神の中ても高き福録寿（ママ）あたまてかちとしれたせくらへ
［戯作の中に尺八へゆひをいれてぬけさりけれは］石橋庵増井
うはきから此尺八のあなにさへはまりこんてはゆひも切たし
［あつた宮簀姫の神を］冬瓜元成
はつ恋に互の顔をみやす姫かみさんとなる末のやくそく

大篁軒緑千尋　【像】有文画
東山桜にむれて大仏のはなの中から出る日からかさ（二十八ウ）

［苗代］松千枝女　寸斉（ママ）妻
出来秋を的になしてや苗代にかゝしも弓をはるのあら小田
［同］伏見桃丸

二十八オ

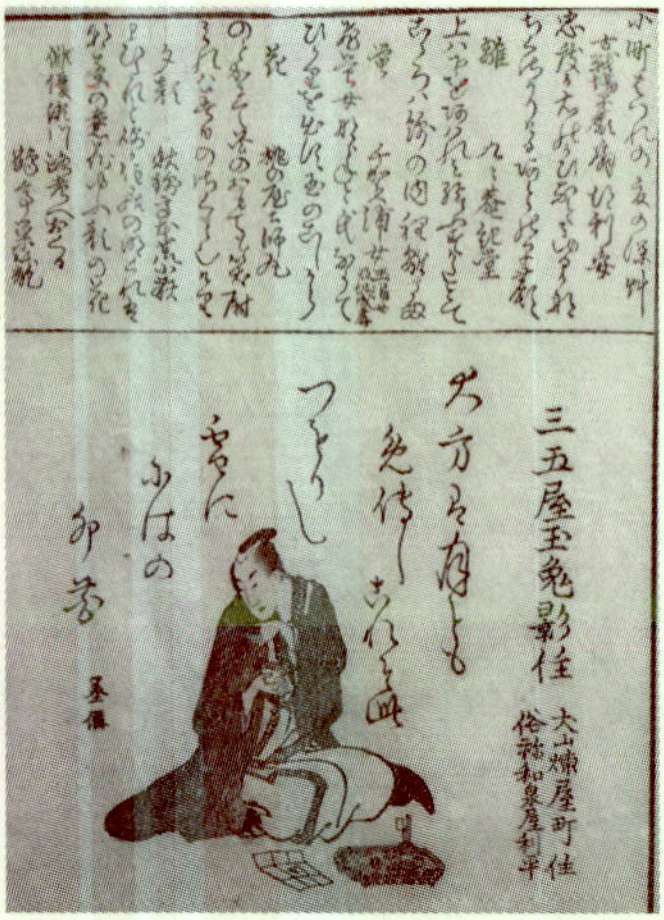

二十八ウ

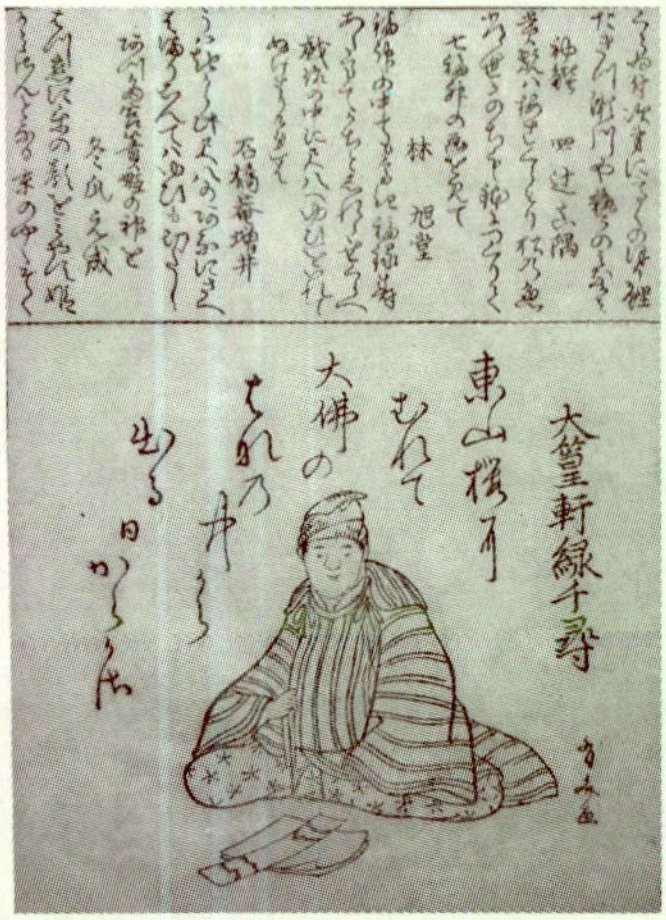

はえ出ははつかに見えてあら小田へ水を引こむなはしろねつみ

［加茂］十字楼綾丸

たつぬれはみおやはたれとしらはの矢わけいかならん神のふること

［月］鋤鍬耕

常はりの鏡のことくてる月に見るめの外は罪もつくらす

［花］左家諸躬

花にうつる人の心もあすか山きのふは上野けふは浅艸

［祝］塩　丸

楠かちゑをふるひしはかりこと子等もよくしる世は太平記

堀川庵芳香　熱田住　【像】有文画

一声ももらしはせしと三日月のくほみにうくる初ほとゝきす

（二十九オ）

［霞］紀　長丸

七所もらふはくろの山のはにけさやかすみの袖をとむらん

［暮春］芦原鶴成　大屋鋪

をしめとも虎の尾桜咲とちてちりかゝりたる春の尻さや

［汐干］芦原鈴女　同妻

干かたまてうちよせてけり底深み五丈あたりの夕かほの貝

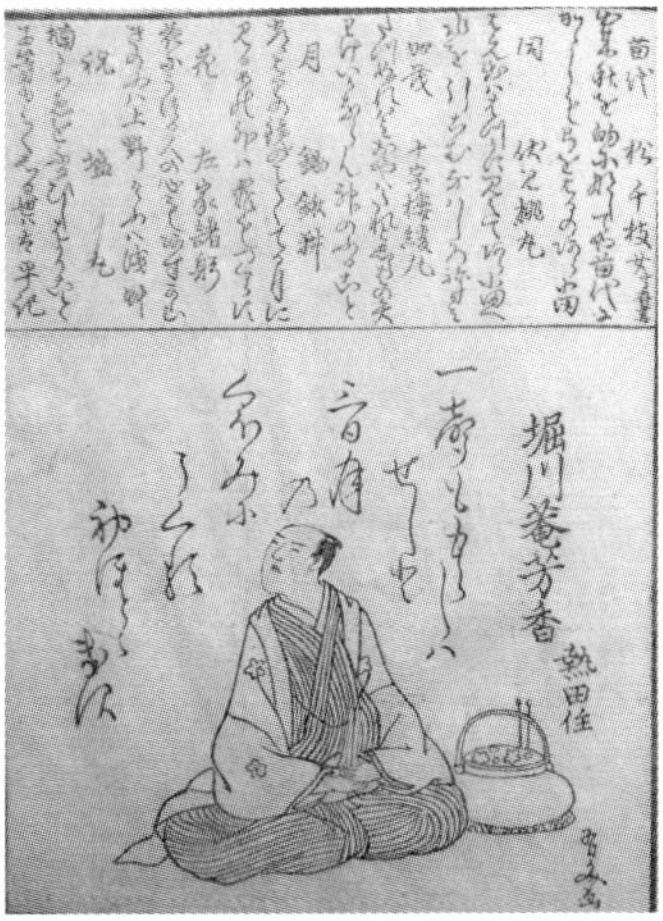

二十九オ

［初鰹］　鳩懐亭網鉤成　犬山

はつかつをいつれあたひは高雄山もみちかさねに身をつくる也

［七夕］　蛍雪亭恒躬　同

天の川星のおもひのたけ柄杓ひとよをこめて水ももらさす

［雪］　栲縄茂曾呂

あし跡もつけすに雪のしら波は世界のやみをうはひ取たり

【像】一見亭婦覚葉丸　大山（ママ）煉屋町住、俗称、山県屋仙蔵

墨僊

八重霞おのかすかたはかくれ野に声あらはして雉子鳴なり

（二十九ウ）

［浜］　巴　陵　犬山住

おもしろや波のつゝみに横笛のねを吹あけの浜のまつ風

［蛍］　飛鳥遠洲　玉清父

おひたゝし何千疋か飛ほたるしりは小粒のこかねいろにて

［初鰹］　椎　本住　初、楓呼継

からし酢は鼻の道筋とほし馬かつを、酒のくちとりにして

［笋］　千歳亭松俊古　犬山、初名、志賀浦風

たけの子の根はそのまゝの釈迦頭後光ににたる輪切にやせん

二十九ウ

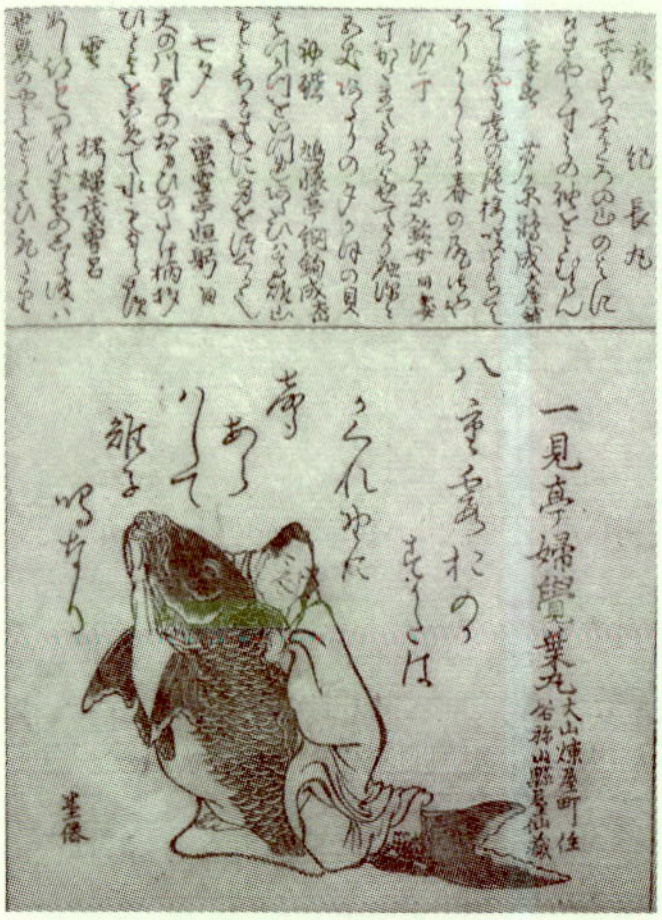

〔寄関恋〕　麦生亭
しるやいかにあたかもかたき関路たにつひには落るならひありとは
〔夏月〕　蟠頭炭石　師崎住
か丶やきし星や扇の銀砂子風もつ夏の月そす丶しき

四角斎呂洲　【像】墨僊
春の来し東街道にねをはりて鶯わたる蔦のほそ道（三十オ）

〔寄風恋〕　平　蝶成
恋わふる我ためいきの風とならはきみか上気の耳やさまさん
〔時鳥〕　応　明　亭
その声もはつか斗のほと丶きす月は次第にかけたかとなく
〔笋〕　万照斎其卜
生たちの十寸は過さるたけの子も千里の駒のむちと成らん
〔納涼〕　菅原道行
す丶しさにはまへをさしてひろは丶や此夕くれに落し川風
〔春雨〕　世間亭思案坊　熱田
いかのほりけふはやすめて春雨にい丶とひくものは軒の玉水
〔月〕　九竹園昆明
秋最中こよひは芋の月見とてあらひあけたるやうな月かけ

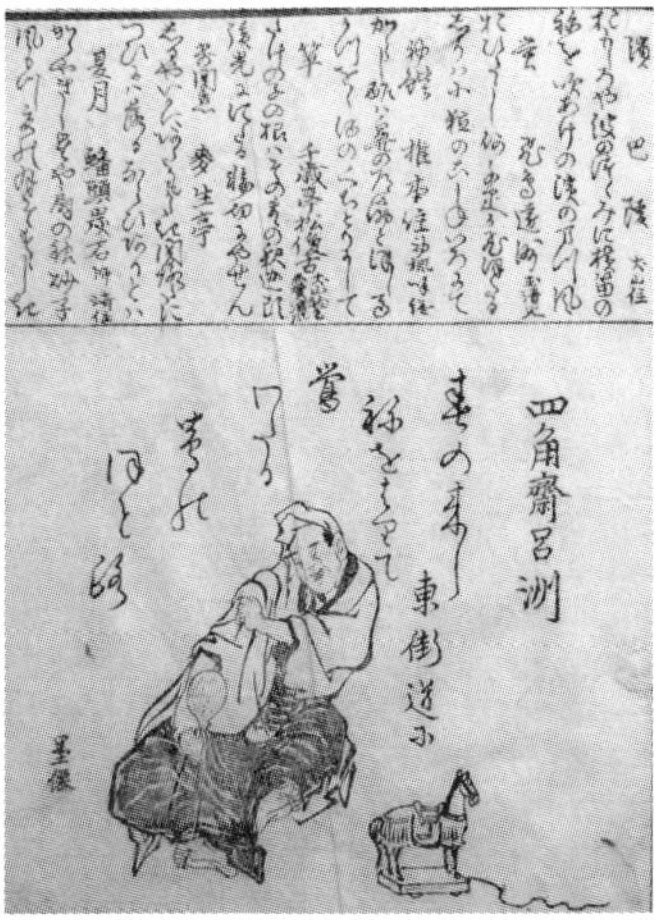

三十オ

分家朝起　【像】蛸池写

君か代は大道直き松かさり春日佳気もうら丶かな空　（三十ウ）

［七夕］浜まさ子　兼成妻

船出してこよひは星のつまむかへいはうてあまの川へほつこめ

［雪］琴津女

めさましや枕時計のむつの花たけにもおもりかくるしら雪

［菜花］通

菜の花や山吹の瀬の川むかひけんくわとならんいろのあらそひ

［恋］万十庵茶陶

しのひやる文に人目の関よりも心とほらぬ君そつれなき

［初鰹］早記

はつかつをさしみに志賀のから崎や春のころより是ひとつまつ

［七夕］桔艸庵

けふはかり天の川原の石に判たしかにちきるほし合の空

蕭夜軒興恒　【像】調画

うつみ火のあたりは春のそらたきにはなさきかをる梅のねり香　（三十一オ）

三十ウ

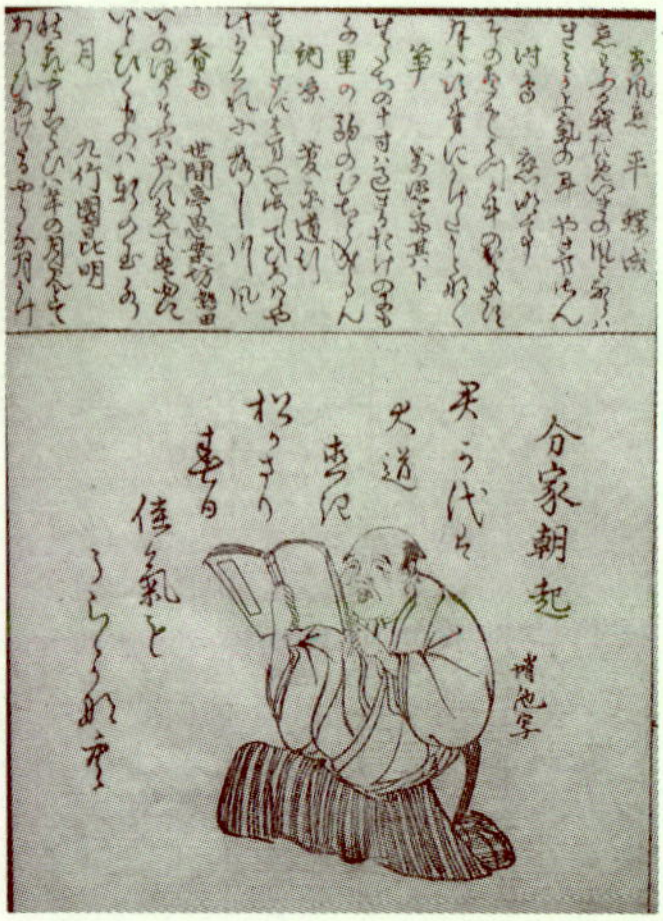

三十一オ

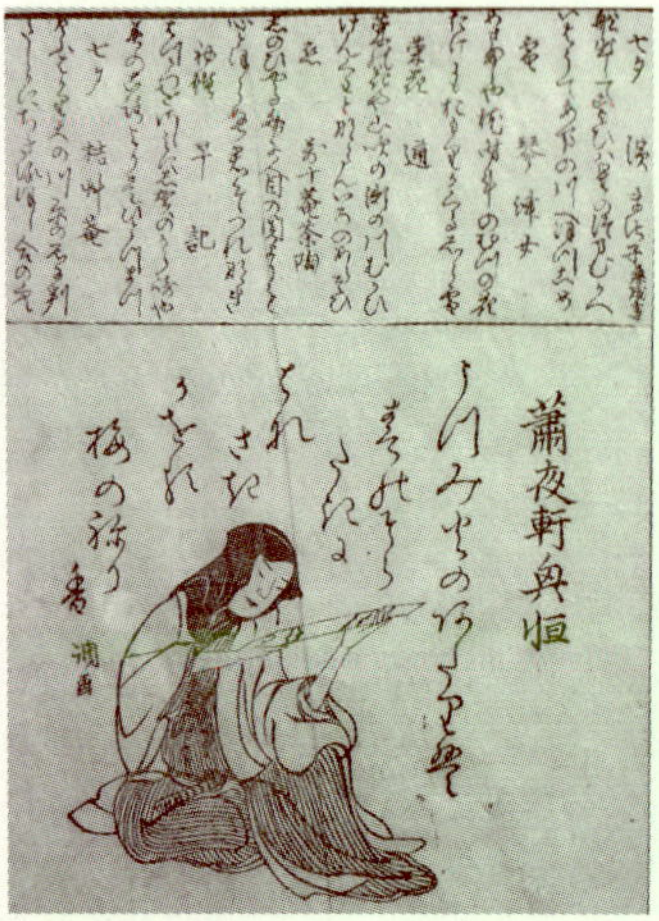

〔社頭木蓮花〕明　香吉
ちはやふる神も両部か御やしろにほとけの弟子のもくれんけさく
〔初雪〕伊勢道遠記
つもるほとまたゆきたけもたらぬやら雲の袖からをしむはつ雪
〔紅葉〕竹亭節丸
ひおとしとみゆる紅葉をよろひたる高雄は秋の山の大将
〔樵夫〕真間皮成
仙人にあらぬきこりも山藤のつるにのりてはわたる谷川
〔笋〕宝珠庵佳良
趙雲かやり先とみん大地よりかく突ぬいて出るたけの子
〔帰雁〕八束穂稲人　沓掛
杣山にそののこきりのはおとしてひきゝりもなくかへる雁かね

> 竹意庵弓箭為丸　別号、錦園。俳名、黄山。初号、錦多楼為就。吉原氏　【像】月斎画
> 脊のひして見おくるけさにくらふれはまつ夜に長き首はものかは
> （三十一ウ）

〔初春〕正中庵丶丸　同（石川注、「沓掛」）
松に竹たい〳〵にえひ炭にしたしめてことふくはつ春の門

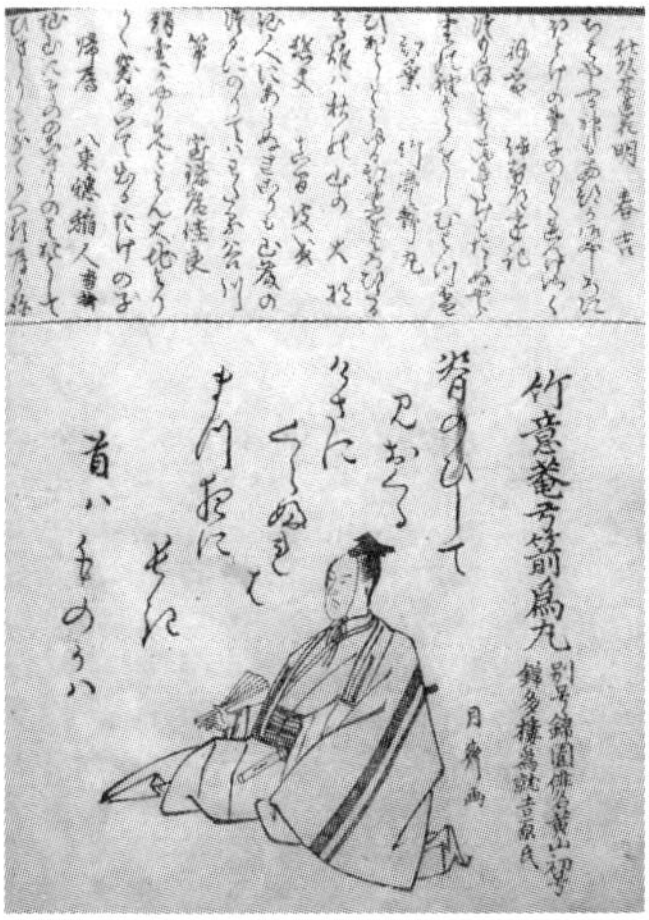

三十一ウ

［隣海］　松蔭月住　同
こちらへも匂ひおこせよ梅の花あるし有とて垣をへたつな
［夏月］　米野泰成
夏なから木末の霜とみしか夜のあつさはきゆる月のすゝしさ
［月］　如意庵玉野稀成
脇さしのさやけきかけはときたてし砥なみの山を出る月かけ
［梅］　夜目通目
めておもふ心のたけのうくひすもにくやとなりの梅にうつり気
［春月］　立花鈴成
苗代の案山子の弓やはるの月空にかすみの引つめてゐる

佐野和多理　住松名新田【像】墨僊
君こんと身あかりすれはさかり蜘うらよし原の春のゆふくれ
（三十二オ）

［恋］　長　主
門をもる犬より君かあしあとにまつけしかくる閨のともし火
［菊］　連　人
いましめの杖に成てふ竹をもてゆかみを直すきくの花守
［初雪］　影　光

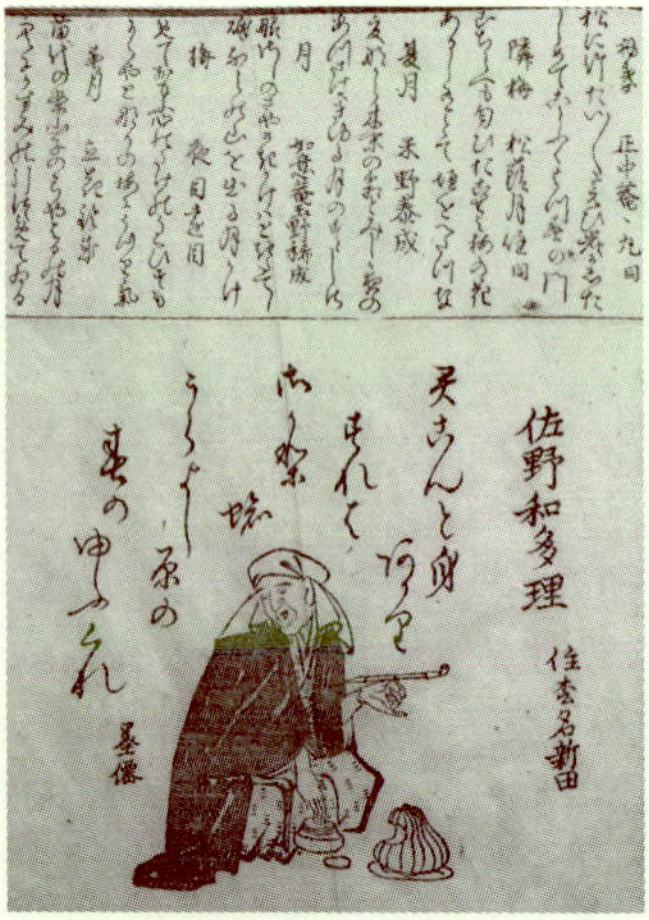
三十二オ

薩摩にはまたつくられす庭の面くつのあとさへをしむはつ雪

[梅] 夢 哉 坊

夜学するたよりと成かしら梅のつもりし雪の枝に火ともす

[鏡餅] 行 安

さしくしのはにふの家も鏡もちかみにかさりていはふめてたさ

[梅] 寄 睡

たつねよる籔の中なる梅の花にほひは香の物にそ有ける

六有園鼓成吉　初号、躑躅堂、矢部氏　【像】墨僊

やくそくの御宿はこゝとなよ竹も雪に寝てまつ雀いろ時（三十二ウ）

[月] 可 月

結ひあくる水あれはこそ猿猴かおよはぬ月も手のうちにあれ

[時鳥] 清

鶯のかひ子の中のやしなひになつきにけりとなくほとゝきす

[端午] 古今亭六司　員連父

さけ髪をいはふ節句とて上わらはかたくちまきも根そろへをせり

[初鰹] 古今亭員連　初名、百済掛雄

はつかつをいて料理せん大江戸のまな板はしを越しはしりに

[萩] 欲蓮法師

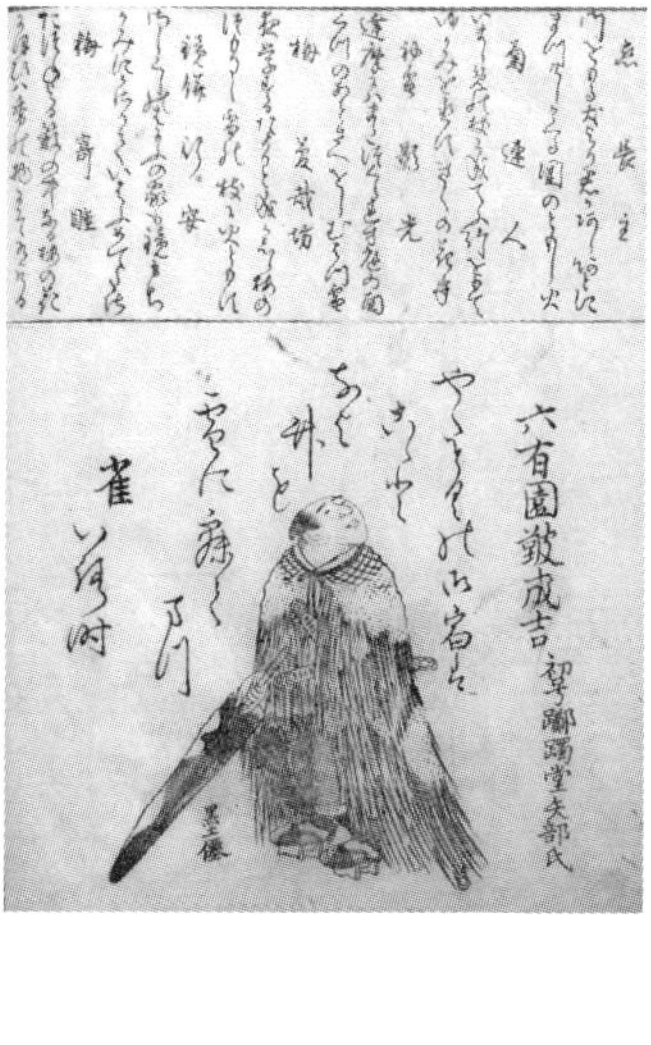

三十二ウ

むつましき臥猪の床の三つふとんにしきの夜着にまかふ秋萩
［埋火］　浅瀬文方
あらき風あてしと思ふ埋火や花にゆかりの山さくら炭

松三堂月星　天野氏　【像】　墨僊
旅文庫ふたみにあけしいせみやけかひあつめたるいろの数〳〵
（三十三オ）

［鶯］　松月堂
うくひすもあくれは年をこし障子はるそとつくるのりの一こゑ
［踊］　飲亭程好
やすむまも小町をとりの名にめてゝあしもそとはにかゝる床台
［逢恋］　作文居賤歌人　根高
うれしさをつゝむにものはなかりけり妹か二布も引はつしては
［松］　和歌茂少々読安
ときはなる色は君子のみちのくや枝に威有てたけくまの松
［同］　雲裳亭千武　観海楼
大江山こもれるみねを見あくれはやせたる姫子こえし鬼まつ
［霞］　五朝斎無音勝成
春霞たて琴のをとみるまてにひくたなはたのうたの中山

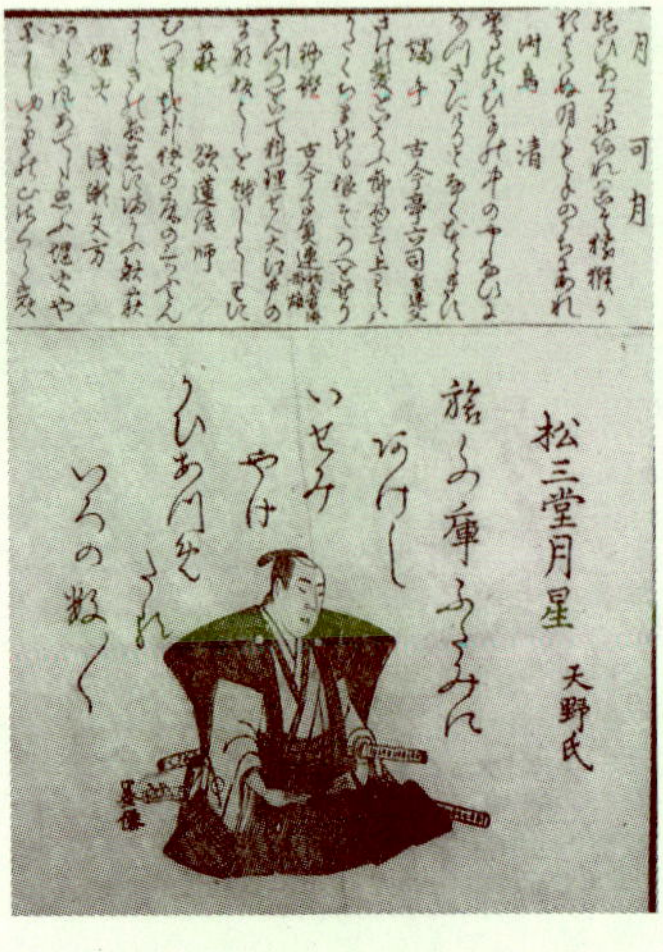
三十三オ

日本坊花垂　【像】蛸池

鳴蟬の声はしけりてなつ木立若葉の露そ風にしくるゝ（三十三ウ）

［恋］鶴　觜長　初、住江岸也

落さうに見すれと落ぬそれ鞠やとかくに君は上手あしらひ

［紅葉］橘戸亭加茂苗継　後岐阜住

紅葉する入日の岡や朝日山いつれもあけとくれなゐのいろ

［時鳥］花林堂望岳　初、さを丸、又、紫旦

ほとゝきす聞はつしたり豆腐やに耳はいらぬといひし折から

［雪］万葉仮名文

見し花に荷ひ合せは雪にまた棒をれのするみねのまつか枝

［梅］不朽堂彫安

さしよりて折紙にすな咲花のしらさやものゝ梅のたち枝を

［花］蝶々庵丈長

春風はいとまをやりて三月におきかへみたき花のゆふ露

東陽房圃暁　【像】調画

ものいはぬ達摩（ママ）の鼻をくそくれははくしやうとこそこたへられけれ（三十四オ）

三十三ウ

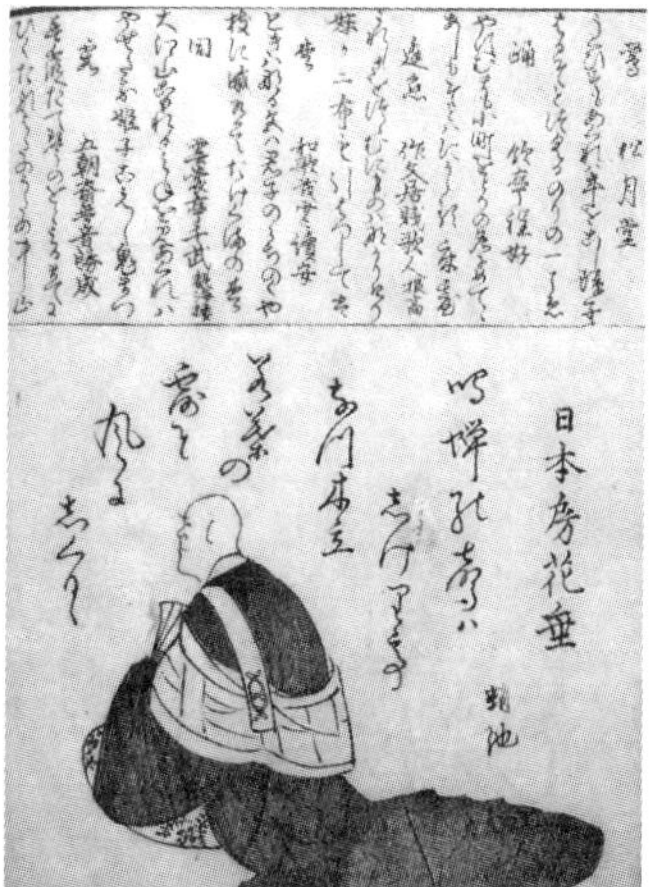

三十四オ

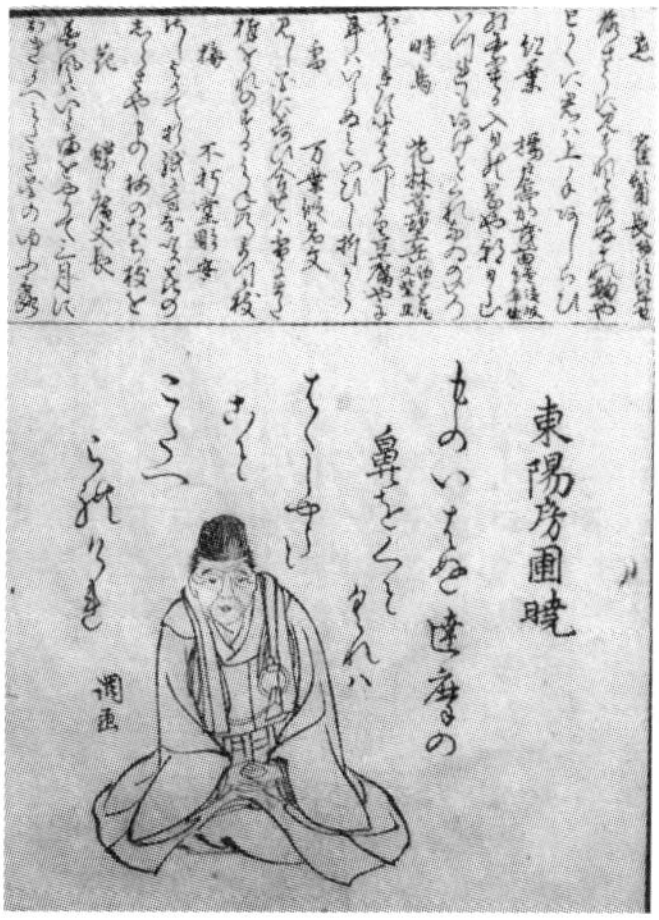

［花］角　内子　田鶴丸妻
ちる花を目にもらさしとさくら川花に網はれさゝかにの糸
［七夕］梅　女　同女
あまの川わたるあふせのおり姫にみさをすくなるつまむかへふね
［立春］浜　塩風　同息
都へは松まへこんふ数の子を先荷となして春は来にけり
［滝］沂水斎舞雩
文覚かふることも世になかるめりあらきやうさんななちの滝津瀬
［鳴子］永日庵真菅　其風
山田守ねふれは風のおとつれてひかぬ鳴子に目やさますらん
［忍恋］条風亭松丸　太夫館、住犬山
恋しなはしのふなみたをぬくひ置てなき跡までも人にしらせし

笄著亭卜隣　住丹羽郡下野村【像】調画
さしのそく淵は青砥のなめり川そこにしつみてみゆる銭亀
（三十四ウ）

［雲雀］四緒音好
久かたの雲井を的にあつさ弓ひきはかへさすひはりあけゆく
［梅］高階元察

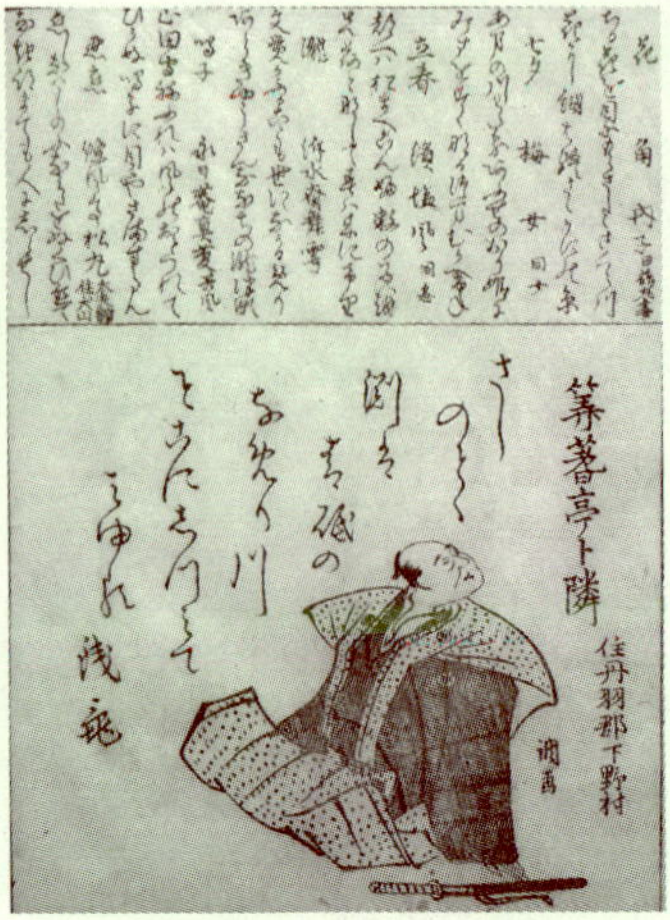
三十四ウ

鞠ならて風にはつみし梅か丶をそらさて早く袖にとめたり

［亀］三光亭宝小路花栄

智者仁者ひとつにめてん蓬莱の山と水とをこのむみの亀

［早苗］紀哥和盛

秋の田を心にかけてうたかるたとるや早苗もついはなの先

［納涼］幸喜多丸

す丶しさはうちはたいこのかは風につれてとん〳〵鳴滝の水

［露］玄　長　老

穂す丶きはまねけとかふりふり立て風ににけたるいものはの露

凝華亭比良暮雪　【像】墨僊

峰遠みよほとに高くきこゆ也鹿のねはかりこきられもせす

（三十五オ）

［鳥指納涼］袋　房丸

木下かけねらひよりたる涼しさや夕月さすす丶めいろ時

［元日］遊女なかの

おともなくからりとあけて嬉しきは戸さ丶ぬ御代の元日の空

［浦花］円々斎望輔

いせさくらちるはあこきかうらみ也花にあらしは禁断の場所

三十五オ

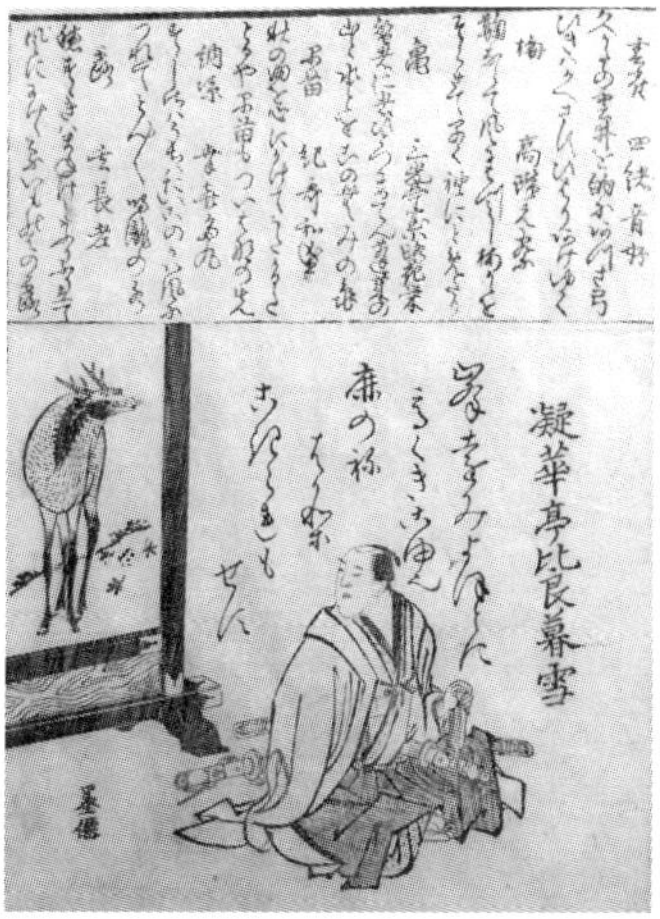

［初鰹］大家都成
いてくまん酒のさかなにはつかつを下戸もみかたにつけるからし酢
［祈恋］東壁堂古文
心経ていのりし物をいかなれはあのくたらさる君かひとこと
［子規］万巻堂旧巳　耳風父
あはれ世のよき時つくる声もかななさけをかけよやよほとゝきす

急状斎赤雅美　【像】墨僊
風さへもくはるせわなきひとつ家に丸て吹いるゆふへすゝしや
（三十五ウ）

［花］桃源亭園丸
花の世にうまれかはりしこゝちせり胎内くゝる大みねさくら
［霜］旭名軒鶴丸
高砂のをのへにきけはふもと寺しもよりひらくあかつきのかね
［述懐］金福林倉好
神農のなめのこしたる質艸は貧のやまひのくすりなりけり
［蛙］真那部道有
よみいつるうたやはらみて大きなるはらをかゝえてかはつなくらん
［待恋］倭　琴人

三十五ウ

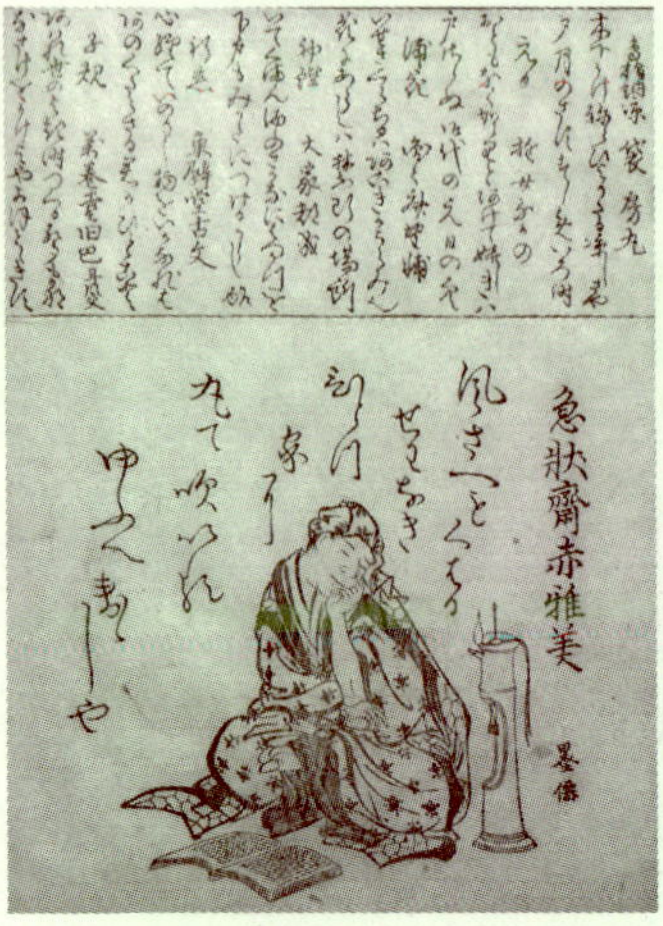

いたつらにあた丶めてまつ閨のうちにくやさましにはいる小夜風

［時雨］道楽斎志丸

抱あくる子よりも乳母かからかさをひと日もりするむらしくれ空

平安亭九重七辻　初名、竹光新見　【像】調画

可愛子をひとりねさせし賤の女は月をせおひて衣うつなり

（三十六オ）

［子規］文亭都々久　熱田

築山にうゑしさつきのほと丶きす口まつかいにさいてなくなり

［祝］桑の屋月亭

日の下のひとりの人をうやまひてをさまる御代のめてたきは是

［子日］温冷舎漁径

子日する小松は千代のはしか丶りこしをか丶みの間にやひくらん

［花］五葉舎不沙汰乗打　大森

大比叡のあらしに花を吹つけて春も雪もつから崎の松

［同］蓬莱蓬士　熱田

咲みちて晴天七日花すまひよしのはつせもまけすおとらす

［松］芦家礒人　大森

ちとせをも十倍ましに齢へよけにも久しき亀山の松

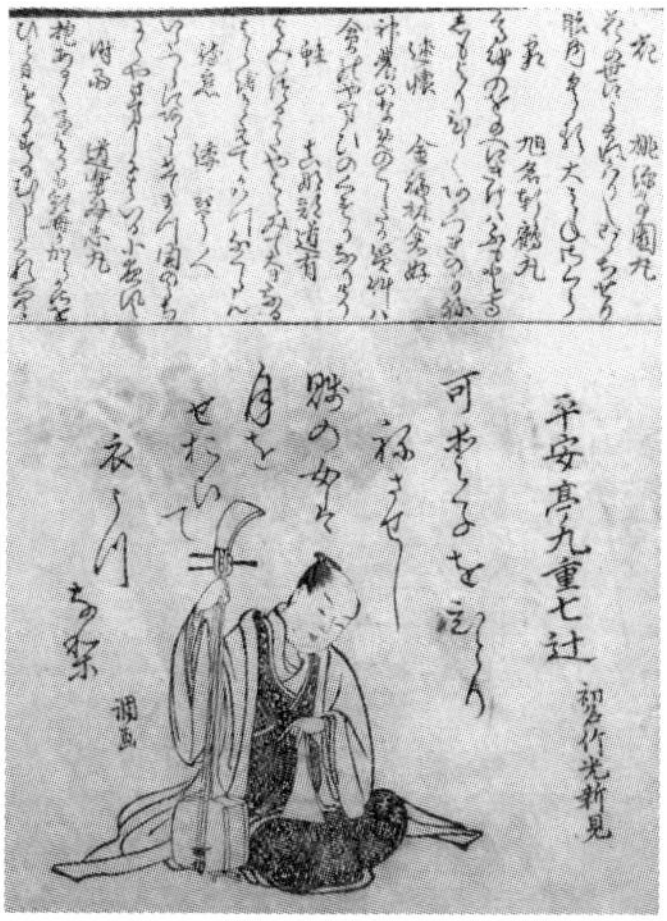

三十六オ

千糸亭房成　【像】耳風
番匠の飛騨の山路に雪そとはつもりちかひの家さくらはな
（三十六ウ）

［恋］花　本住　本地
わかれ路はたかひに胸のうし車あとへひかるゝ恋のやまみち
［山家］月　窓丸　赤津
たのしみは山の奥にも有あけの月をくみたる庵の茶の水
［雪］梅　園守　瀬戸
花と見る雪のけしきもよしの山ふりつもりたる一目千本
［月］笹の屋鞭竹武久　為丸息
あし引の山のこなたにすむかひはあり明の月のいるまてもみん
［夏艸］林泉亭沼田綾女　同妻
茂りては月さへはやくかけ落てむさしのせまきなつ艸の山
［恋］方流園回
きのふまてしほりし袖は是ほとゝうれしなみたをなかすあふよは

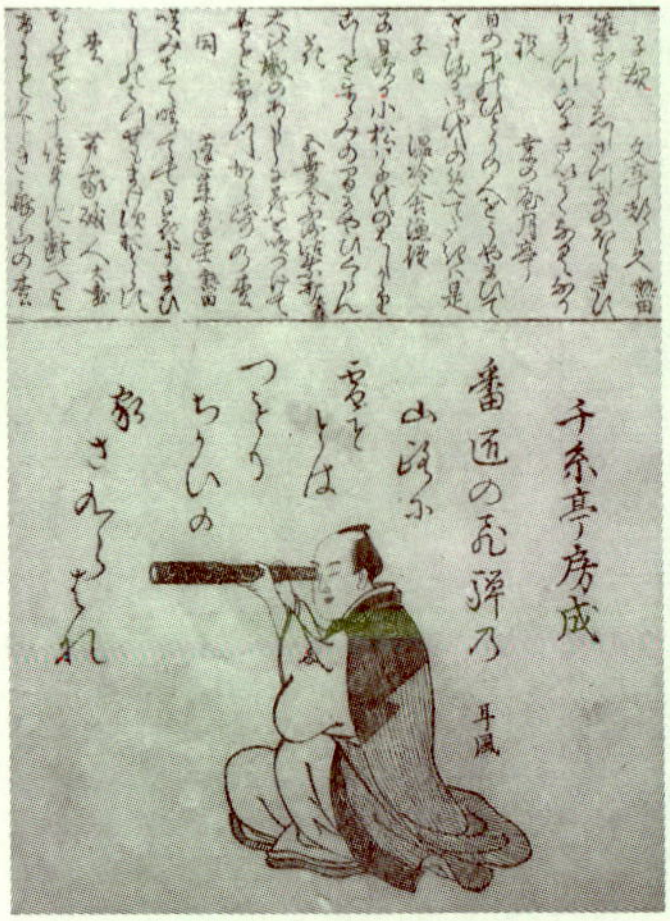

三十六ウ

周魚亭仲女　住熱田　【像】印印（玉渓）

あふことを命綱とはなけゝとも君はわらひてよりもかゝらす

（三十七オ）

［五月雨］万代石季　内津

川〳〵のつかへくすりの七日ほとひとまはりみちすなる五月雨

［立秋］赤松下澄　同

きのふまてすわるあつさのくす袴けふうら見せてたちし秋風

［蛍］万世楼年長　同

くもる夜の空に蛍の飛かふをみつよつふたつほしとおもへり

［時雨］清水庵繁定　同

むらしくれ月を雲間に染かねて紺屋のもかり風さはく也

［立秋］松梅亭増安　同

秋きぬと目に物みせぬ早わさにおとろかれぬる風のかけ声

［月］八尋殿女　耳風妻

下風に萩吹わけてむらさきの雲間を出るとみやきのゝ月

三十七オ

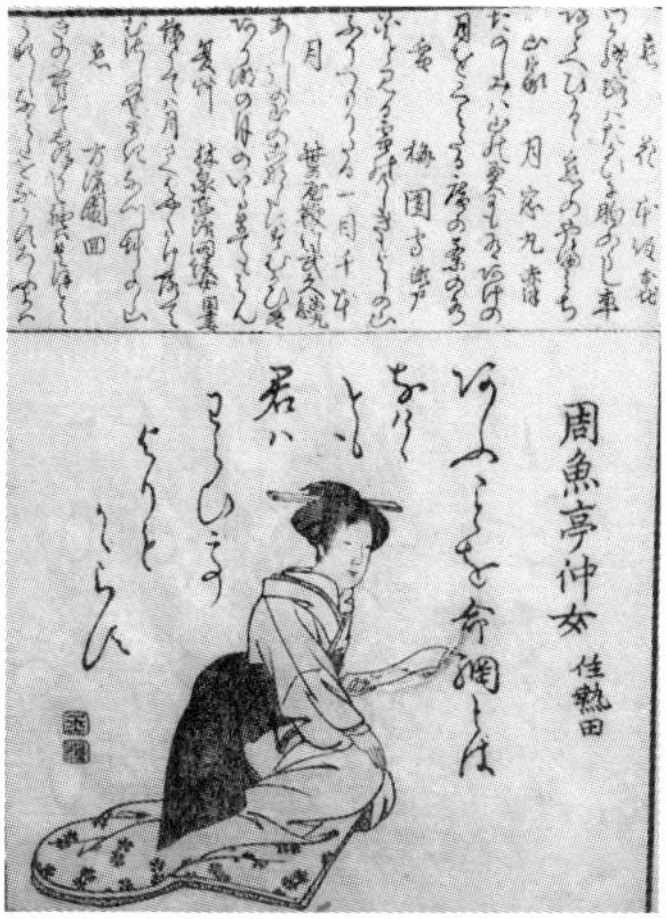

宝珠園一角有丸　住知多艸木　【像】調画
ほと丶きす糸へるやうにくるすちへ結ひあはせし庵そうれしき
（三十七ウ）

［待花］圭　斎
木のもとにまちくたひれて宿とれはあるしの花は火をもともさす
［鵜川］笛　音好
茂りたる松をか丶りに切くへて月のさはりをいとふうつかひ
［夕立］菅原氏好
夕たちの早おちかたに成行て木々にひかりをのこすしら露
［子日］春　久
子日するのへの石地のかたけれはひかてや千代の松をちきらん
［納涼］根春楼梅丸
夏川の月の氷はうすからてあつさを水にとかす涼しさ
［紅葉］不老園菊人
都鳥たてとも水のすみた川あし跡うつすきしの紅葉々

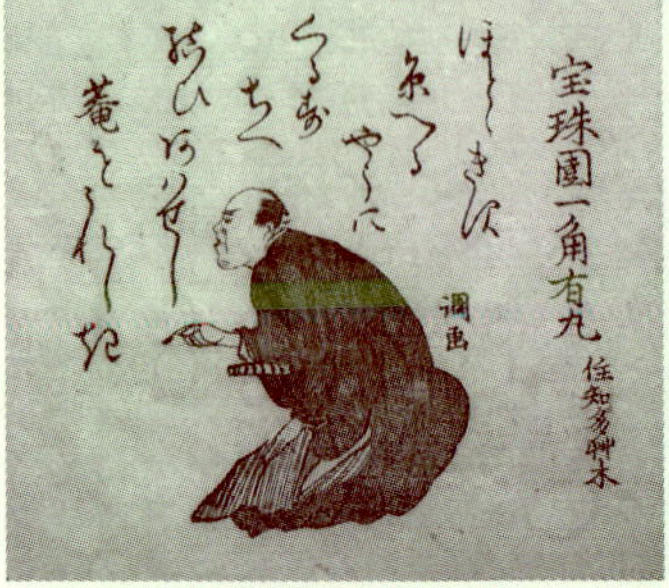
三十七ウ

現金舎後豆永金就　方十園金成息、今住岐阜竹屋町。遠山氏、俗称、八右エ門、大江知香　【像】墨僊

狩人もけふは仏をつくらなむ世界のかはる雪の曙（三十八オ）

［月］　風雅堂玉銲美知丸

山駕のまろくわたれる月こよひのほるも雲のあしやかるらん

［夕立］　芳艸園阿畑有面

夕たちは遠くてちかくなるかみやをとこ女の中もへたてす

［月］　於久手稲丸

雪かとて袖うちはらふかけ法師はさのゝわたりの月のゆふくれ

［擣衣］　松声軒幸琴通

おそはれし夢のたゝ中うつつちにやふるきぬたのおとそうれしき

［梅］　琴　音高　水野

おと雪とよくにはもせの花の兄見まかふはかりしろたへにさく

［浦雁］　不夜楼宝玉雄

かへるさは霞にきえつあらはれつ見ぬめのうらに見るめかりかね

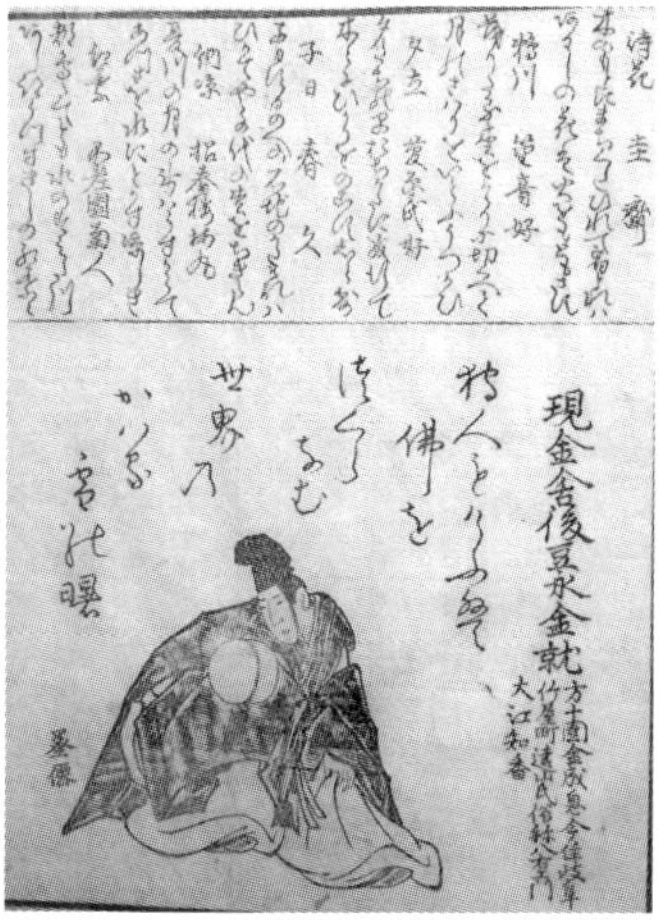

三十八オ

竹志庵七友　初名、燈本文　【像】月斎画
蚊やりたく賤か軒端のやれ扇つまをこかせしゆふかほの宿
（三十八ウ）

［花］　木もと女　有文妻
枝〳〵に霞の衣引かゝりさらりとさけるみよしのゝ花
［池辺虫］　椿井望輔
しのはらの池のへにすむきり〳〵す髭をあらひてなくもしほらし
［納涼］　花鈴園多樹
かふりふるやねの風見は夕くれの此すゝしさの気にいらぬのか
［三月三日］　松葉五友
手習も節句のひと日はやすませて硯のうみもひかたとそなる
［恋］　鈴木鰭広
秋の田のかりそめならす思ひあふ袖はなみたの露にぬれつゝ
［偽恋］　狭田畦広
下駄のはの二まいの舌そうらめしき今さら我をふみつけにして

亀楽庵柳百朶　熱田住、加藤氏　【像】墨僊
かひかねをわけ行鹿もけゝれなく横をりふせる萩の中山（三十九オ）

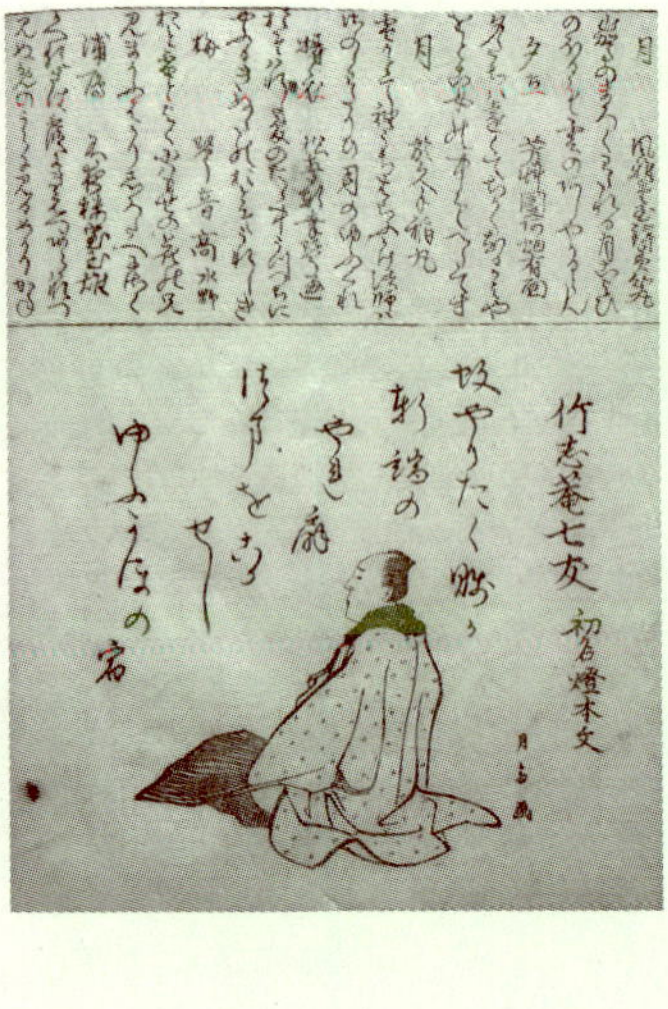
三十八ウ

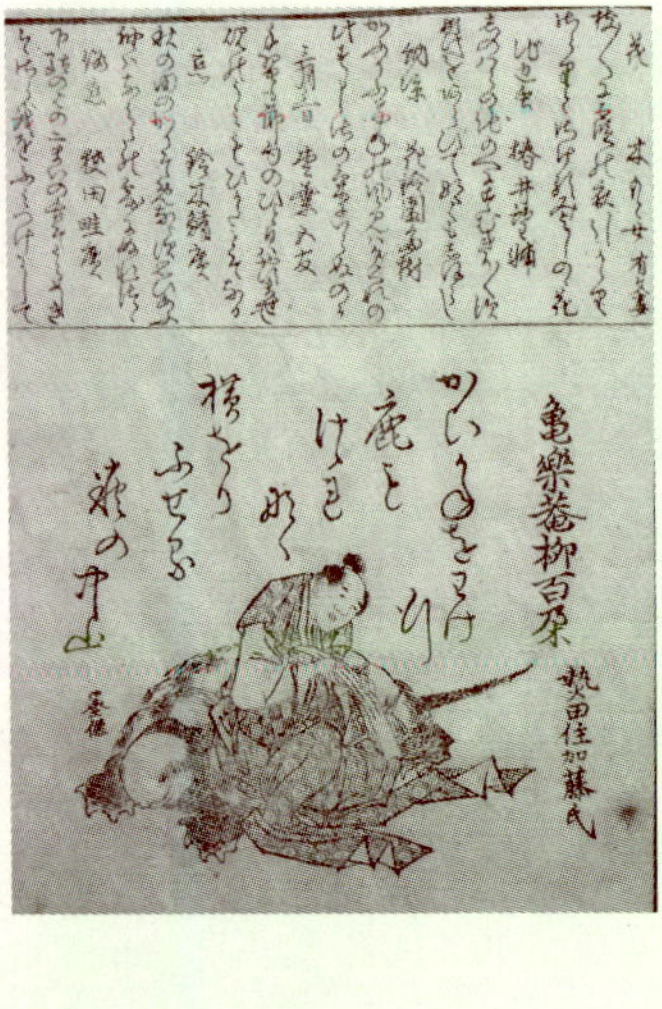
三十九オ

［時鳥］川原　巴
ほとゝきす一声聞てかけ出せはとほりすきたる宿のかん酒
［故郷柳］五道堂呂文
九重を忘れぬ志賀のふるさとは今も柳のさけ髪にして
［残菊］平生為故　今、岐阜住
笛のねのひうらは霜におとろへてみるもしまひと成しかれ菊
［紅葉］橙舎蓬莱堅澄
林間の酒にたく火のよるは消てひるはもえたつみねの紅葉々
［雪］緑　松久
三越路の名もなき籔も雪にねてさかさま竹と見ゆるあけほの
［春雪］礒の屋網彦
降出るも消るもはやき春の雪いかてほとけにつみつくるへき

会稽山人土師雪　山中氏【像】蛸池写
麻つくりみをそくはかり風さえて雪にさらせる冬の夜の月
（三十九ウ）

［山家］新樹園釈寸法
世をさけて欲にふけらぬ身にも又うつら衣をきたる山すみ
［汐干］西楼住方

三十九ウ

三日のせくことふく汐の引わたしのしに成へき貝をひろひつ

〔夏艸〕掬水園楢木陰　画名、梅逸

池水のそことも見えすしけりてはきしより上も深き夏艸

〔恋〕梧鳳舎閏鈴

恋しさは何につゝみてしのはなんなみたに袖のくちはてし身は

〔待恋〕竹林亭桑弓彦

待わひてあくひにあこのかけかねをはつすにはめし君はつれなし

〔夏艸〕銭五亭宮重(ママ)太根

山の井の浅き水さへ影みえてなつくさふかくしける此ころ

長生園松風寿　初名、花香庵蓬洲、長坂氏　【像】不断庵

玉湧製

秋の夜の月見の友にそひなからねても曲ある竹の横笛（四十オ）

〔恋〕逸興庵唐歌友成

あふにうへはうきめもよしやよしの川いもせの中に名をなかすとも

〔富士〕瓢実園袖風

月かけのさしみのさらに涼しさは風にもそよく柳葉の蓼

〔花〕五応斎経岫

風の神の袋のくちもこのことくくゝりつけたし花の短冊

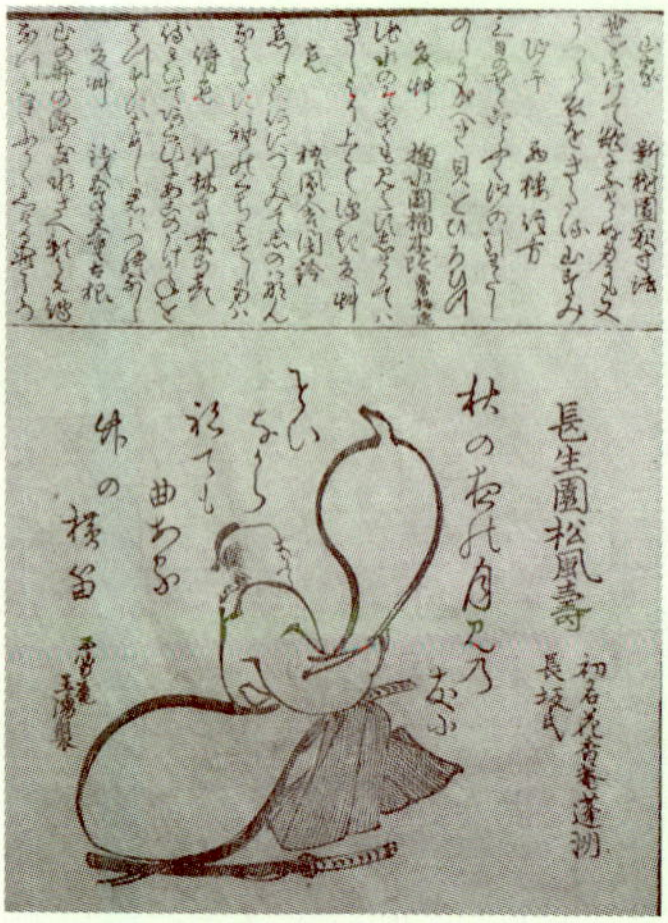

四十オ

［夏花］林五亭酒好也
床なつにねむる胡蝶の夢をしもむすひかへつや花の夕つゆ

［恋］竹風庵歌政　月斎
ふたり寝に汗をかゝして恋風をなほしてくれよ仲たちの医者

［竹］五万斎徳若
くれ竹の根はむちとなり上はまたをさなあそひの馬とこそなれ

子日松彦　俗称、半兵衛　【像】墨僊
只一夜そひ寝の髪のもつれよりつひに物おもふくせそつきける
（四十ウ）

［初恋］山道都良喜　水野
筆の先かみしめてかく玉章に恋のうまみやおほへそむらん

［帰雁］田原長丸
去年きたる返事は越のかたさまへまゐらせ候のかりの玉章

［夏艸］雪兎園篤丸
生しける中をわけゆく菅笠は艸はにくるふ胡蝶かとみむ

［同］坂上三千丸
娵のかふ蛍は籠になつ艸のほうし花やらかの子ゆりやら

［雁］平　道成

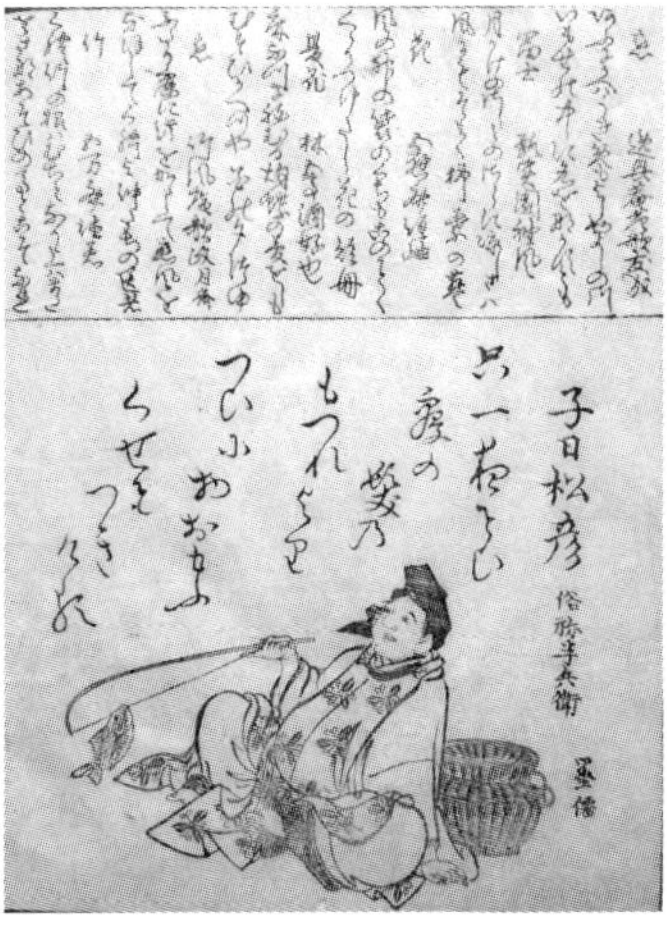
四十ウ

天のはら雲の波間を三日月のふねにもさをやさしわたる雁

〔待恋〕　広路方雪風

うき人を鶴の首ほとさしのへて一夜を千代とまつそわりなき

芦辺真鶴　田鶴丸息　【像】墨僊

風のなき日にもすゝしく吹出て柳のうこく岩間水かな（四十一オ）

〔恋〕　相生亭元住

ふみかけは硯のうみのみなそこへ君ゆゑしつむ筆のいのち毛

〔同〕　鼎　足光

つれなさの君か心は鬼かはらうしろ合せにふせるはかりそ

〔若菜〕　玉章庵有武

君か代は手をもぬらさす市に出ておあしのしろにかふる七艸

〔曲水〕　三五楼古雛　津嶋

曲水は蘭亭の記をそのまゝに石すりくたるもゝのさかつき

〔冬のうた〕　扇かな女　大森

紅葉ゝに似しわらはへか手のひらもくれなゐになるけさの霜やけ

〔祝〕　霞十重女　同

武士も囲碁に遊ひてせめ合はうつてかはりの御代そめてたき

四十一オ

道芝刈安　【像】蛸池写

つもりたる恋の重荷のありたけはこゝろつよさの君におはせん

（四十一ウ）

［野分］五息斎牡丹坊　内津

のわきする風に千艸の花せん香すゝきの中に紅葉々もちる

［懐旧］水定軒蔵主

なには津を習ふむかしへかへれかし恋しくおもふ哥の父母

［忍逢恋］入船伴雄　大森

しらせしと忍ひあふ夜の閨の戸ははつして人のくちにたてたし

［送別］明導法師

立わかれ遠くなるみの友ちとり波路へたてゝなくとこそしれ

［旅］五橋庵浮船

あふむ石うつし取たる筆の跡文字か物いふ旅の日記帳

［納涼］竹時雨庵繁重

筆とりてあつさわするゝ夕くれはうちはも反古と成し涼しさ

四十一ウ

新玉年雄【像】蛸池
もろ人のあつや〳〵といひなかすことはもよとむ泉すゝしや
（四十二オ）

〔恋〕双駄亭成程
逢ふしもあしわけをふねさはり有てなみたそ袖のみなと入する
〔夏艸〕十五屋小夜澄
妹か手につみのこせしも立のひていまは我脊にあまるなつくさ
〔子日〕一竜軒潜丸
子日するけふは尾上の霞まてよこにもひくやたかさこの松
〔夏月〕上毛星丸
なつのよの月の出しほのさす時や蚊屋になみうつ風のすゝしさ
〔若艸〕蛙　元成
まかなくに何を種とてわかくさの畑のうね〳〵生しけるらむ
〔恋〕陸庵六友
封したる文をは君にわたし舟こかるゝとのみ書しうはかき

自分館少々言足　住伊藤村、俗称、大原宇一【像】有文画
涼しさはこぬ秋結ふ谷水にいはほの苔の衣うつおと（四十二ウ）

四十二オ

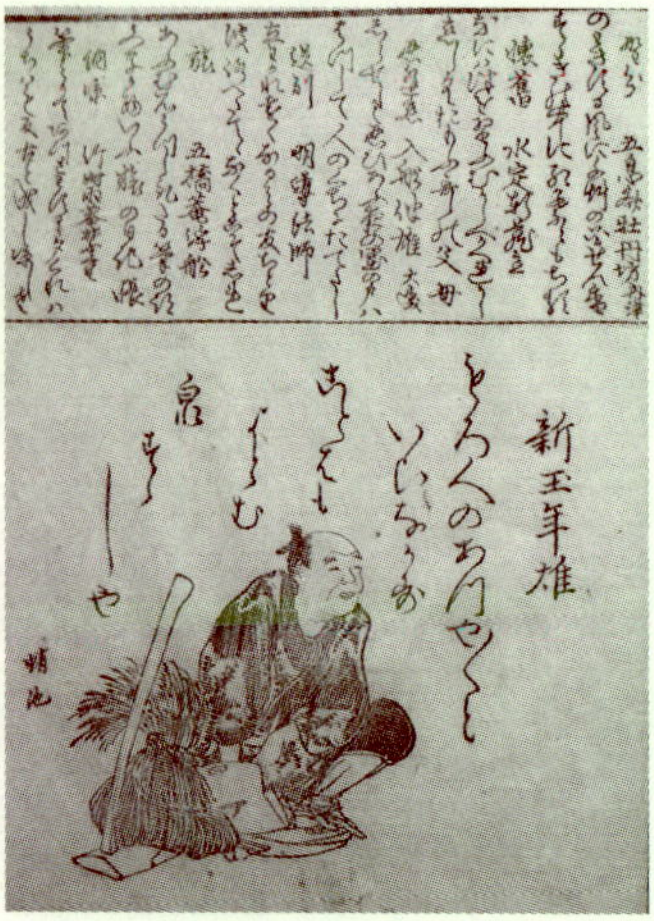

四十二ウ

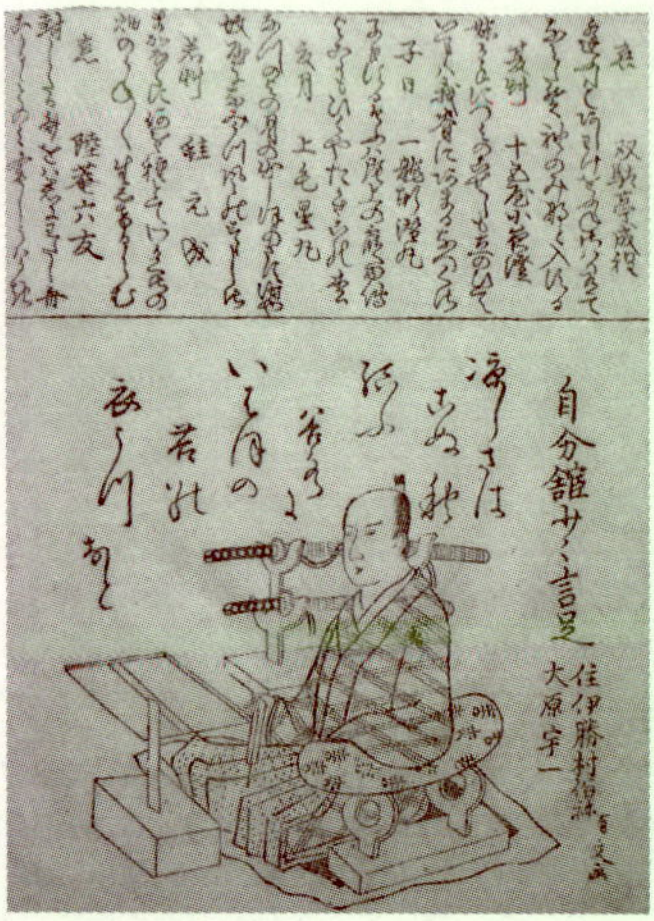

［恋］ 多田常人　津嶋
おもひうちに有たけ書てやるふみの墨いろ外にあらはすな君
［花］ 蔵六庵真彦　布袋野
見わたせは桜の雪とすみた川からす飛ちる花の横雲
［鹿］ 間々皮成
こふ妻の星毛たにみぬさを鹿のなくねもくもる夜半のむら雨
［時雨］ 南巣数成
ふれはやむ旅のしくれの雨やとりはらふ茶代もさためなき空
［鷹狩］ 琴羽綾成
養由か雲ゐの雁をいまとれとこふしかためてはなす鷹人
［紅葉］ 籔柄房其杖
初霜に色つきぬらし紅葉山風の声さへかはるこのころ

歌泉堂真澄　初号、松舎千代住　【像】玉僊写
広沢の池にちいさき蛙等か何にあたりてかた〳〵といふ（四十三オ）

［霜］ 松風音好　熱田
朝またきねくらの鳥の霜はらふはおとも寒し庭のさゝ竹
［同］ 黄鳥庵春風
ともし火に鶯のなく冬の夜の霜は花ともまかふ梅か枝

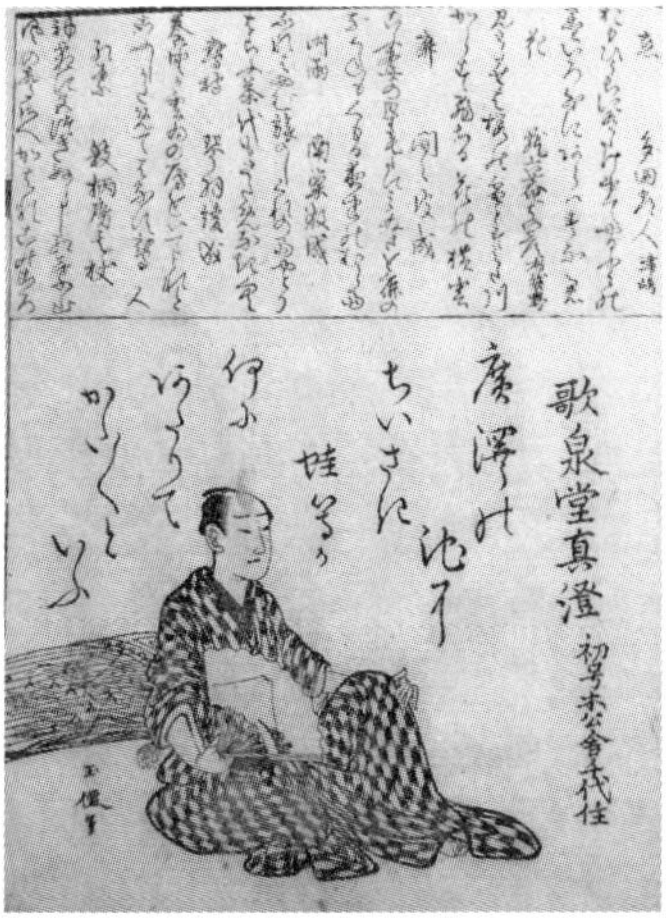

四十三オ

〔時鳥〕下戸望月
かけひなたわけてなくらん時鳥入日のたかね三日月の空
〔鵜川〕御影堂石成　犬山
舟に棹さすか早瀬もうかひ男ののみこみのよきよわたりの業
〔同〕北録堂雪住　同
なれてよく鵜をつかふ身もやはり又おのれか口につかはるゝわさ
〔同〕五十栖真影　布袋野
世中の味こそかはれ年〳〵に海さへ汐のひものとそなる

照亭松岡月住　【像】玉僊写
木からしの寒さはさそな夜啼する石を落葉につゝむ中山（四十三ウ）

〔同〕（石川注、「鵜川」）一層楼高居　同
なから川うふねに竿をさしも艸せなかにあつくもゆるかゝり火
〔鏡餅〕石燈楼春日歌多好
御具足にすうるもちひのかさりには是もよろひをきたる伊勢海老
〔花〕大洲館気来
花に気を奪はれてよりたましひのいれかへにのむ瓢単（ママ）の酒
〔同〕時　鐘遠
しつかりと見てかへりしにふりむけはふたゝひ雪とみよしのゝ花

四十三ウ

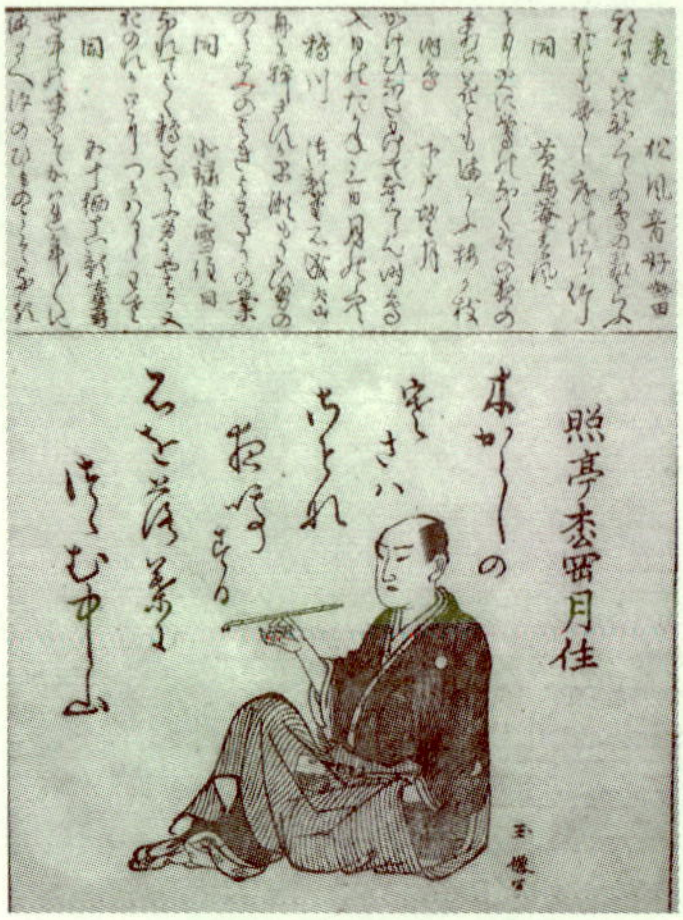

［汐干］不老園元住　犬山
はき高くすそをまくりてけふ汐のひなつるめきしうらの貝とり
［卯花］達富堂達富
あかるくてやみもへんくわの玉川やけに月しろにかはる卯花

旭桜亭花御空　桜井氏【像】調画
夕風に岸の柳のみたれてはあらひ髪なるすかた見の池（四十四オ）

［花］雪貢亭豊女
あちこちとよしの丶山にけふいく日花にふらつく枝のたんさく
［舟人］金菊堂万里
梓弓やはせをわたす舟人はまともの風やねらひ出らむ
［紅葉］紀　儘成
をくら山有しみゆきのむかし染いろかはりせぬみねの紅葉々
［竹］若駒　勇
まかりてはまかりなりにも世中に千代をへの字のきしのなよ竹
［鵜川］裏打時則
うつかひは日のいることをまつら川せにそむ魚のよるをたのみて
［同］山田持丸
ひく汐は七十五里の末かけてひかたはるかに遠江灘

四十四オ

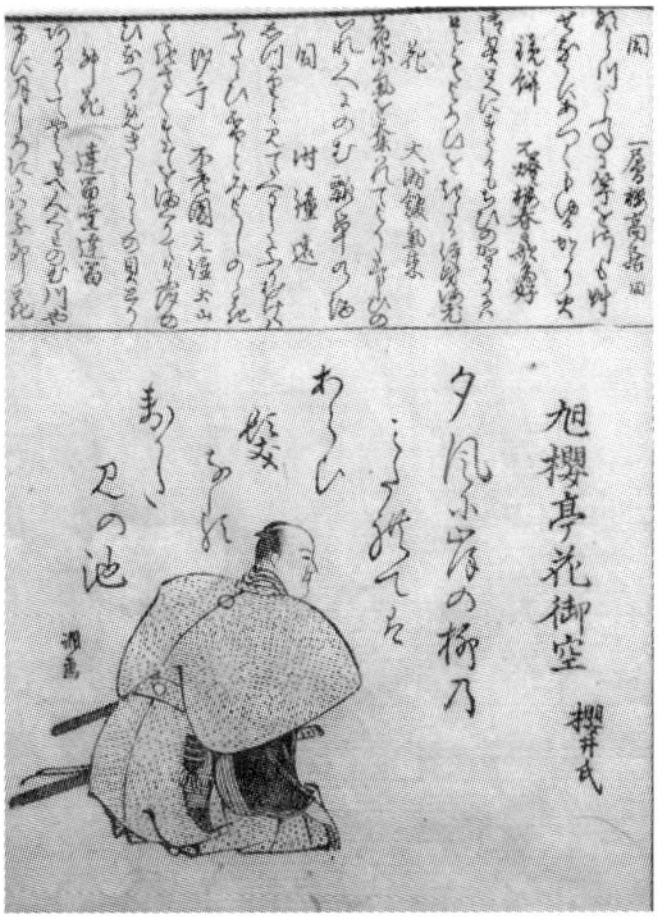

橘　枝雄　住熱田　【像】印印（玉渓）

分ゆけは雲もいくへの山さくら次第にぬくや花のころも手

（四十四ウ）

［江戸にありて］　月の屋林木々丸

都鳥なきてあつまにすみた川わかおもふ人もあらはとへかし

［梅］　整亭真砂女

梅さけは池の氷もとけそめて波の花までにほふ春風

［寄行灯恋］　大小二寿喜　熱田

あふと見し夢さへやふれ行灯の消るおもひの恋病そうき

［田家］　藤のや長房

谷水のもらひ乳をして小山田をもりなからにもくらすしら小家

［霞］　梅風亭一芳

天の原うちかすみては月のめすみかさの山もおほろ也けり

［花］　勧善堂竹村永世　彫工

桜さく吉野は花にうつもれて山のすかたは雲にそ有ける

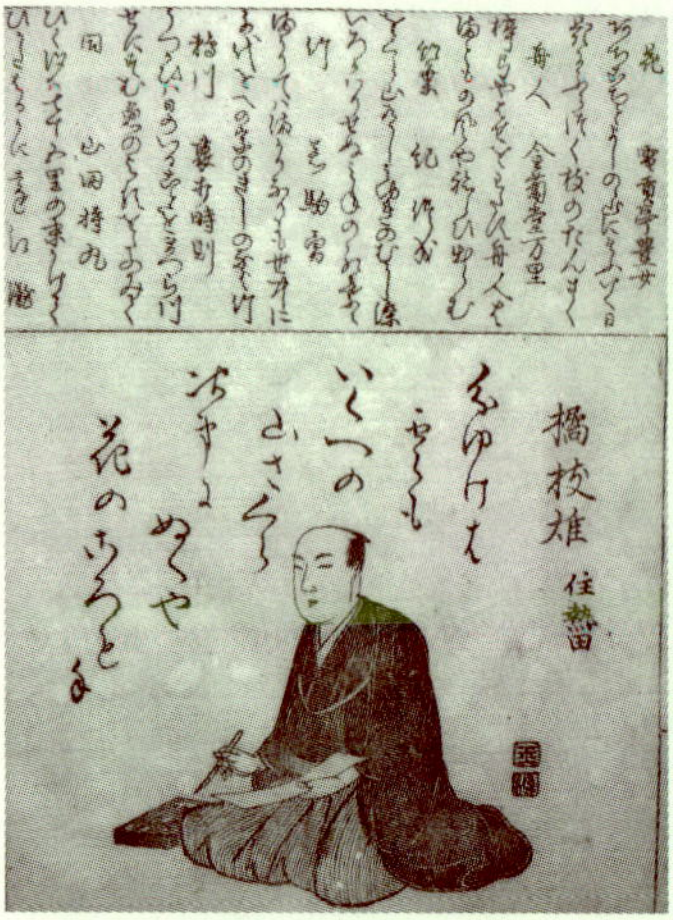

四十四ウ

橘窓亭引窓長綱 【像】玉僊写

ほとゝきす啼つるかたないつくともきはめのつかぬ今の一声

（四十五オ）

是よりのちは前に出たる人〳〵の中よりなほあまれる歌ともをいさゝかこゝに出す

［擣衣］深　淵

さよころもうつの山辺のつたかつらはひこるおともさひしかりけり

［恋］

是ほともしらすなといふ指先を切ての後はあらはれにけり

［納涼］中　墻

打水の手桶に秋をくみいれてあつさの底をたゝく夕風

［祝］

羽衣のたとへの外にめてたきはなてられてます君か代の民

［雑］増　安

宮川に一文出せる代垢離はおのかけかれをよそへあひせん

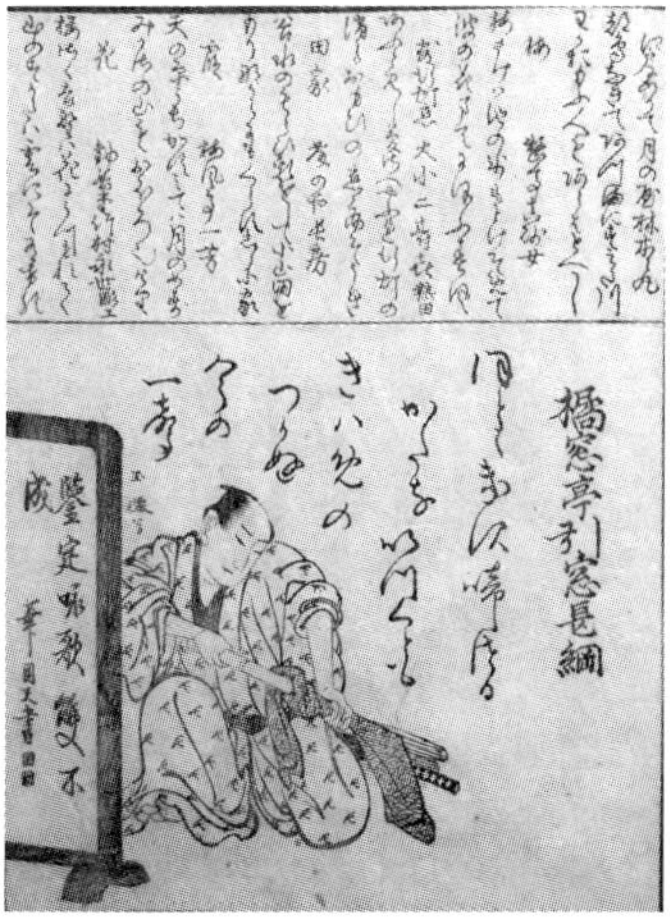

四十五オ

久世内子　香良妻　【像】玉僊写

初暦あくれは山の中段にかすみたつなるみつの朝あけ（四十五ウ）

［梅］沢　丸

はつ春の礼者もてなす馳走には何より庭の鉢の木の梅

［納涼］

裸にてひとりすまひの門すゝみおもはす団なくる夕風

［同］元　禰

此ころのあつさに無沙汰せし風もすたれをあけてはいる涼しさ

［同］

涼しさに起出にけらし月かけのまろき団を蚊屋にのこして

［鶯］不　匱　堂　弘器別号

うくひすの経の論義に聞とれて八講布をたちゝかへけり

［納涼］

すゝみとる人みな去て橋の上のひろきを見れは夜そ更にける

大景庵山辺初風　住江戸市谷、俗称、永石初太郎　【像】

墨僊

月艸の月もくもりて露草の星もわからぬさみたれの庭（四十六オ）

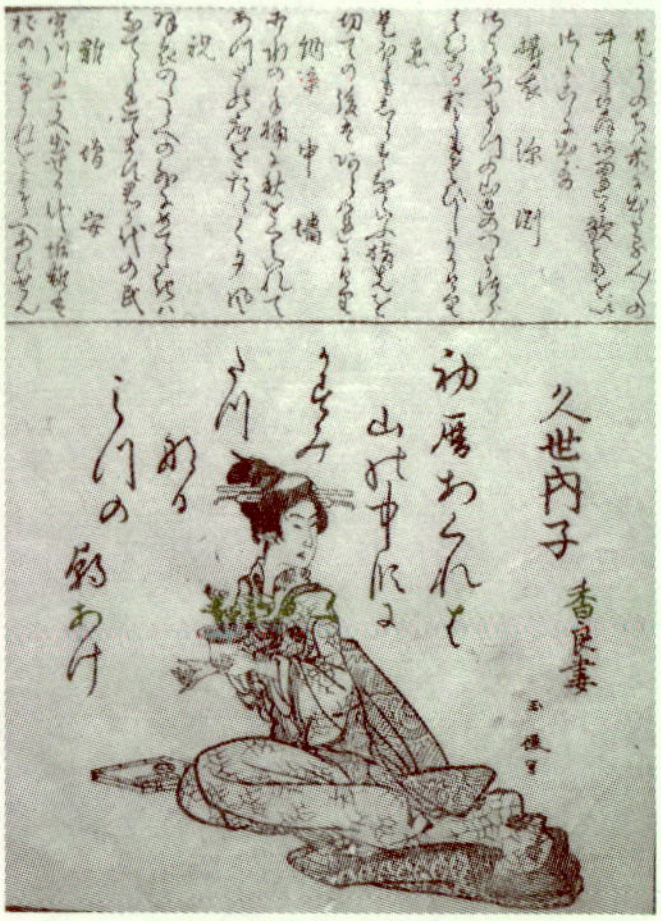

四十五ウ

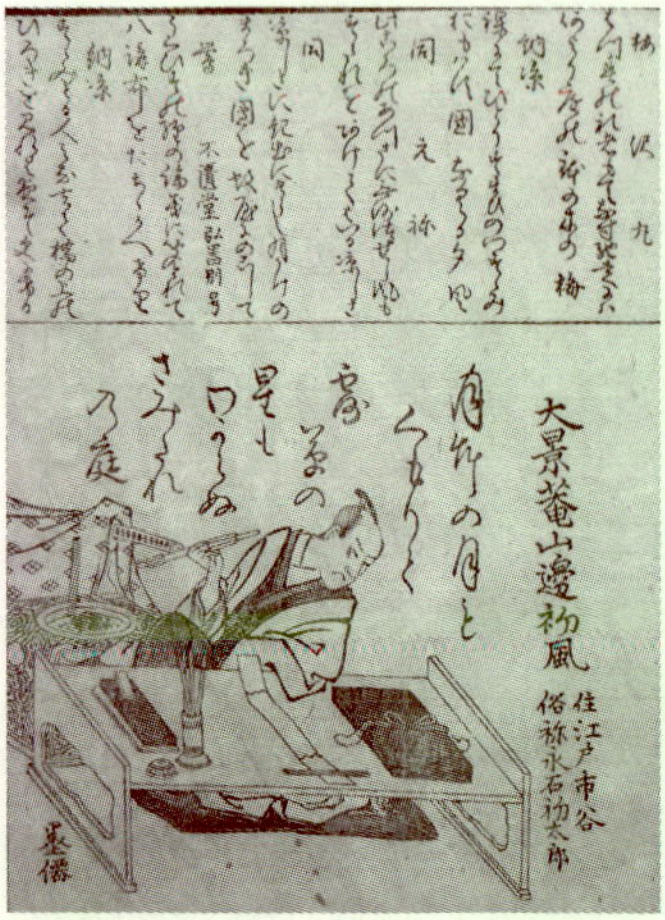

四十六オ

［紅葉］
紅葉する木々はならへし哥かるたむへ山風もあかしと見ゆらん
［露］
板ひさしあられもる夜は埋火のすみあらしたる不破の関守
［恋］
妹かおくる文庫みれはから〳〵と鳴て痞のさかるうれしさ
［熊谷直実のかたに］
笠の名に呼てそ今も仰くなるかしらおろすはをしきものゝふ
［梅］　一　芳
梅からは霞にこめてあり明のはるやむかしの袖のうつり香
［早蕨］　菱　光
つれ〳〵のうはさにきけは鬼わらひこのころいつる春雨のそら

三味園三宝小路仲乗　【像】国天写
尺八にならさる竹も虫くひの穴にふきこむ風のうた口（四十六ウ）

粒甲丹　驚風痘瘡中風傷寒　疫痢吐血産前後異病
　気附毒消危急ニ効アリ
野分してうちふすのへの百艸もおきてそ露のめくみをはしる
安産明知散　第一安産婦人諸症　并　金瘡下血吐血

四十六ウ
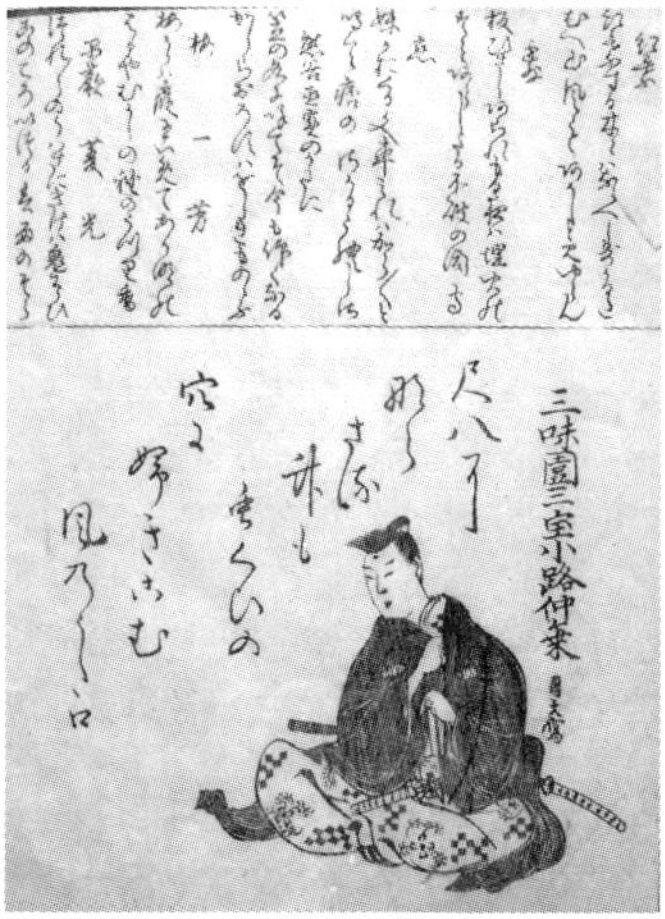

追風にあしわけをふねさはりをもはらひてやすくうみわたるなり

金竜丹　小児五疳驚風胎毒

いとよわき園の小菊もすくよかにむしをはらひて千代はへぬへし

猶くはしくは能書にあり各希代の神方也此外妙剤数品あり

なみこえし薬のきゝめたしかさは石に判をもすゑのまつ山

墨僊堂菱光製

京町通石町北側　福徳屋市左衛門

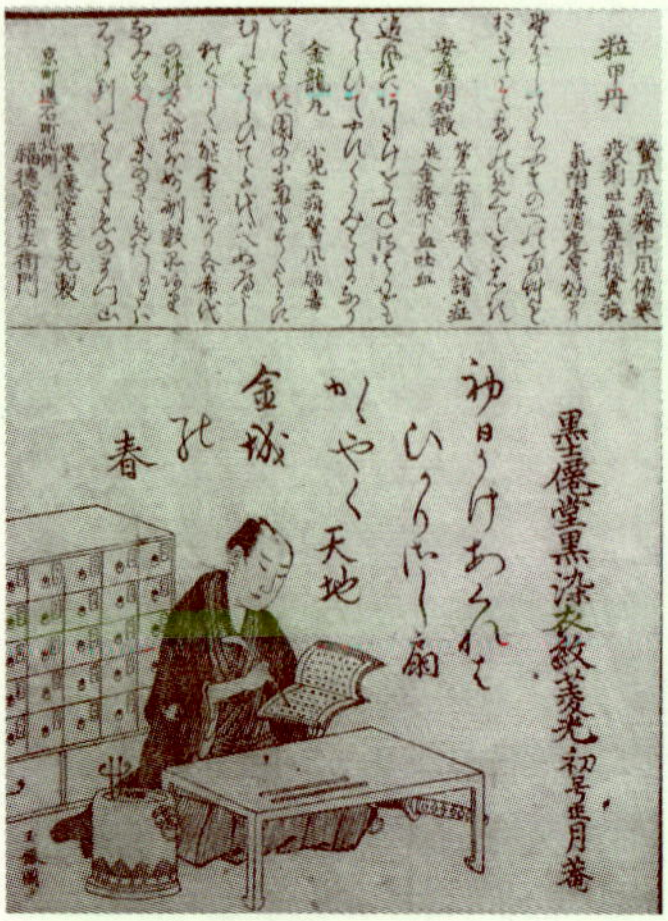

四十七オ

墨僊堂黒染衣紋菱光　初号、正月庵　【像】玉僊図

初日かけあくれはひかりさし扇かゝやく天地金城の春（四十七オ）

［立春］長彦

いつはらぬ初鶏のねに天の戸をあけてそとほす年の関もり

［春月］

不破の関もるとしもなき朧月てりさへぬるき板屋かうはい

［鶯］

春きぬとしつた太子かうくひすの経ひろめんと山を出てなく

［花］

木のもとにつくしの筆は有なから花にはてんもうてぬみよし野

［同］

夕くれはかには桜もおほろにて花の梢にはさむ三日月

［春満］

蛤もはるはかすみのはしら立楼台をくむうらの朝凪

墨香良　菱光息　【像】玉僊(玉)

氷さへとけいの玉の春そとて車きしらす若水のおと（四十七ウ）

［卯月八日に時鳥を聞て］

灌仏のゆひさす月にほとゝきす天にも地にもみゆる鳥かけ

［納涼］

ねころんて見る鑞燭のちら〳〵と火も横になる風のすゝしさ

［鶚］

秋艸の錦のしとね露の玉敷ておこりにふける野鶚

［鶴］

鶴のよはひちとせをへても中〳〵にかしらに雪はおかぬ丹頂

［蛙］丸　呑

川上の雪解の水のやはらくは蛙のうたのとくにや有らん

［滝辺花］

見あくれはちる玉水にきをうつや滝より上の花のしらなみ

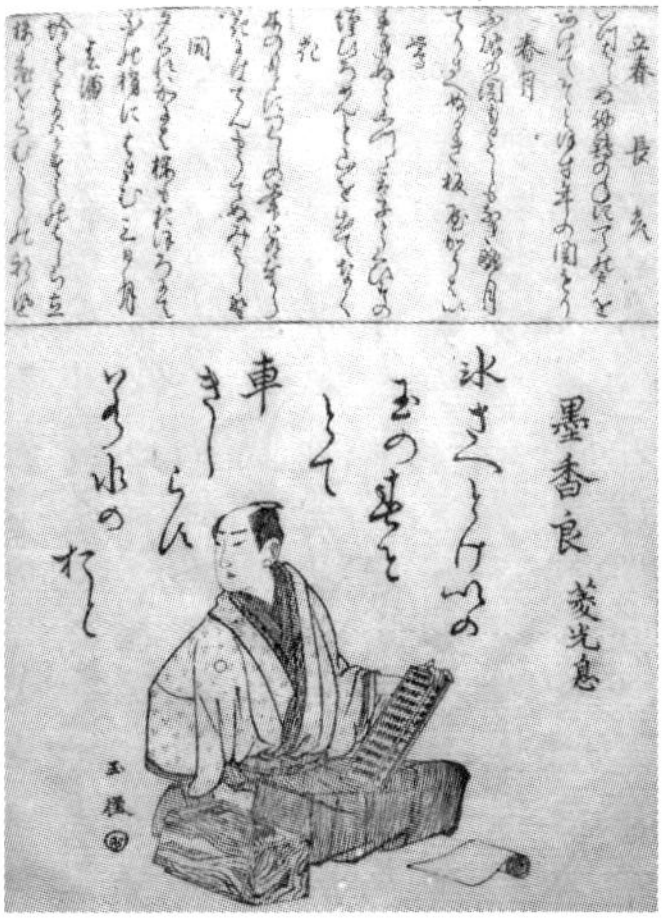

四十七ウ

水茎園筆丸　【像】玉僊写

しらきくのかれてふたゝひさけるやとみつねか庭のけさの初霜（四十八オ）

［汐干］

風をいたみ岩うつ波は汐干してふむにくたくるあしもとの貝

［五月雨］

つれ〳〵に妹もあくひの口紅はさつきの雨の夕はれのいろ

［同］

けふいく日ふりて滝なすもり桶にむしろも耳を洗ふさみたれ

［瞿麦］

七夕の星にまかへるしら露もわたるやあまのかはらなてし子

［月］

秋の野の月のすみれをみる我そかけなつかしみひとよ寝られす

［秋田水］

秋ふかみ賤か鳴子も引やめておとせしものは千町田の水

宝船友乗　菱光息　【像】玉僊写

舟人にとへは棹もてさゝ浪や志賀の都はあれにしのかた（四十八ウ）

四十八オ

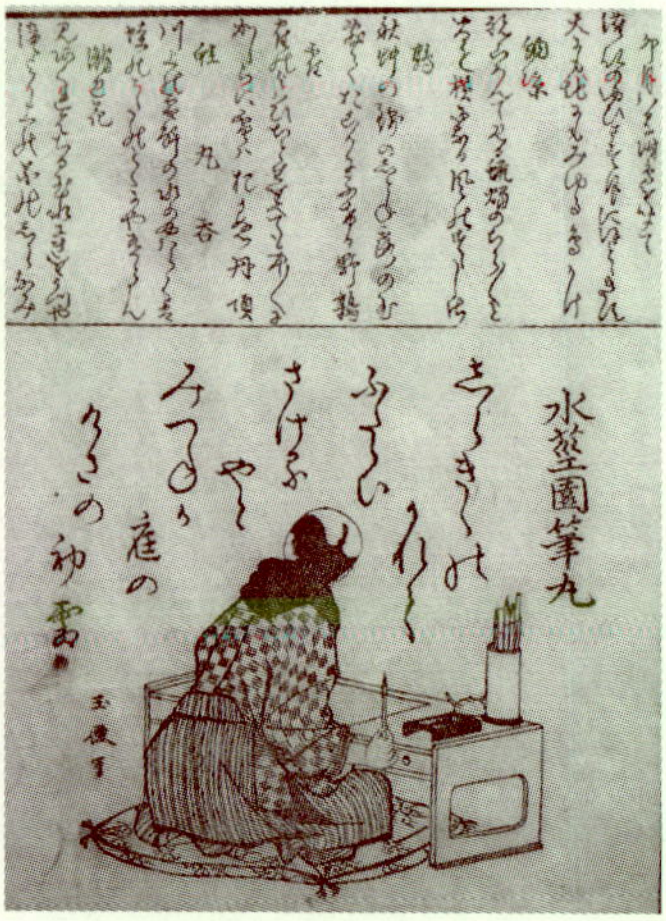

四十八ウ

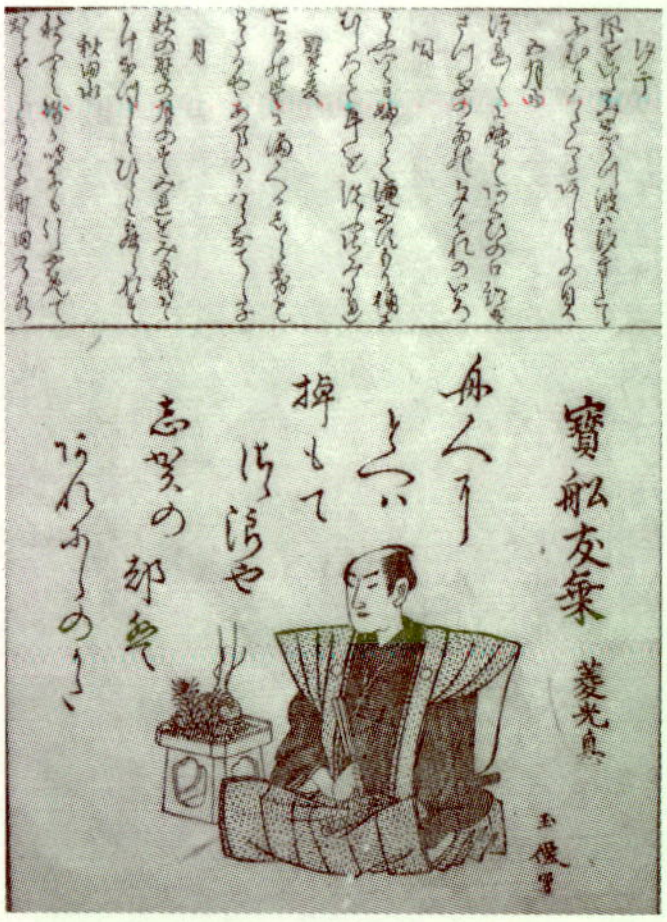

［残菊］
咲のこる花のおほろのゆふはえは頃も小春の月のしらきく

［懐旧］
古茶碗見るにつけてもたらちねをとゝやといひしむかししのはし

［杣］
おのつから杣か宮木の切くちもかたそきにこそそきのこしけれ

［富士］
三国の山の王ともみる富士のたかねは雲のうへにこそあれ

［春月］蘇　丸
青柳のみとりの髪へおのつからくしかたにさす青柳の髪

［納涼］
秋かとて風のてにはにうたかひのかの声もなき月のすゝしさ

坂上庵悟友　初名、仲程　【像】墨僊
山里はともしけれとも燈台のもとくらしよきまつの下庵（四十九オ）

［夏艸］石　季
野飼せし馬にくはるゝなつ艸もはらにへりめのみえすしけれり

［虫］
艸臥しおのれよりまつとらへてはかこほしけなる旅のまつ虫

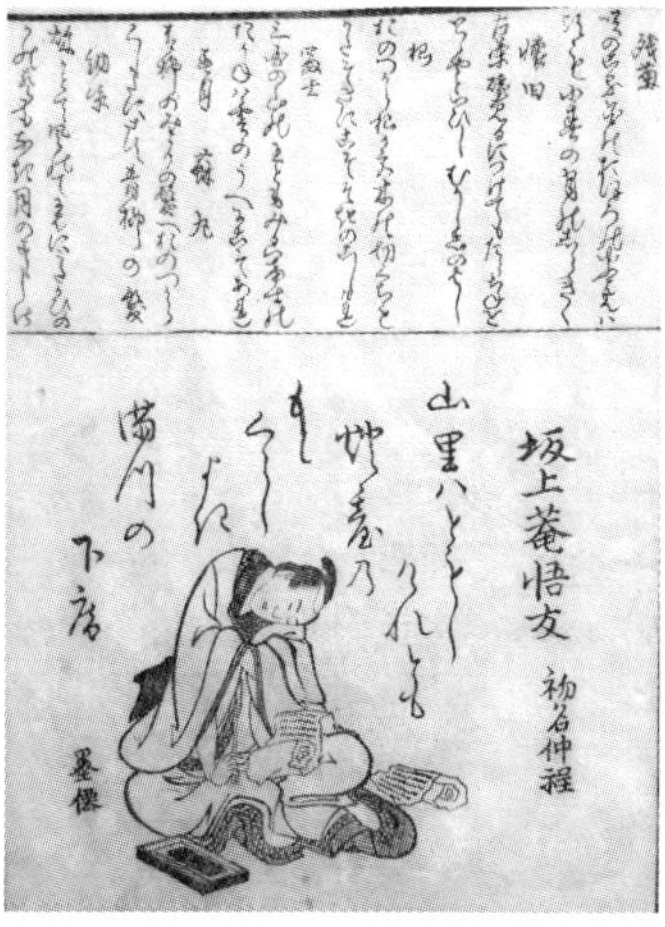

四十九オ

［雑］

まらうとのかへり心に気のついてよこれし庭もたてぬ箒目

［柳］月　丸

枝長くさるとよはるゝめを出して月とるさまの川そひ柳

［七夕］

朝風につらくふかれて短冊のうらみかちなる星のわかれ路

［菊］

根をまけてたけをそろふる椛菊の花はことしのとぢめ也けり

豊年舎出来秋　江戸市谷住　【像】調画

大空はたえす時雨にくもらせて紅葉のてりのつゝく秋の日

（四十九ウ）

［祈恋］

おもひあまる我恋艸のその種を神にまかせていのらさらめや

［大原女］

のこりなく売し黒木のくらま路を星いたゝきてかへる大原女

［花］鬼　影

よしの山霞は幕よ雲ははた朝日さくらや花の大将

［雲雀］

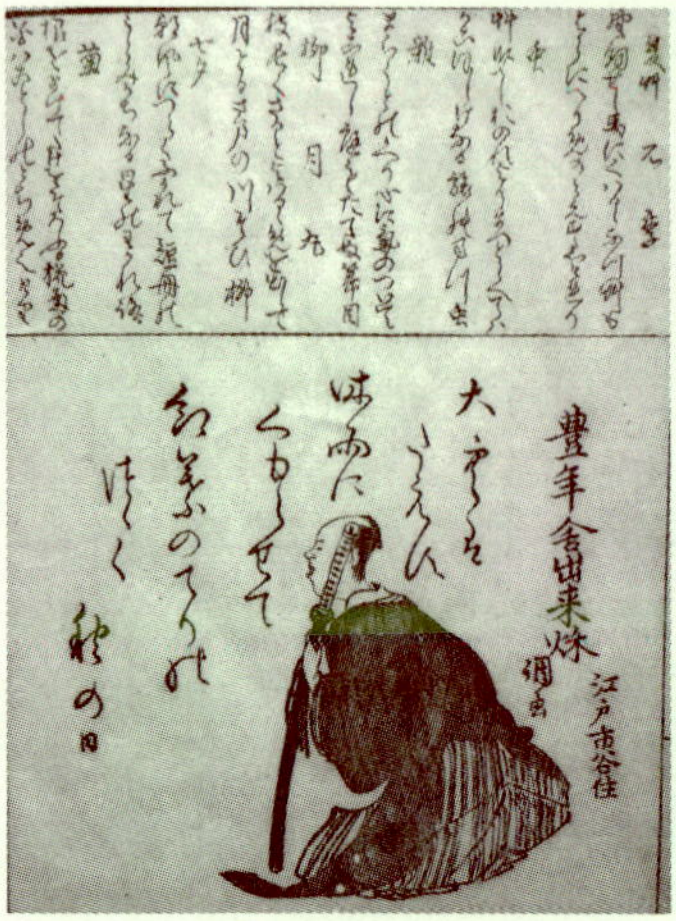

四十九ウ

いとよわき霞の棚のはつれよりもの丶おつるとみゆる野雲雀

［納涼］

この春の花見に行し返礼か山からさとへおくる涼風

［鹿］

鹿のねに袖ぬらしつ丶歌かけはなれか毛筆もかわくまそなくき

西来居未仏　別号、狂哥斎、初名、瓢単園（ママ）一寸法師、江戸
市谷住　【像】有文画

声たて丶あなかしかまし唄芸者はつむ壱歩の花もひと時（五十オ）

［恋］

よへあひてねしとや人のおもふらん待あかしてはねむきめもとを

［立春］調

春きぬと飛たつ人のおもひこそかすみとなりて空にたつらめ

［柳］

咲花にうしといひしを引かへて風にのりよき馬の尾柳

［春月］

からうすの音高山もおほろにて霞にこめのつきあかりけり

［苗代］

ひさかたのひの口まつる春の日に賤心してあける苗代

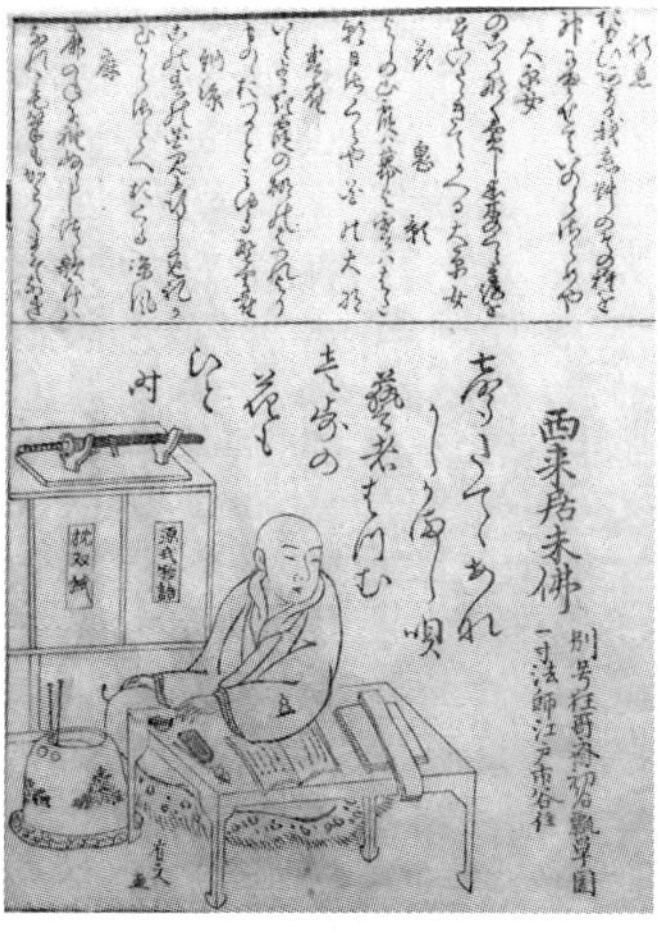

五十オ

［三月尽］
はらわたをたつおもひ也呼子鳥けふ春の日もさるとおもへは

放生庵巨実　別号、伊予堂　【像】有文画
たくはへし腹の書物に大根の銀杏をいるゝ年こしの汁（五十ウ）

［五月雨］
ゆきゝたえてひさしに滝のおとす也なこそふるやのさみたれの雨
［蘭］
藤はかまきて見し跡の夕くれはきり吹かけてたゝむ秋風
［雁］
みつら行その又あとに三つら行むつらのわたりわたる雁かね
［芒］
陵王の袖をふるのゝ花すゝきいり日をまねく風の手つかひ
［おなしく］
何にかくおもひみたれて花すゝきたもとの露に月やとすらん
［秋田］
稲も今風にひけをやそるならんかしらさけつゝみのる出来秋（上段）
［紅葉］
月の時梢を切し麁相さは今こそくゆれ紅葉々の火に

五十ウ

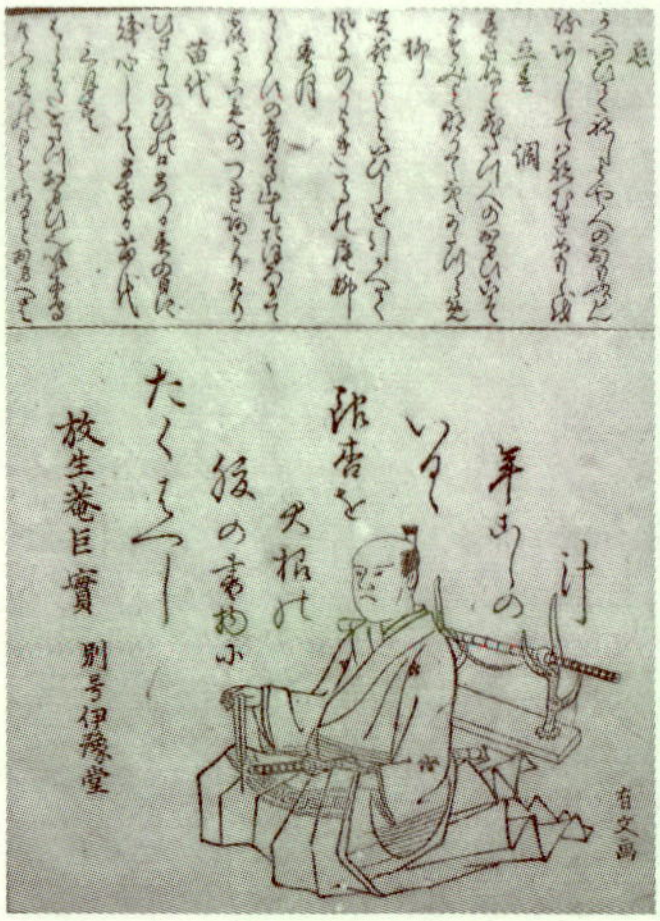

［同］
夕日さす山の紅葉とたつ虹はしくれのつくる色にや有らん
［菊］
猿猴の月はおよはて雲のうへにほしを手にとるしらきくの花
［冬月］
冬の夜の月の鏡のくもらぬははけしく風のふけは也けり
［寒芦］
冬の夜の月にめせとや吹風にかれたる芦のかさ〳〵といふ
［恋］
うき恋のきさしをふくむ鳥の子のわりてしいはゝひよくともなれ（中段）
［恋］
身の油しほらるゝよりくるしきはひとたらしなる君か挨拶
［初逢恋］
逢初し我身ふるひをあた人よいなめるさまとおもひはしすな
［待恋］
かけやとす袖はなみたの露をおもみ月をまつこと君をこそまて
［海］
西海の波の底には太刀魚に貝の兜よ海老のよろひよ
［題しらす］

をり〳〵はかたもすかして休むらん棒もへの字にたわむ重荷は

［祝］

君かよはひいくつと人のとひし時鶴とこたへて千代やへならむ（下段）（五十一オ）

［柳］房　成

松たてぬ賤か住家も軒ちかくしめの縄なふ風の青柳

［夕立］

夏の日もふりみふらすみ定なやせみのしくれにゆふたちの雨

［萩］

さく花をめてつゝゆけはおもはすも我はきぬらす野路の玉川

［霜］

篝目の波間にはしる木の葉船けさたちそむる霜の帆柱

［恋］

あはぬ夜のつもるまくらのちり迄か人の目にいるうき名くるしや

［五月雨］七　辻

湿はらひ酒のきゝめはのむ人の顔はかりてるさみたれの宿

校者　月花庵　【像】墨僊

深山木の見しらぬ中に近付は扨御久しや千年の松（五十一ウ）

［虫干］

五十一ウ

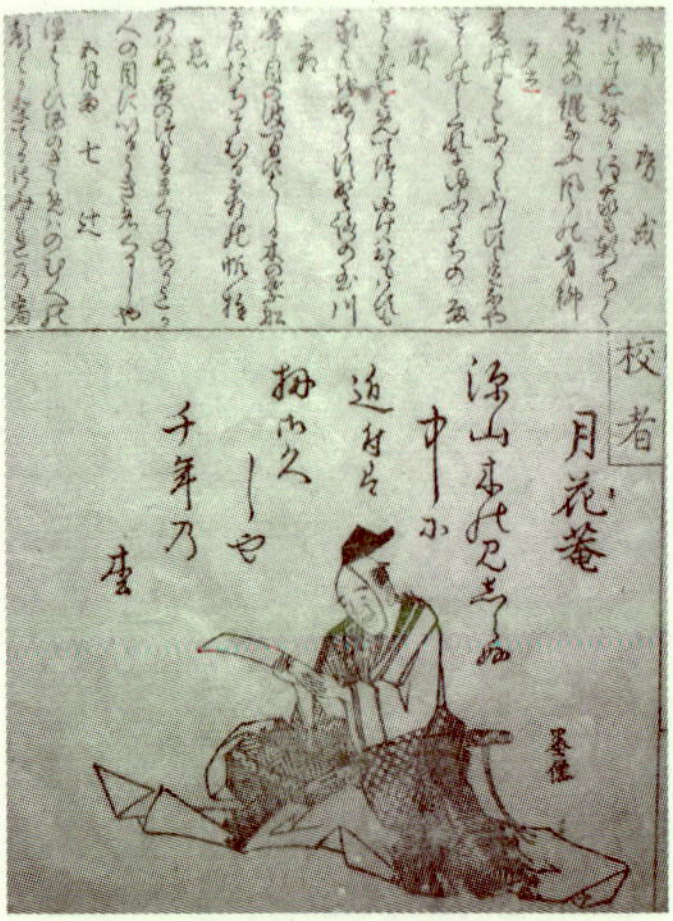

虫ほしのきぬのもやうの須磨の浦あかしも風の吹とほすらむ
［蕣］
あさな〳〵わらへる花の朝きけんむしつくことをしらぬ朝かほ
［卯花］虎　丸
けいせいはいかに三十日の月も又まことてはなき卯花のいろ
［暮秋］
行秋をからみてとめん糸す丶きのこる日数のまたきれぬ間に
［待恋］
さよふけてさしこむ月はさかれともまつ間に癪ののほる胸先
［子日］綾　丸
子のひするめてた〳〵の若松や千代のためしを引うすのうた

画人　松寿園有文　別号、白観堂、又、葎庵。初名、安丸
【像】有谷筆
糸瓜のつるをきれはや高垣のむかふへ月の落か丶るらん（五十二オ）

［蝸牛］
かたつふり京高塀をのほるのもならへし竹のふしみ海道
［春曙］玉　駄
心ある身にはめてたさしらるへし鶴たつ沢のはるのあけほの

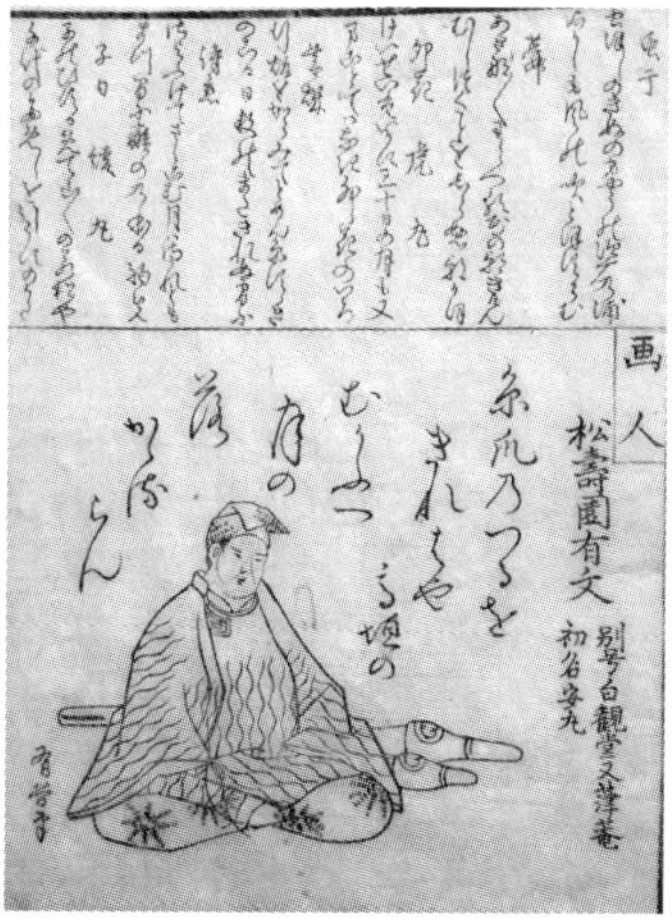

五十二オ

［鹿］
趙高は馬とよふともつま恋にうしとてなくか秋の小男鹿
［雪］
こかさしと雪に手をとる孝行の子はその親のあとやふむらん
［同］
不手きはな兎つくれは西行の猫と見まかふ雪の白かね
［鷹狩］
大君のいきほひしるしたちまちに飛鳥おとすみかり野の鷹

校者　同導堂福洲　初名、芦之屋丸家　【像】有文画
あつさ弓はるのひと日は朝の事わするゝはかりひくゆふかすみ
（五十二ウ）

［恋］
指切しのちに逢夜をかそふれはまちかふやうなこゝちこそすれ
［述懐］
老をかむとわらはるゝ身の口をしやそのはきしりの歯さへなくして
［柳］殿　女
川柳なひくすかたの影みえて水の中にも風や吹らむ
［蛍］

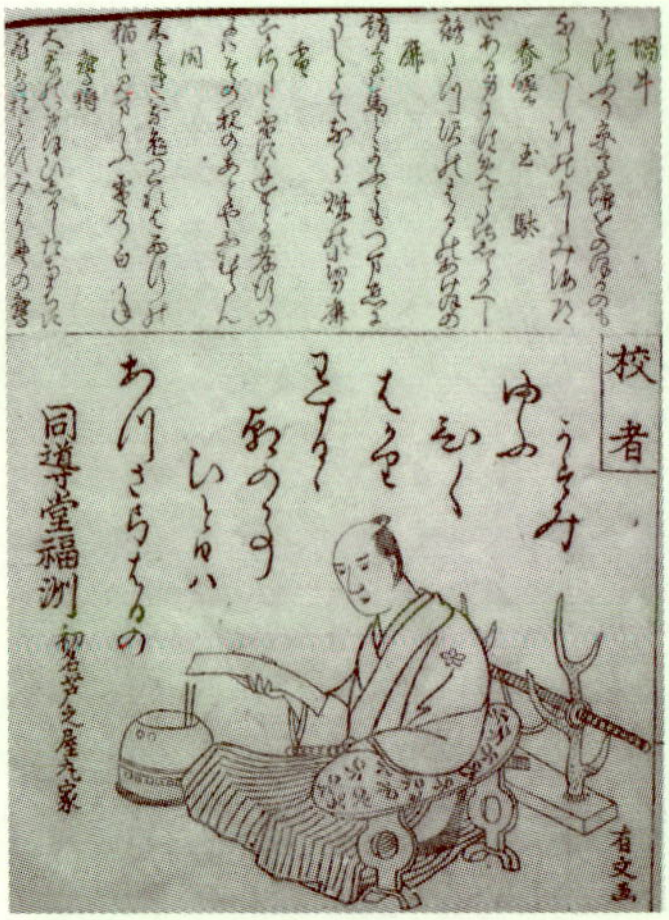

五十二ウ

はちす葉の露によりくる夏虫のひかりはまたも玉とあさむく

〔恋〕

朝顔の露のなさけもなかたちのつるの手のひになるそわひしき

〔山家〕

山鳥の山にすむ身は人に腰をろともいはすか丶みたにせす

画人　月光亭墨僊　初名、歌政、牧氏。別号、北亭、酔墨山人【像】自画

歯のぬけし親の口には柚子味噌もこかね色なる孝行の釜（五十三オ）

〔海士〕

よる浪のしわのしするかうかみ出て息つくあまか水ふくもみゆ

〔蚊遣火〕年　長

山さとの蚊やりの煙のこりしやあさまてもたつ短夜のそら

〔恋〕寿

色かくす雪にそめ木を薪かととりいれらる丶身こそつらけれ

〔梅〕亭

春風に八重垣こえてふところへうたよむ種のはいる梅か香

〔御祓〕玉　湧

みそきする川辺はす丶しす丶細工なかしいれたる人のかたしろ

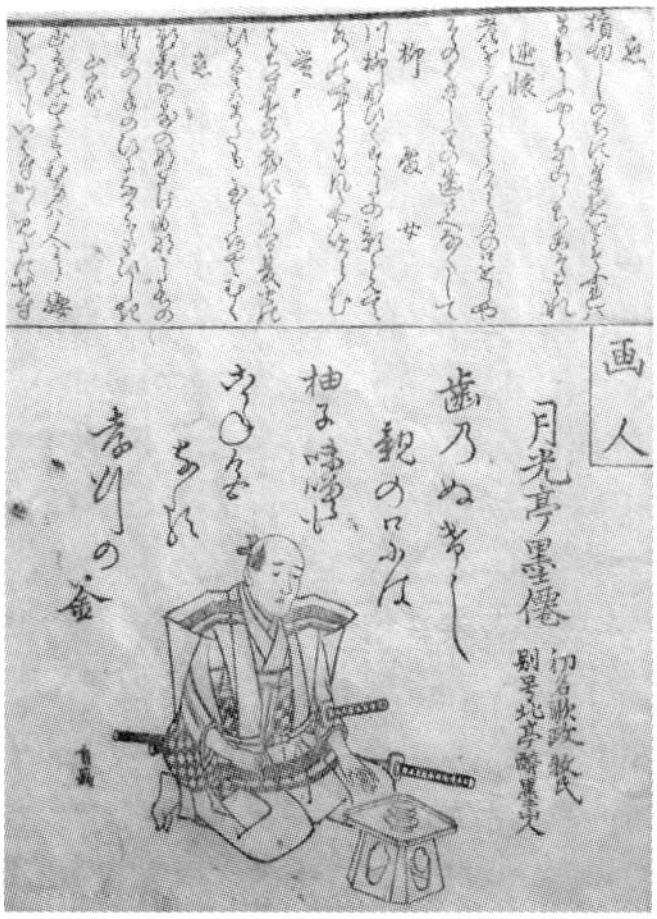

五十三オ

［恋］
恋わたる身は宇治川にあらそへるなみたに先をこされけるかな

画人　不断庵大江玉湧　初号、佩詩堂耳風、別号、蛸池国天
【像】後佩詩堂耳風写
出るにはまたせ入にはをしませて月にうらみの山〳〵とある
（五十三ウ）

［花］田鶴丸
咲花をなかくも枝につなかんとわかはらわたを縄にこそよれ
［五月雨］
川添の柳の露もしら浪となりて梢にのほるさみたれ
［浦月］
雲なきにいかなるくまそ熊野浦鯨にくもる浪の月かけ
［炭竈］
すみかまのあたりの竹は雪にねてたちしけふりや風の下をれ
［恋］
はてもなくいつまて影をやとすやと月もあきれん袖の泪に
［雑］
田子の浦ゆみわたす富士はふたつなしとおもへは水の底にもあるかな

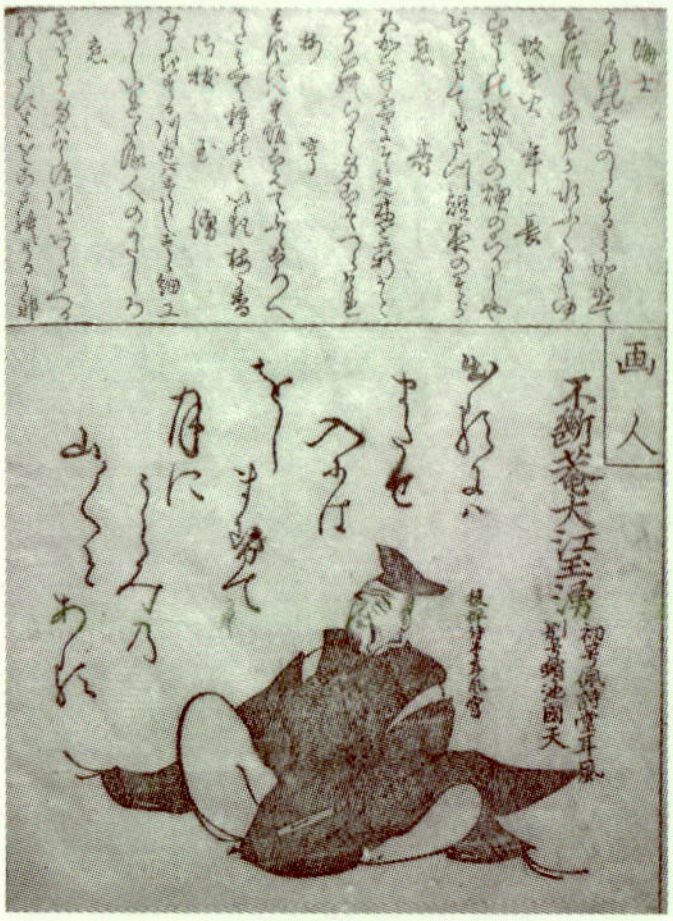

五十三ウ

撰者　橘庵芦辺田鶴丸　【像】墨僊
世中をやすき心にのりかへてうしとおもはし塞翁が馬（五十四オ）

［霞］耳　風
若かへる春の霞にかくろひて宝永山はなきもとの富士
［夕立］
あはて丶は錦木までをとりいる丶麁相女のやとのゆふたち
［露］
風ににけ〳〵してにけ水とつひにはなるかむさしの丶露
［千鳥］
浦ちとり一羽かたては二羽三羽はねからはねへおくる小夜風
［恋］
目に涙口には袖のおほはれてあへはうらみの出所もなし
［雑］
うかれ女になれ舞姫にたはむれんよし地獄てもまたほとけても

五十四オ

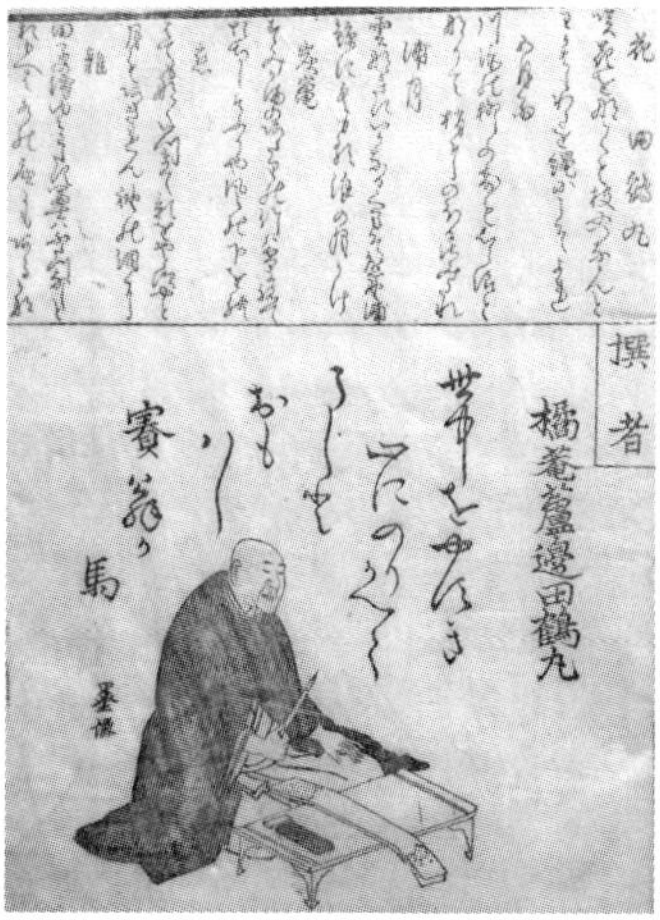

輯者　後佩詩堂右馬耳風　初名、時曳速躬、書林万巻堂
【像】墨僊
りんきせぬうたのためしにたつた山何のほむらにもゆるもみちそ
（五十四ウ）

五十四ウ

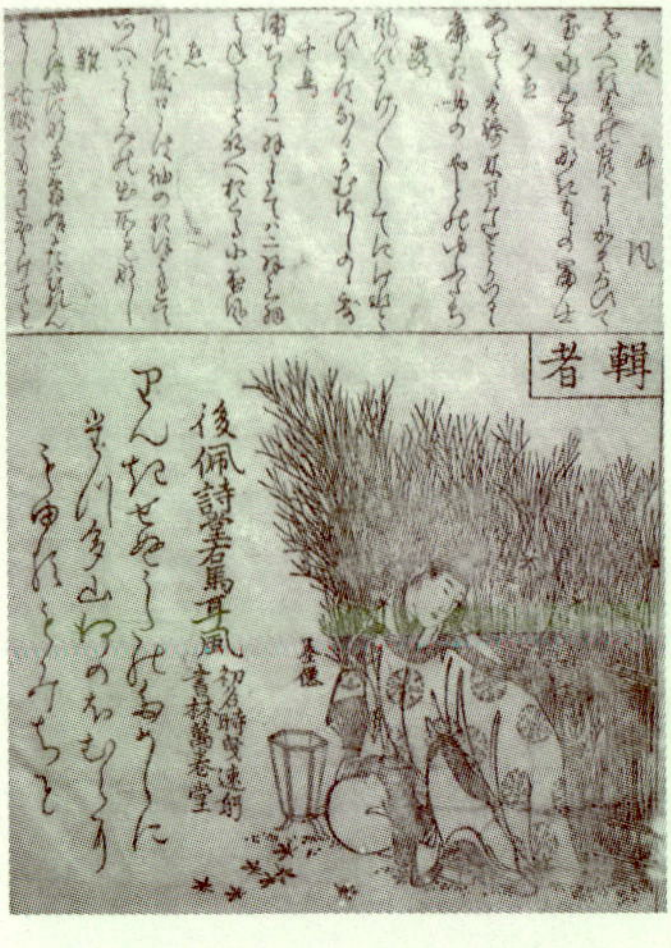

校異（「底本」→文化十四年七月版」の形で示す。ただし彫り崩し類は無視した。）
・一オ織田右大臣「（をし）けれ」→「（をし）かる」
・一ウ東雲庵の画者名なし→「国天写」
・三オ金銀斎「（嘯山）」→「（嘯山）辻氏」
・三オ鶴園「（轟）九」→「（轟）丸」
・三ウ永日庵「（兀）斉」→「（兀）斎」
・四ウ湖月堂「（と）す（かくに）」→「（と）に（かくに）」
・八オ永言斎「雪（や花）」→「月（や花）」
・十二ウ「銹（屋清狂）」→「鑪（屋清狂）」
・十五オ「（一陽）斉」→「（一陽）斎」
・十五ウ可幸「（さ）え（つり）」→「（さ）へ（つり）」
・十九オ老多久楽「（久楽）玉湧父」→「（久楽）故玉湧父」

・十九ウ巌松胤「(わた)か(せに)」→「(わた)る(せに)」

・二十一オ「〔初鰹〕真柴亭八重垣　犬山住　朝市にねも高くたつゐほし魚頭にのつてくる相場商ひ」→「〔雪〕六条園七葉梶丸　やれふむなふむなとしかる庭の面の雪にふむたるからうたの顔」

・二十二ウ巨燵山守「(梅か)く」→「(梅か)ゝ」

・二十四オ紀好輔の題「同」→「蛍」

・二十九ウ一見亭の住所「大(山)」→「犬(山)」

・三十一オ「〔恋〕万十庵茶陶　しのひやる文に人目の関よりも心とほらぬ君そつれなき」→「〔恋〕三津女　末仏母胸の火のもゆるおもひは有なからなみたの袖のかわくまもなし」

・三十一オ蕭夜軒「(そらたき)に」→「(そらたき)や」

・三十四オ東陽房「く(そくれは)」→「こ(そくれは)」

・三十五ウ袋房丸の題「鶏指納涼」→「納涼」

・四十ウ瓢実園の題「富士」→「納涼」

・四十三オ歌泉堂「(ち)い(さき)」→「(ち)ひ(さき)」

・四十三ウ黄鳥庵の題「同」→「題しらす」

・四十三ウ五十栖真影の題「同」→「汐干」

・四十四オ一層楼の題「同」→「鵜川」

・四十四ウ山田持丸の題「同」→「汐干」

・四十六オ「涼しさに」の歌の末句「のこして」→「ねさせて」

・四十九オ「青柳の」の歌の末句「青柳(の)髪」→「夕月(の)かけ」

・四十九ウ題「菊」の歌「椛（菊の）」→「樺（菊の）」

・五十四ウ題「夕立」の歌「（あ）は（てゝは）」→「（あ）わ（てゝは）」

(2)『草庵五百人一首』

——黒川春村門人等二五〇名各一首——

【解題】 黒川春村編『草庵五百人一首』はその狂歌門人録（後述のように、一部先代守舎門人も含んでいよう）ともいうべき書で、この分野での広がりが知られる好資料である。まず書誌から記す。

底本　大妻女子大学図書館所蔵本。
書型　大本（縦二十六・九糎、横十八・八糎）三巻三冊。
表紙　原表紙（薄香色無地。直径四・五糎の黄色円形紋散らし）の左肩に、薄水色地の枠なし原題簽「草庵五百人一首　一（〜三）」。
構成　巻一　五十三丁（漢文序一丁半「序一、序二〈表〉」、和文序二丁「序三、序四」、凡例一丁半「序五、序六〈表〉」、目録五丁「一ノ目録初〜一ノ目録五」、本文四十二丁「一ノ初〜一ノ四十二終」）。
巻二　四十七丁（目録五丁「二ノ目録初〜二ノ目録五」、本文四十二丁「二ノ初〜二ノ四十二終」）。
巻三　四十六丁（目録五丁「三ノ目録一〜三ノ目録五」、本文四十一丁「三ノ初〜三ノ四十一終」）。
本文　半丁単位で四周双辺（縦十九・七糎、横十四・五糎）。
柱刻　「草庵五百人一首　〇丁付」。
序跋　「天保癸巳冬十一月／錦園　天野好之」漢文序、「千種庵のふた世のあるし／口網諸持」和文序。跋文ナシ。
凡例　「天保四年十二月　黒河春村」凡例。

刊記　ナシ。

版下　題簽を含めて春村自筆（推定）。玉林晴朗氏「黒川春村とその著述」（「書物展望」第九巻十二号、昭和14年12月）によれば、春村は叔父の西村藐庵に近衛三藐院流の書を学んだという。

いささか補足すると、各巻目録は入集者の氏名を掲げ、各下部にその略伝を付す。また各本文は、半丁毎に一人の入集者像（墨印。画者名不記載。ただし『狂哥書目集成』では北馬画とする）とその詠一首を載せる。収録人数は巻一と巻二がそれぞれ八十四名、巻三が八十二名の合計二五〇名。重出者はいないが、巻三では目録掲載順序と本文のそれに四人分の錯誤が生じている。

本書は冒頭に市人、守舎、春村を掲げているから、三代にわたる浅草庵を念頭に編集されており、狂歌集であることは明らかである。その刊行は、漢文序と凡例が天保四年暮れ近くに記されていることからして、翌同五年春のことと思われる。春村は先代守舎が没した天保二年二月二十日の翌月、三月二十日に浅草並木町巴屋にて浅草庵三世の襲名披露を行っている（春村著『壺すみれ』）から、精力的な編集だったに相違ない。襲名は時に春村三十三歳のことであった。

漢文序者の天野好之は三谷尭民とも称した漢学者で、和文序者の二世千種庵諸持は初代千種庵ともども春村と親交があった狂歌作者である。二つの序文は春村の伝記資料としても有益であるが、それについては翻刻に直接つかれたい。

興味深いのは、春村自ら記した凡例である。その中に「他門の作者を交へす、社友のかきりをつとへ」たとあり、「拾遺をものせんとす」という。予定の半数しか収録していないから、本書は当初六冊本を予定していたとも思われ、別途本企画以外の拾遺を考えていたのかもしれない。言うまでもなく、すべて狂歌の門人たちが対象である。また画像は「作者の風俗、年齢など、その人といいたくたかへるも多かり。こは古風を専らにして、似せ絵にはかゝつらはねはなり」と記しているが、趣や風情は多少なりとも残っていよう。さらに衣冠法衣や器財調度の絵などは、識者の教示を待って僻事を正す予定という。まさに国学者としての考証癖を窺わせる。

ところで本書については、茶梅亭文庫主の中野真作氏ご所蔵本を拝見する機会を得た。その巻三末尾には、左の摺物が添付されている。

舌代

五百人一首三巻出来、差上申候。右は先年、発起人故人に相成、かつ近年殊の外、紙払底ニて延引いたし、其上子細有之候而、無拠なかは彫刻をも改め、彼是存外の雑費相掛候間、若右等之儀、尤にも被思召候諸君は、定例之外、金弐朱宛御入銀希候。尚又四の巻取集の儀は、近々報条を以て御案内申上候。以上。　（壺印）執事

これによれば、後半の三巻三冊は入花による資金繰りが苦しく、編集刊行が滞っている事情が窺い知れる。結局未刊のままに終わったと思われる。また同文中には「右は先年、発起人故人に相成」ともあり、その発起人とは、前述の天保二年二月没の先代浅草庵守舎を指すと思われることから、入集者二五〇名の内には、先代からの壺側（浅草庵代々の門人の総称）メンバーも含まれているとみて間違いあるまい。

その面々を地域的に見ると、東は陸奥国から西は近江国、北は富山から南は伊勢にまで及ぶ。また上野国とその隣国の下野国が目立つのは、先代の守舎が上野国大間々の人だったことに起因しており、その関係もあって春村自身も、数度にわたって上毛に出かけている。後に四世浅草庵を襲名する高橋広道が入集していないのが気になるが、広道はこの時まだ郷里の尾張国熱田におり、その入門は、二度目の江戸行で東都滞在中の天保六年と思われる。なお、春村と広道については、本書第二章第六節(3)・(4)をも参照されたい。

翻刻と図版掲載を許された底本所蔵者の大妻女子大学図書館と、貴重な資料の披見とご教示を賜わった中野真作氏に感謝します。

凡例

一、掲載は翻刻、図版釈文、図版の順とした。
一、図版だけは、巻単位ではなく巻一から巻三までをまとめて、最末尾に一括掲載した。
一、翻刻における原本の丁移りは、その末尾に「（丁付）オ」「（丁付）ウ」の表記で示した。
一、漢文序を除く和文序、凡例、目録の略伝には、句読点のみを私に施した。
一、漢字はおおむね通行字体を用いたが、一部原本通りとした。
一、目録に掲載された人物には、便宜上001〜250までの通し番号を付し、図版釈文、図版にもこれを用いて対応させた。

草庵五百人一首（原題簽）

狂歌者、和歌之流也、和歌之作二於尚古一、雖二其体未一レ具、高矣、美矣、爾後詞傑輩出、至レ称二歌中神仙一、非三後人之所二能彷彿一也、嬌鶯囀レ花、悲蟬咽レ柳、各奏二天籟一、禽虫微物、所レ不レ害レ已、況万物之霊乎、和歌狂歌豈可二偏廃一乎、黒川春村江戸浅草里賈人也、少好二和歌一、兼善二狂歌一、嘗（序一オ）学二於浅草庵市人一、業已成、譲二貲於其弟一、留二連於風月一、逍二遥於煙霞一、其師逝、高足守舎又没、於レ是同社咸推二春邨一為二主盟一、乃浅草庵第三伝者也、邇者従遊、遐者書問、不レ出レ戸而接二海内之人一、今茲癸巳、社友相謀、各以二狂歌一首一鏤レ梓、得二五百首一、可レ謂レ富矣、余就二先輩各家狂歌一而論レ之、其旨幽、其（序一ウ）韻高、去二和歌一毫髪之間耳、此集之成、使下二天下後世一観中今日之盛上、不二無快一

乎、

天保癸巳冬十一月

錦園　天野好之識

印（陰刻）印（陽刻）（序二オ）

［記載ナシ］（序二ウ）

今は三十とせはかりのむかしにもやなるらん、諸持いと若かりし頃、浅草庵のあるし市人の翁、いまたさかりのよはひにおはして、大江戸ちかきあたりはさらなり、遠き国々よりも名つきおくりて、をしへをうくる人おほく、たはれ歌にとりては、をさ〳〵世にかたをならふるものなく、そのよみ口はた、われとひとつのおもふきをたて丶、かりにもきたなけなる詞なとはよみ出られさりしかは、おのつから其姿にならふともからも出こし中に、守舎のうしひとり、すくれてよく翁の（序三オ）心をなん、得られにたりし。さるからにつひには、ふた世のあるしとなりて、猶たえす人々をいさなひたてしほとに、おのれにもいはれけるやう、たはれ歌といはんからに詞のつかひさまなと、むけにつたなからんは、なとかはくちをしからぬ。いかて物しれらむ人の見んにも、はつかしからぬやうにあらはやなと、かたらひあはせられしを、其のちいくとせも過さて身まかられたりしこそ、あたらしともあたらしう口をしかりしか。今のあるし春村のうしは、故翁のおはせし時より堪能の聞えありて、世のなりはひしけ（序三ウ）き身なから、ひと日も怠ることなかりしを、今となりてはひたすらこのすちにのみ心いれて、我もよみ人にもよますするからに、年月にそへて門訪ふ人しけく、かへりてさき〳〵のうしたちにも立こえにたるは、藍よりも青く水よりも寒きたくひとこそ、いふへけれ。此頃其一つらのかきり、ひとりの歌ひとつつ丶をぬき出、よみ人のかたちをゑかゝせ、すへて世にあまねくもてあそふ百人一首のおもふきにならひて、板にさへゑらせられしか、五百人の数にみてれはとて、やかて五百人一首となん、名（序四オ）つけられたる。其歌ともよ、いつれも〳〵あしたにとき、ゆふへにみかける玉のことのは、五百つつとひをときちらしたらんかことく、みるめもかゝやくまてなん。おのれ三世のしる人なれは、これかはしにことそへよとあるをいなひかたくて、かみのくたり、たゝ打おもふはかりをしるす。

千種庵のふた世のあるし

口網諸持（序四ウ）

凡　例

一　此集、すへて他門の作者を交へす、社友のかきりをつとへにたれと、それはたもれたるも多かなれは、かさねて拾遺をものせんとす。

一　歌は風体をひとしくさため、かつは秀逸をのみ撰むへきなれと、さては初学のきはなとには、病ん人あらんもこゝろくるしけれは、いかにそや。似かるゝをも強てくはへたるあり。そはおもてふせなるものから、いかゝはせん。（序五オ）

一　作者の風俗、年齢なと、その人といたくたかへるも多かり。こは古風を専にして、似せ絵にはかゝつらはねはなり。はた村田元成、谷浜風、池田本蔭なとのたくひは、画中の興をあらせんとて、強てことやうに画かゝせたれは、みん人あやしみおもふことなかれ。

一　作者のついては、さらに勝劣あるにあらす。唯着到に順ひたるなり。

一　衣冠、法衣、道服のたくひ、あるは器財、調度やうの物は、新古の製にかゝはらす摸写しつれは、猶僻事（序五ウ）もましらひたるへし。そは識者のをしへをまちてふたゝひ改正すへき、画匠のこゝろまうけなりかし。

天保四年十二月

黒河春村識（序六オ）

［記載ナシ］（序六ウ）

草庵五百人一首巻一

目　録

001 大垣市人　江戸浅草人。通称隆山。号浅草庵、又、都響園、巴人亭、墨用廬、壺々山人。文政三年十二月廿八日没、年六十六。

002 同　守舎　上野大間々人。通称新兵衛。初号浅茅庵、後継浅草庵号。来住江戸浅草。一号都響園。天保元年四月四日没、年五十四。

003 黒河春村　江戸浅草人。通称治平。初曰、本蔭。後継浅草庵号。一号随日園、又、都草園、壺々亭、葵園、薄斎。

004 土屋千元　江戸湯嶋人。通称彦太郎。号浅桂園、又、榲亭、桂屋。天保五年五月六日没、年二十二。

005 茗渓法師　江戸本郷等正寺主誠応。号浅酔庵、又、枕書堂。

006 沙弥鵠林　越中富山人。住江戸下谷。作名三千尋。号北溟舎、又、牧斎。（一ノ目録初オ）

007 柴山国村　下野中嶋人。通称五郎。作号壺春園、又、春融園、東野亭。

008 津田琴繁　木幡侯臣。住江戸浜町邸。通称左門。号壺嘯楼、又、春鶯園。

009 梶　子　松々園室。号春宵園、又、静寝園。

010 春恵法師　等正寺法嗣宮内卿。号翠草庵、又、白蓋堂。

011 権律師了明　江戸下谷福成寺主。作名有隣。号浅池堂、又、壺柳園、観蓮子。

012 栄　子　浅池堂室。号春花園、又、池陽堂。

013 宮下道守　上野白井人。住江戸本町。通称範平。号壺常亭、又、無玄斎、宮明遠。

014 小椙百枝　江戸浅草人。通称甚兵衛。号春翠園、又、都北園、霜後園。
015 勝田福寿　同郷人。通称三平。初曰、守路。号壺業亭、又、春栄堂、柏園。（一ノ目録初ウ）
016 森　広蔭　同郷人。森鶴村男。通称庄兵衛。号壺松楼、又、楢園。
017 田中鳳管　武蔵川崎人。住江戸八丁堀。通称丘隅。号浅楽庵、又、桐斎。
018 奥居庫住　近江市原人。通称治兵衛。号壺俵園。
019 多賀長住　富山侯臣。住江戸下谷邸。通称友之丞。号浅秀庵、又、芦鶴亭、雲我堂。
020 権律師賢珖　江戸駒込真浄寺主。作名鳳洲。号竹実園。天保五年七月三日寂、年三十四。
021 新嶋高村　上野館林人。通称勝治郎。号浅椈庵、又、柏園、七柏斎。
022 中村北麿　富山侯臣。即住富山。通称滋右衛門。号壺海楼、又、玄花亭。
023 小森守冬　上野大間々人。通称嘉吉。号六蔵亭。文政九年七月八日没、年二十一。
024 向後河鳥　下総桜井人。通称喜右衛門。号浅波庵、又、都曲園、大漁父。（一ノ目録二オ）
025 星野糸成　上野原郷人。通称七左衛門。号浅原庵、又、壺薄園、観月窓。
026 宮下為業　上野白井人。通称孫兵衛。号浅貢府、又、啓迪舎、外石子。
027 同　梅侯　同国同郷人。宮下道守猶子。通称半兵衛。号都光園、又、謙斎、玉蓮。
028 植木守斗　同国同郷人。通称六兵衛。号壺醪亭、又、藤花園。
029 関口一岱　同国前橋人。通称善八。号壺丈楼、又、東辺舎。天保五年六月廿九日没、年六十。
030 浅川友乗　同国白井人。通称儀八郎。号浅川庵、又、壺凉亭。
031 篠原菊磨　武蔵和戸人。通称元祐。号壺英堂。
032 北出春人　江戸中橋人。通称儀兵衛。号浅月堂、又、都錦園。天保三年十二月二日没、年六十六。

033大矢都水　越後柏崎人。通称栄吉。号壺松斎。（一ノ目録二ウ）
034片桐北塢　同国小野人。通称錦吉。号寒月楼。
035柴山草村　下野中嶋人。通称吉兵衛。号壺秋園、又、秋香亭、七種園。
036野口雪村　同国同郷人。通称富五郎。号壺冬園、又、冬嶺亭。
037林　女　常陸小栗人。中原某妻。号春綾園。
038池田一瓶　上野津久田人。通称権兵衛。号浅馨庵、又、水西子、鸞斎。
039品川夢成　同国原郷人。通称映五郎。号壺碇楼、又、船遊子、手枕亭。
040江利川守枝　同国前橋人。通称勘兵衛。号壺梅園、又、綴玉子。
041室田守郷　同国館林人。通称宗治郎。号浅生庵、又、東感庵。
042簑　子　黒河春村妹。号菅園、又、少々妻栖屋。（一ノ目録三オ）
043星野竜海　上野桐原人。通称兵内。号浅茅庵、又、曲々亭、金華苑。
044新井秋住　同国高瀬人。通称又太郎。号浅哲庵、又、白雲堂、律調子。
045同　守村　新井秋住男。通称勇七。号壺高窓、又、倭文家、白葉、白風園。
046橋本高広　同国下新田人。通称亀吉。号壺昶園、又、茅虹園。
047下田疇成　同国田嶋人。通称兵内。号山田舎。
048佐藤宣洲　同国岩戸人。通称駒之丞。号壺潭楼、又、茅水園、麗沖子、花鏡亭、冰踊斎、愛滝楼。
049柳沢春秀　同国大竹人。通称宗三郎。号壺竜園、又、清耀館、永齢舎、鶴庵、玉椿亭。
050村田元成　江戸吉原京町人。通称市兵衛。家名大文字屋。号文字楼、又、加保茶園、花街楼、柿園。
051高橋守的　上野鹿田人。通称忠蔵。号壺翼園、又、馬見岡。（一ノ目録三ウ）

052 石原豊村　同国桐原人。通称伊兵衛。号春節園。
053 高野梅正　陸奥大久保人。通称仙右衛門。号浅薫庵、又、壺笠楼、東始園、祥斎。
054 角田秋久　上野原郷人。通称久五郎。号茅星園。
055 吉田芳季　陸奥川俣人。吉田吉利男。通称利兵衛。号浅畝庵、又、東壺園、亀屋、不酔、人哄堂。
056 斎藤昌二　同国同郷人。通称庄治郎。号浅永庵、又、伊達庵。
057 吉田長季　同国同郷人。吉田吉利二男。通称孫兵衛。号浅寿庵、又、壺祥亭。
058 八巻舎住　同国羽田人。通称文右衛門。号浅鶏庵、又、鶏廼屋、淳朴園、東鶏夫、宝田園。
059 渡辺合瀬　同国川俣人。渡辺光俊男。号隈水子、又、之通観。
060 同　浦風　同国同郷人。通称宗七郎。号壺濤園、又、東五園。（一ノ目録四オ）
061 大橋伊呂泥　尾張名児屋人。通称松蔵。号壺艶楼、又、逸庵。
062 栗原長秋　常陸上野人。通称永三郎。号壺栗園、又、菅居、桂園。
063 黒田豊秋　下総山王人。通称昌庵、号壺稲園。
064 一　元　江戸吉原京町。文楼遊女。
065 浅　茅生　同楼遊女。
066 菅野歌都住　陸奥飯野人。通称逸之助。号浅栄庵、又、壺街楼。
067 大口安長　尾張名児屋人。通称安治郎。号壺柴楼、又、檜扇屋、千春園。
068 石河金由　同国同郷人。通称徳蔵。号陽玉園。
069 三原春繁　出羽米沢人。通称甚兵衛。号連葉庵、又、楽盞亭、魚屋。（一ノ目録四ウ）
070 近　春住　米沢侯臣。即住米沢。通称弥治兵衛。号壺楽亭、又、柳々館。

071 中嶋岸住　上野高津戸人。通称儀兵衛。号壺風楼。
072 池田守崎　同国横室人。通称安五郎。号壺征楼、又、三浦軒。
073 山本春好　下総笹川人。通称竪蔵。号菫菜園。
074 仁科守久　福嶋侯臣。即住福嶋。通称忠兵衛。号浅梢庵、又、翠松園、篤廼門。
075 大友桐麿　上野横室人。通称倉蔵。号壺絃楼、又、三五亭。
076 礒野茂村　富山侯臣。即住富山。通称勇馬。号白雀亭。
077 松川富門　陸奥三春人。通称喜代之助。号壺勝園、又、春秋亭。
078 椙山守海　上野大間々人。通称源助。号茅露園。（一ノ目録五オ）
079 武田夏海　陸奥八丁目人。通称栄吉。号浅縑庵、又、器水園。
080 丹沢折鶴　同国同郷人。通称八十郎。号浅舞庵、又、壺遊亭、水長舎。
081 春阿法師　江戸下谷宗善寺主竜海。号月庵、又、松々園。
082 道　子　多賀長住妻。号春邑園。
083 土屋光村　土屋千元弟。通称兼治郎。号有梅庵。
084 有坂光隆　江戸鳥越人。通称蹄斎。

右（一ノ目録五ウ）

［図版釈文］

001 大垣市人　野も山もあつめてきつる梅かゝをいかていれけんまとの春風（一ノ初オ）
002 大垣守舎　なにひとつなしもはたさて年のはてしはすのはてとなりにけるかな（一ノ初ウ）

003 黒河春村　この国のものなりなからふしのねのなかははくものうへにありけり（一ノ二オ）
004 土屋千元　梅うゑて鶯またん松たてゝまてはかならすはるはきにけり（一ノ二ウ）
005 茗渓法師　ゆふ闇にまよはてかりのいそくかなこし路の雪やしろくみゆらん（一ノ三オ）
006 沙弥鵠林　さく花にうき雨風はをみなへしいつらのほかのさはり也けり（一ノ三ウ）
007 柴山国村　ことの葉のしけき林に迷ふわかみちしるへせよ夏虫のかけ（一ノ四オ）
008 津田琴繁　あたらけきみやこは寒き山さとにさきおくれけり雪のはつ花（一ノ四ウ）
009 梶　　子　秋はあれと霞のおくにほのみえてこゝろにくきははるの夜の月（一ノ五オ）
010 春恵法師　ふりならす手さへふるへてれいよりもことしはさゆる雪の山寺（一ノ五ウ）
011 権律師了明　青柳のさえたつたひて山つゝらかゝるふるすやしのふうくひす（一ノ六オ）
012 栄　　子　ゆふ月の光もすゝし隅田川のりてあそはんをふねならねと（一ノ六ウ）
013 宮下道守　まれにあふこよひをはれと粧ふかひかりさやけきひこほしのかけ（一ノ七オ）
014 小椙百枝　袖笠は日のまはゆさにかつきけり末野のしくれ遠くみやりて（一ノ七ウ）
015 勝田福寿　いろも香もいまをさかりの家さくら風の神たにたゝらさりけり（一ノ八オ）
016 森　広蔭　ひとりねのねさめにとりのこゑきけはうらみし夜こそこひしかりけれ（一ノ八ウ）
017 田中鳳管　さえかへる風をいた戸のすきまよりいさなふかけはさふし春日も（一ノ九オ）
018 奥居庫住　うくひすのさへつるいきか梅かえをふきこしてくる風のゝとけさ（一ノ九ウ）
019 多賀長住　こゝのへのうち野にさけるふちはかまゆかしや露のぬきしろにして（一ノ十オ）
020 権律師賢瑰　照月の光をきよみむらからすうかれ出てなくかすもみえけり（一ノ十ウ）
021 新嶋高村　さらてたにほりかねの井をふるゆきのうつみに埋むむさし野の原（一ノ十一オ）

022 中村北磨　ふりつもる雪の中道行わひてかへり見すれはわかあともなし（一ノ十一ウ）
023 小森守冬　山人もいまたきかしとおもふまてこゑめつらしきほと〻きすかな（一ノ十二オ）
024 向後河鳥　よし野山しみつなかる〻さくらかけしはしといはて人は住けん（一ノ十二ウ）
025 星野糸成　淡路嶋かよふちとりのこゑならて栄花の夢をさますひよとり（一ノ十三オ）
026 宮下為業　仙人のかふ手になる〻あしたつもちよとおもひてよろつ世やへん（一ノ十三ウ）
027 宮下梅侯　清滝のせ〻のしらいとえてしかな涼しき夏のころもおるへく（一ノ十四オ）
028 植木守斗　みす〻かる信濃は国もたかしとて雲井にひくかもち月のこま（一ノ十四ウ）
029 関口一岱　我にあらしたれよふことりたひ路きてみなれぬ山にき〻なれぬこゑ（一ノ十五オ）
030 浅川友乗　たかうゑしまかきのきくそゆふ霧のひまよりあまたほしのみゆるは（一ノ十五ウ）
031 篠原菊麿　紫はうつりやすきをこ〻ろしてしつえからけよ萩かはなつま（一ノ十六オ）
032 北出春人　水に住かたわれ月のかた〳〵もおのか友とやかはつなくらん（一ノ十六ウ）
033 大矢都水　銀河もしをし鳥の瀬にすまはたなはたつめはねたくこそみめ（一ノ十七オ）
034 片桐北塢　秋の夜の月はこし路もさやけしと都につてよ天津かりかね（一ノ十七ウ）
035 柴山草村　はし鷹の尾ふさを遠みをす〻きのかれのこるやと御狩野の原（一ノ十八オ）
036 野口雪村　手入せぬ野もりか庭も滝おとし水はしらするゆふたちの雨（一ノ十八ウ）
037 林　女　しらきくのうつろひぬへくおく霜にうたて匂はぬ花咲にけり（一ノ十九オ）
038 池田一瓶　君により千名に五百名に名はたちぬ世にかすならぬわか身なからも（一ノ十九ウ）
039 品川夢成　蜘ならははらひもすてんまつよひにこぬをしらする雨のいとすち（一ノ二十オ）
040 江利川守枝　ひとかとはあれやとそおもふ人みなのわたりかてなる丸木橋にも（一ノ二十ウ）

041 室田守郷　鶯よやとりわするなゆふ暮は梢もことにかすむ梅かえ（一ノ二十一オ）
042 簑　子　かたふかは我もねなんと思ふまになかき夜なからありあけの月（一ノ二十一ウ）
043 星野竜海　しは人のほかはふませし初みゆき庭よりつゝく山のしろたへ（一ノ二十二オ）
044 新井秋住　よしの山花ちる春の雪ならてしろき嵐そ松に寒けき（一ノ二十二ウ）
045 新井守村　春はたゝ花多かれと思ふにも門にはまつを立ならへけり（一ノ二十三オ）
046 橋本高広　なゝくさのたからのたまかなゝ草におきそふ露そひかりことなる（一ノ二十三ウ）
047 下田疇成　うつみ火にかたりあかしつおもふとちさふさも用のこともわすれて（一ノ二十四オ）
048 佐藤宣洲　みしか夜の月のなかめは暁の雲にあはぬもをしまれにけり（一ノ二十四ウ）
049 柳沢春秀　朝かほのはなにはかなくみしつゆもきくにしおけはともにめてたし（一ノ二十五オ）
050 村田元成　花もみすゆきしこゝろのおろかには似あはてかりの秋を忘ぬ（一ノ二十五ウ）
051 高橋守的　袖ふれてちらせはまたもおきかふる心そまろき露のしら玉（一ノ二十六オ）
052 石原豊村　子日する末野のそらそみとりなる天の原にもまつやおひたる（一ノ二十六ウ）
053 高野梅正　子を思ふこゝろめゝしききゝすかないたくをゝしき音にはなけとも（一ノ二十七オ）
054 角田秋久　秋といへはきのふのあふきもつ手よりおくてすゝしき今朝のはつ風（一ノ二十七ウ）
055 吉田芳季　日記かゝぬひとも千かたに硯石とりいてゝめてん土佐の海つら（一ノ二十八オ）
056 斎藤昌二　やすの川やすのわたりはふみ月のけふのひと夜の名にこそありけれ（一ノ二十八ウ）
057 吉田長季　さひしとて人のいきするたひ〳〵に霧たちそふか秋のゆふ暮（一ノ二十九オ）
058 八巻舎住　としのさかこえんまうけにえてしかなこかねのわらちしろかねの杖（一ノ二十九ウ）
059 渡辺合瀬　たしなしと人なゝけきそはつみ雪おきその風にきえやはて南（一ノ三十オ）

060 渡辺浦風 待人にあらねとなつの木下かけあとより風のくるそうれしき（一ノ三十ウ）
061 大橋伊呂泥 ひと丶せのをはりよりまつさき出てはしめににほふ花は此花（一ノ三十一オ）
062 栗原長秋 梅さくら過にしかたや忘るらん大みや人はあふひかさして（一ノ三十一ウ）
063 黒田豊秋 さみたれに川そひうつ木はなちりておもはぬ波のしろくたつのみ（一ノ三十二オ）
064 遊女一元 天の川このゆふ月のかたふくは君をわたしてかへるふねかも（一ノ三十二ウ）
065 遊女浅茅生 みたれてもむすほられても片いとのよりこそあはね君はつらくも（一ノ三十三オ）
066 菅野哥都住 ふしといふなかめあらすはいかはかりゆきうからまし東路の旅（一ノ三十三ウ）
067 大口安長 花にあかてかへりしときのかなしさを思出てやかりのなくらん（一ノ三十四オ）
068 石河金由 久かたのそらもきよらにあけ初ぬわかみつくみていはふあしたは（一ノ三十四ウ）
069 三原春繁 ふりつみてまことの雪のしろき夜はまかひし月のかけそをくらき（一ノ三十五オ）
070 近　春住 かけうつるそこさえ匂ふ山の井のあかていくかも花にあそはん（一ノ三十五ウ）
071 中嶋岸住 花もみちみやひこ丶ろもあらぬ身はさつ矢たはさみ山ち暮しつ（一ノ三十六オ）
072 池田守崎 かなたにはまたれこなたにをしまれて山のかひにや月のいさよふ（一ノ三十六ウ）
073 山本春好 八重匂ふならのみやこのほかまてもけふは花見とあさ起そする（一ノ三十七オ）
074 仁科守久 あつさをもしのきかてらにひるねしてす丶しき月を夜もすから見ん（一ノ三十七ウ）
075 大友桐麿 初かりの玉つさよまんいますこしひかりか丶けてみせよいなつま（一ノ三十八オ）
076 礒野茂村 友人のとはん道さへたえはて丶さともみやまとつもる大ゆき（一ノ三十八ウ）
077 松川富門 時鳥待よりわひし声たえすうくひすなきてはるの行日は（一ノ三十九オ）
078 椙山守海 久かたの天のやちまたふく風もたちはなありて夏はかをるか（一ノ三十九ウ）

079武田夏海　きえかての野へはかりかはさえかへるそらにも雪のふりのこるみゆ（一ノ四十オ）
080丹沢折鶴　物おもふこゝろは人にしられすてはつかしさのみ色にいてにけり（一ノ四十ウ）
081春阿法師　霜かれの野末しくるゝ雲みれはそらのみとりも色かはり行（一ノ四十一オ）
082道　　子　すまのあまのかるやみるめのまはゆさよ波をもけさは雪のうつむか（一ノ四十一ウ）
083土屋光村　なれ〳〵て久しくなれる冬よりもけふこしはるのうれしきやなそ（一ノ四十二終オ）
084有坂光隆　君をわかこふるこゝろはあまれともことの葉たらて逢よしのなき（一ノ四十二終ウ）

草庵五百人一首巻二

目　録

085吉田一朶　陸奥羽田春日社司。通称左衛門輔。号浅榊庵。
086中村春樹　出羽米沢人。通称伊平。号浅翠庵、又、巴盞亭、梅垣内。天保四年十月六日没、年五十九。
087鈴木綾主　江戸富沢町人。通称栄蔵。号浅詞堂、又、都錦園、巴人亭。
088菅谷広村　下総関戸人。通称佐左衛門。号壺瀉亭、又、北鉞子。
089新井守常　上野篠塚人。通称市左衛門。号茅文園。
090大橋竹村　下野福良人。通称雄蔵。号浅鶯庵、又、此君堂。（二ノ目録初オ）
091同　千村　大橋竹村孫。通称為輔。号壺桜園、又、鉼廼屋、菅室。
092和合岸員　陸奥山口人。通称善右衛門。号蓼田舎。
093大森真柴　下野萩嶋人。通称彦兵衛。号常原亭、又、萩園。
094河野久住　陸奥福嶋人。通称治右衛門。号浅齢庵、又、壺菊楼。

095 斎藤村並 同国同郷人。通称佐二兵衛。号浅檜庵、又、壺豊楼。
096 菅沢葭人 下総五江内人。通称佐右衛門。号壺汀楼。
097 清水友俊 同国鉋子人。通称太郎左衛門。号三有舎。
098 向後吉正 同国諸持人。通称政右衛門。号春路園。
099 同 道文 同国同郷人。通称清助。号壺解楼、又、薫風軒、金鈴子。（二ノ目録初ウ）
100 佐藤梅早 陸奥手渡人。通称吉右衛門。号浅暦庵、又、壺南園、東室亭。
101 渡辺 静 同国同郷人。通称嘉右衛門。号壺謡楼。
102 安田岸住 同国山口人。通称儀蔵。号浅蓼庵、又、壺眺楼。
103 斎藤清住 同国鎌田人。通称又十郎。号壺渓楼、又、眺花園。
104 清野岸光 同国山口人。通称円治郎。号壺水楼、又、清流亭。
105 糸井作良 上野花輪人。通称浄右衛門。号浅嶺庵、又、花王庵、山多楼。
106 高艸木高木 同国同郷人。通称弥一郎。号壺輪楼。
107 鈴木音鷹 同国同郷人。通称利八。号壺銀楼、又、玲々舎。
108 同 千本 同国宮崎人。通称善太郎。号浅穎庵、又、壺員楼、茅艸園（二ノ目録二オ）
109 綾 刀自 黒河春村妻。号都柳園。
110 三上一臥 江戸巣鴨人。通称祐之助。号千歳亭。
111 白石居村 上野南牧人。住同国藤木。通称簾作。号壺随園、又、花蔭亭、楓園、桜木廼屋、青葉斎。
112 村田春種 同国荻原人。通称簑治郎。号清糸園。
113 花香照蔭 下総万才人。通称伝司。号翠嶺。

114谷　浜風　陸奥弘前人。通称慶輔。号浅葉庵、又、水牛院、烏露廼屋。
115前田喜多住　同国同郷人。通称久米吉。号浅祥庵。
116船城予禄　同国同郷人。通称忠左衛門。号壺曲亭、又、松寿園。
117手塚魚来　同国同郷人。通称荘蔵。号壺潮子、又、東西庵。（二ノ目録二ウ）
118堀田照景　同国同郷人。通称良輔。号壺酣楼、又、錦水園。
119市田皮之　同国木造人。通称五三郎。
120僧　　麘　同国同郷（石川注、以下五文字ほど墨格）号喜楽堂。
121蕁菜法師　同国同郷慶応寺主祐意。号蓮葉庵。
122感　返上　同国同郷人。通称宇三郎。号東西房。
123物部照庭　上野一宮大宮司一宮志摩守。号浅白庵、又、望月館。
124河野守弘　下野大道人。通称伊右衛門。号浅芳庵、又、壺聚園、樛園。
125亀山惟一　同国亀山人。通称唯一。号五総園、又、佐那伎廼屋。
126小嶋笹根　常陸高田人。通称繁右衛門。号壺籔園。（二ノ目録三オ）
127菅野楽人　陸奥福嶋人。通称与市。号浅苔庵。
128本多山住　同国同郷人。通称嘉七。号浅静庵。
129斎藤村住　同国同郷人。通称吉兵衛。号檜山亭。
130柴山里村　下野中嶋人。柴山国村弟。通称喜三郎。号春興園、又、鬒野亭、東郊舎。
131未生法師　江戸駒込教元寺弟智順。号壺昔園、又、一塵子。
132河野守弘母　下野大道人。自称桜戸嫗、又、萱室。

133 繁　子　河野守弘妹。号夏聚園、又、鏡室。文政十三年十月十日没、年二十六。
134 倭文刀自　同妻。号春雨亭。
135 甲田顕雄　同国吉田人。通称意伯。号壺芳園、又、葛園。（二ノ目録三ウ）
136 杦山高行　常陸挙木人。通称東蔵。号壺翔楼、又、鶴亭。
137 田口守明　下野吉田人。通称多一郎。号壺玉園、又、拾玉亭、楸園。
138 同　国一　同国同郷人。通称幹五。号守水亭、又、玉塵楼、柯園。
139 竹内直麿　上野一宮社家。通称廉斎。号浅節庵。
140 大邑弘樹　下野大道人。通称利右衛門。号春野亭、又、葦園。
141 小口弘一　同国吉田人。通称辰之助。号芳錦園、又、秋野亭。
142 泰山信元　同国長沼人。通称久治郎。壺萱園。
143 米川躬鳥　江戸芝人。通称左京。号五葉亭。
144 酒井武暉　出羽竹杜人。通称庄之助。号信歌堂。（二ノ目録四オ）
145 谷郷菊見　越中富山人。通称小右衛門。号壺清楼、又、素琴亭。
146 河合嶺雄　江戸本所人。通称与作。号浅濃庵、又、桑栖屋、蘭室。
147 藤田茂高　富山侯臣。即住富山。通称晋之佑。号木公舎。
148 赤荻可村　下総鹿窪人。通称平司。号荻園。
149 田中富村　下総福良人。通称竜碩。号牡丹園、又、竹如亭。
150 宮崎若村　同国中嶋人。通称万太郎。号春柴園、又、青野亭。
151 柴山岸村　同国同郷人。通称嘉吉。号帛水亭。

152田口興雄　同国吉田人。田口国一男。通称弥五左衛門。号芳雲楼、又、斐園、芙嶺亭。
153同　晴雄　同国同郷人。通称権右衛門。号芳野亭、又、一翠園、三明舎、藤園。（二ノ目録四ウ）
154福田近村　同国大中嶋人。通称忠右衛門。号詣河堂、又、桑園。
155池田本蔭　上野津久田人。池田一瓶男。初曰、守瓶。通称八郎治。号壺翫楼、又、茅遊園、潦亭、馨枝園。
156秋間光弘　下野柳林人。通称八兵衛。号芳桂園、又、楫廼屋、望月園。
157浜田長喜　富山侯臣。即住富山。通称定右衛門。号壺川楼、又、越川舎。
158久智市住　江戸京橋人。通称真太郎。号壺月堂、又、都橋園、一円斎。
159高橋満香　秋田侯臣。即住秋田。通称勇之丞。初曰、業増。号春抄園、又、吾道堂。
160堀江一章　出羽秋田人。通称助四郎。号玉塵亭、又、春窓園。
161山田守雄　同国能代人。通称亀五郎。号壺山楼。
162中嶋亀年　同国同郷人。通称永四郎。号玉淵亭。（二ノ目録五オ）
163佐々木晴海　同国同郷人。通称吉助。号玉鵬亭。
164北村春香　同国同郷人。通称佐吉。号玉卸庵。
165浄阿居士　同国同郷人。村木楽雄父。通称芦仲。号安楽亭。文政十一年十二月十二日没、年六十七。
166村木楽雄　同国同郷人。通称新三郎。号壺濆楼、又、灌園。
167西村四季見　同国同郷人。通称庄七。号玉照亭。
168堤　守文　越後三条人。秋田侯臣。即住秋田。通称謙吾。号浅玉庵。

右（二ノ目録五ウ）

〔図版釈文〕

085 吉田一朶　さひしさに手かひの猫もこの人とよひてかたらふ秋のゆふ暮（二ノ初オ）
086 中村春樹　雪とみし花はのこりて遠山のみねにきえ行天津かりかね（二ノ初ウ）
087 鈴木綾主　さくら花待しつらさもちるうさもわすられにけりさきのさかりは（二ノ二オ）
088 菅谷広村　こぬ人をまつ夜の月しかたふけは我影さへにみえすなりけり（二ノ二ウ）
089 新井守常　きのふよりけふは寒けし冬くれはことしも老となりやしつらん（二ノ三オ）
090 大橋竹村　ふしのねはあけ暮人のみる山としれはや雪のいゆきはゝかる（二ノ三ウ）
091 大橋千村　山のはにいらてのこるはありあけの月もめつるか春のあけほの（二ノ四オ）
092 和合岸員　たくひなくみしもみち葉はちりてたにあかぬつゝりのにしき也けり（二ノ四ウ）
093 大森真柴　隅田川をふねうかへて汲さけになみをうたする風のすゝしさ（二ノ五オ）
094 河野久住　老か世はかきりあらしと人のみしめかねはつさてとしをふるかな（二ノ五ウ）
095 斎藤村並　うら〳〵と照日うれしみ久かたのそらにひめもすあそふひはりか（二ノ六オ）
096 菅沢葭人　おそしとてたれかうとまん山さくら青葉にはなのおもかくしすな（二ノ六ウ）
097 清水友俊　よこくもにうき橋見えてはるの夜の夢をしからぬあけほのゝそら（二ノ七オ）
098 向後吉正　小倉山またの御幸をもみち葉もにしきのとはりかけて待らん（二ノ七ウ）
099 向後道文　おそさくらしなすくなきをめてんには言葉多きもたれかうとまん（二ノ八オ）
100 佐藤梅早　いさとはんあるしまうけはわろしともさくらか枝に手のとゝく宿（二ノ八ウ）
101 渡辺　静　およひなき峯のさくらよ谷川のをられぬ水になかるゝもをし（二ノ九オ）
102 安田岸住　明くれにとはるゝ花のさくら戸はよるたにさらて人をこそまて（二ノ九ウ）

103 斎藤清住　しのふ山しけきかもとをたつぬとも人のこゝろのおくはしられし（二ノ十オ）

104 清野岸光　たかさこの松吹風もこゑたかしうたふうたひをきくかことくに（二ノ十ウ）

105 糸井作良　わきもこかはたへをしろみもゆる火を雪もてきやすこゝ地こそすれ（二ノ十一オ）

106 高艸木高木　うちなひく草香の山の秋風に難波の海も浪やたつらん（二ノ十一ウ）

107 鈴木音鷹　なかたちをかたらひえつるかひもなし人のこゝろのたのまれすして（二ノ十二オ）

108 鈴木千本　ぬれてほす根わけのきくの露のまに庭のさくらも七日へにけり（二ノ十二ウ）

109 綾　刀自　山さとはいとゝさひしきゆふへかなかたるもとふも荻はかりにて（二ノ十三オ）

110 三上一臥　ましらとはうへもいひけりよふこ鳥人のまねして人よはふ也（二ノ十三ウ）

111 白石居村　なにこともわすれてあかすみる雪は世のうささへにふりうつむらん（二ノ十四オ）

112 村田春種　露のまに千とせをふへききくなれや花まち遠になにおもひけん（二ノ十四ウ）

113 花香照蔭　梅か枝にきゐる鶯うへしこそ舌もかわかてこゝらなくらめ（二ノ十五オ）

114 谷　浜風　ことゝはぬいはほなからもふたみかたふたりならひてたつはなつかし（二ノ十五ウ）

115 前田喜多住　さく花のにほひふかさもおのつからくみてしらるゝさくら井の里（二ノ十六オ）

116 船城予禄　花かけにあそふ故(ママ)蝶のまひみれはあかなくに日も入あやの袖（二ノ十六ウ）

117 手塚魚来　君か代はちひきの石に春雨のしつけくふりて穴うかつまて（二ノ十七オ）

118 堀田照景　なきわたるこゑもめつらしほとゝきすまつりみにこし加茂の山へを（二ノ十七ウ）

119 市田皮之　あすこえんたかねましろくふりつみていとゝ旅路そゆきつかへぬる（二ノ十八オ）

120 僧　醫　古郷は人もみぬまのかきつはたたかしめゆひてひとり咲らん（二ノ十八ウ）

121 蓴菜法師　雨にきるすけの小笠もふきあけのはま風あらみ波にぬれつゝ（二ノ十九オ）

122 感　返上 暁はうらみんかねもゆふ暮にこんとつくるそうれしかりける（二ノ十九ウ）

123 物部照庭 咲にけりひらのたかねの山さくらそらの海にもかけうつるへく（二ノ二十オ）

124 河野守弘 すへらきのおほんめくみのかけひろみ氷もあつしよものひむろに（二ノ二十ウ）

125 亀山惟一 浪間照光もをかしさゝらかたにしきのうらの秋の夜の月（二ノ二十一オ）

126 小嶋笹根 青柳にしは生のちりをはらはせてあそふ春野のむしろにそかる（二ノ二十一ウ）

127 菅野楽人 陰たかし軒のしのふもした草とおもふはかりにまつはさかえて（二ノ二十二オ）

128 本多山住 みな月はそらにも雨のたらねはやふると見るまにはるゝゆふたち（二ノ二十二ウ）

129 斎藤村住 たくみなりやみもたとらぬうかひ舟おのかしわさにくらからすして（二ノ二十三オ）

130 柴山里村 悔しくも人に山路のしるへしてあたらさくらをゝらせつる哉（二ノ二十三ウ）

131 未生法師 たちはなの香にむせひけんほとゝきすわか門をしもなかてすくるは（二ノ二十四オ）

132 河野守弘母 よひに見し夢のうき橋たちかへりふたゝひわたる暁のころ（二ノ二十四ウ）

133 繁　子 うすきこきもみちはかなくちりぬなりみねもつねなき風やふくらん（二ノ二十五オ）

134 倭文刀自 あかつきのわかれわひしみことさらに霜夜のかねそ身にはしみぬる（二ノ二十五ウ）

135 甲田顕雄 にきはへるかまとをはたちかさぬともふしの煙やたちまさるらん（二ノ二十六オ）

136 杦山高行 おのか名をよこさしとてや加茂の川たち行とりもにこさゝるらん（二ノ二十六ウ）

137 田口守明 ほとゝきす鳥羽田のさなへいつしかもかりかねなきて色つきにけり（二ノ二十七オ）

138 田口国一 あめのしたまたゝくひなき不士のねは雪のいろにもいちしろきかな（二ノ二十七ウ）

139 竹内直磨 ひとついろに見えしこと木はもみちして松をしくれのそめいたしけり（二ノ二十八オ）

140 大邑弘樹 さみたれにさなへとる日もぬれしかと秋のかりほの露そことなる（二ノ二十八ウ）

141 小口弘一　難波かたくか丶海かとたとる日は梅そかすみのみをつくしなる（二ノ二十九オ）

142 泰山信元　おほそらも人のかた見のこ丶地してこ丶ろなくさのかりの玉つさ（二ノ二十九ウ）

143 米川躬鳥　墨染の羽袖もをかしとふほたる身よりひかりをはなつとおもへは（二ノ三十オ）

144 酒井武暉　獲物なき夜は丶さつをもさをしかの角のふくれをおのれみすらん（二ノ三十ウ）

145 谷郷菊見　さひしさよあきのなかはもはや過て月さへうときゆふ暮のそら（二ノ三十一オ）

146 河合嶺雄　もろこしへ行もみやこにと丶まるも春はあつまをともにこそたて（二ノ三十一ウ）

147 藤田茂高　おなし世にうまれあはすは君故にしなんはかりのものはおもはし（二ノ三十二オ）

148 赤荻可村　世中の人のこ丶ろに似たるかないさよふ波にうき草のはな（二ノ三十二ウ）

149 田中富村　をちこちにむしのなく音のきこえすは野へともしらし霧ふかくして（二ノ三十三オ）

150 宮崎若村　やをかゆくはまのまさこもしかめやはいそへの松のちよのかすには（二ノ三十三ウ）

151 柴山岸村　きさらきのはしめにみけりをりかさす杁の葉青きうま丶つりをは（二ノ三十四オ）

152 田口興雄　雨にのみめてんかけかはからさきの松ははれたるそらのいろして（二ノ三十四ウ）

153 田口晴雄　むさし野の草はみなからふしのねの雪のしたにてもゆる春かな（二ノ三十五オ）

154 福田近村　滝つ瀬はしろき筋のみみたれけりくろかみ山におつるものから（二ノ三十五ウ）

155 池田本蔭　花をなみ人のたふれぬかるかやもおのれと秋はしたをれにけり（二ノ三十六オ）

156 秋間光弘　たのしさよはるのとなりのたからをもかそへてくらすけふのこよひは（二ノ三十六ウ）

157 浜田長喜　しら浪のたちかへり行いそ千鳥沖の小嶋になにわすれけん（二ノ三十七オ）

158 久智市住　ころもうつ音に夜寒のさとの名はとはてもしるき秋の此比（二ノ三十七ウ）

159 高橋満香　文机にむかへとくらきゆふ暮はみぬ世の友もとはてさひしな（二ノ三十八オ）

160堀江一章　色ゝのはなさく秋は枯木をももらさしとてかまとふ朝かほ（二ノ三十八ウ）
161山田守雄　梅かゝのやみにもしるきたくひかな霞かくれの鶯のこゑ（二ノ三十九オ）
162中嶋亀年　山人の斧のひゝきもさえにけり霜にくち木の杣の冬かれ（二ノ三十九ウ）
163佐々木晴海　かくれかは人にあふさへうの花を垣ねにゆひて世をそへたつる（二ノ四十オ）
164北村春香　けふことによろつ千秋の長秋をかさねてくまんきくのさかつき（二ノ四十ウ）
165浄阿居士　山川のとよむはかりそたつきなる霞につゝく木曾のかけはし（二ノ四十一オ）
166村木楽雄　松たけによそほふはるの門みれは梅さへきよく花咲にけり（二ノ四十一ウ）
167西村四季見　宇治川やしら波こゆる網代木に寒さかさねてさゆる月かけ（二ノ四十二終オ）
168堤　守文　たなはたのあふ夜は月もとくいるをうこかぬ北のほしやなになり（二ノ四十二終ウ）

草庵五百人一首巻三

目　録

169青木一襲　上野津久田人。通称源蔵。号壺縫園、又、花田亭。
170西村仲秋　常陸関本人。通称林左衛門。
171浅野鈴庭　美濃今尾人。通称忠左衛門。号壺瑝庵、又、柏葉庵。
172深谷苅穂　秋田侯臣。即住秋田。通称直。号壺僊楼。
173五十嵐春雄　出羽秋田人。通称芳蔵。号玉柳舎。
174上山羽狩　上野大間々人。通称喜兵衛。号浅桃庵、又、一丁亭。天保五年午十一月九日没、年七十七。（三ノ目録一オ）

175 湯本五百秋　下総芳賀崎人。通称広吉。号桂下園、又、誠斎。

176 深沢駒寸　上野桐原人。通称弥五右衛門。号浅姜洞、又、雪蹄苑。

177 豊田守一　同国大間々人。通称信吉。号壺玲楼、又、鱗岡。

178 小宅文藻　下野真岡人。通称喜兵衛。号日新斎、又、六花園、栲園。

179 美　余　子　小宅文藻女。号感久苑、又、菊園。

180 武川守光　上野太田人。通称藤兵衛。号青葉堂。

181 連　　女　武蔵高崎人。持田某母。号旅月堂。

182 都丸宝船　上野八崎人。通称忠蔵。号大海舎。

183 角田一興　同国津久田人。通称善蔵。号壺諷楼。（三ノ目録一ウ）

184 浅川魚一　同国岩戸人。通称常治郎。号鏑川楼、又、繭糸亭、源紙園、竹葉舎。

185 浦野立人　越中本郷人。通称甚蔵。号高雪庵。

186 富田永世　武蔵太田人。住上野藤岡。通称金蔵。号浅葎庵、又、金風亭。

187 新井玉世　上野藤岡人。通称右一郎。号庭葎庵、又、桑樹園。

188 柳沢永俊　同国同郷人。通称雄蔵。号壺溏園、又、緑毛斎。

189 浅見御世澄　同国同郷人。通称登世太郎。号壺富園、又、波静堂。

190 峯　下蔭　同国同郷人。峯越方男。通称安右衛門。号壺喬園、又、堰蓋楼。

191 手計俊久　武蔵本庄人。住上野藤岡。通称左平。号二葉庵、又、高砂園。

192 小林星照　近江中野人。住上野藤岡。通称源三郎。号青葎庵、又、鶴星堂、舛廼屋。（三ノ目録二オ）

193 高橋小田蒔　武蔵肥土人。通称周兵衛。号壺耕園、又、村恭庵。

194 中沢保世　同国同郷人。中沢細道男。通称栄兵衛。号壺聖園、又、大櫌庵。
195 中嶋有員　三河道日記人。通称峻洞。号浅綉庵。
196 (像197) 山田徳司　同国神有人。通称徳治。号山滝水。
197 (像196) 岡部花雪　同国同郷人。通称周助。号旭亭。
198 山田岐英　同国同郷人。通称善蔵。号双樹園。
199 二瓶小瓶　出羽一本柳人。通称小左衛門。号壺澳楼。
200 池田守好　上野津久田人。通称源八郎。号壺学楼、又、馨花園。
201 吉川百潮　江戸浅草人。通称勘七。号紅楓園。(三ノ目録二ウ)
202 綾　女　上野桐生人。長谷川某女。号茅粽園。
203 白　子　同国同郷人。稲垣某女。号壺珪園、又、茅菊園、連栄亭。
204 仮名女　三河荒木人。都筑某妻。
205 室田春郷　上野館林人。室田守郷男。通称啓太郎。号壺満楼。
206 嶋田延樹　下野田嶋人。初曰、綾成。通称嘉兵衛。号相生園、又、松亭、唐錦子。
207 池田幹久　上野峯人。通称伝蔵。号壺薝楼。
208 柳沢一桟　同国大竹人。柳沢春秀弟。通称国輔。号蘭園、又、竜枝園。
209 佐藤春舎　陸奥羽田人。通称直八郎。号壺興園、又、誠斎。
210 朽津守綾　上野上久方人。通称伊兵衛。号壺漢亭、又、茅風園。(三ノ目録三オ)
211 荒井文一　同国同郷人。通称忠蔵。号壺潜亭、又、茅他園。
212 朽津綾竹　同国同郷人。通称惣助。号壺縞亭、又、茅曲園。

213 織　子　同国同郷人。青木某女。号壺裳亭、又、茅秋園。
214 青木広嶺　同国同郷人。通称勝右衛門。号壺葉亭、又、萋々舎。
215 向田高鞆　同国同郷人。通称陸右衛門。号壺音亭、又、檀園。
216 矢野里成　近江日野人。通称文左衛門。号田舎亭。
217 田中浜風　同国同郷人。通称孝助。号茅輪園、又、楠葉子。文政十二年五月廿六日没、年三十三。
218 前原守行　上野二渡人。通称徳右衛門。号壺道楼、又、茅檐楼。
219 糸井沖風　同国同郷人。通称清吉。号壺船楼、又、茅浦楼。（三ノ目録三ウ）
220 深見廬山　三河新堀人。作名三笑。初号浅倉庵。後、更竜眠閣。又、白蓮舎、石林観、勢虎軒、旧珍斎。
221 白　梅　女　深見廬山妻。曰、鶩鵝。号浅英庵。文政九年七月十五日没、年四十七。
222 深見三躬　深見廬山男。通称珂六。号浅倉庵、又、壺江園。
223 井上如流　同国宇頭人。通称吉右衛門。号浅涯庵、又、壺唄楼。
224 外松三顧　同国佐々木人。通称隆朔。号命明楼。
225 市川山橋　同国平坂人。通称彦三郎。号壺澗楼、又、亀乗園。
226 吉橋三雨　同国越戸人。仕新堀深見三躬家。通称利七。号青苔園。
227 権大僧都良賢　上野大間々人。大泉院主。作名峯之。号壺桟廬、又、芳野山人。
228 金子躬次　同国同郷人。通称雄次郎。号壺道楼。文化十三年八月廿二日没、年二十六。（三ノ目録四オ）
229 藤生百蔭　同国桐原人。通称善蔵。号壺彩楼、又、哥林亭。
230 布　女　同国同郷人。松原某女。号壺洒園。
231 稲生波員　尾張布土人。通称新助。号稲葉亭。

232 西村宣文　伊勢山田人。住上野桐生。通称猶七郎。初曰、栄枝。号浅墨庵、又、茅清園、連玉亭。
233 籾山茂平　上野太田人。住下野小俣。以茂平為通称。号壺籾亭、又、連草亭。
234 須藤宗暁　下野小俣人。通称元輔。号浅星庵、又、壺会楼、連山亭、槇園。
235 白　王(ママ)　江戸吉原江戸町玉楼遊女。
236 外池真澄　近江日野人。通称太右衛門。号池廼屋、又、綾園。
237 加藤蔭直　出羽庄内隠士。通称瑞園。号脩竹園、又、花顚老人。(三ノ目録四ウ)
238 村上秋照　下野太田原人。住江戸浅草。通称佐太郎。号稲葉園。
239 深沢保清　上野新川人。通称惣右衛(門欠)。号壺桓園、又、田見楼。
240 (像241) 新井細道　同国大間々人。通称半治郎。号茅原亭。
241 (像240) 星野末繁　同国同郷人。通称茂七。号浅萊庵、又、若草庵。
242 岩田一得　江戸霊岸嶋人。通称正八。号壺朝楼、又、千有子。
243 青木守照　上野津久田人。通称半兵衛。号壺日園、又、亜斎、鏡園。
244 伊　都　子　同国大間々人。長沢満雅妻。号壺珀園。
245 青山三津磨　同国同郷人。通称賢斎。壺晋廬、又、杏林舎。
246 深沢大蔭　同国桐原人。深沢駒寸男。通称善之輔。号壺鳴園。(三ノ目録五オ)
247 石原真金　同国同郷人。通称八十八。号鑼斎。
248 同　畝麿　同国同郷人。通称和介。号壺周楼、又、農珉子。
249 藤生高峯　同国同郷人。通称平右衛門。号壺銅楼、又、銀虫亭。
250 星野静波　同国同郷人。星野竜海男。通称要輔。号壺泉楼、又、青陽子。

右（三ノ目録五ウ）

［図版釈文］

169 青木一嚢　人みなのねさめをときとほと〻きすなけや夜ふかきこゑはあたらし（三ノ初オ）
170 西村仲秋　くらおきてむまや〳〵とまたれけりさかはつけんのはなのつかひも（三ノ初ウ）
171 浅野鈴庭　霜はらふ羽そてつかれて水鳥のぬるまはなみもさわかさりけり（三ノ二オ）
172 深谷苅穂　たつ鹿のあとよりほかは朝露にぬれぬ所もあらぬ野へ哉（三ノ二ウ）
173 五十嵐春雄　から衣我にしたしきいもやうつ霧のまかきに音もへたてす（三ノ三オ）
174 上山羽狩　軒過る風もみえすくこ〻ちしてきよく涼しき青すたれかな（三ノ三ウ）
175 湯本五百秋　ぬは玉のやみ路たとるか郭公あとさきわかぬ夜はのひとこゑ（三ノ四オ）
176 深沢駒寸　春そとははしめてしらん初わかなつまれて雪の中いつるとき（三ノ四ウ）
177 豊田守一　咲はなのかけにやすらふこ〻ちせりかさしの梅はさえたなからも（三ノ五オ）
178 小宅文藻　いた〻きの雪きえはてんいつる日の光にあたるくろ髪の山（三ノ五ウ）
179 美　余子　うらやまんさかりひさしききくも猶千秋かさぬる君かよはひは（三ノ六オ）
180 武川守光　山さとのさひしさいかに都すらとなりへたつる秋のゆふきり（三ノ六ウ）
181 連　　女　しら浪にしつ枝あらひていそのまつ千とせも色のよこれさるらん（三ノ七オ）
182 都丸宝船　はる雨のふる日も風のさゆる日もこゑはのとけき籠のうくひす（三ノ七ウ）
183 角田一興　にひはりの筑波根みつ〻むさし野にいく夜もねはやすみれつむとて（三ノ八オ）
184 浅川魚一　露しけみたましく籔の月かけはさなから竹のみやこなりけり（三ノ八ウ）

185 浦野立人　人しれぬむくらのやとは鸎も霞のおくにかくれてそなく（三ノ九オ）
186 富田永世　我庵は誰かはとはん山ふかみ道踏まよふ人ならすして（三ノ九ウ）
187 新井玉世　岑も尾もひとつ色にてふたつなきなかめなりけり雪のふしのね（三ノ十オ）
188 柳沢永俊　野辺ちかき家ゐは籠のうくひすにかはんわかなを朝な〳〵つむ（三ノ十ウ）
189 浅見御世澄　ぬすみけんみち代の桃のふることをためしに花のえたもをらはや（三ノ十一オ）
190 峯　下蔭　梅をほしさくらを雲とみる春の柳はそらのみとりなりけり（三ノ十一ウ）
191 手計俊久　さくらかり雲か雪かとみるほとに雨ふりかゝるはなのした露（三ノ十二オ）
192 小林星照　ほとゝきすなき行そらはあり明の月のみや人ねさめにや聞（三ノ十二ウ）
193 高橋小田蒔　あまの川いまこそ星はわたるらめかけもたらひのみなそこにみゆ（三ノ十三オ）
194 中沢保世　さくら花あかぬなかめにわすれ草煙もふかて行山路かな（三ノ十三ウ）
195 中嶋有員　春日野のわか紫の初わらひ末はしのふとともにみたれん（三ノ十四オ）
196 （目録197）岡部花雪　わたつみのはるのけしきやあかさらんうたふ舟人ともよはふあま（三ノ十四ウ）
197 （目録196）山田徳司　あひみれはまた暁の露わけてかにもかくにも袖そかわかぬ（三ノ十五オ）
198 山田岐英　しほらしきふちのはなにはすねものといはるゝまつも身をまかせけり（三ノ十五ウ）
199 二瓶小瓶　瀬をはやみせきとめかたき滝川も岩にすかりて水はこほるか（三ノ十六オ）
200 池田守好　いつくより春はきにけんあさかすみにしに東にひまもあらぬを（三ノ十六ウ）
201 吉川百潮　みち遠みはねやつかれしとふかりもはふかとみゆるむさし野のゝ(ママ)はら（三ノ十七オ）
202 綾　女　はなさかはをらせしとおもふうつき垣たかおほふらんしろたへのそて（三ノ十七ウ）
203 白　子　朧夜の月はつれなきたもとにもうつりにけりな梅の匂ひは（三ノ十八オ）

204 仮　名　女　月のいる山をうらみてうしや身は鵜かひもしらぬつみつくりつゝ（三ノ十八ウ）
205 室田春郷　いけのへのまつの姿のめてたきは日ことかゝみをみれはなるらん（三ノ十九オ）
206 嶋田延樹　へたてなき中をへたつる人めをはへたつるすへもなきそかなしき（三ノ十九ウ）
207 池田幹久　いまうゑし花も梢したかけれはをちこち人のしりてとふらむ（三ノ廿オ）
208 柳沢一桟　滝津瀬はへたてゝおなし岩の上にしらぬのかくる雲もありけり（三ノ廿ウ）
209 佐藤春舎　よし野山画にもおよはぬ花かけにこゝろうつしてみぬ人もなし（三ノ廿一オ）
210 朽津守綾　たちならふ松のなみ木を柱にてくちん世もなきあまの橋たて（三ノ廿一ウ）
211 荒井文一　錦木のくつるをなけく涙にはまたわか袖をちたひそめけり（三ノ廿二オ）
212 朽津綾竹　宮人は駒よりさきにつまつかむふみもなれさるせきの岩角（三ノ廿二ウ）
213 織　　子　みるかうちにかはりもゆくかあさかほの花さへ秋のそら色にして（三ノ廿三オ）
214 青木広嶺　しろく咲梅をしみれは難波かたつね見る浪の花にまされり（三ノ廿三ウ）
215 向田高鞆　布引の滝のひゝきもしのふまてあしやのさとに衣うつなり（三ノ廿四オ）
216 矢野里成　名残おもふこゝろのほかのくまもなしあかぬに月のふくるこよひは（三ノ廿四ウ）
217 田中浜風　萩すゝきあけなはをらん秋の野へ月もをしかも山へかへして（三ノ廿五オ）
218 前原守行　いかにして井はほりかねしむさし野に月の水さへちかくみゆるを（三ノ廿五ウ）
219 糸井沖風　はなさけは手折あまれり秋の野辺はるはつむにもたらすみえしを（三ノ廿六オ）
220 深見廬山　おほそらをかけるはかりそ御狩野や雲井にのほる田鶴のはやさも（三ノ廿六ウ）
221 白　梅　女　ねかへれはぬくるかさしの音そへて枕へちかく落るかりかね（三ノ廿七オ）
222 深見三躬　水底のかけは藻に住夏むしも我からなかて身やこかすらむ（三ノ廿七ウ）

223 井上如流　夏草は道たゆはかりしけれともほたるは庵とはぬ夜もなし（三ノ廿八オ）
224 外松三顧　人みなのいのちをおもひわつらひてわかむねさへにいためつるかな（三ノ廿八ウ）
225 市川山橋　すかたこそ深山かくれのほと〻きすこゑはみやこのはなにまされり（三ノ廿九オ）
226 吉橋三雨　寒からぬ木のした風もさくらはな雪とちる日はみにそしみぬる（三ノ廿九ウ）
227 権大僧都良賢　苗代に名におふ滝もせきいれつみのらは老をやしなはんとや（三ノ卅オ）
228 金子躬次　雨こひてかはつうたよむ山田にはしつももちひのたねやまくらむ（三ノ卅ウ）
229 藤生百蔭　宮人もあくかれいて〻ほと〻きすあらぬ雲井のはつ音きくらん（三ノ卅一オ）
230 布　女　野分して花野はいたくあれしかともとのことくに露は匂へり（三ノ卅一ウ）
231 稲生波員　おもひあふいもせを山の名たてにてかたみに秋の色そこかる〻（三ノ卅二オ）
232 西村宣文　君かためつむへかりけり人もまたふまぬ雪まの清きわかなは（三ノ卅二ウ）
233 籾山茂平　君か代の春をことほくことのはやまつさく花のはしめなるらん（三ノ卅三オ）
234 須藤宗暁　き〻わかぬいそ枕への小夜ちとりさふくてなくやなきてさふしや（三ノ卅三ウ）
235 遊女白玉　わか身たにわかこ〻ろにしまかせねは人のつらさもなにかうらみん（三ノ卅四オ）
236 外池真澄　なつ山にをしかまつらんさつ人もひさをりふせて身をかくしつ〻（三ノ卅四ウ）
237 加藤蔭直　さくら咲はるはみやこの山のはに浪よりいつる月をみる哉（三ノ卅五オ）
238 村上秋照　玉川はきしのしら浪立そふかうつ音たかしさとのきぬたも（三ノ卅五ウ）
239 深沢保清　むらす〻き穂わたみたれてかれふしぬ雪にはいまた埋みはてぬを（三ノ卅六オ）
240 （目録241）星野末繁　たつ田姫立るやいつこうす霧の衣かつかぬ秋山もなし（三ノ卅六ウ）
241 （目録240）新井細道　たらちねのめにかとたて〻いもか閨われをいれしともるかわひしさ（三ノ卅七オ）

242 岩田一得　豊なる御代のわさとはきこゆなり田ことにうたふさをとめの声（三ノ卅七ウ）

243 青木守照　照月のむすはぬ水もかけみれは袖ひつはかりすゝしかりけり（三ノ卅八オ）

244 伊　都子　あかぬかな岩ほにかゝるふちの花天のはころもみるこゝ地して（三ノ卅八ウ）

245 青山三津麿　紫ははひさすものそつはくらめくろきなか羽はなにゝそめけん（三ノ卅九オ）

246 深沢大蔭　あまの河ちかきわたりもわたつみのなみ路はるけく君はおほさん（三ノ卅九ウ）

247 石原真金　ひるたにもをくらきまとにさやかなる光かゝけてとふ蛍哉（三ノ四十オ）

248 石原畝麿　もみち葉に折そへもては松杦のいろさへおなしにしきとそみる（三ノ四十ウ）

249 藤生高峯　とふほたる野中にあまたかけ見えてくちぬ草葉の露もひかれり（三ノ四十一終オ）

250 星野静波　ほとゝきすたゝひとこゑにあけぬとは月もしらてやなほのこるらん（三ノ四十一終ウ）

001 大垣市人（一ノ初オ）

002 大垣守舎（一ノ初ウ）

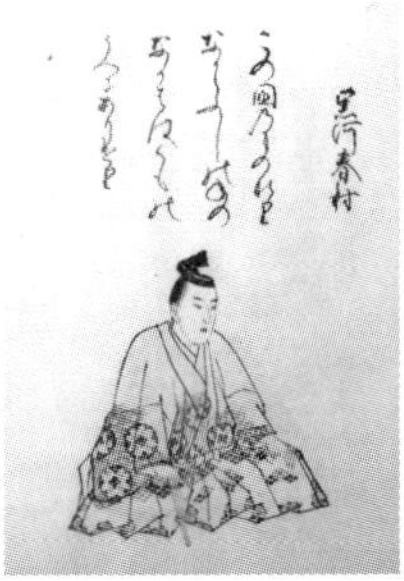

003 黒河春村（一ノ二オ）

004 土屋千元（一ノ二ウ）

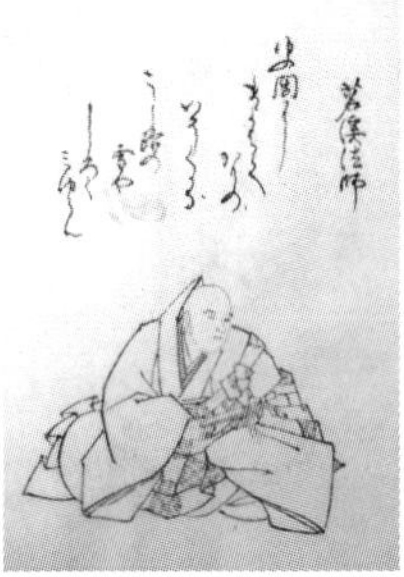

005 茗渓法師（一ノ三オ）

006 沙弥鵠林（一ノ三ウ）

007 柴山国村（一ノ四オ）

008 津田琴繁（一ノ四ウ）

009 梶　子（一ノ五オ）

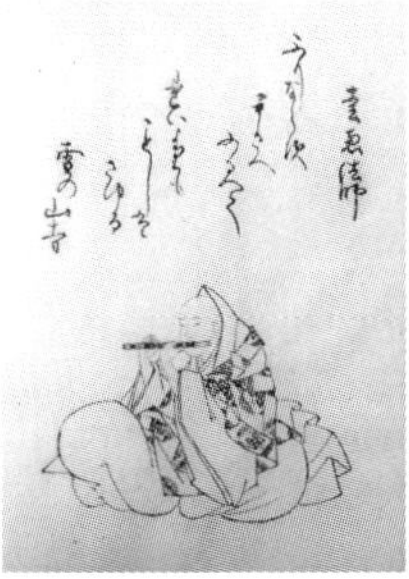

010 春恵法師（一ノ五ウ）

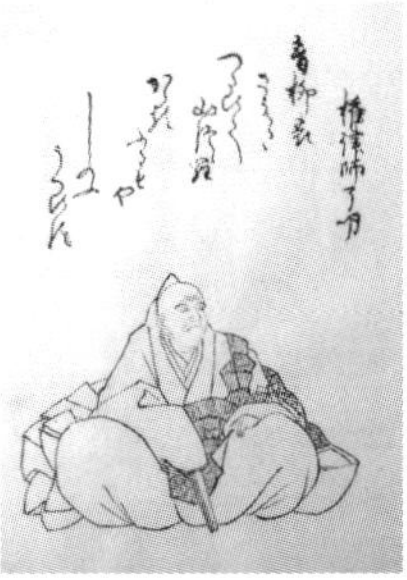

011 権律師了明（一ノ六オ）

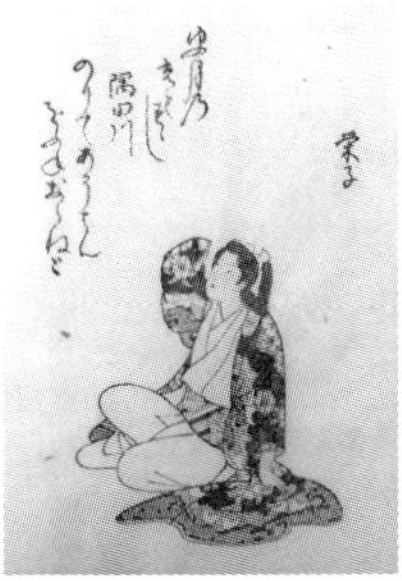

012 栄　子（一ノ六ウ）

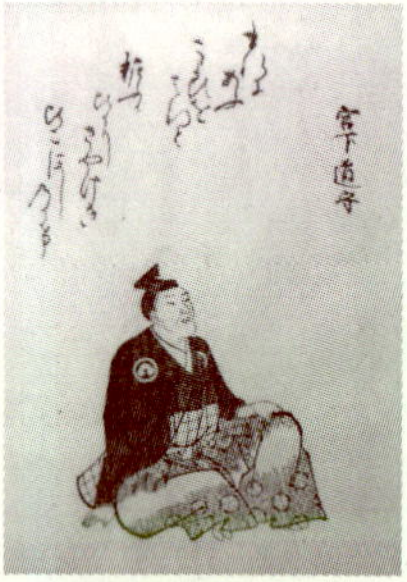
013 宮下道守（一ノ七オ）

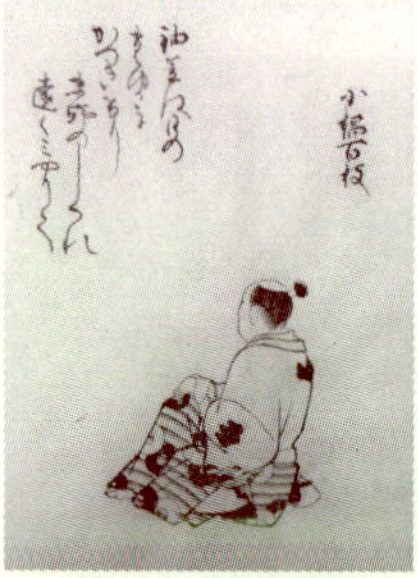
014 小棡百枝（一ノ七ウ）

015 勝田福寿（一ノ八オ）

016 森　広蔭（一ノ八ウ）

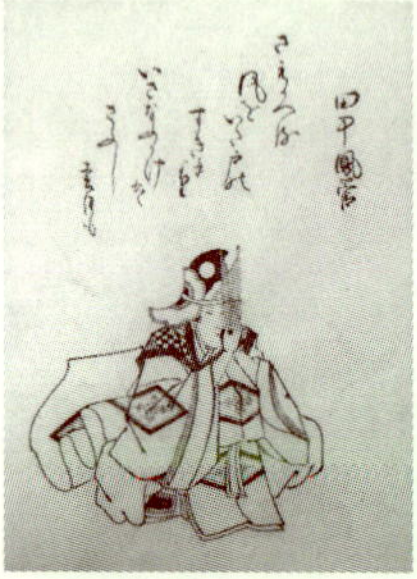
017 田中鳳管（一ノ九オ）

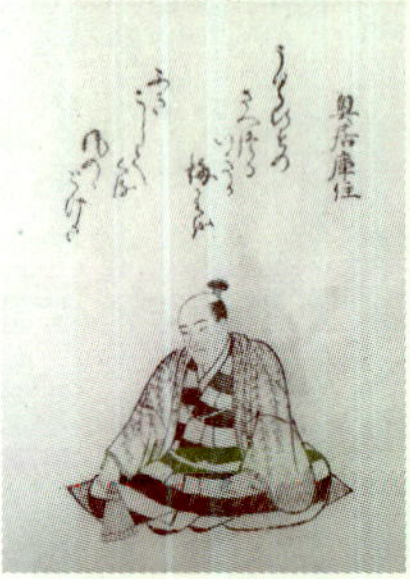
018 奥居庫住（一ノ九ウ）

019 多賀長住（一ノ十オ）

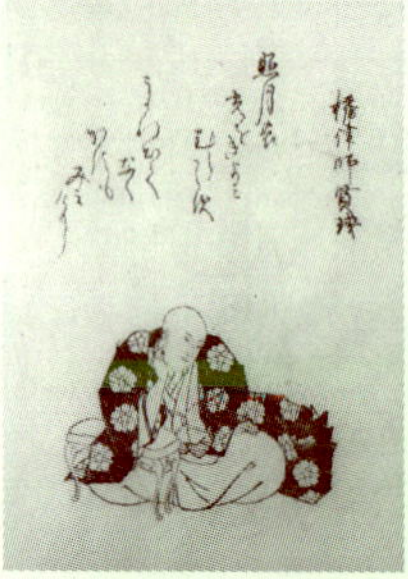
020 権律師賢瑰（一ノ十ウ）

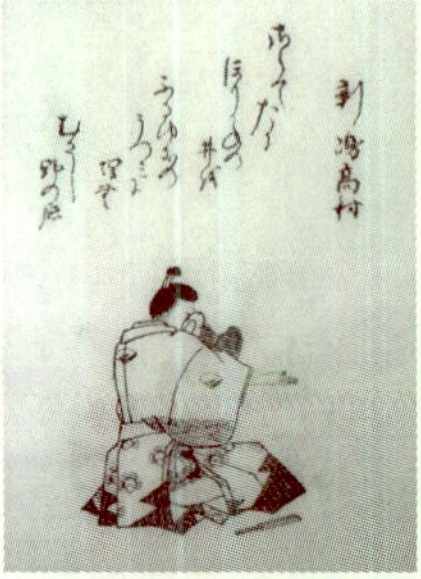
021 新嶋高村（一ノ十一オ）

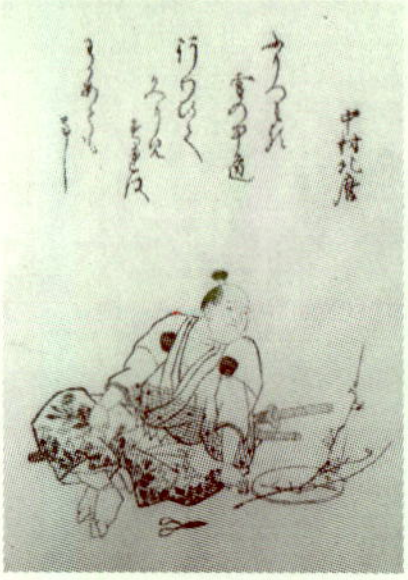
022 中村北麿（一ノ十一ウ）

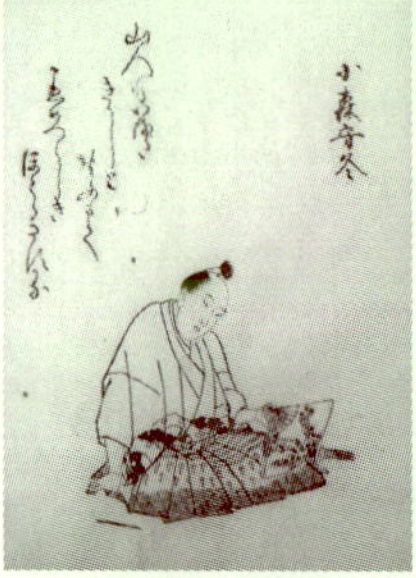
023 小森守冬（一ノ十二オ）

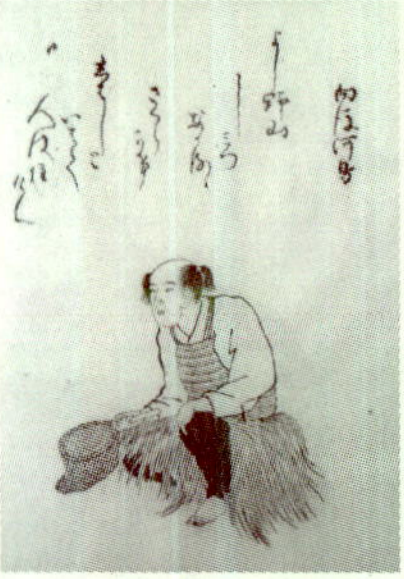
024 向後河鳥（一ノ十二ウ）

025 星野糸成（一ノ十三オ）

026 宮下為業（一ノ十三ウ）

027 宮下梅侯（一ノ十四オ）

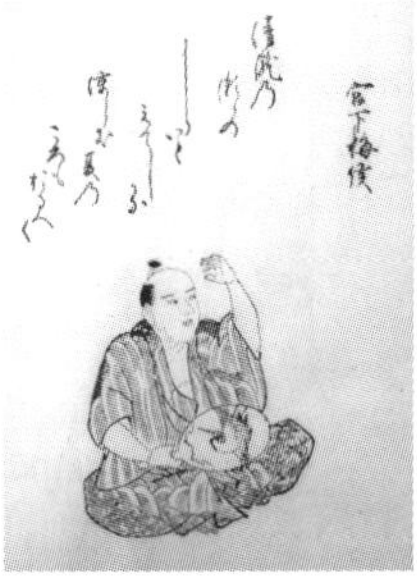

028 植木守斗（一ノ十四ウ）

029 関口一岱（一ノ十五オ）

030 浅川友乗（一ノ十五ウ）

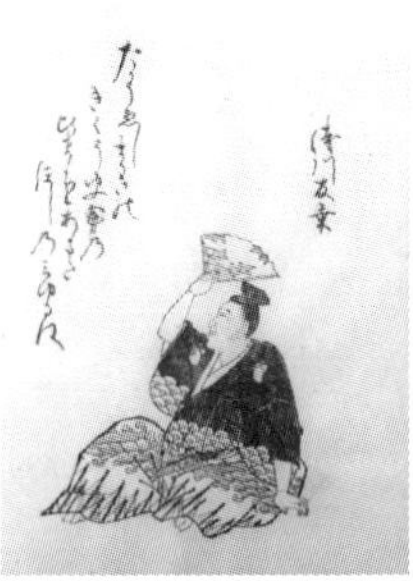

031 篠原菊磨（一ノ十六オ）

032 北出春人（一ノ十六ウ）

033 大矢都水（一ノ十七オ）

034 片桐北塢（一ノ十七ウ）

035 柴山草村（一ノ十八オ）

036 野口雪村（一ノ十八ウ）

037 林　女（一ノ十九オ）

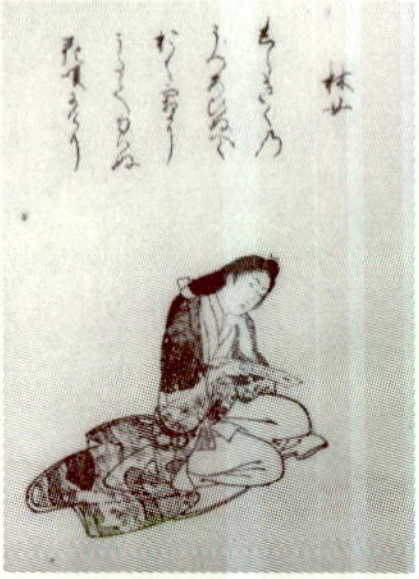

038 池田一瓶（一ノ十九ウ）

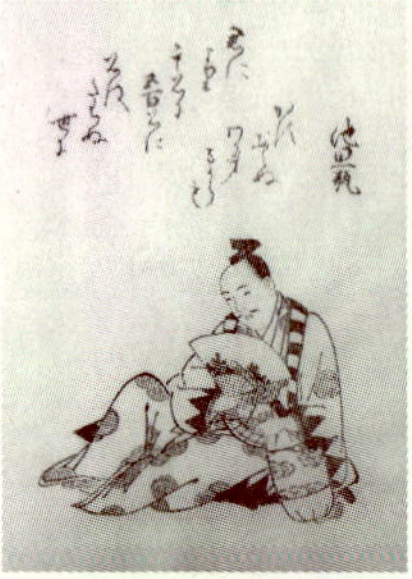

039 品川夢成（一ノ二十オ）

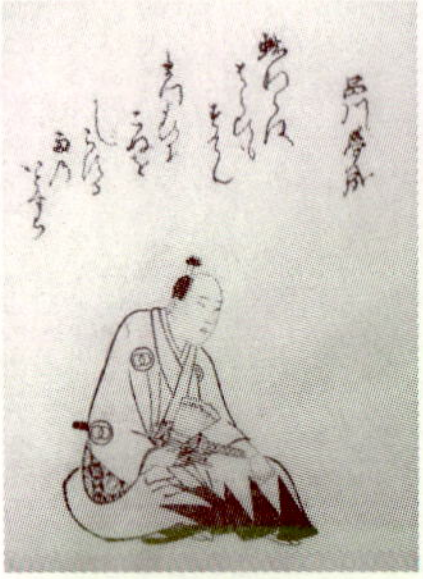

040 江利川守枝（一ノ二十ウ）

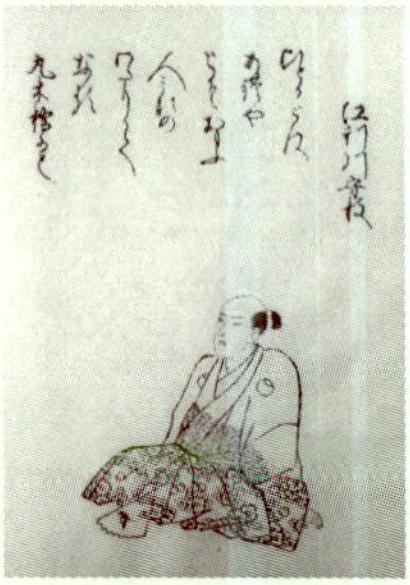

041 室田守郷（一ノ二十一オ）

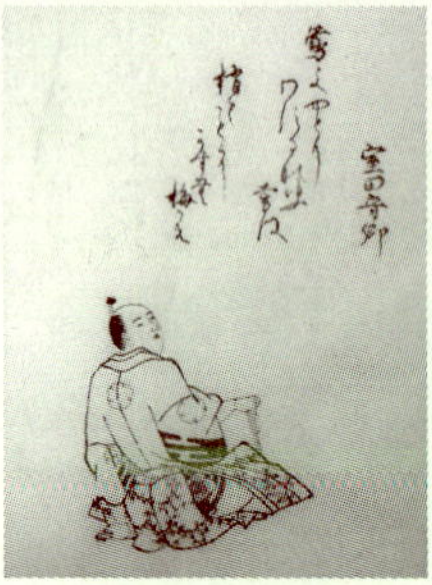

042 簑　子（一ノ二十一ウ）

043 星野竜海（一ノ二十二オ）

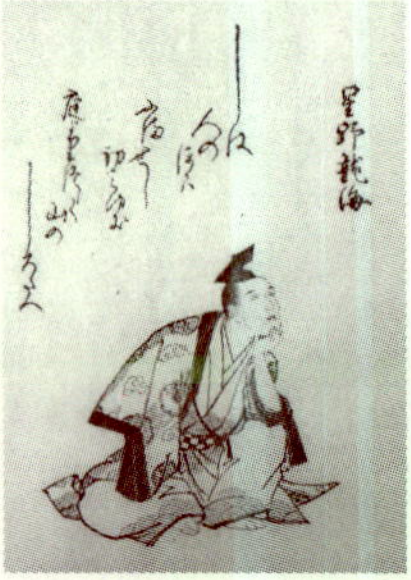

044 新井秋住（一ノ二十二ウ）

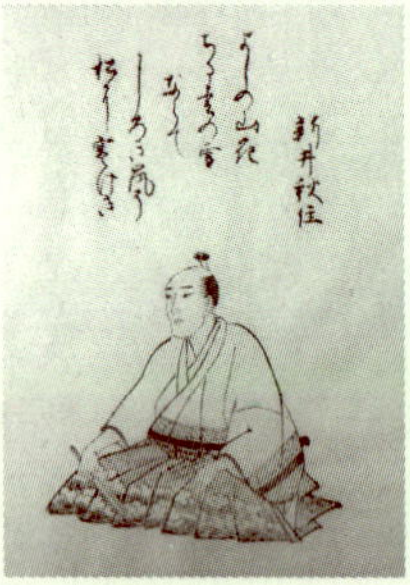

045 新井守村（一ノ二十三オ）

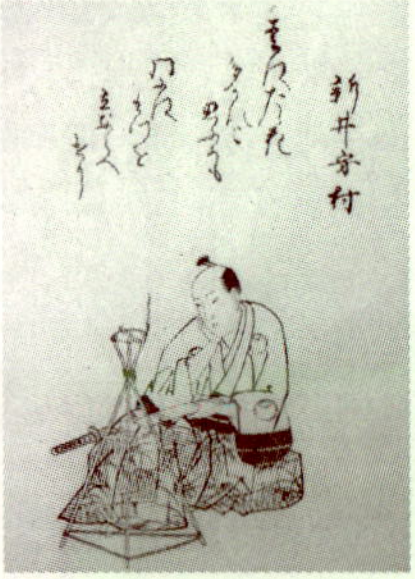

046 橋本高広（一ノ二十三ウ）

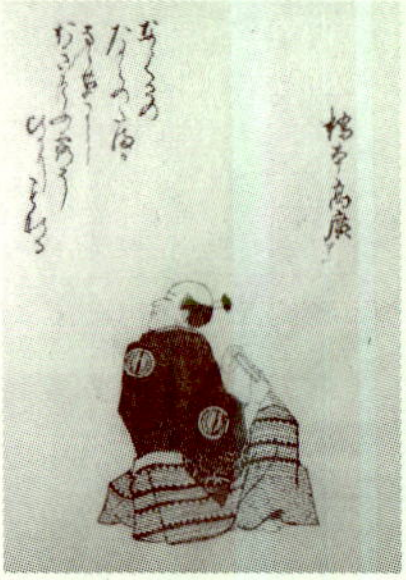

047 下田疇成（一ノ二十四オ）

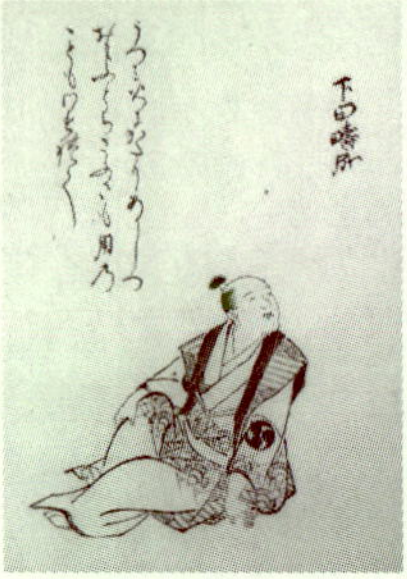

048 佐藤宣洲（一ノ二十四ウ）

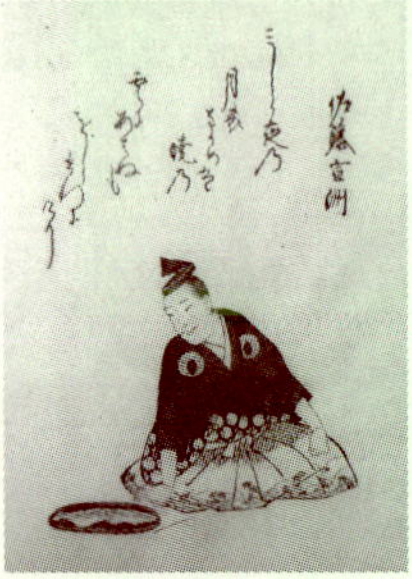

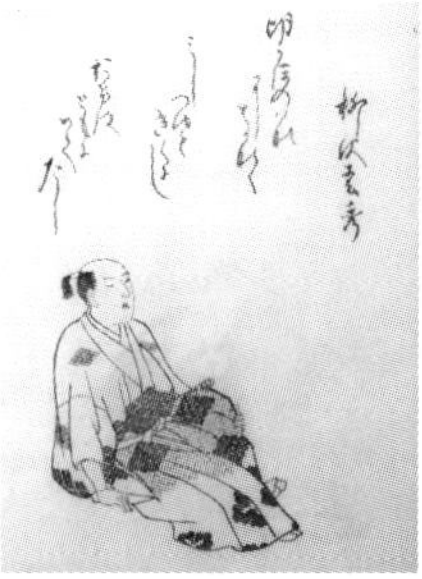
049 柳沢春秀（一ノ二十五オ）

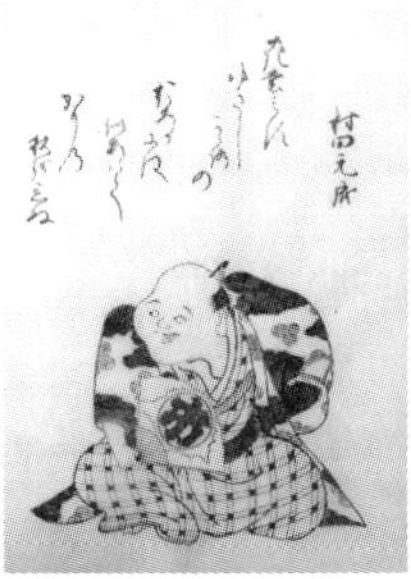
050 村田元成（一ノ二十五ウ）

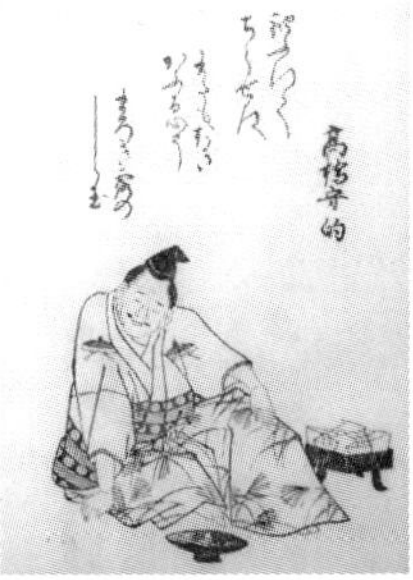
051 高橋守的（一ノ二十六オ）

052 石原豊村（一ノ二十六ウ）

053 高野梅正（一ノ二十七オ）

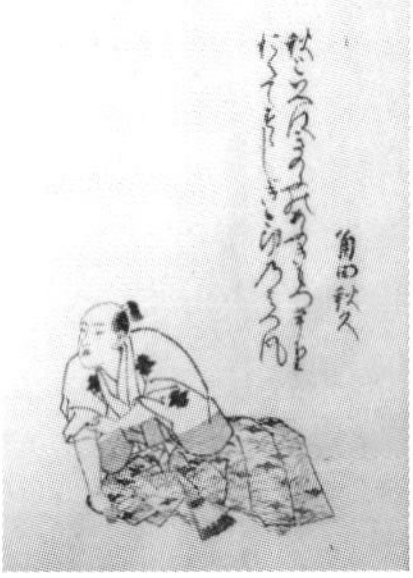
054 角田秋久（一ノ二十七ウ）

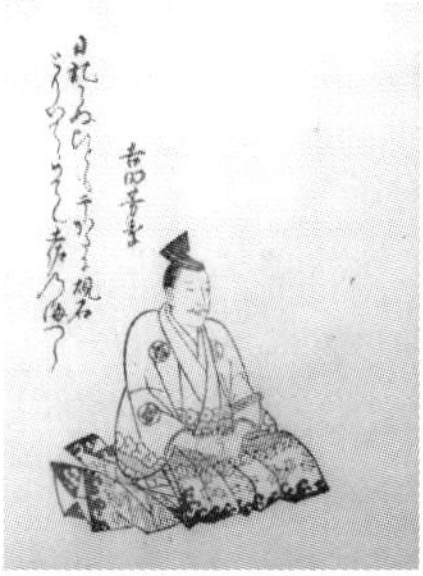
055 吉田芳季（一ノ二十八オ）

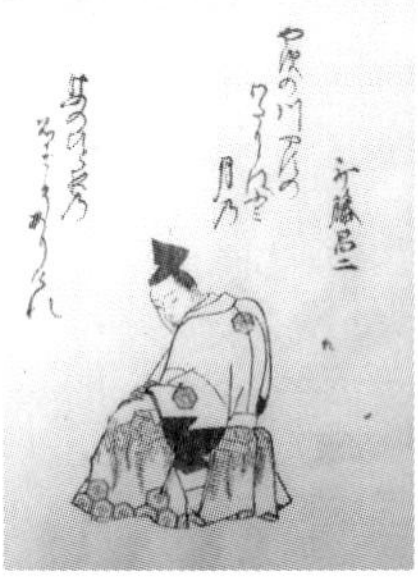
056 斎藤昌二（一ノ二十八ウ）

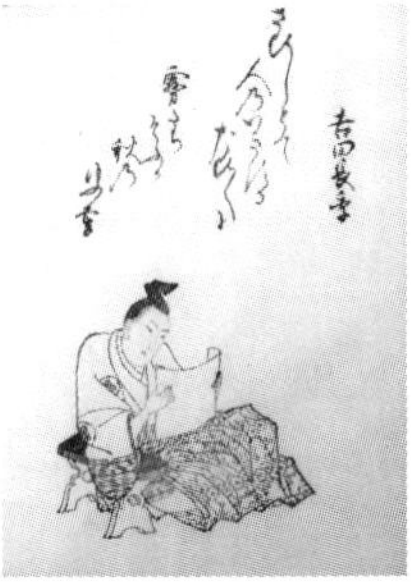
057 吉田長季（一ノ二十九オ）

058 八巻舎住（一ノ二十九ウ）

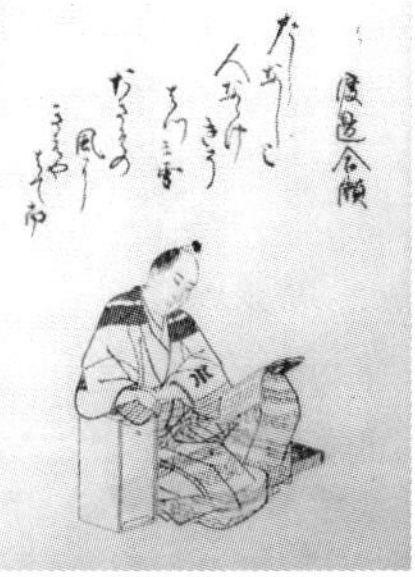
059 渡辺合瀬（一ノ三十オ）

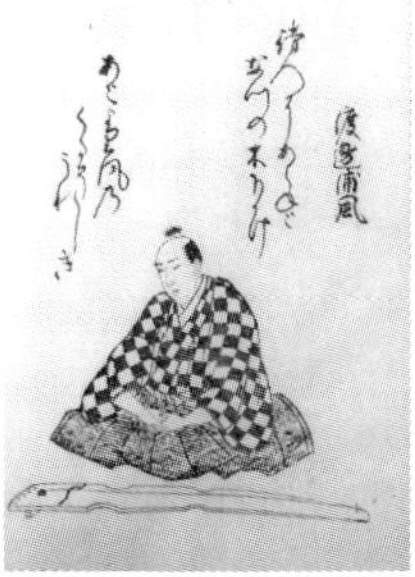
060 渡辺浦風（一ノ三十ウ）

061 大橋伊呂泥（一ノ三十一オ）

062 栗原長秋（一ノ三十一ウ）

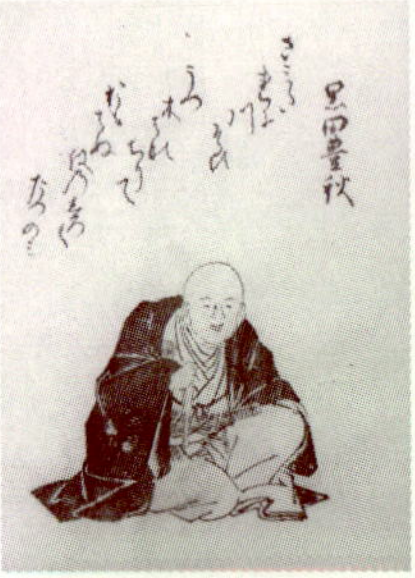
063 黒田豊秋（一ノ三十二オ）

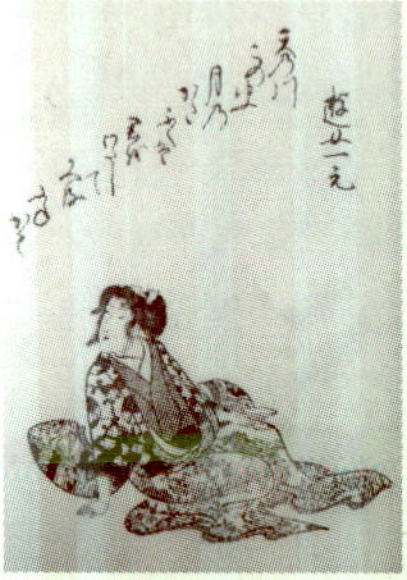
064 遊女一元（一ノ三十二ウ）

065 遊女浅茅生（一ノ三十三オ）

066 菅野哥都住（一ノ三十三ウ）

067 大口安長（一ノ三十四オ）

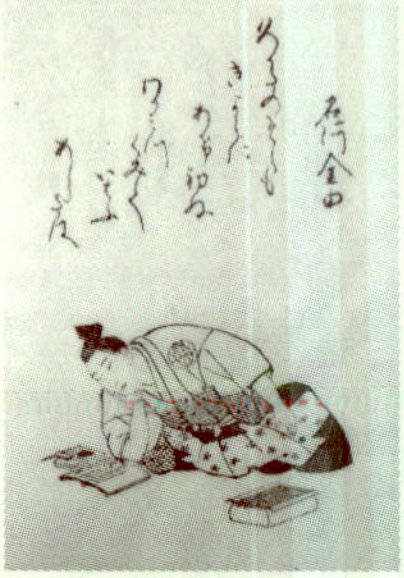
068 石河金由（一ノ三十四ウ）

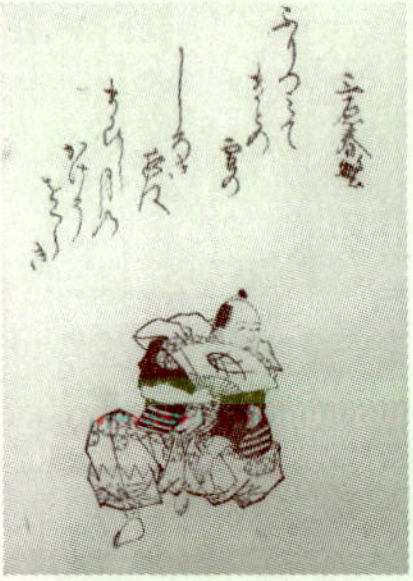
069 三原春繁（一ノ三十五オ）

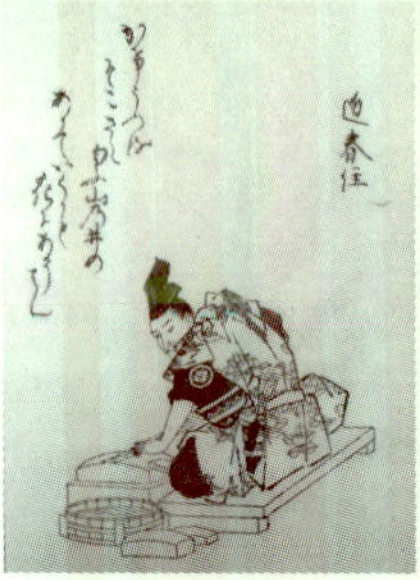
070 近　春住（一ノ三十五ウ）

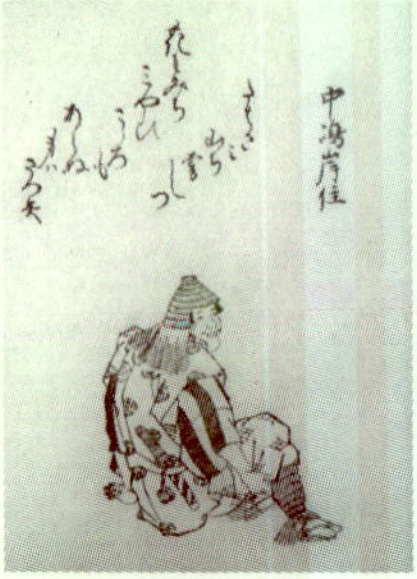
071 中嶋岸住（一ノ三十六オ）

072 池田守崎（一ノ三十六ウ）

073 山本春好（一ノ三十七オ）

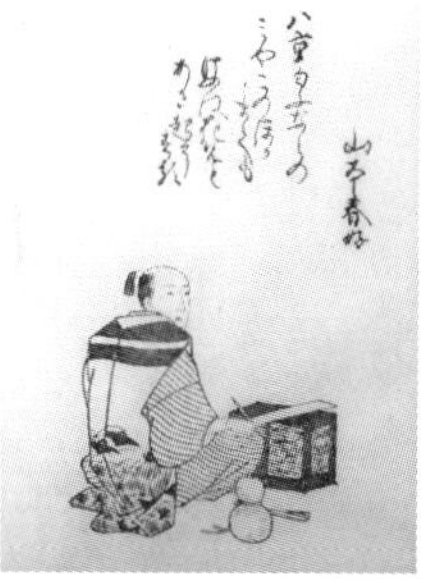

074 仁科守久（一ノ三十七ウ）

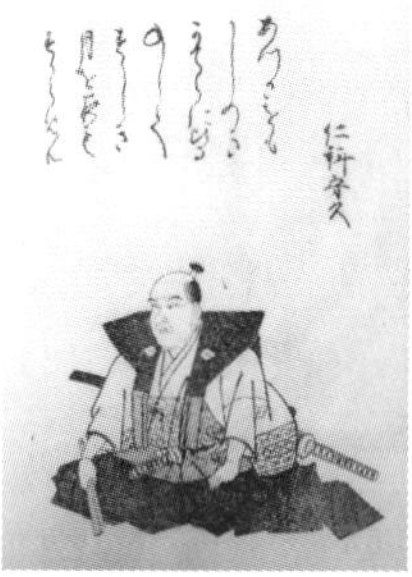

075 大友桐磨（一ノ三十八オ）

076 礒野茂村（一ノ三十八ウ）

077 松川富門（一ノ三十九オ）

078 椙山守海（一ノ三十九ウ）

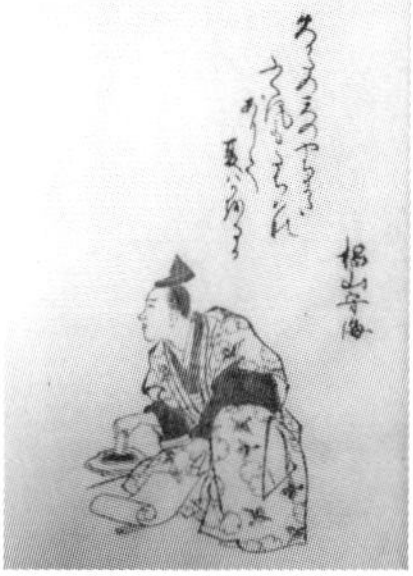

079 武田夏海（一ノ四十オ）

080 丹沢折鶴（一ノ四十ウ）

081 春阿法師（一ノ四十一オ）

082 道　子（一ノ四十一ウ）

083 土屋光村（一ノ四十二終オ）

084 有坂光隆（一ノ四十二終ウ）

085 吉田一朶（二ノ初オ）

086 中村春樹（二ノ初ウ）

087 鈴木綾主（二ノ二オ）

088 菅谷広村（二ノ二ウ）

089 新井守常（二ノ三オ）

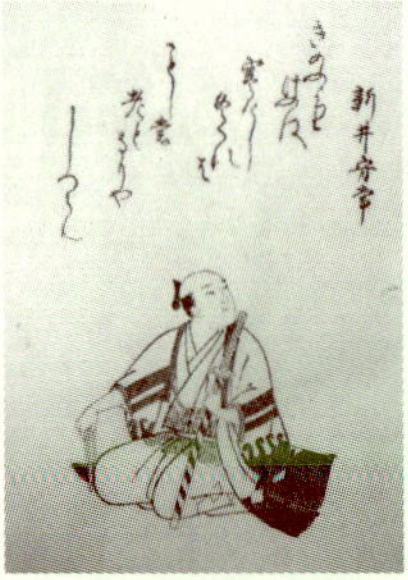

090 大橋竹村（二ノ三ウ）

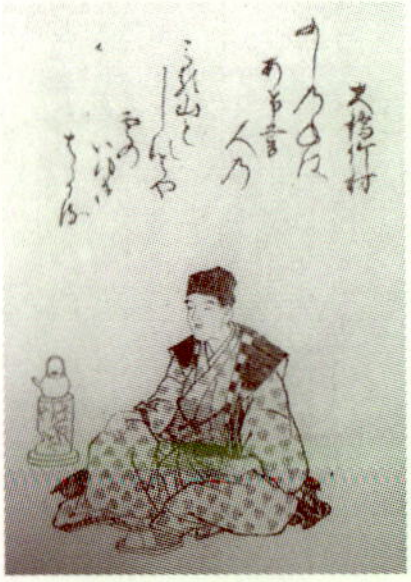

091 大橋千村（二ノ四オ）

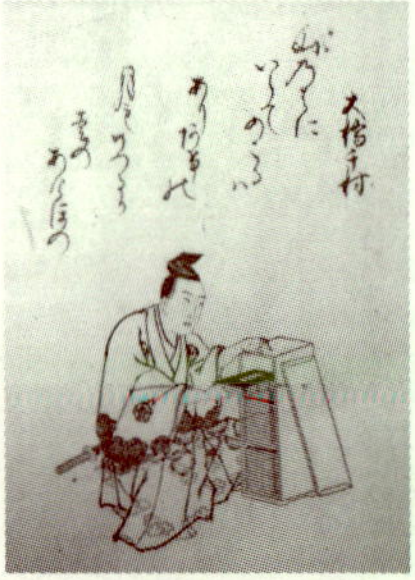

092 和合岸員（二ノ四ウ）

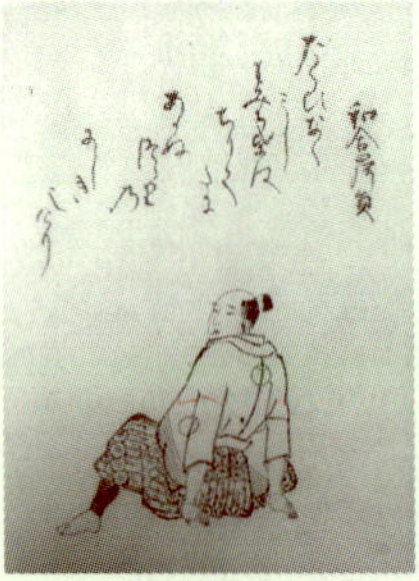

093 大森真柴（二ノ五オ）

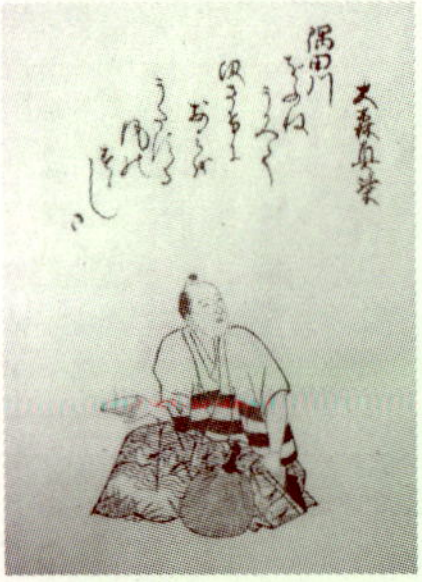

094 河野久住（二ノ五ウ）

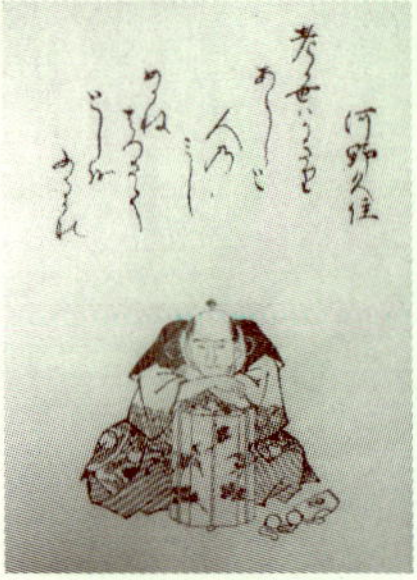

095 斎藤村並（二ノ六オ）

096 菅沢葭人（二ノ六ウ）

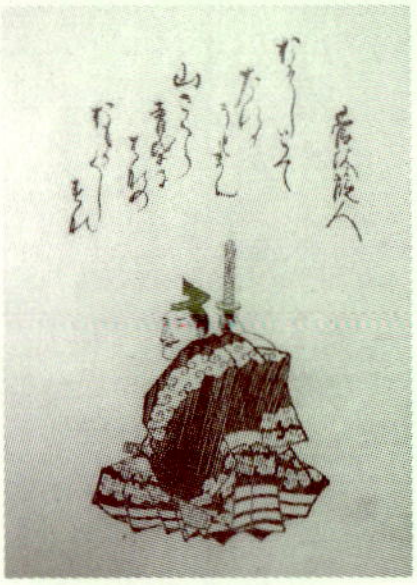

097 清水友俊（二ノ七オ）

098 向後吉正（二ノ七ウ）

099 向後道文（二ノ八オ）

100 佐藤梅早（二ノ八ウ）

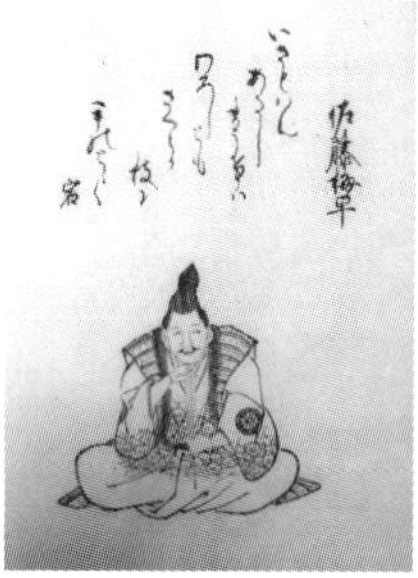

101 渡辺　静（二ノ九オ）

102 安田岸住（二ノ九ウ）

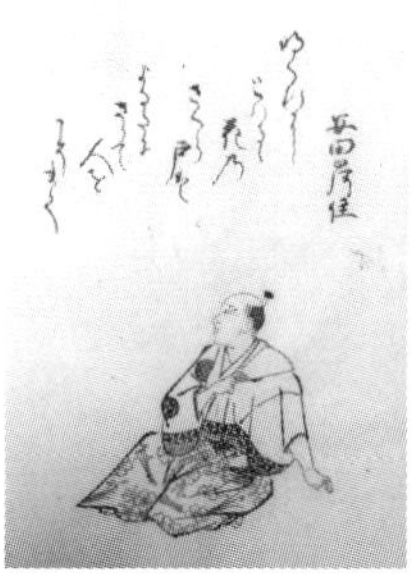

103 斎藤清住（二ノ十オ）

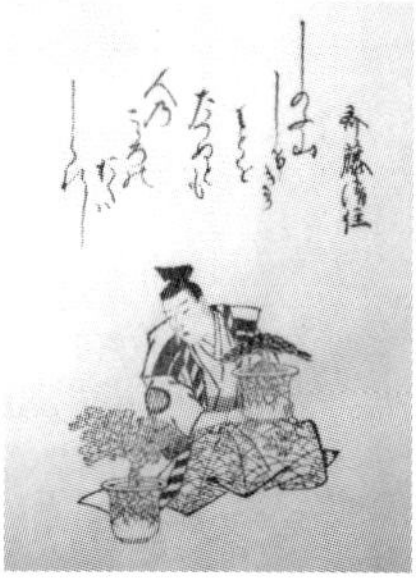

104 清野岸光（二ノ十ウ）

105 糸井作良（二ノ十一オ）

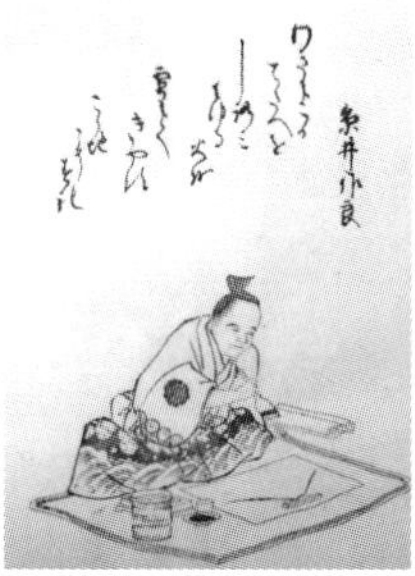

106 高艸木高木（二ノ十一ウ）

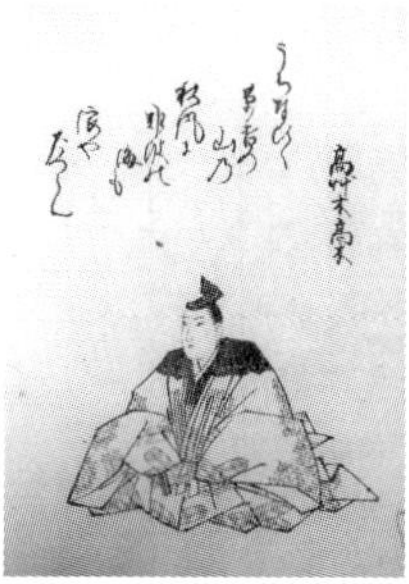

107 鈴木音鷹（二ノ十二オ）

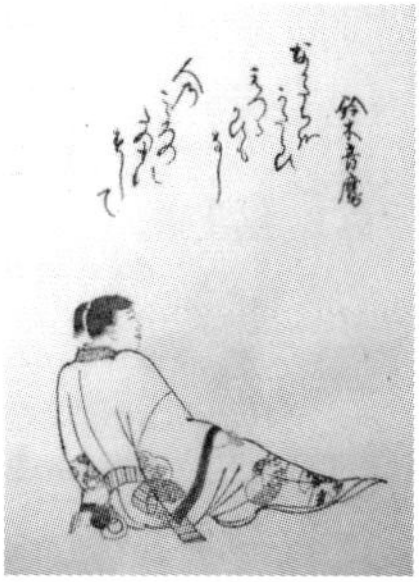

108 鈴木千本（二ノ十二ウ）

109 綾　刀　自（二ノ十三オ）

110 三上一臥（二ノ十三ウ）

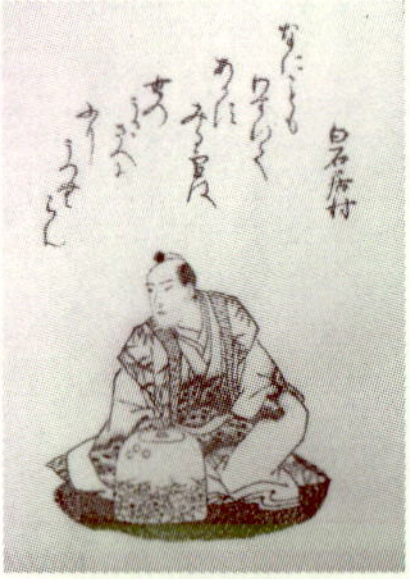

111 白石居村（二ノ十四オ）

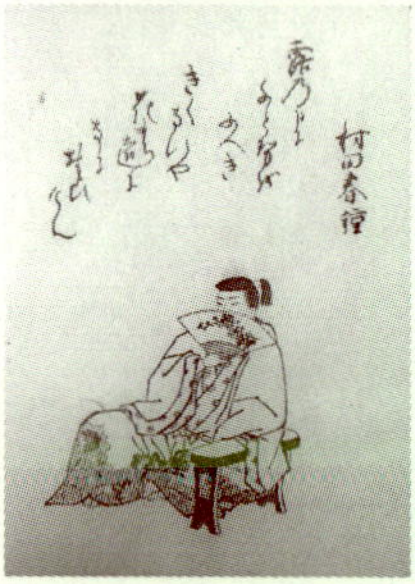

112 村田春種（二ノ十四ウ）

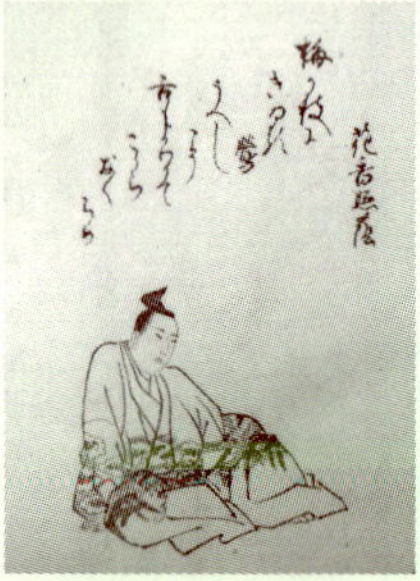

113 花香照蔭（二ノ十五オ）

114 谷　浜風（二ノ十五ウ）

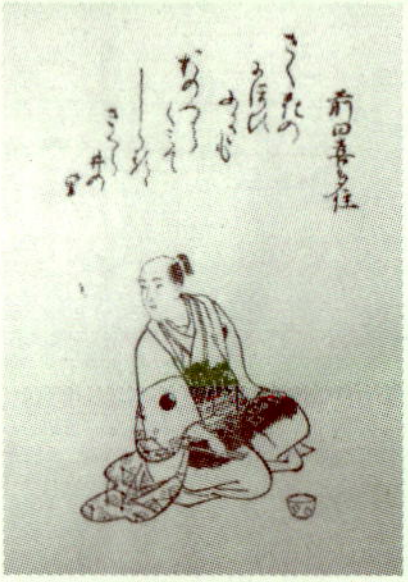

115 前田喜多住（二ノ十六オ）

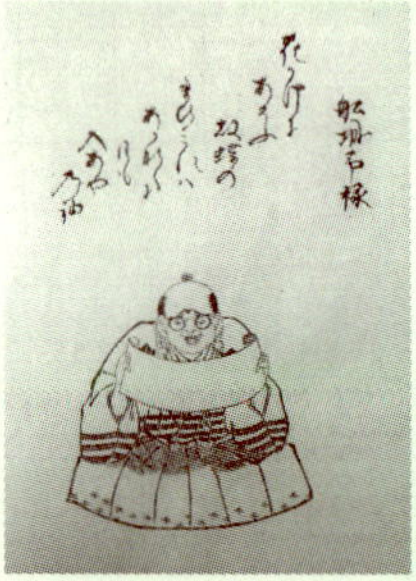

116 船城予禄（二ノ十六ウ）

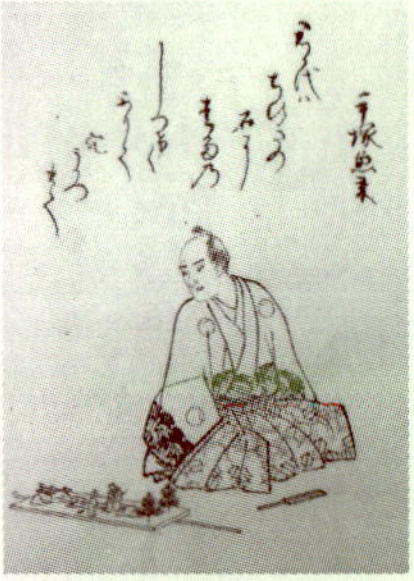

117 手塚魚来（二ノ十七オ）

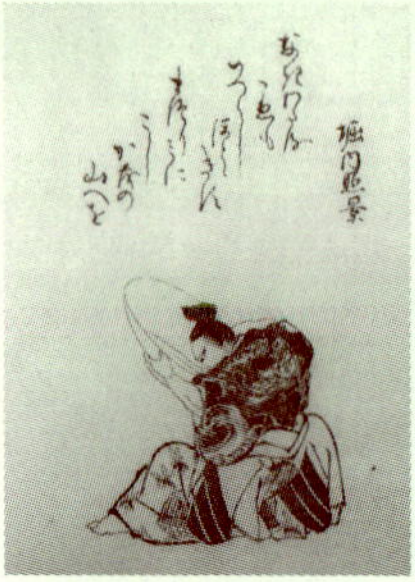

118 堀田照景（二ノ十七ウ）

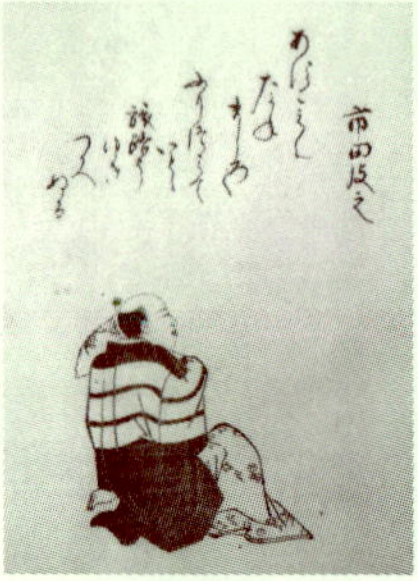

119 市田皮之（二ノ十八オ）

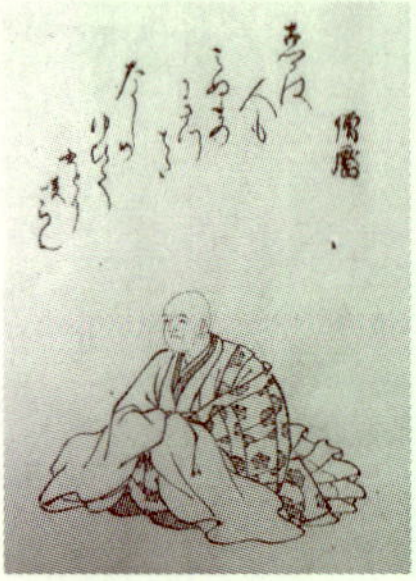

120 僧　醫（二ノ十八ウ）

121 蓴菜法師（二ノ十九オ）

122 感　返上（二ノ十九ウ）

123 物部照庭（二ノ二十オ）

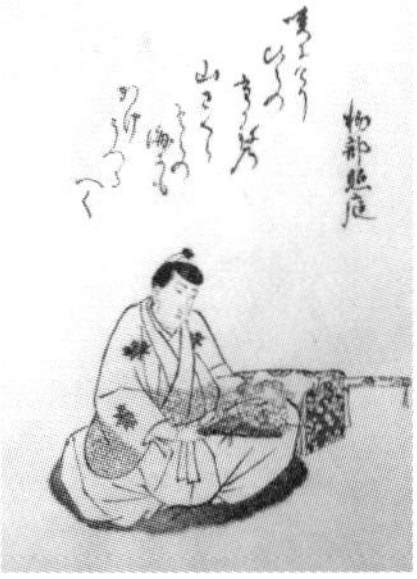

124 河野守弘（二ノ二十ウ）

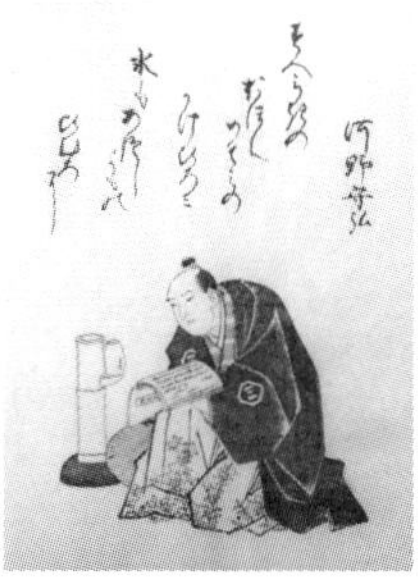

125 亀山惟一（二ノ二十一オ）

126 小嶋笹根（二ノ二十一ウ）

127 菅野楽人（二ノ二十二オ）

128 本多山住（二ノ二十二ウ）

129 斎藤村住（二ノ二十三オ）

130 柴山里村（二ノ二十三ウ）

131 未生法師（二ノ二十四オ）

132 河野守弘母（二ノ二十四ウ）

133 繁　子（二ノ二十五オ）

134 倭文刀自（二ノ二十五ウ）

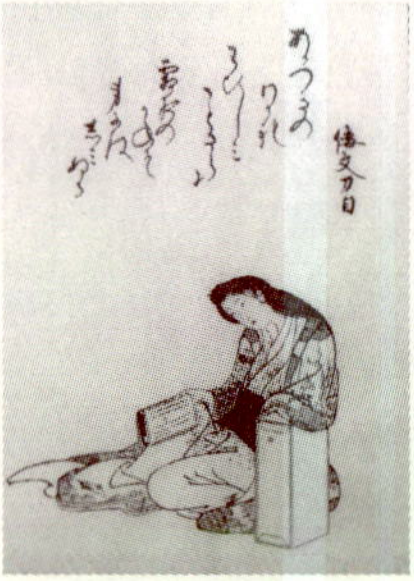

135 甲田顕雄（二ノ二十六オ）

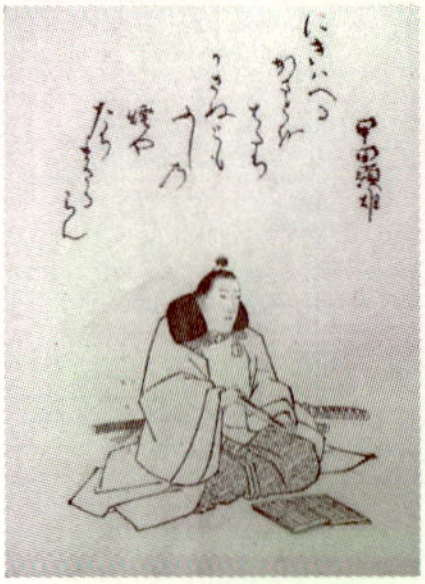

136 枕山高行（二ノ二十六ウ）

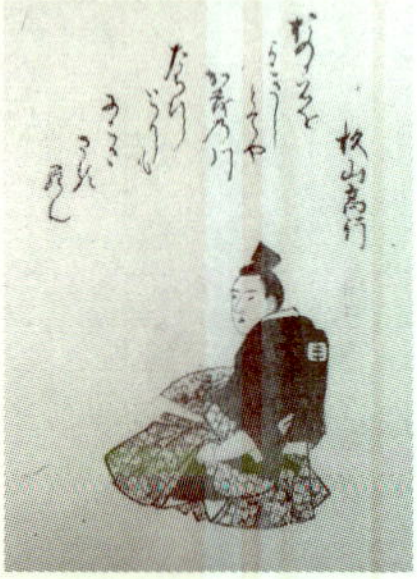

137 田口守明（二ノ二十七オ）

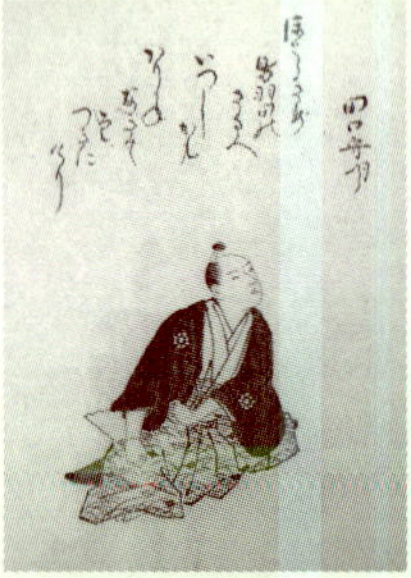

138 田口国一（二ノ二十七ウ）

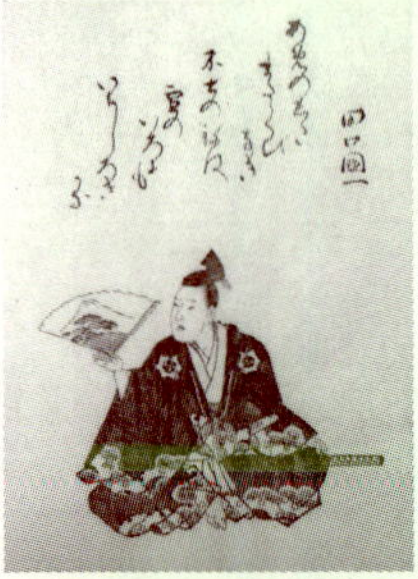

139 竹内直麿（二ノ二十八オ）

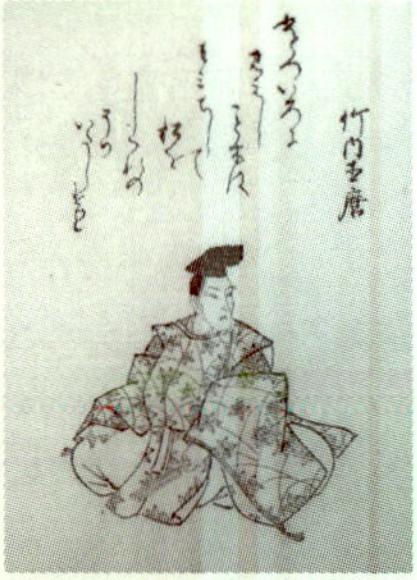

140 大邑弘樹（二ノ二十八ウ）

141 小口弘一（二ノ二十九オ）

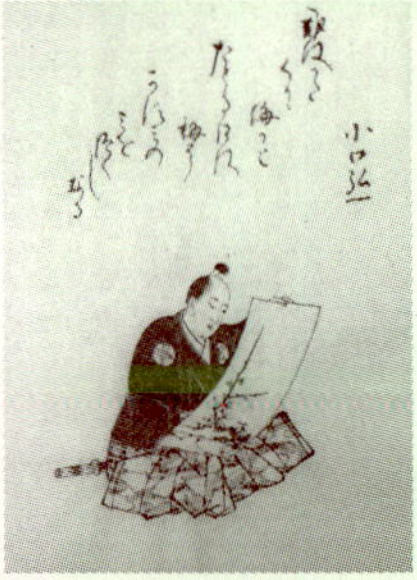

142 泰山信元（二ノ二十九ウ）

143 米川躬鳥（二ノ三十オ）

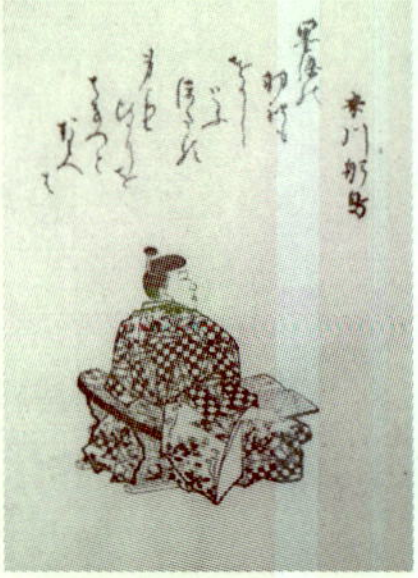

144 酒井武暉（二ノ三十ウ）

145 谷郷菊見（二ノ三十一オ）

146 河合嶺雄（二ノ三十一ウ）

147 藤田茂高（二ノ三十二オ）

148 赤荻可村（二ノ三十二ウ）

149 田中富村（二ノ三十三オ）

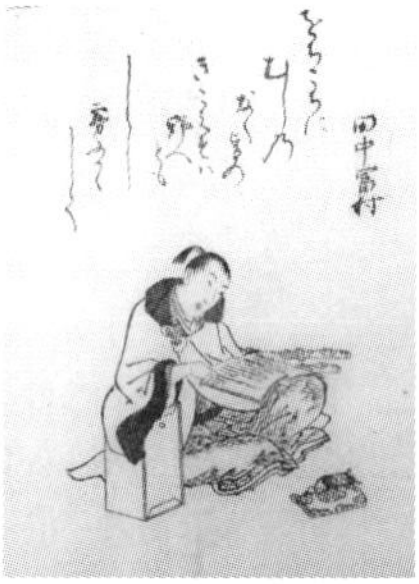

150 宮崎若村（二ノ三十三ウ）

151 柴山岸村（二ノ三十四オ）

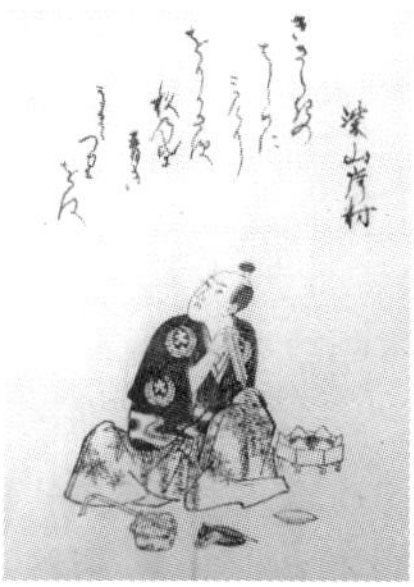

152 田口興雄（二ノ三十四ウ）

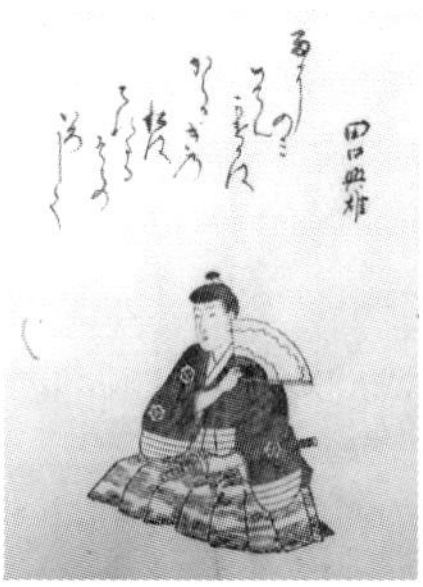

153 田口晴雄（二ノ三十五オ）

154 福田近村（二ノ三十五ウ）

155 池田本蔭（二ノ三十六オ）

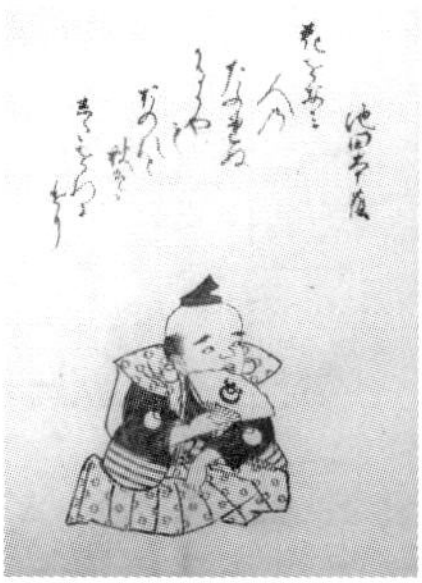

156 秋間光弘（二ノ三十六ウ）

157 浜田長喜（二ノ三十七オ）

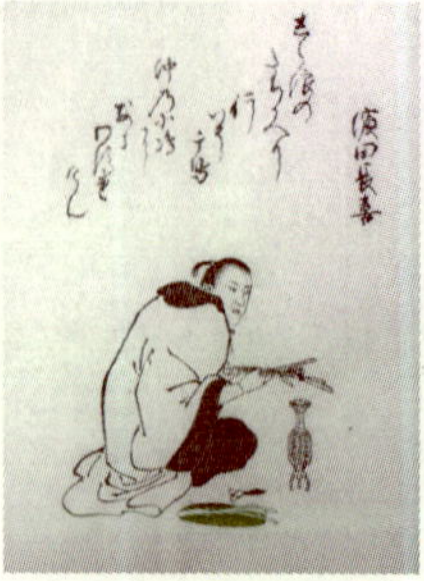

158 久智市住（二ノ三十七ウ）

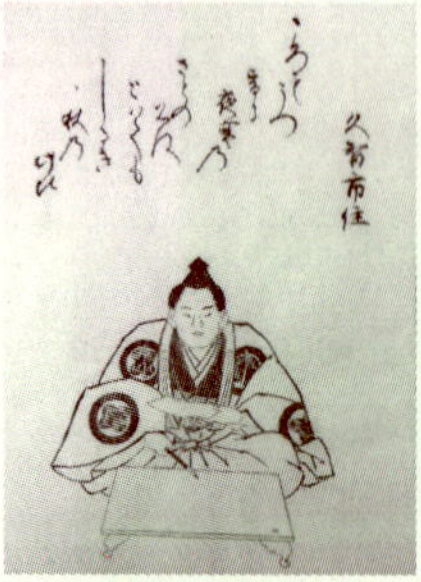

159 高橋満香（二ノ三十八オ）

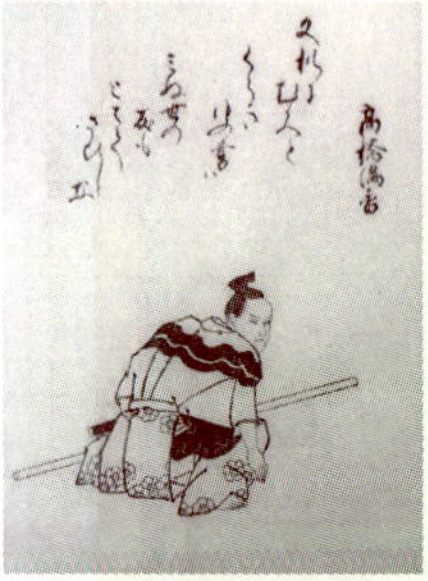

160 堀江一章（二ノ三十八ウ）

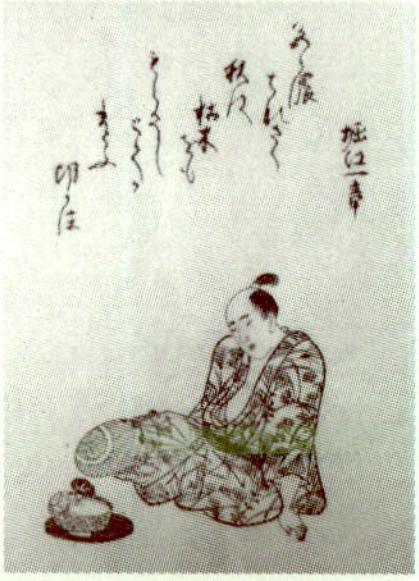

161 山田守雄（二ノ三十九オ）

162 中嶋亀年（二ノ三十九ウ）

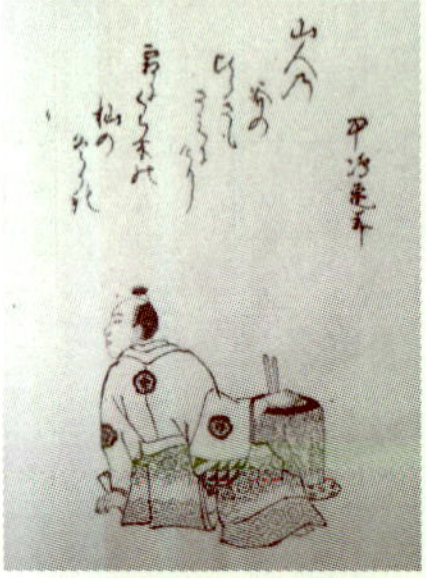

163 佐々木晴海（二ノ四十オ）

164 北村春香（二ノ四十ウ）

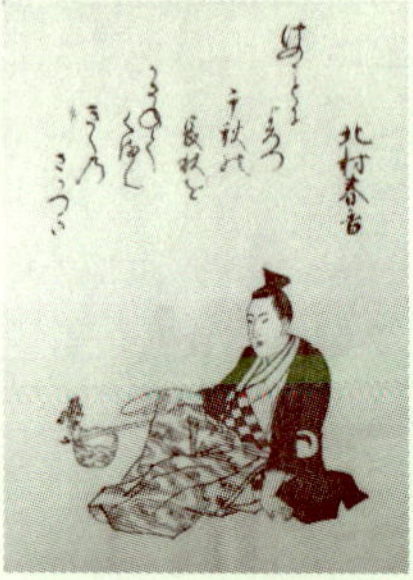

165 浄阿居士（二ノ四十一オ）

166 村木楽雄（二ノ四十一ウ）

167 西村四季見（二ノ四十二終オ）

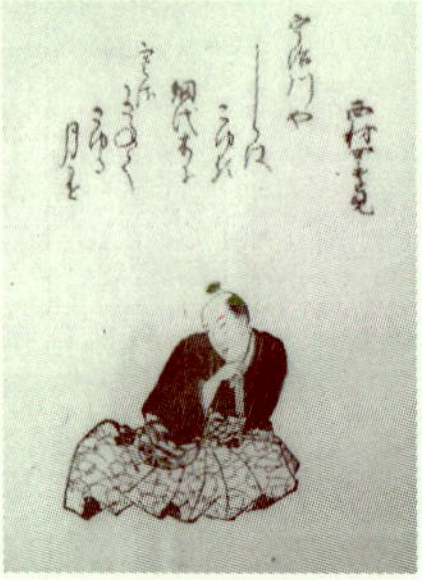

168 堤　守文（二ノ四十二終ウ）

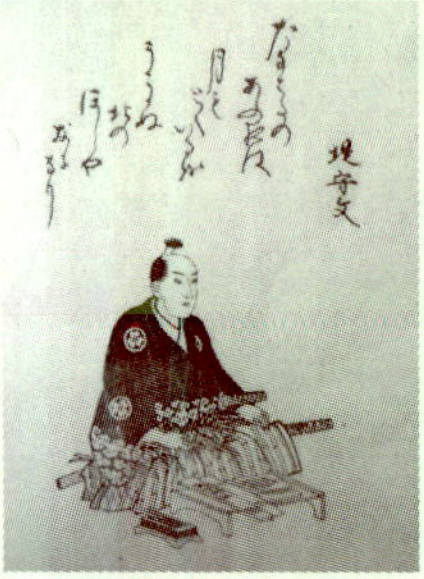

169 青木一襲（三ノ初オ）

170 西村仲秋（三ノ初ウ）

171 浅野鈴庭（三ノ二オ）

172 深谷苅穂（三ノ二ウ）

173 五十嵐春雄（三ノ三オ）

174 上山羽狩（三ノ三ウ）

175 湯本五百秋（三ノ四オ）

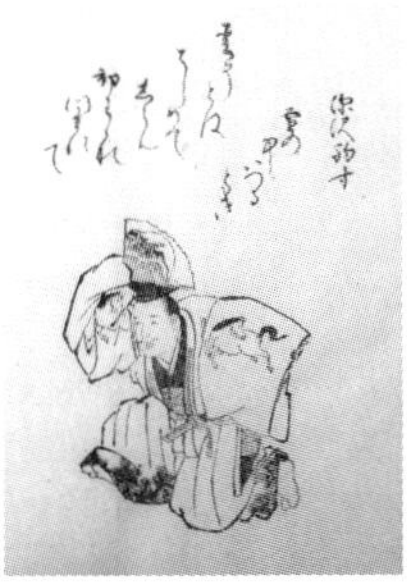

176 深沢駒寸（三ノ四ウ）

177 豊田守一（三ノ五オ）

178 小宅文藻（三ノ五ウ）

179 美　余　子（三ノ六オ）

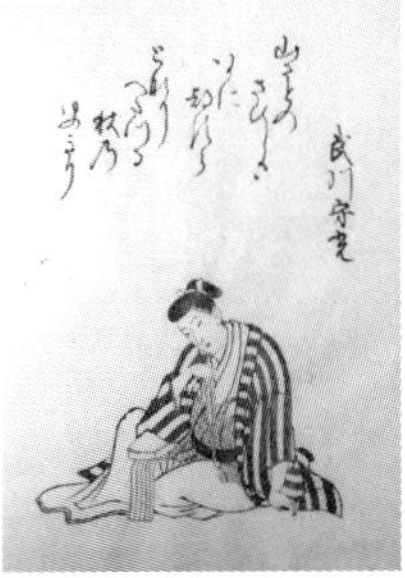

180 武川守光（三ノ六ウ）

181 連　女（三ノ七オ）

182 都丸宝船（三ノ七ウ）

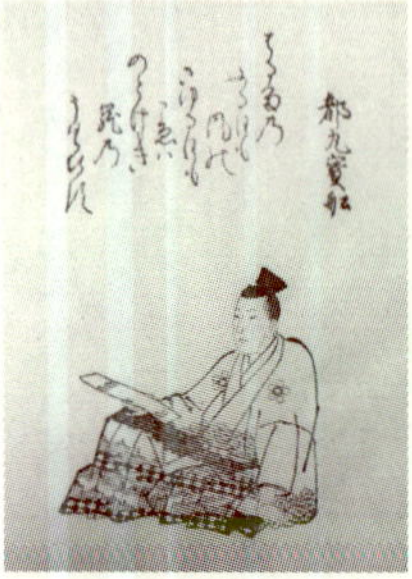

183 角田一興（三ノ八オ）

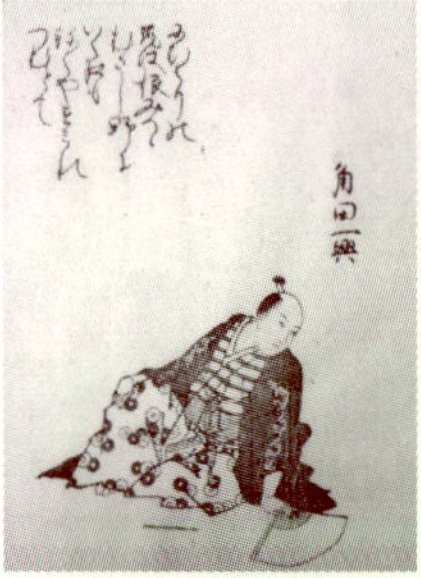

184 浅川魚一（三ノ八ウ）

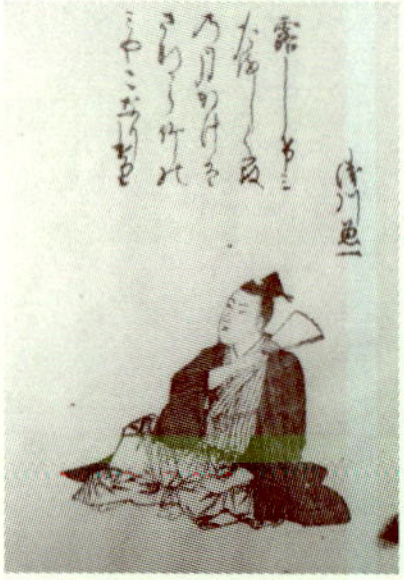

185 浦野立人（三ノ九オ）

186 富田永世（三ノ九ウ）

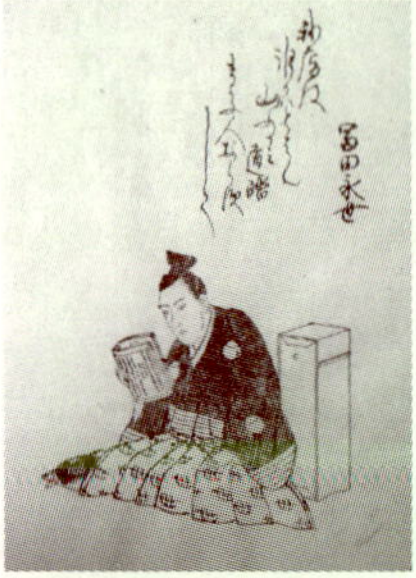

187 新井玉世（三ノ十オ）

188 柳沢永俊（三ノ十ウ）

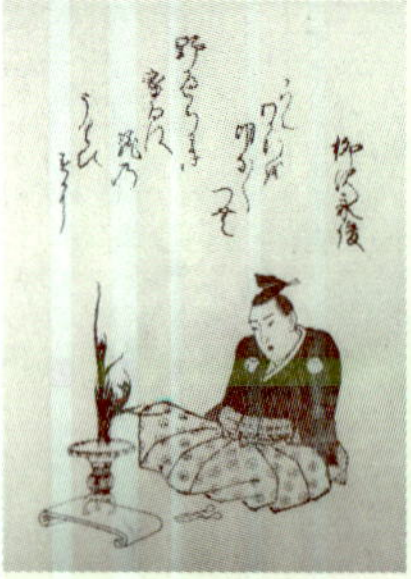

189 浅見御世澄（三ノ十一オ）

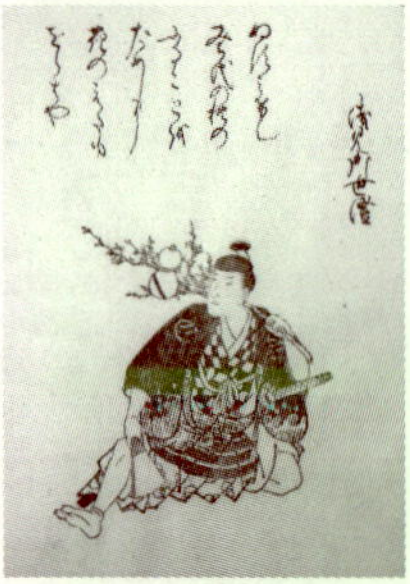

190 峯　下蔭（三ノ十一ウ）

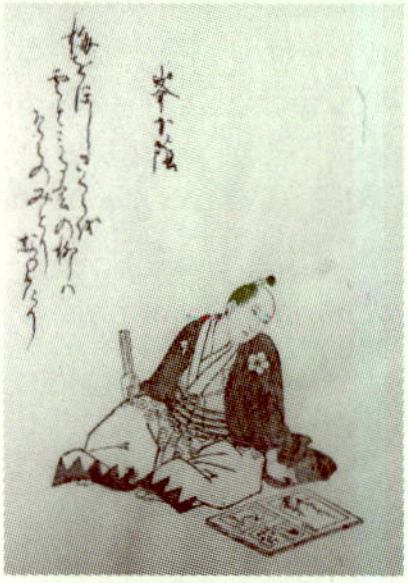

191 手計俊久（三ノ十二オ）

192 小林星照（三ノ十二ウ）

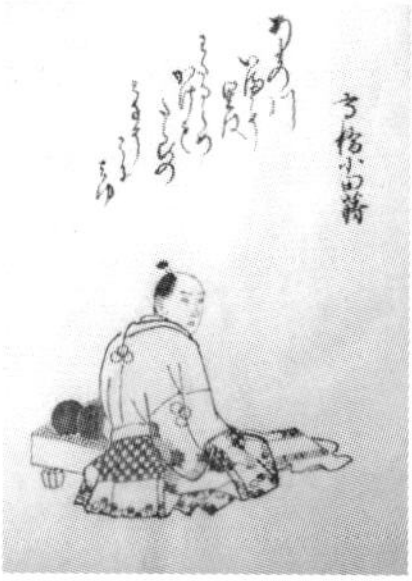
193 高橋小田蒔（三ノ十三オ）

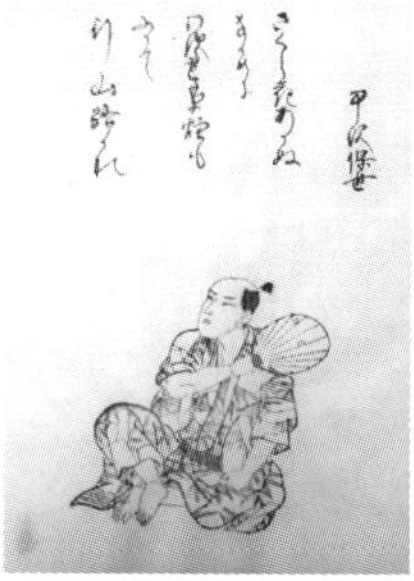
194 中沢保世（三ノ十三ウ）

195 中嶋有員（三ノ十四オ）

196（目録197）岡部花雪（三ノ十四ウ）

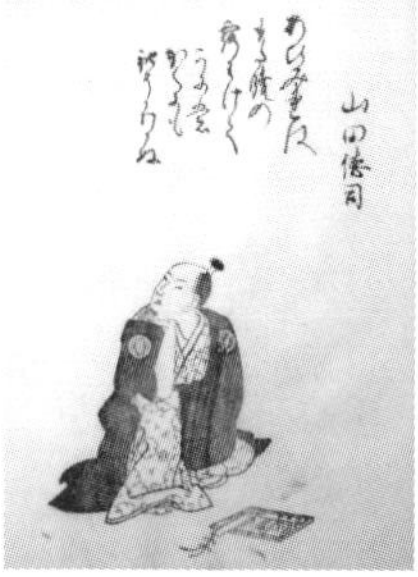
197（目録196）山田徳司（三ノ十五オ）

198 山田岐英（三ノ十五ウ）

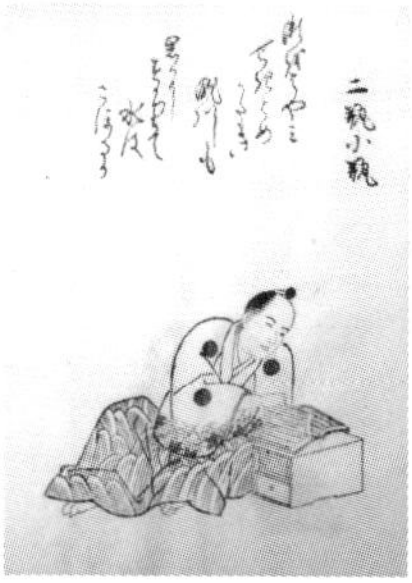
199 二瓶小瓶（三ノ十六オ）

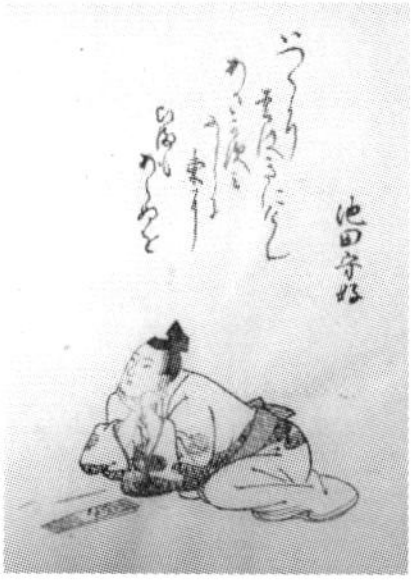
200 池田守好（三ノ十六ウ）

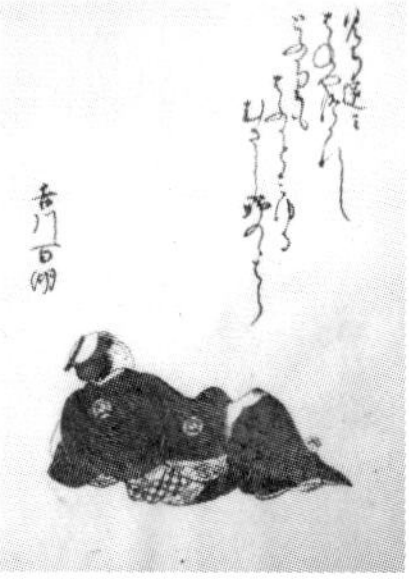
201 吉川百潮（三ノ十七オ）

202 綾　女（三ノ十七ウ）

203 白　子（三ノ十八オ）

204 仮名女（三ノ十八ウ）

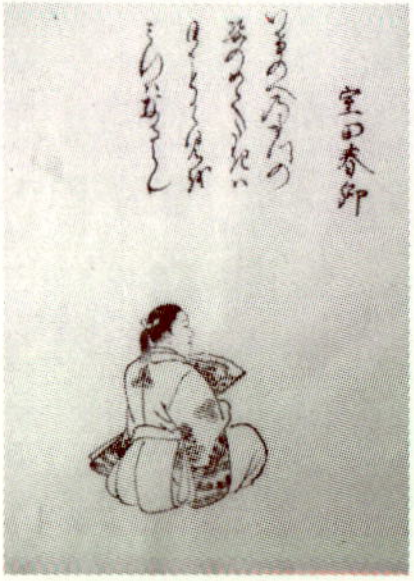
205 室田春郷（三ノ十九オ）

206 嶋田延樹（三ノ十九ウ）

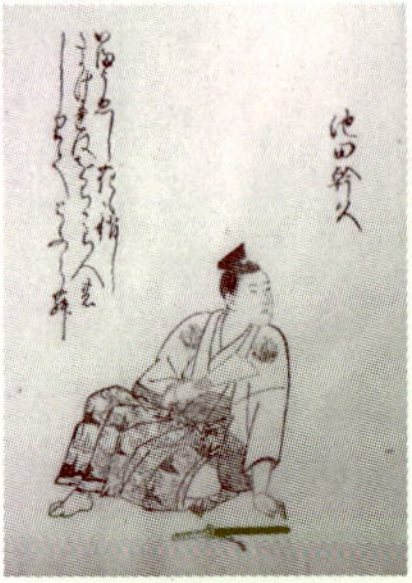
207 池田幹久（三ノ廿オ）

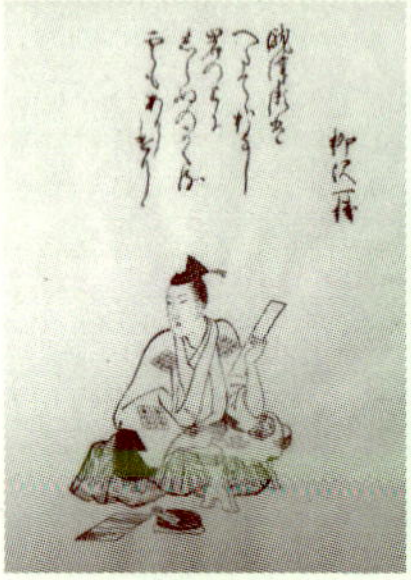
208 柳沢一桟（三ノ廿ウ）

209 佐藤春舎（三ノ廿一オ）

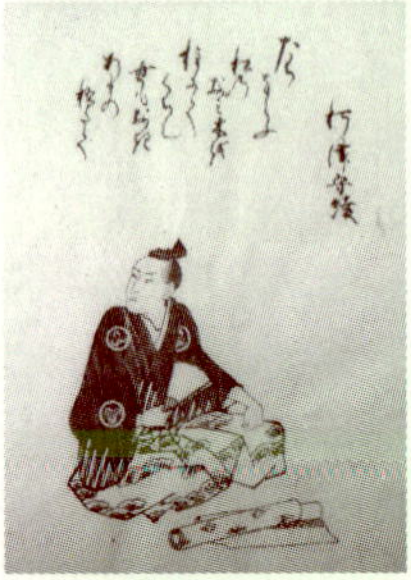
210 朽津守綾（三ノ廿一ウ）

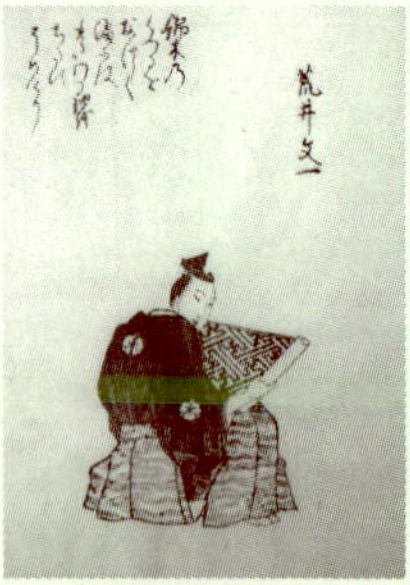
211 荒井文一（三ノ廿二オ）

212 朽津綾竹（三ノ廿二ウ）

213 織　子（三ノ廿三オ）

214 青木広嶺（三ノ廿三ウ）

215 向田高鞆（三ノ廿四オ）

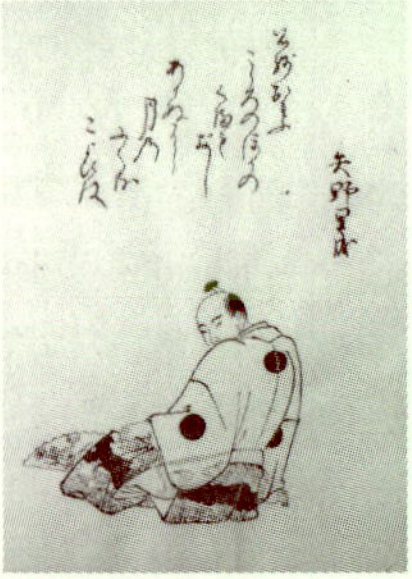
216 矢野里成（三ノ廿四ウ）

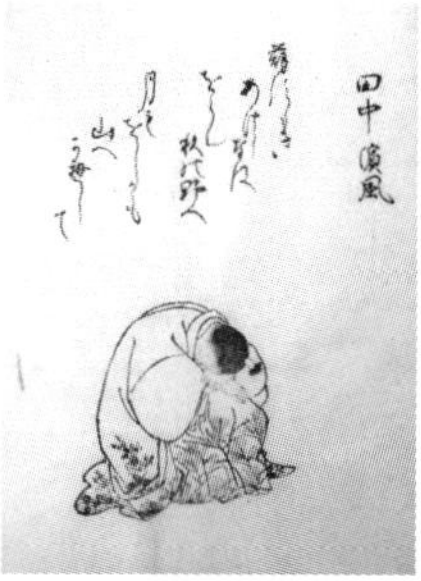
217 田中浜風（三ノ廿五オ）

218 前原守行（三ノ廿五ウ）

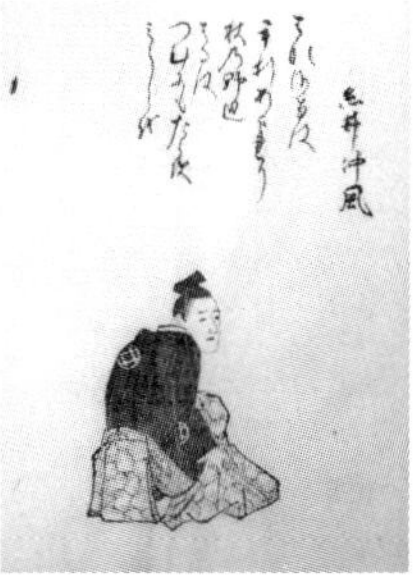
219 糸井沖風（三ノ廿六オ）

220 深見廬山（三ノ廿六ウ）

221 白　梅　女（三ノ廿七オ）

222 深見三躬（三ノ廿七ウ）

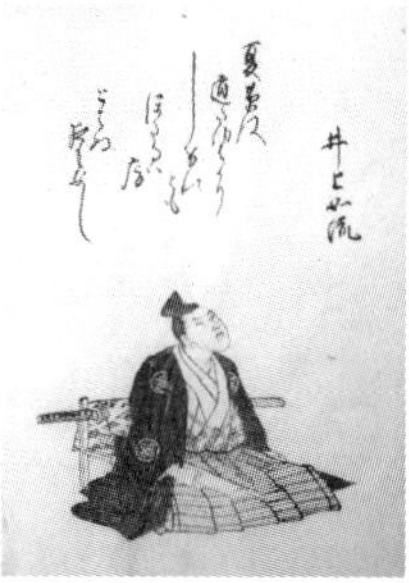
223 井上如流（三ノ廿八オ）

224 外松三顧（三ノ廿八ウ）

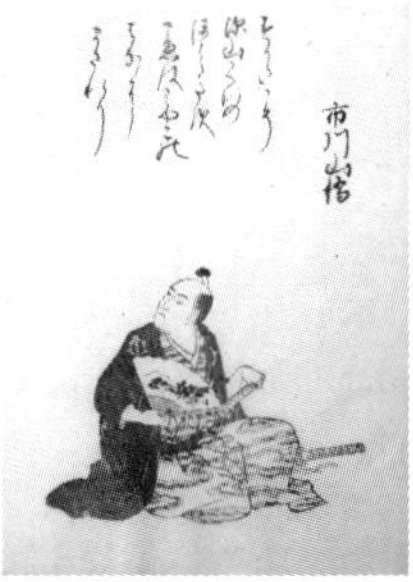
225 市川山橋（三ノ廿九オ）

226 吉橋三雨（三ノ廿九ウ）

227 権大僧都良賢（三ノ卅オ）

228 金子躬次（三ノ卅ウ）

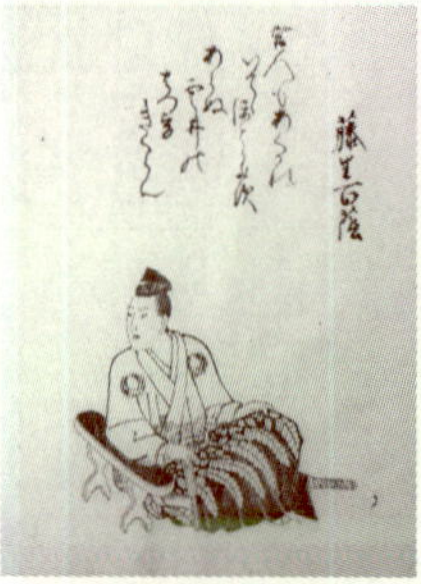

229 藤生百蔭（三ノ丗一オ）

230 布　女（三ノ丗一ウ）

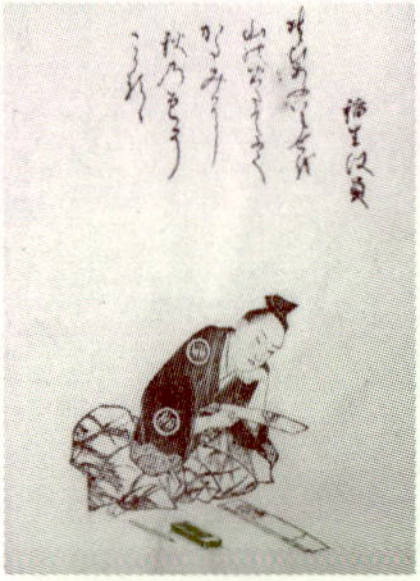

231 稲生波員（三ノ丗二オ）

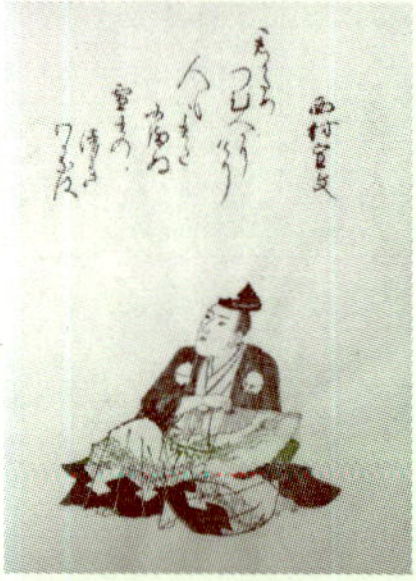

232 西村宣文（三ノ丗二ウ）

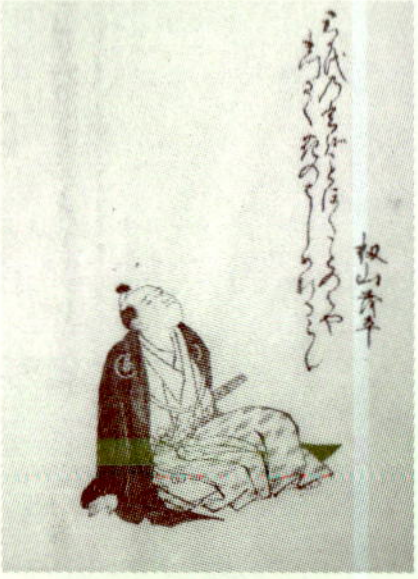

233 籾山茂平（三ノ丗三オ）

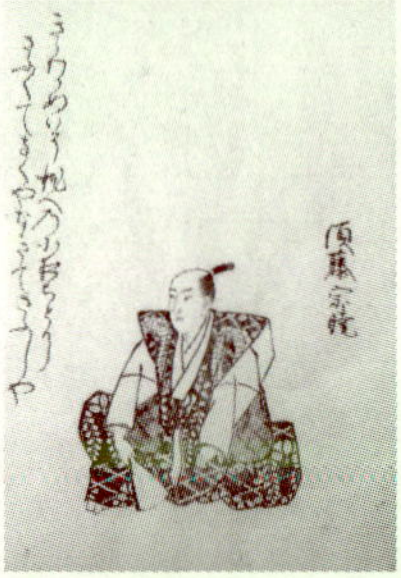

234 須藤宗暁（三ノ丗三ウ）

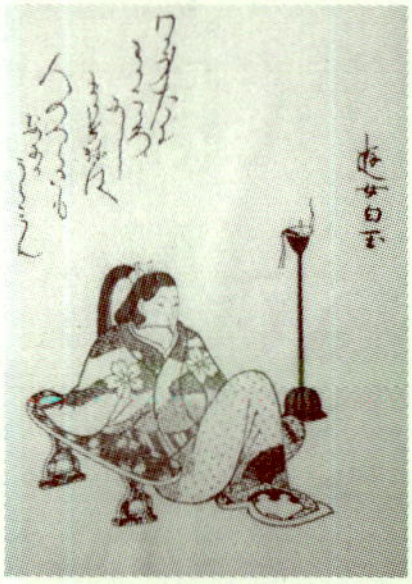

235 遊女白玉（三ノ丗四オ）

236 外池真澄（三ノ丗四ウ）

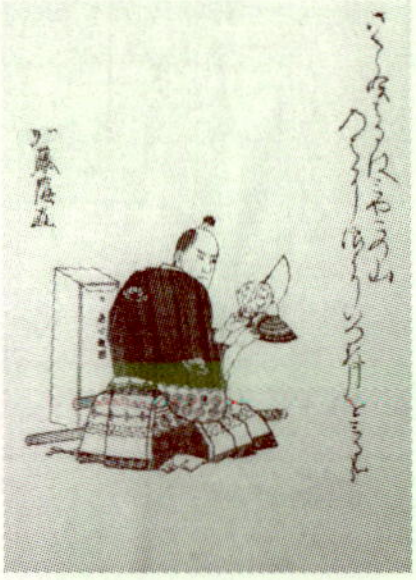

237 加藤蔭直（三ノ丗五オ）

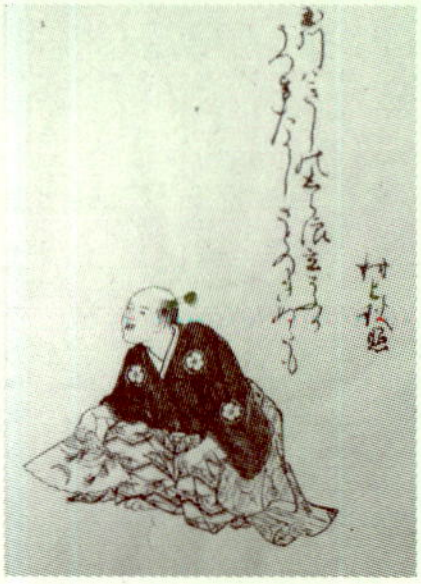

238 村上秋照（三ノ丗五ウ）

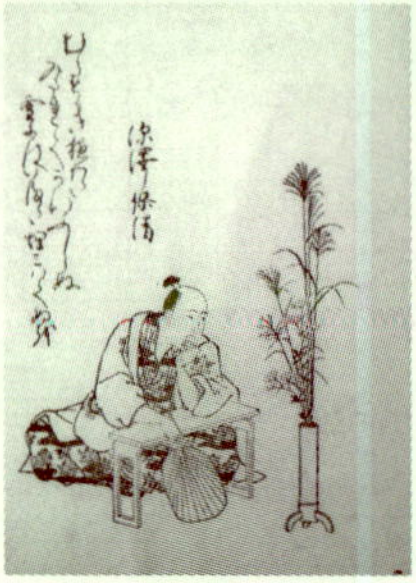

239 深沢保清（三ノ丗六オ）

240（目録）241 星野末繁（三ノ丗六ウ）

241（目録240）新井細道（三ノ卅七オ）

242 岩田一得（三ノ卅七ウ）

243 青木守照（三ノ卅八オ）

244 伊　都　子（三ノ卅八ウ）

245 青山三津磨（三ノ卅九オ）

246 深沢大蔭（三ノ卅九ウ）

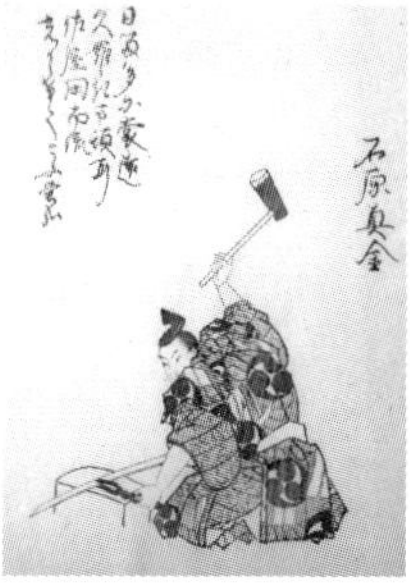
247 石原真金（三ノ四十オ）

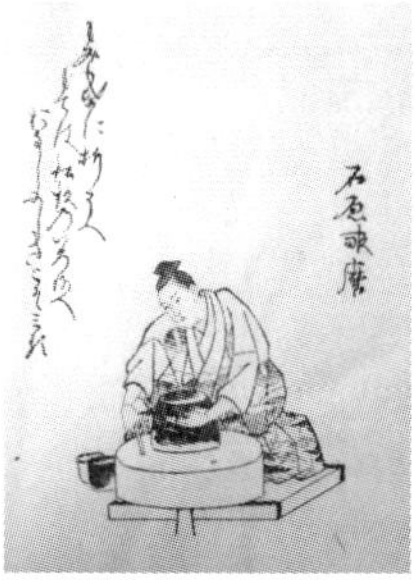
248 石原畝磨（三ノ四十ウ）

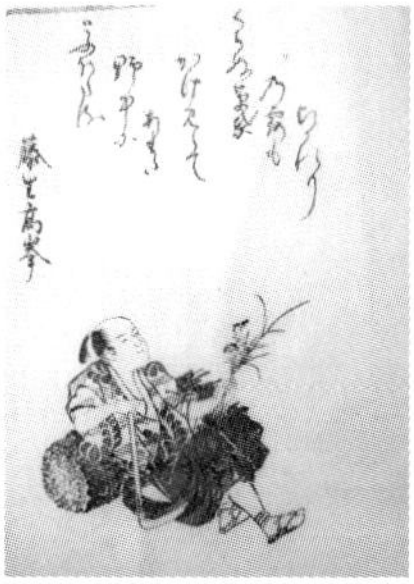
249 藤生高峯（三ノ四十一終オ）

250 星野静波（三ノ四十一終ウ）

(3)『諸家小伝録』小伝集の部

――天保期狂歌作者八十一名――

【解題】中本全九編八冊（八・九編は合併編）。初編一冊（縦十八・〇糎、横十二・三糎）が福島県立図書館蔵、四編から完結の九八編までの合綴一冊本が仙台市博物館阿部次郎文庫蔵、六編一冊が徳島県立図書館森文庫蔵（以上、国文学研究資料館日本古典籍総合目録データベースによる）で、三編一冊は架蔵。また茶梅亭文庫に三・五～七・九八編の五冊が所蔵されている。以上のいずれをも調査することができたが、二編一冊のみは所在不明で未見。ただし、その二編の番付（天保九年十一月十六日春友亭披講）が東京都立中央図書館加賀文庫蔵「狂歌番附」七十枚中にあることを、高橋章則氏が『江戸の転勤族――代官所手代の世界――』（平凡社選書、平成19年）で指摘している。なお参考までに記せば、菅竹浦氏『狂哥書目集成』（星野書店、昭和11年）を見るに、「諸家小伝録　中（本）　九（編）　檜園梅明（撰）　同（天保九）年江戸・檜垣連」とある（撰者と刊年については後述）。

以下に所見本共通事項について整理する。淡香色布目地に薄茶の横引き目模様の原表紙に原題簽「諸家小伝録」、内題は、後述①は「諸家小伝録」、同②は「狂歌小伝録」。柱刻「〽小伝　丁付」。各編いずれにも序・跋・刊記がなくて、挿絵もなければ全丁にわたって匡郭もないが、すべて半丁十一行である。

内容構成は各編とも、私に名付ける①「月並狂歌集の部」と②「小伝集の部」から成る（原本における掲載順序は初編のみ①②で、三編以降は②①の順）。①ではまず先に檜園（竜の門）梅明撰の部があり、その後に蓬莱居亀世撰の部が配置される二部構成となっているので、撰者は梅明単独ではなく、厳密にいえば梅明と亀世の二人である。また②には編者名が一切明記されていない。①②の概要を各編単位で左に列記する。

初編　①丁付は一～二十一、②丁付は伝ノ一、伝二～伝五で所収狂歌作者数延べ十三名。
三編　②丁付は伝一～伝七で所収狂歌作者数延べ十三名、①丁付は一～二十一。
四編　②丁付は伝一～伝七で所収狂歌作者数延べ十八名、①丁付は一～二十一。
五編　②丁付は伝一～伝七で所収狂歌作者数延べ十四名、①丁付は一～十七。
六編　②丁付は伝一～伝五で所収狂歌作者数延べ九名、①丁付は一～十六。
七編　②丁付は伝一～伝五で所収狂歌作者数延べ十一名、①丁付は一～十五〈オ〉。
八九編　②丁付は伝一～伝十で所収狂歌作者数延べ二十三名、①丁付は一～三十一終。

小伝集の部②には延べ一〇一名（重出分を除けば実質八十一名）の略伝が記載されており、国別では東は陸奥・出羽・越後から、西は河内・和泉・阿波にまで及ぶ。この本をしばしば典拠として利用している狩野快庵氏『狂歌人名辞書』（文行堂・広田書店、昭和3年）と比較してみると、原本にある各人の家業、居住地等の多くが省略されている他、狂歌作者としての経歴、特に判者となった時期を含む折々の年齢等についても、紙幅の都合もあったろうが言及されていないことが少なくない。この一事を以てしても、ここに翻刻紹介する意義は決して小さくはあるまい。

撰者の一人である檜園梅明については、初編に「105高殿梅明」（算用数字については後述）の別号でその小伝が見えており、「年甫四十六歳」とある。本書にはこの「年甫何歳」という表記が散見されるが、これは本書成立（刊行）年頭における年齢と思われる。梅明は四世絵馬屋額輔稿本の転写本『狂歌奥都城図志』によれば、安政六年十一月九日享年六十七歳で没し、深川の西光寺に葬られているから、逆算すれば四十六歳は天保九年ということになり、本書原本には年次記載が皆無ながら、前引『狂哥書目集成』にいう刊行年と一致する。さらに三編「310苅安」には「今年天保九戊年」とあり、同「302善野真袖」にも「当戊年」とある。しかし第八九編「811釈　照信」には、「今年天保亥の夏、旱天に雨を禱りて験ありとぞ」とあるので、少なくともこの最終合併編は翌天保十年夏以後（おそらくは同年中）の刊行と思われる。なお、いま一人の撰者である蓬萊居亀世については、未見の第二編に入っているのか見当たらないが、『狂歌人名辞書』には「亀世」で立項されており、下総関宿藩士で東都常磐橋内藩邸に住んだといい、その弟ならば初編に「106津多井万世」として見えている。

以下に第二編を除く、初編から八九編までの各小伝集の部のみを翻字するが、第六編は虫損のない徳島県立図書館蔵本を底本とした。なお、私に小伝者に編単位で算用数字三桁の通し番号（百の位が編数を示し、八九編のみは便宜上それを「8」で表記）を付すとともに、重出者についてはその重出三桁番号をも［ ］内に補記した。

『諸家小伝録』各編小伝集の部の翻刻を許可された、初編所蔵者の福島県立図書館、四・五・七・八九編所蔵者の仙台市博物館、六編所蔵者の徳島県立図書館各位に、また美本の披見を許された茶梅亭文庫に感謝します。

凡例

一、漢字はおおむね通行字体に改めたが、一部は原本通りとした。
一、濁点と句読点を私に施した。
一、梅明もしくは亀世の批点が付された引用狂歌は、その批点を省略して歌のみを鍵括弧内に収めた。
一、原本の丁移りは、その末尾に「(丁付) オ」「(丁付) ウ」の表記で示した。

諸家小伝録（原題簽）

101 緑　千条［509］

名は恒徳、通称伊藤常吉。陸奥仙台の府下双烏街に住し、薬種を鬻て業とす。数百年の旧家たり。其性、清潔廉直温和にして衣食住の三つを戒め、食物の美悪多寡をいはず、衣服は絹帛を用ひず。居宅は壮麗をなさずといへども、屋庭の掃箒を好む。酒色を好まず、たゞ好んで茶を喫す。温和なる事は、家族童僕たりとも其怒色を見たることなし。廉直なる事は、一とせ睦友何某と旅行の事ありしに、ある時何某千条にいへるは、子は平生倹約なる人と思へりしに、さもあらぬはいかなる事といふに、千条そは何故といへば、何某曰、子の食事を見るに、旅宿にては三椀に過ずして昼食の数椀に及べるは、是則倹約にたがへるならずやと。千条笑曰、子が言大に違へり。旅宿の価は（伝ノ一オ）一宿何程と定まりて、椀数をもて価を云ず。是を多く食せんは貪るにあらずや。又昼食は是と異なるにあらずやといへば、何某口を閉ぬとかや。此一事をもて清潔廉直なるをしるべし。又狂歌をこのみていかなる危急鬧卒の間にても、一日なりとも歌よまぬ事なし。或時陸奥山なる弁財天に詣でんとて渡海せしに、折節雨風烈しく遥の大洋へ吹出されぬ。かゝれば船中の人々あわてまどひ、今や此舟くつがへりもやせんと騒ぎのゝしる中に、千条「人すまん嶋根もあらぬわだ中になみの立ゐはひまなよりけり」とよみ出たれば、いかなる事にかありけん、風さへ吹やみほどなくみちのく山に着ければ、人々挙て其大器なるを感じあへり。又ある年の秋、野なる草花を庭にうつしうゑて（伝ノ一ウ）「野のけしきうつし植てもあら野とはいかであらさん庭の八千ぐさ」。此外咏吟あまたありといへども略す。千柳亭を師として別号を千菊園、又、金藥園、東籬亭、柳別家と号す。又梅を愛して梅林軒、清容子等の号あり。又狂歌を好むといへども業用の妨ならん事をおそれ、あへて歌よむ事を人にしらせず、妻子僮僕たりとも歌よむ事を見たるものなしとぞ。又仁慈陰騭の志ありて、衆民を恵ん事を思ふといへども、糊口の資あるのみにて銭財に乏しく、其志の及ばざるを憂ふ。

102檜集園明居〔303・418・819〕

下総国関宿の藩士。世々重職に居す。氏は冨岡、名定功、年甫廿歳。別号冨の門といふ。文政の末、時雨の秀吟ありしより狂歌を詠ず。時に十三歳たり。初号を香文舎といふ。年有て天保八年、檜垣側の（伝二オ）判者に列す。常に甲州流の軍学を好み、平生七書に眼をさらす。鎗砲を学て其妙にいたるといへども、其志すところは専兵学にありと云。「わだのはらみやこの鄙かふく風にうちよる浪のこゑのたえしは」「卯花のさきのさかりは浪よせつ庭のまがきも島と見るまで」。

103秋夜長樹〔814〕

和泉国堺の住。氏は尾崎、名は正明、号和群居、又、蓼居、和一園別号あり。代々商家たり。能歌を詠じ左伝を尊ぶ他に好事なしといへり。「露さへにおきそはりけりはかなさのさてあるべきを朝がほのはな」。

104吾妻春郷（伝二ウ）

北総結城の人。椿園長住の長子なり。文政十一子年冬、父長住の教に随ひ始て狂歌の道に入る。其後天保三辰の冬、橘の貞邦に随ひ和歌を学ぶ事三十日、後尚師を求めずして独其道をつとむ。適又興歌を詠じて水魚喚友の間に遊ぶ。別号麗日園、又、桜舎、樺園、楡莢、雨庵、東風子などいへり。姓赤荻氏、名義徳、字数功、又、号仙風。年甫廿八歳。「天地とともにさかゆく不尽の嶺は千とせとかぎる松だにもなし」。

105高殿梅明

東都長谷川街に住。姓源、氏田中、名友直。文化末より狂歌を嗜み、其後花園側に遊びて春友亭と云。判者に列す時、檜園と改号せり。水魚連の魁首にして檜垣連の長たり。別号竜の門、官生居（伝三オ）、初瀬山人、檜原山人。又生をえたりし時より左のたのひらに大きなるほくろ有によつて、握星子、掌星子の号あり。年甫四十六歳。「高がやはうへ苅萱はかるかやにあらぬを名にはなどおほせけん」。

106津多井万世

下総関宿の藩士。名は旧友、蓬莱居の弟なり。常に兄の教をうけて歌を詠ず。又事につき時にふれて俳諧のほくを読の外好む事なしとぞ。「異国のゆふべおぼえて西の海なみのつゞみをうたぬ日ぞなき」。

107桂　花門

姓は平、名は程郷、通称丹治銑右衛門。下総国光嶺の住。往昔、関東丹治の一党たり。故有て慶長の末より当嶺に住し、官匠を以て（伝三ウ）家の職とす。鳳鳴翁の門に遊びて玩月楼、鳳梧園、規矩庵等の号あり。冨貴を悪みて清貧を楽しむ。数学を好むといへども、円法のまろきを貯ず。此人哥姪の癖ありて、千金を積といふとも、一首の秀逸などは歓ばずとなん。「見し秋の露のまだひぬ草の葉にとく霜みせて冬は来にけり」。

108国　史　園

諱良幹、一号広胖堂、白井氏、常陸玉造の医家。東都の医官杉本先生の門に業を受。傍、朝川善庵の教を受、儒典を学ぶ。帰郷の後、刀圭の暇俳諧歌を詠ず。麻生連の判者たり。「御仏にのちの契りはいのらなん命を神にかけてあふ夜は」。

109見奴琴喜吉［306・703］（伝四オ）
武蔵国小川里住。世々太物類を商ふをもて業とす。氏は大沢、号を沢泉舎といふ。文化十三年の産なり。故に其名を十三郎と通称す。狂歌は本町側花の屋に学び秀吟多し。只いとまある時は酒を好、大盃をかたぶけはかりなしといふ。「あだにのみたちし夜頃のおもかげにわかれてこよひあふぞうれしき」。

110国翠園繁樹
常陸国麻生の藩士。通称与市太郎、姓平、氏手賀、名幹幸、字子竜といふ。父国字歌垣に幼時より学びて俳諧歌を詠。依て俳歌堂の別号あり。「あふ夜は、嬉し涙のしぐれしつまくらの山も色づかんまで」。

111和学真名富［704］（伝四ウ）
出羽国天童の藩士。姓藤原、氏吉田、名守貞、通称専左衛門。俳諧歌は文化四年十五歳、東都に遊て四方歌垣真顔宗匠の門に入て始めて詠ず。号を文歌堂とよぶ。同八年執事都講に加はり同十三年判者に列し、其後歌垣の号をたまひけり。今此門下に遊ぶ人多しときこえたり。時に年甫四十六歳。「雨風を通さぬばかり若葉しつもる山の名もうづもれぬべし」。

112槇柱亭寄躬

小出氏、姓は源、名は美直。槇の屋の門に入て狂歌を詠ず。性温厚にして人とあらそはず。只草花を愛して、春は菜畦に培ひ秋は菊圃に灌ぐ。其作の嗜好才芸多しといへども、独心をやるのみにして言外にあらはさざれば、其能を知る人すく（伝五オ）なし。「神まつる卯月来ぬればうの花のいがきが外もにほふしらゆふ」。

113　袂　広好

姓は源、氏は川佐、名は宜固。武蔵国忍の藩士にして、東都下谷の下邸に住す。初、一田窓に順て戯歌を詠じ、包嬉園と云。後、三世浅草庵の門に入て判者に列し、浅裏庵と号す。栞の門、水穂の屋の別号あり。常に鈴屋翁の卓見、漢籍に諂らはざる高論をよろこび、其書をよむ毎に不知不覚感歎の声を発するに至る。又嬰児を愛して其笑顔をみれば、急遽の時といへども抱かざればゆかず。且草木の花を愛して春山秋郁に遊吟す。ある時、野に出て撫子のさけるを見て、「末の子のこゝちせられて秋さくはあはれぞふかきなでしこの花（伝五ウ）」。

301　守川捨魚［510］

姓は藤原、名は捨魚、至清堂また永言堂と号す。今、東台北麓の根岸に住す。よりて都鶯郁夫の別号あり。文化乙丑年甫十一、先考とともに狂謌を詠ず。先考、作名は面成砂楽斎と号す。此道にあそぶ事、纔に四年にして文化丁卯十一月没す。然れども佳作多し。文化丙寅、故千秋庵月次会再興のとし、橋納涼をよめる哥に、あつさにはしつけられたる不行義も親父橋にて直すすゞしさ。又六樹翁退隠の後、はじめて寄恋の題にて哥をえらばれける時に、うらむぞよよそ（伝一オ）へ心をかけ茶碗今さら我を二のつぎにして。此余の佳作多しといへども、こゝに贅せず。捨魚その気韻をうけて詠哥に耽るといへども風体は頗ことなり、池氷をよめる哥に、「鏡なす氷何なり翁草影もとゞめぬ大沢の池」。また雪ふりける日、野べをみやりて、「白からぬ花こそなけれ打わたすをちかた野べの雪の梢は」。

302善野真袖

下野国都賀郡栃木の住。商家。号通環亭。当戊年、齢二十六歳。家職暇ある時は狂歌を詠じて楽みとす。秀吟甚多く、其名四方に聞ゆ。をり〳〵大江戸に遊びて（伝一ウ）雅友おほし。海山をへだてたるには和泉堺の和一園、伊勢津の荻の屋、風交尤ふかし。「吹風に柳はまかせその影は柳につれてうちなびくかな」「君ゆゑにくしけづりしも今はたゞ髪さかだてゝうらみぬる哉」。

303冨田明居［102・418・819］

紫の筑波嶺も紅に光る二荒山も、不尽の嶺とおなじう白妙になりける冬の末の頃、利根の川風寒きあした、下総国関宿の里檜集園のあるじ冬籠りの心なぐさめばやと、庭のさうじおしひらかせてうち見られければ、程近き春待顔に軒端の梅の莟ふくらかなる枝に、夜べの村雨のなごりの雫おちもやらずありけるを見て、筆とりあへず（伝二オ）「鶯の涙と春はとけぬらし寒さに氷る梅のしづくも」。かく口ずさび、はしゐしてむかひの野べをながめらるれば、秋はいろ〳〵の花咲し千種百草跡なく、たゞ霜の花のみ咲いでたるはさう〴〵しく、野守が鏡と見し沢水も、流れなう白がねの板うちのばへたらんやうにみえければ、「濁さじと冬は氷るか大君の若菜あらはん野辺の沢水」。かくよみける冬の日も、はやかすみながるゝ空のどかなる春の日の夕、四方の山風あたゝけく野べは若くさ髪ゆふべくなりゆき、若木老木の桜、時しりがほに咲出たる庭の花ざかり、つくば嶺おろし梢うごめかして見る間に庭の面かはりゆきけるををしみて（伝二ウ）、「かたはらをさらじとおもふ我をおきてよそへ桜のちりゆくがうさ」。かくよみけると聞えつる。明居ぬしは今の世の人の下手につくまじき上手のよみ口になん有ける。

304神風音信

伊勢津の人。別号荻屋また浦園と号す。いまだ総角の頃、人の判者披露てふ事をすゝめたるに、音信こたへけらく、判者は判者にして判者にあらず、求むる人の判者なれば、自判者になりたらんにも猶誠の判者にあらず、とていなみしとぞ。今や人ゆるして判者列に加ふ。けふ判者の中の判者とは、此人をやいふべき。「斧をさへ用ふばかりになりにけり今はた松の二葉ながらに（伝三オ）」。

305梅　里

阿波国徳嶋市場町住。商家なり。質、油、荒物、小間物を世の営とす。通称上郡屋善作といふ。性廉直にして富不貪貧不愁、業体のいとまあるときは狂歌をよみて楽とす。文化年中浪速連一字亭を師として、学号を一枝亭といふ。東都檜園の撰に出して手柄多し。ある時、片恋といへる題をよめとありければ、「なげくかな片われ月も満る世にあはで恋路のやみとなる身は」。

306沢泉舎喜吉〔109・703〕

武蔵国小川の里、大沢ぬしは人のゆるしたる風流雄にて有けり。いつの頃にかありけん、やよひのはじめ友だちふたり（伝三ウ）みたりとひ来て、をきわたりの花見にいざ、とうながしければ、檜割籠に竹筒など供のやつこにとりもたせて、そゞろに花あるかたをうかれありき、ある桜がもとに敷もの取ひろげ、喜吉は日ごろ好める大盃を数かたぶけて、酔ごゝろをかしう春の日の長きも心あかずながめありきけるに、日は西山の端にかたぶき、遠山寺の鐘の音ほのかにきこえ、夕の風桜の梢をうごめかし、今や花のちりかゝらましう見えければ、躬恒朝臣の、けふのみと春をおもはぬ時だにも立ことやすき花のかげかは、といへる歌をおもひつゞけて、「立やすき花の陰かなちることのなげきにけふはあはじとおもへば」。かくよみいでゝ心はげましかへりけると、友だちかたり伝へけるとかや（伝四オ）。

307堀田俊豊

美濃国岐阜金花山麓、花岳楼は文政七申年より狂哥道に入、同十三子年、故西来居の門に入。初号木瓜園規麿といへり。其後、瓢蔓守と改号す。△翁死去の後天保三辰年、在浪花神歌堂の門に入て神垣内俊豊と改号、同五午年冬判者の列に加はり、同時水魚連に入。勤務のいとまある時は茶事を好むの外、狂歌怠る事なし。然れども生得愚にして秀吟なし。此たび高点を得て自ら如夢中。「立ことのかたきや何ぞ花かげにあかぬ心はのこしおけるを」。

308山路菊寿躬

通称佐藤沅水。代々新発田の藩医たり。齢、初老にいたる（伝四ウ）。文政の初年より和学に志し、檜園に随順して専ら狂歌を詠ず。当時、檜垣連の判者に列す。英名遠近に響き門人頗多し。業職もとより閑暇を得ざれば、敢て多芸をもとめず。草種園、又、籬亭と号す。近来師より賜はりて別に千代廼門と号す。「咲がてにまたする花よちる時もかくいそがすはうれしからまし」。

309正　樹

和泉国堺の住。中尾正信。詠歌、謡曲、雑芸を好む。和一園の垣内にして老実人に超たり。「日にそへて風ものどけくなるまゝに今はと花の咲や出けん」。

310苅　安（伝五オ）

陸奥信夫郡大森住。染物を世々の業とす。氏熊坂、通称代助と呼ぶ。故千穐庵翁の門に入て狂歌を詠ず。柳燕亭と号す。判者に列する時、藍臼舎と改む。翁没して後は、鈍々亭和樽大人に随身して久しく詠吟す。鈍々亭没後はしばらく休詠したるを、天保七申年夏より檜園、蓬莱居に風交して再吟す。今年天保九戌年、齢六十三才なり。「なごりなく梢ちる日は桜花木かげぞ咲のさかりなりける」。

311 秋　良

飛騨国高山住。塩、糸、紬を商買するを業とす。氏は坂田、名は信胤、字槐吉、通称長亮と呼。好て狂歌を詠じ竜兆園と号す。又、鬼宿、雅嗅山人、氷台主人等の別号あり。花押（伝五ウ）[花押]を用ふ。宅辺に多く蓬を植置を以て、人自ら呼て四方芸屋といふ。和漢の書を読、糸竹をたのしむ。田中大秀先生に随て和歌の道を学ぶ。また赤田臥牛先生に遊て詩文を苦心す。唯をしむらくは手跡にうとし。家系は往時当国の主、金森侯の家臣阪田長造（ママ）。今、俗肆に居す。天保八酉年夏、東都檜園に随身して再世の師と頼。斎竜社の魁首たり。社号自より始とす。「もみぢ葉の木かげあかるく照らせるはよるをも昼につぎてみよとか」。

312 呉竹直喜

天性温和にして常の道をよく守り、枉れるをにくみ直きを悦ぶゆゑに名とす。諸人にしたしめども心をゆるさず（伝六オ）、唯古人を信友（ママ）とす。又仏道を尊み慈悲を専にす。然りといへども強を挫き弱を助く。又唄物に妙音ありて、みづから流行の小唄を作りてたのしむ。長唄は岡安の節をうたひ、浄瑠璃は三門ともに流を汲て学べども、座興のみにてしひて好まず。たま／＼美音を発すれば、聞人あかずしてやむるをゝしむ。また俳諧は鳩来庵社中白鳥連に入て藁宇と呼ぶ。一時に一千句を吐とも、童女さへものすれば曾て益なしとて好まず。歌道は三代集の躰格をしたひて学び得たり。文政の末より至清堂の門に入て遊ぶ。山桜連の連長たり。人物誌、作者部類、百人一首、五十人一首等の狂歌集に出たる秀歌を見て（伝六ウ）、此人の俊傑なることをしるべし。しかるに六七年以来、世務に暇なきを以て休詠せしを、今ふたゝび詠出す。秀吟少なからず。またたぐひなき当座の達吟にして、筆者の机辺をさらず。他人一首を詠ずれば十首を詠じ、他人十首を詠ずれば百首を詠ず。故に甚手柄多し。諸側集冊を見てしるべし。琅玕園、上林亭、清花居、山桜垣等の諸号あり。常に人に語りていへらく、世間の道芸多瑞なりといへども、此道に過たるものはあらずといへり。「よしの山しをりはなさじ花ゆゑにふみまよへるはをかしからまし」。

313輝　雄（伝七オ）

東都京橋常磐町に住す。氏伏見、通称吉造。好て狂歌を詠じ、日夜歌学に眼をさらすの外他事なし。年齢二十有二歳。号を瓊舎といふ。「いとはやも雪はけにけりよごるゝを厭ふや清きならひなるらん（伝七ウ）」。

401加藤琵琶彦［606］

尾張国名古屋古渡に住して、世々商家たり。屋号を升屋、通称を利吉とよぶ。狂歌を好んで、[illegible]側の判者たり。玉水連を唱ふ。其門下に遊ぶ者甚多し。滝屋、便々居の号あり。和漢の書に達し、詩歌に志ふかし。ある時山路を行けるに、鹿の妻こふる声み山ふかく聞えければ、かくよみける。「さをしかの恋のかせぎのなげきをも谷の杣木とこるよしもがな」。

402釈　思文

下野国二荒山北嶺、仏巌谿と名づく其中に、鳳鳴閣の精舎ありて居住す。菅原連の判者にして山水連と（伝一オ）号。

門下挙てかぞへがたし。別号は竜華庵、歌三昧、芝蘭室、風雅金剛、玄々庵、三教子、大痴、洛山竜華道人、一釣翁等なり。多年狂歌を詠ず。秀吟は世の人よく知る処なり。ある年の冬都登りしつる時、宇治川のほとりを行けるに、瀬々の網代に魚のをどるをみてよみける歌、「身は浪の花よりもろき命ぞと網代の底に魚やわぶらし」。

403 台星子痴嚢

伝詳ならず。或人曰、台星子は光嶺の僧なり。鳳鳴閣の社魁にして詠吟年あり。始め沖白帆と号し、中頃、慈童山子、白菊葉々成と改め、其后、芥子庵、須弥磨と称す。又改めて今の字に目つく。更に洛山樵爺、汲水翁、玄々庵（伝一ウ）等の別号あり。山水連の規矩、皆此人より出づ。今現に彼山に寓すとぞ。「雁の文帰るをみればむつごとの花なき閨に住はてよとや」。

404 亀　雄［816］

荻原氏、本姓は源、名は成行、字は士立、通称謙輔。美濃国高須藩士。常に古今和歌集の風躰をしたひ、狂歌は三たびの飯にもかへてたしみ、近頃武隈連に入て執心殊にふかし。性風流を好みて、かたはら茶道に志し、千利休の流をくめり。又皇国学に志厚し。しきしまの道を好むを以て癖とし、他に望むことなしといへり。翠毫子、簑の屋、砕塵亭、皆その別号なり（伝二オ）。「うき秋に似るべくもなし春の来しけさも朝日は紅葉しつれど」。

405 敷嶋枝道［701］

東都外神田の住。通称花谷善次郎、号を三余亭と呼。天性愚鈍浅学短才にして、日夜歌書に眼をさらすといへども、服すといふことなし。されども狂歌に執心ふかく、芍薬亭翁の門に遊びて一日もこれを不廃。天保十年亥春判者に列す。梅樹園、竜吟子、和哥の屋、詞花陳人等の別号あり。「けふといへば目にこそみえね玉の春手にとるばかり何かうれしき」「霜がれの野べをしみればはかなさは露くさのみにかぎらざりけり」。

406椿園長住（伝二ウ）

下総国結城の人。姓は赤荻、名は文徽、字は世賢、俗称長左衛門。□（ムシ）をしめ、晋子の流を汲て俳諧を好、本多公の門下に入りて秋岱と呼。后、古萩の屋翁に随ひて狂哥をたのしみ、文政のはじめ、花園の側に入りて披雲楼の号あり。常に劉伯倫、李太白のあとをしたひて、日夜酒中の仙洞に遊ぶ。「けふといへば箒をとらずちりはかずこはくの玉の春ぞむかふる」。

407千巻堂天楽

陸奥仙台田尻荒街に居住す。文政年中より千秋側の判者ニ列す。通称中沢氏、清左衛門。其好む所、風月に詩を吟じ花鳥に歌を詠ず。香を書客に焚ては古興のあと（伝三オ）を閲し、茶を画楼に喫しては常に山水を模写す。其他の伎芸ありといへども、たしむ所にあらず。「月をみてぬれしには似ずけさ春の日かげまばゆくかざす袂は」。

408吉住琴雄［507］

近江国信楽里なる花鳥屋ぬしは、年久しき歌よみにて、たはれ歌よみいづる程の世の人、其名をしらざるはなし。あるとし秋のなかば、梅屋と桂花園のふたりのうしいへるは、萩が花今さかりにて、野末は春がすみ遠かた匂ふあしたにも見えまがひなん、いざや、とそゝのかされて、うちつれ萩咲が山の野べにいにけり。げにやかすみたち、むらさきだちし春野の心ちせらる萩が花、さきみだれたるをちかたに、妻こふる雄鹿（伝三ウ）のあはれになくさへに、けしきそひてをかしうきこえにければ、琴雄はこしなる硯とり出て萩が枝の露うけとめ、墨すりながし筆を染つゝ、「萩が花鹿の音ながらあら野より庭にうつさばいかによからん」。かくなんよみいでけるを、人々かんじあへりとかや。

409 静　居

陸奥仙台田尻住。姓氏不詳。壬側千巻堂に随て狂歌を詠ず。号を硯寿堂、又、泉石山人といふ。十有余年此道にあそびてあくことなし。友だちうちつどひて歌筵開し時、夏の恋といへる題を出して、静居によめといひければ（伝四オ）、「たえ間なきおもひにたぐふものはなしもゆる蛍もよるばかりにて」。かくよみけるとぞ。

410 山田稲城

上総国東金住。酒造を以て家職とす。通称山田八郎と呼ぶ。此里の長たり。癸歳より狂歌を詠じて秀作舎と号す。四方哥垣翁の門に遊んで判者の列に加はり、連号を山田連と呼。門下に遊ぶもの数多有。秀吟諸側の集冊にありて、世の人しる所也。ある年の夏、雨うちつゞきふりける時よめる、「春雨は花もめぐむを五月雨はなにおもひ出に晴間まつらし」。

411 千　秋（伝四ウ）

江都両国川の東に世々居住す。名は孝常、号文恋園、菊の舎、一名文栄子。歳四十有一。いとけなきより文々舎の門にいりて狂歌をなし、三拾有余年の間秀逸数多し。天保八年冬末つかた判者の数に入りぬ。又和歌を好て詠吟す。其外囲碁、将棋、中将棋等の伎芸、妙手にいたらざる事なし。「あふまでを錦木立て待ばやな七日にとれし松にならひて」「うつろへる心の花ぞあぢきなきあれゆく里や志賀の故郷」。

412蟹子麿

東都深川梁川町に住。文々舎蟹子麿翁の男子。父に順て総角の頃より狂歌を詠じ、文花楼清麿と呼び（伝五オ）葛飾連の魁首たり。父翁亡後、連衆よりおして判者とし、父翁の号をつがしめて文側を再起す。年齢いまだ二十歳の上を多くいでず。「眉つくる野べの柳に佐保姫のよそほひそふる初がすみ哉」。

413山道明平

東都堺町の辺り泉町に居住す。姓は源、氏は鈴木、通称平次郎と呼ぶ。狂歌は檜垣連に入て天保九年初夏より詠吟す。号を師より檜蔭亭とたまひ、文殊連の一人たり。筆道は董斎先生に学びて梅園の号あり。常に酒を好て李白一斗詩百篇にならひ、酒に乗じて歌をよむくせあり。雪ありけるあした春のたちければ（伝五ウ）、「きえあへぬみ雪のうへにたち初てきのふを去年とかすむ春哉」。かくよみけるとなん。此道に入たちてよりいまだいくばくもあらぬを、かゝる歌よみいづるは上手の口つきになん有ける。いと〳〵末たのもしき若ものなりと、人々いひあへりとぞ。

414寺井明代［817・820］

いつの頃にかありけん檜井居、心あひの友だちふたりみたりと伊勢の内外の宮に年籠せばやと旅立にけり。頃は冬の末にしあれば、行年の野山なんど見処もなく冬がれぬれば、たゞはしりにはしりておほん神に年籠なしける。はやたちかへる春のあした、四方の空みどりにかすみわたり、さきの行年にみつゝ過にし野山なゝどさう〴〵しかりしにはひきかへて（伝六オ）、をかしう見もせぬ所の心ちせられぬ。ある槇立山の空のけしきうるはしうかすめるを打ながめて、「あふぎみればその立としもまがひけり槇たつ山の春の初空」。かくなんよみけると、旅の袖日記にはしるしつけたりとぞ。

415満　盛［818］

東都深川住。今、日本橋の辺りに住居す。氏は松田、名は政儀。狂歌を好んで詠ず。故鈍々亭の社中にて別号百花園、又、金鈴子といふ。「恋しらぬ身にも嬉しな声きけば心春めくけさうぶみ売」。

416兎　雪

摂津国御影の里に住する商家也。氏は檀、名は清績、別（伝六ウ）号玉塵舎。天保七年より凨側ニ入狂歌を詠。若年にして秀吟多し。「八千ぐさの枯ふす野らも霜おけば朝な夕なに花さきにけり」。

417手束盧橘

阿波国柿原里、緑薫園は徳嶋子鶯連の一人にして、東都四方側の歌よみなり。秀吟は檜垣連月並の集冊に多くありて、人のよくしりたる所なり。或年秋のなかば、用の事ありて供人ひとり具して大和国に行けり。事はて丶吉野竜田の紅葉、ふるき名所をたづねて見あるきけるゆふべ、霧ふかく立おほひて今までみえたる立田山のもみぢ葉、川の面に錦うちのばへたらんやうなる影も跡なくなりゆきて、さびしさいはんかたなし。「立おほふ霧の海には蜑がかる見るめもなくてさびしかりけり（伝七オ）」。かく口ずさみて心なぐさめけると、供の奴の後にかたり伝へけるとか。

418冨田明居［102・303・819］

軒端の梅庭の桜水枝さしそひ、若葉しげりていとゞ窓をぐらく、日頃このめる学の道もおこたりがちなるを、さつきの雨、をやみなうふりつゞき、雲ちかうたちおほひてまのうへおもく、笠かづけるがうへにむしのたれ衣そへたらんやうにおもはれける。春の雨うちつゞきふりけるとはことやうにありければ、檜集園ぬし庭うちながめて、「はれて後夏だに花のひらきなば五月の雨もうれしからまし」。かくよみいでゝ心なぐさめけるとなん（伝七ウ）。

501霰　音高

万里小路氏、姓は藤原、名は音高。代々吾妻の竹園に仕へて、東台北麓根岸の里に住す。近ごろ至清堂の吹挙により、菅原垣山桜連の判者をゆるされ、槇の屋、北栄子、雪川子等の号あり。生得人の和をもとむといへども、まけじだましひやまず、まがれるをにくむのへきあり。雑芸たのしむ事あるをも捨て、ひたすら此道におもむく。音高常にいへらく、狂歌道に遊ぶ事、月日多くもあらざれば高点の哥少し。しかはあれども塵ひぢよりなれる山の雨雲、露ひのぼる本文あり。猶此道を（伝一オ）分〳〵のぼり月日のぼりなば、などか冨士筑波をもひきく見おろすべき高点の哥なからんやは、といへり。されば此道に心をいるゝことしるべし。「かぐはしく名はかをりけり東大寺ひめおく伽羅や匂ひそふらん」。

502友　雄

尾張国名古屋伝馬町に住す。通称大久保治兵衛と呼。好んで狂歌を詠じ水魚園と号す。今風流の旅宿を業とす。近国近在の雅士常に此庵につどひ、遠境の雅客此地をよぎる者、聞つたへてかならず此家に宿る。されば遠近諸国の雅談珍説を聞て、楽しみとす。「川水のおもて白くもながれけり氷るばかりに寒き月かげ（伝一ウ）」。

503月　明一

烏山氏、本姓新田、通称専助、名は直行。武蔵国赤山石神の郷に住し、累代村長を勤むといへども、質朴廉直にして秋毫も犯す事なく、一村の民を愛して私慾なければ、代々清貧にして家に余財なし。生つき愚鈍にして諸芸拙く、道にいることかたし。号は檜峰館。庭前に数百年を経し楠の一樹あり。依て師より樟の門の号をゆるさる。又、楠庵南木と呼。蕉風の俳諧、遠州流の挿花の道に遊ぶといへども、素より好む所にあらず。只近隣の人々のすゝめにまかせ、まじはり親しむのみなり。狂歌は天保四年の夏檜垣に門入し、同九戌の春檜垣側の判者に（伝二オ）列居す。「青柳の髪あらふときねりいればいかによからん梅の下風」。

504瑞　々

越前国敦賀に住す。はじめ浪速の故月夜庵三津人の門に俳諧を学び、竹室雪真人といひ、三津人みまかりて後、東都檜園の詠客となり、侮に玉珠園瑞々と云。年、今初老に及ぶ。俳諧の秀逸、狂歌の名吟多し。「枯あしに音なふ池の玉あられまぶしの魚やおどろかすらん」。

505千船友風〔602〕

阿波国徳島在麻植の住人。通称鹿嶋屋貞兵衛と呼び、好て狂歌を詠じ、徳嶋鶯子連の一人にして（伝二ウ）東都檜垣連の詠人なり。常に和漢の書を読ごとに、本居宣長大人の跡をしたひ皇国学に眼をさらし、たま〳〵心うむ時はたはれ歌をよみて心を養ふとぞ。ある年秋のはじめ、友だちの庵にて歌むしろまうけしとき、友風に秋の恋といふことをよめといひければ、筆とりあへず、「うつ蟬の身はぬけがらとなりやせん人の心の秋にあふ身は」。かく即吟によみければ、人みな感じけるとぞ。

506永　良

陸奥福島の住人。通称宗輔と呼び、さる家につかへて支配の職たり。狂歌をこのんで詠事年あり。号を呉綿堂とよび、東都檜垣連の一人たり。近頃師より門（伝三オ）の字号たまはりて、寿の門の別号あり。ある時人々とゝもに歌よみける中に、冬の恋といふ事を、「さだめなき人の心もしのばれてよそのしぐれにぬらす袖哉」。

507琴　雄〔408〕

花鳥屋は、淡海国信楽里の人たり。京に程遠からねば、折として都に出て歌よみ、人々とふかくむつみあへり。ある日歌むしろはてゝ玉兎園、花の門、白菊亭、三蔵楼なンどゝともに、打むれて加茂の御やしろに詣でんとて出られけるに、けふは酉の日とてまうづる人ことに多かりければ、琴雄とりあへず、「水鳥の加茂の社はねぎごとにひまなくあしをはこぶ諸人（伝三ウ）」。かくよみてふところ帋にかいつけて、御前に手向たてまつりけるを、人々感じあへりとぞ。

508綾　成

秋郊亭は和泉国堺の人にして、皇国まなびに深く心をこめ、歌よむことをえたる人なり。あるとしのはじめ空うらゝにのどかなりければ、心なにとなくをかしう庭下駄はきつゝ、折戸うちひらきてそゞろに住よしのかたへありきて、遠里小野のほとりまで来にける。目もはるに野べうちながめられけるに、去年の雪ところ〴〵にむら消たる中より、をりしりがほに若菜生ひ出たるをみて、古今集、春日野の飛火の野守いでゝ見よ、のうた思ひ出（伝四オ）つゝ、「今いくかありてと折しおよびもてつむべくなりぬ野べの若菜は」。かく口ずさびてかへりけるとか。

509伊藤千条〔101〕

陸奥国仙台二日街住。千菊園はたはれ歌よめるきはみ、名をしらざる人なき当世の英雄になんありける。こぞの秋、千柳亭、千古亭なゝど、花野見ありきけるが、萩尾花さかりに咲みだれ、うるはしき色どりも何となう心さう〴〵しく、露おきそはる夕はむしの音に哀いやまし、家路いそぎてかへりける野べに、ことし春のはじめ、朝とみに用の事ありて来にけるに見し秋の千くさの花は（伝四ウ）、跡かたもなう只わか草の雪間にもえ出たる中に、所々に若菜まじれるばかり。見ん眺もなきに、里の少女のかたまとりもち、つみをるすがたなまめかしう、ふりの袂の朝露にひぢたるは、秋の夕露に袖ぬらし、とはことかはりてをかしかりければ、「うき秋のこくびならめや浅沢に若なつみつゝぬらす袂は」。かく口ずさびて此野べを過けるとなん。

510捨　魚〔301〕

至清堂はいまだ総角なりし頃よりいみじき達吟にて、十首二十首の歌はまたゝくひまによみ出ながら、をかしきふしありて、なべての人の歌におなじからず。さればそのをしへ子たちも師の（伝五オ）速詠をうらやみて歌数多くよむ事あれば、かならずいましめていへらく、およそ歌をよまんとならば、まづ一首のおもぶきをもとめて、しかしてその詞をあやなし、てにをはをとゝのへ、調たかくなだらかならんとをむねとすべし。むさぼりて多くよむものは、よき歌なきはもとよりにて、上達する時さらになし、といへり。されば此人の達吟は生れ得たる業にて、人のまねぶべき事にあらず。以上初編(ママ)の伝にもれたるをこゝにいふ。いかなる暇ある時にかありけん、をしへ子のたれかれ四五人リともなひて、大和路に出たち名所みありきける時、薬師寺なる仏足形の石をみて、「雪の山したふ御寺に御仏のあしの跡ある石はすゑけむ」となんよみければ、人々めでくつがへりけるとぞ。また広く和漢の書にわたりて、世の先生といはるゝ儒者も及びがたきさえありながら、おのがきたなき（伝五ウ）心をおしかくして、うはべのみいかめしくする事をにくむ。さる故に色をこのむとにはあらねど、ふかく物のあはれをしれる人にて情ふかし。さればかく旅にありながら、故郷に契かはしゝ女の事わすれがたくやありけん、道のべの薄をみて、「我こゝろ尾花がもとの草なりと風のつてにもしらせましかば」。かくそゞろに口ずさびければ、ともなへる人々ことわりなりとぞいひあへりける。

511船　盛

法梅園は至清堂のをしへ子にて、すこぶる口才あり。言語応対水の流るゝがごとし。またたはれ歌に心ざしふかく、つねに友をつどへて歌よむ事をたのしみとす。そが中によからぬ歌などあれば、おのれ引なほしもし、また師に点を乞もして、友だちをしへ子を取たつる事をつとめとせり。ある時、古寺といふ題を出（伝六オ）して人々とよみける歌、「松多くたてるをのへの山寺はうべこそ鶴のはやしなりけれ」と口ずさびければ、まのあたりのけしきをみて、遠く仏滅の昔をさへ思ひよせられたる。なべてならずと、人みな感じけり（ママ）とかや。

512唐　居

下総国関宿の藩士。一号紅葉庵、又、手枕庵、哥種の別号あり。文政の末より蓬萊居に随ひて、繁務の暇ある時は戯歌を詠じ、俳諧の発句をも吐といへども、更にかたよる事なきは中庸の徳を学ぶなるべし。近頃檜集園のうし、東の都より移りすまるゝまゝに、このうしのをしへをもうけて、もはら皇国書のふるきをたづねて、あたらしき趣向（伝六ウ）を知る事をえたりとなん。「さゝげぬる君が為とや生ぬらん若菜も雪の寒さいとはで」。

513文　世

氏は川輪、名は佐保。下総国関宿の藩士にして、在府なり。近頃蓬萊居の門に入て専らをしへをうく。号を好梅園といふ。他にこのむことなくして、終日皇国のふみを学びて更にうむことなしとぞ。「哀わが袖こそぬるれ野べの虫茂き草葉の露わくる音に」。

514為　明

檜珍亭は伝にいへるがごとく、道とくありく業ありけり。されば風寒く氷とづる冬の日も、地さけん暑き夏もいとはず、旅することを（伝七オ）好ける。あるとし水無月なかば相模国雨ふり山にまうでんと、昼のあつきさかりにたちいでられけるが、夜はなほ風すゞしく、望の月影あかくたよりよしと、あへぎ〳〵いそぎければ、相模川のほとりにつきにける。ことしは常より照りつよく川水もすがれて、かちわたりせまほしき浅瀬にみえけれど、此川に舟うかべてこなたよりかなたへわたすかせぎの掟ありければ、むかひの岸辺なる渡りの舟よばひて待けるが、みじか夜の月、川の面にうつるを見て、「夏瘦の野川の水に影とめて空にながれの早き月かな」。かくよめるうちに、舟こなたへつきければうちのりけるとぞ（伝七ウ）。

601茂木広善［702］

下総の国野田の里の辺りは桃林多くありて、春弥生の花ざかりには天つ空も酔たるごとく、茜さす夕づく日の匂ひにもおとるまじう見ゆる頃は、をちこちの人々、割籠小筒なんど取もたせて、かなたこなたへむしろとりひろげて、舞つうたひつ興に入て、日のくるゝもしらずあそぶ人多かりける。此日、柏唫社ぬしもおなじむしろにありけるが、夜に入て、桃の梢に月影さし出ておぼろげに匂ふを見て、盃とりあげつゝ、酌とりの酒つぎをはらぬうちに、「またさらにおぼろ月夜もめづらしな影さやけきは常のことにて」とよみければ、一座の人、手をあげて感じける。又さつきのはじめ用の事（伝一オ）ありて、草ふかき野路をたどり行けるに、八重むぐらしげれる中に、うるはしく花さきいで、百合のたてるをみて、「あはれなり秋の千草にさきだちて夏野にひとり咲しさゆりは」。かくよみけると聞えたり。

602友　風〔505〕

阿波の国麻植の里、春秋亭は今の世のみやびをたり。春は花夏は涼秋は月を愛、冬は雪を眺よろこび、野山なんどのけしきを見て、歌よみ詩をつくり、心をやしなはれける人なり。さるをいつの事にかありけん、春の雨ふりいでゝ、をやみなく日数ふりつゞきければ、ひたごもりにこもりゐのうきまゝに、さま〴〵の遊びなんなして心なぐさめけるが、猶雨は日毎ふりければ、今はあそびごとを尽しはて、ひとり肱枕さびしく空うらめ（伝一ウ）しうながめて、かくよみいでけるとぞ。「何をしてけふはくらさんきのふにて遊びはつきぬ春雨の宿」。

603実　成

陸奥盛岡の住にして、氏は平野、通称治三郎と呼。世々味噌醤油をつくりて、遠境まで配り鬻ぐを業とす。雪の屋森蔭うしに随ひて狂歌を学び、執事連長たり。わか人の中の秀哥は、多く此人にありとぞ。時に年甫十九歳。「はなむしろしかんまうけの庭の面をよきほどぬらす庵の春雨」。

604光　房

陸奥二本松、光房ぬしは年二十歳の上を多く出ざる若人也。心みやびにして、世のつとめのひまあるときは、たゞ歌よみ、書を学ぶの（伝二オ）外なし。庭前に梅樹多くあるによりて、梅園の号あり。あるとし春弥生、雨ふりつゞきはれ間なく、野山の桜みん日もなかりける。心なぐさに桜の画かきをはりて、「うつし絵の花にあそびてこもるかな空はれまなきはる雨のやど」。かくよみけるとぞ。

605 真 青

河内の国黒ちの里なる深山堂ぬしは、年久しき哥よみにてなんありける。いつの年にかありけん、春弥生のなかば、心あひの友、花月庵大道ぬしともろともに、こゝかしこの野山の花見ありかれけるに、春の日の長きもあかず、日は西山にはやいりて猶興じ眺ありけるが、春の山風桜の梢ふきわたり花のちりしくに、月の影おぼろにかすみ、たしかに見えねば（伝二ウ）、空打みやりて「ちるうさを見じと霞にへだゝりて花にや月のなれぬなるらん」とよみて、大道ぬしに見せけると後に聞えけるとぞ。

606 琵琶彦〔401〕

尾張国名古屋古渡の里にすめる滝屋ぬしは、なりはひのかせぎにと、幾国々をなん廻りありかれける。あるとし古渡を立出て、三河路を心ざしいそがれける。頃は秋の末にして、四方山の樹々うるはしう、紅葉そみつるけしきうちながめつゝありきければ、夕日も西山の端に落入て足もとをぐらかりけれど、もとより旅路なれてゐにければうしとせず、山路をあへぎ〳〵いそがれけるに、最中の月さし出て道のたよりよく、遠方までも見えわたりけるに、紅葉のかげに雄鹿のふしゐたるを見て（伝三オ）、「おく山の紅葉のかげにふす鹿のはるの心にいかでなりけむ」とよみける。かゝる難儀の旅路にて歌よむこと、たゞ人のおよぶ業ならんや。

607 胤 雄

江戸馬喰町初音馬場の官舎に住す。氏は中沢、通称平之丞、名師、字壮夫。幼時文武を嗜の折、数学に心を寄す。頗発達の聞えあり。弱冠にして公務にあづかり、陸奥なる塢および浅川の両陣屋に住す。その頃より狂哥を詠じ、葛飾連に入て文量舎蔵主と呼。故ありて燕栗園を慕ひ、翁より判者をゆるされ、文唫社胤雄とあらたむ。其後江戸に帰りてよりは、いさゝかおこたりの心出て、喫茶俳諧をのみ弄しかど、近ごろふたゝび水魚喚友の間に遊びて、交り深し（伝三ウ）。また清水光房に随ひて和歌を詠じ、いとまある時は芳宜園の遺跡をならふときけり。会友館、萍屋の別号あり。このごろやむごとなき君より額をたまひて、さらに雑体歌垣の号あり。性質名誉をこのまず、出詠一組を限りとすれば、甲乙録において誉あることすくなけれど、世にしるところにはまされり。年いまだ厄をこえず。あるとき、いとふかく契りたる中をへだてらるゝことありて、逢見る事もえならずなりける折から、池なる水鳥を見てよみける。「釵羽を身にもつをしは諸ともにしなんとまでや恋にせまれる」。この女は玉楼の遊女にて誰袖と申となん、あるひとかたり伝ふ（伝四オ）。

608 守　鷹

出羽国天童の藩士にして、姓は藤原、氏は吉田、文哥堂真名富の弟なり。幼時より俳諧の発句を吟出し、また深く和歌および俳諧歌を好みて秀詠多し。松旭亭と号す。また梅月庵、玉澗亭ともいふ。庭上に愛石ありて、万寿石と呼ぶ。よりて亀の門の別号あり。時に年甫三十有四歳也とぞ。いとまある時は万寿石に乗りて、遣り水に釣をたれてたのしむ。ある時友人来り訪ふ。守鷹例の亀石の上に座し、釣を垂て余念なし。友人たはぶれに云、子のすがた浦島が子に似たり。いかなる筥をかもてるととふ。折ふし日すでにかたぶきて、夕月のかげいと朧にかすみながら出ければ、守鷹とりあへず（伝四ウ）「秋の夜は紅葉とともにてらんとて花には霞む月のかげかも」と口ずさびて、是なんわがもてる箱なると答ふ。俗に其人の得意とする事を、おはことといふ故也。友人聞て、げにかくめでたき春の夜の月も、あけなばいかばかりかくやしからましと、ともに手を打てわらひあへりとなん。

609桂　影芳［822］

武蔵国入間郡みよしの丶里に住して、新井武啓と号す。無古都雄たり。江戸辰巳冨岡のほとりの仮宅に居住して、通称上総屋新兵衛と呼ぶ。狂哥は千穐庵二世千首楼を師とす。師より春曙斎、霞桜亭また一樹園の号を給ひて、哥よと（マヽ）むいへどもいたらず、いたれるに道を行ず。これいかにせん。からやまとのふみはさらなり、みやびつどひのけぢめありてふ事をさへ（伝五オ）、学えしらざるをや。しかはいへど、物いたりてつとめざらんより、おこたらざらんをよしとさだめ、今川連に遊ぶ。ある日、春雨のいとつれ〴〵なるに、かくなんよめる。「花鳥のいろ音ふくめる春雨はさてあるべきをふるにうみけり」。また夏の夜の月を見て、「明やすき夏のゆふべの月影を秋の夜にして見んよしもがな」。秋の夜の月にさへ五百夜つがなんとかいへれば、みじか夜の月のをしさは、げにさもありなんとたれも〳〵ことわり、さりとぞおもひけるとなむ（伝五ウ）。

701枝　道［405］

東都下谷広小路辺に住する三余亭ぬしは、人のよくしりたる当世たはれ哥の上手になん有ける。ある年夏のはじめつかた、京のぼりして宇治川のほとりを供人打つれ、こゝかしこ見ありかれけるに、鵜つかふ舟の山吹の瀬にみえければ、腰なる旅硯とり出て、「宇治川や山吹の瀬に魚えてもみにならずとて鵜やかこつらん」。かく日記にかいつけつゝ、都のしるべのかたへいにけり。かくて都の名どころも残るかたなく見尽して、また大和の国にいきて名だかき処々見めぐり、日数あまた経にければ、冬のなかばになりけり。雪ふりける日、片岡野べを打過けるに里のわらはども、うちつどひつゝ、手あかうして、達磨禅師の（伝一オ）形を余念なう作り居けるを見て、かくなん。「雪達磨かた岡野べにつくりゐて飯にうゝるもしらぬあげまき」。此所のふるごとをおもひよそへて、口ずさびつゝ、過けるとかや。

702茂木広善［601］

下総野田の里、星清子ぬしは此さとにならびなき冨家にしあれば、前栽の広さめもはるに、いと高き築山ありて、利根川の流れ引つゝ滝おとし水はしらし、四季をり〳〵の草に木に、さま〴〵花かへてをかしき中にも、秋はいろ〳〵の草の花ども咲出、うるはしうみえたるに、をりふし秋の最中の空はれわたりけるとて、数寄屋の縁に敷ものとりひろげさせ、端ゐして庭の面をうち眺めけるに、月影の千種の露ごとにうつりたるは、玉敷の庭もかくやらんとおもふまでにみえければ、かたへの硯引よせ筆とりもあへず（伝一ウ）、「月のかげうつればをかししら露はひろひあぐべき玉ならねども」。かくよみけりとなん。

703喜　吉［109・306］

武蔵小川の里の沢泉舎ぬし、陸奥松嶋遊覧せばやと心あひの友だちとうちつれ、春きさらぎの空まだ寒きに旅だちけり。道すがら歌人の名に聞えたる人〻どのいほりを尋られければ、弥生はじめの頃、磐手山の埜磐手の里に来にけり。こゝは山吹の名だゝる所にて、時しりがほに花咲みだれたるをみて喜吉ぬし、「あはれさのつてあるべきをところさへいはての里の山ぶきのはな」。かくよみけるを、友だち感じあへりけり。さて夏のはじめに陸奥残る処なう見ありきて帰られけるに、夏も過秋もやゝ九月の節供ちかくなりに（伝二オ）ければ、庭の面の千ぐさの花、ながめなうさう〴〵しくみえける中に、只菊の花莟まじりに咲たるは、一しほをかしかりければ、はしぢかなる硯帋引よせさら〳〵と、「菊の花まだしきほどを我めでんうつろふからに色まさるとも」。かくかきをはり、おしもみて捨られけるを、かたへなるわらはの拾ひ置けるとぞ。

704真　名　富［111］

出羽国最上川の辺り天童の里に世々すめる吉田ぬしは、総角の頃より大江戸のみたちに勤仕てありけるいとまに、四方歌垣翁の庵へかよひて俳諧哥よまれけるに、四十ばかりの頃、故郷なる天童へ帰られける。ふるさとはいとまありがちなりければ、近きわたりの若人がりゆきて、歌の道のをかしきふりをすゝめ、ものせられけるまめ〳〵しき心より、おのも〳〵したひ来て（伝二ウ）あが仏と尊み、日々によみ人いやましければ、久しうはれなる歌筵にいだすことおこたりゐにければとて、をしへ子たちをそゝのかして、檜園は知己なればとて、此月並のつどへをはじめとして、外の大人たちのつどへにも、たれかれと共によみ出しけるは、此三とせ四とせこなたの事になんありける。さればをしへ子たち、角力立の歌出さんをりは、これにやせましかれにやせましと、此うしに問ひものする人おほし。さればかたへの人いらへて、君としたけて、かゝる事をもうるさしとはおもひたまはずや、ととひければ、やがて「捨られぬ世のうれしさにひろひたる老が年をば何なげくべき」。かくよみて、筆うちをさしおきければ、すき人なりと、ほめのゝしりて帰りけり。此うしの庭の入門のかたへに、年ふる松の、鶴の羽をのしたらん形あるを愛て、あしたゆふべとなく木陰によりて眺めもし、むしろ敷せて歌よみければ、をしへ（伝三オ）子たち、鶴の門ぬしとぞ呼けるとなん。

705玉江真舟

津の国真住吉なる神詠堂のあるじは、初め視船といふ。浪速に居をもとめてより、号を碧玉園また芦屋とあらたむ。その文に、

みやびやかなる人の、ふかきこゝろばしもえこそしられね、難波の春のけしき、年ごろこれがなつかしさに、みやこには住わびはてゝと、壬生忠見はめで給へりしすみよしの里のやどりをも、いつしか立いでゝ、こゝに庵しめたる。さればわが書斎を、芦の屋としもことさらにおほせつるは、此なにはをおきて、またいづれにかやどりをもとめんのこゝ

ろしらひにて、はたいたりあさき身にして、江の水のながれたゆましかりせば、芦のわか葉のひとふしをもうたひいでなましと、みづからかうしもなづくるになん（伝三ウ）。

「わが庭にあす咲ぬべき花をしもまてば遠きにゆくおもひかな」。

706 紀　真和

氏は森居、名は孝照、尾張国名古屋広井に住す。美都垣と号し、又、薺園、柏園ともいふ。文政戌のとし四方歌垣翁より判者をゆるされ、秀詠、多く諸側のすりまきにみえたり。名古屋四境に四才を立、西ニ住する故、城西歌垣と称して門人多し。ある時、鵜川といへる題にて、「世のあはれしらぬ鵜飼のなりはひや月あかき夜は袖のかわきて」。かくものをうらうへにとりて、たくみによみなす事をよくせり。さればすべてよみ出る歌、皆おもぶき深く興ありて、かいなでの歌よみの、およぶべき所にあらず。

707 鶯　光世（伝四オ）

東都新宿に住す。性（ママ）は源、氏は竹内、通称を宗七と呼。曾て六樹園翁に順て狂歌を詠じ、花月亭二楽と号す。師翁没後しばらく休詠して有けるに、翁の連内、擣衣園音成ぬしのすゝめに依て、ふたゝび詠吟す。今何れの側といふ事なく、独立して諸側へ出詠す。竹内氏なるに依て、天保九戌年より竹裏庵光世と改名す。また鶯邨居の別号あり。姓（ママ）酒を好みて斗酒を傾け、尚あくことをしらざりしが、思ひたつよしありて、固く禁じ今一滴も飲ず。只狂歌をよむ事を又なきたのしみとせり。かつ天明寛政のふりをきらひて、当世の風調をうべなひ、優言の詠歌すくなからず。「わが中にいかでならはんしる人もなみの下なるにほのかよひ路」。

708 徳　賀（伝四ウ）

東都日本橋の辺り道寿やしきに住す。年齢廿とせあまり八歳。氏は平野、通称を忠八と呼ぶ。天保七申年よりはじめて、琴通舎翁を師としてたはれ歌を詠ず。号を琴詠舎とよべり。また琴鼓堂、山甚園等の別号あり。「すさまじきこがねの山をくづすべき力ありとは見えぬうかれ女」。

709 泉　清浄

南総養老高根の住。農家にして氏は永野、通称を栄助と呼ぶ。常に艸木を養ひて楽とす。天保酉年より深川桂居翁の門に入て、俳諧うたを詠ず。養老連の一人たり。遷月堂と号す。「川の瀬の浅きはしりて後の世の罪のふかきはしらぬうかひ雄」。

710 太山茂樹［821］（伝五オ）

東都本材木町に住。通称中村勘右衛門といふ。天保五年六月より月下亭の門に入て、初て俳諧歌を詠じ、号を材月園と呼。されども元より家貧しければ、今年二十五になれども、一ひらの書をみしこともなく、文一日も手習せし事もあらねば、我詠る歌を物に書つくる事もならず。しかのみならず性質愚鈍なれば、此道に入てより六とせになれども、人に聞せまほしと思ふ歌は未一つと詠得ず。「うさのみはとはずなりけり常うとき人さへ庭の花につどふを」。

711 光　郷

武蔵川越の城頭、鴫街に居住す。薬種を交易するを家業とす。秋錦亭、又、泰庵と号す。狂歌を詠初てより、いまだいくばくもあらざれども、秀詠達吟にして、此道に年久しく遊ぶ者といへども、及ぶ事能はずとぞ。「春くれば老鶯もわかやぎぬいかでわが身もよじらましかば（伝五ウ）」。

801 芦原田鶴

東都鉄炮洲に居住す。氏は菊地、通称仁左衛門と呼。故鈍々亭の門に入て狂歌を詠じ、千齢子、湊淵亭の号あり。

「見るうちにはれみくもりみとく過ぬ月やあゆめる雲やはしれる」。

802 朝日輝高

上野国山名の庄家、伊藤氏の嫡男。雅号を山一亭輝高といへり。山本連の礎なり。幼年より為流庵に睦びて、兄弟の契をなす。狂哥は折々心の慰によめり。又近駅に出て遊婦を愛し、志深き人也。されば同駅に三人の馴婦あり。慕心防ぎがたく思はれける時、彼等がもとへ（伝一オ）、めしもりの杓子面なる女にも財布の腹のへるがあやしさ。かくよみて送られけるを見て、三人の女腹にたまり兼けるにや、それまでやしなひえたる粟飯のかごを、その儘かへしけりとなん。これ皆哥の徳なり。なほ此外にも恋歌に秀吟多し。ある時、不逢祈恋といふ事を、「つまなしの花を座とするみ仏をいのりし故かあふことのなき」。かくよみければ、人々手を打て感じけるとぞ。

803 窓　雪

中山道熊谷の駅に住居す。好て狂哥をよめり。友人宝彫亭形義ぬしとある日、歌の筵にありて夏山といへる題をよめる。「しら浪とみえにし花の梢さへ和田の藍なすみよし野の山（伝一ウ）」。かくよみければ形義ぬし、感じ思はれけるとかや。

804滝　守

上総国養老上高根に居住して、世々長の家たり。氏は永野、通称熊吉と呼。狂歌は月下亭ぬしに順て詠吟す。号を孝月亭といふ。此人詠始しより、養老に歌人多く出来たりとぞ。ある時友だちの庵にて歌筵を開きし時、祈恋といへるをよめとありければ、声に応じて筆をとりあげ、かくよみける。「さりともとつれなき人にゆふだすきむすびかへつゝなほいのるかな」。

805秋田広海

姓は源、氏は増岡、名は保敦。武蔵谷貫に住す。武隈庵の門に入て戯歌を詠じ、初名橘下窓と号し、伝は普綵百人一首に詳なり。今（伝二オ）、民年庵、那杼理園、四方の屋の別号あり。暇ある時は古事記伝、万葉集に目をさらすといへども、不才にして心にいらず。物毎難解事は交厚千束庵に文通し、今此小伝の集に入るは、寔に盲亀の浮木を得たるごとしと云り。「難波がたたかぬ汀のかれ芦も日かげにけぶる霜の朝あけ」「こもらずばいかでみるべき小初瀬や枯木に花の霜のあけぼの」。

806津田詮村

上野国小幡侯の臣にして、今東都西丸下に住居す。文政の中頃より二世浅草庵守舎翁の門に入て狂歌を詠じ、壺嘯楼の号を受、琴繁といひき。翁没して三世のあるじ春村うしに随ひて、哥学に心を耽らし、記紀を初として史類物語等をよみ、ことに（伝二ウ）詞の玉の緒、詞の八衢二書を明らめて、よみ出る歌格にたがへるはなし。天保十年冬浅舒庵の号を受、詮村と改。春鶯園の別号あり。「かへるでのもみぢばかりはよしの川岩もとさりて浪にちりゆく」。

807明　信

東都芝三嶋町に住す。姓は源、氏は海野、通称を弥助といふ。家職いとまある時は狂歌を詠じ、又俳諧の発句を吐くといへども、狂歌のをかしみにしかざるをしりて、歌を詠吟する事多し。狂名を花筵亭砂美彦と呼けるを、天保七年秋檜垣連に入て、檜盛園明信と改めたり。俳諧は雪中庵対山に順て芦雪といふとぞ。あるとしの冬、朝まだき起出て庭うちながめつゝ、「凬さゆるあしたの庭におく霜はさくしら菊にまがふ間ぞなき（伝三オ）」。かくよみて、ふところ紙にかいつけけると聞えたり。

808土川明宗

飛騨国高山に住す。名は軌方、字君慎、通称角屋宗左衛門。いさゝかなる雀粮の田甫(ママ)によりて、口にのりするの外なし。父も狂歌を好、文化のころほひ四方滝水米人のうし、此地遊歴のをりから、舟津てふ里にて哥をこひけるに、取あへず、大浪の如くつらなる山こえて飛騨の舟津にかゝる旅人、とよみてあたへられたる。当意即妙なるを感吟のあまり、随身して得利館朱人と呼。文政戊子六月病にふして、やう〳〵死になん〳〵とするの月、花瓶にさせる蓮をみてよめる、死てから蓮のうてなも何かせんとかくいけるを花とこそ見め。かく一生を狂言綺語の間にあそびて終りける。則、其子に（伝三ウ）しておなじくこの道を好むこと、大かたならず。東都竜の門の門にいりて、師より竜唫社の号を賜はり、斎竜連の末筵に座す。また八月望の夜に生るゝによりて、満生子の号あり。古き発句に、名月やこよひ生るゝ子もあらん、とあるには、似るべくもあらず。何ひとつあかせることもなくて、いたづらにあふるゝまで肥ふとりたるのみは、泥亀にもをさ〳〵をとるまじ。たま〳〵師の高点を得て、手のまひ足の踏どころをしらずなん有ける。「こよひかく我をまたせてこゝろみにつきそひをるか君が面影」。

809 鏡　磨安

北越新発田の辺、猿橋の商家にして、通称鏡屋安右衛門、名は章広、字は鳳義、氏桐生と言を以て桐樹園と号す。年甫三十三。故六（伝四オ）樹園翁の門に入て狂歌を詠ず。且、蹴鞠、囲碁を嗜、書を読の僻あり。今、延寿連に加入す。「手ふれなば消ん朝霜もみぢ葉のたなひらにしも見るはをかしな」。

810 真　砂

北越新発田猿橋の商家たり。通称川口屋喜八と呼。いとまある時は、和漢の書をよみ狂歌を詠ず。近来延寿連に入て、千代の門ぬしに順て、東都檜垣連に加はり手柄多し。川口屋と呼ぶによりて澄川亭、又、岸廼門の号あり。年甫三十一才。ある冬の朝起いでゝ、窓のさうじおしひらきみければ、霜のふりけるを見て、「明ぬるを月夜とみせて朝いづる人まどはせにおける霜かも」。

811 釈　照信（伝四ウ）

琵琶湖西の産。幼なうして台嶺に登り、顕密の学を錬磨す。故に日吉の屋の号あり。今伊勢の津、寒松精舎に遊び、専ら書を講じて院中の童蒙を導けり。はた今年天保亥の夏、旱天に雨を禱りて験ありとぞ。傍に狂歌をよくして、卍側浜荻連の魁首たり。荻屋常にいへらく、我たま〳〵歌を以て世にしらるといへども、天性短才にして、何ぞ師たるの器ならん。只つとめて、我にまさらん事をはげみ給へ、と。照信また其器ありて、諸方へ出詠するが如きはあへて師の添削をまつことなし。されど頗る風調たかきは、其門によるが故ならんか。「まちてこのあくるにながき来ぬ夜はを逢みん時にかへなましかば」。

812手引糸屑（伝五オ）

下野国佐野新吉水の住。綟糸を業とす。故に六維園、紡栄子の号あり。五翁晩年の社中にして、性至て愚鈍なり。文書他芸智なければ学ばず、まなばざれば不知、一ッとしてえたる事なし。狂歌の拙き事は梓にのらず、番附の低下を以て、人知給ふ所也。「きぬ〳〵は命をあふにかへずしてかへるつらさぞ死ぬばかりなる」。

813千代松成

下総国干潟万力に住して、世々農家たり。氏は米木政則、通称を権右衛門と呼。狂歌は天保のはじめの頃、東都檜園の門に入て詠ず。檜雑園、又、千歳庵の号有。又算術を好て妙算をえたり。其余囲碁、将棋に遊び、分限に随て仁の道を志すとかや。時に年齢三十五歳なり（伝五ウ）。「心あてにあすもまたみん月のいる山の端近くゆかずもあらなん」。

814齢　長樹［103］

和一園ぬしは、和泉国堺の津の人なり。此人、哥に堪能なる事は、諸側の摺巻に出たる秀歌を見てしるべし。或時空はれわたりたる夜、月の遠山にいるをたしみて、「世の秋をいとふともなき月影のいかでか山にいらんとはする」。かくよみけるを、此つらの友垣かんじあへりとぞ。

815真　鷹

松旭亭は、出羽の国天童の藩士也。一とせむつきのはじめ、なにがしといへる行脚のうた人、真鷹がりとひ来て、なにくれと物かたらひける時、かの歌人のいひけるは、わが故さとは春に先だちて、梅なゝど（伝六オ）いとうるはしく咲侍り。このみくには寒さつよくて、梅はつぼみさへ見侍らず。いとくちをしなど、ほこりかにいひければ、真鷹とりあへず、「我郷は梅もさけれど松をのみ春のはじめのものとみるかな」。かくなんよめりければ、かのうた人、口を閉てかへりぬとぞ。宗任がなにとかやいひけんにもまされりと、かの国人の物がたりき。

816亀　雄〔404〕

美濃国高須の人、緑毛園といふは、いみじく口とき歌よみなりけり。あるとき友どちつどひて、一日百首の恋の哥よみけることありしに、亀雄は辰のころよりはじめて、午の貝ふく頃ははやよみはてにき。それが中に祈恋を、「祈りても神なし月かうきやわが袖はなみだのしぐれのみしつ（伝六ウ）」、契恋を、「錦木はいざ取いれて契らまし立しうき名はよしくちずとも」。これらはかたへ書せし人の、おぼえてかたりたるなり。

817明　代〔414・820〕

檜井居は今、檜園庵中執事たり。ある時、用の事ありて田舎わたらひせしころ、しばし山里にやどりもとめてありしに、そこの川辺に紅葉のちりかゝるをみて、「かげうつる枝の紅葉も山川の岩こす浪にせかれてやちる」。さて春にもなりければ、「跡とめぬ筧の水もはる立てけさは若きにかへるをぞくむ」。これらの歌は、旅の日記よりさぐりいでたる也けり（伝七オ）。

818満　盛〔415〕

百花園ぬしは、江戸日本橋の人也。一とせ大和めぐりといふ事なしける時、泊瀬の大ひさに額たてまつらんとて、すゝめける人のありけるに、満盛は恋の題なんあてられける。さてかくなんよみて、つかはしける。「はつせ山七日こもりて祈らなんわがものおもひの花ざかりなり」。またいかなる時にかありけん、「つどひたる声とないひそ秋風にあはれをしりて荻はつくるを」。かりそめにかく口ずさびたる哥ながら、いと心ふかく哀なり。

819 明　居〔102・303・418〕

冨の門ぬし、あるやごとなき御方の賀の屏風に、名ある人々の歌（伝七ウ）か丶せられけるとき、明居ぬしは香久山のかたにて、郭公のなきゆくところなりければ、「郭公なきゆくみれば香久山の榊にこゑの玉もかくらむ」。かくよみて書つけられたりける。いとめでたくなん。

820 明　代〔414・817〕

檜井居のあるじ弥生のころ、友だち一人リ二人リともなひて、別荘なる庭にあそびけるころ、築山のもとの池水に魚のあそぶをみて、から人の魚楽といひけんも、かくやなどうちまもらひたるに、友どち哥ひとつあらまほしと、せちにこひければ、「底ふかき池の松藻は水の民ゆき丶の道のしをりなるらむ」。また千載（ママ）の花の木の間に、鶯のこゑうるはしうなくをき丶て（伝八オ）、「この春も老せぬこゑのうぐひすは花の木かげになければなるらん」。かくよみけるとぞ。

821 茂　樹〔710〕

材月園のあるじ、夏のころ下つふさの国へ行けり。そこにありけるころ、勝間田の池見にとていでたちけるに、道にて日は暮たり。されど夜をおかして池のほとりにいたるに、このごろのあつさに、水かれて池ともおぼえず。興さめてかへりがてら、「てる日には底もひわれて月かげの水もやどらぬかつまたの池」。この歌いみじうをかしとて、其名をちこちにきこえければ、あるやごとなき君のきかせ給ひて、御前にめされて題給はりて哥よませられけるに、水といふ事を（伝八ウ）、「よる浪の花さく時もあらじかし世にうもれ木のうもれ水には」。かくなんよみてたてまつりければ、いみじうめでさせ給ひけるとか。また旅にありける頃、入月といふ題にて、「てりながらかくるゝ月ぞうかりけるうつろひてこそ花はちりしが」。おなじ頃、朝霜といふ題にて、「野べみればはつ霜おきぬさを鹿の妻恋草も今はかれなん」。かく心にまかせてよみいづる歌、いづれも秀逸なるは堪能の人とこそいふべけれ。

822 影 芳 〔609〕

一樹園ぬし、過しころ難波にのぼりける時、かしこにありてよみける歌（伝九オ）、「国見せしなにはの池に竈所得て蟹もゆたかにかしきなすらし」。おなじ頃、ものいひかはし、女ありけり。しのびてよばひたるそのあけの朝、「心にもあらぬへだてのかなしきは妹をそがひにかへるきぬ〴〵」。女いみじうかなしと思ひけるとぞ。

823 筧 元住

姓源、名秋宜、字叔徳、通称菊田泰蔵。別ニ金英園、秋宜園、大順堂の号あり。国々県の令に属して、所々に郡丞たる事年あり。をさなくして父を喪ひ、母の手ひとつに人となりけるが、母和歌を好み早くより芳宜園翁に従ひて、老行末迄もものせられけるに、元住幼時よりいつしかといざなはれて、歌よみならひけるが、天性おろかなる身になしうべき事かはと、三十近く成て思ひ絶けるものから、猶名残の忍ばるゝに、さらば狂歌をこそもてあそ（伝九ウ）ばめとて、六樹翁のをしへ子となり、それより十とせ余をへて、文化の末つかた判者の列に入。其後飛騨の郡丞に移りしよりこのかた、年々に公務事しげくなりけるまに〳〵、此十とせ計がほどはふつに怠りけるが、今とし仕を罷め、薙髪して名を日宜と改、下総葛飾須田堤の辺に、さゝやかなる庵引結びて閑居し、庵の名を撫性庵と号し、窓に菊堀植て逸窓と呼。今はた昔の枯草ほりいでゝ、今様のみやびを加へ、余命の養ひ草にせんと思ひおこしつ。さらに檜の園生、さては蓬がいはやのわたり、あなぐりさまよひて、不死の薬をさへこひ求るになんありける。本性悠長にして、もの毎にはか〴〵しからず。伎芸をいはゞ、弓ひき馬に跨るすべ少しばかり、さては七弦の琴ちと計かき鳴すまでにて、外に能なし。さて母なりける人、老後に及びて、われも狂歌よみ見んとて、ある日元住（伝十オ）家に人々つどひて、松間月といふを題にて歌よみける時、かたへによりゐて、老の目に髭のはえたる顔と見る松の葉越の月のかつら男、とよまれたるを、其日の秀逸とは評せられき。又ある時風のこゝちとて、床にやすらはれけるに、元住母の肩もみさすりなどしつゝ、四方山のこと草かたらひあへるなべに、漬物にあらねど人の孝行は親をおもしとするが肝心、と口ずさびければ、母やがて、老らくの身にははりよりあんまより気をもまぬこそ薬也けれ、などよまれたる事もありき。かゝるはかなきことわざ、かりそめに書つくるにも、たゞ忍ばるゝは、十とせあまり五とせばかり、さきつこしかたにこそありけれ。「雲のゐる岑とあふがん庭桜霞の泪に花さける日は（伝十ウ）」。

初出一覧

本書各節等のもとになった論考の初出は左記の通りである。ただし各初出稿には今回、いずれにも大なり小なりの補筆・改訂等手を加えた。

序説　江戸狂歌の流行――天明末期までを中心に――

「狂歌の流行――江戸天明狂歌を中心に――」（真鍋昌弘等編『講座日本の伝承文学2　韻文学〈歌〉の世界』三弥井書店、平成7年）

第一章　天明狂歌をめぐる諸相

第一節　浜辺黒人による江戸狂歌の出版

「浜辺黒人による江戸狂歌の出版――天明一、二年前後を中心に――」（『大妻女子大学文学部三十周年記念論集』平成10年3月）

第二節　唐衣橘洲・四方赤良と三囲稲荷狂歌会

「橘洲・赤良と三囲稲荷狂歌会」（東海近世文学会「東海近世」第10号、平成11年5月）

第三節　『狂歌若葉集』の編集刊行事情

「『狂歌若葉集』の編集刊行事情」（島津忠夫先生古稀記念論集刊行会『日本文学史論』世界思想社、平成9年）

第四節　『狂歌師細見』の狂歌作者比定
「『狂歌師細見』の人々」（長谷川強編『近世文学俯瞰』汲古書院、平成9年）

第五節　連について――唐衣橘洲一派を中心に――
「天明狂歌壇の連について――唐衣橘洲一派を中心に――」（雅俗の会「雅俗」第4号、平成9年1月）

第六節　「天明狂歌」名義考
「「天明狂歌」名義考」（大妻女子大学「大妻国文」第36号、平成17年3月）

第二章　江戸狂歌作者点描

第一節　大田南畝と山道高彦・吉野葛子夫妻
「大田南畝と山道高彦」（浜田義一郎等編『大田南畝全集』第16巻月報、岩波書店、昭和63年6月）

第二節　『蜀山人自筆文書』――長崎出役前後の南畝から江戸の高彦へ――
「大妻女子大学所蔵『蜀山人自筆文書』について」（「大妻女子大学文学部紀要」第21号、平成元年3月）

第三節　大田南畝書簡十通
「大妻女子大学所蔵大田南畝書簡」（大妻女子大学「大妻国文」第19号、昭和63年3月）

第四節　朱楽菅江
「朱楽菅江――多彩な文学者」（「国文学　解釈と鑑賞」第65巻5号、至文堂、平成12年5月）

第五節　小金厚丸と旭間婆行――狂歌資料から見る洒落本作者――
「小金あつ丸と山旭亭間葉行」（水野稔等編『洒落本大成』第26巻付録、中央公論社、昭和61年9月）

第六節　浅草庵の代々
「三世浅草庵としての黒川春村」（隔月刊「文学」第8巻3号、岩波書店、平成19年5月）

「三世浅草庵としての黒川春村（補遺）」（大妻女子大学「大妻国文」第39号、平成20年3月）

「笠亭仙果の狂歌本」（「書誌学月報」第43号、青裳堂書店、平成3年8月）

第七節　黒川春村門人村田元成——天明狂歌作者加保茶元成の孫——

「江戸に下った八文字自笑の名跡——四世八文舎自笑こと三亭春馬について——」（東京大学「国語と国文学」第80巻5号、平成15年5月）

第三章　江戸狂歌の周辺

第一節　江戸狂歌の地方伝播——天明期の尾張を中心に——

「江戸狂歌の地方伝播——天明期の尾張を中心に——」（北海道大学「国語国文研究」第113号、平成11年10月）

第二節　入花制度の展開

「江戸狂歌史の一側面——入花制度とのかかわりを中心に——」（島津忠夫監修『日本文学説林』和泉書院、昭和61年）

第三節　狂歌本の読本摂取——文政・天保期における試み——

「狂歌本の読本摂取——『詠咏寄譚』のことなど——」（広島文教女子大学研究出版委員会「読本研究」第3輯上套、平成元年6月）

第四章　江戸狂歌文化と尾張戯作界

第一節　尾張戯作者の背景——洒落本作者を中心に——

「名古屋洒落本作者とその周辺——狂歌壇的背景を中心に——」（東京大学「国語と国文学」第66巻11号、平成元年11月）

第二節　万巻堂菱屋久八の狂歌・戯作活動——若き日の本居内遠——

「化政期の本居内遠――その狂歌、戯作趣味――」（熊本大学「国語国文学研究」第21号、昭和61年2月）

第三節　『繡像百人狂謌弄花集』の成立とその意義

「『繡像百人狂謌弄花集』の成立とその意義――翻刻の解題にかえて――」（芸能文化史研究会「芸能文化史」第14号、平成8年12月）

第四節　花山亭笑馬の生涯――付、二酔亭佳雪――

「花山亭笑馬の生涯」（日本近世文学会「近世文芸」第43号、昭和59年11月）

第五節　小寺玉晁の狂歌活動と山月楼扇水丸

「小寺玉晁の狂歌活動と山月楼扇水丸」（東海近世文学会「東海近世」第2号、平成元年3月）

第六節　尾張秕古連の活動

(1)『乞児奇伝』

「『乞児奇伝』（翻刻）」（野田寿雄教授退官記念論文集刊行会『野田教授退官記念日本文学新見――研究と資料――』笠間書院、昭和51年）

(2)『骨董評判記』

「尾張秕古連の『骨董評判記』」（『森銑三著作集　続編』第10巻月報、中央公論社、平成6年4月）

第七節　雑賀重良氏旧蔵書に見る尾張と美濃の狂歌資料

「蓬左文庫蔵雑賀重良氏旧蔵狂歌資料」（名古屋市蓬左文庫「蓬左」第60号、平成11年4月）

付篇　資料翻刻

(1)『繡像百人狂謌弄花集』――尾張狂歌作者五九〇名七一三首――

「『繡像百人狂謌弄花集』（翻刻・上、下）」（「大妻女子大学紀要――文系――」第28、29号、平成8、9年各3月）

(2)　『草庵五百人一首』――黒川春村門人等二五〇名各一首――
「三世浅草庵黒川春村の門人たち――解題・翻刻『草庵五百人一首』付、人名索引――」(「大妻女子大学紀要――文系――」第40号、平成20年3月)

(3)　『諸家小伝録』小伝集の部――天保期狂歌作者八十一名――
「『諸家小伝録』に見えたる人々」(「大妻女子大学紀要――文系――」第41号、平成21年3月)

あとがき

本書は平成年間における筆者の江戸狂歌論考を中心として、平成二十一年度に総合研究大学院大学（基盤機関：国文学研究資料館）へ提出した学位申請論文に資料翻刻の付篇を補い、分不相応にも「江戸狂歌壇史の研究」と題してまとめてみたものである。

筆者の学部卒業論文は江戸狂歌論ましてや天明狂歌論関連ではなく、尾張熱田出身の戯作者で後に二世柳亭種彦を称した笠亭仙果であり、修士論文は浮世草子と演劇の考証史だった。卒業論文の仙果は後に四世浅草庵を嗣いではいるものの、江戸狂歌などはだれもまともに研究していないというのが、当時の率直な印象だったことを今でもよく覚えている。その後東京に職を得て本格的に仙果年譜を作成するようになった傍ら、職場の大先輩である浜田義一郎先生とのご縁で天明狂歌、特に大田南畝に関する知識を得るようになり、筆者の江戸狂歌研究が始まった。

江戸狂歌研究の状況は戦後六十余年を経過した今でも、いくつかの労作論集と画期的な資料集が刊行されている他は、戦前の狩野快庵氏『狂歌人名辞書』・菅竹浦氏『近世狂歌史』・同氏『狂哥書目集成』の域を超えていないように思われる。かく言う駆け出しの筆者の論考などは勿論、そうした研究前進にこれといった寄与などしていないと思っている。しかしながら今後その進展の一助にもなればと愚考し、また筆者自身の今後のためにも一区切りつけばと思い、公刊に踏み切った次第である。

浅学愚鈍な筆者が曲がりなりにもここまで辿り着くことができたのは、恩師のご指導と良き先輩・知友に巡りあった賜という他はない。また間接的ながら諸先輩から受けた学恩は計り知れず、国公私立の図書館・文庫主の皆様方には多大なお世話になった。浜田先生の旧蔵書を受け入れることによって江戸狂歌研究の核が出来上がった職場も、その後の資料収集に極めて好意的で感謝の念に堪えない。さらに陰日向に支えてくれた家族にも謝辞を捧げたい。

こうした数々のご厚情とは裏腹に、北海道大学院生時代の恩師野田寿雄先生・職場の吉田精一先生・同浜田義一郎先生・ご厚誼を得た向井信夫先生・神保五弥先生・水野稔先生・鈴木重三先生はすでに鬼籍に入られ、本書をご覧いただけない。また、私事ながら筆者の両親・義母も他界していて本書の報告ができない。筆者のこれまでの怠惰故で、慚愧の極みである。なお本書索引作りでは、末娘にエクセルの使い方の指導を得たことを記しておきたい。

最後になったが、出版をお誘いいただいた汲古書院営業部の三井久人氏と、懇切丁寧に編集していただいた同編集部飯塚美和子氏に心よりお礼申し上げる。

高尾山の麓八王子の自室にて著者識す

平成二十二年師走二十一日

人名索引・書名索引

凡　例

一、両索引とも、私的な読みを含んでいる。

一、人名索引では、主要人物の代表的名称表記の統一を心がけ、連や側の名称及び主な寺院・会合・建物をも採録対象とした。

一、書名索引では、角書はこれを省略することとし、参考となる章題や芝居名をも採録対象とした。

人 名 索 引

ア行

相生亭元住　582
愛滝楼　617
愛竜　267
青木一襲　633, 638, 657
青木広嶺　636, 640, 660
青木某女　636
青木守照　637, 642, 663
あをこ　82
青芝　93
青大蛇野足　99
青葉斎　625
青柳総連　259, 265
青山三津麿　637, 642, 663
あかゑ(あかじく)　95
赤荻長左衛門　678
赤荻義徳　668
赤坂成笑(栗成笑)　93, 181
赤坂連　121
赤じくの夏毛　95
垢じみの衣紋　89
赤田臥牛　675
暁の鐘成　98
赤の御膳　473, 511
赤萩可村　627, 632, 655
赤松金鶏　14, 123, 258
赤松下澄　575
赤松秀成　245
赤松日出成　182
赤松連　20, 22, 121
秋風女房　180
明店はそんふさがる　89
秋田広海　697
秋津　399, 402, 407, 408
秋津連　416, 461, 486, 492, 494
亜紀成妻　559
明信　698
秋野物成　98
秋廼屋颯々　413
秋夜長樹　668
秋間光弘　628, 632, 655
明代　701, 702
秋良　675
握星子　669
明香吉　565
揚屋くら近　90
朱楽菅(漢)江　5, 8〜10, 13, 14, 16, 18, 19, 21, 22, 24, 25, 51, 53, 54, 56〜58, 60, 65〜69, 71, 73, 75, 77, 108〜110, 112〜115, 117, 118, 120, 121, 123, 133〜136, 139, 141, 151, 152, 235, 236, 238, 239, 241, 243〜246, 252, 254, 320〜325, 334,

342, 517, 518
朱楽連　15, 58, 59, 69, 80～82, 84～86, 88, 95, 104, 110, 113～115, 117, 119, 120, 243, 325, 332, 334, 441
腮長馬貫　84, 109
腮垣兼　182
袙屋月町　550
亜斎　637
浅岡宇朝　479
朝起常成　549
朝起つらき　81
浅尾国五郎　454
浅尾為十郎　454
浅川魚一　638, 658
浅川善庵　669
浅川友乗　616, 621, 645
浅川和たる　180
浅黄堂染人　259～261, 265
浅黄裏成　181
浅草側　281, 283, 285, 287～289, 346, 348
浅草観世音　253
浅草市人　250, 252～258, 265, 266, 272, 275～277, 300, 342, 394, 517, 610, 612, 613
浅草馬道　105
浅草卜橋　103
浅草連　297
浅倉庵　636
朝倉庵　636
浅倉庵三笑　258
朝倉伊八　269, 270
朝倉楼雄　268
浅茅庵　256, 258, 261, 277, 296, 615, 617
浅茅庵守舎　258, 265, 300
浅茅生　274, 282, 284, 307, 308, 618, 623, 648
浅瀬文方　568
朝茶亭　339
朝妻　222
朝寝成丈　381
朝寝昼起　94, 109
浅野暁格　527
麻直成　544
浅野鈴庭　633, 638, 657
旭園輝雄　290～294, 298, 308, 309, 311
浅日輝高　696
旭間葉(真波)行　247, 248
浅見御世澄　634, 639, 658
葦園　627
芦仲　628
芦磨家　440, 443
芦屋　693
芦之屋丸家　390, 423, 602
足曳山丸　182
芦辺庵汐満　555
芦辺田鶴丸　281, 321, 322, 328～330, 333～335, 390～392, 399, 403, 405, 406, 410, 413～415, 418, 419, 422, 435～437, 439, 442, 443, 445, 449, 463～465, 470, 478, 480, 482, 487, 494, 510, 511, 515, 518
芦辺真鶴　439, 582
芦間蟹丸　546
芦家礒人　573
芦原国輔　557
芦原鈴女　561
芦原田鶴　696
芦原鶴成　561
芦原鶴成妻　561
飛鳥遠洲　562
梓並門　344
梓弓八中　81
東屋義人　101
畦ミち　184
麻生連　670
あだくち　91
あたり　83
厚田仙果　507
熱田総連　279, 388
安土弦音　9
吾妻春郷　668
油杜氏煉方　13, 57, 59, 94, 109
阿部のお茶丸　104
余茶福有　105
天津点翁　103
海士網曳　554
天の鈿女　37
天野梅之進　324
蜑苅藻　92, 103
天のくずも　103
あまのすく網　99
天野信景　434, 519
天野好之　272, 609, 610, 613
あみだノ光　392

網破損針金　37, 41, 100
網引方　322, 326～330, 333, 442, 443, 543
雨守家　256, 300
蛙面坊　53, 54, 56, 59
蛙面坊懸水　6, 64, 67, 68, 71, 77, 109, 111, 112, 180
綾女　635, 639, 659
綾園　637
綾刀自　267, 625, 630, 652
綾成　635, 684
綾丸　601
新井秋住　617, 622, 646
新井武啓　691
新井玉世　634, 639, 658
新井文一　635, 640, 660
新井細道　637, 641, 663
新井守常　624, 629, 650
新井守村　268, 617, 622, 646
あらがねの足引　84
あらがね土丸　45, 104
嵐冠十郎　454
新玉年雄　584
霰音高　682
在雅亭　394
有雅亭あみだの光　392
在雅亭超斎坊　554
有雅亭母六十賀　395
有雅亭光　389, 393, 394, 398
在雅亭光　399
有坂光隆　619, 624, 649
有谷　515, 601
有文　435, 482, 518, 525, 530～532, 553, 554, 556, 557, 560, 561, 584, 597, 598, 602
有文妻　578
有政弟　183
在原業平　151
安閑亭喜楽　129
安浄寺　482
安楽寺　480
安楽亭　628
飯くらの羽岡　104
飯田連　121
いゑつと　98
伊右衛門　626
五十嵐春雄　633, 638, 657
鵤陀　540
夷曲庵橘貞風　43
以桂　536
池田一瓶　617, 621, 646
池田一瓶男　628
池田市万侶(三世桑楊庵)　268
池田作左衛門　180
池田正式　68
池田諸白　90
池田幹久　635, 640, 660
池田本蔭　271, 614, 628, 632, 655
池田森崎　619, 623, 648
池田守好　635, 639, 659
池田涼泯　180
池中嶋　120, 321, 326, 329, 442
池の坊　154
池廼屋　637
池廼屋外池真澄　267, 270
池良成　551
彙斎　389, 399, 401, 451, 454
いさほし　96
以座屋雞老　550
井沢環　472
伊沢八郎兵衛　14
伊沢屋和助　425
石井孝政　509
石井足穂　335
石井垂穂　390, 419, 435, 436, 440, 444, 474, 475, 478, 504, 509, 515
石井八郎次　390
石川伊折　462
石河金由　618, 623, 648
石川雅望　214, 249, 324, 340, 386, 409, 437, 510, 511
石川李之助　193
石川林七郎源平　436
石田未琢　6, 32
石田未得　6, 32, 37, 45, 125, 517
石田未陌　6, 32
石塚豊芥子　250, 478, 483
石燈楼春日歌多好　586
石橋庵増井　385, 388, 392～399, 401, 412, 420, 434, 451～453, 459, 461, 469, 474, 478～480, 560
石橋庵真酔　460
石原畝麿　637, 642, 663
石原豊村　618, 622, 647
石原真金　637, 642, 663
石部金吉　90, 179

石渡佐助 345
五十栖真影 586, 607
和泉庄次郎 258
泉清浄 695
泉涌成 264
和泉屋市兵衛 467
和泉屋新八 345
和泉屋利平 560
伊豆屋源蔵 181
以勢たらう 53, 54, 56, 59
伊勢道遠記 565
伊勢屋勝助 16
伊勢屋吉兵衛 250, 345
いせ屋清左衛門 182
伊勢屋忠右衛門 365
磯田源兵衛 302
石上古屋根継 40, 41, 45, 46
礒野茂村 619, 623, 649
礒の屋網彦 579
いその若女 94
磯部右近政春 278
磯部源兵衛 303
礒部元成 310
いそまの道かど 90
磯谷角左衛門 181
板屋常恒 94
板屋半右衛門 392
一蛙 86, 117
一英斎芳艶 306
一円斎 628
一円舎一方 551
市岡猛彦 402
市買連 121, 321, 324, 326, 327
市谷連 329, 333
市川山橋 636, 641, 661
市川連 291
市左衛門 624
一枝亭 673
一字亭 673
一樹園 691, 703
一乗亭教道 501
一麈子 626
市田皮之 626, 630, 652
一田窓 671
市仲住 182
一梅斎芳春 477
市橋助右衛門 179, 324, 419
市橋助左衛門 435
一富士二鷹 105, 179
市兵衛 617
一万斎三方長熨斗 440, 553
一文舎微笑 308, 310, 311
一勇斎国芳 304, 360, 464
一葉 358
一陽斎奥馬鬼影 538, 606
一陽斎鬼影 407
一葉斎梧風 104
一陽斎柳生 530
一竜軒潜丸 584
一立斎広重 360
一楼 86, 117
市楼 538
逸庵 618
一閑斎諸持 287, 309, 310
一気行なり 109
逸興庵唐歌友成 580
一桂堂 506
一穴庵寸斎 523
一見亭婦覚葉丸 562, 607
伊都子 637, 642, 663
一之 49
一酌斎桂裏 521
一升事樽 545
一心寺 207
一翠園 628
一寸法師 439, 511
逸窓 703
一層楼高居 586, 607
逸そゑい 104
一釣翁 677
一丁亭 633
井筒有水 88
井筒本済 88
井筒屋竹甫 526
一鼎 537
逸之助 618
一巴亭 325, 438, 551
一筆行成 105
一風斎 13, 15, 114, 320, 321
一風斎隣海 87
一風屋斎兵衛 87
一片舎栗町 520
一返舎半分 411
一芳 591
一本亭 358
一本亭芙蓉花 83, 106, 115
いつも早秋 90
糸井沖風 636, 640, 661
糸井作良 625, 630, 651
糸井鳳輔 302
伊藤 696

医道眼一嫁々　105
伊藤千条　685
伊藤貞元　421
糸長　466
糸永輝雄　309
稲生波員　636, 641, 662
稲垣某女　635
田舎亭　636
いなかのみちん人　87
稲城連　264
稲毛屋金右衛門　7, 179
稲廼屋長秋　413, 462, 486
因幡守　225
稲穂鈴成　550
井上如流　636, 641, 661
井上士朗　501
井上文雄　296
意伯　627
井原西鶴　301
伊平　624
伊兵衛　618, 635
今川氏豊　490
今城中将定成朝臣　253
今出の赤下手　105
今福来留　14, 17, 18, 23, 96, 109
今福屋勇助　14
渭明　67, 112
芋堀仲まさ　101
井門の蛙子　104
伊予堂　598
いり　83
入船繁記　91
入船伴雄　583
入船湊　257
為流庵　696
いろは屋短右衛門　102
鑪屋清狂　427, 606
磐井垣真歌　413
磐井高盛　97
巌松胤　545, 607
岩田一得　637, 642, 663
いわの二見　90
岩原官舎　172, 206, 218, 219
岩本活東子養父　293
筠葉斎青鸞　536
雨庵　668
右一郎　634
植木守斗　616, 621, 645
上田秋成　207
植松有信　402, 437, 555
植松茂岳　448, 474, 476, 478, 507
上山羽狩　633, 638, 657
魚河岸連　170
魚屋　618
魚舟問丸　103
浮木　87, 117
萍屋　690
浮世世之助　96
鶯光世　694
烏月　541
宇三郎　626
宇三太　106
牛込の遅道　81
烏夕　541
歌川国貞　456
歌川国友　360
歌川国直　260, 269
歌川国芳　290, 464
歌川貞秀　305
歌川豊国　258
歌川広重　471, 473
歌三昧　677
哥種　686
哥成妻　550
歌政　423, 523, 603
うちひも　82
内山賀邸　5, 6, 8, 51, 52, 55, 56, 58, 60～65, 67, 134, 139, 237, 239, 517
内山椿軒　5, 7, 66, 67, 71, 75, 85, 111, 112, 116, 117, 133
団扇合図并狂歌会　139
団扇屋定九郎　103, 106, 115
打藁の屑男　92
内海某息子　302
烏亭焉馬　245, 258, 274
卯原季兼　97
馬田青洋　207
馬内子　548
右馬耳風　424
馬屋厩輔　20, 154, 182
厩のまや輔　88
生レのまま成　97, 336
梅垣内　624
梅里　673
梅女　439, 570
梅園　680
梅旭子　104
梅園守　574

梅の花笠　105, 109
梅屋　355, 678
梅屋鶴子　364, 370, 374～376, 379, 380, 382, 464
梅廼屋鶴寿　359
梅本孫左衛門　397
梅屋敷　475
うら　88
裏打時則　587
うら枝　127
浦園　673
浦成　306
浦野立人　634, 639, 658
浦浪女　551
浦辺干網　94
烏露廼屋　626
うん瘂　501
雲阿　501, 504
雲我堂　616
雲茶会　175
雲裳亭千武　568
海野弥助　698
雲峯　360
雲楽斎　80, 109, 110, 152
英賀　359
栄吉　617, 619
永言斎季来　427, 526, 606
永見寺　262
永言堂　671
栄子　615, 620, 643
映五郎　617
永三郎　618
永日庵兀斎其律　508, 521, 606
永日庵真菅其風　323, 441, 570
永昌堂　291
永四郎　628
栄蔵　624
ゑい夫人　104, 109
栄兵衛　635
永楽屋東四郎　291, 335, 386, 405, 417, 434, 437, 466～469, 507, 509, 510
永楽屋何かし　533
永齢舎　617
江川道守　268
江口顕象　99, 106
江崎三蔵　215
江島其磧　301
枝道　691
越人　434
越川舎　628
江戸川知嘉久　103
江戸狂歌師　103
江戸町河岸　103
江戸半太夫　302
江戸前牟奈伎　95
江の字連　127
榎本次右衛門　183, 331, 439
海老船盛　181
江利川守枝　617, 621, 646
円々斎望輔　571
堰蓋亭常盤種松　558
堰蓋楼　634
爰居亭石久　532
遠州流　683
延寿連　699
円治郎　625
焉馬向嶋咄会　339
園囿亭鱗馬　356
燕栗園　690
燕栗園千穎　265, 268, 282
燕栗園千寿　270, 287, 291～293, 308～310, 477
老多久楽　427, 439, 544
おひて　91
鴦鵝　636
扇得利安　559
扇折風　322, 324, 326～330, 332～334, 336, 387, 405, 438, 441, 443, 445
王羲之　223
扇かな女　582
あふぎの水丸　485
鶯子連　683
王人　49
鶯邨居　694
黄鳥庵春風　428, 585, 607
近江屋新兵衛　250
あふみや善十郎　116
近江屋伝兵衛　324
近江屋本重　86
近江屋本十郎　64, 69, 74, 116
応明亭　563
大石小石のみかげ　105
大井英路　104
大井蛙　87
大井千尋　345
大井のむさと　109
大江千穎　415

大江知香　577
大江知方　435
大江堂梅臣　474
大ゑびや七左衛門　83
大垣市人　614, 619, 643
大垣家　261
大垣守舎　255, 256, 262, 272～274, 276, 277, 609～613, 615, 619, 643
大木戸黒牛　15, 40, 45, 46, 91, 109, 178, 184
大口素琴　530
大口安長　618, 623, 648
多の旅人　97
大久保久兵衛　421
大久保治兵衛　682
大久保八郎左衛門　182
大熊善兵衛重完（兎農・真弓）　501
大坂屋甚助　179
大坂屋茂吉　459
大沢十三郎　670
大沢ぬし　673
大路小路のきつね　85
大島蓼太　10, 73, 331
大洲館気来　586
大空豊はる　180
大曽礼長良　96
大高仁助　183
大田定吉（鯉村）　172, 177, 203, 211, 213, 215, 220, 222
大田直次郎　181, 226
大田南畝　6, 9, 10, 13, 28, 76, 106, 149, 151～157, 168～171, 173, 174, 176～178, 181, 184, 185, 192～194, 200, 201, 206～208, 211, 214, 215, 218, 222, 224, 225, 227, 237, 239, 243, 244
大束冬名　100
太田政右衛門　183
大友桐麿　619, 623, 649
大供家主　81, 82
大泥のはね道　86, 116, 117, 119, 120, 334
大根太木　7～11, 43, 517
大寝坊　129
大のし楼　471
大野屋喜三郎　7
大橋伊呂泥　618, 623, 648
大橋喬二　534
大橋竹村　624, 629, 650
大橋竹村孫　624
大橋千村　624, 629, 650
大原あん公　98
大原宇一　584
大原久知位　105
大原ざこね　97
おほふねの乗よし　82
大屁股臭　105
大星由良之助　18, 83, 332
大村成富　304
大邑弘樹　627, 631, 654
大目玉丸　179, 184
大森真柴　624, 629, 650
大門喜和（際）成　18, 90, 331
大薬罐鎌苅　104
大矢都水　617, 621, 645
大屋裏住　7, 8, 96, 109, 182, 324, 346, 369, 372, 439
大家都成　572
大籔庵虎丸　551
大淀の亘　92
岡吉兵衛　509
岡島よしまさ　270
丘隅　616
岡田左竹　531
岡田野水　525
おかね　214
岡野伊平（五世浅草庵綾村）　252, 276, 295
岡部花雪　369, 635, 659
岡部唐安　100
おかべの盛方　100
岡持屋喜三二　95
岡本長兵衛次男　302
岡本や内　179
岡本楼　222
小川新兵衛　504
小川多之寿　544
小河町連　121
小川町住　88, 183
小川文庵　209, 211, 213, 214
小川屋可童　537, 541
置石村治　90, 114, 115
おき石屋むら治　90
置来　52, 55, 56, 58, 60, 62～65, 71, 74, 113
荻園　627
翁斎朝保　391
沖名斎鳥億　391, 528
翁斎蛭成　392

沖名斎芳香 391
翁斎芳香 391, 392, 398
沖名三階 391
荻野上風 103
沖白帆 677
荻野千秋 519
荻野東蔵 455
荻屋 673, 699
荻原成行 677
阿銀 497, 498
奥居庫住 616, 620, 644
おく田やすまる 92
於久手稲丸 577
奥手にげ道 103
尾崎正明 668
をさ丸 396
小沢武右衛門 179
お賤 210
阿蕭 497, 498
遅蒔千胤 80
お大小竹光 95
織田右大臣 427, 430, 518, 606
小田切春江 447, 476
織田信雄 491
織田信長 406, 434, 510, 515
織田信秀 490
落栗庵 13, 16, 25, 27, 48, 69, 93, 97, 110, 122, 150, 252
落栗庵木網 287
落栗庵元木網 336, 337, 340, 341
落栗庵元木網定会 338
落栗や久兵衛 97
おち栗やちゑ 100, 325
落栗屋杢蔵 93, 322
落栗連 12, 60, 69, 70, 77, 111, 150, 151
遠近立木 81
落穂庵 249
榲亭 615
おと戸 97
音丸 542
お豊(大田南畝孫) 211
鬼王 207
鬼影 466, 596
於仁茂十七 389
小野秋津 411, 453, 461
御能土師丸 395, 398
尾上菊五郎 479
尾上梅幸 374
おのが保町 101
斧七 209, 210
小野女 466
御膝元成 105
おふさ 228
お冬(大田南畝男定吉妻) 211, 227
覚の香垂 90
おも梶似足 82, 85, 109
面成砂楽斎 671
小山田与清 409
織子 636, 640, 660
尾張酔竹連 120, 332, 334, 351, 385, 387, 394, 399, 400, 403～405, 407, 408, 418, 437, 441～443, 461, 478, 482
御武具屋惣左衛門 553
温冷舎漁径 396, 401, 572

カ行

檜井居 680, 701, 702
檜蔭亭 680
檜園 669, 673～675, 683, 693, 700
檜園庵 701
檜園梅明(春友亭) 126, 260, 264, 269, 291, 360, 465, 471, 477, 664, 669
槐吉 675
会稽山人土師雪 579
檜山亭 626
檜集園 672, 682, 686
檜集園明居 668
海樹園 678
堺順門跡 181
海城 398, 511
槐床幸世 269
檜盛園明信 698
外石子 616
檜珍亭 687
檜峰館 683
会友館 690
開栗庵知一坊 547
花蔭亭 625
楓園 625
楓呼継 386, 437, 442, 562
嘉右衛門 625
蛙の面水 102
蛙元成 584

柯園　627
花筵亭砂美彦　698
花王庵　625
霞桜亭　691
かほる　206, 213, 214, 217, 222
花街楼　303, 617
案山子　392
鏡磨安　699
鏡屋安右衛門　699
香川景樹　262
柿園　303, 617
柿園元成　268, 307
書出田丸　105, 179
嘉吉　616, 627
かきのぬけ殻　109
柿下手丸　87
蝸牛　530
画狂人墨僊　387
花鏡亭　617
鶴庵　617
鶴園轟丸　521, 606
かくし妻　210
鶴星堂　634
角田秋久　618, 622, 647
角田一輿　634, 638, 658
鶴亭　627
岳亭　365, 379, 380
岳亭丘山　382
岳亭定岡　374, 474
鶴亭巣籠　559
岳亭春信　364, 374, 376, 377
角南読足　450, 545
角丸屋甚助　345, 365
覚蓮坊目隠　15, 45, 87
鶴楼春香　413, 462, 486
華渓　460
筧元住　703
可月　567
花月庵大道　689
花月亭二楽　694
花月堂百雄　464, 465
掛的安多留　91
影光　566
影芳　703
可紅　535
可幸　427, 538, 606
花香庵蓬洲　580
可索斎鳥連　528
重面の為成　45
錺屋清狂　427, 533, 606
花山人　356, 358
花山亭笑馬(咲馬)　398, 413, 416～418, 446, 447, 450～452, 454, 457～475, 477, 482, 486, 487, 495, 511
花山亭高一　447, 475
花山道人　450, 451, 454
梶子　615, 620, 643
哥之斎　386
哥之斎益甫　390, 437
嘉七　626
梶廼屋　628
貸本人和流　109
貸本古喜　181
鹿嶋屋貞兵衛　683
加島屋魯隠　205
霞雀　547
夏聚園　627
華笑百合満　269
花笑林　474
柏木葉守　82
柏二葉　322, 327, 329, 330, 333, 336, 442
柏原屋与左衛門　65
春日社司　624
春日の朝沖　92
かすか屁ノのう隠法師　103
粕久斎与旦坊　103
上総屋新兵衛　691
上総屋利兵衛　14, 21, 121
員連父　567
員俊　359
霞十重女　582
佳雪改諸居　449
風早ふり出し　83, 109
可泉　538
歌泉堂真澄　585, 607
歌蔵庵曲児　546
片糸従頼　552
蚊大分夏倦　101
片桐北塢　617, 621, 645
花岳楼　674
片目ノあきら　82
花鳥庵風月　466
花鳥屋　678, 684
勝右衛門　636
勝尾春政　20
勝川春章　20
学古堂　129
葛餝蟹子丸　98, 101, 109
かつしかのつくつく法師

101, 109
葛飾北斎　258, 296
葛飾連　680, 689
勝治郎　616
勝田福寿　271, 616, 620, 644
勝田諸持　274, 282, 285, 307
桂川甫周弟　181
桂子　366, 367, 370, 372
桂園　379, 618
桂影住　127
桂影芳　691
桂の花門　669
桂三千丈　127
桂伴俊　547
桂屋　615
桂連　128, 130, 131
可添　548
花田亭　633
花顚老人　637
可童　541
加藤蔭直　268, 637, 641, 662
加藤甚七郎　548
加藤千蔭　65
加藤常徳　501
加藤琵琶彦　676
鼎足光　582
仮名垣魯文　294, 303, 314
仮名女　635, 640, 659
要季丸　324
金森桂五　323, 441, 555
金森侯　675
金山卜斎次男（三世大文字屋）　302
蟹子丸　680
鹿沼連　291
金子吉右衛門　298
金子久右衛門　182
金子文右衛門　183
金子躬次　636, 641, 661
かね女　421
金成（兼成）　390, 435, 482, 518
兼成妻　564
鹿子結女　545
樺園　668
雅嘄山人　675
歌舞妓工　83, 183
嘉兵衛　635
嘉兵衛（鹿津部真顔）　99
加部（陪）仲塗　41, 45, 46, 80
加保茶　617
南瓜宗園　302, 307
加保茶宗園　268, 307
南瓜蔓人（鶴人）　393, 395, 399, 401
加保茶元成　13, 17, 89, 108, 180, 302
釜主　46
神垣内俊豊　674
神垣保太郎　421
神風音信　673
上郡屋善作　673
上野山六郎左衛門　179
神谷剛甫　388
神谷三園　297
神谷川住　120, 321, 325, 442
紙屋丸彦　105
亀　498
亀戸連　349
亀雄　677, 701
亀吉　617
亀五郎　628
亀田鵬斎　410
亀の門　690
亀丸息　525
亀屋　618
亀山惟一　626, 631, 653
鴨青羽主　80
鴨羽盛　82
加茂笛継　569
鴨鞭蔭　246
茅菊園　635
かよひち　98
可用　537
香良妻　590
傘衛守　102, 321, 323, 325, 329, 331, 332, 441, 443, 555
唐木屋市右衛門　419, 435
唐衣側　326, 329
唐衣橘洲　6～10, 13, 14, 16, 17, 21, 22, 24, 25, 31, 39, 41～43, 45, 47, 50, 51, 53～57, 59～77, 85, 107～109, 111～115, 118～121, 123～125, 132～135, 137, 139, 140, 142, 144, 152, 235, 237, 238, 240～244, 246, 252, 320, 324, 329, 330, 333, 334, 336, 342, 351, 387, 390, 403, 405～407, 419, 422, 423, 426, 433, 434, 436, 437, 439

～443, 445, 482, 483, 510, 515, 518
唐衣連　69, 71, 113, 116, 118, 121, 243, 334, 441
芥子庵　677
烏の陸起　103
かりがねの村鳥　105
雁金屋治兵衛　129
加里来の雪長　101
可栗　541
仮橋唯行　94
狩谷棭斎　262, 274
苅安　665, 674
鴈奴　7, 10
花柳園　289
花柳園清樹　309
雅流園香窓弘器　521
臥竜園　260, 264, 353, 355
臥竜園梅麿　359
花鈴園多樹　578
哥林亭　636
花林堂紫旦　396～399
花林堂望岳　396, 569
苅藻　46
珂六　636
河合有無　309
川井物梁　57, 59, 94, 109, 180, 342
河合平兵衛　420
河合岑(嶺)雄　268, 282, 284, 308, 627, 632, 655
川口屋喜八　699
川越高波　359
川佐宜固　671
川崎佐保　686
川崎連　291
川佐広好　268, 271, 284, 285
川滝屋　455
川滝屋東蔵　455
河内屋　463
河内屋久兵衛　152
河内屋太助　479
河内屋半次郎　151
河内屋茂兵衛　459
河辺伊賀守　167
河辺五郎右衛門　155, 167, 168
河辺友久　520
川辺鵞　105
河原鬼守(嚢庵・ふくろ)　91
川原巴　579
川原の友江　90
瓦のむさ墨　81
巻阿　181
菅園　617
灌園　628
観海楼　568
感久苑　634
菅居　618
観月窓　616
寒月楼　617
玩月楼　669
幹五　627
貫口　100
菅江側　471
菅江室　181
菅江連　120
勘七　635
菅室　624
寒松精舎　699
勘定外成　85, 97
勘次郎　180
官生居　669
観世左衛門　489
勧善堂　430
神田庵　247
神田隠居　249
神田二代の劇神仙　464
元旦亭音高　406
玩竹斎満至　475
岸イ斎荷菖　556
堪忍成丈　103
看板釘抜　120
勘平　106
勘兵衛　617
感返上　626, 631, 653
観蓮子　615
甘露門　177
儀庵　529
箕隠　395
喜右衛門　616
葵園　615
葵園北渓　264
きほふ　91
葵岡渓栖　360
紀上太郎　51
奇々羅金鶏　320
規矩庵　669
菊賀三昧　182
菊斎　393
菊慈堂露香水　313
掬水園楢木陰　580

麹水園竜旦　444,515,528
菊泉亭里童　331,439,540
菊園　634
菊田泰蔵　703
菊地仁左衛門　696
鬼崛採榴　43
菊の声色　83,110
菊の舎　679
菊の屋　279
菊廼屋真恵美　413
其考　526
季谷　537
きさ　100
きざな面付　104
喜三郎　626
喜三　43,49
喜三次　180
岸田杜芳　99
岸廼門　699
岸本由豆流　409
喜寿　506
紀州公御次男　179
鬼宿　675
亀乗園　636
戯咲歌園湖鯉鮒　355,356
戯咲歌園百兄　463,493
寄睡　567
葵翠庵坂井中墻　543
器水園　619
沂水斎舞雩　388,403,570
儀蔵　625
北尾重政　20,21,208
北尾政演　132,254
北尾政美　21
北潟　550
喜多川歌政　515
喜多川歌麿　21,23,90,254,329
北川嘉兵衛　179
北川卜仙　93,109
喜田川守貞　129
喜多上人　105
北静廬　409
北出春人　616,621,645
北向さむき　103
喜多村筠庭　141
北村春香　628,633,656
喜田有順　337
吉右衛門　625,636
鬼畜斎一口　522
吉助　628
木地淵魯斎　104
吉兵衛　617,626
其兆庵五朧　536
橘庵　278～280,324,431～433
橘庵芦辺田鶴丸　423,605
橘庵田鶴丸　388
橘下窓　697
橘五園源香美　430,515,519
橘洲連　71,118,120,121,334
桔艸庵　564
橘窓亭　589
橘戸亭　569
紀廸　180,334
きぬた庵　13,108
砧音高　473
杵屋佐吉　456
きねやのせん旨　85,109
紀有兼　392
紀有武　104
紀有文　330,334,390,400,403,406,436,510,515
紀哥和盛　571
紀定丸　13,58,67,73,83,109,110,112,152,182,184,239
木下山人　388
木下正三郎　489
木下長嘯子　273,434,519
紀志丸　397
紀真和　694
紀関守　91
紀の保　40
紀たらんど　40,43,44,46,48,92
紀束　25,182
記のつかぬ　105
紀津麿　84
紀毒也　310
紀長丸　353,561
生儘成　336
紀のまゝ成　330～332,587
紀儘好　554
紀みじか　19
木の芽(椒芽亭)田楽　385,388～390,396～399,401,434,478,557
木芽春風　104
木のもと女　439,578
紀のやしなふ　43

紀安丸　326～328, 330～332, 334, 390, 423, 436, 440, 443, 515
気の野暮輔　104
紀好輔　427, 552, 607
紀若女　545
其梅　526
儀八郎　616
其風　321, 323, 325, 328, 331, 332, 441, 443, 570
其文　523
喜兵衛　633, 634
儀兵衛　616, 619
軌方　698
君塚藤兵衛　130
木室卯雲　10, 26, 45, 62, 71, 109, 115, 116, 124, 136, 138, 142
伽羅鳰人　553
きう　95
亀遊　96, 106
樛園　626
鳩懐亭網鉤成　562
久五郎　618
急状斎赤雅美　572
久治郎　627
汲水翁　677
旧珍斎　636
旧巴　420
九返舎一八　302, 304
九返舎主人　305
宮明遠　615
鳩来庵　675
杏園　203
鏡園　637
杏花園　181, 192, 204, 209, 216, 221, 223, 226
狂哥斎　439, 597
狂歌四天王　120
凝華亭比良暮雪　571
狂歌堂都合　345
狂歌堂真顔　471
狂歌堂芳町団扇　345
暁月坊　6, 333, 517
狂言作者　183
教元寺弟智順　626
暁告八声舎　396
暁之　539
鏡室　627
暁台　323, 325, 331, 335, 434
暁貞館巴交　542
狂文舎其笑　310
狂文宝合　339
京屋伝蔵　181
狂流斎　489, 493, 496
杏林舎　637
玉淵子　350, 398
玉淵亭　628
旭桜亭御空　587
玉華堂　466～468, 511
玉潤亭　690
曲々亭　617
玉渓　464, 515, 575, 588
玉光舎占正　350, 405
玉斎　446, 479
玉斎笑馬　417
玉芝　49
玉卸庵　628
玉珠園端々　683
旭松亭　324
玉照亭　628
旭松堂　405
旭松堂扇折風(一巴亭)　441, 551
玉照堂艸望　542
玉塵舎　681
玉塵亭　628
玉塵楼　627
玉水連　285, 470, 676
玉晴堂　474
玉僊　411, 430, 447, 452, 453, 461, 469, 515, 540, 543, 544, 585, 586, 589, 590, 592～594
玉駄　601
玉椿亭　617
旭亭　635
曲亭馬琴　335, 364, 388, 389, 401, 409, 478, 497
玉兎園　414, 684
旭文亭　397
旭甫　397
玉鳳　453, 479, 549, 555
玉鵬亭　628
旭名軒鶴丸　572
玉蘭斎　270
玉蘭斎貞秀　308
玉流園(黄金)沢丸　411, 420, 532
玉柳舎　633
玉鱗　464
玉蓮　616

玉楼遊女　637,690
喜吉　692
清　567
清女　421
許水　533
清野岸光　625,630,651
喜代之助　619
居炉斎　324
亀楽庵柳百朶　578
喜楽堂　626
桐葉の秋鯛　93
淇流　532
桐生章広　699
旗綾館蒲洲　541
金英園　703
琴詠舎　695
金栄堂　507
錦園　272,565,609,613
金華苑　617
董其昌　382
錦吉　617
金銀斎嘯山　427,520,606
錦江　86,98,116,117,119
今古園亀寿　505
琴鼓堂　695
菫菜園　619
琴樹園二喜　356,465,471
錦水園　626
金仙　49
金蔵　634
錦多楼為就　565
銀虫亭　637
きんてう　98
琴通舎　695
琴通舎英賀　304,314
銀杏満門　80,182
金風亭　634
金葉園　667
金鈴子　625,681
空二　40,45
九々庵紀堂　559
日下菊村　268,271
日下作左衛門　180
草種園　674
艸庵住　553
艸花好成　548
草部音那志　101
草屋師鯵　53,54,57,59,63,67,93,99,109,112,183
倶舎倶舎老人　391,504
櫛屋安告　81
葛園　627
久寿根兼満　88
楠庵南末　683
樟の門　683
久世内子　590
九足斎於丸　553
百済掛雄　567
九竹斎昆明　563
朽津綾丈　635,640,660
朽津守綾　635,640,660
愚鈍庵一徳　274
国輔　635
櫟尺長　552
九八園　501
久宝寺　419,435
久保九郎太郎　182
窪俊満　179,214
くま　102
熊坂代助　675
久米吉　421,626
くもあし　81
雲のした人　80
雲水無庵　86,116
蔵内金益　105
倉蔵　619
倉積　411
倉橋寿平　179
倉部行澄　179,244,245
くり　97
栗成笑(赤坂成笑)　45,181
栗廼屋印籠紐長　536
栗原長秋　618,623,648
車井たぐる　104
廓集交　248
廓通交　248
くれ竹　93
呉竹直喜　675
呉竹世暮気　180
呉羽鳥綾羽　245
呉羽(服)安岐　322,325,555
黒牛改古調　183
黒顔末吉　120
黒河(川)春村　252,259,261,262,272,278,280,281,292,297,298,301,609～615,620,643
黒河春村妹　617
黒河春村妻　625
黒川真頼　272
黒沢翁満　269
黒染こもん　93

黒田豊秋　618, 623, 648
黒柄の大せうひかる　86, 116
玖呂面　183
黒人七十賀会　345
黒部赤梋　80
喰津貧楽　105
桑廼屋　627
桑の屋月亭　573
桑山好之　400
君慎　698
薫風園　625
圭雲堂　245
慶応寺主祐意　626
馨花園　635
桂下園　634
桂花園　678
景貫　238
景基　238
主斎　576
渓斎英泉　417, 458, 459, 466, 469, 470, 474
馨枝園　628
瓊舎　676
軽少なごん　53, 54, 57, 58
軽少ならん　58, 84, 110
慶輔　626
蛍雪亭恒躬　562
啓太郎　635
芸亭主人　511
啓迪舎　616
慶養寺　302
慶養寺塔中潮江院　304
下戸の酒なり　91
下戸望月　586
月庵　619
月花庵　324, 403, 423, 435, 515, 600
月花庵雪丸　407, 433, 438, 510
月下園　127
月下亭　473, 695, 697
月光亭歌政　437, 510
月光亭墨僊　387, 388, 423, 444, 510, 515, 603
月斎　565, 578, 581
月声斎米烏　509
月亭可笑　450, 454
蝬丸　509
玄花亭　616
謙吉　628
現金舎後豆永金就　439, 577
玄々庵　677
謙々舎　277
玄くわう　97
玄御方　430, 524
賢斎　637
謙斎　616
源三郎　634
源氏園　634
繭糸亭　634
硯寿堂　679
見小庵福入人　550
兼治郎　619
謙輔　677
源助　619
源蔵　633
見田氏　450
絃多郎　535
玄長老　571
源八郎　635
恋川好町　343
恋川春町　20, 22, 23, 110
恋川屋春介　88
小石川蓮　15, 20, 58, 80, 81, 84, 86, 88, 89, 91, 93, 98, 103, 113～115, 117, 121, 149, 151, 331, 440
後一巴亭要季丸　553
小出美直　671
鯉の滝昇　99, 106
恋の和気里　89
こう　82
合一堂　294
藁宇　675
栲園　634
好華堂野亭　392
弘簡堂　426
合歓堂　255
広吉　634
江境庵北雄　127, 130
孝月亭　697
向後河鳥　268, 616, 621, 644
向後道文　625, 629, 651
向後吉正　625, 629, 651
幸作　210
黄山　565
孔順　474
耕書堂　14, 114
庚申亀　497
紅翠斎　21
孝助　636

上野星丸　584
高雪庵　634
香窓　420, 472
香窓環　472, 473
甲田顕雄　627, 631, 654
香蝶楼国貞　304, 306
河野久住　624, 629, 650
河野守弘　626, 631, 653
河野守弘妹　627
河野守弘妻　627
河野守弘母　626, 631, 653
好梅園　686
広胖堂　669
紅楓園　635
香文舎　668
蒿末　6
蝙蝠庵　522
紅葉庵　686
光陽楼　277
高力種信　412
高利刈主　182
更竜眠閣　636
壺英堂　616
壺艶楼　618
五翁　700
壺桜園　624
五応斎経岫　580
壺澳楼　635
壺音亭　636
壺会楼　637
壺海楼　616
壺解楼　625
壺街楼　618
五岳連　377, 379
壺学楼　635
小金(故兼)厚丸　247, 248, 250
黄金づくし　417, 462
五側　279, 293, 350, 351, 358, 362, 376, 377, 379, 380, 398, 404, 405, 412, 420, 464, 465, 474, 480, 488, 511
壺菅園　627
壺桓園　637
壺漢亭　635
壺酣楼　626
壺翫楼　628
壺翫楼池田守瓶　266
壺菊楼　624
古求　396
壺弓廬有竹　259, 265
五橋庵浮舟　583
壺喬園　634
壺興園　635
壺業亭　616
壺玉園　627
壺曲亭　626
古今園　503
古今園亀寿　504, 505
壺菫園広道　273, 282
古今集　684
壺銀楼　625
国字歌垣　670
国史園　669
国字詩俳堂　249
国翠園繁樹　670
小口弘一　627, 632, 654
国天　423, 427, 430
壺珪園　635
壺渓楼　625
湖月園清秋　358
胡月堂　395
壺月堂　628
壺月堂市住　265
胡月堂可唫　395
湖月堂可唫　522, 606
御家人平井直右衛門娘　182
古硯斎法黒　104
壺紘楼　619
壺瑝庵　633
壺江園　636
壺耕園　634
壺高窓　617
壺高窓守村　272, 274
壺縞亭　635
壺々山人　615
壺々亭　615
爰于翁斎　391
九重七辻　420
心たらん人　92
古今亭員連　567
古今亭六司　567
壺彩楼　636
壺柴楼　618
小左衛門　635
五三郎　626
壺桟廬　636
壺山楼　628
古二斎丁二　527
腰障子美濃紙　551
小嶋橘洲　37
小島源之助　6

小嶋笹根　626, 631, 653
小島蕉園　324, 336
小嶋屋源左衛門　179
壺洒園　636
壺昔園　626
壺瀉亭　624
五車亭亀山　411
壺秋園　617
壺聚園　626
壺周楼　637
五十軒道角　90
壺春園　615
壺潤楼　636
壺勝園　619
壺松斎　617
壺祥亭　618
壺裳亭　636
壺常亭　615
胡椒亭丸呑　411, 430, 529
五畳たたみ　102
五条坊　521
壺嘯楼　615, 697
壺翔楼　627
壺松楼　616
壺丈楼　616
壺晋廬　637
壺随園　625
壺水楼　625
小椙百枝　267, 616, 620, 644
五世市川団十郎　10, 13, 18, 83, 110, 157, 332
五世岩井半四郎　170
壺聖園　635
五世瀬川菊之丞　304
五世八文舎自笑　313
五世松本幸四郎　169
壺清楼　627
壺征楼　619
壺星楼繁門　257
壺潜亭　635
壺泉楼　637
壺仙楼　285
壺船楼　636
壺僊楼　633
壺川楼　628
湖川楼堰　463
壺泉楼竜海　259, 265
五総園　626
五荘兵衛　377〜379
五足斎延命　101
五息斎牡丹坊　583
御台幗朋信　548
小宅文藻　634, 638, 657
小宅文藻女　634
炬燵山守　550, 607
壺潭楼　617
壺蓿楼　635
呉竹　49
呉竹連　412
壺昶園　617
五朝斎無音勝成　568
壺潮子　626
胡兆新　209, 211
壺朝楼　637
壺眺楼　625
箹香園岱路　528
兀斎廉卿　521
小槌側　131
骨伯　539
壺汀庵　625
壺亭窓守村　270
壺碇楼　617
小寺九右衛門広路　500
小寺玉晁　276, 298, 299, 387, 390, 393, 399, 412, 413, 417, 418, 420, 421, 440, 443, 446, 448, 449, 453, 454, 458, 459, 462, 470, 478, 480, 482〜484, 486, 488, 490, 492〜496, 498, 500〜502, 504〜506
小寺姓玉晁文庫　484
古刀庵忠長彦　430, 524
壺稲園　618
壺濤園　618
壺冬園　617
壺溏園　634
湖濤園　260, 264
湖濤園芦元　415, 463, 493
吾道堂　628
五道堂呂文　405, 579
後藤方庸　531
壺銅楼　637
壺道楼　636
琴雄　684
琴繁　697
琴津女　564
五渡亭国貞　375
琴音高　577
琴の内儀　90
言葉庵　474
言葉綾知　99

琴羽綾成　585
寿の門　684
小中　228
小鍋みそうづ　57, 59, 94, 109
壺南園　625
壺日園　637
此うらの旦甫　104
子子孫彦　16, 84, 109, 181, 338
此道蘇丸　406, 558
壺梅園　617
五梅園主人　382
後佩詩堂右馬耳風　402, 403, 406, 407, 422, 423, 426, 428, 430〜433, 435, 436, 438, 444, 449, 461, 482, 510, 515, 518, 556, 558, 574, 604〜606
後佩詩堂右馬耳風父　572
後佩詩堂右馬耳風妻　575
後佩詩堂耳風　351
壺唄楼　636
壺貝楼　625
壺薄園　616
壺珀園　637
小幡歩行人　102
小林元儁　270
小林星照　634, 639, 658
御鼠屓つみ綿　83
五百機連　259, 265
壺俵園　616
五風　67, 86, 112, 117
壺富園　634
虎風奈物哉　104
虎風母　153
虎風母也　157, 180
壺風楼　619
壺諷楼　634
ごふし　91
小船江陽　104
壺濱楼　628
壺瓶楼万丸　259, 265
五返舎半九　302
壺縫園　633
壺芳園　627
梧鳳舎閏(潤)嶺　395, 399, 580
後方十園　397
後方十園豆永兼成　436, 439, 546
御坊主　183
壺豊楼　625
小松百亀(和気春画)　9, 10
駒之丞　617
五万斎徳若　581
壺満楼　635
小宮山常右衛門昌俊娘　245
五眠亭鼾高成　544
壺鳴園　637
米野泰成　566
こめん　82
米人、滝水ト改　350
呉綿堂　684
壺籾亭　637
小森守冬　616, 621, 644
壺籔園　626
吾友軒米人　386, 437
壺遊亭　619
五葉舎主人　386
五葉舎乗打　437
五葉舎無沙汰乗打　397, 398, 573
壺葉亭　636
五葉亭　627
壺謡楼　625
壺翼園　617
古楽園　482
壺楽亭　618
壺栗園　618
壺笠楼　618
五琉　174
古笠庵簑行　557
壺柳園　615
壺竜園　617
五涼軒綾丸　549
壺涼亭　616
壺輪楼　625
壺玲楼　634
惟一　626
斯波　48
五老　510
五郎　615
壺醪亭　616
五老峰岱青　532
五六呑舛　501
衣手森住　546
権右衛門　628, 700
紺晝堂　114
紺画堂　14
金菊堂万里　587
崑玉堂　291

金剛寺　204
権宗匠梅堂　104
権僧正妙橋　524
権大僧正良賢　636, 641, 661
近藤正斎　216, 223
近藤正斎重蔵　220, 222
今春住　618, 623, 648
根春楼梅丸　576
金毘羅　205, 208, 212
金福林倉好　572
権兵衛　617
紺屋朝手　80, 109
権律師賢瑰　616, 620, 644
権律師了明　615, 620, 643
金輪斎今谷豆成　530

サ行

菜花園利根裏成　543
材月園　695, 702
西郊園毛種　464
西光寺　665
西郷氏(菅江姉)　236
西郊田楽　387
西国順礼　498～500
砕塵亭　677
才蔵集撰集会　340
斎藤清住　625, 630, 651
斎藤月岑　142
斎藤昌二　618, 622, 647
斎藤村住　626, 631, 653
斎藤村並　625, 629, 650
西福寺　250
西遊子千巻　465
西来居　356, 357, 674
西来居未仏　260, 353, 411, 416, 421, 439, 440, 464, 465, 480, 486～489, 493～495, 511, 512, 597
斎竜社　675
斎竜連　698
佐伯重甫(蕪坊)　207, 212
左衛門輔　624
棹鹿の巻筆　80
さを丸　569
酒井雅楽守公弟　181
酒井武暉　627, 632, 654
堺丁連　10, 15, 18, 83, 98, 102, 104, 110, 114, 115
酒井久女留(久米流)　119, 321, 326, 329, 442
酒井抱一　302
栄枝　637
坂上庵悟風　595
榊園土雄　268
榊原ヲヨリ　179
盃数好　555
坂月(酒好)米人　96, 153, 157, 238, 342
坂田長造　675
坂田信胤　675
坂上竹藪　84, 109
坂上とび則　104
坂上三千丸　581
酒盛入道浄閑(上閑)　94, 109, 181
佐吉　628
咲山氏　7
左京　627
作文居賤歌人　568
佐久間用人　181
桜井桂子　284
桜井光枝　268, 274, 282, 284, 285
桜井連　291
桜木業好　549
桜木廼屋　625
索落斎南笑　528
桜田のつくり　83
桜戸嫗　626
桜之助　367, 370～372
桜のはね炭　103, 109
桜舎　668
酒小売呑口　103
酒上青のり　87
酒上あたた丸　105
酒上事成　95
酒上熟寝　9, 124, 339
酒上不埒　23, 45, 88, 89, 113～115, 179, 341
酒大増長機嫌　105
酒呑親分　88
左家諸躬　561
酒廼屋　481
酒廼屋笑馬　471
酒の屋真榲　481
酒茂少々成保　94, 109
沙光　40, 43, 45, 49
笹裏鈴成　95
佐々木晴海　628, 633, 656
笹葉鈴成　179
笹廼屋　249
笹の屋新七　495

笹屋千代彦　477
笹の屋鞭竹武久　574
笹文助佳雪　449
匕佐幾の廻　95,102
佐二兵衛　625
左十　532
流石田舎　119,321,326,329,442
佐竹留守居　180
狭田畦広　578
佐太郎　637
幸喜多丸　571
皐月庵千万多　519
ざつしよや宇多　103
佐藤梅早　625,629,651
佐藤沅水　674
佐藤宣洲　617,622,646
佐藤友直　278
佐藤春舎　635,640,660
さとのなまり　96
佐那伎廼屋　626
実成　688
佐野和多里　566
左平　634
左門　615
猿万里太夫　89
左礼は道性　101
佐分綱造　268
沢辺アヤ子　180
沢辺帆足　88,109,182
沢丸　590
沢村四郎五郎　479
沢村東十郎　455
沢村東蔵　455
山霞亭三重業　537
筭耆亭卜隣　570
算木有政　45,53,54,57,59,61,67,69,72,93,109,111,112,178
三休斎白掬　509
三教子　677
山旭亭間葉行　247,248,250
三玉堂　270,286,305,306,308～313
山月楼(扇)水丸　482,483,486～490,494,495
三光亭宝小路花栄　571
三五亭　619
三五亭玉兎影住　560
三五楼月丸　393
三五楼古雛　582
三笑　636
山甚園　695
山水総連　472
山水連　472,676,677
三世落栗庵　252,292,293
三世落栗庵元木網　303,308～311,313
三世尾上菊五郎　456
三世加保茶元成　303
三世湖鯉鮒　415,463
三世十返舎一九　302,314
三世浅草庵　266,272,281,671
三世浅草庵春村　276,282～284,286,295,302,306,307,342,376,382,697
三世桑楊庵池田市万侶　268
三世大文字屋市兵衛　302
山西東山　389
三世弥生庵　130
三蔵楼　386,684
三駄軒三駄　404
三陀羅法師　256,517
三陀羅法師一葉　342,358
山多楼　625
三亭春馬　285,286,292,294,295,301,302,304,305
山東京山　312,313,409,420
山東京伝　21,23,152,157,181,364,420
山東京伝画　345
山東汐風　100
山王社頭花合　339
さんばしすべる　101
三平　616
三方長熨斗　321,322,324,326,329,330,333,336,441,443,445
三味園三宝小路仲乗　591
三明舎　628
三友舎　625
三友窓　523
山陽堂　339,345,350,362
山陽堂家紋合　346
三余亭　677,691
三里一日　95
椎本住　442
椎本住妻　545,562
滋右衛門　616
治右衛門　624
茅右園盛枝　260,263

茅檐楼　636
子鶯連　681
塩竈斎有年　88
塩女　421
しおちの綾丸　91
塩丸　561
塩水清女　550
塩屋辛人(菅江弟)　81,246
栞の門　671
四角斎呂洲　563
詞花陳人　678
鹿津部真顔　13,22,24,27,45,56,57,59,63,67～69,71,93,99,109,112,120,121,123,124,129,140,143,156,179,242,322,336,342,344,347,349,351,352,357,362,463,517
詣河堂　628
志賀浦風　562
飾磨歩人　102
敷嶋枝道　677
式亭三馬　27,121,131,145,249,302,314,347,386,403,409,481
四季花道　259
茅曲園　635
地口有武　57,59,84,109
時雨庵長根　256,257
此君斎芙山　40,92
此君堂　624
繁右衛門　626
茂樹　702
繁子　627,631,654
繁重楼猛虎丸　546
志月庵素庭　104,109
茅原亭　641
志孝　534
仕候　536
茅虹園　617
四国の去多彦　239
思々堂之々　512
茅秋園　636
茅樹園丈枝　260,263
紫筍亭右節　538
子頌　48
茅水園　617
静舎真国　414
茅清園　637
茅星園　618
至清堂　671,676,682,686
至清堂捨魚　292,298,308,309,311,465
紫川　414,464
尓遷　530
詞仙舎中太　529
茅艸園　625
茅粽園　635
地蔵寺　416,470,481
茅他園　635
下染の黒吉　98
自多楽文持　105
紫旦　569
質草少々　105
七左衛門　616
七柏斎　616
七八之奥主　501
七面堂儘世　179
質屋女房隠居　180
之通観　618
漆園斎蝶吾　538
七珍万宝　99,106
十返舎一九　409,452
慈童山子　677
品川親羅　104
品川夢成　617,621,646
信濃屋　10
信沢重次郎　182
篠玉涌　333,390
篠野玉涌　397,400,403,437,442～444,510
東雲亭　289
篠原菊磨　616,621,645
忍岡きよろり　98,102
しば　93
芝氏　213
柴田勝家　434
柴田玉淵子　511
柴田修理勝家　518
柴田承慶　398,412,501
柴田承渓　501,504
柴田風泜　88
柴田竜渓　398,480,501,506,511
芝為即斎　88
芝のうんこ　104
しはの戸　92
司馬の屋嘉門　125
芝廼屋山陽　338,339
芝屋弟　183
柴山岸村　627,632,655
柴山草村　617,621,645

柴山国村　615,620,643
柴山国村弟　626
柴山里村　626,631,653
芝連　12,15,59,80,87,88,91～93,97,99,103,104,114,115
茅風園　635
渋皮栗人　104
茅文園　624
自分館少々言足　584
自分館発興　545
治平　615
治兵衛　616
指峰堂稺(稚)笑　385,524
茅浦楼　636
島崎金次郎　154,172,178,204,206,219,220
島田お香　205,207～212,217,219,220,227
島田左内　9
嶋田治兵衛　212
島田順蔵　207
嶋田延樹　635,640,660
島田美璵子　207
嶋の笑猿　93
嶋屋佐右衛門　183
清水庵繁定　575
清水燕十　152
清水亀五郎　178
清水清兵衛　48
清水忠美　402
清水友俊　625,629,651
志水燕　105
清水浜臣　262,409
清水光房　690
〆側　511
しも　91
下モ勘　223
下田疇成　617,622,646
下野庵宮住　410
車廓堂中舎　395
釈思文　676
釈大我　26
釈照信　699
芍薬側　415,471,472
芍薬亭　352,355,356,379,677
芍薬亭長根　123,359,375,410,412,414,415,465,471,472,494
雀楼春香　466
遮莫　455
沙弥鵠林　615,620,643
寿庵　695
寿庵広貞　472,473
従一位公通卿　45
秀安　6～8,69,70
楸園　627
茅遊園　628
秋園斎米都　439,508,509,520
集外三十六歌仙　273
至遊館南喬　525
秋宜　703
秋宜園　703
拾玉亭　627
周魚亭仲女　575
秋錦亭　323,442,695
秋錦亭本荒小萩　559
十九日会　192,208
耳有君　43
秀孤　536
秋香亭　617
秋郊亭　684
十五屋小夜澄　584
十三夜観月会　25
秋日登元禰　543
十字亭三九　305
十字楼綾丸　561
十字廬曾洛　557
周助　635
修性院　249
衆星閣　124
秋岱　678
脩竹園　637
周竹舎綾丸　542
秋長堂呉服物合　346
稚長堂物梁　413,463
十二栗(立)圃　52,55～58,71,86,109,112,116,117
周兵衛　634
蕭夜軒興恒　407,427,564,607
秋野亭　627
寿界山人　309
酒家蔵人　554
叔徳　703
寿室諸実　471,473
守水亭　627
手枕亭　617
寿亭緑亀雄　533
須弥麿　677

珠弄堂環丸々　531
春阿法師　619, 624, 649
春雨亭　627
春栄堂　616
春恵法師　615, 620, 643
春鶯園　615, 697
春花園　615
春鶴　40, 41, 43
春興　548
春興園　626
春湖法師　271
春柴園　627
春秋庵　356
春秋園竹葉　533
春秋亭　619, 688
春秋亭可蘭　324, 445
春抄園　628
春宵園　615
春曙斎　691
春翠園　260, 263, 616
春翠園百枝　270, 309
春節園　618
春雪堂　397
春雪堂右馬耳風　397
春窓園　628
峻洞　635
春文舎蛙笑　310
春甫　436
淳朴園　618
春野亭　627
春融園　615
春邑園　619
春綾園　617
順礼国手　502
春路園　625
浄阿居士　628, 633, 656
昌庵　618
二葉庵　634
浄栄寺　154, 177, 178, 210
小右衛門　627
浄右衛門　625
定右衛門　628
松桜庵高人　259, 265
松翁軒千代春枝　130
正月庵　592
樵歌亭笛成　342
昭華堂　412
昌嘉堂　33, 37, 38, 42
松花堂　479
生姜一片岐　82
松響堂澄成　523
松旭亭　690, 700
松月庵　324, 403
松月庵豊年雪丸　435, 515
松月堂　568
昇月堂(池月堂直雄)　127～130
常原亭　624
祥斎　618
省斎　523
城西歌垣　694
省斎可童　508
尚左堂　179
尚左堂俊満　123, 205, 208, 342
尚左堂千百番歌合　346
松三堂月星　568
常産阿馬　104
庄七　628
上州屋七兵衛　181
松寿園　390, 626
松寿園有文　330, 407, 423, 430, 436, 438, 440, 515, 601
松樹園藤丸　260
松々園　619
松々園室　615
猩々小僧　95
少々妻廼屋　617
庄治郎　618
松声軒幸琴通　577
掌星子　669
松夕庵有琴　535
悄然亭蘇友　460
荘蔵　626
鷦巣老人　511
常談井下流　104
蛸池　423, 430
笑竹友竹　183
蛸池国天　515, 520, 523, 524, 526, 529, 534, 536, 539, 543, 549, 564, 569, 579, 583, 584, 591, 604, 606
常鎮連　511
松亭　635
匠亭三七　131
照亭松岡月住　586
正伝寺和尚　396
浄土院　397
松濤斎調意　463
性根玉や墨右衛門　83, 106, 115

庄之助　627
松梅亭増安　575
正八　637
菖蒲　180
蕉風　683
松風亭有年　554
条風亭乙雪松丸　403
松風亭如琴　391
条風亭松丸　570
庄兵衛　616
松茂堂　246
逍遥亭　13,108
笑楽庵倍二　523
上林亭　676
書会　154,177,210,212,214,216,218,219,221,223
諸居　465,472
蜀錦堂亜紅　413,462,466,486
蜀山　193,213,219
蜀山翁月次会　346
蜀山人　16,125,126,129,130,132,143～145,159,161,162,164～167,175,189,191,200,228,253,259,265,381
蜀山先生浪花旅行　346
初世一立斎広重　131
初世尾上菊五郎　10
初世柄井川柳　240
初世沢村四郎五郎　455
初世森羅亭万象　471
初世大文字屋市兵衛　302
初世佩詩堂右馬耳風　515
如蝶妻　535
渚梅園船盛　271
白井氏　669
白石居村　625,630,652
白梅女　636,640,661
しらがの年寄　105
白壁くらん戸　99
白川夜船　179
白菊亭　684
白菊葉々成　677
白木屋平助　425
白子　635,639,659
白子や孫左衛門　182
白玉　637,641,662
白玉翁　517
白鳥連　675
調　564,569,570,573,576,587,596,597
芝蘭室　677
士立　677
子竜　670
茅輪園　636
詞林外史　314
緇林楼　169
士朗　323,434
茅露園　619
白銀砂子　180
信阿弥陀仏　519
神詠堂　693
甚右衛門　497,498
湊淵亭　696
塵外楼清澄　124,127,405,493,494
神歌堂　377,379,474,674
信歌堂　627
信吉　634
神光寺　419
新甲堂　239
人哄堂　618
尽語軒　145
真吾房　95
尽語楼　127,128,131
辰斎　350
新三郎　628
晋子　678
新樹園釈寸法　579
真浄寺主　616
新々亭　404
森睟亭馬伎　473
新助　636
新泉園鷺丸　414
甚蔵　634
真太郎　628
真鎮　466
晋之佑　627
新長谷寺　156
新兵衛　615
甚兵衛　616,618
鬒野亭　626
尋幽亭　441
尋幽亭新玉載名　436,557
尋幽亭桃吉　123,334,387,403,419,436
森羅亭、万象ト改　346
瑞園　637
酔霞　46
酔菊庵升人　547
水牛院　626

水魚園　682
水魚洞　398, 412, 480
水魚連　377, 380, 669, 674
水茎園筆丸　594
翠毫子　677
酔讃亭　500
酔讃堂謌雄　505
水車　86, 117
翠松園　619
水晶洞　472
酔雪楼　279, 299, 413, 453, 462, 470, 486
翠草庵　615
酔竹庵　509, 518
酔竹園角力会　345
酔竹側　387
酔竹連　403
水長舎　619
酔亭佳雪　449, 465
水定軒蔵主　583
随日園　615
随日園勝良　265, 266, 272
随日園本蔭　261, 265, 266
水府画師　180
瑞宝寺　419, 435
酔墨山人　423, 603
水酉子　617
翠嶺　625
数功　668
末広庵長清　266, 297, 342, 346
陶の都久ね　85
すがかきの仲住　105
菅沼又太夫　204
菅野歌都住　618, 623, 648
菅野楽人　626, 631, 653
菅原氏好　576
菅原垣山桜連　682
菅原長根　125, 126, 141, 377
菅原広村　624, 629, 650
菅原道行　563
菅原葭人　625, 629, 650
菅原連　377, 379, 380, 471, 676
鋤鍬耕　561
椙園千善　415
数寄の琴成　95
すきはらのまつき　80
すきみ　91
杉本先生　669
杦山高行　627, 631, 654
椙山守海　619, 623, 649
数寄屋連　15, 20, 21, 27, 57, 59, 60, 69, 70, 77, 79, 81, 89, 90, 93～103, 110, 111, 113～115, 120, 121, 325, 332, 336, 440, 441
すくおき　82
佐右衛門　625
佐左衛門　624
助四郎　628
菅室　626
鈴木朖　278, 402, 405, 434, 511
鈴木綾主　624, 629, 650
薄庵伏屋月盛　551
鈴木音鷹　625, 630, 651
鈴木其一　268, 307, 308
鈴木叔清(朖)　556
鈴木千本　625, 630, 651
鈴木鰭広　578
鈴木文左衛門　180
鈴木平次郎　680
鈴屋翁　671
捨魚　685
捨路斎黙翁　104
須藤完暁　637, 641, 662
砂原春風　555
須原屋市兵衛　20
須原屋伊八　13, 19, 65, 75
須原屋迂平　14
須原屋善五郎　20
須原屋番頭迂兵衛　75
須原屋茂兵衛　21
素布子待　105
須磨勘兵衛　426, 510
住江岸成　569
隅田中汲　151
すみの江の岸陰　92
墨香良　593
角屋宗左衛門　698
すみよし　83
摺竿つくね　95
摺鉢印　392, 393
駿河屋甚助　179
寸斎妻　560
星雲亭光海　271
誠園　634
齊園　694
清音館調　407
清音館竜之調　430, 444, 515, 535

清花居　676
正学坊明風　259, 265
生花斎照道　473
清吉　636
星橘楼長雄　413, 462, 486, 511
静居　679
正卿　181
晴月堂卯兵衛　468, 469
世賢　678
青原寺　236, 245
勢虎軒　636
誠斎　635
西山居初風　464, 465
成三楼鳳雨　247
清糸園　625
青松園磐村　271
静寝園　615
清助　625
星清子　692
萋々舎　636
清晴亭湖暁　549
青苔園　636
青箪舎都真　556
正中庵丶丸　565
整亭真砂女　588
清藤　534
生白堂行風　65, 123
青峯　49
青野亭　627
青洋　414, 470, 471
清耀館　617
青陽子　637
清容子　667
青葉堂　634
青葎庵　634
清流亭　625
西楼住方　579
瀬川路考　559
関口一岱　616, 621, 645
赤松亭可童　440, 445, 523
積素亭　324, 406, 423, 427, 433, 435
積素亭雪丸　433, 510, 515
雪蹄苑　634
関本住丸　105
折柳亭薬研鍔丸　539
石林観　636
石籠六女　544
世間亭思案坊　563
雪花園月光　407
雪花園三十日月丸　529
石季　595
雪貢亭豊女　587
雪山　177
雪鷲　269
雪川子　682
雪中庵　181
雪中庵対山　269, 698
雪兎園篤丸　581
節分庵本多伯馬　532
瀬戸治部九郎　531
銭五亭宮重大根　580
銭屋金埒　132, 179, 184, 342, 343
銭位吉　222
浅穎庵　625
浅英庵　636
浅栄庵　618
仙右衛門　618
善右衛門　624
浅鶯庵　624
仙果　282
浅檜庵　625
浅涯庵　636
千蓋庵松雄　269, 274
千鶴庵雛人　526
仙鶴堂鶴屋喜右衛門　286
千鶴万亀　99, 106
仙果亭嘉栗　51, 70
千巻堂　679
浅栩庵　616
千菊園　667, 685
浅橘庵正芳　270
遷喬亭氷解　411
浅姜洞　634
遷喬楼　169, 171
浅玉庵　628
千錦亭百綾　355
浅薫庵　618
浅鶏庵　618
浅桂園　615
浅月堂　354, 616
遷月堂　695
浅緑庵　619
浅原庵　616
全伍　526
浅馨庵　617
浅紅園勝海　260, 263
浅貢府　616
千古亭　685
千載連　257, 288, 291

専左衛門　670
千差万別　99,106
浅詞庵　624
浅紫園広道　270,273,282
千糸亭房成　406,574
専寿　534
浅寿庵　618
千種庵霜解　257,300,342
千種庵諸持　413,414,463,465,487
浅秀庵　616
浅綉庵　635
千穐庵　671,675
千秋庵一世一度会　349
千秋庵三陀羅法師　124
千穐庵二世千首楼　691
千秋側　678
千秋万歳　99,106
千秋連　358
浅舒庵　697
浅梢庵　619
浅祥庵　626
浅鍾庵美雅　270,282
仙女路考　205
浅榊庵　624
千数庵好材　271
浅翠庵　260,263,624
浅酔庵　615
浅水庵　618
浅生庵　617
浅静庵　626
浅星庵　637
泉石山人　679
浅節庵　627
宣千　531
浅川庵　616
川船子秋楽　520
善蔵　634～636
浅草庵　252,610,615
浅草庵春村　267～271
浅草庵守舎　261
詮村　697
浅苔庵　626
洗卓斎貫成　549
善太郎　625
浅池堂　615
浅池堂室　615
浅庭庵竜海　264
浅哲庵　617
浅哲庵秋住　264
浅稲庵　269,270,282
浅桃庵　633
浅嫠庵　625
浅桐庵一村　259,261
浅稲庵正芳　282
川東京伝　389
浅濃庵　308,627
善之輔　637
千利休　677
浅波庵　616
浅白庵　626
浅白庵照庭　270
善八　616
浅舞庵　619
仙風　668
膻風　47
浅畝庵　618
浅芳庵　626
千宝庵　274
浅墨庵　637
浅門総連　290
千有子　637
船遊子　617
浅葉庵　626
浅莱庵　637
浅楽庵　616
浅裏庵　671
浅裏庵広好　271
浅葎庵　274,634
千里亭　414
千里亭白駒　105
僊流園桃種人　525
潜竜崛小鹿無孔笛　533
千柳亭　667,685
千柳亭綾彦　126
千柳亭唐丸　355,358
浅綾庵外池真澄　268,273
浅嶺庵　625
浅齢庵　624
千齢子　696
浅暦庵　625
僧醫　626,630,652
惣右衛門　637
桑園　628
相応の内所　89
霜後園　616
宗三郎　617
宗七郎　618
荘周　378
荘周庵如蝶　535
滄洲楼　121
桑樹園　634

双樹園　635
宗治郎　617
惣助　635
宗輔　684
相生園　635
窓雪　696
宗善寺主竜海　619
倉鼠　294
艸々庵南陔　475
叢々亭義行　534
双駄亭成程　584
双蝶園麻中雄　523
相津園真楹　413,462,481,486
宗任　701
相場高安　103
壮夫　689
桑楊庵頭光　96,250
蒼蠅亭多可流　521
操楽斎耳長　523
蒼竜園　504～507
蔵六庵真彦　585
楚王　193
素外　539
素琴亭　627
続学舎　482
速斎中丸　554
底倉のこう門　104
楚山亭玉駄　555
蘇秦　218
狙人七公　181
楚泉　321,323,325,329,332,441,443
素扇法師　182
麁東斎司丁　528
素竹斎俊丸　542
帥　689
外池真澄　637,641,662
素桃　537
外松三顧　636,641,661
曾根松古　374
薗生桃吉　510
園胡(蝴)蝶　95,179,326～330,332,333,440,441,443,557
其筈琴成　95,203,204
素白　539
蘇丸　428,595
染井連　121
空時義弥早　102
十露盤里鶏　396
村恭庵　634
尊寿院　504,524
尊寿院円竜　501

タ行

大海舎　634
待賈堂　422
大狂僧自隠　43
大宮司一宮志摩守　626
大景庵山辺初風　439,440,590
大光院　441,504
大篁軒緑千尋　560
大黒屋幸太夫　215
泰山信元　627,632,654
大事の三味　80
大順堂　703
大乗院　172,218,219
大松寺　252,254,255,261
大小二寿喜　588
大小栗方　544
台星子痴囊　677
大泉院主　636
帯川館真金　348
大惣　385,400,498,501,507
橙舎蓬莱堅住　579
大痴　677
多一郎　627
鯛亭鰭雄　404
大道寺家　482,494
大奈言厚紀　135,138
大の鈍金無　105
太平有象　99,106
大文字屋　17,617
大文字屋市兵衛　180,302
鯛屋貞柳　123,132,136,508,509,517
大樓庵　635
平のさたん　100
平嶋人　439
平蝶成　563
平弘器　412
平程郷　669
平道成　581
大漁父　616
大芦連　415,472
栲縄茂曾呂　562
太右衛門　637
高木某　525
高艸木高木　625,630,651
高砂園　634

高階元察　570
高島すずり　84, 85
誰袖　690
孝常　679
高殿梅明　665, 669
多賀長住　616, 620, 644
多賀長住妻　619
高輪石橋灯籠合　346
高野梅正　618, 622, 647
鷹羽番　105
高橋小田蒔　634, 639, 659
高橋茂貫八郎　213, 216, 219, 220
高橋治兵衛　421
高橋仙果　279
高橋広道　252, 268, 272, 275, 276, 611
高橋満香　628, 632, 656
高橋守的　617, 622, 647
高橋弥太郎広道　500
高橋梁山　216, 219, 220
高畑安蔵　215
高八一条　220
高浜屋三左衛門　182
高彦妻　180
高部久右衛門　331
高松中納言公祐　278
たかむら　87
宝船友乗　594
薪の高直　85
滝白玉　552
滝本糸丸　45, 92
滝屋　284, 676, 689
滝廼屋琵琶彦（三世便々館）　285, 470
滝守　697
多久山人　127, 130
沢泉舎　670, 692
沢泉舎喜吉　673
田口興雄　628, 632, 655
田口国一　627, 631, 654
田口国一男　628
田口晴雄　628, 632, 655
田口守明　627, 631, 654
内匠のはしら　105
内匠半四良　145
竹内宗七　694
竹内直麿　627, 631, 654
竹垣三右衛門直温　201
竹垣庄蔵直清　201
竹垣柳塘　200, 201
竹垣柳塘庄蔵　223, 224, 226, 227
武隈庵　697
武隈庵双樹　471
武隈連　471, 677
竹時雨庵繁重　583
竹田三益内弟子　181
武田夏海　619, 624, 649
竹千代　238
竹杖為軽　20, 26, 93, 98, 110, 115, 181, 241
竹の屋真直　404
竹光新見　420, 573
武村嘉兵衛　64
竹村長世　588
竹や三郎　181
竹屋彦兵衛　524
竹山洒石　531
田代屋喜左衛門　509
田鶴丸　386, 387, 604
田鶴丸女　570
田鶴丸息　570, 582
田鶴丸妻　570
たたなか　98
多田常人　585
只の人成　84
駄々良大八　499, 500
橘一枝　544
橘枝雄　588
橘の貞邦　668
立花鈴成　566
橘千樹　541
橘貞風　15, 40, 41, 45, 82, 87
橘軒近　120, 321, 326, 329, 442
橘のみさへ　68
橘守部　262
橘のやちまた　65
橘屋　286
橘屋吉十郎　85, 116
たつかせき守　91
竜住　284
辰之助　627
竜の門　669, 698
竜屋弘器　279, 398, 411～413, 417, 462, 470, 472, 473, 477, 480, 482, 501, 504, 506, 507, 511
達富堂達富　587
伊達庵　618
立臼のおきね　105

竪蔵　619
伊達升呑　103
田中大秀　675
田中津知久　284,285
田中杜石　529
田中富村　627,632,655
田中友直　669
田中浜風　636,640,661
田中鳳萱　616,620,644
谷郷菊見　627,632,655
谷月橋　552
谷浜風　614,626,630,652
谷文晁　410
胤雄　689
手計俊久　634,639,658
田畑もの成　86,98,116
多下手道然　88,102
たまあきら　485
玉川の秋きね　92
玉川調布　92
玉樹野夫　344
玉清父　562
玉印　450～453,457,468,533,543,593
玉章庵有武　582
玉たれの小亀　83,109
玉だれの三すじ　105
玉江真舟　693
玉野屋新右衛門　466～469
玉廼屋未学　500
玉ほこ　98
玉守　551
玉屋新右衛門　417,459,460
玉屋弥八男　303
田丸屋(玉留屋)治兵衛　391
玉湧　427,510,515,603
玉涌　427,435,482,515,518
玉湧兄　546
玉涌女　559
玉湧父　545
玉涌父　544
田村氏　381
為明　687
為輔　624
為永春水　305
為丸息　574
為丸妻　574
袂広好　671
田安吟味役　179
田安家　119,149,201
田安府　7
太夫館　570
樽のかがみ　84
達磨屋五一　26,293,433,510
太郎左衛門　625
たはらの小槌　89
田原長丸　581
俵舟積　182
俵屋清兵衛　277
檀園　636
耽奇会　497
丹丘　19
檀清積　681
弾琴舎蒲萄　87,117
耽古会　504
耽古連　497,501,503,505
坦斎(知風)　505
団三郎　207
丹沢折鶴　619,624,649
丹治銑右衛門　669
談洲楼焉馬　180
旦上主膳　253
丹青洞(えのぐの)恭円(よしまる)　12,15,40,41,43,45,46,49,87,109,319
端々　683
檀那山人　499,500,502
断峰山人　499,500
千秋　679
智(知)恵内子　7,8,27,53,54,56,57,59,66,72,93,97,100,109～112,150,517
稚垣真和　413
千賀道栄　209,211
千賀浦女　439,559
竹意庵　472
竹意庵為磨　411,511
竹意庵弓箭為丸　565
竹逸園千広　519
竹渓堂芝炭風　535
竹志庵七友　578
竹実園　616
竹室雪真人　683
竹如亭　627
竹園　682
竹亭節丸　565
竹風庵歌政　581
竹夜坊　527
築山権兵衛　182
竹葉舎　634
竹籬庵紀賤丸　557

竹裏庵光世　694
竹林亭桑弓彦　580
千束庵　697
千束庵章雄　268～270, 274, 282, 284, 299
千束庵大江章雄　271, 285
千束庵八詠楼章雄　285
知竹斎一通　550
秩父屋　181
千歳庵　700
千歳園　476
千歳亭　625
千歳亭其儘忠興　539
千歳亭松俊古　562
千歳楼霞吸　511
千船友風　683
千巻堂天楽　678
ちやつみ　98
茶番　416, 462
茶屋町末広　80, 109
茶里丸　99
茶和　541
茶碗愚意呑　104
忠右衛門　628
忠左衛門　626, 633
忠蔵　617, 634, 635
忠兵衛　619
丶六斎阿交　527
眺花園　625
張儀　218
鳥橋　540
丁斎　394
てふさい　392
長斎　519
鑼斎　637
超歳坊　392, 394
鳥三　522
銚子亭久波倍　554
鳥趾堂　420
鳥趾堂行業　406
長者園萩雄　127, 128, 130, 142, 143, 145, 159, 193
長者園萩雄居士　194
張秋琴　222
長春館　505
長亮　675
長生園松風寿　580
鳥雪　540
澄川亭　699
蝶々庵丈長　569
池陽堂　615
蝶の印　393
長福寺　410
朝平　531
長林寺　391
樗園子左笠　531
著作堂馬琴　286, 312
千代女　151
千代住　550
千代田庵松鶴　365
千代の有員　89
千代春枝　128, 129
千代の榛名　89
千代松年　550
千代松成　700
千代の門　674, 699
千代屋松古　364, 365, 374, 376, 380
塵塚山荘　82
椿園長住　668, 678
椿園春村　308
枕書堂　615
珍々釜鳴　80
珍々釜成　181
対松館　522
通　564
通環亭　672
通展園橋住　299
通小紋息人　83, 110
通用亭徳成　294, 299, 360
津金胤臣　543
月明　682
月照姫　378
月窓丸　574
月の屋林木々丸　588
月廼屋丸雄　377, 379, 382
月丸　428, 596
月夜庵三津人　683
月夜釜主　104
つくしの西男　87
筑波根峰依　45, 92, 109
辻氏　427
辻璠舎　40, 43, 45
津島　498
都志摩　497
津多井万世　666, 669
津田琴繁　271, 615, 620, 643
蔦重　12, 14
津田四郎左衛門　179, 331, 441
津田詮村　697
蔦唐丸　14, 17, 18, 21, 22,

114, 115, 120, 121, 153, 242, 335
蔦舎　393
蔓磨　303
つたや三十郎　89
蔦屋重三郎　12, 18〜20, 22〜24, 89, 151, 300, 315, 335, 336, 386
土川明宗　698
土屋千元　615, 620, 643
土屋千元弟　619
土屋正臣　268
土屋光村　619, 624, 649
都筑菜種　519
都筑某妻　635
躑躅堂　567
堤守文　628, 633, 656
恒子　181
常治郎　634
角内子　439, 570
椿井望輔　578
つばき園　273
つばき園春村　270
壺側　253, 257, 258, 266, 272, 281, 297
頭光　153, 253, 256, 320, 338, 342, 343, 394, 517
つらのあつき　81
つら水　398, 399
面陸庵米陋　536
弓玄比喜女　91
弦掛一升　552
敦賀屋九兵衛　64
つる吉　88
鶴立亭々　359
鶴觜長　569
鶴雛人　324
鶴の門　693
鶴栖屋梅好　474
鶴屋喜右衛門　21, 22
鶴屋金助　479
連人　566
釘穴舎競　404
蹄斎　619
貞斎春魯　529
蹄斎北馬　256, 257, 265, 300
程赤城　209, 211
蹄忍比丘　521
貞也　43
庭葎庵　634
貞柳　535
手賀幹幸　670
手柄岡持　23, 45, 95, 96, 115, 180, 341
出来秋万作　45, 67, 86, 109, 111, 112, 116, 117
鏑川楼　634
泥望八　497, 498
出諏訪耳彦　80
手塚魚来　626, 630, 652
手束廬橘　681
綴玉子　617
手引糸屑　700
手枕庵　686
手枕のうたたね　90
出茂吉成　104
寺井明代　680
寺沢九左衛門　330, 419, 436
てる　90
照雄　676
照々法師　97
照信　665
田翁　249
天狗連　285
田見楼　637
伝司　625
天竺花老人　501
伝蔵　635
天地玄黄　178
天地けんこん　97
てんてん　82
田々舎帒伍　556
伝芳窩酔霞　542
天保川成　94
天明老人内匠　122, 127
天竜和尚　524
擣衣園音成　694
擣衣連　258
東雲庵　411
東雲庵一丸　427, 519
東雲庵一雄　416, 462
藤園　628
東花　546
東海堂永楽屋丈助　291
東海道早文　183, 212, 214
東河園　473
藤花園　616
等覚院文全　181
東感庵　617
冬瓜元成　560
桃吉(尋幽亭)　390, 435, 436, 482, 518

東牛斎　10
唐居　686
桃境亭羽岡　43
唐錦子　635
道具屋金成　105
東鶏夫　618
どうけや百介　102
桃源亭園丸　403, 405, 406, 572
東湖　528
東向庵旭景長　556
東郊舎　626
東壺園　618
東五園　618
東壺連　291
桐斎　616
董斎　680
東西庵　626
東斎八雞　540
東西房　626
稲士　529
東始園　618
東室亭　625
桐樹園　699
藤樹園　249
濤樹園影枝　463
等正寺主誠応　615
等正寺法嗣宮内卿　615
東盛寺　295
東銭軒鶴寿　411
東蔵　627
東窓舎露友　542
灯台元暗　397, 399, 401
陶亭広人　548
蟇田舎　624
同導堂福洲　390, 423, 435, 515, 602
堂鞆白主　100
東常縁　273, 275
東風子　668
東風窓　411
藤兵衛　634
東壁堂古文　572
東辺舎　616
濤鳴庵沢利　463
東野亭　615
稲葉園　637
稲葉亭　636
東陽房圃暁　427, 569, 607
唐来三和　181, 389, 401
道楽斎　397
道楽斎志丸　573
童楽斎鳥兆　527
道楽上人　396
東籬亭　667
冬嶺亭　617
灯籠会　17, 121, 151
東廬光枝　281
都鶯邨夫　671
都鶯邨夫捨魚　360
遠山金四郎景普　172, 218, 219
遠山八右エ門　577
渡海里の花也　105
とき津風　105
土岐利重　526
時鐘速　586
時曳早(速)躬　402～404, 423, 461, 606
都橋園　628
都響園　615
都曲園　471, 616
常磐樹二葉　293
都錦園　616, 624
徳右衛門　636
徳賀　695
徳川家治　238
徳川家基　238
徳川義直　491
徳川吉宗　6
独吟斎　546
徳治　635
得舟　397
徳蔵　618
篤廼門　619
得利館朱人　698
都光園　616
土佐相覧　463
土佐守　48
土佐光孚　453
とさん　98
年長　603
豊島屋　381
兎雪　681
都草園　266, 271, 615
十足斎　554
とてつも内侍　104
外浪長三郎　501
隣蓼輔　545
殿女　420, 602
殿野保町　101
飛則　46

飛塵馬蹄　7, 8, 67, 86, 112, 117～119, 179, 321, 439, 441
都北園　616
冨岡定功　668
富五郎　617
冨島庄三郎　183
富田永世　634, 639, 658
冨田又五郎　180
冨田明居　672, 681
富田屋新兵衛　9
富永永世　271, 274
富永南陔　473
冨緒川　182
冨の門　668, 702
富本豊島　214
巴あふきや清七　96
巴あふぎや四方七　83
鞆江万治　99, 106
巴屋　610
巴屋山左衛門　255, 266, 272
友雄　682
友風　688
燈本文　578
友之丞　616
友乗妻　533
豊竹折太夫　99
豊田亭　270
豊田守一　634, 638, 657
豊田屋茂兵衛　183
登世太郎　634
豊臣太閤　518
豊臣秀次　491
豊臣秀吉　434
銅鑼和尚　501
虎魚狩　552
虎丸　601
鳥の空音　105
鶏栖屋　618
鳥山専助直行　683
都柳園　625
屠竜子　181
泥田坊　82, 106
泥田坊太記　474
泥道すべる　101
鈍々亭　358, 681, 696
鈍々亭和樽　353, 359, 675
鈍奈法師　105
問屋酒船　97

ナ行

内藤東甫　522
内藤広前　262
直　633
なほ　85
直次郎常清　382
なをなを　91
直八郎　635
中井敬義　106, 115
永石初太郎　439, 590
中雄兄　543
長岡連　291
長尾治右衛門　511
長尾治右衛門重喬　421
中雄父　543
中尾正信　674
中墻　589
中川大峯　360
永坂周二　504, 506
中里東吾　257
中沢清左衛門　678
中沢平之丞　689
中沢細道男　635
長澤満雅妻　637
中沢保世　635, 639, 659
中嶋有員　635, 639, 659
中嶋亀年　628, 633, 656
中嶋岸住　619, 623, 648
長嶋松守　271
中島光海　282
なかた　100
永田玩古　159, 162, 164, 184, 192, 194, 200
永田貞因　45
長門因楼　397, 401
長門牛　418
中戸楼　214
中西竜雄　505
長主　566
永野栄助　695
永野熊吉　697
中の町灯籠合セ　339
中原某妻　617
長彦　592
仲程　595
中村一学元堅(水丸)　490, 493
中村歌右衛門　170
中村勘右衛門　695
中村北麿　616, 621, 644
中村芝翫　416, 449, 461
中村重助　183

中村春樹　624, 629, 650
中村又三（中村家二代目）　491
中村又蔵（中村家三〜七代目）　491
中村又蔵（中村家九、十代目）　492
中村又蔵（中村家十代目）次男（水丸）　492
中村弥右衛門（中村家初代）　490
中村弥四郎（中村家八代目）　492
長屋守人　97
中山新九郎一蝶　454
永良　684
半井卜養　37, 125, 517
那鐖千里景　396
那杼理園　697
茄子亜紀成　540
茄子亜紀成妻　439
夏山繁躬　546
七種園　617
七世市川団十郎　299
七世市川団十郎（白猿・海老蔵）　283
七世市川団十郎（三升）　170
七辻　600
浪速連　673
鍋の垢丸　80
鍋煮津丸　322, 326, 327, 329, 330, 333, 442
なべのふた丸　87
鱠（奈万須）盛方　19, 97, 181, 320
浪静丸　552
波廼真釣　391
奈良花丸　94
奈良屋清吉　14, 96
業増　628
成瀬因幡守正定　209, 211
鳴滝音人　21, 77, 101, 118, 182, 242
名和氏　154
南芝　40, 43, 45, 87
南生舎　282
南杣笑楚満人　100
南総館　27
南巣数成　585
南陀加紫蘭　247
何多良方士　89
何年墨斎　104
南明　540
楠葉子　636
新嶋高村　616, 620, 644
二井宿連　291
二一天作　64, 68, 70, 100, 111
逃水　93
錦木千束　92
西沢一鳳　483
西田文右衛門　245
西田正芳　269
仁科守久　619, 623, 649
西宮弥兵衛　339
西村四季見　628, 633, 656
西村仲秋　633, 638, 657
西村宣文　637, 641, 662
西村藐庵　610
二条家　448
二条派　243
二酔亭佳雪　398, 413, 416〜418, 446, 449〜452, 454, 457〜462, 465〜468, 470〜473
二水楼二水　444, 449, 545
二世朱楽館　246
二世浅尾為十郎　454
二世一陽斎豊国　309
二世一九　299
二世伊東燕凌　294
二世歌川豊国　305
二世歌政　515
二世右馬耳風　330
二世（正しくは三世）落栗庵元木網　302
二世（正しくは三世）加保茶元成　302
二世北尾重政　305
二世沢村四郎五郎　455
二世三亭春馬　295, 306
二世十返舎一九　302, 314
二世蜀山人　252
二世森羅亭万象　413, 415, 463, 473
二世瀬川菊之丞（仙女路考）　208
二世千種庵口網（勝田）諸持　260, 263, 266〜268, 293, 609, 610, 614
二世千種庵諸持　260, 264, 269, 270, 308, 354

二世浅草庵　252,254,259
二世浅草庵大垣守舎　260,263
二世浅草庵守舎　282,697
二世桑楊庵干則　256,258,259,265
二世大惣　385
二世大文字屋市兵衛　302
二世立川焉馬　274
二世蔦屋重三郎　126,128
二世巴人亭(頭光)　252
二世不断庵大江玉湧　515
二世星の屋　292
二世真砂庵仁義堂道守　259,265
二世万象亭　356
二世柳川重信　269
二世雪丸　417,462
二世鈴亭谷峨　313
二世淮南堂　245,252,353,354
二世淮南堂眉住　359,471
日宜　703
荷造早文　212
日光輪王寺宮六代公道親王　235
日新斎　634
二歩(分)只取　84,180
日本坊花垂　569
入道腕白　100
如意庵玉野稀成　566
忍渓　525
ぬひや針通　87
抜裏近道　53,54,56,57,59,86,112,116,117,119
ぬけた　89
布女　636,641,662
沼田月斎　515
沼田月斎歌政　444
沼谷寛次郎　183
根からの芋助　104
根唐素人　388
根(可)来不器用　105,181
子日松彦　581
寝惚先生　21
嚢庵河原鬼守　40,43～46,109
農珉子　637
野口雪村　617,621,645
野崎寄波　120,321,325,442
野田畦丸　546
野田蛙　558
野原雲輔　56～59,66,73,84,239
野辺草丸　103
飲亭程好　568
野見直寝　53,54,57,59,109
ノミテウナゴン純金　180
鑿釿言墨金　105
野村新兵衛　277
野村宗二　524
野村不誰　534
則次　359
範平　615
野呂間人形遣い　302

ハ行

婆阿(上人)　81,109,117,119
梅逸　580
梅園　688
梅園樵叟　471
俳諧堂　670
楳花園　381
梅渓　308
梅月庵　690
佩詩堂右馬耳風　397～399,403,404,423,435,604
梅僊　411
梅風亭一芳　588
梅圃　308
梅林軒　667
萩園　624
萩屋　7,182,255,678
萩の屋鳥兼　364,365,367,371,372,374,380
萩屋六十一賀　346
萩原宗固　5
白鴉亭谷丸　542
麦雲舎波文　125
白雲堂　617
柏園　616,694
白蓋堂　615
箔形のむさ墨　81
柏唫社　687
柏唫社広善　270,311
薄斎　615
薄斎春村　274,308
蓴菜法師　626,630,653
白雀亭　619
帛水亭　627
麦生亭　563

帛川　410
白風園　617
白鳳堂　21
白葉　617
柏葉庵　633
柏葉亭　300
伯楽街角力会　48, 338
伯楽側　21, 208, 253, 254, 331
伯楽社中　214
伯楽連　18, 20, 121, 297, 440
白鯉館　10, 41, 184
白鯉館卯雲　182
莫連法師　103
化物尽し　417, 418, 462
馬見岡　617
巴盞亭　624
土師搔安　22, 183, 326～333, 439～443, 445, 540
土師丸中舎　395
橋本高広　617, 622, 646
巴人亭　181, 252, 624
波静堂　634
長谷川某女　635
長谷部氏　203
畑金鶏　258
畠（野）畦道　57, 59, 94, 109
秦士鉉　556
畑ノ　183, 184
秦玖呂（黒）面　53, 54, 57, 59, 63, 77, 94, 109
八九升　499, 500
八左衛門店源兵衛　285, 303
八十郎　619
八畳隠多奴伎　101
八兵衛　628
八ちぼうず　499
八坊主　499, 500
八文字屋源兵衛　312
八文舎自笑　270, 273, 306
八文字屋八左衛門　301
蜂屋重次郎光世　276
八郎治　628
白鶴翁　473
白観堂　330, 403, 423, 436, 601
初瀬山人　669
八足穂稲人　565
八町園天具知　404
八天狗　503～505
服部玄水　530
花井一九　305
花井唐木屋市右衛門　444
花井小蔦　533
花井知克　397, 404, 419, 435
花井知閭　419, 435
花笠文京　301, 302, 312, 314
花笠連　260, 263
鼻毛永人　85
花子　366～373, 381, 382
咄の会　245
花園側　669, 678
花園子馬　473～477
花谷善次郎　677
花江戸住　179
花香照蔭　625, 630, 652
花本住　574
花の門　684
花の屋　281, 670
花の屋蛙麿　287, 293, 308～310
花の屋光枝　269, 270, 308
花秦具庵　385
花街連　309
花道のつらね　10, 18, 83, 114, 115
花見寺　249
花屋久次郎　32, 38
離屋老翁　507
塙保己一　9
馬乳　87, 117
馬場金埒　13, 28, 93, 517
八々八郎　499～501
浜荻連　699
浜田高国（孝国）　402
浜田長喜　628, 632, 656
浜虎坊鶏子　81
浜のきさご　89
浜塩風　439, 570
浜まさ子　89, 439, 564
浜辺黒人　6, 8, 10～12, 14～18, 23, 31, 32, 36～39, 41～49, 53～57, 59, 67, 68, 91, 108, 109, 112, 115, 150, 240, 319, 320, 331, 337, 338, 517
浜辺黒人角力会　48, 338
浜辺藻屑　45, 92
浜辺や九郎七　91
浜辺連　120, 441
浜松三三三　92
早書築良　96, 109

早記　564
林旭堂　560
早鞆和布刈　9
はやの時なし　92,101
葉山文左衛門　181
はやまる　98
腹唐(殻)秋人(商人)　13,21,96,103,106,109,115
波羅密庵空躰　406
馬蘭亭　184,192,194,201,203,207,209,210,213,216,219,222
馬蘭亭狂歌会　216,219,220
巴蘭亭社中　156
巴蘭亭追福会　156
馬蘭亭弘隆　153
榛園　402,408
榛園秋津　412,414,458～461,466,468～470,478,482～484,486,487,489,493,495,510,511
張貫文庫　507
播磨鍋鳥　84
はりま家大屋　182
針道学女　533
巴竜　43
坡柳　6～8,67,77
巴陵　562
春川吉重　21
はるき　473
春夏秋冬　183
春田造　549
春久　576
春の屋成丈　365,367
春山文　183
万亀亭江戸住　342,348
板木下手成　105
板木ほり安　109
伴高蹊弟　267
飯山亭喰主　298
飯山亭食翁　298
万照斎其卜　563
坂昌周　174,175
半治郎　637
伴信友　262
坂静山　6,237,238
万世楼年長　575
半掃庵蝼丸　521
半掃庵也有　328,330,335
番町連　121
蟠頭炭石　563
般若台雲臥　523
坂兵左衛門　495
坂兵左衛門康道　500
斑文子　511
半兵衛　581,616,637
万楽亭諸居　475～477
蟠竜軒緑松雄　524
披雲楼　678
斐園　628
檜扇屋　618
光好　183
引窓長綱　589
飛脚屋嶋屋番頭　183
曳尾　414
樋口寒月　67
樋口氏　66,67,112
日ぐらし何くはぬ会　339
日暮里狂歌会　113
ひげを　95
彦三郎　636
彦太郎　615
彦兵衛　624
ひさ女　439,532
久智市住　628,632,656
膝元さくる　102
泥江亀寿　500
菱川師宣　503
菱光　591
菱光息　593,594
菱屋久八　387,425
尾州公　179
尾州公医師　181
菱原の雄魯智　99
美人庵文来　460
備前屋　525
肥田豊後守頼常　206,208,209,211
一筋道成　183
一トはけの霞　103
一節千杖　96,179
一舛夢輔　182
人まね小まね　82
人真似小まね娘　214
一文字白根　32,38,41,45,53,54,57,59,180
一元　618,623,648
独寝欠　89
独寝貫伎　90
ひなつる　93
雛人　552
檜井居　701,702

檜垣　683
檜垣側　668, 683
檜垣連　471, 664, 669, 674, 680, 681, 683, 684, 698, 699
檜雑園　700
檜廼屋梅明　293
檜原山人　669
ひのもと　96
日野資枝　243
日野屋茂右衛門　257
日野連　291
姫柳　535
紐長父　520
百樹園　294
百川斎学海　541
百物語　339
百物語狂歌会　439
百文舎外笑　301, 312
白蓮舎　636
百華庵　6
百花園　681, 701
百杯楼　473
瓢実園袖風　580, 607
兵太　497, 498
氷台主人　675
瓢箪園　439, 511
瓢箪園一寸法師　407, 488, 597
瓢箪連　465, 486, 487, 492
冰踊斎　617
馮里楼坂下住人　543
日吉の屋　699
ひら　96
平沢平角　180
平田篤胤　262
平出亀寿　498
平出氏書室記　509
平出順益　287, 390, 482, 495, 498, 500, 501, 504, 505, 509, 511
平出順良　509
平出文庫　506, 509
平野治三郎　688
平野忠八　695
弘器　398, 590
広重　128, 131
広路方雪風　582
ひろよし　473
枇杷園士朗　550
琵琶側　676
檜皮釘武　85
琵琶彦　689
ひわりこの飯盛　386
琵琶連　358, 415, 494, 511
賓導堂轡音成　549
風雅金剛　677
風雅堂玉鉾美知丸　577
風琴亭松蔭　156, 177, 208, 210
風月庵白髭長児　547
風月(堂)孫助　438, 509
風作　367, 370, 371
楓左房馬六　522
風車　86, 116, 117
風折左京有文　528
風来山人　138, 142
笛音好　576
深川桂居　695
深川連　121, 326～328, 332
福加久の加々若　105
深沢大蔭　637, 642, 663
深沢駒寸　634, 638, 657
深沢駒寸男　637
深沢新兵衛　257
深沢保清　637, 641, 662
深田香実　476
深津氏　8
深津彦安　180
深淵　589
深見三躬　636, 640, 661
深見廬山　636, 640, 661
深見廬山妻　636
深見廬山男　636
深谷苅穂　633, 638, 657
浮亀庵女　181
不櫃(匱)堂　398, 590
不朽山人　129
不朽堂彫安　569
福恩寺　420, 421
福嶋隣春　290, 299
福成寺主　615
福田近村　628, 632, 655
福徳屋市左衛門　592
福廼屋　358
瓢蔓守　674
福部持胤　45
普栗釣方　13, 14, 16～18, 23, 78, 96, 113, 115, 118, 183, 184, 241, 320, 340
文車庵　264
福禄亭深谷　356

袋房丸　427, 571, 607
桴月堂二橋　528
房成　600
芙山　45
負山人越人　525
藤生高峯　637, 642, 663
藤生百蔭　636, 641, 662
藤代屋太兵衛　250
藤田茂高　627, 632, 655
富士高なす　105
藤のまん丸　84, 109
藤のや長房　588
節松嫁々　181, 243～246
ふしまつの加加　80
節松葉やかん　80, 243
伏見吉造　676
ふしみの茶屋んと　89
伏見桃丸　560
伏見屋善六　48
伏見屋半三郎　459
富士見連　297
冨士屋　304
不捨亭徳丸　542
撫性庵　703
藤原可為　414, 464, 470
藤原季知　511
藤原(節藁)仲貫　20, 88, 109, 154, 183
藤原長見　527
藤原斉敬(二条家)　448, 477
藤原斉信　448
婦人づくし　417, 462
不尽亭　471
不酔　618
鳧水亭磨風　553
桴雪　529
富川　93
不染居北斎　245
ふた木　100
二葉　336
二葉連　471
二瓶小瓶　635, 639, 659
不断庵　249
不断庵大江玉湧　406, 423, 430, 435, 439, 604
不断庵是誰　439, 520
不断庵玉湧　387, 397, 400, 438, 580
不断庵二世玉湧　404, 406, 407
筆綾丸　21, 90, 329
筆軸成　558
太桃白記　259, 260, 263
太山茂樹　695
船城余禄　626, 630, 652
ふなつき　100
船盛　686
麩万隠者　530
文のはたひろ　85
文世　686
不夜楼宝玉雄　577
冬野雪満　554
不流音隠居　181
武陵　287
古井中守　549
古鉄の見多男　67, 86, 112, 116
古瀬勝雄　52, 56～58, 61, 64, 66～72, 85, 109, 111, 112, 116～119, 180, 321, 334, 441, 442
ふるとら　95
布留糸道　68
古道　95
古屋の根継　104
芙嶺亭　628
不老園(紀若丸)　128, 130
不老園菊人　576
不老園元住　587
文燠堂琴詩　522
文因楼前順ひじり　310
文栄子　679
文右衛門　618
文会堂　477
文会堂山田佐助　291
文歌堂　670
文哥堂真名冨　690
文化楼清麿　680
文徽　678
文キヤウ　179
文唫舎胤雄　690
文渓堂丁子屋平兵衛　475
分家朝起　564
文左衛門　636
文尚堂虎園　303
文亭都々久　573
文々舎　353, 679
文々舎蟹子丸　680
文屋古文　335, 405
文屋安雄　9
分量舎蔵主　690
文恋園　679

文楼　285, 307
文楼浅茅生　268
文楼遊女　618
平安亭(九重)七辻　411, 420, 573
平右衛門　637
萍寄楼　222
平原屋東作　68
平司　627
平丈我堂　398
平生三里季保　101
平生為故　579
米都妻　532
兵内　617
碧玉園　693
碧山(松月)　40, 43, 49
臍垢　46
臍穴主　84, 151
下手内匠　131
下手長文　102
蔕野横好　99, 106
糸瓜皮也　94
別荘星屋　105
平秩東作　6～8, 10, 14, 17, 22, 25, 45, 51, 52, 55～58, 60, 62～64, 66～71, 73, 77, 78, 100, 108, 109, 111～117, 120, 121, 126, 135, 139, 151, 157, 179, 241, 321, 439, 440, 445, 517, 544
へどきやうかし　103
屁間虫与入道　98
片絮台曲流　450, 545
辺竹斎友之　542
片帆舎川柳　534
便々館　352
便々館湖鯉鮒(巨立)　81, 124, 182, 184, 403, 494
便々館琵琶彦　511
便々館琵琶磨　359
便々居　676
便々居寿彦　473
便々居琵琶彦　282
便々居琵琶人　511
宝市亭　356
芳雲楼　628
紡栄子　700
法恩寺　194
呆下亭知水　269
蓬貫院釈道　541
鳳義　699
包嬉園　671
芳宜園　690, 703
芳玉女　287, 290
芳錦園　627
方金園玉清　523
芳桂園　628
望月庵嘯　415
望月園　628
望月館　626
暮雨巷桜田臥央　555
暮雨巷久村暁台　528
鳳梧園　669
峯之　636
法持寺　490
宝珠庵佳良　565
鳳洲　616
方十園　397, 403
方十園金成息　577
方十園篠野玉涌　435, 545
方十園玉涌　406, 423, 433, 434
方十園豆永金成　435
蓬洲橘実吉　387, 403
宝珠園一角有丸　576
芳春園　179, 331
放生庵巨実　598
方昌園玉依　466
朋誠堂喜三二　23, 95, 96, 110, 115
芳艸円阿畑有面　577
豊蔵坊信海　45
包丁蒐　392, 393
宝彫亭形義　696
宝田園　618
宝堂袖丸　494
ほうとう坊心外　102
豊年舎出来秋　439, 440, 596
豊年雪丸　119, 120, 179, 321～324, 326～330, 332～335, 390, 403, 405, 418, 419, 442～444, 478, 510
法梅園　686
鳳鳴翁　669
鳳鳴閣　676, 677
鳳鳴閣思文　415, 472
芳野亭　628
蓬莱庵　626
朋来庵酒亀丸　522
蓬莱帰橋　183
蓬莱居　669, 675, 686
蓬莱居亀世　664, 666

蓬莱蓬士　573
蓬莱屋久米蔵隠居　157,180
蓬莱連　240
方流園回　574
芳流斎妹背名歌好　556
頬干の田人　81
北栄子　682
北斎　244
牧斎　615
北鉞子　624
北静庵　471
墨僊　520〜522,524,526,527,533,537〜539,546〜548,551,552,559,560,562,563,566〜568,571,572,577,578,581,582,590,595,600,605,606
墨川亭雪麿　312
墨僊堂黒染衣紋菱光　592
墨僊堂菱光　592
北亭　423,603
北亭歌政　387
北亭墨僊　405
北溟舎　615
墨用廬　615
北林堂　124
北録道雪住　586
鉾廼屋　624
星野糸成　616,621,645
星野静波　637,642,663
星野末繁　637,641,662
星野竜海　617,622,646
星野竜海男　637
星屋光次　88
細井長助　178
細井八郎次　183
細川幽斎　517
細長の影法師　105
細野要斎　278,323,482,501
牡丹園　627
堀田勝四郎　447
堀田勝四郎高一　421
堀田玉斎　447,453
堀田笑馬　446
堀田照景　626,630,652
堀田俊豊　674
堀田六林　497
穂並庵真婆行　250
穂並連　250
帆南西太　88
堀江一章　628,633,656
堀川庵芳香　561
堀川潮満　391
堀川人也　391
堀河芳香　391
堀内蔵頭直格(花廼屋)　276
堀竹葉　520
堀部さむ人　43
本阿弥十郎右衛門　181
本街堂石川亭　540
本家須原屋仕入店　65
本郷連　194
本重　116
本多侯　678
本多甚五郎　131
本多山住　626,631,653
本丁連　15,20,21,59,80〜82,84,85,87,88,92,94〜97,101,102,105,114,115
本念寺　178
本町庵三馬　359
本町側　381,464,670,681,699
本間忠左衛門　182
本町連　121,332,364,365,374,375,380,441,464,691
本屋清吉　13,109,113,183
本屋忠三郎　460
本屋安売　57,59
本蓮寺　218

マ行

前川六左衛門　13,64
前田喜多住　626,630,652
前田氏　382
前原守行　636,640,661
真顔　359
籬亭　674
籬菊丸　245
籬人影(菅江男)　246
牧氏　423
槇園　637
槇の屋　671,682
牧廼屋鬼影　413
槇柱亭寄躬　670
牧墨僊　435,436,438,515
槇や　182
まぐろ　91
孫兵衛　616,618
真菰きずみ　105
政右衛門　625
真坂時成　547

正樹　674
正木勝良　265, 297
正木桂長清　266, 297
真砂　699
真砂庵干則　342, 346
真柴亭八重垣　427, 547, 607
馬島　224, 227
馬島周見　225
増安　589
満寿井　401
満寿井豹恵　389
増岡保敦　697
増田勘左衛門　421
増田屋　182
舛廼屋　634
升屋(望汰瀾・祝阿弥)　226
升屋お市　223〜225, 227
升屋勘兵衛　425, 426
升屋娘　226
升屋利吉　676
真鷹　700
真竹深藪　81, 183
又十郎　625
又太郎　617
まち　89
間違龟相　81
まつ　237, 241
松井武兵衛　504, 507
松尾屋　504
松蔭月住　566
松風音好　585
松かせのくす　89
松風耳有　104
松川芋面　81
松川富門　619, 623, 649
真青　689
松崎観海　238, 239
松蔵　618
松平定信　6, 23, 153, 244, 330, 341
松平忠吉　491
松田棣園　556
松田政儀　681
松永貞徳　6, 15
松千枝女　560
松千とせ　90
松葉五友　578
松葉屋三保崎(お賤)　154, 157, 174, 177, 178
松原某女　636
松前志摩守次男　179
松本燕斜　104
松本亀三郎　180
松本氏　7
松屋善兵衛　387, 438, 457, 460
松屋てつ女　82
松屋平兵衛　511
真面面長　97
真名冨　692
真那部道有　572
真野時綱　519
真頬面長　97
真帆追風　527
間々皮成　585
真間皮成　565
真間川成　94
豆永金成(兼成)　334, 397, 398, 403, 510
眉長　86, 117
万里小路音高　682
丸久友披戸つ　558
丸呑　593
丸屋善六　509
丸屋墨湖　553
万栄亭　354
万巻堂　361, 411, 606
万巻堂旧巴　405, 439, 572
万巻堂旧巴耳風父　405
万巻堂早(速)躬　397, 404, 405
万巻堂菱屋　418
万巻堂菱屋久八　402, 406, 422, 424, 426, 429, 461, 510
万愚　534
万言斎可興　535
万歳総連　259
万歳亭逢義　257, 259, 261, 265
万歳寿　89
万歳連　260, 265
万作　43
万治(鞆江万治)　106
万字屋玉菊　16
万字屋万蔵　98
万十庵茶陶　427, 564, 607
万春堂　258
満生子　698
万象亭　21, 121, 181
万代石季　575
万太郎　627

漫々堂　14
満陽堂大扇　536
万葉仮名文　569
三浦一九　314
三浦軒　619
三浦若海男　303
美織屋主人　510
美織屋主人文成　422
箕隠　522
御影堂石成　586
三日月おせん　170
三上一臥　625,630,652
身軽折輔(山東京伝)　99
三河屋半兵衛　11,27,31,47
三河屋弥吉　413
三河屋弥平次(南楼)　207
みきね　102
未生法師　626,631,653
美都垣　694
水際根〆　80
三すぢ(篇)いと道　97
水谷常清　377
水角奈志　120,326,329,441～443,553
水野三右衛門正信　500,501,505
水野正信　499
水花のたれ人　85
水穂の屋　671
味息斎紀六林　522
味噌糀なれかね　96
三十一文字　109
三谷尭民　272,610
道子　619,624,649
道芝刈安　583
三千尋　615
みち行　98
三井長年　51,55,60,70,108,241
三井屋佐兵衛　559
みつこ　82
光郷　695
躬恒朝臣　673
三津人　683
光房　688
三津女　427,607
満盛　681,701
緑千条　667
緑松久　579
みなうそ　100
皆友厚丸　102
源朝臣為竜　523
源正栄　535
源孝政　390
源為朝　151
皆元有融　104
源義経　466
峯越方男　634
峯下蔭　634,639,658
峰松風　109,179
箕形善左衛門源政遠　324,441
簑子　617,622,646
簑治郎　625
美濃新助　397
箕手はかる　552
身のぬれ行　103
美濃守政常　525
簑の屋　677
美濃屋市兵衛　425～427,429,510
美濃屋伊六　467～469,475
美濃屋清七　460
美濃屋文次郎　468
三原春繁　618,623,648
未仏母　607
視船　693
壬生忠見　693
身分唯飲　81
三升　109
三囲稲荷　236
三囲稲荷狂歌会　12～14,50,60～62,65,70～74,76,111,112,117,118,241
三囲社頭奉納狂歌会　139,149
都丸宝船　634,638,658
宮崎若村　627,632,655
宮下為業　616,621,645
宮下梅佚　616,621,645
宮下道守　271,615,620,644
宮下道守猶子　616
宮地かけ冨　180
見奴琴喜吉　670
深山堂　689
めうがのあらせ　53,54,56,59
妙泉寺　436
明導法師　583
美余子　634,638,657
三輪花信斎　6

三輪杉門　183
民年庵　697
百足子金　183
武川守光　634, 638, 657
むき躬　109
麦藁笛也　105
葎庵　330, 390, 423, 601
葎庵安麿　386, 437
葎侘住　548
無絃　269, 270
無玄斎　615
無間堂雲阿　504
向嶋住吉一日百首詠　345
向田高鞆　636, 640, 660
夢哉坊　567
武蔵原広　100
無住大円国師　430, 524
無尽楼米屋益盛　559
無銭法師　94, 109
陸右衛門　636
睦園真住　415
武藤吉兵衛　249
武藤忠司　249
棟上ノ高見　89
無筆斎緩布　527
むら(三世大文字屋長女)　302
村岡孫右衛門　181
村片相覧　269, 308, 415
村上秋照　637, 641, 662
村上氏(会所役人)　214
村木楽雄　628, 633, 656
村木楽雄父　628
村瀬清根　284, 285
村田某　209, 211
村田春種　625, 630, 652
村田元(本)成　268, 271, 281, 282, 284, 285, 301, 306, 307, 614, 617, 622, 647
村のをさ丸　101
室田春郷　635, 640, 660
室田守郷　617, 622, 646
室田守郷男　635
室早咲　95
明居　702
茗渓法師　615, 620, 643
命明楼　636
明璘　526
盲者　498
瞽者　497
めし　98
飯盛　212
女奈里　104
目の次まんまる　87
毛受善喜　440, 488
面堂安久楽　471
猛雅　48
茂木広善　687, 692
杢網向島団扇合　339
艾屋伝右衛門　184
茂七　637
模釈舎　395, 396
文楼　307
文字楼　617
文字楼加保茶浦成　302, 305
文字楼村田本成　298
文字楼元成　270, 274, 308
持田某母　634
望月秋吉　45, 91
望月志良夫　105
望月まん丸　91
木瓜園規麿　674
木公舎　627
もてる　88
本荒小萩　119, 321, 323, 327, 442
本居　129
本居内遠　278, 298, 330, 361, 399, 402, 428, 448, 461, 476, 477, 482, 484, 495, 510, 515
本居大平　278, 298, 402, 428, 448, 461, 468, 474, 487, 493, 495
本居宣長　402, 498, 683
本居藤子　421, 461
本蔭　297, 615
元輔　637
元祐　616
元成妻　180
元禰　428, 590
元木網　5, 7, 8, 10, 12～14, 16, 17, 21, 22, 25, 27, 53, 54, 56, 57, 59, 60, 63, 64, 66～70, 73, 75, 77, 100, 108, 109, 111, 112, 115, 118, 123, 151, 152, 240, 241, 243, 246, 249, 320, 324, 331, 517
物音響　88
ものからふあんど　96
物毎秋輔　183
物事明輔　13, 28, 45, 53, 54,

57, 59, 61, 63, 67, 72, 93, 109, 111, 112
ものごとのうとき　67, 112
物成長丸　511
武士八十氏　118, 241, 320
物部の疎　43, 46
物部照庭　626, 631, 653
茂平　637
紅葉子　367, 370～372
籾山茂平　637, 641, 662
百川　210
百川おそよ　223, 226
百とせ　181
桃唐歌(秋守)　416
桃の花枝　260, 263
桃の屋土師丸　395, 559
森居孝照　694
森川氏　503
守川捨魚　671
森川保之　459
森玉僊　498
森嶋　181
守鷹　690
森高雅　411, 447, 452, 472～474, 479, 498, 504, 507, 511, 515
森田氏　420
森鶴村男　616
森広蔭　616, 620, 644
守瓶　628
守路　616
諸田龍之助　382
諸手耳持　558
文言舎田丸　420, 532
文殊連　680

ヤ行

弥一郎　625
八重垣連　243
八重川勾当　154
八木岡政吉　181
也景　540
弥五右衛門　634
弥五左衛門　628
弥治兵衛　618
八島かち時　322, 325, 330, 442, 544
八島五岳　238
八島定岡　364
埜十　535
夜食方丸　90
安右衛門　634
安五郎　619
安治郎　618
安田岸住　625, 629, 651
康秀　538
安丸　45, 46, 601
也足軒　185
八十八　637
矢立綿純　178
八太郎　499, 500
宿屋飯盛　19～21, 23, 24, 96, 120, 123, 125, 131, 138～140, 143～145, 152, 242, 254, 256, 300, 320～322, 342, 346, 347, 351, 362, 488, 517
柳川重信　416, 417, 464～466, 469, 487
柳沢一桟　635, 640, 660
柳沢永俊　634, 639, 658
柳沢春秀　617, 622, 647
柳沢春秀弟　635
柳楊枝長房　105
矢野里成　636, 640, 660
やはり棟梁　97
八尋殿女　439, 575
八尋殿女耳風妻　406
籔柄房其杖　585
籔下太郎庵　521
藪のいと成　109
籔内椿　53, 54, 57, 59, 101
籔都ばき　181
藪中道　526
山一手輝高　696
山内尚助　164
山内穆亭　238, 239
山県屋仙蔵　562
山雀久留見　90
八巻舎住　618, 622, 647
山口隼人　182
山口彦三郎　201
山口彦三郎弘隆　149, 150
山口屋勘次(三世大文字屋の末子)　302
山口里勢(むら妹)　302
山崎景尚(菅江祖父)　236
山崎景福(菅江男)　236
山崎幸左衛門尚伸(菅江父)　236
山崎忠恒(菅江弟)　236
山崎知雄　290

山崎美成　497
山桜垣　676
山桜連　676
山路菊寿躬　674
山城屋佐兵衛　459, 460
山田稲城　679
山田岐英　635, 639, 659
山田亀三郎　533
山田桂翁　141
山田清安　297
山田長左衛門　421
山田徳司　635, 639, 659
山田持丸　587, 607
山田ももとせ　90
山田舎　617
山田八郎　679
山田守雄　628, 633, 656
山田屋半右衛門　7
山田連　679
倭琴人　572
大和屋久兵衛　345
山中多都技　80
山中要助　300
山の井浅景　103
山の井朝景　92
山の井連　243
山滝水　635
山手総連　327, 333
山の手宝合セ　339
山手ある人　86, 117
山手こけ丸　105
山手白人　19, 45, 84, 109
山手の馬鹿人　239
山手連　69, 89, 110, 111, 121
山中住　120, 321, 326, 329, 442
山辺秋人　377
山辺馬鹿人　26
山水ノすめる　92
山道高彦　16, 45, 93, 151〜157, 159, 162, 164, 165, 167, 170, 171, 176〜178, 192, 219, 338
山道高彦家族　153
山道都良喜　581
山道明平　680
山本久雪　183
山本春好　619, 623, 649
山本連　696
也有　434, 521, 530
弥生庵雛丸　356, 413, 463
愉佚斎石綱　414
結綿連　304
楢園　616
木綿垣　402, 408
木綿垣秋津　409, 461
夕霧籬　320
又玄斎御風　529
勇七　617
楢七郎　637
遊女岩越　179
遊女なかの　571
雄次郎　636
雄蔵　624
勇蔵　634
幽竹斎蔵甲　539
雄長老　6
勇之丞　628
祐之助　625
有梅庵　619
勇馬　619
悠々館　435
勇々館大江深淵　430, 444, 515, 542
有隣　615
由縁斎　529
雪雄　366〜373, 381, 382
雪の屋高根　375
雪の屋森蔭　688
雪丸　435, 482, 518
行安　567
楡莢　668
湯本五百秋　634, 638, 657
百合亭　324, 553
余市　626
与市太郎　670
よ市兵衛　106
楊弓喜理人　551
陽玉園　618
要輔　637
楊柳医王宝閣道楽上人　396
楊柳亭　349
養老寺　253
養老亭菊水　382
陽楼滝丸　548
養老滝樗　411
養老連　695
欲蓮法師　567
横井也有　298, 385, 390, 486, 509
横田謙々斎　277
与作　627

由賀翁斎　389～391
吉川百潮　635, 639, 659
吉沢崎之助　180
吉住琴雄　678
芳蔵　633
吉田　690, 693
吉田一枲　624, 629, 650
吉田吉左衛門　215
吉田庫兵衛　183
吉田次郎右衛門　179
吉田長達　209, 211
美辰　344
吉田長季　618, 622, 647
好田の清好　109
吉田真禰久　546
吉田守貞　670
吉田屋　375
吉田屋おます　212, 216, 219, 220
吉田屋おます母　219
吉田芳季　618, 622, 647
吉田吉利二男　647
吉田吉利男　618
吉田蘭香　10, 240, 245
吉野山人　636
吉野葛子　93, 149, 151～153, 180
善野真袖　665, 672
吉橋三雨　636, 641, 661
吉見儀助　182, 210
良村安世　322, 326～330, 333, 334, 442, 543
義行息　534
吉原初雪　94
吉原連　15, 17, 18, 23, 89, 90, 104, 114, 115
余丹坊酩酊　180
よつ　87
四緒　285
四緒音好　570
四辻真隅　560
四ッ谷庵月良　415, 463
四谷紀廼　86, 116, 117, 119, 120
四ッ谷連　62, 69, 71, 111, 112, 118～121
米川躬鳥　627, 632, 654
米木政則　700
米花庵金守　378
よはなし　102
呼継浜近　120, 321, 325, 442
与鳳亭枝成　414
余程道則　546
四万山人　114
よみ歌　82
よみかた　85
夜道久良喜　520
詠人不知　556
よみ人しれた　84, 109
よめぬ　98
夜目遠目　566
四方側　51, 71, 254, 324, 326, 332, 338, 343, 346, 348, 351, 362, 411, 415, 442, 473, 494
蓬嶋人　551
四方芸屋　675
四方山人　13, 19, 21, 22, 32, 37, 38, 114, 123
四方山人(赤)等　44, 65
四方赤人　6
四方赤良　6～10, 12～14, 16～26, 31, 37, 39, 41～43, 45, 47, 49～51, 53～59, 61, 62, 64～78, 83, 107, 108, 110～116, 118～121, 123, 133～139, 141, 150, 181, 184, 235, 239, 241, 246, 254, 320, 321, 323, 324, 329, 331, 333～337, 340～343, 361, 422, 439～443, 510, 517, 518
四方赤良母六十賀会　18, 22, 23, 151, 331
四方歌垣　354, 355, 679, 693, 694
四方歌垣真顔　157, 343, 407, 670
四方滝水　252
四方滝水米人　698
四方真顔　132, 179, 184, 252, 364, 409, 412, 492, 512, 517
四方の屋　697
四方連　14, 15, 18, 20, 21, 23, 59, 60, 69, 81～85, 88～90, 96, 97, 99, 101, 102, 105, 110, 113～116, 120, 152, 153, 243, 322, 334, 346, 350, 441
鎧堂平性津鶴　553
齢長樹　700

四世浅草庵　273, 282, 283, 286
四世浅草庵広道　278, 287, 298, 309, 311, 399, 482, 497, 511
四世大文字屋市兵衛　302
四世蔦屋重三郎　299, 306
四世八文舎自笑　302, 308, 312, 313

ラ行

楽庵羊我　536
楽斎善　537
楽山　530
洛山樵爺　677
楽盞亭　618
洛山竜華道人　677
楽聖庵　493
羅城　556
羅知秋兼　101
蘭園　635
蘭園余紫香　391
藍臼舎　675
鸞斎　617
蘭室　627
蘭者亭香保留(薫)　205, 207～209, 211
利右衛門　627
里暁　87, 117
陸庵六友　584
六史園　249
里佳　396
狸士　530
利七　636
里洲　539
李松軒　543
里水　538
李太白　678
栗花園　471
葎窓貞雅　129
律調子　617
リト　511
里桃　411
里童　440
李白　680
利八　625
利兵衛　618
二亭　390
竜陰庵　246
柳燕亭　675
竜華庵　677
柳下泉末竜　26
柳下亭嵐翠　396, 397
竜眼木園千瑲　504, 506
竜吟子　678
竜唫社　698
竜吟亭竜雄　520
竜斎　127
隆朔　636
隆山　615
隆山居士　254
柳枝　214
竜枝園　635
竜碩　627
柳長　214
竜兆園　675
笠亭仙果　273, 278～280, 291, 292, 299, 303～305, 311, 335, 388, 390, 399, 415, 417, 419, 421, 447, 449, 452, 453, 462, 474, 475, 478, 482, 495, 497, 500, 505, 511
柳亭種彦　275, 286, 298, 483
劉伯倫　678
竜風園平器　504, 506
柳別家　667
柳酉　540
柳々館　618
良幹　669
蓼居　668
両国連　121
良輔　626
料理蝶斎　389, 392, 393
緑庵松俊　414, 473
緑陰軒　395
緑薫園　681
緑斎重麻呂　129
緑樹園元有　288
緑竹園　48
緑毛園　701
緑毛斎　634
旅月堂　634
隣海(法師)　40, 41, 43, 45, 109, 114
隣魚　43
鱗岡　634
林五亭酒好也　581
林左衛門　633
隣春　270
林女　617, 621, 646
林泉亭沼田綾女　574
隣笛　43

礼楽堂文数　558
冷泉少将　253
冷泉為村　243
冷泉為泰　243, 278
冷泉派　243
麗沖子　617
麗日園　668
玲々舎　625
櫟木園一橋問泰　531
レサノット　212, 215
レザノフ　172, 210, 215, 218
連栄亭　635
連木朱　94
連玉亭　637
廉斎　627
簾作　625
連山亭　637
連女　634, 638, 658
連城亭　482, 484, 506
連城亭玉晁　413, 487
連草亭　637
蓮葉庵　626
連葉庵　618
連々呼　416, 462
魯隠　207, 208
琅玕園　676
琅玕亭呉竹根春　552
朧月庵二泉　531
弄扇館(夕風)秋近　413, 416, 462, 487
老楞軒　483
潦亭　628
芦鶴亭　616
芦暁　538
呂喬斎宇田種風彦　534
六維園　700
六樹園　249, 265, 285, 311, 350, 352～354, 356～359, 363, 377, 381, 391, 404～407, 413, 420, 430, 463, 493, 511, 671, 694, 699
六樹園雅望　364, 403, 494
六樹園飯盛　124
六樹翁　703
六帖園　356
六条園七葉梶丸　427, 607
六帖園正雄　270, 308
六撰園歌盛　411
六蔵亭　300, 616
六蔵亭馬宝　258
六蔵亭祐村　270, 282
六蔵亭守家　255, 256
六蔵亭守舎　256, 258, 300
六朶園　128, 289
六朶園二葉　270, 287, 293, 294, 308, 309
六俳園立路　40, 45
六兵衛　616
六有園鼓成吉　567
露月庵卜子　104
路治口志万里　85
芦錐館長雄　245
芦雪　698
廬竹斎烏川　509, 524
廬竹斎連　509
六花園　634
六橋園渡　270, 308
露南　540
路羊　537

ワ行

隈水子　618
和一園　668, 672, 674, 700
若草庵　637
和学真名冨　670
若気波屋留　97
和掛芳人　101
若駒勇　587
和哥の屋　678
若林清兵衛　300
若松曳成　120
和歌茂少々読安　321, 322, 324, 326, 328～330, 332, 333, 441, 443, 568
和群居　668
和気春画　9, 10
和合岸員　624, 629, 650
和合連　127
和介　637
和田忠次郎　182
渡辺浦風　618, 623, 647
渡辺合瀬　618, 622, 647
渡辺静　625, 629, 651
渡辺春詮　309
渡辺光俊男　618
渡辺六郎左衛門　178
綿屋熊次郎　379
綿屋蘭渚　533
侘住の翁　473
倭文家　617
和文月次会　153
倭文刀自　627, 631, 654

書名索引

ア行

嗚呼不儘世之助噺　96
相生獅子名残英　205, 208
秋哀傷亡父追善会　298
秋のしをり　511
秋の花　531
明鴉墨画廼褊襠　295
朱楽菅江狂歌草稿序　235, 237
あさくさぐさ　254, 258, 265, 266, 272
浅草土産　305
あさけの露　259
東遊　254～256
仇手本　247
熱田神宮奉納額　331
吾妻曲狂歌文庫　21, 120, 135, 152, 242, 321, 327, 330
天岩戸　389
網雑魚　14
あやめ草　173
新玉帖　265, 297
石井垂穂日記　390
石ふみ集　249
囲多好髷　389～393
いたみ諸白　18, 90, 241, 320, 332
一話一言　156, 170, 175, 225, 227, 243
一会歌合相撲立　354
一会大角觝　356, 358
一九之紀行　452
田舎獅子　389, 393
稲荷三十三社巡拝御詠歌　9
いろの吹寄　392
岩が根集　413, 462, 486, 493
浮れ草　456
浮雀遊戯嶋　395, 399
鶯　260, 265
黄鳥亭月次俳諧歌川童百首三編兼題　354
鶉衣　330, 335, 390
羽族類題　268, 307
歌垣月並集　344
歌の友ふね　374, 376, 378～380
団扇合図并狂歌　13, 50, 70
瓜期　205, 208
閏月歳旦　118, 241, 320
雲錦集　309
詠咏寄譚　364, 371, 374, 376, 379～381
栄花の夢　374, 377, 379～381
詠指頭画狂歌并序　13, 50, 70
駅客娼せん　393～397, 399
江口家家内年鑑　400
江戸すなご細撰記　295
江戸二色　10, 136
江戸の丑寅歌合　283
江戸花海老　13, 14, 18, 23, 58, 69, 104, 105, 109, 116, 117, 119
江都花日千両　131
江戸方角分　110, 177, 184, 257, 331, 336, 436, 439, 441, 488
江戸名所　269
江戸名所狂歌集　344
江戸名所図会　210, 269
東都名所一覧　254
夷歌連中双六　21, 89, 105, 118, 119, 242, 326, 441
絵本東名所　466
画本東名所　466
絵本吾嬬鏡　21, 22
絵本吾妻袂　21, 120, 327, 330
絵本天の川　145
絵本伊賀越敵討　469
絵本江戸爵　21, 84, 242, 327
絵本狐の嫁入　469
絵本狂歌集　469
画本玉水集　486
絵本賢女伝　467
絵本詞の花　21, 254, 328
絵本四季の遊び　469
画本新雛形　417, 466
絵本武田の功　469
絵本旅つくし　469

絵本竹馬の友　469
絵本忠臣蔵　417, 469
絵本南木記　467
絵本福神遊　469
絵本婦人遊　417, 466
絵本武徳太閤記　469
絵本見立仮譬尽　20, 26, 104, 137, 142, 241
絵本見立百化鳥　27
画本虫撰　21, 120, 242, 254, 328, 362
絵本目出度候　469
絵本八十宇治川　327
絵本義経記　467
猿猴庵日記　400, 412, 437, 479
艶道秘巻　392, 395
鶯蛙狂歌集　464
扇折風六十賀　324
扇懸浮世合　387
奥州軍記　469
淡海名寄　269, 270, 273, 275, 282
鸚鵡返　460
鸚鵡言　285
鸚鵡盃　22, 95, 254, 322, 328
大江戸倭歌集　276
大根太木十五番狂歌合判詞奥書　10
尾形鱗生伝　305
落栗庵狂歌月並摺　14, 90, 91, 94, 95, 97, 98, 101～103, 118, 150, 320
落栗庵春興集　14, 82, 88, 100, 103, 440
落栗庵月並摺　77
男踏歌　254
御贊美少年始　295, 304
落噺恵方棚　361, 411, 412, 416, 453
落噺初午詣　411
をみなへし　154, 155, 224, 225
面美多通身　248
おもひのまゝの日記補遺　273, 284～286, 303
親子草　337
小山田の関の記　174
尾張芝居雀　283, 299, 412, 449, 461, 479
ヲンコ　227
女水滸伝　294
女楽巻　389, 392

カ行

会計私記　153
花王競十種咲分　295
顔見世狂歌集　358
歌諧帒　276, 277
かきかへかれきのはな　470
歌戯帳　151
佳妓窺　247
角鶏卵　398, 446, 449～451, 453～457, 459, 460, 470
革令紀行　206, 222
花月吟遊　270
下月亭月次俳諧歌亥武百首兼題　354
雅言集覧　311, 358
花候　225
重色目歌集　287
かさねのいろめ集　287
花雪和合太平記　350
歌仙家集　65
画像狂歌百首　426, 510
画像集春之部　473
敵討乗掛馬　467
花鳥百首　473
花鳥風月　131
花鳥風月集　265
歌道手引草　277
歌道手引種　259, 276, 277
仮名書狂歌短冊　308
金曾木　211
仮名手本忠臣蔵　310, 332, 454
仮名分名寄　488
金の和良路　248
鹿の子餅　10
鎌倉太平序　75
から誓文　9
からにしき　414, 464
下里巴人巻　120, 152, 326, 329
臥竜園月次三十六歌撰増補画像集　358
花柳古鏡　309
川傍柳　240, 241
感興漫筆　278, 286, 501～503
貫江歌集　238
貫江詩集　238

観難誌　238, 342
戯歌集　403, 429
記紀　697
菊寿草　23
戯言夷歌集　300
戯咲謌金鈴集　415
戯咲歌月濤抄　415, 463, 493
戯咲歌三玉集　493
戯咲歌杓子栗納会　355
戯咲歌濤花集　463, 493
戯咲歌楢葉集　356
橘庵月並戯笑歌集　388, 410
乞児奇伝(キッジキデン)　503
狐の嫁入　467
喜美談語　245
胆競後編仇姿見　247
嬉遊笑覧　106, 141, 340, 343
杏園詩集　222
饗応二十一評相撲立　414
狂歌　511
狂歌秋寝覚　353
狂歌あきの野ら　255
狂歌秋の花　508
狂歌浅草集　265
狂歌あまの川　71, 119, 120, 321, 323, 329, 334, 441, 442
狂歌天河　119
狂歌新玉集　19, 24, 80, 102, 120, 152, 153, 321, 324, 327, 329, 442
狂歌合相撲立一会　352
狂歌阿波百人一首　298
狂歌五十川　298
狂歌伊勢の海　257, 300
狂歌いそのしらべ　244
狂歌一代男　464
狂歌一会大角觝　356
狂歌雲錦集　309
狂歌詠咏寄譚　364
狂歌栄花の夢　377
狂歌詠艸　511
狂歌江都名所図会　131
狂歌扇画合　386, 437
狂歌教鳥　509
狂歌怪談百首　374, 380
狂歌花月集　407, 425
狂歌画像作者部類　123, 131, 249, 256, 351, 391, 397, 404, 405, 430
狂歌画像太平記　354
狂歌花鳥四帖　260
狂歌花鳥風月　15
狂歌桂月次　127
狂歌桂の花　127, 129, 130
狂哥桂の花ひらき　129, 130
狂歌貫珠集　471
興歌喚友集　274
狂歌気之薬　509
狂歌木廼花日記　480
狂歌玉水集　483～486, 489, 492, 494
狂歌觽　208, 348
狂歌觽後編諸連判者之部　347
狂歌觽後編酔竹側判者之部　386, 403, 435
狂歌恋百首　471
狂歌高友集　272, 274
狂歌黄金鳥　387, 407, 408, 438, 469
狂哥苔清水　125
狂歌小柴集　407
狂歌五十人一首　132
狂歌こぞのしをり　260, 263
狂哥詞玉水　470
狂歌部領使　297, 362
狂歌五百題集　123
狂歌崑崙集　407, 425
狂歌歳時記図会　311
狂歌才蔵集　9, 19, 26, 99, 101, 120, 135, 153, 242, 254, 322, 328, 330, 441, 442
狂歌作者細見　313
狂歌作者評判記　312
狂歌作者評判記吉書始　288, 292, 299, 308, 311, 312
狂歌三愛集　257, 300
狂歌三十六人(欠)首　493
狂歌三体伝授跋　6
狂歌三友集　471
狂歌三葉集　411
狂歌四季遊　131
狂歌四季人物　128
狂歌師細見　14, 18, 48, 58, 60, 62, 69, 71, 75, 77～79, 103, 106, 107, 110～119, 121, 149～151, 243, 322, 325, 338, 341, 362, 441
狂歌師象集　258
狂歌七題集　259, 265

狂歌知足振　14, 17, 18, 23, 58, 60, 62, 71, 77～79, 83, 87～89, 91, 93, 95～98, 100, 103, 107, 113, 114, 117, 119, 149, 243, 325, 332, 336, 341, 440, 441
今日歌集　10, 26, 116, 125, 136
狂歌集　509, 511
狂歌上段集　250
狂歌常鎮集　350, 511
狂歌小伝録　664
狂歌初日集　324, 386, 433, 437, 438,
狂歌真珠集　464
狂歌人物誌　375, 398, 412, 480, 511
狂歌人物志納会大相撲　353
狂歌人名録　416, 464, 487, 489, 493
狂歌水滸画像集　493
狂歌水滸伝　376, 381, 382
狂歌数寄屋風呂　22, 120, 242, 322
狂歌角力草　16, 97, 102, 103, 105, 118, 151, 152, 241, 320, 331, 332, 340
狂歌隅田川名所図会東岸之部　260, 263
狂歌相撲合　358
狂歌相撲初日集　386
狂歌選　65
狂歌千首部類　348, 355
狂歌千里同風　120, 153, 242, 254, 322, 328, 330, 442
狂歌草野集　471
狂歌続伊勢海　260, 263, 265
狂歌続歓娯集　363
狂歌続二葉草　320
狂歌大体　5, 243, 244
狂歌太郎冠者　321, 327
狂歌千竈集　407, 425
狂歌力競大相撲英雄集　352
狂歌力競花角力　473
狂歌遅速五十題　266, 267, 315
狂歌千歳友　260, 263
狂歌千鳥跡　308
狂歌茶器材画像集　294
狂歌昼夜行事集　291
狂歌月並　406
狂歌月次雅雑集　354
狂歌月波集　406, 420
狂歌鶴尽し　413, 465, 487, 493
狂歌鶏声　32
狂歌投やり花合　22, 331
狂歌投やり花合図并狂歌　154
狂歌名古屋於飛　438
狂歌なよごしの祓　22
狂歌にほひの淵　471
興歌二荒風体拾遺　415, 472
狂歌二十題画像集　473
狂歌願の糸　437, 510
狂歌年代記　339, 362
狂歌のおこり　125
狂歌はつみどり　511
狂歌花のさかへ　242, 322
狂歌花の錦　264
狂歌花街百首　494
狂歌浜荻集　124, 374
狂歌はまのきさご　5, 14
狂歌番付　26, 338, 348
狂歌番附　664
狂歌坂東太郎　260, 263
狂歌ひひな草　125
狂歌僻目利　333, 432, 442
狂歌美人菱花集　414
狂歌左鞆絵　123
狂歌百才子伝　269, 285, 298, 303, 307, 382
狂歌百将図伝　255, 260
狂歌百人一首　125, 131, 144, 347, 405, 422
狂歌百物語　127
狂歌百鬼夜狂　22, 120, 126, 138, 321, 326, 331
狂歌評判記　311, 404
狂歌袋　129
狂歌双面　309
狂歌二葉艸　13, 320, 325
狂歌真木柱　260, 264, 464
狂歌幕の内　257, 300
狂歌満玖能宇智　300
狂歌松のことの葉　242, 244, 322, 325
狂歌不琢玉　11, 48
狂歌三河名所図絵　294
狂歌武蔵野百首　260, 263
狂歌武蔵風流　471
狂歌棟上集　258

狂歌紫のゆかり　257
狂歌明題集　353
興歌めざし艸　319
狂歌めし合　244
狂歌文茂智登理　128
狂歌柳の糸　250, 253, 254, 394, 400
狂歌ゆかりの色　408
狂歌ゆかりの花　420
狂謌養老集　411
狂歌吉原形四季細見　260, 263
狂歌よみ人名寄細見記　359
狂歌蓬ヶ島　386, 419, 436〜438, 510
狂歌蓬の露　259, 265
狂歌寄浪　392, 414, 415, 464, 493
狂歌類題弄花集　473
狂歌怜野集　125
狂謌弄花集　6, 9, 108, 120, 132, 237, 240, 323, 324, 329〜331, 334, 342, 387, 403, 406〜408, 415, 420, 422, 423, 433, 435, 450, 453, 469, 482, 510, 515, 517
狂歌六帖題苑第一帖　264, 354
狂歌六々藻　257, 258
狂歌若菜集　407, 425, 433
狂歌若葉集　13, 18, 20, 25, 31, 39, 43, 45〜47, 50, 57, 58, 60〜62, 64〜66, 68〜77, 82, 85〜87, 91, 98, 100, 107, 111〜114, 116〜119, 124, 133, 135, 241, 320, 334, 440
ぎやうぎやうし　509
狂戯文集　418, 449, 470
狂言鶯蛙集　22, 77, 81, 82, 89, 90, 94, 95, 97, 98, 101, 105, 118, 241, 320, 332, 336
希有言茶理不調　390
狂風大人墨叢　150, 157, 200
狂文宝合記　21, 26, 28, 68, 80, 89, 97, 99〜102, 105, 124, 151, 157, 241, 331, 440
狂文棒歌撰　21, 77, 82, 89, 118, 242
狂文紫鹿のこ　128, 193
玉晁叢書　503
極蕩三閣巻　396, 401
清洲妄言巻　401
羇旅漫録　391
錦丘早蕨集　391
近世物之本江戸作者部類　343, 376
金時一代記　467
金平子供遊　20, 151, 331, 336, 440
金府繁栄風流選　507
金鱗九十九之塵　298, 391, 400, 448, 490
金鈴集　415
苦界中年代記　395, 401
草まくら　214, 405
孔雀そめき　248
栗能下風　6, 12, 31, 32, 34, 36〜39, 41〜47, 68, 93, 98, 101, 104, 319, 325, 331, 337
廓の池好　479
廓胆競　247
渓斎浮世画譜　417
蕙斎麁画　417
景山亭零余子追悼　356
軽世界四十八手　389, 391〜393, 395
傾城仙家壺　391
瓊浦又綴　222
鶏肋集　507
戯作者考　454, 458, 459
戯作者考補遺　376
戯作者小伝　350
戯作者撰集　250, 303
戯作者の観音略縁起　68
月花庵大人判　512
月光亭夷歌集　387
月光亭夷曲集　435, 438
月濤抄秋之部　415, 463, 493
月露草　10, 240, 324, 443
元亨釈書　273
源氏物語　205, 270, 311
甲駅新話　239
巷街贅説　220
上野歌枕　274
上野高瀬蓬莱山奉納四季花　264
紅叢紫籙　268, 281, 282, 285, 307

高低題林　465
交友集　287
御狂言楽屋本説　306, 315
古今和歌集　677
吾吟我集　5, 48
湖月抄　7
古今夷曲集　133, 333
古今狂歌集　257, 300
古今狂歌袋　21, 120, 152, 242, 254, 322, 328, 330
古今職人尽　287, 289, 290
故混馬鹿集　22
乞児奇伝　482, 497, 498, 500～503
古事記伝　498, 697
後杓子栗　258
五十三次遠眼鏡　313
五十人一首　676
古寿恵のゆき　245
后撰夷曲集　32, 44
古銭鑑狂歌合　355
五臓眼　248
五大力　416
古調狂歌合　127
滑稽駅路梅　452, 460, 474, 481
滑稽祇園守　451, 457, 460
滑稽太平記　224
骨董評判記　497, 503, 505
詞の玉の緒　697
言葉の花　245
詞の八衢　471, 697
子どもあそび　417, 466
小春紀行　176, 207, 208, 217
五葉狂歌集　271
古連茂姫松　410

サ行

早来恵方道　20, 100
彩霞集　271
西行上人追善詩歌　387
歳月録　421, 440, 480, 490, 492
歳時記　287, 293, 294, 298, 309, 311
彩色英雄作者部類　494
歳時記図会　270, 292, 308, 312
細推物理　149, 153, 154, 176, 192, 201, 203, 204, 206, 207, 210, 214, 216, 222
歳旦　509
歳旦御狂歌并春興せいぼ　34, 42
咲分二女桜　315
作者部類　676
作物志　401
昨夜宮解　396
佐久良だひ　398, 411, 412, 480
桜天神奉納狂歌絵合　437
雑魚網　320
雑服付雑事　129
雑文穿袋　73, 239
左伝　205, 208
柳巷訛言　96
猿の腰かけ　12, 14, 31, 32, 39, 44, 46, 92, 95, 104, 118, 150, 320, 331, 337, 338
三階松　455
三玉集　493
三玉秋既　271, 307
三光集　406, 420
三才月百首　260, 264
三十六人狂歌撰　19, 21, 88, 120, 152, 242, 246, 321, 327
三十六番狂歌合　267, 272, 307
三春行楽記　12, 63, 73, 151
山水寄観画像　358
三代集　675
山王社頭花合せ　22
三部集　454
三宝荒神　392
椎の実筆　362
塩尻　434
塩尻拾遺　490
似口鸚鵡がえし　394, 396, 460
時雨の月　508, 509
四十八評狂歌合　350
詩帖　403
自叙伝　286, 292, 299, 500
七拳図式　239
七々集　201, 235
十返舎随筆　314
七宝連判者披露　356
志津保具双紙　388, 393, 395, 397, 401
自伝歌　278, 280
四天王櫓礎　170

指頭年代記　47
指南車　389, 396, 401
信田妻名残狐別　208
芝居訓蒙図彙　455
自弁茶略　397
耳目集　257
芍薬亭月次納会　355
拾遺二荒風体　415, 472
集外三十六歌仙　268
十姉妹　223
十二小町曦裳　315
十才子名月詩集　21
春興五十三駄之内　258
春興集　331
春興抄　118, 151, 320
春興帖　244
春興立花集　279, 280, 391, 419, 470, 480, 481
春秋洒子伝　389
春秋聯語集　268
春色梅児誉美　305, 314
春葉集　274
尚左堂二覧浦図　208
肖像百人一首一会大相撲　357
章台余興　282, 293
松濤棹筆　331
菖蒲談語　454
渉猟雑抄　498, 501, 503
諸家雑談　323
諸家小伝録　664, 666, 667
書画薈粋　299
蜀山人園繞名蹟　174
蜀山人自筆文書　142, 145, 155, 157, 159, 200, 331
蜀山人判取帳　105, 117, 118, 149, 331
蜀山百首　126, 140, 143, 144
蜀山文稿　238, 239
職人尽哥合　292
植櫨考　447, 475
諸連会合并年暦　26, 339
新狂歌觴　125, 126, 141, 293, 348
新古今狂歌集　123
新作噺土産　397
新撰狂歌五十人一首　381, 420
新撰狂歌百人一首　464, 480, 489, 494
新草狂歌集　264
人物誌　676
人物図会　276, 498, 503, 506
森羅亭月次俳諧歌愛嬌百首兼題　352
新柳風姿　271, 283, 307
酔竹集　244, 333, 442
粋町甲閨　136
頭陀袋　394, 395
隅田川に三船をうかぶる記　153
墨田川余波　471
正説楽屋通　305, 313
晴天闘歌集　256, 297, 394
青楼快談玉野語言　398
青楼玉語言　446, 450～454, 456, 457, 459, 460
青楼胸の吹矢　454
清話抄　258, 259, 276, 277
瀬川五代家譜　304
瀬川ぼうし　304, 305, 307
碩鼠漫筆　276, 295
摭葉大成　269, 275, 282
世説新語茶　239
任価仏発估　397
千函真珠　358, 360, 406～408, 411, 414, 415, 464
千客万来　392
千載和歌集　65, 74
撰集楽　388
草庵狂歌集　267, 315
草庵五百人一首　253, 255, 262, 266, 267, 272, 275, 297, 298, 306, 313, 315, 609, 612
双調狂哥月並角力　129
宋朝対泉譜　304
増補枯樹花　470
増補本朝画工譜　47
草廬集　271
続学舎叢書　420, 440
続歓娯集一会狂歌合相撲立兼題　360
俗耳鼓吹　106
続々膝栗毛　304
続万代狂歌集　124
続膝栗毛　315
続編栗の下風　32
続真木柱集　464
続若葉集　64, 66
楚古良宇知　344, 345, 348, 349, 357

園廼八千種　414, 464, 494
損者三友　390

タ行

太閤記　469
題作文稿　278
代睡漫抄　509
大抵御覧　239
鯛亭春興帖　404
大日本地名便覧　285
大木の生限　20, 75, 332, 441
たから合の記　9, 28, 238
滝沢家訪問往来人名簿　388, 391, 392, 396, 397
多気競　302, 308
竹春吉原雀　312
竜屋叢書　408
たなぐひあはせ　22, 133
七夕狂歌并序　13
玉川余波　155, 168, 210
玉はゝき　333
玉箒集　442
たむけぐさ　246
袂草　479
樽ひろひ　387, 438
太郎集　331
太郎殿犬百首　250
たはれ歌よむおほむね　125
胆大小心録　207
千鳥跡　308
茅花集　344
着到十首　268, 282, 307
忠臣鑒之裏　393
忠臣蔵　18, 469
忠臣蔵当振舞　311
忠臣名残蔵　10
調布日記　155, 168, 173, 174
塵袋　297
追善夷曲集　256
追福香花集　357, 413
追福濤花集　463, 493
追福俳諧歌香花集　413
通詩選　24
通神蔵　247
通知選笑知　243
都賀のやままつ　294
通妓洒見穿　392～395
月次狂歌合　354
月次狂歌花鳥むすび初会　294
月次狂歌昼夜行事集　360
月次狂歌手鑑雅文集　352
月次狂歌双面　294, 309
月次狂歌大和めぐり　353
月並狂歌両岸図抄　353
月次古今職人尽　287
月並彩色狂歌画賛集　353
月次正写花翼集　359
月並納会　355
蔦葛　416, 458, 461
津多加津羅　451, 452, 457～459
壺すみれ　252, 257, 259, 262, 266, 272, 296, 307, 342, 346, 376, 610
鶴毛衣　416, 457～459, 461
手鑑まさご集　344
天保四年巳歳暮謝儀　448
天明狂歌合　329
天明狂歌集　326
天明古調狂歌合　127
天明古調狂哥苔清水　125
天明風狂歌月次　127
天明風狂歌出方題集　128, 130
天明風月次狂歌　127
天明ぶり一会角觝　353
天明ぶり狂歌月並　127
天明睦月　242, 321
擣衣百首　283, 511
東海道駅次五十三番ノ摺物　296
東海道中滑稽譚　391, 399, 452, 474, 477, 480
濤花集　463, 493, 494
唐画名苑　47
同行百人一宿大土佐草　279
投句募集ちらし張込帖　361
当芸能褒鯉　282
冬日逍遥亭詠夷歌序　13, 108
東都見立八景　264
洞房妓談繁千話　454
灯籠会集　14, 105, 118, 151, 157, 241, 320, 331
徒談語　393, 395～397
徳和歌後万載集　19, 24, 46, 65, 75, 83, 87, 90, 91, 94, 95, 97, 99, 101～105, 118, 133, 135, 151, 152, 242, 321, 323, 326, 328, 336, 340, 441

とこよもの　387,403,436
豊穂集　274,285

ナ行

内所図会　247
なゐの日並　276
長生見度記　110
那古野於娟　511
名古屋於妃　417,452,466
夏之歌　413,462,465,470,481
浪華航路記　222
浪速水魚連珠集　473
成駒屋芝翫に送る言葉　461
成田屋評判寿海老　299
名聞面赤本　294,314
南駅夜光珠　396,451,453,454
何種亀顔触　479
南畝集　73,163,166,172,178,202,216,238
日本書紀　273
二妙集　123
入安百首　32
如意授録　129
庭さくらのまき　447,472,475,477
年賀狂歌合　360
年始御礼帳　20,105
年暦　12,22,26,339,344,349,350
納会狂歌合兼題氷　259
後藤垣内内遠年譜稿　403,404,406～409,411,418,420,421,429,433,465

ハ行

俳諧歌合一会相撲立　355
俳諧歌伊勢作句楽　351,407,420
俳諧歌五日角觝立　414
俳諧歌貴賤百首　409
俳諧歌兄弟百首　124
俳諧歌玉光集　452,477,511
俳諧歌觴　348,350,363
俳諧歌再発集　473
俳諧歌三題集　413,463
俳諧歌集　350
俳諧歌十千類題集　124,350,363
俳諧歌十哲集　472
俳諧歌場老師追福三題集　413,463
俳諧歌新武射志風流　471
俳諧歌相撲長　409
俳諧歌玉比古集　413
俳諧謌千竈の郷　279,388
俳諧歌眺兄集　473
俳諧歌追福香花集　413
俳諧歌南北百首　356
俳諧哥橋の木の香　415
俳諧歌一人一首　477
俳諧歌普光集　269
俳諧歌双子百首　409
売花新駅　239
佩觴堂雑集　25
稗史年代記　314
誹風妻楊枝　388,394,396,420,460
俳優觴　455
馬鹿三人　392,393
萩古枝　256,300
掃奇草　396
馬琴日記　376
瀑布下月次俳諧歌実百首兼題　354
巴人集　22,76,113,118,121,151,204,338,361
初哥集　483,485,489,493
八顚愚冥迷奇談　391,503～505
初土産集　386,437
初笑不琢玉　11,12,31,39,41～43,46,104,132,319,337
波奈加多美　271,283
噺之顔見世　395
噺之画有多　247,248
花のかたみ　246
花の栄　469
桜栄里　393
花封莟玉章　295
花火売　294
離屋詠草　278
早替り胸のからくり　314
流行歌川船合奏　456
馬蘭亭旧友尺牘帖後序　157
春駒　274
春の遊びの記　10,245
春言艸　387,437,469
春の言くさ　387,438
春の座鋪　392

春のすさひ二器合　512
春のなごり　493, 512
春のむくげ　404, 405, 469
藩士名寄　324, 330, 331, 439, 490
判者披露狂歌合大角觝　356
万代狂歌集　124
日ぐらし何くはぬ会　12
尾参農勢集　480
美人菱花集　414
美談菊の露　451, 474, 481
ひともと草　153
百人一首　676
百番月歌合序　329
百物語　22
百家琦行伝　238
評判筆果報　311
備語手多美　389, 391, 392
風俗通　391
深川新話　239
深川二上り新内　475
復讐梨園　397
福鼠嫁入咄　469
普光集　269
武江年表　142
普綵百人一首　697
冨士山百景狂哥集　129
二藍源氏　270, 282
二嶋武勇伝　469
二ツ折　393
筆まかせ　169
太の根　20, 104, 331, 332, 440, 441
文反故　207
分間江戸大絵図　457
文政歌集　480
文政ぶり一会相撲　353
文政七ツ申のとし狂歌集　512
丙子掌記　23
碧巌録　524
へだてぬ中の日記　278, 415, 421
弁財天奉額　129
芳雲狂歌集　266, 307
奉額普光集　269
放歌集　169, 177, 225
倣古追詠　268, 272, 275, 307
蓬左狂者伝　497
芳躅集　324, 330, 397, 400, 419, 435, 436, 441
奉納額面披露　356
奉納狂歌扇絵合　386
奉納狂歌三十六首　120
奉納春興夷曲歌　386
蓬莱新話　399
宝暦現来集　141
北亭夷曲集　390
卜養狂歌　5
戊戌新戯作　73
墓所集覧　488, 490
発句集　403
ほとゝぎす塚　256
堀川後度狂歌集　352
堀河桜桂灯盛始　418
本朝画家印譜　47
本朝画工譜　47

マ行

僙意鈔　386
待請狂歌一会相撲立　355
松の庵　456
万載狂歌集　13, 18～20, 31, 39, 43, 45～47, 50, 58, 60～62, 64～67, 71, 72, 74～77, 82, 83, 87, 93, 100, 103～105, 107, 118, 124, 133, 135, 136, 143, 145, 149, 152, 241, 320, 323, 328, 362, 440
万載集著微来歴　20, 75
万葉集　37, 134, 273, 275, 697
美図鏡　393
癸巳日疏　495, 506
店三味線緒連弾　285, 305
鄽数可佳妓　247
見世物雑志　417, 418, 461, 478
闇明月　247
見初る恋　417
美都のしらべ　126
みどりの色　244
皆三舛扮戯大星　18, 332
南町太平記　397
三囲社頭奉納狂歌　13, 50, 70
三囲奉納狂歌額　242, 328
みやこのてぶり　254
名字指南　276, 295
夢庵戯歌集　26

向岡閑話　155, 168
向島団扇合　22
娘評判記　299
夢想兵衛胡蝶物語　378
無駄酸辛甘　24
むつきのあそび　127
むねのからくり　314
村田金山家系　302
名区小景　447, 476
鳴月集　270, 272, 282
名所狂歌集　267, 285, 306, 315
名府墓所一覧　446, 449
明和十五番狂歌合　5, 6, 8, 25, 69, 77, 116, 125, 137, 142, 237, 339, 340
めざし艸　12, 15, 87, 88
めでた百首夷歌　14, 243, 320
もとのしづく　16
守貞漫稿　129

ヤ行

八重垣ゑにむすび　22, 91, 123, 242
俳優相貌鏡　258
役者開帳　455
役者三十六家選　301
役者大学　455
役者当振舞　455
俳優見立五十三次　313
俳優世々の接木　479
役者渡初　455
八島　25
奴凧　6, 9～11, 14, 16, 26, 31, 32, 39, 64, 72, 75, 124, 125, 144, 151, 237, 238, 337, 339, 358, 422, 439, 444, 510
肖歌　26
柳の雫　26
柳橋大のし　312
耶婦連衣　396
野圃の玉子　392, 393, 395～399, 401
倭邯鄲　392
木綿垣狂歌集　403, 407, 409, 410, 495
游戯三昧　13, 324
勇士鑑　469
遊女百首　282
遊仙窟　297
雄長老百詠　185
雪の歌　405
酔泥棒寝たる手鑑　128
養子鉢木　396
夜討曾我人形製　305
義経勲功録　417, 466
よしなし言　278, 281, 286, 288, 417, 462, 475, 500, 503
吉原細見　15～17, 23, 78, 79, 114, 116, 243, 305, 361
吉原大通会　75
よし原ひやうばん　503
淀屋形金鶏新語　380
蓬島八景　394
四方のあか　9, 10, 13, 108, 329
四方歌垣翁追善集　413, 463
四方歌垣翁追善玉比古集　413
四方の海　274, 299
四方戯歌名尽　350, 362
四方の留粕　6, 10, 153, 157, 245
四方廼巴流　123, 492, 494
四方真顔の長歌　156

ラ行

頼光千丈嶽　468, 469
栗花集　13, 22, 26, 50, 51, 57, 63, 70, 73, 77, 78, 87, 108, 151, 154, 157, 331
柳花集　274, 282, 307, 308
流観百図　175
琉球人行列付　47
流行一覧最盛記　295
柳巷名物誌　268, 307
流行連歌　220
笠亭仙果文集　447, 472
菱花集　414
類聚三代格　275
類題狂歌集　474
類題俳諧歌集　347
怜野狂歌集　267, 306, 315
列僊列女画像集　512
裂帛一声　511
連城亭随筆　417, 446, 449, 462, 484, 490
連名披露狂歌合　127, 259, 265

連々呼式　462
弄花集　334, 406, 422, 423, 428, 429, 433～435, 515, 518
弄花集下書　433
老萊子　19, 22, 99, 103～105, 145, 151, 241, 331, 440
六樹園一周忌追福　493, 512

ワ行

若緑岩代松　253, 256, 258
和漢英雄百人一首　295
和漢忠孝八十人一首　294
和漢忠孝百人一首　294
俳優風　21, 71, 95, 99, 100, 116, 120, 152, 243, 311, 326, 329, 334, 441, 442
童歌妙々車　295
割印帳　38, 39, 47, 64, 65, 74, 243

著者略歴

石川　了（いしかわ　りょう）

昭和25年　愛知県生まれ。

愛知県立大学文学部国文学科卒業、熊本大学大学院文学研究科修士課程修了、北海道大学大学院文学研究科博士課程中退。

大妻女子大学講師補・専任講師・助教授を経て、現在、同大学文学部教授。博士（文学）。

〔著書・編著〕

『西村本小説全集』全２巻（共編。勉誠社、昭和60年）

『八文字屋本全集』全23巻（共編。汲古書院、平成４年～同12年）

『江戸狂歌本選集』全15巻（共編。東京堂出版、平成10年～同19年）

『西沢一風全集』全６巻（共編。汲古書院、平成14年～同17年）

『喜嬉笑覧』全５巻（共編・岩波文庫、平成14年～同21年）

〔論文〕

「狂歌雑誌「みなおもしろ」細目」（「芸能文化史」第７号、昭和61年９月）

「挿絵作者としての西鶴―『五人女』巻一「舟行図」を中心に―」（「国文学　解釈と鑑賞」第58巻８号、平成５年８月）

「柳亭種彦―合巻の代表作者」（「国文学　解釈と鑑賞」第66巻９号、平成13年９月）

「狂歌と川柳」（「国文学　解釈と教材の研究」第52巻９号、平成19年８月）

「古書販売目録―歴史・利用法・魅力―」（「日本古書通信」第74巻12号、平成21年12月）

江戸狂歌壇史の研究

平成二十三年三月三十日　発行

著　者　石　川　　了

発行者　石　坂　叡　志

整版印刷　富士リプロ㈱

発行所　汲　古　書　院

〒102-0072　東京都千代田区飯田橋二-五-四

電　話　〇三（三二六五）九七六四

ＦＡＸ　〇三（三二二二）一八四五

ISBN978-4-7629-3583-1　C3092